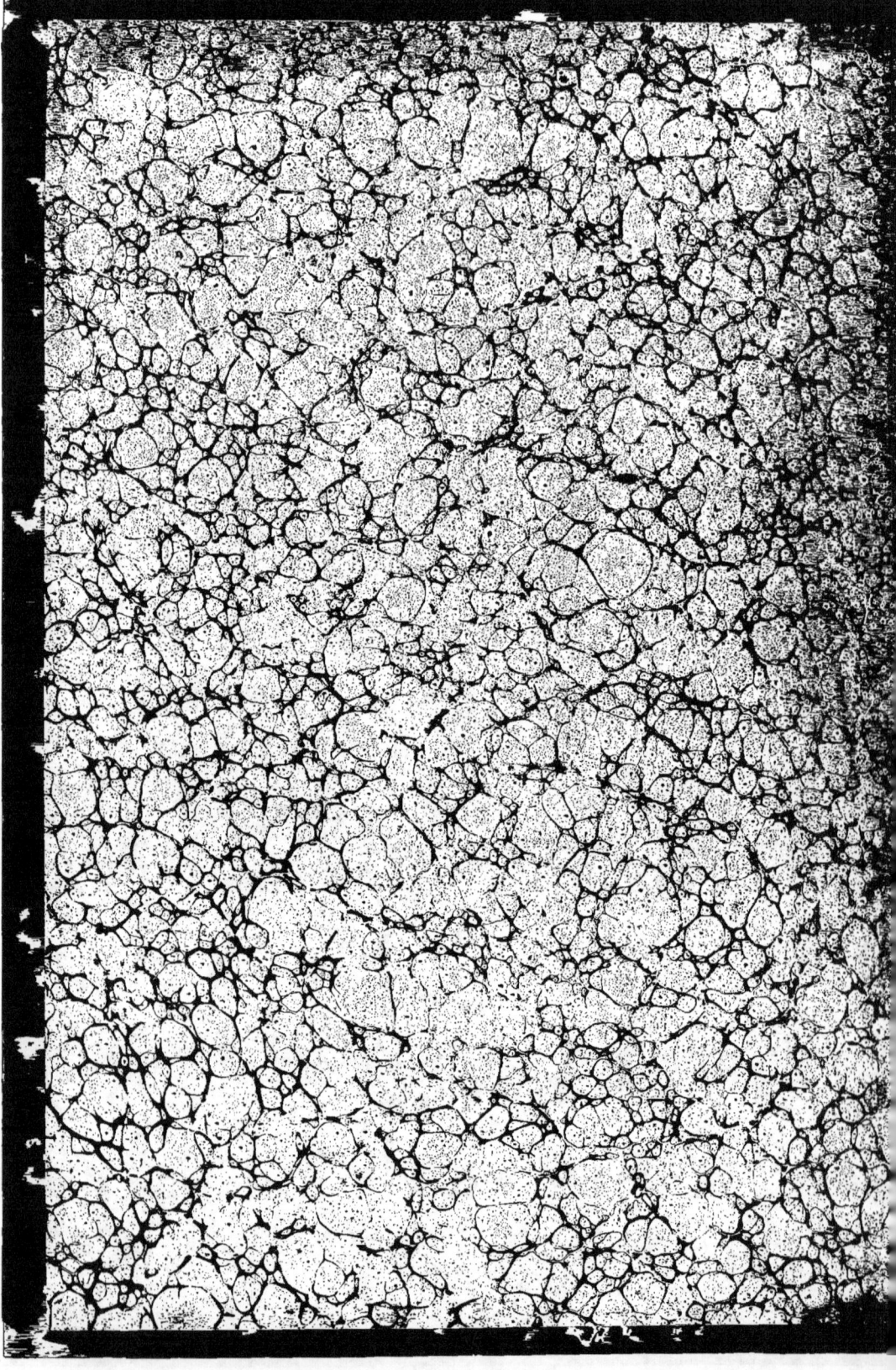

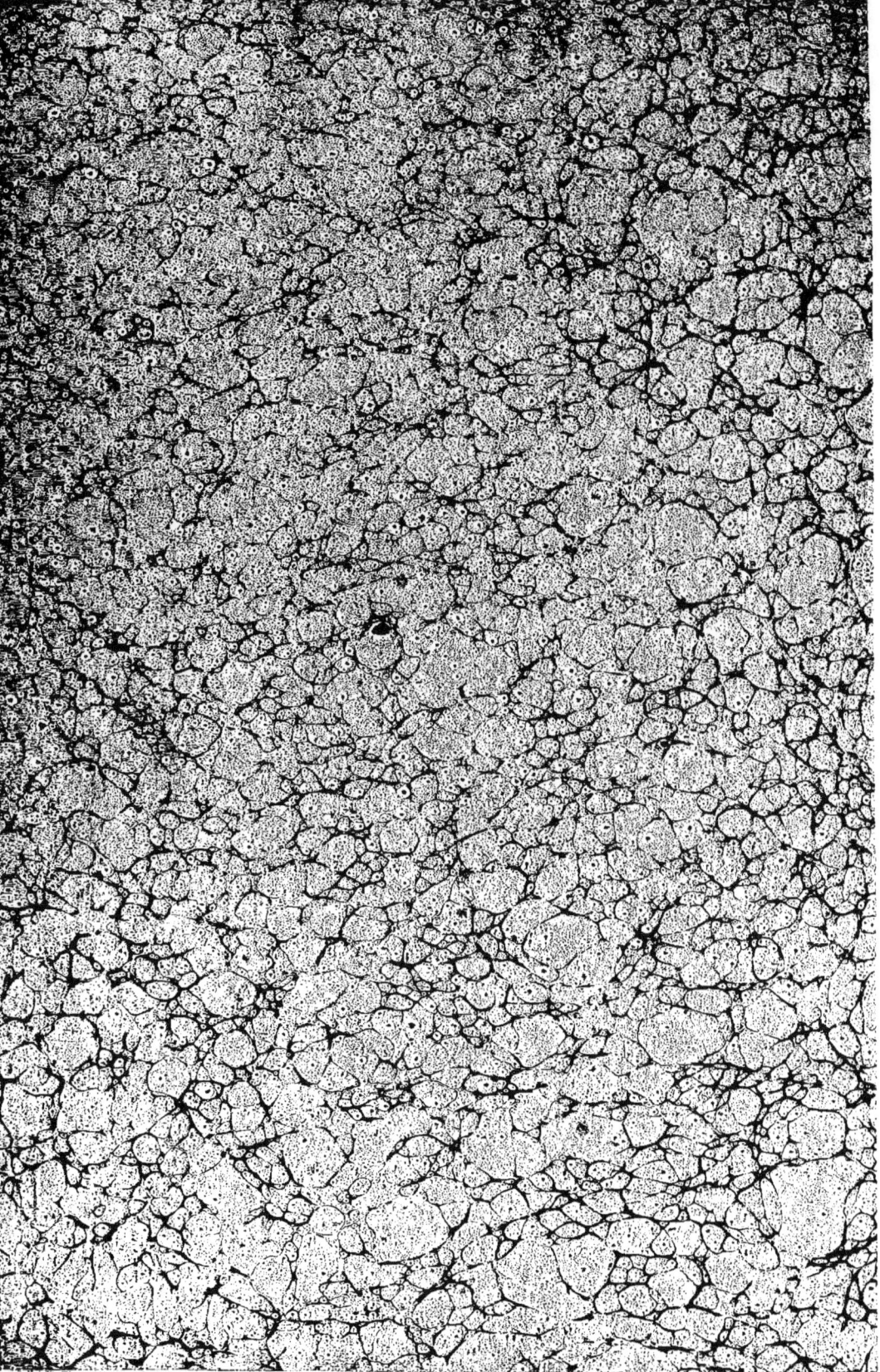

5454

ŒUVRES ILLUSTRÉES

DE M.

EUGÈNE SCRIBE

— IMPRIMÉ PAR VIALAT ET Cⁱᵉ, A LAGNY. —

ŒUVRES ILLUSTRÉES

DE M.

EUGÈNE SCRIBE

De l'Académie française

DESSINS PAR

TONY ET ALFRED JOHANNOT, STAAL, PAUQUET, ETC.

VIALAT ET Cⁱᵉ. ÉDITEURS   **1853**   MARESCQ ET Cⁱᵉ, LIBRAIRES
12. rue de Savoie.   —   5. rue du Pont-de-Lodi.

PARIS

VIALAT ET C⁰, IMPRIMEURS ET ÉDITEURS.

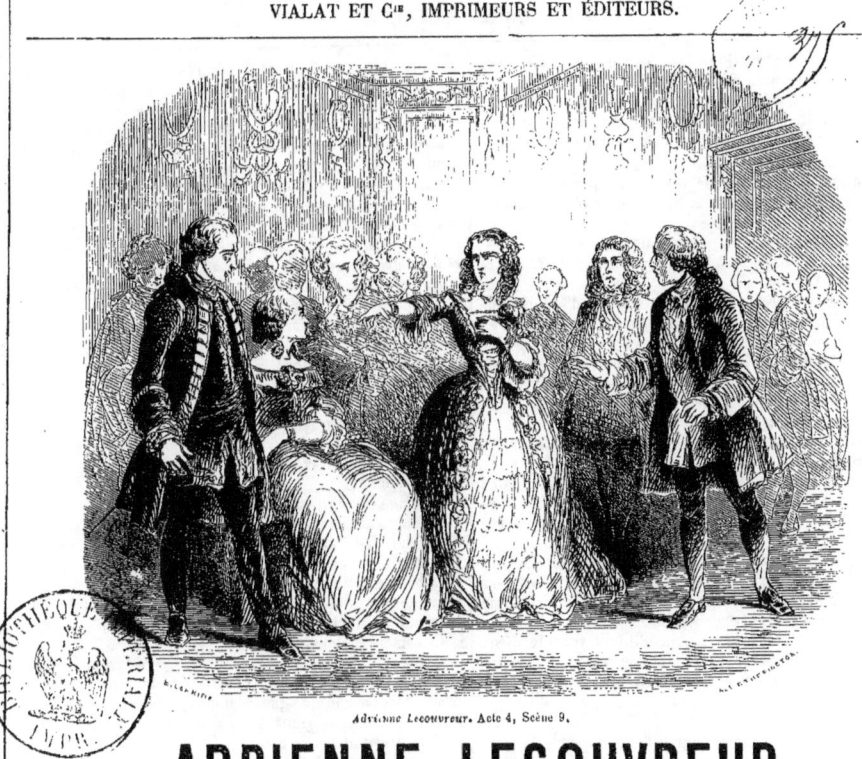

Adrienne Lecouvreur. Acte 4, Scène 9.

ADRIENNE LECOUVREUR

COMÉDIE-DRAME EN CINQ ACTES, EN PROSE

Représentée pour la première fois, à Paris, sur le théâtre de la République, le 14 avril 1849

PERSONNAGES.	ACTEURS.	PERSONNAGES.	ACTEURS
ADRIENNE LECOUVREUR, de la Comédie française.	Mlle RACHEL.	LA BARONNE	Mlles FAVART.
MAURICE, comte de Saxe	MM. MAILLART.	MADEMOISELLE JOUVENOT, sociétaire de la Comédie française. . .	BONVAL.
LE PRINCE DE BOUILLON	SAMSON.	MADEMOISELLE DANGEVILLE, sociétaire de la Comédie française. .	WORMS.
LA PRINCESSE, sa femme.	Mme ALLAN-DESPRÉAUX.	M. QUINAULT, sociétaire de la Comédie française.	MM. CHÉRI.
L'ABBÉ DE CHAZEUIL	M. LEROUX.	M. POISSON.	GOT.
ATHÉNAIS, duchesse d'Aumont . . .	Mlle DENAIN.	Seigneurs et dames de la cour, acteurs et actrices de la Comédie	
MICHONNET, régisseur de la Comédie française	M. REGNIER.	française.	
LA MARQUISE.	Mlle BERTIN.		

La scène se passe à Paris, au mois de mars 1730.

Le premier acteur inscrit au commencement de chaque scène, est placé au théâtre le premier à la gauche du spectateur, les autres suivent dans le même ordre ; quand il y a un changement dans les positions, il est indiqué dans le courant de la scène.

ACTE PREMIER.

Un boudoir élégant chez la princesse de Bouillon. Une toilette à gauche du spectateur ; une table à droite et une console du même côté, au fond du théâtre.

SCÈNE PREMIÈRE.

L'ABBÉ, *appuyé sur la toilette*, LA PRINCESSE, *assise en face de la toilette, sur un canapé.*

LA PRINCESSE, *achevant de se coiffer.* Quoi, l'abbé, pas une historiette... pas le moindre petit scandale ?..

L'ABBÉ. Hélas ! non !

LA PRINCESSE. Votre état est perdu ! Vous devez, d'obligation, savoir toutes les nouvelles... C'est pour cela que les dames vous reçoivent le matin à leur toilette... Donnez-moi la boîte à mouches... Voyons, cherchez bien... Je vois, à votre air mystérieux, que vous en savez plus que vous ne dites...

L'ABBÉ. Des nouvelles insignifiantes... certainement ! Vous apprendrais-je que mademoiselle Lecouvreur et mademoiselle Duclos doivent ce soir jouer ensemble dans *Bajazet*, et qu'il y aura une foule immense ?..

LA PRINCESSE. Après ?.. Un instant, l'abbé... Placeriez-vous cette mouche à la joue..., ou à l'angle de l'œil gauche?..

L'ABBÉ, *passant derrière le canapé* (1). Si madame la princesse ne m'en veut pas de ma franchise, j'aurai le courage de lui dire... que je me prononce ouvertement contre le système des mouches.

LA PRINCESSE. C'est toute une révolution que vous tentez là... et, avec votre air timide et béat... je ne vous aurais jamais cru un lévite si audacieux.

L'ABBÉ. Timide... timide... avec vous seule.

LA PRINCESSE. Ah bah !.. Eh bien ! vous disiez donc?.. Votre autre nouvelle?..

L'ABBÉ. Que la représentation de ce soir est d'autant plus piquante que mademoiselle Lecouvreur et la Duclos sont en rivalité déclarée. Adrienne Lecouvreur a pour elle le public tout entier, tandis que la Duclos est ouvertement protégée par certains grands seigneurs, et même par certaines grandes dames, entre autres par la princesse de Bouillon !

LA PRINCESSE, *se mettant du rouge.* Par moi ?

L'ABBÉ. Ce dont chacun s'étonne. Et l'on commence même, dans le monde, à en rire.

LA PRINCESSE, *avec hauteur.* Et pourquoi, s'il vous plaît?

L'ABBÉ, *avec embarras.* Pour des motifs que je ne puis ni ne dois vous dire... parce que ma délicatesse et mes scrupules...

LA PRINCESSE. Des scrupules... à vous, l'abbé !.. Et vous disiez qu'il n'y avait rien de nouveau?.. (*Se levant.*) Achevez donc!... Aussi bien, ma toilette est terminée... et je n'ai plus que dix minutes à vous donner...

L'ABBÉ. Eh bien! Madame... puisqu'il faut vous le dire, vous, petite-fille de Sobiesky, et proche parente de notre reine, vous avez pour rivale mademoiselle Duclos, de la Comédie française.

LA PRINCESSE. En vérité !

L'ABBÉ. C'est la nouvelle du jour... Tout le monde la connaît, excepté vous, et comme cela peut vous donner un ridicule... je me suis décidé, malgré l'amitié que me porte M. le prince de Bouillon, votre mari, à vous avouer...

LA PRINCESSE. Que le prince lui a donné une voiture et des diamants!

L'ABBÉ. C'est vrai!

LA PRINCESSE. Et une petite maison...

L'ABBÉ. C'est vrai!

LA PRINCESSE. Hors les boulevards de Paris, à la Grange-Batelière.

L'ABBÉ, *étonné.* Quoi! princesse, vous savez?..

LA PRINCESSE. Bien avant vous, bien avant tout le monde !.. Écoutez-moi, mon gentil abbé, le tout pour votre instruction. M. de Bouillon, mon mari, quoique prince et grand seigneur, est un savant : il adore les arts, et surtout les sciences. Il s'y était adonné sous le dernier règne.

L'ABBÉ. Par goût?..

LA PRINCESSE. Non! pour faire sa cour au régent, dont il s'efforçait de devenir la copie exacte et fidèle; il s'est appliqué, comme lui, à la chimie; il a, comme lui, un laboratoire dans ses appartements, que sais-je? Il souffle et il cuit toute la journée; il est en correspondance réglée avec Voltaire, dont il se dit l'élève. Ce n'est plus le bourgeois gentilhomme, c'est le gentilhomme bourgeois qui prend un maître de philosophie... toujours pour ressembler au régent... Et vous comprenez que, voulant pousser l'imitation aussi loin que possible, il n'avait garde d'oublier la galanterie de son héros... Ce qui ne me contrariait pas excessivement... Une femme a toujours plus de temps à elle... quand son mari est occupé... Et pour que le mien, même infidèle, restât dans ma dépendance, j'ai pardonné à la Duclos, qui ne fait rien

(1) La princesse, l'abbé.

que par mes ordres, et me tient au fait de tout. Ma protection est à ce prix, et vous voyez que je tiens parole !

L'ABBÉ. C'est admirable! Mais, qu'y gagnez-vous, princesse?

LA PRINCESSE. Ce que j'y gagne?.. C'est que mon mari, craignant d'être découvert, tremble devant la petite-fille de Sobiesky dès qu'elle a un soupçon... et j'en ai quand je veux... Ce que j'y gagne? c'est qu'autrefois il était très-avare, et que maintenant il ne me refuse rien! Commencez-vous à comprendre?

L'ABBÉ. Oui, oui... c'est une infidélité d'une haute portée et d'un grand rapport!

LA PRINCESSE. Le monde peut donc me plaindre et gémir de ma position, je m'y résigne, et si vous n'avez, cher abbé, rien autre chose à m'apprendre...

L'ABBÉ, *timidement.* Si, Madame ! une nouvelle...

LA PRINCESSE, *souriant.* Encore une!

L'ABBÉ, *de même.* Qui me regarde personnellement... et celle-là, je crois être sûr que vous ne vous en doutez pas... C'est que... c'est que...

LA PRINCESSE, *gaiement.* C'est que vous m'aimez!

L'ABBÉ. Vous le saviez !.. Est-il possible !.. Et vous ne m'en disiez rien !

LA PRINCESSE. Je n'étais pas obligée de vous l'annoncer...

L'ABBÉ, *avec chaleur.* Eh bien ! oui... C'est pour vous que je me suis fait l'ami intime de votre mari ! Pour vous, je suis de toutes ses parties! Pour vous, je vais à l'Opéra et chez la Duclos! Pour vous, je vais à l'Académie des sciences! Pour vous, enfin, j'écoute M. de Bouillon dans ses dissertations sur la chimie, qui ne manquent jamais de m'endormir...

LA PRINCESSE. Pauvre abbé!

L'ABBÉ. C'est mon meilleur moment !.. je ne l'entends plus... et je rêve à vous !.. Mais, convenez-en vous-même, un tel dévouement mérite quelque indemnité, quelque récompense...

LA PRINCESSE, *souriant.* Oui, l'on vous a souvent donné, à vous autres abbés de boudoir, pour moins que cela! Mais, dussiez-vous crier à l'ingratitude, je ne peux rien pour vous en ce moment.

L'ABBÉ, *vivement.* Ah! je ne vous demande pas une passion égale à la mienne! c'est impossible !.. Car ce que j'éprouve pour vous, c'est une adoration, c'est un culte!

LA PRINCESSE. Je comprends, l'abbé, et vous demandez pour les frais du... Impossible, vous dis-je... mais, silence, on vient... C'est mon mari et madame la duchesse d'Aumont... N'avez-vous pas aussi quêté de ce côté-là?..

L'ABBÉ. La place était prise...

LA PRINCESSE. C'est jouer de malheur... (*A part.*) Ce pauvre abbé arrive toujours trop tard.

SCÈNE II.

La princesse va au-devant d'Athénaïs, à qui le prince donnait la main, et les acteurs, en redescendant le théâtre, sont dans l'ordre suivant: ATHÉNAIS, LA PRINCESSE, LE PRINCE, L'ABBÉ.

LA PRINCESSE, *à Athénaïs.* C'est vous, ma toute belle, quelle bonne fortune! Qui vous amène de si bon matin?

LE PRINCE. Un service que madame la duchesse veut vous demander.

LA PRINCESSE. Un plaisir de plus. Et comment avez-vous rencontré mon mari, que moi je n'ai pas aperçu depuis avant-hier?..

ATHÉNAIS. Chez le cardinal de Fleury, mon oncle!

LE PRINCE. Oui, vraiment !.. le grand ministre qui nous gouverne, et que j'ai connu quand il était évêque de Fréjus, est membre, comme moi, de l'Académie des sciences... c'est aussi un savant, et, comme tel, je lui avais dédié mon nouveau traité de chimie... ce livre qui a étonné M. de Voltaire lui-même!.. Jamais, m'a-t-il dit, il n'avait lu d'ouvrage écrit comme celui-là! Ce sont ses propres paroles, et je le crois de bonne foi!

LA PRINCESSE. Moi aussi...mais le cardinal premier ministre...

LE PRINCE. Nous y voici. (*A un valet qui entre portant un petit coffret.*) Bien! posez là ce coffret. (*Le valet pose le coffret sur la table à droite et sort.*) Le cardinal, qui, comme homme d'État et comme chimiste, connaît mes talents, m'avait prié de passer à son hôtel, pour me confier une mission honorable... et terrible...

TOUS. Qu'est-ce donc?

LE PRINCE. L'analyse scientifique et judiciaire... des matières renfermées dans ce coffret... poudre dite de *succession*, inventée sous le grand roi à l'usage des familles trop nombreuses, et dont la nièce du chevalier d'Effiat est accusée, comme son oncle, d'avoir voulu se servir...

LA PRINCESSE. Un pas *vers le coffret.* En vérité!

ATHÉNAÏS, *de même, et gaiement.* Ah! voyons.

LE PRINCE, *la retenant.* Gardez-vous-en bien!.. si ce que l'on dit est vrai, rien qu'une pincée de cette poudre dans une paire de gants ou dans une fleur, suffit pour produire d'abord un étourdissement vague, puis une exaltation au cerveau... et enfin un délire étrange... qui conduit à la mort... c'est, du reste, ce qui sera démontré, car j'analyserai, j'expérimenterai et je ferai mon rapport...

LA PRINCESSE. Très-bien! mais cette analyse scientifique m'apprendra-t-elle, Monsieur, ce que vous êtes devenu hier toute la journée?..

LE PRINCE, *bas, à l'abbé.* Une scène de jalousie affreuse...

L'ABBÉ, *de même.* Qui se prépare...

LE PRINCE, *de même.* Sois tranquille... (*Haut, à la princesse.*) Ce que je faisais, Madame?.. je surveillais moi-même une surprise...que je vous réservais pour aujourd'hui. (*Il lui présente un écrin.*)

LA PRINCESSE, *vivement.* Qu'est-ce donc?..

LE PRINCE, *à l'abbé, à voix basse.* Voilà comme on s'y prend! cela les étourdit, les éblouit, les empêche de voir...

LA PRINCESSE, *qui vient d'ouvrir l'écrin.* Des diamants superbes!..

LE PRINCE, *tenant toujours l'abbé.* Et quant à l'analyse de cette poudre diabolique... voici mon raisonnement... vois-tu bien, l'abbé.

L'ABBÉ, *à part, avec un soupir.* Encore une dissertation chimique!.. (*Il écoute le prince, qui lui parle bas et avec chaleur.*)

LA PRINCESSE. Regardez donc, ma charmante, comme ce bracelet est distingué!

ATHÉNAÏS. Et monté d'une façon si remarquable... c'est exquis!

LA PRINCESSE. Venez donc, l'abbé... venez admirer comme nous.

L'ABBÉ. Moi!.. admirer!.. je ne peux pas, j'écoute.

LE PRINCE. Oui, je lui explique... et il ne comprend pas... mais je vais lui montrer... (*Il fait quelques pas du côté du meuble.*)

L'ABBÉ, *le retenant.* Non pas... non pas... une poudre pareille, qu'il suffit de respirer... pour qu'à l'instant... j'aime mieux ne pas la comprendre... Allez toujours! (*Le prince continue à parler bas à l'abbé. Tous les deux sont près de la table, à droite; pendant ce temps, Athénaïs et la princesse ont été s'asseoir sur le canapé, à gauche, près de la toilette.*)

LA PRINCESSE, *assise.* Et nous, très-chère, pendant que ces messieurs parlent science, parlons du motif de votre visite, et du service que vous attendez de moi.

ATHÉNAÏS, *assise.* Je vous confierai, princesse, qu'il y a un talent... que j'admire, que j'adore... celui de mademoiselle Adrienne Lecouvreur.

LA PRINCESSE. Eh bien?

ATHÉNAÏS. Eh bien! est-il vrai (comme M. le prince s'en est vanté tout à l'heure chez mon oncle le cardinal) que mademoiselle Lecouvreur vienne demain soir chez vous, et y récite des vers?

LE PRINCE, *s'avançant vers les deux dames.* Nous l'avons invitée. (*L'abbé a suivi le prince, et les acteurs sont dans l'ordre suivant: Athénaïs, sur le canapé, à gauche; l'abbé, derrière le canapé; la princesse, assise près d'Athénaïs; le prince, debout, près de sa femme.*)

LA PRINCESSE. Oui, quoique je ne partage pas votre enthousiasme, ma mignonne, et que mademoiselle Duclos, chacun le sait, me semble bien supérieure à sa rivale; mais c'est une fureur! un engouement! tous les salons du grand monde se disputent mademoiselle Lecouvreur!

L'ABBÉ. Elle est à la mode!

LA PRINCESSE. Cela tient lieu de tout... et comme madame de Noailles, que je ne peux souffrir, avait compté demain sur elle pour sa grande soirée, je me suis empressée, depuis huit jours, de l'inviter, et j'ai sa réponse.

ATHÉNAÏS, *vivement.* Une lettre d'elle!.. Ah! donnez, que je voie son écriture.

LE PRINCE. Vous disiez vrai: c'est une passion réelle!

ATHÉNAÏS. Je ne manque pas une de ses représentations... mais je ne l'ai jamais vue de près... On assure qu'elle apporte dans le choix de ses ajustements un goût particulier qui lui sied à merveille... puis, des manières si nobles, si distinguées...

LE PRINCE. M. de Bourbon disait d'elle, l'autre jour, qu'il avait cru voir une reine au milieu de comédiens.

LA PRINCESSE. Compliment auquel elle a répondu par une plaisanterie fort peu convenable... C'est à cela que je faisais allusion dans mon invitation... et voici sa réponse: (*Lisant la lettre.*) « Madame la princesse, si j'ai eu l'imprudence de « dire devant M. d'Argental que l'avantage des princesses de « théâtre sur les véritables, c'est que nous ne jouions la co- « médie que le soir, tandis qu'elles la jouaient toute la « journée, il a eu grand tort de vous répéter ce prétendu « bon mot... et moi, un plus grand encore de l'avoir dit, « même en riant; vous me le prouvez, Madame, par la fran- « chise et la gracieuseté de votre lettre. Elle est si digne, si « charmante, elle sent tellement la véritable princesse, que « je l'ai gardée devant moi, sur mon bureau, pour placer la « vérité à côté de la fable. J'avais juré de ne plus aller ré- « citer de vers dans le monde; ma santé est faible, et cela « ajoute beaucoup aux fatigues du théâtre. Mais le moyen, à « une pauvre fille comme moi, de vous refuser? vous me croi- « riez fière!.. Et si je le suis, Madame, c'est de vous prouver « à quel point j'ai l'honneur d'être votre très-humble et « obéissante servante. ADRIENNE. »

ATHÉNAÏS. Mais voilà une lettre du meilleur goût!.. et personne de nous, je pense, n'en écrirait de mieux tournée... (*Prenant la lettre.*) puis-je la garder? Je ne m'étonne plus de la passion de ce pauvre petit d'Argental... le fils!

L'ABBÉ. Il en perd la tête!

LA PRINCESSE. C'est un mal de famille... car le père, que vous connaissez, avec sa perruque de l'autre règne et sa figure de l'autre monde, s'étant rendu chez Adrienne pour lui ordonner de restituer l'esprit de son fils, y a perdu lui-même le peu qui lui restait...

ATHÉNAÏS. C'est admirable!

L'ABBÉ. Et l'histoire du coadjuteur?

LE PRINCE. Il y a une histoire du coadjuteur?

L'ABBÉ. Qui, trouvant dans une mansarde, au chevet d'une pauvre malade, une jeune dame charmante, lui donna le bras pour descendre les six étages... et, comme il pleuvait à verse... la força malgré elle à monter dans sa voiture épiscopale, et traversa ainsi tout Paris, conduisant qui?.. mademoiselle Lecouvreur.

ATHÉNAÏS. C'était elle!

L'ABBÉ. De là, le bruit qu'il avait voulu l'enlever.... Le saint homme était furieux et a juré de lancer sur elle les foudres de l'Église à la première occasion! aussi, qu'elle ne s'avise pas de mourir!

ATHÉNAÏS. Elle n'en a pas envie, je l'espère. (*Se levant, ainsi que la princesse.*) Ainsi, à demain soir! je m'invite... pour la voir, pour l'entendre.

LA PRINCESSE. Vous viendrez? nous allons, comme vous, adorer mademoiselle Lecouvreur.

ATHÉNAÏS. Adieu, chère princesse, je m'en vais. (*Tout le monde la reconduit; elle fait quelques pas pour sortir, s'arrête et revient* (1). A propos, savez-vous la nouvelle?

LA PRINCESSE. Eh! mon Dieu! non! je n'ai à moi que l'abbé, qui ne sait jamais rien!

ATHÉNAÏS. Ce jeune étranger au service de France, que, l'hiver dernier, toutes les dames se disputaient... ce jeune fils du roi de Pologne et de la comtesse de Kœnismarck...

LA PRINCESSE, *avec émotion.* Maurice de Saxe!

ATHÉNAÏS. Est de retour à Paris!

L'ABBÉ. Permettez, le bruit en a couru, mais cela n'est pas!

ATHÉNAÏS. Cela est! je le sais par mon petit-cousin, Florestan de Belle-Isle, qui l'avait accompagné dans son expédition de Courlande... ce qui était même bien inquiétant, bien effrayant... (*Vivement.*) pour M. le duc d'Aumont, mon mari... et pour moi... mais enfin, il est à Paris depuis ce matin... Je l'ai vu, et il revenait, m'a-t-il dit, avec son jeune général...

LA PRINCESSE. Qui, à ce qu'il paraît, n'avoue pas son retour.

L'ABBÉ. A cause de ses dettes... il en a tant! Il doit seulement, à ma connaissance, soixante-dix mille livres à un Suédois, le comte de Kalkreutz, qui, l'année dernière déjà, aurait pu le faire arrêter et qui y a renoncé, parce que où il n'y a rien...

LE PRINCE. Le roi perd ses droits!

ATHÉNAÏS. L'abbé ne l'aime pas et lui en veut parce que, l'année dernière, il lui faisait du tort dans son état de conquérant... jalousie de métier.

L'ABBÉ. C'est ce qui vous trompe, duchesse. Je l'aime beaucoup, car, avec lui, c'est chaque jour une aventure nouvelle, un scandale nouveau, qui rajeunit mon répertoire... cela vous plaît, Mesdames!

ATHÉNAÏS. Fi, l'abbé!

L'ABBÉ. Vous aimez l'extraordinaire, et chez lui tout est bizarre. D'abord, on l'appelle Arminius! comment peut-on se nommer Arminius?

LE PRINCE. C'est un nom saxon... tous les savants vous le diront.

L'ABBÉ. Et puis, un autre talisman, il a l'honneur d'être bâtard, bâtard de roi.

LE PRINCE. C'est une chance de succès!

L'ABBÉ. C'est à cela qu'il doit sa renommée naissante.

ATHÉNAÏS. Non pas, mais à son courage, à son audace! A treize ans, il se battait à Malplaquet sous le prince Eugène; à quatorze ans, sous Pierre le Grand, à Stralsund... c'est Florestan qui m'a raconté tout cela.

L'ABBÉ. Il a oublié, j'en suis sûr, son plus bel exploit... au siége de Lille, il a enlevé, il n'avait pas douze ans... il a enlevé...

ATHÉNAÏS. Une redoute!

L'ABBÉ. Non, une jeune fille nommée Rosette.

ATHÉNAÏS, *avec admiration.* A douze ans!

L'ABBÉ. Et quand on commence ainsi, vous jugez...

ATHÉNAÏS. Eh bien! vous le jugez très-mal, car, dans cette dernière expédition, que l'on dit fabuleuse, et où il vient de se faire nommer duc de Courlande, l'héritière du trône des czars,

la fille de l'impératrice, avait conçu pour lui une affection qui ne tendait rien moins qu'à le faire un jour empereur de Russie.

LA PRINCESSE. Et, sans doute, ébloui d'une conquête aussi brillante, Maurice aura tout employé...

ATHÉNAÏS. Je l'aurais cru comme vous! Pas du tout, Florestan m'a raconté qu'il n'avait rien fait de ce qu'il fallait pour réussir... au contraire, il a laissé voir franchement à la princesse moscovite qu'il avait au fond du cœur une passion parisienne...

LA PRINCESSE, *avec émotion.* En vérité!

ATHÉNAÏS. Vous voyez donc bien qu'il ne faut pas toujours croire les abbés... Adieu, princesse.

UN DOMESTIQUE, *annonçant.* Monsieur le comte Maurice de Saxe!

ATHÉNAÏS. Ah! il est dit que je ne m'en irai pas aujourd'hui... je reste!

—

SCÈNE III.

LES PRÉCÉDENTS, MAURICE (1).

L'ABBÉ. Salut au souverain de Courlande!

LE PRINCE. Salut au conquérant!

ATHÉNAÏS. Salut au futur empereur!

MAURICE, *gaiement.* Eh! mon Dieu oui, Mesdames, duc sans duché, général sans armée, et empereur sans sujets, voilà ma position!

LE PRINCE. Les états de Courlande ne vous ont-ils donc pas choisi pour maître?

MAURICE. Certainement! nommé par la diète, proclamé par le peuple, j'ai en poche mon diplôme de souverain. Mais la Russie me défendait d'accepter, sous peine du canon moscovite, et mon père, le roi de Pologne, qui craint la guerre avec ses voisins, m'ordonnait de refuser, sous peine de sa colère.

LA PRINCESSE. Eh bien! qu'avez-vous fait?

MAURICE. J'ai répondu à l'impératrice par un appel aux armes de toute la noblesse courlandaise, et j'ai écrit à mon père qu'avant d'être élu souverain, j'étais officier du roi de France; que dans les armées de Sa Majesté Très-Chrétienne je n'avais pas appris à reculer, et que j'irais en avant.

ATHÉNAÏS. A merveille!

L'ABBÉ. Il n'y avait rien à répliquer.

MAURICE. Aussi, faute de bonnes raisons, mon père me mit au ban de l'empire, l'impératrice mit ma tête à prix, et son général, le prince Menzicoff, entra, sans déclaration de guerre, à Mittau, pour m'enlever par surprise dans mon palais. Il avait avec lui dix-huit cents Russes, et moi, pas un soldat!

L'ABBÉ, *riant.* Il fallut bien se rendre!

MAURICE. Non pas.

LA PRINCESSE. Vous avez osé vous défendre?

MAURICE. A la Charles XII. Ah! m'écriai-je, comme le roi de Suède, à Bender, en voyant luire autour de mon palais les torches et les fusils : Ah! l'incendie et les balles! cela me va!.. Je rassemble quelques gentilshommes français qui m'avaient accompagné, le brave Florestan de Belle-Isle.

ATHÉNAÏS, *vivement.* Mon petit-cousin... vous en êtes content, monsieur le comte?

MAURICE. Très-content, duchesse, il se bat comme un enragé. Avec lui, les gens de ma maison, mon secrétaire, mon cuisinier, six hommes d'écurie.... et une jeune marchande courlandaise qui se trouvait là...

---

(1) Les acteurs, en redescendant le théâtre, se trouvent placés dans l'ordre suivant : l'abbé, la princesse, Athénaïs, le prince.

(1) Les acteurs, qui ont remonté le théâtre, le redescendent dans l'ordre suivant : l'abbé, la princesse, Maurice, Athénaïs, le prince.

L'ABBÉ. Toujours des femmes! il a une manière de faire la guerre...

MAURICE. Qui vous irait, n'est-ce pas, l'abbé? Nous étions en tout soixante!

LE PRINCE. Un contre vingt!

MAURICE. Ne craignez rien, la différence diminuera bientôt. Les portes bien barricadées avec tous les meubles dorés du palais... je place mes gens aux fenêtres avec leurs mousquets et ma jeune marchande avec une chaudière...

L'ABBÉ. Vous l'aviez enrégimentée aussi?

MAURICE. Sans doute. Un feu de mousqueterie dont tous les coups portaient dans la masse des assiégeants qui, après une perte de cent vingt hommes, se décidèrent enfin à l'assaut.... c'est là que je les attendais; sous le pavillon de droite, le seul où l'escalade fût possible, j'avais placé moi-même deux barils de poudre, et au moment où trois cents Cosaques, qui l'avaient envahi, hurlaient hourra et victoire... je fis sauter en l'air les vainqueurs avec une moitié du palais.

MAURICE. Debout, sur la brèche, au milieu des décombres... appelant aux armes les citoyens de Mittau, que l'explosion avait réveillés... Les cloches sonnaient de toutes parts, et Menzicoff effrayé se retira en désordre sur son corps principal... Ah! si j'avais pu les poursuivre, si j'avais eu deux régiments français... un seulement! C'est là ce qui me manque et ce que je viens chercher.

LA PRINCESSE. Tel est le but de votre voyage?

MAURICE. Oui, Madame! Que le cardinal de Fleury m'accorde, à moi, officier du roi de France, quelques escadrons de houzards... le nombre ne me fait rien, la qualité me suffit, et, par Arminius, mon patron, j'espère, l'année prochaine, Mesdames, vous recevoir et vous traiter dans la royale demeure des ducs de Courlande.

LA PRINCESSE. En attendant, vous nous permettrez de vous faire les honneurs de notre hôtel.

LE PRINCE. Je vous invite pour demain à notre soirée. (Maurice s'incline.)

ATHÉNAÏS. Vous me donnerez la main; je serai fière d'avoir pour cavalier le vainqueur de Menzicoff. (Souriant.) Et puis, l'on vous réserve ici un plaisir de roi.

MAURICE. Je serai avec vous, duchesse.

ATHÉNAÏS. Vous entendrez mademoiselle Lecouvreur. (Mouvement de Maurice.) La connaissez-vous, monsieur le comte?

MAURICE, avec réserve. Oui, un peu... lors de mon dernier voyage.

ATHÉNAÏS. C'est admirable! Elle a amené toute une révolution dans la tragédie, elle y est simple et naturelle, elle parle.

LA PRINCESSE. Le beau mérite!

ATHÉNAÏS, à Maurice. Vous préviens que madame de Bouillon ne partage pas mon enthousiasme, elle est passionnée pour mademoiselle Duclos, dont la déclamation emphatique n'est qu'un chant continuel.

LA PRINCESSE. C'est la vraie tragédie.

L'ABBÉ. Certainement! les poëtes disent tous : Je chante... Je chante...

LE PRINCE. Arma virumque cano...

LA PRINCESSE. Qu'est-ce que c'est que cela?

L'ABBÉ. C'est de l'Horace ou du Virgile.

ATHÉNAÏS. Ah! l'abbé, vous devenez pédant.

LA PRINCESSE. Donc, plus la tragédie est chantée... mieux cela vaut.

L'ABBÉ. C'est sans réplique.

ATHÉNAÏS. Eh bien! moi, je m'en rapporte à monsieur le comte.

LA PRINCESSE. Je ne demande pas mieux, qu'il prononce?

MAURICE. Moi, Mesdames! je serais un juge bien peu compétent. Un soldat qui ne sait que se battre... un étranger qui connaît à peine votre langue.

ATHÉNAÏS. Laissez donc! on prétend que vous vous formez... que vous faites des progrès étonnants, que vous étudiez nos bons auteurs. (A la princesse.) Oui, vraiment, dans la dernière campagne, Florestan l'a surpris, sous sa tente, récitant seul des vers de Racine ou de Corneille.

LA PRINCESSE, riant. C'est fabuleux.

ATHÉNAÏS, poussant un cri. Ah! mon Dieu! deux heures, et mon mari, M. le duc d'Aumont, qui m'attend pour aller à Versailles.

LE PRINCE. Depuis quelle heure?

ATHÉNAÏS. Depuis midi.

LA PRINCESSE. Ce n'est pas trop.

ATHÉNAÏS. Venez-vous avec nous, l'abbé? Nous avons une place à vous offrir.

LE PRINCE, retenant l'abbé par la main. Non!.. je le garde!.. j'ai à lui lire ce matin la moitié du dernier volume de mon traité...

L'ABBÉ, bas, à la princesse, d'un air misérable. Vous l'entendez!..

LE PRINCE. Impossible de remettre... l'imprimeur attend... et je l'emmène dans mon cabinet!

ATHÉNAÏS. Pauvre abbé!.. Adieu, Messieurs! (A la princesse.) Adieu, ma toute belle, à demain! (Athénaïs sort par le fond, l'abbé et le prince, par la porte à droite.)

—

SCÈNE IV.

MAURICE, LA PRINCESSE.

LA PRINCESSE, après avoir attendu que toutes les portes se fussent refermées, se rapprochant vivement de Maurice. Enfin donc, on vous revoit! Depuis deux mois, pas une seule ligne de vous; c'est par la duchesse d'Aumont que j'ai appris votre retour, et j'ai cru que je ne recevrais pas votre visite.

MAURICE. Ma première a été pour vous, princesse... arrivé cette nuit...

LA PRINCESSE. Vous n'avez vu, de la matinée, personne encore?..

MAURICE. Que le secrétaire d'État au département de la guerre... (Ayant l'air de chercher.) le cardinal-ministre.... et le premier commis, qui, tous, du reste, m'ont assez mal accueilli et m'ont donné peu d'espoir!

LA PRINCESSE. D'autres vous ont dédommagé!

MAURICE. Que voulez-vous dire?

LA PRINCESSE, qui, depuis le commencement de la scène, a tenu les yeux fixés sur un bouquet que Maurice porte à la boutonnière de son habit. Je ne m'imagine pas que ce soit le secrétaire d'État ou le cardinal-ministre qui vous ait donné ce bouquet de roses.

MAURICE, avec embarras. C'est vrai!.. je n'y pensais plus! vous voyez tout!

LA PRINCESSE. De qui vous viennent ces fleurs?

MAURICE, riant. De qui?.. Eh! mais, d'une petite bouquetière... fort jolie, ma foi... que j'ai rencontrée presque aux portes de votre hôtel, et qui m'a supplié si vivement de le lui acheter...

LA PRINCESSE. Que vous avez pensé à moi...

MAURICE. Oui, princesse!

LA PRINCESSE. Quel aimable souvenir!.. j'accepte, monsieur le comte, j'accepte...

MAURICE, avec embarras, le lui présentant. Vous êtes trop bonne!..

LA PRINCESSE, à voix haute, et feignant de l'admirer. Il est charmant!.. L'essentiel, en ce moment, quoique peut-être vous méritiez peu qu'on s'occupe de vous... est de songer à vos intérêts... vous dites que le cardinal-ministre... vous a mal accueilli...

MAURICE. Fort mal.

LA PRINCESSE. Je verrai à faire changer ses dispositions... on vous accordera vos deux régiments.

MAURICE. S'il était vrai !...

LA PRINCESSE. J'irai à Versailles... et, pour vous tenir au courant de ce que j'aurai fait, de ce que j'aurai appris...

MAURICE. Je viendrai ici...

LA PRINCESSE. Ici... non ! la foule des curieux et des importuns, sans compter mon mari, ne me laisse pas un instant de liberté. Mais, écoutez-moi : M. le prince de Bouillon a acheté pour la Duclos une petite maison charmante, délicieuse, près de la Grange-Batelière... à deux pas de l'enceinte de Paris... j'en puis disposer... c'est là seulement que je vous recevrai.

MAURICE. Dans cette maison, qui appartient...

LA PRINCESSE. A mon mari... raison de plus ! chez lui, c'est chez moi...

MAURICE, gaiement. En vérité, princesse, il n'y a que vous pour de telles combinaisons !

LA PRINCESSE. Oui, c'est assez ingénieux... Quand ce sera possible et nécessaire, c'est mademoiselle Duclos elle-même qui vous en préviendra en vous écrivant, jamais moi !

MAURICE, de même. Mais, ne craignez-vous pas ?..

LA PRINCESSE. Rien !.. la Duclos m'est dévouée... son sort est dans mes mains...

MAURICE. Je comprends... mais moi... (A part.) Accepter quand j'en aime une autre... non, mieux vaut tout lui dire. (Haut.) Je ne sais, princesse, comment vous remercier de votre générosité, de votre dévouement...

LA PRINCESSE (1). En acceptant ! Silence, on vient !.. Qu'est-ce ?.. (Se retournant avec impatience.) Rien... C'est l'abbé.

MAURICE, salue respectueusement la princesse, et sort par le fond ; à part. Plus tard ! plus tard !

SCÈNE V.

LA PRINCESSE, qui est remontée avec Maurice jusqu'au fond du théâtre, L'ABBÉ, se jetant dans un fauteuil, à droite.

L'ABBÉ. Soixante pages de chimie ! (Il tire de sa poche un flacon de sels, qu'il respire à plusieurs reprises.)

LA PRINCESSE, redescendant le théâtre en rêvant et en regardant le bouquet. Une bouquetière qui attache ses fleurs avec des cordons soie et or !.. Cet embarras... cette froideur... sont de quelqu'un qui n'aime plus !... cela peut arriver à tout le monde... mais si cette passion, qui lui a fait dédaigner la fille du czar... était, non pas pour moi, mais pour une autre !.. une rivale ! une rivale préférée ! . Je m'emporte !.. non... non... sans me mettre en avant, sans me compromettre... je le saurai. (Elle redescend toujours le théâtre vers le fauteuil où l'abbé est assis, et s'assied dans une chaise à côté de lui.)

L'ABBÉ, respirant un flacon. Soixante pages de chimie ! c'est au-dessus de mes forces ! je donne ma démission ! je renonce à mon emploi d'ami de la maison... (Regardant la princesse.) Puisqu'il n'y a, décidément, ni avancement, ni indemnité à obtenir...

LA PRINCESSE, à part. Et pourquoi donc, l'abbé ?..

L'ABBÉ. Que voulez-vous dire ?..

LA PRINCESSE, à demi-voix. Écoutez-moi vite !... Une amie à moi... une amie intime...

L'ABBÉ. La duchesse d'Aumont ?..

LA PRINCESSE. Peut-être !.. je ne nomme personne, désire

(1) Maurice, la princesse, l'abbé, qui vient d'entrer par la porte, à droite.

avec ardeur... avec passion... enfin... comme nous désirons, nous autres femmes... désire découvrir un secret que l'on cache avec soin.

L'ABBÉ. Lequel ?

LA PRINCESSE. Quelle est la beauté mystérieuse... inconnue... qu'adore en ce moment Maurice de Saxe !.. car il y en a une... Vous, l'abbé, qui savez tout... qui, par état, devez tout savoir...

L'ABBÉ. Certainement !

LA PRINCESSE. J'ai pensé que vous pourriez nous rendre ce service.

L'ABBÉ. C'est très-difficile !

LA PRINCESSE. Voilà un mot que je n'admets pas !

L'ABBÉ. Pour moi surtout... qui, dans ce moment, n'ai pas de chance et ne suis pas heureux...

LA PRINCESSE. Le bonheur dépend souvent de bien jouer... Les heureux sont les habiles.

L'ABBÉ. Et si j'étais assez habile... pour découvrir ce secret...

LA PRINCESSE. Je pourrais peut-être, à mon tour... vous en confier un... auquel vous paraissiez tenir...

L'ABBÉ, avec joie. O ciel ! est-il possible !

LA PRINCESSE. Vous voyez donc bien que vous aviez tort de vous plaindre ! Aide-toi, le ciel t'aidera ! Ce n'est plus de moi... c'est de vous seul que tout dépend... Adieu... adieu !.. (Elle sort par la porte à gauche.)

SCÈNE VI.

L'ABBÉ, seul, puis LE PRINCE.

L'ABBÉ. L'ai-je bien entendu ?

Sors vainqueur d'un combat dont Chimène est le prix !

Mais comment en sortir ?.. Le comte de Saxe, qui est la discrétion même, ne me confiera rien... Je ne suis pas son ami .. impossible de le trahir. A qui donc m'adresser... pour épier... pour savoir... et pour obtenir la récompense...

LE PRINCE. Miracle ! l'abbé qui réfléchit !

L'ABBÉ. Oui, sans doute... et sur un problème... qui n'est pas facile à résoudre !..

LE PRINCE. Un problème !.. cela nous regarde, nous autres savants !

L'ABBÉ, le regardant en riant. Au fait... c'est vrai... cela le regarde... ça l'intéresse... en un sens.

LE PRINCE. Voyons, l'abbé..... voyons..... qu'est-ce qui te tourmente ?

L'ABBÉ, amenant le prince au bord du théâtre. Il est impossible que Maurice de Saxe, qui est si galant et si à la mode, n'ait pas au moins un amour dans le cœur ?

LE PRINCE, riant. Eh bien ! qu'est-ce que cela te fait à toi, l'abbé ?

L'ABBÉ. Cela me fait... que, pour des raisons inutiles à vous expliquer... des raisons personnelles, de la plus haute importance... je tiendrais à savoir quelle est sa passion actuelle... la beauté régnante...

LE PRINCE, avec bonhomie. Je te saurai cela !

L'ABBÉ. Vous !

LE PRINCE. Moi ! dès ce soir...

L'ABBÉ. Allons donc... ce serait trop original !

LE PRINCE. Veux-tu parier deux cents louis ?

L'ABBÉ. C'est cher ! mais cela vaut ça... pour la rareté du fait. (Au prince, qui vient de sonner.) Que faites-vous donc ?

LE PRINCE, à un domestique qui paraît. Mes chevaux..... (A l'abbé.) Veux-tu venir ce soir avec moi à la Comédie française ?.. la Lecouvreur et la Duclos jouent dans Bajazet.

L'ABBÉ. Volontiers... Mais qu'est-ce que cela fait à notre affaire?..

LE PRINCE. La Duclos connaît le nom que tu veux savoir...

L'ABBÉ. En vérité!..

LE PRINCE. L'autre soir, au moment où j'entrais dans sa loge comme on parlait de Maurice de Saxe... la Duclos disait en riant... je connais une grande dame qu'il adore..... Elle s'est arrêtée en me voyant... Mais tu sens bien que, si je le lui demande... elle n'a rien à me refuser... Elle me le dira en confidence... je te le dirai en secret...

L'ABBÉ. Et c'est par vous que je l'apprendrai... C'est impayable...

LE PRINCE, *riant*. Impayable? non pas... tu me paieras les deux cents louis du pari... Vivent les abbés!

L'ABBÉ. Vivent les savants!.. Donnons-nous la main!

LE PRINCE. Et à la Comédie française! *(Ils sortent ensemble en se donnant la main.)*

FIN DU PREMIER ACTE.

ACTE DEUXIÈME.

Le théâtre représente le foyer de la Comédie française ; à gauche du spectateur, deux portes par lesquelles on pénètre sur le théâtre : entre les deux portes, une glace avec des candélabres ; au fond, une grande cheminée sur laquelle est un buste de Molière ; devant la cheminée, des fauteuils rangés en cercle ; à droite, deux portes par lesquelles on va dans la salle : aux deux angles du foyer, les bustes de Racine et de Corneille placés sur des demi-colonnes ; au fond, sur la muraille, et des deux côtés de la cheminée, les portraits de Baron, de la Champmeslé, etc. Au lever du rideau, mademoiselle JOUVENOT, en costume de Fatime, dans *Bajazet*, est devant la glace, à gauche, et met la dernière main à sa coiffure ; plus loin, mademoiselle DANGEVILLE, dans le rôle des *Folies amoureuses*, est assise et cause avec un jeune seigneur, qui est derrière elle appuyé sur son fauteuil ; au fond, debout ou assis devant la cheminée, plusieurs des acteurs qui jouent dans *Bajazet* ou les *Folies amoureuses*. MICHONNET, au milieu du théâtre, va et vient et répond à tout le monde ; à droite du spectateur, et devant une table, QUINAULT, dans le costume du vizir Acomat, et POISSON en costume de Crispin, jouant une partie d'échecs ; d'autres acteurs et actrices se promènent en causant ou en étudiant leurs rôles.

SCÈNE PREMIÈRE.

MADEMOISELLE JOUVENOT, MADEMOISELLE DANGE-VILLE, MICHONNET, QUINAULT, POISSON.

MADEMOISELLE JOUVENOT. Michonnet, avez-vous du rouge?

MICHONNET. Oui, Mademoiselle, là, dans ce tiroir.

POISSON. Michonnet!

MICHONNET. Monsieur Poisson!

POISSON. La recette est-elle belle ce soir?

MICHONNET. Adrienne et la Duclos jouant ensemble dans *Bajazet* pour la première fois! plus de cinq mille livres!

POISSON. Diable!

MADEMOISELLE DANGEVILLE. Michonnet! A quelle heure commencera la seconde pièce, les *Folies amoureuses?*

MICHONNET. A huit heures, Mademoiselle...

QUINAULT, *jouant au tric-trac*. Michonnet!

MICHONNET. Monsieur Quinault!

QUINAULT. N'oubliez pas mon poignard.

MICHONNET. Non... non... Michonnet!.. toujours Michonnet!.. Pas un instant de repos... et à qui la faute?.. à moi, qui me suis mis sur le pied de tout surveiller... jusqu'aux accessoires, et qui ne dormirais pas tranquille si je n'avais remis moi-même à Hippolyte son épée et à Cléopâtre son aspic... Distribuer tous les soirs des parures en rubis ou des bourses pleines d'or... et quinze cents livres d'appointements... quelle ironie!.. Si au moins ils m'avaient nommé

sociétaire!... cela ne rapporte pas grand'chose, mais on est de la Comédie française... On signe : *Michonnet, de la Comédie française!* Au lieu de cela : *premier confident tragique* et régisseur général... c'est-à-dire obligé d'écouter les tirades et les ordres de tout le monde...

MADEMOISELLE JOUVENOT. Adrienne aura-t-elle ce soir ses diamants?

MADEMOISELLE DANGEVILLE. Ceux que lui a donnés la reine?

MADEMOISELLE JOUVENOT. A ce qu'elle dit!

MICHONNET. Ces diamants là lui ont fait bien des ennemis!

MADEMOISELLE JOUVENOT. Il n'y a pas de quoi!.. Il est si facile d'avoir des diamants...

MICHONNET, *entre ses dents*, A vous autres... mais à nous, qui n'avons que nos appointements... ou à celles qui n'ont que leur mérite...

MADEMOISELLE JOUVENOT, *avec fierté*. Qu'est-ce à dire?

MICHONNET. Rien, Mademoiselle, rien!.. *(A part.)* Ah! si tu n'étais pas sociétaire! Si je n'avais pas besoin de toi pour le devenir... comme je te répondrais!.. comme je t'aurais trouvé quelque chose de bien piquant et de bien spirituel!..

QUINAULT, *d'un air important*. Échec et mat... Vous n'êtes pas de force, mon cher...

POISSON. Quoi! monsieur Quinault! tu ne me tutoyes plus!..

MADEMOISELLE DANGEVILLE. C'est un manque d'égards...

POISSON. Que voulez-vous! depuis que mademoiselle Quinault, sa sœur et notre camarade, a épousé le duc de Nevers... il se croit duc et pair par alliance... Voyons, dis-le franchement, veux-tu que je t'appelle monseigneur?

QUINAULT. Il suffit... Commence-t-on?..

MICHONNET. Ne craignez rien... je vous avertirai... je suis la pendule du foyer.

MADEMOISELLE JOUVENOT. Pendule qui jamais ne retarde!

MICHONNET. C'est vrai!.. le moindre manquement dans le répertoire bouleverse tout mon être, et un jour de clôture est un jour de relâche dans mon existence.

SCÈNE II.

MADEMOISELLE JOUVENOT, MADEMOISELLE DANGE-VILLE *et d'autres dames devant la cheminée du fond;* MICHONNET, *sur le devant du théâtre;* L'ABBÉ, LE PRINCE DE BOUILLON *et plusieurs seigneurs venant de la salle et entrant par la porte à droite;* QUINAULT ET POISSON, *sur le devant, à droite, et remontant, après l'entrée des seigneurs, pour aller causer avec eux.*

MICHONNET. Allons, encore des étrangers qui viennent dans nos foyers, dans nos coulisses... *(L'abbé, le prince et les seigneurs s'approchent des dames qui sont près de la cheminée, les saluant et causant avec elles. Reconnaissant et saluant.)* Ah!.. monsieur l'abbé de Chazeuil, monseigneur le prince de Bouillon! *(A part.)* Quand je pense que cet homme-là pourrait, d'un mot, me faire nommer sociétaire!.. je ne peux pas m'empêcher de le regarder avec respect!.. Quelle bassesse!.. moi, qui blâme ces dames et leurs parures!.. *(Le prince, l'abbé, Quinault, Michonnet, descendent sur le devant du théâtre.)*

L'ABBÉ, *s'adressant à Quinault*. Bonsoir, vizir!.. On dit, monsieur Quinault, que vous serez admirable dans *Bajazet*.

LE PRINCE. Ainsi que mademoiselle Duclos!

MICHONNET. Et Adrienne donc!.. sublime!..

QUINAULT. Oui, ça a fini par la gagner!... *(Souriant.)* Ce n'est pas la peine! car, sans me vanter, il n'y a pas dans le rôle de Roxane une seule intonation que je ne lui aie donnée...

MICHONNET, *avec colère*. Par exemple!

QUINAULT, *avec hauteur*. Qu'est-ce que c'est?

MICHONNET, *s'arrêtant*. Rien. (*A part.*) Encore un qui est sociétaire... sans cela!.. (*Regardant par la porte à droite.*) C'est Adrienne qui descend de sa loge... la voici.

L'ABBÉ. Oui, vraiment, elle étudie son rôle!

MICHONNET. Toute seule! (*A part et regardant Quinault.*) et sans Monsieur... c'est étonnant!

SCÈNE III.

MADEMOISELLE DANGEVILLE, MADEMOISELLE JOUVENOT, *près de la glace, à gauche*; LE PRINCE, ADRIENNE, *entrant par la porte à droite et étudiant son rôle*; L'ABBÉ, MICHONNET, QUINAULT.

ADRIENNE, *étudiant*.

Du sultan Amurat je reconnais l'empire.
Sortez! que le sérail soit désormais fermé...

Non, ce n'est pas cela! (*Essayant une autre manière.*)

Sortez! que le sérail soit désormais fermé...
Et que tout rentre ici dans l'ordre accoutumé!

L'ABBÉ, *qui s'approche d'elle*. Superbe!

ADRIENNE. Monsieur l'abbé de Chazeuil!

LE PRINCE. Éblouissant!

MADEMOISELLE JOUVENOT. Vous voulez parler des diamants?

LE PRINCE. Ceux de la reine, en effet! Quand mademoiselle Lecouvreur voudra s'en défaire, je lui en ai déjà offert soixante mille livres. (*Mademoiselle Jouvenot, mademoiselle Dangeville remontent vers la cheminée qui est au fond du théâtre. A Adrienne.*) Vous étudiez donc toujours? que cherchez-vous encore?

ADRIENNE. La vérité.

L'ABBÉ, *regardant Quinault*. Mais vous avez eu des leçons des premiers maîtres.

MICHONNET, *à Quinault, qui veut sortir*. Restez donc, monsieur Quinault, on ne commence pas encore.

L'ABBÉ, *à Adrienne*. Pour le rôle de Roxane, par exemple!

ADRIENNE. Eh! mon Dieu, non, par malheur! (*Apercevant Michonnet.*) Je me trompe, j'allais être ingrate en disant que je n'avais pas eu de maître. Il est un homme de cœur, un ami sincère et difficile, dont les conseils m'ont toujours guidée, dont l'affection m'a toujours soutenue... (*Passant près de Michonnet, à qui elle tend la main* (1).) Lui! et je ne suis sûre du succès que quand je lui ai entendu dire : C'est cela! c'est bien cela!

MICHONNET, *à moitié pleurant*. Ah! Adrienne! vois-tu!.. ce trait-là... j'étouffe!

L'ABBÉ, *qui est passé près de Michonnet, à l'extrême droite du théâtre*. Mais, monsieur Michonnet, dites-moi comment, vous qui donnez de si bons conseils, vous êtes...

MICHONNET. Comment je suis si mauvais, n'est-ce pas, monsieur l'abbé? je me le suis souvent demandé. Cela tient, je crois, à ce que je ne suis pas sociétaire.

L'ANNONCEUR. Messieurs et Mesdames, le premier acte va commencer!

QUINAULT, *au fond*. Et ces dames, qui ne sont pas prêtes!

ADRIENNE, *traversant le théâtre et passant près de la glace, à gauche*. Je le suis.

MADEMOISELLE DANGEVILLE, *redescendant*. Et moi aussi, quoique je ne joue que dans la seconde pièce!

QUINAULT. Mais mademoiselle Duclos.

MICHONNET. Il y a un quart d'heure que je suis entré dans sa loge, où elle écrivait... tout habillée.

(1) Le prince, l'abbé, Michonnet, le prince *remonte à la cheminée près des dames*; tous les autres acteurs sont groupés auprès de la cheminée du fond, ou se promènent dans le foyer.

LE PRINCE (1). Ah! elle écrivait!

MADEMOISELLE DANGEVILLE. En costume! (*A l'abbé, qui lui parle de près.*) Prenez donc garde, l'abbé, vous chiffonnez le mien!

MICHONNET. Il fallait que ce fût une épître bien pressée!

MADEMOISELLE DANGEVILLE, *regardant le prince*. Ou qu'on attendît avec bien de l'impatience.

LE PRINCE. Qu'est-ce que cela signifie?..

MADEMOISELLE JOUVENOT, *à demi-voix, au prince de Bouillon*. Je vais vous le dire... La femme de chambre de mademoiselle Duclos...

LE PRINCE, *souriant*. Pénélope?

MADEMOISELLE JOUVENOT. Prétendait, tout à l'heure, en montrant une lettre, qu'elle avait là un petit billet que monsieur le prince paierait bien cher.

LE PRINCE. Moi! le payer!

MADEMOISELLE JOUVENOT. Ce qui donnerait à penser qu'il n'était pas pour vous! Après cela, c'est une supposition... parce que, chez nous, en fait d'infidélités... on suppose volontiers... on bavarde, on cause, on invente, et presque toujours cela se rencontre juste.

POISSON, *qui est assis près de la table, à droite*. Le hasard!..

LE PRINCE, *vivement, et à part*. O ciel! je cours interroger Pénélope. (*Bas, à l'abbé.*) Je vais, l'abbé, m'occuper de notre affaire...

L'ABBÉ. A merveille... Où vous retrouverai-je?

LE PRINCE. Ici... après le troisième acte.

L'ABBÉ. C'est convenu.

MICHONNET. Allons, mademoiselle Jouvenot, allons, monsieur Quinault. (*Ces dames sortent par la porte à gauche, qui est celle du théâtre.*)

QUINAULT, *que Michonnet presse toujours*. Me voici... me voici!.. (*Rencontrant l'abbé à la porte à gauche.*) Après vous, monsieur l'abbé.

L'ABBÉ. Après votre excellence turque! (*Tous les deux sortent par la porte à gauche.*)

LE PRINCE, *à part, et se dirigeant vers la porte à droite*. Je me suis défié de cette petite Pénélope... rien que ce nom-là, au théâtre, devait porter malheur. (*Il sort par la porte à droite.*)

SCÈNE IV.

ADRIENNE, *assise à gauche*, MICHONNET.

MICHONNET, *regardant Adrienne, qui s'est remise à étudier son rôle à voix basse*. Dire qu'elle a une amitié de pareille pour moi, et voilà cinq ans que j'hésite toujours à lui avouer... C'est tout simple... elle est sociétaire... et je ne le suis pas! elle est jeune, et je ne le suis plus! Et puis aujourd'hui me semble un mauvais jour... attendons à demain... Il est vrai que demain je serai encore moins jeune... D'ailleurs, elle n'aime rien... que la tragédie... (*S'avançant en se donnant du courage.*) Allons!.. (*Avec embarras, et s'approchant d'Adrienne.*) Tu étudies ton rôle?

ADRIENNE. Oui.

MICHONNET, *avec embarras*. A propos de rôle... et si ça ne te dérange pas... moi qui, depuis si longtemps... fais les confidents, j'aurais bien à mon tour... quelque chose...

ADRIENNE, *avec intérêt*. A me confier...

MICHONNET. Oui, vraiment!.. Tu te rappelles mon grand-oncle, l'épicier de la rue Férou?

ADRIENNE. Sans doute!

(1) Adrienne, *devant la glace, à gauche*, mademoiselle Jouvenot, le prince, mademoiselle Dangeville, l'abbé, Michonnet, les autres acteurs et actrices, *au fond*.

Adrienne Lecouvreur, Acte Ier, Scène Ire.

MICHONNET. Eh bien ! ce pauvre homme vient de mourir.

ADRIENNE. Ah ! tant pis !

MICHONNET. Oui, oui, tant pis ! Mais pourtant il me laisse sur son héritage dix bonnes mille livres tournois.

ADRIENNE. Tant mieux !

MICHONNET. Pas tant tant mieux !.. parce que moi, qui n'ai jamais eu tant d'argent, je ne sais qu'en faire, et ça me tourmente.

ADRIENNE, *souriant.* Tant pis, alors...

MICHONNET. Pas tant... parce que ça m'a donné une idée qui ne me serait peut-être pas venue sans cela... celle de me marier...

ADRIENNE. Vous avez raison... (*Avec un soupir.*) et si je le pouvais aussi... moi...

MICHONNET, *avec joie.* Ce ne serait pas loin de ta pensée ?

ADRIENNE. N'avez-vous pas remarqué qu'ils disent tous, depuis quelque temps : Le talent d'Adrienne est bien changé !

MICHONNET, *vivement.* C'est vrai !.. il augmente !.. Jamais tu n'as joué Phèdre comme avant-hier.

ADRIENNE, *avec animation et contentement.* N'est-ce pas ?.. Ce jour-là, je souffrais tant ! j'étais si malheureuse !.. (*Souriant.*) On n'a pas tous les soirs ce bonheur-là !

MICHONNET. Et d'où cela venait-il !

ADRIENNE. On parlait d'un combat!.. et pas de nouvelles!.. blessé... tué peut-être!.. Ah ! tout ce qu'il y a dans le cœur de crainte, de douleur, de désespoir, j'ai tout deviné, tout souffert!.. je puis tout exprimer maintenant, surtout la joie... je l'ai revu !

MICHONNET, *hors de lui.* Qu'entends-je, ô ciel !.. tu aimes quelqu'un...

ADRIENNE. Comment vous le cacher, à vous, mon meilleur ami ?

MICHONNET, *cherchant à se remettre.* Mais... comment cela est-il arrivé ?

ADRIENNE. C'était à la sortie du bal de l'Opéra ! de jeunes officiers, dont un joyeux souper égarait sans doute la raison (lequel d'entre eux, sans cela, eût osé insulter une femme?) voulaient m'empêcher de regagner ma voiture, lorsqu'un jeune homme que je ne connaissais pas, s'écria : Messieurs, c'est mademoiselle Lecouvreur... vous la laisserez passer ; et comme mes quatre adversaires.... (ils étaient quatre) se mirent à rire de cet ordre, par un mouvement plus prompt que la parole et avec une force surnaturelle, mon étrange protecteur renverse de chaque côté et d'un seul coup, deux de ses ennemis, puis m'enlevant dans ses bras et me portant jusqu'à ma voiture, il me dépose sur les coussins, au moment où nos jeunes officiers, qui s'étaient relevés, accouraient l'épée à la main : Monsieur, vous me rendrez raison ! — Très-volontiers ! — Vous commencerez par moi — par moi — par moi. — Lequel choisissez-vous ? — Tous, répondit-il, en les chargeant à la fois... et, au cri que je poussai : ne craignez rien, restez, Mademoiselle, me dit-il, vous serez aux premières loges ; et nous, Messieurs, allons en scène ! — Que vous dirai-je ? quoique saisie de frayeur, je ne pouvais détacher mes yeux de ce spectacle... et si vous l'aviez vu braver, en se jouant, la pointe de ces quatre épées dirigées contre sa poitrine, c'était le bras et le regard d'un héros. Loin de reculer, il les défiait ! il les appelait ! il me semblait entendre :

Paraissez, Navarrois, Maures et Castillans,
Et tout ce que l'Espagne a produit de vaillants !

Mais, aux cris de la foule, le guet arrivait de tous côtés... Nos adversaires, honteux de leur nombre et redoutant les flambeaux, disparaissaient l'un après l'autre du champ de bataille...

Et le combat finit faute de combattants !

MICHONNET, vivement. Et tu l'as revu ?

ADRIENNE. Dès le lendemain !.. Pouvais-je l'empêcher de se présenter chez moi, de venir s'informer de mes nouvelles, surtout quand il m'eut avoué que lui, étranger, simple officier, n'avait de fortune, de titres, de nom même à attendre que de son courage... Voilà ce qui le rendait si redoutable pour moi !... Riche et puissant, peu m'importait ; mais pauvre, mais malheureux, mais ne rêvant, comme moi, que l'amour et la gloire, comment lui résister ?

MICHONNET. O ciel !

ADRIENNE. Parti, depuis trois mois, pour chercher fortune avec le jeune comte de Saxe, fils du roi de Pologne, son compatriote, il est revenu ce matin, et sa première visite a été pour moi ; mais son général, mais le ministre, qui l'attendaient à Versailles, ont abrégé encore le peu d'instants qu'il me donnait ; aussi, ce soir, il me l'a promis, il viendra ici au théâtre !..

MICHONNET. Il viendra !

ADRIENNE. Me voir jouer Roxane !

MICHONNET, vivement. Ah ! mon Dieu ! et dans quel état te voilà ! Ce trouble... cette émotion... tu ne pourras rien détailler... rien calculer !

ADRIENNE. Qu'importe !

MICHONNET. Ce qu'il importe !.. c'est qu'aujourd'hui, pour la première fois, tu joues ce rôle avec la Duclos !

ADRIENNE, sans l'écouter. Soyez tranquille !..

MICHONNET. Je ne le suis pas ! Il faut du calme et du sang-froid, même dans l'inspiration. La Duclos se possédera... elle profitera de ses avantages... tandis que toi... tu ne verras que lui...

ADRIENNE, avec passion. C'est vrai !.. Et si, dans la salle, mon œil le découvre...

MICHONNET, avec désespoir. Tu es perdue !... Ne t'occupe que de ton rôle... L'amour passe, mais un beau rôle, une belle création, un triomphe éclatant, cela reste toujours ! (D'un air suppliant.) Voyons ! est-ce qu'il ne t'est pas possible de ne pas penser à lui ?

ADRIENNE. Hélas ! non !

MICHONNET. Pour ce soir, du moins ! Adrienne, mon enfant, sois magnifique ! je t'en supplie, sois magnifique ! si ce n'est pas pour moi, eh bien ! que ce soit dans l'intérêt même de cette folle passion ! L'amour des hommes ne vit que d'amour-propre !...·et si la Duclos l'emportait sur toi... si tu n'étais pas la plus belle !..

ADRIENNE, poussant un cri. Je le serai !

MICHONNET, avec reconnaissance. Merci !

ADRIENNE, avec émotion, et lui tendant la main. C'est plutôt à moi de vous remercier, mon excellent ami !..

MICHONNET, à part. Dis plutôt : imbécile de Michonnet !.. (Prêt à s'en aller, revenant sur ses pas.) Il y a un endroit que tu négliges toujours :

N'aurais-je tout tenté que pour une rivale !...

Vois-tu, Adrienne... cette pauvre femme ! ce qui excite encore plus son dépit, c'est que c'est justement pour une rivale que... tu sais... et alors... elle éprouve... là... elle se dit... Je ne peux pas bien rendre l'expression.... mais, tu me comprends.

ADRIENNE, déclamant.

N'aurais-je tout tenté que pour une rivale !

MICHONNET, avec joie. C'est cela !

ADRIENNE. Ne craignez rien !.. Mais vous... ce que vous vouliez me dire..... tout à l'heure..... de vos idées de mariage ?

MICHONNET, vivement. Non, c'est inutile, ce n'est plus le moment... Je te laisse étudier. (A part.) Allons, j'ai beau faire, je ne peux pas sortir de mon emploi de confident..... Et l'héritage de mon oncle, et mes projets... (Essuyant une larme.) Ne pensons plus à rien... à rien au monde !..... (Il fait quelques pas pour sortir par la porte à gauche et revient près d'Adrienne, qui vient de traverser le théâtre et repasse à droite.) Bois une gorgée d'eau en entrant en scène, et surtout n'oublie pas... tu sais... ton... enfin, comme tu as dit !.. (Il sort.)

———

SCÈNE V.

MAURICE, entrant par la porte à droite et s'avançant au milieu du théâtre ; ADRIENNE, à droite, debout, étudiant et lui tournant le dos.

ADRIENNE, à droite, étudiant.

Mes brigues, mes complots... ma trahison fatale .
N'aurais-je tout tenté que pour une rivale !...
Que pour une rivale !...

MAURICE, se tournant du côté des bustes et des portraits qu'il regarde. C'est beau, le foyer de la Comédie française... beau de gloire et de souvenirs... Rien qu'en traversant ces longs corridors, où semblent errer tant d'ombres illustres... on sent là comme un certain respect, surtout quand on y vient, comme moi, pour la première fois... Aussi, je l'espère, personne ne m'y connaît... pas même Adrienne... le mystère est le dernier égard que je doive à madame de Bouillon.

ADRIENNE, levant les yeux et l'apercevant. Maurice !

MAURICE. Adrienne !

ADRIENNE. Vous ! ici !

MAURICE. J'étais arrivé le premier, ou peu s'en faut, pour ne rien perdre de vous...

ADRIENNE. Miséricorde ! on vous aura pris pour un clerc de procureur !

MAURICE. Soit ! ceux-là s'y connaissent aussi bien que d'autres ; car, au nom seul d'Adrienne, ils tressaillent et crient : Bravo ! Mais la toile s'était levée, je ne voyais que le grand vizir et son confident.

ADRIENNE. Patience !

MAURICE. Je n'en ai pas quand je suis si près et si loin de vous... J'ai aperçu une petite porte par laquelle venait de passer une façon de gentilhomme... Puisqu'il entrait, j'en pouvais faire autant... On ne passe pas ! Que demandez vous ?

— Mademoiselle Lecouvreur..... J'ai à lui parler..... Elle m'attend...

ADRIENNE. Imprudent!.. me compromettre!

MAURICE. En quoi? Parce qu'on n'est pas gentilhomme de la chambre, on n'a pas le droit de vous admirer de près... Il faut, à l'écart, dans un coin de la salle, frémir ou sangloter, sans vous remercier de ce cœur que vous avez fait battre ou de cette tête que vous avez exaltée... Il aurait fallu attendre jusqu'à ce soir pour vous dire : Adrienne, je t'aime!

ADRIENNE, *mettant un doigt sur sa bouche*. Silence! (*Lui montrant son costume.*) Roxane va vous entendre! Mais, avant que je vous renvoie, dites-moi bien vite, car à peine ce matin ai-je pu vous entrevoir..... avez-vous fait de bien belles actions?.. me rapportez-vous quelque beau trait bien héroïque?

MAURICE. Ah! s'il n'avait tenu qu'à moi!..

ADRIENNE. Vous êtes trop difficile! Votre jeune général, le comte de Saxe, dont on dit tant de bien, et que je voudrais bien voir, est-il satisfait de vous, Monsieur?

MAURICE. Oh! le comte de Saxe est plus difficile encore que moi... Mais enfin, je ne l'ai pas quitté et j'ai été blessé!

ADRIENNE. Près de lui?

MAURICE. Très-près.

ADRIENNE. C'est bien! l'idée seule de vous savoir blessé me fait frémir, et cependant il me semble qu'en suivant les périls, vous suivez votre route; que les chemins qui s'élèvent sont les vôtres!.. Je vous ai déjà vu l'épée à la main, et quand je vous écoute, quand vous me racontez, en riant, quelqu'une de vos actions de guerre... ne vous moquez pas de mes présages... je devine en vous un grand homme, un héros!

MAURICE. Enfant!

ADRIENNE. Oh! je m'y connais! je vis au milieu des héros de tous les pays, moi! Eh bien! vous avez dans l'accent, dans le coup d'œil, je ne sais quoi qui sent son Rodrigue et son Nicomède... aussi, vous arriverez!

MAURICE. Vous croyez?

ADRIENNE. Vous arriverez!... je saurai bien t'y forcer.

MAURICE. Comment?

ADRIENNE. Je vous vanterai tant le comte de Saxe, votre jeune compatriote, dont toutes ces dames raffolent, qu'il faudra que vous l'égaliez, ne fût-ce que par jalousie!

MAURICE, *souriant*. Je n'ai pas idée que je sois jamais jaloux de lui!

ADRIENNE. Présomptueux! mais avez-vous vu le ministre?

MAURICE. Pas encore, mais je vais lui écrire.

ADRIENNE. Oh! non, n'écrivez pas!

MAURICE. Pourquoi?

ADRIENNE. Parce que, vous savez... l'orthographe...

MAURICE. Eh bien?

ADRIENNE. Eh bien! la première lettre de vous que j'ai reçue était bien chaleureuse, bien tendre, et elle m'a touchée profondément, mais en même temps elle m'a fait rire aux larmes... une orthographe d'une invention!

MAURICE. Qu'importe? je ne veux pas être de l'Académie.

ADRIENNE. Ce n'est pas cela qui vous en empêcherait. Mais vous savez bien que je me suis chargée de faire votre éducation, mon Sarmate, de vous polir l'esprit...

MAURICE. Et moi, je n'ai point oublié mes promesses! que de fois, là-bas, j'ai appris des scènes de Corneille!

ADRIENNE, *avec admiration*. Vous pensiez à Corneille?

MAURICE. Non pas à lui, mais à vous, qui l'interprétez si bien!

ADRIENNE. Et ce petit exemplaire de La Fontaine, que je vous avais donné en partant?

MAURICE. Il ne m'a jamais quitté... il était là, toujours là... à telles enseignes qu'il m'a sauvé une balle dont il a gardé l'empreinte... voyez plutôt?

ADRIENNE. Et vous l'avez lu?

MAURICE. Ma foi, non!

ADRIENNE. Pas même la fable des Deux Pigeons, que je vous avais recommandée?

MAURICE. C'est vrai... mais, pardonnez-moi, ce n'est qu'une fable.

ADRIENNE, *d'un air de reproche*. Une fable! vous ne voyez là qu'une fable!

(*Récitant.*)
Deux pigeons s'aimaient...
(*Avec expression.*)
D'amour tendre.

MAURICE. Comme nous!

ADRIENNE.

L'un d'eux, s'ennuyant au logis,
Fut assez fou pour entreprendre
Un voyage en lointain pays!

MAURICE. Comme moi!

ADRIENNE.

L'autre lui dit : Qu'allez-vous faire?
Voulez-vous quitter votre frère?
L'absence est le plus grand des maux!
Non pas pour vous, cruel!

MAURICE. Est-ce qu'il y a cela?

ADRIENNE, *continuant*.

Hélas! dirai-je, il pleut!
Mon frère a-t-il tout ce qu'il veut,
Bon souper, bon gîte et le reste!

MAURICE, *vivement*. Le reste! ah! après? après?

ADRIENNE, *souriant*. Après? (*Avec finesse.*) Ah! cela vous intéresse donc, Monsieur? et si je vous disais les malheurs de celui qui s'éloigne... et plus encore, ingrat, les tourments de celui qui reste... (*Vivement.*) Non, non!

Voilà nos gens rejoints, et je laisse à juger
De combien de plaisirs ils payèrent leurs peines!
Amants, heureux amants, voulez-vous voyager!
Que ce soit aux rives prochaines.
Soyez-vous l'un à l'autre un monde toujours beau,
Toujours divers, toujours nouveau;
Tenez-vous lieu de tout... comptez pour rien le reste.

MAURICE. Ah! quand c'est vous qui lisez, quelle différence! c'est bien mieux que La Fontaine!

ADRIENNE. Impie!

MAURICE. A votre voix, mon cœur s'ouvre, mon intelligence s'élève, tout me devient facile!

ADRIENNE, *souriant*. Tout!.. même l'orthographe!

MAURICE. A quand ma première leçon?

ADRIENNE. Ce soir, après le spectacle, venez me chercher... voici mon entrée.

MAURICE. Adieu!

ADRIENNE. Vous allez dans la salle?.. (*Vivement.*) Vous m'écouterez... (*Avec tendresse.*) Tu me regarderas?

MAURICE. Aux premières, à droite.

ADRIENNE. Que je vous voie bien! que je vous adresse tous mes vers! je tâcherai d'être belle! oh! oui, je serai belle! (*Elle sort par la première porte à gauche.*)

MAURICE, *sortant par la droite*. A ce soir!

SCÈNE VI.

MADEMOISELLE JOUVENOT, LE PRINCE DE BOUILLON,
sortant par la seconde porte à gauc'e.

LE PRINCE, *avec agitation*. Merci, Mademoiselle, merci, je n'oublierai jamais le service que vous m'avez rendu!..

MADEMOISELLE JOUVENOT, *vivement*. C'était donc vrai!

LE PRINCE, *avec humeur.* Que trop!..

MADEMOISELLE JOUVENOT, *riant.* Voyez le hasard! enchantée de vous avoir été agréable!

LE PRINCE. Ah! vous appelez cela agréable!... (*Avec colère.*) Eh bien! oui!... car je ne désirais qu'une occasion de rompre avec elle.

MADEMOISELLE JOUVENOT. Il fallait donc le dire!.. si j'avais su plus tôt que cela vous fit plaisir!..

LE PRINCE, *avec impatience.* Eh! Mademoiselle!

—

SCÈNE VII.

MADEMOISELLE JOUVENOT, *va s'asseoir devant la cheminée du fond et se chauffe les pieds,* LE PRINCE, L'ABBÉ, *entrant vivement par la seconde porte à droite et se retournant avec agitation.*

LE PRINCE, *courant à lui.* Ah! c'est toi, l'abbé!.. (*S'efforçant de rire.*) Viens donc recevoir mes consolations... ou plutôt me prodiguer les tiennes.

L'ABBÉ. Comment cela?

LE PRINCE. L'aventure la plus piquante pour nous deux...

L'ABBÉ, *à part.* Est-ce qu'il s'agit de sa femme?

LE PRINCE. Pour toi, d'abord... tu sais notre pari de tantôt, ces deux cents louis... au sujet du comte de Saxe....

L'ABBÉ, *vivement.* Le comte de Saxe... je viens de me rencontrer nez à nez avec lui... comme il sortait de ce foyer... il y vient donc?

LE PRINCE, *vivement.* Preuve de plus!.. et j'aurais, parbleu, bien vou u le voir.

L'ABBÉ. Nous le trouverons au numéro trois des premières loges.

LE PRINCE. A merveille! il s'agissait de découvrir sa passion régnante...

L'ABBÉ. Oui, vraiment...

LE PRINCE. Je n'ai pas été loin pour cela... (*Montrant mademoiselle Jouvenot.*) Tout m'a si bien secondé qu'il ne te reste plus, mon cher, qu'à t'exécuter.

L'ABBÉ. Sur le vu des preuves...

LE PRINCE. C'est bien ainsi que je l'entends... lis d'abord et dis-moi ton avis sur ce billet d'invitation... tiens... (*Le lui donnant.*) Il n'est pas long, mais clair et précis!..

L'ABBÉ, *lisant.* « Pour des motifs politiques que vous con-« naissez mieux que personne, on désire vous entretenir ce « soir à dix heures, dans le plus rigoureux tête-à-tête, en « ma petite maison de la rue Grange-Batelière, que j'ai fait « dernièrement meubler! Amour et discrétion! — Signé « CONSTANCE! »

LE PRINCE, *avec colère.* La signature de la perfide Duclos.

L'ABBÉ, *avec étonnement. Constance!*

LE PRINCE, *avec impatience.* Eh oui! vraiment! le nom ne fait rien à la chose!.. Je tiens ce billet de Pénélope, sa femme de chambre.

L'ABBÉ. Qui vous l'a remis?

LE PRINCE. Ou plutôt vendu à un taux d'autant plus exorbitant...

L'ABBÉ. Qu'ici ces valeurs-là ne sont pas rares!

LE PRINCE, *qui, pendant ce temps, a remonté le théâtre, parlant à un domestique.* Ce billet au numéro trois des premières, sans dire de quelle part. (*Revenant près de l'abbé* (1). Et maintenant, mon cher abbé, j'ose compter sur toi!,.

L'ABBÉ. Et pourquoi?

LE PRINCE. Pour te rendre témoin d'un éclat que je me dois à moi-même; je veux d'abord ce soir tout briser chez elle.

(1) L'abbé, le prince.

L'ABBÉ. C'est du plus mauvais goût pour un abbé et un savant!

LE PRINCE. Quand la science est trahie!..

L'ABBÉ. La science doit savoir se taire!.. Le bruit est permis au comte de Saxe... à un soldat, mais à vous, presque parent de la reine... à vous, un homme marié, ce serait un scandale...

LE PRINCE. On saura toujours l'anecdote... parce qu'ici, au Théâtre-Français... Tiens, (*Montrant mademoiselle Jouvenot, qui est à la cheminée.*) voilà déjà mademoiselle Jouvenot qui n'a encore vu personne, et qui peut-être a déjà trouvé moyen de le dire.

L'ABBÉ. Prévenez-la... Racontez l'histoire à tout le monde!.. Faites mieux encore... une vengeance digne de vous... Les deux amants n'avaient-ils pas résolu de passer cette soirée dans le plus rigoureux tête-à-tête, dans cette petite maison qui vous appartient?

LE PRINCE. Je le crois bien! louée et meublée à mes frais.

L'ABBÉ. Raison de plus!... je ferais comme chez moi... un souper galant, délicieux, où j'inviterais ce soir toute la Comédie française, toutes ces dames.

LE PRINCE, *secouant la tête* Un souper galant... délicieux...

L'ABBÉ. C'est moi qui paie, j'ai perdu le pari.

LE PRINCE, *vivement.* C'est juste!

L'ABBÉ. Au lieu du tête-à-tête, une surprise... un coup de théâtre, tableau mythologique.

LE PRINCE. Mars et Vénus.

L'ABBÉ. Surpris par... (*S'interrompant.*) Ballet-comédie, vengeance en un acte! Vous, de votre côté, allez faire vos invitations.

LE PRINCE. Toi, du tien, le plus grand secret avec la Duclos... et nous aurons ce soir un succès d'enthousiasme. (*On entend un grand bruit de bravos.*) Tiens, nous y sommes déjà...

MICHONNET, *entrant* (1). Eh! oui, c'est Adrienne! Entendez-vous, toute la salle applaudit; mademoiselle Duclos ne sait déjà plus où elle en est.

LE PRINCE, *applaudissant.* Bravo! cela commence.

MICHONNET. Que dit-il?

LE PRINCE, *avec colère.* Bravo!.. bravo!.. bravo, Adrienne! (*Ils sortent par la porte à gauche.*)

MICHONNET, *montrant le prince.* Jusqu'à celui-ci, qu'elle a gagné et subjugué... Une preuve pareille de tact et de goût' (*A part.*) Je ne l'en aurais pas cru capable.

—

SCÈNE VIII.

MICHONNET, *seul, écoutant vers la gauche.* Ah! nous voilà au monologue, et maintenant quel silence! comme elle les tient tous enchaînés à sa parole! (*Comme s'il l'entendait.*) Bien! bien! pas si vite, mon Adrienne! c'est cela! Ah! quel accent, comme c'est vrai! Applaudissez donc, imbéciles!.. (*On applaudit.*) C'est bien heureux!.. divine!.. divine! (*Avec jalousie.*) Ah! elle l'a aperçu, c'est évident, il est dans la salle! et penser que c'est pour un autre qu'elle joue ainsi! qu'elle le regarde en ce moment! qu'elle puise dans ses yeux tout ce génie!.. c'est horrible! (*Entendant un vers.*) Comme c'est dit... c'est délicieux... je deviens fou, je ris, je pleure... je meurs de douleur et de joie! Oh! Adrienne, en t'écoutant, j'oublie tout, même ma jalousie, même... (*Cherchant autour de lui.*) même les accessoires... où donc est la lettre de Fatime? je la tenais tout à l'heure!.. est-ce que je l'aurais perdue? Pour la première fois, depuis vingt ans, il y aurait erreur ou omission par ma faute... c'est qu'une lettre turque n'est pas comme une autre, cela

(1) Michonnet, le prince, l'abbé.

ne se remet point par la petite poste. (*Il cherche dans la table, à droite.*)

—

SCÈNE IX.

MAURICE, *entrant par la porte de droite et se dirigeant vers la gauche,* MICHONNET, *à la table, à droite.*

MAURICE, *au fond.* Par saint Arminius, mon patron, maudit soit le duché de Courlande!

MICHONNET, *cherchant toujours.* Ah! dans ce tiroir.

MAURICE, *toujours au fond.* Manquer à mon rendez-vous avec Adrienne... jamais!.. et d'un autre côté, ce billet que la Duclos vient de m'envoyer au nom de la princesse... comment m'a-t-elle découvert au fond de cette loge?.. et comment la faire attendre toute la nuit hors de son hôtel, dans cette petite maison où elle ne vient que pour moi, pour mes intérêts, pour cette réponse du cardinal de Fleury? et puis, impossible de prévenir madame de Bouillon, tandis qu'Adrienne, cette pauvre Adrienne, si je pouvais lui parler et lui dire... non pas tout... mais l'essentiel. (*Il dirige ses pas vers la gauche.*)

MICHONNET, *toujours à la table, à droite.* Où allez-vous, Monsieur?

MAURICE. Je voudrais parler à mademoiselle Lecouvreur.

MICHONNET, *à part.* Encore un! et quel air agité. (*Haut.*) Impossible, Monsieur, elle est en scène...

MAURICE. Quand elle en sortira...

MICHONNET. Elle n'en sortira plus.

MAURICE, *à part.* Nouveau contre-temps!.. (*A Michonnet.*) Et veuillez me dire, Monsieur?...

MICHONNET. Pardon, Monsieur, j'ai d'autres devoirs... (*Apercevant Quinault, qui vient de la droite et traverse le théâtre.*) Acomat, mon bon, je veux dire monsieur Quinault, voulez-vous remettre à Zatime sa lettre pour Roxane, sa lettre du quatrième acte?

QUINAULT, *avec fierté.* Moi!.. Je vous trouve plaisant!.. Pour qui me prenez-vous?

MICHONNET. Pardon!.. Veuillez dire seulement à mademoiselle Jouvenot de ne pas entrer en scène sans prendre sa lettre, qui est là sur cette table...

QUINAULT. C'est bon!.. c'est bon!.. on le lui dira. (*Il entre sur le théâtre, à gauche, pendant que Maurice redescend vers la droite.*)

MICHONNET, *se levant de la table, en riant.* Il n'est pas de bonne humeur, je le comprends... Roxane a trop bien! ah! Duclos, qui entre en ce moment... (*S'approchant de la gauche.*) Oui, évertue-toi, pauvre fille... pleure... crie!.. tu aimes mieux chanter?.. chante!.. Tu as beau faire, tu es vaincue!..

MAURICE, *qui s'est assis à droite, près de la table, prend le parchemin que Michonnet vient d'y placer et le déroule avec curiosité.*) Rien d'écrit! Ah! palsambleu! au secours les ruses de guerre! (*Il écrit quelques mots au crayon et roule le parchemin, qu'il remet sur la table.*)

MICHONNET, *regardant toujours du côté du théâtre, à gauche.* Adrienne reprend... elle parle à Bajazet, et sa voix est d'une douceur... Ah! si j'étais sociétaire, je jouerais peut-être les amoureux... On est toujours jeune quand on est sociétaire... Je l'entendrais me dire :

Écoutez, Bajazet, je sens que je vous aime!

MADEMOISELLE JOUVENOT, *sortant vivement de la coulisse, à gauche.* Eh bien! Michonnet, ma lettre?.. ma lettre pour Roxane, où en est-elle?

MICHONNET. Là... sur cette table... Est-ce que Quinault ne vous l'a pas dit?

MADEMOISELLE JOUVENOT. Eh! non, vraiment!.. Il est si bon camarade!

MAURICE, *présentant à mademoiselle Jouvenot le parchemin roulé.* Voici, Mademoiselle.

MADEMOISELLE JOUVENOT, *lui faisant la révérence.* Merci, Monsieur. (*Le regardant en sortant.*) Voilà un officier qui est fort bien, mais très-bien!

MICHONNET. Eh bien! votre entrée?

MADEMOISELLE JOUVENOT. Ah! (*Elle sort par la coulisse, à gauche du spectateur.*)

MAURICE, *à part, la suivant des yeux.* Elle aura mes deux mots de la main même de Zatime... et saura que je ne peux la venir chercher ce soir... Mais demain!.. demain!.. ô mon grand-duché de Courlande, vous ne valez pas ce que vous me coûtez!.. Allons à la rue Grange-Batelière. (*Il sort par la porte à droite.*)

MICHONNET, *regardant toujours par la gauche.* Zatime entre en scène... Bon! elle n'a pas la lettre... Si! elle l'a... elle la remet à Roxane... Dieu! quel effet!.. elle a tressailli... elle se soutient à peine!.. et son émotion est telle, qu'en lisant le billet, son rouge lui est tombé du visage... C'est admirable!... (*Les applaudissements éclatent avec force.*) Oui, oui... frappez des mains... Bravo! bravo! c'est cela!.. sublime! admirable!

—

SCÈNE X.

(*Les acteurs entrent vivement par les deux portes de gauche et se rangent dans l'ordre suivant :*)

MADEMOISELLE DANGEVILLE, POISSON, LE PRINCE, L'ABBÉ, QUINAULT, JOUVENOT. *Les autres acteurs et seigneurs vont et viennent au fond, ainsi que Michonnet.*

MADEMOISELLE DANGEVILLE. Je ne sais pas ce qu'ils ont ce soir, ils applaudissent tous comme des fous.

MADEMOISELLE JOUVENOT. Ils se trompent, ma chère... ils se croient déjà aux *Folies amoureuses.*

L'ABBÉ, *entrant.* C'est superbe!

MADEMOISELLE DANGEVILLE. C'est absurde!..

POISSON. Ça me fait rire...

QUINAULT. Ça me fait mal.

MADEMOISELLE JOUVENOT. Pauvre homme!

LE PRINCE. Le fait est que jamais je n'ai rien entendu de plus beau... et je m'y connais!

ADRIENNE, *entrant avec agitation par la gauche, à part.* Après deux mois d'absence... ah! c'est bien mal!.. Allons, du courage!

LE PRINCE. (1) Et du plaisir!... Vous êtes des nôtres.

L'ABBÉ. Je venais l'inviter.

ADRIENNE. Moi!

L'ABBÉ. Au joyeux souper où nous avons toute la Comédie française... toutes ces dames.

ADRIENNE. Impossible!

MADEMOISELLE JOUVENOT, *qui est descendue à gauche.* Par fierté?

ADRIENNE, *avec bonté.* Oh! non... mais je n'ai pas le cœur à la joie.

L'ABBÉ. Raison de plus pour vous égayer... Un souper charmant! où nous vous offrirons ce qu'il y a de mieux (*Montrant les acteurs.*) dans les arts, (*Montrant le prince.*) à la cour, (*Se montrant lui-même.*) dans le clergé... et dans l'épée... Le jeune comte de Saxe est des nôtres! c'est le héros de la fête!

_____

(1) L'abbé, Adrienne, le prince.

ADRIENNE, *vivement.* Lui que je désirais tant connaître!

LE PRINCE. En vérité!

ADRIENNE. Une demande que j'avais à lui présenter,...un lieutenant dont je voulais faire un capitaine.

L'ABBÉ. Nous vous plaçons à table à côté de lui... et votre protégé est colonel... au dessert.

ADRIENNE. Ah! ce serait bien tentant... Mais la tragédie finira tard.... je serai fatiguée... Je n'ai pas de cavalier...

L'ABBÉ ET LE PRINCE, *présentant la main.* En voici!

ADRIENNE. Je n'en veux pas!

LE PRINCE, *vivement.* Eh bien, vous viendrez seule; vous connaissez la petite maison... de la Duclos...,

ADRIENNE. Ma voisine! ce beau jardin...

LE PRINCE. Dont le mur fait face au vôtre! Voici la clé de la rue... quelques pas seulement...

ADRIENNE. C'est quelque chose...

L'ABBÉ, *vivement.* Vous acceptez?

ADRIENNE. Je n'ai pas dit cela!

LE PRINCE. Monsieur Michonnet sera aussi des nôtres...

MICHONNET. Comment donc, monsieur le prince, dès que mon spectacle de demain sera fait... (*A part, regardant Adrienne.*) Passer toute la soirée avec elle...

ADRIENNE, *à part.* Oui, je m'occuperai encore de lui, l'ingrat!.. ce sera là ma vengeance!

L'AVERTISSEUR, *en dehors.* Le cinquième acte qui commence.

ADRIENNE. Adieu, adieu, Messieurs. (*Elle sort par la gauche.*)

MICHONNET. Allons, Messieurs... allons, Mesdames...

MADEMOISELLE DANGEVILLE, *à l'abbé.* Un mot seulement, l'abbé. Pourrais-je, pour me donner la main, amener quelqu'un?...

L'ABBÉ, *riant.* Le prince de Guéménée?

MADEMOISELLE DANGEVILLE. Du tout.

L'ABBÉ, *de même.* Un autre?

MADEMOISELLE DANGEVILLE. Fi donc! un tète-à-tête! Pour qui me prenez-vous?.. J'en amènerai deux...

L'ABBÉ, *riant.* A merveille!..

MADEMOISELLE JOUVENOT. Et notre toilette pour ce soir... et nos voitures, où seront-elles?

L'ABBÉ. On songera à tout... et de plus on vous promet... ce qu'on ne vous a pas dit... une surprise, un secret.

MESDEMOISELLES JOUVENOT, DANGEVILLE ET TOUTES LES AUTRES ACTRICES, *accourant et entourant l'abbé.* Ah! qu'est-ce donc... qu'est-ce donc?

L'ABBÉ. Je ne puis rien dire... vous verrez... vous saurez...

MICHONNET, *criant.* Le cinquième acte! voilà l'idée seule d'une fête qui bouleverse tout dans nos coulisses... on ne s'y reconnaît plus.,. A votre réplique... à vos rôles... (*A l'abbé et au prince.*) Et vous, Messieurs, je suis obligé de vous exiler! (*Il se pose entre les seigneurs et les actrices, qu'il sépare, et d'un ton tragique :*)

Qu'à ces nobles seigneurs le foyer soit fermé,
Et que tout rentre ici dans l'ordre accoutumé!

(*Les seigneurs et les actrices se mettent à rire, et la toile tombe.*)

FIN DU DEUXIÈME ACTE.

ACTE TROISIÈME.

Un salon élégant dans la petite maison de la rue Grange-Batelière ; porte au fond, vers la gauche, et en pan coupé, une porte, vers la droite, également en pan coupé ; une croisée vitrée donnant sur un balcon ; sur le premier plan, à gauche, un panneau secret, au second plan, une table, sur laquelle est un flambeau à deux branches avec des bougies allumées, sur le premier plan, à droite, une porte.

SCÈNE PREMIÈRE.

LA PRINCESSE, *seule.* Louis XIV disait : J'ai failli attendre!.. et moi, princesse de Bouillon, petite-fille de Jean Sobiesky... j'attends! (*Souriant.*) J'attends réellement... je ne peux pas me le dissimuler!.. La Duclos m'a pourtant fait dire que son petit billet avait été remis au comte de Saxe lui-même dans une loge où il était seul... (*Réfléchissant.*) Seul!.. est-ce bien vrai? N'est-ce pas pour une autre qu'il manque à ce rendez-vous, où je suis venue, où me voici!.. On peut pardonner une infidélité, cela souvent ne dépend pas de nous; une impolitesse... jamais! Je n'ai pas été en ma vie une seule fois impertinente sans y avoir tâché... et réussi... (*Se levant avec impatience.*) Onze heures!.. Monsieur le comte, vous arriviez le premier l'année dernière; voilà une heure de retard qui me prouve que j'ai un an de plus! Malheur à elle, malheur à vous de me l'avoir rappelé! Je venais ici avec empressement, avec impatience, pour vous sauver, et vous me laissez le temps de réfléchir que je puis également vous perdre, que votre fortune politique est entre mes mains... c'est plus qu'ingrat, c'est maladroit... (*Se levant et marchant vers le fond.*) Allons!

—

SCÈNE II.

LA PRINCESSE, MAURICE, *entrant par le fond.*

LA PRINCESSE, *apercevant Maurice, qui vient d'entrer doucement derrière elle.* Ah!.. (*Lui tendant la main.*) Vous faites bien d'arriver!

MAURICE. Mille excuses, princesse.

LA PRINCESSE, *d'un air gracieux.* Pas de reproches! d'autres ne songeraient qu'à leur dignité blessée, moi je ne songe (*Souriant.*) qu'au temps perdu sans vous voir. Il faut qu'à minuit je sois rentrée à l'hôtel.

MAURICE. Imaginez-vous qu'en quittant la Comédie française, il me sembla être suivi. Je pris plusieurs détours, plusieurs rues qui m'éloignaient de ce quartier, et je pensais avoir dérouté mes espions, lorsqu'en me retournant j'aperçus, sur le boulevard désert, deux hommes enveloppés de manteaux qui me suivaient à distance. Que voulez-vous? leur demandai-je. Ils ne répondirent que par la fuite, et quoiqu'ils courussent bien, je n'eusse pas manqué de les poursuivre et de les assommer, sans la crainte de vous faire attendre, princesse.

LA PRINCESSE, *souriant.* Je vous en remercie!.. Cette aventure se lie peut-être à celle dont je voulais vous entretenir. J'ai été aujourd'hui, comme je vous l'avais promis, à Versailles... Marie Leckzinska, notre nouvelle reine, et comme moi Polonaise, n'a rien à refuser à la petite-fille de Sobiesky; elle a vu, à ma prière, le cardinal Fleury, elle lui a parlé de l'affaire de Courlande.

MAURICE. O bonne et généreuse princesse! Eh bien?..

LA PRINCESSE. Eh bien, le cardinal aimerait mieux ne pas accorder les deux régiments qu'on lui demande; il voudrait être agréable à la jeune reine, et en même temps ne mécontenter ni l'Allemagne ni la Russie, que vous menacez, et avec qui nous sommes en paix.

MAURICE, *avec impatience.* Son avis, alors?

LA PRINCESSE. Il n'en a pas, il n'en aurait pas... et pour agir en votre faveur, sans rien faire, il vous permet seulement de lever ces deux régiments... à vos frais!

MAURICE. Cela me rassure.

LA PRINCESSE. Et moi pas!.. Avez-vous de l'argent?

MAURICE. Non !

LA PRINCESSE. Comment, alors, paierez-vous vos deux régiments?

MAURICE. Mes régiments français?

LA PRINCESSE. Oui.

MAURICE, gaiement. Je ne les paierai pas! si ce n'est après la victoire! Et jusque-là, soyez tranquille, je les connais!... ils se feront tuer pour moi... à crédit!

LA PRINCESSE. Très-bien! Une autre chose encore... est-il vrai que vous ayez des dettes? que vous deviez soixante-dix mille livres au comte de Kalkreutz, un Suédois, qui, en vertu d'une lettre de change, peut vous faire appréhender au corps?

MAURICE. Pourquoi cette demande?

LA PRINCESSE. Parce qu'un grand danger vous menace; l'ambassadeur russe a chargé messieurs de la police de ne pas vous perdre de vue.

MAURICE. Voilà donc pourquoi l'on m'a suivi ce soir... je suis fâché alors de n'avoir pas coupé les oreilles!

LA PRINCESSE. A ces espions?.. Mais leurs oreilles, c'est leur place! des pères de famille peut-être! Fi donc!.. Mais ce n'est pas tout, l'ambassadeur moscovite veut également découvrir à tout prix ce monsieur de Kalkreutz qui doit être à Paris.

MAURICE. Et pourquoi?

LA PRINCESSE. Pour lui acheter sa créance, se mettre en son lieu et place, et vous faire mettre en prison.

MAURICE. Une belle vengeance !

LA PRINCESSE. Mieux que cela, un coup de maître; car, vous prisonnier, la Courlande, dont le souverain est en gage, est livrée aux intrigues de la Russie, les conjurés n'ont plus de chef, les troupes se dispersent.

MAURICE. C'est ma foi vrai!.. que faire!

LA PRINCESSE. J'y ai déjà pensé... J'ai obtenu de M. le lieutenant de police, qui me doit sa place, que s'il découvrait la demeure de M. de Kalkreutz, on m'en donnerait d'abord avis à moi, qui vous en préviendrai... Alors, vous irez trouver M. de Kalkreutz...

MAURICE. Pour me battre avec lui.

LA PRINCESSE. Non, mais pour prendre des arrangements. Le plus simple de tout, serait de le payer.

MAURICE. Et comment? je n'ai pas soixante-dix mille livres disponibles.

LA PRINCESSE, avec affection. Hélas! ni moi non plus!

MAURICE. Et d'ailleurs, je n'accepterais pas. Il n'y a donc qu'un moyen qui me convienne.

LA PRINCESSE. Lequel?

MAURICE. Laissant la Moscovie, la Suède et la police s'enlacer mutuellement dans leurs intrigues, auxquelles je n'entends rien, je pars demain.

LA PRINCESSE. Vous partez?..

MAURICE. Ce n'était pas mon dessein, mais une partie de mes recrues est déjà disséminée sur la frontière, et vos huissiers n'auront pas beau jeu contre mes houlans; c'est là que j'irai me réfugier... Le brevet que vous m'avez obtenu double les droits de mes sergents-recruteurs, qui enrôlaient déjà sans permission; jugez maintenant, avec autorisation et privilége du roi!.. Nous allons lever en masse toute la frontière... Je sais bien qu'à Versailles et ailleurs il y aura du bruit, des réclamations, l'ordre de suspendre... Je vais toujours! Des notes diplomatiques?.. j'intercepte... Des courriers?.. je les enrôle dans ma cavalerie... Et, lorsqu'enfin les chancelleries européennes seront en mesure d'échanger des protocoles, la Courlande sera envahie, et les Tartares de Menzikoff dispersés par les escadrons français : voilà mon plan!..

LA PRINCESSE. Il n'a pas le sens commun.

MAURICE. Permettez?.. S'il s'agissait de l'ordonnance d'une fête ou d'un quadrille de bal, je demanderais vos conseils; mais dès qu'il s'agit de cavalerie et de manœuvres, je prends tout sur moi... cela me regarde.

LA PRINCESSE, s'animant. Non, à peine arrivé, vous ne quitterez pas Paris! C'est bien le moins que vous y restiez quelques jours encore; que votre présence et votre affection me dédommagent enfin de ce que j'ai fait pour vous et des jours que je vous ai consacrés.

MAURICE. Princesse, entendons-nous? Je n'ai jamais été ingrat, et dans ce moment où je vous dois tant, manquer de franchise, serait manquer de reconnaissance; ce matin déjà, car moi je ne sais pas tromper... je voulais tout vous dire et vous avouer...

LA PRINCESSE. Que vous en aimez une autre?

MAURICE, vivement. Qui ne vous vaut pas, peut-être?

LA PRINCESSE, en cherchant à se modérer. Et quelle est-elle?.. (Avec explosion.) Quelle est-elle?.. Répondez... car vous ne savez pas ce dont je suis capable.

MAURICE. C'est justement pour cela que je ne veux pas vous la nommer. (D'un ton conciliant.) Mais au lieu d'emportement et de menaces, pourquoi ne pas se parler de franche amitié, pourquoi surtout ne pas se dire loyalement la vérité? Jamais je n'ai vu de femme plus aimable que vous, plus séduisante, plus irrésistible, et pourquoi? C'est que vos chaînes ne semblaient tressées que de fleurs, c'est que, gracieuses et légères, elles retenaient un heureux et non pas un captif... c'est que toujours prête à les briser, votre main coquette ne craignait pas d'en détacher parfois quelques feuilles.

LA PRINCESSE. Maurice.

MAURICE. J'ai juré de tout dire. C'est sous l'empire d'un pareil traité, que le plaisir, un jour, nous a souri, car ni vous ni moi, n'avions pris au sérieux un semblable sentiment, et nos liens volontaires, d'autant plus de durée que chacun de nous s'était réservé le droit de les rompre; le reproche est donc injuste; où il n'y eut point de serment, il n'y a point de parjure. (Avec chaleur.) Il y en aurait, si je manquais à l'amitié et à la reconnaissance que je vous ai vouées. De ce côté-là, j'en jure par l'honneur, je me crois engagé. Pour le reste je suis libre.

LA PRINCESSE. Pas de tout dire, perfide!

MAURICE. Ah! prenez garde, princesse, je finis toujours par conquérir les libertés que l'on me conteste.

LA PRINCESSE. C'est ce que nous verrons, et dussé-je vous perdre vous et celle que vous me préférez; dussé-je, pour la connaître, tout sacrifier.

MAURICE. Écoutez donc... ce bruit dans la cour...

LA PRINCESSE. Un bruit de voiture !

MAURICE. Est-ce que vous attendez quelqu'un?

LA PRINCESSE. Eh! non, vraiment... Mademoiselle Duclos, qui, seule, peut venir ici, ne s'en aviserait pas, sachant que nous devions nous y trouver.

MAURICE, à la princesse, qui s'approche de la croisée, à droite. Voyez donc... par la fenêtre du jardin, vous qui connaissez cette maison...

LA PRINCESSE, redescendant vivement (1). O ciel! c'est mon mari!

MAURICE. Que dites-vous?

LA PRINCESSE. Le prince de Bouillon, j'en suis sûre... je l'ai vu, descendant de voiture!

MAURICE. Qu'est-ce que cela signifie?

LA PRINCESSE. Je l'ignore... Mais il n'est pas seul, d'autres personnes l'accompagnent, que la nuit ne m'a pas permis de distinguer...

MAURICE. Je les entends!... elles montent cet escalier!

LA PRINCESSE. C'est fait de moi !

(1) Maurice, la princesse.

Adrienne Lecouvreur, Acte 2, Scène 9.

MAURICE, *remontant vers le fond.* Non, tant que je serai près de vous.

LA PRINCESSE (1). Il ne s'agit pas de me défendre, mais d'empêcher que je sois vue dans cette maison!.. Si le prince, si quelqu'un au monde se doute que j'y ai mis les pieds... je suis perdue de réputation!

MAURICE. C'est vrai!

LA PRINCESSE. Ils viennent... (*Montrant la porte à droite.*) Ah! de ce côté...

MAURICE. Où cela conduit-il?

LA PRINCESSE, *traversant le théâtre et s'élançant dans le cabinet à droite.* A un petit boudoir!

———

SCÈNE III.

L'ABBÉ, LE PRINCE, *entrant par le fond*; MAURICE.

LE PRINCE, *apercevant la porte à droite qui vient de se fermer.* Ah! l'on vous y prend, mon cher...

(1) La princesse, Maurice.

MAURICE, *avec trouble.* Vous ici, Messieurs?..

LE PRINCE, *riant.* J'ai vu la dame, je l'ai vue!

MAURICE. C'est une plaisanterie, sans doute!

LE PRINCE. Non, parbleu!.. la robe blanche flottante... qui disparaissait... Voici donc la Saxe aux prises avec la France...

MAURICE. Qu'est-ce que cela signifie?

L'ABBÉ. Que nous sommes au fait, mon cher comte.

LE PRINCE, *gaiement.* Et que cela ne se passera pas à huis clos, il nous faut de l'éclat et du scandale. (*Frappant sur l'épaule de l'abbé.*) Nous ne sommes pas des abbés pour rien... n'est-il pas vrai?

MAURICE, *au prince avec impatience.* Eh! Monsieur, j'aurais cru, au contraire, que c'était pour vous qu'il fallait éviter le bruit... Mais puisque vous le voulez, puisque vous savez tout...

LE PRINCE, *riant.* Tout... et de plus nous avons les preuves...

MAURICE, *froidement et mettant son chapeau.* Monsieur le prince, je suis à vos ordres... Monsieur l'abbé consentira, je l'espère (le costume n'y fait rien), à nous servir de témoin, et comme il y a, je crois, un jardin, nous pouvons y descendre.

Adrienne Lecouvreur, Acte 3, Scène 10.

LE PRINCE, *riant*. A cette heure?..

MAURICE. Il est toujours l'heure de se battre... et pourvu que nous en finissions promptement... cela doit vous convenir...

L'ABBÉ, *qui a remonté le théâtre, redescend près de Maurice* (1). Voilà où est votre erreur. Nous ne tenons pas à en finir, au contraire, nous voulons que cela dure :

Amour fidèle,
Flamme éternelle!

Comme dit l'air de Rameau! Et par un héroïsme qui surpasse toutes les magnanimités d'opéra, M. le prince vous abandonne votre conquête!

MAURICE. Qu'est-ce à dire?

L'ABBÉ. A la condition que le traité de paix sera signé ici, à souper, à l'éclat des flambeaux!

LE PRINCE. Au bruit des verres et du champagne.

MAURICE. Est-ce de moi, Messieurs, que l'on veut rire?

L'ABBÉ. Vous l'avez dit!

LE PRINCE. Mon seul but étant de prouver à la Duclos...

(1) Le prince, l'abbé, Maurice.

MAURICE. La Duclos...

LE PRINCE, *montrant la porte à droite*. Que je ne tiens plus à ses charmes.

L'ABBÉ. Et que si la France et la Saxe se battaient pour elle...

LE PRINCE. Et pour sa vertu...

L'ABBÉ. Ce serait là une querelle d'Allemand que monsieur le prince ne se pardonnerait jamais... Ah! ah! ah!

LE PRINCE, *riant aussi*. Ah! ah! ah! c'est drôle, n'est-il pas vrai?.. Et loin de rire... comme nous... vous avez un air étonné...

MAURICE. Oui, d'abord... Mais, maintenant, cela me paraît en effet si original...

LE PRINCE. N'est-ce pas?.. Ah! ah! m'enlever la Duclos... de mon consentement... un service d'ami !..

L'ABBÉ. Et vous ne refuserez pas, en nouveaux alliés, de vous donner la main...

MAURICE. Non, parbleu! voici la mienne...

LE PRINCE, *déclamant*.

Soyons amis, Cinna, c'est moi qui t'en convie.

L'ABBÉ, *riant*. Et si, pour ratifier le traité, il vous faut un

notaire, je vais chercher celui de la Comédie française ! et
d'autres témoins encore ! (*Il sort par le fond.*)

MAURICE, *étonné.* Que dit-il?

LE PRINCE, *riant.* Vous ne vous doutez pas de la brillante
compagnie qui vous attend dans ma petite maison... ou
plutôt dans la vôtre... car, ce soir, vous êtes le maître, le
héros de la fête; à vous les honneurs!

MAURICE, *avec embarras.* C'en est trop, prince!

LE PRINCE. Sans compter une nouvelle surprise que nous
vous préparons, une jeune dame charmante, qui désirerait
ardemment vous connaître, et l'abbé, qui est maître des cérémonies, est allé lui donner la main pour vous la présenter
avant le souper.

MAURICE, *avec embarras.* C'est moi qui vous prierai de
me conduire vers elle... (*A part, regardant à droite.*) Pourvu
que d'ici là je puisse délivrer ma captive et la soustraire à
tous les regards ! (*Il s'approche de la croisée à droite, qui
est restée ouverte, et regarde dans le jardin.*)

—

SCÈNE IV.

L'ABBÉ, *donnant la main à* ADRIENNE, *et entrant par le
fond;* LE PRINCE, *allant au-devant d'elle;* MAURICE, *regardant par la croisée, qui est au second plan, à droite.*

LE PRINCE, *à Adrienne.* Arrivez donc! M. le comte de Saxe
est là qui vous attend avec impatience...

L'ABBÉ. Eh! mais, ma toute belle, vous tremblez?

ADRIENNE. Cela est vrai... la présence d'un homme illustre
m'émeut toujours malgré moi.

LE PRINCE, *s'approche de Maurice, qui est toujours près du
balcon, et lui dit:* Mademoiselle Lecouvreur.

MAURICE, *à ce nom, se retourne vivement.* O ciel!

ADRIENNE, *levant les yeux, et regardant Maurice, poussant
un cri.* Ah ! (*Le prince a passé près de la fenêtre à droite,
qu'il referme; l'abbé est remonté au fond, à
gauche, vers la table, sur laquelle il place son chapeau et ses
gants. Les acteurs sont dans l'ordre suivant: l'abbé, Adrienne,
Maurice, le prince.*)

MAURICE, *à part.* C'est elle!

ADRIENNE, *le regardant.* Le comte de Saxe... ce héros...
ce n'est pas possible... (*Elle s'avance vers lui.*)

MAURICE, *à voix basse, et lui saisissant la main.* Tais-toi!

ADRIENNE, *poussant un cri de joie, et portant la main à
son cœur.* C'est lui !

LE PRINCE, *qui a refermé la fenêtre et qui revient se
placer entre eux.* Eh! mais qu'avez-vous donc?

ADRIENNE. Une surprise... bien naturelle... monsieur le
comte, que je croyais n'avoir jamais rencontré, m'était connu...
mais beaucoup... (*Le regardant avec expression.*) beaucoup!

L'ABBÉ, *gaiement.* De vue!..

ADRIENNE, *vivement.* Non! je lui avais même parlé

LE PRINCE. Où donc ?

MAURICE, *vivement.* Au bal de l'Opéra!..

LE PRINCE, *riant.* Un déguisement.

ADRIENNE. Monsieur le comte les aime, les déguisements!
je ne le croyais pas !

MAURICE. J'avais peut-être des raisons!.. et si je vous en
faisais juge, Mademoiselle...

L'ABBÉ. Cela se trouve bien, Adrienne a aussi une demande à vous adresser.

MAURICE. A moi !

LE PRINCE. C'est là seulement ce qui l'a décidée à venir
avec nous! une pétition à vous présenter en faveur d'un
petit lieutenant.

L'ABBÉ. Dont elle veut faire un capitaine!

MAURICE, *avec émotion.* En vérité!.. vous, Mademoiselle,
vous vouliez...

ADRIENNE. Oui... mais je n'ose plus...

MAURICE. Et pourquoi?..

ADRIENNE. Pauvre officier... je croyais qu'il n'avait que la
cape et l'épée, et peut-être n'a-t-il pas besoin de moi pour
faire son chemin.

MAURICE. Ah! quel qu'il soit, votre protection doit toujours lui porter bonheur!

ADRIENNE. Je verrai alors... je prendrai des informations,
et s'il mérite réellement l'intérêt qu'on lui porte...

LE PRINCE. Vous aurez le temps de parler de lui à table...
nous vous mettrons à côté l'un de l'autre... (*Remontant le
théâtre et revenant se placer entre Adrienne et l'abbé* (1).)
L'abbé, toi, le grand ordonnateur, veille au souper.

L'ABBÉ. Les fruits et les bouquets, cela me regarde. (*Il
sort par la porte du fond, à gauche.*)

LE PRINCE. Moi, je me charge d'un soin plus important...
je crains que quelque fugitive ne veuille nous échapper...
avant le souper.

ADRIENNE, *gaiement.* Ce n'est pas moi, je vous le jure!

LE PRINCE, *souriant.* Pour plus de sécurité... je vais moi-
même donner la consigne: fermer toutes les portes, et nul
ne sortira avant le jour! (*Il sort, comme l'abbé, par la porte
du pan coupé, à gauche.*)

MAURICE, *à part, regardant la porte à droite.* O ciel! que
devenir !

—

SCÈNE V.

ADRIENNE, MAURICE.

ADRIENNE, *les regardant sortir, puis portant la main a
son front.* Ah! j'en doute encore!.. vous le comte de Saxe!
Parlez ?.. parlez?.. que je sois bien sûre que c'est lui qui
m'aime et que pourtant c'est toujours toi!

MAURICE. Mon Adrienne!

ADRIENNE, *avec explosion.* Maurice! mon héros, mon dieu,
vous que j'avais deviné...

MAURICE, *lui faisant signe de se taire.* Silence!.. (*A part,
regardant à droite.*) Ah! quel dommage que l'autre soit là.
(*A demi-voix.*) Ce mystère qui cachait notre bonheur est
plus que jamais nécessaire.

ADRIENNE, *vivement.* Ne craignez rien! mon amour est si
grand, que l'orgueil lui-même n'y peut rien ajouter. Ne par-
lait-on pas d'une entreprise nouvelle? de Moscovites que
vous vouliez battre? d'un duché de Courlande que vous
vouliez conquérir à vous tout seul? Bien, Maurice, bien! je
comprends qu'au milieu des grands intérêts qui s'agitent,
auprès des graves conseillers ou des vieux ministres qu'il
vous faut gagner, l'amour d'une pauvre fille comme moi
puisse vous faire du tort.

MAURICE, *vivement.* Non, non, jamais!

ADRIENNE. Je me tairai, je me tairai. (*Montrant son cœur.*)
Je renfermerai là mon ivresse et ma fierté; je ne me vanterai pas de votre amour et de votre gloire; je ne vous ad-
mirerai que tout haut, comme tout le monde; ils célébre-
ront vos exploits, mais vous me les raconterez, à moi! ils
diront vos titres, vos grandeurs, et vous me direz vos peines!
Ces ennemis que font naître le succès, ces haines jalouses
qui s'attaquent aux héros, comme à nous autres artistes,
vous me confierez tout; je vous consolerai, je vous dirai:
Courage, marchez au but qui vous attend! Donnez à la
France une gloire qu'elle vous rendra! donnez-leur à tous

(1) L'abbé, le prince, Adrienne, Maurice.

vos talents et votre génie, je ne te demande, moi, que ton amour!

MAURICE, *la pressant contre son cœur.* O ma protectrice! ô mon bon ange! (*Regardant autour de lui.*) Défends-moi toujours!

ADRIENNE. Oui, toujours, et aujourd'hui même, désolée de ne pouvoir passer cette soirée avec vous, c'est encore à vous que je pensais. C'est en votre faveur que je voulais solliciter ce comte de Saxe que l'on disait si aimable. Oui, Monsieur, coquette par amour, je venais ici avec le dessein de le charmer, de le séduire... c'était là, c'est encore mon projet! y réussirai-je?

MAURICE. Enchanteresse! comment vous résister! mais ce comte de Saxe, que, sans le connaître, vous vouliez séduire...

ADRIENNE, *souriant.* C'est vrai! Et même dans les plus grands périls, voyez, Monsieur, combien vous êtes heureux! vous étiez le seul homme pour qui je vous aurais trahi.

MAURICE. Et vous la seule que je ne trahirai jamais!

ADRIENNE. J'y compte bien. Je crois à la foi des héros! Silence, on vient.

SCÈNE VI.

L'ABBÉ, *portant une corbeille de fleurs et sortant avec Michonnet par la porte du pan coupé, à gauche*; ADRIENNE, MAURICE.

L'ABBÉ, *tenant une corbeille de fleurs qu'il va placer sur la table, à gauche, et s'adressant à Michonnet tout en faisant des bouquets.* Je suis fâché pour vous, mon cher Michonnet, mais c'est la consigne, une fois entré, on ne sort plus.

MICHONNET. J'espérais cependant pour un instant, et par votre protection...

L'ABBÉ. Moi, je ne m'occupe que des bouquets pour les dames... c'est M. le prince qui est gouverneur de la place, il a fermé lui-même toutes les portes de la citadelle... et il en garde lui-même les clés!

MICHONNET. C'est pour affaire urgente... pour mon répertoire.

ADRIENNE. Pauvre homme! il ne rêve qu'à cela, même la nuit.

MICHONNET. Une indisposition fait changer mon spectacle de demain, et je voudrais courir chez mademoiselle Duclos, avant qu'elle ne fût couchée.

L'ABBÉ, *arrangeant ses bouquets, a gauche, près de la table.* Ah bah!

MICHONNET. Lui demander si elle pourrait me jouer demain Cléopâtre.

L'ABBÉ, *de même.* N'est-ce que cela?

MAURICE, *à part.* O ciel!

L'ABBÉ. Vous n'avez pas besoin de vous déranger, mademoiselle Duclos soupe avec nous.

MICHONNET. Vraiment! je reste, alors.

L'ABBÉ. C'est la reine de la soirée, demandez à M. le comte de Saxe!

MICHONNET, *le regardant avec surprise et respect.* Il serait possible! quoi! c'est là M. le comte de Saxe... lui-même?

ADRIENNE, *présentant Michonnet au comte.* Monsieur Michonnet! notre régisseur général et mon meilleur ami.

MICHONNET, *passant près de Maurice* (1). C'est Monsieur, si je ne me trompe, que j'ai eu le plaisir de voir ce soir au foyer de la Comédie française. (*A Adrienne.*) Je crois même... c'est singulier... qu'il me demandait?

(1) L'abbé, *à la table, au fond*, Adrienne, Michonnet, Maurice.

ADRIENNE, *vivement.* Il ne s'agit pas de moi, mais de Cléopâtre et de mademoiselle Duclos.

MICHONNET. C'est vrai, et dès que vous m'assurez qu'elle est ici...

L'ABBÉ, *quittant la table à gauche et venant se placer entre Adrienne et Michonnet, et tournant des rubans autour d'un bouquet* (1). Nous sommes chez elle.. dans sa petite maison, où elle avait, pour ce soir, donné rendez-vous à M. le comte.

ADRIENNE. Que dites-vous?

MAURICE, *voulant faire taire.* Monsieur l'abbé!

L'ABBÉ, *toujours arrangeant des bouquets.* En tête-à-tête... Je le sais, et je commets là une indiscrétion, car nous ne devions rien dire avant souper, mais ici, entre amis, je puis vous raconter l'anecdote.

MAURICE. Et moi, je ne le souffrirai pas!

L'ABBÉ, *terminant un bouquet.* Vous avez raison, monsieur le comte la sait mieux que moi, c'est à lui de vous la dire.

MAURICE, *furieux.* Monsieur!

L'ABBÉ. Je la gâterais, tandis que le héros lui-même de l'aventure. (*A Adrienne.*) Oserai-je offrir ce bouquet à Melpomène? Ah! mon Dieu! quelle expression dans ses traits! quelle expression tragique! regardez donc vous-même, monsieur le comte! (*L'abbé retourne vers la table du fond, à gauche* (2).

MICHONNET, *avec effroi.* Adrienne, qu'as-tu donc?

ADRIENNE, *s'efforçant de sourire.* Moi? rien, vous le voyez... désolée d'avoir interrompu l'aventure que monsieur le comte nous promettait...

MAURICE, *passant près d'Adrienne* (3). Et qui ne mérite point votre attention, Mademoiselle, rien n'est plus faux.

L'ABBÉ, *redescendant près d'Adrienne.* Permettez... je ne dis pas que l'histoire soit neuve, mais elle est vraie.

MAURICE. Et moi je vous atteste...

L'ABBÉ. Vous en êtes convenu tout à l'heure devant moi... (*Faisant un pas pour sortir.*) et devant M. le prince, qui va nous la redire...

MAURICE. C'est inutile!

L'ABBÉ. C'est juste... ce pauvre prince, c'est assez d'une fois... et si le témoignage de mes yeux vous suffit...

ADRIENNE. Vous avez vu?..

L'ABBÉ, *se rapprochant de la table, à gauche.* Au moment où nous entrions dans cet appartement, mademoiselle Duclos s'enfuit... dans celui-ci... (*Montrant la porte à droite.*) où elle est encore.

MICHONNET, *à part, au fond du théâtre.* Celui-ci...

L'ABBÉ, *retournant à la table du fond, à gauche.* Ce dont vous pouvez vous assurer.

ADRIENNE. Moi! (*L'abbé vient de se rasseoir devant la table du fond, à gauche. Adrienne s'élance vers la porte à droite; Maurice, qui s'est placé devant elle, la prend par la main et la ramène au bord du théâtre.*)

MAURICE. Un mot!

MICHONNET, *qui est resté à droite, près de la porte du cabinet.* Je vais toujours m'assurer de mon répertoire. (*Il entre doucement dans l'appartement à droite pendant que Maurice et Adrienne redescendent le théâtre.*)

SCÈNE VII.

L'ABBÉ, *près de la table, à ses bouquets*; ADRIENNE, MAURICE, *sur le devant du théâtre et tournant le dos à l'abbé.*

MAURICE, *rapidement et à voix basse.* Une intrigue politique que ni l'abbé ni le prince lui-même ne peuvent connaître.

(1) Adrienne, l'abbé, Michonnet, Maurice.
(2) L'abbé, Adrienne, Michonnet, Maurice.
(3) L'abbé, Adrienne, Maurice, Michonnet.

m'a amené ici cette nuit... (*Geste d'incrédulité d'Adrienne.*) Mon avenir en dépend !

ADRIENNE, *d'un air de mépris.* Et mademoiselle Duclos...

MAURICE, *de même.* Elle n'est pas ici !.. et ce n'est pas elle que j'aime... Je le jure sur l'honneur ! me crois-tu ?

ADRIENNE *lève les yeux, le regarde, et, après un instant, lui dit :* Oui !

MAURICE, *lui serrant la main avec joie.* C'est bien. Il faut plus encore... il faut empêcher l'abbé d'entrer dans cette chambre ou d'entrevoir la personne qui s'y trouve, pendant que moi... (*l'honneur et la loyauté me le commandent*) je vais tenter, sans que nul s'en aperçoive, de protéger sa sortie, dussé-je gagner ou étrangler le concierge et faire sauter ses verrous !

ADRIENNE. Allez ! je veillerai.

MAURICE, *avec transport.* Merci, Adrienne !.. merci ! (*Il sort par le fond.*)

———

SCÈNE VIII.

L'ABBÉ, *toujours à table, à gauche;* ADRIENNE, *seule sur le devant du théâtre, à droite, puis* MICHONNET.

ADRIENNE. Sur l'honneur ! a-t-il dit... sur l'honneur ! Maurice ne pourrait pas manquer à un pareil serment... j'ai dû le croire !.. sinon... ce ne serait plus lui.

MICHONNET, *qui vient de sortir de la porte à droite, s'avance sur la pointe du pied; il dit tout bas :* Adrienne... Adrienne... si tu savais quelle aventure...

ADRIENNE, *avec distraction.* Qu'est-ce donc ?

MICHONNET, *à voix basse.* Ce n'est pas la Duclos !

ADRIENNE, *à part, avec joie.* Il me l'avait dit !

MICHONNET, *à voix haute et riant.* Ce n'est pas la Duclos !

L'ABBÉ, *se levant de la table et s'avançant vivement.* Comment, ce n'est pas elle ?

MICHONNET, *allant au-devant de lui* (1). Silence !... c'est un secret.

L'ABBÉ. Qu'importe !.. nous ne sommes que trois... et je ne compte pas ! je suis muet.

MICHONNET. C'est ce que chacun dit toujours dans le comité, et cependant tout finit par se savoir.

L'ABBÉ, *vivement.* Ce n'est pas la Duclos !.. et le comte de Saxe qui nous a avoué lui-même que c'était elle... Qui est-ce donc, alors... qui donc ?..

MICHONNET. Je n'en sais rien... mais ce n'est pas elle... je le jure.

L'ABBÉ. Vous l'avez vue ?

MICHONNET. Du tout !

ADRIENNE, *vivement.* C'est bien !

MICHONNET. Obscurité complète... comme si la rampe et le lustre eussent été baissés; mais j'avais, en entrant, rencontré une manche et une robe de femme, et persuadé, (*A l'abbé.*) puisque vous me l'aviez dit, que c'était la Duclos... j'ai abordé sur-le-champ la question, et j'ai demandé, à tâtons, si, pour aider le répertoire, elle consentait à jouer demain Cléopâtre. La main que je tenais a tressailli, et une voix qui m'est inconnue s'est écriée avec fierté : « *Pour qui me prenez-vous ?* » Pour mademoiselle Duclos, ai-je répondu. A quoi on a répliqué à voix basse : « Je suis chez elle, il est vrai, pour des intérêts que je ne puis dire. »

L'ABBÉ. Est-il possible !

MICHONNET. « Mais, qui que vous soyez, » a continué la personne mystérieuse en haissant toujours la voix, « si vous me donnez les moyens de sortir à l'instant de cette mai-

« son sans être vue, vous pouvez compter sur ma protec-
« tion, et votre fortune est faite. » Je lui ai répondu alors que je n'étais pas ambitieux, et que si je pouvais seulement être nommé sociétaire... Moi, sociétaire !

L'ABBÉ ET ADRIENNE, *avec impatience.* Eh bien ?

MICHONNET. Eh bien ! me voilà !.. que faut-il faire ?

L'ABBÉ, *passant devant Michonnet et s'avançant vers la porte* (1). Savoir d'abord quelle est cette dame.

ADRIENNE, *se plaçant devant la porte.* Monsieur l'abbé, y pensez-vous ?

L'ABBÉ. Elle était ici avec le comte de Saxe, je vous l'atteste.

ADRIENNE. Raison de plus pour la respecter ! une pareille indiscrétion serait manquer à toutes les convenances... et vous, un homme du monde !.. un abbé !

L'ABBÉ. C'est que vous ne savez pas... je ne peux pas vous dire l'intérêt que j'ai à connaître cette personne... c'est pour moi d'une importance !..

ADRIENNE, *à part.* Maurice disait vrai.

L'ABBÉ, *à part.* La princesse compte sur moi, je lui ai promis, et à tout prix... (*Il fait un pas vers la porte.*)

ADRIENNE. Non, monsieur l'abbé, vous n'entrerez pas...

L'ABBÉ, *d'un air suppliant.* Par hasard et sans le vouloir...

ADRIENNE. Non, monsieur l'abbé, j'en appellerai plutôt à M. le prince lui-même, au maître de la maison, qui ne permettra pas que chez lui...

L'ABBÉ, *vivement.* Vous avez raison !.. je vais tout dire au prince, qui sera enchanté ! quel bonheur ! quel hasard pour lui ! la Duclos est innocente ! complètement innocente... Il ne s'y attendait pas... ni nous non plus. (*Il sort par le fond. Adrienne l'accompagne jusqu'à la porte et le suit encore des yeux pendant que Michonnet, qui était resté à gauche, traverse le théâtre en secouant la tête et va se placer à droite.*)

———

SCÈNE IX.

ADRIENNE, MICHONNET.

ADRIENNE, *redescendant le théâtre.* Il s'éloigne !

MICHONNET. Que veux-tu faire ?

ADRIENNE. Délivrer cette personne quelle qu'elle soit... et la sauver !

MICHONNET. Pour moi !..

ADRIENNE. Non ! pour un autre... à qui je l'ai promis !

MICHONNET. Encore lui !.. toujours lui ! pourquoi te mêler de pareilles affaires ?

ADRIENNE. Je le veux !

MICHONNET. Il ne faut pas, nous autres comédiens, nous jouer aux grands seigneurs et aux grandes dames, ça nous porte malheur...

ADRIENNE. Je le veux !

MICHONNET, *d'un air résigné.* C'est différent... puis-je au moins t'aider, t'être bon à quelque chose...

ADRIENNE. Non..... il l'a dit : personne ne doit la voir .... (*Éteignant les deux bougies qui sont sur la table.*) pas même moi !

MICHONNET, *étonné.* Eh bien... eh bien... comment veux-tu ainsi t'y reconnaître...

ADRIENNE. Soyez tranquille ! Voyez seulement au dehors si personne ne vient nous surprendre...

MICHONNET, *avec colère.* C'est absurde !.. (*Se radoucissant.*) J'y vais... j'y vais... (*Il sort en fermant la porte du fond.*)

(1) Michonnet, l'abbé, Adrienne.

———

(1) L'abbé, Michonnet, Adrienne.

SCÈNE X.

ADRIENNE, puis LA PRINCESSE.

ADRIENNE, *se dirigeant vers la porte a droite.* Allons!... (*Elle frappe à la porte.*) On ne me répond pas... ouvrez... ouvrez, Madame... au nom de Maurice de Saxe... (*La porte s'ouvre.*) Je savais bien que rien ne résisterait à ce talisman.

LA PRINCESSE, *ouvrant la porte.* Que me veut-on?

ADRIENNE. Vous sauver!.. vous donner les moyens de sortir d'ici...

LA PRINCESSE. Toutes les portes sont fermées.

ADRIENNE. J'ai là une clé... celle du jardin sur la rue.

LA PRINCESSE, *vivement.* O bonheur!.. donnez! donnez!

ADRIENNE. Mais, par exemple... il faut descendre jusqu'au jardin sans être vue!.. comment? je ne saurais vous le dire, car je ne connais pas cette maison...

LA PRINCESSE. Rassurez-vous! (*Se dirigeant vers la gauche, pendant qu'Adrienne va écouter à la porte du fond; elle dit à part* (1). Grâce à ce panneau secret... (*Elle cherche dans la muraille le panneau, qui s'ouvre sous sa main.*) Le voici !.... (*Revenant vers Adrienne, qui, dans ce moment, redescend le théâtre.*) Mais, vous, à qui je dois un pareil service... qui êtes-vous?

ADRIENNE. Qu'importe... partez.

LA PRINCESSE. Je ne puis distinguer vos traits...

ADRIENNE. Ni moi les vôtres.

LA PRINCESSE. Mais cette voix ne m'est pas inconnue... je l'ai entendue plus d'une fois... oui, oui... Pourquoi vous dérober à ma reconnaissance... duchesse de Mirepoix... c'est vous?

ADRIENNE. Non!.. Mais hâtez-vous de fuir les dangers qui vous menacent...

LA PRINCESSE. Vous les connaissez donc?

ADRIENNE. Qu'importe, vous dis-je? croyez à ma discrétion et ne craignez rien.

LA PRINCESSE. Mais ces dangers... ces secrets, qui vous les a confiés?

ADRIENNE. Quelqu'un qui me dit tout...

LA PRINCESSE, *à part.* O ciel! (*Haut, à Adrienne.*) Qui donc a donné à Maurice le droit de tout vous dire?

ADRIENNE, *lui prenant la main.* Et qui vous a donné à vous-même le droit de l'appeler *Maurice*, le droit de m'interroger... de trembler... de frémir?.. car votre main tremble! vous l'aimez?

LA PRINCESSE. De toutes les forces de mon âme!

ADRIENNE. Et moi aussi !

LA PRINCESSE. Ah! vous êtes celle que je cherche.

ADRIENNE. Qui êtes-vous donc ?

LA PRINCESSE, *avec fierté.* Plus que vous, à coup sûr!

ADRIENNE. Qui me le prouvera ?

LA PRINCESSE. Je vous perdrai!

ADRIENNE, *avec hauteur.* Et moi... je vous protège!

LA PRINCESSE. Ah! c'en est trop !.. je saurai quels sont vos traits...

ADRIENNE. Je démasquerai les vôtres...

LE PRINCE, *en dehors.* Palsambleu! nous connaîtrons la vérité!..

LA PRINCESSE, *à part.* O ciel!.. la voix de mon mari... et partir quand ma rivale est en mon pouvoir, quand je vais la connaître...

ADRIENNE. Restez... restez... donc!.. voici des flambeaux !

LA PRINCESSE. Eh bien! oui... je resterai... non, non... je ne le puis! (*Elle s'élance par le panneau, à gauche, qu'elle re-*

(1) La princesse, Adrienne.

ferme, et disparaît pendant qu'Adrienne a remonté le théâtre et ouvre la porte du fond. Le prince et l'abbé entrent avec des flambeaux, tandis que deux valets restent au fond, en dehors, également avec des flambeaux.)

ADRIENNE, *au prince.* Venez!.. venez!.. (*Regardant autour d'elle, et ne voyant plus personne.*) Grand Dieu !

—

SCÈNE XI.

ADRIENNE, LE PRINCE, L'ABBÉ.

LE PRINCE. Tu es donc sûr, l'abbé, que ce n'est pas la Duclos ?..

L'ABBÉ. Je l'atteste.

LE PRINCE. Quel bonheur!

L'ABBÉ, *montrant la porte à droite.* Entrons de ce côté , et pendant que ces dames, en bas, ne se doutent de rien... (*Ils entrent dans l'appartement, à droite, au moment où l'on voit à la porte du fond paraître les têtes de mesdemoiselles Dangeville et Jouvenot.*)

TOUTES DEUX, *s'avançant sur la pointe du pied.* Suivons-les!

ADRIENNE, *à part, avec douleur.* Sur l'honneur, avait-il dit, sur l'honneur! Non, je ne puis me persuader encore qu'i' m'ait trompée...

—

SCÈNE XII.

MICHONNET, ADRIENNE.

MICHONNET, *entrant sur la pointe du pied, par la porte du pan coupé, à gauche.* Hé bien! cette dame, tu l'as donc sauvée?

ADRIENNE. Eh! oui.

MICHONNET. Alors c'est elle qui tout à l'heure traversait le jardin avec le comte de Saxe.

ADRIENNE. Vous en êtes sûr ?

MICHONNET. Comment?.. En passant devant le massif où j'étais, elle a même laissé tomber un bracelet que voici...

ADRIENNE, *le prenant.* Donnez... Et le comte de Saxe...

MICHONNET. Il est parti avec elle!

ADRIENNE. Avec elle !

MICHONNET. Ainsi, rassure-toi!.. que ça ne t'inquiète plus... il veille sur elle !

ADRIENNE, *tombant sur le fauteuil qui est près de la table, à gauche.* Ah ! tout est fini !

—

SCÈNE XIII.

MICHONNET, ADRIENNE, LE PRINCE, L'ABBÉ ET LES DEUX DAMES *sortent de l'appartement, à droite.*

LE PRINCE. Personne!

LES DEUX DAMES ET L'ABBÉ. Personne!

LE PRINCE, *s'avançant.* C'est égal... ce n'était pas la Duclos et je triomphe!.. (*Se retournant.*) La main aux dames et à souper! (*Il offre une main à mademoiselle Jouvenot, l'autre à mademoiselle Dangeville, tandis que l'abbé présente la sienne à Adrienne, qui, toujours assise et absorbée dans sa douleur, ne le voit, ni ne l'écoute.* — *La toile tombe.*)

FIN DU TROISIÈME ACTE.

ACTE QUATRIÈME.

Un salon de réception très-élégant chez la princesse de Bouillon,
porte au fond, deux portes latérales.

SCÈNE PREMIÈRE.

MICHONNET, *s'inclinant vers la porte à gauche, d'où il
sort.* Merci, mon prince, merci! Rentrez donc, je vous prie!
trop d'honneur! (*Redescendant le théâtre.*) Un prince de
Bouillon! un descendant de Godefroy de Bouillon, me reconduire jusqu'à la porte de son cabinet... moi, régisseur!
Que serait-ce donc si j'étais... Ah çà! voici ma commission
faite, et avec quelque succès, j'ose le dire!.. Je puis m'en
aller... (*Regardant la pendule du salon.*) Trois heures!.. la
répétition sera finie, et sans moi! C'est la première fois que
j'y aurai manqué... Je me dérange!.. C'est du désordre!..
mais Adrienne me l'avait demandé comme un service! Elle
y tenait tant! elle était d'une telle impatience, qu'avant que
je fusse parti elle aurait voulu que déjà je fusse de retour.

UN VALET, *entrant par la porte du fond, avec Adrienne, et
lui montrant Michonnet.* Oui, Mademoiselle, il est encore ici.

MICHONNET. Que disais-je? c'est elle!

—

SCÈNE II.

MICHONNET, ADRIENNE.

ADRIENNE. Que devenez-vous donc?.. Qui peut vous retenir... Depuis plus de deux heures je vous attends, et je
craignais qu'il ne fût survenu quelque accident, quelque
obstacle...

MICHONNET. Aucun! tout s'est passé comme tu le désirais.
A ton nom seul toutes les portes se sont ouvertes! car il
faut rendre justice à ces grands seigneurs, ils aiment les artistes, ils nous aiment!.. Mon prince, lui ai-je dit, vous avez
souvent daigné répéter à mademoiselle Lecouvreur que vous
lui donneriez, quand elle le voudrait, soixante mille livres
des diamants qu'elle tient de la libéralité de la reine;...
C'est vrai, je ne m'en dédis pas. — Eh bien! elle m'envoie
vers vous, en secret, comptant sur votre bienveillance, pour
lui rendre ce service, et sur votre discrétion, pour n'en parler à personne... Tu vois... c'était assez bien tourné.

ADRIENNE, *avec impatience.* Très-bien... et après?

MICHONNET. Après?.. Il a paru étonné... et m'a demandé
pourquoi se défaire de ces diamants... dans quelle idée?..
dans quel but?.. Question à laquelle il m'a été impossible
de répondre, attendu que tu ne m'as pas fait part de tes intentions... Il s'est mis alors à écrire un bon sur la caisse des
fermiers généraux... en prononçant cette phrase, qui était
convenable : Dites à mademoiselle Lecouvreur que je ne
regarde cet écrin comme un dépôt. Puis il a ajouté, avec
un sourire qui m'a paru moins bien : Dépôt qu'elle pourra,
quand elle le voudra, venir me redemander elle-même!..

ADRIENNE, *avec impatience.* Enfin, ces soixante mille
livres...

MICHONNET. Je les ai là.

ADRIENNE. Ah! je respire... Mais si vous saviez tout ce que
ces deux heures d'attente m'ont fait souffrir! Vous n'auriez
pas été aussi longtemps... car la journée avance, et il me
reste encore d'autres démarches à faire...

MICHONNET. Oui, dix mille livres de plus, qu'il te faut...
Tu me l'avais dit, et les voici!

ADRIENNE. O ciel!

MICHONNET. J'ai commencé par aller te les chercher... Voilà
ce qui m'a retenu... Je t'en demande pardon...

ADRIENNE. Vous... me les chercher!.. et où donc?

MICHONNET. Chez le notaire de la succession de mon oncle,
l'épicier de la rue Féron.

ADRIENNE. Cet héritage! votre seul bien... tout ce que vous
possédez!.. Je ne puis accepter un tel sacrifice.

MICHONNET. Et pourquoi donc?

ADRIENNE. Je puis exposer ma fortune... mais non celle
d'un ami!

MICHONNET. L'exposer?.. en quoi?.. Explique-moi d'a-
bord...

ADRIENNE. Je ne le puis!.. Je ne puis vous rien dire!

MICHONNET. Rien?.. Je ne t'en demande pas davantage!..
Prends... je le veux... Tout cela t'appartient!

ADRIENNE. Nous discuterons cela plus tard, gardez-les... Il
faudrait, à l'instant même, porter cette somme rue Saint-
Honoré, à l'hôtel de l'ambassadeur.

MICHONNET. L'ambassadeur moscovite?

ADRIENNE. Oui! à lui-même!.. La lui remettre en paiement
d'une lettre de change de soixante-dix mille livres, souscrite
à M. le comte de Kalkreutz...

MICHONNET, *étonné.* Comment?

ADRIENNE, *avec impatience.* Le comte de Kalkreutz... un
Suédois...

MICHONNET, *avec douceur.* Je ne comprends pas...

ADRIENNE. Vous n'avez pas besoin de comprendre... Silence! c'est l'abbé!

—

SCÈNE III.

MICHONNET, L'ABBÉ, ADRIENNE.

L'ABBÉ, *entrant par le fond.* Que vois-je? mademoiselle
Lecouvreur chez M. le prince de Bouillon!.. Est-ce que cela
nous annoncerait un contre-ordre?.. Est-ce qu'on ne vous
verrait pas ce soir?..

ADRIENNE. Si, vraiment! plus que jamais je dois tenir ma
parole à M. le prince, et je viendrai.

L'ABBÉ. Je respire! car je connais des dames qui se font
une grande fête de vous voir et de vous entendre; par malheur, il pourra bien vous manquer un de vos enthousiastes,
de vos fanatiques...

MICHONNET. Qui donc?

L'ABBÉ. Ce pauvre comte de Saxe!

ADRIENNE, *à part.* Qu'entends-je?

L'ABBÉ. Il lui arrive l'aventure la plus piquante et la plus
originale... Mon état est d'apprendre les nouvelles et de les
répandre, et je tiens celle-ci de bonne source... Imaginez-
vous qu'il ne s'agissait de rien moins, pour lui, que de partir
cette semaine pour conquérir la Courlande, et de là, devenir grand-duc... roi, que sais-je? (*Riant.*) Et vous ne de-
vineriez jamais qui lui enlève sa couronne? qui l'arrête au
milieu de sa conquête?

MICHONNET. Non!

L'ABBÉ, *riant toujours.* Une lettre de change de soixante-
dix mille livres.

MICHONNET, *étonné.* Comment dites-vous?

L'ABBÉ. Que l'ambassadeur de Russie a rachetée par-dessous main, afin de vaincre par huissier et de faire prisonnier, sans combats, le général qu'il redoutait.

MICHONNET, *étonné.* Ce n'est pas possible!

L'ABBÉ, *riant toujours.* Je vous l'atteste! et le plus curieux... c'est que cette lettre de change était d'abord entre
les mains d'un comte de Kalkreutz...

MICHONNET, *vivement.* Un Suédois!

L'ABBÉ. Vous le connaissez?

MICHONNET, *avec colère et regardant Adrienne.* Oui...
certes...

L'ABBÉ. Et il paraît que c'est une maîtresse du comte de Saxe, une grande dame!..

ADRIENNE, *vivement.* Une grande dame!..

L'ABBÉ. Que par malheur je ne connais pas encore, mais que j'espère bien découvrir... qui, dans un transport de jalousie, a dénoncé ce fait à l'ambassadeur tartare; de sorte qu'en ce moment le héros saxon, sans sceptre et sans armée, gémit sous les verrous, attendant que la politique ou l'amour vienne le délivrer... Voilà l'aventure primitive, je vous la donne... je vous la livre... permis à vous de l'embellir et de l'orner... Je vais la confier aux méditations de M. de Bouillon... un savant qui aime à traiter ces sujets-là. (*Il sort par la porte à gauche; Michonnet remonte après lui le théâtre, le suit des yeux quelques instants, puis redescend à droite.*)

—

SCÈNE IV.

ADRIENNE, MICHONNET.

MICHONNET, *à Adrienne, qui, silencieuse, baisse les yeux.* Ce que je viens d'entendre est donc vrai... le comte de Saxe est celui que tu aimes?

ADRIENNE, *à voix basse.* Oui.

MICHONNET. Et que tu veux délivrer?

ADRIENNE, *de même.* Oui.

MICHONNET. Au prix de ta fortune?

ADRIENNE, *avec passion.* Au prix de tout mon sang!

MICHONNET. Mais tu n'as donc pas entendu qu'il ne t'aimait pas, qu'il en aimait une autre?

ADRIENNE. Je le sais!

MICHONNET. Et tu oses me l'avouer... et tu n'en rougis pas...

ADRIENNE. Ah! vous ne pouvez pas comprendre, vous, qu'on aime sans le vouloir et malgré soi.

MICHONNET, *vivement.* Si!

ADRIENNE. Cherchant à le cacher à tous et à soi-même... en rougissant de honte, de cette honte qui est encore de l'amour!

MICHONNET, *avec passion.* Si! si! je le comprends!.. pardon, Adrienne, c'est moi qui suis un insensé de l'avoir parlé ainsi. Mais qu'espères-tu?

ADRIENNE. Rien!.. (*Avec amour.*) que de le sauver!.. Et puis, ne nous a-t-on pas parlé tout à l'heure d'une rivale, d'une grande dame?

MICHONNET. Celle au bracelet, sans doute, celle qu'il te préfère et pour laquelle il t'a trahie.

ADRIENNE, *portant la main à son cœur.* C'est vrai! mais ne me le dites pas, c'est comme si vous me frappiez là d'un fer froid et aigu, et ce n'est pas votre intention.

MICHONNET, *vivement et avec bonté.* Oh! non, non! tu ne peux le croire.

ADRIENNE. Cette rivale, je veux la connaître. (*Avec énergie.*) Je la connaîtrai! pour lui dire : C'est par vous qu'il fut prisonnier, c'est par moi qu'il a recouvré la liberté, même celle de vous voir, de vous aimer, de me trahir encore... Jugez vous-même, Madame, qui de nous aimait le mieux.

MICHONNET. Et lui?

ADRIENNE, *avec mépris.* Lui!.. il m'a trompée, j'y renonce à jamais!

MICHONNET, *avec joie.* Bien cela!.. Mais alors, réponds-moi, pourquoi tout sacrifier à un ingrat?

ADRIENNE. Pourquoi? vous me le demandez! La vengeance m'est-elle donc interdite et ne m'est-il pas permis de la choisir? N'avez-vous pas entendu tout à l'heure qu'il s'agissait pour lui en ce moment de combattre, de vaincre, de gagner un duché... peut-être une couronne... Et songez donc, ami, songez, s'il me le devait!.. s'il me tenait de ma main! Roi, par la tendresse de celle qu'il a abandonnée et trahie!.. Roi, par le dévouement de la pauvre comédienne!.. Ah! il aura beau faire, il ne pourra m'oublier! A défaut de son amour, sa gloire même et sa puissance lui parleront de moi! comprenez-vous à présent ma vengeance?

Comblé de mes bienfaits, je veux l'en accabler!

O mon vieux Corneille! viens à mon aide! viens soutenir mon courage, viens remplir mon cœur de ces élans généreux, de ces sublimes sentiments que tu as tant de fois placés dans ma bouche Prouve-leur à tous que nous, les interprètes de ton génie, nous pouvons au contact de tes nobles pensées... autre chose que de les bien traduire! Ce que tu as dit, je le ferai! (*A Michonnet.*) Allez! courez le délivrer! Je vous attendrai chez moi. (*Elle sort par le fond.*)

—

SCÈNE V.

MICHONNET, *seul, allant reprendre son chapeau, qu'il avait posé, dans la première scène, sur l'un des fauteuils à gauche.* Ah! elle n'a que trop raison de compter sur moi, qui suis encore plus insensé qu'elle... Car, après tout, elle donne sa fortune pour un amant, c'est tout simple!.. mais moi, la mienne pour un rival!.. (*Soupirant.*) Enfin, elle le veut, cela lui fait plaisir... alors à moi aussi... Mais, ce qu'elle ne trouverait pas dans le grand Corneille lui-même, ce qui est le sublime de l'absurde, c'est que je souffre de sa peine... à elle! c'est que je suis tenté de lui en vouloir... à lui... de ce qu'il ne l'aime pas, et je serais furieux s'il l'aimait! (*Apercevant la princesse qui sort de l'appartement, à droite.*) Dieu! une belle dame!.. la maîtresse de la maison, sans doute. (*La saluant sans que la princesse le voie.*) Elle ne me voit pas, et je puis sortir, je crois, sans que cela la dérange... Allons remplir mon message, et porter notre argent à la Russie. (*Il sort par le fond.*)

—

SCÈNE VI.

LA PRINCESSE, *seule et rêvant, puis* L'ABBÉ, *sortant de la porte à gauche.*

LA PRINCESSE, *à part et rêvant.* Que Maurice coure la rejoindre, je l'en défie, et quand à briser mes chaînes, il doit voir à présent que cela n'est pas si facile... La seule chose qui m'inquiète, c'est ce bracelet, donné hier par mon mari et perdu dans ma fuite... à quel moment?.. avais-je done montant dans le carrosse de louage qu'il m'a fallu prendre! Après tout! personne ne sait que ce bracelet m'appartient... quelques diamants de moins, cela regarde M. de Bouillon. L'essentiel, l'important pour moi, c'est de connaître cette femme qui exerce sur lui un tel empire. Celle à qui il confie tout... Et quand je pense que j'ai tenu ce secret, mieux encore! cette rivale entre mes mains, et que tout m'est échappé, grâce à mon mari, dont le flambeau est venu tout embrouiller... La science n'en fait jamais d'autres... avec ses lumières... Aussi je lui en veux, et vienne l'occasion!.. (*Apercevant l'abbé et d'un air gracieux.*) Eh! c'est vous, l'abbé.

L'ABBÉ, *sortant de la porte à gauche* (1). Vous, Madame! déjà superbe, éblouissante...

_____

(1) L'abbé, la princesse.

LA PRINCESSE. J'ai voulu de bonne heure me tenir prête à recevoir tout mon monde... et en attendant, je rêvais.

L'ABBÉ. Non pas à moi... j'en suis sûr.

LA PRINCESSE. Peut-être !.. à des projets de vengeance... projets dans lesquels je ne vous ai pas défendu de m'aider... au contraire !

L'ABBÉ, *vivement.* Eh bien ! Madame !.. vous me voyez furieux, je ne sais rien encore !

LA PRINCESSE, *souriant.* En vérité !.. vous me rassurez !.. je comptais si bien sur vos talents et votre habileté... que je commençais à m'effrayer de la récompense promise... mais, grâce au ciel !.. et à vous...

L'ABBÉ, *vivement.* Ah ! ne me parlez pas ainsi... car vous me désespérez ! un instant j'ai cru connaître la personne, tout me prouvait que c'était la Duclos...

LA PRINCESSE. La Duclos !

L'ABBÉ. Votre mari lui-même paraissait convaincu... il me l'avait dit et démontré...

LA PRINCESSE. Raison de plus pour ne pas le croire !.. Eh bien ! moi, je suis plus heureuse ou plus habile que vous, j'ai vu cette beauté mystérieuse !.. par un hasard singulier, je me suis trouvée, il y a quelques jours... la semaine dernière, avec elle...à la campagne... dans une allée sombre... très-sombre...

L'ABBÉ. En vérité !

LA PRINCESSE. Et sans pouvoir distinguer ses traits... je lui ai entendu prononcer quelques mots... une phrase que j'ai retenue... celle-ci : « Ne craignez rien. Votre secret m'a été « confié par quelqu'un qui me dit tout. » C'est à coup sûr fort insignifiant ; mais le singulier, le voici : c'est que l'accent, le son de la voix, me sont parfaitement connus ! plus je me le rappelle et plus il me semble que maintes fois je l'ai entendue retentir à mon oreille !

L'ABBÉ. Vous croyez ?

LA PRINCESSE. A n'en pouvoir douter !.. en quels lieux ?.. c'est ce que je ne puis dire ! J'avais d'abord pensé à la duchesse de Mirepoix, j'ai couru ce matin lui faire une visite d'amitié ! une voix aigre et pointue qui fait mal aux nerfs ! Je suis passée chez madame de Sancerre, madame de Beauveau, madame de Vaudemont, pour m'informer de leurs nouvelles, empressement dont elles ont été vivement touchées, sans compter que jamais je ne les avais écoutées avec autant d'attention ! Quelles futilités ! quel bavardage ! quel ennui !... j'ai tout subi ! courage héroïque dépensé en pure perte ! ce n'était pas cela ! et pourtant c'est la voix de quelqu'un que je rencontre souvent... habituellement... dans ma société intime !

L'ABBÉ, *vivement.* Attendez ! avez-vous vu la duchesse d'Aumont ?

LA PRINCESSE, *vivement.* Non, vraiment ! et pourquoi ?

L'ABBÉ. Une inspiration !.. une idée !

LA PRINCESSE, *vivement.* En effet !.. l'intérêt que, malgré elle, elle paraissait prendre hier au comte de Saxe ! tous ces détails intimes qu'elle savait sur son compte... et qu'elle était censée tenir de Florestan de Belle-Isle...

L'ABBÉ, *riant.* Son cousin.

LA PRINCESSE. Est-ce que vous croyez aux cousins ?

L'ABBÉ. Du tout... on ne les prend généralement que comme un manteau, contre l'orage.

SCÈNE VII.

LES PRÉCÉDENTS, UN DOMESTIQUE.

LE DOMESTIQUE, *annonçant.* Madame la duchesse d'Aumont !

LA PRINCESSE, *bas, à l'abbé.* C'est le destin qui nous l'en-

voic (1). (*Allant au-devant d'elle.*) C'est vous, ma toute belle !.. comme vous êtes aimable de nous venir de si bonne heure... l'abbé et moi nous parlions de vous... nous allions peut-être en dire du mal !..

ATHÉNAÏS, *souriant.* Vrai !

L'ABBÉ, *bas, à la princesse.* Est-ce la même voix ?

LA PRINCESSE, *bas.* On ne peut pas juger sur un mot... faites-la parler... j'étudierai.

L'ABBÉ, *quittant la princesse et passant de l'autre côté, à droite, près d'Athénaïs* (2). Madame la duchesse tenait tant à entendre mademoiselle Lecouvreur...

ATHÉNAÏS. Oh ! oui...

L'ABBÉ. C'est un talent... un talent...

ATHÉNAÏS. Fort !

L'ABBÉ. Tandis que celui de la Duclos...

ATHÉNAÏS. Nul.

LA PRINCESSE, *à part.* Il paraît que nous n'en obtiendrons pas une phrase entière... (*Haut.*) Je commence à être de votre avis, duchesse. Pour bien apprécier le charme de mademoiselle Lecouvreur et le naturel de sa diction, il faut avoir essayé soi-même quelques lignes en scène... tenez, nous devons la semaine prochaine dire des proverbes chez M. le comte de Noailles... je joue un rôle...

ATHÉNAÏS. Vous devez bien jouer la comédie, princesse ?

LA PRINCESSE. Moi ! non... tout m'embarrasse. Je répétais là tout à l'heure avec l'abbé, quand vous êtes venue...

ATHÉNAÏS. Vous déranger ?

L'ABBÉ, *vivement.* Pas le moins du monde.

ATHÉNAÏS. Continuez... je ne dis plus un mot !

L'ABBÉ, *à part.* A merveille !

LA PRINCESSE. Gardez-vous-en bien ! Je suis sûre, au contraire, de gagner à vous entendre, ma toute belle, car le difficile, c'est le naturel, c'est de parler simplement, comme on parle. J'ai, dans ma première scène, par exemple, une phrase, la plus simple qu'on puisse réciter, et je n'en puis venir à bout.

ATHÉNAÏS. Vous ?

LA PRINCESSE. « Ne craignez rien. Votre secret m'a été « confié par quelqu'un qui me dit tout !.. »

ATHÉNAÏS. C'est bien facile.

LA PRINCESSE. Oui dà ! eh bien ! je voudrais vous l'entendre prononcer à vous-même !

ATHÉNAÏS. A moi !

LA PRINCESSE. Comment la diriez-vous ?

ATHÉNAÏS, *riant.* Je ne la dirais pas. (*Elle les quitte et passe à la gauche du théâtre.*)

LA PRINCESSE, *bas, à l'abbé.* Elle élude la question.

L'ABBÉ, *de même.* C'est elle !

LA PRINCESSE, *allant au-devant de la marquise, de la baronne et des dames qui entrent par la porte du fond.* Bonjour, mes très-chères !

SCÈNE VIII.

Pendant que les dames entrent par le fond, plusieurs seigneurs sortent de l'appartement, à droite, avec LE PRINCE, LA MARQUISE, LA PRINCESSE, LA BARONNE, L'ABBÉ, ATHÉNAÏS. *Les autres dames, qui sont entrées par la porte du fond, vont s'asseoir sur des fauteuils placés à gauche ; les seigneurs, qui sont entrés avec le prince, se tiennent debout devant elles.*

LE PRINCE, *à droite.* Oui, Messieurs, la nouvelle est authentique... (*Saluant les dames.*) et je puis vous attester qu'à

(1) L'abbé, la princesse, Athénaïs.
(2) La princesse, Athénaïs, l'abbé.

Adrienne Lecouvreur, Acte 3, Scène 7.

l'heure où je vous parle il est libre, complétement libre...

ATHÉNAÏS, *placée à l'extrême droite.* Et qui donc?

LE PRINCE. Le comte de Saxe!

LA PRINCESSE, *à part.* Maurice! ô ciel!

LA MARQUISE. Ah! vous savez aussi la nouvelle! c'est très-désagréable... je croyais être seule!

LA BARONNE. En effet, le bruit courait ce matin que le futur souverain de Courlande était retenu prisonnier pour une somme très-considérable... ce n'est donc pas vrai?

LA MARQUISE. Eh! mon Dieu! si.

ATHÉNAÏS. Alors, comment est-il libre?

LA BARONNE, *gaiement.* Un roman... un enlèvement, et comme il lui en arrive toujours, une aventure...

LA MARQUISE. La plus simple du monde... et la plus bourgeoise... on a payé ses dettes!

LA BARONNE. Oui-dà, marquise! et vous ne trouvez pas cela une aventure extraordinaire?

LA PRINCESSE. Si, vraiment, mais ces dettes, qui les a payées?

LA MARQUISE. Demandez à monsieur le prince, car, pour moi, l'histoire s'arrête là... on ne m'a rien dit de plus.

LE PRINCE, *gravement.* Et moi, Mesdames...

TOUT LE MONDE. Eh bien!

LE PRINCE, *de même.* Je n'ai pu en savoir davantage... ce qui prouve bien...

L'ABBÉ. Que cela n'est pas! je le saurais... Or, je ne le sais pas, donc cela n'est pas!

LA MARQUISE. Cela est, je le tiens d'une amie intime du comte de Saxe.

LE PRINCE. Moi, je le tiens de Florestan lui-même, qui a vu Maurice, à telles enseignes qu'il a été de sa part défier le comte de Kalkreutz. (*Au nom de Florestan, Athénaïs fait un mouvement que la princesse remarque.*)

L'ABBÉ. Celui qui a livré sa créance à l'ambassadeur moscovite?

LE PRINCE. Précisément.

ATHÉNAÏS. Action déloyale, indigne d'un gentilhomme!

LE PRINCE. Et dont le comte de Saxe lui a demandé raison... ils ont dû se battre.

LA PRINCESSE. Et sait-on l'issue du combat?

LE PRINCE. Pas encore! mais ce pauvre Maurice, qui devait nous venir ce soir...

ATHÉNAÏS. Ne craignez rien... il viendra!

LA PRINCESSE, *l'observant avec jalousie.* Vous croyez, Madame?

SCÈNE IX.

LES PRÉCÉDENTS, UN DOMESTIQUE.

LE DOMESTIQUE, *annonçant.* Mademoiselle Lecouvreur et monsieur Michonnet, de la Comédie française!

L'ABBÉ. Ah! enfin! (*Tout le monde va au-devant d'Adrienne.*)

LA MARQUISE, *qui est restée avec la baronne sur le devant du théâtre, à droite.* Il paraît que nous aurons ce soir la tragédie.

LA BARONNE. Et la comédie.

LA MARQUISE. Le prince l'aime beaucoup.

LA BARONNE. Et la princesse, donc!

LE PRINCE, *redescendant en donnant la main à Adrienne* (1). Combien je vous remercie, Mademoiselle, de l'honneur que vous voulez bien nous faire, à madame de Bouillon et à moi!

ATHÉNAÏS, *à la princesse.* Daignez, princesse, me nommer à Mademoiselle. Il y a si longtemps que je l'admire de loin, que je suis bien aise de le lui dire de près!

LA PRINCESSE, *présentant la duchesse.* Madame la duchesse d'Aumont, Mademoiselle... (*La princesse fait passer Adrienne près d'Athénaïs, de la marquise et de la baronne, qui l'entourent; le prince et l'abbé se rapprochent d'elles. Michonnet est toujours presque seul à l'extrême droite, pendant que la princesse descend à gauche, au bord de la scène et devant les dames, qui sont assises.*)

ADRIENNE. En vérité, Mesdames, je suis confuse de tant d'honneur!

MICHONNET, *à part.* Ce n'est que justice! je vous demande si elle ne figure pas aussi bien qu'elles toutes dans un salon!

ADRIENNE. Vous avez voulu, vous et les nobles dames qui daignent m'accueillir...

LA PRINCESSE, *frappée du son de voix et écoutant.* O ciel!

ADRIENNE. Donner à l'humble artiste l'occasion d'étudier ce ton exquis, ces manières élégantes que vous seules possédez...

LA PRINCESSE, *de même.* Qu'entends-je?.. cette voix...

ADRIENNE. Aussi, je vais bien regarder... pour tâcher de copier fidèlement... certaine de réussir, pour peu que je sois ressemblante.

LA PRINCESSE. Plus je l'entends, plus il me semble... Non, non, ce n'est pas possible, c'est un rêve!.. ce n'est pas à mon oreille, c'est dans mon imagination seule que retentit et vibre encore ce son de voix qui me poursuit toujours. (*Athénaïs et les autres dames se sont emparées d'Adrienne, la font asseoir auprès d'elles et causent avec elle à voix basse, pendant que le prince et les autres seigneurs entourent son fauteuil. Souriant avec ironie* (2).) Quelle idée... en effet, que cette rivale qu'il me préfère soit une femme de théâtre... une comédienne... et pourquoi non?.. N'ont-elles point un charme, un prestige qui n'appartient qu'à elles, le talent et la gloire qui enivrent et ajoutent à la beauté. (*Regardant Adrienne, que tous les seigneurs entourent.*) Dans ce moment encore ne sont-ils pas là tous à l'admirer, à l'adorer!.. Pourquoi n'aurait-il pas fait comme eux? Ah! ce doute est in-

supportable... et je veux à tout prix confirmer ou détruire mes soupçons. (*Se retournant vers le prince qui vient de quitter le fauteuil d'Adrienne et qui s'approche d'elle.*) Eh bien! ne commençons-nous pas (1)!

LE PRINCE. Il nous faut attendre le comte de Saxe, puisqu'on assure qu'il viendra.

LA PRINCESSE, *regardant du côté d'Adrienne.* Je crois que vous nous flattez d'un vain espoir, il ne viendra pas. (*A part.*) Elle a tressailli... elle écoute...

LE PRINCE. Qui vous le fait croire?.. qui vous l'a dit, puisqu'il est libre... libre par les mains de l'amour...

LA PRINCESSE, *à part, observant Adrienne.* Elle tressaille encore! serait-ce elle qui l'aurait délivré? (*Haut.*) Je n'ai pas voulu tout à l'heure troubler vos espérances, ni attrister ces dames, mais vous savez qu'il s'est battu...

ADRIENNE, *à part.* Battu!

LA PRINCESSE, *à part.* Elle se rapproche. (*Haut.*) Et l'abbé, qui sait tout, m'a dit... que le comte était blessé dangereusement.

L'ABBÉ, *étonné.* Moi!

LA PRINCESSE, *bas, à l'abbé.* Taisez-vous! (*Poussant un cri, et courant près d'Adrienne, qui vient de tomber évanouie dans un fauteuil.*) Mademoiselle Lecouvreur se trouve mal!

MICHONNET, *se précipitant vers elle.* Adrienne!

LA BARONNE ET LA MARQUISE, *passant derrière le fauteuil d'Adrienne.* Ah! mon Dieu (2)!

ADRIENNE, *revenant à elle.* Ce n'est rien... l'éclat des lumières... la chaleur du salon. (*A la princesse, qui lui fait respirer le flacon.*) Merci, Madame, que de bontés. (*Rencontrant ses yeux.*) Quel regard!

UN DOMESTIQUE, *annonçant.* M. le comte de Saxe. (*Tout le monde pousse un cri de surprise; les dames quittent le fauteuil d'Adrienne et vont au-devant du comte.*)

ADRIENNE, *faisant un geste de joie.* Ah! (*Elle veut s'élancer vers lui, Michonnet la retient par la main; la princesse et Adrienne restent un moment les yeux fixés l'une sur l'autre.*)

MICHONNET, *à voix basse.* Prends garde!.: la joie trahit encore plus que la douleur. (*Les seigneurs et les dames qui étaient allés au-devant de Maurice redescendent avec lui* (3).)

LE PRINCE, *à Maurice.* Que nous disait donc l'abbé, que vous étiez blessé?

L'ABBÉ. Permettez, je réclame.

MAURICE. Bah! depuis Charles XII, la Suède ne sait plus se battre.

LE PRINCE, *riant.* Ainsi, ce comte de Kalkreutz...

MAURICE. Désarmé à la seconde passe. (*Le prince, l'abbé et Athénaïs remontent le théâtre et vont causer avec les autres dames et seigneurs. Maurice se trouve sur le devant de la scène près de la princesse, et lui dit à demi-voix, sans la regarder :*) Vous disiez vrai, princesse, en disant que vous me ramèneriez.

LA PRINCESSE, *avec joie.* O ciel!

MAURICE, *de même.* Je voulais partir sans vous voir, mais après le service que vous venez de me rendre, service que, du reste, je n'accepte pas... je...

ADRIENNE, *à droite, et à quelques pas d'eux, les suivant des*

---

(1) Les acteurs sont dans l'ordre suivant : les seigneurs, *au fond du théâtre*, les dames, *placées à gauche, qui s'étaient levées à l'entrée d'Adrienne, se rasseyent; devant elles,* l'abbé, *puis* le prince, Adrienne, la princesse, Athénaïs, la marquise, la baronne, Michonnet.

(2) Les dames, *assises à gauche;* la princesse, *sur le devant du théâtre, à gauche;* les seigneurs, *au fond, se rapprochant du canapé, où viennent de s'asseoir* Athénaïs, Adrienne, la marquise, *sur un fauteuil, plus loin;* la baronne, Michonnet, *debout, à gauche;* le prince et l'abbé, *debout, devant Adrienne, avec qui ils causent.*

(1) *Adrienne se lève en signe d'assentiment et passe à gauche, près de Michonnet.* Les acteurs sont placés dans l'ordre suivant : Athénaïs, le prince, l'abbé, la princesse, la marquise, la baronne, Adrienne, Michonnet.

(2) Les acteurs sont dans l'ordre suivant : le prince, Athénaïs, l'abbé, la princesse, *près d'Adrienne et lui faisant respirer un flacon que l'abbé vient de lui donner.* Adrienne est assise sur un fauteuil, à l'extrême droite du théâtre; *près d'elle, à sa gauche,* Michonnet.

(3 Les acteurs sont dans l'ordre suivant, en commençant par la gauche du spectateur : un groupe de seigneurs et de dames, Athénaïs, l'abbé, le prince, la princesse, Maurice, la marquise, la baronne; *un peu plus loin,* Adrienne, Michonnet.

yeux. Il lui parle bas!.. si c'était cette grande dame... si c'était elle!..

LA PRINCESSE, *continuant à causer avec Maurice.* Que voulez-vous dire?

MAURICE, *toujours bas, à la princesse.* Il faut absolument que je vous parle.

LA PRINCESSE, *de même.* Ce soir, quand tout le monde sera parti...

MAURICE, *de même.* Soit! (*La princesse remonte le théâtre à gauche du spectateur; Maurice se retourne et aperçoit à droite Adrienne, il la salue profondément.*) Mademoiselle Lecouvreur! (*Il fait quelques pas pour aller près d'elle : en ce moment, le prince qui avait remonté le théâtre, le redescend et prend Maurice par-dessous le bras, au moment où il s'approchait d'Adrienne.*)

LE PRINCE. A propos de la Suède, mon cher comte, j'ai à vous demander... (*Il s'éloigne avec lui en causant et en remontant le théâtre, ils disparaissent tous deux quelques moments dans d'autres salons. Pendant ce temps, la marquise et la baronne se sont rapprochées d'Adrienne, et pendant les mouvements de la scène précédente, Michonnet qui était à l'extrême droite, a remonté le théâtre, est resté quelque temps au fond, puis est redescendu à l'extrême gauche; en ce moment, les acteurs sont rangés dans l'ordre suivant* (1).

L'ABBÉ, *à la princesse, à demi-voix.* Je vous demanderai maintenant, princesse, pourquoi tout à l'heure, vous m'accusiez ainsi de...

LA PRINCESSE, *à voix haute.* Pourquoi?.. parce que vous n'êtes jamais au fait des choses. (*Se retournant en riant vers les deux dames qui sont à sa gauche.*) Imaginez-vous, Mesdames... (*L'abbé quitte la droite de la princesse près de laquelle il est placé, remonte le théâtre, et se pose entre les deux dames comme pour se justifier près d'elles. Les acteurs se trouvent alors dans l'ordre suivant* (2).

LA PRINCESSE, *continuant sa phrase.* Imaginez-vous que le pauvre abbé court vainement depuis hier à la découverte d'un secret! Une belle inconnue qu'adore le comte de Saxe... Mais, j'y songe... (*Se retournant vers Adrienne.*) Mademoiselle Lecouvreur pourrait peut-être nous éclaircir sur ce mystère...

ADRIENNE. Moi, Madame!

LA PRINCESSE. Sans doute!.. on assure dans le monde que l'objet de cet amour est une personne de théâtre.

L'ABBÉ. Laissez donc...

ADRIENNE. C'est étrange! on assurait au théâtre que cette maîtresse en titre était une grande dame...

L'ABBÉ, *regardant Athénaïs.* Je le croirais plutôt!

LA PRINCESSE. Ma chronique parlait même d'une certaine rencontre nocturne...

ADRIENNE. Et la mienne d'une visite dans une petite maison...

ATHÉNAÏS. Mais c'est très-intéressant!

LA PRINCESSE. On disait que la comédienne y avait été surprise par une rivale jalouse.

ADRIENNE. On affirmait que la grande dame en avait été chassée par un mari indiscret.

ATHÉNAÏS. Que vous semblez bien instruites toutes deux!..

L'ABBÉ. Plus que moi, j'en conviens!

ATHÉNAÏS. Mais pour nous mettre à même de prononcer, qui nous donnera des preuves?

---

(1) Michonnet, *à gauche, à l'écart;* quelques dames, *assises sur le second plan,* et quelques seigneurs, *debout, derrière leurs fauteuils et causant avec elles. Sur le premier plan et sur le devant du théâtre, comme formant dans le salon un groupe particulier,* Athénaïs, l'abbé, la princesse, la marquise, la baronne, Adrienne.

(2) Athénaïs, la princesse, la marquise, l'abbé, la baronne, Adrienne, *un peu éloignée, à droite.*

LA PRINCESSE. La mienne est un bouquet que la belle a laissé aux mains de son vainqueur... bouquet de roses, attaché par un ruban soie et or!

ADRIENNE, *à part.* Mon bouquet!

ATHÉNAÏS, *à Adrienne.* Et votre preuve, à vous... Mademoiselle?

ADRIENNE. La mienne?.. la mienne, c'est que la grande dame a laissé tomber en s'enfuyant dans le jardin...

ATHÉNAÏS. Comme Cendrillon, sa pantoufle de verre... ,

ADRIENNE. Non, mais un bracelet de diamants.

LA PRINCESSE, *à part.* Mon bracelet!

L'ABBÉ. Un conte des *Mille et une Nuits!*

ADRIENNE. Non, vraiment, une réalité!.. car ce bracelet on me l'a apporté... on me l'a laissé... (*Le montrant.*) Le voici!..

L'ABBÉ, *prenant le bracelet, et le montrant à la marquise et à la baronne, entre lesquelles il est placé.* Superbe! voyez donc,

LA PRINCESSE *jette un regard sur le bracelet, et dit froidement.* Admirable !.. c'est travaillé avec un art! (*Elle avance la main pour le prendre, mais le prince, qui depuis quelques instants est rentré dans le salon avec Maurice, s'est approché du groupe, se place entre la princesse et la marquise. La princesse s'éloigne et se rapproche d'Athénaïs, qui venait aussi pour regarder le bracelet* (1).

LE PRINCE. Qu'est-ce donc? qu'admirez-vous ainsi?

L'ABBÉ. Ce bracelet!..

LE PRINCE. Celui de ma femme!

TOUS, *avec un accent différent.* Sa femme!

LE PRINCE, *remontant le théâtre, et montrant à tout le monde le bracelet, avec un air de satisfaction.* Il est de bon goût, n'est-ce pas?..

ADRIENNE, *à part.* C'était elle!.. (*Pendant le désordre produit par cet incident, Athénaïs, la princesse, le prince et les autres dames ont remonté le théâtre. Adrienne, qui était à l'extrême droite, traverse la scène avec agitation, et va se placer à gauche, près de Michonnet.*)

LA PRINCESSE, *au milieu du théâtre, et mettant à son bras son bracelet, que son mari vient de lui rendre.* Eh bien! maintenant que M. le comte de Saxe est décidément des nôtres, si mademoiselle Lecouvreur était assez bonne pour nous dire quelques vers...

ADRIENNE, *hors d'elle.* Des vers!.. moi !.. en ce moment! (*Les dames qui étaient assises à gauche se lèvent, et se dirigent vers la droite du salon. A part.*) Ah! c'est trop d'impudence...

MICHONNET, *à gauche, près d'elle.* Calme-toi et étudie!.. Il y a dans le monde de plus grands comédiens que nous! (*Les dames et seigneurs se sont placés à droite, devant les deux rangées de fauteuils qui garnissent ce côté du salon.*)

MAURICE, *qui a redescendu le théâtre.* Quoi, Mademoiselle... vous daigneriez...

ADRIENNE, *froidement.* Oui, monsieur le comte!

LA PRINCESSE, *d'un air gracieux.* Quel bonheur!.. asseyons-nous, Mesdames... (*A Maurice.*) Monsieur le comte, auprès de moi...

ADRIENNE, *à part.* Les voir là, sous mes yeux, tous les deux ensemble... comme pour me braver!.. Mon Dieu, donnez-moi la force de me contraindre...

LE PRINCE. Que nous direz-vous?

ATHÉNAÏS. Le *Songe de Pauline.*

LA MARQUISE. *Hermione.*

---

(1) Les acteurs sont dans l'ordre suivant ; Michonnet, *à l'extrême gauche.* Athénaïs, la princesse, le prince, la marquise, l'abbé, la baronne, Adrienne; Maurice est resté au fond du théâtre, *sur le second plan, causant avec les groupes de dames et de seigneurs.*

LA BARONNE. Ou Camille des *Horaces*.

LA PRINCESSE, *avec ironie*. Ou plutôt le monologue d'*Ariane abandonnée*.

ADRIENNE, *à part, se contenant à peine*. Ah ! c'en est trop !

ATHÉNAÏS, *qui est assise à la droite de la princesse, s'écrie* Non, non ! *Phèdre*, que vous avez si bien jouée avant-hier.

ADRIENNE, *vivement*. Phèdre ! soit.

TOUS. Écoutons (1). (*Tout le monde est rangé à droite comme il est dit plus haut. Michonnet, assis à gauche, a tiré plusieurs brochures de sa poche ; il prend celle de* Phèdre, *et s'apprête à souffler. Adrienne est seule debout au milieu du théâtre.*)

ADRIENNE, *récitant avec une agitation et une fièvre toujours croissantes, les yeux fixés sur la princesse, qui se penche plusieurs fois sur l'épaule de Maurice et lui parle bas avec affectation.*

..... Juste ciel !.. qu'ai-je fait aujourd'hui !
Mon époux va paraître, et son fils avec lui.
Je verrai le témoin de ma flamme adultère
Observer de quel front j'ose aborder son père !
Le cœur gros de soupirs qu'il n'a point écoutés,

           (*Regardant Maurice.*)

L'œil humide de pleurs par l'ingrat rebutés,
Penses-tu que, sensible à l'honneur de Thésée,
Il lui cache l'ardeur dont je suis embrasée ?
Laissera-t-il trahir et son père et son roi ?
Pourra-t-il contenir l'horreur qu'il a pour moi ?

(*Regardant Maurice, qui vient de ramasser l'éventail que la princesse avait laissé tomber, et qui le lui remet d'un air galant.*)

Il se tairait en vain ! je sais ses perfidies,
Œnone !.. et ne suis point de ces femmes hardies...

       (*Hors d'elle-même, et s'avançant vers la princesse.*)

Qui, goûtant dans le crime une honteuse paix,
Ont su se faire un front qui ne rougit jamais !..

(*Elle a continué à s'avancer vers la princesse, qu'elle désigne du doigt, et reste quelque temps dans cette attitude, pendant que les dames et seigneurs, qui ont suivi tous ses mouvements, se lèvent comme effrayés de cette scène.*)

LA PRINCESSE, *avec calme*. Bravo ! bravo ! admirable !

TOUS. Admirable !

MICHONNET, *bas, à Adrienne*. Malheureuse !.. qu'as-tu fait ?

ADRIENNE. Je me suis vengée !

LA PRINCESSE, *hors d'elle-même*. Un tel affront !.. je le lui ferai payer cher !..

ADRIENNE, *au prince, qui la félicite*. Déjà souffrante et fatiguée, je vous demanderai la permission de me retirer...

LA PRINCESSE, *bas, à Maurice, qui fait un pas vers Adrienne*. Restez !

LE PRINCE, *à Adrienne*. Quelque envie que nous ayons de vous retenir... nous n'osons insister... (*Remontant le théâtre, et parlant à des domestiques qui sont au fond.*) La voiture de mademoiselle Lecouvreur !.. (*Pendant le temps où le prince remonte le théâtre, la princesse fait quelques pas à droite, et Maurice se rapproche d'Adrienne, qui est à droite.*)

(1) Les acteurs sont dans l'ordre suivant : Michonnet et Adrienne, *seuls à gauche*, les dames, *assises à droite sur les deux rangées de fauteuils ; derrière elles, debout*, l'abbé, le prince et les autres seigneurs. *Sur les deux premiers fauteuils à droite et faisant presque face au spectateur*, la princesse et le comte de Saxe.

ADRIENNE, *à demi-voix*. Suivez-moi...

MAURICE, *de même*. Impossible, ce soir ! Vous saurez pourquoi... Mais...

ADRIENNE. Il suffit... (*En ce moment le prince, qui a redescendu le théâtre, offre sa main à Adrienne. Elle remonte avec lui vers la porte du fond. Les hommes, groupés à gauche de la porte, et les femmes, debout à droite, la saluent. Adrienne jette sur Maurice un dernier regard de reproche et de douleur, et s'éloigne pendant que la princesse la regarde sortir d'un œil menaçant. La toile tombe.*)

         FIN DU QUATRIÈME ACTE.

———

ACTE CINQUIÈME.

L'appartement d'Adrienne ; à gauche, une cheminée, près de la cheminée, un fauteuil, puis une table, porte au fond ; deux portes latérales ; fauteuils au fond et à droite.

SCÈNE PREMIÈRE.

MICHONNET, *à la porte du fond, parlant à une femme de chambre, puis* ADRIENNE, *sortant de la porte à gauche.*

MICHONNET. Oui, je sais que sa porte est fermée, et qu'il est onze heures ! Mais si elle n'est pas encore déshabillée... vous lui direz que c'est moi, Michonnet !..

ADRIENNE, *l'apercevant, et courant à lui*. Ah !.. je vous attendais !..

MICHONNET, *à la femme de chambre, qui se retire*. Vous voyez bien !

ADRIENNE. Je souffrais tant !

MICHONNET. Et moi donc !.. Je ne pouvais pas rentrer sans savoir comment tu te trouvais... je n'aurais pu dormir...

ADRIENNE. Depuis que vous êtes là... je suis mieux !

MICHONNET. Et moi aussi !.. Après t'avoir reconduite, je suis passé au théâtre, d'où je viens !

ADRIENNE. Le spectacle est-il terminé ?

MICHONNET. Nous en avons encore pour une heure.

ADRIENNE. Tant mieux !.. Je suis si souffrante, que je voulais faire dire au théâtre qu'il me serait impossible de jouer demain.

MICHONNET. Je vais y passer... J'arrangerai cela, et je viendrai te rendre réponse.

ADRIENNE. Que de peines je vous donne !..

MICHONNET. Allons donc !.. moi, qui demeure dans ta maison, ne me voilà-t-il pas bien malade !.. ce n'est pas cela qui m'inquiète !

ADRIENNE. Qu'est-ce donc ?..

MICHONNET. La scène de ce soir... chez cette grande dame ! crois-tu donc, qu'excepté son mari, tout le monde n'ait pas compris l'allusion... à commencer par elle...

ADRIENNE. Je l'espère bien ! Je l'ai blessée à mort, n'est-ce pas ?.. Quelle joie ! c'est le seul moment de bonheur que j'aie éprouvé après tant de souffrance ! À chaque mot de ces derniers vers... il me semblait lui enfoncer un poignard dans le cœur ! Et puis, avez-vous lu la terreur sur tous les visages ? Avez-vous entendu ce silence ? L'avez-vous vue elle-même, en dépit de son audace, pâlir sous mes regards. Ah! j'avais marqué d'une tache ineffaçable

..... Ce front qui ne rougit jamais!

MICHONNET. Voilà justement ce qui m'effraie! C'était trop bien... c'était trop fort!.. Ces grandes dames, si belles et si gracieuses avec leurs guirlandes de fleurs et leurs robes de gaze, c'est vindicatif... c'est méchant... tout leur est permis... et elles osent tout! celle-là surtout... à qui justement hier je proposais de jouer le rôle de Cléopâtre... elle a toutes les qualités de l'emploi : elle ne reculera devant aucun moyen... pour se venger d'un affront ou se débarrasser d'une rivale...

ADRIENNE. Eh! que m'importe?.. Quel mal peut-elle me faire désormais qui égale les tourments renfermés dans cette pensée... dans ce mot : Aimée!.. elle est aimée!.. Cette blessure faite par moi, il la guérit par ses paroles d'amour!.. Ces larmes, si elle en répand, il les essuie sous ses baisers!.. Et maintenant même... maintenant que mon cœur se brise... elle est heureuse... elle est près de lui... Vous ne savez donc pas que je l'ai supplié, à voix basse, de me suivre, tandis qu'elle lui ordonnait de ne pas la quitter!..

MICHONNET. Eh bien!..

ADRIENNE. Il est resté! resté avec elle!.. Ah! c'en est trop! je n'y résiste plus! (Faisant un pas pour sortir, et remontant le théâtre.)

MICHONNET. Où vas-tu?

ADRIENNE. Me jeter entre eux... les frapper... et après... qu'on fasse de moi ce qu'on voudra!

MICHONNET. Y penses-tu?

ADRIENNE, redescendant le théâtre et allant se jeter dans le fauteuil, à droite. Cela ne vaut-il pas mieux que de mourir ici de jalousie et de désespoir... car, je le sens, j'en mourrai!

MICHONNET. Non! non! par malheur tu t'abuses encore!.. c'est une fièvre qui ne vous quitte pas, une douleur aiguë de tous les instants... on souffre... on est bien malheureux... mais on n'en meurt pas!.. Tu vois bien que j'existe encore!

ADRIENNE, le regardant avec étonnement. Vous!

MICHONNET. Ah! cela t'étonne, n'est-ce pas?.. Tu ne peux croire que sous cette épaisse enveloppe il y ait un cœur qui souffre comme le tien... qui aime... qui saigne comme le tien...

ADRIENNE. Quoi! ces tourments, vous les avez éprouvés?

MICHONNET. Oui... autrefois... il y a bien longtemps... Crois-moi, on s'habitue à tout... même à être malheureux!

ADRIENNE. Ah! cette force que je ne vous soupçonnais pas... ce courage que j'admire en vous!... je l'imiterai!.. je l'égalerai, si je le puis... Je triompherai d'une passion insensée dont maintenant je rougis!

MICHONNET, avec joie. Dis-tu vrai?

ADRIENNE. Vous voyez bien que je parle de lui sans haine et sans colère... que le souvenir de ses outrages me laisse calme et tranquille... que son nom même ne m'émeut plus!.. (Adrienne traverse le théâtre et va se placer près du fauteuil, à gauche, entre la cheminée et la table. La porte du fond s'ouvre.)

SCÈNE II.

ADRIENNE, LA FEMME DE CHAMBRE, MICHONNET.

LA FEMME DE CHAMBRE. Un coffret qu'on apporte pour Madame.

ADRIENNE. Qui l'a apporté?

LA FEMME DE CHAMBRE. Un domestique sans livrée, qui a dit seulement : De la part de M. le comte de Saxe.

ADRIENNE, poussant un cri. De lui!.. (Prenant le coffret des mains de la femme de chambre.) Laissez-nous... laissez-nous... (La femme de chambre sort, et Adrienne pose le coffret sur la table et s'assied toute tremblante.) Ah! mon Dieu!.. que peut-il me vouloir? ma main tremble... et je ne puis ouvrir...

MICHONNET, à part. Et elle croit qu'elle ne l'aime plus!..

ADRIENNE, vivement. Voyons! voyons! (Poussant un cri de douleur.) Ah!

MICHONNET. Qu'est-ce donc?..

ADRIENNE. En ouvrant ce coffret... j'ai éprouvé une sensation douloureuse... un souffle glacial qui parcourait mes sens... c'était comme un présage du coup qui m'attendait...

MICHONNET. Que contient donc cette boîte?

ADRIENNE. Mon bouquet. (Le prenant à la main.) Je le reconnais... celui qu'hier je tenais à la main lors de son arrivée! demandé par lui... donné par moi comme un gage d'amour... il pouvait le dédaigner, l'oublier, le jeter à l'écart!.. mais me le renvoyer... exprès!.. mais joindre l'affront au mépris...

MICHONNET. Cela ne vient pas de lui!.. c'est cette rivale qui l'aura forcé!

ADRIENNE, se levant avec indignation. Devait-il obéir? et tout esclave qu'il est, ne devait-il pas se révolter à l'idée seule d'insulter celle qu'il a aimée! (Retombant sur le fauteuil, près de la cheminée, en tenant à la main le bouquet de fleurs qu'elle regarde quelque temps en silence.) Fleurs d'un jour, hier si éclatantes, aujourd'hui flétries, vous qui aurez duré plus longtemps que ses promesses! Pauvres fleurs, reçues par lui avec tant d'ivresse et de joie, vous ne pouviez plus rester sur ce cœur où il vous avait placées et dont une autre m'a bannie! Exilées et dédaignées comme moi, je cherche en vain sur vos feuilles la trace des baisers qu'il y imprimait!.. que celui-ci soit le dernier que vous recevrez, celui d'un adieu éternel! (Elle porte avec force le bouquet à ses lèvres. Oui... oui... il me semble que c'est celui de la mort! et maintenant... qu'il ne reste plus rien de vous, ni de mon amour... (Elle jette le bouquet dans la cheminée.)

MICHONNET. Adrienne!.. Adrienne!..

ADRIENNE, se levant et s'appuyant sur le marbre de la cheminée. Ne craignez rien! (Portant la main à son cœur.) Cela va mieux! (Regardant du côté de la cheminée.) Je suis forte maintenant... je n'y pense plus!..

SCÈNE III.

ADRIENNE, MAURICE, *se précipitant par la porte du fond,*
MICHONNET.

MAURICE, *à la cantonade et comme parlant à la femme de
chambre, qui veut le retenir.* Elle y sera pour moi, vous
dis-je? (*Courant à Adrienne.*) Adrienne!..

ADRIENNE, *se jetant involontairement dans ses bras.* Maurice!.. (*Voulant se dégager de ses bras.*) Ah! qu'ai-je fait?..
laissez-moi! laissez-moi!

MAURICE. Non, je viens tomber à tes pieds! je viens implorer mon pardon! si je ne t'ai pas suivie quand tu me l'or-
donnais... c'est que j'étais retenu par le devoir, par l'honneur... par un bienfait dont le poids m'accablait... je le
croyais, du moins! et je ne voulais pas laisser finir cette
journée sans dire à la princesse : Je ne puis accepter votre
or, car je ne vous aime pas, car je ne vous ai jamais aimée,
car mon cœur est à une autre... Mais, juge de ma surprise!..
aux premiers mots que je lui adresse... en m'écriant : « Je
« sais tout! je sais tout!.. » tremblante... éperdue... elle,
qui ne tremble jamais... tombe à mes pieds et avec des
larmes feintes ou véritables m'avoue que l'amour et la jalousie l'ont égarée, qu'elle seule est la cause de ma captivité!..
elle ose me l'avouer... à moi, qui pensais lui devoir ma délivrance...

ADRIENNE. O ciel!..

MAURICE, *continuant avec chaleur.* A moi! qui, honteux et
désespéré de ses bienfaits, venais implorer seulement quelques jours pour m'acquitter, dussé-je jouer mon sang et
ma vie!.. et j'étais libre... libre de la mépriser, de la haïr...
de l'abandonner! libre de courir vers toi et de me réfugier
à tes pieds!.. ma protectrice, mon bon ange... m'y voici.
(*Tombant à ses genoux.*) Ne me repousse pas!

ADRIENNE. Faut-il te croire?

MAURICE. Par le ciel... et l'honneur, je t'ai dit la vérité...
quelque difficile qu'elle soit à expliquer... car, renversé du
haut de mes espérances, arrêté, jeté dans un cachot, j'ignore
encore quelle main m'a délivré, et j'ai beau chercher, je ne
puis découvrir par qui me sont rendus ma liberté, mon
épée, et un glorieux avenir peut-être, le sais-tu? peux-tu
m'aider à le deviner?

ADRIENNE, *baissant les yeux.* Je ne sais!.. je ne puis dire.

MICHONNET, *qui, pendant la tirade précédente, a remonté le
théâtre, passe vivement entre eux deux.* Que c'est elle!.. elle-
même.

ADRIENNE, *vivement.* Taisez-vous, taisez-vous!

MICHONNET, *avec chaleur.* C'est elle qui a engagé pour vous
sa fortune, ses diamants, tout ce qu'elle avait... et plus encore!..

ADRIENNE. Ce n'est pas vrai!

MICHONNET, *de même, avec force.* C'est vrai!.. et s'il faut
en donner des preuves, apprenez qu'elle a emprunté... emprunté à quelqu'un... (*Se reprenant.*) que je ne connais pas,
mais vous pouvez m'en croire, moi!.. qui ne veux que son
repos... son bonheur... moi qui l'aime comme un père.
(*Vivement.*) Oh! oui... comme un père.

ADRIENNE, *vivement.* Vous pleurez?

MICHONNET. De contentement, d'émotion... adieu... tu sais
qu'on m'attend au théâtre, et j'y dois être avant la fin du

spectacle... adieu.. adieu... (*Il se précipite vers la porte du
fond.*)

SCÈNE IV.

ADRIENNE, MAURICE.

MAURICE. Ainsi, Adrienne, c'était toi...

ADRIENNE, *montrant de la main Michonnet, qui vient de sortir.* Et lui, mon meilleur ami, lui qui m'est venu en aide...
mais ne parlons plus de cela... tu as accepté...

MAURICE. A une condition... c'est qu'à ton tour tu ne refuseras rien de moi! J'ignore l'avenir qui m'est réservé, j'i-
gnore si je dois, sur le champ de bataille, gagner ou perdre
la couronne ducale que les états de Courlande m'ont décer-
née; mais vainqueur, je jure de partager avec toi le duché
que tu m'aides à conquérir, de te donner le nom que tu
m'aides à immortaliser!

ADRIENNE. Ta femme! moi!

MAURICE. Toi! reine par le cœur et digne de commander à
tous! Qui a grandi mon intelligence? toi. Qui a épuré mes
sentiments? toi. Qui a soufflé dans mon sein le génie des
grands hommes, dont tu es l'interprète?.. toi! toujours
toi!.. Mais, ô ciel! tu pâlis!

ADRIENNE. Ne crains rien... tant de bonheur succédant à
tant de désespoir aura épuisé mes forces.

MAURICE, *l'aidant à s'asseoir sur le canapé.* Tu chancelles!

ADRIENNE. En effet, un trouble étrange, une douleur sourde
et inconnue s'est emparée de moi... depuis quelques moments... depuis celui où j'ai porté à mes lèvres ce bouquet.

MAURICE. Lequel?

ADRIENNE. Ingrate! je le prenais pour un adieu de départ,
et c'était un message de retour!

MAURICE. Que veux-tu dire?

ADRIENNE. Ces fleurs... envoyées par toi dans ce coffret...

MAURICE, *passant près de la table* (1). Moi! je ne t'ai rien
envoyé... ce bouquet, où est-il?

ADRIENNE. Brûlé! je croyais que tu nous avais tous deux
repoussés et dédaignés... il était comme moi, il ne pouvait
plus vivre!

MAURICE, *avec tendresse.* Adrienne! mais ta main tremble..
tu souffres beaucoup...

ADRIENNE. Non, non, plus maintenant. (*Montrant son cœur.*)
La douleur n'est plus là... (*Portant la main à sa tête.*) mais
là... C'est singulier, c'est bizarre... mille objets divers et
fantastiques passant devant moi... se succèdent confusément
et sans ordre... (*A Maurice.*) Où étions-nous? qu'est-ce que
je te disais? je ne sais plus... Il me semble que mon imagination s'égare... et que ma raison, que je cherche à retenir,
va m'abandonner... (*Vivement.*) Je ne le veux pas... en la
perdant, je perdrais mon bonheur... Oh! non... non... je ne
le veux pas! pour lui d'abord, pour Maurice, et puis
pour ce soir... On vient d'ouvrir, et la salle est déjà pleine!
Je conçois leur curiosité et leur impatience; on leur promet depuis si longtemps la *Psyché* du grand Corneille!..
Oh! oui, depuis longtemps... depuis les premiers jours où
je vis Maurice... On ne voulait pas remonter l'ouvrage...

_____

(1) Maurice, Adrienne.

C'est trop vieux, disait-on... mais, moi j'y tenais... j'avais une idée... Maurice ne m'a pas encore dit : Je vous aime! ni moi non plus... je n'ose pas... et il y a là certains vers que je serais si heureuse de lui adresser, à lui, devant tout le monde, sans que personne s'en doute...

MAURICE. Mon amie, ma bien-aimée, reviens à toi.

ADRIENNE. Tais-toi donc... il faut que j'entre en scène. Oh! quelle nombreuse, quelle brillante assemblée! Comme tous ces regards tournés vers moi suivent chacun de mes mouvements!.. Ils sont bons de m'aimer ainsi... Ah! il est dans sa loge... c'est lui... il me sourit... (*Murmurant entre ses lèvres.*) Bonjour, Maurice... A toi, Psyché, voici ta réplique.

Ne les détournez pas, ces yeux qui me déchirent,
Ces yeux tendres, ces yeux perçants, mais amoureux,
Qui semblent partager le trouble qu'ils m'inspirent.
   Hélas! plus ils sont dangereux,
   Plus je me plais à m'attacher sur eux!
Par quel ordre du ciel, que je ne puis comprendre,
   Vous dis-je plus que je ne dois?
Moi, de qui la pudeur devrait du moins attendre
Que l'amour m'expliquât le trouble où je vous vois;
Vous soupirez, seigneur, ainsi que je soupire;
Vos sens, comme les miens, paraissent interdits.
C'est à moi de m'en taire, à vous de me le dire,
   Et cependant c'est moi qui vous le dis!

MAURICE, *lui prenant la main.* Adrienne! Adrienne! elle ne me voit plus... ne m'entend plus... Mon Dieu, l'effroi me glace... que faire?.. (*Il agite la sonnette qui est sur la table; paraît la femme de chambre.*) Votre maîtresse est en danger... courez!.. des secours!.. Moi, je la quitte plus... (*La femme de chambre sort.*) Ma présence et mes soins lui rendront peut-être le calme... (*Prenant la main d'Adrienne.*) Écoute-moi, de grâce!

ADRIENNE, *avec égarement.* Regarde... regarde donc!.. Qui entre dans sa loge? qui s'assied près de lui?.. Je la reconnais, quoiqu'elle cache son visage! c'est elle!.. il lui parle!.. (*Avec désespoir.*) Maurice!.. il ne me regarde plus!.. Maurice!..

MAURICE. Il est près de toi...

ADRIENNE, *sans l'écouter.* Ah! voilà leurs yeux qui se rencontrent, leurs mains qui se pressent! voilà qu'elle lui dit : Restez!.. Et moi, il m'oublie! il me repousse... il ne voit pas que je me meurs!

MAURICE. Adrienne!.. par pitié!

ADRIENNE, *avec fureur.* De la pitié!

MAURICE. Ma voix n'a-t-elle donc plus de pouvoir sur ton cœur?

ADRIENNE. Que me voulez-vous?

MAURICE. Que tu m'écoutes un seul instant! que tu me regardes, moi... Maurice!

ADRIENNE, *le regardant avec égarement,* Maurice!.. non.. il est près d'elle... il m'oublie!.. Va-t'en! va-t'en!

(*Poursuivant Maurice, qui recule d'effroi.*)

Va lui jurer la foi que tu m'avais jurée,
Les dieux, les justes dieux... n'auront pas oublié
Que les mêmes serments avec moi t'ont lié..

Porte... porte aux autels... un cœur qui m'abandonne...
Va, cours, mais crains encor...

(*Poussant un cri et reconnaissant Maurice.*) Ah! Maurice!.. (*Elle se jette dans ses bras.*)

MAURICE. Mon Dieu... venez à mon aide!.. et pas de secours!... pas un ami... (*Apercevant Michonnet.*) Ah! je me trompais!.. en voici un!

—

SCÈNE V.

MAURICE, ADRIENNE, MICHONNET.

MICHONNET, *entrant vivement.* Ce qu'on m'a dit est-il vrai? Adrienne en danger?

MAURICE. Adrienne se meurt!

MICHONNET, *approchant le fauteuil de droite qu'il place au milieu du théâtre, et sur lequel Maurice dépose Adrienne à moitié évanouie.* Non... non... elle respire encore!.. tout espoir n'est pas perdu...

MAURICE, *s'approchant de l'autre côté du canapé.* Elle ouvre les yeux!

ADRIENNE. Ah! quelles souffrances! qui donc est près de moi?.. (*Avec joie.*) Maurice! (*Se retournant et voyant Michonnet.*) Et vous aussi!.. dès que je souffrais, vous deviez être là... Ce n'est plus ma tête, c'est ma poitrine, qui est brûlante... j'ai là comme un brasier... comme un feu dévorant qui me consume...

MICHONNET, *s'adressant à Maurice.* Mais tout me prouve... ne voyez-vous pas comme moi les traces du poison... d'un poison actif et terrible.

MAURICE. Quoi!.. tu pourrais soupçonner...

MICHONNET, *avec fureur.* Je soupçonne tout le monde... et cette rivale... cette grande dame!..

MAURICE, *poussant un cri d'effroi.* Tais-toi!.. tais-toi!..

ADRIENNE. Ah! le mal redouble... Vous qui m'aimez tant, sauvez-moi, secourez-moi... Je ne veux pas mourir!.. Tantôt j'eusse imploré la mort comme un bienfait... j'étais si malheureuse... mais à présent je ne veux pas mourir... Il m'aime!.. il m'a nommée sa femme!

MICHONNET, *étonné.* Sa femme!

ADRIENNE. Mon Dieu! exaucez-moi!.. mon Dieu! laissez-moi vivre... quelques jours encore... quelques jours près de lui... Je suis si jeune, et la vie s'ouvrait pour moi si belle!

MAURICE. Ah! c'est affreux!

ADRIENNE. La vie!.. la vie!.. Vains efforts!.. vaine prière!.. mes jours sont comptés!.. je sens les forces et l'existence qui m'échappent!.. (*A Maurice.*) Ne me quitte pas... bientôt mes yeux ne te verront plus... bientôt ma main ne pourra plus presser la tienne...

MAURICE. Adrienne!.. Adrienne!..

ADRIENNE. O triomphes du théâtre! mon cœur ne battra plus de vos ardentes émotions!.. Et vous, longues études d'un art que j'aimais tant, rien ne restera de vous après moi... (*Avec douleur.*) Rien ne nous survit à nous autres...

rien que le souvenir... (*A ceux qui l'entourent.*) Le vôtre, n'est-ce pas? Adieu, Maurice... adieu, mes deux amis!..

MICHONNET, *avec désespoir et tombant à ses pieds.* Morte... morte!..

MAURICE. O noble et généreuse fille! si jamais quelque gloire s'attache à mes jours, c'est à toi que j'en ferai hommage, et toujours unis, même après la mort, le nom de Maurice de Saxe ne se séparera jamais de celui d'Adrienne!

FIN
D'ADRIENNE LECOUVREUR.

VIALAT ET Cⁱᵉ, IMPRIMEURS ET ÉDITEURS.

FRANÇOIS Iᵉʳ. Il en a menti! — Acte 4, scène 8.

LES CONTES DE LA REINE DE NAVARRE

ou

LA REVANCHE DE PAVIE

COMÉDIE EN CINQ ACTES, EN PROSE

Représentée pour la première fois, à Paris, sur le Théâtre-Français, le 13 octobre 1850

PERSONNAGES.	ACTEURS.	PERSONNAGES.	ACTEURS.
CHARLES-QUINT, roi d'Espagne	MM. SAMSON.	BABIÊÇA, courrier de cabinet.	M. GOT.
FRANÇOIS Iᵉʳ, roi de France	GEFFROY.	MARGUERITE, sœur de François Iᵉʳ. .	Mᵐᵉˢ MADELEINE BROHAN.
GUATTINARA, ministre de la maison du		ISABELLE DE PORTUGAL, fiancée de	
roi d'Espagne	REGNIER.	Charles-Quint	FAYART.
HENRI D'ALBRET, gentilhomme béarnais.	DELAUNAY.	ÉLÉONORE, sa sœur.	FIX.

La scène se passe à Madrid, dans le jardin du roi d'Espagne.

ACTE PREMIER.

(Un salon du palais.)

SCÈNE PREMIÈRE.

CHARLES-QUINT, assis, en robe de chambre de velours, dans un fauteuil à gauche; GUATTINARA, debout près de lui.

GUATTINARA. Quoi, sire! moi qui croyais qu'on m'avait desservi auprès de Votre Majesté, et qui attendais son retour de Tolède comme le signal de ma disgrâce, je reçois de mon maître, du puissant Charles-Quint, le titre et la charge de ministre du palais!

CHARLES-QUINT. Pour que la fumée du pouvoir ne te monte pas trop à la tête, nous allons te dire pour quelles raisons nous t'avons choisi, toi, simple cadet d'une illustre maison, de préférence à tout autre. Jeune et sans expérience, tu te laisseras guider par moi; sans renommée politique, on n'ira pas t'attribuer, comme au vieux duc de l'Infantado, ton prédécesseur, tout ce que je pourrai entreprendre d'audacieux et d'habile. Enfin, tu as une ambition, une ambition effrénée?

GUATTINARA. Ah! sire!...

CHARLES-QUINT. Ne t'en défends pas! c'est ton principal mérite à mes yeux! De plus, ce qui nuit aux hommes d'État, ce sont les femmes; c'est par elles que s'est perdu le roi de

France, le chevaleresque François Iᵉʳ, naguère mon rival et aujourd'hui mon prisonnier, ici, à Madrid. C'est pour elles que le duc Philippe d'Autriche mon père a risqué un trône et ses jours peut être ! et moi-même... (c'est sans doute dans le sang!) j'ai vingt fois failli compromettre les plans les plus habilement conçus pour une fantaisie, un caprice du moment... amours qui ne duraient que l'espace compris entre un désir et un regret... tandis que toi, Guattinara, je t'ai observé!... impassible et froid...

GUATTINARA. Vous croyez, sire ?

CHARLES-QUINT. Oui! et voilà pourquoi je t'ai pris pour ministre. Maintenant, parlons d'affaires! De quoi s'agit-il ce matin?

GUATTINARA. D'abord, sire, du jour à choisir par Votre Majesté pour son mariage avec l'infante Isabelle de Portugal!...

CHARLES-QUINT. J'arrive, et je l'ai à peine entrevue hier soir; mais toi, Guattinara, qui as passé l'année dernière six mois à Lisbonne, comme envoyé extraordinaire, tu voyais la princesse Isabelle?

GUATTINARA, avec embarras. Oui, sire !

CHARLES-QUINT. Très-souvent, à ce qu'on dit.

GUATTINARA, de même. Quelquefois, sire! Nièce du roi Emmanuel, dont la fille existait encore, l'infante Isabelle vivait dans la solitude, partage ordinaire des princes sans crédit; on lui trouvait même fort peu de mérite; mais depuis, et grâce aux circonstances, elle en a acquis beaucoup.

CHARLES-QUINT. Je la verrai, ce matin, à la messe, et demain soir chez elle, où je désire qu'il y ait réception; tu le lui feras savoir. Après, de quoi as-tu à me parler?

GUATTINARA, ouvrant son portefeuille. D'une demande d'audience adressée à Votre Majesté.

CHARLES-QUINT. Par qui?

GUATTINARA. Par un Français, le comte Henri d'Albret, qui a été blessé à Pavie.

CHARLES-QUINT. Que vient-il faire à Madrid?

GUATTINARA. Il demande à partager la captivité du roi François Iᵉʳ, son maître.

CHARLES-QUINT, froidement. Ce doit être un jeune homme?

GUATTINARA. Un tout jeune homme.

CHARLES-QUINT. C'est juste! c'est d'un noble cœur! Il serait difficile, en le voyant, de refuser... (Lentement.) C'est pour cela...

GUATTINARA. Que Votre Majesté lui accorde cette audience?

CHARLES-QUINT, après avoir réfléchi. Tu l'arrangeras, Guattinara, pour l'ajourner indéfiniment! Après, de quoi s'agit-il?

GUATTINARA. De l'objet le plus important et le plus grave. Quelle conduite aurai-je à tenir avec le roi François Iᵉʳ, votre captif?.. Depuis trois mois il est prisonnier à Madrid sans avoir pu, malgré toutes ses instances, obtenir une entrevue de son frère, l'empereur Charles-Quint. Quelles sont les intentions de Votre Majesté?

CHARLES-QUINT, d'un air distrait. Mes intentions ?..

GUATTINARA. Votre Majesté consent-elle à le voir, à lui parler?..

CHARLES-QUINT. Non!

GUATTINARA. Vos idées sont alors de lui donner la liberté?

CHARLES-QUINT. Non!

GUATTINARA. Alors... sire, que voulez-vous faire?

CHARLES-QUINT. Tu ne devines pas?

GUATTINARA, timidement. Presque!... Je crois, s'il m'est permis de le dire, que Votre Majesté travaille en ce moment à ne rien faire et compte sur moi, pour l'y aider, afin d'amener par l'impatience et l'ennui de la captivité à des concessions... qu'on n'eût jamais faites.

CHARLES-QUINT, regardant Guattinara avec bonté. Voilà longtemps que tu es debout, Guattinara... Assieds-toi.

GUATTINARA, s'en défendant. Devant l'empereur?..

CHARLES-QUINT, de même. L'empereur le veut. (Avec bonté.) C'est toi qui d'abord avais été préposé par moi, pendant que j'étais à Tolède, à la garde du roi François Iᵉʳ mon frère... Comment cela s'est-il passé? je veux tout savoir! Et d'abord, son entrée à Madrid...

GUATTINARA. A été magnifique... on eût dit non pas un captif, mais un vainqueur, un monarque rentrant dans sa capitale. Les Espagnols aiment la valeur, sire, et ce roi qui, entouré d'une vingtaine de braves, avait combattu jusqu'au dernier moment contre une armée entière, ce roi chevalier, qui ayant déjà reçu trois blessures, refusait de se rendre au connétable de Bourbon, à un traître, et choisissait un loyal officier, un Espagnol, pour lui remettre son épée, que celui-ci recevait un genou en terre... tout cela avait exalté les têtes; les maisons étaient pavoisées aux armes de France; les feuillages ou des fleurs jonchaient les rues, et tous les balcons étaient garnis de jolies femmes qui, agitant leurs mouchoirs, criaient : Vive le roi de France!..

CHARLES-QUINT, s'efforçant de sourire. Et le roi d'Espagne?...

GUATTINARA. On y pensait peu dans ce moment; ce qui me choquait, moi, et me blessait au cœur.

CHARLES-QUINT. Ce bon Guattinara!..

GUATTINARA. Mais au palais, c'était bien autre chose encore! Quelle réception, grand Dieu! des cercles, des bals, des fêtes. Nos marquises, nos duchesses, ce qu'il y avait de plus élevé à la cour, à commencer par la princesse Éléonore votre sœur, venaient chaque jour rendre hommage au vaincu de Pavie, qui tenait cour plénière et trônait à votre place! cela m'a paru un crime de lèse-majesté; sans compter qu'un tel accueil lui devait mettre trop de fierté au cœur... et le rendre trop difficile aux accommodements. Je me suis dit, puisque Votre Majesté m'avait laissé toute latitude à cet égard, qu'il fallait briser sa force et affaiblir son courage par l'abandon, la solitude, et substituer à une prison dorée une captivité réelle.

CHARLES-QUINT, se levant. Très-bien!

GUATTINARA. Mais ce qui était difficile alors le devient bien plus aujourd'hui... Voilà quinze jours que la sœur de François Iᵉʳ, la princesse Marguerite, est à Madrid.

CHARLES-QUINT. Eh bien ?...

GUATTINARA. Eh bien!... pour parvenir jusqu'à ce frère dont la vue lui est interdite, il n'y a pas, dans son absence, un des conseillers de la couronne qu'elle ne soit parvenue à intéresser en sa faveur. Aux uns, elle raconte les fatigues et les périls de son voyage, au cœur de l'hiver, en pays ennemi, pour apporter ses consolations à ce frère, son idole et son dieu!.. chez d'autres, ranimant les vieux sentiments de fierté et de générosité espagnole, elle leur rappelle que le Cid renvoyait sans rançon les rois maures qu'il avait vaincus Dans les salons du palais, elle fait de la politique avec le président de l'audience de Castille, des vers avec votre secrétaire, de la théologie avec le grand inquisiteur; et s'il se trouve par hasard quelques sévères et impassibles hidalgos, devant qui ses séductions soient impuissantes, c'est à leurs femmes qu'elle s'adresse. Avec les plus jeunes, elle devise tendresse et propos galants; avec d'autres plus mûres, elle s'occupe de toilette et de modes de France; à celles-ci, attentives et charmées, elle récite ses contes joyeux et naïfs, inépuisable arsenal de malices féminines dont celles mêmes qui l'écoutent ont souvent fourni les traits! Confidente et amie intime de toutes, c'est elle que chacune consulte, sur la coupe d'un habit de bal, la forme d'un bijou ou l'ordonnance d'une fête. Enfin, quoique femme, toutes les femmes l'adorent et la prennent pour modèle. Aussi, depuis quelques jours, sire, votre cour n'est plus reconnaissable; à la gravité espagnole, au respect de l'étiquette, à l'entretien muet et décent de nos salons ont succédé la gaîté, l'étourderie française; c'est un bruit continuel de conversations, de chansons, d'éclats de rire, et l'on dirait qu'avec son roi captif, Paris tout entier se retrouve à Madrid.

CHARLES-QUINT, *se levant, avec gravité.* Oui! Marguerite est d'autant plus dangereuse, qu'à toutes ses qualités ou à ses défauts elle joint celui d'être honnête femme! Vertu galante et folle, en apparence, mais appuyée sur sa vraie dévotion, défendue par une haute coquetterie; et je ne sais rien d'aussi difficile à vaincre qu'une sagesse qui rit toujours! (*D'un air d'abandon.*) Sais-tu, Guattinara, que j'ai dû l'épouser?

GUATTINARA. Vous, sire?..

CHARLES-QUINT. Je l'avais fait demander en mariage, et elle m'a bravement refusé.

GUATTINARA. Je conçois alors que Votre Majesté ait résolu de ne pas la voir.

CHARLES-QUINT. C'est la première personne que j'ai aperçue hier soir, à mon arrivée de Tolède, dans l'appartement d'Éléonore d'Autriche, ma sœur, à côté de la princesse de Portugal, ma fiancée! Elle achevait de broder une aumônière, dont j'admirais le travail, m'informant (ce qui était presque l'engager à me l'offrir) à qui elle destinait ce chef-d'œuvre?.. Au plus loyal des chevaliers, répondit-elle froidement!.. et elle ne me l'offrit pas!

GUATTINARA. C'est d'une fierté!.. d'une insolence!..

—

SCÈNE II.

LES PRÉCÉDENTS, BABIÉÇA, *entre par la porte de gauche; il porte un manteau et un riche pourpoint sur son bras.*

CHARLES-QUINT, *qui est resté plongé dans ses réflexions.* Qui vient là?

GUATTINARA. Babiéça, le valet de chambre et le courrier de Votre Majesté.

CHARLES-QUINT. Qu'il revienne!

BABIÉÇA, *bas, à Guattinara.* Voilà trois fois que je reviens!

GUATTINARA, *au roi, qui vient de s'asseoir devant la table, à droite, et qui regarde une carte de géographie.* Il dit que voilà trois fois qu'il revient.

CHARLES-QUINT, *de même.* Qu'il attende!

BABIÉÇA, *bas, à Guattinara.* Je ne fais que cela! (*Babiéça entre dans le cabinet de toilette du roi, à gauche. Pendant ce temps, Guattinara s'approche du roi, qui, assis devant la table, à droite, étudie toujours sa carte de géographie.*)

GUATTINARA. Ainsi, Votre Majesté trouve la présence de la princesse Marguerite inutile à Madrid?

CHARLES-QUINT, *sans se retourner.* Oui!

GUATTINARA. Et dangereuse?

CHARLES-QUINT, *de même.* Oui!

GUATTINARA. Il faut donc au plus tôt l'éloigner!

CHARLES-QUINT, *de même.* Non!

GUATTINARA, *étonné.* Comment cela, sire?.. et pourquoi?..

CHARLES-QUINT, *lui montrant du doigt la carte de géographie.* Voici, Guattinara, une carte de l'Europe que je regarde souvent. Quand j'y aperçois par malheur quelque province faisant angle ou saillie dans mes États, et dont la possession pourrait m'aligner ou m'arrondir, cette idée, absurde ou non, m'occupe et m'absorbe jusqu'au moment où, à tout prix, la province est à moi! alors je n'y pense plus et j'en rêve une autre! Eh bien! en voyant hier cette fière princesse s'avançant ainsi dans mes domaines, une idée m'a tout à coup souri...

GUATTINARA. O ciel!.. une nouvelle province à conquérir!

CHARLES-QUINT, *avec chaleur.* Tu l'as dit! la partie est depuis longtemps engagée entre Marguerite et moi. Elle est

arrivée ici, en invincible, pour nous enlever notre prisonnier, à la pointe de ses charmes... Quel triomphe... si, sans rien accorder... j'obtenais!.. et si, laissant à Madrid sa fierté, et son frère captif, elle repartait, sans pouvoir dire comme lui : *Tout est perdu... fors...* (*Vivement.*) Voyons! est-ce que la haine castillane ne sourit pas à ce plan? Nous avons triomphé du frère... triomphons de la sœur!.. Vive Dieu! Marguerite est si belle, que sa conquête vaudrait une seconde bataille de Pavie.

BABIÉÇA, *rentrant.* Sire!..

CHARLES-QUINT. Encore toi! Que veux-tu?

BABIÉÇA. Habiller Votre Majesté pour la messe.

CHARLES-QUINT. C'est vrai! je l'avais oublié!

BABIÉÇA. Et puis demander à Votre Majesté pour moi...

CHARLES-QUINT. Pour toi!.. Par saint Jacques! que l'on m'accuse encore d'être insatiable! En voilà un, qu'avec toute ma puissance, je n'ai jamais pu satisfaire! Lorsque j'étais encore enfant, il a eu, dans une partie de paume, et par malheur pour moi...

BABIÉÇA. L'avantage d'être éborgné par Votre Majesté.

CHARLES-QUINT. L'avantage! tu dis bien! car, sous ce prétexte, il n'y a pas prétention, si exagérée qu'elle soit, qui ne lui semble toute naturelle... Il faudrait, Dieu me pardonne, en faire un ministre...

BABIÉÇA, *avec humeur.* Il y en a qui n'y voient pas mieux que moi!

CHARLES-QUINT. Je lui ai fait une pension. Je l'ai nommé mon courrier de cabinet. Hier encore, je l'ai, à sa prière, nommé mon valet de chambre, et cela ne suffit pas..... Voyons!.. que te faut-il de plus? que demandes-tu en fait de places?

BABIÉÇA. Que Votre Majesté m'en ôte une.

CHARLES-QUINT. Pardieu, et pour la rareté du fait... je te l'accorde!

BABIÉÇA. Comme courrier de cabinet, Votre Majesté me fait voyager de Madrid dans les Pays-Bas, de France en Allemagne, et de Naples à Cadix... C'était bon quand j'étais garçon... mais maintenant que je suis marié... sire, et le seigneur Guattinara, notre protecteur, vous le dira, marié à la plus jolie fille et à la plus coquette de tous vos États.

CHARLES-QUINT, *souriant.* Qui sont assez étendus, grâces au ciel!

BABIÉÇA. Ils ne le sont que trop! et on assure que vous ne songez qu'à les augmenter encore! Que deviendrais-je alors? car je ne puis cacher à Votre Majesté... que je suis jaloux... jaloux...

CHARLES-QUINT. Comme un noble Espagnol!

BABIÉÇA. Comme un mari qui est toujours en route, toujours absent, et qui, chez lui, au retour, ne peut observer que d'un œil! Aussi, Votre Majesté, qui me croyait ambitieux, comprend bien qu'elle me rend un véritable service en m'ôtant cette maudite place, d'autant que, j'en suis sûr, elle m'en dédommagera d'une autre manière!

CHARLES-QUINT. Nous y penserons... Prépare ma toilette. Je le suis.

BABIÉÇA, *se dirigeant vers le cabinet, à gauche.* Oui, sire.

GUATTINARA, *d'un air inquiet et à demi voix.* Votre Majesté compte donc lui accorder...

CHARLES-QUINT, *de même.* Moi, le ciel m'en préserve! Un courrier de cabinet jaloux... c'est un trésor!.. il est toujours pressé de revenir... et je ne trouverai jamais mieux!

BABIÉÇA, *prêt à entrer dans la chambre du roi, revient sur ses pas.* Ah! mon Dieu!.. sire!.. j'oubliais...... Ce n'est pas pour moi... cette fois... c'est de la part de la princesse Marguerite...

CHARLES-QUINT. Eh! parle donc vite... c'est par là qu'il fallait commencer!

BABIÉÇA. J'ai préféré commencer par moi. (*Présentant une*

lettre.) Non pas que cette noble dame ne soit si gracieuse que dès qu'elle vous sourit, on se sent gagner le cœur... et elle sourit toujours !

GUATTINARA. Quand je vous disais, sire, qu'elle les a tous ensorcelés, jusqu'aux valets de chambre !

BABIÉÇA. Je lui dois tant !.. L'autre jour encore, elle m'a dit, en jetant un coup d'œil sur le capitaine des hallebardiers, mon ami intime : « Quoi ! Babiéça ne voit pas qu'on fait la cour à sa femme ?.. »

GUATTINARA, *vivement.* Le capitaine des hallebardiers !..

BABIÉÇA. C'était vrai.

CHARLES-QUINT, *qui vient de parcourir la lettre.* O ciel !

GUATTINARA. Qu'est-ce donc, sire ?

CHARLES-QUINT. Elle me demande un sauf-conduit pour repartir, c'est-à-dire, pour renverser toutes mes combinaisons !.. (*Se promenant avec agitation.*) Conçoit-on qu'elle veut quitter l'Espagne, si je ne lui laisse voir son frère, si je ne m'entends pas aujourd'hui pour sa rançon et sa liberté...

GUATTINARA, *avec intention.* J'avais raison de dire... que la princesse Marguerite troublerait... non-seulement toute la cour... mais l'empereur lui-même...

CHARLES-QUINT, *avec hauteur.* Qu'elle parte !.. qu'elle parte... j'y consens... Fais toi-même ce sauf-conduit... mais qu'elle parte ! Car les femmes, Guattinara, si ce n'étaient que fausseté, coquetterie ou trahison... passe encore !.. Mais cela occupe, oui, cela occupe... et c'est un temps perdu pour les affaires !.. Aussi prends-y garde !.. (*A Babiéça.*) Allons, viens. (*Il sort, avec Babiéça, par la porte à gauche.*)

—

SCÈNE III.

GUATTINARA, *seul, regardant sortir Charles-Quint.* O grand et habile monarque, qui par vos espions ou vos ambassadeurs croyez connaître les secrets de tous les souverains de l'Europe, que vous êtes peu au fait de ce qui se passe chez vous, et surtout (*Montrant son cœur.*) de ce qui se passe là ! Ah ! vous croyez que je ne pense à aucune femme, moi qui volontiers les aimerais toutes ! Ah ! vous croyez qu'elles conduisent un homme d'État à sa perte !.. Moi qui espère bien leur devoir mon élévation !.. A vous, d'abord, gentille Sanchetie, ma première passion, que j'ai mariée au seigneur Babiéça, et placée auprès de la future reine d'Espagne ; à vous aussi, vous que je n'ose plus nommer, fleur inconnue, qui végétiez dans l'ombre, à la cour de Lisbonne, négligée de tous, excepté de moi... noble princesse... aussi nulle que belle, aussi niaise qu'imprudente... car déjà, les serments, les lettres même avaient été échangées entre nous..... et c'est alors, ô puissant empereur, que, non content de toutes vos conquêtes, vous êtes venu m'enlever la mienne, quand un trône m'attendait, et vous prétendez que j'y dois renoncer à jamais et sans indemnités préalables ?.. Non, non, quoi que vous en disiez, c'est par les femmes, c'est par la vôtre que je parviendrai, que j'arriverai, à votre insu, à une fortune dont vous serez le complice, et dont elle sera la cause... (*La porte du fond s'ouvre.*) C'est elle... et la princesse Marguerite l'accompagne... Qu'ont-elles donc à se dire ?

—

SCÈNE IV.

GUATTINARA, ISABELLE, MARGUERITE, UN PAGE.
(*Isabelle entre suivie de ses femmes et causant avec Marguerite.*)

MARGUERITE, *à Isabelle.* Oui, Madame, Votre Majesté doit se rendre à nos avis, et ne pas hésiter davantage... Ah !

c'est terrible, c'est hardi... ce sera toute une révolution, qu'importe !

GUATTINARA. Ah ! mon Dieu !..

MARGUERITE. C'est à vous seule qu'il appartient de frapper un pareil coup d'État...

GUATTINARA. De quoi s'agit-il donc ?

MARGUERITE. Des collerettes montantes, des fraises à gros tuyaux. Je dis, et chacun partagera mon opinion, que lorsqu'on a des épaules aussi belles, aussi éblouissantes que celles de la reine, on doit proscrire à jamais une mode absurde, ressource de la médiocrité, et qui a été inventée, j'en suis sûre, par quelque princesse ou impératrice bossue... qui désirait, avec raison, garder l'incognito; mais nous ! Madame, nous !!! pourquoi ne pas paraître ?.. ayons ce courage... l'opinion publique sera pour nous et les hommes aussi !

GUATTINARA. Vous croyez ?

MARGUERITE. A commencer par vous, seigneur Guattinara, et par l'empereur lui-même... qui, j'ai cru le remarquer, n'aime pas la dissimulation, dans ce genre du moins !

ISABELLE, *apercevant le livre d'heures que Marguerite tient à la main.* Ah ! le joli missel... (*Le prenant et le regardant.*) aux armes de France ! (*L'ouvrant et le regardant.*) et de si belles figures...

MARGUERITE. Peintes par moi ! J'ai idée que la princesse Éléonore, qui prie toute la journée, aurait grande envie de mon livre d'heures... mais s'il pouvait plaire à Votre Majesté...

ISABELLE, *vivement.* Merci, princesse, merci ! je veux le montrer à l'empereur.

GUATTINARA, *s'avançant.* Qui vient de me charger d'un important message pour son auguste fiancée... pour elle seule... (*Toutes les dames se retirent au fond, à quelques pas de distance. Marguerite va s'asseoir près de la table, à droite, et Guattinara descend avec Isabelle au bout du théâtre, à gauche.*)

GUATTINARA, *à demi-voix.* L'empereur attend Votre Altesse à la messe... il faut y aller.

ISABELLE, *avec humeur.* Encore !.. (*Après un instant de silence.*) Guattinara... je m'ennuie !

GUATTINARA. C'est la seule occupation d'une reine d'Espagne.

ISABELLE. Il n'y a que la princesse Marguerite qui m'amuse.

GUATTINARA. O ciel ! vous l'aimez !

ISABELLE. Non... mais elle m'amuse ! et puis elle me fait toujours de si jolis cadeaux ! regardez, que ce missel est beau !.. que ses ornements sont élégants !

GUATTINARA. Défiez-vous d'elle !

ISABELLE. C'est singulier, elle m'a dit la même chose de vous.

GUATTINARA, *à part.* Ah ! c'est bon à savoir ! (*A demi-voix.*) En revenant de la chapelle avec l'empereur, Votre Altesse pourrait le remercier de ma nomination de ministre, qui a produit le meilleur effet. Votre Altesse pourrait ajouter qu'elle a reçu des lettres du roi Emmanuel, son oncle...

ISABELLE, *naïvement.* Ce n'est pas vrai !

GUATTINARA. C'est égal... et qu'il lui serait agréable... ainsi qu'à vous-même... que le roi d'Espagne m'accordât son ordre de la Toison d'Or, complément de ma dignité ! (*Vivement et à voix basse, voyant Marguerite qui se lève.*) Mais la princesse Marguerite nous regarde et nous écoute peut-être !

ISABELLE. Elle n'en a pas l'air !

GUATTINARA. Raison de plus... (*Affectant de parler à haute voix.*) Oui, Madame, Sa Majesté se flatte de voir Votre Altesse ce matin à la chapelle du palais, et demain, ce sont ses propres paroles, à la réception qui aura lieu dans vos petits appartements.

ISABELLE, *avec terreur.* Ah ! par sainte Isabelle, ma patronne, que vais-je devenir ?

MARGUERITE, *s'approchant vivement.* Qu'est-ce donc, Madame, qui cause le trouble où je vous vois?

ISABELLE. Comment, vous n'entendez pas? l'empereur qui nous demande pour demain une soirée intime?.. quel divertissement lui donner...

MARGUERITE. Le fait est qu'en sa qualité de roi... il est plus difficile qu'un autre à amuser... mais en y mettant de l'amour-propre, il est impossible que nous n'en venions pas à notre honneur; nous lui ferons de la musique... et si vous le voulez même, je vous donnerai lecture d'un conte que je viens de terminer... et dont le titre piquera peut-être la curiosité de Sa Majesté et de nos jeunes seigneurs.

ISABELLE. Vous l'appelez?..

MARGUERITE. *Ce qui plaît aux dames.*

ISABELLE. Me voilà sauvée!.. Ah! que vous êtes bonne, (*Étourdiment.*) quoi qu'on en dise...

MARGUERITE, *regardant Guattinara qui fait un geste pour empêcher Isabelle de parler.* Quoi qu'on en dise!.. voilà, seigneur Guattinara, une déclaration de guerre... qui doit venir de vous!

GUATTINARA. Votre Altesse me juge mal; elle n'a pas, auprès de l'empereur, de serviteur plus dévoué à ses intérêts.

MARGUERITE, *d'un air railleur.* En vérité...

GUATTINARA. Je puis vous le prouver!

MARGUERITE, *de même.* Eh! mais, vous êtes assez habile pour cela!

GUATTINARA. Votre Altesse avait fait remettre ce matin par Babiéça une demande, que Sa Majesté paraissait peu disposée à accorder... et c'est moi qui, par mes instances... ai déterminé l'empereur à consentir à votre départ.

MARGUERITE, *à part.* O ciel!

GUATTINARA. Il m'a chargé de vous annoncer que vous pouviez dès aujourd'hui quitter Madrid... aussi je vais faire préparer le sauf-conduit dont vous avez besoin, et j'aurai l'honneur de le remettre moi-même à Votre Altesse! (*Il salue Marguerite et sort par la porte à gauche, tandis qu'Isabelle et ses femmes sortent par le fond.*)

—

SCÈNE V.

MARGUERITE, *seule.* Quitter Madrid!.. il me le permet! et c'est moi qui, en brusquant la partie, l'ai perdue peut-être... Hier soir, cependant, quand je me suis retirée sans répondre à l'empereur sans le regarder... il m'avait semblé voir dans ses yeux un dépit... une colère... qui me donnait bonne espérance. (*Avec un soupir.*) Allons, tout le monde se trompe, même les femmes... et je me serai trompée! (*Avec douleur.*) Mon frère! mon frère bien-aimé!.. moi qui, en quittant notre pays, avais juré de te délivrer, de te ramener avec moi, je pars!.. sans te voir, sans t'embrasser, sans t'avoir parlé de la France... Ah! ce n'est ni l'audace ni le courage qui m'ont manqué ; que de fois, le sourire sur les lèvres et le désespoir dans le cœur, j'ai pensé à toi pour avoir la force d'être coquette et de plaire! Mais que puis-je à présent? seule et sans amis, dans cette cour où tout m'abandonne... (*Apercevant Henri d'Albret qui entre, et poussant un cri de joie.*) Ah! Henri d'Albret!

—

SCÈNE VI.

MARGUERITE, HENRI D'ALBRET.

HENRI, *s'inclinant devant elle.* Madame... Madame!.. je vous revois enfin!

MARGUERITE. Vous dans ce palais!.. vous, Henri, que je croyais toujours blessé et prisonnier.

HENRI. Je suis guéri... je suis libre, et j'accours à Madrid pour solliciter...

MARGUERITE. Quoi donc?..

HENRI. La faveur d'être remis en prison avec le roi.

MARGUERITE. Est-il possible?

HENRI. Ce n'est pas aisé, je le sais, mais avec des protections!!!... et j'en ai! vous d'abord, madame Marguerite! Gentilhomme de votre maison, je suis à vous, à Votre Altesse Royale... je vous appartiens plus qu'au roi votre frère, et quand j'ai su que vous étiez à Madrid. . je me suis dit: J'irai! la princesse fera bien quelque chose pour un fidèle serviteur.

MARGUERITE. Eh! mon pauvre d'Albret, je ne puis rien pour moi-même... je n'ai pu encore parvenir jusqu'au roi, et si vous avez des protections, dites-le-moi vite... je ne suis pas fière, j'en userai!

HENRI. Vous, grand Dieu!

MARGUERITE. Dans la position où nous sommes... tout peut servir... il ne faut rien négliger... Voyons, parlez!

HENRI. Vous savez, Madame, ce jour, où, à Fontainebleau, j'écrivais sous votre dictée ce conte si intéressant et si vrai, où un pauvre gentilhomme voudrait, au prix de son sang, mériter seulement un regard d'une grande dame...

MARGUERITE. Je ne me rappelle pas.

HENRI. A telles enseignes que ce conte n'était pas fini... et pour en connaître le dénoûment... je vous dis : « A de-« main, n'est-ce pas, Madame? » Mais Votre Altesse m'arrêta d'un regard triste et sévère en me répondant : « Non, pas « demain, Henri, car demain tous les gentilshommes partent « pour la guerre avec le roi de France. » Alors le soir j'écrivis à ma mère, au Béarn, pour qu'elle m'envoyât sa bénédiction, et le lendemain je vins, avant de partir, demander les ordres de Votre Altesse...

MARGUERITE. C'est vrai!

HENRI. Et Votre Altesse me dit : « Veillez sur le roi mon « frère, et ne le quittez pas. » Je me suis battu à Pavie à ses côtés; j'ai été blessé auprès de lui, et fait prisonnier avec lui... Vous l'a-t-il écrit, Madame?

MARGUERITE. Ah! tant de malheurs, tant de souffrances l'ont accablé depuis ce jour fatal...

HENRI. Qu'il m'a oublié! (*Avec douleur.*) Je ne lui demandais qu'une chose! qu'il vous apprît que vos ordres avaient été exécutés... Ah! les princes sont tous des ingrats!

MARGUERITE, *le regardant en souriant.* Et les princesses?..

HENRI. Ah!.. j'en connais de si fières et de si terribles, qu'elles n'accorderaient pas à ceux-là même qui les servent le mieux un regard d'affection ou de pitié!

MARGUERITE, *lui tendant la main.* Je ne suis pas de celles-là, Henri!

HENRI, *s'inclinant, et lui baisant la main.* Ah! que j'étais injuste! Disposez de moi, Madame; parlez! commandez!

MARGUERITE, *souriant.* Eh! mais, je ne vous demande que d'achever votre histoire, que vous avez prise peut-être d'un peu haut!

HENRI. Non, Madame, c'était nécessaire.

MARGUERITE. C'est juste; nous autres conteurs ou historiens, avons nos priviléges...

HENRI. Quand le roi fut transporté en Espagne, je voulus le suivre, toujours pour vous obéir ; mes blessures ne le voulurent pas! et on me laissa seul dans une forteresse;... c'est-à-dire seul... aux soins du geôlier et de sa nièce... qui était ma garde-malade, et grâce à sa protection...

MARGUERITE. Ah!.. c'est là la protectrice dont vous me parliez... une jeune fille...

HENRI. Non, Madame, une jeune femme.

MARGUERITE. Qui vous aimait?...

HENRI, *vivement*. Oh! non, Madame... (*Tristement.*) Moi! personne ne m'aime!

MARGUERITE. Vous mentez, car vous rougissez! ainsi, c'est convenu, elle vous aimait... et vous aussi sans doute?

HENRI, *avec chaleur*. Oh! pour cela... je jure à Votre Altesse que cela n'était pas, et que c'était bien impossible.

MARGUERITE. Et... pourquoi?

HENRI, *avec embarras*. Pourquoi?.. pour des raisons...

MARGUERITE. Que vous ne pouvez pas dire?..

HENRI. Si, Madame!.. La plus forte de toutes, c'est que j'en aime une autre!

MARGUERITE. Bah! vous autres hommes, cela n'empêche pas.

HENRI. Ah! quel blasphème!.. et si vous saviez... si vous connaissiez celle que j'aime!..

MARGUERITE, *vivement*. Je ne veux pas la connaître... mais je désire savoir le dénoûment de votre histoire, qui n'en finit pas!

HENRI. M'y voici, Madame, m'y voici... La nièce du geôlier, qui était venue passer quelque temps avec son oncle, la petite Sanchette, était mariée au courrier du roi, le seigneur Babiéça.

MARGUERITE, *étonnée*. Vraiment!

HENRI. Et en repartant pour Madrid, elle me dit tout bas: « Comptez sur moi; avant un mois, vous serez libre. » Ce qui est en effet arrivé... mais j'ignore comment...

MARGUERITE. Parce que Sanchette et son mari sont des puissances à la cour. Tous deux protégés par l'empereur, protégés par Guattinara, le nouveau ministre!.. et vous pouvez en effet par eux...

HENRI, *avec embarras*. C'est que j'aimerais mieux ne pas m'adresser à Sanchette...

MARGUERITE. Pourquoi?

HENRI, *de même*. Je ne saurais le dire... (*Vivement.*) Et puis, j'ai une autre protectrice!

MARGUERITE. Encore une!..

HENRI. Au moment où j'allais me prendre de querelle avec un capitaine des hallebardiers, qui refusait de me laisser passer, paraît une jeune dame devant qui je m'incline et qui, en entendant mon nom, s'écrie : « Monsieur le comte Henri d'Albret, ce fidèle serviteur de François 1er! — Ah! vous êtes Française, lui dis-je? — Non, Espagnole... mais, espérez en Dieu et en vos amis, je vous obtiendrai une audience de l'empereur, ce matin, après la messe. »

MARGUERITE. Eh! qui donc aurait un tel crédit?

HENRI. Je l'ignore! Une jeune fille, vêtue de blanc, l'air doux et triste! Je crois même qu'elle venait de pleurer, car elle avait encore les yeux rouges... et tenez, la voici!

SCÈNE VII.

LES PRÉCÉDENTS, ÉLÉONORE, *précédée de deux pages qu'elle renvoie du geste après son entrée, sortant de la porte à droite.*

MARGUERITE, *bas, à Henri*. La sœur de Charles-Quint!.. la princesse Éléonore d'Autriche!

ÉLÉONORE, *s'avançant vivement vers Henri*. Monsieur d'Albret!.. Entrez vite, entrez dans cette galerie où il n'y a personne! L'empereur, qui sort de la messe, va y passer pour se rendre au conseil! Je n'ose vous répondre qu'il vous accordera votre demande... mais, du moins, vous le verrez!.. C'est tout ce que je puis.

HENRI. Ah! Madame, quelle reconnaissance!..

ÉLÉONORE. Allez! allez! ne perdez pas de temps! (*Henri sort par la porte à droite.*)

———

SCÈNE VIII.

MARGUERITE, ÉLÉONORE.

MARGUERITE. Merci, Éléonore, merci! C'est à moi que vous rendez service, en protégeant un gentilhomme de notre maison.

ÉLÉONORE. Si loyal! si brave!

MARGUERITE. Vous le jugez bien!

ÉLÉONORE. Et pourtant si modeste! si respectueux! A peine osait-il lever sur moi ses regards!

MARGUERITE. Ne vous y fiez pas!.. Il n'y a rien de terrible comme les gens qui y voient... les yeux baissés! et M. d'Albret a fort bien remarqué que Votre Altesse venait de pleurer.

ÉLÉONORE, *troublée*. Moi!

MARGUERITE, *vivement*. S'il s'agissait d'un bonheur!.. je serais discrète; mais d'une peine!.. pourquoi ne pas me permettre de la partager? pourquoi, depuis mon arrivée à Madrid, la seule personne que j'aimerais... à aimer, semble-t-elle m'éviter et me craindre?.. Je l'ai vu!

ÉLÉONORE. C'est vrai, princesse, je ne sais pas mentir! On vous dit si spirituelle... et d'un mérite si supérieur... que cela effraie!

MARGUERITE. De loin!.. comme ces châteaux redoutés à la ronde, où l'on prétend qu'il revient des esprits! On approche!.. et que trouve-t-on?... rien! Il en est ainsi de moi, n'est-ce pas?

ÉLÉONORE. Oh! non. Ce que vous dites là le prouve. Et puis... je suis Espagnole et dévote! Mon confesseur me répétait que vous étiez mauvaise catholique!

MARGUERITE. Il ne s'y connaît pas!

ÉLÉONORE. Qu'en France, et près du roi, votre frère, vous défendiez toujours les protestants.

MARGUERITE. Quand on les opprimait. Je suis toujours du parti de ceux... qui pleurent. (*Avec chaleur et amitié.*) Voyons! confiez-moi vos chagrins, je vous dirai les miens, car j'en ai beaucoup!

ÉLÉONORE. Pas plus que moi! J'avais dix ans à peine quand l'empereur Charles-Quint, mon frère, me maria...

MARGUERITE. A dix ans?..

ÉLÉONORE. Pour parfaire un traité de commerce, à un vieux prince valétudinaire, que je n'ai jamais vu!.. Eh bien! aujourd'hui, c'est plus terrible encore! Pour acquitter ses dettes envers le connétable de Bourbon, qui lui a fait gagner la bataille de Pavie... il lui a promis ma main.

MARGUERITE. Un traître à la France, sa patrie!

ÉLÉONORE. A François 1er, son souverain.

MARGUERITE. Et vous obéirez?..

ÉLÉONORE. Jamais! jamais ma main ne sera le prix d'une trahison. — Vous l'épouserez, a dit mon frère, ou vous entrerez au couvent! — Et moi j'ai répondu : J'entrerai au couvent.

MARGUERITE. O noble et généreuse fille!

ÉLÉONORE. Et comme je fondais en larmes, il m'a dit : Finissons, je suis pressé. Je vous donne jusqu'à demain pour réfléchir encore et vous décider. Et il m'a quittée dans une colère épouvantable, pour aller à la messe!.. Comme cela doit lui profiter! Mais il n'avait pas besoin d'attendre... ce sera demain comme aujourd'hui.

MARGUERITE. Vous entrerez au couvent?

ÉLÉONORE. Avec joie; car ce ne sera pas pour longtemps, je l'espère... et Dieu m'appellera bien vite à lui.

MARGUERITE. Un si profond découragement... au printemps de la vie... au moment où tout est joie et espérance... Éléonore, on peut tout me dire, à moi. Je suis Française, et pourtant, croyez-le bien, aussi bonne catholique que vous.

(La regardant attentivement, et après un instant de silence.) Etes-vous bien sûre, quand vous serez au couvent, de n'y penser qu'à Dieu?..

ÉLÉONORE. Moi!..

MARGUERITE. Cherchez bien!.. N'y aurait-il pas, au fond de votre haine pour le connétable... quelques sentiments plus tendres... pour un autre?..

ÉLÉONORE, *vivement.* Oh! non...

MARGUERITE. Prenez garde... si vous le niez avec tant de vivacité... je vais croire que j'ai rencontré juste.

ÉLÉONORE. Quoi! vous pourriez supposer?..

MARGUERITE, *avec un soupir.* Je suppose toujours, avec les jeunes veuves comme moi... et cela pour cause.

ÉLÉONORE, *étourdiment.* Quoi! vous aimeriez aussi?..

MARGUERITE, *souriant.* Aussi!..

ÉLÉONORE, *confuse, et à part.* O ciel!

MARGUERITE, *vivement.* Ne vous effrayez pas, je n'en dirai rien... Nous sommes deux alliées naturelles, deux opprimées qui devons faire cause commune... Voyons... *(Avec un sourire d'interrogation.)* Il est beau?.. *(Éléonore fait signe que oui.)* Brave? *(Même geste.)* Digne de vous par le rang?

ÉLÉONORE. Oh! oui.

MARGUERITE, *vivement.* Vous n'irez pas au couvent... vous l'épouserez.

ÉLÉONORE, *effrayée.* Taisez-vous, taisez-vous!.. Que ces murs ne vous entendent pas!.. des obstacles éternels, infranchissables... sur lesquels il ne faut pas même arrêter sa pensée...

MARGUERITE. C'est pour cela qu'on y pense... Je ne suis pas bien sûre qu'il n'y ait pas aussi, de par le monde, quelque jeune chevalier que tout sépare de Marguerite... Mais qui oserait dire ici-bas qu'une chose est impossible... avec la foi, l'espérance... et un peu de charité pour ceux... que nous aimons!..

ÉLÉONORE. Et moi, qui croyais que vous n'aimiez au monde que votre frère!

MARGUERITE, *gaiement.* Il y a temps pour tout!.. *(Sérieusement.)* Mais vous dites vrai : Lui d'abord! sa liberté et sa gloire... avant mon bonheur et ma vie!... et je tremble en ce moment d'être obligée de quitter Madrid.

ÉLÉONORE. Que me dites-vous là!.. ce n'est pas possible... il faut y rester à tout prix... Vous ne savez donc pas que depuis deux mois... le roi de France, séparé de tous ses serviteurs, est renfermé dans une tourelle étroite et obscure... attenante au palais... une cellule d'ancien couvent.... ou plutôt un cachot!

MARGUERITE. Qui vous l'a dit?..

ÉLÉONORE, *avec chaleur.* Que vous importe?.. je le sais!.. en proie à toutes les tortures, livré au désespoir... ne croyant plus jamais revoir ni la France, ni sa sœur qu'il appelle...

MARGUERITE. Qui vous l'a dit?

ÉLÉONORE. Une fièvre ardente le dévore en ce moment; ses jours sont en danger, et ni l'empereur, ni le conseil de Castille n'en sont instruits; ses geôliers seuls connaissent la vérité et la cachent à tous les yeux!

MARGUERITE. Et d'où le savez-vous?

ÉLÉONORE. Qu'importe? si j'en suis certaine... si je viens, sous le sceau du secret, et sur le salut de mon âme... vous dire à vous, Marguerite, ne parlez pas de moi, ne me trahissez pas... mais sauvez votre frère qui se meurt?.. Me croyez-vous maintenant?

MARGUERITE, *l'embrassant.* Merci, merci, ma sœur...

ÉLÉONORE, *troublée.* Ma sœur!.. Ah! un tel nom...

MARGUERITE. Si j'en connaissais un plus doux... je vous le donnerais, à vous qui semblez partager ma peine!.. mais il n'y a pas de temps à perdre... il faut que je voie l'empereur...

ÉLÉONORE. Le moment est mal choisi... vous n'obtiendrez rien de lui, car il était, hier soir, furieux contre vous!

MARGUERITE. Vous en êtes sûre...

ÉLÉONORE, *avec impatience.* Eh oui!... *(D'un ton de reproche.)* Aussi!.. quand il semblait désirer si vivement cette aumônière brodée par vos mains... quelle maladresse de ne pas la lui offrir!...

MARGUERITE, *avec doute.* Vous croyez?..

ÉLÉONORE. Il en a été tellement blessé... qu'après votre départ... il a gardé le silence et s'est mordu les lèvres en souriant, ce qui est chez lui un signe de grande colère.

MARGUERITE, *avec joie.* En vérité?..

ÉLÉONORE. Et lorsque les envoyés des Pays-Bas sont venus lui annoncer la révolte de la ville de Gand... il ne les a seulement pas écoutés... et s'est contenté de murmurer votre nom entre ses dents... en s'écriant : Qu'elle n'espère jamais rien de moi!

MARGUERITE, *souriant avec espoir.* Ah!.. je crois que je peux demander... le moment est excellent... conduisez-moi vers lui?

ÉLÉONORE. A l'heure qu'il est, c'est impossible... le roi est entré depuis longtemps dans la salle du conseil...

MARGUERITE. Raison de plus! c'est au conseil que je veux lui parler.

ÉLÉONORE. Vous!

MARGUERITE. Comme envoyée de ma mère, Louise de Savoie, régente de France!..

ÉLÉONORE. Nul n'y peut pénétrer, et surtout une femme!..

MARGUERITE, *avec effroi.* Que me dites-vous là?

SCÈNE IX.

LES PRÉCÉDENTES, BABIÉÇA, *sortant de la porte à gauche, tenant sous le bras un portefeuille, et à la main un mouchoir, des gants et une aumônière.*

BABIÉÇA, *s'approchant vivement de Marguerite.* Madame, Madame, vous qui êtes mon bon ange, ne pourrais-je obtenir de vous un moment d'audience?...

MARGUERITE, *avec dépit.* Me demander une audience, à moi qui n'en puis obtenir!.. *(A Babiéça.)* Tout à l'heure, Babiéça, je suis à vous. *(A Éléonore.)* Quoi, si le conseil se prolonge jusqu'au soir, personne ne pourra entrer dans la salle des séances?

ÉLÉONORE. Que les grands d'Espagne.

BABIÉÇA, *s'avançant.* Et moi...

MARGUERITE, *le regardant d'un air gracieux.* Ah!.. ce cher Babiéça!

BABIÉÇA, *lui montrant les objets qu'il tient.* Pour porter à l'empereur son portefeuille, ses gants, son mouchoir et son aumônière!

MARGUERITE, *se mettant vivement à la table et écrivant.* Je suis à toi. *(Écrivant.)* Sire, en vous avouant hier soir que je brodais cette aumônière pour le plus loyal des chevaliers, c'était vous dire qu'elle était destinée à Votre Majesté!.. Or, un loyal chevalier ne refuse rien aux dames... *(Se retournant vers Babiéça.)* Eh bien!.. parle... je l'écoute.

BABIÉÇA, *se penchant près de Marguerite, qui écrit, et lui parlant à demi-voix.* Tout à l'heure, en rentrant chez moi, j'ai regardé, comme tout le monde... par le trou de la serrure...

MARGUERITE, *écrivant toujours.* Très-mauvaise habitude... qui doit porter malheur.

BABIÉÇA. C'est ce qui est arrivé... car le verrou était mis et Sanchette écrivait.

MARGUERITE, *vivement.* Je sais à qui!

BABIÉÇA, *de même.* En vérité?

MARGUERITE, *se levant.* Je vous le dirai plus tard... l'empereur attend! Mais vous lui portez là une aumônière...

BABIÉÇA. A laquelle il tient... car elle sert depuis longtemps!..

MARGUERITE. Et elle n'est pas digne d'un puissant monarque tel que lui!.. Vous lui remettrez en échange celle-ci, (*Prenant celle qu'elle a à son côté.*) et lui direz... (*Mettant dans l'aumônière la lettre qu'elle vient d'écrire.*) que c'est un cadeau d'une dame...

BABIÉÇA. J'ajouterai : d'une noble et jolie dame.

MARGUERITE. Si vous voulez. Partez vite!

BABIÉÇA. Oui, Madame, mais Votre Altesse me dira...

MARGUERITE, *le suivant des yeux.* Sans doute. (*Babiéça sort.*) Que le ciel le conduise, et surtout hâte son retour!

ÉLÉONORE. On vient! c'est Guattinara!

—

SCÈNE X.

LES PRÉCÉDENTES, GUATTINARA.

GUATTINARA. J'apporte à Votre Altesse Royale le sauf-conduit que je lui ai promis.

ÉLÉONORE. O ciel!

GUATTINARA. J'y ai fait tant de diligence, que rien, je l'espère, ne s'opposera à son départ.

MARGUERITE, *regardant du côté de la porte à droite.* Peut-être!..

GUATTINARA, *étonné.* En quoi donc?

—

SCÈNE XI.

LES PRÉCÉDENT, BABIÉÇA, *rentrant par la porte à droite.*

BABIÉÇA. L'empereur attend madame la princesse Marguerite.

GUATTINARA, *stupéfait.* L'empereur... et où donc?

ÉLÉONORE. En l'audience de Castille.

GUATTINARA. Et pourquoi?

MARGUERITE. Pour plaider en plein conseil, et contre vous, Guattinara, la cause de mon frère. (*Elle s'élance avec Babiéça par la porte à droite. Éléonore sort par le fond, et Guattinara reste debout, immobile, et frappé d'étonnement. — La toile tombe.*)

FIN DU PREMIER ACTE.

——————

ACTE DEUXIÈME.

Le théâtre représente l'intérieur d'une cour circulaire ; à gauche, sur le second plan, un balcon en pan coupé. A côté du balcon, dans le mur, une niche où est une madone. Au premier plan, la porte de la chambre du roi. A droite, sur le second plan et faisant face au balcon, un pan coupé sur lequel est un portrait en pied de saint Pacôme. Au premier plan, faisant face à la chambre du roi, la porte des gardiens de la tour. A droite du spectateur, une table sur laquelle est une corbeille de fleurs et ce qu'il faut pour écrire.)

SCÈNE PREMIÈRE.

GUATTINARA. Marguerite, ma mortelle ennemie, réconciliée avec l'empereur! Marguerite, que je viens de conduire auprès de son frère! Ah! si élevé qu'on soit, il faut toujours prévoir et craindre les caprices du maître!

—

SCÈNE II.

GUATTINARA , CHARLES-QUINT.

(*Pendant ces derniers mots, le tableau en pied de saint Pacôme, qui est placé sur le pan coupé à droite, a glissé dans la boiserie. Charles-Quint est entré lentement et s'est arrêté derrière Guattinara, qu'il écoute.*)

GUATTINARA. Ah! pourquoi a-t-on un maître?

CHARLES-QUINT, *lui mettant la main sur l'épaule.* Parce que tout le monde en a, Guattinara, même les rois, qui ne font pas toujours leurs volontés.

GUATTINARA, *se retournant effrayé.* Vous, sire!.. et d'où Votre Majesté vient-elle ainsi?

CHARLES-QUINT. De mon oratoire!..

GUATTINARA. Et quand donc le roi a-t-il fait pratiquer cette porte secrète?..

CHARLES-QUINT. Ce n'est pas moi!.. c'est le beau, l'élégant Philippe d'Autriche, qui s'enfermait tous les jours là, dans son oratoire!

GUATTINARA. Lui!.. si peu dévot!

CHARLES-QUINT. Pour se soustraire à la jalousie, ou plutôt à l'amour de ma pauvre mère, Jeanne de Castille, qui voulait toujours le retenir au palais; et par cette tour et cet escalier...

GUATTINARA. Je comprends!

CHARLES-QUINT, *mettant le doigt sur ses lèvres.* Secret de famille!

GUATTINARA. Qui vous a fait accepter ce lieu pour prison?

CHARLES-QUINT. Quand tu me l'as proposé.

GUATTINARA. Je crois même que c'est Votre Majesté qui m'en a fait venir l'idée!

CHARLES-QUINT. C'est possible!

GUATTINARA. Et comment, sire, malgré la résolution que vous aviez prise, avez-vous permis à la princesse Marguerite de pénétrer dans cette tour? car je ne l'y ai amenée que par votre ordre, et voilà près de deux heures qu'elle y est.

CHARLES-QUINT. C'est ta faute!

GUATTINARA. Ma faute!

CHARLES-QUINT. Ou l'indiscrétion de quelques gardiens...

GUATTINARA. Ils sont plus prisonniers que leur captif, et ne sortent pas d'ici; c'est moi, seul, qui communique avec eux.

CHARLES-QUINT. Eh bien! alors, c'est toi qui as rendu compte à Marguerite des traitements qu'éprouvait son frère.

GUATTINARA. Ah! sire...

CHARLES-QUINT. Traitements que j'ignorais moi-même, et contre lesquels j'ai dû m'élever!.. il était de mon devoir, de mon honneur, d'accueillir des plaintes dont elle eût fait retentir toutes les cours de l'Europe, et qu'il valait mieux écouter... entre nous... dans le conseil.

GUATTINARA. Elle y a donc parlé?

CHARLES-QUINT. Avec une habileté, une chaleur, une éloquence à laquelle tu ne te serais jamais attendu... ni moi non plus!.. Par saint Jacques, elle a plaidé la liberté de son frère et la paix avec la France, de manière à nous prouver que c'était l'avantage de l'Espagne!.. Si tu avais vu avec quel art, quelle flatterie, quelle adresse, elle parait tous mes arguments, évitant de me blesser, et ne cherchant qu'à me désarmer!.. à chaque instant, je me sentais perdre du terrain!.. et moi encore! ce n'était rien..... je me défendais ; mais tous mes vieux conseillers, sous la puissance de sa parole et le feu de son regard, ne faisaient plus attention à mes signes de tête ni à mes gestes de mécontentement ; ils ne voyaient qu'elle; et quand elle s'est écriée : Mon frère

HENRI, *s'inclinant*. Madame, Madame, je vous revois enfin. — Acte 1er, scène 6.

est en danger, et s'il succombe ici... dans le palais de vos rois, la postérité accusera donc Charles-Quint, ce monarque si généreux et si magnanime, de s'être défait par le fer ou par le poison d'un ennemi redoutable; elle dira donc que François Ier, même captif, a fait peur à l'Espagne; et vous savez tous, Messeigneurs, a-t-elle continué en étendant la main vers eux, que l'Espagne ne craint personne... vous le prouverez. — Oui, oui, se sont-ils tous écriés en se levant; et j'ai vu le moment où ils allaient, par fierté espagnole, voter la liberté du roi de France... sans rançon!.. Je me suis empressé, en partageant cet élan généreux, de remettre une délibération importante à la prochaine séance du conseil, que j'aurai soin de ne plus rassembler.

GUATTINARA. A la bonne heure!

CHARLES-QUINT. Mais le moyen après cela de refuser à Marguerite la permission de voir son frère... quand tout le conseil le demande, et que, soi-même, on y est naturellement porté!.. Cependant la générosité a des bornes, surtout la générosité politique, et je n'entends pas que cet entretien se prolonge... d'autant que je crois peu au danger du roi.

GUATTINARA. Ce danger est réel.

CHARLES-QUINT. C'est une ruse dont tu es la dupe!

GUATTINARA. Votre Majesté se trompe!.. Quand la princesse Marguerite est arrivée ici, avec moi, elle s'est élancée dans la chambre de son frère... il était pâle et sans connaissance, ne répondant ni à ses cris, ni à ses larmes, ni à ses caresses; alors elle est entrée dans un désespoir qui aurait touché son plus cruel ennemi...

CHARLES-QUINT. C'était donc vrai?..

GUATTINARA. Le gouverneur de la tour vous dira que le roi est au plus mal.

CHARLES-QUINT. Qu'a-t-il donc?

GUATTINARA. On n'en sait rien.

CHARLES-QUINT. Il fallait avertir mon médecin.

GUATTINARA. Il n'a pas voulu le voir...

CHARLES-QUINT. Lui prodiguer des soins...

GUATTINARA. Il les a repoussés...

CHARLES-QUINT. Il fallait le forcer à vivre.

GUATTINARA. De par le roi?

CHARLES-QUINT. Eh oui!

GUATTINARA. Et s'il veut mourir?

CHARLES-QUINT, *se frappant le front*. Il en est capable!.... pour m'enlever mon prisonnier... me priver de sa rançon... C'est un plan diabolique... conçu et combiné dans le but de renverser tous mes projets et de ne m'en laisser que la honte!

GUATTINARA. Vous croyez?..

CHARLES-QUINT. J'en suis sûr... Ces hommes de guerre ne savent rien... que mourir!.. Le beau mérite!.. S'il en est ainsi, qui peut déjouer ce complot?

GUATTINARA. Une seule personne, et, par malheur encore, c'est Marguerite.

CHARLES-QUINT. Qu'elle reste donc!.. qu'elle reste près de lui jusqu'à ce qu'elle m'ait rendu ce service!

GUATTINARA. D'après sa demande, j'ai écrit au prieur des dominicains de m'envoyer un moine de son ordre.

CHARLES-QUINT. Deux s'il le faut! n'épargne rien...

GUATTINARA. Et discrètement je me suis retiré.

CHARLES-QUINT. Tu as bien fait... J'ai permis aussi au comte Henri d'Albret, non pas, comme il m'en suppliait, de partager la captivité de son maître, mais de passer aujourd'hui quelques heures à ses côtés!.. On monte l'escalier... il est inutile qu'on me voie! Si le danger augmente, qu'on m'avertisse... ou plutôt... je reviendrai tantôt, savoir par moi-même... Adieu! adieu! (*Il sort par le tableau de saint Pacôme, qui se referme sur lui.*)

GUATTINARA, *seul, et regardant le tableau qui se referme.* Ô bienheureux saint Pacôme!.. et moi aussi, je pourrai bien t'invoquer!..

—

SCÈNE III.

HENRI, GUATTINARA.

HENRI, *entrant par la porte du fond.* Merci, camarade, merci!.. j'y vois maintenant!.. Cet escalier en colimaçon est obscur comme l'antichambre de l'enfer.

GUATTINARA. Que voulez-vous, Monsieur? Qui êtes-vous?

HENRI. Le comte Henri d'Albret, sujet et officier du roi de France, retenu captif en cette tour, laquelle on prendrait difficilement pour une résidence royale... Du reste, j'ai un permis de l'empereur (*Il le lui présente.*) pour être admis près de mon souverain.

GUATTINARA, *le regardant.* Pendant quelques heures seulement.

HENRI. Mais j'espère que bientôt on me permettra de lui rendre chaque jour les devoirs d'un bon serviteur, ceux que j'avais l'honneur de remplir auprès de lui au Louvre et à Fontainebleau.

GUATTINARA. Quand il était roi!

HENRI. Il l'est toujours, Monsieur! et plus encore, il est malheureux... Je vous prie de me faire conduire vers lui...

GUATTINARA. Il est de ce côté...

HENRI. Et la princesse Marguerite?..

GUATTINARA. La voici! (*S'adressant à Marguerite.*) L'empereur me fait dire, Madame, que Votre Altesse peut rester auprès de son frère tout le temps qu'elle jugera nécessaire et convenable.

HENRI, *à part.* Quel bonheur! (*Guattinara salue la princesse, et sort par la porte du fond.*)

—

SCÈNE IV.

MARGUERITE, HENRI.

HENRI, *attendant que Guattinara soit sorti.* Me voici, Madame... Je n'ai tardé que pour mieux remplir vos ordres, et vous avez pu savoir déjà, par le révérend père dominicain, que tout marchait au gré de nos vœux.

MARGUERITE. Il n'est plus question de nos projets; n'y pensons plus, Henri! Avant de rendre mon frère à la liberté, il faut le rendre à la vie.

HENRI. Que dites-vous? grand Dieu!

MARGUERITE. Que je l'ai trouvé dans un état d'abattement que personne ne peut s'expliquer! Il est sans fièvre, sans souffrance, et ses forces l'abandonnent! et ma vue qui lui faisait répandre des larmes de joie, ne pouvait cependant le distraire... d'une pensée constante qui le préoccupe; (*Avec désespoir.*) il a au cœur un secret dessein qu'il veut dérober à tous les yeux.

HENRI. Même aux vôtres?

MARGUERITE. Il l'espère en vain... Je tremble de l'avoir deviné... En rapprochant la situation où je le vois... du rapport de ses gardiens qui prétendent que, depuis quelques jours, il n'a pris aucune nourriture... une horrible pensée m'est venue...

HENRI, *effrayé.* Laquelle?

MARGUERITE. Le roi François Ier, à qui on a ôté tout moyen d'attenter à ses jours, veut se laisser mourir de faim.

HENRI. Mourir de faim?

MARGUERITE. Oui... Il regarde sa captivité comme le fardeau, comme la ruine de la France... il veut la délivrer par sa mort.

HENRI. Nous ne le souffrirons pas.

MARGUERITE. Non! non... Mais il n'y a pas à lui en parler... car, si c'est un parti pris... il n'en conviendra pas.

HENRI. Écoutez... c'est sa voix...

MARGUERITE. Il m'appelle... (*S'avançant.*) Me voici, me voici, mon frère!...

HENRI. Ô mon roi! ô vainqueur de Marignan! (*François Ier paraît sur le seuil de la porte à gauche, conduit par Marguerite.*)

—

SCÈNE V.

HENRI, FRANÇOIS Ier, MARGUERITE.

FRANÇOIS Ier, *à Marguerite.* Tu m'avais quitté?.. Cette chambre est si sombre et si triste!.. c'est l'Espagne! tandis que toi... c'est la France!.. Ah! d'Albret?..

HENRI. Sire?

FRANÇOIS Ier. Et tes blessures?

HENRI. Grâce au ciel, ce bras peut encore servir Votre Majesté... (*Il soutient le roi et le conduit jusqu'au fauteuil, à gauche.*)

FRANÇOIS Ier, *assis entre eux deux.* D'Albret!.. ma sœur!.. près de vous, mes amis, il n'y a plus d'exil.

MARGUERITE. L'exil!.. s'adoucit du moins. Voici M. d'Albret... qui a obtenu la permission...

HENRI. De voir, quelques heures, Votre Majesté.

MARGUERITE. Et moi, de rester près de vous, sire, tant que je le voudrai... Voilà déjà de meilleures nouvelles! aussi, nous allons passer tous les trois une bonne soirée... comme autrefois à Chambord.

HENRI. Ou à Fontainebleau.

FRANÇOIS Ier, *regardant avec douleur les murs de sa prison.* Oui, mes beaux ombrages de Fontainebleau... et ce palais, qu'embellissaient par mes soins les merveilles des arts. (*Il se détourne pour essuyer une larme.*)

MARGUERITE, *gaiement.* Il est de fait, sire, que vous nous y receviez mieux qu'ici... D'abord, vous nous y donniez à souper... et moi j'ai grand'faim.

FRANÇOIS Ier, *souriant.* En vérité, ma mignonne?..

MARGUERITE. Je n'ai rien pris depuis ce matin.

FRANÇOIS Ier. D'Albret... dis à mes gardiens de m'apporter cette collation... qu'ils avaient déposée dans ma chambre, hier, je crois, ou avant-hier. (*D'Albret sort.*)

SCÈNE VI.

FRANÇOIS Iᵉʳ, MARGUERITE.

MARGUERITE, *vivement.* Avant-hier!.. Votre Majesté n'y avait pas touché!..

FRANÇOIS Iᵉʳ. C'est tout simple... un malade n'a pas faim... un captif encore moins... Il faut pour cela le grand air... l'air de la liberté... tandis que toi, ma mignonne, si jeune et si fraîche... et libre... Tiens, tiens, voilà ton souper que l'on t'apporte... (*Aux geôliers.*) Bien! bien!.. maintenant laissez-nous. (*Après la sortie des geôliers et de Henri, à qui Marguerite a fait signe de s'éloigner.*) Là, près de moi, que je te regarde!.. que je ne te perde pas des yeux.

MARGUERITE, *s'asseyant à la table.* Ah! il m'eût été plus agréable... de partager cette collation avec Votre Majesté...(*Vivement.*) Je ne vous presse pas, sire...Dieu m'en préserve!.. Mais, quand je pense à nos repas en famille... Tenez, notre mère, qui depuis votre absence... veille à tout dans le royaume... a levé des troupes... garni nos places fortes...

FRANÇOIS Iᵉʳ. En vérité... elle ne s'est ni découragée... ni effrayée?

MARGUERITE. Pas un instant. Tant que mon fils est vivant, me disait-elle, je ne crains rien. Son nom seul vaut une armée... tous les mauvais desseins sont comprimés dans le royaume devant la crainte continuelle de son retour.

FRANÇOIS Iᵉʳ. Ma mère a dit cela?..

MARGUERITE. Et il reviendra... continuait-elle... Dieu me le dit, j'en suis sûre... car je ne veux pas mourir sans le voir et sans l'embrasser.

FRANÇOIS Iᵉʳ. O ma mère... ô ma bonne mère!..

MARGUERITE. Que Dieu prolonge ses jours! (*Versant dans le verre qui est devant le roi.*) A sa santé, mon frère! (*François tressaille.*) Refuserez-vous d'y boire avec moi?

FRANÇOIS Iᵉʳ. Non, non, donne... donne... quelques gouttes... (*Élevant son verre.*) Ma mère! (*Il boit.*) Ah! ce vin m'a ranimé...

MARGUERITE. Et votre fils, le dauphin, quoique enfant, si vous saviez comme il s'occupe de vous?.. Ma tante Marguerite, me criait-il, au moment du départ, dites à mon père que je l'attends.

FRANÇOIS Iᵉʳ. Vraiment?

MARGUERITE. Pour apprendre de lui à manier mon épée et à monter mon premier cheval.

FRANÇOIS Iᵉʳ. Mon fils!.. mon fils!.. il m'attend!..

MARGUERITE. Eh! oui, sire... il vous attend! (*Elle verse du vin à François.*) Et il n'est pas le seul... bien d'autres encore... de jolies dames...

FRANÇOIS Iᵉʳ. Hein! Que dis-tu?

MARGUERITE. Qui m'avaient chargée pour vous de tendres souvenirs.

FRANÇOIS Iᵉʳ. En vérité... (*Il porte la main à son verre.*)

MARGUERITE. La belle duchesse de Châteaubriant... (*Glissant un biscuit dans le verre du roi.*) qui mourrait, je crois, si elle ne devait plus vous revoir.

FRANÇOIS Iᵉʳ. La duchesse... elle pense encore à moi! (*Il mange le biscuit.*)

MARGUERITE. Elle!.. dites donc toutes les femmes de la cour.

FRANÇOIS Iᵉʳ, *avec plaisir.* Toutes les femmes!.. (*Il boit.*)

MARGUERITE. Si vous saviez comme vous les avez rendues pieuses et exactes à l'église!.. (*Elle sert des conserves de fruits au roi.*) comme elles y venaient prier pour le roi... et quand on a su que je partais vers vous, que de recommandations! (*Elle glisse une cuiller au roi.*) et des nœuds de rubans... des cheveux... des écharpes

FRANÇOIS Iᵉʳ, *vivement.* Vraiment!

MARGUERITE. Et même de petits billets bien tendres.

FRANÇOIS Iᵉʳ, *prenant de lui-même un second biscuit.* Des billets... et de qui?

MARGUERITE. Je vous les donnerai... vous les lirez... Ah! je conçois votre désespoir d'être à Madrid! on n'y trouve ni aussi jolies femmes... ni aventures aussi piquantes...

FRANÇOIS Iᵉʳ, *vivement et posant son verre.* Eh bien! Marguerite, c'est ce qui te trompe.

MARGUERITE. Que me dites-vous?

FRANÇOIS Iᵉʳ. Qu'ici, dans ma captivité... il y a un mystère inouï... un secret dont je ne pouvais parler... car celle à qui je dis tout, ma sœur était loin de moi.

MARGUERITE, *avec chaleur.* La voici de retour... ainsi que nos causeries du soir... nos petits soupers en tête-à-tête!

FRANÇOIS Iᵉʳ, *se retournant vivement en face de Marguerite.* Comme à Chenonceaux! imagine-toi, ma mignonne...

MARGUERITE. Vous allez vous fatiguer.

FRANÇOIS Iᵉʳ. Non, non, n'aie pas peur.

MARGUERITE. Et si vous ne prenez pas des forces pour votre récit...

FRANÇOIS Iᵉʳ. C'est inutile...

MARGUERITE. Non, non!.. Vous mangerez d'abord... ou je n'écoute rien!

FRANÇOIS Iᵉʳ, *riant.* Marguerite, tu es donc toujours despote?..

MARGUERITE. Plus que jamais!

FRANÇOIS Iᵉʳ. Alors!.. (*Il mange.*) Imagine-toi, ma mignonne, qu'une nuit, pendant mon sommeil, il me semblait voir une femme jeune et belle se pencher vers moi!

MARGUERITE. Mon frère François a toujours eu de ces rêves-là.

FRANÇOIS Iᵉʳ. C'était une réalité!.. car au réveil, je trouvai près de moi un gant de femme... la main la plus jolie... la plus ravissante...

MARGUERITE. En fait de gants, l'imagination fait tout. (*Elle frappe sur l'assiette du roi pour qu'il mange.*)

FRANÇOIS Iᵉʳ. Attends donc... (*Elle continue à frapper, il mange.*) Depuis ce moment, il ne s'est pas écoulé de semaine qui ne m'apportât quelques souvenirs mystérieux de la belle inconnue.

MARGUERITE. Elle a donc des intelligences avec les geôliers?..

FRANÇOIS Iᵉʳ. Je n'en sais rien!.. tantôt c'est une lettre qui me prodigue des consolations, tantôt des chants français que j'entends au pied de la tour, ou de l'autre côté du Mançanarès... tantôt des fleurs, (*Montrant la corbeille, à droite.*) vois plutôt!.. qui me viennent d'elle, j'en suis sûr, et qui embellissent ma prison.

MARGUERITE. Quel joli sujet de conte!.. Mais enfin... elle, l'inconnue?..

FRANÇOIS Iᵉʳ. Toujours invisible... Une nuit seulement... il y a un mois, je me débattais contre la fièvre et le délire... quand tout à coup, en étendant mon bras hors du lit, je sens tomber sur ma main une larme... Je veux jeter un cri. — « Silence!.. me dit-on à demi-voix. C'est moi! — Vous!.. ma bienfaitrice! — Oui, pour vous soigner. — Mais, qui êtes-vous? — Je ne puis le dire ni à vous ni à personne, sans me perdre!.. Je suis... je suis la femme qui vous aime!.. Silence, et dormez. » Elle était comme toi, elle était despote. Elle posa sa main sur mon front; et soit influence de cette main, soit faiblesse, je m'endormis; et à mon réveil, tout avait disparu!

MARGUERITE. C'est étrange! Et elle était jeune et belle?

FRANÇOIS Iᵉʳ, *avec chaleur.* Si elle était belle!.. c'était une grâce, une démarche, et malgré le léger demi-masque qui couvrait ses traits, des yeux et des dents admirables.

MARGUERITE. Eh bien, quoique femme, (*Levant son verre.*) je bois à la belle inconnue... et à tous ses charmes!

FRANÇOIS 1er, *trinquant avec Marguerite.* Vrai Dieu! ma mignonne!.. nous pourrions boire longtemps!

—

SCÈNE VII.

FRANÇOIS 1er ET MARGUERITE, *à table*, HENRI, *sortant de la porte à droite, suivi de geôliers.*

HENRI. Que vois-je?

MARGUERITE. Le repas du roi... qui est fini! (*Le roi fait signe aux deux geôliers d'enlever la table. Les deux geôliers emportent la table par la porte du fond et disparaissent.*)

MARGUERITE, *bas, à Henri.* Pas un mot à mon frère sur son dessein, il en rougirait presque à nos yeux, maintenant qu'il y a renoncé. (*Regardant autour d'elle et voyant que les geôliers sont partis.*) Enfin, nous sommes seuls, sire, l'heure de la liberté est sonnée.

FRANÇOIS 1er. Que veux-tu dire?

MARGUERITE. Qu'il est un projet conçu par nous dont nous n'osions parler à Votre Majesté, avant d'être sûrs qu'elle pourrait nous seconder. Vous sentez-vous le courage... non... je veux dire la force de faire une ou deux lieues à cheval?..

FRANÇOIS 1er, *avec force.* Plus encore..... dussé-je en mourir!... Mourir libre! (*Avec abattement.*) Mais vous vous flattez d'un vain espoir... Ignorez-vous que jour et nuit veillent au pied de cette tour des soldats...

HENRI. Commandés aujourd'hui par le jeune comte de Villaréal...

MARGUERITE. La duchesse de Médina en répond. Il n'entendra rien... il ne verra rien... c'est convenu!

HENRI. Deux chevaux nous attendent au bord du Mançanarès, et plus loin, une voiture, des relais disposés...

FRANÇOIS 1er. Par qui?

MARGUERITE. Par le marquis de Santa-Fé, le grand écuyer!

FRANÇOIS 1er. Un ennemi à moi!.. que tu as supplié...

MARGUERITE, *fièrement.* Un esclave à qui j'ai commandé.

FRANÇOIS 1er, *souriant.* Je comprends... mais une fois en voiture, pour traverser l'Espagne?..

HENRI. Nous avons, sous un nom supposé et jusqu'à la frontière, un sauf-conduit délivré...

FRANÇOIS 1er. Par qui?

MARGUERITE. Par l'amirante de Castille.

FRANÇOIS 1er. Et sous quel prétexte?

MARGUERITE, *riant.* Sous prétexte qu'il m'adore et que je lui ai fait perdre la tête! Que voulez-vous? depuis quinze jours, je m'occupe; je n'aime pas à perdre mon temps, et pendant que je ne pouvais pas vous voir...

FRANÇOIS 1er. O sublime et vertueuse coquette!.. Mais pour descendre cet escalier et franchir ces murailles?.. c'est là le plus difficile.

MARGUERITE. A défaut de la terre, je me serais adressée au ciel. J'ai fait demander un moine... un dominicain... il est là...

FRANÇOIS 1er. Quel rapport cela peut-il avoir...

MARGUERITE. Un moine qui nous appartient. Vous sortirez, sire, sous son capuchon.

FRANÇOIS 1er. Moi! François 1er, m'enfroquer, prendre une robe de moine!..

MARGUERITE, *riant.* Qu'importe?.. pour un quart d'heure...

FRANÇOIS 1er. Et si cette ruse se découvrait, si j'étais arrêté? M'exposer aux railleries de ces orgueilleux Espagnols sous un pareil costume, sous un froc!.. Autant vaudrait être rasé, tonsuré et jeté dans un cloître... Non! un roi de France peut être vaincu et captif, mais ridicule... jamais!

HENRI, *vivement.* Sa Majesté a raison.

FRANÇOIS 1er, *de même.* N'est-ce pas? Tu me comprends, toi?

MARGUERITE. Allons! voilà le chevaleresque qui s'en mêle!.. O maudit orgueil masculin! Pour un motif aussi frivole, aussi absurde, faire manquer un projet superbe! une évasion si bien combinée! (*S'approchant de la corbeille, à droite, et y cueillant plusieurs fleurs.*) Cherchez donc et trouvez mieux! (*Se jetant dans un fauteuil.*) Moi, je ne m'en mêle plus!

HENRI. Comment faire, sire, comment faire?

FRANÇOIS 1er. Dieu nous viendra en aide! Dieu ou mon bon ange.

MARGUERITE, *arrangeant les fleurs pour s'en faire un bouquet.* O ciel! au milieu de cette fleur je crois apercevoir... un petit papier roulé...

FRANÇOIS 1er, *poussant un cri.* Que disais-je!.. ce sera de mon inconnue...

MARGUERITE, *lui présentant le papier qu'elle vient de retirer.* A vous, sire!

FRANÇOIS 1er, *lisant le papier qu'il vient de dérouler.* « Derrière la statue de la Madone, vous trouverez, puisse-t-il « vous être utile, un souvenir, un présent, auquel je travaille en secret, depuis trois mois. » Son portrait!..

MARGUERITE. La belle avance!

HENRI, *qui a plongé sa main derrière la madone.* Non! une échelle de soie!

MARGUERITE. Cela vaut mieux!

HENRI. Et une clé... avec une étiquette : (*Lisant.*) « Clé de la grille du balcon. »

FRANÇOIS 1er, *montrant le balcon, à gauche.* La fenêtre grillée de ce balcon... donne sur une plate-forme de l'autre côté du Mançanarès.

HENRI. Voilà ce qu'il nous faut, sire!

FRANÇOIS 1er. Un chemin proposable.

MARGUERITE. Où il y a de quoi se tuer... je m'y oppose! les sentinelles placées sur le bastion de droite vous apercevront descendre!

FRANÇOIS 1er. Il fait nuit!

MARGUERITE. Ils vous entendront!.. ils tireront sur vous!

FRANÇOIS 1er. Ils me manqueront! et d'ailleurs des arquebusades... cela me va!.. cela me convient, je suis chez moi... hâtons-nous de partir!.. (*A Henri qui vient de s'élancer sur le balcon.*) Vois si cette clé ouvre la grille?.. (*A Marguerite.*) Rassure-toi, ma bonne sœur, dans quelques instants je serai au pied de cette tour... et grâce à tes soins, à la voiture, aux relais, au sauf-conduit... (*A Henri.*) Eh bien?

HENRI, *sortant du balcon.* La grille est ouverte!

FRANÇOIS 1er, *embrassant sa sœur et se dirigeant vers le balcon.* Adieu... adieu, ma mignonne... ma bien-aimée Marguerite...

MARGUERITE, *le suivant.* Prenez bien garde, sire!..

FRANÇOIS 1er, *déjà sur le balcon et s'adressant à d'Albret.* Déroule l'échelle, pour que je puisse l'attacher.

MARGUERITE. Bien solidement!

FRANÇOIS 1er. N'aie pas peur.

MARGUERITE. Non, je n'ai pas peur... mais dépêchez... dépêchez-vous. O ciel!.. j'entends des pas... on monte... on vient... la porte s'ouvre... rentrez! (*Elle referme vivement les deux battants de la croisée.* François 1er *reste en dehors sur le balcon. Henri jette à terre dans un coin l'échelle qu'il commençait à dérouler. La porte du fond s'ouvre.*)

—

SCÈNE VIII.

MARGUERITE, *près du balcon, à gauche,* HENRI, *qui descend le théâtre du même côté,* CHARLES-QUINT, *entrant par la porte du fond, précédé de quelques seigneurs et suivi de plusieurs officiers. Il s'avance au milieu du théâtre.*

MARGUERITE, *a part.* L'empereur!.. (*S'avançant vers lui.*) Quoi! sire, c'est vous qui daignez venir...

CHARLES-QUINT. M'informer moi-même d'une santé qui m'est chère et précieuse. Comment se trouve mon frère, le roi de France?

MARGUERITE. Beaucoup mieux, sire.

CHARLES-QUINT. Vous me répondez de ses jours?

MARGUERITE. Oui, sire!..

CHARLES-QUINT. Dieu soit loué!.. car j'ai éprouvé, je ne vous le cache pas, un moment d'inquiétude terrible!

MARGUERITE. Par malheur... il est encore trop faible pour recevoir l'honneur de votre visite.

CHARLES-QUINT. Voilà qui est fâcheux! j'aurais été heureux d'avoir enfin avec lui, sans étiquette, sans cérémonies, et en bon frère, cette entrevue depuis si longtemps désirée. Il faudra bien, et contre notre gré, remettre à une autre fois...

MARGUERITE, *avec émotion.* Oui... sire... partons... car l'air que l'on respire ici... m'oppresse!

CHARLES-QUINT, *aux officiers.* Aussi nous donnerons des ordres pour que le roi de France soit transporté, dès que sa santé le permettra, dans un appartement plus convenable!

MARGUERITE. J'en remercie Votre Majesté... mais partons...

CHARLES-QUINT, *offrant la main à Marguerite et faisant quelques pas avec elle pour sortir.* Une personne... contre qui vous avez de grandes préventions... me demandait tout à l'heure bien vivement des nouvelles du roi...

MARGUERITE. Qui donc, sire?

CHARLES-QUINT. Un Français... le connétable de Bourbon!

MARGUERITE, *voyant la fenêtre du balcon qui s'agite légèrement, et parlant à demi-voix à Charles-Quint.* Sire, au nom du ciel, ne prononcez pas ici ce nom!

CHARLES-QUINT. Et pourquoi?

MARGUERITE. Si mon frère l'entendait!..

CHARLES-QUINT, *baissant la voix.* C'est juste!.. je me tais! mais vous conviendrez vous-même que la cour de France a eu envers lui des torts...

MARGUERITE, *faisant un geste d'effroi en voyant la fenêtre du balcon qui s'entr'ouvre.* Des torts!..

CHARLES-QUINT, *de même.* Il y a même ingratitude... car enfin, à la bataille de Pavie, il me l'a dit, c'est lui qui a épargné les jours du roi.

FRANÇOIS Iᵉʳ, *poussant vivement la croisée et paraissant sur le bord du balcon.* Il en a menti! (*Mouvement général.*)

CHARLES-QUINT. Dieu! le roi de France!

FRANÇOIS Iᵉʳ. Lui-même! aussi bien et, fût-ce au milieu de nos ennemis, nous aimons à paraître!

CHARLES-QUINT, *avec colère.* Cette grille ouverte!.. une évasion!.. (*Regardant Marguerite.*) au moment où je me confiais à votre loyauté... (*Regardant François Iᵉʳ.*) à votre honneur!

FRANÇOIS Iᵉʳ. Étais-je donc prisonnier sur parole, et vous ai-je jamais donné la mienne? Non! j'ai conservé tous les droits de l'opprimé contre l'oppresseur, et du captif contre son geôlier.

CHARLES-QUINT. Soit! et puisque c'est vous qui l'avez voulu, conservons nos rôles! (*Faisant un pas pour sortir.*) Adieu!

MARGUERITE, *se plaçant au-devant de Charles.* Non, sire mon! Votre Majesté n'acceptera jamais un rôle indigne d'elle! Ce projet de fuite, qui vous blesse, c'est moi seule qui venais de l'imaginer; le roi, qui me repoussait, n'a cédé que vaincu par mes prières, et le ciel, qui souvent nous protège malgré nous, n'a pas voulu que ce dessein insensé fût exécuté par moi, pour vous réserver à vous, sire, une plus digne et plus noble tâche.

CHARLES-QUINT. Que dites-vous?

MARGUERITE. Que Dieu qui vous a ainsi rapprochés, semble avoir amené lui-même cette entrevue, cette conférence qui paraissait impossible. Qu'avez-vous besoin d'intermédiaires?..

Comme vous le disiez si bien, sire, sans étiquette, sans cérémonies, en bons frères, arrangez tous vos différends.

FRANÇOIS Iᵉʳ. Je suis prêt à entendre toutes vos propositions, sire.

MARGUERITE, *à Charles-Quint.* Et Votre Majesté?

CHARLES-QUINT, *après un instant de silence.* Soit!

MARGUERITE, *bas, à François Iᵉʳ.* De la prudence!.. et surtout de la modération! (*S'approchant de Charles-Quint, à qui elle fait une profonde révérence.*) Sire, il est souffrant encore!.. ménagez-le!

CHARLES-QUINT, *gravement.* Je vous jure que ce n'est pas moi qui me fâcherai, ni qui brouillerai les choses... au contraire! (*Un officier approche un fauteuil à Charles-Quint, Henri en avance un autre à François Iᵉʳ.*) Laissez-nous! (*Marguerite sort par la porte à gauche, Henri la suit; les officiers sortent par le fond.*)

—

SCÈNE IX.

FRANÇOIS Iᵉʳ, CHARLES-QUINT, *tous les deux debout.*

CHARLES-QUINT, *l'invitant à s'asseoir.* Sire!..

FRANÇOIS Iᵉʳ, *de même.* Votre Majesté!..

CHARLES-QUINT. Je suis chez moi... dans mon palais!

FRANÇOIS Iᵉʳ, *regardant les murs de sa prison et souriant.* Dans votre palais?.. soit!.. (*Il s'assied et Charles-Quint après lui. Après un instant de silence.*) D'abord, mon frère, et pour n'y plus revenir, que je vous fasse un reproche. Comment avez-vous tant tardé à m'accorder cet entretien? comment avez-vous pu ajouter à l'horreur de ma captivité l'espérance tant de fois déçue de vous voir... de me plaindre, à vous-même, des privations que m'imposaient, à votre insu, vos valets?.. Pardon, mon intention n'est pas de blesser Votre Majesté...

CHARLES-QUINT, *avec bonhomie.* Me blesser? au contraire... Tout ce que vous me dites, sire, je me le suis reproché souvent, plus amèrement encore que vous ne pourriez le faire... mais la faute n'en était pas à moi!

FRANÇOIS Iᵉʳ. Et à qui donc?

CHARLES-QUINT. Ignorez-vous donc combien le conseil de Castille est jaloux de ses droits et privilèges? Empereur d'Allemagne, on ne m'a permis d'être roi, à Madrid, qu'en partageant le trône avec Jeanne ma mère... et malgré son état de démence, tous les actes du pouvoir sont toujours revêtus de son approbation, ou plutôt de celle du conseil de Castille qui la représente; et, vous ne savez pas ce que c'est que le joug de ces vieux précepteurs de rois... surtout quand c'est à eux que l'on doit la couronne et que, sous peine d'être ingrat, on n'ose leur rompre en visière.

FRANÇOIS Iᵉʳ. En vérité!

CHARLES-QUINT. Je voulais, moi, qu'on vous donnât pour prison un palais, avec une lieue de forêt pour la promenade et la chasse!.. mais mes vieux conseillers prétendaient que Votre Majesté tenterait de s'échapper... (*Mouvement de François Iᵉʳ.*) et leur prudence exagérée...

FRANÇOIS Iᵉʳ, *avec impatience.* Devait mal s'accorder avec votre franchise... N'en parlons plus! Vos conditions, sire?..

CHARLES-QUINT, *vivement.* Mes conditions, à moi!.. aucune!.. Mais je suis bien obligé de vous apporter celles du conseil. La longue et terrible guerre que nous venons de soutenir contre Votre Majesté, nous a tellement obérés, qu'on exige, pour réparer nos pertes, qu'une rançon de douze cent mille écus d'or soit payée par la France.

FRANÇOIS Iᵉʳ, *froidement.* Par la France?.. Non pas; mais par moi. Je vendrai mes domaines, mes apanages, mes diamants. Accordé!

CHARLES-QUINT. Il est naturel, qu'avec un ennemi si redoutable, on prenne ses garanties! On exige que vous abandonniez toute prétention sur l'Italie et les Pays-Bas.

FRANÇOIS 1er, *avec douleur*. Perdre d'un trait de plume ces conquêtes achetées par tant d'or et de sang!..

CHARLES-QUINT, *vivement*. Et vous pourriez dire, par tant d'immortels exploits! Mais, injuste ou non, le sort des batailles vous les a fait perdre.

FRANÇOIS 1er, *avec chaleur*. Et, Dieu aidant, je peux les regagner!

CHARLES-QUINT. Vous en êtes bien capable, sire, et c'est justement ce qu'on veut empêcher...

FRANÇOIS 1er, *avec humeur et se levant*. Soit... Accordé!

CHARLES-QUINT. Après...

FRANÇOIS 1er. Après! (*Se rasseyant.*)

CHARLES-QUINT. Ceci est un acte de reconnaissance et de bonne foi, un engagement solennel contracté par l'Espagne, envers le connétable de Bourbon...

FRANÇOIS 1er, *avec colère*. Le connétable? cet infâme!.. ce traître!..

CHARLES-QUINT. Qui nous a loyalement servis... pour un traître! Et le conseil demande, pour prix de ses services, que Votre Majesté l'indemnise, et au delà, de tous ses biens confisqués en France.

FRANÇOIS 1er, *avec colère*. Le payer! pour m'avoir vendu! (*Se contenant.*) Prenez garde, sire... ne donnez pas, pour vous-même, un pareil exemple?.. Il peut y avoir du danger à payer les traîtres.

CHARLES-QUINT, *froidement*. Il peut y en avoir à ne pas les payer...

FRANÇOIS 1er, *regardant Charles-Quint avec mépris*. Les craindre est plus honteux encore que de s'en servir, et Votre Majesté entreprend là une lourde tâche pour ses finances obérées, car si elle estime aussi haut la trahison, j'ignore de quel prix elle pourra payer la loyauté de ses fidèles sujets!.. Cela vous regarde, sire; accordé!

CHARLES-QUINT, *avec joie*. Ah!..

FRANÇOIS 1er. Touchons-nous donc la main, et signons notre traité.

CHARLES-QUINT. Je ne le puis, par malheur, sans une dernière condition.

FRANÇOIS 1er, *avec impatience*. Encore une autre?..

CHARLES-QUINT. Celle-là est la justice même!.. et votre loyauté ne saurait s'y refuser!

FRANÇOIS 1er. Quelle est-elle? Voyons.

CHARLES-QUINT. Le roi Louis XI, qui fut un grand politique, et qui conquérait plus de provinces par la plume que d'autres par l'épée, avait usurpé sur nos pères, et annexé à la France, le duché de Bourgogne...

FRANÇOIS 1er, *ne pouvant se contenir*. Le duché de Bourgogne!.. Il a pu entrer dans votre pensée que je consentirais à l'abandonner... à le céder...

CHARLES-QUINT. C'est-à-dire, à le rendre...

FRANÇOIS 1er, *se levant*. Ah! c'est trop longtemps irriter ma patience!..

CHARLES-QUINT. Calmez-vous, sire; que votre modération égale la mienne!

FRANÇOIS 1er, *avec violence*. Assez de railleries, sire, ou, par le ciel! je ne répondrais pas de moi!

CHARLES-QUINT, *avec hauteur*. Qu'est-ce à dire?

FRANÇOIS 1er. Croyez-vous que j'aie été dupe de cette feinte modération; de votre fausse bonhomie et de vos prétentions au rôle de jeune homme en tutelle? Je me suis contenu, cependant, et quelque cruels que fussent les sacrifices qu'on exigeait, quand, après tout, ils ne regardaient que moi, quand ils n'attaquaient que mes trésors, à moi, mes biens, à moi, mes conquêtes ou mon orgueil, j'ai tout accordé; mais s'attaquer à la France, mais me demander son morcellement

et son déshonneur!.. alors le souverain se relève et vous dit : Moi, vivant, vous n'y toucherez pas!

CHARLES-QUINT. Très bien! si vous étiez en France, et dans votre royaume; mais vous oubliez que vous êtes à Madrid!

FRANÇOIS 1er. Et vous aussi, vous l'oubliez, en insultant un ennemi désarmé! Mais le roi captif a un peuple qui n'a pas besoin de chef pour combattre et repousser l'étranger; le roi captif a des alliés qu'indigne votre ambition, et le roi d'Angleterre, Henri VIII...

CHARLES-QUINT. Peut lever en votre faveur des armées et des flottes; il trouvera Charles-Quint partout...

FRANÇOIS 1er. Excepté sur les champs de bataille!

CHARLES-QUINT, *avec hauteur*. Et pourquoi donc?

FRANÇOIS 1er. Parce que vous n'avez jamais tenu une épée de votre vie.

CHARLES-QUINT. Moi! (*Henri d'Albret sort de la porte à gauche.*)

HENRI, *à part*. Qu'y a-t-il donc?

FRANÇOIS 1er, *avec amertume*. Il s'est livré de beaux combats depuis que vous avez âge d'homme; vous n'en avez vu aucun. Votre royaume s'est enrichi de nombreuses conquêtes... vous n'en avez fait aucune. Qui commandait les Espagnols vainqueurs dans la Navarre? Villalva! dans le Milanais? Colonna! dans la Castille? le comte de Haro! mais Charles-Quint!.. absent, toujours absent!..

CHARLES-QUINT, *hors de lui*. Sire!..

HENRI, *s'avançant auprès de François 1er*. Sire, au nom du ciel!..

FRANÇOIS 1er. C'est toi, Henri!.. le ciel t'envoie... Il y aura un témoin de ma vengeance... (*A Charles-Quint.*) Enfin, les Espagnols ont vaincu les Français à Pavie!.. Qui était leur chef?.. un Français!.. un Français félon! Oui, pour vaincre la France, il vous a fallu acheter l'aide de la France, l'acheter par la trahison, par la corruption .. votre courage, à vous!..

CHARLES-QUINT. Ah! je ne supporterai pas un tel outrage!

FRANÇOIS 1er. Prouvez-le donc! Vous avez une arme au côté, et d'Albret me donnera la sienne; l'épée à la main, et vidons ici notre querelle, en chevaliers, avec Dieu pour juge!.. (*Montrant d'Albret.*) et un gentilhomme pour témoin.

CHARLES-QUINT, *froidement*. Je conçois, en effet, sire, que ce parti vous conviendrait; mais la victoire me fût-elle assurée, je demanderais à Votre Majesté la permission de ne pas la priver d'une existence qui m'est aussi chère qu'utile; quant à la mienne, je la tiendrai en précieuse et digne garde pour vous prouver que, sans vous égaler en prétendu héroïsme, on peut vous surpasser en renommée. Pendant que vous resterez immobile et enchaîné... j'avancerai toujours, toujours, et ne m'arrêterai dans ma marche, que lorsque l'Europe entière m'appartiendra, à commencer par la France. Adieu! (*Il sort.*)

HENRI, *avec indignation*. La France, à lui!... jamais!

FRANÇOIS 1er, *de même*. Tu dis vrai.

———

SCÈNE XII.

LES PRÉCÉDENTS, MARGUERITE, *accourant au bruit*.

MARGUERITE. Sire!.. sire!.. qu'y a-t-il?

FRANÇOIS 1er, *avec exaspération*. S'il croit, en me tenant captif, tenir la France enchaînée, s'il espère lui imposer des sacrifices pour ma rançon, il se trompe, il n'aura rien. Son prisonnier lui échappera.

MARGUERITE. Comment!

FRANÇOIS 1er. Attends, attends! (*Il se met à la table, à droite.*)

MARGUERITE. Sire, que voulez-vous faire?

HENRI. Quel est votre dessein? (*Écoutant près du tableau de saint Pacôme.*) C'est singulier!... derrière ce tableau j'ai cru entendre... Non, non!...

FRANÇOIS Ier, *après avoir écrit avec agitation, se lève et dit en passant entre eux :* Henri!.. ma sœur!.. veillez bien sur cet écrit, dérobez-le à tous les yeux. Défendez-le au prix même de votre sang, car il faut qu'il parvienne entre les mains de ma mère, de Louise de Savoie, régente de France!..

MARGUERITE. Je vous le jure... Mais qu'est-ce donc?

FRANÇOIS Ier. Tiens!.. tiens!.. je te le confie.

MARGUERITE, *le regardant, et poussant un cri.* Ah! votre acte d'abdication?

FRANÇOIS Ier. En faveur de mon fils, le Dauphin, et maintenant Charles-Quint aura beau faire, le roi n'est plus à Madrid, il est en France.

HENRI. Sire!.. sire!..

FRANÇOIS Ier. Non... François Ier n'est plus rien... qu'un simple gentilhomme, qu'on pourra torturer peut-être, mais dont la main ne peut plus signer de traité, et qui, du fond de sa prison, peut s'écrier encore : Que Dieu sauve la France! (*Le roi est debout. — Henri et Marguerite sont tous les deux à genoux.*)

FIN DU DEUXIÈME ACTE.

ACTE TROISIÈME.

(Un appartement du palais; deux portes à gauche; deux portes à droite; une porte au fond, A gauche, sur le premier plan, une table, des flambeaux, ce qu'il faut pour écrire. Un jeu d'échecs. A droite, un guéridon, sur lequel sont des ouvrages à l'aiguille et une écritoire de femme.)

SCÈNE PREMIÈRE.

ÉLÉONORE, *faisant du filet,* ISABELLE, *ne faisant rien, toutes deux assises à côté l'une de l'autre et ne se parlant pas.*

ÉLÉONORE, *après quelques instants de silence.* La revue a été belle aujourd'hui?

ISABELLE. Superbe!

ÉLÉONORE. Vous y assistiez à côté de l'empereur...

ISABELLE. Tout à côté!

ÉLÉONORE. On prétend qu'il a eu une entrevue avec le roi de France.

ISABELLE. Ah!.. je ne sais pas!

ÉLÉONORE. Il a dû vous en parler.

ISABELLE. C'est possible!.. je n'écoutais pas! je regardais si les toilettes de ces dames étaient plus belles que la mienne.

ÉLÉONORE. Mais vous couriez risque de mettre l'empereur très en colère.

ISABELLE. Jésus Maria!.. et pourquoi cela?

ÉLÉONORE. Il veut que l'on s'occupe de politique.

ISABELLE. C'est bien ennuyeux!

ÉLÉONORE. Je conçois! mais pourvu seulement qu'on ait l'air de s'en occuper...

ISABELLE. Et comment faire pour cela?

ÉLÉONORE. Comment?...

UN PAGE, *annonçant.* Son Excellence le comte Guattinara.

ÉLÉONORE, *à demi-voix, à Isabelle et vivement.* Quand on voit un ministre, il faut l'interroger, lui demander ce qui se passe, se faire rendre compte... enfin, il faut qu'une reine ait l'air de savoir. (*Éléonore se remet à travailler.*)

SCÈNE II.

ÉLÉONORE, ISABELLE, GUATTINARA.

GUATTINARA, *parlant au dehors, à la porte à droite.* Oui, vous dis-je, j'ai à parler à Son Altesse. (*Il place son chapeau sur le guéridon à droite, s'avance, et, apercevant Éléonore :*) Dieu! la princesse Éléonore!

ISABELLE. Qu'est-ce donc?

GUATTINARA, *haut, à Isabelle.* Je m'empressais d'apporter à Votre Altesse des lettres de France, des compliments de félicitations de la régente Louise de Savoie sur votre mariage.

ISABELLE, *prenant la lettre.* Une lettre de Paris!.. c'est singulier, moi qui viens d'y écrire!.. un message très-pressé pour des gants et des rubans!

GUATTINARA. Eh mon Dieu! j'en suis désolé! La lettre de Votre Altesse ne partira pas! je viens de donner l'ordre d'arrêter tous les courriers qui partent pour la France, excepté ceux de l'empereur, et d'ouvrir toutes les lettres.

ISABELLE, *avec indifférence.* Ah! bah!

ÉLÉONORE, *à voix basse.* Demandez-lui donc pourquoi?

ISABELLE, *de même.* C'est juste! je n'y pensais plus. (*Haut.*) Et pour quels motifs, seigneur Guattinara?

GUATTINARA, *s'inclinant.* Des motifs... politiques!

ÉLÉONORE, *bas, à Isabelle.* Raison de plus!

ISABELLE. Raison de plus... moi, la reine, je dois savoir...

GUATTINARA, *étonné et à part.* Est-il possible!... (*Haut.*) Il s'agit d'une affaire d'État, d'un grave complot que j'ai découvert.

ISABELLE. Vraiment?

GUATTINARA, *à part.* Grâce à saint Pacôme!... (*Haut.*) Complot dont je tiens à saisir les preuves... C'est pour cela que j'ai défendu de laisser sortir aucun Français de Madrid, ou de leur accorder des sauf-conduits.

ISABELLE, *d'un air d'indifférence.* Voyez-vous cela!

ÉLÉONORE, *à voix basse.* Demandez quel est ce complot!

ISABELLE. Quel est ce complot?

GUATTINARA. Intrigue purement diplomatique et très-embrouillée! Votre Altesse tient-elle absolument à la connaître?

ISABELLE. Du tout! c'était pour savoir... (*Rencontrant un regard d'Éléonore.*) Mais, c'est égal!

GUATTINARA. Ce sera très-long!

ISABELLE, *lui faisant signe de la main.* Assez! assez!

GUATTINARA. Je n'en dirai donc pas davantage!

ÉLÉONORE, *à part.* Pas davantage! (*Haut et se levant.*) Je crains que ma présence ne gêne Votre Altesse, et moi qui n'entends rien aux affaires d'État et qui ne m'en mêle jamais, je vous demanderai, Madame, la permission de me retirer. (*Elle lui fait la révérence et sort.*)

SCÈNE III.

ISABELLE, GUATTINARA

GUATTINARA, *à part.* Enfin! elle s'éloigne! (*Haut.*) Tout à l'heure, quand je suis entré dans le salon où j'ai trouvé Votre Altesse, seule en tête-à-tête avec l'empereur, je n'ai pu, dans le trouble, dans la douleur où j'étais... savoir si vous aviez daigné parler à Sa Majesté de la nécessité de me conférer son ordre de la Toison d'Or!

ISABELLE. Oui vraiment! L'empereur a répondu : Rien ne presse, nous attendrons que notre nouveau ministre ait fait ses preuves et nous ait rendu quelque signalé service.

GUATTINARA. Il a dit cela!... (*A part.*) A merveille, sire; on

MARGUERITE, *glissant un biscuit dans le verre du roi.* — Acte 2, scène 6.

s'arrangera pour devenir nécessaire. (*Haut.*) Alors Votre Altesse a insisté.

ISABELLE. Oh! mon Dieu, non!.. Je ne pensais qu'à tout ce peuple, tous ces officiers qui criaient: Vive la reine!.. et puis, dans l'intérieur des appartements, toute cette cour attentive et prosternée, tous ces jeunes seigneurs, si élégants et de si bonne mine, qui semblaient épier chacun de mes regards... Ah! c'est beau d'être reine d'Espagne!

GUATTINARA, *avec jalousie.* Vous trouvez?

ISABELLE. Je commence!.. car jusque-là ce n'était pas amusant. Et puis, sur un geste du roi, tout le monde s'est retiré. Nous sommes restés dans le petit salon... seuls.

GUATTINARA, *à part.* Ah! mon Dieu!...

ISABELLE. Il avait un air plus aimable, plus gracieux qu'à l'ordinaire.

GUATTINARA. C'était jour de gala.

ISABELLE. Probablement! cela m'a enhardie... j'ai causé beaucoup!

GUATTINARA, *à part.* Tant pis...

ISABELLE. Le roi ne m'écoutait pas...

GUATTINARA, *à part.* Tant mieux...

ISABELLE. Mais il me regardait...

GUATTINARA. Aïe!.. tant pis!..

ISABELLE. En disant... qu'il y a d'éloquence... qu'il y a d'esprit dans ces yeux-là... les miens!.. Puis, comme me

faisant signe de me taire, avec la main, il s'est écrié: Ah! laissez-les, laissez-les parler... et il a pris ma main qu'il a pressée contre ses lèvres... C'est dans ce moment-là que vous êtes entré.

GUATTINARA. Ah! si Votre Altesse savait ce que j'ai éprouvé de torture...

ISABELLE. Si je l'avais su... j'aurais sur-le-champ retiré ma main.

GUATTINARA. O ciel!.. gardez-vous-en bien!.. Dès que je me sacrifie... dès que je m'immole... ne voyez que votre bonheur, votre gloire!.. Oubliez un malheureux... c'est-à-dire, non, ne m'oubliez pas... au contraire! Mais soyez reine!.. reine toute-puissante... pour vous... et pour vos amis!

ISABELLE. C'est ce que je me suis dit.

GUATTINARA, *à part.* Sanchette, mes seules amours, Sanchette, du moins, me restera!

ISABELLE. Et pour vous prouver ma confiance...

GUATTINARA. Parlez vite.

ISABELLE. Vous savez bien, cette jeune camériste si gentille, si vive, si amusante.... que vous avez placée près de moi?

GUATTINARA. La petite Sanchette... la señora Babièça...

ISABELLE. Je vous préviens qu'elle a une inclination...

GUATTINARA, *à part et avec trouble.* O ciel!.. qui a pu lui dire?.. (*Haut, avec embarras.*) Vous croyez...

ISABELLE. J'en suis sûre... Tout à l'heure, assise là près de

MARGUERITE, *serre sous une enveloppe l'acte d'abdication de François Ier.* — Acte 3, scène 10.

la porte de mon petit salon... (*Montrant la première porte a gauche.*) j'ai entendu, sans le vouloir... toute une conversation...

GUATTINARA, *étonné.* Comment cela?

ISABELLE. Une voix très-jeune et très-agréable disait : « Sanchette... Sanchette, il faut que vous m'ayez aujourd'hui « un sauf-conduit pour la France. »

GUATTINARA. Un sauf-conduit! pour la France! Et qui parlait ainsi?

ISABELLE. Je ne voyais pas, j'entendais... et Sanchette répondait : « Jamais, car vous partiriez et je ne vous verrais « plus! Je sais bien, continua-t-elle en pleurant, que vous « ne m'aimez pas! »

GUATTINARA, *à part.* A la bonne heure!

ISABELLE. « Mais moi, je vous aime, témoin un grand sei« gneur de la cour, que je supportais autrefois, et qu'à pré« sent je déteste! »

GUATTINARA, *avec fureur.* Ah! c'est donc cela...

ISABELLE, *naïvement.* Eh oui, c'est cela même!

GUATTINARA, *montrant la gauche.* Et vous dites qu'ils étaient là, dans le petit salon?

ISABELLE. Ils y sont peut-être encore.

GUATTINARA. Ah! me voilà sur la trace; (*Faisant quelques pas pour sortir.*) je saurai... Dieu! l'empereur...

SCÈNE IV.

ISABELLE, CHARLES-QUINT, *entrant par le fond,* GUATTINARA.

CHARLES-QUINT. Toi, ici, Guattinara?

GUATTINARA, *troublé.* Oui, sire!.. votre auguste fiancée me donnait des nouvelles... c'est-à-dire, c'est moi qui apportais à Son Altesse... des lettres de félicitations de la régente de France.

CHARLES-QUINT, *avec humeur.* Elles viennent bien à propos... (*A Isabelle.*) Il faut y répondre promptement... J'envoie aujourd'hui un courrier, un exprès au comte de Haro, notre ambassadeur à Paris; et s'il vous plaisait d'en profiter...

GUATTINARA, *fait un pas pour sortir.* Et moi, je vais savoir...

CHARLES-QUINT. Reste, Guattinara, nous avons à te parler. (*Isabelle fait la révérence au roi et sort par le fond.*)

GUATTINARA, *à part.* Grand Dieu! et pendant ce temps...

CHARLES-QUINT, *posant son chapeau sur la table, à gauche, et regardant sortir Isabelle.* Pas une idée dans une si jolie tête, pas une seule!.. Et voilà celle qui doit partager mon trône, et m'aider à gouverner le monde! (*Sévèrement, à Guattinara, qui est près de la porte de gauche.*) Je t'ai dit, Guattinara, que j'avais à te parler.

GUATTINARA, *s'inclinant et se rapprochant.* Sire... cet honneur... (*A part.*) Et ce complot, et ce rival, qui vont m'échapper!

CHARLES-QUINT. L'infante m'a parlé d'une idée qui, je le vois, te trouble et te préoccupe.

GUATTINARA. Moi, sire!..

CHARLES-QUINT. L'ordre de la Toison d'O'.

GUATTINARA. Eh bien! oui, sire... c'est par mes services que je veux le mériter! et dès que j'aurai saisi tous les fils d'un complot qui nous menace...

CHARLES-QUINT. En vérité!..

GUATTINARA. Mais je crains, par malheur, qu'il ne soit déjà trop tard, et je demande à Votre Majesté la grâce...

CHARLES-QUINT, *vivement.* De me quitter... Va donc... va vite.

GUATTINARA, *reculant vers la porte à gauche.* Merci, Majesté!.. Ah!.. ceux-là qui pensaient se jouer de moi, serviront eux-mêmes à mes projets... (*Se trouvant près de la table, à gauche, et prenant le chapeau qui y est placé.*) Bientôt, sire, bientôt, je reviendrai, et Votre Majesté saura ce que j'ai fait. (*Il sort par la porte à gauche, en emportant le chapeau.*)

———

SCÈNE V.

CHARLES-QUINT, *seul, regardant sortir Guattinara.* En voilà un qui arrivera! si toutefois l'ambition et le désir d'arriver ne lui font pas perdre la tête... (*Regardant vers la table, à gauche.*) Eh bien!.. eh bien!.. qu'a-t-il donc fait?.. Il s'est trompé... (*Riant.*) Passe pour ravir à un roi sa couronne... mais son chapeau!.. (*Apercevant Marguerite qui entre.*) Ah! la princesse Marguerite!.. Quelle animation dans ses traits! elle ne m'a jamais paru plus séduisante!..

———

SCÈNE VI.

CHARLES-QUINT, MARGUERITE.

MARGUERITE, *à part.* Allons, à tout prix... maintenant, il faut partir pour la France! (*Haut.*) Je venais, sire, faire mes adieux à la reine et à Votre Majesté.

CHARLES-QUINT, *à part.* O ciel! (*Haut.*) Vous, princesse.

MARGUERITE. Toute espérance d'accommodements étant à jamais évanouie...

CHARLES-QUINT. Pourquoi donc?

MARGUERITE. Je viens vous demander, sire, la permission... de quitter Madrid.

CHARLES-QUINT. Pourquoi, de grâce, vous hâter?.. qui vous dit que le roi votre frère ne réfléchira pas, surtout si vous restez près de lui, si vous calmez, par votre vue et vos paroles, un premier mouvement d'irritation et de colère.

MARGUERITE. Le roi de France ne cédera pas.

CHARLES-QUINT. Qu'en sait-il lui-même?

MARGUERITE. Il en a fait le serment! et je ne resterais près de lui que pour le lui rappeler; je prie Votre Majesté de me faire donner un sauf-conduit.

CHARLES-QUINT. Ainsi... c'est vous qui voulez que votre frère reste captif!

MARGUERITE. Oui, sire...

CHARLES-QUINT. Ce frère que vous aimez tant...

MARGUERITE. Oui, sire.

CHARLES-QUINT, *avec fermeté.* Et si j'y mets la même obstination?

MARGUERITE, *avec fermeté.* Ce sera une captivité éternelle!

CHARLES-QUINT, *effrayé.* Éternelle!

MARGUERITE, *de même.* A la face de l'Europe et de tous les princes de la chrétienté! mon sauf-conduit, sire?

CHARLES-QUINT. Un instant.

MARGUERITE. Je ne resterai pas un instant de plus à Madrid.

CHARLES-QUINT. Mais permettez...

MARGUERITE. Je veux partir!

CHARLES-QUINT, *avec impatience.* Et si je ne le veux pas?

MARGUERITE, *à part.* O ciel!.. prétendrait-il à présent me retenir?

CHARLES-QUINT, *avec émotion.* Quand vous accorderiez encore quelques jours... non pas à moi, mais à ce frère, qui

réclame votre tendresse et vos soins... ne seriez-vous pas bien à plaindre?..

MARGUERITE. Ce n'est pas moi que je plains, sire... c'est vous!

CHARLES-QUINT. Moi!..

MARGUERITE. Qui, contre le droit des gens, voulez retenir une femme prisonnière.

CHARLES-QUINT. Moi!..

MARGUERITE. Prisonnière à votre cour...

CHARLES-QUINT. A merveille!.. Votre Altesse ne va-t-elle pas me traîner au ban de l'Europe et m'accuser de barbarie ou de despotisme?.. elle qui, depuis une heure, tient tête à Charles-Quint... sans daigner même l'entendre et lui accorder audience!..

MARGUERITE. J'écoute, sire... j'écoute...

CHARLES-QUINT. Je parlais tout à l'heure de princesses... qui n'ont ni énergie, ni capacité politique... Votre Altesse n'est pas de celles-là. Elle eût fait un ministre plénipotentiaire précieux...

MARGUERITE. Par le talent?

CHARLES-QUINT. D'abord, et par l'obstination. Vous ne cédez sur rien.

MARGUERITE. Eh! mais... ni vous non plus, sire.

CHARLES-QUINT. Peut-être!.. je rêvais tout à l'heure une combinaison politique difficile... mais non pas impossible... extraordinaire... bizarre peut-être... je ne les déteste pas! nouvel ultimatum que je voulais soumettre, non pas au roi François 1er, nous sommes brouillés, mais à la régente de France, votre mère.

MARGUERITE. Quelque cession équivalente à la Bourgogne?

CHARLES-QUINT. Peut-être! ce que je désire... c'est que nous causions tous deux de cette négociation, et que vous m'en donniez votre avis. C'est pour cela que je vous prie, princesse, de vouloir bien rester encore huit ou dix jours à la cour de Madrid. L'infante Isabelle prétend que vous devez, demain, lire à sa soirée un conte charmant... je voulais dire un conte de vous... vous le lui avez promis, et nous réclamons à notre tour la foi des serments... (*S'inclinant.*) Je demande à Votre Altesse la permission d'expédier des dépêches que doit attendre Babiéça. (*Il salue respectueusement Marguerite et sort.*)

———

SCÈNE VII.

MARGUERITE, *puis* HENRI.

MARGUERITE, *étonnée et réfléchissant.* Qu'est-ce que cela signifie?.. un de ces brusques retours, si fréquents chez lui... aurait-il tout à coup modifié ses idées?.. on, sous ce gracieux sourire, cacherait-il quelque trahison?.. (*Apercevant d'Albret.*) C'est vous, Henri, quelles nouvelles?

HENRI. Fort inquiétantes... Par ordre du ministre Guattinara, aucun Français ne peut quitter Madrid.

MARGUERITE. En vérité!

HENRI. Défense, sous les peines les plus sévères, de leur délivrer aucun permis ou sauf-conduit.

MARGUERITE. Ce n'est pas possible! de qui tenez-vous cela?

HENRI. De la princesse Éléonore qui, passant rapidement près de moi, me l'a dit à voix basse afin de m'en prévenir.

MARGUERITE. La princesse Éléonore?.. alors, ce doit être vrai!

HENRI. Elle a ajouté, que tous les courriers, excepté ceux de l'empereur, sont arrêtés, leurs dépêches ouvertes et examinées...

MARGUERITE. Ce Guattinara soupçonne-t-il quelque chose?..

HENRI. J'en ai peur!

MARGUERITE. Se doute-t-il de l'acte qui est entre nos mains, et de son importance?

HENRI. Mais comment? quel instinct l'aurait mis sur la trace?..

MARGUERITE. Et puis... vous ne savez pas, Henri, jusqu'à l'empereur qui ne veut pas que je parte, qui veut me retenir à Madrid!

HENRI. Est-il possible?

MARGUERITE. Huit jours encore... pour le moins... il l'a exigé!

HENRI, *avec effroi.* O ciel!.. il s'est fâché...

MARGUERITE. Non... c'est moi!..

HENRI. Et il a ordonné?..

MARGUERITE, *réfléchissant*. Non... c'est moi!.. lui, au contraire... m'a prïée... avec une instance... une chaleur... il faut aussi qu'il ait quelque idée en tête!

HENRI, *vivement*. Ah! ce ne sont pas des idées politiques...

MARGUERITE. Que dites-vous?

HENRI. D'autres... qu'il est si facile... de deviner... pas pour vous, peut-être... mais pour moi.

MARGUERITE, *poussant un cri de joie*. Ah! s'il était vrai!..

HENRI, *avec indignation*. O ciel!

MARGUERITE, *gaiement*. Eh! pourquoi pas?.. Oui... oui... tout est possible!.. Merci, Henri!.. car sans vous, je ne m'en serais jamais douté.

HENRI. Ah! c'est indigne...

MARGUERITE. Taisez-vous! taisez-vous! tout est permis pour sauver son roi et son frère... Mais une pareille pensée est tellement absurde, tellement invraisemblable...

HENRI. N'est-ce pas?..

MARGUERITE, *gaiement*. Il ne faut pas la négliger, cependant. (*Sérieusement.*) Mais il serait insensé de s'y arrêter, ou de fonder sur elle le moindre espoir de salut. (*Avec résolution.*) Il faut voir Sanchette.

HENRI, *avec humeur*. Je l'ai vue.

MARGUERITE, *le regardant en souriant*. Vraiment!.. vous ne nous disiez pas cela... chevalier sournois!

HENRI. Je l'avais aperçue dans l'antichambre de la reine... et je lui ai parlé de ce sauf-conduit que je la priais de m'obtenir... impossible... Elle m'a refusé.

MARGUERITE. Elle! vous refuser!..... Vous n'avez donc pas insisté!..

HENRI. Non, Madame.

MARGUERITE, *vivement*. Eh bien! vous avez eu grand tort! Il y a une foule de trames et d'intrigues secrètes qui nous environnent, et que nous ne pourrons connaître que par Sanchette. D'abord, une dame mystérieuse, une grande dame qui s'introduit la nuit dans la prison du roi... Je le sais, il me l'a dit. Quelle est-elle?.. Est-ce par son indiscrétion (car je réponds de vous et de moi) que cet acte, confié à notre foi, cet acte d'abdication a été su de Guattinara, qui le connaît, ou le soupçonne? Et ce Guattinara lui-même, dans quels termes, dans quelles relations, dans quel échange de secrets est-il avec Sanchette, ou avec tout autre?.. Voilà ce qu'il est important de savoir... et ce que Sanchette n'avouera qu'à celui... qui aura l'esprit de gagner sa confiance... Vous voyez donc bien, Monsieur... que dans l'intérêt du roi et de la France... cela vous regarde.

HENRI, *avec colère*. Moi! me présenter chez elle!.. jamais!

MARGUERITE, *finement*. Elle vous l'a donc défendu?

HENRI, *avec humeur*. Non! au contraire... quand son mari sera absent... Heureusement, il ne la quitte jamais.

MARGUERITE, *vivement*. Il va partir.

HENRI. Pas possible!

MARGUERITE. A l'instant même... pour un message de l'empereur... Voyez comme cela se rencontre! et quel bonheur!

HENRI, *avec colère*. Quel bonheur!.. dites-vous..

MARGUERITE. Eh! mon Dieu, Henri, vous vous fâchez, et je ne sais pas pourquoi!

HENRI. Pourquoi? Ah! c'est qu'il est affreux et cruel que ce soit vous, Madame, vous qui, avec cette tranquillité... ce sang-froid...

MARGUERITE. Vous propose de sauver mon frère... et votre souverain..

HENRI. Demandez-moi ma vie et mon sang... tout me sera possible... excepté... excepté d'en aimer une autre que vous!

MARGUERITE. Henri!.. Henri, pourquoi me dites-vous cela?

HENRI. Parce que je me meurs d'amour.

MARGUERITE. Eh! malheureux, croyez-vous donc que je ne le sache pas!

HENRI, *poussant un cri*. Ah!

MARGUERITE. Que de fois il m'a fallu fermer les yeux pour ne pas voir des imprudences qui devaient vous perdre... Que d'occasions j'aurais eues de vous disgracier... et de vous bannir!.. En ai-je profité?.. Et que vous demandais-je, cependant?.. de garder le silence, pas autre chose.

HENRI. Je me tairai... je me tairai...

MARGUERITE. Il est bien temps maintenant, et dans quelle situation me placez-vous? Me forcer à vous éloigner..... quand vous m'êtes si nécessaire!.. à me priver de vous..... quand je ne peux m'en passer!.. Est-ce bien? est-ce délicat?.. Si encore vous étiez soumis, si vous saviez obéir!.. Mon Dieu, on n'a pas des exigences si grandes que vous le pensez; on ne vous commande pas un dévouement sans bornes; on ne vous oblige pas d'adorer les gens..... Il suffit de leur plaire... pas davantage!.. Plus... serait mal... et le mérite, Monsieur, est d'exécuter les ordres, sans jamais aller au delà.

HENRI. Je ne sais plus où j'en suis... je ne sais plus rien... si ce n'est que votre volonté sera la mienne.

MARGUERITE, *écoutant*. Silence!.. on parle dans le cabinet de l'empereur... Partez!.. (*Le rappelant.*) Eh! non, un instant. Et puisqu'il n'y a pas moyen de sortir de Madrid...

HENRI. Aucun!

MARGUERITE. Ni d'envoyer en France cet écrit... rendez-le-moi! Il est inutile que vous le portiez avec vous, en bonne fortune.

HENRI, *d'un air de reproche*. Ah! Madame!..

MARGUERITE, *le demandant*. Ce papier?..

HENRI, *en tirant un de sa poche*. Le voici!.. non... je me trompais. Le pli est le même... (*Ouvrant le papier.*) Ce si joli conte que vous venez de terminer, et que vous m'avez permis de lire. *Ce qui plaît aux dames*... laissez-le-moi, je vous prie!

MARGUERITE. Et pourquoi?

HENRI. Pour l'étudier.

MARGUERITE, *haussant les épaules*. Laissez donc! (*Lui arrachant le papier.*) Vous n'en avez pas besoin. L'autre maintenant... le papier d'État.

HENRI. Le voici... Madame... (*Marguerite prend les deux papiers, qu'elle serre avec soin dans son aumônière.*) Mais avant que je vous quitte, promettez-moi du moins...

MARGUERITE. Je ne promets rien. C'est déjà beaucoup que je ne me fâche pas. Heureusement pour vous... les affaires d'État nous absorbent tellement, qu'on n'a le temps de rien... pas même de se mettre en colère...

HENRI, *revenant*. Et si l'empereur... comme un secret instinct m'en avertit... avait quelques idées... de conquêtes...

MARGUERITE, *haussant les épaules*. Charles-Quint?..

HENRI. Pourquoi pas?

MARGUERITE, *de même*. L'empereur Charles-Quint!..

HENRI. Mais enfin, si cela était?..

MARGUERITE, *riant*. Partez, Henri... partez vite...

HENRI. Mais cependant, Madame!..

MARGUERITE, *de même*. Allez-vous-en, vous dis-je!.. on sort de son cabinet.

HENRI. Eh bien! oui!.. Dès que Babiéça sera parti, j'irai chez lui, chez Sanchette; je vous obéirai.

MARGUERITE. C'est ce que je veux.

HENRI. Et je me ferai aimer, et plus encore, je tâcherai de l'aimer!.. (*Revenant.*) Oui, je l'aimerai.

MARGUERITE, *avec un sourire*. Pas trop!.. (*Henri lui baise la main et sort par le fond.*)

—

SCÈNE VIII.

BABIÉÇA, *botté et éperonné, sortant du cabinet sur le second plan à droite;* MARGUERITE, *qui s'est rapprochée du cabinet, sur le premier plan à gauche.*

BABIÉÇA, *à la cantonade*. C'est un procédé outrageant à mon égard...

MARGUERITE. Eh! mon Dieu, Babiéça, à qui en as-tu?

BABIÉÇA. C'est-à-dire qu'on ne peut plus se fier à la parole d'un roi.

MARGUERITE. Et toi aussi, tu parles politique?

BABIÉÇA. Le roi m'avait promis, ce matin, qu'il ne m'emploierait plus comme courrier de cabinet... et il me fait dire à l'instant même de me tenir prêt à partir dans un quart d'heure pour la France.

MARGUERITE. En es-tu bien sûr?.. pour la France?

BABIÉÇA. Le pays n'y fait rien! Le terrible... c'est de partir... dans un moment comme celui-ci !... Imaginez-vous, Madame, que tout à l'heure... chez moi...

MARGUERITE, *à part, et sans l'écouter.* Pour la France !..

BABIÉÇA. Je frappe, point de réponse ; je frappe encore, on n'ouvre pas... je vais briser la porte... et seulement alors... arrive en se frottant les yeux... ma femme, qui se plaint d'avoir été réveillée en sursaut.

MARGUERITE. C'est possible !

BABIÉÇA. Dormir aussi longtemps par un bruit pareil !.. (*Avec colère.*) et une odeur de musc et d'ambre !.. C'était quelque grand seigneur... qui n'aura eu que le temps de s'enfuir par la fenêtre... Pas d'autre issue !

MARGUERITE. Quelle vision !

BABIÉÇA. Une vision... Justement !.. c'est ce que m'a soutenu Sanchette..... et faute de pouvoir prouver le contraire... (car je ne le peux jamais, et c'est là surtout ce qui me désole) j'étais resté seul et m'habillais à la hâte de pied en cape, pour me rendre aux ordres du roi. J'avais mis mes bottes, mes éperons, et prenais mon chapeau pour sortir !.. Or, j'espère cette fois que ce n'est pas une vision, au lieu de mon feutre ordinaire, avec une simple ganse rouge et jaune, je trouve sous ma main. (*Tirant un chapeau de dessous son manteau.*) celui-ci qui n'est pas le mien ! Est-ce clair ? est-ce évident ?

MARGUERITE. Peut-être !

BABIÉÇA. Et partir dans ce moment, sans pouvoir tuer quelqu'un !

MARGUERITE. Eh ! qui veux-tu tuer ?..

BABIÉÇA, *hors de lui.* Je n'en sais rien !.. puisque je ne le connais pas !..

MARGUERITE, *vivement, et à demi-voix.* Eh bien, moi, je saurai tout ! j'en parlerai même à l'empereur, en secret, s'il le faut !.. à une condition... c'est que tu partiras à l'instant sans rien dire !.. car le bruit et l'éclat donneraient l'éveil et empêcheraient de savoir...

BABIÉÇA. C'est juste !.. Combien je vous remercie !

MARGUERITE. En reconnaissance, je te demanderai, à mon tour... un service... un grand service. Tu pars pour la France ?..

BABIÉÇA. Hélas !..

MARGUERITE, *tirant de son aumônière un papier.* Eh bien ! promets-moi de remettre toi-même .... fidèlement, et sans en parler à personne... à madame Louise de Savoie, régente de France...

—

SCÈNE IX.

LES PRÉCÉDENTS, CHARLES-QUINT, *sortant du cabinet, à gauche. Il a entendu les derniers mots de Marguerite.*

CHARLES-QUINT, *s'avançant au bord du théâtre.* Quoi donc... Madame ? (*A la voix du roi, Marguerite a remis vivement dans son aumônière le papier qu'elle en avait retiré, et Babiéça s'est reculé à l'écart au fond du théâtre.*)

CHARLES-QUINT. Quel est ce message, dont vous faisiez à Babiéça, notre courrier, l'honneur de le charger, avec de si pressantes recommandations ?..

MARGUERITE. Moins que rien, sire, un conte composé ici par moi, et que j'envoyais à madame la régente de France, ma mère, pour la distraire.

CHARLES-QUINT. Un conte nouveau composé par vous, à Madrid, et dont le sujet est peut-être emprunté à la cour même d'Espagne ?

MARGUERITE. Je ne dis pas non...

CHARLES-QUINT. Je suis très-curieux... je l'avoue...

MARGUERITE. C'est le conte que je dois vous lire demain, sire ! Ce serait enlever à Votre Majesté le plaisir de la surprise.

CHARLES-QUINT. Mais me donner celui d'admirer le premier... (*Marguerite tire le papier de son aumônière et le présente au roi, qui l'ouvre et qui lit :*) Ce qui plaît aux dames. Voilà un joli titre... Ce qui plaît aux dames, je serais bien embarrassé de le dire.

MARGUERITE. Vous, sire ?.. mais nous !..

CHARLES-QUINT. Eh bien ! de grâce, qu'est-ce donc ?..

MARGUERITE. C'est de commander, sire, et d'être maîtresse au logis... ce logis fût-il une chaumière ou un palais !

CHARLES-QUINT. C'est pardieu vrai !.. Et en effet... (*Parcourant le conte.*) c'est développé d'une manière ingénieuse et piquante... (*Lisant toujours.*) Charmant... charmant..... J'aurais peut-être préféré que l'héroïne ne convînt pas de son penchant à la domination... et arrivât à son but sans l'avouer...

MARGUERITE. Votre Majesté a complétement raison... c'est beaucoup plus fin et surtout plus vrai !

CHARLES-QUINT. N'est-ce pas ? (*Se reprenant.*) au masculin du moins !

MARGUERITE. Et au féminin aussi !.. je m'en rapporte à la reine... que voici !

—

SCÈNE X.

LES PRÉCÉDENTS, ISABELLE, *sortant de la porte du fond, tenant une lettre à la main.*

CHARLES-QUINT, *secouant la tête.* Oh ! la reine... en fait d'avis...

ISABELLE. N'en aura jamais d'autre que celui de Votre Majesté.

CHARLES-QUINT, *avec une ironie galante.* J'en étais sûr... et j'aurais traduit d'avance votre réponse... (*Prenant le papier qu'Isabelle lui présente en lui faisant la révérence.*) Voici votre lettre à madame Louise de Savoie...

ISABELLE. Oui, sire.

CHARLES-QUINT. A merveille. (*Le roi s'assied près de la table, à gauche, un huissier de la chambre apporte deux flambeaux allumés. Le roi réunit dans une seule enveloppe qu'il fait lui-même, les lettres qu'il a écrites, et celle que vient de lui remettre Isabelle, qui s'est assise de l'autre côté de la table. Puis s'adressant à Marguerite qui, à droite du théâtre, le suit des yeux.*) Votre Altesse veut-elle... (*Montrant le conte qu'il tient toujours à la main.*) que je me charge moi-même de cet envoi pour sa mère... ces dépêches partiront avec les miennes et celle de l'infante...

MARGUERITE, *hésitant.* Pour la France !.. j'accepte avec reconnaissance... sire... (*S'approchant du roi.*) Mais vous me permettrez auparavant de faire une seule correction à mon ouvrage... celle que Votre Majesté vient de m'indiquer avec tant de tact et de goût !

CHARLES-QUINT, *d'un air rayonnant de plaisir, et donnant le papier à la reine, qui le passe à Marguerite.* Vrai Dieu, Madame !.. voilà la flatterie la plus exquise qui m'ait été adressée depuis longtemps.

MARGUERITE, *tenant le papier, et se dirigeant vers le guéridon, à droite.* Prenez garde, sire, c'est la flatterie qui perd les rois... mais cette fois du moins... ce n'est que la vérité.

CHARLES-QUINT. Toi, Babiéça, approche ici... tu vas faire diligence...

BABIÉÇA, *s'avançant.* Votre Majesté m'avait promis... ce matin...

CHARLES-QUINT. Tais-toi... tu m'es trop précieux... ton état d'homme marié est une sécurité...

BABIÉÇA. Pas pour moi, sire.

CHARLES-QUINT. Pour le service du roi et de l'État.

BABIÉÇA. Je ne sais pas ce que l'État y gagne... mais moi je sais bien... (*Portant la main à son front.*)

CHARLES-QUINT. C'est bon... il y aura des indemnités proportionnées.

BABIÉÇA, *secouant la tête.* Proportionnées !... les galions de l'Espagne n'y suffiront pas...

CHARLES-QUINT. C'est bon, te dis-je !...

MARGUERITE, *à part.* O mon frère ! (*Pendant le dialogue précédent entre Charles-Quint et Babiéça, Marguerite s'est approchée du guéridon, à droite, en tournant le dos au roi qui est assis devant la table, à gauche. Elle retire de son aumônière le papier où est écrit le conte, en retire l'acte d'abdication de François Iᵉʳ et le serre sous une enveloppe qu'elle prend sur le guéridon, à droite. Elle met l'adresse à cette en-*

veloppe, puis revient vers Charles-Quint, qui est toujours assis devant la table, a gauche, à causer avec Babiéça. Elle cherche un bâton de cire que Charles-Quint lui présente galamment; elle cachète son enveloppe devant lui, à sa propre bougie, et lui présente gracieusement son message. Charles-Quint le prend de sa propre main et l'ajoute à ses autres lettres, qu'il renferme sous une seule et principale enveloppe.)

CHARLES-QUINT. Je remercie Votre Altesse. *(Tout en mettant les derniers cachets à sa dernière enveloppe.)* Toi, Babiéça, tu seras de retour dans dix jours... n'est-ce pas?..

BABIÉÇA. Plus tôt si je peux, sire.

CHARLES-QUINT. Bien répondu! et si tu es revenu avant ce terme, nous te ferons compter deux mille doublons. Pars donc... et à l'instant.

BABIÉÇA. Oui, sire... *(Babiéça tire de dessous son manteau le chapeau qu'il a tenu caché jusque-là, il le met sur sa tête pour se disposer à sortir.)*

ISABELLE, *le regardant.* Ah! le beau chapeau... pour un courrier.

CHARLES-QUINT. Superbe, en effet... Eh! par saint Jacques, c'est le mien!

MARGUERITE, *gaiement.* Le vôtre!..

BABIÉÇA, *prêt à sortir, s'arrêtant près de la porte.* O ciel!

MARGUERITE, *bas, au vieux.* Silence... sire...

CHARLES-QUINT, *de même.* Et pourquoi donc?

MARGUERITE. Je vous le dirai...

BABIÉÇA, *stupéfait.* Le roi!..

MARGUERITE, *bas, à Babiéça.* Va-t'en?

BABIÉÇA, *reculant abasourdi, et répétant à chaque fois.* Le roi!..

MARGUERITE. Va-t'en!

BABIÉÇA. Le roi!

MARGUERITE. Va-t'en... il y va de la tête.

BABIÉÇA. Je le vois bien!.. le roi lui-même!..

MARGUERITE, *le regardant sortir.* Grâce au ciel, il s'éloigne, et mes dépêches avec lui.

—

SCÈNE XI.

CHARLES-QUINT, *assis près de la table, à gauche,* MARGUE-RITE, *debout, de l'autre côté de la table, à gauche,* ISA-BELLE, *près de la table, à droite.*

ISABELLE. Qu'est-ce que cela signifie?.. je n'y comprends rien... *(Elle va s'asseoir près du guéridon, à droite, et prend un ouvrage de tapisserie.)*

CHARLES-QUINT, *à part.* Elle... je le crois sans peine... *(A Marguerite.)* car moi-même...

MARGUERITE, *à demi-voix et gaiement.* Oh! vous, sire... vous savez très-bien...

CHARLES-QUINT, *s'asseyant devant la table d'échecs.* Nullement...

MARGUERITE, *s'asseyant en face de lui, et toujours à demi-voix.* Votre Majesté n'a pas eu aujourd'hui une conférence diplomatique... brusquement interrompue?

CHARLES-QUINT, *arrangeant les échecs sur l'échiquier.* J'ignore ce que Votre Altesse veut dire, je vous le jure!.. c'est la vérité.

MARGUERITE, *arrangeant aussi son jeu.* Vérité impériale!

CHARLES-QUINT. C'est différent! oh bien! alors... nous pouvons causer tout haut. Vous parlez à l'heure, sire, des anecdotes et historiettes que fournirait la cour de Madrid. Il y en a d'admirables que j'ai déjà recueillies, et dont je ferai tour à tour des contes galants, ou mystérieux, ou joyeux, ou inexplicables, y compris le conte du chapeau... dont je n'ai pas encore le dénoûment.

CHARLES-QUINT, *avançant un pion.* Si je peux vous y aider...

MARGUERITE. Très-volontiers!.. Imaginez-vous, sire...

ISABELLE, *se levant et s'approchant de Marguerite.* Une histoire!

MARGUERITE. Que ce pauvre Babiéça... *(S'arrêtant.)* C'est sous le sceau du secret au moins...

ISABELLE, *écoutant avec curiosité.* Certainement.

MARGUERITE. D'ailleurs, il m'a autorisée lui-même à en parler à Votre Majesté.

CHARLES-QUINT, *continuant à jouer aux échecs.* Eh bien donc?

MARGUERITE, *jouant aussi.* Eh bien, ce pauvre Babiéça... a trouvé, il y a une heure, enfermé chez lui, un noble et puissant seigneur.

CHARLES-QUINT. En vérité!

ISABELLE. Un seigneur de la cour...

MARGUERITE. Oui... et ce grand personnage, c'est là le piquant de l'aventure, a été obligé, lui et sa grandeur, de descendre par la fenêtre.

CHARLES-QUINT. Eh! quel est son nom?

ISABELLE. Quel est-il?

MARGUERITE. Je n'en sais rien... ni Babiéça non plus. Il ne l'a pas vu! et douterait encore de la trahison, si le galant, dans le trouble d'une retraite précipitée, n'avait emporté le chapeau du mari, lui en laissant, en échange, un autre, d'une richesse et d'une élégance princières!

CHARLES-QUINT, *à part.* Ah! mon Dieu!

MARGUERITE. Et ce qui vient compliquer la situation d'une manière admirable... dans un conte!... c'est qu'il se rencontre, on ne sait comment, que ce chapeau...

CHARLES-QUINT, *gaiement.* Appartenait à l'empereur, qui se trouve ainsi en jeu sans s'en douter...

ISABELLE. Est-il possible!..

CHARLES-QUINT. Et qui, par le plus grand effet du hasard, connaît, seul, le nœud, et mieux encore, le héros de l'aventure.

MARGUERITE. A vous les honneurs, sire!.. à vous le dénoûment!..

CHARLES-QUINT, *en riant et en confidence.* Ce chapeau... est celui qui, par mégarde, m'avait été pris ici, il y a une heure (vous n'en direz rien à personne), par mon nouveau ministre, Guattinara.

ISABELLE, *poussant un cri d'indignation et de dépit.* Guattinara!

MARGUERITE. Lui!.. chez Sanchette...

CHARLES-QUINT. Et moi qui le croyais d'une froideur, d'une indifférence dont je lui faisais compliment.

MARGUERITE, *d'un ton de reproche.* Comment? sire!

CHARLES-QUINT. Je veux dire que je ne lui croyais aucune passion... mais aucune... Comme on se trompe... en ministres!.. c'est effrayant!

ISABELLE, *qui, prête à se trouver mal, s'est appuyée contre la table, à droite.* Ah! c'est indigne!..

MARGUERITE, *souriant.* Pas tant... il faut de l'indulgence...

CHARLES-QUINT, *en souriant, à Isabelle.* Eh! oui, vous prenez cela trop vivement... tant qu'il n'aura pas d'inclination plus sérieuse que Sanchette,.. je pardonne!

—

SCÈNE XII

CHARLES-QUINT, *à gauche, près de la table, ainsi que* MARGUERITE; ISABELLE, *à droite,* UN HUISSIER, *annonçant.*

L'HUISSIER. Son Excellence monseigneur le comte de Guattinara. *(Guattinara entre, et s'avance du côté du roi, qu'il salue profondément.)*

ISABELLE, *à part.* Non, je ne puis le croire encore!

GUATTINARA. Depuis que j'ai quitté Votre Majesté... je ne me suis occupé... qu'à lui prouver mon zèle...

CHARLES-QUINT, *riant.* En vérité... ce pauvre Guattinara...

GUATTINARA, *avec fierté.* Votre Majesté en douterait-elle?

CHARLES-QUINT, *cherchant à retenir sa gaieté.* Non, certes... mais pardonne-moi, mon cher, si je ne peux m'empêcher de rire... ah! ah!

GUATTINARA. Lorsque je viens parler à Votre Majesté des dangers...

MARGUERITE, *riant.* Que vous avez courus... Ah! ah! ah!..

CHARLES-QUINT. Ah! ah! c'est plus fort que moi!.. parce que quand je te regarde... et que je pense... ah! ah!

MARGUERITE. A votre position aérienne... ah! ah!

CHARLES-QUINT. Ah! ah! ah!

GUATTINARA, *pendant que le roi rit toujours.* Mais c'est ce qu'il y a de plus sérieux au monde... Ecoutez-moi, sire, écoutez-moi.

CHARLES-QUINT, *étouffant de rire et montrant à Marguerite le chapeau que tient Guattinara.* Ah!.. il l'a encore... l'autre...

GUATTINARA. Vos ennemis s'apprêtent... à leur tour... à rire... à vos dépens.

MARGUERITE, *de même.* Celui... du mari... ah!.. (*Tous les deux se mettent à rire.*)

GUATTINARA, *commençant à se déconcerter.* Ils s'apprêtent... dis-je.

CHARLES-QUINT ET MARGUERITE. Ah! ah! ah!

GUATTINARA. Je ne vois pas... ce qui peut causer... une telle gaieté...

CHARLES-QUINT, *lui montrant de la main sans pouvoir parler.* Ce chapeau...

GUATTINARA. O ciel!

MARGUERITE, *riant toujours.* Qui n'est pas à vous... et que vous avez pris...

CHARLES-QUINT, *de même.* A ce pauvre Babiéça.

MARGUERITE. Chez la petite Sanchette.

ISABELLE, *à droite et à demi-voix.* C'est donc vrai, Monsieur?

MARGUERITE, *de même.* Dont vous êtes amoureux.

ISABELLE, *de même.* C'est donc vrai?

GUATTINARA, *hors de lui.* Quelle imposture!.. quelle trahison!.. qui vous a dit...

MARGUERITE, *riant.* L'empereur!

CHARLES-QUINT, *riant.* La princesse!

GUATTINARA, *à Marguerite.* Ah! vous voulez me perdre... et c'est moi qui vous perdrai... et vous, sire... vous m'écouterez peut-être, si je vous dis que François Ier, votre captif...

CHARLES-QUINT. Eh bien?..

GUATTINARA. Est prêt à vous échapper... si déjà même il n'est hors de votre pouvoir!

CHARLES-QUINT, *se levant.* Hein!.. qu'est-ce que cela signifie?..

GUATTINARA, *à voix haute.* Que le roi de France a signé en faveur de son fils le Dauphin un acte d'abdication en bonne forme... qu'il l'a confié à sa sœur Marguerite..

MARGUERITE, *qui s'est levée aussi.* A moi!..

GUATTINARA. J'en suis sûr... pour le faire parvenir en France.

MARGUERITE, *à part.* Ah!..

CHARLES-QUINT, *bas, à Guattinara.* Un acte d'abdication! Tout nous échappe, tout serait perdu!

GUATTINARA. Rassurez-vous!.. je veillais!.. tous les courriers ont été arrêtés...

CHARLES-QUINT. Très-bien...

GUATTINARA. Excepté ceux de Votre Majesté...

CHARLES-QUINT. Et cet acte, où est-il?

GUATTINARA, *bas.* C'est Marguerite qui l'a sur elle.

MARGUERITE, *regardant Isabelle, à droite.* O mon Dieu!.. la princesse qui est sans connaissance!..

CHARLES-QUINT, *avec impatience.* Dans un pareil moment!..

MARGUERITE, *s'empressant auprès d'elle.* Appelez donc, ou plutôt, non... (*Montrant son aumônière, qu'elle a laissée sur la table, à gauche.*) Là, dans mon aumônière... mon flacon, mes sels... cherchez vite!.. Trouvez-vous?..

GUATTINARA, *fouillant dans l'aumônière.* Oui, Madame... voilà! (*Il donne le flacon au roi, qui le donne à Marguerite. Marguerite, tournant le dos au roi et à Guattinara, fait respirer des sels à Isabelle, qui, peu à peu, revient à elle. Pendant ce temps, Guattinara aperçoit à terre un papier qu'il vient de faire tomber de l'aumônière. Il le ramasse, et dit au roi avec un cri de joie :*) Ah! si c'était lui!..

CHARLES-QUINT. Quoi donc?

GUATTINARA. Cet acte d'abdication!.. (*L'ouvrant et le parcourant.*) Malédiction... ce n'est pas cela?..

CHARLES-QUINT. Qu'est-ce donc?

GUATTINARA. Un fabliau... un conte!.. Ce qui plaît aux dames...

CHARLES-QUINT, *étonné et portant la main à son front.* Comment!.. ce conte que tout à l'heure j'ai adressé moi-même à la régente Louise de Savoie, il est encore là!.. il n'est pas parti...

MARGUERITE, *à part et les regardant.* Qu'y a-t-il donc?

CHARLES-QUINT. Mais alors... qu'ai-je donc... scellé et cacheté de ma main et de mes armes... qu'ai-je donc envoyé moi-même en France... par Babiéça... mon courrier de cabinet?

GUATTINARA. Le seul qui ait pu partir. (*Regardant Marguerite.*) Ah! regardez... ce coup d'œil rapide... ce sourire qui vient de lui échapper malgré elle... (*Vivement.*) Sire... l'acte d'abdication... est parti pour la France... et c'est Votre Majesté... qui vient de l'envoyer...

CHARLES-QUINT. Moi!.. S'il était vrai! si l'on s'était joué de moi à ce point!..

MARGUERITE. Je ne sais, en vérité, ce que veut dire Votre Majesté...

CHARLES-QUINT, *avec colère, et lui montrant le papier qu'il tient.* Mais ce papier... ce conte, Madame?..

MARGUERITE, *riant.* Eh bien! sire... c'est un conte...

CHARLES-QUINT, *de même.* Eh! oui... Mais, comment se fait-il qu'il soit là... là... et non ailleurs?..

MARGUERITE, *de même.* Eh mais... eh mais, parce que c'est apparemment une copie...

CHARLES-QUINT. Non... n'espérez pas me faire prendre le change !.. Il y a malgré vous dans tous vos traits... un air railleur qui décèle la victoire et l'orgueil du triomphe...

MARGUERITE. Sire... quelle idée...

CHARLES-QUINT. Ah! je saurai ce qu'il en est!.. Que l'on coure sur les traces de Babiéça...

GUATTINARA. Il a de l'avance, et va comme le vent...

CHARLES-QUINT. N'importe !.. Mes dépêches... qu'on me rapporte mes dépêches... La grâce, la faveur qu'on voudra à celui qui me ramènera mon courrier...

MARGUERITE, *à part.* Heureusement, il est loin!

SCÈNE XIII.

LES PRÉCÉDENTS, BABIÉÇA, *s'élançant par la porte du fond.*

TOUS. Babiéça!

BABIÉÇA, *tombant aux genoux du roi.* Oui, moi!.. c'est moi qui viens me livrer à votre colère... à votre justice... car j'ai pu croire un instant que Votre Majesté...

CHARLES-QUINT. Réponds!

BABIÉÇA, *criant à tout le monde.* J'avais tort... j'avais tort... je le sais, je me le rappelle... L'empereur n'est pas sorti de son cabinet depuis l'après-midi...

CHARLES-QUINT. Réponds-moi!

BABIÉÇA. Mais alors, il y en avait un autre... et la jalousie, la rage, m'ont ramené!..

CHARLES-QUINT. Où sont tes dépêches?..

BABIÉÇA. Je les ai là... mais si Votre Majesté savait...

CHARLES-QUINT, *avec colère.* Tes dépêches!..

BABIÉÇA. Les voici.

MARGUERITE. Tout est perdu!

CHARLES-QUINT, *avec ironie, à Marguerite.* Vous n'êtes plus aussi victorieuse... Madame! (*A demi-voix.*) Vous comprenez qu'il faut que je vous parle (*A Babiéça.*) Quant à toi, je te pardonne... va-t'en! va-t'en!

ISABELLE, *bas, à Guattinara.* Il faut me rendre mes lettres, Monsieur.

GUATTINARA. O ciel!

ISABELLE, *de même.* Dès demain! je les veux...

CHARLES-QUINT. Laissez-nous, je vous prie. (*Guattinara et Babiéça sortent par la porte du fond, Isabelle par la porte à droite.*)

SCÈNE XIV.

CHARLES-QUINT, *assis à droite,* MARGUERITE, *debout.*

CHARLES-QUINT, *après un instant de silence, et montrant à Marguerite le papier cacheté qu'il tient encore à la main.* Eh bien, Madame!.. ceci renferme-t-il, oui ou non, quelque trahison? C'est à vous que je m'en rapporte... Qu'avez-vous à répondre?

MARGUERITE. Rien.

CHARLES-QUINT, *jetant le papier sur la table*. Ainsi vous m'avez, non pas trompé... je le pardonnerais peut-être... mais joué... moi!.. l'empereur!

MARGUERITE. Si Dieu m'avait accordé la force et le courage... ce n'est pas ainsi que j'eusse défendu mon frère et la France. Je suis femme! pour protéger et sauver tout ce que j'aime, je me sers des seules armes que le ciel m'ait données : La ruse et l'adresse. Mais s'il faut plus tard souffrir pour moi ou les miens, s'il faut, par l'énergie et la patience, par la douleur de tous les instants, vous montrer ce que peut une femme, vous pouvez me mettre à l'épreuve, sire, et vous verrez !

CHARLES-QUINT, *se levant*. Ne croirait-on pas, à vous entendre, que je vais vous charger de fers?.. Rassurez-vous... je me contenterai de déjouer et d'empêcher cette comédie d'abdication.

MARGUERITE. Une comédie!.. Ah! sire, si vous ne comprenez pas ce qu'il y a d'héroïque et de sublime dans ce roi qui renonce à sa couronne, pour sauver son honneur, son peuple et son pays!.. je plains Votre Majesté, et plus encore... l'Espagne!

CHARLES-QUINT. Madame!..

MARGUERITE. Oui, jamais le roi de France n'a été plus digne du trône que le jour où il en descend ainsi... et si j'étais Charles-Quint, je ne voudrais pas que, du fond de son cachot, François Ier, vaincu, se relevât plus grand que son vainqueur!

CHARLES-QUINT, *à part, la regardant*. Vrai Dieu !.. elle est belle ainsi ! (*Haut.*) Eh bien, Madame, si, comme vous le dites, vous étiez Charles-Quint... voyons! que feriez-vous?

MARGUERITE. Moi!..

CHARLES-QUINT. Vous qui êtes de si haut jugement et de si bon conseil... parlez?

MARGUERITE. Charles-Quint ne m'entendrait pas.

CHARLES-QUINT. Peut-être!.. il l'essaiera du moins!

MARGUERITE. Eh bien! maître d'un immense empire... qui ne peut que perdre en forces ce qu'il gagnera en étendue, je ne songerais plus à l'agrandir, mais à le consolider.

CHARLES-QUINT. Ce serait peut-être plus sage !

MARGUERITE. Pour consolider ma puissance, je voudrais l'entourer d'alliances fortes, durables; or, il n'y a de durée que dans des alliances honorables... Un traité humiliant n'est qu'une halte, pour reprendre haleine, compter ses forces et saisir ses armes.

CHARLES-QUINT. Bien! Marguerite, et après?

MARGUERITE. Je voudrais donc avoir de l'autre côté des Pyrénées, non un ennemi qui attend... mais un allié qui est prêt, et pour qu'il fût toujours prêt à me défendre, je m'arrangerais pour qu'il eût honneur et intérêt à le faire. Que si, d'aventure, c'était là pour Charles-Quint de la politique trop simple, politique de femme et de ménage, qui fait les peuples heureux et les rois obscurs... que si, à vous, météores brillants et terribles, qu'on appelle des grands hommes, il vous faut de l'éclat sur votre passage... je vous dirais : C'est l'Orient, ce sont les infidèles qui menacent en ce moment la gloire, les arts et la civilisation de l'Europe... c'est l'Orient, c'est Soliman, qui vous offre un rival digne de vous... Eh bien! que Charles-Quint et François Ier s'unissent, comme Philippe-Auguste et Richard, pour cette nouvelle croisade, et que, se touchant dans la main, comme frères d'armes, ils oublient leurs injures pour sauver la chrétienté!.. Voilà ce que je ferais si j'étais Charles-Quint.

CHARLES-QUINT. Conseils qui me semblent très-bons et très-beaux.

MARGUERITE. Mais que vous ne suivrez pas.

CHARLES-QUINT. J'avais fait plus encore... tenez! (*Décachetant l'enveloppe qu'il avait jetée sur la table, et en retirant différents papiers.*) à moi cet acte d'abdication!.. à vous cette lettre que j'adressais à Louise de Savoie, votre mère, régente de France... (*Pendant que Marguerite parcourt la lettre.*) Vous voyez que je lui écrivais de vous envoyer tous ses pouvoirs, à vous... à vous seule, pour discuter d'abord les bases d'un traité...

MARGUERITE, *à part*. O ciel !.. (*Lisant à voix basse.*) dont la première condition eût été une alliance entre le roi d'Espagne... et la sœur de François Ier.

CHARLES-QUINT. Alliance dont il avait déjà été question il y a quelques années.

MARGUERITE, *troublée et rendant la lettre*. Mais qui, par malheur, devenait impossible... d'après vos engagements avec le roi Emmanuel et l'infante, votre fiancée !

CHARLES-QUINT. La politique a des privilèges... (*Geste de reproche de Marguerite.*) que n'eût pas, je le vois, approuvé mon sage conseiller! et son avis, qui vaut peut-être mieux que le mien, me prouve, une fois de plus, que j'avais raison de vouloir m'assurer à jamais l'appui et les conseils d'une femme de tête, d'une femme de cœur ; d'une vraie reine!.. Ecoutez, princesse; après ce qui vient de se passer et de se dire entre nous, nous ne pouvons plus être qu'ennemis implacables ou amis à jamais!.. Eh bien, sans envoyer cette lettre à votre mère, sans mettre personne en tiers dans une pensée... dans un rêve, peut-être, qui ne sortira pas des murs de ce palais, et doit rester entre nous, je vous dis encore : Marguerite, voulez-vous être reine d'Espagne?..

MARGUERITE, *poussant un cri d'étonnement*. Moi!.. (*A part, avec joie.*) O mon frère!.. (*S'arrêtant avec douleur.*) O Henri!.. Henri!

CHARLES-QUINT. Eh bien?..

MARGUERITE, *dans un grand trouble*. Sire... sire... un honneur si grand... si inattendu...

CHARLES-QUINT, *avec joie*. Vous cause, en effet, une émotion... dont je veux vous laisser le temps de vous remettre. Demain, à deux heures, vous me direz votre réponse. Mais songez seulement que c'est le secret de l'Etat... (*Montrant du doigt son front.*) et qu'il doit rester...

MARGUERITE, *portant la main à son cœur*. Là, je vous le jure, sire. (*Charles-Quint lui baise la main, à part.*) O mon Dieu, inspire-moi!..

CHARLES-QUINT, *saluant*. A demain. (*Marguerite s'appuie, chancelante, sur un fauteuil, à gauche, Charles-Quint sort par la droite.*)

FIN DU TROISIÈME ACTE.

ACTE QUATRIÈME.

(Les petits appartements de la reine. Porte au fond. Deux portes latérales. A droite, au premier plan, une table sur laquelle est un livre d'heures.)

SCÈNE PREMIÈRE.

MARGUERITE, *assise, à droite*. Ah! quelle nuit j'ai passée! qu'elle a été longue! Pardonne-moi, mon bon frère, si toi seul n'as pas occupé ma pensée... Ce pauvre d'Albret !

SCÈNE II.

HENRI, MARGUERITE.

HENRI. J'accours à vos ordres, princesse.

MARGUERITE. Eh! mais, quel air joyeux! Qu'avez-vous donc?

HENRI. L'aventure la plus bizarre... la plus piquante... ce sera le plus joli de vos contes!.. je riais, en venant, à l'idée seule de vous en avoir fourni le sujet. Et malgré les dangers que j'ai courus...

MARGUERITE. Parlez, parlez vite...

HENRI. J'avais interrogé Sanchette sur ce qu'il nous importait de savoir, sur la beauté mystérieuse, et ses visites nocturnes à la tourelle... La pauvre enfant m'avait juré, par sa patronne, qu'elle ignorait ce que cela voulait dire, qu'elle n'en avait pas la moindre idée... et moi qui trouvais indigne de la tromper plus longtemps... je m'étais jeté à ses pieds, lui avouant que je ne pouvais l'aimer, car j'en aimais une autre. « — Je sais, je sais, s'est-elle écriée, une princesse!.. » et, à ce sujet, une foule de suppositions et d'extravagances.

MARGUERITE. Lesquelles, Monsieur, lesquelles?

HENRI. Jusqu'à prétendre que vous, Madame, vous aussi...

Des choses absurdes... impossibles... lorsque soudain l'escalier retentit sous un pied ferme et vigoureux. « C'est le pas de mon mari, s'écrie Sanchette en pâlissant... Comment cela se fait-il... lui qui dans ce moment galope sur la route de France!.. » Mais le doute n'était plus possible, car Babiéça frappait et criait déjà comme un aveugle... ou plutôt comme un borgne qu'il est. « Ouvrez, Sanchette... c'est moi !... — Vous! s'exclame Sanchette, avec une présence d'esprit admirable... vous, Jésus Maria... au moment même où je rêvais de vous! » — Puis elle me fait signe de me placer contre la porte, qu'elle va intrépidement ouvrir, et au moment où Babiéça se présente, elle pose rapidement sa main sur le seul œil qui lui reste... en s'écriant, avec la sollicitude conjugale la plus tendre: «Répondez, répondez-moi, de grâce!.. Y voyez-vous de l'autre œil? Je rèvais, quand vous avez frappé, que vous veniez de le recouvrer, par l'intercession de saint Christophe, votre patron. — Eh! non, s'écrie Babiéça avec humeur... je n'y vois ni de celui-ci, ni de l'autre, que vous me tenez fermé... » Et, en effet, il ne m'avait pas aperçu me glissant derrière lui et descendant l'escalier. — Qu'en dites-vous, Madame, n'est-ce pas sublime?.. et pourtant Votre Altesse ne rit pas.

MARGUERITE. Non... car je pensais à un autre conte... dont vous me parliez hier... celui où un pauvre gentilhomme aime une grande dame à en mourir.

HENRI. Est-ce que le conte serait fini?.. Dites-le-moi, de grâce?

MARGUERITE. Je ne l'ose...

HENRI. Vous n'osez!.. il finit donc d'une manière bien malheureuse?

MARGUERITE. Oui; le pauvre jeune homme va tant souffrir !..

HENRI, *tremblant.* Qu'importe! si c'est pour cette grande dame? Mais elle, elle?

MARGUERITE. Elle?.. rien qu'à le regarder, ses yeux se remplissent de larmes... car elle ne sait comment lui dire qu'il faut se séparer...

HENRI. Moi... vous quitter!.. Vous n'avez donc plus besoin de mon sang, ni de ma vie, puisque vous repoussez cet amour qui me faisait trouver des délices à être blessé pour vous, à être captif pour vous!

MARGUERITE, *l'interrompant, froidement.* Henri, on m'offre la liberté de mon frère... de votre roi... et une paix honorable pour la France...

HENRI. Comment cela?

MARGUERITE. Vous aviez vu plus juste que moi. Ce que je ne croyais qu'un jeu, était réel. Cette couronne, que j'avais déjà refusée... le roi d'Espagne me l'offre encore aujourd'hui.

HENRI, *cachant sa tête dans ses mains.* Ah! que m'avez-vous dit?..

MARGUERITE. Prononcez vous-même.

HENRI, *après un instant de silence, et baissant les yeux.* Hésiter serait un crime!

MARGUERITE. Et j'ai hésité cependant!

HENRI, *poussant un cri de joie.* Ah!

MARGUERITE. Ecoutez-moi, Henri! Elevée sur les marches du trône, je l'ai vu de trop près pour en être éblouie, et je n'ai jamais eu qu'un désir, celui d'en descendre et de m'en éloigner. Le malheur seul m'y retient, le malheur de tous les miens; mais mon ambition et mon espoir à moi, c'était qu'en récompense de sa liberté et de son royaume rendus, François 1er, mon frère, me permettrait de vivre au sein de la solitude, de l'amitié et des arts, me laissant libre de disposer de mon cœur et de ma main; et celui que j'aurais choisi, croyez-le bien, n'aurait été ni un empereur, ni un roi; il n'aurait porté ni sceptre, ni couronne, mais un cœur loyal et généreux, et m'aurait aimée surtout d'un amour véritable et sincère; voilà les rêves que j'avais formés, et vous comprendrez maintenant qu'on hésite à y renoncer!

HENRI, *avec désespoir.* Ah! je comprends seulement que je suis le plus malheureux des hommes!

MARGUERITE, *vivement.* Mais avoir pu délivrer son frère et son roi, avoir pu sauver son pays, et ne pas l'avoir fait, serait une honte et un remords à flétrir jusqu'au bonheur même. Ainsi, loin d'affaiblir mon courage, qui malgré moi

me fait faute... vous le soutiendrez... en me cachant votre désespoir... et vous exécuterez exactement mes ordres... les derniers que je vous donnerai.

HENRI. Commandez, Madame...

MARGUERITE. Demain mon frère sera libre! demain le roi partira pour son royaume, pour son pays. Vous le suivrez, vous ne le quitterez pas! Vous le servirez loyalement et fidèlement en mémoire de sa sœur... et surtout, vous me le jurez, vous ne reviendrez point en Espagne... vous ne chercherez jamais à me voir... Je vais vous dire pourquoi : c'est que Marguerite vous aimait et vous aimera toujours!

HENRI. Ah! Madame!..

MARGUERITE. Partez, partez maintenant; l'honneur vous y condamne!

HENRI. Mais vous quitter, c'est mourir!..

SCÈNE III.

LES PRÉCÉDENTS, BABIÉÇA, *entrant par la porte du fond.*

MARGUERITE. Henri! Henri!.. (*Se retournant d'un air riant vers Babiéça.*) Qu'est-ce, Babiéça?

BABIÉÇA. Madame?..

MARGUERITE. N'y a-t-il pas ce matin un sermon d'un prédicateur célèbre?

BABIÉÇA. Le révérend Texada; oui, Madame, toute la cour doit y assister.

MARGUERITE. Et tu viens me prévenir?..

BABIÉÇA. Il y a encore trois quarts d'heure d'ici là, mais l'empereur, que je viens d'habiller et que je n'ai jamais vu dans un état d'impatience pareille... pas même le jour où il s'agissait d'être élu empereur d'Allemagne!.. l'empereur m'a déjà demandé trois fois l'heure qu'il était, et il prie Votre Altesse de vouloir bien l'honorer de sa présence.

MARGUERITE, *regardant Henri.* J'obéis ! (*Elle se dirige vers le fond, Henri la suit vivement; elle l'arrête du geste.*)

HENRI. Adieu, Madame! adieu pour toujours! (*Il jette un dernier regard sur Marguerite, qui sort par la porte du fond et lui par la porte à gauche.*)

SCÈNE IV.

BABIÉÇA, *seul, regardant sortir Marguerite et Henri.* Par Notre-Dame del Pilar, Sanchette a raison. Je ne sais pas où elle découvre tout ce qu'elle apprend! Ce matin encore elle me disait avec un ton de colère: «Vous êtes jaloux de tout le monde, même de M. d'Albret, et il adore une grande dame, la princesse Marguerite... il en est aimé!... — Allons donc, » disais-je en haussant les épaules... et depuis que je viens de les voir... là, tous les deux ensemble, je répète : Sanchette a raison!.. toujours raison! (*Se retournant et apercevant Éléonore, qui s'avance en regardant autour d'elle.*) Ah! notre jeune et royale maîtresse!

SCÈNE V.

BABIÉÇA, ÉLÉONORE.

ÉLÉONORE, *à Babiéça, qui la salue respectueusement.* On m'avait dit que la princesse Marguerite était ici, dans les petits appartements de la reine... L'as-tu vue?

BABIÉÇA. Elle vient d'en sortir tout à l'heure...

ÉLÉONORE. Sais-tu si elle ira aujourd'hui au sermon?

BABIÉÇA. Il me semble que telle est son intention... (*Regardant sur la table, à droite.*) Et voici justement son missel... là, sur cette table!

ÉLÉONORE. Oui, ce missel aux armes de France, ce livre d'heures que j'admire tant... (*Après un moment de silence.*) Laisse-moi! (*Elle s'assied près de la table.*)

BABIÉÇA, *fait quelques pas, revient, et dit à voix basse:* Est-il vrai, comme on le disait, que Votre Altesse songerait à entrer au couvent?

MARGUERITE, *passant entre elles deux. Pas tant que vous croyez.* — Acte 5, scène 9.

ÉLÉONORE. Dès demain tout sera fini pour moi!.. mais si d'ici là, je puis être utile à toi... (*Regardant autour d'elle avec inquiétude.*) ou à tout autre...

BABIÉÇA, *s'inclinant.* Ah! Madame!.. (*Se relevant.*) Il se peut qu'en effet j'aie à demander à Votre Altesse...

ÉLÉONORE, *lui faisant signe de la main.* Plus tard... Adieu!.. (*Babiéça s'éloigne par la première porte à gauche, celle des appartements du roi.*)

SCÈNE VI.

ÉLÉONORE, *seule. Dès que Babiéça est sorti, elle regarde autour d'elle avec précaution, prend le missel, qu'elle ouvre, tire de sa poche une lettre qu'elle met dans le livre, place le missel tout au bord de la table, et fait quelques pas vers la porte du fond.*

ÉLÉONORE. Marguerite!.. et l'empereur!.. (*Elle disparaît par la porte de droite, qui est sur le second plan.*)

SCÈNE VII.

CHARLES-QUINT, *entrant par le fond, donnant le bras à Marguerite.*

CHARLES-QUINT, *à Marguerite.* Pourquoi, Madame, ce trouble et cette émotion?.. Qu'avez-vous encore à craindre, quand tout est d'accord entre nous?

MARGUERITE. Je ne sais comment reconnaître votre gé-

nérosité, sire; mon frère libre... la paix avec la France...

CHARLES-QUINT. Ce sera la dot de Marguerite.

MARGUERITE. Vous m'avez promis aussi qu'Éléonore, votre sœur, ne serait pas le prix de la trahison, et qu'elle n'épouserait pas le connétable?

CHARLES-QUINT. Vous lui annoncerez cette bonne nouvelle, ce matin, en allant au sermon du révérend Texada, où elle doit se rendre avec nous. Votre Altesse a-t-elle encore autre chose à me demander?

MARGUERITE. Plus qu'un mot, sire!.. Dans le traité dont vous m'avez fait l'honneur de me communiquer les bases, il y a un point... un seul qui reste indécis. (*Charles-Quint l'invite à s'asseoir à gauche du théâtre et s'assied près d'elle.*)

CHARLES-QUINT. Voyons! j'aime beaucoup à causer politique avec vous.

MARGUERITE. Il y a entre les deux royaumes, entre la France et l'Espagne, un petit pays, la Navarre, qui ne saurait appartenir à la France.

CHARLES-QUINT, *vivement.* C'est vrai... très-vrai!..

MARGUERITE. Il ne serait pas juste, non plus, qu'il appartînt à l'Espagne.

CHARLES-QUINT, *hésitant.* C'est... moins vrai!.. mais cependant c'est vrai!

MARGUERITE. Il me semble qu'on ferait disparaître à l'avenir tout prétexte de discorde, en créant un État indépendant, protégé des deux côtés des Pyrénées par deux grandes puissances.

CHARLES-QUINT. D'accord... mais cet État indépendant, la difficulté serait de lui donner un maître!

MARGUERITE. Des maîtres, on en trouve toujours! Il y a un descendant des anciens comtes de Béarn et de Navarre, Henri d'Albret, qui a fait ses preuves à Pavie...

CHARLES-QUINT. Contre nous!

MARGUERITE. J'ai tant de confiance en votre générosité, que j'ai pensé que ce serait là une des raisons qui vous décideraient! Ai-je eu tort, sire?

CHARLES-QUINT. Non, la valeur est un titre qui a parfois suffi pour faire souche royale, et si tel est votre avis...

MARGUERITE, *s'incline en guise d'assentiment, et dit, à part.* Pauvre Henri!.. ne pouvant le faire heureux... je l'aurai fait roi...

CHARLES-QUINT, *cherchant ses tablettes.* Voulez-vous que nous rédigions ensemble cet article?

MARGUERITE, *prenant les tablettes.* Vous dicterez, sire, et j'écrirai.

SCÈNE VIII.

MARGUERITE ET CHARLES-QUINT, *assis près l'un de l'autre à la gauche du théâtre,* GUATTINARA, *entrant par le fond.*

GUATTINARA, *stupéfait.* Ciel!.. l'empereur, en tête-à-tête avec Marguerite!

CHARLES-QUINT, *se retournant au bruit.* Ah! c'est toi, Guattinara? Entre et attends. (*Marguerite et Charles-Quint, assis à gauche du théâtre, causent à voix basse en ayant l'air de se faire mutuellement quelques observations.*)

GUATTINARA, *loin d'eux, debout, à droite du théâtre.* Et ne pouvoir deviner ce qu'ils se disent!.. c'est à en perdre la tête... et ma charge, peut-être... car c'est ma ruine que l'on médite!.. Hier favori, aujourd'hui disgracié!.. Il n'a fallu pour cela qu'un mot d'une femme!.. Ah! je trouverai moyen de me réconcilier avec la reine!.. Puisqu'elle me redemande ses lettres... tantôt, à l'heure ordinaire, elle me verra .. Je presserai, je prierai, je pleurerai même s'il le faut!..

CHARLES-QUINT. Holà! quelqu'un! (*Babiéça sort du cabinet, à gauche.*) Que l'on voie à nous trouver M. le comte d'Albret, et qu'on le prie de vouloir bien venir. (*Babiéça s'incline, sort par la porte à droite, et rentre quelques instants après.*)

CHARLES-QUINT, *s'adressant à Guattinara.* Toi, Guattinara, approche, et surtout pas un mot, pas une réflexion sur les ordres que je vais te donner. Je ne te permets rien... que de les exécuter avec zèle et discrétion. Tu feras préparer, en sortant d'ici, le plus bel appartement du palais pour notre frère et allié le roi de France.

GUATTINARA, *à part.* O ciel!.. Marguerite l'emporte!

CHARLES-QUINT. De plus, tu vas à l'instant même, et sous mes yeux, écrire au roi de Portugal que les impérieuses nécessités de ma politique ne me permettent pas, à mon grand regret, de donner suite à notre projet d'alliance entre nos deux maisons.

GUATTINARA, *vivement.* Comment, sire, il serait possible!..

CHARLES-QUINT, *gravement.* J'ai défendu, Guattinara, la moindre réflexion. Nous ne sommes pas ici au conseil où je discute pas, je commande.

GUATTINARA. Quels regards sévères!.. Est-ce qu'il se douterait de quelque chose?.. est-ce que Marguerite... toujours Marguerite... aurait découvert cet amour-là comme celui de Sanchette? (*Sur un geste du roi, il s'assied devant la table, à droite, et écrit.*)

CHARLES-QUINT, *à Babiéça, qui rentre en ce moment par la porte à droite.* Tu te tiendras prêt, Babiéça, à partir à l'instant pour Lisbonne.

BABIÉÇA, *étonné.* Moi, sire!..

CHARLES-QUINT. Cela te contrarie?..

BABIÉÇA. Non, sire... parce que maintenant je n'ai plus d'inquiétudes... Sanchette m'a expliqué la chose d'une manière si simple...

CHARLES-QUINT, *riant.* Ah! bah!

BABIÉÇA. Votre Majesté avait décidé qu'elle porterait désormais les couleurs de la nouvelle reine...

CHARLES-QUINT. C'est vrai!

BABIÉÇA. Et alors on l'avait chargée de mettre un nouveau nœud de rubans au chapeau de Votre Majesté.

CHARLES-QUINT. C'est l'exacte vérité!

BABIÉÇA, *vivement.* J'en étais sûr... et malgré cela, cela me fait plaisir que le roi me l'ait dit... (*Se retournant vers Guattinara, qui écrit à la table, à droite, et parlant à haute voix.*) Le roi, au moins, est rassurant...

CHARLES-QUINT, *lui faisant signe de la main de se taire.* C'est bon, cela suffit!.. (*Il se remet à causer bas avec Marguerite, et pendant ce temps, Babiéça s'adresse à demi-voix à Guattinara.*)

BABIÉÇA. Le roi est rassurant!.. ce n'est pas comme vous, seigneur Guattinara, qui êtes toujours à m'effrayer et à me dire : Prenez garde!.. Encore hier, M. Henri d'Albret, dont vous me disiez de me défier...

GUATTINARA, *à part, haussant les épaules.* Parbleu!

BABIÉÇA, *à demi-voix, et avec satisfaction.* Il songe bien à ma femme! il en aime une autre! le brave jeune homme! une autre bien plus belle, madame Marguerite!

GUATTINARA. Que dis-tu?

BABIÉÇA. Sanchette en est sûre, et moi aussi...

GUATTINARA, *vivement.* Sanchette...

BABIÉÇA. Oui!

GUATTINARA, *se levant, et à part.* Quand la disgrâce est certaine, on peut tout risquer... (*A voix basse, à Babiéça, avec un geste impératif.*) Quoi que tu entendes, sur la tête et sur celle de ta femme, tais-toi!

BABIÉÇA, *effrayé, et à voix haute.* Moi!..

CHARLES-QUINT, *se retournant.* Qu'y a-t-il?

GUATTINARA. Une bien terrible nouvelle, sire, que m'annonce Babiéça; on dit que, par désespoir, le jeune comte d'Albret vient de se donner la mort.

MARGUERITE, *se levant, et se soutenant à peine.* Ah!

SCÈNE IX.

LES PRÉCÉDENTS, HENRI D'ALBRET.

HENRI, *entrant par la porte de droite.* Sire!..

MARGUERITE, *l'aperçoit, et jette un cri perçant.* Henri!... (*Elle passe devant le roi et Guattinara, et s'élance vers d'Albret.*) Henri!.. (*Puis elle s'arrête et reste immobile au milieu du théâtre. Henri, qui, en entendant son cri de terreur, avait couru à elle, s'arrête également. Les acteurs sont dans l'ordre suivant, à commencer par la gauche : Guattinara, le roi, Henri, Marguerite, Babiéça.*)

CHARLES-QUINT, *s'approchant de Guattinara, et fronçant le sourcil en montrant Henri.* Eh! le voici!.. Qu'est-ce que cela signifie, Monsieur?

GUATTINARA, *à demi-voix.* Votre Majesté avait défendu à son fidèle serviteur la moindre objection, il a essayé, sans parler, d'éclairer son roi. Que le roi... observe et juge!

CHARLES-QUINT, *fait un geste de surprise et de colère. Puis il prend sur lui, se contient, passe entre Marguerite et Henri, qu'il observe quelques instants en silence, et enfin, s'adressant à d'Albret :* Monsieur d'Albret, vous descendez des anciens comtes de Béarn et de Navarre. Nous avons quelque intention d'ériger cette province en royaume, et de vous en donner l'investiture...

GUATTINARA, *à part.* Serait-ce possible!..

CHARLES-QUINT. Que dites-vous de cette idée?

HENRI. Je remercie Votre Majesté de tel honneur... mais je n'ai ni assez d'ambition pour le désirer, ni assez de mérite pour l'accepter.

CHARLES-QUINT. Ah!.. vous n'avez pas d'ambition... vous!... (*A Marguerite.*) Cela fait supposer alors qu'une autre passion l'absorbe tout entier... passion profonde! ..

MARGUERITE, *avec trouble.* Je pense comme Votre Majesté.

CHARLES-QUINT, *la regardant attentivement.* Dans ce cas, il est rare qu'on dévoue ainsi toute son existence... à une recherche ingrate et stérile... qui ne serait couronnée d'aucun succès... Ne le pensez-vous pas, Madame?.... (*Marguerite veut répondre, mais, sous le regard du roi qui l'observe, elle se trouble, et garde le silence. Charles, après avoir jeté un dernier coup d'œil sur Marguerite et sur Henri, s'adresse froidement à son ministre.*) Guattinara, le roi de France ne quittera pas sa prison, et tu n'écriras pas au roi de Portugal!

GUATTINARA, *à part.* Enfin, et non sans peine, je le tiens!

CHARLES-QUINT, *s'approchant de Marguerite, et à demi-voix.* Charles-Quint ne se plaindra pas! Où d'autres verraient peut-être un sujet de reproches, il ne verra qu'un nouveau sujet d'admiration! Vous vous immolez pour votre frère, Madame, c'est beau, c'est magnanime! mais je n'accepte point de sacrifices. De tout ce qui est arrivé depuis hier, je ne conserverai ni trace, ni souvenir; ce n'est pas même du passé! c'est un songe, et chacun de nous, au réveil, reprend son rôle et ses droits.

SCÈNE X.

LES PRÉCÉDENTS, ÉLÉONORE, *tenant un missel à la main.*

ÉLÉONORE. Mon frère, je venais annoncer à Votre Majesté et à Son Altesse que voici l'heure du sermon.

CHARLES-QUINT, *lui donnant la main.* Je vous suis. (*Éléonore, montrant à Babiéça le missel qu'elle-même tient à la main, lui fait signe de porter à Marguerite celui qui est sur la table, à droite. Babiéça va le prendre, le présente avec respect à Marguerite, qui le reçoit sans le regarder, et remercie d'un signe de tête Babiéça.*)

ÉLÉONORE. Venez-vous, Madame?

MARGUERITE. Oui, (*A part, et joignant ses mains, dont l'une tient le missel.*) elle a raison!.. Allons remercier le ciel, car, grâce à lui, je ne suis plus reine d'Espagne! (*Elle baisse ses mains en ouvrant le missel à l'endroit où est placée la lettre.*) Grand Dieu! (*Éléonore, qui a vu le mouvement, fait un geste de joie, présente sa main à Charles-Quint, et sort avec lui, suivie de Guattinara et de Babiéça.*)

SCÈNE XI.

MARGUERITE, D'ALBRET.

MARGUERITE, *remonte le théâtre, s'assure que l'empereur est disparu et redescend vers Henri.* Henri, savez-vous ce qui vient de s'offrir à mes yeux?.. là... dans ce missel... une lettre... de mon frère.

HENRI. Du roi de France!

MARGUERITE. Voyez plutôt!.. (*Regardant autour d'elle si on ne vient pas les surprendre.*) Lisez...

HENRI, *lisant.* « Je viens de faire une importante découverte, qui peut servir à ma délivrance. Le tableau de saint « Pacôme, qui décore ma prison, communique avec l'ora- « toire de l'empereur. Le difficile était de te l'apprendre. « Mon bon ange, ma belle inconnue, qui venait, disait-elle, « me faire d'éternels adieux, ne peut deviner la pensée qui « m'occupe, mais elle voit ma peine, et me promet de me « faire parvenir cette lettre; tâche alors, à tout prix, de sa- « voir qui elle est... »

MARGUERITE, *à demi-voix.* Eh! oui vraiment!.. si on la connaissait...

HENRI, *de même.* Tout serait sauvé!

MARGUERITE. On s'entendrait avec elle!

HENRI. On parviendrait par elle à cet oratoire... et de là à la prison du roi.

MARGUERITE. Et une fois en communication avec lui...

HENRI. On aurait mille moyens de le faire évader!

MARGUERITE. Ce qui vaudrait mieux qu'une abdication!..

HENRI. Et surtout qu'un mariage avec le roi d'Espagne!

MARGUERITE. Oh! oui... Henri, oui... mais le messager est invisible, et l'on dirait de la sorcellerie...

HENRI, *souriant.* Si le message n'était pas venu dans un missel... un missel à vous!

MARGUERITE. Non, il n'est plus à moi; c'est celui dont j'ai fait présent hier à l'infante Isabelle, la fiancée du roi.

HENRI, *cherchant.* L'infante Isabelle!.. En effet, nous sommes ici dans ses petits appartements.

MARGUERITE. Eh bien!..

HENRI, *de même.* Est-ce que par hasard?..

MARGUERITE. Allons donc!.. quelle idée!.. Attendez...

HENRI. Eh! quoi donc?

MARGUERITE, *vivement.* Hier, quand cet acte d'abdication est tombé entre les mains de l'empereur... Dieu sait quelle était son émotion... mais celle de l'infante était plus forte encore... elle s'est trouvée mal!

HENRI. En vérité! (*Regardant vers le fond.*) C'est elle! Voyez donc quel air triste et préoccupé!.. quelle pâleur!

MARGUERITE. Comment faire pour savoir?.. Ma foi, je n'y

tiens plus... arrivera ce qu'il pourra... je tenterai l'aventure. (*Elle fait signe à Henri de sortir.* — *Henri salue respectueusement l'infante, et sort.*)

SCÈNE XII.

MARGUERITE, ISABELLE, DAMES D'HONNEUR.

MARGUERITE, *s'approchant d'Isabelle.* Votre Altesse Royale est bien inquiète... (*A demi-voix.*) Un grand secret la préoccupe...

ISABELLE, *troublée.* Moi, Madame!..

MARGUERITE, *à part, avec joie.* Elle se trouble!.. (*A voix basse, à Isabelle.*) Je sais ce dont il s'agit... je sais tout.

ISABELLE, *avec effroi.* Ah! grand Dieu!

MARGUERITE, *de même.* Ne tremblez pas ainsi, ne craignez rien; je ne veux pas vous perdre... au contraire.. Renvoyez vos femmes...

ISABELLE, *se retournant vers ses femmes.* Voici l'heure de la sieste, Mesdames... laissez-nous!.. et que personne ne pénètre ici. (*Toutes les dames sortent par les portes du fond, que l'on referme.*)

SCÈNE XIII.

MARGUERITE, ISABELLE.

MARGUERITE. Nous sommes seules?..

ISABELLE. Vous m'avez dit que vous ne vouliez pas me perdre...

MARGUERITE. Quelle idée!.. ne suis-je pas une amie... une sœur... votre sœur... entendez-vous bien?.. Tout ce que je veux, c'est de vous sauver... et lui aussi.

ISABELLE. Merci, merci, Madame.

MARGUERITE. Je viens de sa part...

ISABELLE. De sa part?..

MARGUERITE. Oui.

ISABELLE. Et... pourquoi ne vient-il pas lui-même?..

MARGUERITE, *étonnée.* Lui-même?..

ISABELLE. D'autant que je lui avais dit formellement hier... Je veux demain mes lettres...

MARGUERITE, *vivement.* Vos lettres!.. (*A part.*) J'ai fait fausse route. Il s'agit d'un autre... (*Haut.*) Vos lettres!.. (*Cherchant.*) Justement... je viens vous dire qu'il n'a pas encore pu vous les apporter... mais plus tard...

ISABELLE, *vivement.* J'entends!.. à l'heure ordinaire... à l'heure de la sieste...

MARGUERITE. Précisément.

ISABELLE. Il ne peut tarder... très-bien...N'en parlons plus.

MARGUERITE, *à part.* Mais si vraiment... (*Haut.*) Je conçois, en effet, qu'un cavalier, tel que celui-là... si jeune... si élégant... si bien...

ISABELLE. Pas tant.

MARGUERITE, *à part.* Aïe!.. n'avançons pas de ce côté-là...

ISABELLE. La vérité est qu'il m'imposait... qu'il me faisait peur... Il n'était question alors ni d'autre mariage, ni d'alliance royale... Et puis, j'étais seule... sans guide... sans conseil... mais vous voilà, Madame, vous ne m'abandonnerez pas.

MARGUERITE. Non, sans doute, pauvre jeune fille!.. Qui m'aurait dit que j'étais venue pour cela?.. N'importe, de la morale, chemin faisant, cela ne peut jamais faire de mal. Vous êtes fiancée... pour ainsi dire mariée; vous avez pour mari, un roi, un empereur... Ce n'est pas amusant tous les jours... mais, faute de mieux... il faut s'y tenir... d'autant que les amants, vous le voyez, sont légers.

ISABELLE. Ah!..

MARGUERITE. Perfides...

ISABELLE, *se récriant.* Ah!..

MARGUERITE. Volages, manquant à la foi des traités, ni plus ni moins que s'ils étaient monarques, et que pas un seul ne vaut le repos, le bonheur, la réputation que l'on compromet pour eux... vous surtout, qui risquez plus que nous encore... vous, reine d'Espagne... Jugez donc!..

ISABELLE. Ah! Madame...

MARGUERITE. Rien n'est désespéré, il est temps encore de tout rompre... il va venir.

ISABELLE. Et voilà justement ce qui m'effraie... Je préférerais maintenant ne pas le voir...

MARGUERITE. Très-bien !

ISABELLE. Ne plus le voir jamais !..

MARGUERITE. Encore mieux !

ISABELLE. Voulez vous le recevoir à ma place ?..

MARGUERITE. Moi !..

ISABELLE. Reprendre mes lettres ?..

MARGUERITE. Volontiers... (*A part.*) Je le connaîtrai, du moins.

ISABELLE. Ah ! que vous êtes bonne !

MARGUERITE. Mais un instant !.. Vous devez avoir aussi de lui... des lettres... qu'il faut à votre tour lui rendre.

ISABELLE, *les prenant sur elle.* Oh ! certainement... Les voici... les voici... mais, écoutez... On vient... on monte par le petit escalier...

MARGUERITE, *à part.* Ah ! c'est par là qu'il vient d'ordinaire...

ISABELLE. Dites-lui bien que tout est fini... que je renonce à lui... que je ne veux suivre que vos conseils...

MARGUERITE. Partez... prudence !.. discrétion !..

ISABELLE. Et dévouement à toute épreuve !.. (*Elle sort par la porte du fond.*)

SCÈNE XIV.

MARGUERITE, *puis* GUATTINARA, *entrant par la porte à droite.*

MARGUERITE, *avec impatience et curiosité.* Qui donc... qui donc ?.. quel est cet Amadis, ce beau ténébreux, ce rival heureux de l'empereur Charles-Quint ?..

GUATTINARA, *entrant le dos tourné.* Elle est seule... avançons...

MARGUERITE. Guattinara !!!..

GUATTINARA. Marguerite !!! (*Tous les deux restent un instant immobiles d'étonnement.*)

MARGUERITE. Ah !..

GUATTINARA, *cherchant à se remettre de son trouble.* Vous... ici... Madame... et comment ?..

MARGUERITE. Je vous attendais !

GUATTINARA. Je ne comprends pas !

MARGUERITE. Je vais m'expliquer !.. vous veniez à un galant rendez-vous !

GUATTINARA. Moi !..

MARGUERITE. Ah ! vous y perdez, car on m'a priée de vous recevoir...

GUATTINARA, *avec indignation.* Par tous les saints de l'Espagne !..

MARGUERITE. Vous aviez fait provision de serments, je le sais, mais pas de dénégations, ni de détours diplomatiques ; nous n'avons pas le temps à perdre en protocoles. C'est moi qui me suis chargée des intérêts de la reine, pensant que ma présence vous serait plus agréable qu'une autre. On attend de vous des lettres !.. (*Tendant la main.*) Il me les faut !

GUATTINARA. Comment... Madame ?.. que signifie ?..

MARGUERITE. Que j'ai en échange vos lettres à vous !.. mais je ne vous les remettrai...

GUATTINARA, *tremblant.* Madame !..

MARGUERITE. Que quand la signature du ministre aura été vue et approuvée par l'empereur.

GUATTINARA, *épouvanté.* Grâce ! grâce, Madame !..

MARGUERITE, *riant.* Ah ! ah ! seigneur Guattinara, vous voilà plus mort que vif, vous qui, ce matin, immoliez si lestement les amoureux qui se portaient bien !.. Les lettres de l'infante... je les veux !

GUATTINARA, *après les avoir tendues.* Je suis perdu !

MARGUERITE. Non !.. vous ne l'êtes point !..

GUATTINARA. Je comprends... vous voulez, à votre tour, vous défaire d'une rivale...

MARGUERITE. Non !

GUATTINARA. Vous voulez que je vous aide à remonter les marches du trône...

MARGUERITE. Non... je ne veux déplacer personne... pas même vous... je veux qu'on puisse dire que Marguerite a tenu dans sa main tous les secrets de la cour d'Espagne, et n'en a trahi aucun ! peu m'importe donc que vous restiez à Charles-Quint... pourvu qu'en même temps vous m'obéissiez.

GUATTINARA. Moi, Madame... servir à la fois...

MARGUERITE. Deux pouvoirs ? est-ce là ce qui vous effraie ?

GUATTINARA. Mais...

MARGUERITE. Il faut pourtant vous persuader que vous appartenez maintenant à deux maîtres : l'un, qui serait sans pitié...

GUATTINARA. S'il savait !..

MARGUERITE. L'autre...

GUATTINARA. Qui sait tout.

MARGUERITE. Et qui promet pardon et oubli... à une condition...

GUATTINARA. Laquelle ?..

MARGUERITE. Je vous le dirai... votre bras ?

GUATTINARA. Comment ?

MARGUERITE. Votre bras... et maintenant, Monseigneur, marchons ! (*Elle se dirige vers la porte de gauche, Guattinara la suit en se courbant. La toile tombe.*)

FIN DU QUATRIÈME ACTE.

ACTE CINQUIÈME.

(Même décor.)

SCÈNE PREMIÈRE.

HENRI D'ALBRET, BABIÉÇA.

BABIÉÇA. Oui, monsieur le comte, j'ignore pourquoi Son Excellence m'avait mêlé à votre prétendue mort... moi qui aurais été désolé de vous tuer !..

HENRI, *souriant.* Je puis vous attester, du reste, que la nouvelle est fausse.

BABIÉÇA. Grâce au ciel !..

HENRI. Et vous dites, seigneur Babiéça que l'empereur désire me parler... à moi ?..

BABIÉÇA. Il vous prie de l'attendre ici, dans les petits appartements de la reine...

HENRI. Je croyais qu'il y avait ce soir réception ?

BABIÉÇA. Il vous verra avant la réception... à sa sortie du conseil, qu'il a fait assembler extraordinairement... et qu'il préside en ce moment.

HENRI, *saluant.* Je vous remercie, Monsieur.

BABIÉÇA. Heureux de vous prouver mon dévouement...

HENRI. Eh bien ! pourriez-vous me dire, vous qui savez tout... et qui voyez tout... ce qui se passe au palais.... ce qu'est devenu madame la princesse Marguerite... que je ne retrouve plus, et qui est comme disparue ?..

BABIÉÇA. Il y a près de deux heures... que je l'ai vu traverser la galerie... appuyée sur le bras de Son Excellence M. le comte de Guattinara, qui, malgré cela, avait l'air d'assez mauvaise humeur... Mais j'aperçois madame la princesse... (*Avec finesse.*) Je pense, monsieur le comte, que je ferais bien de me retirer...

HENRI. Vous êtes un homme charmant, seigneur Babiéça !..

BABIÉÇA. L'habitude de la cour ! voilà tout. (*Il salue et sort.*)

SCÈNE II.

HENRI, MARGUERITE.

HENRI. J'étais inquiet de vous, Madame.

MARGUERITE, *riant.* Que voulez-vous ? Je ne puis y suffire... la cour d'Espagne me donne tant d'occupations !..

HENRI, *à demi-voix.* Eh bien !.. la dame mystérieuse !..

MARGUERITE. Nous nous étions trompés !

HENRI. Quoi ! nos idées sur l'infante... sur la future reine...

MARGUERITE. Complétement fausses !.. Gardez-vous de la soupçonner !.. je vous la défends, entendez-vous ? Mais l'appui qui me manquait de ce côté... je l'ai trouvé d'un autre... J'ai maintenant à mes ordres une puissance qui est mon esclave !

HENRI. Comment cela ?

MARGUERITE. Écoutez, Henri, je vous dirai tout, excepté ce qui n'est pas mon secret, et ce que l'honneur me défend de trahir... Qu'il vous suffise donc de savoir que, tenant la baguette, je n'avais qu'à commander, et que mon premier souhait fut d'être transportée auprès de mon frère...

HENRI. Vous plaisantez !..

MARGUERITE. Du tout ! J'ai ordonné à mon serviteur de me faire entrer dans l'oratoire de l'empereur... Et pourquoi s'est-il écrié, tout stupéfait... Eh mais, ai-je répondu, pour prier, sans doute, et vous m'y conduirez!.. ce qu'il a fait.

HENRI. Par quel moyen?

MARGUERITE. En ouvrant la porte dont il avait la clé... Voilà toute la magie!

HENRI. Et le tableau de saint Pacôme, le ressort secret... vous l'avez trouvé?..

MARGUERITE. Très-aisément... quand on sait d'avance!.. Mais voici une rencontre que je ne cherchais pas! Au moment où je venais de m'élancer bravement dans le couloir étroit et obscur, qui conduit de l'oratoire à la tourelle... ma robe se froisse contre une autre robe... une visite qui sortait!.. *(Riant.)* Il y avait ce soir-là réception chez le roi. Moins intrépide que moi... la belle visiteuse... l'inconnue... (c'était elle!) s'arrête, tremblante, et comme si elle sentait ses genoux fléchir, s'appuie un instant contre la muraille. Je me rappelle mon conte du Muletier, je détache de mon corsage un nœud, une agrafe de rubans bleus, que j'accroche à son épaule, témoin mystérieux, indice révélateur, qui peut, tout à l'heure, à la cour, me la faire reconnaître.

HENRI. J'en doute.

MARGUERITE, *gaiement.* A tout hasard!.. Je n'aurai perdu qu'un ruban, et je risque de gagner un secret, espoir que j'ai fait partager au roi, et un autre espoir encore... Maintenant que je puis à toute heure, et sans que personne s'en doute, me rendre auprès de lui, il sera facile de combiner avec adresse et prudence quelque nouveau moyen d'évasion.

HENRI. Quoi!.. vous y pensez encore?..

MARGUERITE. Toujours!.. et grâce aux nouveaux alliés qui me viendront en aide...

HENRI. Et où les prendrez-vous?

MARGUERITE. Dans le camp ennemi.

HENRI. Ce n'est pas possible!

MARGUERITE. Silence!.. on vient!.. C'est l'infante!..

SCÈNE III.

HENRI, *se retirant à l'écart,* MARGUERITE, ISABELLE.

ISABELLE, *venant du fond, et s'avançant mystérieusement près de Marguerite.* Eh bien! quelles nouvelles?..

MARGUERITE, *à demi-voix et rapidement.* Tout est rompu, vous êtes libre... Voici vos lettres... A vous de commander... à lui d'obéir!

ISABELLE. Merci! j'en userai... A mon tour, je viens vous dire... *(Apercevant d'Albret, elle s'arrête et fait un geste de surprise.)* Ah!..

MARGUERITE. Vous pouvez parler devant M. d'Albret, il est de notre conseil intime!

ISABELLE. Je viens vous dire de prendre bien garde... car l'empereur est d'une humeur terrible!..

MARGUERITE. Contre qui?

ISABELLE. Contre tout le monde; il vient de réunir là... dans son cabinet, ses principaux conseillers. Le comte Guattinara a été appelé; pour quel sujet, je ne puis vous le dire.

MARGUERITE. Je le saurai.

ISABELLE. Eh! ah! puis, avant le conseil... l'empereur a causé avec l'ambassadeur d'Angleterre... devant moi, sans gêne aucune.

MARGUERITE. Comme marque de confiance...

ISABELLE. Non... comme si je n'avais pas compris...

MARGUERITE, *vivement.* C'est précieux!..

ISABELLE, *avec malice.* Et je comprenais...

MARGUERITE, *gaiement.* Vraiment!..

ISABELLE. Je comprenais : que le roi d'Angleterre se plaignait des projets d'agrandissement de l'Espagne, et que, comme il est allié de la France, il ne veut pas qu'on vous prenne la Bourgogne.

MARGUERITE. A merveille!

ISABELLE. Que l'empereur lui a alors écrit à ce sujet, et qu'il attend aujourd'hui sa réponse.

MARGUERITE. Merci... merci... Isabelle... *(S'approchant de Henri pendant qu'Isabelle va s'asseoir à la table, à droite.)*

HENRI. Je n'en reviens pas...

MARGUERITE, *bas, à Henri.* Nous sommes très-bien ensemble...

HENRI, *bas.* Guattinara!

SCÈNE IV.

LES PRÉCÉDENTS, GUATTINARA.

(Isabelle est assise à droite du théâtre, près de la table. Henri a remonté le théâtre. Marguerite est assise à gauche, et Guattinara, qui sort en ce moment du cabinet du roi, parle, debout et à voix basse à Marguerite.)

GUATTINARA, *bas, à Marguerite et rapidement.* Je sors du conseil. Il y a été décidé que, pour couper court à toutes les intrigues qui se tramaient à Madrid, et pour déjouer toutes les tentatives d'évasion...

MARGUERITE. Eh bien...

GUATTINARA. Le roi François Ier serait, cette nuit, à neuf heures, transféré secrètement dans la citadelle de Valladolid.

MARGUERITE. O ciel!.. *(Bas, à Henri, qui s'est approché d'elle de l'autre côté.)* Le roi est emmené de Madrid cette nuit à neuf heures.

HENRI, *de même.* Tout est perdu!

MARGUERITE. Peut-être! si on le délivrait à huit...

HENRI, *de même.* Comment? *(Guattinara, pendant le dialogue précédent, s'est approché d'Isabelle, qui est assise à droite; il l'a saluée respectueusement et lui adresse quelques paroles d'un air soumis et à voix basse.)*

ISABELLE, *à voix haute et n'ayant pas l'air de comprendre.* Qu'est-ce, seigneur Guattinara? que voulez-vous dire?..

MARGUERITE. Seigneur Guattinara... un mot...

ISABELLE, *à Guattinara.* La princesse vous appelle. *(Guattinara se retourne, aperçoit Marguerite qui lui fait le geste de venir à elle... geste que lui montre la reine. Guattinara et Marguerite sont à côté l'un de l'autre, debout, sur le devant du théâtre.)*

MARGUERITE, *bas.* A moi... qui suis très-curieuse... dites-moi, de grâce, d'où vous vient... cette clé... vous savez... cette clé de l'oratoire...

GUATTINARA, *de même.* De l'empereur!.. c'était celle, m'a-t-il dit, de Philippe d'Autriche, son père...

MARGUERITE. Comment cela?

GUATTINARA, *à demi-voix et en riant.* Pour échapper à la jalousie de Jeanne de Castille... qui, de son côté, ayant des soupçons, en avait fait faire, dit-on, une seconde...

MARGUERITE. Où est-elle?..

GUATTINARA. L'empereur ne l'a pas retrouvée...

MARGUERITE. Il n'y a donc que celle-là... pour ouvrir l'oratoire...

GUATTINARA. Pas d'autres.

MARGUERITE. Vous allez me la confier?

GUATTINARA. Comment?

MARGUERITE. Jusqu'à demain!

GUATTINARA, *épouvanté.* Moi, Madame!.. *(Se retournant.)* Dieu, l'empereur! *(Marguerite se retire d'un pas en arrière, Guattinara s'avance au-devant du roi et reste près de lui.)*

SCÈNE V.

CHARLES-QUINT, *sortant du cabinet, à gauche,* GUATTINARA, MARGUERITE, HENRI, ISABELLE.

CHARLES-QUINT, *se retournant vers la porte de son cabinet avec impatience.* Eh oui, Rabiéça, montez à l'appartement de ma sœur, et qu'elle descende ici à l'instant. Il faut en finir avec ces révoltes de femmes! *(Il aperçoit Marguerite, Henri, Isabelle, qui le saluent. Il s'arrête, rend aux deux femmes leur salut, et dit en regardant Marguerite.)* En l'honneur de mon mariage avec l'infante Isabelle, nous accordons à notre ministre, M. le comte de Guattinara, notre ordre de la Toison d'Or.

GUATTINARA. Ah! sire...

CHARLES-QUINT. En récompense de ses bons et loyaux services. *(Marguerite, sans rien dire, regarde en souriant Guattinara, qui détourne les yeux.)*

CHARLES-QUINT, *continuant.* En l'honneur de cette alliance, monsieur Henri d'Albret, et c'est pour cela que je vous ai fait venir, vous pouvez dire à M. le connétable de Montmorency, à Son Éminence le cardinal Urbain, et à tous les seigneurs français, prisonniers à Madrid, que Charles-Quint leur accorde leur liberté, sans rançon, et leur permet, *(Ap-*

puyant sur le mot.) dès demain, de quitter Madrid; j'entends que vous les suiviez.

HENRI, *à part.* O ciel! (*Haut.*) Votre Majesté me permettra-t-elle du moins de voir une dernière fois mon souverain, avant mon départ, et de lui faire mes adieux?..

CHARLES-QUINT. Soit!.. en présence du président de l'audience de Castille. Je prie monsieur d'Albret de répéter à Sa Majesté qu'il ne tient qu'à elle de partir dès demain, avec ses fidèles serviteurs... elle sait à quelles conditions... (*Il va s'asseoir à droite.*) Guattinara, la clé de mon oratoire...

MARGUERITE, *à part.* O ciel! (*Elle fait signe à Guattinara de ne pas la donner, et celui-ci lui fait signe qu'il ne peut faire autrement.*)

CHARLES-QUINT. Eh bien!

GUATTINARA, *remettant la clé au roi.* La voici!..

MARGUERITE, *bas, à d'Albret.* Ah! maintenant plus d'espoir!

SCÈNE VI.

LES PRÉCÉDENTS, ÉLÉONORE, *entrant par la porte du fond.*

ÉLÉONORE. Je me rends à vos ordres, mon frère...

CHARLES-QUINT. Je suis à vous. (*Éléonore, qui était descendue au milieu du théâtre, et à qui Charles-Quint fait signe de venir à lui, tourne le dos à Marguerite, passe devant Guattinara, et va se placer près de Charles-Quint.*)

HENRI, *bas, à Marguerite.* Pour nous, cette fois, tout est perdu!..

MARGUERITE, *apercevant sur l'épaule d'Éléonore son nœud de rubans bleus et poussant un cri.* Ah!.. pas encore!.. pas encore!..

HENRI. Quoi donc?

MARGUERITE, *à voix basse.* Regardez... sur l'épaule d'Éléonore...

HENRI, *de même.* Ce ruban bleu...

MARGUERITE, *de même.* C'est le mien!..

HENRI, *de même.* Il serait possible... c'est elle l'inconnue?..

MARGUERITE, *de même.* Oui... c'est elle... Prenez congé de l'empereur... Je vous rejoins!

HENRI, *saluant respectueusement le roi.* Sire, je vais me mettre aux ordres de M. le président de l'audience de Castille. (*Il sort par la porte du fond, reconduit de quelques pas, par Guattinara, qui revient se placer à l'extrémité gauche du théâtre.*)

SCÈNE VII.

GUATTINARA, CHARLES-QUINT, ÉLÉONORE, MARGUERITE, ISABELLE.

MARGUERITE, *pendant le temps de cette sortie n'a cessé de regarder Éléonore.* Pauvre et généreuse enfant... Ah! je n'y tiens plus!.. (*Allant à elle.*) Éléonore... que je vous embrasse... laissez-moi vous embrasser... (*En embrassant Éléonore, Marguerite détache de son épaule le nœud de rubans.*)

CHARLES-QUINT. Eh! pourquoi donc?..

MARGUERITE. Pour qu'elle sache, au moment où tout l'accable... qu'il y a encore une amie qui lui est dévouée... et je n'entends pas qu'elle ignore, sire, ce que j'ai voulu et ce que je veux encore faire pour son bonheur!.. Adieu!.. adieu!..

CHARLES-QUINT, *qui, pendant ce temps, a contemplé Marguerite.* Princesse... vous avez une idée en ce moment?..

MARGUERITE, *gaiement.* Moi?

CHARLES-QUINT. Une idée que je ne puis pas deviner... Mais vous méditez quelque chose!

MARGUERITE. Que je vais vous avouer, sire. La reine donne aujourd'hui une soirée dont l'heure approche, et je vais m'occuper de ma toilette (*Faisant une profonde révérence*), si Votre Majesté veut bien me le permettre. (*Elle sort par le fond.*)

SCÈNE VIII.

GUATTINARA, CHARLES-QUINT, ÉLÉONORE, ISABELLE.

CHARLES-QUINT, *la regardant sortir et se levant.* C'est à confondre!.. Cet air joyeux et triomphant quand je la croyais accablée... quand la captivité de ce frère qu'elle adore est plus étroite que jamais!.. songer à quoi!.. à sa toilette... Cette femme-là est inexplicable...

ÉLÉONORE, *qui voit que son frère ne lui parle pas.* Votre Majesté m'a fait demander!..

CHARLES-QUINT, *avec impatience.* Pour la dernière fois, Éléonore, voulez-vous obéir à votre frère, à votre roi, servir ses desseins et épouser le connétable de Bourbon?..

ÉLÉONORE, *timidement.* J'avais dit à Votre Majesté que je préférais le couvent.

CHARLES-QUINT. Et maintenant que vous avez réfléchi?..

ÉLÉONORE. Ma vocation est la même.

CHARLES-QUINT. Soit!

ISABELLE, *intercédant pour elle.* Ah!.. sire!..

CHARLES-QUINT. Guattinara, tu préviendras la duchesse d'Ossone, qu'elle aura à accompagner ma sœur au couvent de Saint-Ildefonse.... C'est Babiéça qui y conduira ces dames dès ce soir!

ISABELLE. Dès ce soir?

CHARLES-QUINT. Il est inutile que cette future religieuse assiste à votre soirée... et puis... il y a entre elle et Marguerite quelques intelligences... quelques intrigues de femmes... que je sens... que je ne puis deviner... et contre lesquelles je suis las de lutter. Nœud gordien que je n'ai pas le temps de dénouer et que je trancherai. (*A Isabelle.*) Madame, vous direz ce soir à la princesse Marguerite qu'elle ait à quitter Madrid dès demain.

ISABELLE, *avec effroi.* O ciel!.. elle croirait que c'est moi qui suis la cause de ce départ... et pourrait bien alors ne pas me le pardonner!..

CHARLES-QUINT. Le grand mal! Eh bien, toi, Guattinara, tu te chargeras de lui intimer ce conseil... ou plutôt cet ordre.

GUATTINARA, *tremblant.* Que Votre Majesté m'en dispense! Rien ne pourrait l'empêcher de croire que c'est moi qui l'ai desservie auprès de vous... et dans son ressentiment...

CHARLES-QUINT. Ah çà... tout le monde, à ma cour, tremble donc devant elle et n'ose affronter son courroux?.. Elle est donc plus reine à Madrid, que je ne suis roi?.. Je l'ai dit: (*A Isabelle, à voix haute.*) Ma sœur à Saint-Ildefonse... (*A demi-voix, à Guattinara.*) Le roi de France à Valladolid, et quant à Marguerite... c'est moi qui me charge de son départ, et nous verrons dès demain qui gouverne ma cour, d'elle ou de moi! Viens, Guattinara... (*Il sort par la gauche avec Guattinara.*)

SCÈNE IX.

ISABELLE, ÉLÉONORE, *puis* MARGUERITE.

ISABELLE, *à Éléonore.* Oh! comme il est en colère... Vouloir vous enfermer dès ce soir dans un couvent... Que je vous plains, Éléonore!..

ÉLÉONORE. Il y en a de plus à plaindre que moi... Je quitte un frère qui ne m'aime pas, et cette pauvre Marguerite est séparée pour jamais, peut-être, d'un frère qui l'aime tant... et qui est si malheureux!..

MARGUERITE, *qui s'est approchée à pas de loup et qui passe entre elles deux.* Pas tant que vous croyez... puisqu'on pense à lui et qu'on le plaint...

ÉLÉONORE. Ah! vous voilà, princesse!..

ISABELLE. Arrivez donc vite...

ÉLÉONORE. De nouveaux complots se trament contre vous!

ISABELLE. On veut que demain vous quittiez Madrid.

ÉLÉONORE. Nous vous en prévenons...

MARGUERITE, *leur prenant la main.* Bien... bien... mes amies!.. mais j'ai mon plan, et je réponds de tout, si vous voulez me venir en aide!

ISABELLE. Nous le voulons.

ÉLÉONORE. Mais moi, je pars.

MARGUERITE, *effrayée.* Vous partez?..

ÉLÉONORE. Dès ce soir.

ISABELLE. Pour le couvent... Est-ce ennuyeux!..

MARGUERITE. Et qui l'y oblige?..

ISABELLE. L'empereur, qui le veut...

MARGUERITE. Et si nous ne le voulons pas?..

ISABELLE ET ÉLÉONORE. Comment cela?

MARGUERITE. Trois femmes qui ont mis une chose là... (*Montrant son front.*) peuvent tout braver, tout défier; rien ne leur résiste... quand elles s'entendent!.. Par malheur, elles ne s'entendent presque jamais!..

ISABELLE. Ici cependant... même en étant d'accord, je ne vois pas de moyen...

MARGUERITE. C'est ce qui vous trompe... Ce serait plus facile encore à vaincre (*A demi-voix.*) que les dangers de ce matin.

ISABELLE, *de même.* Notre secret à nous deux!

MARGUERITE. Si je pouvais seulement dire quelques mots à Éléonore, sans crainte d'être interrompue ou surprise... par l'empereur...

ISABELLE. N'est-ce que cela?.. Parlez vite... je veille pour vous!

MARGUERITE. Bien! très-bien!

ISABELLE. Après le service que vous m'avez rendu ce matin...

MARGUERITE, *gaiement et montrant Isabelle.* Ah!.. Un bienfait n'est jamais perdu! (*Isabelle s'est rapprochée de la porte de gauche, regarde et écoute si personne ne vient. Pendant ce temps-là, Marguerite est sur le devant du théâtre, à droite, près d'Éléonore.*)

MARGUERITE, *à voix basse, à Éléonore.* Éléonore... protectrice invisible!.. ange gardien qui avez sauvé mon frère...

ÉLÉONORE, *poussant un cri et se cachant la tête dans ses mains.* Ah!.. je suis perdue!..

ISABELLE, *vivement et de la porte.* Qu'est-ce donc?..

MARGUERITE, *s'adressant vivement à Éléonore.* Rien... ça commence... (*S'adressant vivement à Éléonore.*) Ne tremblez pas!.. ne rougissez pas devant moi, sa sœur, comme vous malheureuse, et dévouée comme vous... dévouée moi, qui ne rêve que votre bonheur à tous deux.

ÉLÉONORE, *vivement.* Que dites-vous?

ISABELLE, *près de la porte.* Qu'y a-t-il?

MARGUERITE, *à Isabelle.* Cela va déjà mieux! (*A Éléonore.*) Oui, si pour me venger de vos dissimulations et de vos mystères, cet amour, qui naquit dans l'ombre, pouvait, grâce à moi, apparaître au grand jour. Si vous aviez le droit de l'avouer et d'en être fière!..

ÉLÉONORE. Moi?.. Ah! tout mon sang pour un sort pareil!

ISABELLE, *de même.* En bien?.. eh bien?..

MARGUERITE, *à Isabelle.* C'est fini!..

ISABELLE, *descendant vivement en scène.* Est-il possible?

MARGUERITE. C'est convenu!.. Elle n'ira pas au couvent!

ÉLÉONORE, *avec exaltation.* Plu ôt mourir!..

MARGUERITE. Vous l'entendez!

ISABELLE. C'est admirable!.. Eh bien! maintenant... votre projet, votre plan?.. Pour qu'il réussisse, nous voilà toutes les trois!

MARGUERITE. Au contraire!.. pour qu'il réussisse, il est important qu'Éléonore disparaisse pendant une demi-heure au moins!..

ISABELLE. C'est singulier!.. et où la cacher?..

MARGUERITE. Un seul endroit sûr.

ISABELLE. Lequel?

MARGUERITE. L'oratoire de l'empereur.

ISABELLE. C'est juste... il n'y va jamais!

ÉLÉONORE, *à demi-voix.* Ah! Marguerite... que me proposez-vous là?..

MARGUERITE, *de même.* Le seul asile... le seul refuge où vous soyez sous la protection de Dieu... et de l'honneur..... Mais pour cela.. (*La regardant avec inquiétude.*) il faudrait pouvoir pénétrer dans cet oratoire!..

ÉLÉONORE, *vivement.* Je le puis...

MARGUERITE, *de même.* Vous avez la clé?..

ÉLÉONORE, *de même.* Je l'ai!

MARGUERITE. Laquelle?

ÉLÉONORE. Celle de ma mère!

MARGUERITE, *se dirigeant vers la porte du fond.* Je m'en doutais! courons...

ISABELLE. Un instant!.. Si vous sortez par le grand escalier... la duchesse d'Ossone... Babiéça ou d'autres vous verront monter.

ÉLÉONORE. C'est vrai!..

MARGUERITE. Comment faire?..

ISABELLE. Par ma chambre à moi, celle de Jeanne de Castille...

MARGUERITE. Qui conduisait aussi à l'oratoire...

ÉLÉONORE. O bonne petite reine... merci!

MARGUERITE, *passant entre elles deux, et les tenant chacune*

sous le bras. Vous voyez bien que quand on s'entend pour l'amitié... et la défense commune... (*A Éléonore, la faisant passer par la petite porte, à droite.*) Venez, venez. Enfermez-vous bien dans l'oratoire, et n'ouvrez qu'à ceux du dehors qui diront ces mots : *Le roi et la France!*.. Partez. (*Éléonore sort. A Guattinara qui entre.*) Qu'y a-t-il?

SCÈNE X.

PLUSIEURS DAMES ET SEIGNEURS, *commençant à entrer par le fond,* GUATTINARA, *sortant du cabinet du roi, à gauche,* MARGUERITE, ISABELLE.

GUATTINARA, *s'approchant de Marguerite, lui dit à voix basse.* Un courrier d'Angleterre vient d'arriver.

MARGUERITE. Enfin!

GUATTINARA. Porteur d'une lettre de la main même du roi Henri VIII.

MARGUERITE. Qui est furieux de la captivité de François Ier.

GUATTINARA. Non!

MARGUERITE, *étonnée.* Il prend au moins sa défense?

GUATTINARA, *toujours à voix basse.* Il prend autre chose!

MARGUERITE. Quoi donc?

GUATTINARA, *de même.* La Picardie, qu'il accepte pour lui, et, à cette condition, il nous laisse prendre la Bourgogne.

MARGUERITE, *à part, avec dépit.* O les bons alliés! si on ne comptait que sur eux!..

SCÈNE XI.

LES PRÉCÉDENTS, LES SEIGNEURS ET DAMES DE LA COUR, CHARLES-QUINT, *puis* HENRI D'ALBRET.

HENRI, *s'approchant de Marguerite, pendant que Charles-Quint reçoit les hommages des seigneurs et des dames.* J'ai prévenu le connétable de Montmorency, le cardinal Urbain, et tous ceux qui avaient eu l'honneur d'être invités par vous.

MARGUERITE, *à voix basse.* A merveille!..

HENRI. Quand neuf heures sonneront... tout sera terminé.

MARGUERITE. C'est un quart d'heure qu'il nous faut. Nous l'avons et au delà! (*Elle passe à gauche, et s'assied près d'Isabelle. Dans ce moment, Charles-Quint aperçoit Henri d'Albret. Il quitte le groupe de seigneurs avec lesquels il causait, et s'avance vers Henri.*)

CHARLES-QUINT. Eh bien!.. monsieur d'Albret... vous venez de voir mon frère François Ier. Quelle est sa réponse?

HENRI. Celle que je pressentais, sire. Dût-on changer sa prison en un cachot, il ne cédera sur rien de ce qui touche à l'honneur de la France!

CHARLES-QUINT, *bas, à Guattinara, en souriant.* Je comprends!.. Il se croit sûr de l'appui du roi d'Angleterre... de là sa fierté!.. Elle tomberait bien vite, s'il voyait de ses propres yeux cette lettre d'Henri VIII... dont je ne puis me dessaisir... Mais... (*Après un instant de réflexion.*) Si j'allais la lui montrer!

GUATTINARA, *à demi-voix.* Vous, sire!

CHARLES-QUINT, *de même.* Moi-même... avant ce départ auquel j'aimerais mieux ne pas avoir recours.

GUATTINARA, *de même.* Accompagnerai-je Votre Majesté?

CHARLES-QUINT. Oui... Dis à un officier de prendre un flambeau. (*Pendant cette conversation, qui s'est faite à demi-voix sur le devant du théâtre, à droite, les seigneurs et dames sont assis dans le salon, et forment différents groupes. Marguerite et Isabelle sont assises l'une et l'autre, sur le devant du théâtre, à gauche. D'Albret, debout derrière Marguerite. Charles-Quint va causer avec une dame à l'extrême droite. Guattinara traverse le théâtre, donne à un officier l'ordre d'allumer un flambeau, et se trouve placé debout, à la droite du fauteuil de Marguerite.*)

MARGUERITE, *bas, à Guattinara.* Qu'y a-t-il?..

GUATTINARA, *à voix basse.* Il va monter lui-même chez le prisonnier.

MARGUERITE. Dans ce moment! ô ciel! comment l'empêcher? faire naufrage au port!..

HENRI. Quand il ne nous fallait plus que quelques instants!

MARGUERITE. Quelques instants, mon Dieu!.. comment les gagner... ah! (*Elle voit l'officier qui s'est approché de l'empereur, portant un flambeau. L'empereur se dispose à sortir.*)

A voix haute, à Isabelle.) Puisque Votre Altesse le veut absolument...

ISABELLE, *à demi-voix.* Je ne veux rien !

MARGUERITE, *de même.* Si vraiment ! (*A voix haute.*) puisqu'elle l'exige.

ISABELLE, *à voix haute.* Oh ! certainement... je l'exige. (*Charles-Quint fait signe à l'officier de le précéder, et se met en marche.*)

MARGUERITE. Je vais lui dire ce vieux fabliau... (*Charles-Quint s'arrête.*) ce conte pour lequel elle a eu la bonté de réclamer ma promesse...

CHARLES-QUINT. Ah ! le conte de ce matin... *Ce qui plaît aux dames.* (*Il fait signe à l'officier de partir.*)

MARGUERITE. Non, sire, car celui-là vous le connaissez, et je préfère en raconter un autre, qui plaira peut-être mieux à Votre Majesté.

CHARLES-QUINT. A moi !.. (*A l'officier, lui faisant signe de la main de poser le flambeau sur la table, à droite.*) Tout à l'heure !..

ISABELLE. C'est un conte nouveau ?

MARGUERITE. Tout nouveau... car il est à peine fini...

CHARLES-QUINT, *toujours debout.* Ah !.. il n'est pas entièrement terminé...

MARGUERITE. Il s'en faut de bien peu ! et si ces dames, et surtout Sa Majesté, daignent m'aider pour le dénoûment...

CHARLES-QUINT. Ah ! cette fois, c'est le dénoûment qui vous embarrasse...

MARGUERITE. Beaucoup, sire !..

CHARLES-QUINT. Vous êtes si habile !.. et avec votre esprit, Madame... enfin voyons ! (*On avance un fauteuil à Charles-Quint au milieu du théâtre, mais il ne s'y assied pas encore.*)

MARGUERITE. Je vais vous dire l'histoire d'un roi, brave, vaillant et malheureux... Ce roi, ou plutôt ce héros, se nommait...

CHARLES-QUINT, *faisant signe à l'officier qui reprend son flambeau.* Je pourrais vous dire son nom...

MARGUERITE. Il se nommait Richard à la cour d'Angleterre ; (*Charles-Quint s'arrête.*) mais sur les champs de bataille on l'avait surnommé *Cœur de Lion...*

CHARLES-QUINT. Ah !.. (*A l'officier.*) Prévenez Sa Majesté le roi de France de ma visite... (*L'officier sort par la gauche, Charles-Quint s'assied et fait signe à Guattinara de s'asseoir, puis se retournant vers Marguerite :*) Ah ! il s'agit de Richard Cœur de Lion...

MARGUERITE. Prisonnier dans une forteresse par ordre de l'empereur Léopold. Et ses sujets et ses amis se disaient : Comment délivrer notre vaillant roi Richard ?

CHARLES-QUINT. C'était là la difficile !..

MARGUERITE. Par la force, il ne fallait pas y songer... la forteresse était inexpugnable... On ne pouvait avoir d'espoir que dans la ruse.

CHARLES-QUINT. Et laquelle employa-t-on ? voilà ce que je ne serais pas fâché de savoir.

MARGUERITE, *s'arrêtant.* Quand je disais que cela piquerait la curiosité de Votre Majesté...

CHARLES-QUINT, *avec impatience.* Mais enfin ?.. voyons !

MARGUERITE. Attendez donc, sire... Il faut laisser à la personne qui conte le temps de préparer ses moyens, et de graduer l'intérêt.

ISABELLE. C'est juste !..

MARGUERITE. Il y avait à la cour de Richard une personne qui l'aimait tendrement...

CHARLES-QUINT, *souriant avec malice.* Sa sœur, peut-être !

MARGUERITE. Oui, sire ! Elle avait déjà tenté plusieurs moyens d'évasion qui avaient tous échoué.

CHARLES-QUINT, *souriant.* C'est que peut-être l'empereur Léopold était plus fin et plus adroit qu'elle !

MARGUERITE, *avec un sourire.* Probablement !

HENRI, *bas, à Marguerite.* L'heure est expirée !

MARGUERITE, *à part, avec joie.* Grand Dieu !.. (*Haut, à l'empereur, avec embarras.*) Alors, sire...

CHARLES-QUINT. Alors... (*Se levant, avec impatience.*) Eh bien !.. comment finit l'histoire ?..

MARGUERITE, *qui s'est levée aussi, et qui est debout près de l'empereur, lui dit à voix basse.* Elle s'achève en ce moment !.. (*Geste d'étonnement de l'empereur, et Marguerite poursuit rapidement, et à voix basse.*) Mais je ne puis la raconter qu'à l'empereur !.. à lui seul !.. car lui seul doit l'entendre !.. (*L'empereur fait éloigner tout le monde, et se rapproche de Marguerite.*)

CHARLES-QUINT, *à Marguerite.* Qu'est-ce que cela signifie ?

MARGUERITE, *lentement.* Que le roi François Ier est, en ce moment...

CHARLES-QUINT, *vivement, avec colère, et à voix basse.* Evadé ?..

MARGUERITE. Non, sire, mieux que cela.

CHARLES-QUINT. Eh ! quoi donc ?

MARGUERITE. Marié !.. dans votre oratoire, à votre sœur !..

CHARLES-QUINT. Mariage nul !..

MARGUERITE. Célébré par le cardinal Urbain ; en présence du connétable de Montmorency, du comte de Comminges et des principaux seigneurs de France.

CHARLES-QUINT. Sans mon aveu !

MARGUERITE. Eléonore était veuve, maîtresse de sa main... et au lieu de porter plainte devant le pape et devant la chrétienté, de ce que votre sœur devient reine de France, je voudrais qu'une union si grandes querelles eût été contractée, non pas à l'insu de Charles-Quint, non pas malgré lui, mais par un calcul de sa haute politique. (*Le roi fait un mouvement, mais ne répond pas, Marguerite le regarde et continue.*) Et s'il regarde dès ce jour cette union comme son œuvre, il sentira qu'au mari de sa sœur, à celui dont l'honneur devient le sien, on peut encore, au nom de l'Espagne, imposer des conditions rigoureuses... mais non déshonorantes !.. Je m'arrête... Le conte que j'ai osé rêver eût été trop téméraire et trop invraisemblable, si je ne m'étais fiée, pour qu'il devint l'histoire, à la générosité et au génie d'un grand homme ! (*Charles-Quint, après un instant de silence et de combat intérieur, ne regarde point Marguerite, mais se retourne vers sa cour qui sont restées à l'écart, leur faisant signe d'avancer.*)

CHARLES-QUINT, *gravement.* J'ai voulu annoncer ce soir à ma cour que mon mariage avec Son Altesse Royale l'infante de Portugal, devait se célébrer demain, et je suis charmé en même temps d'avoir à lui faire part d'une autre nouvelle, sur laquelle j'attends ses félicitations : tous nos différends avec la France et avec son roi sont enfin heureusement terminés, par le mariage d'Eléonore d'Autriche, ma sœur, avec le roi François Ier. (*Mouvement général de surprise.*)

HENRI, GUATTINARA, ISABELLE. O ciel !

ISABELLE, *à Charles-Quint, qu'elle félicite.* Ah !.. une nouvelle aussi heureuse...

MARGUERITE, *jouant aussi l'étonnement.* Aussi inattendue !..

GUATTINARA. Un projet aussi habilement, aussi secrètement conçu ! vous êtes, sire, notre maître à tous...

CHARLES-QUINT, *avec impatience.* C'est bien !

GUATTINARA. Car moi-même je ne m'en doutais pas !

CHARLES-QUINT. C'est bien, vous dis-je ?.. (*A Marguerite.*) Je donne pour dot à ma sœur, la Bourgogne ; et dans notre traité avec François Ier, nous n'oublions pas le petit royaume de Navarre, que l'Espagne et la France doivent protéger.

HENRI, *à part, avec joie et regardant Marguerite.* Roi de Navarre !..

MARGUERITE, *avec reconnaissance.* Ah !.. voilà ce que l'Europe appellera un acte de bonne politique... et moi, sire, un acte de grandeur d'âme !..

CHARLES-QUINT, *à demi-voix.* Et mes espérances et mes promesses, Marguerite, comment les acquittez-vous ?

MARGUERITE, *souriant.* Les contes (*Regardant Henri.*) de la reine de Navarre.

VIALAT ET Cⁱᵉ, IMPRIMEURS ET ÉDITEURS.

HERMINIE. Ah! Cécile. — Acte 5, scène 8.

LA CALOMNIE

COMÉDIE EN CINQ ACTES, EN PROSE

Représentée, pour la première fois, à Paris, sur le Théâtre-Français, le 20 février 1840.

Personnages.

RAYMOND, premier ministre.
LUCIEN DE VILLEFRANCHE, son ami, député.
CÉCILE DE MORNAS, pupille de Raymond.
HERMINIE DE GUIBERT, sœur de Raymond.
M. DE GUIBERT, banquier, mari d'Herminie.

LA MARQUISE DE SAVENAY, cousine de Cécile.
LE VICOMTE DE SAINT-ANDRÉ, employé aux affaires étrangères.
COQUENET, habitant de Dieppe.
BELLEAU, garçon de bains.

La scène se passe dans l'hôtel des bains, à Dieppe.

(Le théâtre représente un salon des bains. Porte au fond et croisées donnant sur des jardins et sur la mer. A droite et à gauche, deux portes de chaque côté donnant sur des chambres ou sur d'autres salons. Au fond, un piano, des tables de jeu. A gauche, sur le devant du théâtre, une table ronde couverte de brochures et de journaux.)

ACTE PREMIER.

—

SCÈNE PREMIÈRE.

BAIGNEURS ET COQUENET, *assis à gauche, autour de la table ronde, et lisant des journaux; entrent* HERMINIE ET CÉCILE; *puis, derrière elles,* BELLEAU ET MADAME DE SAVENAY, *à qui* LUCIEN *donne le bras.*

LUCIEN, *à Belleau.* Les appartements de ces dames seront-ils bientôt prêts?

BELLEAU. Dans l'instant!.. Jamais il n'y eut plus de monde que cette année aux bains de Dieppe... Avez-vous écrit vos noms sur le livre des voyageurs?..

HERMINIE. Eh! mon Dieu, non...

BELLEAU, *lui donnant le livre.* Ça occupe toujours!.. (*Les trois dames et Lucien écrivent leurs noms.*)

COQUENET, *de l'autre côté, à gauche.* Ce sont des voyageurs et des voyageuses qui arrivent. (*L'sant tout haut son journal.*) « Grâce à la sagesse de l'administration et à l'activité « déployée par nos ministres, le commerce et l'industrie « renaissent de toutes parts... » Est-ce étonnant... voilà ma gazette qui, aujourd'hui, dit du bien de l'administration... Il faut qu'il y ait eu de grandes améliorations... et ça me fait plaisir... (*Regardant le titre.*) Eh non !.. je m'étais trompé de journal, ce n'était pas le mien... Garçon, celui du département !..

BELLEAU, *lui en donnant un.* Voilà, Monsieur... je le lisais...

COQUENET, *lisant.* « La faiblesse et la stupidité de l'admi- « nistration... » A la bonne heure... « ont paralysé toutes « les sources de l'industrie... » C'est bien, je me retrouve... me voilà chez moi... avec celui-ci, je sais toujours d'avance ce que je vais lire.

BELLEAU. Eh bien ! alors, qu'est-ce que vous y gagnez ?..

COQUENET. Ça m'instruit, ça me tient au courant... (*Lisant.*) « Par malheur pour le pays, le personnage le plus « influent est M. Raymond qui, jadis avocat médiocre, est « devenu ministre... on ne sait comment... »

LUCIEN, *vivement.* On ne sait comment ?.. (*Herminie lui fait signe de se taire.*)

COQUENET, *continuant.* « Risque de tout perdre... » Ça se pourrait bien... et ça ne m'étonnerait pas, d'après ce qu'on sait de lui...

PREMIER BAIGNEUR. Un homme indigne !

DEUXIÈME BAIGNEUR. Mauvais citoyen !

PREMIER BAIGNEUR. Mauvais administrateur !

TROISIÈME BAIGNEUR. Mauvais fils !

COQUENET. Voilà ce que je ne lui pardonne pas ; il paraît qu'il a chassé son père de chez lui... Vous m'avouerez que c'est atroce.

LUCIEN, *passant au milieu du théâtre.* Lui ! Raymond ?.. le connaissez-vous ?..

COQUENET. Parfaitement... par mon journal... car, du reste, nous ne nous sommes jamais vus... ce qui est tout naturel... lui, premier ministre, et moi, Coquenet, propriétaire électeur de la ville de Dieppe, que je n'ai jamais quittée... attendant toujours, pour aller à Paris, l'arrivée du chemin de fer par les plateaux.

BELLEAU. Et vous l'attendrez longtemps, grâce au ministre !.. On dit ici qu'il a reçu des sommes énormes des Messageries de la rue Notre-Dame-des-Victoires, que la vapeur allait ruiner. (*Il sort.*)

LUCIEN. Mais c'est absurde !..

HERMINIE, *le retenant.* Y pensez-vous, Lucien... faire un éclat... vous, son ami intime ?..

COQUENET, *toujours à table, à ceux qui l'écoutent.* Et encore, ce n'est pas lui qu'on doit accuser le plus... c'est sa famille, c'est sa sœur.

HERMINIE, *se levant.* Monsieur !

LUCIEN, *la retenant à son tour, et à demi-voix.* Voulez-vous donc vous faire connaître ?..

COQUENET, *continuant.* Sa sœur, qui est, dit-on, ambitieuse, intrigante... impérieuse.

PREMIER BAIGNEUR. C'est elle qui gouverne et qui accapare toutes les places.

HERMINIE, *que Lucien retient toujours.* C'est trop fort !.. (*Lucien l'oblige à se rasseoir, et reste près d'elle.*)

PREMIER BAIGNEUR. Témoin son mari... un banquier, un sot, un important... un être nul, qui vient d'obtenir ce riche emprunt.

COQUENET. En vérité !.. moi qui ne demanderais qu'une recette... et qui ne peux pas l'obtenir.

DEUXIÈME BAIGNEUR. Une affaire magnifique !

TROISIÈME BAIGNEUR. Un million de bénéfice !

COQUENET. Et en disposer pour un des siens... au lieu de la donner à quelqu'un de l'opposition... qu'on aurait gagné.

PREMIER BAIGNEUR. Comme c'est gouverner !..

COQUENET. Ça fait pitié...

DEUXIÈME BAIGNEUR. C'est d'une maladresse...

TROISIÈME BAIGNEUR. Pas tant !.. car on dit que le banquier partage avec son beau-frère le ministre...

COQUENET. Vous croyez ?..

PREMIER BAIGNEUR. C'est possible...

DEUXIÈME BAIGNEUR. C'est probable.

BELLEAU. C'est sûr...

TOUS. Il n'y a pas de doute !

CÉCILE, *qui s'est contenue jusqu'alors, s'adressant à Herminie et à madame de Savenay.* Et vous pouvez écouter de sang-froid de telles calomnies ?

MADAME DE SAVENAY, *à voix basse.* Que faites-vous, Cécile... vous ?.. sa pupille ?..

HERMINIE, *de même.* Son enfant...

CÉCILE, *se levant.* Et c'est justement pour cela que je prends sa défense... il ne m'appartient pas à moi, jeune fille, de juger les talents ou les opinions de l'homme d'État... mais je sais que mon tuteur est un honnête homme, je sais que la modique fortune de l'orpheline a prospéré entre ses mains, et que lui n'a rien, ne possède rien... Oui, Messieurs, cet homme, si avide et si gorgé d'or, a contracté des dettes pour doter sa sœur...

HERMINIE. Cécile... Cécile... plus bas.

CÉCILE. Et pourquoi donc, quand on l'attaque tout haut ?

HERMINIE, *à part.* Comme si on disait ces choses-là.

COQUENET. Pardon... Mademoiselle... pardon, nous ne savions pas !.. sans cela... je me serais bien gardé... ce que vous nous racontez, d'ailleurs, me paraît si positif... moi, d'abord, dès qu'on me dit quelque chose... je le redis fidèlement sans aucune espèce d'intention.

HERMINIE. Comme un écho !..

COQUENET. C'est vrai... je n'ai jamais inventé une syllabe.

HERMINIE, *bas, à madame de Savenay.* Monsieur les répète...

MADAME DE SAVENAY, *de même.* Et pour les pensées...

HERMINIE, *de même.* Cela ne le regarde pas... ça dépend de celui qui précède.

BELLEAU, *entrant.* Le bateau à vapeur qui arrive ! (*Tous se lèvent et prennent leurs chapeaux.*)

COQUENET. Le bateau de Brighton !.. je cours sur la jetée, c'est notre seule occupation de jour... à nous autres bourgeois de Dieppe !.. Mesdames... (*Il les salue et sort.*)

SCÈNE II.

LUCIEN, CÉCILE, MADAME DE SAVENAY, HERMINIE.

MADAME DE SAVENAY. Y pensez-vous, Cécile ? prendre ainsi la parole et vous mettre en scène devant des étrangers, des... bourgeois !..

CÉCILE. J'ai eu tort, ma cousine, puisque vous me désapprouvez... et que Monsieur me semble de votre avis... par son silence... du moins.

LUCIEN. Non, Mademoiselle... je conçois votre indignation, et moi-même je la partageais en entendant outrager ainsi un camarade de collège, un ami d'enfance à qui je dois mon bonheur... car c'est à lui que je dois mon mariage. Mais ce mariage, auquel il veut assister, doit être célébré sans bruit et sans éclat... d'abord à cause de la santé de madame la marquise... et puis le ministre, qui ne peut s'absenter de Paris que pour vingt-quatre heures, désirait arriver ici sans être connu... et, dans cette petite ville, où la curiosité s'éveille d'un rien... je crains que la scène de tout à l'heure...

HERMINIE. Oh! vous d'abord vous craignez tout! le moindre bruit vous effraie... le moindre propos vous arrête... Sans cesse aux aguets pour interroger la rumeur publique, vous vous laissez guider par elle; et avant de faire une démarche, une visite, un pas, avant de saluer quelqu'un, vous regardez autour de vous, et vous vous demandez : Qu'est-ce qu'on va dire?

LUCIEN. J'en conviens... et devant vous, Cécile, devant vous que j'aime... j'avouerai hautement ce besoin d'estime, cette crainte des jugements du monde...

CÉCILE. Qui est d'un honnête homme.

HERMINIE. Ou d'un poltron... car enfin vous êtes l'ami et le camarade de mon frère, vous pensez comme lui au fond du cœur... oui, Monsieur, par inclination vous êtes ministériel... mais la peur de l'opinion vous empêche d'être... de la vôtre; et à la Chambre... vous votez contre nous de crainte des journaux et des épigrammes... qui vous empêchent de dormir!.. Bien plus... ici même, quoique épris et amoureux autant que peut l'être un député, vous avez été un an à avouer votre amour... et pourquoi?... parce que mademoiselle Cécile de Mornas est la cousine de madame la marquise de Savenay, d'un sang noble et légitimiste... et que vous vous répétiez sans cesse : Que dira le monde?.. que dira mon journal?.. que dira l'extrême gauche? Enfin pour être heureux et pour épouser celle que vous aimez, vous avez été obligé de demander permission...

LUCIEN, avec fierté. A qui, s'il vous plaît?..

HERMINIE. A la révolution de juillet... qui y consent... ou qui du moins ferme les yeux... à condition que vous redoublerez, contre son tuteur, contre le ministre, vos attaques...

LUCIEN. Dites mes conseils, les conseils d'un frère; et s'il les suivait plus souvent, s'il bravait moins l'opinion publique, que je respecte, il ne serait pas en butte aux outrages et aux calomnies dont on l'abreuve chaque jour.

HERMINIE. Et qui n'ont pas le sens commun...

MADAME DE SAVENAY, d'un ton grave. Peut-être... Madame... peut-être...

CÉCILE. Quoi! ma cousine, vous pourriez croire...

HERMINIE, à part. Je déteste les marquises.

MADAME DE SAVENAY. Permettez, permettez... il ne faut pas faire si légèrement le procès à l'opinion publique... non pas que je me sois donné la peine d'examiner jusqu'à quel point ses attaques peuvent être fondées... car, nous autres, nous nous occupons fort peu de vos affaires actuelles; et dans mon château de Savenay, en Normandie, où je passe la moitié de l'année, nous ne discutons pas...

HERMINIE. Que faites-vous donc, Madame?

MADAME DE SAVENAY. Nous attendons!.. Mais enfin, il y a un vieux proverbe, bien peuple, bien trivial, en qui j'ai la bourgeoisie d'avoir confiance... c'est qu'il n'y a pas de feu sans fumée... et dans ce que dit le monde... quelque absurde que ce soit... il y a toujours au fond quelque chose de vrai... toujours.

CÉCILE. Quoi! ma cousine, vous n'admettez pas que la calomnie...

MADAME DE SAVENAY. Non, ma chère, la calomnie n'existe pas... je n'y crois pas... passe pour de la médisance, et si elle ose élever la voix, c'est qu'on lui en donne sujet... car dans la haute société... on n'invente pas... on raconte...

HERMINIE, avec intention. Il est alors des gens de qui on raconte beaucoup.

MADAME DE SAVENAY, avec hauteur. Vous en connaissez, Madame?..

HERMINIE, la regardant. De très-proches...

MADAME DE SAVENAY. Dans votre famille, sans doute... et sans aller plus loin, votre crédit sur votre frère... et cet emprunt que votre mari vient d'obtenir, suffiraient pour justifier une partie des reproches qu'on adresse au ministre.

HERMINIE, avec ironie. Vous croyez?

LUCIEN, vivement. J'en étais sûr!.. je le lui ai dit... et malgré mes instances... malgré mes prières... il a cédé à vos sollicitations...

HERMINIE. Ah! c'est vous, Monsieur, qui vous y opposiez...

LUCIEN. Avais-je tort? vous voyez ce que produit une telle faveur... les bruits injurieux qu'elle fait courir, et les cris de rage que poussent déjà vos ennemis!..

HERMINIE. Je n'ai jamais prétendu leur être agréable, au contraire... et j'espère bien que mon mari n'en restera pas là... qu'il ira plus haut!..

LUCIEN, avec chaleur. Quoi! vous oseriez plus encore... et le pays, et la presse, et le monde... que nous dira-t-on pas?

HERMINIE. C'est juste!... c'est votre phrase... je l'attendais.

LUCIEN. Et qu'y répondez-vous?..

HERMINIE, gaiement. Que je compte sur votre mariage... pour faire diversion... et pour occuper le monde!... il aura lieu de s'étonner et de causer à son tour, en voyant d'un côté tant d'empressement et d'ardeur... (Montrant Cécile.) de l'autre, tant de calme et de réserve... et il trouvera sans doute piquant de vous voir plus tard rencontrer dans votre ménage l'opposition que vous aimez tant à la Chambre. (Apercevant une femme de chambre qui entre.) Pardon, Monsieur, pardon, Mesdames... on nous annonce que nos appartements sont prêts... et je vais m'occuper de ma toilette, pour recevoir mon frère et mon mari. (Elle leur fait la révérence et sort.)

—

SCÈNE III.

CÉCILE, MADAME DE SAVENAY, LUCIEN.

MADAME DE SAVENAY, à Cécile, avec dépit. Je permettrais encore les ministres... mais leurs femmes et leurs sœurs... je ne peux pas m'y résoudre! Il y a dans cette petite bourgeoise... une parodie de grande dame, qui me suffoque... elle n'a pas même de quoi être impertinente... et elle l'est...

CÉCILE, souriant. Comme une duchesse.

MADAME DE SAVENAY, avec colère. Elle! je l'en défie! elle aura beau faire... elle n'aura jamais cette impertinence de bon ton qui est de naissance, et que les parvenus ne peuvent acquérir... Venez-vous, Cécile?..

LUCIEN, se mettant devant elle. Pardon, Mademoiselle, un mot, de grâce... vous pouvez bien l'accorder à un prétendu, et devant madame la marquise, votre parente... (Cécile et la marquise reviennent près de lui.) Je vous ai vue cet hiver à Paris... et je me suis dit : « Ou je ne me marierai jamais, ou elle sera ma femme... » Et Raymond, mon camarade et mon ami, à qui je ne cachai mes espérances et mes craintes, m'aida à vaincre tous les obstacles... Comme votre tuteur, il ne réglait que votre fortune... votre main dépendait de vous et de votre respectable parente, madame de Savenay, qui par sa position et sa naissance pouvait me repousser, moi, homme nouveau... Il a triomphé de sa résistance... il a obtenu son consentement, plus encore!.. le vôtre... oui... je ne m'abuse pas... c'est son crédit sur vous... c'est son influence, bien plus que mon mérite, qui vous a décidée... et dans ma joie, dans mon égoïsme, je n'ai rien examiné, rien vu, que mon bonheur; je n'ai pas pensé au vôtre... mais aujourd'hui... et pour la première fois... je crains que l'obéissance seule...

CÉCILE, souriant. Je comprends! la phrase de madame Guibert a produit son effet...

LUCIEN, *vivement.* Non, sans doute. (*Avec embarras.*) Mais elle a remarqué... votre froideur... votre réserve... et ainsi que le prétendait tout à l'heure madame la marquise... si dans les discours du monde il y a quelque chose de véritable... si cette union doit vous coûter une larme ou un regret... si enfin... je ne suis pas aimé .. comme je vous aime...

CÉCILE, *gravement.* Je vous entends, Monsieur... et vous n'aurez point fait en vain un appel à ma franchise.

MADAME DE SAVENAY. Cécile... que voulez-vous dire?

CÉCILE. Tout ce que je pense, Madame... (*Après un instant de silence, et se retournant du côté de Lucien.*) Orpheline de bonne heure, j'ai à peine connu mon père, qui, quoique d'une noble et ancienne famille, avait préféré son pays à sa noblesse... il avait pris du service sous l'Empereur... et s'était battu...

MADAME DE SAVENAY, *avec dédain.* Comme un roturier, comme un soldat.

CÉCILE. Il était devenu général et intime ami...

MADAME DE SAVENAY, *de même.* De l'usurpateur..

CÉCILE. A qui il resta plus fidèle que la fortune... Aussi, proscrit après Waterloo et mort dans l'exil, il confia par son testament l'administration du peu de biens qu'il me laissait à un jeune homme, un avocat pauvre et obscur... qu'il avait élevé, à qui il avait, autrefois, fait obtenir une bourse au Lycée impérial... Ce jeune homme, c'était Raymond, votre ami... et votre camarade d'études...

LUCIEN, *avec chaleur.* Je sais ce que vous devez à son zèle et à ses talents... je sais que lors des lois d'indemnité, c'est lui qui fit valoir vos droits.

CÉCILE. Qui les fit triompher dans ce procès...

LUCIEN. Qui commença sa réputation.

CÉCILE. Et qui changea en une brillante fortune le modeste héritage de l'orpheline... Madame de Savenay, ma parente, consentit alors à me retirer de la pension où mon tuteur m'avait placée, et voulut bien m'emmener avec elle, ici, en Normandie, dans son château... où nous vivions la plus grande partie de l'année. Le reste du temps se passait à Paris... et là, Monsieur, dès que je fus en âge de m'établir, je me vis entourée de jeunes gens aimables et brillants, qui se disaient mes adorateurs et qui m'offraient leurs hommages... à moi, ou à ma fortune, je n'examinerai pas. Mais ce que je puis vous attester, Monsieur, c'est que libre de choisir parmi eux, je l'aurais fait si leur mérite m'avait dicté quelque préférence... Tous m'étaient également indifférents... Un seul, peut-être, parla quelque temps à mon cœur ou à mon imagination... sans le savoir... sans m'en rendre compte... je crus l'aimer... je l'aimais peut-être...

LUCIEN, *vivement.* Et lui...

CÉCILE. Ne s'en doutait seulement pas, et n'a jamais pensé à moi! Il avait raison... tout nous séparait... je ne pouvais lui appartenir... et je ne comprends pas d'attachement possible en opposition avec le devoir... C'est vous, Monsieur, que cette chimère n'existe plus... vous vous êtes présenté... vous avez demandé ma main... Mon tuteur m'a dit : « Monsieur Lucien de Villefranche est mon ami « d'enfance et mon ami quoiqu'il n'existe politique... mais c'est un « homme de mérite, un homme d'honneur... Il t'aime éper- « dument, il te rendra heureuse, je te le jure, aie confiance « en moi. » Et j'ai répondu : « Mon ami, disposez de ma « main... » Voilà, Monsieur, comment je vous ai connu, et comment je me suis engagée à vous; fidèle à mes serments et à mes devoirs, je me conduirai en honnête femme, en amie dévouée, je serai digne de vous et de votre estime... je le sens... je vous le promets!.. Et maintenant, en échange de l'amour ardent et passionné que vous éprouvez, dites-vous, pour moi, vous me demandez des sentiments pareils, que vous blâmeriez, peut-être, s'ils existaient déjà, mais que

le temps amènera bientôt sans doute ; et lorsqu'il en sera ainsi, je ferai comme aujourd'hui, Monsieur, je vous dirai la vérité... je vous la dirai toujours!.. et maintenant que vous savez tout, croyez-vous en moi?..

LUCIEN. Oui, plus qu'en moi-même!.. j'étais un insensé... j'exigeais ce que je ne puis obtenir encore, et ce que j'attendrai du temps et de mes soins!.. Pour commencer... confiance entière et absolue ; et, quoi qu'il arrive... quoi qu'on puisse dire...

—

SCÈNE IV.

BELLEAU, LE VICOMTE DE SAINT-ANDRÉ, MADAME DE SAVENAY, CÉCILE, LUCIEN.

LE VICOMTE, *à Belleau.* Comment, pour moi, ton ancien maître, il n'y aurait pas d'appartement!.. Arrange-toi! il m'en faut un... et ce qu'il y aura de mieux... Quand on décide à être malade, il faut que ce soit avec agrément, ou ne pas s'en mêler... Ah! des dames. (*Saluant.*) Je ne m'attendais pas à cette heureuse rencontre.

LUCIEN, *bas, à Cécile qui salue.* Quel est ce jeune homme... qui vous salue d'un air si intime?

CÉCILE. Je n'en sais rien... il faut bien qu'il me connaisse ; mais je ne pourrais pas dire son nom.

MADAME DE SAVENAY. Ni moi non plus, et il se trompe probablement... mais dans le doute... (*Elle fait la révérence au vicomte, qui la salue encore, et les deux femmes sortent avec Lucien par une des portes à droite.*)

—

SCÈNE V.

BELLEAU, LE VICOMTE DE SAINT-ANDRÉ.

LE VICOMTE, *suivant Cécile des yeux.* Une charmante personne... que je connais certainement et beaucoup... où diable l'ai-je vue?.. peut-être à l'Opéra... allons donc... à moins que ce ne soit aux premières loges... c'est possible... Sais-tu qui sont ces dames? Qui les amène?

BELLEAU, *naïvement.* Non, Monsieur... je n'ai pas encore eu le temps de causer avec leurs femmes de chambre ; mais elles ont écrit leurs noms sur la liste des voyageurs.

LE VICOMTE. Ah! voyons... (*Lisant.*) La marquise de Savenay et mademoiselle Cécile de Mornas... Je ne connais pas... et cependant... (*Vivement.*) Eh! oui, c'est cela même... cette jeune personne qu'il y a six mois j'ai rencontrée.

BELLEAU. Vous la connaissez?..

LE VICOMTE, *avec distraction.* Infiniment... c'est-à-dire de vue.. de souvenir... un fâcheux souvenir que j'avais eu le bonheur d'oublier... et voilà qu'il même... au moment de mon arrivée... quand par ordonnance du médecin... il m'est défendu de me fâcher ou de me contrarier... Après tout, ce n'est pas ma faute... au diable les idées tristes! (*Chantant.*) Tra, la, la, la, la... Dis-moi un peu... s'amuse-t-on à Dieppe?

BELLEAU. Oui, Monsieur... pas autant qu'à Paris quand j'étais votre groom...

LE VICOMTE. Danse-t-on? y a-t-il des concerts? y a-t-il spectacle?..

BELLEAU. Oui, Monsieur... tous les soirs au salon... on fait de la musique. De plus, nous avons ici des amateurs qui jouent le vaudeville dans la semaine, et la tragédie le dimanche.

LE VICOMTE. C'est trop de plaisir... je vais me croire à Paris!.. et moi à qui l'on a ordonné de le quitter pour me reposer et me mettre au régime. .

BELLEAU. Vous, Monsieur...

LE VICOMTE. Il n'y a pas moyen d'y vivre... je donne ma démission!.. des amis... des maîtresses... des créanciers! c'est drôle, dans les livres ou dans les comédies... j'ai cru que ce serait gai... pas du tout, c'est assommant, c'est exigeant... quand on doit maintenant... il faut payer...

BELLEAU. C'est selon.

LE VICOMTE. Eh! oui... mon cher... sinon, on devient mauvais genre... les gens comme il faut ne font plus de dettes... c'est une mode comme une autre... c'est bizarre, mais c'est ainsi... je m'en suis aperçu... moi, le vicomte de Saint-André... ça me faisait du tort...

BELLEAU. Vous devez donc beaucoup?..

LE VICOMTE. Si je voulais comme tant d'autres écrire mes mémoires. Si encore je m'étais amusé... mais je ne connais rien d'ennuyeux comme la vie de plaisir que je mène depuis dix-huit mois... Au lieu d'aller à mon ministère des affaires étrangères... où mon oncle m'a fait entrer... tous les jours au bois de Boulogne, au Jockey-Club, ou au balcon de l'Opéra... faire le matin l'état de postillon, le soir un métier de dupe... obligé d'admirer, d'adorer ces dames, et de se battre pour elles... oui, le diable m'emporte! ça m'est arrivé une fois... contre un honnête homme qui sifflait... et qui avait raison... la petite était détestable ce soir-là... mais enfin... (Respirant avec satisfaction.) et grâce au ciel... elle m'a trahi!

BELLEAU. Ce qui vous désole.

LE VICOMTE. Au contraire, je ne suis plus obligé de crier brava! j'ai reconquis mon indépendance... je suis libre... et ruiné!..

BELLEAU. Vraiment!

LE VICOMTE, se jetant sur le fauteuil, à gauche, près de la table et feuilletant le livre des voyageurs. Une belle occasion pour être sage et pour étudier !

BELLEAU. Vous!

LE VICOMTE. Pourquoi pas?.. ça me changera... c'est du nouveau, et je ne penserai plus qu'à ça... (Regardant toujours le livre des voyageurs.) Ah! madame de Guibert... elle est ici... la femme du banquier et la sœur du ministre... Voilà les femmes que j'aime... aimable, spirituelle, méchante, excellente... tout cela à la fois... et coquette, et envieuse, et vaniteuse... et ambitieuse... c'est un charme... une femme complète, si elle avait des passions... mais elle n'a pas le temps...

BELLEAU. Vous la connaissez?

LE VICOMTE, vivement. Du tout... du tout... la sagesse... la vertu même!.. mais je connais son mari... un important... un fat... un vantard, et le bavard le plus ennuyeux... Il rit toujours... et il n'y a rien de triste comme la gaieté des sots... Il est aussi du Jockey-Club... et c'est lui qui m'a gagné, l'autre semaine, mon dernier billet de mille francs... Je vois qu'il n'a pas accompagné sa femme, et j'aurai du moins ici un avantage... c'est que je ne l'entendrai pas... (Entendant rire dans la coulisse.) Allons, décidément, je suis maudit!.. me poursuivre jusqu'ici, jusqu'à Dieppe... (A Belleau). Vite mon appartement... et un bain... je n'ai plus qu'à m'aller jeter à la mer. (Belleau sort.)

SCÈNE VI.

LE VICOMTE, sur un fauteuil, tenant toujours le livre des voyageurs, et tournant le dos à de Guibert; DE GUIBERT, entrant par le fond avec COQUENET.

DE GUIBERT, entrant en riant, et tenant Coquenet par la main. C'est toi, Coquenet, toi, que j'ai rencontré en descendant de voiture... Comme on se retrouve!.. qui m'eût dit que le rivage de Dieppe présenterait d'abord Pylade aux yeux d'Oreste!

COQUENET. Depuis quinze ans que nous ne nous sommes vus!

DE GUIBERT. Chez maître Durand, notre avoué... à l'étude où je faisais des romances... et madame Durand... te rappelles-tu madame Durand?.. et Didier, le maître clerc... mais je me tais... parce que de ce temps-là, déjà, vous m'accusiez d'avoir mauvaise langue et satirique comme Juvénal... Toi, c'est différent... tu as toujours été bon enfant... physionomie candide traduite de l'allemand... naturel excellent et inoffensif.

COQUENET. Tu es bien bon!

DE GUIBERT, riant toujours. Tu croyais toujours tout ce qu'on te disait... es-tu marié?

COQUENET. Pourquoi me demandes-tu cela?

DE GUIBERT, riant. Je te demande : Es-tu marié?.. Le tout pour s'amuser...

COQUENET. Moi... le mariage ne m'amuse pas beaucoup!.. attendu que madame Coquenet m'a gratifié de quatre enfants...

DE GUIBERT, riant. Qui te ressemblent... j'en suis sûr...

COQUENET. Les avis sont partagés... elle m'en fait espérer un cinquième... et quoique j'aie quelque fortune... quoique je sois, Dieu merci, un des plus imposés du département... tu comprends qu'avec cinq enfants, un pauvre propriétaire n'est jamais riche; aussi je ne rêve qu'aux moyens d'avoir quelque bonne place... J'avais là une pétition pour notre député... qui ne l'est plus.

DE GUIBERT. Est-ce qu'il lui serait arrivé un accident?

COQUENET. Il a été nommé pair! ce qui nous oblige à une réélection.

DE GUIBERT. Tu peux te passer de lui... je t'aurai ça.. j'obtiens tout ce que je veux... c'est-à-dire ma femme, qui est sœur du ministre...

COQUENET, avec admiration. Quoi! mon ami Guibert... tu es beau-frère du ministre?

DE GUIBERT. Comme tu vois, pas plus fier pour ça... une position superbe... en passe d'arriver à tout... et j'arriverai... (A demi-voix.) il en est question.

COQUENET. Est-il possible?

DE GUIBERT, de même. Ça ne me serait jamais venu à l'idée... mais ma femme le veut, et y tient, il faut que cela soit... je serai obligé un de ces jours d'être ministre pour avoir la paix dans le ménage...

COQUENET. Moi, je ne demande pas tant, et si je pouvais être nommé à la recette de Dieppe, vacante par décès du titulaire...

DE GUIBERT. Nous verrons ça.

COQUENET. Ça me rapporte que quinze mille francs... mais en revanche, on n'a rien à faire... place honorable qui irait à mes goûts et à mes moyens; car je vis sans ambition, sans intrigue, sans cabale... lisant mon journal et faisant ma partie de whist ou d'échecs...

DE GUIBERT. La vie de province!.. la douce médiocrité. Aurea mediocritas.

COQUENET. Oui, mon ami, aurea, si j'avais des appointements, si j'avais cette place... par malheur nous avons des concurrents...

DE GUIBERT. Il y en a toujours.

COQUENET. M. Rabourdin, un ancien employé, qui a des droits...

DE GUIBERT. Qu'est-ce que ça fait?.. si tu as des amis... si tu te mets bien avec ma femme... je te présenterai .. c'est elle que ça regarde... car nous ne nous mêlons jamais d'affaires ni de politique, nous autres jeunes gens fashionables du Jockey-Club, nous autres *lions* parisiens.

COQUENET. Tu es donc lion?.. tu es donc jeune?...

DE GUIBERT. Plus que jamais!.. car je suis riche... et à Paris, avec de l'argent, on n'a pas d'âge, on plaît toujours... on ne vieillit pas... au contraire... le Pactole, vois-tu bien, est la fontaine de Jouvence... Aussi, vivent le plaisir, le scandale et les aventures! je te les dirai, car je les connais toutes! sans compter celles dont je suis le héros, parce que tu sens bien qu'un banquier, je ne peux pas y suffire... parole d'honneur... Silence!.. c'est ma femme!

——

SCÈNE VII.

LE VICOMTE, *toujours à gauche, près de la table, lisant et tournant le dos aux autres interlocuteurs ;* DE GUIBERT, COQUENET, HERMINIE, *entrant par une des portes à droite, et s'arrêtant un instant devant une des glaces qui sont près de la porte.*

COQUENET. Ah! mon Dieu! c'est là ta femme?..

DE GUIBERT. Madame de Guibert!..

COQUENET. La sœur du ministre?

DE GUIBERT, *allant au-devant d'elle.* Elle-même... je vais te présenter.

HERMINIE. Monsieur, vous voilà! et ce n'est pas sans peine! prendre le bateau à vapeur jusqu'au Havre pour arriver plus vite...

DE GUIBERT. Nous allions comme le vent. Mais que veux-tu?.. trois cent cinquante passagers... au lieu de quatre-vingts... le tout par égard pour l'ordonnance de police... Nous touchions fond à chaque instant... de sorte que mon voyage maritime... s'est fait... par terre... (*Riant.*) Je suis destiné aux aventures... Voici, chère amie... j'ai l'honneur de te présenter... (*Il remonte le théâtre pour chercher Coquenet, et Herminie aperçoit en face d'elle le vicomte, qui vient de se lever ; elle passe près de lui.*)

HERMINIE. Monsieur de Saint-André!..

DE GUIBERT, *riant et lâchant la main de Coquenet.* Le petit vicomte... ici... à Dieppe... Qui diable l'amène?.. Il vient me demander sa revanche... le billet de mille francs... les dix fiches que je lui ai gagnées avant-hier au whist!.. Ça va... je ne demande pas mieux.

LE VICOMTE. Non, vraiment, je ne m'y exposerai pas... vous êtes trop heureux... monsieur de Guibert... tout vous réussit... Après cela, ce n'est pas votre bonheur au jeu que j'envierais le plus... ici, surtout...

HERMINIE. Savez-vous qu'on a raison de venir à Dieppe, ne fût-ce, Monsieur, que pour vous apercevoir... car, à Paris, on ne vous voit plus... c'est indigne...

DE GUIBERT. Je crois bien... il ne sort pas des coulisses de l'Opéra.

HERMINIE, *à son mari.* Où, sans doute, Monsieur le rencontrait?

DE GUIBERT. Du tout... je le sais par ouï-dire... par la renommée...

HERMINIE, *à son mari.* Avec qui, en effet, vous êtes très-bien... (*Au vicomte.*) Et vous venez à Dieppe?..

LE VICOMTE, *gravement.* Par régime, Madame... par sagesse.

HERMINIE. En vérité!..

LE VICOMTE, *de même.* C'est comme j'ai l'honneur de vous l'affirmer...

DE GUIBERT. Allons donc... faites donc le discret... comme

si on ne le connaissait pas... Il a des intentions... il va tous les ans faire des passions dans les départements.

LE VICOMTE. Moi?..

DE GUIBERT. Conquérir chaque année de nouvelles provinces... Pas plus tard qu'il y a six mois... cette fameuse aventure, dont j'ai été témoin...

LE VICOMTE, *vivement.* Monsieur...

DE GUIBERT. Une histoire impayable... invraisemblable... de quoi faire un drame romantique!.. et si je vous la disais...

LE VICOMTE, *avec colère.* Monsieur... vous m'avez donné votre parole de n'en jamais parler... ni à moi, ni à personne au monde...

DE GUIBERT, *de même.* Aussi, je n'en parle pas... je ne dis rien... Il n'est pas moins vrai... que si je voulais...

LE VICOMTE, *de même.* Encore, morbleu!..

DE GUIBERT, *de même.* Mais je ne veux pas... je suis connu pour ma discrétion... et ma fidélité... à mes amis... A propos de ça... j'en ai un que j'oubliais... où donc est-il?.. (*Se retournant vers Coquenet, qui se tient à l'écart.*) Avance donc!.. Voici, Madame, un de mes anciens camarades... que je vous présente...

HERMINIE. Monsieur...

DE GUIBERT. Monsieur Coquenet, père de famille, propriétaire notable de la ville de Dieppe.

COQUENET. Moi-même.

DE GUIBERT. Homme paisible et sans ambition, qui désire une place de quinze mille francs, ici, à Dieppe, pour servir sa patrie et être utile à ses concitoyens.

COQUENET. Moi-même.

DE GUIBERT. Et un mot de toi, chère amie... une apostille au bas de sa pétition... (*A Coquenet.*) As-tu ta pétition?

COQUENET, *cherchant dans sa poche.* J'en ai toujours!

DE GUIBERT. Ma femme se chargera de la présenter à mon beau-frère le ministre... N'est-il pas vrai?

HERMINIE, *froidement.* Non, Monsieur!

DE GUIBERT. Comment, non?

HERMINIE, *froidement.* Je craindrais qu'on ne m'accusât de vouloir accaparer toutes les places...

DE GUIBERT. Allons donc!

HERMINIE, *de même.* C'est déjà trop d'avoir parlé pour mon mari... si j'osais demander plus, on me taxerait d'ambition... d'intrigues, peut-être.

DE GUIBERT, *à Coquenet.* Et qui donc?.. des sots et des imbéciles... n'est-il pas vrai?..

COQUENET, *balbutiant.* Certainement... mais (*Regardant Herminie.*) quand on ne connaît pas les personnes...

DE GUIBERT. Tu as raison... dès que ma femme te connaîtra mieux, elle se décidera à parler pour toi.

COQUENET. Je crains que non...

DE GUIBERT, *à demi-voix, avec importance.* Je m'en charge... j'en fais mon affaire!.. s'il le faut même... je dirai : « Je le veux ! . »

COQUENET, *vivement.* Dis-le.

DE GUIBERT. Pas devant le monde!..

COQUENET. C'est juste!

DE GUIBERT, *lui prenant le papier.* Laisse-moi ta pétition, et reviens.

HERMINIE, *qui, pendant ce temps, a causé bas avec le vicomte.* Oui, Monsieur, nous allons, avant le dîner, faire une promenade en mer, et je compte sur vous... (*Le vicomte s'incline, et sort par la porte à gauche, pendant que Coquenet sort par le fond.*)

——

SCÈNE VIII.

HERMINIE, *s'asseyant près de la table, à gauche*; DE GUI-BERT.

DE GUIBERT. Maintenant que nous sommes seuls... je te demande pourquoi tu n'as pas mieux accueilli mon ami Coquenet?

HERMINIE, *toujours assise*. Votre ami?

DE GUIBERT. Que je n'ai pas vu depuis quinze ans, j'en conviens... et une amitié qui a eu quinze ans d'*intérim* n'est pas des plus violentes... Mais c'est égal, je me suis mis en avant... on n'aime pas à avoir l'air d'un zéro... et si ce n'est pour lui... du moins pour moi, et pour ma considération personnelle, je te prie d'avoir égard à cette pétition.

HERMINIE, *la prenant et la jetant sur la table, et frappant dessus, de la main, avec impatience*. Je vous prie, moi, de ne plus m'en parler!...

DE GUIBERT, *avec vivacité*. Et moi, je veux!..

HERMINIE, *se levant*. Qu'est-ce que c'est?..

DE GUIBERT, *baissant le ton*. Je veux savoir pour quelle raison?..

HERMINIE. La raison, c'est que M. Coquenet est un sot; c'est que votre ami est un ennemi qui, ce matin encore et sans me connaître, a répété ici des calomnies sur moi et sur le ministre.

DE GUIBERT. Il aurait répété de même des éloges, car de sa nature il est de l'avis de tout le monde, ne contrarie jamais personne; et si tu savais combien il est bon enfant...

HERMINIE, *sèchement*. C'est assez, c'est trop nous occuper de lui... Quelles nouvelles de Paris?.. avez-vous vu mon frère? est-il venu avec vous?..

DE GUIBERT. Il n'arrivera que ce soir; il y avait conseil des ministres... Il paraît, comme tu me l'as dit, qu'il est question de remanier... de modifier le cabinet...

HERMINIE. Oui... un changement aux finances... Lui avez-vous parlé?..

DE GUIBERT. J'ai hasardé quelques mots... qu'il n'a pas eu l'air de comprendre.

HERMINIE. C'est votre faute, il fallait aborder franchement la question; il croit avoir fait beaucoup en vous faisant obtenir cet emprunt... il vous croit enchanté.

DE GUIBERT. Le fait est que je suis très-content...

HERMINIE, *avec vivacité*. Ce n'est pas vrai, vous ne l'êtes pas... et avec le haut rang que vous occupez dans la banque il vous faut plus que cela... il le faut... pour moi... sinon pour vous... oui, Monsieur, je ne porte envie à personne, mais je veux que personne ne l'emporte sur moi... Je suis malheureuse, vous le savez, quand je vois une plus belle voiture, une parure plus brillante que la mienne... Eh bien! s'il faut vous le dire... j'ai une amie de pension, une amie intime dont le mari est ministre... je veux que le mien le soit aussi... ou tout au moins sous-secrétaire d'État... pourquoi ne le seriez-vous pas?..

DE GUIBERT. Mais, ma femme...

HERMINIE, *vivement*. A tout autre ministère, je ne dis pas... il faut des talents qui se voient!.. mais aux finances, on en a sans que cela paraisse... des comptes, des calculs... c'est un mérite de chiffres, et vous serez placé là à merveille, je pose zéro... et retiens... ce que vous voudrez... on ne s'amuse pas à vérifier, et on vous croit un grand homme sur parole...

DE GUIBERT. C'est possible... mais tu connais ton frère... il a haussé les épaules sans me répondre, et je n'ai pas osé continuer.

HERMINIE. Eh bien! moi... j'oserai... je parlerai...

DE GUIBERT. Encore si j'étais député... il me craindrait peut-être...

HERMINIE. Eh bien! Monsieur, il faut l'être, ça n'est pas si difficile.

DE GUIBERT. Il est capable de s'y opposer... car lorsqu'une fois il a dit non...

HERMINIE. Il faudra bien qu'il dise oui!.. il me doit le prix de ma complaisance.. Savez-vous pourquoi j'ai quitté Paris?.. pourquoi, à la prière du ministre, je suis venue ici, à Dieppe, ainsi que vous?..

DE GUIBERT. Par agrément, je le suppose... du moins, jusqu'ici, je l'ai appris ainsi.

HERMINIE. Non, Monsieur; pour signer au contrat de mariage de M. Lucien de Villefranche, l'ami de mon frère, et notre ennemi, à nous; lui qui ne perd pas une occasion de nuire à notre fortune... lui qui a tenté, mais en vain, de s'opposer à votre dernière entreprise!.. il me l'a avoué à moi-même.

DE GUIBERT. Et pourquoi, je vous le demande, avons-nous la bonté de faire ce voyage?

HERMINIE. Parce qu'il épouse une jeune personne de Normandie, dont la famille vient cette saison aux bains de Dieppe... un ange que mon frère admire... en un mot, son incomparable pupille... mademoiselle Cécile de Mornas.

DE GUIBERT. Cette beauté de province, dont j'ai si souvent entendu parler depuis notre mariage... est-elle aussi bien qu'il le dit?..

HERMINIE. Elle vient d'arriver avec une de ses parentes, madame de Savenay... qui est marquise... et bégueule... il y a déjà antipathie entre nous! quant à la jeune fiancée... mon frère m'a recommandé l'amabilité, les prévenances, la tendresse... ordre ministériel, auquel j'ai obéi... et j'y ai du mérite, car je la déteste déjà.

DE GUIBERT. Et pourquoi?..

HERMINIE, *avec volubilité*. Parce que de tout temps mon frère me l'a présentée comme l'emblème de toutes les vertus, le type, le modèle de la perfection... je n'aime pas les modèles... et une fois mariée avec M. Lucien.., le plus ennuyeux de tous les hommes... une autre perfection dans son genre, elle et son mari habiteront avec mon frère, qui les adore et ne pourra rien leur refuser... ce sera dans son intérieur une opposition continuelle qui ruinera notre influence et notre crédit!.. Soyez donc sœur d'un ministre pour ne rien obtenir... pas la moindre faveur... pas la plus petite injustice!.. Et bien d'autres inconvénients... à Paris, à l'Opéra, aux Italiens, elle sera toujours avec moi dans la loge du ministre...

DE GUIBERT. Qu'est-ce que ça fait?

HERMINIE, *avec impatience*. Cela fait, Monsieur, qu'elle est jolie... ce qui est fort désagréable.

DE GUIBERT. Ah! elle est jolie?..

HERMINIE. Eh bien! n'allez-vous pas vous en occuper et l'adorer aussi... je vous défends de la regarder. (*Se retournant et apercevant Cécile au fond du théâtre*.) Eh! la voilà... cette chère enfant! arrivez donc, ma toute belle!..

SCÈNE IX.

COQUENET, *entrant par la gauche et s'adressant à DE GUI-BERT*; HERMINIE, *allant au-devant de CÉCILE, de MA-DAME DE SAVENAY et de LUCIEN, qui entrent par la droite*.

COQUENET, *à Guibert, et à voix basse*. Eh bien! as-tu dit: Je veux?

DE GUIBERT, *de même.* Tu m'as compromis... tu ne me dis pas que ce matin...

COQUENET, *de même.* C'est ma faute!.. mais qu'importe, si tu es le maître...

DE GUIBERT, *de même.* Certainement... aussi, plus tard nous verrons... tâche, de te mettre bien avec elle... (*Il continue de causer à voix basse avec Coquenet, en tournant le dos aux trois dames.*)

HERMINIE, *à madame de Savenay et à Cécile.* Oui, Mesdames, c'est mon mari, qui ne vous connaît pas encore, et qui meurt d'envie de vous être présenté.

MADAME DE SAVENAY, *bas, à Lucien.* N'est-ce pas le banquier dont on parlait ce matin?

LUCIEN. Lui-même. (*Herminie a pris la main de son mari qui causait toujours avec Coquenet et le présente aux deux dames ; de Guibert passe près d'elles et les salue.*)

DE GUIBERT, *regardant Cécile.* Eh mais! je ne me trompe pas... j'ai déjà eu le plaisir de voir ces dames...

CÉCILE. Où donc, Monsieur?

DE GUIBERT. L'année dernière... en Normandie... à Rouen!

CÉCILE. Je ne me rappelle pas... mais c'est possible... (*A madame de Savenay.*) Lors de votre procès.

MADAME DE SAVENAY. Nous y sommes restées un jour.

DE GUIBERT. C'est cela même... (*Bas, à Herminie.*) Quoi!.. c'est là Cécile de Mornas... la prétendue de notre ami Lucien... j'en suis enchanté...

HERMINIE, *vivement.* Et pourquoi donc?..

DE GUIBERT, *en riant et à voix basse.* Une aventure, ma chère... une aventure que je sais sur son compte...

HERMINIE, *avec joie.* Il serait possible!..

—

SCÈNE X.

LES PRÉCÉDENTS, BELLEAU.

BELLEAU. Le canot est prêt... et quand ces messieurs et dames voudront partir...

HERMINIE, *à Cécile, à madame de Savenay et à Lucien qui sortent.* Nous vous suivons... (*Vivement, à son mari.*) Qu'est-ce que c'est, Monsieur?.. qu'est-ce que c'est?..

DE GUIBERT. Ah! par exemple... je ne puis le dire...

HERMINIE. Et moi, je veux le savoir...

COQUENET, *s'avançant.* Si je pouvais être utile à Madame...

HERMINIE. Merci, Monsieur!.. cela dépend de mon mari... qui parlera... (*En riant et donnant la main à son mari pour sortir.*) Ah! la jeune personne modèle a déjà eu des aventures... c'est délicieux... c'est charmant... (*Elle sort avec de Guibert.*)

COQUENET. Ah bah! des aventures... elle?.. à son âge?.. c'est inconcevable!

BELLEAU, *s'approchant de lui.* Qu'est-ce donc?

COQUENET. Rien... (*A demi-voix.*) On prétend que cette jeune personne, qui était là tout à l'heure, a déjà eu un amant!.. (*Il sort.*)

BELLEAU, *seul, riant.* Ah!.. elle a eu des amants!.. Fiez-vous donc aux demoiselles du grand monde!.. Elle a eu des amants!.. (*Il entend des sonnettes de différents côtés de l'hôtel.*) Voici! on y va! (*Il sort en courant.*)

FIN DU PREMIER ACTE.

—————

ACTE DEUXIÈME.

—

SCÈNE PREMIÈRE.

RAYMOND, *tenant sous le bras une liasse de papiers,* LUCIEN.

LUCIEN. Enfin, te voilà, mon cher Raymond... comme tu arrives tard!..

RAYMOND. Que veux-tu? on n'est pas le maître... quand on est ministre : on ne s'appartient plus, et il faut renoncer souvent aux joies de la famille ou de l'amitié!.. Le conseil a fini si tard... j'ai cru que je ne partirais pas... et au moment de monter en voiture, les affaires sont encore venues m'assaillir jusque sur le marchepied... Tiens, tu vois ce que j'ai emporté avec moi... (*Lui montrant une liasse de papiers qu'il tient.*) J'en ai lu une partie en route... (*Allant les poser sur la table, à gauche, où est restée la pétition de Coquenet.*) Et puis, le voyage, la rapidité de la course, l'air plus pur, qui me rafraîchissaient le sang, ont donné, malgré moi, une autre direction à mes idées... le papier est tombé de mes mains, le présent a disparu... je me suis retrouvé au milieu de nos souvenirs de jeunesse... dans la cour du Lycée... le jour de mon premier prix, au concours général... vous, mes rivaux et mes amis, vous m'entouriez, vous m'applaudissiez... tandis que mon vieux père me serrait, en pleurant, dans ses bras... Mon pauvre père!.. j'ai fait toute la route avec lui... avec toi... je me revoyais auprès du foyer paternel... choyé, chéri de tous... j'avais tout oublié... j'étais heureux... j'étais aimé!.. je n'étais plus ministre!..

LUCIEN. Et ton rêve va continuer, je l'espère... ici... avec moi, avec ta famille, avec ta jolie pupille...

RAYMOND, *gaiement.* Oui, j'ai laissé là-bas les ennemis et les haines... j'ai congé pour vingt-quatre heures... Eh bien! monsieur le marié, que dites-vous de votre prétendue?

LUCIEN. Nous revenons, à l'instant, d'une promenade en mer, que nous avons faite tous ensemble en t'attendant; j'étais à côté d'elle, et il me semble, si toutefois c'est possible, que, d'aujourd'hui, je l'aime plus encore!.. si jolie et si modeste... et puis cette grâce, ce charme, cet art parfait des convenances...

RAYMOND, *souriant de sa chaleur.* En effet, la tête n'y est plus... et tu as raison, c'est un vrai trésor que je te donne là... et que chacun eût envie!.. Ah! s'il était permis à un homme d'Etat d'être amoureux... si ma jeunesse, déjà flétrie et usée par les travaux, avait pu me laisser la moindre prétention de plaire, c'est une conquête que je t'aurais disputée... (*Riant.*) Oui, Monsieur, moi, son tuteur, j'aurais bravé le ridicule... j'y suis fait!.. et cette fois, du moins, ç'aurait été pour être heureux... car voilà la femme qu'il m'eût fallu... bonté, douceur, saine raison, jugement solide.. et quand je la compare à mon étourdie, à mon évaporée de sœur... En as-tu été content, depuis qu'elle est ici?..

LUCIEN. Certainement... nous venons d'avoir la discussion la plus animée...

RAYMOND. Où donc?

LUCIEN. Pendant notre promenade sur mer.

RAYMOND. Un combat naval?

LUCIEN. Justement! une bataille rangée... Cécile et moi, d'un côté, te défendions contre ta sœur et son mari, qui t'attaquaient vivement.

RAYMOND, *souriant.* En vérité! c'est amusant... Et le sujet de l'attaque?

LUCIEN. Elle prétend que tu ne fais rien pour ta famille...

De Guibert. Et moi, je veux. — Acte 1er, scène 8.

RAYMOND. Et ce que j'ai fait obtenir dernièrement à son mari...

LUCIEN. Précisément... lui confier une opération aussi importante, c'était déjà un tort... ou du moins une faiblesse à toi d'avoir cédé...

RAYMOND. Oui, si, parmi les concurrents, il y avait eu des hommes de mérite... Mais ceux que l'on me proposait, je te le prouverai, n'étaient point d'honnêtes gens... de plus, ils étaient tous aussi nuls... et j'ai cru pouvoir, sans grande injustice, accorder à mon beau-frère la palme de la nullité... et de la probité!

LUCIEN. N'importe! tout autre choix valait mieux... car c'était celui-là qui devait exciter contre toi le plus de clameurs...

RAYMOND. Un pareil motif est bon pour toi, que les clameurs effraient... mais pour moi, c'est tout le contraire... tu sais bien que, dans les jours de combat, elles m'excitent et m'encouragent.

LUCIEN. Tu ignores donc ce que l'on a dit et imprimé!.. On prétend que cet emprunt vaut des sommes immenses, et que tu les partages avec ton beau-frère.

RAYMOND, froidement. Vraiment! ils disent cela? Parbleu,

j'en suis charmé, et tu me fais grand plaisir... Est-ce tout?.. n'as-tu rien de mieux à m'annoncer?

LUCIEN. En vérité, je vous admire, toi et ton sang-froid... une pareille attaque me ferait bouillir le sang dans les veines...

RAYMOND. Toi, je le crois bien... tu n'y es pas fait... tu n'y es pas habitué!.. Nous avons pris tous les deux des chemins différents, qui aboutiront peut-être au même but... moi, marchant sur la calomnie et l'attaquant de front... toi, tremblant à son approche, et courbant la tête pour la laisser passer. Soins inutiles! quelque bas que l'on s'incline, fût-ce même dans la fange... on l'y trouverait encore... c'est là qu'elle habite, et je te le prédis, mon pauvre Lucien, tu ne la désarmeras pas plus que moi... tu as beau prodiguer les caresses et les poignées de main, t'abonner à tous les journaux, faire la cour à tout le monde...

LUCIEN, avec fierté. Excepté au pouvoir.

RAYMOND. Eh! morbleu! il y a peu de bravoure à l'attaquer aujourd'hui... le courage serait peut-être de le défendre, et tu ne l'oses pas.

LUCIEN. Je défends ce que le monde approuve... je repousse ce qui est blâmé par lui... et toi, au contraire, tu prends à tâche de le froisser dans ses opinions, de le heurter dans ses jugements !.. frondeur et misanthrope, tu sembles estimer les gens en proportion du mal que l'on en pense ! S'il est au contraire quelqu'un que tout le monde s'accorde à louer, et qui réunisse tous les suffrages...

RAYMOND. Celui-là n'aura pas le mien.

LUCIEN. Et pourquoi ?

RAYMOND. Parce qu'il y a vingt à parier contre un que ces suffrages sont usurpés !.. Si un joueur gagne à tous les coups c'est que les dés sont pipés... si toutes les opinions, tous les journaux s'accordent à louer quelqu'un,.. c'est qu'ils sont gagnés ou vendus... car l'approbation universelle est impossible !.. Les jugements humains se composent de blâme plus que de louanges... d'erreurs plus que de vérités... et celui dont le mérite et le talent sont en discussion, celui qui a quelques amis et beaucoup d'ennemis... celui-là... je l'estime, je l'aime et je le défends... mais l'ami de tout le monde doit être... selon moi...

LUCIEN, *riant*. Un réprouvé...

RAYMOND, *s'échauffant*. Oui, sans doute, car pour être l'ami de tout le monde, il l'a donc été des méchants, des sots, des intrigants... non, non, il faut avoir ceux-là pour antagonistes, pour adversaires... il faut se faire honneur de leur haine, se glorifier de leurs outrages... et, comme chez nous, tu ne peux pas le nier, les méchants sont en grand nombre... en immense majorité... j'en conclus que celui qui a le plus d'ennemis...

LUCIEN, *riant*. Est le plus honnête homme !

RAYMOND. Certainement ! je m'en vante... et à chaque nouveau pamphlet, à chaque nouvelle injure,.. je me frotte les mains et je me dis : « Courage !.. poursuivons ma route !.. j'ai donc en chemin marché sur quelque reptile puisqu'il siffle et qu'il mord. »

LUCIEN. Et ces morsures multipliées te laissent toujours invulnérable !..

RAYMOND. Autrefois.., dans les commencements... je ne dis pas que j'eusse la force d'âme d'y rester insensible... mais quand j'ai vu comment se forgeaient et se propageaient les calomnies, quand j'ai vu surtout d'où elles partaient, et comment, une fois lancées, il n'y avait plus moyen de les retenir... quand j'ai vu les gens les plus raisonnables, les plus spirituels, accueillir des absurdités, par cela même qu'elles étaient en circulation, et qu'on les répétait autour d'eux... j'ai pris le parti, non de les discuter, mais de les fouler aux pieds... et de les repousser dans leur bourbier natal !.. Si tu savais quelle a été ma vie !.. je ne te parle pas de ma carrière politique, qui appartient à tout le monde; je ne te rappellerai pas les reproches dont ils m'accablent !.. avilir ma patrie, la livrer à l'étranger, la partager même... ils l'ont dit !,.. comme si cela était possible !.. moi... un ministre du roi !.. moi ! un Français, moi qui donnerais ma vie pour la prospérité et la gloire de mon pays... (*Avec émotion*.) Enfin, ils l'ont dit... peu importe !..

LUCIEN. Cette idée seule t'émeut.

RAYMOND. Non... non... cela m'est indifférent... je te le jure; mais ce qui ne l'est pas, ce qui ne pouvait pas l'être... c'est quand je me suis vu attaquer dans ma vie privée, dans mes sentiments les plus chers... Fils d'un vigneron de la Bourgogne, qui a donné pour mon éducation le peu qu'il possédait, j'ai eu le bonheur de répondre dignement à ses soins et à ses sacrifices... mais si, grâce à lui, j'ai fait de brillantes études et remporté des prix dans nos concours; si plus tard, comme avocat, je me suis distingué dans quelques affaires importantes; si j'ai obtenu au barreau une réputation d'honneur et de talent que l'on ne contestait pas alors, Dieu sait que ces couronnes et ces succès, je les rapportais tous à mon père... Eh bien ! quand après de pénibles luttes et de glorieux combats, soutenus pour la défense de

nos droits, la cause de la liberté eut enfin triomphé ; quand le vote de mes concitoyens m'eut porté à la Chambre, et que plus tard la confiance du roi m'eut appelé au pouvoir... en entrant dans le somptueux hôtel du ministre, moi, fils de paysan, ma première pensée fut pour mon père... j'allai le chercher et voulus l'emmener avec moi... « Non, me dit-il, « je suis bien vieux ! le séjour de Paris m'effraie... je pré- « fère mon repos et ma retraite... c'est mon désir, mon « fils !.. » Ce désir, je devais le respecter... cette retraite, je l'embellis de mon mieux... je l'entourai de toute l'aisance que je pouvais lui donner... et un matin, je lis dans une feuille publique que moi, sorti de la classe du peuple, je rougissais de devoir le jour à un paysan... à un vigneron... et que j'avais chassé mon père de mon hôtel.

LUCIEN. Chassé !

RAYMOND. C'était imprimé !.. et mille voix le répétaient à ma honte... Hors de moi, éperdu... je courus chercher mon père... « Que vous le vouliez ou non, cette fois, lui dis-je, il faut venir, il y va de mon honneur... on accuse votre fils d'être un ingrat, d'être un infâme... venez !.. » J'avais, ce jour-là, dans mon salon, des députés, de hauts dignitaires, l'élite de la société de Paris,.. j'amenai mon père, je le leur présentai, et m'inclinant devant lui, je m'écriai : « Dites-leur, mon père, dites-leur à tous si votre fils vous respecte et vous honore. »

LUCIEN. C'était bien !.. très-bien... il n'y avait rien à répondre à cela.

RAYMOND, *avec ironie*. Ah ! tu crois... tu crois qu'on impose silence à la calomnie... Le lendemain, tous répétaient que reconnaissant l'indignité de ma conduite, j'avais voulu la réparer par ce coup de théâtre qu'ils tournaient en ridicule... En vain mon père proclama hautement et attesta ma tendresse et mes soins pour lui... on prétendit que ces réclamations tardives étaient dictées par moi; que je l'avais forcé à les écrire; que la pension que je lui faisais en était le prix; que je la lui retirerais s'il parlait jamais et disait la vérité... Et maintenant, j'aurais beau dire et beau faire, les plus honnêtes gens du monde ont cette conviction : quand on parle d'un mauvais fils, tous les regards se tournent de mon côté... ou plutôt se détournent de moi !.. Que faire ?.. quel parti prendre ?.. se brûler la cervelle ?.. j'y ai pensé d'abord... je l'avoue.

LUCIEN. O ciel !..

RAYMOND, *avec amertume*. Mais loin de désarmer la calomnie, c'eût été pour elle une preuve de plus... voyez-vous, auraient-ils dit, l'effet des remords...

LUCIEN. Y penses-tu ?

RAYMOND. Oui, mon ami, oui, tu ne les connais pas... et plus tard, quand la vieillesse, quand les chagrins, peut-être, termineront les jours de mon père... ils diront que j'en suis cause... ils diront que je l'ai tué... ils m'appelleront parricide !.. je m'y attends... Eh bien ! soit ! redoublez vos clameurs, je les brave et les méprise... un mot, mon père,.. un seul mot !.. votre bénédiction au parricide !.. et que Dieu nous juge !..

LUCIEN, *avec émotion*. Raymond...

RAYMOND. Mais pour les jugements des hommes... jugements d'iniquités et d'erreurs... je ne veux pas même en appeler, ni leur faire l'honneur de me défendre devant ce qu'ils appellent le tribunal de l'opinion publique... Fais ce que dois, advienne que pourra ; c'est maintenant ma seule devise, et je marche bravement au milieu de leurs injures, qui peu à peu me sont devenues indifférentes, et qui maintenant font mon bonheur. (*Avec exaltation*.) Oui... pamphlétaires et calomniateurs, je ne ferais pas un pas pour vous désarmer; si je savais qu'une mesure me rendit populaire à vos yeux, je serais tenté de la rétracter ! c'est votre estime, ce sont vos éloges que je redoute... et approuvé par vous, je dirais presque comme cet Athénien que le peuple applaudissait : Est-ce que j'ai dit quelque sottise?..

LUCIEN, *souriant*. Allons, allons... te voilà comme toujours! ardent, exagéré, dépassant le but, et allant trop loin.

RAYMOND. Je ne te ferai pas le même reproche.

LUCIEN. Je m'en félicite!

RAYMOND. Tant pis pour toi.

LUCIEN. Tant mieux, taisons-nous ; voici ta pupille.

SCÈNE II.

RAYMOND, CÉCILE, LUCIEN.

CÉCILE, *courant à Raymond*. Ah! Monsieur, nous vous attendions avec tant d'impatience... et votre retard nous avait bien inquiétés... il ne vous est rien arrivé?

RAYMOND. Rien, ma chère enfant, que la contrariété de ne pas te voir plus tôt.

CÉCILE. Quel dommage que vous n'ayez pas pu être de notre promenade en mer!..

RAYMOND. C'est égal... je n'étais pas absent pour vous... je le sais... je sais que tu m'as défendu...

CÉCILE. Vous n'en aviez pas besoin.

RAYMOND. Si vraiment... mes défenseurs sont trop rares pour que je ne les compte pas avec reconnaissance!.. comment se porte madame de Savenay, ta noble cousine?..

CÉCILE. Beaucoup mieux... depuis deux heures seulement qu'elle est à Dieppe... elle prie M. Lucien de vouloir bien passer dans son appartement pour une grave conférence, dit-elle... et je ne dois pas y assister...

RAYMOND. C'est juste... les affaires d'intérêt regardent les grands parents... et les tuteurs... (*Prenant sur la table les papiers qu'il y a posés à la première scène.*) J'ai là un projet de contrat à vous soumettre... (*A Lucien.*) Examinez-le en m'attendant, et puis faites-moi le plaisir de placer tous ces papiers dans la chambre que vous me destinez. (*Cécile ramasse un papier qui était en dessous et qui tombe ; elle le lui présente.*) Qu'est-ce que c'est que ça ?..

CÉCILE. C'était là, sur cette table, avec vos papiers...

RAYMOND. « Monsieur le ministre... la recette de « Dieppe est vacante par décès du titulaire... et j'ose me « mettre sur les rangs...» (*S'arrêtant et reployant le papier.*) Au diable les pétitions... à peine arrivé, elles m'assaillent déjà... et je vous demande comment on a pu me glisser celle-ci... à moins que ce ne soit au moment où je descendais de voiture... (*La mettant au milieu des papiers que tient Lucien.*) Nous avons le temps de lire, rien ne presse.

LUCIEN. Il faudrait voir cependant...

RAYMOND. C'est tout vu... c'est un intrigant... auquel je ne répondrai même pas.

LUCIEN. C'est quelqu'un de cette ville... quelqu'un peut-être d'influent... et c'est un nouvel ennemi que tu vas te faire...

RAYMOND. Ça m'est égal !

LUCIEN. On en a toujours assez.

RAYMOND. Peu m'importe !

LUCIEN, *s'adressant à Cécile*. Je vous demande, Mademoiselle, quel est le plus raisonnable? je m'en rapporte à vous.

RAYMOND. Et moi aussi... prononce !.. qui de nous deux a tort?

CÉCILE, *timidement*. Eh ! mais... tous les deux peut-être... (*Vivement.*) Pardon... mais il me semble, à moi, qui ne m'y connais guère, (*Montrant Lucien*) que si l'un craignait un peu moins les discours du monde... si l'autre les redoutait un peu plus. .

RAYMOND, *riant*. Bravo! nous tomberions dans le juste milieu.

CÉCILE. Non, mais vous seriez tous deux, peut-être, bien près de la perfection.

RAYMOND, *la regardant d'un air galant et rieur*. Nous y sommes dans ce moment.

CÉCILE. Ah ! Monsieur se moque de moi! ce n'est pas bien.

RAYMOND, *à Lucien*. N'ai-je pas dit vrai?.. et pour t'en rapprocher le plus tôt possible... va parler affaires... je vous rejoins dans l'instant. (*Lucien sort par la porte à droite.*)

SCÈNE III.

CÉCILE, RAYMOND.

RAYMOND. Eh bien ! ma chère enfant, maintenant que tu le connais, ne t'ai-je pas dit la vérité?.. et à part ses opinions, qui n'ont pas le sens commun, n'est-ce pas un excellent homme?

CÉCILE. Oui, Monsieur.

RAYMOND. Crois-tu être heureuse avec lui?

CÉCILE. Je l'espère...

RAYMOND. Ça ne suffit pas!.. je veux que tu en sois sûre... car ton père, à qui je dois tout, m'a légué le soin de ton bonheur... et si je me trompais! parle, mon enfant, ouvre-moi ton âme... autrefois, quand tu étais élevée près de moi, je ne te l'aurais pas demandé,.. te voyant tous les jours, je devinais, je prévenais tes moindres désirs... jusqu'à douze ou quatorze ans, tu as été ma fille... je t'avais regardée comme telle... mais alors, et quoique ayant le double de ton âge, les convenances et ma position m'ont forcé de t'éloigner, de te remettre entre les mains d'une parente, qui ne pouvait t'aimer comme moi, mais qui, plus heureuse, ne t'a pas quittée... s'est emparée à mon préjudice de ton amitié, de ta confiance...

CÉCILE. Jamais...

RAYMOND. Et maintenant que je ne sais plus, comme autrefois, lire dans tes yeux et dans ton cœur... je suis obligé de te demander : Que veux-tu, Cécile?.. que désires-tu?..

CÉCILE, *avec émotion*. Rien, Monsieur... le choix que vous avez fait doit assurer mon bonheur... et s'il en était autrement, ce ne serait pas votre faute... mais la mienne... aussi je n'hésite pas... car vous êtes mon père, et je dois vous obéir.

RAYMOND. Ce n'est pas ainsi que je l'entends ; et malgré mon amitié pour Lucien, s'il se présente une personne que tu préfères, si tu es aimée de quelqu'un... parle... je ne te reprocherai rien... que de ne pas me dire la vérité.

CÉCILE. Je vous l'ai dit, Monsieur ; je ne suis aimée de personne.

RAYMOND. Bien vrai?

CÉCILE. De personne, je vous le jure... excepté de M. Lucien... et je pense comme vous que, sous tous les rapports, c'est un choix convenable... et honorable.

RAYMOND. A la bonne heure... je m'en vais le lui dire... Adieu, mon enfant, adieu... (*Il fait quelques pas pour sortir, s'arrête et la regarde.*) Cécile, tu as encore quelque chose à me demander?

CÉCILE. C'est vrai, Monsieur... et je n'osais pas... (*Raymond revient vivement près d'elle.*) c'est-à-dire avec vous, Raymond... j'oserais bien... Mais ce que j'ai à demander, c'est au ministre... et j'ai peur.

RAYMOND. Pourquoi donc... si c'est juste...

CÉCILE. Ah ! c'est de toute justice... Des marins... des pêcheurs... ceux qui tantôt conduisaient notre barque... ils sont bien pauvres, ils ont beaucoup d'enfants, qui n'ont qu'eux pour vivre... et malgré cela, lors de la dernière tempête... ils se sont exposés pendant toute la nuit... l'un a ramené à bord trois passagers... et l'autre en a sauvé quatre... et ils n'ont eu pour toute récompense... que la joie de leurs enfants, qui croyaient avoir perdu leur père... Ai-je tort, Monsieur, de m'intéresser à eux, et de vous les recommander?

RAYMOND. Non, sans doute... je m'occuperai d'eux... dès aujourd'hui, dès ce matin... tu peux le leur dire.

CÉCILE. J'y vais à l'instant! quel bonheur!.. de leur porter la promesse formelle du ministre... du ministre lui-même... (*Coquenet entre par une des portes de gauche; il entend ces derniers mots, et voit Raymond embrasser Cécile sur le front. Cécile sort par la porte du fond.*)

———

SCÈNE IV

COQUENET, RAYMOND. *Il tire de sa poche un carnet et prend des notes sur la demande que Cécile vient de lui adresser.*

COQUENET, *à part, pendant que Raymond achève d'écrire.* Du ministre lui-même!.. c'est lui qui vient d'arriver... et puisque sa sœur refuse jusqu'à présent de parler en ma faveur... si je profitais de l'occasion pour faire mes affaires moi-même... ça n'est pas défendu... et comme je ne suis pas censé le connaître, cela n'en fera que plus d'effet. (*Il s'approche de la table, y prend un journal, et salue Raymond qui lui rend son salut.*) Monsieur arrive, à ce que je vois.

RAYMOND. Oui, Monsieur.

COQUENET. Il vient peut-être de Paris?

RAYMOND. Oui, Monsieur!..

COQUENET. Je vous en fais mon compliment...

RAYMOND. Il n'y a pas de quoi...

COQUENET. Si vraiment, si vous étiez hier à la Chambre? RAYMOND. J'y étais...

COQUENET. Vous pouvez vous vanter d'avoir entendu un fameux discours... celui qu'a prononcé le ministre, et qui a tenu toute la séance... Quel homme, Monsieur, que ce gaillard-là! comme il les a retournés, vers la fin surtout?..

RAYMOND. C'est l'endroit qui a excité le plus de murmures... COQUENET. Qu'est-ce que ça fait?..

RAYMOND, *se rapprochant.* Ah! cela ne vous fait rien? COQUENET. Non, Monsieur, cela n'empêche pas que ce ne soit un superbe discours... et un homme d'un talent immense, prodigieux... (*Avec brusquerie.*) Si vous ne pensez pas comme moi, tant pis pour vous... voilà mon opinion.

RAYMOND, *souriant.* Que j'estime... (*A part.*) surtout pour sa rareté...

COQUENET, *continuant avec chaleur.* C'est un homme d'État, celui-là... le seul que nous ayons... ou je ne m'y connais pas...

RAYMOND, *à part, de même.* Ma foi, il faut venir à Dieppe pour entendre ces choses-là... (*Haut.*) On s'occupe donc de lui, en ce pays?

COQUENET. Il y est adoré.

RAYMOND, *à part et de même.* Ah bah!.. Et le télégraphe qui ne m'en dit rien.

COQUENET. On lui dresserait des statues.

RAYMOND, *à part.* Pour m'en jeter demain les débris à la tête... (*Haut.*) C'est une très-aimable ville que la vôtre, Monsieur...

COQUENET. Oui, l'air y est pur, la population éclairée, les fonctionnaires y sont très-bien... Nous venons, avant-hier, d'en perdre un très-estimé...

RAYMOND. Je le savais.

COQUENET, *à part.* Déjà! (*Haut.*) C'est la nouvelle du pays... cela fait une place vacante... et l'on compte plusieurs concurrents...

RAYMOND. Je m'en doute... car moi, qui suis de Paris, et qui ne peux rien, j'ai déjà reçu une pétition à ce sujet.

COQUENET. Est-il possible?

RAYMOND. On me l'a remise au moment où je descendais de voiture.

COQUENET. Vous m'avouerez que c'est d'une indiscrétion, pour ne pas dire plus... et j'en suis fâché pour notre endroit... (*A part.*) Ce ne peut être que Rabourdin, le sous-directeur, le seul qui ait des chances... (*Haut.*) Du reste, je connais ici tout le monde... et si vous me disiez le nom de l'individu, qui devait être au bas de la demande?

RAYMOND. Je ne l'ai pas lu... je n'ai pas achevé la pétition. COQUENET. Franchement, vous avez bien fait... je me doute de qui cela peut être...

RAYMOND, *riant.* D'un intrigant... d'abord... c'est ce que j'ai pensé.

COQUENET. Et vous avez eu raison.

RAYMOND. Cela ne m'empêche pas cependant de voir... d'examiner... de prendre des renseignements... Et vous, Monsieur, qui êtes de cette ville...

COQUENET. Voilà quinze ans que je n'en suis sorti.

RAYMOND. Vous qui me paraissez un citoyen estimable, et en l'opinion duquel on peut avoir confiance...

COQUENET. Vous me faites trop d'honneur...

RAYMOND. Dites-moi, puisque vous semblez connaître ce candidat, si c'est un homme capable... un homme de talents?

COQUENET, *d'un air dubitatif.* Eh! eh!

RAYMOND. Jouit-il de quelque estime... de quelque considération?

COQUENET, *de même.* Eh! eh!

RAYMOND. C'est donc, sous tous les rapports, la médiocrité et la nullité mêmes?..

COQUENET, *de même.* Eh! eh!

RAYMOND. Vous y mettez une discrétion et une délicatesse que j'apprécie... vous n'osez me dire que ce choix n'est pas convenable?..

COQUENET. Franchement... il y a mieux que cela à choisir... et pour peu que l'on ne se presse pas et qu'on attende...

RAYMOND. Je vous remercie, Monsieur... Sans avoir d'action directe dans cette affaire... il se peut que je sois consulté, que l'on demande mon avis, et alors, je me souviendrai de celui que vous avez eu l'obligeance de me donner. (*Il salue Coquenet et sort.*)

———

SCÈNE V.

COQUENET, *seul.* Je n'ai rien dit : pas un mot, pas une syllabe... ce n'est pas moi qu'on accusera d'avoir voulu calomnier personne, et je défie la méchanceté la plus acharnée de citer une seule de mes paroles... D'ailleurs, un rival! un concurrent! c'est de bonne et légitime défense... chacun pour soi... Dieu et les ministres pour tout le monde... Et puis, Rabourdin est garçon... et je suis père de famille... Voilà vingt ans qu'il est dans l'administration... tandis qu'il a une place, et je n'en ai jamais eu... Que diable! il faut de la justice... chacun son tour! A bas le cumul et le monopole!..

SCÈNE VI.

HERMINIE, DE GUIBERT, COQUENET.

HERMINIE, *entrant en causant avec son mari.* Oui, Monsieur, vous pensiez ce matin à la députation pour arriver au ministère... il y a dans cette ville, à ce qu'on vient de m'apprendre, une réélection que l'on peut contester... et faire tourner à votre profit.

DE GUIBERT. Certainement !..

HERMINIE. Eh bien! alors, tandis que vous êtes dans le pays, tâchez d'obtenir des voix... de gagner des gens influents...

DE GUIBERT. Je ne demanderais pas mieux... c'est toi qui les repousses. (*A demi-voix.*) Voilà mon ami Coquenet... propriétaire... électeur... un des plus imposés du département... que tu refuses d'appuyer...

HERMINIE. Et qui vous dit cela !.. est-ce qu'il faut faire attention à un mouvement de dépit ou de mauvaise humeur ?.. est-ce qu'on ne change pas d'idées vingt fois par jour ?..

DE GUIBERT. Tu l'entends, mon ami... (*A demi-voix.*) Je t'avais bien dit qu'elle finissait par faire tout ce que je voulais... tu seras nommé... ma femme parlera pour toi au ministre.

COQUENET. C'est ce que j'ai déjà fait ?..

DE GUIBERT. Tu l'as donc vu ?..

COQUENET. Nous venons de causer ensemble... dans un incognito réciproque ; et quoiqu'il ignore qui je suis, je le crois très-bien disposé pour moi !.. si, maintenant... madame veut me proposer... comme receveur... une idée qui viendrait d'elle... parce que moi, je ne peux plus... me mettre en avant... je crois que nous l'emporterons.

HERMINIE. Je ne demande pas mieux... je sais même en ce moment le moyen de tout obtenir de mon frère... les deux places ensemble... à une condition !

DE GUIBERT. Et laquelle ?

HERMINIE. C'est vous me raconterez dans tous ses détails l'aventure dont vous m'avez dit un mot ce matin... l'aventure arrivée à mademoiselle Cécile de Mornas.

DE GUIBERT, *vivement.* Impossible, ma chère... impossible... c'est un secret trop important.

HERMINIE. Raison de plus! vous parlerez... ou je suis muette... je ne dis rien à mon frère...

COQUENET. Un moment... il y va de notre fortune... et il ne s'agit pas ici d'une indiscrétion déplacée... toi, qui en fait d'aventures racontes toujours avec tant de facilité...

DE GUIBERT. Oui; mais celle-ci... j'ai promis de la garder pour moi...

COQUENET. Et tu tiens ta parole... ta femme est une autre toi-même... ton ami aussi...

DE GUIBERT. Je le sais bien... mais cela me ferait de fâcheuses affaires avec le ministre...

HERMINIE, *vivement.* Le ministre...

DE GUIBERT, *de même.* Avec d'autres personnes encore !.. des mauvaises têtes... des féraillleurs... moi je n'aime à me battre que le moins possible... et ça n'aurait qu'à en venir là...

COQUENET. Si ça se savait !.. mais nous nous tairons...

DE GUIBERT. Toi, je ne dis pas... tu seras comme moi... tu auras peur !.. mais ma femme... tu ne la connais pas...

HERMINIE. Et moi, Monsieur, je vous déclare que vous avez excité et redoublé ma curiosité à un tel point, que je veux... j'exige que vous parliez à l'instant même, ou je me brouille avec vous, je ne vous revois de ma vie...

DE GUIBERT, *à voix basse.* Eh bien! donc... et puisque vous me promettez tous les deux le secret .. je vous dirai tout ce que je peux vous dire... apprenez que l'année dernière... dans une maison... (*Se reprenant.*) dans un château... où j'ai rencontré Cécile pour la première fois... j'ai vu, le matin au point du jour, un beau jeune homme sortir de son appartement...

HERMINIE. Vous l'avez vu...

DE GUIBERT. De mes propres yeux vu... et il ne peut, à cet égard, me rester aucun doute... car le mystérieux inconnu, que je connais très-bien, me l'a avoué lui-même en me faisant jurer le silence le plus profond.

HERMINIE. A merveille... et cet inconnu, quel est-il?

DE GUIBERT. Voilà, par exemple, ce que je ne vous dirai pas... je lui ai promis le secret, et je n'irai pas à plaisir me compromettre... en vous révélant un nom tout à fait inutile au piquant de l'anecdote.

HERMINIE. Vous avez raison !.. d'autant que j'ai deviné... je sais qui !..

DE GUIBERT. Silence, alors, et n'allez pas me compromettre.

HERMINIE. C'est mon frère.

DE GUIBERT. Non pas !..

HERMINIE. J'en suis sûre. . à votre effroi d'abord, et à votre inquiétude... et puis l'adoration que Raymond a pour sa pupille, les louanges dont il l'accable... le crédit qu'il lui accorde à nos dépens. (*A Guibert qui veut parler.*) Vous avez beau vous fâcher, c'est lui... Monsieur, c'est lui!..

COQUENET. Il est de fait que je l'ai trouvé ici, tout à l'heure, qui l'embrassait!

HERMINIE, *avec joie.* Vous l'entendez !.. je n'en dirai rien... mais j'en suis enchantée.

DE GUIBERT. Ce n'est pas vrai !..

HERMINIE. Ah! monsieur mon frère, vous qui me faites toujours de la morale.

DE GUIBERT. Ce n'est pas vrai, vous dis-je.

HERMINIE. Vous osez le nier...

DE GUIBERT. Permettez! je ne dis pas que le ministre ne soit pas actuellement fort bien avec elle, ça ne me regarde pas... mais ce n'est pas lui dont je veux parler !.. la vérité avant tout... il ne faut compromettre personne.

COQUENET, *gravement.* Alors, c'est un autre...

HERMINIE, *gaiement et en riant.* Ça en fait deux ! c'est gentil.

DE GUIBERT. Ma femme !.. point de suppositions hasardées, je vous en prie...

HERMINIE. Alors, Monsieur, point de demi-confidences... quel est donc ce séducteur si discret... si timide... qui n'ose paraître et qu'on n'ose nommer devant moi?..

COQUENET. Je le connais...

HERMINIE, *remontant le théâtre pour voir si personne ne vient.* Vous me le direz...

COQUENET, *bas à l'oreille.* C'est toi-même, mon gaillard... c'est toi...

DE GUIBERT, *avec embarras et à demi-voix.* Veux-tu te taire... devant ma femme...

COQUENET, *lui faisant signe qu'il gardera le silence.* J'en étais sûr...

HERMINIE, *qui a remonté près de la porte à droite, redescend le théâtre en courant et revient se placer entre eux deux.* Silence... c'est mon frère...

COQUENET. Parlez-lui... je m'en vais... j'aime mieux ne pas être là... mais je reviendrai... car voici bientôt l'heure où tout le monde se réunit au salon. (*Il sort par la gauche.*)

SCÈNE VII.

DE GUIBERT, HERMINIE, RAYMOND.

RAYMOND, *qui est entré en lisant un papier, lève les yeux et aperçoit Herminie et Guibert*. Ah! bonjour, ma petite sœur! (*Donnant la main à Guibert*.) Bonjour, mon cher Guibert!

HERMINIE. Vous avez fait un bon voyage?

RAYMOND. Excellent!

HERMINIE. J'en suis ravie, et je le suis, surtout, de vous voir!.. vous savez qu'il y a longtemps que je ne vous ai rien demandé...

RAYMOND. Je le crois bien... j'arrive!..

HERMINIE. Aussi, j'ai deux pétitions à vous adresser!.. ça vous étonne?

RAYMOND, *souriant*. Non, parbleu!.. ce qui m'étonnerait, ce serait si tu n'en avais pas!..

HERMINIE. La première... mais je vous préviens d'abord qu'elle ne compte pas... c'est pour un ami... une personne de cette ville... M. Coquenet!..

RAYMOND. Coquenet!.. justement... (*Montrant le papier qu'il tient à la main*.) J'étais à lire sa pétition... une pétition qui m'a été remise au moment de mon arrivée!..

HERMINIE. Il demande la place de receveur.

RAYMOND, *montrant la pétition*. Je le vois bien!

DE GUIBERT. Que sollicite aussi un M. Rabourdin, mais Coquenet est notre ami...

HERMINIE. Un ami intime...

RAYMOND, *avec intention*. Que tu connais... tu es sûre de le connaître?..

HERMINIE. Pas beaucoup!.. mais mon mari...

RAYMOND. Tu me permettras alors d'attendre de plus amples informations... car quelqu'un de ce pays... quel-qu'un tout à fait désintéressé dans la question, m'a fait sur lui un rapport très-défavorable...

HERMINIE. Quelque envieux!..

RAYMOND. Il n'en avait pas l'air; quoique paraissant le connaître mieux que personne, il y a mis une discrétion... enfin, comme je te l'ai dit... je m'informerai, et saurai qui de vous deux a raison... voyons maintenant ta demande principale!..

HERMINIE. Ne l'avez-vous pas devinée... le peu de mots que vous a dits mon mari... la tendresse que j'ai pour lui... et que vous prenez pour de l'ambition...

RAYMOND. Je comprends.. c'est toi qui lui as donné ces idées de pouvoir.

HERMINIE, *avec câlinerie*. Eh bien! oui... toute ma joie, tout mon orgueil, seraient de le voir votre collègue...

RAYMOND, *imitant son ton*. Eh bien! non... ce n'est pas possible...

HERMINIE. Et pourquoi donc?.. il est capable ou il ne l'est pas?

RAYMOND. C'est évident! voyons le dilemme?

HERMINIE. S'il est capable... faites-le nommer...

RAYMOND. C'est juste... et s'il ne l'est pas?..

HERMINIE, *vivement*. Raison de plus... car vous l'êtes, vous!.. et vous ordonnerez, vous gouvernerez sous son nom... tout n'en ira que mieux... il y aura enfin unité dans le gouvernement...

RAYMOND. Le raisonnement est supérieur, et je n'ai rien à y répondre, qu'un seul mot : non.

HERMINIE, *avec colère*. Vous osez dire : non!..

RAYMOND, *froidement*. Je l'ose, et je t'engage même à ne plus m'en parler... et à n'y plus penser.

HERMINIE. Moi, j'y penserai toujours... je vous en parlerai sans cesse, et il faudra bien que vous cédiez, ou je dirai partout de vous un mal affreux...

RAYMOND. Permis à toi... et tu trouveras de l'écho... il ne manquera pas de monde pour faire ta partie...

HERMINIE. Ils font bien... ils ont raison... je suis de leur avis... c'est indigne de traiter ainsi une sœur qui vous aime...

DE GUIBERT. Il est de fait, mon beau-frère, que vos procédés envers nous...

RAYMOND. Et toi aussi... qui t'en mêles?.. c'est charmant d'être ministre... on vous accuse de tout immoler à votre famille, et votre famille se plaint qu'on la sacrifie...

HERMINIE. Ah! j'aurais plus de pouvoir, plus de crédit sur vous, si au lieu d'être sœur... j'étais votre pupille... (*De Guibert lui fait signe de se taire*.)

RAYMOND. Sans contredit; car si tu étais Cécile, tu ne demanderais que des choses raisonnables...

HERMINIE. Raisonnables ou non, je serais sûre de les obtenir...

DE GUIBERT, *à demi-voix*. Ma femme, au nom du ciel... (*Haut, et pour interrompre la conversation*.) Voici toute la société des bains qui se rend au salon, car tous les soirs or fait de la musique.

SCÈNE VIII.

HERMINIE, *à l'extrême gauche*; LE VICOMTE DE SAINT-ANDRÉ, *entrant sur ces derniers mots*; DE GUIBERT, *au milieu du théâtre*; CÉCILE, MADAME DE SAVENAY, *allant s'asseoir à droite*; LUCIEN, *appuyé sur leur fauteuil*; RAYMOND, *allant causer avec elles*; BAIGNEURS ET BAIGNEUSES, *qui entrent dans le salon, s'asseyent sur des canapés, se placent à des tables que l'on dresse, ou à la table ronde, et lisent des journaux ou des brochures*; DES DAMES *s'approchent du piano qui est ouvert, d'autres travaillent, pendant que* BELLEAU *va et vient, et offre des rafraîchissements à tout le monde*.

LE VICOMTE, *à de Guibert*. De la musique... c'est ce qu'on dit, et nous allons rire.

DE GUIBERT. Et ma femme qui a promis de chanter.

LE VICOMTE, *à Herminie, en s'inclinant*. Alors nous ne rirons plus, nous admirerons... et j'en ai grand besoin... je m'ennuie déjà ici.

DE GUIBERT, *souriant*. Et les plaisirs... et les amours?..

LE VICOMTE. Bah! c'est toujours la même chose... et il me prend souvent l'envie de me lancer dans le sérieux et dans l'utile, pour m'amuser...

DE GUIBERT. Prenez garde, vous devenez philosophe!..

LE VICOMTE, *levant les yeux et apercevant Raymond, à droite, en face de lui*. — A part. Monsieur Raymond!.. (*Il s'approche et le salue*.)

RAYMOND, *lui rendant son salut*. N'est-ce pas monsieur le vicomte de Saint-André?..

LE VICOMTE. Attaché aux affaires étrangères.

RAYMOND. Que j'ai eu l'honneur de rencontrer quelquefois. (*Souriant*.) Non pas à son ministère...

LE VICOMTE, *de même*. C'est vrai... ce n'est pas là qu'on me trouve... mais en revanche, là, comme ailleurs, ou a dû vous dire beaucoup de mal de moi... et cela sans doute m'a fait du tort dans votre esprit...

RAYMOND, *froidement*. Cela m'a prévenu en votre faveur, et m'a fait penser qu'il n'était pas impossible que vous eussiez du mérite.

LE VICOMTE, *étonné*. Monsieur...

RAYMOND. Sans cela, comment expliquer cet acharnement contre un jeune étourdi, qui n'a encore employé son temps qu'à faire des folies et des dettes... A votre âge, on n'a que des camarades... on n'a pas encore l'honneur d'avoir des ennemis. . Courage, jeune homme, c'est bon signe, cela promet!.. mais ça ne suffit pas... il faut justifier cette haine.

LE VICOMTE. Ah! que l'on m'en offre les occasions.

RAYMOND. Eh bien! nous verrons; et pour commencer, il faut vous éloigner de Paris... nous trouverons moyen de vous employer.

LE VICOMTE. Je suis prêt à partir, et suis à vos ordres, monsieur le ministre.

TOUS LES BAIGNEURS, *à demi-voix*. Le ministre... (*Ils causent entre eux et regardent Raymond, qui retourne s'asseoir près de Cécile et de madame de Savenay, et cause avec elles; pendant ce temps, entre Coquenet, qui s'approche de M. et madame de Guibert.*)

—

SCÈNE IX.

LES PRÉCÉDENTS, COQUENET.

COQUENET, *à demi-voix, à madame de Guibert*. Eh bien! mon aimable protectrice, quelles nouvelles?

HERMINIE. Mauvaises pour tout le monde...

COQUENET. Ah bah!..

HERMINIE. On vous a desservi auprès de lui

DE GUIBERT. On lui a dit de toi un mal affreux...

COQUENET. Et qui donc?..

DE GUIBERT. Quelqu'un de l'endroit...

COQUENET, *vivement*. Je sais qui... ce ne peut être que Rabourdin... mon concurrent.

DE GUIBERT. C'est possible.

COQUENET. C'est évident... c'est le seul qui ait intérêt à me nuire... et vous conviendrez que c'est indigne... que c'est infâme... d'employer de pareils moyens pour réussir... je le dirai partout.

DE GUIBERT. Et tu feras bien.

HERMINIE. Du reste, tout n'est pas perdu... Le ministre, qui ne vous connaît pas encore, a promis de prendre des informations.

COQUENET. C'est ce que je demande... parce que, n'en déplaise à Rabourdin, je veux agir franchement et loyalement... mais si, en attendant, je puis lui rendre la pareille et trouver quelque occasion de lui nuire en dessous... (*Pendant ces derniers mots, des baigneurs ont porté au milieu du théâtre et sur le devant, le piano qui était au fond de l'appartement.*)

DE GUIBERT, *à haute voix*. Ne disait-on pas que ces dames allaient nous faire de la musique?.. (*A sa femme qui est assise.*) Le quatuor de la *Dame du Lac*, que tu étudiais tout à l'heure..

HERMINIE. Je suis bien en train de chanter...

DE GUIBERT. Tu l'as étudié avec mademoiselle Cécile...

CÉCILE, *vivement*. Oh! du tout!.. (*Bas, à Lucien qui est près d'elle.*) Je n'oserai jamais devant le monde...

HERMINIE, *à part*. Ça la contrarie... (*Se levant vivement et passant près d'elle.*) Eh bien! voyons... je suis à vos ordres... nous ne chantons pas assez bien pour nous faire prier... et si Mademoiselle y consent...

CÉCILE. Pardon, Madame; nous n'avons pas achevé de répéter ce morceau... et puis, pour ce quatuor, il manque deux personnes... de voix de basse... d'abord...

DE GUIBERT. C'est moi... je chante tous les rôles de Lablache.

RAYMOND, *à part, et souriant*. Belle recommandation pour être ministre!

DE GUIBERT, *montrant un jeune homme en gants jaunes qui est près de lui*. Et voici M. de Sivry, un ténor délicieux... qui, de plus, accompagne à merveille. (*Le jeune homme s'incline et se met en devoir d'ôter ses gants. — A Herminie.*) Allons, ma chère amie... (*Allant à Cécile.*) Allons, Mademoiselle... il n'y a plus à refuser... vous feriez manquer ce morceau...

CÉCILE, *souriant*. Je le ferai manquer bien mieux encore... en acceptant...

LUCIEN, *à demi-voix et d'un air de prière*. N'importe, Mademoiselle, on vous regarde, et c'est fixer l'attention.

CÉCILE. J'obéis.

HERMINIE, *avec bonté*. Et vous avez raison. (*A part.*) Elle ira tout de travers...

DE GUIBERT, *offrant la main à Cécile, qu'il conduit au piano*. Nous demanderons à la société cinq minutes de répétition à demi-voix. (*Guibert, sa femme et Cécile se groupent près de M. de Sivry, qui vient de s'asseoir au piano, et tous quatre étudient à voix basse; pendant ce temps, Coquenet, qui était à gauche du théâtre, a remonté par le fond derrière le piano, et est redescendu à droite où l'on vient de dresser une table de whist.*)

COQUENET, *présentant une carte à Raymond*. Monsieur voudrait-il être de notre whist?

RAYMOND, *prenant la carte*. Très volontiers... (*Coquenet retourne à la table de whist et compte les fiches et les jetons.*)

LUCIEN, *à Raymond qu'il prend par le bras*. J'ai vu tout à l'heure, dans l'autre salon, des dames qui regardaient Cécile en chuchotant et en causant avec ce M. de Sivry qui accompagne au piano... quel est-il?

RAYMOND. Je l'ignore. (*Lui montrant Belleau, qui dans ce moment leur présente un plateau de rafraîchissements.*) Mais demande au garçon des bains; ces gens-là savent tout. (*Il retourne près du piano où M. de Sivry et les dames préludent à voix basse.*)

LUCIEN, *pendant que Belleau lui présente le plateau, prend un verre d'eau sucrée*. Dis-moi, Belleau... quel est ce jeune homme... là... au piano?..

BELLEAU. Près de la jeune personne. (*D'un air malin.*) Hein! comme ils se regardent et comme ils ont l'air de s'entendre?.. (*Avec finesse et à voix basse.*) C'est peut-être un des trois...

LUCIEN, *étonné*. Comment... un des trois?..

BELLEAU. Oui... l'on prétend qu'elle a eu déjà trois aventures...

LUCIEN, *remettant son verre sur le plateau*. Morbleu!

BELLEAU. Prenez donc garde, vous avez manqué de renverser mon plateau.

LUCIEN, *cherchant à se contenir*. Pardon... (*Cherchant à rire.*) Eh!.. de qui le sais-tu?..

BELLEAU. De personne... on en parlait tout à l'heure dans l'autre salon, et tout le monde vous le dira : c'est connu... (*Il va présenter son plateau à d'autres personnes.*)

LUCIEN, *à part*. Non... ce n'est pas possible... c'est absurde!.. ce n'est pas d'elle qu'il a voulu parler!.. ou plutôt j'ai mal entendu, je ne suis pas dans mon bon sens...

COQUENET, *lui montrant la table qui est prête*. Si Monsieur veut tirer les cartes... (*Lucien va à la table, retourne une carte et revient près de Coquenet.*) Vous avez l'as de cœur.

LUCIEN, *s'efforçant de rire*. Oui, Monsieur... mais une question... vous qui étiez tout à l'heure dans l'autre salon... avez-vous entendu dire que cette jeune personne qui est au piano...

COQUENET, *à voix basse*. Silence... il ne faut pas parler de cela... vous savez donc aussi?..

LUCIEN, *dans le dernier trouble*. Mais... à peu près...

COQUENET, *à voix basse*. Ils disent trois ou quatre intrigues... mais ce n'est peut-être pas vrai... il ne faut jamais croire

De Guibert. Silence, alors. — Acte 2, scène 6.

que la moitié de ce qu'on dit... (*Lucien fait un geste de fureur et veut s'éloigner ; madame de Savenay se présente à lui à sa gauche.*)

MADAME DE SAVENAY. J'ai un *deux*, vous êtes mon partner... venez, Monsieur.

LUCIEN, *hors de lui.* Oui, Madame. (*Il se retourne et trouve de l'autre côté Raymond et Coquenet.*)

RAYMOND ET COQUENET, *l'entraînant.* Allons... plaçons-nous.

DE GUIBERT, *au piano.* Enfin !.. nous sommes prêts... nous commençons !.. (*M. de Sivry, qui est au piano, joue la ritournelle. — Raymond, Coquenet, madame de Savenay viennent de s'asseoir à la table de whist. — Lucien, debout encore et prêt à s'asseoir, regarde du côté du piano. — Les chanteurs, tenant leurs papiers de musique, vont commencer le morceau.*)

FIN DU DEUXIÈME ACTE.

ACTE TROISIÈME.

—

SCÈNE PREMIÈRE.

LUCIEN, *seul.* Je n'ai pas dormi de la nuit... je ne sais à quelle idée m'arrêter, ni quel parti prendre... il faut que je parle à Raymond... car, enfin, rien n'est encore terminé !.. excepté madame de Guibert et son mari, personne ici ne sait que ce contrat doit se signer aujourd'hui... Personne ne me connaît pour le prétendu ; de ce côté, du moins, j'échapperai aux railleries et au ridicule... Mais sur les propos de ce garçon de bains et de ce Coquenet, le type des badauds de province... renoncer à celle que j'aime, à un mariage avantageux, sans raisons, sans motifs... sans preuves !.. Il est vrai que j'ose à peine interroger... tant j'ai peur qu'ils ne devinent tous l'intérêt que je porte à Cécile... Mais enfin, des preuves... personne n'en donne... il n'y en a pas... et cependant, cela se dit, cela se répète, et... tout à l'heure encore... là... dans ce salon, n'ai-je pas entendu, près de moi, les suppositions les plus extravagantes, sur Cécile, sur

RAYMOND. Appuie-toi sur ce bras. — Acte 3, scène 14.

sa famille, sur tout ce qui l'entoure... et une fois que je serai marié, ils ne m'épargneront pas... bien plus, ils diront que je n'ignorais rien... ce Coquenet l'attestera... lui, qui est venu hier tout me raconter, à moi-même !.. Je savais tout... et j'ai passé outre, parce que Cécile est riche, de haute naissance... pupille du ministre... Ils le diront... je les entends déjà croasser de tous côtés autour de moi... J'en ai le frisson... j'en ai la fièvre !.. Allons, consultons Raymond, lui seul peut me donner un bon conseil... C'est lui !.. quelle contrariété ! il est avec sa sœur.

—

SCÈNE II.

HERMINIE, RAYMOND, LUCIEN.

HERMINIE. Comment, Monsieur, vous ne déjeunez pas avec nous ?..

RAYMOND, *avec son chapeau et ses gants.* Non vraiment !.. le vicomte de Saint-André a trahi, hier soir, mon *incognito*, et il faut que j'aille ce matin, avec le sous-préfet et les no-

tables de la ville, à trois lieues d'ici, poser la première pierre d'un phare qui doit éclairer la côte... Impossible de me soustraire à cet honneur, qui va me valoir quelques quolibets... N'est-ce pas, Lucien ?.. vous allez dire, vous autres, que le ministère a beau établir des phares, il n'y voit pas plus clair pour cela...

LUCIEN. Mon ami, j'aurais voulu te parler...

RAYMOND. Est-ce à ce sujet ?..

LUCIEN. Non, pour autre chose...

RAYMOND. Impossible, en ce moment... ces messieurs vont venir me prendre en voiture... si même ils ne m'attendent déjà... mais je reviendrai pour dîner... un grand dîner, où j'aurai l'élite de la population... les titres sont connus... il faut en accepter les charges... Mais ce soir... pour nous dédommager, *(Frappant en riant sur l'épaule de Lucien.)* le contrat que nous signerons...

LUCIEN. C'est justement à propos de cela... que je voudrais te faire part... d'une inquiétude... que j'ai.

RAYMOND. Je devine... ta corbeille qui n'arrive pas... Sois tranquille, tout était commandé avant mon départ, et choisi avec un goût... Ce n'est pas moi qui m'en suis chargé... c'est ma sœur... qui a présidé à tout cela !

LUCIEN. Quoi ! c'est madame qui a eu cette complaisance ?..

RAYMOND. Elle en a été ravie ! les femmes aiment toutes à se mêler des corbeilles de noce... (*A sa sœur.*) Et quand celle-là arrivera-t-elle ?

HERMINIE. Aujourd'hui, je le suppose ; du moins on me l'a formellement promis... le premier magasin de Paris !..

RAYMOND. Ce n'est pas une raison d'exactitude... au contraire !.. N'importe... j'aime à y croire... et tantôt nous jouirons de l'effet...

LUCIEN, *à demi-voix.* Oui... mais comme je te le disais... je désirerais te parler ?..

HERMINIE, *faisant la révérence.* Je vous demande bien pardon, Monsieur, j'étais arrivée avant vous.

RAYMOND. Quoi !.. même en famille, on se dispute chez moi les audiences... Parlez vite... les dames d'abord... c'est de droit... (*Lucien va s'asseoir sur un des fauteuils.*)

HERMINIE. Deux mots suffiront... Je vois avec peine, Monsieur, que vous ne me rendez jamais justice...

RAYMOND. Si vraiment... j'ai pu te reprocher de l'étourderie, de la frivolité... jamais de torts sérieux !.. et si chaque jour ils m'attaquent dans mon honneur... ils ont du moins respecté le tien !.. C'est une joie et une consolation réservées à notre vieux père, qui n'en a plus d'autres...

HERMINIE. Eh bien ! Monsieur, s'il en est ainsi... vous savez ce que je vous ai dit hier ?..

RAYMOND. Tu m'as dit tant de choses...

HERMINIE. Pour cette nomination... dont j'ai promis de vous parler sans cesse, quoi qu'il m'en coûte...

RAYMOND. Ça ne te coûtera plus rien, tu n'auras plus cette peine... notre nouveau collègue est nommé...

HERMINIE, *avec joie.* Il serait vrai ?..

RAYMOND. Et ce n'est pas ton mari...

HERMINIE, *avec colère.* Ah ! c'est une trahison !..

LUCIEN, *avec étonnement et se levant.* Comment !.. il était sur les rangs ?..

RAYMOND. Tu l'entends !.. voilà Lucien... voilà nos amis eux-mêmes qui haussent les épaules à l'idée seule d'une pareille prétention... et si j'avais pu l'accueillir un instant, ils s'y seraient opposés.

LUCIEN, *avec chaleur.* Oui, vraiment... pour ton honneur...

RAYMOND. Je ne le leur fais pas dire...

HERMINIE, *à Lucien.* Et moi, Monsieur, je me rappellerai ce mot-là...

RAYMOND, *se retournant vers Lucien.* A toi, maintenant... parle...

LUCIEN. Pas devant ta sœur...

HERMINIE. Je comprends... encore quelque perfidie... quelque complot contre moi...

SCÈNE III.

HERMINIE, RAYMOND, LUCIEN, BELLEAU.

BELLEAU, *entrant et s'adressant à Raymond.* M. le sous-préfet... et toutes les autorités sont en bas, dans une calèche... Les voilà qui descendent et demandent M. le ministre...

RAYMOND. Je cours au-devant d'eux... (*A Lucien qui veut le retenir.*) Mon cher ami, à mon retour, nous causerons... il ne faut jamais qu'un ministre se fasse attendre... ça donne le temps de dire du mal de lui...

BELLEAU, *naïvement.* Oh non ! monsieur le ministre... ils n'oseraient pas... car en arrivant, j'ai entendu M. le sous-préfet qui disait aux autres : Taisez-vous donc, il est ici !..

RAYMOND, *riant, à Lucien.* A merveille !.. ils avaient déjà commencé... (*A Belleau.*) Passe devant... dis-leur que je vais avoir l'avantage (*En riant.*) de les interroger !.. (*Il sort par le fond.*)

SCÈNE IV.

HERMINIE, LUCIEN.

HERMINIE. Je vois, Monsieur, que j'essaierais en vain de balancer votre crédit, et surtout celui de votre prétendue, de votre fiancée, à qui l'on n'a rien à refuser...

LUCIEN, *étonné.* Que voulez-vous dire ?..

HERMINIE. Qu'au moment même où je sollicitais en vain, Cécile venait d'obtenir du ministre cinq ou six places vacantes... ici, à Dieppe... Des pilotes, des gens du port, des commis, ont été nommés à sa recommandation... elle dispose de tous les emplois, et désormais, quand je voudrai obtenir quelque faveur, c'est à elle que je m'adresserai... (*Avec ironie.*) ou plutôt à celui qui aura tout pouvoir par elle... (*Lui faisant la révérence.*) à vous, Monsieur, son heureux époux !.. (*Elle le salue et sort.*)

SCÈNE V.

LUCIEN, *seul, avec agitation.* Et elle aussi... dont les compliments ironiques... elle sait tout .. et pour que ces bruits soient arrivés jusqu'à son oreille, il faut donc que de tous les côtés on les répète, ce qui est déjà aussi terrible que si ça était réellement... car enfin, quand tout le monde le dit, tout le monde ne peut avoir tort... il est impossible que de pareils bruits se répandent et circulent aussi hardiment sans une cause, sans un prétexte... il faut donc que réellement il y ait quelque chose... (*Se retournant vers le fond.*) Madame de Savenay et Cécile... Allons, et quoi qu'il m'en coûte... il faut connaître la vérité...

SCÈNE VI.

LUCIEN, *à l'écart, près de la table où sont les journaux;* CÉCILE, MADAME DE SAVENAY.

CÉCILE, *gaiement à madame de Savenay, et sans voir Lucien.* C'est bien étonnant... comment, ma cousine, vous n'avez pas remarqué ?..

MADAME DE SAVENAY. Quoi donc ?..

CÉCILE. Quand nous sommes entrées au salon, et pendant que nous le traversions, il s'est fait tout à coup un grand silence... et tout le monde avait un air si extraordinaire...

MADAME DE SAVENAY. Un air de déférence... on sait dans ce pays ce qu'est la marquise de Savenay... et leur respect.

CÉCILE, *toujours gaiement.* Était bien grand !.. ils baissaient tous les yeux... sans nous adresser la parole... et à peine étions-nous passées... j'entendais derrière nous un bourdonnement... qui cessait dès que vous retourniez la tête.

MADAME DE SAVENAY, *gravement.* De nouvelles arrivées... surtout quand elles ont quelque distinction dans les manières... sont toujours sûres d'attirer l'attention... ici, dans cette petite ville... où l'on n'a rien à faire qu'à regarder...

CÉCILE. Je le crois bien... tout à l'heure, dans la cour, quand ces pauvres pêcheurs sont venus me remercier... de la gratification que je leur avais fait obtenir du ministre...

LUCIEN, *s'avançant.* C'est donc vrai !..

CÉCILE, *l'apercevant.* Ah ! Monsieur... vous étiez là ?..

LUCIEN. Oui, Mademoiselle... (*Vivement.*) Mais cette gratification dont vous parlez ?..

CÉCILE. Vous savez... ces marins qui hier conduisaient notre barque, et qui, plusieurs fois déjà, ont exposé leurs jours pour des naufragés... ils sont bien misérables, et je voulais vous prier de parler en leur faveur, mais mon tuteur est si bon ! il m'a enhardie... j'ai osé lui raconter leur dévouement... et jugez de mon bonheur !.. ils ont eu une gratification et sont nommés gardes-côtes.

LUCIEN. Pas autre chose !.. (*Avec trouble.*) Je veux dire... voilà tout.

CÉCILE. Cela suffit, puisqu'ils sont enchantés !.. et pendant qu'eux, leurs femmes et leurs enfants me remerciaient dans la cour, avec tant de joie que j'en étais attendrie... je me retourne et je vois toute la société du salon, dont les figures étaient appliquées contre les carreaux des fenêtres... et ils me regardaient tous avec un air de raillerie que je ne puis vous rendre... Est-ce parce que j'avais des larmes dans les yeux ? c'est très-mal... Il paraît que dans ce pays ils sont très-moqueurs...

MADAME DE SAVENAY. C'est possible... mais ils ont du bon... surtout une sévérité de mœurs et de principes que j'approuve... Ce matin, et pendant que je prenais mon bain... les femmes de chambre de l'établissement causaient entre elles d'une jeune personne d'ici... qu'elles traitaient de la bonne manière.

CÉCILE. Pauvre jeune fille !..

MADAME DE SAVENAY. Et leur indignation m'a fait plaisir !.. une demoiselle de haute naissance qui, à peine âgée de dix-huit ans, a déjà eu quatre inclinations... pour ne pas dire plus ?.. Concevez-vous cela ?.. concevez-vous un scandale pareil ?..

CÉCILE, *souriant.* Peut-être aussi est-ce un mensonge ?.. car cela me paraît invraisemblable...

MADAME DE SAVENAY. Invraisemblable ou non, j'admets... (car je suis toujours portée à l'indulgence...) j'admets qu'il y ait seulement inconséquence... ou étourderie... n'importe !.. elle n'a que ce qu'elle mérite... Dès qu'une femme fait parler d'elle... elle est dans son tort... de ce côté-là... je suis sans pitié... Est-ce qu'on a jamais rien dit de moi ?..

CÉCILE. Non, sans doute.

MADAME DE SAVENAY. Pourquoi ?.. parce qu'il n'y avait rien... où il n'y a rien, le monde perd ses droits ; car je le répéterai sans cesse, au fond de tous les jugements humains... il y a toujours quelque chose !.. n'est-ce pas, monsieur Lucien ?.. Eh ! mon Dieu !.. qu'avez-vous donc ?.. comme vous voilà pâle et troublé...

LUCIEN, *passant entre les deux femmes.* J'en conviens... mais c'est de colère... et d'indignation... car moi aussi... je connais la jeune personne dont vous parliez tout à l'heure...

MADAME DE SAVENAY, *souriant.* Ah ! la demoiselle aux quatre inclinations...

LUCIEN. Oui, Madame... et je cherche en vain à m'expliquer... qui a pu donner lieu à d'aussi absurdes suppositions ?..

CÉCILE, *vivement et sautant de joie.* Elle n'est donc pas coupable... Ah ! que vous me faites plaisir !.. (*A madame de Savenay.*) Vous voyez, je m'en doutais d'avance... parlez, Monsieur... contez-nous cela !.. vous la connaissez donc ?..

LUCIEN, *avec trouble.* Oui... sans doute... je beaucoup...

MADAME DE SAVENAY, *sèchement.* Je ne vous en fais pas mon compliment.

LUCIEN, *avec émotion.* J'ajouterai que vous, Madame, vous pouvez l'apprécier encore mieux que moi... car elle est de votre société intime...

MADAME DE SAVENAY. Est-il possible ?..

CÉCILE, *naïvement.* Alors... et moi aussi... je la connais donc ? (*Avec joie.*) Dieu, que je suis contente de l'avoir défendue... car de toutes mes amies de pension... il n'en est pas une, grâce au ciel, de qui un pareil soupçon puisse seulement approcher... son nom, Monsieur... son nom ?..

LUCIEN. Oui, vous le saurez... oui, quelque coup que je puisse vous porter... je dois tout vous dire... ne fût-ce que pour chercher avec vous, et la cause de ces outrages... et les moyens de les punir.

MADAME DE SAVENAY. Parlez donc !

CÉCILE. Parlez... cette jeune fille si indignement accusée...

LUCIEN. C'est vous !..

CÉCILE, *poussant un cri et passant près de madame de Savenay.* Moi ! moi ! grand Dieu !..

MADAME DE SAVENAY, *avec indignation.* Une personne qui est sous mon égide et ma protection... on ose l'attaquer... on ose avoir besoin de la défendre !

CÉCILE, *lui prenant les mains.* Ah ! que je vous remercie !

LUCIEN. Oui... je pense comme vous... oui, sa vue seule devrait réduire ses ennemis au silence... et cependant, ni vous, ni moi, ne pouvons empêcher les bruits les plus injurieux, les plus invraisemblables de se glisser dans l'ombre et de se répandre.

MADAME DE SAVENAY. Et comment ?.. et par qui ?

CÉCILE. Oui, Monsieur... achevez... je veux tout entendre ; ce droit de défense que je réclamais pour une autre... on ne me le refusera pas, à moi, je l'espère ; et pour me défendre, il faut au moins connaître ceux qui m'accusent. Et d'abord... ces personnes qui m'aimaient... non, vous avez dit mieux... que j'ai aimées... quelles sont-elles ?

LUCIEN. Je l'ignore ! mais à quelques mots... que j'ai entendus, là, au salon... où j'écoutais incognito... à quelques railleries, que j'ai cru comprendre... (*A Cécile.*) et que m'a répétées madame de Guibert... la malignité s'exerçait sur la reconnaissance et sur l'amitié bien naturelles que vous portiez à votre tuteur...

MADAME DE SAVENAY. Là... je vous l'ai toujours dit !.. vous en parlez sans cesse avec un enthousiasme, une exaltation ! ce matin encore... ici, quand tout le monde l'attaquait, vous avez pris hautement la parole... vous vous êtes posée son avocat...

CÉCILE. J'ai eu tort... sans doute... mais cependant...

MADAME DE SAVENAY. Les jeunes personnes ne veulent jamais rien croire... il n'en faut pas davantage pour donner lieu aux remarques, aux commentaires, aux interprétations...

LUCIEN. Auxquelles la scène de tout à l'heure a prêté une nouvelle force... cette gratification... cette place accordée à de pauvres gens...

MADAME DE SAVENAY. Vous voyez bien !.. Qu'aviez-vous besoin de solliciter pour ces gens-là !.. vous saviez bien que le ministre céderait à vos instances... et que cela ferait jaser... car il ne sait rien vous refuser...

LUCIEN, *avec inquiétude.* En vérité...

MADAME DE SAVENAY. Ce n'est pas comme à moi qui, dernièrement encore, n'ai pas même pu obtenir une place de garçon de bureau pour mon vieux valet de chambre... Mais, dès qu'il s'agit d'elle, tout est bien... tout est juste !.. et c'est plutôt par la faute de Raymond que seront venus de tels bruits, car il fait partout de Cécile un tel éloge... c'est une telle admiration... que moi, qui vous parle, j'ai cru souvent qu'il l'aimait...

LUCIEN ET CÉCILE. Lui ?..

MADAME DE SAVENAY, *avec dignité.* En tout bien... tout honneur, s'entend... car j'étais toujours là... et ce n'est pas devant moi, et dans ma maison, qu'on pourrait supposer...

LUCIEN, *avec impatience.* Eh bien ! c'est ce qui vous trompe... les suppositions ne respectent rien... et je veulais pas... je craignais de vous dire que vous-même n'étiez pas épargnée.

MADAME DE SAVENAY, *passant devant lui*. Moi, la marquise de Savenay !.. Je voudrais bien voir qu'on se permît...

LUCIEN. J'ai entendu, à côté de moi, quelqu'un du pays murmurer, à l'oreille de son voisin, que c'était vous qui aviez favorisé, ou du moins toléré de pareils sentiments.

MADAME DE SAVENAY, *poussant un cri*. Ah! c'est une infâme et atroce calomnie, que rien au monde ne pourrait justifier.

LUCIEN. On ajoutait que c'était le prix de la pension de dix mille francs que vous venez d'obtenir du ministre.

MADAME DE SAVENAY. Mais c'est une horreur qui n'a pas de nom...

LUCIEN, *vivement et avec joie*. Ce n'est donc pas vrai?.. cette pension n'existe pas?

MADAME DE SAVENAY. Si Monsieur... mais d'abord, elle n'est que de cinq mille francs...

LUCIEN, *avec impatience*. Eh! qu'importe le chiffre...

MADAME DE SAVENAY. Il importe, Monsieur, qu'elle avait été accordée, sous la Restauration, aux loyaux services du marquis de Savenay, et que, supprimée arbitrairement à la révolution de Juillet... elle m'a été rendue dernièrement avec justice...

LUCIEN. Par qui?..

MADAME DE SAVENAY. Par le ministre... par Raymond.

LUCIEN, *avec force*. Vous voyez donc bien qu'il y a, dans leurs mensonges mêmes, une apparence de vérité... et comme vous le dites vous-même...

MADAME DE SAVENAY. Mais c'est à étrangler toute la ville de Dieppe... Il faudrait donc, pour leur complaire, renoncer à une pension qui m'est due...

CÉCILE. Ma pauvre cousine...

MADAME DE SAVENAY. Et c'est vous, Mademoiselle, qui êtes cause de tout cela... ce sont vos étourderies... vos inconséquences qui rejaillissent sur moi... et me compromettent.

CÉCILE. J'espère que non, Madame ; de pareils bruits sont trop absurdes, pour que la raison n'en fasse pas justice... (*Passant près de Lucien, et avec dignité.*) Mais si, malgré leur invraisemblance, ils pouvaient, Monsieur, influer un instant sur votre esprit ou sur votre cœur... vous êtes libre, je vous rends vos promesses... Ce mariage n'est connu que de mon tuteur et de sa famille, le reste du monde l'ignore, et la rupture n'en causera ni bruit, ni scandale...

LUCIEN. Moi, renoncer à vous, quand je vous aime plus que jamais... quand je voudrais, au prix de tout mon sang, confondre ces infâmes !..

CÉCILE. Laissez-moi achever... Je ne puis rien contre des outrages dont j'ignore l'origine et la cause ; je ne puis convaincre ceux qui m'ont jugée sans m'entendre et sans me connaître... mais je puis vous dire à vous, Monsieur, je ne suis pas coupable... je n'ai rien à me reprocher, et je n'en ai qu'une preuve à vous donner... mon serment... s'il suffit, à vos yeux, pour répondre à toutes les calomnies... Si dans ce moment, où tout m'accable, vous seul croyez en moi... ce sera un gage d'estime, que je n'oublierai jamais... une marque de tendresse qui vous acquiert, dès aujourd'hui, cet amour que vous réclamiez hier... et ma vie entière se passera à vous le prouver... Maintenant, Monsieur, prononcez... j'attendrai votre réponse. (*Elle salue et sort.*)

SCÈNE VII.

LUCIEN, MADAME DE SAVENAY.

LUCIEN, *avec désespoir*. Ah! ce n'est pas moi qu'il faut convaincre... je crois plus que jamais à sa pureté, à sa vertu... mais les autres !..

MADAME DE SAVENAY, *avec dignité*. Cela me regarde !.. car maintenant, je suis intéressée plus qu'elle à faire connaître la vérité, et ce sera facile...

LUCIEN, *avec doute*. Vous croyez?

MADAME DE SAVENAY. J'en suis sûre !.. quelques misérables ont pu, dans l'ombre, répandre de pareils bruits ; mais quand, moi, la marquise de Savenay... je me montrerai... ils n'oseront soutenir mon regard, et un mot de moi suffira pour les confondre !.. qu'ils viennent... je les attends !..

LUCIEN, *avec impatience*. Mais c'est qu'ils ne viendront pas !.. et en attendant, ces bruits circulent; et que leur opposerez-vous ?..

MADAME DE SAVENAY. La vérité...

LUCIEN, *avec impatience*. Eh! ils ne voudront pas l'entendre... il y a tel mensonge qui, répété par la foule, acquiert la force de l'évidence ; on ne discute plus une calomnie qui circule ; c'est une monnaie que l'on reçoit, que l'on rend, qui a cours partout ; et loin d'en effacer l'empreinte, la circulation ne fait que la rendre plus palpable et plus saillante... Vous-même, souvent, l'avez accueillie de bonne foi, sans vous en douter... et, peut-être, vous finirez encore comme les autres, par vous laisser entraîner au torrent !..

MADAME DE SAVENAY. Parlez pour vous...

LUCIEN. Moi, jamais...

MADAME DE SAVENAY. Vous, Monsieur?.. mais moi... je saurai y résister... et faire triompher la vérité... il y a en elle un accent auquel on ne peut se méprendre, surtout quand il vient d'une voix puissante et imposante... Je vous l'ai dit, Monsieur... cela me regarde... ne vous en mêlez pas !.. Qui vient là?

LUCIEN. Un monsieur du pays.

MADAME DE SAVENAY. C'est par lui qu'il faut commencer.

SCÈNE VIII.

COQUENET, LUCIEN, MADAME DE SAVENAY.

COQUENET, *après l'avoir saluée*. N'est-ce pas madame de Savenay que j'ai l'honneur de saluer?..

MADAME DE SAVENAY, *avec hauteur*. Moi-même, Monsieur...

COQUENET. Mademoiselle votre nièce... ou votre cousine... n'est pas ici?.. Je l'aime autant... je n'aurais peut-être pas osé m'adresser à elle... tandis qu'à vous, Madame, je le préfère.

MADAME DE SAVENAY, *de même*. Pour quelles raisons... qu'y a-t-il ?

COQUENET. Vous voyez, Madame... quelqu'un qui n'espère qu'en vous... un père de famille indignement calomnié... car la malignité n'épargne personne...

MADAME DE SAVENAY. À qui le dites-vous?

COQUENET. Je le sais, Madame, je sais tout ce qu'on a dit sur mademoiselle Cécile, votre nièce...

LUCIEN. Et vous n'avez pas craint de le répéter hier soir, à moi, Monsieur, qui connais ces dames...

COQUENET, *vivement*. On me l'avait dit, Monsieur, je vous le jure... mais j'étais dans l'erreur, je me trompais... je le reconnais maintenant...

LUCIEN, *avec joie*. Est-il possible?

MADAME DE SAVENAY, *à Lucien, d'un air de triomphe*. Eh bien! vous le voyez, Monsieur, il n'est pas si difficile d'éclairer ces gens-là !..

LUCIEN. Parlez, de grâce... je vous écoute...

COQUENET. C'est tout ce que je demande... (*Passant entre*

eux deux.) Eh bien ! Madame, je sollicitais une place, où j'avais des droits, et que j'allais obtenir, lorsque M. Rabourdin, mon concurrent, m'a représenté au ministre comme un homme sans capacité, sans talent, sans considération... oui, Monsieur, lui... lui-même !.. c'est connu de toute la ville... chacun vous le dira, car je ne m'en suis pas caché... et quoi qu'il arrive, c'est un homme perdu de réputation... Aussi, moi qui vous parle, j'aimerais mieux ne pas avoir de place... que de l'avoir à ce prix-là... mais enfin on m'attaque... je dois me défendre... vous comprenez, et c'est pour mon honneur, maintenant, que je tiens à être nommé, pas pour autre chose.

LUCIEN ET MADAME DE SAVENAY, avec impatience. Eh bien ! Monsieur ?..

COQUENET. Je m'étais d'abord adressé à madame de Guibert, la sœur du ministre, dont le crédit a échoué... et alors... j'ai eu l'heureuse idée d'implorer votre protection toute-puissante...

MADAME DE SAVENAY. A moi, Monsieur, qui n'ai aucun pouvoir...

COQUENET. Cela vous plaît à dire... (Hésitant.) Mais vous savez mieux que moi... et nous savons tous, que par mademoiselle votre nièce...

LUCIEN ET MADAME DE SAVENAY. Comment ?..

COQUENET. Vous pouvez tout sur elle... qui peut tout sur le ministre... témoin encore ce matin... ces places nombreuses qui ont été accordées par mademoiselle Cécile, à votre recommandation...

MADAME DE SAVENAY, avec indignation, voulant parler. Monsieur !..

COQUENET, continuant plus vivement. Témoin ces quinze mille francs de pension que vous avez obtenus pour vous-même...

MADAME DE SAVENAY, avec colère. Quinze mille francs !..

LUCIEN, de même, à madame de Savenay. Otez-leur donc, maintenant, de l'idée !.. (Lucien remonte le théâtre et redescend à droite près de madame de Savenay.)

COQUENET, continuant toujours. Et pourquoi, je vous le demande, refuser votre protection à un honnête homme... à un père de famille... vous ne l'aurez jamais accordée à quelqu'un qui vous soit plus dévoué, plus reconnaissant... (Baissant la voix.) Et s'il le faut même... s'il faut des sacrifices...

MADAME DE SAVENAY, poussant un cri d'indignation. Ah ! je suffoque... je me trouve mal... et quand je devrais traduire celui-ci devant le procureur du roi !..

COQUENET, étonné. Moi, mon Dieu ! que vous ai-je donc fait ?..

LUCIEN, à demi-voix et avec impatience. Eh ! Madame ! comme je vous l'ai dit... vous voyez bien qu'il n'a pas cru vous offenser, qu'il est de bonne foi, et ce qu'il y a de pire, c'est qu'il n'est pas le seul...

COQUENET. Ils me l'ont tous conseillé... et madame de Guibert m'a dit : « Mon cher protégé, je ne puis rien pour vous... mais voyez ces dames, qui ont tout pouvoir... c'est la seule manière d'arriver... » Après cela, si je m'y prends mal... excusez-moi...

MADAME DE SAVENAY, se contenant à peine. Ah ! c'est de madame de Guibert que vient tout cela ?..

LUCIEN, à demi-voix. Modérez-vous, de grâce... elle est avec son mari et avec un étranger...

MADAME DE SAVENAY. Tant mieux, plus il y aura de témoins, plus le démenti sera éclatant... et voici l'occasion que j'attendais pour les faire rentrer tous dans la poussière.. soyez tranquille, ce ne sera pas long...

—

SCÈNE IX.

COQUENET, M. DE GUIBERT, HERMINIE, donnant le bras au VICOMTE DE SAINT-ANDRÉ ; MADAME DE SAVENAY, LUCIEN.

HERMINIE, donnant le bras au vicomte, et s'adressant à son mari. Oui, Monsieur, il y a ici, à Dieppe, des ouvrages en ivoire délicieux !.. Une de mes amies en a acheté pour mille écus ! et je veux, comme elle... encourager les arts !.. Ne venez-vous pas avec nous ?..

DE GUIBERT, se jetant dans un fauteuil, à gauche. Je n'aime pas les arts !.. parce que c'est moi toujours qui paie les mémoires.

HERMINIE, tenant toujours le bras du vicomte. Eh bien ! nous irons sans vous.

COQUENET, passant entre de Guibert et sa femme, et bas, à Herminie. Je joue de malheur, j'ai encore échoué !..

HERMINIE, riant. Ce pauvre Coquenet !

MADAME DE SAVENAY, s'approchant d'elle, et à haute voix. Je suis enchantée de vous voir, Madame... j'allais chez vous !..

HERMINIE. Aviez-vous quelques nouvelles à me donner ?

MADAME DE SAVENAY, malgré les efforts de Lucien pour l'engager au silence. Non des nouvelles... mais une leçon... (Herminie s'arrête, de Guibert se lève, se rapproche de sa femme, et le vicomte, quittant le bras d'Herminie, se met dans le fauteuil que vient de quitter de Guibert ; Coquenet s'assied de l'autre côté de la table.)

HERMINIE, à madame de Savenay. Venant de vous, Madame, elle n'a rien qui puisse blesser... je suis encore dans l'âge où on les reçoit... et depuis longtemps Madame est dans celui où on les donne !

DE GUIBERT, lui faisant signe de se taire. Ma femme !..

HERMINIE. J'attends ce que Madame veut m'apprendre...

MADAME DE SAVENAY, avec une colère concentrée. Je vous apprendrai donc que lorsqu'une personne de mon rang veut bien recevoir une personne du vôtre... lorsqu'elle daigne admettre dans son intimité la femme d'un homme de rien...

DE GUIBERT. Madame !..

MADAME DE SAVENAY. Je veux dire d'un homme d'argent... c'est la même chose, à mes yeux... il ne faut pas pour cela que ces gens-là oublient leur origine et leur père, vigneron en Bourgogne... (Geste d'Herminie et de Lucien.) Je ne lui connais pas, du moins, d'autre titre.

LUCIEN, à demi-voix, à madame de Savenay. Eh ! Madame ! de grâce...

MADAME DE SAVENAY. Non, Monsieur... il est bon de prouver que nous sommes placées trop haut pour que leurs calomnies puissent nous atteindre.

HERMINIE. Des calomnies, Madame ?

MADAME DE SAVENAY. Celles que vous avez répandues contre Cécile et contre moi...

HERMINIE, froidement. Moi, Madame... je n'ai rien dit... je n'ai fait qu'écouter, voilà tout... Est-ce ma faute si j'ai beaucoup entendu ?..

MADAME DE SAVENAY. Et moi, je vais croire, Madame, et je crois déjà, que tous ces bruits mensongers ont été, non pas écoutés, mais inventés par vous.

HERMINIE, avec indignation. Par moi !.. vous pourriez supposer...

MADAME DE SAVENAY. Je ne suppose rien que votre silence ne prouve... J'en appelle à ces messieurs... qu'ils prononcent ! (Coquenet et le vicomte, qui étaient assis, se lèvent, et Lucien se rapproche de la marquise.)

HERMINIE, hors d'elle-même. Ah ! c'en est trop !.. le ciel m'est témoin que je voulais me taire !.. mais puisqu'on a presque publiquement provoqué cette explication... puis-qu'on appelle calomnies des vérités... il faut bien que je me résigne à donner des preuves...

DE GUIBERT, *voulant l'empêcher de parler.* Ma femme...

HERMINIE. Eh! Monsieur, n'ayez pas peur!.. je ne nommerai personne... Peu importent les noms, si les faits subsistent... et il me suffira de rappeler à Madame que l'année dernière, dans un château où elle se trouvait avec sa jeune parente... une personne digne de foi a vu... cela est assez évident... (*Appuyant sur le mot.*) vu, de grand matin, un bel inconnu sortant d'un appartement!..

MADAME DE SAVENAY, *vivement.* Quelle indignité!..

HERMINIE, *lui faisant la révérence.* Était-ce du vôtre, Madame?.. mes suppositions n'ont jamais été jusque-là.

MADAME DE SAVENAY. Mensonge et fausseté dont on ne pourrait trouver de témoin...

HERMINIE. Ce témoin existe... il est ici.

MADAME DE SAVENAY. Et quel est-il?

HERMINIE. Mon mari...

DE GUIBERT, *passant près de madame de Savenay.* Permettez...

HERMINIE, *continuant avec chaleur.* Qui, devant moi, (*Montrant Coquenet.*) et devant Monsieur, l'a attesté...

COQUENET, *passant près d'Herminie.* C'est vrai... il m'a avoué à voix basse... que c'était lui!.. lui-même... la vérité avant tout...

HERMINIE, *avec colère.* Ah! voilà ce que j'ignorais... (*Se retournant vers son mari.*) et s'il était vrai...

DE GUIBERT, *à sa femme.* Je te jure que non.

HERMINIE, *à demi-voix.* Alors, et comme je vous le disais,.. c'était donc Raymond!..

TOUS. Raymond!

LUCIEN, *avec colère et passant entre madame de Savenay et de Guibert, qu'il interpelle.* C'était donc Raymond!..

HERMINIE, *de l'autre côté, à son mari.* Était-ce vous?

LUCIEN, *de l'autre côté.* Était-ce Raymond?

DE GUIBERT, *entre les deux, avec embarras.* Mais, Monsieur... mais, ma femme...

LUCIEN ET HERMINIE. Répondez!

DE GUIBERT. Ni l'un, ni l'autre...

LUCIEN ET MADAME DE SAVENAY. Qui donc, alors?

DE GUIBERT, *avec un embarras toujours croissant.* Qui donc?.. eh! mais... que vous dirai-je?.. un jeune homme fort bien... fort aimable!.. probablement... une première inclination...

LUCIEN, *à part.* O ciel!

DE GUIBERT. Qui aura sans doute commencé à Paris... (*Vivement.*) Un amour pur... platonique... j'en suis persuadé!..

HERMINIE, *à son mari, avec impatience.* Mais enfin, Monsieur... cette personne...

LUCIEN. Oui... nous voulons la connaître... ou sinon...

DE GUIBERT, *avec embarras.* Eh bien!.. eh bien! vous êtes tous témoins que ce n'est pas ma faute... que je ne voulais compromettre personne... mais puisque j'y suis contraint et forcé... c'est M. de Saint-André!..

LE VICOMTE, *courant à lui, avec colère.* M. de Guibert!..

HERMINIE, *au vicomte.* Vous, Monsieur!.. est-il possible?..

LE VICOMTE, *à de Guibert, de même.* Vous m'aviez juré le secret...

DE GUIBERT. Je ne dis pas non!.. mais dans la position où je me trouvais... quand, à son corps défendant... il faut dire la vérité...

LE VICOMTE, *de même.* Et qu'en savez-vous? qui vous le prouve?

DE GUIBERT. C'est autre chose... ça ne me regarde plus!.. que ça ne le soit pas... j'y consens... je le veux bien... Mais je vous ai vu... mais vous en êtes convenu!

LE VICOMTE, *de même.* Monsieur!..

DE GUIBERT. Vous me l'avez dit, à moi! et plus tard, devant d'autres personnes que je pourrais citer, vous ne l'avez pas nié...

LE VICOMTE, *avec feu.* Et si je vous ai abusé... si je me suis vanté, si j'ai menti... si, par inconséquence, vanité ou tout autre motif peut-être... j'ai compromis une personne que je ne connaissais même pas...

DE GUIBERT, *vivement.* Convenons-nous de ça?.. à la bonne heure!.. je ne demande pas mieux... je le préfère même pour moi (*Regardant Lucien.*) et pour tout le monde.

LE VICOMTE. Et cela est ainsi... (*A voix haute.*) Oui, Messieurs, c'est la vérité que j'atteste et que je proclame... et si vous, monsieur de Guibert, si vous, ou tout autre, osiez maintenant révoquer en doute cette déclaration solennelle... ce serait m'insulter moi-même, et me faire, dans mon honneur, un outrage dont je lui demanderais raison. (*Il sort.*)

————

SCÈNE X.

Plusieurs baigneurs, à gauche, ont entouré COQUENET; DE GUIBERT, HERMINIE, *sont près de lui du même côté; de l'autre, à droite,* LUCIEN, *debout, près de* MADAME DE SAVENAY, *qui vient de tomber dans un fauteuil; plusieurs autres baigneurs et baigneuses, au fond, réunis par groupes, causent à voix basse sur ce qui vient d'arriver.*

COQUENET, *sur le devant du théâtre, prenant sa prise de tabac et causant avec les baigneurs qui l'entourent.* C'est un brave jeune homme... un galant homme... qui se conduit bien... il fait ce qu'il doit faire.

DE GUIBERT, *à demi-voix.* Parbleu! il ne pouvait guère agir autrement.

HERMINIE, *stupéfaite.* Comment! c'était lui!.. et l'année dernière encore!..

DE GUIBERT, *riant.* Eh! Madame... le temps ne fait rien à l'affaire.

HERMINIE, *avec impatience.* Si, Monsieur!.. en tout temps, c'est très-mal... c'est indigne!.. (*Elle continue à parler bas avec Coquenet et son mari.*)

MADAME DE SAVENAY, *assise de l'autre côté.* Je ne puis en revenir encore!

LUCIEN. Ni moi non plus... (*A part, avec douleur et colère.*) Mais ce premier attachement dont elle-même nous parlait hier!..

MADAME DE SAVENAY. Il faut qu'elle parte! qu'elle s'éloigne! et quant à ce mariage, à ce contrat... que l'on ignorait encore!..

LUCIEN, *à part.* Grâce au ciel!.. (*Se retournant.*) Dieu! c'est elle!.. (*A l'entrée de Cécile chacun fait un mouvement et garde le silence.*)

————

SCÈNE XI.

COQUENET, DE GUIBERT, HERMINIE, CÉCILE, *entrant par le fond;* LUCIEN, MADAME DE SAVENAY, BAIGNEURS ET BAIGNEUSES *par groupes, au fond du théâtre.*

CÉCILE, *traversant vivement le théâtre et courant gaiement à Lucien.* Ah! Monsieur, que je vous remercie! votre réponse ne s'est pas fait attendre! la réponse la plus aimable, la plus gracieuse! une corbeille magnifique... qui m'arrive à l'instant... de votre part.

HERMINIE. Une corbeille... (*A part.*) C'est la mienne.

CÉCILE. Vous la verrez.

HERMINIE. Je la connais.

CÉCILE. C'est délicieux, n'est-ce pas... et puis ce qui vaut mieux, ce qui est plus précieux encore pour moi... c'est le moment même que vous avez choisi pour me l'offrir... c'est une marque d'estime et de courage que j'attendais de vous.

LUCIEN, troublé. Mademoiselle!

CÉCILE. C'est dire hautement que vous me rendez justice, que vous ne craignez pas, aux yeux de tous, d'avouer et de défendre votre fiancée... votre femme...

TOUS, à demi-voix et avec étonnement. Sa femme!

COQUENET, à demi-voix, à de Guibert, montrant Lucien. La femme... de ce Monsieur.

DE GUIBERT. Eh! oui... sans doute...

COQUENET. Et moi qui lui ai dit ce qui en était... combien je suis fâché...

CÉCILE, à Lucien, l'amenant au bord du théâtre. Ne venez-vous pas voir, ainsi que ces dames, votre beau présent?

LUCIEN, à demi-voix, avec émotion et douleur. Pardon, Mademoiselle... je voudrais... et je ne sais comment vous expliquer... que des considérations imprévues... des obstacles plus forts même que mes sentiments, m'obligent à différer des projets... impossibles en ce moment à réaliser!.. (Il la salue et sort. — Quelques personnes sortent après lui.)

—

SCÈNE XII.

LES PRÉCÉDENTS, excepté LUCIEN.

CÉCILE, étonnée. Comment... il s'éloigne?.. (S'avançant vers plusieurs personnes du salon, qui s'éloignent également et sortent de l'appartement.) On m'évite... on détourne les yeux... (Courant à madame de Savenay, qui est toujours assise.) Ah! Madame... Madame... qu'est-ce que cela veut dire?

MADAME DE SAVENAY, se levant et d'une voix grave. En ce moment, Mademoiselle, je m'abstiendrai de toute réflexion!.. ailleurs... et plus tard... je vous parlerai... et vous dirai ce que je pense!.. (Elle sort, et par les différentes portes du salon, tout le monde s'éloigne lentement.)

COQUENET, voyant Cécile qui, chancelante, s'appuie sur un fauteuil. Pauvre jeune fille!.. elle me fait de la peine!.. (A part.) Mais voyez pourtant, comme tout finit par se savoir! (Tout le monde a disparu; Herminie seule veut courir à Cécile, mais M. de Guibert retient sa femme, l'entraîne et sort avec elle et Coquenet.

—

SCÈNE XIII.

CÉCILE, seule, et se soutenant à peine. Madame de Savenay me méprise et me repousse... ma famille elle-même!.. ah! c'est le dernier coup!.. Qu'ai-je donc fait, mon Dieu! et maintenant qui implorer?.. à qui demander justice?.. et dans mon malheur... (Raymond paraît à la porte du salon, à droite.) que me reste-t-il?

—

SCÈNE XIV.

CÉCILE, RAYMOND, à la porte du fond.

RAYMOND. Moi! moi! mon enfant!..

CÉCILE, se jetant dans ses bras. Ah! mon ami, mon ami...

mon sauveur!.. défendez-moi. (S'arrachant de ses bras.) Non, non... je n'ose même pas implorer votre protection... ils me soupçonneraient... ils m'accuseraient... ils diraient...

RAYMOND. Eh! qu'importe?.. En traversant l'autre salon... leurs clameurs sont parvenues jusqu'à moi!.. je n'y ai rien compris... sinon que tu étais leur victime... et j'accours... Ah!.. il y a injustice! il y a calomnie... Me voilà!.. elle me connaît... elle sait que je n'ai pas l'habitude de reculer devant elle... allons, ma fille, allons, ne tremble pas... relève la tête... regarde-la en face... et si, à sa vue, le courage te manque... appuie-toi sur ce bras qui ne te manquera pas!.. (Il emmène Cécile par le fond.)

FIN DU TROISIÈME ACTE.

———

ACTE QUATRIÈME.

SCÈNE PREMIÈRE.

LE VICOMTE DE SAINT-ANDRÉ, BELLEAU.

(Saint-André se promène vivement et sans parler, Belleau le suit.)

BELLEAU. Monsieur, voici le moment de prendre votre bain.

LE VICOMTE, se promenant. Laisse-moi tranquille!..

BELLEAU. Après cela, il sera trop tard... et quand on est malade...

LE VICOMTE, de même. Je ne le suis plus...

BELLEAU. Déjà?.. Ce que c'est que l'eau de mer!..

LE VICOMTE. Non, je souffre horriblement,.. j'ai la tête en feu... j'ai couru chez ces dames pour m'avouer coupable, leur demander pardon,.. Elles n'ont pas voulu me recevoir; elles ont raison... j'en veux à moi-même.., et à tout le monde!.. J'ai beau répéter : Cela n'est pas... cela n'est pas!,. ils ne veulent pas me croire... au contraire! mon insistance leur semble une preuve de plus...

BELLEAU. Dame! Monsieur, soyez franc... avec eux, c'est bon... mais avec moi... vous pouvez en convenir,,,

LE VICOMTE. Et toi aussi!.., quand je te dis que cela n'est pas...

BELLEAU. Si Monsieur a ses raisons... je le veux bien,,,

LE VICOMTE. Des raisons... et lesquelles?,. si ce n'est le tort que, malgré moi, et sans le vouloir,.. j'ai fait à cette jeune personne.

BELLEAU. Si ce n'est que cela, Monsieur est bien bon?,, on dit déjà tant de choses... sans vous compter...

LE VICOMTE, avec colère. Encore, morbleu!..

BELLEAU. Eh bien! en vous comptant.., on dit tant de choses d'elle... et de sa tante surtout, une pension de vingt mille francs qu'elle a acquise...

LE VICOMTE. Qu'est-ce que cela signifie?,,

BELLEAU. Ça signifie, s'il faut vous l'avouer... que, parmi tous ces messieurs, la manière dont vous la défendez,,,

LE VICOMTE. Eh bien! achève...

BELLEAU. Eh bien! les jeunes gens comme il faut... les jeunes gens de Paris, que nous avons ici, disent que ça n'est pas naturel... que cela étonne de Monsieur... et que décidément, il faut qu'il ait des motifs...

LE VICOMTE. Des motifs?.. et que peuvent-ils supposer?..

BELLEAU. Je ne vous le dirai pas... Mais voilà M. Coquenet, qui causait tout à l'heure avec eux...

LE VICOMTE. Ah! je saurai du moins par lui...

SCÈNE II.

BELLEAU, LE VICOMTE DE SAINT-ANDRÉ, COQUENET.

COQUENET, *allant à lui et lui donnant la main.* Bravo! jeune homme, bravo! une noble conduite qui vous fera honneur près des dames... toutes celles de la ville raffolent déjà de vous, à ce que m'a dit madame Coquenet, et vous aurez encore plus de succès ici qu'à Paris!..

LE VICOMTE. Encore un à qui on ne l'ôtera pas de l'idée.

COQUENET. Voyez-vous, ce qu'on estime le plus en province, c'est la discrétion!.. peut-être parce qu'elle y est plus rare qu'ailleurs.

LE VICOMTE. Mais, Monsieur...

COQUENET. Et puis, non-seulement c'est généreux... mais adroit... Aussi, vous y gagnerez... car on gagne toujours à se bien conduire... et si vous étiez convenu de la moindre chose... vous étiez perdu.

LE VICOMTE. Comment cela, s'il vous plaît?..

COQUENET. A cause du ministre!.. qui eût été furieux... On ne se laisse pas impunément enlever une si jolie maîtresse.

LE VICOMTE, *étonné et regardant Belleau qui, de la tête, lui fait signe que oui.* C'est la maîtresse du ministre?..

COQUENET. Qui n'eût jamais accordé à un rival la place qu'il vous a promise... tandis que maintenant, et en récompense...

LE VICOMTE. Quoi! Monsieur... vous pourriez croire...

COQUENET. Ce n'est pas moi qui le dis... ce sont ces messieurs vos amis intimes... qui prétendent que, d'ordinaire, vous ne défendez pas la réputation des dames... au contraire... mais que, dans cette occasion... et pour faire son chemin, on peut déroger, une fois par hasard, à ses principes.

LE VICOMTE. Mais c'est une infamie... Moi, capable d'un mensonge, d'une bassesse, pour un ministre, pour obtenir une place... Je suis donc, à leurs yeux, un indigne, un misérable... C'est pour cela que, tout à l'heure, Dervière a détourné la tête, et ne m'a pas salué...

COQUENET. Allons donc, vous vous trompez.

LE VICOMTE. Non, non, et je lui en demanderai raison... Mais apprenez-moi tout.... racontez-moi ce qu'ils ont dit...

COQUENET. Rien d'inoffensif et de tout naturel... ils prétendent que, maintenant, vous voilà ministériel, et qu'avant trois mois vous serez secrétaire d'ambassade... grâce à ce désaveu...

LE VICOMTE. Que je regrette maintenant... Oui, j'ai eu tort... c'est ma faute... et pour un rien, je dirais que c'est vrai...

BELLEAU. Dame!.. si c'est vrai, dites-le...

LE VICOMTE. Eh non! morbleu! cela n'est pas!..

COQUENET, *froidement.* Alors, ne le dites pas, et ça reviendra au même! car maintenant, que vous le disiez ou non, ce sera exactement la même chose.

LE VICOMTE. Eh! Monsieur, vous me feriez damner, et si vous n'étiez pas un homme respectable... c'est à vous d'abord que je m'adresserais...

COQUENET, *effrayé.* Par exemple!..

LE VICOMTE, *le rassurant.* Eh non!.. je sais bien que ce n'est pas votre faute, que vous êtes innocent de tout ceci... Mais enfin, je ne sais plus que dire, ni que faire... je n'oserai plus défendre cette jeune personne... et d'un autre côté, cependant, et de peur de paraître ministériel, je ne peux pas trahir ma conscience et la vérité...

COQUENET. Silence! voici le ministre!..

———

SCÈNE III.

BELLEAU, COQUENET, LE VICOMTE DE SAINT-ANDRÉ, RAYMOND.

LE VICOMTE, *à part.* Tant mieux! je voudrais qu'il me cherchât querelle!.. ça me justifierait... et s'il sait ce qui s'est passé...

RAYMOND, *avec bonté.* Ah! monsieur de Saint-André...

LE VICOMTE, *d'un air de hauteur.* Oui, Monsieur, moi-même...

RAYMOND. J'arrive! mais avant mon départ, je m'étais occupé de vous.

COQUENET, *à demi-voix.* Vous voyez déjà!.. c'est une place!.. (*A part.*) Est-il heureux!.. (*Il remonte le théâtre et redescend à droite, où il s'assied.*)

RAYMOND. Vous trouverez chez vous une lettre qui, je crois, ne vous déplaira pas!

LE VICOMTE, *balbutiant.* Mais, Monsieur... je ne sais,.. si je peux... si je dois...

RAYMOND, *avec bonté.* Vous me remercierez après.., voyez d'abord, et puis... nous en causerons avec vous et avec votre oncle... (*Le congédiant de la main.*) Allez!.. (*Il remonte le théâtre, et s'adresse à Belleau qui est resté au fond.*) Dites à M. Lucien de Villefranche que je suis de retour... et que je l'attends ici... dans ce salon.

BELLEAU. Oui, Excellence... (*Montrant l'autre salon.*) Il était là tout à l'heure à causer avec ces messieurs. (*Il entre dans le salon à droite. Raymond redescend le théâtre, s'assied près de la table, à gauche, et prend un journal qu'il lit; pendant ce temps, le vicomte a traversé le théâtre et s'adresse à demi-voix à Coquenet, qui est assis à droite.*)

LE VICOMTE. Si c'est une place... je refuse!

COQUENET, *haussant les épaules.* Allons donc!..

LE VICOMTE, *de même.* Je refuserai... je vous le jure. (*Il sort.*)

COQUENET, *à part, toujours assis, à droite, pendant que Raymond, qui lui tourne le dos, est à gauche, et lit un journal.* Pour en avoir alors une meilleure... car il obtiendra maintenant tout ce qu'il voudra... ce que c'est que d'être joli garçon et de plaire aux maîtresses des grands seigneurs... Je suis enchanté d'avoir fait sa connaissance... ça sera toujours une protection contre mes ennemis... et contre les attaques de ce Rabourdin.

RAYMOND, *jetant avec impatience sur la table le journal qu'il vient de lire, et apercevant Coquenet.* Pardon, Monsieur, je ne vous avais pas vu depuis hier... depuis notre dernière rencontre... dont je me félicite... car tous les renseignements que vous avez eu la bonté de me donner... sont exactement conformes aux informations que j'ai prises depuis...

COQUENET, *avec joie.* N'est-il pas vrai? (*A demi-voix et secouant la tête.*) C'était un mauvais choix!..

RAYMOND. Très-mauvais... comme vous me le disiez... un homme sans capacité... sans considération...

COQUENET, *de même.* C'est bien cela... et de plus, un infâme calomniateur!..

RAYMOND. Est-il possible!.. en auriez-vous la preuve?..

COQUENET, *en confidence.* Il m'a calomnié moi-même... et pas plus tard qu'hier... moi!.. moi qui vous parle!..

RAYMOND. Cela suffit, Monsieur... et si, comme je n'en doute pas, cela est aussi vrai que le reste... je vous jure qu'il ne sera pas nommé.

COQUENET, *vivement.* C'est tout ce que je veux... et maintenant, Monsieur le ministre... car je sais aujourd'hui à qui j'ai l'honneur de parler... j'aurais aussi une demande à vous adresser...

COQUENET. Que vous ai-je donc fait? — Ac'e 3, scène 8.

RAYMOND. Je suis à vos ordres, Monsieur... (*Voyant Lucien qui entre.*) mais dans un autre moment si vous le voulez bien... car voici un ami, avec qui j'ai à traiter une affaire importante.

COQUENET. Je m'en doute bien... et je vais, en attendant, rédiger une petite note que je vous apporterai...

RAYMOND, *le retenant au moment où il va sortir.* Comment, Monsieur... vous vous doutez?..

COQUENET, *avec un air de finesse.* Oui, je sais à peu près ce dont il s'agit... et l'on vous dira avec quelle force je me suis élevé contre ces bruits absurdes et mensongers...

RAYMOND. Que nous réduirons à leur juste valeur... je vous le promets... avec l'aide des honnêtes gens... je compte sur la vôtre, Monsieur !

COQUENET. Elle vous est acquise... Je vais rédiger ma petite note... (*Il salue et sort.*)

—

SCÈNE IV.

LUCIEN, *qui est entré lentement et d'un air sombre,* RAYMOND.

RAYMOND. Eh bien! tu voulais me parler ce matin avant mon départ... j'ai moi-même à causer avec toi... Eh! mon Dieu ! quel air sombre et menaçant... qu'as-tu donc?

LUCIEN. Ce que j'ai... tu me le demandes?.. Ils disent tous, (*Montrant la porte à droite.*) et d'ici tu peux les entendre, que tu t'es joué de moi... que tu m'as trompé... abusé...

RAYMOND, *riant avec ironie.* En vérité?

LUCIEN. Que tu as voulu me rendre la fable de tous... m'avilir... et qu'alors je dois t'en demander compte et me battre avec toi... voilà ce qu'ils disent !

RAYMOND. A merveille ! on a toujours le temps de se battre... on n'a pas toujours celui de parler raison... et puisque nous sommes seuls, expliquons-nous. Qu'as-tu à me reprocher? je ne sais rien ! je n'ai vu encore que Cécile, qui, elle-même, ignore sur quelles preuves, sur quels témoignages on la condamne ; j'aurais pu demander... interroger... les nou-

velles ne m'auraient pas manqué... mais tronquées, déna-
turées, et surtout amplifiées et embellies... Je n'ai voulu
entendre que toi, qui te dis l'offensé, et j'ai promis d'avance
à Cécile, qui est dans les larmes, à madame de Savenay, qui
voulait partir, qu'aujourd'hui même, ce soir, à ce dîner où
j'ai invité toute la ville de Dieppe, je prouverais clairement,
hautement, que Cécile est innocente et pure ; que ceux qui
l'attaquent sont infâmes, et ceux qui les croient absurdes !..
à commencer par toi... Accuse-la, maintenant... je suis prêt
à la défendre !

LUCIEN. Ce n'est pas moi qui l'accuse... c'est cette rumeur
soudaine et générale qui s'élève contre elle ! c'est la voix publique...

RAYMOND. Qu'est-ce que c'est que la voix publique? où
commence-t-elle? où finit-elle ?.. et pour la composer, combien faut-il de clameurs et de sots réunis ?.. des bruits ne
sont pas des preuves... il m'en faut d'autres... il me faut des
faits...

LUCIEN, avec embarras. Eh bien !.. on dit... on prétend...

RAYMOND. Des faits...

LUCIEN, baissant la voix. Eh bien !.. on lui donne des
amants... on lui en donne plusieurs...

RAYMOND, froidement. Quels sont-ils ?..

LUCIEN. Toi, d'abord...

RAYMOND, avec un contentement ironique. A la bonne heure...
voilà une calomnie qui ne procède point par détour... et
par faux-fuyant... une calomnie franche et nette... comme
je les aime... Examinons-la... Je ne te dirai pas que Cécile
est la fille de mon bienfaiteur, de mon second père... de
celui à qui je dois tout... qu'il me l'a confiée à son lit de
mort... que je l'ai élevée comme mon enfant... et qu'on ne
déshonore pas son enfant !.. ce serait peut-être une raison
pour toi... ce n'en est pas une pour la calomnie qui s'accom-
mode à merveille d'ingratitude et d'inceste... et qui tient
d'avance pour vraisemblable tout ce qui est infâme ; mais je
te donnerai des arguments plus positifs... je te parlerai de
calculs... d'intérêts... des miens... et cette fois, peut-être, on
pourra me croire. Si j'avais aimé Cécile... si j'en avais été
aimé... pourquoi ne pas l'épouser ?.. non-seulement elle est
jeune... elle est belle... mais elle est riche... par mes soins et
par mes efforts, par les trésors que j'ai disputés autrefois et
arrachés pour elle à l'indemnité... Elle est riche !.. et je n'ai
rien !.. tu le sais, toi!.. tu en as les preuves... (Avec orgueil.)
Oui, quoi qu'ils aient pu dire tout... je suis honnête homme...
grâce au ciel, je n'ai rien... et au lieu de m'assurer un
avenir légitime et honorable, en épousant celle que j'aime
et dont je suis aimé, j'aurais préféré sa honte et ma fortune...
j'en aurais fait, comme vous dites, ma maîtresse... au lieu
d'en faire ma femme?.. pourquoi ?.. pour déshonorer exprès
la fille de mon bienfaiteur ?.. pour être infâme à plaisir !..

LUCIEN. Non, non... cela n'est pas !

RAYMOND. Voilà ce qu'ils proclament, cependant !.. et tu
as pu les croire ?.. et j'ai voulu, disais-tu, t'avilir et te tromper
en te faisant épouser une jeune fille que tu aimais, que tu
m'avais supplié de t'accorder ; que tu étais trop heureux
d'obtenir, pour qui se présentaient chaque jour de nom-
breux partis... et je les ai éloignés... je t'ai choisi... parce
que je te savais un honnête homme... et que je voulais le
bonheur de ma pupille, de Cécile qui me chérit... comme un
ami... comme un frère... entends-tu bien... car moi, je ne
ne peut m'aimer autrement... Mais si vos calomnies eussent
été véritables, si, malgré mes rides précoces et mes cheveux
blanchis avant l'âge, il eût été possible, comme vous le disiez, que je fusse aimé de cette jeune fille... mets-toi bien
dans l'idée que je ne l'eusse cédée ni à toi, ni à aucun autre,
car j'aurais trouvé en elle la compagne que j'avais rêvée, la
consolation de mes chagrins, le bonheur de ma vie entière...
et loin de renoncer à un pareil trésor... je te l'aurais dis-
puté au prix de mon sang, au prix même de notre amitié !..
et cependant je te l'ai donnée à toi... qui pour récompense
me soupçonnes et m'accuses... à toi, qui, loin de me défendre, m'attaques et me défies ; à toi enfin, qui, avant de
m'entendre, voulais d'abord te battre avec moi... (Geste de
Lucien.) Rassure-toi... j'ai tout dit... et maintenant, si tu le
veux... nous pouvons finir par là !..

LUCIEN. Non, non.. tout est faux et absurde... pour toi...
du moins... que je crois... que je révère... mais les autres !..

RAYMOND. Eh bien ! pourquoi n'en serait-il pas de même
des autres ?.. pourquoi n'y aurait-il pas mensonge sur eux
comme sur moi ?

LUCIEN. C'est impossible... pourquoi une insistance... une
animosité pareilles ?.. Qui peut en vouloir à cette jeune fille?

RAYMOND. Voilà le grand mot !..

LUCIEN. Qui donc a intérêt à la calomnier?

RAYMOND. Personne... et cela n'empêche pas !.. la calomnie
est la seule chose qu'ici-bas on fasse gratis et sans intérêt !..
Il y a dans le cœur humain un instinct malin et malfaisant
qui porte notre croyance au mal plutôt qu'au bien... De là,
dans le monde, cette espèce d'aide, d'appui, d'assistance
tacite et mutuelle, que l'on prête de soi-même au dévelop-
pement et à la propagation d'un mensonge !.. Par ce moyen,
la calomnie est partout... et le calomniateur nulle part ;
nulle part on ne trouve un traître de mélodrame assez maladroit pour affirmer hautement une imposture réelle et po-
sitive, dont un souffle ou dont les tribunaux feraient justice... Jamais, dans la société, on ne dit la chose qui n'est
pas... mais on la dit autrement qu'elle est... on la dit de
manière à la dénaturer, à l'altérer dans son intention, à la
changer dans ses détails... la malignité fait le reste... Et,
grâce à l'ignorance, à la sottise et aux causeries de salon,
la vérité la plus limpide et la plus claire, se trouve imper-
ceptiblement passée à l'état complet de mensonge !..

LUCIEN. Je conçois cela pour des étrangers... mais des parents !..

RAYMOND. Ça n'y fait rien.

LUCIEN. Ton beau-frère... par exemple... M. de Guibert.

RAYMOND. Il appartient à la majorité de la société... C'est
un sot ?..

LUCIEN. Mais ta sœur... Herminie ?..

RAYMOND. Autre majorité... celle des étourdies et des coquettes... Misère et vanité que tout cela !.. Les vrais coupables ne sont pas nos ennemis qui nous attaquent... c'est
leur état... ils le font en conscience... ceux qui ne font pas
le leur, ce sont nos amis qui ne nous défendent pas... qui cè-
dent, qui nous abandonnent... c'est madame de Savenay, qui
voulait partir et que j'ai retenue... c'est toi qui repousses
Cécile et qui l'accables !..

LUCIEN. Moi ! j'ai gardé le silence...

RAYMOND. Ah ! voilà nos amis !.. ils se taisent !.. C'est là
leur seul courage !.. ils se taisent au milieu des clameurs...
Eh morbleu ! c'est quand mugit la tempête qu'il faut élever
la voix ! Ils entendront la mienne... car le bruit ne m'effraie
pas... et quand on attaque mes amis... entends-tu bien... je
ne recule pas... je reste près d'eux ! devant eux !.. et si tu
veux suivre mon exemple...

LUCIEN. Peux-tu en douter ?..

RAYMOND. Je m'en vais te dire ce que nous devons faire.

LUCIEN. D'abord ne pas nous battre !..

RAYMOND. C'est convenu !.. la réputation de Cécile n'y eût
pas résisté... et un duel eût été pour elle le coup de la mort...
ensuite... la meilleure manière de vaincre la calomnie est
de remonter à sa source... Eh bien !.. essayons... remon-
tons tous les deux à l'origine de tous ces bruits ?.. Par qui
ces premières rumeurs te sont-elles parvenues ?.. cherche,
rappelle-toi...

LUCIEN. Que sais-je ?.. c'était hier... ici... dans ce salon !..

(En ce moment, Belleau, venant de la porte du fond, se dirige vers la porte à gauche, portant un plateau sur lequel est un thé complet. Il pose un instant le plateau sur la table à gauche, remet en ordre les cuillers et les tasses, et sort.)

LUCIEN, *au moment où Belleau est entré.* Tiens... Belleau, le garçon de bains... qui le premier...

RAYMOND. Cela ne m'étonne pas... ça devait partir d'aussi bas !.. Eh bien ! cette opinion publique dont tu parlais... en voici un fragment... un honorable fragment...

LUCIEN, *à demi-voix et entre ses dents.* Un misérable...

RAYMOND, *de même.* Que tu méprises quand il est seul... et devant qui tu t'inclines quand ils sont plusieurs... Après !.. quel autre encore ?..

LUCIEN. Eh mais... tout le monde !

RAYMOND, *avec impatience.* Qui enfin ?..

—

SCÈNE V.

LUCIEN, RAYMOND, COQUENET.

LUCIEN, *apercevant Coquenet qui sort de la porte à droite, tenant sa note à la main.* Eh ! parbleu ! M. Coquenet, ici présent !..

RAYMOND, *étonné.* M. Coquenet !..

LUCIEN. Qui m'a parlé de trois ou quatre intrigues...

RAYMOND, *étonné.* Quoi !.. c'est là M. Coquenet !..

COQUENET, *avec embarras, et serrant sa pétition.* Moi-même... que vous ne connaissiez pas...

RAYMOND. Et que j'apprends à connaître... Flétrir une jeune-fille... que rien ne vous donnait le droit d'accuser... ni même de soupçonner...

COQUENET, *vivement.* On me l'avait dit, Monsieur... et je le croyais... je le croyais... et pourquoi ?..

RAYMOND. Parce que vous la connaissiez, sans doute ?..

COQUENET. Parce que je ne la connaissais pas... parce que je ne l'avais jamais vue... parce que j'ignorais l'intérêt que vous y portiez... et que, de plus, le fait m'était attesté... par une personne honorable... un de vos parents...

RAYMOND. Et qui donc ?..

COQUENET. Je cite mes autorités... M. de Guibert...

RAYMOND. Mon beau-frère...

COQUENET. Qui m'a avoué... ou plutôt donné à entendre... que lui-même...

RAYMOND. Lui !.. qui a vu Cécile, hier, pour la première fois...

COQUENET. Il est vrai qu'aujourd'hui... *(Montrant Lucien.)* et devant Monsieur... il est convenu que ce n'était pas lui... mais un de ses amis... un jeune homme... qui le nia... qui s'en défend...

RAYMOND, *à Lucien.* Eh bien !.. tu le vois... le nombre diminue en avançant... et tout se réduit déjà à un seul... qui n'en convient pas... c'est sur un mot... sur une supposition, même démentie, que l'on joue l'honneur... la réputation d'une femme... Mais enfin cela vient de Guibert ; cela me regarde maintenant. *(A Lucien.)* Toi, vois ces dames... rassure-les !.. console-les... je vais faire dire à mon beau-frère... que je l'attends... ici.

COQUENET. J'y vais moi-même... et je vous l'envoie... trop heureux de déjouer avec vous toutes les calomnies... et de contribuer ainsi au triomphe de la vérité !.. *(Il sort par le fond et Lucien par la porte à droite.)*

—

SCÈNE VI.

RAYMOND, *seul.* Ah ! monsieur de Guibert !.. je vous apprendrai !.. Et quant à ce jeune homme dont il a parlé... je saurai... je connaîtrai par lui...

—

SCÈNE VII.

LE VICOMTE, RAYMOND.

RAYMOND, *apercevant le vicomte qui s'est approché de lui et qui le salue.* Ah !.. monsieur de Saint-André !.. vous avez reçu ?..

LE VICOMTE, *avec émotion.* Oui, monsieur le ministre... cette mission... dont vous voulez bien me charger !.. et je venais vous dire... qu'à mon grand regret, je ne pouvais accepter cette marque de faveur...

RAYMOND. Et pourquoi donc, s'il vous plaît ?..

LE VICOMTE. Parce que, dans la situation où je suis... elle m'enchaînerait... m'empêcherait de dire la vérité... et surtout de souffleter ceux qui en douteraient...

RAYMOND. Je vous avoue... que je ne comprends pas.

LE VICOMTE. Je me suis trouvé, malgré moi, et par ma faute cependant, mêlé à des bruits injurieux contre mademoiselle Cécile de Mornas... et quand j'ai voulu prendre sa défense et la justifier... ils ont tous prétendu que j'avais pour but, non de proclamer la vérité, mais d'obtenir par là votre faveur... Et vous savez ce qui en est !..

RAYMOND. Je sais qu'ils sont capables de tout... et je vous comprends... Mais ces bruits dont vous parliez...

LE VICOMTE. Sont de toute fausseté, et j'ai beau le crier... à tout le monde... à de Guibert lui-même qui m'accuse...

RAYMOND, *vivement.* Ah ! nous y voilà !.. C'est vous... que de Guibert prétend avoir été aimé de Cécile...

LE VICOMTE. Je ne l'avais jamais vue.

RAYMOND, *se frottant les mains.* Bravo !.. je m'en doutais... c'est toujours comme cela...

LE VICOMTE. Et cependant, ce n'est pas lui qui est le plus coupable...

RAYMOND, *apercevant de Guibert qui entre, et courant à lui.* C'est ce que nous allons voir... Venez ici, Monsieur, venez...

—

SCÈNE VIII.

LE VICOMTE, RAYMOND, DE GUIBERT.

DE GUIBERT, *étonné.* Qu'y a-t-il donc ?.. Coquenet vient de me raconter que vous étiez furieux contre moi.

RAYMOND, *à de Guibert.* Et ce n'est pas sans raison !.. Vous avez osé dire...

LE VICOMTE, *vivement, à Raymond.* Vous ne m'avez pas laissé achever... Tout ce qu'il a avancé était faux... *(Montrant de Guibert.)* Oui, Monsieur... et cependant par mon imprudence, par mon étourderie, par ma faute, enfin... il avait le droit de parler ainsi... et je dois convenir que même en se trompant... même en calomniant, il était de bonne foi...

DE GUIBERT, *avec bonhomie.* Certainement, je suis toujours de bonne foi... qui ose en douter ?..

RAYMOND, *au vicomte.* Achevez, Monsieur... achevez !.. Comme tuteur de Cécile... j'ai droit à une explication...

LE VICOMTE, *avec trouble.* Je le sais, Monsieur...

DE GUIBERT. Et moi aussi, pour moi-même qui, aux yeux de mon beau-frère, suis calomnié!..

RAYMOND, *lui faisant signe de se taire.* Il suffit...

LE VICOMTE, *à Raymond.* Certainement... Je ne demanderais pas mieux... mais l'embarrassant est de vous le donner, cette explication, sans compromettre, peut-être, d'autres personnes...

RAYMOND. Vous ne les nommerez pas, je ne vous demande pas les noms... mais les faits.

LE VICOMTE. C'est qu'ils sont, eux-mêmes, difficiles à raconter... ici... dans ce moment, sans y avoir réfléchi... sans y être préparé...

RAYMOND. Bah!.. un jeune homme d'esprit, comme vous, doit avoir le talent de tout dire.

DE GUIBERT. D'ailleurs, nous comprendrons à demi-mot...

LE VICOMTE, *à Raymond.* J'aimerais mieux ne confier cet aveu qu'à vous seul...

RAYMOND. Impossible!.. ce n'est pas devant moi... c'est devant mon beau-frère que la calomnie a eu lieu... c'est devant lui, surtout, qu'il importe de la rétracter. (*Il fait passer le vicomte entre Guibert et lui.*)

DE GUIBERT. C'est de toute raison... et de toute équité...

LE VICOMTE, *avec hésitation.* Je le sens bien... et malgré cela... (*Comme prenant du courage.*) Eh bien! donc, Messieurs... il y a six mois, à Rouen, où je me trouvais... il y avait à l'hôtel d'Angleterre... une femme.

DE GUIBERT. Mariée?..

LE VICOMTE, *froidement.* Non... une veuve...

DE GUIBERT. Peu importe... il y a des veuves fort aimables.

LE VICOMTE. Et celle-là était charmante... jeune, spirituelle et distinguée...

DE GUIBERT. Comme elles le sont toutes...

LE VICOMTE. Enfin, elle était seule avec une femme de chambre... je l'avais connue à Paris, je l'avais saluée souvent dans sa loge, aux Italiens... je la retrouvais à Rouen!.. Deux Parisiens... en pays étranger... c'est-à-dire en province... Elle aimait les arts... nous faisions de la musique... nous chantions des romances...

RAYMOND. Très-bien... très-bien...

LE VICOMTE. Des mélodies de Schubert.

DE GUIBERT. Nous comprenons.

LE VICOMTE. Et un jour... celui de son départ... à la suite d'une discussion... une discussion musicale... des plus vives... nous ne devions plus nous revoir... (*A Raymond.*) Comme en effet je ne l'ai plus revue... je vous le jure...

DE GUIBERT. Peu importe!..

LE VICOMTE. Je sortais de chez elle, lorsque, dans un corridor de l'hôtel, je me trouve vis-à-vis (*Montrant de Guibert.*) de Monsieur...

DE GUIBERT. J'arrivais de Paris, par le bateau à vapeur... quatre heures du matin... la rencontre était romantique... Ah! mon gaillard, lui dis-je en riant, d'où venez-vous?..

LE VICOMTE. Et, dans ma surprise... dans mon trouble... ne voulant ni compromettre, ni nommer la personne véritable... je lui désignai, de la main, et à tout hasard, la porte d'un appartement qui était près de moi... en lui recommandant le silence...

DE GUIBERT. Porte en citronnier, n° 12... je la vois encore...

LE VICOMTE. Le soir, une jeune personne charmante traverse, avec sa vieille parente, le salon de l'hôtel pour monter en voiture et quitter la ville... Et quel fut mon étonnement en entendant M. de Guibert, qui ne la connaissait pas alors plus que moi... et d'autres jeunes gens de l'hôtel, à qui il avait raconté cette histoire, me féliciter en riant sur ma bonne fortune! Ici, Monsieur, commence une faute inexcusable et que je ne me pardonnerai jamais... Certes, je me défendis de l'honneur qu'on m'attribuait...

DE GUIBERT. C'est vrai, j'en suis témoin.

LE VICOMTE. Mais pas aussi bien, peut-être... que je le devais... Que voulez-vous, ces dames étaient inconnues de l'hôtel... je ne les avais jamais vues... je ne devais plus les revoir... et l'amour-propre... la vanité de jeune homme... d'autres raisons... plus puissantes encore peut-être, la crainte de compromettre une personne à qui je devais le secret... vous comprenez...

RAYMOND. Je comprends, Monsieur, qu'alors vous ayez cru pouvoir agir ainsi; mais, maintenant, les choses sont arrivées au point que la justification de Cécile ne peut plus être complète que par le nom de cette personne...

LE VICOMTE, *vivement.* Jamais, Monsieur!... jamais!.. sa position, le rang qu'elle occupe dans le monde... Plutôt mourir que la perdre de réputation.

RAYMOND, *sévèrement.* Cette femme est-elle donc tellement respectable dans sa faute, qu'il faille lui sacrifier l'honneur d'une jeune fille pure et innocente...

LE VICOMTE. Non, sans doute... Mais si ce n'est pas pour elle... c'est pour les siens... c'est pour sa famille... de nobles et d'honnêtes parents... que j'estime, que je respecte...

RAYMOND. Qu'importe, Monsieur?.. les fautes sont personnelles... la vérité avant tout... votre devoir est de la faire connaître...

DE GUIBERT. Oui, jeune homme... vous parlerez... vous direz tout...

LE VICOMTE, *à Raymond.* J'ai dit tout ce que je pouvais dire... ne m'en demandez pas davantage!.. Du reste... parlez... ordonnez... prescrivez-moi ce qu'il faut faire... j'obéirai... mais, je vous en prie... je vous en supplie...

—

SCÈNE IX.

COQUENET, *sortant de la première porte à gauche;* HERMINIE, *sortant de la seconde porte à gauche;* RAYMOND, LE VICOMTE DE SAINT-ANDRÉ, DE GUIBERT.

HERMINIE, *qui est entrée sur les trois dernières lignes, et les a entendues.* Ah! monsieur le vicomte qui sollicite aussi...

RAYMOND, *vivement.* Oui, ma sœur.

COQUENET, *à Herminie, lui montrant la première porte à gauche, d'où il sort.* On vient d'apporter les ouvrages en ivoire que vous avez choisis... (*Sur ce mot, Guibert remonte le théâtre et redescend près de sa femme.*) Le marchand est là qui vous attend...

HERMINIE, *à Coquenet.* Je suis à lui!.. (*Se retournant vers son frère, et lui montrant M. de Saint-André.*) J'espère qu'il sera plus heureux que moi, et que vous lui accorderez ce qu'il vous demande...

LE VICOMTE, *à Raymond, avec prière.* Je l'espère aussi.

HERMINIE, *à Raymond, avec gaieté.* Il le faut d'abord!.. un charmant cavalier... l'amabilité et la complaisance mêmes. (*Revenant à gauche du théâtre, près de Coquenet, pendant que les trois hommes, à droite, continuent à causer ensemble à voix basse.*) L'année dernière, tandis que monsieur mon mari me laissait seule, à Rouen... il m'a tenu fidèle compagnie... Nous faisions de la musique... nous chantions des mélodies de Schubert.

LES TROIS HOMMES, *se retournant vivement et frappés de surprise.* O ciel!..

RAYMOND, *retenant, par la main, de Guibert qui veut courir à sa femme.* Silence... il le faut!..

HERMINIE, *étonnée et riant.* Qu'ont-ils donc tous trois?.. (*En ce moment, des portes du fond et de côté, entrent toutes les personnes des bains.*)

DE GUIBERT, *toujours retenu par Raymond.* Ce que j'ai...

ce que j'ai... voilà du monde... (*A part.*) Et ne pouvoir pas même être furieux à mon aise!..

RAYMOND, *bas, à Saint-André.* Je vous rejoins à l'instant, Monsieur! je vous rejoins!.. (*Le vicomte de Saint-André sort par une des portes de droite, au moment où, d'une des portes de gauche, sort le marchand dont Coquenet a parlé, tenant un coffret à la main. A sa vue, Herminie remonte le théâtre, et entourée de plusieurs dames, examine, pendant la scène suivante, et sur une des tables du fond, les ouvrages en ivoire que l'on vient d'apporter.*)

—

SCÈNE X.

COQUENET, *sur le devant du théâtre*: DE GUIBERT, MA-
DAME DE SAVENAY, LUCIEN, RAYMOND.

MADAME DE SAVENAY, *à Raymond.* Enfin, Monsieur, comme j'ai toujours dit, comme j'en étais sûre, nous avons donc la preuve évidente de toutes ces calomnies... M. Lucien me l'a attesté...

RAYMOND, *troublé.* Oui... Madame... oui... à ne pouvoir en douter...

LUCIEN, *d'un air de triomphe, et s'adressant aussi à Raymond.* Ah ! tu avais raison ! tu disais bien qu'aux yeux de tous tu lui rendrais justice...

RAYMOND, *avec embarras.* Certainement... oui, je l'ai dit, et je le répète... Mais dans ce moment et devant tout le monde... je ne le peux.

LUCIEN. Au contraire, c'est devant eux... devant les autres encore... (*Il veut faire un pas vers le fond, Raymond le retient par la main.*) Qu'as-tu donc?... toi que j'ai vu si hardi... si confiant... (*Le regardant.*) te voilà pâle et troublé... Hésiterais-tu? aurais-tu des doutes?..

RAYMOND. Des doutes... quand d'un mot... je peux lui rendre l'honneur... Oui, quoi qu'il arrive... (*A part.*) et fût-ce même aux dépens du mien... je le dois... (*Il fait un pas en avant, de Guibert en fait un au-devant de lui, Raymond s'arrête.*) Non, non... mon pauvre père!.. il en mourrait... (*A Lucien.*) Plus tard... à toi seul... et d'ici là, si mon témoignage ne te suffit pas... (*Montrant de Guibert.*) voici la première cause de cette calomnie!..

LUCIEN. Lui!..

RAYMOND. Il sait mieux que personne combien elle est injuste... (*Il sort et entre dans l'appartement à droite, où vient d'entrer le vicomte*

—

SCÈNE XI.

COQUENET, HERMINIE, MADAME DE SAVENAY, DE
GUIBERT, LUCIEN.

(*Au moment où Raymond vient de sortir, Herminie, qui était restée au fond de l'appartement avec les dames qui l'entouraient, renvoie le marchand et redescend le théâtre.*)

LUCIEN, *à de Guibert.* Eh bien! Monsieur, puisque vous êtes au fait de tout...

HERMINIE, *gaiement.* En vérité...

LUCIEN. Parlez! nous vous écoutons...

MADAME DE SAVENAY. Oui, Monsieur... j'ai le droit de vous demander ces preuves de l'innocence de Cécile... donnez-nous-les.

LUCIEN. Pour que je les proclame... que je les rende publiques...

DE GUIBERT. Il ne manquerait plus que cela !... Je vous déclare, Monsieur, que je n'ai rien à dire... ni à vous, ni à personne...

HERMINIE. C'est qu'alors il ne sait rien...

COQUENET. C'est malheureusement probable...

DE GUIBERT, *furieux, à sa femme.* Je ne sais rien, dites-vous... je ne sais rien... je sais tout!..

HERMINIE. Eh bien! alors, parlez... qui vous en empêche?

DE GUIBERT. Ce qui m'en empêche... Vous me le demandez?..

LUCIEN. Eh! oui, Monsieur, on vous le demande!... C'était déjà trop d'avoir accusé ce matin devant moi une personne que je dois défendre... Mais le savoir innocente de vos calomnies, pouvoir la justifier et ne pas le faire, c'est un procédé que je ne veux pas qualifier... un procédé dont j'ai le droit de vous demander compte... et je vous déclare ici, Monsieur... que vous parlerez.

MADAME DE SAVENAY, COQUENET, HERMINIE. Oui, sans doute, parlez, parlez!..

DE GUIBERT, *regardant sa femme, voulant et n'osant parler.* J'en suffoque... oser là, devant moi... ce sang-froid !.. Non... je ne parlerai pas...

LUCIEN, *avec force et lui prenant la main.* Vous parlerez... ou nous nous battrons...

DE GUIBERT, *hors de lui.* Eh bien! soit... Monsieur!.. aussi bien il faut que ma colère tombe sur quelqu'un... Nous nous battrons... je l'aime autant... nous nous battrons...

CÉCILE, *sortant de l'appartement à droite, et entendant ces derniers mots.* Se battre! O ciel !... (*Elle chancelle, prête à se trouver mal; Coquenet et madame de Savenay courent à elle, la soutiennent et l'emmènent dans son appartement.*)

LUCIEN, *à de Guibert.* Je suis à vos ordres...

DE GUIBERT. Je suis aux vôtres. (*Ils s'élancent vers la porte du fond; Herminie et toutes les personnes des bains se précipitent sur leurs pas, et sortent en désordre.*)

FIN DU QUATRIÈME ACTE.

—••—

ACTE CINQUIÈME.

—

SCÈNE PREMIÈRE.

MADAME DE SAVENAY, *paraissant à la porte du fond;*
CÉCILE, *sortant de l'appartement à droite.*

CÉCILE, *avec inquiétude.* Eh bien! Madame... quelles nouvelles?

MADAME DE SAVENAY. Mauvaises!.. ce combat a eu lieu!..

CÉCILE. C'est fait de moi!..

MADAME DE SAVENAY. J'ignore les détails... mais il paraît que M. de Saint-André est intervenu dans l'affaire, et que quelqu'un a été blessé... très-légèrement, il est vrai!.. N'importe... l'éclat est toujours le même... et après un tel événement, malgré tous mes efforts pour vous défendre... et même pour vous croire...

CÉCILE. Quoi! Madame!..

MADAME DE SAVENAY. Tenez, Cécile, ne faisons pas de phrases et parlons franchement; il y a encore un moyen de vous sauver, et notre parenté... quoique éloignée... l'intérêt que je vous porte, les calomnies même dont j'ai été l'objet et qu'il est urgent de dissiper... tout me faisait un devoir de tenter un dernier effort en votre faveur.

CÉCILE, *avec impatience.* Permettez-moi seulement...

MADAME DE SAVENAY. Écoutez-moi d'abord, vous me répondrez après... ou plutôt il n'y a rien à répondre. M. le marquis de Sommerville, le pair de France, l'oncle du vicomte de Saint-André, arrivait aujourd'hui à Dieppe pour sa santé... et vous jugez de son indignation en apprenant la conduite de son neveu... car le marquis est religieux et moral!.. Je l'ai beaucoup connu autrefois!.. beaucoup... et entre gens de qualité, on s'entend aisément, on parle la même langue. Il a compris comme moi qu'un mariage était indispensable... il se charge d'y décider son neveu, son seul héritier...

CÉCILE, *de même*. Mais, Madame...

MADAME DE SAVENAY. Il cherchait pour lui un riche parti... car le vicomte est sans fortune... la vôtre est fort belle... la famille consent... moi aussi...

CÉCILE, *ne se contenant plus*, Et moi, Madame... je refuse.

MADAME DE SAVENAY. Après ce qui s'est passé!..

CÉCILE. Mais il ne s'est rien passé... et puisque vous daignez, dites-vous, me porter quelque intérêt... quelque amitié... je vous en demande une preuve... la plus grande de toutes!.. emmenez-moi, partons d'ici!

MADAME DE SAVENAY. Eh! que ne dira-t-on pas?..

CÉCILE. Tout ce qu'on voudra... pourvu que je parte... que je m'éloigne...

MADAME DE SAVENAY. Il y a dans cette résolution subite quelque nouveau mystère.

CÉCILE. Aucun, Madame.

MADAME DE SAVENAY. Si, Mademoiselle... et comme je ne veux pas, encore à mon insu, jouer un rôle indigne de moi... j'entends que vous n'ayez plus ni secrets ni restrictions. Il me semble d'ailleurs qu'après tout ce que j'ai fait pour vous... j'ai quelques droits à votre confiance... Parlez, et je consens à vos demandes... je vous emmène à l'instant même.

CÉCILE, *avec impatience et douleur*. Mais que voulez-vous que je vous dise?.. je n'ai rien à vous avouer.

MADAME DE SAVENAY. Quoi! M. de Saint-André?..

CÉCILE. Je ne le connaissais pas; je l'ai vu hier pour la première fois; je n'y ai jamais pensé...

MADAME DE SAVENAY. Ainsi, vous n'avez jamais aimé... vous n'aimez personne... vous me le jurez devant Dieu!..

CÉCILE, *avec embarras*. Ah! Madame...

MADAME DE SAVENAY, *vivement*. C'est donc vrai!..

CÉCILE, *vivement*. Ah! le ciel m'est témoin que c'est dans ce moment seulement que je vois clair en mon cœur...

MADAME DE SAVENAY. A la bonne heure au moins... voilà parler... pourquoi ne pas l'avoir fait plus tôt?..

CÉCILE. Mais c'est que plus tôt, je ne pouvais me rendre compte des sentiments que j'éprouvais!.. il me semblait que c'était de l'amitié, de la reconnaissance... pas autre chose... et cependant, me défiant de moi-même... je cherchais à combattre, à éloigner ces idées... j'y avais réussi, je consentais à me marier... je m'efforçais d'aimer celui qu'on me destinait... Mais quand j'ai vu que celui-là aussi, que tout le monde, que vous-même... vous m'abandonniez!.. qu'une seule personne osait me défendre, me protéger et exposer son honneur pour sauver le mien!.. alors, que vous dirai-je?.. pénétrée d'estime, d'admiration, de tendresse... j'ai compris ce que j'éprouvais pour lui!.. et loin d'en rougir, il me semblait que cela lui était dû... que j'en étais fière!.. voilà mon crime... si c'en est un... et c'est à vous seule que je l'aurai confié, Madame... (*A demi-voix et avec expression.*) Je l'aime!..

MADAME DE SAVENAY. Lui! Raymond!..

CÉCILE. Le plus noble... le plus généreux des hommes!..

MADAME DE SAVENAY. Ce qui ne l'a pas empêché de séduire une jeune personne confiée à sa garde et à la mienne...

CÉCILE. Non, Madame... il ignore ce que je viens de vous confier...

MADAME DE SAVENAY. Allons donc!..

CÉCILE. Il ne s'en doute même pas... il ne le saura jamais... et la preuve, c'est que je vous supplie de m'emmener avec vous... de partir à l'instant même...

SCÈNE II.

MADAME DE SAVENAY, COQUENET, *qui est entré sur ces derniers mots*, CÉCILE.

COQUENET. Pardon... mais je crains qu'en ce moment, ce ne soit pas très-prudent...

CÉCILE. Et pourquoi donc?..

COQUENET. A cause du bruit que fait dans la ville ce malheureux duel... combat d'autant plus fâcheux, que ce matin déjà le ministre devait se battre avec M. Lucien... Tout le monde s'y attendait... et il paraît qu'il n'a pas voulu...

CÉCILE. Ce n'est pas vrai!

COQUENET. Certainement... mais c'est le bruit général!.. Comme ils disent aussi que M. de Saint-André, qui vient d'intervenir dans l'affaire... s'est battu à la place du ministre... C'est absurde!.. Mais, vrai ou non... c'est affreux, blessé comme il est...

MADAME DE SAVENAY. Ah! c'est le vicomte qui est blessé?..

CÉCILE. Légèrement... à ce qu'on dit...

COQUENET. Très-dangereusement... je craignais de vous l'apprendre...

CÉCILE, *retenant un mouvement d'indignation*. Achevez...

MADAME DE SAVENAY. Vous y étiez?..

COQUENET. Non, Madame... Je venais de quitter Mademoiselle... à qui j'avais, ainsi que vous, prodigué mes soins... et quand je suis arrivé... c'était fini... Mais je le tiens d'un témoin digne de foi... qui a tout vu, et chacun plaint ce pauvre jeune homme... chacun est furieux contre le ministre... (*Geste de Cécile.*) Ça n'a pas le sens commun... mais enfin c'est une clameur... un haro général... dont il ne se relèvera pas... il sera peut-être obligé de donner sa démission... (*A part.*) S'il pouvait au moins me nommer avant...

MADAME DE SAVENAY. Et les têtes sont ainsi montées contre lui..

COQUENET. Au point que, s'il sortait... le peuple lui jetterait des pierres...

CÉCILE. Ah! mon Dieu!

COQUENET. C'est pour cela, Mesdames (c'est bien injuste... et je ne sais comment vous le dire)... mais à cause de lui... on vous en veut...

MADAME DE SAVENAY. Qu'est-ce à dire?

COQUENET. Il y a des groupes sur la place... et si l'on apercevait la berline... à vos armes...

MADAME DE SAVENAY. Les armes de Savenay!..

COQUENET. C'est pour cela!.. votre voiture est connue... la mienne ne l'est pas... un cabriolet de famille... que vous pouvez prendre chez moi... et qui vous conduira à la première poste...

CÉCILE. Ah! comment vous remercier...

COQUENET. Trop heureux de vous être agréable... quoique ce matin madame votre parente m'ait bien mal accueilli... mais vous, je l'espère...

CÉCILE. Ah! croyez que ma reconnaissance... (*A madame de Savenay.*) Voilà le seul ici qui m'ait montré quelque intérêt...

COQUENET. Suivez-moi, Mesdames, par une des portes latérales...

CÉCILE. Oui, partons... partons!..

SCENE III.

COQUENET, MADAME DE SAVENAY, CÉCILE, RAYMOND.

RAYMOND. Partir!.. et pourquoi donc?..

CÉCILE. Mais tout ce qui arrive... tous ces bruits effrayants!

RAYMOND, *souriant.* Tout va à merveille... je suis accouru avec M. de Saint-André juste au moment où le combat commençait... Impossible de faire entendre raison aux deux adversaires... et c'est en me jetant entre eux que j'ai reçu cette égratignure, (*Montrant sa main enveloppée d'un morceau de taffetas noir.*) seule goutte de sang qui ait coulé dans cette mémorable affaire.

MADAME DE SAVENAY. On prétendait que M. de Saint-André était blessé...

CÉCILE. Et très-dangereusement...

COQUENET. C'est Belleau, le garçon de bains, qui m'a dit le tenir d'un témoin oculaire...

RAYMOND.

Et voilà justement comme on écrit l'histoire!

Croyez donc, après cela, aux récits des grandes batailles... Du reste, après la guerre... la paix!.. elle vient d'être signée... M. de Saint-André et moi avons donné à Lucien des raisons si claires, si évidentes, si positives... que celui-ci a tendu la main à son adversaire...

COQUENET. En vérité... (*Il va s'asseoir près de la table à gauche, et y reste à lire les journaux jusqu'à la fin de la scène.*)

RAYMOND, *à Cécile.* Maintenant... comme je te l'avais promis... plus de soupçons... ils sont tous dissipés... Lucien va venir réclamer de toi cette main qui lui appartient... pour laquelle il a combattu... et tout à l'heure, à table, devant notre brillante société de Dieppe et de Paris, nous annoncerons officiellement votre mariage...

CÉCILE, *avec embarras.* Non... non... Monsieur, je vous prie!

RAYMOND. Qu'est-ce à dire?

CÉCILE. Je suis heureuse... que M. Lucien me rende justice... quelque tardive qu'elle soit... Mais celui qui a pu me soupçonner... m'accuser...

RAYMOND. Allons, allons... nous sommes tous sujets à l'erreur... et par son caractère... lui, plus qu'un autre peut-être!.. Mais n'oublie pas que même te croyant coupable, il t'aimait toujours, te défendait et se battait pour toi!.. moyen qui devait te compromettre plus encore, mais qui, enfin, est une preuve, sinon de sa raison, au moins de sa tendresse.

CÉCILE. Oui, Monsieur... mais hier encore, vous m'avez laissée libre de mon choix...

RAYMOND. Hier, sans doute, sur un mot de toi, j'aurais tout rompu. Mais aujourd'hui, mon enfant, ce n'est plus possible... l'éclat de ce duel, les bruits qui l'ont précédé... ont rendu ce mariage nécessaire... indispensable... et pour toi, Cécile, pour ton honneur... je le demande... je t'en supplie, au nom de la raison... au nom de l'amitié...

CÉCILE, *hésitant.* Ah! Monsieur...

RAYMOND. Ton père m'a remis ses droits... tu le sais... et s'il était là... il te dirait lui-même : « Il le faut, ma fille, je l'exige! »

CÉCILE, *à demi-voix, à madame de Savenay.* Vous l'entendez, Madame!.. vous avais-je dit la vérité?..

MADAME DE SAVENAY, *à Raymond.* Mais cependant, Monsieur, s'il était des obstacles...

CÉCILE, *vivement et à voix basse, à madame de Savenay.* Silence... au nom du ciel!.. (*Haut.*) Dès que vous le voulez, Monsieur... et quoi qu'il m'en coûte... j'obéirai... je ne partirai pas. (*A Coquenet.*) Merci, Monsieur, de vos soins, de vos bons offices... que je n'oublierai jamais. (*A madame de Savenay.*) Venez, Madame. (*Elle sort, avec madame de Savenay, par la porte à droite.*)

SCÈNE IV.

COQUENET, RAYMOND.

RAYMOND, *étonné.* Elle vous remercie, Monsieur...

COQUENET. De ce que j'ai pu faire pour elle et pour réparer des torts involontaires... Cela, je l'espère, balancera à vos yeux tout le mal que mes ennemis vous ont dit de moi!

RAYMOND. Des ennemis!.. monsieur Coquenet, vous n'en avez pas d'autres que vous-même! (*Lui remettant un papier.*) Voici la pétition que j'avais reçue hier en arrivant...

COQUENET, *y jetant les yeux.* Une des miennes!.. est-il possible!

RAYMOND. Sur laquelle vous m'avez donné votre avis!

COQUENET, *vivement.* Vous êtes trop juste pour y ajouter foi!.. Il y a eu erreur! il y a eu calomnie!..

RAYMOND, *souriant.* Non, Monsieur, ce n'était malheureusement que de la médisance!.. car tous les faits allégués contre vous, et par vous, sont de la plus grande exactitude!

COQUENET, *vivement.* C'est par hasard!.. c'est sans savoir ce que je faisais!..

RAYMOND. Mais vous le saviez quand vous avez répandu dans toute la ville les bruits les plus injurieux contre votre rival et votre concurrent!.. quand vous accusiez M. Rabourdin de dénonciations et d'intrigues auprès de moi!.. et je ne l'avais pas même vu!.. Ah! me suis-je dit, il y a contre celui-ci injure et calomnie, ce doit être un honnête homme... et c'était vrai!.. Je sors de chez lui... il a la place!..

COQUENET. Est-il possible?..

RAYMOND. C'est à vous qu'il la doit, Monsieur.

COQUENET, *hors de lui.* Mais, moi... je vous le jure...

RAYMOND. Il suffit!.. laissez-moi. (*Il passe à gauche, près de la table, et s'assied.*)

COQUENET, *à part.* C'est une machination infernale... (*Frappant sa pétition qu'il tient à la main.*) Il y a là-dessous une intrigue que l'on saura... On saura tout... Je vous salue, Monsieur... et vous laisse... (*A part.*) Mais ça ne se passera pas ainsi; je vais tout raconter par la ville, et on connaîtra dès demain la vérité par le journal du département. (*Il sort.*)

SCÈNE V.

RAYMOND, *toujours assis près de la table.* Enfin, et non sans peine, tout est arrangé! Lucien va venir... il sait la vérité, et maintenant ce secret est le sien... c'est le nôtre! Ma sœur ne sera pas compromise, et son déshonneur n'abrégera pas les jours de mon père. De Guibert m'a promis le silence... avec sa femme... à qui, moi, je me réserve de parler... Et, Cécile une fois mariée, tous ces bruits tomberont d'eux-mêmes. (*Apercevant Cécile qui entre.*) Eh mais! que me veux-tu?

SCÈNE VI.

RAYMOND, CÉCILE.

CÉCILE, *avec émotion.* Vous m'avez dit, Monsieur, que mon devoir était d'épouser M. Lucien, que mon honneur, que ma réputation dans le monde dépendaient de ce mariage!

RAYMOND. Et je le pense encore.

CÉCILE, *lui remettant une lettre qu'elle tient à la main.* Tenez!

RAYMOND, *regardant l'écriture.* C'est de Lucien?

CÉCILE, *avec émotion.* Oui, Monsieur, il sait comme vous et par vous que je n'ai rien à me reprocher, il en a la preuve... mais, cette preuve, il ne peut la donner à ce monde qui m'accuse et qui me croit coupable.

RAYMOND, *qui a parcouru la lettre.* Ah! l'indigne!.. il t'estime!.. il t'honore!.. il t'aime!.. et n'ose, en t'épousant, braver d'injustes calomnies... que je voudrais... et que maintenant je ne puis réduire au silence. (*Froissant la lettre avec colère.*) Ah! tout est fini entre nous... et je cours...

CÉCILE, *se jetant au-devant de lui.* Où donc?

RAYMOND. Lui demander compte de ton honneur qui me fut confié! de ton honneur qui m'est aussi cher que le mien!..

CÉCILE, *avec force.* Et que vous allez perdre à jamais!.. (*Raymond pousse un cri et s'arrête.*) Vous voyez que j'avais raison de vouloir partir... Et, quant à ces calomnies qui m'accablent, je ferai comme vous, mon ami, je les mépriserai.

RAYMOND. Moi, mon enfant, c'est bien différent... Un homme doit avoir ce courage, il peut braver l'opinion; mais une femme... mais toi... pauvre jeune fille... c'est impossible! tu seras accablée par elle.

CÉCILE. Eh bien! donc, je me résignerai à mon sort... je vivrai pure, innocente... et déshonorée!.. déshonorée à leurs yeux... mais non pas aux vôtres, n'est-il pas vrai?..

RAYMOND. Non... car tu es pour moi l'honneur même... Et ne pouvoir la défendre! (*Avec rage.*) Et pour la première fois de ma vie, reculer devant la calomnie... lui céder la victoire... lui abandonner sa victime... la lui laisser flétrir comme coupable... quand j'ai la conscience, la conviction de son innocence... Ah! mon cœur se révolte à cette idée, et quand je devrais défier le monde entier... (*S'arrêtant.*) Mais elle a dit vrai... Je me battrais contre cet infâme... contre eux tous... mon sang et ma vie ne la justifieraient pas... au contraire!.. (*Avec inspiration.*) Mais mon nom!.. mon nom, peut-être!.. (*Allant à elle.*) Cécile!.. veux-tu m'épouser?..

CÉCILE, *poussant un cri et tombant à ses pieds.* Ah!..

RAYMOND. Tu ne peux pas m'aimer!.. je le sais, c'est impossible!.. mais moi, je t'aimerai tant!.. je t'honorerai, je t'aimerai comme l'image de la vertu... et, peut-être un jour... l'amitié... la reconnaissance... (*Cherchant à la relever.*) Réponds... le veux-tu?.. le veux-tu?..

CÉCILE, *se jetant dans ses bras en pleurant.* Ah!.. Monsieur!..

—

SCÈNE VII.

LES PRÉCÉDENTS, MADAME DE SAVENAY.

MADAME DE SAVENAY, *voyant Raymond qui presse Cécile contre son cœur et qui l'embrasse, pousse un cri et détourne les yeux.* Quelle indignité! (*Allant à Cécile.*) Cette fois, Mademoiselle, je ne serai plus votre dupe... Voilà donc cet amour pur et platonique que vous avez eu tant de peine à m'avouer...

RAYMOND. Que dit-elle?..

MADAME DE SAVENAY. Cette tendresse que vous lui portiez depuis si longtemps en secret, et dont il ne se doutait même pas...

CÉCILE, *étendant la main vers elle.* Ah!.. taisez-vous.

RAYMOND, *avec joie.* Non, non... parlez!.. Il serait possible... elle vous aurait dit...

MADAME DE SAVENAY, *avec dignité.* Ce que vous savez mieux que moi, Monsieur... Je vois maintenant ce que je dois penser, ce que je dois croire... Tout n'était que trop vrai, et je n'entends plus servir de manteau à une liaison coupable, qui dure depuis longtemps à mon insu...

RAYMOND, *la retenant par la main.* Non, Madame, vous resterez, et, ainsi qu'eux tous, vous saurez la vérité!..

—

SCÈNE VIII.

BELLEAU, *qui se tient, à gauche, à l'écart;* PLUSIEURS BAIGNEURS, COQUENET, HERMINIE, RAYMOND, CÉCILE, MADAME DE SAVENAY; *au fond,* PLUSIEURS HOMMES ET FEMMES DES BAINS.

RAYMOND. Messieurs, des bruits injurieux ont circulé ici, depuis hier... Vous les connaissez comme moi... (*Regardant Coquenet.*) Et mieux peut-être!.. je déclare, devant vous, qu'ils sont faux et calomnieux... cette conviction... je ne puis, je le sais, la faire passer dans vos esprits... je ne puis vous forcer à croire mes paroles... mais, peut-être, croirez-vous mes actions. Je vous ai invités, Messieurs... (*Prenant Cécile par la main.*) pour vous présenter ma femme!..

COQUENET ET BELLEAU. Sa femme!..

MADAME DE SAVENAY, *avec satisfaction,* HERMINIE, *avec dépit.* Il l'épouse!..

COQUENET, *aux personnes des bains qui l'entourent.* Ça ne m'étonne pas! ils disent tous qu'elle est si riche!

CÉCILE, *à madame de Savenay, avec joie et à voix basse.* Eh bien! Madame...

MADAME DE SAVENAY, *avec fierté.* Il le devait...

CÉCILE. Quoi! vous croyez encore...

MADAME DE SAVENAY. N'en parlons plus. (*Élevant la voix.*) Je consens...

BELLEAU, *à Coquenet.* Je crois bien... cela fera doubler la pension de vingt-cinq mille francs, qu'elle a déjà...

HERMINIE, *à Raymond, à demi-voix et au bord du théâtre.* Je ne puis vous empêcher, Monsieur, de nous donner Mademoiselle pour belle-sœur... mais je déclare que je ne la verrai pas... et ne la recevrai pas!

RAYMOND, *solennellement.* Vous la recevrez et la respecterez... (*Il lui parle bas à l'oreille, en la faisant passer près de Cécile.*) Ou sinon!..

HERMINIE, *effrayée.* Ah! Monsieur!.. (*S'inclinant du côté de Cécile, comme pour lui demander pardon.*) Ah! Cécile!.. (*Cécile la relève et l'embrasse.*)

COQUENET, *regardant les deux femmes qui s'embrassent.* Sa pauvre sœur!.. la forcer ainsi de... C'est un despote!..

BELLEAU. C'est un tyran!..

COQUENET. C'est un homme infâme!..

FIN DE LA CALOMNIE.

NEUBOROUG. Ah ! c'est malgré moi, je n'ai pas été maître de mon premier mouvement. — Acte 1ᵉʳ, scène 4.

L'AMBITIEUX

COMÉDIE EN CINQ ACTES, EN PROSE

Représentée, pour la première fois, à Paris, sur le Théâtre-Français, le 27 novembre 1834.

Personnages.

GEORGE II, roi d'Angleterre.
ROBERT WALPOLE, son premier ministre.
HENRI SHORTER, son neveu.

NEUBOROUG, vieux médecin.
MARGUERITE, sa fille.
CÉCILE, fille du comte de Sunderland, lectrice de la reine.

La scène se passe en 1736; le premier acte chez Neuboroug, les quatre autres au château de Windsor.

ACTE PREMIER.

Le théâtre représente le cabinet de Neuboroug. — Porte au fond; deux portes et deux croisées latérales.

SCÈNE PREMIÈRE.

NEUBOROUG, MARGUERITE.

NEUBOROUG, *assis près d'une table, à gauche du spectateur.* La maudite ville que la ville de Londres pour les gens studieux, pour les médecins qui n'aiment pas le bruit ! Ferme cette croisée.

MARGUERITE, *fermant la croisée.* Oui, mon père . c'est au bout du faubourg, sur la grande place, que se tiennent les hustings.

NEUBOROUG. Aussi c'est un tapage !..

MARGUERITE. Je voudrais bien savoir qui sera nommé député.

NEUBOROUG. Qu'est-ce que cela te fait?

MARGUERITE. Rien!.. mais on tient à avoir des nouvelles.

NEUBOROUG. Nous n'en manquerons pas! En Angleterre, vois-tu bien, les médecins sont toujours très-occupés au moment des élections, et il nous arrivera d'ici à ce soir quelques côtes enfoncées ou quelques têtes ca sées.

MARGUERITE. Ah ! mon Dieu !

NEUBOROUG. La liberté des suffrages!.. (*Lui montrant une chaise près de lui.*) Viens te mettre là, à côté de moi.

MARGUERITE, *montrant un livre qui est sur la table.* Pour vous lire vos nouvelles épreuves?

NEUBOROUG. Non, non, tu cherches à détourner la conversation que nous avions commencée, et moi je tiens à la reprendre. Pourquoi ne veux-tu pas de sir Thomas Kinston, notre cousin?

MARGUERITE. Parce qu'il est bien jeune... qu'il n'a pas de place, pas d'état.

NEUBOROUG. Il est avocat!

MARGUERITE. Bien discret.. car il ne parle jamais.

NEUBOROUG, *avec embarras.* Il ne parle jamais... au palais! c'est vrai; mais il parle ailleurs, il parle beaucoup; il est de l'opposition.

MARGUERITE. Ce n'est pas le moyen d'avoir des places.

NEUBOROUG. Quelquefois. Mais enfin, s'il en avait une, s'il avait quelques milliers de livres sterling à t'offrir, qu'est-ce que tu dirais?

MARGUERITE. Je dirais que j'aime mieux rester fille.

NEUBOROUG. Maintenant?

MARGUERITE. Toujours! Qu'y a-t-il là d'effrayant? quel mari m'offrirait le bonheur que je trouve auprès de vous?.. Jamais de chagrins, d'inquiétudes... Vous seul ici en avez, et c'est toujours pour moi; et puis il n'y a pas au monde de père ni meilleur, ni plus obéissant... Vous faites tout ce que je veux!

NEUBOROUG. Pas toujours... et je ne puis m'habituer à cette idée que tu as de rester fille!.. Toi une vieille fille!.. J'ai si souvent rêvé à ton mariage qui m'occupe sans cesse, à ce gendre que je n'ai pas encore trouvé et que j'aime déjà, à mes petits-enfants à qui je serais si heureux d'obéir aussi... sans te faire de tort cependant... Et puis, Marguerite, à ton âge on ne réfléchit guère, et tu n'as jamais pensé que nous n'étions pas riches... que même nous sommes pauvres!

MARGUERITE. Et en quoi donc? que nous manque-t-il dans notre ménage? qu'avons-nous à désirer?

NEUBOROUG, *se levant.* Pour moi, je n'ai pas d'ambition, tu le sais bien, mais j'en ai pour toi. Tous ceux avec qui j'ai été élevé, tous mes camarades de l'université de Cambridge, ont fait fortune dans le monde; ce sont maintenant de riches négociants, des lords, des généraux, des ministres; moi, je suis resté médecin dans la petite ville où était né mon père: j'ai vieilli au milieu de ses habitants, ne leur servant pas à grand'chose, si ce n'est à les faire vivre le plus longtemps possible, jusqu'au moment où tu es devenue grande, où il a fallu s'occuper de ton éducation; alors et depuis cinq ans je suis venu m'établir à Londres, dans ce quartier retiré où je ne suis fait une petite clientèle... dans les étages élevés, des ouvriers, des étudiants, de pauvres officiers... de braves gens qui ont été mes malades et qui sont restés mes amis... car, vois-tu, le cinquième étage, ça aime bien, mais ça paie mal; ce qui fait, mon enfant, que pour t'amasser une dot, il a fallu recourir à ma plume et composer de temps en temps quelques brochures politiques qui, Dieu merci, se vendent assez bien; mais si d'un jour à l'autre j'allais rejoindre ta pauvre mère, si je venais à mourir...

MARGUERITE, *lui mettant la main sur la bouche.* Ah!.. voilà à quoi je n'avais jamais pensé... (*D'un air fâché.*) Et pourquoi me dites-vous cela?

NEUBOROUG. Marguerite!

MARGUERITE, *pleurant.* C'est la première fois que vous me faites du chagrin, et jamais je ne vous ai vu si méchant... aller songer à mourir... maintenant...

NEUBOROUG, *cherchant à l'apaiser.* Eh bien!.. Non... non... ne me gronde pas... je ne mourrai pas!..

MARGUERITE. A la bonne heure!.. qu'est-ce que c'est donc que des idées pareilles?

NEUBOROUG. C'est ta faute aussi!.. malgré moi je me laisse aller à la tristesse...

MARGUERITE. Quand donc?

NEUBOROUG. Quand je te vois triste. Tu l'étais dernièrement, et je me disais : Qui peut la tourmenter? ce n'est pas moi; il y a donc quelque secret qu'elle me cache, quelque peine de cœur...

MARGUERITE. Moi!..

NEUBOROUG. Dame! à ton âge, ce serait tout naturel!.. tu ferais bien, mon enfant, tu aurais raison... mais dans ce cas-là il faudrait me le dire... car je ne le devinerais pas.

MARGUERITE. Oh! certainement... je vous le dirais... si ça venait et si j'en étais bien sûre... mais vraiment, mon père, je ne crois pas.

NEUBOROUG. Je me suis donc trompé?

MARGUERITE. Sans doute.

NEUBOROUG, *froidement.* Ça ne m'étonne pas : nous autres médecins, ça nous arrive souvent... Ainsi pour ce pauvre Thomas Kinston, le résultat de notre conférence est que...

MARGUERITE, *d'un air caressant.* Il ne faut plus y penser.

NEUBOROUG, *avec bonhomie.* A la bonne heure; n'y pensons plus. Et qu'est-ce que je lui dirai en le refusant?..

MARGUERITE. Tout ce que vous voudrez. (*Entre un domestique qui apporte sur un plateau tout ce qu'il faut pour le thé.*)

NEUBOROUG. Je vois que là-dessus tu ne me contraries pas... Si au moins j'avais pu adoucir mon refus par quelques bonnes nouvelles, si j'avais assez de crédit pour l'aider dans cette place qu'il sollicite...

MARGUERITE, *approchant la table, à gauche, et faisant le thé.* Si vous le vouliez, cela vous serait bien facile...

NEUBOROUG. Comment cela?

MARGUERITE. Un seul mot de vous à votre ancien camarade de collège... à Robert Walpole...

NEUBOROUG. Au premier ministre? jamais!

MARGUERITE. Eh pourquoi donc? votre père le docteur Neuboroug n'a-t-il pas été son précepteur? n'avez-vous pas été élevés ensemble à Cambridge? n'étiez-vous pas amis intimes?

NEUBOROUG. Oui, autrefois... lorsque lui, simple étudiant en théologie, et moi étudiant en médecine, nous faisions bourse commune; mais depuis...

MARGUERITE. Depuis!.. Quelle injustice! vous n'habitiez pas alors la capitale, vous étiez loin de lui, et cependant, dans les commencements de son élévation, il vous écrivait bien souvent.

NEUBOROUG. Je ne dis pas non; mais il me semble à moi que ma plume ne restait pas oisive; et le seul écrit qui s'éleva alors pour le défendre, ces lettres qu'ils ont attribuées depuis à Congrève et à Addison, ces lettres irlandaises dont personne, pas même Walpole, n'a jamais connu l'auteur, de qui étaient-elles? de moi!.. car alors en butte à la rage de tous les partis, tout le monde l'attaquait, et il luttait seul en homme de mérite et de cœur, en grand homme... il l'était alors; je puis en convenir, il était malheureux, on pouvait l'aimer! Mais quand il a vu ses ennemis renversés, quand il s'est vu maître du pouvoir, ou plutôt souverain absolu des trois royaumes... a-t-il trouvé un souvenir pour son vieux camarade? ne m'a-t-il pas oublié depuis longtemps, moi qui ne voulais de lui ni place, ni honneurs, ni pensions... moi qui ne lui demandais rien au ministre... rien que mon ami!.. et le ministre me l'a enlevé; voilà ce que je ne lui pardonnerai jamais!

MARGUERITE. Oui... il y a de sa part de la négligence, de l'oubli peut-être!.. Mais n'y a-t-il pas aussi un peu de votre faute?.. et depuis cinq ans que vous êtes à Londres, pourquoi n'avez-vous pas fait auprès de lui la moindre démarche?

NEUBOROUG. Pourquoi?.. parce qu'il est riche et que je suis pauvre! parce qu'il est grand seigneur et que je ne suis rien... C'était à lui de faire les premiers pas... c'était à lui de venir à moi... à sa place, du moins, je n'y aurais pas manqué ; j'aurais quitté mon palais, je serais accouru à pied chez mon ami pour l'embrasser et lui tendre la main, cela aurait mieux valu que de me faire nommer médecin du roi!.. Mais Walpole maintenant ne me comprendrait plus cela, car vois-tu, mon enfant, Walpole est un ambitieux, et l'ambition dessèche le cœur. Ainsi ne m'en parle plus et restons comme nous sommes... je ne lui demanderai jamais rien, il ne le mérite pas. Prenons le thé, il doit être fait.

MARGUERITE, *s'asseyant à la table et servant le thé à son père.* C'est possible!.. mais il y a peut-être auprès de lui des gens qui le méritent... qui sont dignes de votre amitié... et je suis bien sûre et si vous vous adressiez à lord Henri Shorter... son neveu...

NEUBOROUG, *prenant du thé.* Celui-là... c'est différent... c'est un brave jeune homme... ce n'est pas un ingrat.

MARGUERITE, *de même.* Oh! non... et si vous l'entendiez parler de vos talents et des soins que vous lui avez prodigués...

NEUBOROUG. Un beau mérite... un coup de feu... une jambe fracassée... tous mes confrères l'auraient guéri encore mieux et plus promptement que moi... Mais ce qu'il n'aurait peut-être pas trouvé chez eux... ç'aurait été une garde-malade aussi jolie... et surtout aussi attentive...

MARGUERITE. Le moyen de ne pas s'intéresser à ce pauvre jeune homme qui souffrait tant et qui avait tant de courage? Mais comme j'ai eu peur ce jour où à cinq heures du matin on frappait à notre porte... Mam'selle... Mam'selle... deux officiers qui se sont battus hors de la ville et sous les murs de votre jardin! en voilà un qu'on apporte... et que je vois lord Henri tout pâle et tout sanglant.

NEUBOROUG. Que veux-tu?.. ces diables de jeunes gens sont tous de même... je ne l'ai jamais interrogé sur la cause de ce combat... mais j'ai facilement deviné que quelque intrigue... quelque amourette...

MARGUERITE. Des intrigues, des amourettes... quelle indignité! lord Henri, des amourettes... il en est incapable... j'en suis bien sûre, car il m'a tout raconté... et quoique ce soit un secret...

NEUBOROUG. En vérité... il t'aurait confié...

MARGUERITE. Pourquoi pas?.. vous lui aviez bien défendu de marcher, mais non pas de parler, et pendant trois mois qu'il est resté ici...

NEUBOROUG. Vous avez eu le temps de causer...

MARGUERITE. Tous les jours... il faut bien tâcher de distraire un malade.

NEUBOROUG. C'est juste! dans notre vieille Angleterre, nous sommes moins défiants que nos voisins du continent, et nous laissons à nos jeunes filles une liberté dont elles n'abusent jamais.

MARGUERITE. Soyez tranquille! Et si vous saviez combien il y a en lui de franchise et de loyauté, comme il est simple et modeste pour un grand seigneur, comme il chérit son pays et surtout comme il aime son oncle... car c'est pour lui qu'il s'est battu... oui, mon père... Il était dans le Northumberland où il avait un commandement supérieur... lorsqu'il lit dans les papiers publics... qu'au sortir d'une séance du parlement... un colonel, lord... un tel... je ne sais plus les noms... avait insulté le premier ministre Robert Walpole, un vieillard... Il part sans en rien dire... sans en prévenir son oncle... il arrive de grand matin chez milord, et lui dit d'un ton ferme... Monsieur... enfin je ne sais pas ce qu'il lui dit... mais c'est très-bien, et la preuve .. c'est qu'ils se sont battus, c'est que lord Henri a été blessé, qu'il n'a parlé de ce duel à personne, parce que si on l'avait su, le roi aurait destitué son adversaire, et que celui-ci, touché de tant de générosité... a été trouver le ministre, lui a fait des excuses... Voilà la vérité; et on vient dire après cela qu'il a des intrigues, des amourettes... (*Se levant de table.*) Mon Dieu, mon papa, je ne vous accuse pas... vous l'avez dit sans intention... mais d'autres peuvent le répéter ; voilà comment les mauvais bruits se répandent, et comment on calomnie toujours les jeunes gens...

NEUBOROUG, *se levant aussi.* Réparation d'honneur... Mais tais-toi... n'entends-tu pas un carrosse qui s'arrête à notre porte?..

MARGUERITE. C'est lui!.. c'est lord Henri!

NEUBOROUG. Qui te l'a dit?..

MARGUERITE. Ce n'est pas difficile à deviner... Nous n'avons pas tant de clients à voiture... il est le seul... Allons, mon père, n'ayez pas peur, demandez hardiment une place pour sir Thomas, notre cousin, afin que, comme Walpole, il soit heureux et ne pense plus à moi.

NEUBOROUG. J'ai déjà essayé d'en toucher quelques mots à lord Henri ; mais dès qu'il s'agit de solliciter, j'ai un air si gauche... Il serait plus convenable peut-être que cela vînt de toi...

MARGUERITE. Vous croyez?..

NEUBOROUG. C'est-à-dire...

MARGUERITE. Bien volontiers... moi, ça ne me coûte rien... le voici!

—

SCÈNE II.

MARGUERITE, HENRI, NEUBOROUG.

NEUBOROUG. Déjà!.. il n'a pas été trop longtemps à monter...

HENRI. Grâce à vous, mon cher docteur, qui m'avez remis sur pied...

NEUBOROUG. Cela va donc bien?

HENRI. A merveille! et demain au bal de la cour où la reine Caroline vient de m'inviter... j'espère bien danser.

MARGUERITE. C'est très-prudent.

HENRI. Ce que j'en ferai n'est pas pour moi, miss Marguerite, je n'y tiens pas, mais pour faire honneur à votre père... à qui je dois tant et qui est un terrible homme, car avec lui on ne sait jamais comment s'acquitter... Aussi, mon cher docteur, je viens à tout hasard, et sans savoir si cela vous fera grand plaisir... vous annoncer des nouvelles que l'on vient de m'apprendre... votre jeune cousin l'avocat, sir Thomas Kinston, quoique peu partisan du ministère, à ce qu'on dit, vient d'être nommé, près de la cour de justice, premier conseiller du roi.

NEUBOROUG. Il serait possible!

MARGUERITE. C'est à vous que nous le devons.

HENRI, *souriant.* Du tout...

NEUBOROUG. Si vraiment : vous m'avez deviné...

MARGUERITE. Oui, Milord ; cette place qui nous est si généreusement accordée, je m'étais chargée de vous la demander...

HENRI. Vraiment?

MARGUERITE. J'allais vous présenter ma pétition.

HENRI, *souriant.* Alors, miss Marguerite, c'est une pétition que vous me devez ; car celle-là ne compte pas, ou plutôt vous n'aurez bientôt plus besoin de mon crédit... voilà votre père sur la route des honneurs.

NEUBOROUG. Que voulez-vous dire?

HENRI. Que j'ai eu de la peine à arriver jusqu'ici, tant était grande la foule qui entoure les hustings, et de tous les côtés dans ce faubourg j'entendais retentir le nom du docteur Neuboroug.

NEUBOROUG. Moi... qui n'y songe même pas...

MARGUERITE, *à Henri.* Taisez-vous donc!

NEUBOROUG. Quoi!.. qu'y a-t-il? qu'est-ce que ça signifie?

MARGUERITE. Que d'autres y songent pour vous !.. que mon cousin·sir Thomas Kinston et ses amis de l'opposition avaient depuis longtemps le désir de vous porter à la chambre des communes... et moi je leur disais : N'en parlez pas à mon père, car il refusera.

NEUBOROUG. Certainement !

MARGUERITE. Et il paraît alors qu'en votre nom, et sans vous en prévenir...

NEUBOROUG. Quelle folie !.. aller me choisir... pour m'opposer au candidat ministériel... moi qui n'ai aucune chance. .

MARGUERITE. C'est ce qui vous trompe; tous les pauvres gens de ce quartier sont vos clients, vous les traitez gratis...

HENRI. Et ils vous paient par leurs votes... jamais élection ne fut plus naturelle et plus juste!.. mais je ne savais pas, docteur, que vous fussiez médecin de l'opposition.

MARGUERITE, *d'un ton de reproche.* Du tout; médecin du ministère... vous le savez bien.

NEUBOROUG, *avec douceur.* Médecin de tout le monde, mes amis; la médecine est comme la religion... elle n'est d'aucune opinion... elle est du parti de celui qui dit : Je souffre! c'est à ceux-là seulement que je me dois; et quelque flatteurs que soient les suffrages de mes concitoyens, quand même ils se réuniraient sur moi, ce que je ne crois pas...

MARGUERITE. Vous refuseriez?..

NEUBOROUG. Sans hésiter. Me crois-tu assez ennemi de mon repos et de mon bonheur pour accepter de pareilles fonctions? Dans mon état de docteur, je suis estimé, considéré... je ne m'en tire pas trop mal... A la Chambre, ça ne serait plus ça. Il faut là qu'un député ait du talent, de l'esprit argent comptant.

MARGUERITE. Bah!.. souvent la Chambre fait crédit!

NEUBOROUG. Et moi je n'en veux pas! Docteur, je peux impunément être l'ami de tout le monde; député, il faudra me prononcer, prendre une couleur politique, et tous les gens qui crient : liberté de conscience! tomberont sur moi, dès que je ne serai plus de leur avis; bafoué par eux, tourné en ridicule, je n'aurai plus ni mérite, ni probité; je n'aurai plus même de talent comme médecin, et en revanche, qu'y aurai-je gagné? d'être appelé : *L'honorable membre...* moi que vingt journaux déshonoreront chaque jour!.. Et pendant que je serai à la Chambre, que deviendront mes malades? que deviendra ma fille?.. qui songera à sa dot, et qu'y aurai-je ajouté? la gloire d'avoir représenté un faubourg de Londres!.. votre serviteur!.. La gloire est une belle chose... le bonheur vaut mieux, et je reste chez moi !

HENRI, *souriant.* Vous parlez là, mon cher docteur, comme un publiciste fort original, que je lisais ce matin, et qui, sous le voile de l'anonyme, fait grand bruit en ce moment, l'auteur des *Lettres irlandaises*, qui depuis un an a reparu dans la carrière politique.

MARGUERITE. Vraiment?

HENRI. L'ouvrage le plus remarquable que l'on ait publié depuis longtemps, et dans lequel, sous l'air simple et bonhomme d'un fermier irlandais, l'auteur se moque fort spirituellement de toutes les opinions : mais lui n'en a aucune ! il se tient comme vous à distance! il se fait gloire de n'être rien! et si tout le monde parlait ainsi, mon cher docteur, que deviendrait le pays?.. qui réclamerait ses droits? qui défendrait sa liberté?..

NEUBOROUG. Craignez-vous que les places ne restent vacantes? et croyez-vous qu'il manquera jamais d'ambitieux? demandez à votre oncle... demandez à Walpole !

MARGUERITE, *voulant le faire taire.* Mon père !

HENRI, *avec fierté.* Walpole! quelles que soient les calomnies auxquelles il est en butte, Walpole a depuis trente ans bien servi l'Angleterre... Je ne défends pas ici un parent que

je regarde comme mon second père, je ne parle pas de l'homme privé, il me serait trop facile de prouver les vertus qui honorent sa vie intérieure ; mais je parle de l'homme d'État. du ministre. N'a-t-il pas sous deux règnes et d'une main inébranlable tenu le gouvernail, maintenu les partis, comprimé les factions? Et si vous ne lui tenez aucun compte de la paix dont nous jouissons depuis vingt ans, de l'industrie qu'il a ranimée, de nos pavillons qui flottent sur toutes les mers, de la dette nationale qu'il a éteinte... vous conviendrez du moins, vous qui tout à l'heure trembliez à l'idée seule de nos orages parlementaires, qu'il y a quelque courage à ne reculer devant aucun danger, aucune haine, à braver l'injure et la calomnie, et à se dire en pensant au jour de la justice : J'attendrai !

NEUBOROUG. C'est-à-dire que son impopularité, que la haine qu'on lui porte, que les reproches qu'on lui adresse, tout cela est un mérite de plus à vos yeux, et que, quoi qu'il fasse, vous le défendrez d'avance...

HENRI. Je n'ai pas dit cela ! Hier encore, et ce n'est pas la première fois, j'ai parlé contre lui à la chambre des lords, j'ai voté contre son bill.

MARGUERITE. Vous ! parler contre Walpole !

HENRI. Contre lui... contre le monde entier, si ma conscience et mon opinion me le conseillent.

NEUBOROUG. Me suis-je donc trompé? et quel est votre parti? êtes-vous whig ou tory?.. êtes-vous pour le peuple ou pour la cour?

HENRI. Je suis pour l'Angleterre ; je suis de ceux qui disent : La patrie avant tout ! Dans un gouvernement tel que le nôtre, il n'est pas donné à tout le monde, je le sais, de briller à la tribune ou de se distinguer par ses écrits ; mais tout le monde peut être bon citoyen et en remplir les devoirs. C'est à ce seul mérite que se borne mon ambition. Je ne courtise ni la puissance royale ni la faveur populaire ; fidèle à mon pays et à ses lois que j'ai jurées, je les défendrai contre quiconque voudrait y porter atteinte ; et que l'outrage vienne d'en haut ou d'en bas, qu'il parte du palais Saint-James ou des faubourgs de Londres... que celui qui veut nous opprimer se nomme roi ou se nomme peuple, je me lève contre lui ; car, avant tout, mon pays et sa liberté !

NEUBOROUG. Touchez là ! je suis désormais de votre parti...

HENRI. Et alors vous accepterez...

NEUBOROUG. Non... non, pour d'autres raisons encore... car sur ce terrain-là, voyez-vous, il faudrait se retrouver en présence de Walpole, et ami ou ennemi... je ne veux plus le voir... je l'ai juré.

HENRI. Il est moins fier que vous... car l'autre jour, en lui demandant cette place pour sir Thomas Kinston, il a bien fallu lui dire que c'était votre cousin... Et à votre nom il a tressailli comme un homme qui sort d'un long sommeil... « Mon vieux camarade Neuboroug, s'est-il écrié... il vient d'arriver, il est à Londres? —Oui, mon oncle, depuis cinq ans. —Pas possible!.. Je sais bien, a-t-il ajouté, qu'il y est venu à peu près à cette époque-là... à telles enseignes, qu'il y avait alors une place vacante... » En achevant ces mots, il sonne vivement son secrétaire. « Ne vous ai-je pas désigné il y a longtemps, comme recteur à l'université d'Oxford, Williams Neuboroug, mon ami d'enfance? —Oui, Milord, c'était bien votre intention, mais la place a été donnée à votre ennemi mortel lord Stanhope... » A ce mot, Walpole a rougi... ses nerfs se sont contractés... et, me prenant la main, il m'a dit à voix basse et d'un air honteux: « C'est vrai, je me le rappelle maintenant... J'avais alors besoin, pour faire passer un bill, de cinq ou six voix à la Chambre... Stanhope est venu ce jour-là... me les a offertes à ce prix... je ne pensais qu'à mon bill... je n'ai plus pensé à Neuboroug ; et depuis, je l'avoue, tant d'événements se sont succédé, que celui-là est tout à fait sorti de ma mémoire... »

NEUBOROUG. Croyez donc à l'amitié d'un ministre ! Pour cinq voix sacrifier un ami !.. Mais pour dix il le ferait pendre !

HENRI. Attendez... je n'ai pas fini !.. je lui ai raconté alors ce que je lui avais caché jusque-là... sur mon duel, sur ma blessure, sur les soins que vous m'avez prodigués... Il était ému, des larmes roulaient dans ses yeux...

NEUBOROUG. Il a pleuré, lui... Robert Walpole ?..

MARGUERITE. Puisque Milord le dit !

HENRI. Et quand je lui ai parlé de vos talents... il s'est écrié : « Cela ne m'étonne pas... Sais-tu que sous son air modeste, Neuboroug est le médecin le plus instruit de l'Angleterre ; que c'est le seul au monde en qui j'aurais une aveugle confiance ?.. »

MARGUERITE, avec joie. Le ministre a dit cela !..

NEUBOROUG, avec ironie. Il est bien bon !..

HENRI. Puis il s'est promené d'un air agité... puis il est revenu à moi, m'a pris les mains, et m'a dit : « Mon ancien ami doit m'en vouloir... n'importe ; Henri, arrange cela... amène-le-moi... je veux le voir... il faut que je le voie... »

MARGUERITE. Est-il possible !..

HENRI. Et vous ne voudrez pas me faire échouer dans ma négociation ?

NEUBOROUG. Si vraiment !

MARGUERITE, avec crainte. Vous n'irez pas ?

NEUBOROUG. Plutôt mourir ! Croit-il qu'un mot de lui suffise pour tout réparer ?.. Savez-vous de quelle date est sa dernière lettre ?.. de dix ans ! Oui, Milord, pendant dix ans on oublie un ami ; les grandeurs qui vous enivrent ne vous laissent pas le temps de lui donner un souvenir ; et puis un beau jour, le hasard, une idée, un caprice, le ramènent à vous, et il faut qu'on revienne à lui ? Non, morbleu ! Mon amitié perdue ne se rend pas ainsi ; elle n'obéit pas à une ordonnance ministérielle ; et parce que dans son administration vénale rien ne résiste à ses séductions, espère-t-il aussi me gagner comme les autres ! Il se trompe !.. Je ne me laisse pas séduire, moi !... je ne suis pas du parlement ; je suis libre, je suis mon maître ; j'ai le droit de repousser un ingrat, et je le verrais à mes pieds que mon cœur et mes bras se fermeraient pour lui...

MARGUERITE. Ah ! mon père, ne dites pas cela !

NEUBOROUG. Je le dis... et je le jure !

—

SCÈNE III.

MARGUERITE, HENRI, NEUBOROUG, UN DOMESTIQUE.

LE DOMESTIQUE. On demande à parler à Monsieur.

NEUBOROUG, avec impatience. C'est bien le moment ! Et qui cela ?

LE DOMESTIQUE. Un homme qui est venu à pied... un étranger que je n'ai pas encore vu ici, et qui est là dans l'antichambre.

NEUBOROUG. A-t-il dit son nom ?

LE DOMESTIQUE. Il vient de l'écrire. (Lui donnant un papier.)

NEUBOROUG, regardant le papier. Sir Robert ! O ciel !.. cette signature, c'est la sienne ! (Passant près de Marguerite.) C'est lui... c'est Walpole...

MARGUERITE. Que dites-vous ?

NEUBOROUG. Il est là...

MARGUERITE. Le ministre ?..

HENRI, froidement. Non pas le ministre... mais Robert votre ami... Il n'a pas pris d'autre titre, vous le voyez.

NEUBOROUG. Et venir ainsi à l'improviste... sans qu'on ait le temps de se préparer et de se mettre en colère...

MARGUERITE. Mais il est là qui attend !

NEUBOROUG, avec impatience. Je le sais bien, ma fille... lord Henri... Voyons, mes amis, qu'est-ce que vous me conseillez ? qu'est-ce qu'il faut faire ?

HENRI. Je n'en suis rien ; mais je sais que Walpole, si vous étiez chez lui, ne vous ferait pas faire antichambre.

NEUBOROUG. Eh bien, qu'il entre donc !.. Qu'il entre, ce traître, cet ingrat... (Apercevant Walpole qui entre en lui tendant les bras, il s'y précipite.) Robert !

WALPOLE, de même. Williams !

—

SCÈNE IV.

MARGUERITE, NEUBOROUG, WALPOLE, HENRI.

NEUBOROUG, cherchant à se dégager de ses bras. Ah ! c'est malgré moi... Je n'ai pas été maître de mon premier mouvement !.. Mais je ne pardonne pas... je t'en veux toujours...

MARGUERITE. Ah ! mon père !.. vous vous vantez !

NEUBOROUG. Non, Mademoiselle !..

WALPOLE. Et moi, j'en suis sûr... ou du moins, je sais le moyen de te désarmer... Williams, j'ai besoin de toi.

NEUBOROUG. Que dis-tu ?

WALPOLE. J'ai un important service à te demander...

NEUBOROUG. Et tu es venu à moi ?

WALPOLE. Sans hésiter... et sans rougir !

NEUBOROUG, avec sentiment. Tu es donc encore mon ami ?

WALPOLE, lentement et le regardant. Pour toi :.. du moins je crois que c'en est une preuve...

NEUBOROUG, lui serrant les mains. Et tu as raison :.. tu as bien fait... Tout est oublié... Tu as besoin de moi ?.. (Avec chaleur.) Voyons, Robert, dis-moi ce que tu veux ; parle vite... dépêche-toi... il me tarde de me venger !..

WALPOLE. Rien ne presse... nous avons le temps de causer... car je viens passer la soirée avec toi, et te demander à souper...

NEUBOROUG, hors de lui. A souper ! est-il possible !.. un trait comme celui-là !.. (Avec attendrissement.) Je pardonne... je pardonne tout... j'ai retrouvé mon ami... Ma fille... tu l'entends !.. C'est lord Walpole... c'est le premier ministre de l'Angleterre qui vient nous demander à souper.

WALPOLE. Eh ! non... c'est ton vieux camarade.

NEUBOROUG. C'est ce que je voulais dire.

WALPOLE. Entre nous... en petit comité... rien que des amis.

NEUBOROUG. Tu as raison... ça te changera...

WALPOLE. Et surtout sans cérémonies, sans façons...

NEUBOROUG. Certainement. (A Marguerite.) Passe chez le fournisseur de la cour.

MARGUERITE. Y pensez-vous ? il va se croire chez lui !

NEUBOROUG. C'est juste... eh bien ! notre ordinaire... tu comprends... notre ordinaire des grands jours...

MARGUERITE. Oui, mon père.

NEUBOROUG. Lord Henri... sera des nôtres... je l'espère.

HENRI. Et moi j'y compte bien ! Je retourne au palais où je suis de service, et je reviens...

MARGUERITE, vivement. Le plus tôt possible... (Se reprenant.) pour ne pas faire attendre milord votre oncle.

HENRI. Je serai exact au rendez-vous. (Il sort.)

MARGUERITE, à Walpole. Si d'ici là votre seigneurie voulait une tasse de thé ?

WALPOLE. Merci, ma belle enfant. (A Neuboroug.) Elle est jolie, ta fille.

NEUBOROUG. Je crois bien !

WALPOLE. Je ne l'aurais pas reconnue.

NEUBOROUG. Parbleu ! depuis dix ans ; mais j'ai tort... je ne dois plus parler de cela.

WALPOLE, *bas, à Neuboroug.* Si j'osais... je te demanderais à l'embrasser.

NEUBOROUG. Eh bien! qui est-ce qui t'arrête? (*Walpole l'embrasse.*)

MARGUERITE. Quel bonheur!.. j'ai embrassé le ministre! (*Elle sort par la porte à droite.*)

———

SCÈNE V.

WALPOLE, NEUBOROUG.

WALPOLE, *la regardant sortir.* Ah! tu es bien heureux... je n'ai pas de fille... moi!

NEUBOROUG. Ne vas-tu pas me l'envier?

WALPOLE, *lui serrant les mains.* Non... non... dans ce moment j'éprouve trop de joie pour rien envier à personne... ta vue seule a réveillé en moi tant de souvenirs!.. je me sens rajeunir et me crois revenu à nos premières années, à ce temps de nos études où nous étions si heureux.

NEUBOROUG, *riant.* Et si pauvres!

WALPOLE. C'était là le bon temps! et nos travaux littéraires!

NEUBOROUG. Et tes premiers succès...

WALPOLE. Quand, grâce à toi, et dans ce bourg de Castle-Rising, où tu étais né, je fus nommé à la chambre des communes; quand, jeune homme obscur et inconnu, j'arrivai à cette tribune où les ministres d'alors m'honoraient à peine d'un regard! Et mon premier discours, te le rappelles-tu?

NEUBOROUG. Parbleu!.. j'y étais, et excepté moi, personne n'écoutait; c'était un bruit... des conversations... des éclats de rire aux bancs des ministres...

WALPOLE. Bientôt ma voix sut se faire entendre! ils m'écoutèrent alors, et moi, dès le premier jour, je ne sais quel instinct secret me disait: Cette place qu'ils occupent est à toi, elle t'appartient!.. ils te l'ont usurpée, va la reprendre; et déjà je m'en approchais... déjà secrétaire d'État et trésorier de la marine, j'allais y atteindre... quand la main qui me soutenait se retire, quand le duc de Marlborough sur lequel je m'appuyais se laisse renverser, et moi, livré à mes ennemis, accusé, condamné par la chambre des communes, chassé de son sein... Ah! ce fut dans ma vie une cruelle épreuve que celle-là, Williams, car tout m'abandonnait, personne n'osait me défendre, excepté un seul écrivain que l'on prétendait m'être vendu et que je ne connaissais même pas, et qui jamais n'est venu m'en demander la récompense.

NEUBOROUG, *lui prenant la main.* Il l'a reçue aujourd'hui, puisqu'il retrouve un ami!

WALPOLE. Il serait possible... toi, Williams! Ah! j'aurais dû deviner mon généreux défenseur à cette éloquence si naturelle et si vraie, à cette bonhomie railleuse si naïve en apparence, mais au fond si redoutable; j'aurais dû reconnaître ton style.

NEUBOROUG. Non, mais mon amitié, cette amitié qui venait à toi dans le malheur; car alors, mon pauvre Robert, dans la Tour où ils t'avaient jeté, dans les cachots, sous les verrous, à quoi pensais-tu?

WALPOLE. A être ministre!.. à renverser à mon tour Oxford et Bolingbroke! Peu m'importaient les dangers, les supplices, la mort même... pourvu que je parvinsse au pouvoir!.. ne fût-ce que pour un jour, un seul jour... y arriver était ma première pensée.

NEUBOROUG. Et la seconde?

WALPOLE. D'y rester!

NEUBOROUG. Et tu en es venu à bout?..

WALPOLE. Oui; mais que la lutte fut longue et terrible! qu'il a fallu se roidir et se courber pour déraciner ce ministère tory qui semblait inébranlable! Il ne fallut pas moins que la mort de la reine Anne, que l'avénement de la maison de Hanovre, que la faveur de George Ier.

NEUBOROUG. Faveur qui a continué encore sous George II, et qui depuis vingt ans ne t'a pas quitté...

WALPOLE. Mais, depuis vingt ans, sais-tu ce que j'ai fait pour la conserver? Sais-tu qu'étranger à tous les plaisirs, à toutes les passions qui charment les hommes, mes jours et mes nuits se passaient dans des travaux assidus? sais-tu que je ne dormais pas, qu'une fièvre continuelle m'agitait?.. et pourquoi?.. pour veiller sans cesse à l'honneur et aux intérêts de ce pays qui m'étaient confiés, pour lui assurer le repos dont j'étais privé, et enfin, s'il faut le dire, pour amasser et maintenir sur ma tête ces honneurs, ces dignités, ce pouvoir qui me semblaient alors si désirables... et que maintenant j'ai pris en haine et en mépris.

NEUBOROUG. Que dis-tu?

WALPOLE. Je ne suis plus le même... je suis bien changé...

NEUBOROUG. Le crois-tu?

WALPOLE, *lui serrant la main.* Je suis guéri, je te le jure.

NEUBOROUG. Si toutefois on guérit jamais de l'ambition.

WALPOLE. Oui, quand elle est satisfaite, quand elle n'a plus rien à désirer, et voilà où j'en suis : ce pouvoir qu'on me disputait ne cessa d'avoir des charmes, je n'en ai plus senti que le poids et la fatigue; mes forces me trahissent et je succombe sous le faix.

NEUBOROUG. Est-il possible!

WALPOLE. Oui, mon ami, un mal que je ne puis définir use en moi les sources de la vie... je souffre et veux guérir... aussi je ne me suis adressé aux médecins de la cour et à ceux du roi... je suis venu te trouver.

NEUBOROUG. Et tu as bien fait... (*L'emmenant vers la droite où ils s'asseyent.*) J'en sais plus qu'eux... ne t'effraie pas... ce ne sera rien... je te sauverai... si tu veux m'y aider... car je connais tout le mal... Y a-t-il longtemps que tu en as ressenti les premières atteintes?..

WALPOLE. Il y a quelques années... c'était un jour... en plein parlement, à la suite de mes discussions avec Stanhope; j'éprouvai là une contraction nerveuse aiguë... horrible...

NEUBOROUG. Qui se renouvelle souvent...

WALPOLE. Vingt fois par jour!.. quand je donne mes audiences, quand je suis au conseil, quand je parcours des pétitions et quand je lis les journaux.

NEUBOROUG. Je le crois bien... voilà ce qui te tue... voilà la cause de ton mal auquel je ne peux encore porter remède; mais il n'y a pas de temps à perdre... il faut se hâter, et si tu veux en croire les conseils de ton médecin, de ton ami... il faut un repos absolu... il faut te retirer des affaires.

WALPOLE, *avec un geste de crainte.* Que dis-tu?

NEUBOROUG. Dès demain... dès aujourd'hui!.. il faut... ne plus être ministre.

WALPOLE. Eh! mon ami, c'est tout ce que je veux... tout ce que je demande... le calme, la retraite, c'est là l'objet de tous mes désirs, et déjà deux fois j'ai supplié le roi d'accepter ma démission.

NEUBOROUG. Dis-tu vrai?

WALPOLE. Malheureusement je sais bien qu'il ne peut pas y consentir... il a trop besoin de moi... je lui suis nécessaire, indispensable... dans ce moment surtout... car, vois-tu bien, Williams, outre les discussions et les intrigues des Chambres, j'ai encore celles de la cour... Notre roi George est jeune, ardent, impétueux... et quoique marié à une femme charmante qu'il respecte et qu'il aime...

NEUBOROUG. Il l'abandonne...

WALPOLE. Non... il ne l'abandonne pas... mais il en aime d'autres... Dans ce moment j'ignore laquelle... et pour la première fois il est discret... il m'en fait un mystère... mais il est amoureux, je le devine, j'en suis sûr. Alors, et ne pouvant s'occuper des affaires d'État... il est trop heureux que je le délivre de ce soin, que je sois là à la chaîne... que je me tue pour lui... (*Se levant.*) moi à qui le repos est si nécessaire ! moi qui serais si heureux de me retirer dans ma campagne de Strawberry-Hill, dans cette délicieuse retraite que vont admirer tous les voyageurs et que visite tout le monde, excepté son maître ! C'est là, près de ses eaux jaillissantes et sous l'ombrage de ses beaux arbres, qu'il me serait si doux de me livrer comme autrefois aux arts, à l'étude, à l'amitié... car ce temps-là est le seul où j'aie vécu, et je le sens maintenant, j'étais né pour la vie intérieure et paisible.

NEUBOROUG. Eh bien ! alors, pourquoi l'avoir quittée ?

WALPOLE, *se levant.* Pourquoi ? parce que malgré soi on se laisse entraîner. Tous les hommes sont ainsi, toi comme les autres...

NEUBOROUG, *qui s'est levé aussi.* Moi !

WALPOLE. Toi... tout le premier... Si tu avais vu de près le pouvoir, si tu avais goûté de ses séductions, si tu connaissais cette vie d'émotions qui use mais qui enivre...

NEUBOROUG. Je me dirais : Cette ivresse-là, comme toutes les autres, ne laisse après elle que le malaise et le dégoût... Je me dirais : Vos décorations et vos plaques de diamants ne sont que des jouets d'enfants ; vos titres et vos honneurs, une vaine fumée...

WALPOLE. Tu dirais tout cela, et tu ferais comme nous.

NEUBOROUG. Jamais... et je te répéterai encore...

WALPOLE. Et moi, je te dirai comme ce poëte français que nous aimions tant :

Eh ! mon ami, tire-moi du danger,
Tu feras après ta harangue !

NEUBOROUG. Tu as raison, et puisque décidément tu ne peux t'éloigner de la cour... je te prescrirai un régime... et des soins qui ne pourront pas encore guérir le mal, mais qui du moins en arrêteront les progrès : de la distraction, de l'exercice, de la fatigue physique qui délasse de la fatigue morale... et puis de la sobriété... plus de ces grands dîners qu'on appelle ministériels... de ces repas d'artistes... ou de savants ; de ces repas sanitaires où l'on a faim en sortant de table... viens souvent souper chez moi... comme aujourd'hui...

WALPOLE. Je te le promets, à condition que tu viendras demain passer la journée à Windsor où j'habite.

NEUBOROUG. Y penses-tu ? on dit que la cour y est en ce moment !

WALPOLE. Qu'importe ? cela ne m'empêche pas d'y avoir mon logement et d'y recevoir mes amis.

NEUBOROUG. A la bonne heure, et pour le reste je t'écrirai une ordonnance... qui n'est pas une ordonnance royale ; aussi tu auras la bonté de ne pas l'interpréter à ta manière... de ne pas t'en écarter et de la suivre à la lettre...

WALPOLE. Sois tranquille !

—

SCÈNE VI.

NEUBOROUG, WALPOLE ; MARGUERITE, *sortant de la porte à droite.*

MARGUERITE. Mon père, le souper est prêt.

NEUBOROUG. Eh bien ! mon enfant, il faut que le souper attende ! lord Henri n'est pas encore de retour.

MARGUERITE. Il monte l'escalier, car je l'ai vu descendre de voiture, et il avait un air triste et rêveur !

WALPOLE. Oui, depuis quelque temps il a des chagrins qu'il me cache, et cela m'inquiète.

MARGUERITE. Des chagrins ?

WALPOLE, *à Henri qui entre.* Eh ! arrive donc ! je meurs de faim !

NEUBOROUG. Très-bon signe !

WALPOLE. Moi qui dans mon hôtel n'ai jamais pu trouver l'appétit.

NEUBOROUG. Je le crois bien... il est toujours ici... dans ma salle à manger.

UN DOMESTIQUE, *entrant.* Son Excellence est servie !

WALPOLE. Son Excellence n'est pas ici.

NEUBOROUG. Il n'y a que notre ami Robert !.. allons... ta main... Henri, prenez celle de ma fille, et passez devant.

MARGUERITE, *à part.* Des chagrins ? oh ! il me les dira !..

NEUBOROUG. Et nous, allons trinquer comme autrefois !.. Que je suis heureux !..

WALPOLE. Et moi donc !.. je ne suis plus ministre ! (*Ils sortent tous par la porte à droite.*)

FIN DU PREMIER ACTE.

——◆——

ACTE DEUXIÈME.

Le théâtre représente un salon élégant dans le château de Windsor. — Par la porte du fond, l'on aperçoit une large galerie. — Porte au fond. — Portes latérales. — A droite, une table et ce qu'il faut pour écrire.

SCÈNE PREMIÈRE.

GEORGE II, CÉCILE.

CÉCILE, *entrant, suivie par le roi.* Non, sire, laissez-moi.

GEORGE. Eh quoi ! lady Cécile, je ne puis obtenir un instant d'audience...

CÉCILE. Je ne le veux pas !.. le comte de Sunderland, mon père, m'attend chez la reine !

GEORGE. Mais si je vous ordonne de rester... moi le roi !

CÉCILE. Votre Majesté sait bien ce qui arrivera.

GEORGE. Vous me quitterez ?

CÉCILE. A l'instant ! c'est ainsi que mon illustre aïeul, le duc de Marlborough, avait coutume de répondre à la menace. (*Elle fait la révérence et va pour sortir.*)

GEORGE. Cécile !.. Cécile !.. je vous en supplie, ne me réduisez pas au désespoir et daignez m'entendre !

CÉCILE, *avec humeur.* Eh bien donc ! que voulez-vous ?

GEORGE. Ah ! que vous connaissez bien votre pouvoir sur moi !.. et que vous abusez étrangement de cet amour que rien ne peut vaincre, et que vos caprices, vos rigueurs ne font que redoubler encore ! Un instant seulement, oubliant votre fierté... vous avez laissé tomber sur moi un regard de pitié...

CÉCILE, *avec effroi.* Ah ! taisez-vous !

GEORGE. Et depuis ce moment où je croyais avoir désarmé votre cœur, il semble au contraire que vous ayez redoublé pour moi de hauteur et de mépris... il y a en vous je ne sais quel sentiment de dépit, de crainte, de colère .. quelquefois même on dirait de la haine !..

CÉCILE. C'est vrai !

GEORGE. Est-ce vous que j'entends ?.. grands dieux ! et que n'ai-je pas fait pour vous fléchir ou vous rassurer !.. Faut-il vous rappeler ici cette soumission, cette crainte de vous compromettre, ce respect que n'a jamais trahi le moindre mot ou le moindre regard ; enfin ce mystère impénétrable qui cache à tous les yeux un amour que vous seule connaissez et que vous dédaignez... un amour qui vous soumet ma volonté, mon pouvoir, mon existence tout entière?.. que voulez-vous de plus?

CÉCILE. Je veux... je veux savoir pourquoi je suis si malheureuse!

GEORGE. Que dites-vous?

CÉCILE. Je me faisais de la cour et de ses splendeurs une image enchanteresse... Élevée dans des souvenirs de gloire, des regrets d'ambition, près de la duchesse de Marlborough, mon aïeule ; lui entendant parler sans cesse de ces temps brillants où, favorite de la reine Anne, elle disposait à son gré des destins de l'Angleterre et de ceux de l'Europe... ces idées de faveur et de puissance s'offraient sans cesse à mon esprit ; c'étaient là les seules illusions dont se berçait ma jeunesse ; et quand je fus présentée à la cour, lorsque Caroline d'Anspach voulut m'attacher à sa personne, je crus voir tous mes rêves se réaliser ; il me semblait que moi aussi j'allais régner à mon tour... et que j'allais devenir...

GEORGE. Favorite?

CÉCILE. Oui, de la reine! mais non pas du roi... et maintenant ce séjour si brillant... me déplaît, m'est insupportable ; tout y fait mon malheur!.. tout, jusqu'aux bontés dont m'accable la reine... et je veux le quitter, je veux fuir la cour.

GEORGE. Ah! c'est que votre âme froide et indifférente ne peut comprendre la mienne!.. c'est que votre cœur insensible est incapable de rien aimer!

CÉCILE. Moi ne rien aimer!

GEORGE. O ciel!.. me serais-je abusé? s'il était vrai... si quelque autre affection...

CÉCILE. Aucune... mais ne suis-je pas maîtresse de réclamer ma liberté, mon repos, mon bonheur?.. Quels droits aviez-vous sur moi, sire, si ce n'est ceux que vous teniez de moi-même... et que j'ai repris?

GEORGE. Ah! ne parlez pas ainsi, ne parlez pas de vous oublier. Plutôt que de renoncer à vous... il n'est rien dont je ne sois capable... il n'est pas de sacrifice que vous ne puissiez exiger.

CÉCILE. Je n'ai jusqu'à présent demandé qu'une chose à Votre Majesté, et l'événement m'a donné peu de confiance en mon crédit.

GEORGE. Une telle idée ne vient pas de vous, mais de ceux qui vous entourent... c'est votre père, c'est lord Carteret, c'est ce vieux lord Bolingbroke, ennemis irréconciliables de Walpole, qui tous le détestent et veulent le renverser ; mais à vous, Cécile, qu'est-ce que cela peut vous faire?

CÉCILE. Cela fait... cela fait... que je le veux.

GEORGE. Vous ne pouvez vouloir me priver d'un ministre dont les talents me sont utiles... indispensables ; et quand même je serais assez ingrat pour méconnaître son zèle et son dévouement, quand même je voudrais renoncer à ses services, je n'en suis pas le maître : il a dans les deux Chambres une majorité à lui.

CÉCILE. Oh! bien à lui... car il l'a achetée... et vous qui parliez à l'instant même de tout braver pour moi, vous tremblez devant votre ministre.

GEORGE. Non pas devant lui, mais devant une injustice... et c'en serait une.

CÉCILE. Soit! tel est votre bon plaisir... et le mien, à moi, est de quitter la cour, ce que je ferai dès demain... dès aujourd'hui.

GEORGE. Non, vous ne partirez pas... vous ne vous ferez pas un jeu de ma douleur, et puisqu'il le faut, je vous promets, Cécile, je vous jure...

CÉCILE. De renvoyer Walpole?

GEORGE. Non ; mais deux fois déjà il m'a offert sa démission que j'ai refusée, et s'il m'en parle de nouveau... s'il me l'offre encore... je l'accepterai.

CÉCILE. Grand effort de courage!

GEORGE. Mais vous me promettez au moins...

CÉCILE. Je ne promets rien.

GEORGE. Ah! vous qui souvent me parlez de tyrannie... est-il possible de la pousser plus loin et de l'avouer plus franchement?

CÉCILE. C'est un avantage que j'ai sur vous... je suis, moi, pour le gouvernement absolu.

GEORGE. Mais encore pour quelles raisons?

CÉCILE. Ces gouvernements-là n'en donnent jamais ; et je rappellerai seulement à Votre Majesté que voici l'heure de ses réceptions.

GEORGE. C'est vrai!.. j'oublierais tout auprès d'elle... Je ne demande plus rien... Je m'en rapporte à votre clémence... à votre générosité... Dites-vous seulement que j'attends, que je souffre et que je vous aime! (*Il sort.*)

SCÈNE II.

CÉCILE, *seule.* Et moi... moi je me hais moi-même, et il est tel moment de ma vie que je voudrais racheter au prix de tout mon sang ; mais je peux du moins quitter ces lieux que je déteste, rompre des chaînes qui me pèsent, fuir un amour qui m'est odieux... Je le lui dirai!.. Eh! mon Dieu, ne le lui ai-je pas dit?.. et ma franchise, mes dédains augmentent encore sa faiblesse et mon pouvoir... On a, dit-on, de l'empire sur les gens qu'on aime... on en a bien plus sur ceux qu'on n'aime pas.

SCÈNE III.

CÉCILE, NEUBOROUG, MARGUERITE.

MARGUERITE, *donnant le bras à son père.* C'est-à-dire que le parc est magnifique... et puis c'est si grand, si étendu!

NEUBOROUG. Beaucoup trop... pour les personnes qui s'y promènent à jeun.

CÉCILE. Quel est ce vieillard et cette jeune fille?

NEUBOROUG. Je n'ai plus de jambes... et suis trop heureux de m'asseoir...

CÉCILE. Le docteur Neuborough... ici, à la cour!

MARGUERITE, *à Neuborough qui va s'asseoir.* Mon père, une grande dame qui vous reconnaît...

NEUBOROUG, *se relevant.* Une grande dame!.. eh! oui, lady Sunderland, que j'ai vue bien jeune, car j'étais autrefois médecin de sa famille... Mais nous autres anciens, il n'est plus question de nous.

CÉCILE. Si vraiment! et j'ai à ce sujet, docteur, des compliments à vous faire. J'ai lu ce matin, dans le journal de la Cour, que le faubourg de Southwark vous avait élu hier membre de la chambre des communes.

NEUBOROUG. C'est vrai! madame la comtesse.

CÉCILE. Et porté par l'opposition!.. c'est un échec pour le ministère...

NEUBOROUG. Je ne le crois pas... on m'a jugé trop peu redoutable pour combattre une nomination... qui du reste n'aura pas de suites... car, j'y suis décidé, j'écrirai dès aujourd'hui pour remercier et refuser.

CÉCILE. Tant pis! je vois votre parti bien malade, les mé-

CÉCILE, *avec humeur.* Eh bien donc!.. que voulez-vous? — Acte 2, scène 1re.

decins mêmes l'abandonnent, et je conçois alors ce qui vous amène à la cour.

NEUBOROUG. Moi!.. vous pourriez croire...

CÉCILE. Que vous sollicitez... comme tout le monde... il n'y a pas de mal... et si je puis vous être utile... lectrice de la reine... j'ai quelque crédit près d'elle...

NEUBOROUG. Je ne demande rien... je ne veux rien, Milady... Je viens ici chez mon ami Robert Walpole, qui a bien aussi quelque pouvoir ; mais, grâce au ciel, je viens en amateur...

CÉCILE. Chez le ministre?..

MARGUERITE, *passant près d'elle.* Oui, Madame ; il nous a invités à venir passer la journée à Windsor, et son neveu est venu nous chercher ce matin !

CÉCILE, *avec émotion.* Son neveu, lord Henri...

MARGUERITE, *vivement.* Vous le connaissez?..

CÉCILE, *d'un air indifférent.* Oui... je le vois tous les soirs... au cercle de la reine...

MARGUERITE. Et il a eu la bonté de venir nous prendre lui-même, pour nous amener ici!.. il est si attentif, si galant, si aimable...

NEUBOROUG, *lui faisant signe.* Ma fille!..

MARGUERITE. C'est très-vrai, et Milady doit le savoir, puis-

qu'elle le connaît... Et puis, en arrivant, il m'a offert la main... et dans les deux premiers salons que nous avons traversés, qui étaient remplis de monde, des dames, des seigneurs de la cour, c'est à moi qu'il donnait le bras... ah! que j'étais heureuse! ils m'auront prise pour une grande dame, une comtesse... ils le disaient, n'est-ce pas?

NEUBOROUG. Mieux que cela!.. ils disaient : Voilà une jolie fille!

MARGUERITE, *avec joie.* Vrai!.. eh bien! je ne l'ai pas entendu! je pensais à autre chose, surtout lorsque Milord nous a présentés à sa sœur, lady Juliana, qui est bonne et aimable comme lui... et qui voulait me garder près d'elle... Et puis enfin, lord Henri nous a conduits dans les jardins, en nous disant : Je vais prévenir mon oncle, attendez-le ici ; et depuis une heure nous nous promenons dans le parc où tout ce que je vois me semble superbe, admirable, magnifique... Mon Dieu! que c'est beau de venir à la cour! et que je suis heureuse d'y être !

CÉCILE. Peut-être, mon enfant, ne le diriez-vous pas longtemps... mais pour aujourd'hui, je le conçois... surtout quand on a pour cavalier un jeune et brillant seigneur que l'on voit pour la première fois.

MARGUERITE, *vivement.* Mais non, Madame, très-souvent, et pendant trois mois tous les jours...

CÉCILE, *de même.* Que dites-vous?

NEUBOROUG, *l'arrêtant.* Ma fille!..

CÉCILE. Je vois en effet que vous connaissez intimement Robert Walpole et tous les siens... (*A Neuboroug.*) Prenez-y garde, docteur, l'amitié de Walpole a souvent porté malheur; mais, en tous cas, je vous dois un avis charitable : si, quoi que vous en disiez, vous attendez de lui des places, de la fortune, des honneurs...

NEUBOROUG. Moi!

CÉCILE. Hâtez-vous!.. car, c'est moi qui vous le dis, et vous pouvez me croire, il n'a pas longtemps à rester au ministère... Adieu, docteur. (*Elle sort.*)

—

SCÈNE IV.

MARGUERITE, NEUBOROUG.

NEUBOROUG. Eh! mais... à qui en a-t-elle donc, la petite comtesse?.. Avec son air protecteur et menaçant... il me semblait entendre feu le duc de Marlborough, son grand-père, dictant des conditions aux plénipotentiaires de Louis XIV.

MARGUERITE. C'est égal... je voudrais bien être à sa place! Elle va ce soir au cercle de la reine... et puis enfin elle est ici tous les jours!..

NEUBOROUG. Je ne lui en ferai pas compliment.

MARGUERITE. Et pourquoi cela?

NEUBOROUG. Parce qu'il me tarde d'en être dehors... il y a déjà trop longtemps que j'y suis.

MARGUERITE. A peine si nous arrivons... et vous voilà de mauvaise humeur parce qu'on vous fait attendre un peu... est-ce raisonnable?

NEUBOROUG. Certainement... j'ai cru qu'on allait nous recevoir tout de suite, à bras ouverts; et depuis une heure que nous sommes ici et que nous nous sommes promenés dans tous les sens, avons-nous seulement entrevu Walpole?

MARGUERITE. S'il est occupé.

NEUBOROUG. Ce n'est pas une raison pour faire faire antichambre à un ancien ami.

MARGUERITE. Il l'a bien fait hier chez vous!

NEUBOROUG. Pas si longtemps! et puis tous ces gens que l'on rencontre ont l'air, comme cette comtesse, de vous regarder du haut de leur grandeur, et de ne pas croire qu'on vienne déjeuner chez un ministre!.. que serait-ce donc s'ils savaient qu'hier il a soupé chez moi? Mais je n'en ai rien dit, parce qu'il faut être modeste.

MARGUERITE. Vous avez bien fait...

NEUBOROUG. Et parce qu'on n'a pas, comme eux, un habit chamarré d'étoiles et de cordons, ils semblent dire : Il n'est pas des nôtres... c'est un étranger, un bourgeois de Londres.

MARGUERITE. Eh bien! qu'est-ce que cela vous fait?

NEUBOROUG. Cela fait que c'est désagréable, que c'est humiliant... parce qu'enfin, chez moi, je suis le seul, je suis le premier... j'aime mieux ça.

MARGUERITE. Consolez-vous! c'est votre ami le ministre.

—

SCÈNE V.

MARGUERITE, NEUBOROUG, WALPOLE, *que* PLUSIEURS SOLLICITEURS *entourent.*

WALPOLE, *à un solliciteur.* J'ai lu votre projet... je l'ai lu... et ne peux l'approuver... imposer des taxes aux colons américains...

LE SOLLICITEUR. C'est enrichir la Grande-Bretagne.

WALPOLE. C'est l'appauvrir; les colonies d'Amérique nous donneront plus par le commerce que par les impôts...

LE SOLLICITEUR. Mon projet avait pour lui l'approbation de lord North.

WALPOLE. Eh bien! qu'il le tente après moi, quand il sera ministre... et il perdra les colonies. (*A un autre.*) Et vous, Johnson... ah! votre place de justicier!.. je vous l'ai promise, vous l'aurez... (*A un autre.*) Vous aussi, Milord, cet emploi, vous l'aurez, vous dis-je; mais attendez au moins qu'il y ait un décès... (*A part.*) Ils sont tous de même... il semble que j'aie quelque épidémie à mes ordres... Et vous? (*S'avançant vers Neuboroug sans le regarder.*) Avez-vous un placet?.. que voulez-vous? que demandez-vous?..

NEUBOROUG. De déjeuner le plus tôt possible.

WALPOLE. Ah! c'est toi, Neuboroug?.. te voilà!.. Vous arrivez bien tard... (*Aux solliciteurs.*) C'est bien, Messieurs, c'est bien... je ne puis achever de vous entendre aujourd'hui... (*Montrant Neuboroug.*) Une affaire importante avec Monsieur... Mais demain... après-demain... j'aurai l'honneur de vous recevoir... (*Il salue profondément les solliciteurs qui se retirent.*) Tu vois quelle est ma vie?.. Je suis ainsi depuis six heures du matin. Cette galerie, qui communique de mes appartements à ceux du roi, est toujours encombrée de solliciteurs : je suis ainsi tous les jours; pas un instant de repos.

MARGUERITE. Et mon père qui déjà se plaignait!

WALPOLE. Et de quoi?..

NEUBOROUG, *avec un peu d'embarras.* Je me plaignais... des gens qui te portent envie... de ces gens comme nous en avons vu tout à l'heure, qui te croiraient bien malheureux si tu perdais ta place!

WALPOLE, *vivement.* Qui donc? que veux-tu dire?

NEUBOROUG. Rien! des discours en l'air!.. Une dame de cour, une petite comtesse... qui nous disait tout à l'heure, avec un air de satisfaction intérieure : Walpole n'a pas longtemps à rester au ministère...

WALPOLE, *souriant avec ironie.* Vraiment!.. depuis vingt ans qu'ils le prophétisent! Fasse le ciel que cette fois ils aient raison! Et cette dame qui est-elle?..

NEUBOROUG. Une personne sans importance... la lectrice de la reine, la comtesse de Sunderland...

WALPOLE. Sunderland!.. Tu appelleras cela sans importance!.. Tu ne sais donc pas que son père, et lord Carteret, et lord Bolingbroke, mon vieil antagoniste, ont juré de me renverser, et que, déjà plus d'une fois... Mais, après tout, que m'importe?

NEUBOROUG. C'est ce que je dis!

WALPOLE. Ce qui m'étonne, c'est l'espèce d'influence dont semble jouir depuis quelque temps la fille de lord Sunderland... D'où cela viendrait-il? Ce n'est pas de la reine... qui ne l'aime guère, et qui m'est dévouée. Est-ce que par hasard?.. Non, non, ce n'est pas possible!

NEUBOROUG. Qu'est-ce que c'est?

WALPOLE, *se promenant.* Pourquoi pas? Je le saurai!..

NEUBOROUG, *le suivant.* Mais qu'as-tu donc?

WALPOLE. Rien, mon ami!.. Mais vois si l'on peut jamais faire des projets!.. Je m'étais levé ce matin avec les idées les plus riantes. Cette journée que j'allais passer avec vous m'offrait une perspective délicieuse... Il me semblait qu'au milieu de mes ennuis c'était un jour de congé... Et voilà que la moindre contrariété, la moindre inquiétude me rend à moi-même et me poursuit jusque dans mon bonheur!

NEUBOROUG. Voilà justement ce qui te fait mal... Il faut chasser toutes ces idées-là... entends-tu bien?

WALPOLE, *toujours préoccupé.* Oui, mon ami...

NEUBOROUG. N'avoir avant et après les repas que des pensées agréables qui préparent ou facilitent la digestion.

WALPOLE, *avec impatience.* Bien, mon ami... (*A part.*) S'il était vrai! morbleu!

NEUBOROUG. Surtout... et je ne puis pas trop te le recommander, se mettre à table à des heures fixes et réglées! ne jamais faire attendre l'estomac, et il paraît qu'ici l'on attend beaucoup.

WALPOLE. Non, mon ami...

SCÈNE VI.

LES PRÉCÉDENTS, UN VALET *en livrée.*

LE VALET. Sa Grâce est servie!

WALPOLE. Tu vois bien!

NEUBOROUG. C'est heureux!

WALPOLE, *se retournant vers le valet qui lui présente des papiers.* Qu'est-ce que c'est?

LE VALET. Les journaux.

NEUBOROUG, *lui prenant le bras.* Nous les lirons à table!

WALPOLE, *prenant les journaux.* Tu as raison... (*En dépliant un.*) Je veux voir seulement si on a inséré mon discours d'hier... (*A Marguerite.*) Vous permettez, ma jolie demoiselle...

MARGUERITE. Comment donc, Milord.

WALPOLE, *tenant toujours Neuboroug sous le bras et dépliant le journal qu'il parcourt.* Ah! des injures! des épigrammes...

NEUBOROUG. Pourquoi les lire?

WALPOLE. Parce que cela m'amuse! Si tu savais combien nous attachons peu d'importance à tout cela!.. (*Lisant.*) « Lord Walpole, le premier ministre, s'est rendu hier à pied « au parlement... » (*S'arrétant.*) C'est bien intéressant! « On s'étonnait de ce que, malgré le froid, il était vêtu fort « légèrement, et n'avait même pas le manchon de martre zibe-« line qu'il porte ordinairement. » (*Riant.*) Comme c'est piquant!.. ils ne savent que dire pour remplir leurs colonnes. (*Achevant de lire.*) « Un manchon! répondit quelqu'un, à « quoi bon? il n'en a pas besoin... Il a toujours ses mains « dans nos poches! » (*Riant d'un air forcé.*) Ah! ah! celuilà au moins est drôle!.. il est original!.. n'est-il pas vrai?.. Ah! ah!

MARGUERITE. Quoi! vous riez?

WALPOLE. J'en ai entendu bien d'autres! ce journal-là en dit souvent d'assez gaies... c'est un indépendant qui veut qu'on l'achète, mais il n'y réussira pas... (*Prenant un autre journal.*) car, avec moi, aussitôt lu... aussitôt oublié.

NEUBOROUG, *montrant la porte à gauche.* Alors, mon ami...

WALPOLE, *(Lisant le journal.)* « Ses mains « dans nos poches... »

NEUBOROUG. Est-ce que tu y penses encore?

WALPOLE. Du tout... (*Avec colère.*) Ah! mon Dieu!

NEUBOROUG. Qu'est-ce donc?

WALPOLE. Mon dernier discours... tronqué... défiguré... je peux pardonner des épigrammes, des injures... mais des fautes d'impression... être trahi à ce point par son imprimeur!.. un imprimeur du roi!.. Je suis sûr qu'au fond du cœur il est de l'opposition... Je lui ôterai son brevet... il perdra son privilège.

NEUBOROUG. Mon ami!..

WALPOLE, *avec impatience.* Pardon!.. tu meurs de faim, et moi aussi; je sais la des tiraillements d'estomac... Allons, Williams. (*A Marguerite, lui offrant la main.*) Allons, miss Marguerite, déjeunons.

NEUBOROUG, *marchant devant.* Ce n'est pas sans peine.

WALPOLE, *tout en donnant la main à Marguerite et se dirigeant vers la salle à manger, se dit à part :* « Sa main dans nos poches!.. » Je saurai qui. (*Neuboroug est près de la porte de la salle à manger et veut faire passer Walpole devant lui.*)

SCÈNE VII.

LES PRÉCÉDENTS, UN HUISSIER DE LA CHAMBRE.

L'HUISSIER, *annonçant à Walpole.* Le roi, Monseigneur.

WALPOLE, *qui est près d'entrer dans la salle à manger, quitte brusquement la main de Marguerite, et revient sur ses pas.* Le roi!.. A une pareille heure... que me veut-il?.. (*A Neuboroug.*) Pardon, mon ami, je suis obligé de recevoir le prince.

NEUBOROUG. Et ton appétit?

WALPOLE. Il attendra!..

NEUBOROUG, *avec colère.* Et l'on appelle cela exister!..

SCÈNE VIII.

MARGUERITE, NEUBOROUG, WALPOLE, GEORGE, L'HUISSIER, *qui reste au fond du théâtre.*

WALPOLE. Je n'espérais guère et de si bon matin l'honneur que me fait Votre Majesté.

GEORGE. Je pense, Milord, que je ne vous dérange pas?

WALPOLE. En aucune façon... J'étais là avec des amis... le docteur Neuboroug, mon ancien compagnon d'études...

GEORGE. Le docteur Neuboroug... homme de talent... que l'opposition vient d'envoyer à la chambre des communes!

NEUBOROUG, *s'inclinant, avec embarras.* Oui, sire... mais...

WALPOLE, *l'interrompant vivement.* Mais quelles que soient ses opinions, ce sont celles d'un homme d'honneur et de conscience... Je dirai plus : il est tel ouvrage que depuis longtemps l'Angleterre admire, tel ouvrage que l'on attribue à nos premiers écrivains ou à nos plus grands publicistes...

NEUBOROUG, *interrompant Walpole.* Robert, y penses-tu?

WALPOLE. Pardon, sire, je dois respecter le voile dont il veut s'environner à tous les yeux.

GEORGE. Pas aux miens, je l'espère... et vous me direz... Mais quelle est cette jolie personne?

WALPOLE. C'est sa fille, sire, miss Marguerite, qui pour la grâce et la beauté effacerait nos plus brillantes ladys.

GEORGE, *avec chaleur.* Vrai Dieu, Milord a raison! je ne connais qu'une seule personne qui pourrait lui disputer la palme!

WALPOLE, *avec intention.* La reine! sire!

GEORGE, *avec embarras et se reprenant vivement.* Oui... justement... c'est ce que je voulais dire... mais j'ai à vous parler, Walpole, à vous parler longuement.

NEUBOROUG, *avec un geste d'effroi.* Ah! le malheureux!

GEORGE. Passons dans votre cabinet... ou plutôt dans le parc, nous pourrions causer en nous promenant...

WALPOLE, *s'inclinant.* A vos ordres, sire.

GEORGE. L'air et l'exercice nous feront du bien.

NEUBOROUG, *à part.* De l'exercice à jeun!.. juste ciel!

GEORGE. Adieu, Messieurs!.. Adieu, miss Marguerite!..

WALPOLE, *à Neuboroug.* Mon ami, je suis à toi! je reviens à l'instant... Attends-moi. (*Ils sortent par la porte du fond.*)

SCÈNE IX.

MARGUERITE, NEUBOROUG, LE DOMESTIQUE, *qui est resté près de la porte de la salle à manger.*

NEUBOROUG. L'attendre!.. pas un moment!.. pas une seconde!.. mon estomac n'est pas complaisant! il n'est pas courtisan!

MARGUERITE. Mais, mon père, y pensez-vous?

NEUBOROUG. Je ne te force pas... tu es la maîtresse!.. mais moi, je veux toujours provisoirement prendre un à-compte... (*Au domestique.*) N'est-ce pas de ce côté?

LE DOMESTIQUE. Oui, Monsieur, je vais vous conduire...

NEUBOROUG, *au domestique.* Je vous suis, mon cher ami... je vous suis aveuglément et sans hésiter! (*Il sort par la porte à gauche avec le domestique.*)

—

SCÈNE X.

MARGUERITE, *puis* HENRI.

MARGUERITE, *s'apprêtant à le suivre.* Mon pauvre père n'entend pas raillerie sur ce chapitre-là! (*Au moment où elle va entrer dans la salle à manger, elle aperçoit Henri qui entre par la porte du fond, et d'un air agité.*)

HENRI. Non, je n'en puis revenir encore!..

MARGUERITE, *allant à lui.* Lord Henri!.. Comme il est agité!.. Qu'avez-vous donc?

HENRI. Ce que j'ai! ah! jamais plus qu'aujourd'hui je n'ai eu besoin de votre présence et de votre amitié. Je suis souvent tourmenté, bien malheureux! Et quand je vous ai vue... je pars presque content, ou du moins consolé.

MARGUERITE. Consolé! vous avez donc des chagrins?

HENRI. Vous l'ai-je dit?

MARGUERITE. Eh oui, vraiment!.. Allons, confiance tout entière!.. Il me semble, à moi, que je vous dirais tout!

HENRI. Vous, Marguerite! quelle différence! vous n'avez pas de secrets.

MARGUERITE. Qu'en savez-vous?

HENRI. O ciel! vous seriez comme moi, vous aimeriez quelqu'un?

MARGUERITE. Peut-être bien!

HENRI. Mais vous, du moins, vous avez l'espoir d'être heureuse!..

MARGUERITE. Nullement, je vous jure! Mais moi, je ne demande pas à être aimée! j'aime toute seule et sans intérêt; on ne peut pas empêcher cela, n'est-ce pas?

HENRI. Oh! non, sans doute. Et votre confiance fait naître la mienne! Apprenez donc qu'il y a ici... dans ce moment, une personne que j'aime et qui me désespère!

MARGUERITE, *souriant.* Vraiment! contez-moi donc cela!..

HENRI. Il semble qu'elle prenne à tâche de bouleverser ma raison!.. C'est un mélange de douceur et de fierté, de froideur et de coquetterie...

MARGUERITE. Que dites-vous?

HENRI. Avant-hier enfin, au cercle du roi, je n'ai pas même pu obtenir d'elle la faveur d'un regard.

MARGUERITE, *portant la main à son cœur.* O mon Dieu!..

HENRI. Et tout à l'heure, à l'instant même et pour la première fois de sa vie, elle m'a presque dit qu'elle m'aimait... ou du moins, et malgré elle, son dépit, sa jalousie m'ont laissé deviner!

MARGUERITE, *à part.* Ah! je me soutiens à peine!

HENRI. Et ce qu'il y a de plus étonnant... c'est que ce seul moment de bonheur que j'aie eu en ma vie, c'est à vous que je le dois, mon amie, c'est vous qui en êtes cause!

MARGUERITE. Moi!.. comment cela?

HENRI. Elle ne m'a parlé que de vous, des visites que je vous faisais chaque jour, des trois mois que j'ai passés dans la maison de votre père... Cette jeune fille est charmante, a-t-elle ajouté; vous l'aimez, Monsieur, vous l'aimez, avouez-le. Et moi, de me justifier et de lui attester que la seule amitié, que l'affection la plus tendre mais la plus pure, m'attachait à vous... Mais pardon! mon amitié est bien égoïste, elle ne vous entretient que de mes craintes ou de mes espérances... et les vôtres... et cet amour que vous m'avez presque avoué tout à l'heure?..

MARGUERITE. Ah!.. je vous en conjure!

HENRI. Votre confiance n'égale donc pas la mienne? vous ne me regardez plus comme un frère?

MARGUERITE. Un frère!.. si vraiment!.. toujours! mais pourquoi penser à un attachement sans espoir?..

HENRI. Que dites-vous?..

MARGUERITE. Que je suis plus malheureuse que vous... car moi il ne m'a jamais aimée, il en aime une autre.

HENRI. Ce n'est pas possible!.. vous qui rendriez un mari si heureux, vous en qui brillent tant de qualités...

MARGUERITE. Il ne les voit pas!

HENRI. Comment peut-il être assez aveugle... surtout s'il est reçu, s'il est admis chez votre père?.. Ah! mon Dieu, je sais qui!

MARGUERITE. C'est fait de moi!.. non, Monsieur... ne croyez pas...

HENRI. Votre cousin... ce jeune avocat... sir Thomas Kinston pour qui vous vouliez hier me solliciter...

MARGUERITE, *vivement.* Oui, Milord, oui, c'est lui-même!.. mais silence au moins... et que personne au monde... surtout lui... ne puisse jamais se douter... (*Pleurant.*) Je l'oublierai!.. je vous le promets... il n'en saura rien...

HENRI. Pauvre enfant! que ne puis-je sacrifier de mon bonheur pour ajouter au vôtre! (*Lui prenant la main.*) Ma bonne Marguerite, mon amie, ma sœur, si vous saviez quelle part je prends à vos peines! si vous saviez combien je vous aime...

MARGUERITE, *se dégageant de ses bras en sanglotant.* Assez!.. assez!.. (*A part.*) Ah! il me fera mourir!

HENRI. Mon oncle!..

—

SCÈNE XI.

MARGUERITE, HENRI, WALPOLE.

WALPOLE, *entrant sans les voir.* C'est un enfer, et je ne puis tenir!.. il faut que je sorte de la cour, de ce palais! c'est un séjour maudit où l'on ne peut vivre!

MARGUERITE, *à part.* Il a bien raison!

WALPOLE. Je n'y resterai pas un jour de plus!

HENRI. Eh! mon Dieu, Milord, qu'avez-vous donc?

WALPOLE. Ce que j'ai... ils veulent la guerre, maintenant! ils la veulent, et dès demain; à les en croire, il faudrait la déclarer à l'Espagne!

HENRI. Plût au ciel!..

WALPOLE. Et toi aussi!..

HENRI. Je parle en officier!..

WALPOLE. Et moi en ministre!.. Ils ne l'auront pas... Milord était déjà de leur avis... tout étourdi par leurs clameurs... par leurs pétitions... Eh! par saint George! ou pétitions, on sait comment elles se fabriquent... et s'il ne tient qu'à cela, s'il lui en faut, dès demain un million d'[...]

norables signatures réclameront en faveur de la paix... Cette paix, salut de l'Angleterre, que je maintiens depuis vingt ans... il faudrait la rompre pour de vaines prérogatives blessées... pour un pavillon amiral qu'on n'a pas salué!

HENRI. S'il était vrai cependant...

WALPOLE. Et c'est pour cela qu'il faudrait ruiner notre industrie, notre commerce, et se lancer dans une guerre dont on ne peut pas prévoir les suites?.. A mon âge... épuisé, fatigué, malade... comme je le suis... car jamais, je crois, je n'ai plus souffert qu'aujourd'hui...

HENRI. Mon pauvre oncle!..

WALPOLE. Et Neuboroug... Neuboroug qui n'est pas là... j'ai la fièvre... j'ai la poitrine en feu...

HENRI. Calmez-vous, de grâce!.. prenez quelque repos.

WALPOLE. Du repos...est-ce que je le peux?.. Ils ne veulent pas de ma démission! ils ne seront satisfaits que quand ils m'auront tué, que quand je serai mort comme un esclave, comme un condamné, au banc où ils m'ont attaché!

—

SCÈNE XII.

MARGUERITE, HENRI, NEUBOROUG, WALPOLE.

NEUBOROUG, accourant. Ah! mon ami...

WALPOLE. Qu'as-tu donc?

NEUBOROUG. Laisse-moi reprendre mes idées, et surtout reprendre haleine! Au moment où je sortais de ta salle à manger par la porte qui donne sur le parc, je me trouve face à face avec Sa Majesté qui me dit : « Monsieur Neuboroug, je serais enchanté de vous parler; » et sans que j'aie eu le temps de me reconnaître, il me prend le bras, et nous voilà avec ce bon roi, nous promenant bras dessus, bras dessous... sans façons, sans cérémonie, tout à fait à notre aise... excepté que j'étais un peu troublé, parce qu'un roi qui vous donne le bras,.. cela fait toujours...

MARGUERITE. Quoi donc?

NEUBOROUG, à Marguerite. Cela fait, mon enfant, que c'est très-honorable. Il est fâcheux seulement qu'il n'y eût là personne... parce que mes confrères, qui sont souvent si fiers et si importants, auraient vu que pour la première fois que je viens à la cour... (A Walpole.) Enfin, et pour revenir à toi, le roi m'a d'abord parlé de mon élection; et quand il a su que mon intention était de refuser... — Je ne le veux pas, s'est-il écrié, je ne le veux pas! Il nous faut à la Chambre des gens de talent, et surtout d'honnêtes gens... A ce double titre... vous resterez... je l'exige... pour moi et pour vous.. car un ami de Walpole peut arriver à tout, peut tout obtenir de moi. A ce mot, il m'est arrivé une inspiration, une idée d'en haut!.. celle de m'immoler pour toi... Eh bien! sire, lui ai-je dit, vous le voulez... j'accepte... mais en revanche, j'implore une faveur de Votre Majesté. — Laquelle? parlez! — Et alors, soit que l'amitié m'inspirât, soit déjà que je me crusse à la tribune, j'ai été content de moi, j'ai été éloquent... je lui ai peint avec chaleur mes craintes, mes inquiétudes sur l'état de ta santé... je l'ai vu ému... entraîné, et je me suis écrié : Puisque vous l'aimez ce fidèle serviteur, vous ne voudrez pas l'immoler; vous ne voudrez pas sa mort; je vous réponds, moi, médecin, qu'il y va de sa vie!.. Oui, mon ami, je l'ai dit, il y va de sa vie, s'il ne quitte pas les affaires, si vous n'acceptez pas la démission qu'il vous a offerte depuis si longtemps!

WALPOLE, avec anxiété. Eh bien!.. eh bien!.. le roi a refusé?

NEUBOROUG, avec enthousiasme. Du tout!.. il consent...

WALPOLE, stupéfait. Que dis-tu?..

NEUBOROUG, tirant un papier de sa poche. Tiens! lis!.. écrit de sa main royale!

WALPOLE, prenant le papier avec émotion. Lisant. « Vous « le voulez, vos amis le veulent, il y va, dit-on, de votre « santé et de votre existence, j'accepte à regret la démis-« sion que vous m'offrez. »

NEUBOROUG ET HENRI. Quel bonheur!

WALPOLE, continuant de lire. « Je n'y mets qu'une condi-« tion, c'est qu'avant de vous retirer, vous me désignerez « vous-même votre successeur et formerez le nouveau mi-« nistère qui doit vous succéder. » Ah! je ne sais ce que j'éprouve...

HENRI. Le saisissement...

NEUBOROUG. La surprise...

WALPOLE. Oui, la joie... une joie imprévue... Me voilà donc libre... me voilà heureux'.. cela produit un singulier effet...

NEUBOROUG. Quand on n'en a pas l'habitude... et j'ai eu tort de t'annoncer ainsi sans ménagements... sans prépara-tions... que veux-tu, j'étais si enchanté!.. mais ce ne sera rien... mon ami, ce ne sera rien!.. la joie n'a jamais fait de mal... et j'espère que tu es content... que tu me remercies...

WALPOLE. Oui, mon ami... oui, certainement... mais tu es sûr que le roi ne m'en voudra pas?..

NEUBOROUG. En aucune façon... puisqu'il te charge de nom-mer ton successeur et de former toi-même le nouveau mi-nistère...

WALPOLE. C'est vrai!

NEUBOROUG. Nous pouvons maintenant nous renfermer dans ta résidence de Strawberry-Hill, rêver sous ses beaux om-brages, au bord de ses eaux jaillissantes... Nous pouvons partir sur-le-champ...

WALPOLE. Pas aujourd'hui! il y a conseil...

NEUBOROUG. Tu n'y as plus que faire... tu n'as plus de con-seil, plus d'ennui.

WALPOLE. Ah! oui, c'est vrai !.. Henri, tu diras alors à l'envoyé de Hanovre, à qui je n'avais pu donner audience, que je suis prêt à le recevoir... je l'attendrai.

NEUBOROUG. Mais ça ne te regarde plus... tu n'as plus be-soin de t'inquiéter de cela... ta matinée est libre...

WALPOLE. C'est vrai! tu as raison !.. Alors, qu'est-ce que je vais faire?..

NEUBOROUG. Déjeuner d'abord... c'est l'essentiel...

WALPOLE. Ah! c'est que je n'ai plus faim! (Un domestique entre et remet une lettre à Henri.)

NEUBOROUG. Voilà... ce que c'est que d'attendre trop long-temps. (Au domestique qui vient de remettre la lettre à Henri.) Faites servir votre maître! (A Walpole, qui fait un geste d'impatience.) Oui, mon ami, quand tu devrais te forcer un peu...

HENRI, qui a décacheté la lettre, bas, à Marguerite. C'est d'elle! (Lisant.) « D'importants événements se préparent; il « faut que je vous voie aujourd'hui, à trois heures, dans la « grande galerie. » (Avec joie.) Un rendez-vous!

MARGUERITE, à part. O ciel!

WALPOLE, vivement. Qu'est-ce que c'est? une lettre? c'est du roi?

HENRI. Non, mon oncle...

NEUBOROUG, entraînant Walpole. Du roi ou d'un autre, qu'importe?.. Au diable maintenant les affaires sérieuses... il ne faut plus penser qu'au plaisir et à la joie; (A Margue-rite qui essuie une larme.) n'est-ce pas, ma fille?..

HENRI, à Marguerite. Ah! j'ai maintenant de l'espoir.

MARGUERITE, à part. Et moi je n'en ai plus. (Walpole, Neu-boroug et Marguerite sortent par la porte à gauche, et Henri par la porte du fond.)

FIN DU DEUXIÈME ACTE.

—◆—

ACTE TROISIÈME.

(Même décoration.)

—

SCÈNE PREMIÈRE

WALPOLE, *entre en lisant avec agitation des lettres qu'il tient à la main ; puis il s'assied sur le fauteuil à droite.* NEUBOROUG, *entrant par le fond.*

NEUBOROUG, *l'apercevant.* C'est lui ! (*S'approchant de Walpole sans que celui-ci sorte de sa rêverie, et lui frappant sur l'épaule.*) Robert !..

WALPOLE, *levant la tête.* Qu'est-ce donc ?.. Ah !.. c'est toi !..

NEUBOROUG. A la bonne heure, au moins ! te voilà dans un bon fauteuil, à te reposer et à ne rien faire ! Tu commences enfin à jouir de toi-même ! à être tranquille !

WALPOLE, *avec impatience.* Oui, mon ami !..

NEUBOROUG. Aussi je suis fâché de te rappeler aux affaires... mais ce sera pour la dernière fois ! Le roi t'attendra vers deux heures dans son cabinet !

WALPOLE. Le roi !.. tu l'as vu ?

NEUBOROUG. A l'instant !

WALPOLE. Tu ne le quittes donc plus ?

NEUBOROUG. Dans ton intérêt !.. Il voulait savoir de tes nouvelles !.. et il m'a reçu !.. j'en suis encore tout ému !.. Il m'a parlé de ma position actuelle, de mon avenir, de ma fille... Il m'a répété : Un ami de Walpole peut arriver à tout... Enfin, de ces phrases qui signifient : Demandez-moi quelque chose... Mais tu sens bien... que moi... D'ailleurs, qu'est-ce que je lui aurais demandé ?.. je n'en sais rien... Aussi je ne lui ai parlé que de toi, de la joie avec laquelle tu avais reçu sa lettre, de la reconnaissance, et enfin de ta santé qui est déjà meilleure !

WALPOLE, *qui l'a écouté avec impatience.* Eh ! morbleu !.. de quoi te mêles-tu ? tu as eu tort... (*Il se lève.*)

NEUBOROUG. Moi !.. et pourquoi ?..

WALPOLE. Parce que je souffre... parce que je me porte très-mal...

NEUBOROUG, *lui prenant le pouls.* C'est vrai !.. Il y a toujours là des symptômes d'irritation et de fièvre nerveuse... Cela m'étonne.

WALPOLE. Et le moyen qu'il en soit autrement... au milieu des tracas, des allées et venues, des intrigues qui m'assaillent de tous côtés !.. Déjà, et je ne sais comment, car c'était un secret entre nous, le bruit de ma démission s'est répandu... (*Montrant les lettres qu'il tient.*) et c'est à qui, amis ou ennemis, viendra me demander ma protection pour obtenir de moi vivant un lambeau de mon héritage.

NEUBOROUG. Que t'importe ?..

WALPOLE. Ce qu'il m'importe ?.. Encore faut-il avoir sa tête... son jugement... pour ne pas se laisser influencer dans son choix... car déjà le comte de Sunderland croit triompher... Tu vois bien que ma fille avait raison ce matin... Il y a entre elle et tel grand personnage des intelligences dont j'ai acquis la preuve, et l'on ne m'ôtera pas de l'idée qu'elle croit m'avoir renversé.

NEUBOROUG, *riant.* Y penses-tu ?.. celui qui t'a renversé, c'est moi... c'est ton ami... tout le monde le sait... c'est la volonté de ton médecin... ou plutôt la tienne. (*Lui prenant la main.*) Et tu as bien fait... je le l'atteste. Aussi, comme je te l'ai dit, le roi t'attend dans son cabinet pour causer de ton successeur et avoir là-dessus tes idées...

WALPOLE. Des idées... des idées... crois-tu que j'en aie ? il faut le temps...

NEUBOROUG. Le pays cependant ne peut pas marcher comme ça sans ministres ; il n'aurait qu'à s'y habituer, vois ce que cela deviendrait !..

WALPOLE. Je le sais bien... mais, obligé de combiner à la hâte, de recomposer ce ministère, de nommer, pour contenter le roi, sept ou huit personnes qui lui plaisent... crois-tu que ce soit facile... et où les trouver ?

NEUBOROUG. Bah !.. en cherchant bien !

WALPOLE, *avec impatience.* J'ai beau chercher, je ne vois pas qui pourrait se charger d'un fardeau pareil !

NEUBOROUG. Il y aura des gens qui se dévoueront.

WALPOLE, *avec impatience.* Et lesquels ?.. Est-ce toi ?

NEUBOROUG, *se récriant.* Moi !.. y penses-tu ? Moi te remplacer et être premier ministre ! est-ce que c'est possible ?.. Par exemple, je ne dis pas... s'il y avait quelque emploi modeste, quelque place obscure... dans les premiers rangs... je pourrais aussi bien que tout autre...

WALPOLE. Toi, Williams ! te lancer dans l'administration ! toi, un médecin !

NEUBOROUG. D'abord, je ne suis pas médecin... je suis député ! et ce n'est pas d'aujourd'hui que je m'occupe des affaires publiques... Tout le monde s'en occupe en Angleterre, et j'ai fait mes preuves !

WALPOLE. Par tes écrits... sans contredit ! mais n'ayant encore exercé aucun emploi...

NEUBOROUG. Raison de plus ! pas d'antécédents, pas de système arrêté, ça peut aller à tout ce qu'on voudra ! Après cela, je ne suis pas exigeant, je ne tiens pas à briller ; au contraire ! Il y a, pour commencer, de petits ministères sans conséquence que tout le monde peut occuper et qui ne vous obligent à rien... qu'à résidence ! voilà ce qu'il me faut, ou même moins encore !..

WALPOLE. Mais tes forces, ta santé...

NEUBOROUG. Je me porte bien, et puis, en cas de danger... je saurais mieux que personne les moyens de...

WALPOLE. Sans contredit... mais ton repos, mon ami, ta tranquillité..,

NEUBOROUG. On se sacrifie... pendant quelques années... c'est trois ou quatre ans de courage... et puis, quand on a fait ses affaires, on prend sa retraite... une bonne retraite..... quelque place inamovible où l'on soit tranquille...

WALPOLE, *d'un air railleur.* A merveille ! des places, des titres... toi qui hier encore...

NEUBOROUG. Mon Dieu !.. je devine ce que tu vas me dire !.. ce serait bon, si j'étais ambitieux... mais je ne le suis pas !.. je ne m'échauffe pas... je ne me monte pas la tête, je ne tiens pas aux titres... aux dignités... je les méprise autant que toi... aussi, mon ami, ce que j'en fais n'est pas pour moi, c'est pour ma fille... c'est pour son établissement... parce que la fille d'un homme en place, cela se marie toujours... Après cela, je te le jure bien... je m'en vais... je me retire... dans la terre de mon gendre... ou je reviens à mes malades... qui auront profité de mon absence pour vieillir. Ceux-là du moins béniront mon administration, et je tâcherai qu'ils ne soient pas les seuls... Voilà mes plans, mes projets, et maintenant qu'as-tu à répondre ?

WALPOLE. Rien, mon ami... je parlerai de cela à Sa Majesté qui ne demandera pas mieux ! On pourra te placer parmi les lords de la trésorerie ou de l'amirauté, ou dans les conseillers du roi !

NEUBOROUG, *prêt à partir.* Tout ce qui te plaira... mais du silence ! que cela reste entre nous ! (*Revenant.*) Par exemple, tu pourrais peut-être, et comme une indiscrétion qui viendrait de toi, laisser deviner au roi que je suis l'auteur des *Lettres irlandaises.*

WALPOLE. Et l'anonyme que tu voulais garder, et ta modestie...

NEUBOROUG. Je n'en ai plus besoin, puisque je vais être en
place... du reste, ce que je te dis là...

WALPOLE. Sois tranquille!.. mais laisse-moi, car je n'ai
encore rien d'arrêté, et si le roi m'attend...

NEUBOROUG. Oui, mon ami, je te laisse et je compte sur toi.

WALPOLE. Et tu fais bien ! (*Neuboroug sort.*)

―

SCÈNE II.

WALPOLE, *seul*. Et lui aussi... lui aussi... ambitieux
comme les autres ! ils le sont tous ! et je ne les comprends
pas... c'est donc un vertige... un délire, une fièvre qui les
saisit. Celui-là du moins ne s'aveugle pas, il se rend justice, il comprend qu'il ne peut me succéder... mais les autres... quel spectacle !.. quel tableau ! Ce portefeuille qui
n'est pas encore échappé de ma main, ils se le disputent
déjà ! Ah ! cela me fait mal !.. c'est hideux à voir et j'en rougis pour l'espèce humaine... Cependant le roi l'exige et veut
que je lui désigne mon successeur !.. il faut se prononcer !..
il faut que ce soit moi-même qui le porte au pouvoir, qui
lui serve de marchepied !... Qui choisir, mon Dieu ?.. le
comte de Sunderland ?... c'est celui-là que le roi désirerait...
et moi aussi... car il est incapable, et à coup sûr il ne me
ferait pas oublier... mais à cause de sa fille qui voulait me
renverser... jamais !.. jamais !.. on croirait qu'elle a réussi !
Bolingbroke... mon ancien antagoniste, homme de tête et
de talent ?.. mais il reviendrait avec un système opposé au
mien, et détruirait ce que j'ai fait. Stanhope, qui est maintenant pour moi, qui est de mon parti ?.. mais il profiterait
de mes idées... il recueillerait ce que j'ai semé... et sans se
donner de peine... il irait plus loin peut-être... Qui donc
choisir ?.. lord Carteret ?.. un brouillon qui ne veut que la
guerre.. lord North ? qui n'entend rien au commerce...
(*S'arrêtant.*) Eh mais !.. (*Souriant.*) ce Neuboroug, qui me
parlait tout à l'heure et qui, porté par l'opposition, pourrait
donner lieu à une combinaison nouvelle... un honnête
homme d'ailleurs... et qui ne serait pas dangereux... un
homme de talent, un publiciste distingué, l'auteur des *Lettres
irlandaises*. Oui... mais autre chose est de tenir la plume ou
le gouvernail ; autre chose est d'écrire ou d'agir ! Neuboroug
n'a ni l'habitude ni l'expérience des affaires... et puis le
plus terrible, c'est que ni lui ni les autres n'ont le tact,
l'instinct, le coup d'œil nécessaires !.. aucun d'eux n'a... ce
qui ne se donne pas, ce qui est indispensable... ce que j'ai
eu en un mot... et parmi tout ce monde-là, je ne vois encore
que moi ! mais moi... c'est fini... je m'en vais... je me retire ! (*Il va s'asseoir sur le fauteuil à droite, près de la table.*)

SCÈNE III.

WALPOLE, LORD HENRI.

HENRI, *à part*. A trois heures... dans la grande galerie...
c'est ici !

WALPOLE, *l'apercevant*. Ah ! te voilà !

HENRI. Ciel ! mon oncle !

WALPOLE. Viens, mon ami, viens à mon aide, viens me
conseiller !..

HENRI. Qu'y a-t-il donc ? qui vous tourmente encore ?

WALPOLE. Cette obligation que m'a imposée le roi de lui
désigner mon successeur. Je suis là... je cherche... je ne sais

que résoudre ! moi d'abord je les prendrais tous... mais encore faut-il répondre à la confiance du roi, et laisser le pouvoir en des mains qui en soient dignes.

HENRI. Il y a, grâce au ciel, dans notre pays tant de gens
de mérite !

WALPOLE, *avec ironie*. Tu crois cela !.. dis-moi donc
lesquels ?

HENRI, *regardant autour de lui avec inquiétude*. Vous les
connaissez mieux que moi !.. mais, à parler franchement,
un tel choix entraîne après lui une responsabilité dont à votre
place je craindrais les chances.

WALPOLE. Voilà justement ce qui m'inquiète... me tourmente...

HENRI. Eh bien ! alors, pourquoi accepter ? refusez un pareil honneur, et que le souverain s'adresse...

WALPOLE. A qui ?

HENRI. Au pays lui-même ! il connaît mieux que personne
ses véritables intérêts ; et le ministre qu'il lui faut, qui lui
convient, il le désignera par ses votes. Laissez-le faire et ne
vous en inquiétez pas plus que moi !

WALPOLE, *se levant*. Quoi ! vraiment, cela ne te tourmente
point ?

HENRI. En aucune façon.

WALPOLE, *lentement, et s'appuyant sur son épaule*. Comment... ce pouvoir qui est en mes mains et dont je peux
disposer... cela ne te donne pas à rêver... cela ne fait pas
naître en toi quelque idée... quelque espérance ?..

HENRI. Aucune !.. je ne désire rien, vous le savez... (*Regardant toujours*.) ou du moins mes vœux ne sont pas là !

WALPOLE. Mais enfin... tu es mon ami, mon neveu...
presque mon fils... et cette puissance souveraine... cette
place si brillante que tout le monde envie... si je te l'offrais !..

HENRI. Je la refuserais !

WALPOLE, *après un instant de silence*. Voilà l'homme qu'il
nous faut ! honneur... esprit, talents, tout chez lui se trouve
réuni !.. et puis enfin un autre moi-même !.. et je ne sais pas
comment j'hésitais, comment j'allais chercher ailleurs un
mérite que j'ai là, chez moi... dans ma famille.

HENRI. Je vous remercie, mon oncle... et qu'une telle
pensée vous soit seulement venue... c'est plus qu'il n'en faut
pour me rendre fier toute ma vie... mais je vous l'ai dit... je
ne puis accepter...

WALPOLE. Et pour quelles raisons ?

HENRI, *de même, et avec impatience*. Ni mon caractère ni mes
goûts ne me le permettent !.. je ne pourrais jamais supporter
ce fardeau des affaires, trop pesant pour ma jeunesse et
mon inexpérience.

WALPOLE, *avec joie*. Il n'y a pas de mal, mon garçon, il n'y
a pas de mal à cela... ne suis-je pas là ? tu n'auras rien à
faire... je t'aiderai... je continuerai... sous ton nom.

HENRI. C'est me combler de vos bontés... mais...

WALPOLE. Tu feras ce que tu voudras... ce n'est plus moi,
c'est le roi qui se chargera de vaincre tes scrupules... il me
demande un successeur... je cours lui désigner le plus capable, le plus digne, celui que j'aime... que je préfère à tous !

HENRI. Mais, mon oncle... (*Apercevant Cécile*.) Dieu ! c'est
elle !..

WALPOLE. La comtesse de Sunderland !.. elle vient à propos ; tu peux lui annoncer cette nouvelle, je serai enchanté
que madame soit la première à l'apprendre !.. Adieu, je
passe chez le roi qui m'attend. (*Il salue Cécile, et sort en
serrant la main de Henri.*)

―

GEORGE. Si vraiment !.. O ciel !. qu'ai-je vu? — Acte 4, scène 8.

SCÈNE IV.

CÉCILE, HENRI.

HENRI. Il s'éloigne !.. je tremblais que votre arrivée ne lui donnât quelques soupçons... auxquels, par bonheur, il n'a pas en ce moment le loisir de s'arrêter.

CÉCILE. En effet... quelque grand projet l'occupe, et cette nouvelle qu'il vous chargeait tout haut de m'apprendre... cache à coup sûr quelque mystère qu'il veut que j'ignore...

HENRI. Aucun !.. il n'y a point de secret... moi, d'ailleurs, en aurais-je pour vous?.. Sa santé l'oblige à donner sa démission... à quitter le ministère...

CÉCILE. Je le sais !..

HENRI. Et il voulait m'y nommer à sa place.

CÉCILE. Est-il possible !.. vous, Henri, vous premier ministre... Eh bien! c'est ce que je voulais faire !

HENRI. Dites-vous vrai?

CÉCILE. Je voulais vous voir pour m'entendre avec vous, pour vous faire part de mes projets, de mes espérances, pour assurer enfin un triomphe où je voyais tant d'obstacles... et que j'étais loin de croire si facile.

HENRI. Et moi je ne puis en revenir encore !.. vous aviez tant d'ambition pour moi... qui en ai si peu?..

CÉCILE. Que dites-vous?..

HENRI. Que je ne veux pas d'un pareil titre... je l'ai déjà refusé !.. je le refuserais encore, quand le roi lui-même me presserait de l'accepter !..

CÉCILE. Mais vous n'y pensez pas !..

HENRI. Et pourquoi donc? Vous savez les vœux que je forme ! vous savez de qui dépend mon bonheur... et si je suis venu ici ému et tremblant... si en vous attendant à ce rendez-vous mon cœur battait avec tant de violence, croyez-vous que ce fût dans la crainte de ne pas obtenir un vain titre... une place, des honneurs !.. Ah ! je tremblais de perdre un trésor bien plus cher, car je savais que j'allais vous voir pour la dernière fois peut-être !..

CÉCILE. Et comment cela?

HENRI. Il faut que mon sort se décide ! il faut que vous parliez... fût-ce pour m'ôter tout espoir... et vous aurez cette franchise... Un amour comme le mien est trop vrai... trop sincère, pour ne pas désarmer la coquetterie la plus cruelle, et je vous aime tant, Cécile, que je mérite au moins l'honneur d'un refus.

NEUBOFOUG. Moi!.. c'est lui! — Acte 5, scène 5.

CÉCILE. Quoi! vous pourriez penser...

HENRI. Je vous ai dit : Je vous aime!.. et sans répondre à mon amour, mais aussi sans le repousser, je vous ai vue tremblante... agitée... comme en ce moment... Eh bien! répondez : Voulez-vous être à moi?.. J'irai demander votre main à votre père... à la reine... au roi lui-même...

CÉCILE, *effrayée.* Ah! gardez-vous-en bien!..

HENRI. Vous me le défendez, et pourquoi? je veux le savoir! craignez-vous que le sang de Churchill ne puisse s'allier au nôtre?.. Craignez-vous que votre aïeule, que le comte de Sunderland son gendre, ne s'offensent de ma demande?

CÉCILE. Non, Milord!.. Ils s'en tiendraient honorés... ce n'est pas d'eux que viendrait le refus.

HENRI. Et de qui donc? parlez, de grâce!

CÉCILE. Eh bien!.. eh bien!.. de moi!.. de moi seule!..

HENRI. Ah! voilà donc la vérité!.. c'est que vous ne m'aimez pas... c'est que vous ne m'avez jamais aimé!.. c'est que vous vous faisiez un jeu de mes tourments! et vous osez en convenir... et voilà donc, en vous quittant pour jamais, l'idée qu'il me faut emporter de vous... de vous que j'aimais tant, et qu'à présent...

CÉCILE. Ah! n'achevez pas! Milord, n'achevez pas de m'ac-cabler... vous ne savez pas... vous ne saurez jamais à quel point je suis malheureuse!.. Accusez-moi de ruse, de coquetterie, ne me revoyez plus... vous aurez raison... j'ai mérité vos reproches... non pas tous, cependant... car cette femme que vous traitez en ennemie, que vous accusez de fausseté, vous cachait ses desseins... il est vrai... mais ses desseins les plus secrets n'avaient pour but que votre gloire et votre fortune. Persuadée, et je m'abusais, je le vois, que l'ambition de Walpole cherchait à vous éloigner du pouvoir, tous mes soins, à moi, tendaient à vous en rapprocher, et le crédit de mon père, la faveur des miens, celle dont je jouissais auprès de la reine, tout devait vous servir et vous porter à ce rang suprême que je rêvais pour vous... c'était mon ambition à moi... et je me disais : Quand il sera au faîte des honneurs... quand rien ne manquera à sa gloire et à sa puissance, alors seulement il saura que j'y ai contribué... que j'en fus la cause première... que j'ai pu renoncer à lui, mais non à son bonheur... et peut-être donnera-t-il une larme à mon souvenir... en se disant : Elle m'aimait tant!..

HENRI. Vous m'aimez!.. vous!

CÉCILE, *avec douleur.* Ah!.. il en doute encore!..

HENRI. Pourquoi alors refuser l'offre de ma main?..

CÉCILE. Moi, votre femme !.. savez-vous, Henri, qu'un tel sort comblerait tous mes vœux ?.. On doit être si heureuse et si fière de porter le nom de celui qu'on aime, de dire : Sa gloire est la mienne et ses succès sont les miens ! et pour refuser un tel bonheur quand il vous est offert, ne faut-il pas bien de la force d'âme... ne faut-il pas là... (*Montrant son cœur.*) bien du courage... (*Avec égarement.*) ou plutôt bien de l'amour !

HENRI. O ciel !.. achevez !..

CÉCILE. Eh bien ! oui... mon trouble... mon émotion... tout doit vous dire en ce moment qu'il est un secret... que je dois taire... que je ne puis révéler sans vous perdre... et maintenant... voudrez-vous encore l'exiger ?

HENRI. Non... je ne demande plus rien ! je crois en vous, je crois en votre tendresse...

CÉCILE. Eh bien ! s'il est vrai... j'en veux une preuve, une seule !

HENRI. Parlez ! et je jure d'obéir à l'instant !

CÉCILE. Eh bien ! acceptez le pouvoir qu'on vous offre !.. Votre mérite, vos talents vous appellent au premier rang ! montez-y, remplissez votre destinée... prouvez qu'un tel fardeau n'est pas au-dessus de vos forces... et que, vous voyant plus grand encore que votre fortune, l'Angleterre un jour vous honore et vous admire... Voilà, Henri, la seule preuve d'amour que j'exige de vous !

HENRI. Et comment résister à cette voix qui m'élève au-dessus de moi-même ?..

CÉCILE. C'est bien... c'est bien... vous acceptez ! c'est tout ce que je demandais, et quel que soit maintenant mon sort... adieu !.. adieu !.. qu'on ne nous surprenne pas ensemble... A vous... à vous... désormais, et ce soir, au cercle de la reine ! (*Elle sort par la porte du fond.*)

SCÈNE V.

HENRI, *seul.* A vous !.. à vous désormais !.. Ah ! je ne puis le croire encore !.. tout ce que je viens d'entendre a laissé en mon âme un trouble... une émotion qui me laissent à peine l'usage de mes sens... de ma raison... Elle m'aime !.. elle est à moi... c'est là tout ce que je sais... c'est là tout ce que mon cœur me rappelle... (*Avec regret.*) Mon oncle... et le roi... quel malheur ! j'avais tant besoin de rester seul avec elle et avec son souvenir...

SCÈNE VI.

HENRI, GEORGE, WALPOLE.

WALPOLE. Oui, sire, je vous ai expliqué les motifs d'un tel choix, et puisque Votre Majesté les approuve, voici mon neveu que je vous présente ! un loyal gentilhomme tout dévoué à la personne du roi et au service du pays !..

HENRI. Sire !..

WALPOLE. J'ai fait part de tes craintes, de tes hésitations... à Sa Majesté, qui, grâce au ciel, n'en a tenu compte...

HENRI. J'ai dû, avec raison, me défier de moi-même et de mes forces... mais dès que Votre Majesté l'exige, je sais quel est mon devoir...

WALPOLE, *avec joie.* Il accepte !..

GEORGE. A la bonne heure !..

WALPOLE, *avec moins de joie.* Il accepte !.. il est bien jeune encore... il a peu d'expérience... mais je serai là.

HENRI. J'y compte bien !

GEORGE. Pourquoi d'ailleurs exclure les jeunes gens des af-

faires? c'est un tort selon moi !.. Ils ont cette chaleur d'imagination qui enfante les idées grandes et généreuses; ils ont l'ardeur qui entreprend, l'activité qui exécute; et les défauts même qu'on leur reproche, cette loyauté, cette franchise dont s'effraient les vieux diplomates, me semblent à moi des qualités ! Le moyen d'être adroit maintenant, est peut-être de dire la vérité.

WALPOLE. C'est juste ! on ne la croirait pas ! et sous ce rapport, mon neveu est d'une adresse à déjouer toutes les chancelleries d'Europe... Heureusement je serai là... pour le rappeler de temps en temps aux bons et anciens usages...

GEORGE. Vous le mettrez au fait de nos relations avec les puissances...

WALPOLE. Oui, sire... ce qui demandera quelque temps... mais d'ici là, cela me regarde.

GEORGE. Il faudra qu'il connaisse notre situation intérieure... les ordres à donner en Écosse...

WALPOLE. Oui, sire... que cela ne l'inquiète pas... je m'en charge.

GEORGE. Quant aux derniers changements dans l'administration...

WALPOLE. Qu'il soit tranquille... c'est mon affaire...

GEORGE. Et pour les autres membres du conseil qu'il nous reste à nommer...

WALPOLE. Je l'ai déjà fait... c'est comme s'il gouvernait déjà... et dès aujourd'hui, il peut entrer en fonctions... Je cours chercher le portefeuille qu'il doit tenir de Votre Majesté... tout le travail y est préparé, disposé... Ce sera toujours ainsi... et demain, quand il sera au pouvoir, il n'aura plus qu'à donner...

GEORGE. Quoi donc?

WALPOLE. Sa signature !.. Je reviens à l'instant retrouver Sa Majesté (*Saluant Henri.*) et Son Excellence ! (*Il sort.*)

SCÈNE VII.

HENRI, GEORGE.

GEORGE. Voilà votre oncle libre enfin, et bien heureux, à ce que je vois.

HENRI, *qui pendant toute la fin de la scène précédente est resté plongé dans ses réflexions.* Pardon, sire, Votre Majesté a daigné m'adresser la parole...

GEORGE, *souriant.* Je vois que mon nouveau ministre est sujet aux distractions... il n'y a pas de mal... cela passe souvent, dans les affaires, pour de la gravité ou de la profondeur... Je disais que Walpole est enchanté de vous... car il craignait d'abord un refus... il me l'avait formellement annoncé !

HENRI. C'est vrai, sire, j'y étais décidé, je me l'étais bien promis !

GEORGE. Quoi ! sincèrement vous aviez l'intention de résister aux désirs de votre oncle... aux volontés de votre roi... Ce projet se rattachait-il à des considérations d'État?

HENRI. Non, sire !..

GEORGE. A quelque système que depuis vous avez abandonné?

HENRI. Non, sire... et je demanderai à Votre Majesté la permission de ne pas lui faire connaître les motifs qui m'ont déterminé !

GEORGE. Et pourquoi donc?

HENRI. Ils lui paraîtraient peut-être peu dignes de la gravité qu'elle a droit d'attendre de son ministre.

GEORGE. Eh ! mon Dieu, détrompez-vous ! la gravité m'ennuie à périr, et je suis trop heureux d'y faire trève ; ainsi donc... parlez sans crainte.

HENRI. Eh bien! sire, j'en conviens, je voulais d'abord refuser... mais une personne qui a tout pouvoir sur moi a éveillé dans mon cœur des sentiments d'ambition et de gloire qui ont triomphé de mes craintes et m'ont décidé à accepter.

GEORGE, souriant. De l'air dont vous dites cela... je parie que cette personne-là est une femme!..

HENRI. C'est vrai!

GEORGE, souriant. Je l'avais deviné. Vous comprenez qu'avec votre oncle, je ne pouvais parler que d'affaires d'État; la sévérité de son âge et de son caractère... Et puis, c'est le champion de la reine... son défenseur! il lui est tout dévoué... et moi aussi! car je l'aime et la respecte avant tout; mais à la moindre confidence il se serait cru, en sujet fidèle, obligé à des sermons, à des remontrances... c'est gênant... c'est ennuyeux... tandis qu'entre nous... (Souriant.)

HENRI, avec respect et étonnement. Qui, moi, sire?..

GEORGE, avec bonté. Croyez-vous donc qu'un roi ne puisse jamais descendre des hauteurs de la politique ou de l'étiquette?.. Croyez-vous donc que souvent, au fond du cœur, il ne désire pas un ami à qui il puisse confier ses peines?..

HENRI. Que dites-vous?

GEORGE, soupirant. Que moi aussi... mon cher Henri, j'aurais peut-être là (Montrant son cœur.) plus d'un chagrin..... (Avec bonté.) Mais il s'agit de vous! je vois que vous aimez... que vous êtes amoureux...

HENRI. A en perdre la tête.

GEORGE, gaiement. Je conçois cela... et vous êtes heureux?..

HENRI. Hélas! non!.. elle m'aime... elle me le dit... et elle refuse ma main.

GEORGE, de même. Ce n'est pas possible.

HENRI. Elle refuse d'être à moi!

GEORGE, avec abandon. Eh bien! moi, c'est tout le contraire...

HENRI. En vérité!..

GEORGE, vivement. C'est comme je vous le dis!.. Et voyez donc désormais quelle existence, quel bonheur sera le nôtre... Nous nous délasserons des affaires publiques en parlant de nos chagrins... ce sera délicieux... Moi qui redoutais l'heure du conseil, je la verrai arriver maintenant avec plaisir.

HENRI. Et moi qui tremblais d'être ministre!..

GEORGE. Vous voyez bien que ce n'est rien!.. le tout est de s'entendre... (Lui prenant la main.) et nous nous entendons déjà... nous nous comprenons à merveille... (A demi-voix.) Dites-moi, Henri...

HENRI. C'est mon oncle!..

GEORGE, à part. Quel ennui!.. (Bas, à Henri.) Silence devant lui!

SCÈNE VIII.

HENRI, GEORGE, WALPOLE.

WALPOLE, tenant un portefeuille qu'il pose sur la table et en tirant un papier. Voici les affaires dont il est urgent que Votre Majesté lui donne d'abord connaissance... c'est relatif à l'Espagne...

GEORGE, prenant le papier. C'est bien... nous en parlerons!.. mais pas aujourd'hui... pas ce matin!.. Je dois sortir à cheval avec la reine... (Bas, à Henri.) Elle l'a voulu.

HENRI. Me sera-t-il permis d'accompagner Leurs Majestés?..

GEORGE. Certainement... c'est avec grand plaisir que je vous verrai à cette promenade... (A Walpole.) Au fait, c'est charmant... un jeune ministre... ça monte à cheval!.. (A

Henri.) Nous ne pourrons pas causer... la reine sera là... mais cela se retrouvera... (A voix basse.) Il y a bal ce soir à la cour... vous y viendrez...

HENRI, de même. Oui, sire!.. je n'ai garde d'y manquer!

WALPOLE, à part. Qu'ont-ils donc à se dire ainsi à voix basse?.. (Haut.) Puisque Votre Majesté ne s'occupe point de ces papiers, je les lui redemanderai...

GEORGE, les donnant à Henri. C'est lui que cela regarde!.. Tenez, Henri, voyez... examinez, et faites-moi un rapport sur cette question...

WALPOLE. Qui est importante! car il s'agit ici de la paix ou de la guerre...

HENRI. Je ne cache pas à Votre Majesté que je tiens à venger les injures faites au pavillon national... ce fut toujours mon avis...

WALPOLE. Oui, quand tu n'étais pas ministre; c'étaient alors des idées de jeune homme... des idées chevaleresques... mais maintenant...

HENRI. Maintenant, mon oncle, cela me semble un devoir; telle est du moins mon opinion...

WALPOLE. Ce n'est pas la mienne... avant tout, l'intérêt des finances...

HENRI. Avant tout, l'honneur du pays...

WALPOLE. Et je soutiens, moi...

GEORGE, à Walpole, et montrant Henri. Permettez... cela le regarde... c'est lui qui est responsable...

HENRI. Pardonnez, mon oncle, d'être d'un avis différent du vôtre... mais ne me condamnez pas sans me juger... j'expliquerai, je développerai les motifs de mon opinion dans ce rapport que Sa Majesté veut bien me demander et que je vous soumettrai d'abord...

GEORGE. Comme vous voudrez... ou que vous me remettrez à moi-même tout uniment... car entre nous point de gêne, point d'étiquette... Que ce ne soit point le prince et le ministre, mais seulement deux amis; et cette amitié que je vous offre... (Lui tendant la main.) l'acceptez-vous, Henri?

HENRI, s'inclinant. Ah! sire!.. c'est à mon oncle que je dois tant de bonheur! combien je l'en remercie!

GEORGE. Et moi plus encore!.. (A Walpole.) car voilà le ministre qu'il me fallait!

WALPOLE. Vraiment!

GEORGE. Oui! nous venons de causer ensemble, et vous aviez raison de me le vanter! Tout en lui se trouve réuni : capacité, talents, connaissance des affaires... (A Henri.) Et quant à celle dont je vous parlais, et que je recommande à votre discrétion...

WALPOLE. Laquelle?.. de quoi s'agit-il?

GEORGE. Rien!.. c'est entre nous... (A Henri.) Vous avez, dit-on, à quelques lieues de Londres, une villa italienne, une campagne charmante?..

HENRI. Une maison de garçon...

GEORGE. Demain j'irai vous y demander à déjeuner, nous y causerons plus à l'aise qu'ici... (A Walpole.) Vous, mon cher Robert, et jusqu'à ce que tous nos arrangements soient pris, le plus grand silence avec tout le monde sur la nomination de votre neveu! (Voyant entrer un page.) Mais on nous attend!.. venez! venez! mon cher Henri! (De loin, à Walpole, en s'en allant.) Adieu! Milord!..

HENRI, de même, et gaiement. Adieu, mon oncle. (Ils sortent tous deux.)

SCÈNE IX.

WALPOLE, se promenant d'un air morne et rêveur. Je suis enchanté!.. voilà mon neveu en faveur!.. le roi l'a déjà pris en amitié, et va demain déjeuner chez lui... (S'arrêtant.)

Il n'est jamais venu déjeuner chez moi... Et puis cette affaire qui les occupe, et pour laquelle ma présence paraissait les gêner!.. Autrefois il n'avait pas de secret pour moi... Qui donc m'a ôté sa confiance? Qui m'a déjà desservi auprès de lui? Lord Henri... oh! non, je ne puis le croire... il est trop franc, trop loyal... il n'y a pas assez longtemps qu'il est aux affaires... Cependant il avait l'air d'être d'intelligence avec le roi, il a combattu devant lui mon opinion, il s'est montré mon adversaire... mon ennemi... et puis enfin ce déjeuner, il n'a rien dit... il a accepté!.. l'ingrat!.. lui qui me doit tout!..

SCÈNE X

WALPOLE, NEUBOROUG.

WALPOLE, *apercevant Neuboroug et lui prenant les mains.* Ah! te voilà, mon ami, mon seul ami!

NEUBOROUG. As-tu vu le roi?..

WALPOLE. Oui!..

NEUBOROUG. Je m'en suis douté... car je l'ai rencontré qui sortait d'ici... il m'a salué d'un air très agréable en traversant la terrasse qui était encombrée de courtisans...

WALPOLE. Le roi n'était pas seul!..

NEUBOROUG. Non, il s'appuyait affectueusement sur le bras de lord Henri... et ils disaient tous : Ce Walpole est-il en faveur! il suffit d'être son neveu, son parent, pour être traité par le roi comme un membre de la famille royale... Sa Majesté s'est alors approchée de la terrasse au bas de laquelle étaient rassemblés des gens du peuple et des matelots qui murmuraient à haute voix : La guerre! la guerre! guerre à l'Espagne! — Vous l'entendez, sire, s'est écrié lord Henri... — Eh bien! mon brave officier, a dit le roi en lui frappant sur l'épaule, nous la leur donnerons, n'est-il pas vrai?

WALPOLE. Il a dit cela?.. il l'a promis aussi formellement?..

NEUBOROUG. Tout haut, devant tout le monde, et alors de toutes parts ont retenti les cris de *Vive le roi!.. Vive Walpole!* parce qu'ils croient toujours que c'est toi qui restes au ministère... et moi je riais!.. Que les hommes sont singuliers et qu'il faut peu de chose pour les... Et dis-moi, tu as donc songé à moi?

WALPOLE. Oui, mon ami, oui, je t'ai mis sur une liste qui doit être soumise au roi et qu'il approuvera, j'en suis sûr...

NEUBOROUG. M'as-tu mis dans la trésorerie... ou dans l'amirauté?..

WALPOLE, *à demi-voix.* Eh! que dirais-tu s'il y avait moyen d'arriver plus haut? de parvenir peut-être jusqu'au premier rang?

NEUBOROUG. Non, non, ne me tente pas!.. tu sais que je n'ai pas d'ambition!.. Un petit ministère inoffensif, bien tranquille, bien modeste, où je sois comme à l'abri des affaires... voilà tout ce qu'il me faut!..

WALPOLE. Et pourquoi donc?.. tu ne te rends pas justice... N'as-tu pas des titres? et puis enfin, un homme mûr... raisonnable...

NEUBOROUG. C'est vrai!

WALPOLE, *avec amertume.* Ce n'est pas un jeune homme! il ne monte pas à cheval, celui-là!

NEUBOROUG. Jamais!..

WALPOLE, *de même.* Il n'a pas de villa élégante... de maison de campagne...

NEUBOROUG. Pas encore!.. mais cela peut venir... et si le roi le veut...

WALPOLE, *lui saisissant le bras avec force.* Il le voudra... j'en réponds... Il y aura des obstacles... des obstacles terribles... Les princes ont tant de caprices, ils oublient si vite les services passés... Mais enfin, rassure-toi... dans un gouvernement tel que le nôtre, il ne suffit pas d'être le favori

du roi pour faire un ministre... il faut encore du crédit, du talent...

NEUBOROUG. Tu es bien bon!..

WALPOLE. Il faut avoir pour soi la majorité... l'opinion publique... et l'on verra...

NEUBOROUG. Oui, mon ami, oui, nous verrons... mais calme-toi!.. car te voilà dans un état qui m'effraie... Tu avais donné ta démission pour être tranquille...

WALPOLE. Et je le suis, mon ami, je le suis...

NEUBOROUG, *remontant vers la porte du fond.* Entends-tu ces cris... c'est le roi qui part... il est à cheval... ton neveu est à côté de lui!.. à sa droite...

WALPOLE, *avec colère.* A sa droite... tu en es sûr!..

NEUBOROUG. Parbleu! je le vois... ah! mon Dieu!.. il laisse tomber sa cravache... le roi lui offre la sienne... quel honneur!

WALPOLE, *à part.* C'en est trop! (*Haut, à Neuboroug.*) Viens... j'y perdrai mon nom ou nous renverserons ceux qui aspirent au pouvoir.

NEUBOROUG. Nous les renverserons...

WALPOLE. Et puisque le roi veut décidément la guerre...

NEUBOROUG. Nous la lui donnerons... on l'a toujours quand on veut! ce n'est pas comme la paix!

WALPOLE, *l'entraînant.* Viens, te dis-je, il faut se hâter. (*Il sort en entraînant Neuboroug par le fond.*)

FIN DU TROISIÈME ACTE.

ACTE QUATRIÈME.

(Même décor qu'au troisième acte.)

SCÈNE PREMIÈRE.

LORD HENRI, MARGUERITE.

MARGUERITE, *entrant par la porte à droite.* Oui, mon père, je vous attendrai ici...

HENRI, *entrant par le fond et apercevant Marguerite.* Miss Marguerite... qu'il me tardait de vous voir! je suis d'une joie!.. j'éprouve un bonheur...

MARGUERITE. Alors dites donc vite pour que j'en aie aussi!

HENRI. Il est arrivé depuis ce matin tant de changements, tant d'événements... qu'il vous suffise d'apprendre que dans ce moment j'ai tout pouvoir; j'ai la confiance, j'ai l'amitié du roi... il m'accordera tout ce que je voudrai... alors et sur-le-champ j'ai pensé à vous...

MARGUERITE. A moi!..

HENRI. Ou du moins à celui que vous aimez... c'est la même chose!.. j'ai fait venir votre jeune cousin Thomas Kinston...

MARGUERITE. O ciel!

HENRI. Je lui avais fait avoir hier un emploi... je lui en donne un aujourd'hui bien plus beau... bien plus sûr... je le place près de moi à la chancellerie... et si vous aviez vu sa reconnaissance et surtout son étonnement, car il ne peut se douter d'où lui vient sa fortune!..

MARGUERITE, *à part.* Je crois bien!

HENRI. Maintenant que vous voilà riche, lui ai-je dit, que votre avenir est assuré... ne songerez-vous pas à quelque établissement?..

MARGUERITE. Grand Dieu!..

HENRI. Ne craignez rien!.. je ne me serais pas permis un seul mot qui aurait pu vous compromettre!.. mais c'est lui-même qui, s'adressant à moi comme à son protecteur, m'a donné à entendre qu'il avait des vues sur une jeune fille, sa parente, sa cousine, dont le père venait d'être nommé membre de la chambre des communes... c'est clair, je le pense; et sans trahir un secret que votre tendresse avait confié à mon amitié... je l'ai engagé à ne pas se rebuter... à se présenter encore!..

MARGUERITE. O mon Dieu!

HENRI. Il va venir... (*La regardant avec tendresse.*) Et en vérité, Marguerite, je le trouve bien heureux... je trouve qu'il n'y a personne au monde qui ne doive envier son sort... car maintenant le voilà sûr du consentement de votre père... Sa nouvelle fortune... ma protection... et puis la vôtre...

MARGUERITE, *avec embarras.* Je ne sais... je doute encore que mon père...

HENRI. Il le faudra bien... je saurai l'y contraindre...

MARGUERITE. C'est trop de bontés .. c'est trop vous occuper de moi... vous d'abord!.. vous avant tout!.. vous ne me parlez pas de ce qui vous est arrivé... de cette entrevue, de ce rendez-vous qu'on vous avait demandé!..

HENRI. Ah! vous allez partager mon bonheur!.. et il m'est d'autant plus doux... qu'il y a dans notre destinée comme une sympathie secrète... qui fait que nous sommes heureux ou malheureux ensemble... je suis comme vous... je suis aimé!..

MARGUERITE. O ciel!

HENRI. Oui, elle m'aime... oui, je ne peux en douter... et si des obstacles, si un secret que je dois respecter l'empêchent en ce moment de me donner sa main... je suis sûr du moins que ce mariage est maintenant l'objet de ses vœux... Je viens de lui écrire pour presser encore cet heureux instant... et bientôt, je l'espère, rien ne s'opposera à notre union, pas plus qu'à la vôtre... je vais attendre sa réponse... et je vous retrouverai chez ma sœur lady Juliana, n'est-il pas vrai?.. Adieu, Marguerite, adieu!.. gardez bien mon secret. (*Il sort.*)

SCÈNE II.

MARGUERITE, *mettant la main sur son cœur.* Il est là son secret... il est là qui m'accable et me tue; il est aimé!.. pendant qu'il parlait je me sentais mourir... par bonheur encore, il n'en a rien vu... sa joie l'empêchait de comprendre ou même d'apercevoir ma douleur... (*Joignant les mains.*) Qu'il soit heureux, mon Dieu!.. c'est là ma seule prière!.. et pour moi tout est fini... (*Se retournant et apercevant Neuborough.*)

SCÈNE III.

MARGUERITE, NEUBOROUG.

MARGUERITE. Partons, mon père, partons!

NEUBOROUG. Qu'est-ce qui te prend donc? qu'est-ce que tu as?

MARGUERITE. Retournons à la ville! ne restons pas en ces lieux où je voudrais n'être jamais venue...

NEUBOROUG. Toi qui ce matin trouvais ce séjour si agréable...

MARGUERITE. Ce matin, quelle différence!.. je ne savais pas... c'est-à-dire que je croyais... et vous-même qui parliez, vous trouviez la cour si insupportable...

NEUBOROUG. Au premier coup d'œil... c'est vrai!.. mais après on s'y fait...

MARGUERITE. Je ne m'y ferai jamais... allons-nous-en, mon père, je souffre.

NEUBOROUG, *lui prenant la main.* Est-il possible... eh bien! nous partirons... mais encore un instant!.. j'attends mon ami Walpole qui a sur moi des projets... il m'a dit de ne pas m'éloigner... car il prétend qu'il y a des chances...

MARGUERITE. Pour quoi?

NEUBOROUG. Pour être ministre...

MARGUERITE. Vous, mon Dieu!

NEUBOROUG. Pourquoi pas?.. comme tout le monde!.. et puis ce n'est pas moi... c'est lui qui le veut... qui l'exige! comment désobliger un ami qui y met un pareil zèle?.. J'en conviens franchement, j'étais venu ici avec des préventions, et peu à peu... que veux-tu, l'œil se fait à cet éclat, à ce luxe qui vous environne... l'oreille s'habitue à ces titres de Votre Grâce, Votre Seigneurie, Votre Excellence... et puis encore d'autres idées... En voyant ces belles dames si bien parées, si brillantes, si enviées, je pense à toi et je me dis : Ma fille serait comme elles! Je te vois dans ma voiture, dans mon salon dont tu fais les honneurs; je te vois dans ma loge de l'Opéra... Je les entends qui disent : C'est elle, c'est la fille du ministre... Quand je pense à tout cela, vois-tu bien, cela me trouble, ça m'éblouit, ça m'étourdit, et je ne sais plus si c'est de l'ambition ou de l'amour paternel!

MARGUERITE. Eh bien! s'il est vrai... si vous m'aimez, mon père... ne me laissez pas ici... car j'y mourrais...

NEUBOROUG. Qu'est-ce que tu me dis là!.. toi mourir... viens-t'en, ma fille, partons... je t'emmène à l'instant... je donne ma démission!.. qu'est-ce que je ferais ici, dans mon ministère, sans mon enfant, sans mon bonheur?.. (*Lui prenant les mains.*) Mais réponds-moi! raconte tout à ton père! D'où vient l'état où je te vois!.. d'où viennent tes souffrances?.. est-ce que j'en serais cause, par hasard? J'en serais bien capable!

MARGUERITE. Non, mon bon père! non, jamais... niais hier, quand vous me parliez d'aimer quelqu'un... je vous ai promis de vous dire... si ça venait... eh bien, mon père... c'est venu!

NEUBOROUG. Vraiment!

MARGUERITE. Ou plutôt c'est parti!.. car je ne veux plus y songer, je veux l'oublier... c'est quelqu'un que je ne peux jamais épouser... un lord... un grand seigneur!..

NEUBOROUG, *vivement.* Je le connais... car j'y ai toujours pensé... c'est toujours lui que j'ai rêvé pour gendre... lord Henri...

MARGUERITE, *lui mettant la main sur la bouche.* Silence, au nom du ciel.

NEUBOROUG. Raison de plus pour que je sois ministre!.. c'est le seul moyen de rapprocher les distances.

MARGUERITE. Impossible!..

NEUBOROUG. Pourquoi ne pas essayer? Si nous échouons, je partirai, et tout consolé, je te partirai avec toi... Mais s'il y avait des chances... si Walpole l'emportait dans ce qu'il veut faire pour moi, vois donc combien il serait terrible de renoncer à un ministère!..

MARGUERITE. Vous y pensez encore?..

NEUBOROUG. Eh bien! oui, c'est plus fort que moi!.. il y a dans l'air qu'on respire ici quelque chose qui monte à la tête... Je me tâte le pouls, et il me semble que me voilà comme Robert était ce matin... les mêmes symptômes...

MARGUERITE. Raison de plus pour s'éloigner.

NEUBOROUG. C'est possible!.. (*Apercevant Walpole.*) C'est lui, le voici!.. attends-moi chez lady Juliana... Deux mots, deux mots seulement, et dans une heure, je te le jure, nous partons. (*Marguerite sort par le fond.*)

SCÈNE IV.

NEUBOROUG, WALPOLE.

WALPOLE, *entrant par la porte à droite, d'un air rêveur, et tenant un cahier.* Ce rapport qu'il vient de me remettre... et qu'en quelques heures il a écrit en entier de sa main... j'ai beau le relire... par saint George!.. c'est bien... c'est très-bien! il conclut pour cette guerre d'Espagne qu'ils demandent tous, et dès demain le voilà populaire!.. idole du prince... idole de la nation... et moi injurié, outragé... bien plus, oublié!.. cela commence déjà!

NEUBOROUG. Eh bien, mon cher ami?

WALPOLE. Eh bien! cela va mal!.. J'ai attendu le roi dans son cabinet au retour de sa promenade... je lui ai fait part franchement, et dans son intérêt, de mes nouvelles réflexions et de mes craintes au sujet du choix qu'il veut faire...

NEUBOROUG. Le roi a donc quelqu'un en vue... quelqu'un qu'il protége?

WALPOLE. Eh! oui... un membre de la chambre haute... un jeune lord qui n'est certainement pas sans mérite, mais qui est sans expérience, et sans le desservir en rien, j'ai démontré au roi que, quels que fussent ses talents, il n'avait jusqu'à présent aucun partisan, aucun appui dans la chambre des communes... Alors, et avec adresse, je lui ai parlé de toi qui, porté par l'opposition, pouvais le rallier au gouvernement et opérer une fusion entre les whigs et les torys... c'était enfin, et en bonne politique, un essai à tenter.

NEUBOROUG. C'est vrai... Eh bien?..

WALPOLE. Eh bien!.. distrait et rêveur, le roi m'écoutait à peine... ou me répondait avec impatience... C'est la première fois de ma vie que je n'ai rien pu gagner sur son esprit.

NEUBOROUG. Que veux-tu?.. il faut se faire une raison... et comme je te le disais ce matin, il y a en première ligne des emplois secondaires... dont on peut se contenter.

WALPOLE. Et Dieu sait... si ceux-là même je pourrai maintenant en disposer... car il y a là-dessous une intrigue... une trahison infernale!.. Croirais-tu que les partisans du comte de Sunderland le poussaient, le protégeaient...

NEUBOROUG. Qui?.. mon concurrent?

WALPOLE, avec impatience. Eh! oui, sans doute! lady Cécile, que je croyais abattue, et au contraire triomphante... elle avait intrigué en sa faveur!.. tout le monde est donc pour lui! j'étais donc leur jouet à tous; et je verrais arriver à ce nouveau ministère Sunderland, Bolingbroke, et tous mes ennemis... non, morbleu! dussé-je y mourir, je ne l'abandonnerai pas; je n'abandonne pas ainsi la partie, j'en ai gagné de plus désespérées; je te porterai au ministère... je t'y pousserai... quand je devrais tout renverser.

NEUBOROUG. C'en est trop, mon ami, c'en est trop! l'amitié t'aveugle et t'égare, et je ne souffrirai pas que pour moi tu t'exposes ainsi... ni que tu te mettes dans l'état où te voilà... car depuis que tu t'es retiré des affaires pour te reposer... c'est pis qu'un enfer... et j'aime mieux renoncer...

WALPOLE, le retenant. Tu ne le peux pas... tu ne t'en iras pas!.. Tout n'est encore qu'en projets, rien n'est terminé! et, grâce au ciel, l'ordonnance n'est pas encore rendue!

NEUBOROUG. Qu'en sais-tu?

WALPOLE. Je le sais, parce qu'on l'aurait envoyée à ma signature!..

NEUBOROUG. A toi qui t'en vas?..

WALPOLE. Eh non!.. je reste ministre sans portefeuille pour contre-signer l'ordonnance qui recompose le nouveau ministère!.. et après cela...

SCÈNE V.

NEUBOROUG, WALPOLE, UN HUISSIER de la chambre du roi.

L'HUISSIER, présentant un papier cacheté. De la part du roi, Milord. (Il salue et sort.)

WALPOLE. O ciel!..

NEUBOROUG. Qu'y a-t-il donc?..

WALPOLE, essayant de sourire. Rien! c'est cette ordonnance dont je te parlais.

NEUBOROUG, lui prenant la main. Qu'as-tu donc?.. est-ce que tu te trouves mal?

WALPOLE. Non, mon ami... ce n'est rien.

NEUBOROUG. Si vraiment... je te sens là une sueur froide!

WALPOLE. Que veux-tu... jusqu'à ce moment j'avais cru que nous l'emporterions... que je pourrais servir un ami... et on ne voit pas sans quelque émotion détruire ainsi toutes ses espérances!

NEUBOROUG. Mon ami... mon cher Robert, ne te fais pas de peine... vrai! me voilà tout résigné! ce n'était pas pour moi... c'était pour ma fille... et je suis philosophe!.. Mais toi tu sers tes amis trop vivement... (Lui secouant la main.) Allons... allons.... du courage, je vais retrouver ma fille... (A part, regardant Walpole.) Et moi qui hier encore doutais de son affection.. j'étais un ingrat... (A part, en sortant.) Ah! je n'aurais jamais cru qu'il m'aimât à ce point-là! (Il sort par la porte du fond.)

SCÈNE VI.

WALPOLE, seul, s'asseyant près de la table. Oui, c'est bien cela... lord Henri... premier ministre... voilà l'ordonnance qui le nomme... (Prenant la plume.) Et quand je l'aurai contre-signée, je ne serai plus rien!.. il aura pris ma place!.. (Jetant la plume.) Et si je la redemandais cette place!.. je disais au roi : C'est mon bien, elle m'appartient; rendez-la-moi... car nul au monde ne pouvait me renverser... et c'est moi... moi-même qui me déshérite, qui me ravis le fruit de trente années de travaux et de peines... ce ne doit pas être... ça n'est pas juste!.. le roi le saura... je cours le lui dire... (Il se lève, fait quelques pas, et s'arrête.) et me couvrir de ridicule, m'exposer à toutes les railleries... et qui plus est, à un refus peut-être... car maintenant, engoué comme il l'est de mon neveu, il le préfère à tout, rien ne pourra l'en détacher... Et puis, les Sunderland ne sont-ils pas là qui poussent à ma ruine dont ils se disputent les débris?.. Et si le roi refuse!.. ce n'est plus une démission!.. c'est une disgrâce, un exil... un renvoi!.. ah! (Se remettant à la table et reprenant la plume.) Allons... il le faut... il faut se résigner!.. il faut subir son sort!.. est-il donc si terrible après tout? Vingt fois dans ma vie n'ai-je pas désiré ce qui m'arrive aujourd'hui? Ne l'ai-je pas demandé moi-même?.. et le repos, après tant d'orages, est-il donc sans douceur et sans charmes?.. Allons... signons!.. (Il approche la plume du papier et s'arrête.) Signer son propre arrêt!.. signer la réputation, la gloire d'un rival! et faire un ministre de ce favori qui m'a déjà enlevé la faveur du maître... Non... non, je ne veux pas écrire... ma main s'y refuse et se roidit! mes nerfs se briseraient... (Jetant la plume.) C'est impossible!.. j'en mourrais plutôt... je le hais! je le déteste... tout autre au monde, pourvu que ce ne soit pas lui!

SCÈNE VII.

WALPOLE, près de la table; GEORGE, entrant par le fond, et tenant un mouchoir de femme à la main.

GEORGE, riant. L'invention est admirable!..

WALPOLE, cherchant à se remettre. C'est le roi!..

GEORGE, *toujours riant.* C'est vous, mon cher Robert... où donc est votre neveu?

WALPOLE, *à part.* Toujours lui!..

GEORGE. Je le cherchais pour lui raconter un tour excellent... Figurez-vous que tantôt j'entre chez la reine qui était entourée de ses dames d'honneur... l'une d'elles, avec qui je causais, tenait à la main ce riche mouchoir brodé, qui, dans un de ses coins artistement noué, me parut renfermer un billet... sur lequel je plaisantais... On me répondit que c'était une lettre de femme... de la comtesse de Lindsay, une dame bel esprit... une élève de Pope... Curieux d'admirer son style, je demandais en grâce à en lire quelques lignes... on me refuse... j'insiste... je veux parler en roi!.. on se rit de mon autorité, et toutes ces dames, à commencer par la reine, de prendre parti contre moi en me défiant de réussir! Moi je parie une agrafe en diamant qu'avant la fin du jour le billet sera dans mes mains; on accepte, et vraiment je m'étais avancé là sans trop savoir les moyens d'en sortir à mon honneur, lorsqu'un de mes pages, qui avait entendu la discussion... un petit ambitieux qui est du parti de moi plutôt que de celui des dames, s'est emparé de ce mouchoir... Je ne sais pas comment il s'y est pris, mais à l'instant même... au moment où j'entrais dans ce salon, il me l'a remis d'un air triomphant... (*Cherchant toujours à dénouer.*) Mais c'est pire que le nœud gordien... et l'on voit qu'une main féminine a passé par là... Il n'y a que les femmes pour de pareils nœuds.

WALPOLE. On se plaint rarement de leur solidité!..

GEORGE, *achevant de dénouer le mouchoir.* Enfin j'ai réussi... (*Prenant le billet qu'il ouvre et qu'il montre à Walpole.*) et nous pouvons admirer la prose ou les vers de lady Lindsay.

WALPOLE, *à part, après avoir jeté les yeux sur le billet.* Ciel! l'écriture de mon neveu!

GEORGE. Qu'ai-je vu?.. (*Lisant, à part.*) Ma Cécile, ma bien-aimée... point de signature... mais dans les termes les plus tendres... les plus pressants... On réclame l'exécution de ses promesses... Quelle audace!.. quelle insolence!.. et ce billet qu'elle a reçu, dont elle m'a fait un mystère... qui a osé l'écrire?.. Je le saurai!.. je connaîtrai le téméraire, et malheur à lui!..

SCÈNE VIII.

HENRI, GEORGE, WALPOLE.

GEORGE, *apercevant Henri.* Ah! mon ami, mon cher Henri, vous voilà! vous arrivez à propos... j'ai à vous parler... à vous consulter... sur une affaire qui m'intéresse... (*Se retournant et voyant Walpole.*) une affaire d'État!

HENRI. Il me semble que mon oncle pourrait mieux que personne... et j'aurai droit, sire, de me récuser... car je ne suis pas encore nommé!

GEORGE. Peu importe!.. c'est tout comme! (*A Walpole.*) Mon cher Robert, avez-vous contre-signé cette ordonnance que je vous ai envoyée?

WALPOLE. Pas encore, sire!.. je voulais proposer à Votre Majesté une autre forme de rédaction.

GEORGE. Comme vous voudrez... ce que vous jugerez convenable! Faites seulement qu'on l'expédie promptement dans vos bureaux.

WALPOLE. O ciel!..

GEORGE. Je reste avec votre neveu... pour conférer avec lui... pour m'entendre sur l'objet dont je parlais tout à l'heure et qui dans ce moment est de la plus haute importance.

HENRI, *vivement.* L'affaire de la guerre d'Espagne!..

GEORGE, *de même.* Précisément!..

HENRI. J'ai fait sur-le-champ le rapport que Votre Majesté avait daigné me demander à ce sujet, et... je l'avais soumis à mon oncle...

WALPOLE, *qui a été prendre le rapport qu'il avait laissé sur la table.* Oui, sire... (*Il regarde son neveu, hésite un moment pour remettre le papier au roi, et lui dit d'une voix émue :*) le voici!.. écrit de sa main.

GEORGE, *le prenant sans le regarder.* C'est bon!..

HENRI, *au roi.* Votre Majesté ne le regarde pas?

GEORGE. Si vraiment!.. (*Il y jette les yeux d'un air indifférent.*) O ciel!.. qu'ai-je vu?.. cette écriture!.. (*Walpole, qui a observé le trouble du roi, jette un dernier regard sur lui et sur son neveu, puis il sort précipitamment pendant que George s'avance au bord du théâtre, en regardant toujours le billet.*) C'est cela même!... c'est lui!.. quelle indignité!.. quelle trahison!.. et la perfide surtout!.. (*Il remonte le théâtre et aperçoit Cécile qui entre.*)

———

SCÈNE IX.

HENRI, GEORGE, CÉCILE.

GEORGE, *à part.* La voilà!...

CÉCILE, *s'adressant au roi.* Mon père, le comte de Sunderland, va se rendre à l'audience que vous daignez lui accorder.

GEORGE, *contenant son émotion.* C'est bien... nous le recevrons!...

GEORGE, *après un instant de silence, jette un coup d'œil sur Henri et sur Cécile qui ont échangé un regard et baissent soudain les yeux.* Lord Henri, je voulais vous parler, et je puis le faire devant Milady, car je me rappelle maintenant que plusieurs fois elle a plaidé près de moi en votre faveur, et qu'elle est toute dévouée à vos intérêts...

HENRI. C'est trop de bontés à lady Cécile, et surtout à Votre Majesté...

GEORGE. J'en aurai plus encore, et pour commencer je vous donnerai un conseil... celui d'être plus circonspect... Ce matin vous ne m'avez confié que la moitié de votre secret... j'ignorais encore quelle était celle que vous aimiez... un hasard vient de me l'apprendre... (*Mouvement de Cécile.*) Oui, Madame... et voyez à quoi son imprudence l'exposait, si cette lettre, par exemple, était tombée en d'autres mains que les miennes...

HENRI. O ciel!.. Eh bien! puisque mon amour vous est connu, pourquoi n'avouerais-je pas à Votre Majesté et mes projets, et mes vœux, et l'espoir de ma vie entière?.. Oui, sire, c'est elle que j'aime!..

CÉCILE. Que dites-vous?..

HENRI. Ne craignez rien... ce n'est pas au prince... ce n'est pas à mon souverain que je confie un tel secret.

CÉCILE. Henri...

GEORGE. Et pourquoi l'arrêter, Milady?.. il aime... il est aimé... il me l'a avoué ce matin!.. il en est convenu!..

CÉCILE. Est-il possible?..

HENRI. Punissez-moi, Madame! je l'ai mérité! Mais quand je parlais ainsi, je croyais que jamais votre nom ne serait connu... qu'un éternel silence ensevelirait et mon secret et l'amour que vous m'avez juré..

CÉCILE, *qui a passé près de lui.* Taisez-vous! taisez-vous!

HENRI. Et pourquoi donc?.. pourquoi cet effroi, grand Dieu!..

GEORGE. Vous ne le devinez pas?.. C'est qu'elle ne peut entendre ni supporter l'arrêt qui l'accable... c'est que cet amour qu'elle vous a juré... il m'appartenait... elle me l'avait donné.

CÉCILE. Sire, au nom du ciel...

HENRI, *avec fureur.* Quoi! celle que vous aimiez?..

GEORGE. C'est elle!..

CÉCILE, *au roi, et avec dignité.* Assez!.. assez!.. Vous m'a-vez frappée de mort, et maintenant je n'ai plus rien à re-douter... J'ai subi de tous les supplices le plus horrible... Vous m'avez flétrie à ses yeux... J'ai perdu l'estime de celui que j'aime.

GEORGE. Que vous aimez!..

CÉCILE. Oui, sire, ces nœuds que vous osez rappeler et que dès longtemps cependant j'avais brisés de moi-même, ces nœuds que l'ambition seule avait formés... je m'en ac-cuse et j'en rougis; mais l'amour que j'avais pour lui, j'en suis fière et je m'en glorifie, car il était noble et pur... Oui, c'est par amour que j'ai repoussé ses vœux, c'est par amour que je refusais sa main, moi qui aurais donné ma vie pour en être digne; et je ne dis pas cela pour m'excuser à ses yeux, pour surprendre sa pitié, ni pour regagner une ten-dresse que je ne mérite pas et que j'ai perdue sans retour... mais je le dis pour moi-même que vous avez voulu abaisser, je le dis devant vous qui tenez le sceptre et la couronne... celui que j'aimais, sire... c'est lui!..

GEORGE. Et ce mot a décidé sa perte... et vous deux qui m'avez trompé...

—

SCÈNE X.

HENRI, CÉCILE, GEORGE, UN HUISSIER *de la chambre.*

L'HUISSIER, *annonçant.* Le comte de Sunderland!..

GEORGE. Qu'il vienne à l'instant, qu'il vienne!

CÉCILE, *s'élançant vers la porte du fond.* Ah! mon père!.. (*Elle sort comme pour l'empêcher d'entrer.*)

GEORGE. Oui.. c'est à ses yeux... c'est aux yeux de tous que je veux la punir, et je vais à l'instant...

HENRI, *se plaçant devant la porte du fond.* Non, sire, Votre Majesté n'ira pas!

GEORGE. Oser me retenir!

HENRI. Elle n'ira pas flétrir une fille aux yeux de son père... ce n'est pas là la vengeance d'un galant homme, et surtout d'un roi.

GEORGE. Téméraire!

HENRI. Vous êtes maître de mes jours... mais non de son honneur, et si vous pouviez l'oublier...

GEORGE. Je n'oublie pas de tels outrages... je vais les châ-tier.

HENRI, *traversant le théâtre.* Et moi je vais demander jus-tice...

GEORGE. A qui?..

HENRI. A la reine!..

GEORGE, *courant à lui, et le retenant à son tour.* Monsieur!.. restez!

—

SCÈNE XI.

PLUSIEURS LORDS ET SEIGNEURS DE LA COUR, PLUSIEURS OFFICIERS SUPÉRIEURS; WALPOLE, GEORGE, HENRI; *puis* NEUBO-ROUG ET MARGUERITE, *qui entrent un instant après.*

WALPOLE, *entrant un instant avant tout le monde.* Je viens remettre à Votre Majesté cette ordonnance...

GEORGE, *la prenant et la déchirant.* Qui est nulle et que j'a-néantis! J'ai fait un autre choix... vous le connaîtrez... (*Aux officiers qui sont derrière lui et leur montrant Henri.*) Mi-lords, assurez-vous d'un téméraire qui a outragé son roi... qui l'a menacé...

MARGUERITE, *qui vient d'entrer avec son père.* O ciel!..

WALPOLE. Ce n'est pas possible.

NEUBOROUG. De quel crime ose-t-on l'accuser?

GEORGE, *avec colère et cherchant à se modérer.* Son crime!..

HENRI, *froidement.* S'il est connu... ce ne sera que par vous, sire! car au prix de mes jours, je jure de garder le silence.

GEORGE. Et moi!.. (*S'arrêtant et s'adressant aux officiers.*) Assurez-vous de lui... Plus tard je déciderai de son sort... (*Regardant autour de lui.*) Walpole, Neuboroug... vous êtes de bons et fidèles serviteurs, et dans ce moment, entouré comme je le suis de traîtres et de perfides, j'ai besoin d'amis véritables; venez, venez, suivez-moi! (*Il les emmène par la porte du fond, et toute la cour sort après eux.*)

—

SCÈNE XII.

QUELQUES SOLDATS *au fond du théâtre;* UN OFFICIER *à qui Henri vient de remettre son épée;* HENRI, *au coin du théâtre, à droite;* MARGUERITE, *auprès de lui.*

MARGUERITE, *toute tremblante et joignant les mains d'effroi.* Vous! mon Dieu!.. disgracié!.. prisonnier!..

HENRI, *prêt à partir.* Ah! ce n'est pas là le coup le plus cruel!.. trahi, abusé par celle que j'aimais...

MARGUERITE, *vivement.* Que dites-vous?

HENRI. Indigne de moi, elle appartient à un autre, et tout est fini entre nous!..

MARGUERITE, *avec une expression de joie et portant la main à son cœur.* Ah! (*L'officier fait un signe à Henri qui tend la main à Marguerite et sort par le fond entouré par les soldats, tandis que Marguerite, immobile à la droite du théâtre, le suit des yeux jusqu'à ce qu'il ait disparu, et sort par la porte à droite.*)

FIN DU QUATRIÈME ACTE.

━━━━━

ACTE CINQUIÈME.

(Même décor.)

—

SCÈNE PREMIÈRE.

HENRI, NEUBOROUG.

NEUBOROUG. Oui, mon cher ami, cela va mal pour vous... je vous en préviens, parce que j'étais là; j'ai été témoin de la colère du roi.

HENRI. Et cependant, à l'instant même, mes arrêts viennent d'être levés... je n'ai plus pour prison que l'enceinte de ce palais, et l'on n'a exigé de moi d'autre caution que ma pa-role de n'en point sortir.

NEUBOROUG. Cela m'étonne... car il y a deux heures le roi était furieux. Je ne sais pas ce que vous lui avez fait; mais voilà ce qui est arrivé. A peine étions-nous sortis de cette galerie, qu'il congédia tout le monde, en disant d'un ton brusque: Pardon, Milords, il faut que je parle à M. Neuboroug, à lui seul. Me voici donc dans le cabinet du roi, en tête-à-tête avec lui. Il me dit: Asseyez-vous, asseyez-vous; puis il se promène d'un air agité, il s'assied... il écrit... il sonne.... Te-nez, pour le lord chancelier qui tout à l'heure était dans le salon. — Puis il se retourne vers moi. — Je suis à vous dans l'instant; nous avons à causer du nouveau ministre. — Je croyais que Votre Majesté avait fait un choix. — Est-ce que vous le connaissiez? — Non, sire, je sais seulement que vous aviez signé l'ordonnance. — Je l'ai déchirée. — Et il recommence à se promener! J'étais toujours là et j'atten-

MARGUERIT. , avec une expression de joie et portant la main à son cœur. Ah! — Acte 4, scène 13.

dais... On annonce Walpole. — Je ne veux pas le recevoir, dit le roi; et à peine achevait-il ces mots, que votre oncle paraît sur le seuil de la porte. — Je viens, dit-il, rendre un service à Votre Majesté... Il est impossible qu'elle ait écrit l'ordre que je viens de voir entre les mains du lord chancelier. — Je l'ai écrit, je le ferai exécuter. Lord Henri a manqué de respect à ma personne, il m'a menacé... il y a crime de lèse-majesté : qui ose le justifier est coupable. — Mettez-moi donc aussi en accusation, car je viens le défendre!..

HENRI. Mon pauvre oncle!

NEUBOROUG. Oui, sire, a-t-il ajouté; on n'enlève pas à un brave officier son titre et son grade pour un crime tel que le sien. — Son crime! s'est écrié le roi, le connaissez-vous? — Oui, sire, et je m'en vais vous le dire... — Silence, Milord, a dit le roi avec un regard furieux. Puis, s'adressant à moi : Mon ami, mon cher Neuboroug... j'avais à vous parler... mais plus tard, dans quelques instants, je vous ferai savoir mes intentions. — Alors, comme vous vous en doutez bien, je me suis incliné, je suis sorti; et au moment où la porte du cabinet se refermait, l'orage recommençait déjà... tous deux parlaient à la fois, et je distinguais la voix de Walpole.

— Oui, je le défendrai, quand on devrait, comme autrefois, m'envoyer à la Tour... et puis, je n'ai plus rien entendu!..

HENRI. Ah! mon oncle est trop généreux!.. il va se perdre! il va attirer sur lui la colère du roi... pour une cause qui ne peut être défendue... ni justifiée.

NEUBOROUG. C'est lui!.. le voilà!

SCÈNE II.

NEUBOROUG, HENRI WALPOLE, *venant du fond.*

HENRI. Mon cher oncle!

WALPOLE. Rassure-toi. Cela va mieux! tu es libre du moins!

HENRI. Que dites-vous?..

WALPOLE. J'ai eu d'abord avec le roi une discussion assez vive...

HENRI. Je le sais.

WALPOLE. Qui a fini assez mal; car Sa Majesté ne voulait rien entendre, et moi je soutenais toujours, dussé-je le répéter à la tribune, qu'en Angleterre on était libre... (*A demi-voix, et sans que Neuboroug l'entende.*)) libre, si on le voulait, d'enlever au roi ses maîtresses...

HENRI. Mon oncle!..

WALPOLE. Sur ce mot-là... il m'a congédié de son cabinet, et j'ai cru que tout était fini, que tout était perdu... mais avec un roi homme d'honneur, il y a toujours de la ressource. Il paraît que depuis deux heures, et une fois le premier mouvement passé, il s'est calmé... il a réfléchi... il a senti que mes conseils n'étaient pas si déraisonnables, et il vient de me prévenir, par un billet très-froid et très-laconique, qu'il avait fait lever tes arrêts, et qu'il te gardait seulement prisonnier ici sur parole jusqu'à ce soir.

NEUBOROUG. A la bonne heure!

WALPOLE. A cette lettre... en était jointe une autre dont j'ignore le contenu, et qui était pour toi... Neuboroug, la voici.

NEUBOROUG. Donne donc... (*Il la décachète en tremblant, et la lit avec émotion.*)

WALPOLE, *avec inquiétude.* Eh bien?..

NEUBOROUG. Ah! mon ami!..

WALPOLE. Qu'est ce donc?

NEUBOROUG. Laisse-moi finir... ce bon roi... (*Lisant.*) « D'après ce que j'ai vu, et surtout d'après ce que m'a dit « Walpole, je peux mettre en vous toute ma confiance. — « J'ai un important service à vous demander!.. venez, je « vous attends! »

WALPOLE. Qu'est-ce que ce peut être?

NEUBOROUG. Tu t'en doutes bien!.. et rien n'égale ma joie! non pas tant pour la place, qui est honorable, j'en conviens! mais pour autre chose encore... car enfin, ton neveu est en disgrâce, moi je suis en faveur; je vais être ministre, et il m'est permis alors d'avoir pour l'avenir des idées d'alliance... auxquelles sans cela je n'aurais jamais osé m'arrêter!

HENRI. Ah! je ne suis pas assez heureux pour cela... (*A demi-voix, à Neuboroug.*) ce n'est pas moi qu'on aime!..

NEUBOROUG, *vivement et à voix basse.* C'est vous!

HENRI. Est-il possible!

NEUBOROUG. Elle me l'a avoué à moi, son père!

HENRI, *avec émotion.* Marguerite!.. oui en effet... son trouble... (*Il fait quelques pas vers Neuboroug, qui vient de remonter le théâtre.*)

NEUBOROUG. Plus tard... plus tard... je suis attendu... et j'ai à peine le temps de remercier cet excellent ami à qui je dois tout. (*A Henri, montrant Walpole.*) Vous ne savez pas tout ce qu'il a fait pour moi; c'est le triomphe de l'amitié! et si, comme je le crois maintenant, j'arrive au pouvoir, ce sera grâce à lui!

HENRI. Comment cela?

NEUBOROUG. Imaginez-vous que ce matin nous avions un rival, un concurrent redoutable que les Sunderland portaient au ministère...

WALPOLE, *avec un geste d'effroi.* Neuboroug! je t'en supplie!

NEUBOROUG. Non... non, je parlerai... je ne suis pas un ingrat... je ne cache pas les services qu'on me rend... je les proclame tout haut... (*A Henri.*) C'était un membre de la chambre haute... un lord... un jeune homme sans crédit, sans expérience... c'était du moins l'avis de Walpole qui me l'a dit... car moi je ne lui en veux pas, je ne le connais pas... mais il paraît que le roi l'aimait, le protégeait, l'avait pris en affection...

HENRI. O ciel!..

WALPOLE, *voulant l'interrompre.* Eh! de grâce!..

NEUBOROUG, *à Walpole.* Enfin l'ordonnance était signée, je l'ai vue entre tes mains, et j'ai cru que tout était fini! (*A Henri.*) Eh bien! pas du tout, loin de se laisser abattre, mon ami Walpole a redoublé d'efforts; je ne sais pas comment il s'y est pris... mais il a si bien fait, si bien ma-

nœuvré, qu'en quelques heures le favori a été renversé.....

HENRI. Vous, mon oncle!

WALPOLE. Moi!.. par exemple!

NEUBOROUG, *riant.* Oh! tu me l'avais bien dit : Je le renverserai... Voilà du dévouement, de la chaleur! Voilà ce qui s'appelle servir ses amis! et si jamais je suis au pouvoir, je te prendrai pour modèle... je vous le jure à tous les deux, et si j'y manque jamais!..

SCÈNE III.

NEUBOROUG, HENRI, WALPOLE, UN HUISSIER.

L'HUISSIER. Sa Majesté attend sir Neuboroug dans son cabinet...

NEUBOROUG. Le roi m'attend!.. adieu... adieu... je reviens vous apprendre ce qui aura été décidé! (*Il sort par le fond.*)

—

SCÈNE IV.

HENRI, WALPOLE.

HENRI, *après un instant de silence, et voyant Walpole qui détourne les yeux.* Je ne puis ajouter foi à ce qu'il vient de nous dire!.. j'ai mal compris! ou il est dans l'erreur! Vous, mon oncle!.. vous m'auriez de-servi!.. ce n'est pas possible... dites-le-moi!.. et c'est vous seul que je veux croire!

WALPOLE. Non... il t'a dit la vérité!

HENRI. Grand Dieu!..

WALPOLE. A quoi bon feindre avec toi? je t'aimais ce matin, tu m'étais cher! tu te tenais à l'écart du pouvoir et de la fortune; j'ai été te chercher, je t'ai pris par la main pour t'y amener. Ce poste si brillant et si dangereux que j'abandonnais, cette place, objet de tous tes vœux, c'est moi qui te l'ai fait obtenir, c'est moi qui te l'ai donnée!..

HENRI. C'est vrai!..

WALPOLE. Eh bien! dès que je l'ai vue entre tes mains, je ne peux dire ce que j'ai éprouvé... mon amitié s'est retirée de toi à mesure que le pouvoir t'arrivait... c'est un sentiment que je ne pouvais ni maîtriser ni vaincre... J'étais jaloux!.. vois-tu, Henri, la faveur du prince est une de ces biens qu'on ne peut partager!.. c'est comme ces objets de notre amour qu'on ne veut pas voir à d'autres, même quand on les dédaigne ou qu'on les abandonne! Céderais-tu ta maîtresse à ton meilleur ami, à ton frère?.. non!.. tu le haïrais!.. c'est ce que j'ai fait... tu m'étais devenu odieux...

HENRI. Est-il possible!

WALPOLE, *avec exaltation.* Oui, tant que je serai vivant, nul ne portera la main sur mon bien, sur cette autorité acquise par trente années de travaux et de tourments... Elle m'a coûté trop cher pour ne pas la défendre; et quiconque se présenterait comme obstacle sur ma route, quiconque, ami ou ennemi, voudrait arrêter le char de ma fortune, sera brisé par lui!..

HENRI. Grand Dieu!

WALPOLE, *revenant à lui.* Ah! je t'effraye... tu doutes de ce que tu entends, tu ne peux concevoir la violence d'une passion qui, loin de s'amortir avec l'âge, prend chaque jour de nouvelles forces. Mais cette passion est la seule que j'aie éprouvée... je n'en ai jamais eu d'autres, laisse-la-moi, ne me l'envie pas! elle rend si malheureux! Jamais je n'ai connu comme toi les illusions de la tendresse... jamais l'amour d'une femme n'a fait battre mon cœur... on ne m'a jamais aimé... je n'ai aimé personne!..

HENRI. Mon pauvre oncle!..

WALPOLE. Ah! tu me hais!

HENRI. Non... je vous plains!

WALPOLE. Et tu as raison... car dès que j'ai abattu à mes pieds l'ennemi qui me résistait... semblable au soldat dont la colère s'éteint quand le combat est fini, mon ressentiment tombe avec celui qui l'avait fait naître. J'ai honte de moi... je rougis de ma frénésie... je m'en veux de mon triomphe que je cherche à expier!.. Toi, par exemple... à peine renversé, je t'ai tendu la main; je t'ai rendu mon amitié; j'ai couru te défendre auprès du prince... j'aurais bravé pour toi sa vengeance, sa colère, sa disgrâce peut-être! car je t'aime maintenant, tu es redevenu mon fils, mon neveu bien-aimé! Demande-moi ma fortune, mon sang... je te les donne, mais le pouvoir!.. je l'essaierais en vain! c'est au-dessus de mes forces! Et tiens, ce Neuboroug, ce vieil ami... si honnête homme... si peu redoutable... eh bien! dans ce moment, j'ai beau me raisonner et me combattre..... je ne l'aime plus... Que dis-je?.. tout à l'heure, pendant qu'il me parlait... j'éprouvais contre lui des mouvements de jalousie et de haine; cette intimité, cette confiance dont le roi l'honore... tout cela me rend mon ennemi mortel!.. et malgré moi, dans ce moment, je cherche déjà en mon esprit les moyens de le renverser. (*Voyant Henri qui fait un geste d'é-tonnement.*) Tais-toi, le voici!

SCÈNE V.

HENRI, MARGUERITE, NEUBOROUG, WALPOLE.

NEUBOROUG, *tenant Marguerite sous le bras.* Viens-t'en, ma fille... viens-t'en, quittons ces lieux!

HENRI. Qu'y a-t-il donc?

WALPOLE. Est-ce que tu n'es pas ministre?

NEUBOROUG. Moi!.. c'est fini!

WALPOLE, *avec un mouvement de joie.* O ciel! (*Puis se retournant avec amitié du côté de Neuboroug à qui il serre la main.*) Mon ami... mon pauvre ami!

HENRI. Qu'est-il donc arrivé?

WALPOLE. Ce service que te demandait le roi?

NEUBOROUG. Tu ne t'en serais pas douté! il voulait savoir de moi si réellement tes forces et ta santé étaient aussi altérées que je le lui avais dit... et il me demandait, sous le sceau du secret, et sans que j'eusse l'air de venir de lui, si je ne pouvais pas t'engager à revenir sur ta démission?..

WALPOLE, *vivement.* Il serait possible!

NEUBOROUG, *de même.* Rassure-toi! j'ai refusé... Moi t'exposer... moi compromettre les jours d'un ami... Je lui ai dit que le choix seul d'un successeur t'avait rendu malade; (*A Henri.*) c'est la vérité! (*A Walpole.*) et que dans ton intérêt il ne fallait même pas te charger des soucis de ton nouveau ministère... J'ai vu alors un homme fâché... dépité, qui m'a dit sèchement : N'en parlons plus... on se passera de Walpole... mon choix est fait! Alors je me suis avancé, et en balbutiant quelques mots, j'ai remercié. — Vous, docteur? est-ce que j'y ai jamais pensé? s'est-il écrié en me tournant le dos. Et comme je restais là... stupéfait, interdit, indigné... il a ajouté brusquement : C'est bien, c'est bien... je ne vous retiens plus; ce qui voulait dire : Sortez!.. Et l'on croit que je resterais ici un instant de plus, que je m'exposerais, comme cette foule de courtisans et d'ambitieux, aux dédains et aux caprices d'un prince..... Moi! homme libre et indépendant!..Non, morbleu!.. (*A Walpole.*) Tu avais bien raison, ce matin, de vouloir quitter la cour; nous la quitterons ensemble!.. Oui, je pars à l'instant avec ma fille, (*Passant près d'elle.*) avec ma pauvre enfant!.. (*A*

Henri.) Car maintenant, vous sentez bien, lord Henri, que tout ce que je vous ai dit...

MARGUERITE. Quoi donc? mon père!

NEUBOROUG, *à Marguerite.* Rien... rien!.. (*A Henri.*) Oubliez-le!

HENRI, *vivement.* Jamais! (*Regardant Marguerite.*) Mais laissez-moi du moins le temps de mériter un tel bonheur.

WALPOLE, *qui a remonté le théâtre.* Le roi! (*Il redescend a droite.*)

SCÈNE VI.

MARGUERITE, NEUBOROUG, GEORGE, HENRI, WALPOLE.

GEORGE, *qui est entré en rêvant, descend lentement le théâtre; il aperçoit Neuboroug qu'il salue affectueusement.* Pardon, mon cher Neuboroug, de vous avoir quitté tout à l'heure aussi brusquement. Croyez qu'en tout temps notre royale protection saura reconnaître votre zèle, vos conseils; et malgré nos inutiles tentatives auprès de votre ami!..

WALPOLE, *s'avançant.* Mais, sire...

GEORGE. Il suffit, Walpole! je n'insiste plus, et mon choix est décidément arrêté. (*Après un instant de silence et se tournant vers Henri.*) Lord Henri! j'ai eu des torts envers vous!

HENRI, *s'inclinant.* Ah! sire!..

GEORGE, *avec intention.* Envers d'autres encore!.. je veux tâcher de les réparer... Le comte de Sunderland quitte aujourd'hui l'Angleterre; il part avec toute sa famille pour nos États de Hanovre, dont je l'ai nommé gouverneur général.

HENRI. Je reconnais là mon roi!

GEORGE. Quant à vous, Milord... nous avons lu le rapport que vous nous avez fait sur la situation actuelle du royaume et sur la guerre avec l'Espagne. Convaincu désormais de vos talents comme nous l'étions déjà de votre loyauté et de votre franchise, nous voulons récompenser en votre personne les longs et glorieux services de votre oncle, et puisqu'il persiste à quitter le pouvoir, puisqu'à notre grand et légitime regret rien ne peut le retenir à la cour, c'est vous qu'à sa place nous nommons premier ministre. (*Walpole fait un geste de colère qu'il réprime aussitôt.*)

NEUBOROUG. O ciel!..

HENRI, *jetant un coup d'œil sur son oncle et s'adressant au roi.* Je supplie votre Majesté de ne pas m'en vouloir... mais bien décidément, sire, je refuse.

WALPOLE, *vivement.* Est-il possible!..

HENRI, *lui prenant la main, et à voix basse.* Oui, mon oncle, pour que vous m'aimiez toujours... (*S'adressant au roi.*) Je refuse, sire, dans votre intérêt, car, grâce au ciel, pour remplir cette place, je puis vous offrir mieux que moi!

GEORGE. Que dites-vous?..

HENRI. J'ai depuis ce matin tant prié, tant supplié mon oncle, qu'il veut bien encore s'immoler au salut de l'État; il renonce au repos qu'il désirait, il retire sa démission, et consent à rester aux affaires.

GEORGE. Il serait vrai!.. et c'est à vos instances que je dois un pareil sacrifice!.. (*Passant près de Walpole.*) Mon cher Walpole, je n'oublierai jamais une telle preuve d'amitié et de dévouement!

WALPOLE. Votre Majesté l'exige!.. il faut donc reprendre cette chaîne que j'espérais et que je ne peux briser.

NEUBOROUG, *qui a passé près de lui, à droite du spectateur.* Mais, mon cher ami, tu n'y penses pas... je te jure qu'avant un an tu en mourras!

WALPOLE. C'est possible!.. (*A part.*) Mais je mourrai ministre!..

FIN DE L'AMBITIEUX.

LE CAFÉ DES VARIÉTÉS

ÉPILOGUE EN VAUDEVILLES

Représenté, pour la première fois, à Paris, sur le théâtre des Variétés, le 5 août 1817.

EN SOCIÉTÉ AVEC M. DUPIN.

PRÉFACE.

Ainsi que je l'ai dit, les jeunes commis-marchands de la capitale s'étaient crus offensés par la scène de M. Calicot, dans le *Combat des Montagnes* Ils prétendaient que c'était outrager le commerce, ce qui n'avait jamais été dans nos intentions, et chaque soir ils se rendaient en masse au théâtre pour empêcher que la pièce ne fût donnée. D'un autre côté, l'autorité exigeait que les représentations fussent continuées ; de là des combats, des arrestations ; et la guerre qui avait commencé par des chansons allait finir par la police correctionnelle. Pour mettre un terme à un scandale dont nous étions plus affligés que personne, pour calmer l'irritation des esprits, et pour amener la paix sans la demander, nous composâmes la pièce qu'on va lire, qui obtint beaucoup de succès, et qui produisit le résultat que nous désirions. La paix fut signée entre les puissances belligérantes, et, contre l'ordinaire des traités passés entre souverains, la bonne intelligence a toujours duré depuis ce temps entre le théâtre des Variétés et les commis-marchands, qui en sont demeurés les fidèles alliés et les plus fermes soutiens.

Personnages.

BERNARD LEROND, commerçant.
M. DUTOUPET, artiste coiffeur.
VERNISSAC, auteur gascon.
M. GOBIN, bossu.
MADAME GOBIN, sa femme.

LEGRAND, souffleur du théâtre.
MOKA, garçon de café.
UN JOKEY anglais.
LA LIMONADIÈRE.
PLUSIEURS PERSONNES qui sont à la queue ou dans l'intérieur du café.

La scène se passe au café des Variétés (1).

Le théâtre représente l'intérieur du café ; on voit dans le fond, à gauche, les dernières personnes de la queue qui se pressent sous le vestibule.

SCÈNE PREMIÈRE.

MOKA, MADAME GOBIN, PLUSIEURS CHALANDS.

CHŒUR.

AIR : *Allons, dépêchons.*

Mon Dieu ! quel fracas !
D'attendre je suis las.
Monsieur, ne poussez donc pas.
Mon Dieu ! quel fracas !
D'attendre je suis las.
Pourquoi n'avançons-nous pas ?

MOKA.

Depuis une heure, voilà
Qu'à la porte l'on s'installe,
Et c' pauv'e public bâill' déjà,
Comm' s'il était dans la salle.

CHŒUR.

Mon Dieu, etc.

UN CHALAND.

Voilà qu'on ouvre, je croi.

MOKA.

Monsieur, votre demi-tasse ?

LE MÊME.

Par où passe-t-on, dis-moi ?

MOKA.

C'est au comptoir que l'on passe.

CHŒUR.

Mon Dieu ! quel fracas !
Que font-ils donc là-bas ?
Ici l'on ne s'entend pas.
Mon Dieu ! quel fracas !

Que font-ils donc là-bas ?
Et pourquoi n'entre-t-on pas ?

PREMIER CHALAND. Garçon, un bol au rhum ?

DEUXIÈME CHALAND. Garçon, une bouteille de bière ?

MOKA. Voilà, voilà, voilà.

MADAME GOBIN. Monsieur le garçon, y a-t-il encore la queue ?

MOKA. Madame, jusqu'à l'entrée du café. On ne peut pas pénétrer sous le vestibule.

MADAME GOBIN. C'est insupportable ; vous verrez que mon mari n'aura pas de billets, depuis une heure qu'il est à la queue, et tout cela pour une méchante pièce.

MOKA. Ça, c'est vrai, c'est ce que tout le monde dit ; mais il n'y a que celles-là qui prennent. Regardez-moi Phocion (1) ; le voilà bien avancé avec son mérite ! il fallait faire jouer ça par M. Potier (2), vous auriez vu ! Parlez-moi des pièces où l'on s'étouffe, nous ne connaissons que cela au café.

AIR : *Un homme pour en faire un tableau.*

Les Boxeurs et les Innocents,
Les Farces, le Ci-d'vant Jeune Homme,
Font mousser les rafraîchiss'ments.
Et nous en vendons, Dieu sait comme.
D'un' pièce nous jugeons l'effet,
Par les visit's qu'on vient nous faire,
Et Phocion n'a pas encor fait
Vendre deux bouteilles de bière.

MADAME GOBIN. Et mon mari qui me laisse là à l'attendre ; il n'en fait jamais d'autre.

(1) Tragédie de M. Royou, représentée sur le Théâtre-Français, dans l'année 1817. Ouvrage fort estimable, mais d'un genre trop sévère pour attirer la foule ou plaire à la multitude.

(2) Potier, comédien très-distingué, acteur du premier ordre sur un théâtre secondaire. C'est par lui que l'on rit depuis vingt ans. Une vogue aussi soutenue serait fort extraordinaire, et ce qui l'est encore plus, c'est qu'elle est méritée.

(1) On nomme ainsi le café qui est sur le boulevard Montmartre, à côté du théâtre des Variétés. Ce café communique avec le vestibule du théâtre. On l'appelle aussi café Dahodencq, du nom du propriétaire.

MOKA. Vous tenez donc bien à voir notre pièce?

MADAME GOBIN. Point du tout, moi je l'ai déjà vue.

MOKA. Et vous y retournez? Ah bien! par exemple, vous êtes la première qu'on y rattrape.

MADAME GOBIN. Est-ce que vous croyez que j'y viens pour votre pièce? C'est bien la peine pour voir un grand sec qui dit toujours des bêtises, et puis une grande dame : je ne sais pas son nom.

MOKA. Madame Vautrin, une petite maigre?

MADAME GOBIN. Non, non, une grande qui est jolie femme, mais qui fait les beaux bras.

AIR : *La maison de M. Vautour.*

Du reste, un style décousu,
Et des malices sans finesse,
Un lampiste, un niais, un bossu,
Aussi mal tourné que la pièce.
Venez donc du fond du Marais,
Voir sur des montagnes mal faites,
Le soleil entre deux quinquets,
Et l'Olympe sur des roulettes.

MOKA. Eh bien alors, pourquoi y allez-vous donc?

MADAME GOBIN. Pourquoi? c'est qu'on dit qu'il y aura du bruit, et s'il n'y en avait pas, je compte bien en faire.

MOKA. Est-ce que vous seriez attaquée?

MADAME GOBIN. Comment! si je le suis! Est-ce que mon mari n'est pas artiste mécanicien? est-ce qu'il n'a pas un premier garçon? enfin, est-ce qu'il n'est pas...

MOKA. Comment?

MADAME GOBIN. C'est public, tout le quartier sait bien qu'il est... tout le monde l'a reconnu.

MOKA. Mais encore, qu'est-ce qu'il est?

MADAME GOBIN, *montrant son épaule.* Eh! vous m'entendez bien, je n'ai pas besoin de vous le dire.

MOKA. Ah! j'y suis; votre mari, n'est-ce pas ce petit bossu qui était avec vous, et qui depuis un siècle est à la queue? Tenez, on le voit d'ici; il est encore à la même place!

[MADAME GOBIN.

AIR : *Vivent les Gascons.*

Je crois que j'en perdrai l'esprit;
Mon Dieu, quel homme,
Quel petit homme!
Je crois que j'en perdrai l'esprit,
Voyez donc comme
Il est petit!
Enfin l'y voilà maintenant :
Eh! mon Dieu, qu'est-ce qui l'arrête?
Voilà que tout le monde prend
Des billets par-dessus sa tête.

ENSEMBLE.

Je crois qu'elle en perdra l'esprit, etc.

SCÈNE II.

LES PRÉCÉDENTS, LEGRAND.

LEGRAND. Laissez-moi, laissez-moi passer, je suis de la maison.

MADAME GOBIN. Qu'est-ce que c'est que ce monsieur-là?

MOKA. C'est le souffleur.

MADAME GOBIN. Il a un air endormi.

MOKA. Dam', il lit la pièce tous les soirs.

LEGRAND. Garçon, une demi-tasse!

MOKA. Versez au salon.

MADAME GOBIN. C'est apparemment pour se réveiller.

MOKA, *à M. Legrand, qui souffle son café.* Eh! ne soufflez pas, ce n'est pas trop chaud : ce que c'est que l'habitude. — Eh bien! monsieur Legrand, nous avons encore du monde!

LEGRAND. C'est une bénédiction.

AIR de *Marianne.*

Chez nous, depuis qu'on se rassemble,
Tout va des mieux, et grâce au ciel,
A la Gaieté, *Lutèce* tremble,
Et nous faisons pâlir *Daniel* (1).
Qu'un gai délire
Chez nous attire,
Mais qu'en sortant on finisse par rire.
Tout notre espoir
Serait de voir
Qu'on assiégeât tous les soirs
Nos couloirs.
Loin que cette guerre nous lasse,
Accourez! nous tiendrons longtemps,
Puisque ce sont les assiégeants
Qui nourrissent la place.

Ah çà, vous avez là le manuscrit que je vous ai laissé?

MOKA. Oui, le voilà. Si vous voulez qu'on le porte au théâtre?

LEGRAND, *le mettant dans sa poche.* Je le porterai moi-même. Songez donc que je tiens là tout le talent des acteurs et tout l'esprit de la pièce.

MOKA. Enfin, si vous voulez...

LEGRAND. Je vous remercie : ça n'est pas lourd.

MOKA. Est-ce que vous allez déjà vous installer dans votre loge?

MADAME GOBIN. Si ce monsieur pouvait me donner une petite place en se serrant un peu. Qu'est-ce que j'entends là? Enfin, c'est mon mari; ma foi, ce n'est pas sans peine.

SCÈNE III.

LES PRÉCÉDENTS, M. GOBIN.

GOBIN.

AIR : *Bon voyage.*

Roul' ta bosse, mon cher Gobin,
Si dans la foule,
Va toujours qui roulé,
Roul' ta bosse, mon cher Gobin,
Te voilà sûr de faire ton chemin.

MADAME GOBIN. Vous avez donc enfin des billets?

GOBIN. Oui, ma petite femme.

Oui, chaque jour est pour moi jour de noce;
Plaisir d'autrui jamais ne m'attrista.
Je ne vais point demandant plaie et bosse,
J'en trouve ici bien assez comme ça.
Roul' ta bosse, etc., etc.

Plaisir, gaieté, voilà ma seule escorte;
Et les voleurs me causent peu d'effroi.
Qui me prendrait, morbleu, ce que je porte,
Se trouverait plus attrapé que moi.

Roul' ta bosse, mon cher Gobin,
Si dans la foule,
Va toujours qui roule,
Roul' ta bosse, mon cher Gobin,
Te voilà sûr de faire ton chemin.

MADAME GOBIN. Entrons donc vite, au lieu de nous amuser. Où sont ces billets?

GOBIN. J'ai bien les billets; mais je n'ai pas de place, car il n'y en a plus.

MADAME GOBIN. Comment?

GOBIN. Eh bien! ma petite femme, nous irons ailleurs; je me verrai jouer une autre fois.

LEGRAND. Comment! Monsieur, vous voir jouer! Est-ce que vous vous croyez offensé?

(1) *Lutèce* et *Daniel*, mélodrames de la Gaieté et de la Porte Saint-Martin.

GOBIN. Moi? non; je ne m'en doutais pas : c'est ma femme qui veut absolument que je le sois. C'était à qui me le persuadrait, jusqu'à mes confrères, mes confrères en bosse, qui voulaient me faire entrer dans une conspiration ; car nous en avions aussi une, afin que vous le sachiez.

AIR : *Ma commère, quand je danse.*

Nous avions, pour l'abordage,
Choisi quinze des plus grands ;
Les petits, avec courage,
Devaient monter sur les bancs.
Nous avions même un commandant ;
Et vous devinez, je gage,
Le signe de ralliement.

Ce qui a fait tout manquer, c'est que le chef s'est formalisé de ce qu'on ne l'appelait pas Votre Éminence, et l'on sait qu'un bossu tient éminemment aux formes.

MADAME GOBIN. Il n'en est pas moins affreux qu'un théâtre se permette de faire rire ainsi.

GOBIN. Eh parbleu ! c'est son état de faire rire.

AIR : *Au clair de la lune.*

De toute la ville
S'il est fréquenté,
C'est qu'il est l'asile
Cher à la gaieté.
Chez eux à toute heure,
Ce sont des éclats.
On croit qu'on y pleure
Quand on n'y rit pas.

MADAME GOBIN. J'en conviens; mais s'attaquer à un corps aussi respectable que celui des bossus... Rien que d'y penser, ça fait hausser les épaules à tout le monde.

GOBIN. Ça n'est pas à moi, toujours ; il est vrai que ça ne me les a pas fait baisser d'un pouce.

AIR : *Adieu, je vous fuis, bois charmants.*

Dans l'État, nous ne formons pas
Une masse assez imposante,
Pour qu'à nos dépens ici-bas,
Il soit défendu qu'on plaisante :
Un trait malin me divertit,
Et me fâcher quand on me raille,
Serait prouver que j'ai l'esprit
Encor plus mal fait que la taille.

Par exemple, si j'en veux à quelqu'un, c'est à l'acteur qui me représente ; on dit qu'il me ressemble, on jurerait que c'est moi. Si jamais je me trouve face à face avec ce monsieur Vernet (1).

LEGRAND. Point du tout, ce n'est point la même personne. Vous êtes bien plus grand, bien plus bel homme ; et d'ailleurs il ne dit que ce que je lui souffle.

GOBIN. Comment! c'est vous qui êtes?..

LEGRAND. Le souffleur du théâtre.

GOBIN. Ah! bien, c'est à vous que j'en veux.

LEGRAND. Non pas, diable ! souffler n'est pas...

GOBIN. Au fait, il a raison. Vous voyez que je n'ai pas de rancune, et la première fois que j'irai, je vous promets de rire comme un... vous m'entendez.

SCÈNE IV.

LES PRÉCÉDENTS, VERNISSAC.

VERNISSAC. Ah ! la maudite salle, on étouffe de chaud. Eh ! san-dieu, garçon !

MOKA. Monsieur veut-il quelque chose ?

(1) Vernet, jeune acteur plein de gaieté et de naturel, qui dans le *Combat des Montagnes* jouait le rôle du Bossu. C'est aussi lui qui jouait M. Gobin, et il avait su avec un rare talent donner à ces deux rôles une couleur et une physionomie différentes.

VERNISSAC. Oui, sans doute, une glace. Est-ce que Sainville n'est pas venu ?

MOKA. Non, Monsieur ; mais si vous voulez...

VERNISSAC. Non ; je n'aurai soif que quand il sera arrivé.

MADAME GOBIN. Quel est ce monsieur ?

MOKA. Un auteur gascon, qui trouve toujours moyen de se faire payer ses repas par ses confrères, et même ses rafraîchissements.

VERNISSAC.

AIR du *Fleuve de la vie.*

Grâce au droit qu'ici je m'arroge,
Je suis riche sans rien avoir ;
J'ai ma voiture et j'ai ma loge,
Je prends ma glace chaque soir.
Tous les jours, sans que l'on me prie,
Je vais dîner chez mes amis ;
C'est ainsi qu'on descend *gratis*
Le fleuve de la vie.

(*Au souffleur.*) Eh! san-dieu ! c'est vous, Mossou ; je n'ai point reçu votre réponse pour ce petit ouvrage, car c'est à vous qu'on les adresse.

LEGRAND. Non, je ne me rappelle pas.

VERNISSAC. Oh ! je vais vous mettre sur la voie : une petite pièce sur le saut du *Niagara*, une pièce épisodique. La première scène, nous mettons un avocat dans le genre de l'*Avocat Patelin.*

LEGRAND. Ah! tant pis, Monsieur, la pièce ne sera pas reçue ; nous n'oserions la jouer à cause de messieurs de la faculté de droit.

VERNISSAC. Ah! qu'importe? je ne tiens pas à une scène ; nous commencerons par la seconde. C'est un médecin comme ceux de Molière.

LEGRAND. Ça ne se peut pas, l'école de médecine qui se fâcherait...

VERNISSAC. Allons, commençons donc par la troisième ; c'est un grand politique qui parle de tout.

LEGRAND. Nous aurions contre nous la moitié des salons de Paris.

VERNISSAC. San-dieu ! Monsieur, de qui alors voulez-vous que je me moque? sera-ce des gens d'esprit?

LEGRAND. Non pas; chacun crierait qu'on l'attaque.

VERNISSAC. Eh bien ! alors j'attaque ceux qui n'en ont pas. Eh donc ! je n'aurai rien à craindre?

LEGRAND. Peut-être, Monsieur ; il ne faut jamais avoir à lutter contre la majorité.

VERNISSAC. San-dieu ! comment voulez-vous donc que l'on écrive la comédie?

LEGRAND. Oh ! je vais vous le dire.

AIR : *J'avais un billet d'amateur.*

Ne dites rien des procureurs,
Et silence sur les notaires.
Craignez nos modernes docteurs,
Respectez les apothicaires.
Ne parlez pas des grands seigneurs,
Des journaux, de vers ni de belles,
Mais du reste peignez nos mœurs,
Et surtout qu'elles soient fidèles.

Il me semble qu'il vous reste encore un champ assez vaste.

VERNISSAC. Je ne vois pas cela.

LEGRAND. C'est que vous ne voulez pas voir.

AIR : *Ces postillons.*

Des gais enfants de la Garonne
Peignez l'esprit et les traits fanfarons.

VERNISSAC.

Non pas, san-dieu ! je défends en personne
Qu'on ose attaquer les Gascons.

LEGRAND.

Qu'importe? suivez mon précepte.

Nous voyons tant d'originaux fieffés.

MOKA.

N'épargnez rien, pourvu que l'on excepte
Les garçons de cafés.

SCÈNE V.

LES PRÉCÉDENTS, M. BERNARD.

BERNARD. Ah! il n'y a plus de place; peu m'importe, j'ai
une loge, et j'espère rouler vos montagnes.

LEGRAND. A qui ai-je l'honneur de parler?

BERNARD. Monsieur, on me nomme Bernard Lerond, et je
suis négociant, rue Saint-Denis, à la Bonne-Foi.

Air des *Poëtes sans-soucis.*

J'ai toujours accueilli chez moi,
Ce fut notre règle commune,
La justice et la bonne foi,
Et bientôt j'ai vu la fortune
Avec elles venir s'asseoir
Dans mon comptoir. (4 *fois.*)

DEUXIÈME COUPLET.

Je n'ai pas d'acajou brillant,
Et chez moi la dorure manque;
Mais des doublons, de l'argent franc,
Surtout de bons billets de banque;
Voilà, Monsieur, ce qu'on peut voir
Dans mon comptoir. (4 *fois.*)

LEGRAND. Est-ce que Monsieur se croirait attaqué?

BERNARD. Moi, Monsieur? point du tout; mais j'ai deux
neveux, deux charmants garçons, qui sont à la tête de mon
magasin, et que j'aime comme s'ils étaient mes fils. Eh
bien! ce matin, en arrivant de Bordeaux, où j'avais été faire
un voyage pour mes affaires, imaginez-vous qu'au lieu de
m'embrasser et de me demander de mes nouvelles, ils m'a-
bordent en se plaignant d'une injure qu'on leur a faite! Ils
prétendent qu'on a voulu les tourner en ridicule... Et je ne
souffrirai pas qu'on attaque ma famille...

LEGRAND. Comment! Monsieur, est-ce que messieurs vos
neveux portent des moustaches?

BERNARD. Non, Monsieur.

LEGRAND. Est-ce qu'ils portent des éperons?

BERNARD. Non, Monsieur. Qu'est-ce que c'est que des éperons, des moustaches? je voudrais bien voir qu'ils en eussent: est-ce qu'ils rougiraient de leur état? Apprenez, Monsieur, que l'état de commerçant est le plus beau et le plus
utile de tous.

Air: *J'ai vu partout dans mes voyages.*

C'est lui qui répand l'abondance
Par ses efforts industrieux;
C'est lui dont l'utile influence
Unit tous les peuples entre eux.
Aux nobles fruits de la victoire,
Si les états doivent l'honneur,
Si les beaux-arts en font la gloire,
Le commerce en fait le bonheur.

Et quand on a l'honneur d'être commerçant, on doit être fier
d'en porter l'habit. Qu'est-ce que c'est que des moustaches?

LEGRAND. Prenez garde; n'en parlez pas si haut: si l'on
vous entendait, il y aurait peut-être du danger.

BERNARD. A Dieu ne plaise que j'en dise du mal; je le respecte trop pour cela.

Air: *A soixante ans.*

Rendons honneur aux guerriers intrépides
Qui pour la France ont bravé le trépas;
S'il le fallait, les prenant pour guides,
On nous verrait tous marcher sur leurs pas.
Mais jusqu'alors, au sein de nos murailles,

(*Montrant la place des moustaches.*)
Ce noble signe a seul droit de flatter
Ceux qui déjà, sur les champs de batailles,
Ont acheté le droit de le porter.

LEGRAND. Quant à cela, tout le monde est de votre avis, et
voilà justement ce que nous voulions faire entendre.

BERNARD. Oh! parbleu, c'est entendu.

Air de la *Robe et des Bottes.*

Chez nous l'honneur devance l'âge;
Et les Français pensent avec raison
Qu'on peut bien avoir du courage
Sans avoir de barbe au menton;
Et fiers d'une aussi noble tâche,
Aux ennemis il ferait voir
Que pour leur couper la moustache,
On n'a pas besoin d'en avoir.

LEGRAND. Alors je ne vois pas trop pourquoi messieurs vos
neveux n'ont pas voulu permettre qu'on attaquât un léger
ridicule qu'ils ne partagent pas.

BERNARD. Oui, je crois que nous nous sommes fâchés un
peu vite, et qu'au fait tout cela ne tombait que sur les éperons.

LEGRAND. Vous l'avez dit.

BERNARD. Eh bien! Monsieur, nous sommes aussi gens à
entendre la plaisanterie; et je suis sûr que s'il en est encore quelques-uns parmi nous qui tiennent à cette petite
manie, ils seront les premiers à en rire. Tenez, moi, je me
charge d'arranger l'affaire, et de leur dire:

Air de la *Sentinelle.*

Oui, croyez-moi, déposez sans regrets
Ces fers bruyants, cet appareil de guerre,
Et des Amours, sous vos pas indiscrets,
N'effrayez plus la cohorte légère.
Si des beautés dont vous causez les pleurs,
Nulle à vos traits ne se dérobe,
Contentez-vous, heureux vainqueurs,
De déchirer leurs tendres cœurs,
Et ne déchirez plus leur robe.

LEGRAND. Et je suis sûr qu'ils auront égard à la pétition.

BERNARD. Je vous remercie, Monsieur, de m'avoir éclairé...
Je vais me placer dans ma loge, et vous m'entendrez. (*S'a-
dressant au parterre.*) J'espère maintenant que personne n'a
plus de réclamations à faire.

SCÈNE VI.

LES PRÉCÉDENTS, M. DUTOUPET, *paraissant aux premières
loges.*

DUTOUPET. C'est ce qui vous trompe, ça ne finira pas ainsi.

LEGRAND. Je ne vois pas que dans notre pièce Monsieur
soit attaqué en rien.

DUTOUPET. C'est justement pour ça que je réclame. Ces
messieurs se plaignent d'être mis en scène, et moi, Monsieur,
je me plains de ce que je n'y suis pas; il me semble que je
suis un personnage assez important pour qu'on fasse attention à moi.

LEGRAND. En voici bien d'une autre! Mais, Monsieur, on
ne fait pas ainsi une scène publique.

DUTOUPET. Au contraire, il ne peut y avoir trop de témoins;
c'est une affaire dont je veux faire juges ces messieurs, et
vous verrez s'ils ne vous donnent pas tort. Messieurs, je suis
artiste coiffeur; j'ai un cabriolet et un jokey, suivant l'u-
sage, puisqu'à présent il est impossible sans cela de faire
son chemin. J'éclabousse tout le monde; je rase les boutiques; je frise les passants; et le soir, du haut de mon
wiski, je fais encore la barbe à ceux que j'ai coiffés le matin.
Tout à l'heure encore, en venant au théâtre, j'ai manqué

de renverser une pratique ; il ne s'en est pas fallu de l'é-
paisseur d'un cheveu. Eh bien! tout cela n'y fait rien ; et je
ne puis venir à bout de faire du bruit dans le monde.

LEGRAND. Vous en faites beaucoup trop ici, et l'on ne
trouble pas ainsi un lieu public.

DUTOUPET. Est-ce que vous croyez me faire peur? Apprenez que je suis un homme de tête ; et que si une fois je mets
les fers au feu, je vous prouverai que j'ai, comme un autre,
la tête près du toupet.

LEGRAND. Au fait, Monsieur, que voulez-vous?

DUTOUPET. Je demande qu'il soit question de moi dans vos
montagnes. Je ne vous demande qu'une petite scène ; quand
ce serait un peu tiré par les cheveux, qu'est-ce que ça fait?

LEGRAND. Monsieur, c'est assez difficile ; mais je connais
l'auteur, et je vous promets que, dans sa première pièce, il
sera question de vous.

DUTOUPET. C'est ça, une pièce, un prologue, je n'y tiens
pas... Vous me le promettez?

LEGRAND. C'est comme si vous y étiez.

DUTOUPET. Eh bien! à la bonne heure. Moi, je m'emporte
d'abord ; je suis vif comme la poudre ; mais ça ne tient pas.

SCÈNE VII.

LES PRÉCÉDENTS, UN PETIT JOKEY, *paraissant sur le théâtre.*

LE JOKEY. Le cabriolet de M. Dutoupet! Monsieur, le cabriolet est là.

DUTOUPET. Eh ! c'est vrai ; j'ai de l'ouvrage pour ce soir à
l'Opéra, Vénus et Psyché qui hier se sont prises aux cheveux... Ça n'est pas aisé à démêler. Messieurs, les affaires
avant tout. J'ai bien l'honneur de vous saluer. (*Il sort.*)

BERNARD. Plaisant original, qui se fâche de ce qu'on ne le
met pas en scène, tandis que tant d'autres... Vous voyez,
Messieurs, qu'il est difficile de contenter tout le monde.

VAUDEVILLE.

Air du *Val de Vire.*

LEGRAND.

Depuis que ce bas monde est fait,
Partout on se querelle.
Ah ! réalisons, en effet,
La paix universelle.

Entre les plaideurs,
Et les procureurs,
L'amour et l'hyménée ;
Entre les mamans,
Entre les amants,
Que la paix soit signée.

VERNISSAC.

Entre l'artiste et les huissiers,
L'acteur et le parterre ;
Les propriétaires altiers
Et l'humble locataire ;
Entre le bon sens
Et des noirs pédants
La race renfrognée ;
Entre les auteurs,
Les restaurateurs,
Que la paix soit signée.

DUTOUPET.

Vous qui, sur un char élevé,
Causez mainte bagarre,
Brûlez un peu moins le pavé,
Et surtout criez : Gare !
Que la foule qui
Redoute un wiski
Par vous soit épargnée ;
Entre les piétons
Et les phaétons,
Que la paix soit signée.

GOBIN.

Les biens et les maux presque tous
Sont compensés sur terre ;
On prétend que chez les époux
On voit souvent la guerre.
Je m'en aperçoi,
C'est un train chez moi
Le long de la journée!
Mais le jour fuit,
Arrive la nuit,
Et la paix est signée.

BERNARD, *au public.*

On sait que c'est par des chansons
Que tout finit en France ;
En chantant nous vous proposons
Un traité d'alliance ;
Il ne suffit pas
Que la guerre, hélas !
Ici soit terminée ;
Par un bruit plus doux,
Messieurs, prouvez-nous
Que la paix est signée.

DÉPÔT LÉGAL
Seine-et-Marne
1853

RANTZAU, *à la reine.* Tenez, voilà l'homme qu'il vous faut pour chef. — Acte 1er, scène 8.

BERTRAND ET RATON

OU

L'ART DE CONSPIRER

COMÉDIE EN CINQ ACTES, EN PROSE

Représentée, pour la première foi , à Paris, sur le Théâtre-Français, le 14 novembre 1833.

Personnages.

MARIE-JULIE, reine douairière, belle-mère de Christian VII, roi de Danemark.
LE COMTE BERTRAND DE RANTZAU , membre du conseil sous Struensée, premier ministre.
FALKENSKIELD, ministre de la guerre, membre du conseil sous Struensée.
FRÉDÉRIC DE GŒLHER, neveu du ministre de la marine.
CHRISTINE, fille de Falkenskield.

KOLLER , colonel.
RATON BURKENSTAFF, marchand de soieries.
MARTHE, sa femme.
ÉRIC, son fils.
JEAN, son garçon de boutique.
JOSEPH, domestique de Falkenskield.
UN SEIGNEUR DE LA COUR (Berghen).
LE PRÉSIDENT DE LA COUR SUPRÊME.

La scène se passe à Copenhague, en janvier 1772.

ACTE PREMIER.

Une salle du palais du roi Christian, à Copenhague. A gauche, les appartements du roi ; à droite, ceux de Struensée.

SCÈNE PREMIÈRE.

KOLLER, *assis à droite ; du même côté, des grands du royaume, des militaires, des employés du palais, des solli-* citeurs, avec des pétitions à la main, attendant le réveil de Struensée, BERGHEN.

KOLLER, *regardant à gauche.* Quelle solitude dans les appartements du roi ! (*Regardant à droite.*) Et quelle foule à la porte du favori ! En vérité, si j'étais poëte satirique, ce serait une belle place que la mienne ! capitaine des gardes dans un palais où un médecin est premier ministre, où une femme est roi, et où le roi n'est rien ! Mais patience ! (*Pre-*

nant un journal qui est sur la table à côté de lui.) Qu'ù qu'en dise la Gazette de la cour, qui trouve cette combinaison admirable. (Lisant bas.) Ah! ah! encore un nouvel édit. (Lisant.) « Copenhague, 14 janvier 1772. Nous, Christian VII, « par la grâce de Dieu roi de Danemark et de Norvége, « avons confié par les présentes à Son Excellence le comte « de Struensée, premier ministre et président du conseil, le « sceau de l'État, ordonnant que tous les actes émanés de « lui soient valables et exécutoires dans tout le royaume sur « sa seule signature, même quand la nôtre ne s'y trouve-« rait pas! » Je conçois alors les nouveaux hommages qui ce matin entourent le favori : le voilà roi de Danemark; l'autre a tout à fait abdiqué; car, non content d'enlever à son souverain son autorité, son pouvoir, sa couronne, Struensée ose encore... Allons, l'usurpation est complète. (Entre Berghen.) Ah! c'est vous, mon cher Berghen.

BERGHEN. Oui, colonel. Vous voyez quelle foule dans l'antichambre!

KOLLER. Ils attendent le réveil du maître.

BERGHEN. Qui du matin jusqu'au soir est accablé de visites.

KOLLER. C'est trop juste! il en a tant fait autrefois, quand il était médecin, qu'il faut bien qu'on lui en rende à présent qu'il est ministre. Vous avez lu la Gazette de ce matin?

BERGHEN. Ne m'en parlez pas. Tout le monde en est révolté; c'est une horreur, une infamie.

UN HUISSIER, sortant de l'appartement à droite. Son Excellence le comte Struensée est visible.

BERGHEN, à Koller. Pardon! (Il s'élance vivement avec la foule, et entre dans l'appartement à droite.)

KOLLER. Et lui aussi! il va solliciter! Voilà les gens qui obtiennent toutes les places, tandis que nous autres nous avons beau nous mettre sur les rangs; aussi, morbleu! plutôt mourir que de rien leur devoir! car je suis trop fier pour cela. On m'a refusé quatre fois, à moi, le colonel Koller, ce grade de général que je mérite, je puis le dire, car voilà dix ans que je le demande; mais ils s'en repentiront, ils apprendront à me connaître, et ces services qu'ils n'ont pas voulu acheter, je les vendrai à d'autres. (Regardant au fond du théâtre.) C'est la reine-mère, Marie-Julie; reine douairière, à son âge, c'est de bonne heure, c'est terrible, et plus que moi encore elle a raison de leur en vouloir.

SCÈNE II.

LA REINE, KOLLER.

LA REINE. Ah! c'est vous, Koller. (Elle regarde autour d'elle avec inquiétude.)

KOLLER. Ne craignez rien, Madame, nous sommes seuls; ils sont tous en ce moment aux pieds de Struensée ou de la reine Mathilde... Avez-vous parlé au roi?

LA REINE. Hier, comme nous en étions convenus; je l'ai trouvé seul, dans un appartement retiré, triste et pensif; une grosse larme coulait de ses yeux : il caressait cet énorme chien, son fidèle compagnon, le seul de ses serviteurs qui ne l'ait pas abandonné! — Mon fils, lui ai-je dit, me reconnaissez-vous? — Oui, m'a-t-il répondu, vous êtes ma belle-mère... non, non, a-t-il ajouté vivement, mon amie, ma véritable amie, car vous me plaignez! vous venez me voir, vous!.. Et il m'a tendu la main avec reconnaissance.

KOLLER. Il n'est donc pas, comme on le dit, privé de la raison?

LA REINE. Non, mais vieux avant l'âge, usé par les excès de tout genre, toutes ses facultés semblent anéanties : sa tête est trop faible pour supporter ou le moindre travail ou la moindre discussion; il parle avec peine, avec effort; mais

en vous écoutant, ses yeux s'animent et brillent encore d'une expression singulière; en ce moment ses traits ne respiraient que la souffrance, et il me dit avec un sourire douloureux : Vous le voyez, mon amie, ils m'abandonnent tous; et Mathilde que j'aimais tant, Mathilde, ma femme, où est-elle?

KOLLER. Il fallait profiter de l'occasion, lui faire connaître la vérité.

LA REINE. C'est ce que j'ai fait avec ménagement, avec adresse, lui rappelant successivement le temps de son voyage en Angleterre et en France, à la cour de Georges et de Louis XV, lorsque Struensée, l'accompagnant comme médecin, gagna d'abord sa confiance et son amitié; puis je le lui ai montré plus tard, à son retour en Danemark, présenté par lui à la jeune reine, et, pendant la longue maladie de son fils, admis dans son intimité, la voyant à toute heure. Je lui ai peint une princesse de dix-huit ans, écoutant sans défiance les discours d'un homme jeune, beau, aimable, ambitieux; ne prenant bientôt que lui pour guide et pour conseil; se jetant par ses avis dans le parti qui demandait la réforme, et plaçant enfin à la tête du ministère ce même Struensée, parvenu audacieux, favori insolent qui, par les bontés de son roi et de sa souveraine, élevé successivement au rang de gouverneur du prince royal, de conseiller, de comte, de premier ministre enfin, osait maintenant, parjure à la reconnaissance et à l'honneur, oublier ce qu'il devait à son bienfaiteur et à son roi, et ne craignait pas d'outrager la majesté du trône!.. A ce mot, un éclair d'indignation a brillé dans les yeux du monarque déchu; sa figure pâle et souffrante s'est animée d'une subite rougeur; puis, avec une force dont je ne l'aurais pas cru capable, il a appelé, il s'est écrié : La reine!.. la reine! qu'elle vienne! je veux lui parler!

KOLLER. O ciel!

LA REINE. Quelques instants après a paru Mathilde, avec cet air que vous lui connaissez... cet air d'amazone; la tête haute, le sourire superbe, et laissant tomber sur moi un regard de triomphe et de dédain. Je suis sortie, et j'ignore quelles armes elle a employées pour sa défense; mais ce matin elle et Struensée sont plus puissants que jamais; et cet édit qu'elle a arraché au faible monarque, cet édit que publie aujourd'hui la Gazette royale, donne au premier ministre, à notre ennemi mortel, toutes les prérogatives de la royauté.

KOLLER. Pouvoir dont Mathilde va se servir contre vous, et je ne doute pas que dans sa vengeance...

LA REINE. Il faut donc la prévenir. Il faut, aujourd'hui même... (S'arrêtant.) Qui vient là?

KOLLER, regardant au fond. Des amis de Struensée! le neveu du ministre de la marine, Frédéric de Goelher, puis M. de Falkenskield, le ministre de la guerre; sa fille est avec lui!

LA REINE. Une demoiselle d'honneur de la reine Mathilde... Silence devant elle!

SCÈNE III.

GOELHER, CHRISTINE, FALKENSKIELD, LA REINE, KOLLER.

GOELHER, entrant en donnant la main à Christine. Oui, Mademoiselle, je dois accompagner la reine dans sa promenade; une cavalcade magnifique! et si vous voyiez comme Sa Majesté se tient à cheval! c'est une princesse bien remarquable; ce n'est pas une femme!..

LA REINE, à Koller. C'est un colonel de chevau-légers.

CHRISTINE, à Falkenskield. La reine-mère. (Elle salue ainsi que son père et Goelher.) Je me rendais chez vous, Madame.

LA REINE, *avec étonnement.* Chez moi !

CHRISTINE. J'avais auprès de Votre Majesté une mission...

LA REINE. Dont vous pouvez vous acquitter ici.

FALKENSKIELD. Je vous laisse, ma fille ; j'entre chez le comte de Struensée, chez le premier ministre.

CŒLHER. Je vous suis ; je vais lui présenter mes hommages et ceux de mon oncle, qui est ce matin légèrement indisposé.

FALKENSKIELD. Vraiment !

CŒLHER. Oui ; hier soir il avait accompagné la reine Mathilde sur son yacht royal... et la mer lui a fait mal.

LA REINE. A un ministre de la marine !

CŒLHER. Ce ne sera rien.

FALKENSKIELD, *apercevant Koller.* Ah ! bonjour, colonel Koller, vous savez que je me suis occupé de votre demande.

LA REINE, *bas, à Koller.* Vous leur demandiez...

KOLLER, *de même.* Pour éloigner les soupçons.

FALKENSKIELD. Il n'y a pas moyen dans ce moment ; la reine Mathilde nous avait recommandé un jeune officier de dragons...

CŒLHER. Charmant cavalier qui, au dernier bal, a dansé la hongroise d'une manière ravissante.

FALKENSKIELD. Mais plus tard nous verrons ; il est à croire que vous serez de la première promotion de généraux, en continuant à nous servir avec le même zèle.

LA REINE. Et en apprenant à danser !

FALKENSKIELD, *souriant.* Sa Majesté est ce matin d'une humeur charmante ; elle partage, je le vois, la satisfaction que nous donne à tous la nouvelle faveur de Struensée. J'ai l'honneur de lui présenter mes respects. (*Il entre à droite avec Gœlher.*)

SCÈNE IV.

CHRISTINE, LA REINE, KOLLER.

LA REINE, *à qui Koller a approché un fauteuil à droite.* Eh bien ! Mademoiselle, parlez. Vous venez...

CHRISTINE. De la part de la reine...

LA REINE. De Mathilde !.. (*Se tournant vers Koller*) Qui déjà, sans doute, dans sa vengeance...

CHRISTINE. Vous invite à vouloir bien honorer de votre présence le bal qu'elle donne demain soir en son palais.

LA REINE, *étonnée.* Moi !.. (*Cherchant à se remettre.*) Ah !.. il y a demain à la cour... un bal...

CHRISTINE. Qui sera magnifique.

LA REINE. Sans doute pour célébrer aussi son nouveau triomphe... Et elle m'invite à y assister !

CHRISTINE. Que répondrai-je, Madame ?

LA REINE. Que je refuse !

CHRISTINE. Et pour quelle raison ?

LA REINE, *se levant.* Eh mais, ai-je besoin de vous le dire ? Quiconque se respecte et n'a pas encore renoncé à sa propre estime peut-il approuver par sa présence le scandale de ces fêtes, l'oubli de tous les devoirs, le mépris des bienséances ?.. Ma place n'est pas où président Mathilde et Struensée, ni la vôtre non plus, Mademoiselle, et vous vous en seriez aperçue déjà, si, en vous laissant, dans l'intérêt de son ambition, comme demoiselle d'honneur dans une pareille cour, M. de Falkenskield, votre père, ne vous avait ordonné sans doute de baisser les yeux et de ne rien voir.

CHRISTINE. J'ignore, Madame, qui peut motiver la sévérité et la rigueur dont paraît s'armer Votre Majesté. Je n'entrerai point dans une discussion à laquelle mon âge et ma position me rendent étrangère. Soumise à mes devoirs, j'obéis à mon père, je respecte ma souveraine, je n'accuse personne,

et si l'on m'accuse, je laisserai à ma seule conduite le soin de me défendre ! (*Faisant la révérence.*) Pardon, Madame.

LA REINE. Eh quoi ! me quitter déjà pour courir auprès de votre reine...

CHRISTINE. Non, Madame ; mais d'autres soins...

LA REINE. C'est juste... je l'oubliais ; je sais qu'il y a aujourd'hui aussi une fête chez votre père ; il y en a partout. Un grand dîner, je crois, où doivent assister tous les ministres ?

CHRISTINE. Oui, Madame.

KOLLER. Dîner politique !

LA REINE. Qui a aussi un autre but, vos fiançailles...

CHRISTINE, *troublée.* O ciel !

LA REINE. Avec Frédéric de Gœlher que nous venons de voir, le neveu du ministre de la marine. Est-ce que vous l'ignoriez ? Est-ce que je vous l'apprends ?

CHRISTINE. Oui, Madame.

LA REINE. Je suis désolée... car cette nouvelle a vraiment l'air de vous contrarier.

CHRISTINE. En aucune façon, Madame ; mon devoir et mon plus ardent désir seront toujours d'obéir à mon père. (*Elle fait la révérence et sort.*)

SCÈNE V.

LA REINE, KOLLER.

LA REINE, *la regardant sortir.* Vous l'avez entendu, Koller... ce soir à l'hôtel du comte de Falkenskield.. Ce dîner où doivent se trouver réunis et Struensée et tous ses collègues, c'est ce que j'allais vous apprendre quand on est venu nous interrompre.

KOLLER. Eh bien ! qu'importe ?

LA REINE, *à demi-voix.* Ce qu'il importe ! C'est le ciel qui nous livre ainsi tous nos ennemis à la fois. Il faut nous en emparer ou nous en défaire !

KOLLER. Que dites-vous ?

LA REINE, *de même.* Le régiment que vous commandez est cette semaine de garde au palais ; et les soldats dont vous pouvez disposer suffisent pour une pareille expédition qui ne demande que de la promptitude et de la hardiesse.

KOLLER. Vous croyez...

LA REINE. D'après ce que j'ai vu hier, le roi est trop faible pour prendre aucun parti, mais il approuvera tous ceux qu'on aura pris. Une fois Struensée renversé, les preuves ne manqueront pas contre lui et contre la reine. Mais renversons-le ! ce qui est facile, si j'en crois cette liste que vous m'avez confiée, et que je nous rends. C'est le seul moyen de ressaisir le pouvoir, d'arriver à la régence et de gouverner sous le nom de Christian VII.

KOLLER, *prenant le papier.* Vous avez raison, un coup de main, c'est plus tôt fait ; cela vaut mieux que toutes les menées diplomatiques, auxquelles je n'entends rien. Dès ce soir je vous livre les ministres morts ou vifs. Point de grâce ; Struensée d'abord, Gœlher, Falkenskield et le comte Bertrand de Rantzau !..

LA REINE. Non, non, je demande qu'on épargne celui-ci.

KOLLER. Lui moins que tout autre, car je lui en veux personnellement ; ses plaisanteries continuelles contre les militaires qui ne sont pas soldats et qui gagnent leurs grades dans les bureaux, ces intrigants en épaulettes, comme il les appelle...

LA REINE. Que vous importe ?

KOLLER. C'est moi qu'il désigne par là, je le sais, et je m'en vengerai.

LA REINE. Pas maintenant !.. Nous avons besoin de lui ! si

nous est nécessaire pour nous rallier le peuple et la cour. Son grand nom, sa fortune, ses talents personnels, peuvent seuls donner de la consistance à notre parti... qui n'en a pas ; car tous les noms que vous m'avez donnés là sont sans influence au dehors ; et il ne suffit pas de renverser Struensée, il faut prendre sa place, il faut s'y maintenir surtout.

KOLLER. Je le sais !.. Mais chercher des alliés parmi nos ennemis...

LA REINE. Rantzau ne l'est pas, j'en ai des preuves ; il aurait pu me perdre, il ne l'a pas fait ; et souvent même il m'a avertie indirectement des dangers auxquels mon imprudence allait m'exposer ; enfin je suis certaine que Struensée, son collègue, le redoute et voudrait s'en défaire ; que lui de son côté déteste Struensée, qu'il le verrait avec plaisir tomber du rang qu'il occupe ; et de là à nous y aider... il n'y a qu'un pas.

KOLLER. C'est possible ; mais je ne peux pas souffrir ce Bertrand de Rantzau ; c'est un malin petit vieillard qui n'est l'ennemi de personne, c'est vrai, mais il n'a d'ami que lui. S'il conspire, c'est à lui tout seul et à son bénéfice ; en un mot, un conspirateur égoïste avec lequel il n'y a rien à gagner, et, partant, rien à faire.

LA REINE. C'est ce qui vous trompe... (Regardant vers la coulisse à gauche.) Tenez, le voyez-vous dans cette galerie, causant avec le grand chambellan ? il se rend sans doute au conseil ; laissez-nous ; avant de l'attirer dans notre parti, avant de lui rien découvrir de nos projets, je veux savoir ce qu'il pense.

KOLLER. Vous aurez de la peine !.. En tout cas, je vais toujours répandre dans la ville ces gens dévoués qui prépareront l'opinion publique. Herman et Christian sont des conspirateurs secondaires qui s'y entendent à merveille ; pour cela, il ne s'agit que de les payer... Je l'ai fait, et maintenant à ce soir ; comptez sur moi et sur le sabre de mes soldats... En fait de conspiration, c'est ce qu'il y a de plus positif. (Il sort par le fond en saluant Rantzau qui entre par la gauche.)

——

SCÈNE VI.

LE COMTE DE RANTZAU, LA REINE.

LA REINE, à Rantzau, qui la salue. Et vous aussi, monsieur le comte, vous venez au palais présenter vos félicitations à votre très-puissant et très-heureux collègue...

RANTZAU. Et qui vous dit, Madame, que je n'y viens pas pour faire ma cour à Votre Majesté ?

LA REINE. C'est généreux... c'est digne de vous, du reste, au moment où plus que jamais je suis en disgrâce... où je vais être exilée peut-être.

RANTZAU. Croyez-vous qu'on l'oserait ?

LA REINE. Eh ! mais, c'est à vous que je le demanderai ; vous, Bertrand de Rantzau, ministre influent..... vous, membre du conseil.

RANTZAU. Moi ! j'ignore ce qui s'y passe... je n'y vais jamais. Sans désirs, sans ambition, n'aspirant qu'à me retirer des affaires, que voulez-vous que j'y fasse ? si ce n'est parfois y prendre la défense de quelques amis imprudents... ce qui pourrait bien m'arriver aujourd'hui.

LA REINE. Vous qui prétendiez ne rien savoir... vous connaissez donc.

RANTZAU. Ce qui s'est passé hier chez le roi... certainement ; et convenez que c'est une singulière prétention à vous de vouloir absolument lui prouver... Mais en pareil cas un bourgeois lui-même, un bourgeois de Copenhague ne le croirait pas ! et vous espériez le persuader à un front couronné !.. Votre Majesté devait avoir tort.

LA REINE. Ainsi vous me blâmez d'être fidèle à Christian, à un roi malheureux !.. Vous prétendez qu'on a tort quand on veut démasquer des traîtres !

RANTZAU. Et qu'on n'y réussit pas... oui, Madame.

LA REINE, avec mystère. Et si je réussissais, pourrais-je compter sur votre aide, sur votre appui ?

RANTZAU, souriant. Mon appui ! à moi... qui en pareil cas, au contraire, réclamerais le vôtre.

LA REINE, avec force. Il vous serait assuré, je vous le jure... M'en jurerez-vous autant, je ne dis pas avant, mais après le danger ?

RANTZAU. Vraiment !.. il y en a donc ?

LA REINE. Puis-je me fier à vous ?

RANTZAU. Eh ! mais..... il me semble que je possède déjà quelques secrets qui auraient pu perdre Votre Majesté, et que jamais...

LA REINE, vivement. Je le sais. (A demi-voix.) Vous avez ce soir chez le ministre de la guerre, le comte de Falkenskield, un grand dîner où assisteront tous vos collègues ?..

RANTZAU. Oui, Madame, et demain un grand bal où ils assisteront également. C'est ainsi que nous traitons les affaires. Je ne sais pas si le conseil marche, mais il danse beaucoup.

LA REINE, avec mystère. Eh bien ! si vous m'en croyez, restez chez vous.

RANTZAU, la regardant avec finesse. Ah ! vous vous méfiez du dîner.... il ne vaudra rien.

LA REINE. Oui... que cela vous suffise.

RANTZAU, souriant. Des demi-confidences ! Prenez garde ! je peux trahir quelquefois les secrets que je devine... jamais ceux que l'on me confie.

LA REINE. Vous avez raison ; j'aime mieux tout vous dire. Des soldats qui me sont dévoués cerneront l'hôtel de Falkenskield, s'empareront de toutes les issues.

RANTZAU, d'un air d'incrédulité. D'eux-mêmes et sans chef ?

LA REINE. Koller les commande ; Koller, qui ne reçoit d'ordres que de moi, se précipitera avec eux dans les rues de Copenhague en criant : Les traîtres ne sont plus ! vive le roi ! vive Marie-Julie ! De là nous marchons au palais, où, si vous nous secondez, le roi et les grands du royaume se déclarent pour nous, me proclament régente ; et dès demain, c'est moi, ou plutôt c'est vous et Koller qui dicterez des lois au Danemark. Voilà mon plan, mes desseins ; vous les connaissez ; voulez-vous les partager ?

RANTZAU, froidement. Non, Madame ; je veux même les ignorer entièrement, et je jure ici à Votre Majesté que, quoi qu'il arrive, les projets qu'elle vient de me confier mourront avec moi.

LA REINE. Vous me refusez, vous qui en secret aviez toujours pris ma défense, vous en qui j'espérais !..

RANTZAU. Pour conspirer !.. Votre Majesté avait grand tort.

LA REINE. Et pour quelles raisons ?

RANTZAU, cherchant ses mots. Tenez... à vous parler franchement...

LA REINE. Vous allez me tromper.

RANTZAU froidement. Moi ! dans quel but ? depuis longtemps je suis revenu des conspirations, et voici pourquoi. J'ai remarqué que ceux qui s'y exposaient le plus étaient très-rarement ceux qui en profitaient ; ils travaillaient presque toujours pour d'autres qui venaient après eux récolter sans danger ce qu'ils avaient semé avec tant de périls. Une telle chance est bonne à courir pour des jeunes gens, des fous, des ambitieux qui ne raisonnent pas. Mais moi, je raisonne ; j'ai soixante ans, j'ai quelque pouvoir, quelque richesse... et j'irais compromettre tout cela, risquer ma position, mon crédit !.. Pourquoi, je vous le demande ?

LA REINE. Pour arriver au premier rang ; pour voir à vos pieds un collègue, un rival, qui lui-même cherche à vous renverser... Oui... je sais, à n'en pouvoir douter, que Struensée et ses amis veulent vous écarter du ministère.

RANTZAU. C'est ce que tout le monde dit, et je ne puis le croire. Struensée est mon protégé, ma créature, c'est par moi qu'il est arrivé aux affaires... (*Souriant.*) Il l'a quelquefois oublié, j'en conviens; mais dans sa position il est si difficile d'avoir de la mémoire!.. A cela près, il faut le reconnaître, c'est un homme de talent, un homme supérieur, qui a pour le bonheur et la prospérité du royaume des vues dont on ne peut méconnaître la haute portée; c'est un homme enfin avec qui l'on peut s'honorer de partager le pouvoir... Mais un Koller, un soldat inconnu, dont l'épée sédentaire n'est jamais sortie du fourreau; un agent d'intrigues qui a vendu tous ceux qui l'ont acheté...

LA REINE. Vous en voulez à Koller!

RANTZAU. Moi!.. je n'en veux à personne... mais je me dis souvent : Qu'un homme de cour, qu'un diplomate soit fin, adroit et même quelque chose de plus... c'est son état; mais qu'un militaire, qui, par le sien même, doit professer la loyauté et la franchise, troque son épée contre un poignard!.. Un militaire qui trahit, un traître en uniforme... c'est la pire espèce de toutes! et dès aujourd'hui, peut-être, vous-même vous repentirez de vous être fiée à lui.

LA REINE. Qu'importent les moyens, si l'on arrive au but?

RANTZAU. Mais vous n'y arriverez pas! On ne verra là dedans que les projets d'une vengeance ou d'une ambition particulière. Et qu'importe à la multitude que vous vous vengiez de la reine Mathilde, votre rivale, et que, par suite de cette discussion de famille, M. Koller obtienne une belle place? qu'est-ce que c'est qu'une intrigue de cour, à laquelle le peuple ne prend point de part? Il faut, pour qu'un pareil mouvement soit durable, qu'il soit préparé ou fait par lui; et pour cela il faut que ses intérêts soient en jeu... qu'on le lui persuade du moins! Alors il se lèvera, alors vous n'aurez qu'à le laisser faire; il ira plus loin que vous ne voudrez. Mais quand on n'a pas pour soi l'opinion publique, c'est-à-dire la nation... on peut susciter des troubles, des complots, on peut faire des révoltes, mais non pas des révolutions!.. c'est ce qui vous arrivera.

LA REINE. Eh bien! quand il serait vrai... quand mon triomphe ne devrait durer qu'un jour, je me serai vengée du moins de tous mes ennemis.

RANTZAU, *souriant.* En vérité! Eh bien! voilà encore qui vous empêchera de réussir. Vous y mettez de la passion, du ressentiment... Quand on conspire, il ne faut pas de haine, cela ôte le sang-froid. Il ne faut détester personne; l'ennemi de la veille peut être l'ami du lendemain... et puis, si vous daignez en croire les conseils de ma vieille expérience, le grand art est de ne se livrer à personne, de n'avoir pas soi pour complice; et moi qui vous parle, moi qui déteste les conspirations, et qui par conséquent ne conspirerai pas... si cela m'arrivait jamais, fût-ce pour vous et en votre faveur... je déclare ici à Votre Majesté qu'elle-même n'en saurait rien et ne s'en douterait pas.

LA REINE. Que voulez-vous dire?

RANTZAU. Voici du monde!..

————

SCÈNE VII.

RANTZAU, LA REINE; ÉRIC, *paraissant a la porte du fond et causant avec les huissiers de la chambre.*

LA REINE. Eh! mais! c'est le fils de mon marchand de soieries, monsieur Éric Burkenstaff... Approchez... approchez... que me voulez-vous? parlez sans crainte! (*Bas, à Rantzau.*) Il faut bien essayer de se rendre populaire!

ÉRIC. J'ai accompagné au palais mon père qui apportait des étoffes à la reine Mathilde, ainsi qu'à vous, Madame; et pendant qu'il attend audience... je venais... c'est bien téméraire à moi... solliciter de Votre Majesté une faveur...

LA REINE. Et laquelle?

ÉRIC. Ah!.. je n'ose... c'est si terrible de demander... surtout lorsque, ainsi que moi, l'on n'a aucun droit!

RANTZAU. Voilà le premier solliciteur que j'entende parler ainsi; et plus je vous regarde, plus il me semble, jeune homme, que nous nous sommes déjà rencontrés.

LA REINE. Dans les magasins de son père... au Soleil-d'Or... Raton Burkenstaff... le plus riche négociant de Copenhague.

RANTZAU. Non... ce n'est pas là... mais dans les salons de mon farouche collègue, M. de Falkenskield, ministre de la guerre.

ÉRIC. Oui, Monseigneur... j'ai été pendant deux ans son secrétaire particulier; mon père l'avait voulu; mon père, par ambition pour moi, avait obtenu cette place par le crédit de mademoiselle de Falkenskield, qui venait souvent dans nos magasins; et, au lieu de me laisser continuer mon état qui m'aurait mieux convenu sans doute...

RANTZAU, *l'interrompant.* Non pas! car j'ai plus d'une fois entendu M. de Falkenskield lui-même, qui est difficile et sévère, parler avec éloge de son jeune secrétaire.

ÉRIC, *s'inclinant.* Il est bien bon. (*Froidement.*) Il y a quinze jours qu'il m'a destitué, qu'il m'a renvoyé de ses bureaux et de son hôtel.

LA REINE. Et pourquoi donc?

ÉRIC, *froidement.* Je l'ignore. Il était maître de me congédier, il a usé de son droit, je ne me plains pas. C'est si peu de chose que le fils d'un marchand, qu'on ne lui doit même pas compte des affronts qu'on lui fait. Mais je voudrais seulement...

LA REINE. Une autre place... on vous la doit.

RANTZAU, *souriant.* Certainement; et puisque le comte a eu la maladresse de se priver de vos services... Nous autres diplomates profitons volontiers des fautes de nos collègues, et je vous offre chez moi ce que vous aviez chez lui.

ÉRIC, *vivement.* Ah! Monseigneur, ce serait retrouver cent fois plus que je n'ai perdu; mais je ne suis pas assez heureux pour pouvoir accepter.

RANTZAU. Et pourquoi donc?

ÉRIC. Pardon, je ne puis le dire... mais je voudrais être officier... je voudrais... et je ne peux m'adresser pour cela à M. de Falkenskield. (*A la reine.*) Je venais donc supplier Votre Majesté de vouloir bien solliciter pour moi une lieutenance, n'importe dans quelle arme, dans quel régiment. Je jure que la personne à qui je devrai une pareille faveur n'aura jamais à s'en repentir, et que les jours qui me restent lui seront dévoués...

LA REINE, *vivement.* Dites-vous vrai?.. Ah! s'il ne tenait qu'à moi! dès aujourd'hui, avant ce soir, vous seriez nommé; mais j'ai en ce moment peu de crédit; je suis aussi dans la disgrâce.

ÉRIC. O ciel! est-il possible! alors je n'ai plus qu'à mourir.

RANTZAU, *passant près de lui.* Ce serait grand dommage, surtout pour vos amis; et comme d'aujourd'hui je suis de ce nombre...

ÉRIC. Qu'entends-je?

RANTZAU. J'essaierai, à ce titre, d'obtenir de mon sévère collègue...

ÉRIC, *avec transport.* Ah! Monseigneur, je vous devrai plus que la vie! (*Avec joie.*) Je pourrai donc me servir de mon épée... comme un gentilhomme!.. Je ne serai plus le fils d'un marchand; et si l'on m'insulte, j'aurai le droit de me faire tuer.

RANTZAU, *avec reproche.* Jeune homme!

ÉRIC, *vivement.* Ou plutôt c'est à vous que je dois compte

de mon sang, c'est à vous d'en disposer ; et tant qu'il en restera une goutte dans mes veines, vous pouvez la réclamer ; je ne suis pas un ingrat.

RANTZAU. Je vous crois, mon jeune ami, je vous crois. (*Lui montrant la table à droite.*) Écrivez votre demande ; je la ferai approuver tout à l'heure par Falkenskield, que je trouverai au conseil. (*A la reine, pendant qu'Éric s'est mis à la table.*) Voilà un cœur chaud et généreux, une tête capable de tout !

LA REINE. Vous croyez donc à celui-là ?

RANTZAU. Je crois à tout le monde... jusqu'à vingt ans... Passé cet âge, c'est différent.

LA REINE. Et pourquoi ?

RANTZAU. Parce qu'alors ce sont des hommes !

LA REINE. Vous pensez donc qu'on peut compter sur lui, et que pour soulever le peuple, par exemple, ce serait l'homme qu'il faudrait...

RANTZAU. Non... il y a dans cette tête-là autre chose que de l'ambition ; et à votre place... mais, après cela, Votre Majesté fera ce qu'elle voudra. Notez bien que je ne vous conseille pas, que je ne conseille rien. (*Éric a achevé sa pétition et la présente au comte de Rantzau. En ce moment on entend Raton crier en dehors.*)

RATON. C'est inconcevable... c'est inouï !

ÉRIC. Ciel ! la voix de mon père !..

RANTZAU. Cela se trouve à merveille.

ÉRIC. Non, Monseigneur, non, je vous en conjure, qu'il n'en sache rien. (*Pendant ce temps la reine a traversé le théâtre à gauche, et Rantzau lui avance un fauteuil.*)

SCÈNE VIII.

RANTZAU ; LA REINE, *assise* ; RATON, ÉRIC.

RATON, *entrant, en colère.* C'est-à-dire que si je n'étais pas dans le palais du roi, et si je ne savais pas le respect qu'on lui doit, ainsi qu'à ses huissiers...

ÉRIC, *allant au-devant de lui et lui montrant la reine.* Mon père...

RATON. Dieu ! la reine !..

LA REINE. Qu'avez-vous donc, messire Raton Burkenstaff ?

RATON. Pardon, Madame, je suis désolé, confus, car je sais que l'étiquette défend de se mettre en colère dans une résidence royale, et surtout devant Votre Majesté ; mais, après l'affront que l'on vient de faire dans ma personne à tout le commerce de Copenhague, que je représente...

LA REINE. Comment cela ?

RATON. Me faire attendre deux heures un quart dans une antichambre, moi et mes étoffes ! moi, Raton Burkenstaff, syndic des marchands !.. pour m'envoyer dire par un huissier : Revenez un autre jour, mon cher, la reine ne peut pas voir vos étoffes, elle est indisposée.

RANTZAU. Est-il possible ?

RATON. Si c'eût été vrai, rien de mieux, j'aurais crié : Vive la reine !.. (*A demi-voix.*) Mais apprenez... et je peux, je crois, m'exprimer sans crainte devant Votre Majesté ?

LA REINE. Certainement.

RATON. Apprenez qu'en ce moment, de la fenêtre de l'antichambre où j'étais et qui donnait sur le parc intérieur, j'apercevais la reine se promenant gaiement, appuyée sur le bras du comte Struensée...

LA REINE. Vraiment ?..

RATON. Et riant avec lui aux éclats... de moi, sans doute.

RANTZAU, *avec un grand sérieux.* Oh ! non, non ; par exemple, je ne puis pas croire cela !

RATON. Si, monsieur le comte ! j'en suis sûr ; et, au lieu de railler un syndic, un bourgeois respectable qui paie exactement à l'État sa patente et ses impôts, le ministre et la reine feraient mieux de s'occuper, l'un des affaires du royaume, et l'autre de celles de son ménage, qui ne vont pas déjà si bien...

ÉRIC. Mon père... au nom du ciel...

RATON. Je ne suis qu'un marchand, c'est vrai ! mais tout ce qui se fabrique chez moi m'appartient ; mon fils d'abord, que voilà ; car ma femme Ulrique Marthe, fille de Gelastern, l'ancien bourgmestre, est une honnête femme qui a toujours marché droit, ce qui est cause que je marche le front levé ; et il y a bien des princes qui n'en peuvent pas dire autant.

RANTZAU, *avec dignité.* Monsieur Burkenstaff...

RATON. Je ne nomme personne... Dieu protège le roi ! mais pour la reine et pour le favori...

ÉRIC. Y pensez-vous ! si l'on vous entendait ?

RATON. Qu'importe ? je ne crains rien ! je dispose de huit cents ouvriers... Oui, morbleu, je ne suis pas comme mes confrères, qui font venir leurs étoffes de Paris ou de Lyon ; je fabrique moi-même, ici, à Copenhague, où mes ateliers occupent tout un faubourg ; et si l'on voulait me faire un mauvais parti, si l'on m'osait toucher un cheveu de la tête... jour de Dieu !.. il y aurait une révolte dans la ville !

RANTZAU, *vivement.* Vraiment ! (*A part.*) C'est bon à savoir. (*Pendant qu'Éric prend son père à l'écart et tâche de le calmer, Rantzau, qui est debout à gauche, près du fauteuil de la reine, lui dit à demi-voix, en lui montrant Raton.*) Tenez, voilà l'homme qu'il vous faut pour chef.

LA REINE. Y pensez-vous ? un important, un sot !

RANTZAU. Tant mieux ! un zéro bien placé a une grande valeur ; c'est une bonne fortune qu'un homme pareil à mettre en avant ; et si je m'en mêlais, si j'exploitais ce négociant-là, il me rapporterait cent pour cent de bénéfice.

LA REINE, *à demi-voix.* Vous croyez ? (*Se levant et s'adressant à Raton.*) Monsieur Raton Burkenstaff...

RATON, *s'inclinant.* Madame !

LA REINE. Je suis désolée que l'on ait manqué d'égards envers vous ; j'honore le commerce, je veux le favoriser ; et si à vous personnellement je puis rendre quelques services...

RATON. C'est trop de bontés ; et puisque Votre Majesté daigne m'y encourager, il est une faveur que je sollicite depuis longtemps, le titre de marchand de soieries de la couronne.

ÉRIC, *le tirant par son habit.* Mais ce titre appartient déjà à maître Revanlow, votre confrère.

RATON. Qui n'exerce pas, qui se retire des affaires, qui n'est plus assorti... et quand ce serait un passe-droit, une faveur, tu as entendu que Sa Majesté voulait favoriser le commerce, et j'ose dire que j'y ai des droits ; car, par le fait, c'est moi qui suis le fournisseur de la cour. Je vends depuis longtemps à Votre Majesté, je vendais à la reine Mathilde... quand elle n'était pas indisposée ; j'ai vendu ce matin à son excellence M. le comte de Falkenskield, ministre de la guerre, pour le prochain mariage de sa fille...

ÉRIC, *vivement.* De sa fille ! elle se marie !

RANTZAU, *le regardant.* Oui, sans doute ! au neveu du comte de Gœlber, notre collègue.

ÉRIC. Elle se marie !

RATON. Qu'est-ce que cela te fait ?

ÉRIC. Rien !.. j'en suis content pour vous.

RATON. Certainement, une belle fourniture ; d'abord les robes de noces et tout l'ameublement, en lampas, en quinze-seize, façon de Lyon, le tout sortant de nos fabriques : c'est fort, c'est moelleux, c'est brillant...

RANTZAU. J'aperçois Falkenskield ; il se rend au conseil.

LA REINE. Ah ! je ne veux pas le voir. Adieu, comte ;

adieu, monsieur Burkenstaff; vous aurez bientôt de mes nouvelles.

RATON. Je serai nommé... Je cours chez moi l'apprendre à ma femme; viens-tu, Éric?

RANTZAU. Non, pas encore!.. J'ai à lui parler. (*A Éric, pendant que Raton sort par la porte du fond.*) Attendez là, (*Il lui montre la coulisse à gauche.*) dans cette galerie, vous saurez sur-le-champ la réponse du comte.

ÉRIC, *s'inclinant.* Oui, Monseigneur.

—

SCÈNE IX.

RANTZAU, FALKENSKIELD, *sortant de la porte à droite.*

FALKENSKIELD, *entrant en rêvant.* Struensée a tort! il est trop haut maintenant pour avoir rien à craindre, et il peut tout oser. (*Apercevant Rantzau.*) Ah! c'est vous, mon cher collègue; voilà de l'exactitude!

RANTZAU. Contre mon ordinaire... car j'assiste rarement au conseil.

FALKENSKIELD. Et nous nous en plaignons.

RANTZAU. Que voulez-vous! à mon âge...

FALKENSKIELD. C'est celui de l'ambition, et vous n'en avez pas assez.

RANTZAU. Tant d'autres en ont pour moi!.. De quoi s'agit-il aujourd'hui?

FALKENSKIELD. La reine présidera le conseil, et l'on s'occupera d'un sujet assez délicat. Il règne dans ce moment un laisser-aller, une licence...

RANTZAU. A la cour?

FALKENSKIELD. Non, à la ville. Chacun parle tout haut sur la reine, sur le premier ministre. Moi, je serais pour des moyens forts et énergiques. Struensée a peur; il craint des troubles, des soulèvements, qui ne peuvent exister; et en attendant, l'audace redouble : il circule des chansons, des pamphlets, des caricatures.

RANTZAU. Il me semble cependant qu'attaquer la reine est un crime de lèse-majesté, et dans ce cas-là la loi vous donne des pouvoirs...

FALKENSKIELD. Dont il faut user. Vous avez raison.

RANTZAU. Mon Dieu! un bon exemple, et tout le monde se taira. Vous avez entre autres un mécontent, un bavard, homme de tête et d'esprit, et d'autant plus dangereux, que c'est l'oracle de son quartier.

FALKENSKIELD. Et qui donc?

RANTZAU. On me l'a cité; mais je me brouille avec les noms... un marchand de soieries... au *Soleil-d'Or.*

FALKENSKIELD. Raton Burkenstaff?

RANTZAU. C'est cela même!.. Après cela, est-ce vrai? je n'en sais rien, ce n'est pas moi qui l'ai entendu.

FALKENSKIELD. N'importe, les renseignements qu'on vous a donnés ne sont que trop exacts; et je ne sais pas pourquoi ma fille prend toujours chez lui toutes ses étoffes.

RANTZAU, *vivement.* Bien entendu qu'il ne faudrait lui faire aucun mal... un ou deux jours de prison...

FALKENSKIELD. Mettons-en huit.

RANTZAU, *froidement.* Comme vous voudrez.

FALKENSKIELD. C'est une bonne idée.

RANTZAU. Qui vient de vous; et je ne veux pas auprès de la reine vous en ôter l'honneur.

FALKENSKIELD. Je vous en remercie; cela terminera tout. Un service à vous demander...

RANTZAU. Parlez.

FALKENSKIELD. Le neveu du comte de Gœhler, notre collègue, va épouser ma fille, et je le propose aujourd'hui pour une place assez belle qui lui donnera entrée au conseil. J'espère que de votre part sa nomination ne souffrira aucune difficulté.

RANTZAU. Et comment pourrait-il y en avoir?

FALKENSKIELD. On pourrait objecter qu'il est bien jeune...

RANTZAU. C'est un mérite à présent, c'est la jeunesse qui règne, et la reine ne peut lui faire un crime d'un tort qu'elle-même aura si longtemps encore à se reprocher.

FALKENSKIELD. Ce mot seul la décidera; et l'on a bien raison de dire que le comte Bertrand de Rantzau est l'homme d'État le plus aimable, le plus conciliant, le plus désintéressé...

RANTZAU, *tirant un papier.* J'ai une petite demande à vous faire, une lieutenance qu'il me faut...

FALKENSKIELD. Je l'accorde à l'instant.

RANTZAU, *lui montrant le papier.* Voyez auparavant...

FALKENSKIELD, *passant à gauche.* N'importe pour qui, dès que vous le recommandez. (*Lisant.*) O ciel!.. Éric Burkenstaff... Cela ne se peut...

RANTZAU, *froidement, prenant du tabac.* Vous croyez? et pourquoi?

FALKENSKIELD, *avec embarras.* C'est le fils de ce séditieux, de ce bavard.

RANTZAU. Le père, oui, mais le fils ne parle pas; il ne dit rien, et ce sera au contraire une excellente politique de placer une faveur à côté d'un châtiment.

FALKENSKIELD. Je ne dis pas non; mais donner une lieutenance à un jeune homme de vingt ans!..

RANTZAU. Comme nous le disions tout à l'heure, c'est la jeunesse qui règne à présent.

FALKENSKIELD. D'accord; mais ce jeune homme, qui a été dans les magasins de son père et puis dans mes bureaux, n'a jamais servi dans le militaire.

RANTZAU. Pas plus que votre gendre dans l'administration. Après cela, si vous croyez que ce soit un obstacle, je n'insiste plus; je respecte vos avis, mon cher collègue, et je les suivrai en tout... (*Avec intention.*) Et ce que vous ferez, je le ferai.

FALKENSKIELD, *à part.* Morbleu! (*Haut, et cherchant à cacher son dépit.*) Vous faites de moi ce que vous voulez, et j'examinerai, je verrai.

RANTZAU, *d'un air dégagé.* Quand il vous conviendra, aujourd'hui, ce matin, tenez, avant le conseil, vous pouvez m'en faire expédier le brevet.

FALKENSKIELD. Nous n'avons pas le temps... il est deux heures...

RANTZAU, *tirant sa montre.* Moins un quart.

FALKENSKIELD. Vous retardez...

RANTZAU, *causant avec lui en remontant le théâtre.* Non pas, et la preuve, c'est que j'ai toujours su arriver à l'heure.

FALKENSKIELD, *souriant.* Je m'en aperçois. (*D'un air aimable.*) Nous vous verrons ce soir... chez moi, à dîner?

RANTZAU. Ce n'est pas rien encore, je crains que mes maux d'estomac ne me le permettent pas; mais en tout cas je serai exact au conseil, et vous m'y retrouverez.

FALKENSKIELD. J'y compte. (*Il sort par la porte du fond.*)

—

SCÈNE X.

ÉRIC, RANTZAU.

(*Éric s'est montré à gauche pendant que Rantzau et Falkenskield remontaient le théâtre.*)

ÉRIC. Eh bien! monsieur le comte?..... je sèche d'impatience.

RANTZAU, *froidement*. Vous êtes nommé, vous êtes lieutenant.

ÉRIC. Est-il possible !

RANTZAU. A la sortie du conseil, j'irai chez votre père choisir quelques étoffes, et je vous porterai moi-même votre brevet.

ÉRIC. Ah !.. c'est trop de bontés.

RANTZAU. Un avis encore que je vous donne, à vous, sous le sceau du secret. Votre père est imprudent... il parle trop haut... cela pourrait lui attirer de fâcheuses affaires...

ÉRIC. O ciel ! en voudrait-on à sa liberté ?

RANTZAU. Je n'en sais rien, mais ce n'est pas impossible. En tout cas, vous voilà avertis... vous et vos amis, veillez sur lui... et surtout du silence.

ÉRIC. Ah ! l'on me tuerait plutôt que de m'arracher un mot qui pourrait vous compromettre. (*Prenant la main de Rantzau.*) Adieu... adieu, Monseigneur. (*Il sort.*)

RANTZAU. Brave jeune homme !.. qu'il y a là de générosité, d'illusions et de bonheur ! (*Avec tristesse.*) Ah ! que ne peut-on rester toujours à vingt ans ! (*Souriant en lui-même.*) Après tout, c'est bien vu !.. on serait trop aisé à tromper.. Allons au conseil ! (*Il sort.*)

FIN DU PREMIER ACTE.

ACTE DEUXIÈME.

La boutique de Raton Burkenstaff. Au fond, des portes vitrées qui donnent sur la rue, et devant lesquelles sont suspendues des pièces d'étoffes en étalage. A gauche, un bel escalier qui conduit à ses magasins. Sous l'escalier, la porte d'un caveau. Du même côté, un petit comptoir ; et derrière, des livres de caisse et des livres d'échantillons. A droite, des étoffes et une porte donnant dans l'intérieur de la maison.

SCÈNE PREMIÈRE.

RATON, MARTHE.

(*Raton est devant son comptoir ; sa femme est debout près de lui, tenant à la main plusieurs lettres.*)

MARTHE. Voici des commandes pour Lubeck et pour Altona : quinze pièces de satin et autant de Florence.

RATON, *avec impatience*. C'est bien, ma femme, c'est bien.

MARTHE. Des lettres de nos correspondants, auxquelles il faut répondre.

RATON. Tu vois bien que je suis occupé.

MARTHE. Il faut en même temps écrire à ce riche tapissier de Hambourg.

RATON, *avec colère*. Un tapissier !

MARTHE. Une de nos meilleures pratiques.

RATON. Écrire à un tapissier !.. quand je suis là à écrire à une reine !

MARTHE. Toi !

RATON. A la reine-mère ! une pétition que je lui adresse au nom de mes confrères, parce que la reine-mère m'a rien à me refuser. Si tu avais vu, ma femme, comme elle m'a accueilli ce matin, et en quelle estime je suis auprès d'elle !..

MARTHE. Et qu'est-ce qu'il te reviendra de cela ?

RATON. Ce qu'il m'en reviendra ! tu parles bien comme une femme, comme une marchande de soie qui n'entend rien aux affaires... Ce qu'il m'en reviendra ! (*Il se lève et sort de son comptoir.*) du crédit, de la considération... on devient un homme influent dans son quartier, dans la ville, dans l'État... on devient quelque chose, enfin.

MARTHE. Et tout cela pour être fournisseur breveté de la couronne ! il te faut des titres ! tu n'as jamais eu d'autres rêves, d'autres désirs.

RATON. Laisse-moi donc tranquille... Il s'agit bien d'être fournisseur de la couronne !.. (*A demi-voix.*) Il s'agit d'être prévôt des marchands, et peut-être même bourgmestre de la ville de Copenhague... oui, femme, oui, tout cela est possible... avec la popularité dont je jouis, et la faveur de la cour.

—

SCÈNE II.

JEAN, RATON, MARTHE.

JEAN, *portant des étoffes sous son bras*. Me voici, notre maître... je viens de chez la baronne de Molke.

RATON, *brusquement*. Eh bien ! qu'est-ce que ça me fait ? qu'est-ce que tu me veux ?

JEAN. Le velours noir ne lui convient pas, elle l'aime mieux vert, et vous prie de lui en porter vous-même des échantillons.

RATON, *allant au comptoir*. Va-t'en au diable !.. Vous allez voir que je vais me déranger de mes affaires !.. Il est vrai que la baronne de Molke est une femme de la cour... Tu iras, ma femme ; ce sont des affaires du magasin, cela me regarde.

JEAN. Et puis voici...

RATON. Encore ! il n'en finira pas.

JEAN, *lui présentant un sac*. L'argent que j'ai touché pour ces vingt-cinq aunes de taffetas gorge de pigeon...

RATON, *prenant le sac*. Dieu ! que c'est humiliant d'avoir à s'occuper de ces détails-là ! (*Lui rendant le sac.*) Porte cela là-haut à mon caissier, et qu'on me laisse tranquille. (*Il se remet à écrire.*) « Oui, Madame, c'est à Votre Majesté..... »

JEAN, *passant à droite et pesant le sac*. Humiliant... pas tant, et je m'accommoderais bien de ces humiliations-là.

MARTHE, *l'arrêtant par le bras au moment où il va monter l'escalier*. Écoutez ici, monsieur Jean. Vous avez été bien longtemps dehors, pour deux courses que vous aviez à faire.

JEAN, *à part*. Ah ! diable !.. elle s'aperçoit de tout, celle-là ! elle n'est pas comme le bourgeois. (*Haut.*) C'est que, voyez-vous, Madame, je m'arrêtais de temps en temps dans les rues ou dans la promenade à écouter des groupes qui parlaient.

MARTHE. Et sur quoi ?

JEAN. Ah ! Madame, je ne sais pas, sur un édit du roi...

MARTHE. Et lequel ?

RATON, *d'un air important, et toujours au comptoir*. Vous ne savez pas cela, vous autres : l'ordonnance qui a paru ce matin et qui remet le pouvoir royal entre les mains de Struensée.

JEAN. Ça m'est égal, je n'y ai rien compris ; mais tout ce que je sais, c'est qu'on parlait vivement et avec des gestes ; et ça s'échauffait... et il pourrait bien y avoir du bruit.

RATON, *d'un air important*. Certainement, c'est très-grave.

JEAN, *avec joie*. Vous croyez ?

MARTHE, *à Jean*. Et qu'est-ce que ça te fait ?

JEAN. Ça me fait plaisir, parce que, quand il y a du bruit on ferme les boutiques, on ne fait plus rien, on a congé ; et pour les garçons de magasin, c'est un dimanche de plus dans la semaine ; et puis, c'est si amusant de courir les rues et de crier avec les autres !..

MARTHE. De crier... quoi ?

JEAN. Est-ce que je sais ? on crie toujours !

JEAN, *portant des étoffes sous son bras.* Me voici, notre maître. — Acte 2, scène 3.

MARTHE. Il suffit; remontez là-haut et restez-y; vous ne sortirez plus d'aujourd'hui.

JEAN, *sortant.* Quel ennui!.. il n'y a jamais de profits dans cette maison-ci!

MARTHE, *se retournant et voyant Raton qui, pendant ce temps, a pris son chapeau et s'est glissé derrière elle.* Eh bien! toi qui étais si occupé, où vas-tu donc?

RATON. Je vais voir ce que c'est.

MARTHE. Et toi aussi?

RATON. N'as-tu pas déjà peur?.. les femmes sont terribles! Je veux seulement savoir ce qui se passe, me mêler parmi les groupes des mécontents, et glisser quelques mots en faveur de la reine-mère.

MARTHE. Et qu'as-tu besoin d'elle, ou de sa protection?.. Quand on a de l'argent dans sa caisse, et nous en avons, on peut se passer de tout le monde; on n'a que faire des grands seigneurs, on est libre, indépendant, on est roi dans son magasin; reste dans le tien... c'est ta place!

RATON. C'est-à-dire que je ne suis bon à rien qu'à auner du quinze-seize? c'est-à-dire que tu déprécies le commerce?

MARTHE. Moi, déprécier le commerce! moi, fille et femme de fabricant! moi qui trouve que c'est l'état le plus utile au pays, la source de sa richesse et de sa prospérité! moi, enfin, qui ne vois rien de plus honorable et de plus estimable qu'un commerçant qui est commerçant!.. Mais si lui-même rougit de son état, s'il quitte son comptoir pour les antichambres, ce n'est plus ça... et quand tu dis des bêtises comme homme de cour, je ne peux plus t'honorer comme marchand d'étoffes.

RATON. A merveille, madame Raton Burkenstaff! Depuis que notre reine mène son mari, chaque femme du royaume se croit le droit de régenter le sien... et vous qui blâmez tant la cour, vous faites comme elle.

MARTHE. Eh! mordi! ne songez pas à la cour, qui ne songe pas à vous, et pensez un peu plus à ce qui vous entoure. Etes-vous donc si las d'être heureux? N'avez-vous pas un commerce qui prospère, des amis qui vous chérissent, une femme qui vous gronde, mais qui vous aime, un fils que tout le monde nous envierait, un fils qui est notre orgueil, notre gloire, notre avenir?

RATON. Ah! si tu te mets sur ce chapitre.

MARTHE. Eh bien oui!.. voilà mon ambition, à moi, mon affaire d'état; je ne m'informe pas de ce qui se passe ailleurs; peu m'importe que la reine ait un favori, ou n'en ait pas! que ce soit tel ambitieux qui règne, ou bien tel autre! Ce qu'il m'importe de savoir, c'est si tout va bien chez moi, si l'ordre règne dans ma maison, si mon mari se porte bien, si mon fils est heureux; moi, je ne m'occupe que de vous, de votre bien-être; c'est mon devoir. Que chacun fasse le sien.. chacun son métier, comme on dit; et... voilà!

RATON, *avec impatience*. Eh! qui te dit le contraire?

MARTHE. Toi, qui à chaque instant me donnes des inquiétudes mortelles; qui es toujours à pérorer sur le pas de ta boutique, à blâmer tout ce qu'on fait, ce qu'on ne fait pas; toi, à qui tes idées ambitieuses font négliger nos meilleurs amis... Michelson, qui t'a invité tant de fois à aller le dimanche à sa campagne.

RATON. Que veux-tu?.. un marchand de draps qui ne fait rien dans l'État... car enfin, qu'est-ce qu'il est?

MARTHE. Il est notre ami; mais il te faut de la grandeur, de l'éclat. C'est encore par ambition que tu n'as pas voulu garder notre fils auprès de nous, où il aurait été si bien! et que tu l'as fait entrer auprès d'un grand seigneur, où il n'a éprouvé que des chagrins, dont il nous cache une partie.

RATON. Est-il possible!.. notre enfant!.. notre fils unique!.. il est ma heureux!

MARTHE. Et tu ne t'en es pas aperçu?.. tu ne t'en doutais pas?

RATON. Ce sont là des affaires de ménage... moi je ne m'en mêlais pas; je comptais sur toi; j'ai tant d'occupations!.. Et qu'est ce qu'il veut? qu'est-ce qu'il lui faut? Est-ce de l'argent? Demande-lui combien... ou plutôt,... tiens, voilà la clé de ma caisse; donne-la-lui.

MARTHE. Taisez-vous, le voici.

———

SCÈNE III.

MARTHE, ÉRIC, RATON.

ÉRIC, *entrant vivement*. Ah! c'est vous, mon père... je craignais que vous ne fussiez sorti. Il y a quelque agitation dans la ville.

RATON. C'est ce qu'on dit; mais je ne sais pas encore de quoi il s'agit, car ta mère n'a pas voulu me laisser aller. Raconte-moi cela, mon garçon.

ÉRIC. Ce n'est rien, mon père, rien du tout; mais il y a des moments où, même sans motifs, il vaut mieux agir avec prudence. Vous êtes le plus riche négociant du quartier, vous y êtes influent; vous ne craignez pas d'exprimer tout haut votre opinion sur la reine Mathilde et sur le favori. Ce matin encore, au palais...

MARTHE. Est-il possible?

ÉRIC. Ils pourraient finir par le savoir!

RATON. Qu'est-ce que ça me fait? Je ne crains rien; je ne suis pas un bourgeois obscur, inconnu, et ce n'est pas un homme comme Raton Burkenstaff du Soleil-d'Or qu'on oserait jamais arrêter. Ils le voudraient, qu'ils n'oseraient pas!

ÉRIC, *à demi-voix*. C'est ce qui vous trompe, mon père; je crois qu'ils oseront.

RATON, *effrayé*. Hein! qu'est-ce que tu me dis là?.. ce n'est pas possible.

MARTHE. J'en étais sûre, je le lui répétais encore tout à l'heure. Mon Dieu! mon Dieu! qu'est-ce que nous allons devenir?

ÉRIC. Rassurez-vous, ma mère, et ne vous effrayez pas.

RATON, *tremblant*. Sans doute, tu es là à nous effrayer... à t'effrayer sans raison... ça vous trouble, ça vous déconcerte, on ne sait plus ce qu'on fait : et dans un moment où l'on a besoin de son sang-froid... Voyons, mon garçon, qui t'a dit cela? d'où le tiens-tu?

ÉRIC. D'une source certaine, d'une personne qui n'est que trop bien instruite, et que je ne puis vous nommer; mais vous pouvez me croire.

RATON. Je te crois, mon enfant; et, d'après les renseignements positifs que tu me donnes là, qu'est-ce qu'il faut faire?

ÉRIC. L'ordre n'est pas encore signé; mais d'un instant à l'autre il peut l'être; et ce qu'il y a de plus simple et de plus prudent, c'est de quitter sans bruit votre maison, de vous tenir caché pendant quelques jours...

MARTHE. Et où cela?

ÉRIC. Hors de la ville, chez quelque ami.

RATON, *vivement*. Chez Michelson, le marchand de draps... ce n'est pas là qu'on ira me chercher... un brave homme... inoffensif... qui ne se mêle de rien... que de son commerce.

MARTHE. Vous voyez donc bien qu'il est bon quelquefois de se mêler de son commerce!

ÉRIC, *d'un air suppliant*. Eh! ma mère...

MARTHE. Tu as raison! j'ai tort; ne songeons qu'à son départ.

ÉRIC. Il n'y a pas le moindre danger; mais n'importe, mon père, je vous accompagnerai.

RATON. Non, il vaut mieux que tu restes; car enfin, tantôt quand ils viendront et qu'ils ne me trouveront plus, s'il y avait du bruit, du tumulte, tu imposeras à ces gens-là, tu veilleras à la sûreté de nos magasins, et puis tu rassureras ta mère, qui est toute tremblante.

MARTHE. Oui, mon fils, reste avec moi.

ÉRIC. Comme vous voudrez. (*Apercevant Jean qui descend l'escalier.*) Et au fait, il suffira de Jean pour accompagner mon père jusque chez Michelson. Jean, tu vas sortir.

JEAN. Est-il possible? quel bonheur! Madame le permet?

MARTHE. Sans doute; tu sortiras avec ton maître.

JEAN. Oui, Madame.

ÉRIC. Et tu ne le quitteras pas?

JEAN. Oui, monsieur Éric.

RATON. Et surtout de la discrétion; pas de bavardage, pas de curiosité.

JEAN. Oui, notre maître; il y a donc quelque chose?

RATON, *à Jean, à demi-voix*. La cour et le ministère sont furieux contre moi; on veut m'arrêter, m'incarcérer, m'emprisonner, peut-être pire...

JEAN. Ah bien, par exemple! je voudrais bien voir cela! Il y aurait un fameux bruit dans le quartier, et vous m'y verriez, notre maître; vous verriez quel tapage, Madame m'entendrait crier.

RATON. Taisez-vous, Jean, vous êtes trop vif.

MARTHE. Vous êtes un tapageur.

ÉRIC. Et du reste, ta bonne volonté sera inutile; car il n'y aura rien.

JEAN, *tristement et à part*. Il n'y aura rien... Tant pis! moi qui espérais déjà du bruit et des carreaux cassés!

RATON, *qui pendant ce temps a embrassé sa femme et son fils*. Adieu!.. adieu!.. (*Il sort avec Jean par la porte du fond; Marthe et Éric l'ont reconduit jusqu'à la porte de la boutique, et le suivent encore quelque temps des yeux quand il est dans la rue.*)

———

SCÈNE IV.

MARTHE, ÉRIC.

MARTHE. Tu m'assures que dans quelques jours nous le reverrons?

ÉRIC. Oui, ma mère. Il y a quelqu'un qui daigne s'intéresser à nous, et qui, j'en suis sûr, emploiera son crédit à faire cesser les poursuites, et à nous rendre mon père.

MARTHE. Que je serai heureuse alors, quand nous serons réunis, quand rien ne nous séparera plus!.. Eh bien! qu'as-tu donc? d'où viennent cet air sombre et ces regards si tristes?

ÉRIC, *avec embarras.* Je crains... que pour moi du moins vos vœux ne se réalisent pas... je serai bientôt obligé de vous quitter, et pour longtemps peut-être.

MARTHE. O ciel!

ÉRIC, *avec plus de fermeté.* Je voulais d'abord ne pas vous en prévenir, et vous épargner ce chagrin ; mais ce qui arrive aujourd'hui... et puis, partir sans vous embrasser, c'était impossible, je n'en aurais jamais eu le courage.

MARTHE. Partir!.. l'ai-je bien entendu! et pourquoi donc?

ÉRIC. Je veux être militaire ; j'ai demandé une lieutenance.

MARTHE. Toi! mon Dieu! et que t'ai-je donc fait pour me quitter, pour fuir la maison paternelle! Est-ce que nous t'avons rendu malheureux? est-ce que nous t'avons causé du chagrin? Pardonne-le-moi, mon fils; ce n'est pas ma faute, c'est sans le vouloir, et je réparerai mes torts.

ÉRIC. Vos torts... vous qui êtes la meilleure et la plus tendre des mères?.. Non, je n'accuse que moi seul... Mais, voyez-vous, je ne peux rester en ces lieux.

MARTHE. Et pourquoi? Y a-t-il quelque endroit, dans le monde, où l'on t'aimera comme ici? Que te manque-t-il? Veux-tu briller dans le monde, éclipser les plus riches seigneurs? Nous le pouvons. (*Lui donnant la clé.*) Tiens, tiens, dispose de nos richesses, ton père y consent ; moi, je te le demande et je t'en remercierai, car c'est pour toi que nous amassons et que nous travaillons tous les jours ; cette maison, ces magasins, c'est ton bien, cela t'appartient !

ÉRIC. Ne parlez pas ainsi; je n'en veux pas, je ne veux rien ; je ne suis pas digne de vos bontés. Si je vous disais que cette fortune, fruit de vos travaux, me tente et me repousse ; que cet état, que vous exercez avec tant d'honneur et de probité, cet état, dont j'étais fier autrefois, est aujourd'hui ce qui fait mon tourment et mon désespoir, ce qui s'oppose à mon bonheur, à ma vengeance, à tout ce que j'ai de passions dans le cœur!

MARTHE. Et comment cela, mon Dieu?

ÉRIC. Ah! je vous dirai tout; ce secret-là me pèse depuis longtemps; et à qui confier ses chagrins, si ce n'est à sa mère?.. Mettant tout votre bonheur dans un fils qui vous a causé tant de peines, vous l'aviez fait élever avec trop de soin, trop de tendresse peut-être...

MARTHE. Comme un seigneur, comme un prince! et s'il y avait eu quelque chose de mieux ou de plus cher, tu l'aurais eu.

ÉRIC. Vous n'avez pas alors voulu me laisser dans ce comptoir, où était ma vraie place?

MARTHE. Ce n'est pas moi! c'est ton père, qui t'a fait nommer secrétaire particulier de M. de Falkenskield.

ÉRIC. Pour mon malheur ; car, admis dans son intimité, passant mes jours près de Christine, sa fille unique, mille occasions se présentaient de la voir, de l'entendre, de contempler ses traits charmants, qui sont le moindre des trésors qu'on voit briller en elle... Ah! si vous aviez pu l'apprécier chaque jour comme je l'ai fait, si vous l'aviez vue si séduisante à la fois de raison et de grâce, si simple et si modeste, qu'elle seule semblait ignorer son esprit et ses talents ; et une âme si noble, un caractère si généreux!.. Ah! si vous l'aviez vue ainsi, ma mère, vous auriez fait comme moi, vous l'auriez adorée.

MARTHE. O ciel!

ÉRIC. Oui, depuis deux ans cet amour-là fait mon tourment, mon bonheur, mon existence. Et ne croyez pas que, méconnaissant mes devoirs et les droits de l'hospitalité, je lui aie laissé voir ce qui se passait dans mon cœur, ni que jamais j'aie eu l'idée de lui déclarer une passion que j'aurais voulu me cacher à moi-même... Non, je n'aurais plus été digne de l'aimer... Mais ce secret, dont elle ne se doute pas et qu'elle ignorera toujours, d'autres yeux plus clairvoyants l'ont sans doute deviné ; son père se sera aperçu de mon embarras, de mon trouble, de mon émotion ; car à sa vue je m'oubliais moi-même, j'oubliais tout, mais j'étais heureux... elle était là! Hélas! ce bonheur, on m'en a privé... Vous savez comment le comte m'a congédié sans me faire connaître les motifs de ma disgrâce, comment il m'a banni de son hôtel, et comment depuis ce jour il n'y a plus pour moi ni repos, ni joie, ni plaisir.

MARTHE. Hélas! oui.

ÉRIC. Mais ce que vous ne savez pas, c'est que tous les soirs, tous les matins, j'errais autour de ses jardins pour apercevoir de plus près Christine, ou plutôt les fenêtres de son appartement ; et dernièrement je ne sais quel délire, quelle fièvre s'est emparée de moi... ma raison m'avait abandonné, et, sans savoir ce que je faisais, j'avais pénétré dans le jardin.

MARTHE. Quelle imprudence !

ÉRIC. Oh! oui, ma mère, car je ne devais pas la voir... sans cela, et au prix de tout mon sang... mais rassurez-vous; il était onze heures du soir; personne ne m'avait aperçu, personne, qu'un jeune fat qui, suivi de deux domestiques, traversait une allée pour se rendre chez lui... c'était le baron Frédéric de Gœllner, neveu du ministre de la marine, qui, tous les soirs, à ce qu'il paraît, venait faire sa cour... Oui, ma mère, c'est son prétendu, celui qui doit l'épouser... Je n'en savais rien alors... mais je le devinais déjà à la haine que j'éprouvais pour lui, et quand il me cria, d'un ton impertinent et hautain : Où allez-vous ainsi? qui êtes-vous? l'insolence de ma réponse égala celle de la demande, et alors... ah! ce souvenir ne s'effacera jamais de ma mémoire, il ordonna à ses gens de me châtier, et l'un d'eux leva la main sur moi; oui, ma mère, oui, il m'a frappé; non pas deux fois, car à la première je l'avais étendu à mes pieds ; mais il m'avait frappé, il m'avait fait affront; et quand je courus à son maître, quand je lui demandai satisfaction : « Volontiers, me dit-il ; qui êtes-vous? » Je lui dis mon nom. « Burkenstaff! » s'écria-t-il avec dédain ; je ne me bats pas avec le fils d'un marchand. Si vous étiez noble ou officier, je ne dis pas!.. »

MARTHE, *effrayée.* Grand Dieu!

ÉRIC. Noble! je ne puis jamais l'être, c'est impossible! mais officier...

MARTHE, *vivement.* Tu ne le seras pas! tu n'obtiendras pas ce grade, où tu n'as pas de droit; non, tu n'en as pas... Ta place est ici, dans cette maison, près de ta mère qui perd tout aujourd'hui ; car te voilà comme ton père ; vous voilà tous deux prêts à m'abandonner, à exposer vos jours ; et pourquoi? parce que vous ne savez pas être heureux, parce qu'il vous faut des désirs ambitieux, parce que vous regardez au-dessus de votre état. Moi, je ne regarde que vous, je n'aime que vous! Je ne demande rien aux puissances du jour, ni aux grands seigneurs, ni à leurs filles... Je ne veux que mon mari, mon fils... mais je les veux... (*Serrant son fils dans ses bras.*) Ça m'appartient, c'est mon bien, et on ne me l'ôtera pas !

SCÈNE V.

MARTHE, JEAN, ÉRIC.

JEAN, *avec joie, et regardant la cantonade.* C'est ça! à merveille!.. continuez comme ça.

ÉRIC. Eh quoi! déjà de retour!.. est-ce que mon père est chez Michelson?

JEAN, *avec joie.* Mieux que cela.

MARTHE, *avec impatience.* Enfin il est en sûreté?

JEAN, *d'un air de triomphe.* Il a été arrêté.

MARTHE. Ciel!

JEAN. Ne vous effrayez pas! ça va bien, ça prend une bonne tournure.

ÉRIC, *avec colère.* T'expliqueras-tu?

JEAN. Je traversais avec lui la rue de Stralsund, quand nous rencontrons deux soldats aux gardes qui nous examinent... nous suivent... puis s'adressant à votre père: Maître Burkenstaff, lui dit l'un d'eux en ôtant son chapeau, au nom de Son Excellence le comte Struensée, je vous invite à nous suivre; il désire vous parler.

ÉRIC. Eh bien?

JEAN. Voyant un air si doux et si honnête, votre père répond: Messieurs, je suis prêt à vous accompagner. Et tout cela s'était passé si tranquillement, que personne dans la rue ne s'en était aperçu; mais moi, pas si bête... je me mets à crier de toutes mes forces: A moi! au secours! on arrête mon maître, Raton Burkenstaff... à moi les amis!

ÉRIC. Imprudent!

JEAN. Pas du tout; car j'avais aperçu un groupe d'ouvriers qui se rendaient à l'ouvrage: ils accourent à ma voix; en les voyant courir, les femmes et les enfants font comme eux, on ne peut plus passer, les voitures s'arrêtent, les marchands sont sur les pas de leurs portes, et les bourgeois se mettent aux fenêtres. Pendant ce temps, les ouvriers avaient entouré les deux soldats aux gardes, délivré votre père, et l'emmenaient en triomphe suivi de la foule qui grossissait toujours; mais en passant rue d'Altona, où sont nos ateliers, ça a été un bien autre tapage! le bruit s'était déjà répandu qu'on avait voulu assassiner notre bourgeois, qu'il y avait eu un combat acharné avec les troupes; toute la fabrique s'était soulevée et le quartier aussi, et ils marchent au palais en criant: Vive Burkenstaff! qu'on nous le rende!

ÉRIC. Quelle folie!

MARTHE. Et quel malheur!

ÉRIC. D'une affaire qui n'était rien, faire une affaire sérieuse qui va compromettre mon père et justifier les mesures qu'on prenait contre lui.

JEAN. Mais du tout... n'ayez donc pas peur... il n'y a plus rien à craindre! ça a gagné les autres quartiers. On casse déjà les réverbères et les croisées des hôtels... ça va bien, c'est amusant. On ne fait de mal à personne; mais tous les gens de la cour que l'on rencontre, on leur jette de la boue à eux et à leur voiture! ça appropric les rues... et tenez... tenez... entendez-vous ces cris? voyez-vous ce beau carrosse arrêté près de notre boutique et qu'on essaye de renverser?

ÉRIC. Qu'ai-je vu? les armes du comte de Falkenskield!.. Dieu! si c'était... (*Il s'élance dans la rue.*)

———

SCÈNE VI.

JEAN, MARTHE.

MARTHE, *voulant retenir Éric.* Mon fils! mon fils! S'il allait s'exposer!..

JEAN. Laissez-le donc... lui!.. le fils de notre maître!.. il ne risque rien, il ne court aucun danger... que d'être porté en triomphe, s'il veut! (*Regardant au fond.*) Voyez-vous d'ici comme il parle aux messieurs qui entourent la voiture? des jeunes gens de la rue, je les connais tous... ils s'en vont... ils s'éloignent.

MARTHE. A la bonne heure!.. Mais mon mari... je veux savoir ce qu'il d vient... je cours le rejoindre.

JEAN, *voulant l'empêcher de sortir.* Y pensez-vous?

MARTHE, *le repoussant, et s'élançant dans la rue à droite.* Laisse-moi, te dis-je, je le veux... je le veux.

JEAN. Impossible de la retenir. (*Appelant à gauche, dans la rue.*) Monsieur Éric!.. monsieur Éric!.. (*Regardant.*) Tiens, qu'est-ce qu'il fait donc là?.. il aide à descendre de la voiture une jeune dame, qui est bien belle, ma foi, et bien élégante... Eh! mais, est-ce qu'elle serait évanouie? (*Redescendant le théâtre.*) Elle a eu peur de ça... est-elle bonne!

ÉRIC, *rentrant, et portant dans ses bras Christine qui est évanouie, et qu'il dépose sur un fauteuil à gauche.* Vite des secours... ma mère...

JEAN. Elle vient de sortir pour avoir des nouvelles de notre bourgeois.

ÉRIC, *regardant Christine.* Elle revient à elle. (*A Jean qui la regarde aussi.*) Qu'est-ce que tu fais là? va-t'en!

JEAN. Je ne demande pas mieux. (*A part.*) Je vais retrouver les autres et les aider à crier! (*Il sort par le fond.*)

———

SCÈNE VII.

CHRISTINE, ÉRIC.

CHRISTINE, *revenant à elle.* Ces cris... ces menaces... cette multitude furieuse qui m'entourait... que leur ai-je fait?.. et où suis-je?

ÉRIC, *timidement.* Vous êtes en sûreté; ne craignez rien!

CHRISTINE, *avec émotion.* Cette voix... (*Se retournant.*) Éric... c'est vous!

ÉRIC. Oui, c'est moi qui vous revois et qui suis le plus heureux des hommes... car j'ai pu vous défendre... vous protéger et tout vous donner asile.

CHRISTINE. Où donc?

ÉRIC. Chez moi, chez ma mère; pardon de vous recevoir en des lieux si peu dignes de vous; ces magasins, ce comptoir, sont bien différents des brillants salons de votre père; mais nous sommes si peu de chose, nous ne sommes que des marchands!

CHRISTINE. Ce serait déjà un titre à la considération de tous; mais auprès de moi et auprès de mon père vous en avez d'autres encore, et le service que vous venez de me rendre...

ÉRIC. Un service! ah! ne prononcez pas ce mot-là.

CHRISTINE, *toujours assise.* Et pourquoi donc?

ÉRIC. Parce qu'il va encore m'imposer silence, parce qu'il va de nouveau m'enchaîner par des liens que je veux rompre enfin. Oui, tant que je fus accueilli par votre père, tant que j'étais admis par lui sous son toit hospitalier, j'aurais cru manquer à la probité, à l'honneur, à tous les devoirs, en trahissant un secret dont ses affronts me dégagent; je ne lui dois plus rien, nous sommes quittes; et avant de mourir je veux parler, je veux, dussiez-vous m'accabler de votre dédain et de votre colère, que vous sachiez une fois ce que j'ai éprouvé de tourments, et ce que mon cœur renferme de douleur et de désespoir.

CHRISTINE, *se levant.* Éric, au nom du ciel!

ÉRIC. Vous le saurez.

CHRISTINE. Ah! malheureux! croyez-vous que je l'ignore?

ÉRIC, *transporté de joie.* Christine!..

CHRISTINE, *effrayée, lui imposant silence.* Taisez-vous! taisez-vous! croyez-vous donc mon cœur si peu généreux qu'il n'ait pas compris la générosité du vôtre, qu'il ne vous ait pas tenu compte de votre dévouement et surtout de votre silence? (*Mouvement de joie d'Éric.*) Que ce soit aujourd'hui la dernière fois que vous ayez osé le rompre; demain, je suis destinée à un autre, mon père l'exige, et soumise à mes devoirs...

ÉRIC. Vos devoirs...

CHRISTINE. Oui; je sais ce que je dois à ma famille, à ma

naissance, à des distinctions que je n'eusse pas désirées peut-être, mais que le ciel m'a imposées, et dont je serai digne. (*S'avançant vers lui.*) Et vous, Éric (*Timidement.*) je n'ose dire mon ami, ne vous abandonnez pas au désespoir où je vous vois : dites-vous bien que la honte ou l'honneur ne vient pas du rang qu'on occupe, mais de la manière dont on en remplit les devoirs ; et vous ferez comme moi, vous subirez le vôtre avec courage et sans vous plaindre. Adieu pour toujours ; demain je serai la femme du baron de Gœlher.

ÉRIC. Non pas tant que je vivrai, et je vous jure ici... Dieu ! l'on vient !

—

SCÈNE VIII.

CHRISTINE, ÉRIC, RANTZAU, MARTHE.

MARTHE, *à Rantzau.* Si c'est à mon fils que vous voulez parler, le voici. (*A part.*) Impossible de rien apprendre.

CHRISTINE, *l'apercevant.* O ciel !

MARTHE ET RANTZAU, *saluant.* Mademoiselle de Falkenskield !..

ÉRIC, *vivement.* A qui nous avons eu le bonheur d'offrir un refuge, car sa voiture avait été arrêtée.

RANTZAU. Eh ! mais, vous avez l'air de vous justifier d'un trait qui vous fait honneur !

ÉRIC, *troublé.* Moi, monsieur le comte !

MARTHE, *à part.* Un comte !.. (*Avec mauvaise humeur.*) C'est fini, notre boutique est maintenant le rendez-vous des grands seigneurs.

RANTZAU, *qui pendant ce temps a jeté un regard pénétrant sur Christine et sur Éric, qui tous deux baissent les yeux.* C'est bien ! c'est bien... (*Souriant.*) Une belle dame en danger, un jeune chevalier qui la délivre ; j'ai vu des romans qui commençaient ainsi.

ÉRIC, *voulant changer la conversation.* Mais vous-même, monsieur le comte, vous êtes bien hardi de sortir ainsi à pied dans les rues.

RANTZAU. Pourquoi cela ? Dans ce moment, les gens à pied sont les puissances ; ce sont eux qui éclaboussent ; et puis, moi, je n'ai qu'une parole ; je vous avais promis en venant ici faire quelques emplettes, de vous apporter votre brevet de lieutenant... (*Le tirant de sa poche et le lui présentant.*) Le voici !

ÉRIC. Quel bonheur ! je suis officier !

MARTHE. C'est fait de moi... (*Montrant Rantzau.*) J'avais raison de me défier de celui-là.

RANTZAU, *se tournant vers elle.* Je vous fais compliment, Madame, sur la faveur dont vous jouissez en ce moment.

MARTHE. Que voulez-vous dire ?

RANTZAU. Ignorez-vous donc ce qui se passe ?

MARTHE. Je viens de nos ateliers, où il n'y avait plus personne.

RANTZAU. Ils sont tous dans la grande place ; votre mari est devenu l'idole du peuple. De tous les côtés on remontre des bannières sur lesquelles flottent ces mots : Vive Burkenstaff, notre chef ! Burkenstaff pour toujours !.. Son nom est devenu un cri de ralliement.

MARTHE. Ah ! le malheureux !

RANTZAU. Les flots tumultueux de ses partisans entourent le palais, et ils crient tous de bon cœur : A bas Struensée ! (*Souriant.*) Il y en a même quelques-uns qui crient . A bas les membres de la régence !

ÉRIC. O ciel ! et vous ne craignez pas...

RANTZAU. Nullement : je me promène incognito, en amateur ; d'ailleurs, s'il y avait quelque danger, je me réclamerais de vous !

ÉRIC, *vivement.* Et ce ne serait pas en vain, je vous le jure !

RANTZAU, *lui prenant la main.* J'y ai compté.

MARTHE, *remontant le théâtre.* Ah ! mon Dieu ! entendez-vous ce bruit ?

RANTZAU, *à part, et prenant la droite.* C'est bien ! cela marche ! et si cela continue ainsi, on n'aura pas besoin de s'en mêler.

—

SCÈNE IX.

CHRISTINE, ÉRIC, JEAN, MARTHE, RANTZAU.

JEAN, *accourant tout essoufflé.* Victoire !.. victoire !.. nous l'emportons !..

MARTHE, ÉRIC ET RANTZAU. Parle vite, parle donc !

JEAN. Je n'en peux plus, j'ai tant crié ! . Nous étions dans la grande place, devant le palais, sous le balcon, trois ou quatre mille ! et nous répétions : Burkenstaff ! Burkenstaff ! qu'on révoque l'ordre qui le condamne ; Burkenstaff !.. Alors, la reine a paru au balcon, et Struensée à côté d'elle, en grand costume, du velours bleu magnifique, et un bel homme, une belle voix ! Il a parlé et on a fait silence : « Mes amis, de faux rapports nous avaient abusés ; je révoque toute espèce d'arrestation, Et je vous jure ici, au « nom de la reine et au mien, que M. Burkenstaff est libre « et n'a plus rien à craindre. »

MARTHE. Je respire !..

CHRISTINE. Quel bonheur !..

ÉRIC. Tout est sauvé !

RANTZAU, *à part.* Tout est perdu !

JEAN. Alors, c'étaient des cris de : Vive la reine ! vive Struensée ! vive Burkenstaff ! et quand j'ai eu dit à mes voisins : c'est pourtant moi qui suis Jean, son garçon de boutique, ils ont crié : Vive Jean ! et ils m'ont déchiré mon habit, en m'élevant sur leurs bras pour me montrer à la multitude. Mais ce n'est rien encore ; les voilà tous qui s'organisent, les chefs des métiers en tête, pour venir ici complimenter notre maître et le porter en triomphe à la maison commune.

MARTHE, *à part.* Un triomphe ! il en perdra la tête !

RANTZAU, *à part.* Quel dommage ! une révolte qui commençait si bien !.. A qui se fier à présent ?

—

SCÈNE X.

CHRISTINE, ÉRIC, *au fond;* BURKENSTAFF ET PLUSIEURS NOTABLES *qui l'entourent;* MARTHE, JEAN, RANTZAU.

BURKENSTAFF, *prenant plusieurs pétitions.* Oui, mes amis, oui, je présenterai vos réclamations à la reine et au ministre, et il faudra bien qu'on y fasse droit, je serai là d'ailleurs, je parlerai. Quant au triomphe que le peuple me décerne et que ma modestie m'ordonne de refuser...

MARTHE, *à part.* A la bonne heure !

BURKENSTAFF. Je l'accepte ! dans l'intérêt général et pour le bon effet. J'attendrai ici le cortège, qui peut venir me prendre quand il voudra. Quant à vous, mes chers confrères, les notables de notre corporation, j'espère bien que tantôt, au retour du triomphe, vous viendrez souper chez moi ; je vous invite tous.

TOUS, *criant en sortant.* Vive Burkenstaff ! vive notre chef !

BURKENSTAFF. Notre chef !.. vous l'entendez ! quel bonheur !.. (*A Éric.*) Quelle gloire, mon fils, pour notre maison! (*A Marthe.*) Eh bien! ma femme, que te disais-je? je suis une puissance... un pouvoir... rien n'égale ma popularité, et tu vois ce que j'en peux faire.

MARTHE. Vous en ferez une maladie; reposez-vous... car vous n'en pouvez plus!

BURKENSTAFF, *s'essuyant le front.* Du tout! la gloire ne fatigue pas... Quelle belle journée! tout le monde s'incline devant moi, s'adresse à moi et me fait la cour. (*Apercevant Christine et Rantzau qui sont près du comptoir à gauche, et qui étaient masqués par Éric.*) Que vois-je? mademoiselle de Falkenskield et monsieur de Rantzau chez moi! (*A Rantzau, d'un air protecteur et avec emphase.*) Qu'y a-t-il, monsieur le comte? Que puis-je pour votre service? que me demandez-vous?..

RANTZAU, *froidement.* Quinze aunes de velours pour un manteau.

BURKENSTAFF, *déconcerté.* Ah!.. c'est cela, pardon... mais pour ce qui est du commerce, je ne puis pas; si c'était toute autre chose,.. (*Appelant.*) Ma femme!.. vous sentez qu'au moment d'un triomphe... ma femme... montez dans les magasins, servez monsieur le comte.

RANTZAU, *donnant un papier à Marthe.* Voici ma note.

BURKENSTAFF, *criant à sa femme qui est déjà sur l'escalier.* Et puis, tu songeras au souper, un souper digne de notre nouvelle position; du bon vin, entends-tu?.. (*Montrant la porte qui est sous l'escalier.*) Le vin du petit caveau.

MARTHE, *remontant l'escalier.* Est-ce que j'ai le temps de tout faire?

BURKENSTAFF. Eh bien! ne te fâche pas... J'irai moi-même... (*Marthe remonte l'escalier et disparaît. A Rantzau.*) Mille pardons encore, monsieur le comte; mais, voyez-vous, j'ai tant d'occupations, tant d'autres soins... (*A Christine, d'un ton protecteur.*) Mademoiselle de Falkenskield, j'ai appris par Jean, mon garçon de... (*Se reprenant.*) mon commis... le manque de respect qu'on avait eu pour votre voiture et pour vous; croyez bien que j'ignorais... je ne peux pas être partout. (*D'un ton d'importance.*) Sans cela, j'aurais interposé mon autorité; je vous promets d'en témoigner tout mon mécontentement, et je veux avant tout...

RANTZAU. Faire reconduire Mademoiselle à l'hôtel de son père.

BURKENSTAFF. C'est ce que j'allais dire, vous m'y faites penser... Jean, que l'on rende à mademoiselle son carrosse... Vous direz que je l'ordonne, moi, Raton de Burkenstaff... et pour escorter Mademoiselle...

ÉRIC, *vivement.* Je me charge de ce soin, mon père.

BURKENSTAFF. A la bonne heure!.. (*A Éric.*) S'il vous arrivait quelque chose, si on vous arrêtait... tu diras : Je suis Éric de Burkenstaff, fils de messire...

JEAN. Raton de Burkenstaff... c'est connu.

RANTZAU, *saluant Christine.* Adieu, Mademoiselle... adieu, mon jeune ami. (*Éric a offert sa main à Christine et sort avec elle, suivi de Jean.*)

—

SCÈNE XI.

RANTZAU, RATON.

(*Rantzau s'est assis près du comptoir, et Raton de l'autre côté, à droite.*)

RATON. On vous a fait attendre, et j'en suis désolé.

RANTZAU. J'en suis ravi... je reste plus longtemps avec vous; et l'on aime à voir de près les personnages célèbres.

RATON. Célèbre... vous êtes trop bon. Du reste, c'est une chose inconcevable... ce matin personne n'y pensait, ni moi non plus... et c'est venu en un instant.

RANTZAU. C'est toujours ainsi que cela arrive; (*A part.*) et que cela s'en va. (*Haut.*) Je suis seulement fâché que cela n'ait pas duré plus longtemps.

RATON. Mais ça n'est pas fini... Vous l'avez entendu... ils vont venir me prendre pour me mener en triomphe. Pardon, je vais m'occuper de ma toilette; car, si je les faisais attendre, ils seraient inquiets; ils croiraient que la cour m'a fait disparaître.

RANTZAU, *souriant.* C'est vrai, et cela recommencerait.

RATON. Comme vous dites.. ils m'aiment tant!.. Aussi, ce soir, ce souper que je donne aux notables sera, je crois, d'un bon effet, parce que dans un repas on boit...

RANTZAU. On s'anime.

RATON. On porte des toasts à Burkenstaff, au chef du peuple, comme ils m'appellent... Vous comprenez... Adieu, monsieur le comte.

RANTZAU, *souriant et le rappelant.* Un instant, un instant... pour boire à votre santé il faut du vin, et ce que vous disiez tout à l'heure à votre femme...

RATON, *se frappant le front.* C'est juste... je l'oubliais.. (*Il passe derrière Rantzau et derrière le comptoir, vers la porte qui est sous l'escalier.*) J'ai là le caveau secret,.. le bon endroit où je tiens cachés mes vins du Rhin et mes vins de France... Il n'y a que moi et ma femme qui en ayons la clé.

RANTZAU, *à Raton qui ouvre la porte.* C'est prudent. J'ai cru d'abord que c'était là votre caisse.

RATON. Non vraiment, quoiqu'elle y fût en sûreté. (*Frappant sur la porte.*) Six pouces d'épaisseur; doublée en fer; et il y a une seconde porte exactement pareille. (*Prêt à entrer.*) Vous permettez, monsieur le comte?

RANTZAU. Je vous en prie... je monte au magasin. (*Raton est descendu dans le caveau; Rantzau s'avance vers la porte, la ferme et revient tranquillement au bord du théâtre, en disant :*) C'est un trésor qu'un homme pareil, et tes trésors. (*Montrant la clé qu'il tient.*) il faut les mettre sous clé. (*Il monte par l'escalier qui conduit aux magasins, et disparaît.*)

—

SCÈNE XII.

JEAN, MARTHE.

JEAN, *paraissant au fond, à la porte de la boutique, pendant que le comte monte l'escalier.* Les voici, les voici.. c'est superbe à voir, un cortège magnifique... les chefs des corporations avec leurs bannières, et puis de la musique (*On entend une marche triomphale, et l'on voit paraître la tête du cortège, qui se range au fond du théâtre, dans la rue, en face de la boutique.*) Où donc est notre maître? là-haut, sans doute. (*Courant à l'escalier.*) Notre maître, descendez donc... on vient vous chercher... m'entendez-vous?

MARTHE, *paraissant sur l'escalier avec deux garçons de boutique.* Et qu'est-ce que tu as encore à crier?

JEAN. Je crie après notre maître.

MARTHE. Il est en bas.

JEAN. Il est en haut.

MARTHE. Je te dis que non.

TOUT LE PEUPLE, *en dehors.* Vive Burkenstaff! vive notre chef!

JEAN. Il n'est pas là... il va on va crier sans lui... (*Aux deux garçons de boutique qui sont descendus.*) Voyez, vous autres... parcourez la maison...

LE PEUPLE, *en dehors.* Vive Burkenstaff!.. qu'il paraisse! qu'il paraisse!..

JEAN, *à la porte de la boutique et criant.* Dans l'instant...

on a été le chercher, on va vous le montrer. (*Parcourant le théâtre.*) Ça me fait mal... ça me fait bouillir le sang...

PLUSIEURS GARÇONS, *rentrant par la droite.* Nous ne l'avons pas trouvé.

D'AUTRES GARÇONS, *redescendant le magasin.* Ni moi non plus... il n'est pas dans la maison.

LE PEUPLE, *en dehors, avec des murmures.* Burkenstaff!.. Burkenstaff!..

JEAN. Voilà qu'on s'impatiente, qu'on murmure; et après avoir crié pour lui, on va crier après lui... Où peut-il être?

MARTHE. Est-ce qu'on l'aurait arrêté de nouveau?

JEAN. Laissez donc! après les promesses qu'on nous a faites. (*Se frappant le front.*) Ah! mon Dieu!.. ces soldats que j'ai vus rôder autour de la maison... (*Courant au fond.*) Et la musique du triomphe qui va toujours!.. Taisez-vous donc.. Il me vient une idée... c'est une horreur... une infamie!..

MARTHE. Qu'est-ce qui lui prend donc?

JEAN, *s'adressant à une douzaine de gens du peuple.* Oui, mes amis, oui, on s'est emparé de notre maître... on s'est assuré de sa personne; et pendant qu'on vous trompait par de belles paroles... il était arrêté... emprisonné de nouveau... À nous, mes amis!

LE PEUPLE, *se précipitant dans la boutique en brisant les vitrages du fond.* Nous voici!.. Vive Burkenstaff!.. notre chef... notre ami...

MARTHE. Votre ami... et vous brisez sa boutique!

JEAN. Il n'y a pas de mal! c'est de l'enthousiasme! et des carreaux cassés... Courons au palais!

TOUS. Au palais! au palais!

RANTZAU, *paraissant au haut de l'escalier, et regardant ce qui se passe.* À la bonne heure, au moins... cela recommence.

TOUS, *agitant leurs bannières et leurs bonnets.* À bas Struensée! Vive Burkenstaff! qu'on nous le rende! Burkenstaff pour toujours! (*Tout le peuple sort en désordre avec Jean. Marthe tombe désespérée dans le fauteuil qui est près du comptoir, et Rantzau descend lentement l'escalier en se frottant les mains de satisfaction.*)

FIN DU DEUXIÈME ACTE.

ACTE TROISIÈME.

Un appartement dans l'hôtel du comte de Falkenskield. À gauche, un balcon donnant sur la rue. Porte au fond, deux latérales. À gauche, sur le premier plan, une table, des livres, et ce qu'il faut pour écrire.

SCÈNE PREMIÈRE.

CHRISTINE, LE BARON DE GOELHER.

CHRISTINE. Eh! mais, monsieur le baron, qu'est-ce que cela signifie? Qu'y a-t-il donc encore de nouveau?

GOELHER. Rien, Mademoiselle.

CHRISTINE. Le comte de Struensée vient de s'enfermer dans le cabinet de mon père; ils ont envoyé chercher M. de Rantzau. À quoi bon cette réunion extraordinaire! Il y a déjà eu conseil ce matin, et tantôt ces messieurs doivent se trouver ici à dîner.

GOELHER. Je l'ignore... mais il n'y a rien d'important, rien de sérieux... sans cela j'en aurais été prévenu! Ma nouvelle place de secrétaire du conseil m'oblige d'assister à toutes les délibérations.

CHRISTINE. Ah! vous êtes nommé?

GOELHER. De ce matin!.. sur la proposition de votre père; et la reine a déjà confirmé ce choix. Je viens de la voir ainsi que toutes ces dames, encore un peu troublées de l'algarade de ces bons bourgeois... On craignait d'abord que cela ne dérangeât le bal de demain; grâce au ciel, il n'en est rien: il m'est même venu là-dessus quelques plaisanteries assez heureuses qui ont obtenu l'approbation de Sa Majesté, et elle a fini par rire de la manière la plus aimable.

CHRISTINE. Ah! elle a ri!

GOELHER. Oui, Mademoiselle, tout en me félicitant de ma nomination et de mon mariage... et elle m'a dit à ce sujet des choses... (*Souriant avec fatuité.*) qui donneraient beaucoup à penser à ma vanité, si j'en avais... (*À part.*) car enfin Struensée ne sera pas éternel... (*Haut.*) Mais je n'y pense plus... Me voilà lancé dans les affaires d'État, les affaires sérieuses, pour lesquelles j'ai toujours eu du goût... Oui, Mademoiselle, il ne faut pas croire, parce que vous me voyez léger et frivole, que je ne puisse pas aussi bien que tout autre... mon Dieu! on peut traiter tout cela en se jouant, en plaisantant... Que j'arrive seulement au pouvoir, et l'on verra!

CHRISTINE. Vous au pouvoir!..

GOELHER. Certainement, je puis vous le dire, à vous, en confidence, cela ne tardera peut-être pas. Il faut que le Danemark se rajeunisse, c'est l'avis de la reine, de Struensée, de votre père... et si l'on peut éliminer ce vieux comte de Rantzau, qui n'est plus bon à rien, et que l'on garde parce que son ancienne réputation d'habileté impose encore aux cours étrangères... j'ai la promesse formelle d'être nommé à sa place; et vous sentez que M. de Falkenskield et moi... le beau-père et le gendre à la tête des affaires... nous mènerons cela autrement... Ce matin, par exemple, je les voyais tous effrayés; cela me faisait sourire: si l'on m'avait laissé faire, je vous réponds bien qu'en un instant...

CHRISTINE, *écoutant.* Taisez-vous!

GOELHER. Qu'est-ce donc?

CHRISTINE. Il m'avait semblé entendre dans le lointain des cris confus.

GOELHER. Vous vous trompez.

CHRISTINE. C'est possible.

GOELHER. Des gens du peuple qui se disputent... ou se battent dans la rue; ne voulez-vous pas les priver de ce plaisir-là? ce serait cruel, ce serait tyrannique; et nous avons à parler de choses bien plus importantes, de notre mariage, dont je n'ai pas encore pu vous dire un mot, et du bal de demain, et de la corbeille, qui ne sera peut-être pas achevée... car je ne vois que cela de terrible dans les émeutes et les révoltes, c'est que les ouvriers nous font attendre, et que rien n'est prêt.

CHRISTINE. Ah! vous n'y voyez que cela de fâcheux... vous êtes bien bon... moi qui ce matin me suis trouvée au milieu du tumulte...

GOELHER. Est-il possible?

CHRISTINE. Oui, Monsieur; et sans le courage et la générosité de M. Éric Burkenstaff, qui m'a protégée et reconduite jusqu'ici...

GOELHER. M. Éric!.. et de quoi se mêle-t-il? et depuis quand lui est-il permis de vous protéger?.. voilà à coup sûr une prétention encore plus étrange que celle de monsieur son père...

JOSEPH, *entrant et restant au fond.* Une lettre pour monsieur le baron.

GOELHER. De quelle part?

JOSEPH. Je l'ignore... celui qui l'a apportée est un jeune militaire, un officier, qui attend en bas la réponse.

CHRISTINE. C'est quelque rapport sur ce qui se passe.

GOELHER. Probablement... (*Lisant.*) « Je porte une épau- « lette; monsieur le baron de Goelher ne peut plus me re-

CHRISTINE. O ciel! — Acte 3, scène 9.

« fuser une satisfaction qu'il me faut à l'instant. Quoique « insulté, je lui laisse le choix des armes et l'attends aux « portes de ce palais avec des pistolets et une épée. — ÉRIC « BURKENSTAFF, lieutenant au 6ᵉ d'infanterie. » (*A part.*) Quelle insolence!

CHRISTINE. Eh bien! qu'y a-t-il?

GOELHER. Ce n'est rien. (*Au domestique.*) Laissez-nous... dites que plus tard... je verrai... (*A part.*) Encore une leçon à donner.

CHRISTINE. Vous voulez me le cacher... il y a quelque chose... il y a du danger... j'en suis sûre à votre trouble.

GOELHER. Moi, troublé!

CHRISTINE. Eh bien! montrez-moi ce billet, et je vous croirai.

GOELHER. Impossible, vous dis-je!

CHRISTINE, *se retournant et apercevant Koller.* Le colonel Koller! il sera moins discret, je l'espère, et je saurai par lui...

———

SCÈNE II.

CHRISTINE, GOELHER, KOLLER.

CHRISTINE. Parlez, colonel; qu'y a-t-il?

KOLLER. Que l'insurrection que l'on croyait apaisée recommence avec plus de force que jamais.

CHRISTINE, *à Gœlher.* Vous le voyez... (*A Koller.*) Et comment cela?

KOLLER. On accuse la cour, qui avait promis la liberté de Burkenstaff, de l'avoir fait disparaître pour s'exempter de tenir cette promesse.

GOELHER. Eh! mais ce ne serait pas déjà si maladroit!

CHRISTINE. Y pensez-vous? (*Elle court à la croisée, qu'elle ouvre, et regarde, ainsi que Gœlher.*)

KOLLER, *à part, et seul sur le devant.* En attendant, nous en avons profité pour soulever le peuple. Herman et Christian, mes deux émissaires, se sont chargés de ce soin, et j'espère que la reine-mère sera contente. Nous voilà sûrs de réussir sans que ce maudit comte de Rantzau y soit pour rien.

MARTHE, *pleurant.* Mon fils, mon pauvre enfant. — Acte 4, scène 2.

CHRISTINE, *regardant à la fenêtre.* Voyez, voyez là-bas! la foule se grossit et s'augmente, ils entourent le palais, dont on vient de fermer les portes... Ah! cela me fait peur! (*Elle referme la fenêtre.*)

GOELHER. C'est-à-dire que c'est inouï... Et vous, colonel, vous restez là?

KOLLER. Je viens prendre les ordres du conseil, qui m'a fait appeler, et j'attends.

GOELHER. Mais c'est qu'on devrait se hâter... La reine et toutes ces dames vont être effrayées, j'en suis certain... et l'on ne pense à rien... on devrait prendre des mesures.

CHRISTINE. Et lesquelles?

GOELHER, *troublé.* Lesquelles?.. Il doit y en avoir... il est impossible qu'il n'y en ait pas!

CHRISTINE. Mais enfin, vous, Monsieur, que feriez-vous?

GOELHER, *perdant la tête.* Moi!.. Écoutez donc... vous me demandez là à l'improviste... Je ne sais pas.

CHRISTINE. Mais vous disiez tout à l'heure...

GOELHER. Certainement... si j'étais ministre... mais je ne le suis pas... je ne le suis pas encore... cela ne me regarde pas; et il est inconcevable que les gens qui sont à la tête des affaires, des gens qui devraient gouverner... Que diable!

dans ce cas-là, on ne s'en mêle pas... Voilà mon avis... c'est le seul, et si j'étais de la reine, je leur apprendrais...

SCÈNE III.

CHRISTINE, GOELHER, RANTZAU, *entrant par la porte du fond;* KOLLER.

GOELHER, *courant à lui avec empressement.* Ah! monsieur le comte, venez rassurer Mademoiselle, qui est dans un effroi... j'ai beau lui répéter que ce ne sera rien... elle est tout é mue, toute troublée.

RANTZAU, *froidement et le regardant.* Et vous partagez bien vivement ses peines... cela doit être... un amant bien épris. (*Apercevant Koller.*) Ah! vous voil, colonel?

KOLLER. Je viens prendre les ordres du conseil.

RANTZAU, *froidement.* On a beaucoup parlé, délibéré; Struensée voulait qu'on entrât en arrangement avec le peuple,

GŒLHER, *vivement et avec approbation.* Il a raison! pourquoi l'a-t-on mécontenté?

RANTZAU. M. de Falkenskield, qui est pour l'énergie, voulait d'autres arguments; il voulait faire avancer de l'artillerie.

GŒLHER, *de même.* Au fait! c'est le moyen d'en finir; il n'y a que celui-là.

RANTZAU. Moi, j'étais d'un avis qui a d'abord été généralement repoussé, et qui forcément a fini par prévaloir.

KOLLER, CHRISTINE ET GŒLHER. Et quel est-il?

RANTZAU, *froidement.* De ne rien faire... c'est ce qu'ils font.

GŒLHER. Ils n'ont peut-être pas tort, parce que, enfin, quand le peuple aura bien crié...

RANTZAU. Il se lassera.

GŒLHER. C'est ce que j'allais dire.

KOLLER. Il fera comme ce matin.

RANTZAU, *s'asseyant.* Oh! mon Dieu, oui.

GŒLHER, *se rassurant.* N'est-il pas vrai?.. Il brisera les vitres, et voilà tout.

KOLLER. C'est ce qu'ils ont déjà fait à tous les hôtels des ministres, (*A Gœlher.*) ainsi qu'au vôtre, Monsieur.

GŒLHER. Eh bien! par exemple!

RANTZAU. Quant au mien, je suis tranquille; je les en défie bien.

GŒLHER. Et pourquoi cela?

RANTZAU. Parce que, depuis la dernière émeute, je n'ai pas fait remettre un seul carreau aux fenêtres de mon hôtel. Je me suis dit : Ça servira pour la première fois.

CHRISTINE, *écoutant près de la fenêtre.* Cela se calme, cela s'apaise un peu.

GŒLHER. J'en étais sûr! Il ne faut pas s'effrayer de toutes ces clameurs-là. Et qu'en dit mon oncle le ministre de la marine?

RANTZAU, *froidement.* Nous ne l'avons pas vu. (*Avec ironie.*) Son indisposition, qui n'était que légère, a pris depuis les derniers troubles un caractère assez grave. C'est comme une fatalité; dès qu'il y a émeute, il est au lit, il est malade!

GŒLHER, *avec intention.* Et vous, vous vous portez bien?

RANTZAU, *souriant.* C'est peut-être ce qui vous fâche. Il y a des gens que ma santé met de mauvaise humeur et qui voudraient me voir à l'extrémité.

GŒLHER. Eh! qui donc?

RANTZAU, *toujours assis, et d'un air goguenard.* Eh! mais, par exemple, ceux qui espèrent hériter de moi.

GŒLHER. Il y en a qui pourraient hériter de votre vivant.

RANTZAU, *le regardant froidement.* Monsieur de Gœlher, vous qui, en qualité de conseiller, avez fait votre droit, avez-vous lu l'article 302 du Code danois?

GŒLHER. Non, Monsieur.

RANTZAU, *de même.* Je m'en doutais. Il dit qu'il ne suffit pas qu'une succession soit ouverte, il faut encore être apte à succéder.

GŒLHER. Et à qui s'adresse cet axiome?

RANTZAU, *de même.* A ceux qui manquent d'aptitude.

GŒLHER. Monsieur, vous me prenez bien haut!

RANTZAU, *se levant et sans changer de ton.* Pardon!.. Allez-vous demain au bal de la reine?

GŒLHER, *avec colère.* Monsieur!

RANTZAU. Dansez-vous avec elle?.. Les quadrilles sont-ils de votre composition?

GŒLHER. Je saurai ce que signifie ce persiflage.

RANTZAU. Vous m'accusiez de le prendre trop haut!.. Je descends; je me mets à votre portée.

GŒLHER. C'en est trop!

CHRISTINE, *près de la croisée.* Taisez-vous donc! je crois que cela recommence.

GŒLHER, *avec effroi et remontant le théâtre.* Encore! est-ce que cela n'en finira pas?.. c'est insupportable!

CHRISTINE. Ah! mon Dieu! tout est perdu!.. Ah! mon père!..

SCÈNE IV.

KOLLER, *à l'extrémité du théâtre, à gauche;* GŒLHER, CHRISTINE, FALKENSKIELD, RANTZAU *à l'extrémité, à droite.*

FALKENSKIELD. Rassurez-vous! ces cris que l'on entend dans le lointain n'ont plus rien d'effrayant.

GŒLHER. Je le disais bien... cela ne pouvait pas durer!

CHRISTINE. Tout est donc terminé?

FALKENSKIELD. Pas encore! mais cela va mieux.

RANTZAU ET KOLLER, *chacun à part, et d'un air fâché.* Ah! mon Dieu!..

FALKENSKIELD. On avait beau répéter à la multitude que l'on n'avait pas attenté à la liberté de Burkenstaff, que lui-même, sans doute par prudence ou par modestie, avait voulu se dérober aux honneurs qu'on lui préparait, et se soustraire à tous les regards...

RANTZAU. Au moment d'un triomphe, ce n'est guère vraisemblable.

FALKENSKIELD. Je ne dis pas non; aussi on aurait eu peut-être de la peine à convaincre ses partisans, sans l'arrivée d'un régiment d'infanterie, sur lequel nous ne comptions pas, et qui, pour se rendre à sa nouvelle garnison, traversait Copenhague tambour battant et enseignes déployées. Sa présence inattendue a changé la disposition des esprits; on a commencé à s'entendre, et, sur les assurances réitérées qu'on ne négligerait rien pour rechercher et découvrir Raton Burkenstaff, chacun s'est retiré chez soi, excepté quelques individus qui semblaient prendre à tâche d'exciter et de continuer le désordre.

KOLLER, *à part.* Ce sont les nôtres!

FALKENSKIELD. On s'en est emparé.

KOLLER, *à part.* O ciel!

FALKENSKIELD. Et comme, cette fois, il faut en finir...

GŒLHER. C'est ce que je répète depuis ce matin.

FALKENSKIELD. Comme il ne faut plus que de pareilles scènes se renouvellent, nous sommes décidés à prendre des mesures sévères.

RANTZAU. Quels sont ceux qu'on est parvenu à saisir?

FALKENSKIELD. Des gens obscurs, inconnus...

KOLLER. Sait-on leurs noms?

FALKENSKIELD. Herman et Christian.

KOLLER, *à part.* Les maladroits!

FALKENSKIELD. Vous comprenez que ces misérables n'agissaient pas d'eux-mêmes, qu'ils avaient reçu des instructions et de l'argent; et ce qu'il nous importe de savoir, ce sont les gens qui les font agir.

RANTZAU, *regardant Koller.* Les nommeront-ils?

FALKENSKIELD. Sans doute!.. leur grâce s'ils parlent, et fusillés s'ils se taisent. (*A Rantzau.*) Je viens vous prendre pour les interroger et arriver par là à la découverte d'un complot.

KOLLER, *s'avançant vers Falkenskield.* Dont je crois tenir déjà quelques ramifications.

FALKENSKIELD. Vous, Koller!

KOLLER. Oui, Monseigneur. (*A part.*) Il n'y a que ce moyen de me sauver.

RANTZAU. Et pourquoi ne pas nous avoir fait part plus tôt de vos lumières à ce sujet?

KOLLER. Je n'ai de certitude que d'aujourd'hui, et je m'étais empressé d'accourir. J'attendais la fin du conseil pour parler au comte Struensée; mais, puisque vous voilà, Messeigneurs...

FALKENSKIELD. C'est bien... Nous sommes prêts à vous entendre.

CHRISTINE, *qui était au fond avec Gœlher, a redescendu le théâtre de quelques pas.* Je me retire, mon père.

FALKENSKIELD. Oui, pour quelques instants.

CHRISTINE. Messieurs... (*Elle leur fait la révérence, sort par la porte à gauche; Gœlher la reconduit par la main jusque-là, et se dispose à sortir par le fond.*)

—

SCÈNE V.

KOLLER, GŒLHER, FALKENSKIELD, RANTZAU.

FALKENSKIELD, *à Gœlher qui veut se retirer.* Restez, mon cher; comme secrétaire du conseil, vous avez droit d'assister à cette séance.

RANTZAU, *gravement.* Où vos talents et votre expérience nous seront d'un grand secours... (*A part et regardant Koller.*) Notre homme a l'air embarrassé; en tout cas, veillons sur lui, et tâchons qu'il se tire de là sans compromettre ni la reine mère, ni des amis qui plus tard peuvent servir. (*Pendant cet aparté, Gœlher et Falkenskield ont pris des chaises et se sont assis à droite du théâtre.*)

FALKENSKIELD. Parlez, colonel... donnez-nous toujours les renseignements qui sont en votre pouvoir, et que plus tard nous communiquerons au conseil. (*Koller est debout à gauche, puis Gœlher; Falkenskield et Rantzau sont assis à droite.*)

KOLLER, *cherchant ses phrases.* Depuis longtemps, Messieurs, je soupçonnais contre la reine Mathilde et les membres de la régence un complot que plusieurs indices me faisaient pressentir, mais dont je ne pouvais obtenir aucune preuve réelle. Pour y parvenir, j'ai tâché de gagner la confiance de quelques-uns des principaux chefs; je me suis plaint, j'ai fait le mécontent, je leur ai laissé voir que je n'étais pas éloigné de conspirer; je leur ai même proposé de le faire...

GŒLHER. C'est ce qui s'appelle de l'adresse...

RANTZAU, *froidement.* Oui, ça peut s'appeler comme cela... si on veut!

KOLLER, *à Falkenskield.* Ma ruse a obtenu le succès que je désirais, car ce matin on est venu me proposer d'entrer dans un complot qui aura lieu ce soir même... pendant le dîner que vous devez donner aux ministres, vos collègues.

GŒLHER. Voyez-vous cela!..

KOLLER. Les conjurés doivent s'introduire dans l'hôtel sous divers déguisements, et, pénétrant dans la salle à manger, s'emparer de tout ce qu'ils y trouveront.

FALKENSKIELD. Est-il possible?

GŒLHER. Même de ceux qui ne sont pas ministres?... quelle horreur!.. (*A Rantzau.*) Et vous ne frémissez point?..

RANTZAU, *froidement.* Pas encore. (*A Koller.*) Êtes-vous bien sûr; colonel, de ce que vous dites là?

KOLLER. J'en suis sûr... c'est-à-dire je suis sûr... qu'on me l'a proposé... et je m'empressais de vous en prévenir...

RANTZAU, *cherchant à l'aider.* C'est bien... mais vous ne connaissez que les gens qui vous ont fait cette proposition?

KOLLER. Si vraiment... Ce sont Herman et Christian, ceux-là même que l'on vient d'arrêter... et qui ne manqueront pas de s'en défendre... ou de m'accuser... mais, par bonheur, j'ai là des preuves; cette liste écrite... sous leur dictée.

FALKENSKIELD, *la prenant vivement.* La liste des conjurés. (*Il la parcourt.*)

RANTZAU, *avec compassion et à part.* D'honnêtes conspirateurs sans doute... pauvres gens!.. Fiez-vous donc à des

lâches comme celui-là!... qui au premier danger vous livrent pour se sauver!

FALKENSKIELD, *lui remettant la liste.* Tenez... Eh bien! qu'en dites-vous?

RANTZAU. Je dis que je ne vois dans tout cela rien encore de bien positif. Tout le monde peut faire une liste de conjurés; cela ne prouve pas qu'il y ait conspiration! Il faut en outre un but; il faut un chef. •

FALKENSKIELD. Et ne voyez-vous pas que le chef... c'est la reine-mère, c'est Marie-Julie?

RANTZAU. Rien ne le démontre; et à moins que le colonel... (*Appuyant.*) n'ait des preuves... positives... personnelles...

KOLLER. Non, Monseigneur.

RANTZAU, *à part.* C'est bien heureux!.. voilà la première fois que cet imbécile-là m'a compris!

GŒLHER. Alors cela devient très-délicat.

RANTZAU. Sans doute. (*Montrant la liste.*) Il y a là des gens de distinction, des gens de naissance... Les condamnerez-vous de confiance et sur parole? parce qu'il a plu à MM. Herman et Christian de faire une confidence à M. Koller... confidence, du reste, fort bien placée... Mais enfin, et monsieur le baron, qui connaît les lois, vous dira comme moi, que la (*Avec intention.*) où il n'y a point commencement d'exécution, il n'y a pas de coupables.

GŒLHER. C'est juste!

FALKENSKIELD, *se lève vivement, Rantzau en fait autant.* Eh bien!.. laissons-leur exécuter leur complot... Que rien ne transpire, colonel, de l'aveu que vous venez de nous faire; que rien ne soit changé à ce repas, qu'il ait toujours lieu; que des soldats soient cachés dans l'hôtel, dont les portes resteront ouvertes...

RANTZAU, *à part.* Et allons donc!.. on a bien de la peine à lui faire arriver une idée.

FALKENSKIELD. Et dès qu'un des conjurés se présentera, qu'on le laisse entrer, et qu'un instant après l'on s'en empare. Sa présence chez moi à une pareille heure, les armes dont il sera muni, seront, j'espère, des preuves irrécusables.

RANTZAU. A la bonne heure!

GŒLHER, *avec finesse.* Je comprends votre idée... mais maintenant que nous les tenons, si par malheur ils ne venaient pas?..

RANTZAU. C'est qu'on aura trompé le colonel; c'est qu'il n'y avait ni conjuration, ni conjurés.

FALKENSKIELD, *haussant les épaules.* Laissez donc! (*Il va à la table à gauche, et écrit pendant que Koller remonte le théâtre, et se tient au milieu, un peu au fond.*)

RANTZAU, *à part.* Et il n'y en aura pas; faisons prévenir la reine-mère qu'ils aient à rester chez eux. Encore une conspiration tombée dans l'eau! (*Regardant Koller.*) C'est lui qui les trahit, et c'est moi qui les sauve! (*Haut.*) Adieu, Messieurs, je retourne près de Struensée.

FALKENSKIELD, *qui pendant ce temps s'est assis à la table, et écrit un ordre. A Gœlher.* Cet ordre au gouverneur... (*A Rantzau.*) Vous nous revenez... je l'espère?

RANTZAU. Je le crois bien... je ne peux plus maintenant dîner ailleurs que chez vous, j'y suis engagé d'honneur; je vais seulement rendre compte à son excellence de la belle conduite du colonel Koller; car enfin, si ces braves gens-là ne sont pas arrêtés, ce n'est pas la faute... il aura fait tout ce qu'il fallait pour cela, et on lui doit une récompense.

FALKENSKIELD. Qu'il aura.

RANTZAU, *avec intention.* S'il y a une justice sur terre!.. je m'en chargerais plutôt.

KOLLER, *s'inclinant.* Monsieur le comte, quels remercîments...

RANTZAU, *avec mépris.* Oui, vous m'en devriez peut-être, mais je vous en dispense. (*Il sort.*)

KOLLER, *à part, redescendant le théâtre.* Maudit homme ! on ne sait jamais s'il est pour ou contre vous. (*Saluant.*) Messieurs...

GOELHER. Je vous suis, colonel. (*A Falkenskield.*) Cet ordre au gouverneur, et je cours raconter à la reine ce que nous avons décidé et ce que nous avons fait. (*Il sort avec Koller par la porte du fond.*)

—

SCÈNE VI.

FALKENSKIELD, *seul, riant en lui-même.* Tous ces gens-là sont faibles, irrésolus ; et si on n'avait pas de l'énergie pour eux, si on ne les menait pas... ce comte de Rantzau surtout, ne voyant de coupables nulle part, et n'osant condamner personne ; flottant, indécis, bon homme du reste qui nous cédera volontiers sa place dès qu'il nous la faudra pour mon gendre... et ce ne sera pas long.

—

SCÈNE VII.

CHRISTINE, *sortant de la porte à gauche,* FALKENSKIELD.

CHRISTINE. Descendez-vous au salon, mon père ?

FALKENSKIELD. Oui, dans l'instant.

CHRISTINE. A la bonne heure, car vos convives vont arriver ; et quand vous me laissez seule pour faire les honneurs, c'est si pénible ! aujourd'hui surtout, où je ne me sens pas bien.

FALKENSKIELD. Et pourquoi ?

CHRISTINE. Sans doute les émotions de la journée.

FALKENSKIELD. S'il en est ainsi, rassure-toi ; je te dispense de descendre au salon, et même d'assister à ce dîner.

CHRISTINE. Dites-vous vrai ?

FALKENSKIELD. Je l'aime mieux, parce qu'il pourrait arriver tel événement... et au milieu de tout cela une femme s'effraie, se trouve mal...

CHRISTINE. Que voulez-vous dire ?

FALKENSKIELD. Rien ; tu n'as pas besoin de savoir...

CHRISTINE. Parlez, parlez sans crainte... je devine... ce repas avait pour but de célébrer des fiançailles, qui seront différées, qui peut être même n'auront pas lieu ; et si c'est là ce que vous redoutez de m'apprendre...

FALKENSKIELD, *froidement.* Du tout, le mariage aura lieu.

CHRISTINE. O ciel !

FALKENSKIELD, *lentement, et la regardant.* Rien n'est changé ; et à ce sujet, ma fille, un mot...

CHRISTINE, *baissant les yeux.* Je vous écoute, Monsieur.

FALKENSKIELD. Les affaires d'État n'absorbent pas tellement mes pensées que je n'aie encore le loisir d'observer ce qui se passe chez moi ; et, il y a quelque temps, j'ai cru m'apercevoir qu'un jeune homme sans naissance, un homme de rien, à qui mes bontés avaient donné accès dans cette maison, osait en secret vous aimer... (*Mouvement de Christine.*) Le saviez-vous, Christine ?

CHRISTINE. Oui, mon père.

FALKENSKIELD. Je l'ai congédié ; et, quels que soient ses talents, son mérite personnel, que je vous ai entendue élever beaucoup trop haut... je vous déclare ici, et vous savez si mes résolutions sont fortes et énergiques, que, mon existence dût-elle en dépendre, je ne consentirais jamais...

CHRISTINE. Rassurez-vous, mon père ; je sais que l'idée seule d'une mésalliance ferait le malheur de votre vie, et, je vous le promets, ce n'est pas vous qui serez malheureux.

FALKENSKIELD *prend la main de sa fille, puis, après un instant de silence, lui dit :* Voilà le courage que je te voulais... Je te laisse... je t'excuserai près de ces messieurs ; je leur dirai que tu es souffrante, indisposée, et je crains que ce ne soit la vérité ; reste là dans ton appartement ; et, quoi qu'il arrive ce soir, quelque bruit que tu puisses entendre, garde-toi d'en sortir... Adieu. (*Il sort.*)

—

SCÈNE VIII.

CHRISTINE, *seule, laissant éclater ses larmes.* Ah !.. il est parti !.. je peux enfin pleurer !.. pauvre Éric ! tant de dévouement, tant d'amour, c'est ainsi qu'il en sera récompensé !.. l'oublier ! et pour qui ? Mon Dieu ! que le ciel est injuste ! pourquoi ne lui a-t-il pas donné le rang et la naissance dont il était digne ? alors il m'eût été permis d'aimer les vertus qui brillent en lui, alors on eût approuvé mon choix... tandis que maintenant y penser même est un crime ! mais ce jour du moins m'appartient encore, je ne me suis pas donnée, je suis libre, et puisque je ne dois plus le revoir...

—

SCÈNE IX.

CHRISTINE, ÉRIC, *enveloppé d'un manteau, et entrant par la porte à droite.*

ÉRIC, *entrant vivement.* Ils ont perdu mes traces.

CHRISTINE. O ciel !

ÉRIC, *se retournant.* Ah ! Christine !

CHRISTINE. Qui vous amène ? d'où vous vient tant d'audace ? et de quel droit, Monsieur, osez-vous pénétrer jusqu'ici ?..

ÉRIC. Pardon ! pardon, mille fois pardon !.. tout à l'heure, au moment où, couvert de ce manteau, je me glissais dans l'hôtel, des gens que je ne crois pas être de la maison se sont élancés sur moi ; je me suis dégagé de leurs mains ; et, connaissant mieux qu'eux les détours de cet hôtel, je suis arrivé jusqu'à cet escalier, d'où je n'ai plus entendu le bruit de leurs pas.

CHRISTINE. Mais dans quel dessein vous introduire ainsi dans la maison de mon père ? pourquoi ce mystère ; ce manteau... ces armes que j'aperçois ? parlez, Monsieur, je le veux... je l'exige !

ÉRIC. Demain je pars ; le régiment où je sers quitte le Danemark... J'ai adressé à M. de Gœlher un billet qui demandait une prompte réponse ; et comme elle n'arrivait pas, je suis venu la chercher.

CHRISTINE. O ciel !.. un défi... j'en suis sûre ! le délire vous égare ! vous allez vous perdre !

ÉRIC. Qu'importe ! si j'empêche votre mariage ! Je ne connais que ce moyen, je n'en ai pas d'autre.

CHRISTINE. Éric !.. si j'ai sur vous quelque pouvoir, vous ne repousserez pas ma prière, vous renoncerez à votre projet, vous n'irez pas insulter M. de Gœlher, et provoquer un éclat terrible pour vous... et pour moi, Monsieur !.. oui, c'est ma réputation que je vous confie, que je remets sous la sauvegarde de votre honneur... Ai-je tort d'y compter ?

ÉRIC. Ah ! que me demandez-vous ?.. de vous sacrifier tout, jusqu'à ma vengeance !.. et vousseriez à un autre !.. et vous appartiendriez à celui que j'aurais épargné !..

CHRISTINE. Non, je vous le jure!

ÉRIC. Que dites-vous?

CHRISTINE. Que si vous vous rendez à mes prières, je refuserai ce mariage, je resterai libre; je veux l'être... oui, je vous le jure ici, je n'appartiendrai ni à M. de Gœlher ni à vous.

ÉRIC. Christine!

CHRISTINE. Vous connaissez maintenant tout ce qui se passe dans mon cœur; nous ne nous verrons plus, nous serons séparés; mais vous saurez du moins que vous n'êtes pas seul à souffrir, et que, ne pouvant être à vous, je ne serai à personne.

ÉRIC, avec joie. Ah! je ne puis y croire encore.

CHRISTINE. Partez maintenant... depuis trop longtemps déjà vous êtes en ces lieux; n'exposez pas les seuls biens qui me restent, mon honneur, ma réputation; je n'ai plus que ceux-là, et, s'il fallait les perdre ou les voir compromis.... j'aimerais mieux mourir!

ÉRIC. Et moi, plutôt perdre la vie que de vous exposer au moindre soupçon; ne craignez rien, je m'éloigne. (Il ouvre la porte à droite par laquelle il est entré.) O ciel! il y a des soldats au bas de cet escalier.

CHRISTINE. Des soldats!

ÉRIC, montrant la porte du fond. Mais par ici du moins...

CHRISTINE, le retenant. Non pas, entendez-vous ce bruit? (Écoutant près de la porte au fond.) On monte... c'est la voix de mon père... plusieurs voix lui répondent... ils viennent tous... et si l'on vous trouve ici, seul avec moi, je suis perdue!...

ÉRIC. Perdue!.. oh non! je vous en réponds aux dépens de mes jours... (Montrant la porte à gauche.) Là.

CHRISTINE. O ciel! mon appartement! (La porte s'est refermée; Christine entend monter par la porte du fond; elle s'élance vers la table à gauche, y prend un livre et s'assied.)

———

SCÈNE X.

CHRISTINE, GŒLHER, FALKENSKIELD, KOLLER, un peu au fond, avec quelques soldats; RANTZAU, plusieurs SEIGNEURS ET DAMES; DES SOLDATS qui restent au fond, en dehors.

FALKENSKIELD. Cet endroit de l'hôtel est le seul qu'on n'ait pas visité; ils ne peuvent être qu'ici.

CHRISTINE. Eh! mon Dieu, qu'y a-t-il?

GŒLHER. Un complot tramé contre nous.

FALKENSKIELD. Et dont je voulais t'éviter la connaissance; un homme s'est introduit dans l'hôtel.

GŒLHER. Les gardes qui étaient postés dans la première cour disent en avoir vu se glisser trois.

RANTZAU. D'autres disent en avoir vu sept!... de sorte qu'il pourrait bien n'y avoir personne.

FALKENSKIELD. Il y en avait au moins un, et il était armé; témoin le pistolet qu'il a laissé tomber dans la seconde cour en s'enfuyant; du reste, et si, comme je le pense, il a cherché asile dans ce pavillon, il n'a pu y pénétrer que par cet escalier dérobé, et je suis étonné que tu ne l'aies pas vu.

CHRISTINE, avec émotion. Non, vraiment.

FALKENSKIELD. Ou que du moins tu n'aies rien entendu.

CHRISTINE, dans le plus grand trouble. Tout à l'heure, en effet, et pendant que j'étais à lire, j'ai cru entendre traverser cette pièce; on se dirigeait vers le salon, et c'est là sans doute...

GŒLHER. Impossible, nous en venons; et s'il n'y avait pas de soldats au bas de cet escalier, je croirais qu'il y est encore.

FALKENSKIELD. Peut-être bien!.. voyez, Koller. (Faisant signe à deux soldats, qui ouvrent la porte à droite et disparaissent avec Koller.)

RANTZAU, à part, sur le devant du théâtre, à droite. Quelque maladroit, quelque conspirateur en retard qui n'aura pas reçu contre-ordre et qui sera venu seul au rendez-vous?

KOLLER, entrant et restant au fond. Personne!

RANTZAU, à part. Tant mieux!

KOLLER. Et je ne conçois pas par quel hasard ils ont changé de plan.

RANTZAU, à part, souriant. Le hasard! les sots y croient tous!..

FALKENSKIELD, à Gœlher et à quelques soldats, montrant l'appartement à gauche. Il n'y a plus que cet appartement.

CHRISTINE. Le mien! y pensez-vous?

FALKENSKIELD. N'importe, entrez-y! (Gœlher, Koller et quelques soldats se présentent à la porte de la chambre, qui s'ouvre tout à coup, et Éric paraît.)

———

SCÈNE XI.

CHRISTINE, à gauche sur le devant du théâtre et s'appuyant sur la table qui est près d'elle; ÉRIC, qui vient d'ouvrir la porte à gauche; GŒLHER, KOLLER, au milieu et un peu au fond; FALKENSKIELD ET RANTZAU, sur le devant, à droite.

TOUS, apercevant Éric. O ciel!

CHRISTINE. Je me meurs!

ÉRIC. Me voici; je suis celui que vous cherchez.

FALKENSKIELD, avec colère. Éric Burkenstaff dans l'appartement de ma fille!

GŒLHER. Au nombre des conjurés!

ÉRIC, regardant Christine qui est près de se trouver mal. Oui, j'étais des conjurés! (Avec force et s'avançant au milieu du théâtre.) Oui, je conspirais!

TOUS. Est-il possible!

KOLLER, redescendant le théâtre. Je n'en savais rien!

RANTZAU. Et lui aussi!

KOLLER, à part. Il sait tout; s'il parle, je suis compromis. (Pendant cet aparté, Falkenskield a fait signe à Gœlher de se mettre à la table à gauche et d'écrire. Il se retourne alors vers Éric, qu'il interroge.)

FALKENSKIELD. Où sont vos complices? quels sont-ils?

ÉRIC. Je n'en ai pas.

KOLLER, bas à Éric. C'est bien! (Il s'éloigne vivement. Éric le regarde avec étonnement et se rapproche de Rantzau.)

RANTZAU fait à Éric un geste de tête approbatif, et dit à part: Ce n'est pas un lâche, celui-là.

FALKENSKIELD, à Gœlher. Vous avez écrit? (Se retournant vers Éric.) Point de complices?.. c'est impossible; les troubles dont votre père a été aujourd'hui la cause ou le prétexte, les armes que vous portiez, prouvent un projet dont nous avions déjà la connaissance; vous vouliez attenter à la liberté des ministres, à leurs jours peut-être: et ce projet, vous ne pouviez l'exécuter seul.

ÉRIC. Je n'ai rien à répondre, et vous ne saurez rien de moi, sinon que je conspirais contre vous; oui, je voulais briser le joug honteux sous lequel gémissent le roi et le Danemark; oui, il est parmi vous des gens indignes du pouvoir, des lâches que j'ai défiés en vain.

GŒLHER, toujours à table. Je donnerai là-dessus des explications au conseil.

FALKENSKIELD. Silence, Gœlher! et puisque M. Éric convient qu'il était d'une conspiration...

ÉRIC, *avec force*. Oui !

CHRISTINE, *à Falkenskield*. Il vous trompe, il vous abuse.

ÉRIC. Non, Mademoiselle ; ce que je dis, je dois le dire ; je suis trop heureux de l'avouer tout haut, (*Avec intention et la regardant.*) et de donner au parti que je sers ce dernier gage de dévouement.

KOLLER, *bas, à Rantzau*. C'est un homme perdu et son parti aussi.

RANTZAU, *à part, et seul à la droite du spectateur.* Pas encore ! c'est le moment, je crois, de délivrer Burkenstaff ; maintenant qu'il s'agit de son fils, il faudra bien qu'il se montre de nouveau, et cette fois enfin... (*Il se retourne vers Falkenskield et Gœlher qui se sont approchés de lui.*)

FALKENSKIELD, *donnant à Rantzau le papier que lui a remis Gœlher, et s'adressant à Éric.* Telle est décidément votre déclaration ?

ÉRIC. Oui, j'ai conspiré, oui, je suis prêt à le signer de mon sang ; vous ne saurez rien de plus. (*Gœlher, Falkenskield et Rantzau semblent, à ce mot, délibérer tous trois ensemble, à droite. Pendant ce temps Christine, qui est à gauche près d'Éric, lui dit à voix basse :)*

CHRISTINE. Vous vous perdez, il y va de vos jours.

ÉRIC, *de même.* Qu'importe ? vous ne serez pas compromise, et je vous l'avais juré.

FALKENSKIELD, *cessant de causer avec ses collègues, et s'adressant à Koller et aux soldats qui sont derrière lui, leur dit en montrant Éric :* Assurez-vous de lui.

ÉRIC. Marchons !

RANTZAU, *à part.* Pauvre jeune homme ! (*Prenant une prise de tabac.* Tout va bien. (*Des soldats emmènent Éric par la porte du fond ; la toile tombe.*)

FIN DU TROISIÈME ACTE.

ACTE QUATRIÈME.

L'appartement de la reine-mère dans le palais de Christianborg. Deux portes latérales. Porte secrète à gauche. A droite, un guéridon couvert d'un riche tapis.

SCÈNE PREMIÈRE.

LA REINE, *seule, assise à droite, près du guéridon.* Personne ! personne encore ! Je suis d'une inquiétude que chaque instant redouble, et je ne conçois rien à ce billet adressé par une main inconnue. (*Lisant.*) « Malgré le contre-ordre donné « par vous, un des conjurés a été arrêté hier soir, dans « l'hôtel de Falkenskield. C'est le jeune Éric Burkenstaff. « Voyez son père et faites-le agir, il n'y a pas de temps à « perdre. » Éric Burkenstaff arrêté comme conspirateur ! Il était donc des nôtres ! Pourquoi alors Koller ne m'en a-t-il pas prévenue ? Depuis hier je ne l'ai pas vu ; je ne sais pas ce qu'il devient. Pourvu que lui aussi ne soit pas compromis ; lui, le seul ami sur lequel je puisse compter ; car je viens de voir le roi ; je lui ai parlé, espérant m'en faire un appui ; mais sa tête est plus faible que jamais : à peine s'il a pu me comprendre ou me reconnaître. Et ce jeune homme, intimidé par leurs menaces, comme les chefs de la conspiration, s'il me trahit... Mais son père ! son père qui ne vient pas et qui maintenant est mon seul espoir ! Je lui ai fait dire de m'apporter les étoffes que je lui avais commandées, et il a dû me comprendre ; car à présent notre sort,

nos intérêts sont les mêmes : c'est de notre accord que dépend le succès.

UN HUISSIER DE LA CHAMBRE, *entrant.* Messire Raton Burkenstaff, le marchand, demande à présenter des étoffes à Votre Majesté.

LA REINE, *vivement.* Qu'il entre ! qu'il entre !

SCÈNE II.

LA REINE, RATON, MARTHE, *portant des étoffes sous son bras ;* L'HUISSIER, *qui reste au fond.*

RATON. Tu vois, femme, on ne nous a pas fait faire antichambre un seul instant ; à peine arrivés, aussitôt introduits.

LA REINE. Venez vite, je vous attendais.

RATON. Votre Majesté est trop bonne ! Vous n'aviez fait demander que moi, j'ai pris la liberté d'amener ma femme, à qui je n'étais pas fâché de faire voir le palais, et surtout la faveur dont Votre Majesté daigne m'honorer. .

LA REINE. Peu importe, si on peut se fier à elle. (*A l'huissier.*) Laissez-nous. (*L'huissier sort.*)

MARTHE. Voici quelques échantillons que je soumettrai à Votre Majesté.

LA REINE. Il n'est plus question de cela. Vous savez ce qui arrive ?

RATON. Eh ! non, vraiment ! je ne suis pas sorti de chez moi ; par un hasard que nous ne pouvons comprendre, j'étais sous clé.

MARTHE. Et il y serait encore sans un avis secret que j'ai reçu.

LA REINE, *vivement.* N'importe... je vous ai fait venir, Burkenstaff, parce que j'ai besoin de vos conseils et de votre appui...

RATON. Est-il possible ! (*A Marthe.*) Tu l'entends.

LA REINE. C'est le moment d'employer votre influence, de vous montrer enfin.

RATON. Vous croyez ?

MARTHE. Et moi, n'en déplaise à Votre Majesté, je crois que c'est le moment de rester tranquille ; il n'a déjà été que trop question de lui.

RATON, *à voix haute.* Te tairas-tu ? (*La reine lui fait signe de se modérer et va regarder au fond si on ne peut les entendre. Pendant ce temps Raton continue à demi-voix en s'adressant à sa femme.*) Vouloir nuire à mon avancement, à ma fortune !

MARTHE, *à demi-voix, à son mari.* Une jolie fortune ! nos meubles brisés, nos marchandises au pillage, six heures de prison dans une cave !

RATON, *hors de lui.* Ma femme ! j'en demande pardon à Votre Majesté. (*A part.*) Si j'avais su, je me serais bien gardé de l'amener. (*Haut.*) Qu'exigez-vous de moi ?

LA REINE. Que vous unissiez vos efforts aux miens pour sauver notre pays qu'on opprime et le rendre à la liberté.

RATON. Dieu merci ! on me connaît ; il n'y a rien que je ne fasse pour le pays et pour la liberté.

MARTHE. Et pour être nommé bourgmestre ; car c'est là ce que tu désires maintenant.

RATON. Ce que je désire, c'est que vous vous taisiez, ou sinon...

LA REINE, *à Raton, pour le modérer.* Silence...

RATON, *à demi-voix.* Parlez, Madame ; parlez vite !

LA REINE. Koller, un des nôtres, vous avait instruit de nos projets d'hier ?

RATON. Du tout.

LA REINE. Ce n'est pas possible! et cela m'étonne à un point...

RATON, *avec impatience.* Moi aussi... car enfin, et puisque M. Koller est un des nôtres, il me semble que j'étais le premier avec qui l'on devait s'entendre.

LA REINE. Surtout depuis l'arrestation de votre fils.

MARTHE, *poussant un cri.* Arrêté! dites-vous? mon fils est arrêté!

RATON. On a osé arrêter mon fils!

LA REINE. Quoi! ne le savez-vous pas?.. accusé de conspiration, il y va de ses jours, et voilà pourquoi je vous ai fait venir.

MARTHE, *courant à elle.* C'est bien différent, et si j'avais su... pardon, Madame... pardonnez-moi... (*Pleurant.*) Mon fils, mon pauvre enfant! (*A Raton, avec chaleur.*) La reine a raison, il faut le sauver, il faut le délivrer.

RATON. Certainement; il faut soulever le quartier, soulever la ville entière.

MARTHE, *qui a remonté le théâtre de quelques pas, revient près de lui.* Et vous restez là tranquille; vous n'êtes pas déjà au milieu de nos amis, de nos voisins, de nos ouvriers, pour les appeler comme hier à la révolte!

LA REINE. C'est tout ce que je demande.

RATON. J'entends bien, mais encore faut-il délibérer.

MARTHE. Il faut agir... il faut prendre les armes... courir au palais... qu'on me rende mon fils, qu'on nous le rende. (*Suivant son mari qui recule de quelques pas vers la droite.*) Vous n'êtes pas un homme si vous supportez un pareil affront, si vous et les citoyens de cette ville souffrez qu'on enlève un fils à sa mère, qu'on le plonge sans raison dans un cachot, qu'on fasse tomber sa tête; il y va du salut de tous; il y va de l'honneur du pays et de sa liberté!

RATON. La liberté... t'y voilà aussi!

MARTHE, *hors d'elle-même et sanglotant.* Eh! oui, sans doute! la liberté de mon fils, peu m'importe le reste; je ne vois que celle-là, mais nous l'obtiendrons.

LA REINE. Elle est entre vos mains; je vous seconderai de tout mon pouvoir, moi et les amis attachés à ma cause; mais agissez!.. agissez de votre côté pour renverser Struensée.

MARTHE. Oui, Madame, et pour sauver mon fils; comptez sur notre dévouement.

LA REINE. Tenez-moi au courant de ce que vous ferez, et des progrès de la sédition. (*Montrant la porte à gauche.*) Et tenez, tenez, par cet escalier secret qui donne sur les jardins, vous pouvez, vous et vos amis, communiquer avec moi et recevoir mes ordres... On vient, partez.

RATON. C'est très-bien... mais encore, si vous me disiez ce qu'il faut...

MARTHE, *l'entraînant.* Il faut me suivre... mon fils nous attend... viens... viens vite. (*A la reine.*) Soyez tranquille, Madame, je vous réponds de lui et de la révolte! (*Elle sort en entraînant son mari par la petite porte à gauche. Au même instant par la porte du fond paraît l'huissier.*)

LA REINE. Qu'y a-t-il? que me voulez vous?

L'HUISSIER. Deux ministres qui, au nom du conseil, sont chargés, disent-ils, d'une communication importante pour Votre Majesté.

LA REINE, *à part.* O ciel! qu'est-ce que cela signifie? (*Haut.*) Qu'ils entrent, je suis prête à les recevoir. (*Elle s'assied.*)

—

SCÈNE III.

LE COMTE DE RANTZAU, FALKENSKIELD, LA REINE, *assise à droite près du guéridon.*

FALKENSKIELD. Madame, depuis hier la tranquillité de la ville a été à plusieurs reprises sérieusement troublée; des rassemblements, des cris séditieux ont éclaté sur plusieurs points, et enfin hier soir on a tenté d'exécuter dans mon hôtel un complot dont on ignore encore les chefs; mais il nous est facile de les soupçonner.

LA REINE. Je pense, en effet, monsieur le comte, qu'il vous est plus facile d'avoir des soupçons que des preuves.

RANTZAU, *avec intention et regardant la reine.* Il est vrai qu'Éric Burkenstaff persiste à garder le silence... mais...

FALKENSKIELD. Obstination ou générosité qui lui coûtera la vie. Mais en attendant, par une mesure que la prudence commande, et pour prévenir dans leur origine des complots dont les auteurs ne resteront pas longtemps impunis, nous venons, au nom de la reine Mathilde et de Struensée, vous intimer l'ordre de ne point sortir de ce palais.

LA REINE, *se levant.* Un pareil ordre... à moi! et de quel droit?

FALKENSKIELD. D'un droit que nous n'avions pas hier et que nous prenons aujourd'hui. Un complot découvert rend un gouvernement plus fort. Struensée, qui hésitait encore, s'est enfin décidé à adopter les mesures énergiques que depuis longtemps je proposais: il ne suffit pas de frapper, mais de frapper promptement. Ainsi ce n'est plus devant les cours de justice ordinaire que doivent se traduire les crimes d'État; c'est devant le conseil de régence, seul tribunal compétent; c'est là que dans ce moment se décide le sort d'Éric Burkenstaff, en attendant que nous fassions comparaître devant nous des coupables d'un rang plus élevé.

LA REINE. Monsieur le comte!..

—

SCÈNE IV.

RANTZAU, *à gauche, à l'écart;* GOELHER, FALKENSKIELD, LA REINE.

(*Goelher entre par le fond, tenant plusieurs papiers à la main. Il aperçoit la reine, qu'il salue avec respect; puis s'adresse à Falkenskield, sans voir Rantzau qui est derrière lui.*)

GOELHER, *à Falkenskield.* Voici l'arrêt du conseil, qu'en ma qualité de secrétaire général je viens d'expédier, et auquel il ne manque plus que deux signatures.

FALKENSKIELD. C'est bien.

GOELHER, *étourdiment et montrant plusieurs papiers qu'il tient encore.* J'ai là en même temps, et comme vous m'en aviez chargé, le projet d'ordonnance où nous proposons à la reine d'admettre à la retraite...

FALKENSKIELD, *à voix basse et lui montrant Rantzau.* Taisez-vous donc?

GOELHER, *à part.* C'est juste; je ne le voyais pas. (*Regardant Rantzau, dont la physionomie est restée immobile.*) Il n'a pas entendu; il ne se doute de rien.

FALKENSKIELD, *parcourant les papiers que lui a remis Goelher.* L'arrêt d'Éric Burkenstaff! (*Lisant:*) Il est condamné!

LA REINE, *vivement.* Condamné!

FALKENSKIELD. Oui, Madame, et le même sort attend désormais quiconque serait tenté de l'imiter.

GOELHER. J'ai rencontré aussi une députation de magistrats et de conseillers du tribunal suprême. Sur le bruit seul qu'en violation de leurs droits et priviléges le conseil de régence s'attribuait l'affaire d'Éric Burkenstaff, ils venaient porter leurs plaintes au roi, et, pour parvenir jusqu'à lui, voulaient s'adresser à Madame.

FALKENSKIELD. Vous le voyez; c'est auprès de vous, Madame, que viennent se rallier tous les mécontents.

LA REINE. Et, grâce à vous, ma cour augmente chaque jour.

FALKENSKIELD, *à la reine.* Je ne veux pas alors refuser à Votre Majesté la vue de ses fidèles serviteurs. (*A Gœlher.*) Ordonnez qu'ils entrent; nous les recevrons en votre présence.

—

SCÈNE V.

RANTZAU, LE PRÉSIDENT, *en habit noir;* QUATRE CONSEILLERS, *également en habit noir et se tenant à quelques pas derrière lui;* GOELHER, *au milieu du théâtre;* FALKENSKIELD, *plus rapproché de* LA REINE, *qui se lève à l'arrivée des magistrats et se rassied à la même place à droite.*

FALKENSKIELD. Messieurs les conseillers, j'ai appris le motif qui vous amène : c'est pour prévenir par un châtiment rapide des scènes pareilles à celles qui nous ont dernièrement affligés, que nous nous sommes vus forcés à regret de changer les formes ordinaires de la justice.

LE PRÉSIDENT, *d'une voix ferme.* Pardon, Monseigneur : c'est quand l'État est en danger, c'est quand l'ordre public est troublé, qu'il faut demander à la justice et aux lois un appui contre la révolte, et non pas s'appuyer sur la révolte pour renverser la justice.

FALKENSKIELD, *avec hauteur.* Quelle que soit votre opinion à ce sujet, Messieurs, je dois vous prévenir que nous n'accordons pas ici, comme en France, aux parlements et aux cours souveraines le droit de remontrance : je vous exhorte, au contraire, à user de votre influence sur le peuple pour lui conseiller la soumission, pour l'engager à ne point renouveler les désordres d'hier; sinon, qu'il ne s'en prenne qu'à lui-même des malheurs qui pourraient en résulter pour la ville. Des troupes nombreuses y sont entrées cette nuit et y sont casernées. La garde du palais est confiée au colonel Koller, qui a ordre de repousser la moindre attaque par la force; et, pour prouver à tous que rien ne saurait nous intimider, Éric Burkenstaff, fils de ce bourgeois factieux à qui déjà nous avions fait grâce, Éric Burkenstaff, convaincu, par son propre aveu, de conspiration contre la reine et le conseil de régence, vient d'être condamné à mort, et c'est son arrêt que je signe. (*A Rantzau.*) Comte de Rantzau, il n'y manque que votre signature. (*Il s'approche de Rantzau.*)

RANTZAU, *froidement.* Je ne la donnerai pas.

TOUS. O ciel!

FALKENSKIELD. Et pourquoi?

RANTZAU. Parce que l'arrêt me semble injuste, aussi bien que la détermination d'ôter à la cour suprême des priviléges que nous n'avons pas le droit de lui ravir.

FALKENSKIELD. Monsieur!..

RANTZAU. C'est mon avis, du moins. Je désapprouve toutes ces mesures; elles sont contre ma conscience, et je ne signerai pas.

FALKENSKIELD. C'était devant le conseil qu'il fallait vous exprimer ainsi.

RANTZAU. C'est tout haut, c'est partout qu'il faut protester contre l'injustice!

GOELHER. Dans ces cas-là, Monsieur, on donne sa démission.

RANTZAU. Je ne le pouvais pas hier : vous étiez en danger, vous étiez menacés; aujourd'hui vous êtes tout-puissants, rien ne vous résiste; je peux me retirer sans lâcheté; et cette démission, que M. Gœlher attend avec tant d'impatience, je la donne.

FALKENSKIELD. Je la transmettrai à la reine, qui l'acceptera.

GOELHER. Nous l'accepterons.

FALKENSKIELD. Messieurs, vous m'avez entendu... vous pouvez vous retirer.

LE PRÉSIDENT, *à Rantzau.* Nous n'attendons pas moins de vous, monsieur le comte, et le pays vous en remercie. (*Il sort, ainsi que les conseillers.*)

FALKENSKIELD. Je vais rendre compte à la reine et à Struensée d'une conduite à laquelle j'étais loin de m'attendre.

RANTZAU. Mais qui vous enchante.

FALKENSKIELD, *sortant.* Vous me suivez, Gœlher?

GOELHER. Dans l'instant. (*S'approchant de Rantzau d'un air railleur.*) Je voulais auparavant...

RANTZAU. Me remercier?.. il n'y a pas de quoi... vous voilà ministre.

GOELHER. Je l'aurais été sans cela. (*Lui montrant les papiers qu'il tient encore à la main.*) J'avais pris mes précautions. Je vous avais bien dit que je vous renverserais!

RANTZAU, *souriant.* C'est vrai! Alors, que je ne vous retienne pas; hâtez-vous, ministre d'un jour!

GOELHER, *souriant.* Ministre d'un jour!

RANTZAU. Qui sait?.. peut-être moins encore. Aussi je serais désolé de vous faire perdre quelques instants de pouvoir; ils sont trop précieux!

GOELHER. Comme vous dites. (*Il salue la reine respectueusement et sort.*)

—

SCÈNE VI.

LA REINE, *étonnée, le suit quelque temps des yeux en remontant le théâtre;* RANTZAU.

RANTZAU, *à part.* Ah! mes chers collègues étaient décidés à me destituer; je les ai prévenus, et maintenant nous allons voir.

LA REINE. Je n'en puis revenir encore! Vous, Rantzau, donner votre démission!

RANTZAU. Pourquoi pas? Il y a des occasions où l'homme d'honneur doit se montrer.

LA REINE. Mais c'est vous perdre.

RANTZAU. Du tout, c'est une excellente chose qu'une bonne démission donnée à propos. (*A part.*) C'est une pierre d'attente. (*Haut.*) Et puis, s'il faut vous avouer ma faiblesse, moi, homme d'État, qui me croyais à l'abri de toute émotion, je me sens là un penchant pour ce pauvre Éric Burkenstaff; je suis indigné de la conduite que l'on tient envers lui... et envers vous, Madame; et c'est surtout ce qui m'a décidé.

LA REINE. En effet, oser me retenir en ces lieux!

RANTZAU. Si ce n'était que cela!..

LA REINE. O ciel!.. ils ont d'autres projets!.. vous les connaissez!

RANTZAU. Oui, Madame; et maintenant que je ne suis plus membre du conseil, mon amitié peut vous les révéler. Éric n'est pas le seul qu'on ait arrêté. Deux autres agents subalternes, Herman et Christian...

LA REINE. Grand Dieu!.. ils ont parlé!.. Ce pauvre Koller sera compromis!

RANTZAU. Non, Madame; ce pauvre Koller est le premier qui vous ait abandonnée, qui vous ait trahie.

LA REINE. Ce n'est pas possible!

RANTZAU. La preuve... c'est qu'il est plus en faveur que jamais... c'est que la garde du palais lui est confiée; et quand je vous disais encore hier : Ne vous livrez point à lui... il vous vendra!..

LA REINE. A qui donc se fier? grand Dieu!

RANTZAU. A personne!.. et vous en ferez la triste expérience; car, en attendant le procès qu'on doit vous intenter pour la forme, on est décidé à vous jeter dans un château-fort d'où vous ne sortirez plus. C'est ce soir même qu'on

CHRISTINE. Non, je ne me relèverai pas. — Acte 5, scène 5.

doit vous y conduire, et celui qui est chargé d'exécuter cet ordre... que dis-je ? celui qui l'a sollicité... c'est Koller.

LA REINE. Quelle horreur !

RANTZAU. Il doit se rendre ici, à la nuit tombante.

LA REINE. Lui ! Koller ! une pareille audace d'ingratitude !.. Mais savez-vous que j'ai de quoi le perdre, que j'ai ici des lettres de sa main ?

RANTZAU, *souriant.* Vraiment !..

LA REINE. Vous allez voir.

RANTZAU. Je comprends alors pourquoi il tenait tant à se charger seul de votre arrestation, pour saisir en même temps vos papiers et ne remettre au conseil que ceux qu'il jugerait convenable.

LA REINE, *qui a ouvert son secrétaire, et qui y a pris des lettres qu'elle présente à Rantzau.* Tenez !.. tenez !.. et si je succombe, qu'au moins j'aie le plaisir de faire tomber sa tête.

RANTZAU, *prenant vivement les lettres, qu'il met dans sa poche.* Et que feriez-vous, Madame, de la tête de Koller ? Il ne s'agit pas ici de se venger... mais de réussir.

LA REINE. Réussir ! et comment ?.. Tous mes amis m'abandonnent, excepté un seul... une main inconnue, la vôtre peut-être, qui m'a conseillé de m'adresser à Raton Burkenstaff.

RANTZAU. Moi !.. Y pensez-vous ?

LA REINE, *vivement.* Enfin, croyez-vous qu'il puisse parvenir à soulever le peuple ?

RANTZAU. A lui seul !.. non, Madame.

LA REINE. Il l'a bien fait hier.

RANTZAU. Raison de plus pour ne pas le faire aujourd'hui ; l'autorité est avertie, elle est sur ses gardes, elle a pris ses mesures ; d'ailleurs, votre Raton Burkenstaff est incapable d'agir par lui-même ! c'est un instrument, une machine, un levier qui, dirigé par une main habile ou puissante, peut rendre des services, mais à la condition qu'il ne saura ni pour qui ni comment... car, s'il se mêle de comprendre, il n'est plus bon à rien !

LA REINE. Que me reste-t-il alors ?.. Entourée d'ennemis ou de pièges ; sans secours, sans appui, menacée dans ma liberté, dans mes jours peut-être, il faut se résigner à son sort et savoir mourir... Mathilde l'emporte... et ma cause est perdue !

RANTZAU, *froidement et à demi-voix.* C'est ce qui vous trompe... elle n'a jamais été plus belle.

LA REINE. Que dites-vous ?

RANTZAU. Hier, il n'y avait rien à faire, car vous n'aviez

pour vous qu'une poignée d'intrigants, et vous conspiriez au hasard et sans but. Aujourd'hui, vous avez pour vous l'opinion publique, les magistrats, le pays tout entier qu'on insulte, qu'on outrage, qu'on veut tyranniser, à qui l'on veut ravir ses droits... Vous les défendez, et lui défend les vôtres. Notre roi Christian est dépouillé de son autorité contre toute justice, vous et Éric Burkenstaff êtes condamnés contre toutes les lois; le peuple se prononce toujours pour les opprimés; vous l'êtes en ce moment... grâce au ciel; c'est un avantage qu'il ne faut pas perdre, et dont il faut profiter.

LA REINE. Et comment? puisque le peuple ne peut me secourir!..

RANTZAU. Il faut vous en passer! il faut agir sans lui, certaine, quoi qu'il arrive, de l'avoir pour allié.

LA REINE. Et si demain Mathilde ou Struensée doivent me faire arrêter, comment les en empêcher?

RANTZAU, souriant. En les arrêtant dès ce soir!

LA REINE, effrayée. O ciel! vous oseriez...

RANTZAU, froidement. Il ne s'agit pas de moi... mais de vous.

LA REINE, étonnée. Qu'est-ce à dire?

RANTZAU. Un mot d'abord: êtes-vous bien persuadée, comme je le suis moi-même, que dans ce moment il ne vous reste d'autre chance, d'autre alternative que la régence, ou une prison perpétuelle?

LA REINE. Je le crois fermement.

RANTZAU. Avec une telle certitude on peut tout oser; ce qui serait témérité ailleurs devient ici de la prudence! (Lentement et montrant la porte à gauche.) Cette porte conduit dans l'appartement du roi?

LA REINE. Oui, je viens de le voir..... seul, abandonné de tous, et dans ce moment presque tombé en enfance.

RANTZAU, de même et à demi-voix. Alors, et puisque vous pouvez encore pénétrer jusqu'à lui, il vous serait facile d'obtenir...

LA REINE. Sans doute!.. mais à quoi bon? à quoi servira l'ordre d'un roi sans pouvoir?

RANTZAU, à demi-voix et avec force. Que nous l'ayons seulement!..

LA REINE, vivement. Et vous agirez?..

RANTZAU. Non pas moi.

LA REINE. Et qui donc?

RANTZAU, s'arrêtant. On frappe. (Montrant la petite porte à gauche.)

LA REINE, à demi-voix. Qui vient là?

RATON, en dehors. Moi, Raton de Burkenstaff.

RANTZAU, à demi-voix, à la reine. A merveille!.... c'est l'homme qu'il vous faut pour exécuter vos ordres, lui et Koller.

LA REINE. Y pensez-vous?

RANTZAU. Il est inutile qu'il me voie; faites-le attendre ici quelques instants et venez me retrouver.

LA REINE. Où donc?

RANTZAU, à demi-voix. Là!

LA REINE. Dans l'antichambre du roi! (Rantzau sort par la porte à deux battants, à gauche.)

SCÈNE VII.

RATON, LA REINE.

RATON, entrant mystérieusement. C'est moi, Madame, qui n'ai encore rien à vous annoncer et qui viens à ce sujet consulter Votre Majesté.

LA REINE, vivement. C'est bien!.. c'est bien!.. c'est le ciel qui vous envoie.... Attendez ici et n'en sortez pas... attendez

les ordres que je vais vous donner et que vous aurez soin d'exécuter à l'instant.

RATON, s'inclinant. Oui, Madame... (La reine entre dans l'appartement à gauche.)

—

SCÈNE VIII.

RATON, seul. Ça ne fera pas mal!.. je ne serai pas fâché de savoir ce que j'ai à faire... car tout retombe sur moi, et je ne sais auquel entendre... Maître, où faut-il aller?.. maître, qu'est-ce qu'il faut dire?.. maître, qu'est-ce qu'il faut faire?.. Est-ce que je sais? je leur réponds toujours : Attendez!.. on ne risque rien d'attendre... il peut arriver des idées, tandis qu'en se pressant...

—

SCÈNE IX.

JEAN, RATON, MARTHE.

RATON, à Marthe et à Jean qui entrent par la petite porte à gauche. Eh bien!

JEAN, tristement. Cela va mal... tout est tranquille!

MARTHE. Les rues sont désertes, les boutiques sont fermées, les ouvriers que nous avons envoyés ont eu beau crier : Vive Burkenstaff! personne n'a répondu!..

RATON. Personne!.. c'est inconcevable!.. des gens qui m'adoraient hier!.. qui me portaient en triomphe... et aujourd'hui ils restent chez eux!

JEAN. Et le moyen de sortir? Il y a des soldats dans toutes les rues.

RATON. Vraiment!

JEAN. Les portes de nos ateliers sont gardées par des piquets de cavalerie.

RATON. Ah! mon Dieu!

MARTHE. Et ceux des ouvriers qui ont voulu se montrer ont été arrêtés à l'instant même.

RATON, effrayé. Voilà qui est bien différent. Écoutez donc, mes enfants, je ne savais pas cela. Je dirai à la reine-mère: Madame, j'en suis bien fâché; mais à l'impossible nul n'est tenu, et je crois que ce que nous avons de mieux à faire est de retourner chacun chez nous.

MARTHE. Ce n'est plus possible, notre maison est envahie; des trabans de la garde y sont casernés; ils mettent tout au pillage; et si vous y paraissiez maintenant, il y a ordre de vous saisir, et peut-être pire encore.

RATON. Mais ça n'a pas de nom! c'est épouvantable! c'est d'un arbitraire! Et où nous cacher maintenant?

MARTHE. Nous cacher! quand mon fils est en danger, quand on dit qu'il vient d'être condamné!

RATON. Est-il possible!

MARTHE. C'est vous qui l'avez voulu; et maintenant que nous y sommes, c'est à vous de nous en retirer; il faut agir: décidez quelque chose.

RATON. Je ne demande pas mieux, mais quoi?

JEAN. Les ouvriers du port, les matelots norvégiens sont en liberté; ceux-là ne reculeront pas; et en leur donnant de l'argent...

MARTHE, vivement. Il a raison!.. De l'or! de l'or! tout ce que nous avons!

RATON. Permets donc...

MARTHE. Vous hésiteriez?

RATON. Du tout; je ne dis pas non, mais je ne dis pas oui.

JEAN. Et qu'est-ce que vous dites donc?

RATON. Je dis qu'il faut attendre.

MARTHE. Attendre!.. et qui vous empêche de prendre un parti?

JEAN. Vous êtes le chef du peuple.

RATON, *avec colère.* Certainement, je suis le chef! et on ne me dit rien, on ne me commande rien; c'est inconcevable!

—

SCÈNE X.

LES PRÉCÉDENTS, L'HUISSIER.

L'HUISSIER, *s'adressant à Raton, et lui présentant une lettre sous envelloppe.* A monsieur Raton Burkenstaff, de la part de la reine.

RATON. De la reine! c'est bien heureux! (*A l'huissier, qui se retire.*) Merci, mon ami... Voilà enfin ce que j'attendais pour agir.

MARTHE ET JEAN. Qu'est-ce donc?

RATON. Silence! Je ne vous le disais pas, je ne disais rien; mais c'était convenu, concerté avec la reine; nous avions notre plan.

MARTHE. C'est différent.

RATON. Voyons un peu... d'abord ce petit mot. (*Lisant, à part.*) « Mon cher Raton, je vous confie, comme chef du « peuple, cet ordre du roi... » Du roi! est-il possible! « Vous le remettrez vous-même à son adresse. » Je n'y manquerai pas. « Après quoi, et sans entrer dans aucun détail « ni éclaircissement, vous vous retirerez, vous sortirez du « palais, vous vous tiendrez soigneusement caché. » Tout cela sera scrupuleusement exécuté. « Et demain, au point du « jour, si vous voyez le pavillon royal flotter sur les tours « de Christianborg, parcourez la ville avec tous les amis « dont vous pourrez disposer en criant: Vive le roi! » C'est dit. « Déchirez sur-le-champ ce billet. » (*Le déchirant.*) C'est fait.

MARTHE ET JEAN. Eh bien! qu'y a-t-il?

RATON. Taisez-vous, femme! taisez-vous! les secrets d'État ne vous regardent pas; qu'il vous suffise d'apprendre que je sais ce que j'ai à faire... Voyons un peu... (*Prenant le papier cacheté.*) « A Raton de Barkenstaff, pour remettre au « général Koller. »

MARTHE. Koller!

RATON, *cherchant.* Qu'est-ce que c'est que ça? (*Se rappelant.*) Ah! je le sais... un des nôtres dont la reine nous parlait ce matin... tu ne te rappelles pas?

MARTHE. Si vraiment!

RATON. Il l'aura bientôt, c'est convenu. Quant à nous, mes enfants, ce qui nous reste à exécuter, c'est de sortir d'ici sans bruit, de nous tenir cachés toute la soirée...

MARTHE. Y penses-tu?

RATON. Silence donc! c'est dans notre plan. (*A Jean.*) Toi, pendant la nuit, tu rassembleras les matelots norvégiens dont tu nous parlais tout à l'heure; tu leur donneras de l'or, beaucoup d'or; on me le rendra... en honneurs et en dignités... et puis vous viendrez tous me trouver avant le point du jour, et alors...

MARTHE. Cela sauvera-t-il mon fils?

RATON. Belle demande!.. Oui, femme, oui, cela le sauvera... et je serai conseiller, et j'aurai une belle place, et Jean aussi... une petite.

JEAN. Laquelle?

RATON. Je te promets quelque chose... Mais nous perdons là un temps précieux, et j'ai tant d'affaires en tête! Quand il faut penser à tout, par où commencer? Ah! cette lettre à M. Koller, c'est par là d'abord qu'il faut... Venez, suivez-

moi. (*Jean et Marthe vont pour sortir par la porte à gauche; Koller paraît à la porte du fond; Raton s'arrête au milieu du théâtre.*)

—

SCÈNE XI.

JEAN, MARTHE, RATON, KOLLER.

KOLLER, *apercevant Raton.* Que vois-je! Que faites-vous ici? qui êtes-vous?

RATON. Que vous importe? je suis chez la reine, j'y suis par son ordre. Et vous-même, qui êtes-vous, pour m'interroger?

KOLLER. Le colonel Koller.

RATON. Koller! quelle rencontre! Et moi, je suis Raton de Burkenstaff, chef du peuple.

KOLLER. Et vous osez venir en ce palais, quand l'ordre est donné de vous arrêter?

MARTHE. O ciel!

RATON. Sois donc paisible! (*A Koller, à demi-voix.*) Je sais qu'avec vous je n'ai rien à craindre; car nous sommes du même bord, nous nous entendons... vous êtes des nôtres.

KOLLER, *avec mépris.* Moi!

RATON, *à demi-voix.* Et la preuve, c'est que voilà un papier que je suis chargé de vous remettre, et de la part du roi.

KOLLER, *vivement.* Du roi!.. Qu'est-ce que cela signifie? (*Il ouvre la lettre, qu'il parcourt.*) O ciel! un pareil ordre!..

RATON, *le regardant et s'adressant à sa femme et à Jean.* Vous voyez déjà l'effet...

KOLLER. Christian!.. c'est bien sa main, c'est sa signature... Et vous m'expliquerez, Monsieur, comment il se fait...

RATON, *gravement.* Je n'entrerai dans aucun détail ni éclaircissement: c'est l'ordre du roi; vous savez ce qui vous reste à faire... et moi aussi... je m'en vais.

MARTHE, *le retenant.* Eh! mon Dieu! qu'y a-t-il donc dans ce papier?

RATON. Ça ne te regarde pas, et tu ne peux le savoir. (*A sa femme et à Jean.*) Viens, femme, partons.

JEAN. J'aurai une place! j'espère bien qu'elle sera bonne... sans cela... Je vous suis, notre maître. (*Raton, Marthe et Jean sortent par la petite porte à gauche.*)

—

SCÈNE XII.

RANTZAU, *sortant de la porte à deux battants, à gauche;* KOLLER, *debout, plongé dans ses réflexions, tenant toujours la lettre dans sa main.*

KOLLER. Grand Dieu! Monsieur de Rantzau!

RANTZAU. Monsieur le colonel me semble bien préoccupé!

KOLLER, *allant à lui.* Votre présence, monsieur le comte, est ce qui pouvait m'arriver de plus heureux; et vous attesterez au conseil de régence...

RANTZAU. Je n'en suis plus, j'ai donné ma démission.

KOLLER, *avec étonnement et à part.* Sa démission!.. l'autre parti va donc mal! (*Haut.*) Je ne m'attendais pas à un pareil événement, pas plus qu'à l'ordre inconcevable que je reçois à l'instant.

RANTZAU. Un ordre!... et de qui?

KOLLER, *à demi-voix.* Du roi.

RANTZAU. Pas possible!

KOLLER. Au moment où, d'après l'ordre du conseil, je me

rendais ici pour arrêter la reine-mère, le roi, qui ne se mêlait plus, depuis longtemps, ni du gouvernement, ni des affaires de l'État, le roi, qui semblait avoir résigné toute son autorité entre les mains du premier ministre, m'ordonne, à moi Koller, son fidèle serviteur, d'arrêter ce soir même Mathilde et Struensée.

RANTZAU, *froidement et après avoir regardé l'acte.* C'est bien la signature de notre seul et légitime souverain, Christian VII, roi de Danemark.

KOLLER. Qu'en pensez-vous?

RANTZAU. C'est ce que j'allais vous demander; car ce n'est pas à moi, c'est à vous que l'ordre est adressé.

KOLLER, *avec inquiétude.* Sans doute; mais, forcé d'obéir au roi ou au conseil de régence, que feriez-vous à ma place?

RANTZAU. Ce que je ferais!.. D'abord, je ne demanderais pas de conseils.

KOLLER. Vous agiriez; mais dans quel sens?

RANTZAU, *froidement.* Cela vous regarde. Comme en toute affaire votre intérêt seul vous détermine, pesez, calculez, et voyez lequel des deux partis vous offre le plus d'avantage.

KOLLER. Monsieur...

RANTZAU. C'est là, je pense, ce que vous me demandez, et je vous engagerai d'abord à lire attentivement la suscription de cette lettre; il y a là : Au général Koller.

KOLLER, *à part.* Au général!.. ce titre qu'on m'a toujours refusé. (*Haut.*) Moi, général!

RANTZAU, *avec dignité.* C'est justice : un roi récompense ceux qui le servent, comme il punit ceux qui lui désobéissent.

KOLLER, *lentement et le regardant.* Pour récompenser ou punir il faut du pouvoir; en a-t-il?

RANTZAU, *de même.* Qui vous a remis cet ordre?

KOLLER. Raton Burkenstaff, chef du peuple.

RANTZAU. Cela prouverait qu'il y a dans le peuple un parti prêt à éclater et à vous seconder.

KOLLER, *vivement.* Votre Excellence peut-elle me l'assurer?

RANTZAU, *froidement.* Je n'ai rien à vous dire; vous n'êtes pas mon ami, je ne suis pas le vôtre; je n'ai pas besoin de travailler à votre fortune.

KOLLER. Je comprends. (*Après un instant de silence et se rapprochant de Rantzau.*) En sujet fidèle, je voudrais obéir aux ordres du roi... c'est mon devoir d'abord; mais les moyens d'exécution...

RANTZAU, *lentement.* Sont faciles... La garde du palais vous est confiée, et vous commandez seul aux soldats qui y sont renfermés.

KOLLER, *avec incertitude.* D'accord, mais si l'on échoue...

RANTZAU, *négligemment.* Eh bien! que peut-il arriver?

KOLLER. Que demain Struensée me fera pendre ou fusiller.

RANTZAU, *se retournant vers lui avec fermeté.* N'est-ce que cela qui vous arrête?

KOLLER, *de même.* Oui.

RANTZAU, *de même.* Aucune autre considération?

KOLLER, *de même.* Aucune.

RANTZAU, *froidement.* Eh bien! alors, rassurez-vous... de toute manière cela ne peut pas vous manquer.

KOLLER. Que voulez-vous dire?

RANTZAU. Que si demain Struensée est encore au pouvoir, il vous fera arrêter et condamner dans les vingt-quatre heures.

KOLLER. Et sous quel prétexte? pour quel crime?

RANTZAU, *lui montrant des lettres qu'il remet sur-le-champ dans sa poche.* En faut-il d'autre que ces lettres écrites par vous à la reine-mère, ces lettres qui contiennent la conception première du complot qui doit éclater aujourd'hui, et où Struensée verra qu'hier même en le servant vous le trahissiez encore?

KOLLER. Monsieur, vous voulez me perdre!

RANTZAU. Du tout; il ne tient qu'à vous que ces preuves de votre trahison deviennent des preuves de fidélité.

KOLLER. Et comment?

RANTZAU. En obéissant à votre souverain.

KOLLER, *avec fureur.* Mais vous êtes donc pour le roi? vous agissez donc en son nom?

RANTZAU, *avec fierté.* Je n'ai pas de compte à vous rendre; je ne suis pas en votre puissance et vous êtes dans la mienne; quand je vous ai entendu hier, devant le conseil assemblé, dénoncer des malheureux dont vous étiez le complice, je n'ai rien dit, je ne vous ai pas démasqué, je vous ai protégé de mon silence : cela me convenait alors; cela ne me convient plus aujourd'hui; et, puisque vous m'avez demandé conseil, je vais vous en donner un. (*D'un air impératif et à demi-voix.*) C'est celui d'exécuter les ordres de votre roi, d'arrêter cette nuit, au milieu du bal qui se prépare, Mathilde et Struensée, ou sinon...

KOLLER, *dans le plus grand trouble.* Eh bien! dites-moi seulement que cette cause est désormais la vôtre, que vous êtes un des chefs, et j'accepte.

RANTZAU. C'est vous seul que cela regarde. Ce soir la punition de Struensée, ou demain la vôtre. Demain vous serez général... ou fusillé... choisissez. (*Il fait un pas pour sortir.*)

KOLLER, *l'arrêtant.* Monsieur le comte!..

RANTZAU. Eh bien! que décidez-vous, colonel?

KOLLER. J'obéirai.

RANTZAU. C'est bien! (*Avec intention.*) Adieu... général! (*Il sort par la porte à gauche, et Koller par le fond.*)

FIN DU QUATRIÈME ACTE.

ACTE CINQUIÈME.

Un salon de l'hôtel de Falkenskield. De chaque côté une grande porte; une au fond. Ainsi que deux croisées donnant sur des balcons. A gauche, sur le premier plan, une table et ce qu'il faut pour écrire. Sur la table, deux flambeaux allumés.

SCÈNE PREMIÈRE.

CHRISTINE, *enveloppée d'une mante, et dessous en costume de bal;* FALKENSKIELD.

FALKENSKIELD, *entrant en donnant le bras à sa fille.* Eh bien! comment cela va-t-il?

CHRISTINE. Je vous remercie, mon père, beaucoup mieux.

FALKENSKIELD. Votre pâleur m'avait effrayé; j'ai vu le moment où, au milieu de ce bal, devant la reine, devant toute la cour, vous alliez vous trouver mal.

CHRISTINE. Vous le savez, j'aurais désiré rester ici; c'est vous qui, malgré mes prières, avez voulu que l'on me vît à cette fête.

FALKENSKIELD. Certainement! que n'aurait-on pas dit de votre absence!.. C'est déjà bien assez qu'hier, lorsqu'on a arrêté chez moi ce jeune homme, tout le monde ait pu remarquer votre trouble et votre effroi... Ne fallait-il pas donner à penser que vos chagrins vous empêchaient de paraître à cette fête?

CHRISTINE. Mon père!

FALKENSKIELD, *reprenant d'un air détaché.* Qui du reste était superbe .. Une magnificence! un éclat! et quelle foule dorée se pressait dans ces immenses salons!.. Je ne veux pas d'autres preuves de l'affermissement de notre pouvoir; nous avons enfin fixé la fortune, et jamais, je crois, la reine n'avait été plus séduisante; on voyait rayonner un air de triomphe et de plaisir dans ses beaux yeux, qu'elle reportait sans cesse sur Struensée... Eh! mais, à propos d'homme heureux, avez-vous remarqué le baron de Goelher?

CHRISTINE. Non, Monsieur.

FALKENSKIELD. Comment, non ? il a ouvert le bal avec la reine, et paraissait plus fier encore de cette distinction que de sa nouvelle dignité de ministre, car il a été nommé... Il succède décidément à M. de Rantzau, qui, en habile homme, nous quitte et s'en va quand la fortune arrive.

CHRISTINE. Tout le monde n'agit pas ainsi.

FALKENSKIELD. Oui... il a toujours tenu à se singulariser ; aussi nous ne lui en voulons pas ; qu'il se retire, qu'il fasse place à d'autres : son temps est fini, et la reine, qui craint son esprit... a été enchantée de lui donner pour successeur...

CHRISTINE. Quelqu'un qu'elle ne craint pas.

FALKENSKIELD. Justement ! un aimable et beau cavalier comme mon gendre.

CHRISTINE. Votre gendre !

FALKENSKIELD, d'un air sévère, et regardant Christine. Sans doute.

CHRISTINE, timidement. Demain, mon père, je vous parlerai au sujet de M. de Gœlher.

FALKENSKIELD. Et pourquoi pas sur-le-champ ?

CHRISTINE. Il est tard, la nuit est bien avancée... et puis, je ne suis pas encore assez remise de l'émotion que j'ai éprouvée.

FALKENSKIELD. Mais cette émotion, quelle en était la cause ?

CHRISTINE. Oh ! pour cela, je puis vous le dire. Jamais je ne m'étais trouvée plus seule, plus isolée, qu'au milieu de cette fête ; et en voyant le plaisir qui brillait dans tous les yeux, cette foule si joyeuse, si animée, je ne pouvais croire qu'à quelques pas de là, peut-être, des infortunés gémissaient dans les fers... Pardon, mon père, c'était plus fort que moi : cette idée-là me poursuivait sans cesse. Quand M. d'Osten s'est approché de Struensée, qui était près de moi, et lui a parlé à voix basse, je n'entendais pas ce qu'il disait ; mais Struensée témoignait de l'impatience, et, voyant la reine qui venait à lui, il s'est levé en disant : « C'est inut le, Monsieur, jamais de pitié pour les crimes de haute trahison, ne l'oubliez pas. » Le comte s'est incliné, puis, regardant la reine et Struensée, il a dit : « Je ne l'oublierai pas, Monseigneur, et bientôt, peut-être, je vous le rappellerai. »

FALKENSKIELD. Quelle audace !

CHRISTINE. Cet incident avait rassemblé quelques personnes autour de nous, et j'entendais confusément murmurer ces mots : « Le ministre a raison ; il faut un exemple... — Soit, « disaient les autres, mais le condamner à mort !.. » Le condamner ! à ce mot un froid mortel s'est glissé dans mes veines ; un voile a couvert mes yeux... j'ai senti que la force m'abandonnait.

FALKENSKIELD. Heureusement j'étais là, près de toi.

CHRISTINE. Oui, c'était une terreur absurde, chimérique, je le sens ; mais que voulez-vous ! Renfermée aujourd'hui dans mon appartement, je n'avais vu ni interrogé personne... Il est un nom, vous le savez, que je n'ose prononcer devant vous ; mais lui, n'est-ce pas, il n'y a pas à trembler pour ses jours ?

FALKENSKIELD. Non... sans doute... rassure-toi.

CHRISTINE. C'est ce que je pensais... c'est impossible ; et puis, arrêté hier, il ne peut pas être condamné aujourd'hui ; et les démarches, les instances de ses amis, les vôtres, mon père...

FALKENSKIELD. Certainement ; et comme tu le disais, demain, mon enfant, demain nous parlerons de cela. Je me retire, je te quitte.

CHRISTINE. Vous retournez à ce bal ?

FALKENSKIELD. Non, j'y ai laissé Gœlher, qui nous représente à merveille, et qui dansera probablement toute la nuit. Le jour ne peut pas tarder à paraître ; je ne me coucherai pas, j'ai à travailler, et je vais passer dans mon cabinet. Holà ! quelqu'un ! (Joseph paraît au fond, ainsi qu'un autre domestique qui va prendre sur la table à gauche un des deux flambeaux.) Allons ! de la force, du courage... bonsoir, mon enfant, bonsoir. (Il sort suivi du domestique qui porte le flambeau.)

—

SCÈNE II.

CHRISTINE, JOSEPH.

CHRISTINE. Je respire ! je m'étais alarmée sans motif, il était question d'un autre. Hélas ! il me semble que tout le monde doit être comme moi, et ne s'occuper que de lui !..

JOSEPH, qui s'est approché de Christine. Mademoiselle...

CHRISTINE. Qu'y a-t-il, Joseph ?

JOSEPH. Une femme qui a l'air bien à plaindre est ici depuis longtemps. Quand elle devrait, disait-elle, passer toute la nuit à attendre, elle est décidée à ne pas quitter l'hôtel sans avoir parlé à Mademoiselle en particulier.

CHRISTINE. A moi ?

JOSEPH. Du moins elle m'a supplié de vous le demander.

CHRISTINE. Qu'elle vienne !.... quoique bien fatiguée, je la recevrai.

JOSEPH, qui pendant ce temps a été chercher Marthe. Entrez, Madame, voilà Mademoiselle, et dépêchez-vous, car il est tard. (Il sort.)

—

SCÈNE III.

MARTHE, CHRISTINE.

MARTHE. Mille pardons, Mademoiselle, d'oser à une pareille heure...

CHRISTINE, la regardant. Madame Burkenstaff ! (Courant à elle et lui prenant les mains.) Ah ! que je suis contente de vous avoir reçue !.. que je suis heureuse de vous voir ! (A part avec joie et attendrissement.) Sa mère ! (Haut.) Vous venez me parler d'Éric.

MARTHE. Eh ! dans le désespoir qui m'accable, puis-je parler d'autre chose que de mon fils... de mon pauvre enfant ! je viens de le voir.

CHRISTINE, vivement. Vous l'avez vu ?

MARTHE, pleurant. Je viens de l'embrasser, Mademoiselle, pour la dernière fois !

CHRISTINE. Que dites-vous ?

MARTHE. Son arrêt lui avait été signifié cette après-midi.

CHRISTINE. Quel arrêt ?.. qu'est-ce que cela signifie ?

MARTHE, avec joie. Vous l'ignoriez donc !.. ah ! tant mieux !.. sans cela, vous n'auriez pas été au bal, n'est-il pas vrai ?.. Quelque grande dame que vous soyez, vous n'auriez pas pu vous divertir quand celui qui avait tant d'affection pour vous est condamné à mort ?

CHRISTINE, poussant un cri. Ah !.. (Avec égarement.) Ils disaient donc vrai !.. c'était de lui qu'ils parlaient, et mon père m'a trompée ! (A Marthe.) Il est condamné ?

MARTHE. Oui, Mademoiselle... Struensée a signé, la reine a signé : concevez-vous cela ? elle est mère cependant !.. elle a un fils !

CHRISTINE. Remettez-vous !.. tout n'est pas perdu ; j'ai encore de l'espoir.

MARTHE. Et moi, je n'en ai plus qu'en vous !.. Mon mari a des projets qu'il ne peut pas m'expliquer ; je ne devrais pas vous dire cela ; mais vous, du moins, vous ne me trahirez point ; en attendant, il n'ose se montrer, il se tient caché ; ses amis n'arriveront pas, ou arriveront trop tard ; et moi, dans ma douleur, que puis-je tenter ? que puis-je faire ?.. S'il ne fallait que mourir... je ne vous demanderais rien, mon fils serait déjà sauvé. J'ai couru hier soir à sa prison, j'ai donné tant d'or qu'on a bien voulu me vendre le plaisir de l'embrasser ; je l'ai serré contre mon cœur, je lui ai parlé de mon désespoir, de mes craintes !.. Hélas !.. il ne m'a parlé que de vous.

CHRISTINE. Éric !..

MARTHE. Oui, Mademoiselle, oui, l'ingrat, en me consolant, pensait encore à vous. « J'espère, me disait-il, qu'elle « ignorera mon sort, qu'elle n'en saura rien... car heu- « reusement, c'est de grand matin, c'est au point du jour... »

CHRISTINE. Quoi donc ?

MARTHE, avec égarement. Eh bien ! est-ce que je ne vous l'ai pas dit ?.. est-ce que vous ne l'avez pas deviné à mon désespoir ?.. C'est tout à l'heure, c'est dans quelques instants qu'ils vont tuer mon fils !...

CHRISTINE. Le tuer !..

MARTHE. Oui, oui, c'est là, sur cette place, sous vos fenêtres, qu'ils vont le traîner... Alors, dans le délire, dans la fièvre où j'étais, je me suis arrachée de ses bras, et, loin de lui obéir, je suis accourue pour vous dire : Ils vont le tuer !.. défendez-le ! mais vous n'étiez pas ici,... et j'attendais... Ah ! quel supplice... et que j'ai souffert en comptant les instants de cette nuit que mes vœux désiraient et craignaient d'abréger !.. Mais vous voilà, je vous vois ; nous allons ensemble nous jeter aux pieds de votre père, aux pieds de la reine, nous demanderons la grâce de mon fils.

CHRISTINE. Je vous le promets.

MARTHE. Vous leur direz qu'il n'est pas coupable, il ne l'est pas, je vous le jure ; il ne s'est jamais occupé de révolte ni de complots ; il n'a jamais songé à conspirer ; il ne songeait à rien qu'à vous aimer !..

CHRISTINE. Je le sais, et c'est son amour qui l'a perdu ; c'est pour moi, pour me sauver, qu'il marcherait à la mort !.. oh ! non... ça ne se peut pas... Soyez tranquille, je réponds de ses jours.

MARTHE. Est-il possible !

CHRISTINE. Oui, Madame, oui, il y aura quelqu'un de perdu, mais ce ne sera pas lui !

MARTHE. Que voulez-vous dire ?

CHRISTINE. Rien !.. rien !.. Retournez chez vous, partez, dans quelques instants il aura sa grâce, il sera sauvé !.. fiez-vous-en à mon zèle.

MARTHE, hésitant. Mais cependant...

CHRISTINE. A ma parole... à mes serments.

MARTHE, de même. Mais...

CHRISTINE, hors d'elle même. Eh bien !.. à ma tendresse !.. à mon amour !.. Me croyez-vous, maintenant ?

MARTHE, avec étonnement. O ciel !.. oui, Mademoiselle, oui, je n'ai plus peur. (Poussant un cri en montrant la croisée.) Ah !..

CHRISTINE. Qu'avez-vous ?

MARTHE. J'avais cru voir le jour !.. Non, grâce au ciel, il fait sombre encore. Dieu vous protége et vous rende tout le bonheur que je vous dois... adieu... adieu !.. (Elle sort.)

———

SCÈNE IV.

CHRISTINE, seule, marchant avec agitation. Je dirai la vérité, je dirai qu'il n'est pas coupable ; je publierai tout haut qu'il s'est accusé lui-même pour ne pas me compromettre, pour sauver ma réputation. Et moi... (S'arrêtant.) Oh ! moi... perdue, déshonorée à jamais... Eh bien !.. Eh bien ! quand j'y penserai à tout cela... à quoi bon ?.. Il le faut, je ne peux pas le laisser périr. C'est par amour qu'il me dévouait sa vie... et moi, par amour... je lui donnerai plus encore. (Se mettant à la table.) Oui, oui, écrivons ; mais à qui me confier ? à mon père ?.. oh ! non ; à Struensée ? encore moins ; il a dit devant moi qu'il ne pardonnerait jamais ; mais à la reine ! à Mathilde ! elle est femme, elle

me comprendra ; et puis, je ne voulais pas le croire, mais si, comme on l'assure, elle est aimée, si elle aime !.. O mon Dieu ! fais que ce soit vrai : elle aura pitié de moi, et ne me condamnera pas. (Écrivant rapidement.) Hâtons-nous ; cette déclaration solennelle ne laissera pas de doute sur son innocence... Signé Christine de Falkenskield... (Laissant tomber la plume.) Ah !.. c'est ma honte, mon déshonneur que je signe... (Pliant vivement la lettre.) N'y pensons pas, ne pensons à rien... Les moments sont précieux,.. et comment, à une heure pareille ?.. ah ! par madame de Linsberg, la première femme de chambre de la reine... en lui envoyant Joseph, qui m'est dévoué... Oui, c'est le seul moyen de faire parvenir à l'instant cette lettre...

———

SCÈNE V.

CHRISTINE, FALKENSKIELD.

FALKENSKIELD, qui est entré pendant les derniers mots, se trouve en face de Christine, qui veut sortir. Il lui prend la lettre des mains. Une lettre, et pour qui donc ?

CHRISTINE, avec effroi. Mon père !..

FALKENSKIELD, lisant. « A la reine Mathilde. » Eh ! mais, ne vous troublez pas ainsi ; puisque vous tenez tant à ce qui cette lettre parvienne à Sa Majesté, je la lui remettrai ; mais j'ai le droit, je pense, de connaître ce que ma fille écrit, même à sa souveraine, et vous permettez,.. (Faisant le geste d'ouvrir la lettre.)

CHRISTINE, suppliante. Monsieur..

FALKENSKIELD, l'ouvrant. Vous y consentez... (Lisant.) O ci ! ! Éric Burkenstaff était ici pour vous, caché dans votre appartement ! et c'est là qu'aux yeux de tous il a été découvert...

CHRISTINE. Oui, oui, c'est la vérité ! Accablez-moi de votre colère ; non que je sois coupable ni indigne de vous, je le jure ; c'est déjà trop que mon imprudence ait pu nous compromettre ; aussi, je ne cherche ni à me justifier, ni à éviter des reproches que j'ai mérités ; mais j'apprends, et vous me l'aviez caché, qu'il est condamné à mort ; que, victime de son dévouement, il va périr pour sauver mon honneur ; j'ai pensé alors que c'était le perdre à jamais que de l'acheter à ce prix ; j'ai voulu épargner à moi des remords... à vous un crime... j'ai écrit !

FALKENSKIELD. Signer un tel aveu !.. et par ce témoignage, qui va, qui doit devenir public, attester aux yeux de la reine, de ses ministres, de toute la cour, que la comtesse de Falkenskield, éprise d'un marchand de la Cité, a compromis pour lui son rang, sa naissance, son père, qui, déjà en butte à tous les traits de la calomnie et de la satire, va cette fois être accablé et succomber sous leurs coups ! Non, cet écrit, gage de notre déshonneur et de notre ruine, ne verra pas le jour.

CHRISTINE. Qu'osez-vous dire ? ô ciel ! Ne pas vous opposer à cet arrêt !

FALKENSKIELD. Je ne suis pas le seul qui l'ait signé.

CHRISTINE. Mais vous êtes le seul qui connaissiez son innocence ; et si vous refusez d'adresser ce billet à la reine, je cours me jeter à ses pieds... Oui, Monsieur, oui, pour votre honneur, pour le repos éternel de vos jours ; et je lui crierai ; Grâce, Madame ; sauvez Éric, et, surtout sauvez mon père !

FALKENSKIELD, la retenant par la main. Non ! vous n'irez pas !.. vous ne sortirez pas d'ici !

CHRISTINE, effrayée. Vous ne voudrez pas, je pense, me retenir par la force ?

FALKENSKIELD. Je veux, malgré vous-même, vous empêcher de vous perdre, et vous ne me quitterez pas... (Il va fermer la porte du fond. Christine le suit pour le retenir ; mais elle jette les yeux sur la croisée et pousse un cri.)

CHRISTINE. O ciel! voici le jour, voici l'instant de son supplice; si vous tardez encore, il n'y a plus d'espoir de le sauver; il ne nous restera plus rien... rien que des remords. Mon père! au nom du ciel et par vos genoux que j'embrasse, ma lettre! ma lettre!

FALKENSKIELD. Laissez-moi... relevez-vous.

CHRISTINE. Non, je ne me relèverai pas; j'ai promis ses jours à sa mère; et quand elle viendra me demander son fils, que vous aurez tué, et que j'aime... (*Mouvement de colère de Falkenskield. Christine se relève vivement.*) Non, non, je ne l'aime plus... je l'oublierai... je manquerai à mes serments... j'épouserai Gœlher... je vous obéirai... (*Poussant un cri.*) Ah! ce roulement funèbre, ce bruit d'armes qui a retenti... (*Courant à la croisée à gauche.*) Des soldats s'avancent et entourent un prisonnier; c'est lui! il marche au supplice! ma lettre! ma lettre! il est peut-être temps encore! ma lettre!

FALKENSKIELD. J'ai pitié de votre déraison, et voilà ma seule réponse. (*Il déchire la lettre.*)

CHRISTINE. Ah! c'en est trop! votre cruauté me détache de tous les l'ens qui m'attachaient à vous. Oui, je l'aime, oui, je n'aimerai jamais que lui... S'il meurt, je ne lui survivrai pas, je le suivrai... Sa mère du moins sera vengée, et comme elle vous n'aurez plus d'enfant.

KALKENSKIELD. Christine! (*On entend du bruit en dehors.*)

CHRISTINE, *avec force.* Mais écoutez... écoutez-moi bien; si ce peuple qui s'indigne et murmure se soulevait encore pour le délivrer; si le ciel, le sort... que sais-je? le hasard peut-être, moins cruel que vous, venait à le soustraire à vos coups, je vous déclare ici qu'aucun pouvoir au monde, pas même le vôtre, ne m'empêchera d'être à lui; j'en fais le serment. (*On entend un roulement de tambour plus fort et des clameurs dans la rue. Christine pousse un cri et tombe sur un fauteuil la tête cachée dans ses mains. Dans ce moment on frappe à la porte du fond. Falkenskield va ouvrir.*)

SCÈNE VI.

CHRISTINE, RANTZAU, FALKENSKIELD.

FALKENSKIELD, *étonné.* M. de Rantzau chez moi! à une pareille heure!

CHRISTINE, *courant à lui en sanglotant.* Ah! monsieur le comte, parlez... est-il donc vrai?.. ce malheureux Éric...

FALKENSKIELD. Silence! ma fille.

CHRISTINE, *avec égarement.* Qu'ai-je à ménager maintenant? Oui, monsieur le comte, je l'aimais, je suis cause de sa mort, je m'en punirai.

RANTZAU, *souriant.* Un instant! vous n'êtes pas si coupable que vous croyez, car Éric existe encore.

FALKENSKIELD ET CHRISTINE. O ciel!

CHRISTINE. Et ce bruit que nous avons entendu...

RANTZAU. Venait de soldats qui l'ont délivré.

FALKENSKIELD, *voulant sortir.* C'est impossible! et ma vue seule...

RANTZAU. Pourrait peut-être augmenter le danger; aussi, moi, qui ne suis plus rien, qui ne risque rien, j'accourais auprès de vous, mon cher et ancien collègue.

FALKENSKIELD. Et pour quelle raison?

RANTZAU. Pour vous offrir, ainsi qu'à votre fille, un asile dans mon hôtel.

FALKENSKIELD, *stupéfait.* Vous!

CHRISTINE. Est-ce possible!

RANTZAU. Cela vous étonne! N'en auriez-vous pas fait autant pour moi?

FALKENSKIELD. Je vous remercie de vos soins généreux; mais je veux savoir avant tout... Ah! c'est M. de Gœlher; eh bien! mon ami, qu'y a-t-il? parlez donc!

SCÈNE VII.

CHRISTINE, RANTZAU, GŒLHER, FALKENSKIELD.

GŒLHER. Est-ce que je sais? c'est un désordre, une confusion. J'ai beau demander comme vous : Qu'y a-t-il? comment cela se fait-il? tout le monde m'interroge et personne ne me répond.

FALKENSKIELD. Mais vous étiez là cependant... vous étiez au palais...

GŒLHER. Certainement, j'y étais; j'ai ouvert le bal avec la reine; et quelque temps après le départ de Sa Majesté, je dansais le nouveau menuet de la cour avec mademoiselle de Thornston, lorsque tout à coup, parmi les groupes occupés à nous admirer, je remarque une distraction qui n'était pas naturelle; on ne nous regardait plus, on causait à voix basse, un murmure sourd et prolongé circulait dans les salons... Qu'y a-t-il donc? Qu'est-ce que c'est? Je le demande à ma danseuse, qui ne le sait pas plus que moi, et j'apprends par un valet de pied tout pâle et tout effrayé, que la reine Mathilde vient d'être arrêtée dans sa chambre à coucher par l'ordre du roi.

FALKENSKIELD. L'ordre du roi!.. et Struensée?

GŒLHER. Arrêté aussi, comme il rentrait du bal.

FALKENSKIELD, *avec impatience.* Et Koller, morbleu! Koller, qui avait la garde du palais, qui y commandait seul?

GŒLHER. Voilà le plus étonnant et ce qui me fait croire que ce n'est pas vrai. On ajoutait que cette double arrestation avait été exécutée, par qui? par Koller lui-même, porteur d'un ordre du roi...

FALKENSKIELD. Lui, nous trahir! ce n'est pas possible!

GŒLHER, *à Rantzau.* C'est ce que j'ai dit, ce n'est pas possible; mais en attendant on le dit, on le répète; la garde du palais crie : Vive le roi! le peuple, appelé aux armes par Raton Burkenstaff et ses amis, crie encore plus haut; les autres troupes, qui avaient d'abord résisté, font maintenant cause commune avec eux; enfin je n'ai pu rentrer à mon hôtel, devant lequel j'ai aperçu un attroupement; et j'arrive chez vous, non sans danger, encore tout en émoi et en costume de bal.

RANTZAU. C'est moins dangereux dans ce moment qu'en costume de ministre.

GŒLHER. Je n'ai pas eu le temps depuis hier de commander le mien.

RANTZAU. Vous pouvez vous épargner ce soin. Que vous disais-je hier? Il n'y a pas vingt-quatre heures, et vous n'êtes plus ministre.

GŒLHER. Monsieur!

RANTZAU. Vous l'aurez été pour danser une contredanse, et après les travaux d'un pareil ministère, vous devez avoir besoin de repos; venez, Mademoiselle, venez. (*Vivement.*) ainsi qu'à tous les vôtres, seul asile où vous soyez maintenant en sûreté, et vous n'avez pas de temps à perdre. Entendez-vous les cris de ces furieux? venez, Mademoiselle, venez... suivez-moi tous, et partons. (*Dans ce moment les deux croisées du fond s'ouvrent violemment. Jean et plusieurs matelots ou gens du peuple paraissent sur le balcon armés de carabines.*)

SCÈNE VIII.

JEAN, en dehors du balcon, à gauche; RANTZAU, CHRISTINE, FALKENSKIELD, GŒLHER.

JEAN, *les couchant en joue.* Halte-là, Messeigneurs, on ne s'en va pas ainsi.

CHRISTINE, *poussant un cri, et se jetant au-devant de son*

père, qu'elle entoure de ses bras. Ah! je suis toujours votre fille! je le suis pour mourir avec vous!

JEAN. Recommandez votre âme à Dieu!

SCÈNE IX.

JEAN, RANTZAU, ÉRIC, *le bras gauche en écharpe, s'élançant par la porte du fond, et se mettant devant* CHRISTINE, FALKENSKIELD *et* GOELHER.

ÉRIC, *à Jean et à ses compagnons, qui viennent de sauter du balcon dans la chambre.* Arrêtez!.. point de meurtre! point de sang répandu!.. qu'ils tombent du pouvoir, c'est assez. (*Montrant Christine, Falkenskield et Gœlher.*) Mais au prix de mes jours je les défendrai, je les protégerai! (*Apercevant Rantzau et courant à lui.*) Ah! mon sauveur! mon Dieu tutélaire!

FALKENSKIELD, *étonné.* Lui! monsieur de Rantzau!

JEAN ET SES COMPAGNONS, *s'inclinant.* Monsieur de Rantzau! c'est différent; c'est l'ami du peuple: il est des nôtres.

GOELHER Est-il possible!

RANTZAU, *à Falkenskield, Gœlher et Christine.* Eh! mon Dieu, oui... ami de tout le monde! demandez plutôt au général Koller et à son digne allié, messire Raton Burkenstaff.

TOUS, *criant.* Vive Raton Burkenstaff! (*Rantzau remonte le théâtre, et Éric le traverse pour se placer près de Jean.*)

SCÈNE X.

JEAN ET SES COMPAGNONS, ÉRIC, MARTHE, *entrant la première, et s'élançant vers son fils, qu'elle embrasse*; RATON, *entouré de tout le peuple*; RANTZAU, CHRISTINE, FALKENSKIELD, GOELHER; *derrière eux* KOLLER; *et au fond*, PEUPLE, SOLDATS, MAGISTRATS, GENS DE LA COUR.

MARTHE, *embrassant Éric.* Mon fils!.. blessé! il est blessé!

ÉRIC. Non, ma mère, ce n'est rien. (*Elle l'embrasse à plusieurs reprises, tandis que le peuple crie :*) Vive Raton Burkenstaff!

RATON. Oui, mes amis, oui, nous avons enfin réussi; grâce à moi, je m'en vante, qui, pour le service du roi, ai tout mené, tout dirigé, tout combiné.

TOUS. Vive Raton!

RATON, *à sa femme.* Tu l'entends, ma femme, la faveur m'est revenue.

MARTHE. Eh! que m'importe à moi! je ne demande plus rien; j'ai mon fils.

RATON. Mais, silence, Messieurs! silence!.. J'ai là les ordres du roi, des ordres que je viens de recevoir à l'instant; car c'est en moi que notre auguste souverain a une confiance illimitée et absolue.

JEAN, *à ses compagnons.* Et le roi a raison. (*Montrant son maître qui tire de sa poche l'ordonnance du roi.*) Une fameuse tête, sans que cela paraisse! Il savait bien ce qu'il faisait en jetant l'or à pleines mains. (*Avec joie.*) Car de vingt mille florins, il ne lui reste rien, pas une rixdale.

RATON, *tout en décachetant le papier, lui faisant signe de se taire.* Jean!..

JEAN. Oui, notre maître. (*A ses compagnons.*) En revanche, si ça avait mal tourné, nous y passions tous, lui, son fils, sa famille et ses garçons de boutique.

RATON. Jean, taisez-vous!

JEAN. Oui, notre maître. (*Criant.*) Vive Burkenstaff!

RATON, *avec satisfaction.* C'est bien, mes amis; mais du silence. (*Lisant.*) «Nous, Christian VII, roi de Danemark, à « nos fidèles sujets et habitants de Copenhague. Après avoir « puni la trahison, il nous reste à récompenser la fidélité « dans la personne du comte Bertrand de Rantzau, que, « sous la régence de notre mère, la reine Marie-Julie, nous « nommons notre premier ministre...»

RANTZAU, *d'un air modeste.* Moi, qui ai demandé ma retraite, et qui veux me retirer des affaires...

RATON, *sévèrement.* Vous ne le pouvez pas, monsieur le comte; le roi l'ordonne, il faut obéir!.. Laissez-moi achever, de grâce! (*Continuant à lire.*) «Dans la personne du comte « de Rantzau, que nous nommons premier ministre, (*Avec « emphase.*) et dans celle de Raton de Burkenstaff, négo- « ciant de Copenhague, que nous nommons dans notre mai- « son royale, (*Baissant la voix*) premier marchand de soie- « ries de la cour même.»

TOUS. Vive le roi!

JEAN. C'est superbe! nous aurons les armes royales sur notre boutique.

RATON, *faisant la grimace.* La belle avance! et au prix que ça me coûte!..

JEAN. Et moi, la petite place que vous m'aviez promise?..

RATON. Laisse-moi tranquille!

JEAN, *à ses compagnons.* Quelle ingratitude!.. moi qui suis cause de tout... aussi il me le paiera!

RATON. Puisque le roi l'exige, il faut bien s'y soumettre, Messieurs, et se charger d'un fardeau qu'allégera, (*Aux magistrats.*) l'affection de mes concitoyens. (*A Éric.*) Pour vous, mon jeune officier, qui dans cette occasion avez couru les plus grands risques... on vous doit quelque récompense.

ÉRIC, *avec franchise.* Aucune: car je puis le dire maintenant à vous, à vous seul... (*A demi-voix.*) Je n'ai jamais conspiré!

RANTZAU, *lui imposant silence.* C'est bien! c'est bien! voilà de ces choses qu'on ne dit jamais... après.

RATON, *à part, tristement.* Fournisseur de la cour!

MARTHE. Tu dois être content... c'est ce que tu désirais.

RATON. Je l'étais déjà par le fait, excepté que je fournissais deux reines, et qu'en en renvoyant une, je perds la moitié de ma clientèle.

MARTHE. Et tu as risqué ta fortune, ton existence, celle de ton fils, qui est blessé... dangereusement peut-être... et pourquoi?

RATON, *montrant Rantzau et Koller.* Pour que d'autres en profitent.

MARTHE. Faites donc des conspirations!

RATON, *lui tendant la main.* C'est dit... désormais je les regarderai passer, et le diable m'emporte si je m'en mêle!

TOUT LE PEUPLE, *entourant Rantzau et s'inclinant devant lui.* Vive le comte de Rantzau!

FIN DE BERTRAND ET RATON.

VIALAT ET Cⁱᵉ, IMPRIMEURS ET ÉDITEURS.

EDMOND. Ah!.. Monsieur, que ne vous dois-je pas. — Acte 5, scène 12.

LA CAMARADERIE

OU

LA COURTE-ÉCHELLE

COMÉDIE EN CINQ ACTES ET EN PROSE

Représentée, pour la première fois, à Paris, sur le Théâtre-Français, le 19 janvier 1837.

Personnages.

LE COMTE DE MIRÉMONT, pair de France.
CÉSARINE, sa femme.
AGATHE, fille du comte de Mirémont, née d'un premier mariage.
EDMOND DE VARENNES, jeune avocat.
BERNARDET, médecin.
OSCAR RIGAUT, cousin de Césarine.
M. DE MONTLUCAR, grand seigneur, homme de lettres.
ZOÉ, sa femme.

DUTILLET, libraire.
SAINT-ESTÈVE, poëte-romancier.
DESROUSEAUX, peintre.
LÉONARD,
SAVIGNAC, } camarades.
PONTIGNI,
UN DOMESTIQUE de M. de Montlucar.
UN DOMESTIQUE de M. de Mirémont.
DOMESTIQUES d'Oscar.

La scène se passe à Paris, au premier acte, chez M. de Montlucar; au deuxième, chez Oscar; les trois derniers, chez M. de Mirémont.

ACTE PREMIER.

Le théâtre représente un salon; porte au fond; deux portes latérales; à gauche, une table et ce qu'il faut pour écrire; à droite, un bureau couvert de livres et de papiers.

SCÈNE PREMIÈRE.

ZOÉ, M. DE MONTLUCAR.

ZOÉ, à gauche à une table, écrivant, pendant que M. de Montlucar est debout près d'elle. Il me semble, Monsieur, que voici déjà bien du monde. Notre salon ne tient que cent cinquante personnes.

M. DE MONTLUCAR. Allez toujours.

ZOÉ. Et voici déjà plus de trois cents invitations.

M. DE MONTLUCAR. Eh! Madame, c'est ce qu'il faut. Sans cela on pourra entrer... et si on entre, autant ne pas recevoir... C'est dire qu'on ne connaît personne, qu'on n'est pas répandu, qu'on n'a pas d'amis.

ZOÉ. Et il vaut mieux entasser ses amis dans l'antichambre ?

M. DE MONTLUCAR. Certainement... et quelques-uns même sur l'escalier; c'est bon genre...

ZOÉ, *se remettant à écrire.* Je continue. « Décembre 1836. Monsieur et Madame de Montlucar prient Monsieur... »

M. DE MONTLUCAR. « Monsieur le maire de Saint-Denis... « de leur faire l'honneur de, etc. »

ZOÉ. C'est vrai!.. je n'y pensais plus... Il y a un député à nommer à Saint-Denis... Une belle occasion pour vous, Monsieur, qui avez là des propriétés et une manufacture...

M. DE MONTLUCAR. Moi, Madame! y pensez-vous? me mettre sur les rangs... avec mes opinions! Il faudrait qu'on me priât bien! et encore... Avez-vous mis sur la liste mon ami le docteur Bernardet?

ZOÉ. Oui, Monsieur.

M. DE MONTLUCAR. Mon ami Dutillet, le libraire! le génie de la librairie! Mon ami Desrouseaux le paysagiste... le génie de la peinture, celui-là!

ZOÉ. Une chose qui m'étonne, Monsieur, c'est que vos amis sont toujours des génies.

M. DE MONTLUCAR. Oui, Madame... on n'a plus que de cela maintenant, tout génie!

ZOÉ. C'est fâcheux! car si on avait un peu d'esprit, cela ne ferait pas de mal.

M. DE MONTLUCAR. Eh! Madame...est-ce qu'on a le temps?,. c'était bon autrefois... dans des temps de niaiseries et de futilités... au temps de Voltaire ou de Marivaux; mais ce n'est pas dans un siècle aussi grave et aussi occupé que le nôtre... qu'on irait s'amuser... à faire de l'esprit... c'est bon pour les sots! mais nous autres! Avez-vous écrit à mon ami Oscar Rigaut, l'avocat... qui fait des vers élégiaques?

ZOÉ. Oui, Monsieur.

M. DE MONTLUCAR. J'avais dit que l'on prît six exemplaires de ses poésies funèbres... Ah! les voilà!

ZOÉ. Six exemplaires!.. d'un livre détestable.

M. DE MONTLUCAR. Voulez-vous vous taire!

ZOÉ. C'est inconcevable... je ne suis plus maîtresse de mes actions ni de mes discours! Dès que je trouve un ouvrage mauvais... « Voulez-vous bien vous taire! » Hier encore, à l'Opéra, la musique la plus ennuyeuse! « Voulez-vous bien ne pas bâiller! » On ne pourra plus bâiller à l'Opéra maintenant!

M. DE MONTLUCAR. Eh! non, Madame; il y avait là des amis qui vous regardaient; et même, si vous aviez un peu d'affection pour moi, vous auriez applaudi.

ZOÉ. C'est trop fort!.. et je ne vous comprends pas!.. Vous, monsieur le comte de Montlucar, qui, par votre naissance et votre fortune, faites de la science pour votre plaisir, vous dont tous les ouvrages se vendent à vingt éditions... vous passez votre vie à vanter, à prôner une foule de gens médiocres dont vous vous faites l'apôtre et l'enthousiaste... j'ignore dans quel but... M. Oscar Rigaut, par exemple, ce poëte-avocat dont vous dites tant de bien... et lors de votre procès pour votre manufacture de Saint-Denis, ce n'est pas lui que vous avez choisi.

M. DE MONTLUCAR. Il est si occupé!

ZOÉ. Il ne plaide jamais... vous avez préféré un jeune homme dont vous dites toujours du mal... M. Edmond de Varennes, qui a gagné votre procès... Bien mieux encore, ce médecin homme du monde dont vous ne pouvez vous passer... M. Bernardet...

M. DE MONTLUCAR. Homme prodigieux! homme phénomène qui a mis du génie dans la médecine.

ZOÉ. Vous engagez tous vos amis à se faire traiter par lui, et à votre dernière maladie vous en avez pris un autre.

M. DE MONTLUCAR, *vivement.* En secret!.. et je vous prie de n'en parler à personne! je n'ai pas besoin de me mêler de propos et de coteries, moi qui par ma position suis indépendant... Oui, Madame... l'indépendance de l'homme de lettres qui ne flatte aucun parti, se passe de tout le monde et n'a besoin de personne... Avez-vous envoyé une invitation à M. de Miremont?

ZOÉ. Le pair de France.

M. DE MONTLUCAR. Du tout... je me moque bien de son titre et de sa qualité... mais il est propriétaire d'un journal très-répandu...

ZOÉ. Peu m'importe!.. je n'aime pas sa femme.

M. DE MONTLUCAR. Une femme charmante... (*A demi-voix.*) Une femme redoutable que l'on rencontre partout ! dans les salons du ministre ou dans ceux de la banque... Une femme qui intrigue, qui juge, qui tranche, qui dans une soirée fait et défait vingt réputations.

ZOÉ. A commencer par la sienne... Une coquette, une bégueule, une orgueilleuse... autrefois avec nous dans la même pension, et qui maintenant nous regarde à peine du haut de la pairie où elle est tombée... Je ne l'inviterai pas.

M. DE MONTLUCAR. Ma femme!

ZOÉ. J'inviterai Agathe, sa belle-fille... qu'elle rend si malheureuse; Agathe de Miremont, autrefois aussi ma camarade de pension, et si aimable celle-là, si douce, si bonne! Et cependant elle aurait de quoi être fière... une grande famille, une grande fortune, un des beaux partis de France, et cela ne l'empêche pas de voir et de chérir ses anciennes amies... Aussi, je l'estime, je l'aime... mais sa belle-mère, la superbe Césarine, je la déteste... et elle me le rend bien!

M. DE MONTLUCAR. Raison de plus !.. Un sage a dit que nous avions dans le monde trois classes d'amis : les amis qui nous aiment, les amis qui ne nous aiment pas, et les amis qui nous détestent. Ce sont ces derniers qu'il faut soigner le plus. Aussi, ma femme, je vous prie d'inviter madame de Miremont, et de l'aimer si c'est possible.

ZOÉ. Non, Monsieur!

M. DE MONTLUCAR. Faites cela pour moi... je vous en supplie en grâce!

ZOÉ. Eh bien! Monsieur, car je suis trop bonne... je consens à la traiter comme une amie de la troisième classe... mais je fais mes conditions.

M. DE MONTLUCAR. Toutes celles que vous voudrez.

ZOÉ. D'abord, quand il y aura chez vous une lecture de quelque génie de votre connaissance... je ne serai pas obligée d'applaudir ni de m'extasier comme vous...

M. DE MONTLUCAR. Accordé.

ZOÉ. Je pourrai même, si je le veux, ne pas y assister... et pendant ce temps aller au bal ou en soirée... car depuis une année entière que j'entends tous les jours des chefs-d'œuvre, je ne serais pas fâchée de m'amuser un peu...

M. DE MONTLUCAR. Accordé.

ZOÉ. Et pour commencer, il y a ce matin un concert charmant au Conservatoire; vous m'y mènerez.

M. DE MONTLUCAR. Volontiers... Ah! mon Dieu, non... je ne peux pas... J'ai ce matin un déjeuner de garçons.

ZOÉ. Vous le refuserez.

M. DE MONTLUCAR. Impossible !.. c'est avec nos amis... Ils y seront tous... un déjeuner qui m'ennuie, qui m'excède... mais auquel je n'oserais manquer... car c'est d'une importance !..

ZOÉ. En quoi donc?.. de quoi s'agit-il?

M. DE MONTLUCAR. Des choses que vous ne pouvez connaître.

ZOÉ. Toujours la même réponse ! Depuis quelque temps je ne sais ni ce que vous devenez, ni ce que vous faites; il y a un mystère qui environne toutes vos actions. Vous avez des conférences, des conciliabules secrets, soit chez vous, soit chez vos amis!.. C'était bien la peine de faire une loi contre les associations !.. Est-ce que vous conspirez, par hasard?

M. DE MONTLUCAR. Moi, Madame!

zoë. Je suis tentée de le croire!.. si ce n'est pas contre l'État, c'est donc contre moi!.. Prenez garde, je surveillerai, j'examinerai tout... et ce papier que je vous ai vu écrire hier... et que vous avez caché à mon arrivée... (*Traversant le théâtre et regardant sur la table, à droite.*) Le voilà!.. je le reconnais... c'est de votre main... il y a quelque trahison.

m. de montlucar. Mais non, Madame.

zoë. Je veux le voir.

m. de montlucar. C'est inutile... un fragment littéraire...

zoë. N'importe!.. en fait de conspirations... tout est bon! (*Lisant.*) « Qu'est-ce que le génie?.. »

m. de montlucar, *voulant toujours reprendre le papier.* Vous voyez... ce n'est pas à votre portée.

zoë. Raison de plus!. (*Lisant.*) « Qu'est-ce que le génie?.. » Je ne suis pas fâchée de faire enfin sa connaissance. (*Lisant.*) « N'est-ce pas l'étincelle électrique qu'on ne peut saisir, « bien qu'elle parcoure l'immensité? C'est la réflexion que « tout le monde fera en lisant le dernier ouvrage... »

m. de montlucar, *voulant lui arracher le papier.* Assez, vous dis-je!..

zoë. Et pourquoi donc, Monsieur, me priver du plaisir de lire un morceau de votre composition... et de votre écriture?..

m. de montlucar, *avec embarras.* Pourquoi? pourquoi?.. c'est qu'on vient!

zoë, *se retournant et poussant un cri.* Ah! c'est ma bonne amie Agathe! (*Elle jette le papier qu'elle tenait et dont son mari s'empare, et court au-devant d'Agathe qu'elle embrasse.*)

—

SCÈNE II.

M. DE MONTLUCAR, ZOË, AGATHE.

zoë. Te voilà!.. Que tu es gentille de venir me voir, et de si bon matin encore!

agathe, *qui a salué M. de Montlucar.* C'est aujourd'hui le seul jour où je sois libre.

zoë. C'est juste... c'est dimanche! Tu vas à la messe, et ta belle-mère n'y va pas!

agathe, *ôtant son châle et son chapeau que Zoé place sur différents meubles. Elle avait ce matin une audition..... un nouveau compositeur qu'elle protège et qui lui fait entendre son opéra.*

m. de montlucar. Ah! le jeune Timballini!.. l'honneur de l'Ausonie, âme de feu, âme brûlante! le génie de la musique!

zoë. Encore un de vos amis!

m. de montlucar. Certainement! un des nôtres! un homme qui fera du bruit dans le monde!

zoë. Il commence déjà!

m. de montlucar. Et votre charmante belle-mère... ou plutôt votre sœur, comment se porte-t-elle?

agathe. A merveille.

m. de montlucar. Et M. de Miremont, votre père, que nous respectons, que nous admirons tous! Impassible, au Luxembourg, sur sa chaise curule, il a vu se briser contre son immobilité le flot de toutes les révolutions... et quoi qu'il arrive, ce n'est pas lui qui abandonnera jamais son poste!

agathe. Vous êtes bien bon!.. du reste, lui et ma belle-mère professent pour vous la même estime. Hier, dans le salon, il n'était question que de votre dernier ouvrage.

m. de montlucar. « Mes Anomalies politiques et littéraires? »

agathe. Je crois que oui... je ne l'ai pas lu... c'est trop savant pour moi... mais M. Bernardet, le docteur en mé-

decine; mais M. Timballini, le musicien; huit ou dix autres messieurs qui étaient là, qui doivent tous s'y connaître, s'écriaient: «Quelle profondeur! quelle immensité! quel génie!»

m. de montlucar. Ces chers amis!

agathe. Il y avait même M. Dutillet...

m. de montlucar. Mon éditeur!

agathe. Qui criait plus fort que les autres: « Auprès de lui, Montesquieu n'est qu'un garçon de bureau! »

m. de montlucar. Il faut pardonner quelque chose à la chaleur d'une amitié... qui peut se tromper... mais qui du moins se trompe de bonne foi... Et monsieur votre père, que disait-il?

agathe, *naïvement.* Il ne disait rien.

m. de montlucar. C'est son usage!.. un homme grave qui ne se prononce pas légèrement!

agathe. Et puis peut-être est-il comme moi, et n'a-t-il pas lu l'ouvrage? cependant il l'a sur sa table... il l'a acheté.

m. de montlucar, *gravement.* On achète beaucoup.

zoë, *à Agathe, vivement.* Non, vraiment, c'est mon mari qui le lui a envoyé.

m. de montlucar. C'est vrai!.. j'ai eu cet honneur... Et votre belle-mère, que disait-elle?

agathe. Oh! c'est différent... elle parlait beaucoup... elle s'écriait: «Voilà un homme qu'il faut nommer à l'Académie des sciences morales et politiques... c'est là sa place. »

m. de montlucar, *vivement.* En vérité!.. quelle femme!.. quel goût!.. quel tact!.. (*A Agathe.*) Et puis... achevez.

un domestique, *entrant par la porte à gauche.* On demande à parler à Monsieur, à l'instant!

m. de montlucar, *avec impatience.* Eh bien! qu'on attende!.. je ne suis pas un homme en place... je ne me dois pas au public... je ne me dois à personne... je suis libre, indépendant.

le domestique. C'est M. le docteur Bernardet.

m. de montlucar, *à part.* Ah! un des nôtres! un ami... j'y vais... qu'il ne s'impatiente pas! Pardon, Mademoiselle, je vous laisse avec ma femme! (*Il sort en faisant signe à sa femme, qui veut le retenir, de rester près d'Agathe.*)

—

SCÈNE III.

ZOË, AGATHE.

zoë. Eh bien! ma chère Agathe, voilà comme il est toujours... autrefois, quand il n'avait pas de mérite, il était fort aimable... mais depuis qu'il a eu l'idée de se faire homme de talent... il est ennuyeux à périr.... (*Prenant une chaise et s'asseyant près d'Agathe.*) Encore s'il avait pris un autre genre... il y en a tant!.. mais il s'est lancé dans l'obscur et le profond... c'est à s'y perdre.... et quand je veux le comprendre, je suis sûre d'avoir une migraine... mais une vraie...

agathe. Hélas! ma pauvre Zoé... c'est comme chez nous!.. tu sais comme autrefois l'on s'y amusait. quels jolis bals!.. comme nous dansions dans le salon de mon père!.. maintenant on ne peut plus s'y retourner; il est encombré de grands hommes... Je ne conçois pas que la France en produise autant et que l'admiration publique puisse y suffire!

zoë, *riant.* En vérité!

agathe. Sans compter ceux que je ne vois pas, car dès qu'il est question de quelqu'un de leur connaissance, c'est toujours: « Notre grand poëte, notre grand acteur, notre grande tragédienne. » Je ne sais pas comment cela se fait, ils sont tous grands! et moi je regrette notre jeunesse et le séjour de la pension, où tout le monde était petit.

zoé. Ce qui revenait absolument au même.

agathe. C'était là le bon temps!

zoé. Quand nous jouions au cerceau ou à la corde!

agathe. Comme nous nous aimions! comme nous étions heureuses! Et notre chère Adèle, pauvre fille que nous avons perdue si jeune! mais alors toutes les trois nous étions inséparables : ce qui appartenait à l'une appartenait aux autres.

zoé, *souriant.* Aussi, M. Edmond de Varennes, son frère...

agathe. Était presque le nôtre.

zoé. Tous les jours à la pension il venait voir sa sœur.

agathe. Et nous aussi, puisque nous ne nous quittions pas!

zoé. Maintenant c'est bien différent... ce pauvre Edmond est avocat... il passe sa vie au Palais. Je le vois bien peu.

agathe. Et moi jamais... il déplaît à Césarine, ma belle-mère, et mon père ne fait bon accueil qu'aux personnes qui plaisent à sa femme.

zoé. C'est inconcevable qu'on se laisse mener à ce point-là.

agathe. Il ne croit pas du tout être mené... Il a au contraire une volonté... une volonté très-prononcée... (*Souriant.*) mais celle de sa femme...

zoé. Comment un pareil mariage a-t-il pu se faire? voilà ce que je n'ai jamais compris.

agathe. Eh! mon Dieu! par ma faute!.. C'est moi qui en suis la cause!.. A notre pension, ou sans fortune, et un peu plus âgée que nous, Césarine avait été reçue comme sous-maîtresse, elle me protégeait, elle me favorisait.

zoé. Je crois bien, tu étais la plus riche, ce qui faisait crier à l'injustice. Je me rappelle encore un prix de sagesse que tu as obtenu, et que je méritais...

agathe, *souriant.* Crois-tu?.. Moi j'étais sensible à son affection, à son amitié, à ses soins... j'en parlais à mon père; et quand il venait au parloir, j'étais toujours accompagnée de Césarine, qui était pour lui tout aimable, toute gracieuse, et pleine de petites attentions dont elle seule possède le secret. Aussi aux vacances, quand je lui proposai de l'emmener au château de mon père... elle se hâta d'accepter, et M. de Miremont en fut enchanté... Elle faisait sa partie de piquet ou d'échecs, et plus forte que lui, elle se laissait toujours gagner, en affectant un dépit et une colère qui enchantaient le vainqueur... elle lui lisait les journaux ; elle lui servait de secrétaire ; elle écoutait le récit de toutes les places qu'il avait eues sous le Directoire et le Consulat, avec une admiration qui souvent allait jusqu'aux larmes; enfin, c'était un système d'amabilité et de coquetterie que je ne songeais pas à m'expliquer, mais qui lui réussit tellement bien, qu'au bout de trois mois, quand il fallut retourner à la pension, mademoiselle Césarine Rigaut, dont les parents sont marchands de bois à Villeneuve-sur-Yonne, épousait à Saint-Thomas-d'Aquin M. de Miremont, pair de France; et je m'aperçus seulement alors qu'auprès de notre ancienne sous-maîtresse je ne serais jamais qu'une écolière.

zoé, *se levant.* Cette Césarine est donc bien adroite!..

agathe, *se levant aussi et passant à la gauche du théâtre.* Elle!.. Elle a l'instinct et le génie de l'intrigue; c'est inné chez elle; c'est une vocation décidée; et maintenant elle intrigue encore pour sa famille, pour les siens, qu'elle voudrait faire sortir de l'obscurité. Elle a rendu son mari acquéreur-actionnaire d'un de nos premiers journaux; crédit immense, influence irrésistible qu'il ne soupçonne même pas, et dont elle seule profite. Aussi il fait bon être protégé par elle : on arrive à tout!

zoé. Je comprends alors le dévouement de mon mari et l'invitation de ce matin.

agathe. Mais malheur à ses ennemis!.. elle les écrase, les réduit à rien, ou les empêche de parvenir... Tu sais ce procès que j'avais pour les biens de ma mère... je voulais

prendre pour avocat Edmond de Varennes, notre ami d'enfance ; ma belle-mère ne voulait pas!..

zoé. Et pourquoi donc?..

agathe. Elle ne peut pas souffrir ce pauvre Edmond ; elle le déteste, elle l'a pris en haine et ne perd pas une occasion de lui nuire.

zoé. Cela m'étonne; car à la pension, notre sous-maîtresse, mademoiselle Césarine Rigaut, trouvait M. Edmond fort aimable... on disait même dans les dortoirs qu'elle avait un faible pour lui.

agathe, *vivement.* Quelle idée!.. Ce n'est pas vrai.

zoé. On se trompe à la pension comme ailleurs.

agathe. En voilà bien la preuve, car elle avait persuadé à mon père que dans mon intérêt même on ne pouvait confier à un jeune homme une affaire aussi importante; et sais-tu qui elle voulait en charger?

zoé. Non, vraiment.

agathe. M. Oscar Rigaut... un imbécile!..

zoé. Ce n'est pas l'avis de mon mari, qui le voit beaucoup.

agathe. Oui; mais moi je l'entends tous les jours... et Césarine le protége.

zoé. Pourquoi cela?

agathe. D'abord parce que c'est son cousin, et puis... (*Mystérieusement.*) il fait partie d'une secte qui lui est dévouée, qui lui obéit, qui suit en tout son impulsion ou ses ordres; car Césarine, grâce au journal dont son mari est propriétaire, est devenue une puissance autour de laquelle se groupent toutes les coteries parlementaires, littéraires et autres; elle est l'âme et presque la présidente d'une société Jeune-France, que depuis quelque temps je vois chez elle : jeunes hommes de tous les rangs et de tous les états, portant la tête et la voix hautes... apprentis grands hommes, gloire surnuméraire, illustrations à venir, qui ne feraient rien séparément, mais qui s'unissent pour être quelque chose, et s'entassent pour s'élever.

un domestique. Monsieur Edmond de Varennes.

agathe. Il vient sans doute t'annoncer le gain de mon procès.

zoé. Il l'a donc gagné?

agathe. Eh! oui vraiment! gagné hier, et complétement.

———

SCÈNE IV.

ZOÉ, EDMOND, AGATHE.

zoé. Arrivez donc, monsieur le vainqueur! arrivez! vous allez trouver ici des camarades de pension qui s'occupaient de vous.

edmond, *troublé.* Ah! que vous êtes bonne!.. je ne m'attendais pas au plaisir de rencontrer mademoiselle de Miremont... et sachant l'intérêt que vous daignez me porter, je venais vous apprendre un succès que vous connaissez déjà.

zoé. C'est égal! c'est bien à vous, et je vous remercie de venir recevoir mes compliments.

agathe. Et moi, Monsieur, je suis bien heureuse de vous exprimer ma reconnaissance; car, hier, quand vous êtes accouru à l'hôtel en présence de mon père et de ma belle-mère m'annoncer cette bonne nouvelle, j'ai dû vous paraître bien indifférente ou bien ingrate.

edmond. Non, Mademoiselle.

agathe. A peine si je vous ai parlé.

edmond. C'est vrai... mais en me voyant vous m'avez tendu la main comme autrefois à la pension.

zoé. Oui, je m'en souviens ; cela voulait dire : « Bonjour, Edmond, bonjour, notre frère ! » et nous vous le disons encore. *(Les deux femmes lui tendent chacune la main qu'il serre dans les siennes.)*

EDMOND. Ah ! quels souvenirs vous me rappelez ! Hier, au moment où je gagnais votre procès...

AGATHE. Dites le nôtre !

EDMOND. C'est à ma pauvre sœur... c'est à elle que je pensai tout d'abord !.. *(Aux deux femmes.)* c'était encore penser à vous, puisque dans mon souvenir vous êtes inséparables ; et je me disais : « Que n'est-elle témoin de mon bonheur et de ma joie, elle qui tant de fois avait partagé mes chagrins ! » Mais, non, je suis seul au monde, j'ai tout perdu ; je n'ai plus de sœur.

AGATHE. Ah ! que c'est mal à vous ! il vous en reste encore, vous le savez bien. Croyez-vous donc que nous oublions ainsi nos serments et nos amitiés d'enfance ?

zoé. Tout à l'heure encore nous nous occupions de vous et de votre avenir.

EDMOND. Mon avenir ! il est bien triste ! Orphelin et presque sans fortune...

zoé. On n'en a pas besoin quand on a du talent.

EDMOND. Eh ! qui vous dit que j'en ai ?

AGATHE. Nous ! qui vous connaissons, nous qui avons confiance en vous ! Je vous l'ai prouvé ; d'autres feront comme moi.

zoé. Patience et courage, et vous parviendrez.

AGATHE. Vous verrez peu à peu s'augmenter votre clientèle, votre réputation, votre fortune.

zoé. Et vos amis ! Tout le monde alors voudra l'être.

AGATHE. Mais vous vous rappellerez que nous l'étions avant eux.

EDMOND. Ah ! tout me paraît possible quand je vous entends ; il y a dans l'amitié des femmes, dans la vôtre, un charme si enivrant et si persuasif qu'il ferait tout croire *(Regardant Agathe.)* et tout oublier ; mais quand vous n'êtes plus là, quand je regarde autour de moi, je ne vois plus qu'obstacles et entraves que je ne puis vaincre et qui semblent se multiplier sous mes pas. En vain, fuyant les plaisirs de mon âge et consacrant tous mes instants à l'étude, je passe mes jours et mes nuits dans des travaux assidus ; rien ne me vient en aide, rien ne peut me faire sortir de mon obscurité, pas même les succès que j'obtiens, qui passent inaperçus et me laissent plus inconnu qu'auparavant. Il semble qu'il y ait comme une barrière invisible et continuelle qui me ferme tous les passages. On dirait d'un mauvais génie qui sans cesse éloigne ou détourne le but et me dit : « Tu mourras sans l'atteindre ! »

zoé. Quelle idée !

AGATHE. Hier, déjà, vous voyez bien que vous avez eu un beau triomphe. Des personnes qui étaient à l'audience m'ont dit qu'on avait été ému et entraîné ; que plusieurs fois même on avait applaudi.

zoé. Le premier pas est fait.

AGATHE. Il faut continuer.

EDMOND. Je ne peux pas forcer les clients à venir à moi.

AGATHE. Si vraiment ! en appelant sur vous l'attention publique, en mettant de côté cette vaine timidité et cette modestie de dupe qui vous arrêtent.

zoé. Elle a raison.

EDMOND. Et moi, mes jeunes amies, je ne vous comprends pas.

AGATHE. En ce moment, par exemple, il y a un député à nommer à Saint-Denis.

EDMOND, *étonné.* Que dites-vous !

zoé. C'est vrai, mon mari me l'a appris ce matin.

AGATHE. Le peu de propriétés que vous possédez est situé dans ce pays-là, il faut vous mettre sur les rangs.

EDMOND. Moi ! grand Dieu ! y pensez-vous ? jamais.

AGATHE. Et pourquoi pas ?

EDMOND. Une pareille ambition demande de si grands talents !

zoé. Vous n'avez donc jamais été à la Chambre ?

EDMOND. Si vraiment ; mais auprès des électeurs quels seraient mes titres ?

AGATHE. Avocat !

zoé. Ils arrivent tous !.. vous ferez comme eux.

AGATHE. Le succès d'hier doit vous mettre en évidence...

zoé. Faire parler de vous avec éloge... Il faut profiter de l'occasion... *(Apercevant un domestique qui sort de chez M. de Montlucar et apporte des journaux.)* Voici justement les journaux d'aujourd'hui... nous allons jouir de cette triomphe ; lisez-nous, lisez vite l'audience d'hier... *(Voyant Edmond qui tremble en dépliant le journal.)* Vous tremblez d'émotion !

EDMOND. C'est vrai.

zoé. Est-il enfant !

AGATHE, *à Edmond qui parcourt le journal.* Eh bien ! Monsieur, eh bien ! cela vous donne-t-il du courage ?.. êtes-vous content ?

EDMOND, *tombant dans un fauteuil.* Ah ! c'est indigne !

TOUTES DEUX. Qu'avez-vous donc ?

EDMOND. C'est fait de moi ; ce dernier coup m'accable ; mon plaidoyer tronqué, défiguré... le contraire de ce que j'ai dit ; et dans les endroits qui ont produit le plus d'effet... ceux où ont éclaté des applaudissements... on a mis entre deux parenthèses... « Murmures dans l'auditoire. » *(Donnant le journal à Zoé.)* Tenez... tenez... voyez plutôt !

zoé, *regardant.* C'est vrai. *(Lisant à demi-voix à Agathe.)* « La cause s'est défendue par elle-même ; point de logique, « point de verve, point de mouvements oratoires ; et chacun « se demandait en sortant, comment l'on n'avait pas confié « cette affaire au jeune Oscar Rigaut, dont l'éloquence cha- « leureuse convenait bien mieux au sujet. »

AGATHE, *prenant le journal.* Oscar !

EDMOND. Quand je vous le disais : j'ai beau redoubler d'efforts, tout conspire contre moi... Impossible d'arriver jamais... c'est fini, j'y renonce.

zoé. Et pourquoi donc vous décourager ? N'y a-t-il pas d'autres voix qui s'élèveront pour rendre témoignage à la vérité ? Ceux qui étaient là à l'audience savent que vous avez bien plaidé.

EDMOND. Combien étaient-ils ?.. deux ou trois cents personnes peut-être, et cette feuille-là s'adresse à quinze ou seize mille abonnés ; et demain, dans les salons de lecture, dans tous les lieux publics, deux cent mille lecteurs seront persuadés et répéteront que je suis un avocat sans instruction, sans talent, incapable de défendre les intérêts qui me sont confiés.

zoé. Y pensez-vous ?

EDMOND, *reprenant le journal qu'il parcourt.* C'est écrit... c'est imprimé ! et votre ami est mieux traité... Je vois là un pompeux éloge de son dernier ouvrage !.. *(Lisant.)* « Qu'est- « ce que le génie ? n'est-ce pas l'étincelle électrique qu'on « ne peut saisir, bien qu'elle parcoure l'immensité... »

zoé, *étonnée.* Ah ! mon Dieu !

EDMOND. « C'est la réflexion que tout le monde fera en li- « sant le dernier ouvrage de M. le comte de Montlucar. »

zoé, *à part, regardant du côté de la table, où était le brouil- lon écrit de la main de son mari.* Ah ! je comprends maintenant.

EDMOND. Un pareil éloge !.. Il est bien heureux !.. cela ne m'arriverait pas, à moi.

zoé. Peut-être !.. si vous le vouliez !..

AGATHE. Oui, sans doute ; car une fois député, il faudra bien qu'on vous entende et qu'on vous rende justice !

ZOÉ. A la tribune, on parle de haut.

EDMOND. Non, non... je vous remercie toutes les deux de votre amitié, de vos consolations, de vos conseils... mais mon parti est pris... Je ne me sens ni la force, ni le courage de parcourir une pareille carrière ; encore des intrigues, des cabales à combattre et à déjouer... Jamais je ne m'abaisserai jusque-là !

AGATHE. Et vous resterez toujours tel que vous êtes !

ZOÉ. Et vous mourrez ignoré !..

EDMOND, avec désespoir. Oui, oui... je mourrai bientôt, je l'espère ; plût au ciel que cela fût déjà arrivé !

AGATHE, faisant un mouvement vers lui. Edmond !..

UN DOMESTIQUE entre et dit : La voiture de Mademoiselle.

AGATHE, faisant signe d'attendre. C'est bien !.. (Elle va prendre son châle, pendant que Zoé va prendre son chapeau, qui est plus loin, sur un autre meuble. — S'approchant d'Edmond, à demi-voix et d'un ton suppliant.) Vous ne voulez donc pas nous écouter et être député ?..

EDMOND. A quoi bon ?

AGATHE. A beaucoup de choses. (Tout en arrangeant son châle et sans regarder Edmond.) Mon père disait hier qu'il ne serait pas du tout éloigné de donner sa fille à un député !..

EDMOND. O ciel !

AGATHE, se retournant vers Zoé, et prenant le chapeau qu'elle lui apporte. Merci, merci de ta peine... Adieu, ma chère Zoé, adieu. (Elle sort vivement, et Zoé la reconduit jusqu'à la porte du fond, pendant qu'Edmond est resté sur le devant du théâtre, immobile de surprise.)

SCÈNE V.

EDMOND, ZOÉ.

EDMOND, à part. Député !.. si je suis député, je puis aspirer à sa main !.. ce que jamais je n'ai osé lui dire... elle l'a donc deviné... elle a donc lu dans mon cœur !

ZOÉ. Mon pauvre Edmond ! que je vous plains !

EDMOND. Ah ! je suis le plus heureux des hommes !

ZOÉ. Qu'est-ce que vous dites donc là ?.. Vous qui tout à l'heure...

EDMOND. Oui, tout à l'heure j'étais un extravagant... un insensé !.. qui n'écoutait rien... qui repoussait vos conseils... mais je reviens à ceux de la raison, aux vôtres... et je veux maintenant...

ZOÉ. Que voulez-vous ?..

EDMOND. Je veux être député !

ZOÉ. Est-il possible ?

EDMOND. Je le serai ! c'est mon seul but, mon seul espoir !..

ZOÉ. Vous qui refusiez...

EDMOND. J'ai changé d'idée... il faut que je sois député : je ne sais pas comment, mais c'est égal... n'importe à quel prix, j'y arriverai... je parviendrai... Voyez-vous, Zoé, je mourrai ou je serai député !..

ZOÉ, souriant malignement. Et bon député, à ce que je vois, car vous changez promptement d'avis.

EDMOND. Ah ! c'est que vous ne savez pas... vous ne pouvez pas savoir...

ZOÉ. Je sais du moins que vous devenez raisonnable... c'est tout ce que nous demandions... c'est là le chemin des honneurs !

EDMOND. Ça m'est égal !

ZOÉ. La route de la fortune.

EDMOND. Peu m'importe ! que je sois député seulement, et après cela, si je ne meurs pas de joie... nous verrons... je ferai ce que vous me direz... Mais avant tout que je sois

nommé, et pour cela à quels moyens avoir recours ?.. à qui s'adresser ?.. moi qui ne connais personne !

ZOÉ. Allez trouver M. de Miremont...

EDMOND. Oui, il a dû à mon père et la vie... et sa place. Mon père est mort sans fortune... et lui, devenu grand seigneur...

ZOÉ. Vous a toujours voulu du bien...

EDMOND. Autrefois, c'est vrai !.. mais depuis son mariage... c'est différent... je ne vais presque plus chez lui... il y a là quelqu'un qui me déteste, quelqu'un à qui je n'ai point caché mon mépris...

ZOÉ. O ciel ! qu'avez-vous fait !

EDMOND. J'ai bien fait ! y a-t-il rien au monde de plus méprisable qu'une jeune femme qui, par intérêt ou par ambition, cherche à séduire un vieillard et se fait épouser par lui !..

ZOÉ. Taisez-vous ! taisez-vous !..

Et ne nous brouillez pas avec la république !

EDMOND. C'est déjà fait ! et de ce côté-là il n'y a rien à attendre, rien à espérer.

ZOÉ. Adressez-vous alors à mon mari... qui a de l'influence à Saint-Denis... il a là une manufacture... des électeurs qui sont à lui, des voix dont il peut disposer... commencez par demander la sienne...

EDMOND. Moi ! solliciter sa voix... mendier son suffrage...

ZOÉ. Eh ! mais sans doute ! il n'ira pas vous l'offrir... tout le monde en agit ainsi.

EDMOND. C'est possible... mais il me semble que je ne pourrai jamais... et puis, quoique votre mari soit mon client, quoique j'aie gagné pour lui un procès important... je me trompe peut-être, mais j'ai idée qu'il a peu d'affection pour moi.

ZOÉ, souriant. Vous avez là une idée assez juste... ce qui vous arrive rarement ; et savez-vous, Edmond, qu'il est assez singulier que vous vous en soyez aperçu comme moi ?.. j'ignore pourquoi... mais il est très-vrai que mon mari ne vous aime pas.

EDMOND, d'un air sombre. Personne ne m'aime.

ZOÉ, d'un air caressant. Ah ! vous êtes un ingrat... et puisque vous n'osez parler à mon mari... voulez-vous que je m'en charge ?

EDMOND. Vous !

ZOÉ. Ça le contrariera, ça le mettra en colère... c'est une querelle qui me revient... peut-être deux... je les risque !.. il faut bien faire quelque chose pour ses amis, et je vous réponds qu'il finira par céder !

EDMOND. Non... non... protégé par vous... que ne dirait-on pas ? on dirait que je suis parvenu par l'intrigue, que je suis arrivé par les femmes... cela ne se doit pas... et j'en rougirais !

ZOÉ. Eh ! mais, mon cher ami, d'où sortez-vous donc ?.. d'un pensionnat de demoiselles ?.. et encore, dans le nôtre, on était plus avancé que cela... Mais puisque vous le voulez absolument... tenez... tenez... le voici ! parlez vous-même.

EDMOND. Si vous saviez combien ça me coûte...

ZOÉ. Il n'est pas si redoutable... allons ! du cœur !

EDMOND. Oui, oui... vous avez raison... (A part.) Pensons à Agathe, et du courage ! (Zoé sort par la porte à droite en encourageant Edmond par ses gestes.)

SCÈNE VI.

M. DE MONTLUCAR, qui sort de la porte à gauche et s'avance en rêvant ; EDMOND, qui reste au fond du théâtre.

M. DE MONTLUCAR, à part. Certainement on peut être député et conserver sa couleur... on est de l'opposition... cela n'en vaut que mieux... on obtient bien plus !.. mais dans ma position je ne peux pas me proposer ; il faut qu'on me fasse violence, c'est indispensable... et Bernardet n'a pas assez l'air d'en comprendre la nécessité.

EDMOND. Abordons-le.

M. DE MONTLUCAR, *sèchement en apercevant Edmond.* Ah ! c'est vous, monsieur Edmond ; vous venez, je pense, pour voir madame de Montlucar...

EDMOND. Non, Monsieur, c'est pour vous.

M. DE MONTLUCAR, *de même.* Et qui me procure de si bon matin l'honneur de votre visite ?

EDMOND. Une importante affaire... il y a à Saint-Denis un député à nommer...

M. DE MONTLUCAR, *froidement.* C'est ce qu'on dit... car je me mêle peu de politique...

EDMOND. Je paye dans ce pays quelques impositions.

M. DE MONTLUCAR, *d'un air aimable.* J'entends, vous êtes électeur... et venez me trouver...

EDMOND. C'est tout naturel. . votre influence, votre grand nom... vos grands biens...

M. DE MONTLUCAR, *toujours d'un air aimable.* Vous êtes trop bon... vous m'êtes envoyé, je le vois, par ces messieurs vos collègues...

EDMOND. Qui donc ?

M. DE MONTLUCAR. Quelques électeurs de l'arrondissement...

EDMOND. Non, Monsieur, je viens de moi-même...

M. DE MONTLUCAR, *d'un air affectueux et lui prenant la main.* Je vous en remercie encore plus, et je ne puis vous dire, mon cher Edmond, à quel point je suis sensible à votre démarche... quoiqu'elle me gêne et me contrarie beaucoup ; non pas que plusieurs de mes amis ne m'aient déjà presque violenté à ce sujet... mais vous comprenez vous-même ma position... je ne suis plus un homme politique, je suis un homme de lettres .. comme tel je me suis fait une indépendance, des opinions, et je dirai même quelque gloire... que j' ne voudrais pas compromettre à la tribune.

EDMOND, *avec étonnement.* Comment cela ?

M. DE MONTLUCAR. Cela vous étonne, mais c'est ainsi ; et loin de vous savoir gré de l'honneur que vous m faites, je serais tenté de vous en vouloir... car il m'est pénible de vous refuser... Et d'un autre côté, moi qui étais tranquille chez moi, qui ne m'attendais à rien... qui me croyais à l'abri de toutes les tentatives de ce genre... vous venez me mettre dans la position la plus délicate et la plus cruelle... (*D'une voix faible et comme prêt à céder.*) Car, en vérité... je ne peux pas être député. .

EDMOND, *vivement.* Rassurez-vous et ne m'en veuillez pas... ce n'est pas là ce que je venais vous proposer ..

M. DE MONTLUCAR. Hein... que dites-vous ?

EDMOND. Je comprends très-bien vos motifs... et c'est pour un autre que je venais vous parler...

M. DE MONTLUCAR, *cherchant à se remettre et affectant un air de joie.* A la bonne heure... je respire... vous me rendez ma tranquillité... Et cet autre quel est-il ?

EDMOND. C'est moi.

M. DE MONTLUCAR, *avec surprise.* Vous !.. (*Avec un air de supériorité.*) Certainement, mon cher, je vous accorderais mon suffrage avec grand plaisir, car c'est là, je pense, ce que vous venez me demander... mais on connaît mon opinion et la vôtre... nos principes ne sont pas les mêmes...

EDMOND. Ils vous auraient permis cependant de recevoir ma voix...

M. DE MONTLUCAR. Mais non de vous donner la mienne... Cela me ferait du tort dans mon parti et auprès de mes amis politiques... j'aurais l'air de changer de nuance, ce que je ne ferai jamais. Hier encore, vous avez plaidé pour mademoiselle de Miremont qui tient à la nouvelle noblesse, la noblesse de l'Empire, et vous avez gagné un procès contre une des plus anciennes familles de France ! une grande dame du faubourg Saint-Germain...

EDMOND. Si la grande dame avait tort...

M. DE MONTLUCAR. Ce n'est pas de cela qu'il s'agit aujourd'hui...

EDMOND. Si j'ai pu dans cette cause montrer quelque talent...

M. DE MONTLUCAR. Je ne mets pas cela en doute ; mais, je vous l'avoue, je viens de lire l'article du journal qui rend compte de votre plaidoyer... et franchement je vous conseille, comme votre ami... de ne pas vous mettre sur les rangs en ce moment... L'opinion ne vous serait pas favorable.

EDMOND, *cherchant à modérer sa colère.* Vous croyez !.... Mais la vôtre, à vous, Monsieur, votre opinion ne se règle pas sur celle du journal... vous en avez une à vous, qui vous appartient...

M. DE MONTLUCAR. Certainement...

EDMOND. Vous n'êtes pas obligé d'attendre qu'on vous apporte chaque matin votre conscience de la journée...

M. DE MONTLUCAR. Monsieur !..

EDMOND. Eh bien ! vous avez eu recours à moi, vous êtes venu me trouver pour une importante affaire qui n'était ni sans périls ni sans difficultés, qui demandait des soins, des travaux... quelque mérite peut-être... J'ai réussi... réussi sous vos yeux... Et le jour où j'ai gagné votre procès... vous me serriez les mains... vous m'embrassiez ! j'avais du talent alors !.. Eh bien ! j'en appelle aujourd'hui, non à votre reconnaissance... que vous m'avez donné de l'or, vous croyez m'avoir payé ; mais j'en appelle à votre conscience, à votre honneur... ce jour-là m'auriez-vous donné votre voix ? répondez, répondez !

M. DE MONTLUCAR. Eh bien !.. oui...

EDMOND. Et vous me la refusez aujourd'hui, parce que votre journal ne vous le permet pas !.. vous, Monsieur, qui savez que je l'ai méritée, qui me l'avouez... qui en convenez avec moi !..

M. DE MONTLUCAR, *avec embarras.* Certainement... je sais, mon cher ami... que vous n'êtes pas sans mérite, et je le dirai tout haut... je le crierai toujours... entre nous !.. mais il y a des situations qu'il faut comprendre ; et si vous étiez à ma place, vous seriez aussi embarrassé que moi... Ce journal est de mes amis... il me veut du bien... je n'ai jamais rien fait pour cela... mais, à tort ou à raison, il m'a toujours bien traité... et je n'irais pas me mettre en opposition avec lui, protéger hautement les gens qu'il attaque... pour m'exposer moi-même à être attaqué... moi qui ne suis pour rien là dedans, moi qui par ma position suis libre et indépendant !

EDMOND. Indépendant !.. et vous tremblez devant un article de journal ! Indépendant !.... et vous n'avez pas même le courage d'être de votre opinion !

M. DE MONTLUCAR, *fièrement.* Monsieur !.. j'ai du moins une règle de conduite que je vais vous dire et dont je ne m'écarterai pas... c'est de n'être d'aucune intrigue, d'aucune coterie, d'arriver par moi-même et non par les autres, de n'aller solliciter les suffrages de personne, et surtout de ne point vouloir contraindre les gens à me donner leur voix quand ils me la refusent.

EDMOND, *avec colère.* Monsieur !.. (*M. de Montlucar salue Edmond et rentre dans l'appartement à gauche.*)

SCÈNE VII.

EDMOND, *seul.* Ah ! j'ai mérité ce qui m'arrive, puisque j'ai pu m'adresser à lui, puisque je me suis abaissé jusqu'à mendier sa protection!.. Si c'est à ce prix qu'on parvient aux honneurs, plutôt rester toute ma vie obscur et misérable! plutôt renoncer au bonheur et à toutes mes espérances!.... sortons.

—

SCÈNE VIII.

EDMOND, OSCAR RIGAUT.

OSCAR, *l'arrêtant.* Ce cher Edmond! où court-il donc ainsi?

EDMOND. Oscar Rigaut... mon ancien camarade!..

OSCAR. Eh! oui vraiment! collége Charlemagne! où j'étais toujours le dernier; et toi, deux années de suite le prix d'honneur! Ce que c'est que de nous cependant, et comme il ne faut pas juger d'après le collège; (*Lui serrant la main d'un air affligé.*) car j'ai appris, mon pauvre ami, ton échec d'hier, au Palais!

EDMOND. Comment! qu'en sais-tu? qui te l'a dit?

OSCAR. Mon journal..... qui rend toujours compte le lendemain, et très-exactement; après cela, que veux-tu? on tombe un jour, on se relève un autre. Tu prendras ta revanche. Mais que fais-tu? que deviens-tu? je ne t'ai pas rencontré depuis Charlemagne.

EDMOND. On se perd de vue; et puis tu es reparti pour la province.

OSCAR. J'espérais du moins, à mon arrivée à Paris, t'apercevoir chez ma jolie cousine, madame de Miremont, où tu allais, dit-on; mais on ne t'y voit plus.

EDMOND. Je n'ai pas le temps... je travaille beaucoup.

OSCAR, *riant.* Il travaille!.. est-il bon enfant!.. et qui l'amène chez Montlucar?.. encore un savant, celui-là... est-ce pour travailler?..

EDMOND, *prêt à sortir.* Non, pour une affaire particulière qui ne peut réussir; et je n'ai plus, je crois, qu'à m'aller jeter à l'eau.

OSCAR, *se retournant.* Y penses-tu?.. me voilà... je suis riche!.. Mon père, qui est toujours marchand de bois à Villeneuve-sur-Yonne, ne me laisse manquer de rien... et si c'est de l'argent qu'il te faut, je t'en prêterai, tu me feras ton billet... Que diable, entre amis!..

EDMOND, *lui serrant la main.* Je te remercie; ce n'est pas là ce qui me chagrine!

OSCAR. Et quoi donc?..

EDMOND. C'est que je ne peux réussir à rien.

OSCAR. C'est étonnant; moi je réussis à tout... Je ne comprends point qu'on ne réussisse pas...

EDMOND. Cela prouve un grand bonheur ou un grand talent.

OSCAR. Mais non... c'est tout naturel, cela va tout seul; je ne me donne pas de peine... Je ne sais pas comment cela se fait, tout me vient, tout m'arrive!..

EDMOND. En vérité!

OSCAR. Je ne te parle pas du barreau, où j'étais déjà lancé, mais que décidément j'abandonne, parce que j'ai d'autres occupations qui me conviennent davantage.

EDMOND. Et lesquelles?

OSCAR. Tu ne sais donc pas?.. J'ai fait un livre de poésies.

EDMOND. Toi!..

OSCAR. Comme tout le monde!.. Cela m'est venu un matin en déjeunant... *Le Catafalque,* ou *Poésies funèbres d'Oscar Rigaut.*

EDMOND. Toi?.. un gros garçon réjoui?..

OSCAR. Oui; je me suis mis dans le funèbre... il n'y avait que cette partie-là: tout le reste était pris par nos amis;

des beaux... des gants jaunes de la littérature, génies créateurs ayant tout inventé; et ça aurait fait double emploi si nous avions tous créé le même genre. Aussi je leur ai laissé *le vaporeux, le moyen âge, le pittoresque;* j'ai inventé le funèbre, le cadavéreux, et j'y fais fureur... mon ouvrage est partout, et tiens, tiens... (*Regardant sur la table.*) tu vois ici même six exemplaires..

EDMOND. Je n'en reviens pas!

OSCAR. Tu ne lis donc pas les journaux?.. « Le jeune « Oscar Rigaut, que son imagination délirante vient de pla- « cer à la tête de la jeune phalange... » Tu n'as pas lu cela partout?

EDMOND. Si, vraiment, mais je ne croyais pas qu'il fût question de toi.

OSCAR. C'était de moi-même!.. moi, avec tous mes titres. (*Lui montrant le livre.*) Membre de deux sociétés littéraires, officier de la garde nationale et maître des requêtes; j'aurai le mois prochain la croix d'honneur; c'est mon tour, c'est arrangé.

EDMOND. Avec qui?

OSCAR. Avec les nôtres... ceux qui comme moi sont à la tête de la jeune phalange; car ils sont aussi à la tête, nous y sommes tous; nous sommes une douzaine d'amis intimes qui nous soutenons, qui nous admirons; une société par admiration mutuelle.. l'un met sa fortune, l'autre son génie, l'autre ne met rien; tout ça se compense, et tout le monde arrive l'un portant l'autre.

EDMOND. C'est inconcevable!

OSCAR. C'est comme ça. Tu le vois, et si tu le veux, tu n'as qu'un mot à dire... je te protégerai, je te pousserai... Un de plus, qu'est-ce que ça fait?..

EDMOND. Je te remercie, mon ami, je te remercie bien; mais malheureusement ce que je désire n'est pas en ton pouvoir.

OSCAR. Qu'est-ce donc?

EDMOND, *soupirant.* Je veux être député!

OSCAR. Pourquoi pas?.. nous en faisons beaucoup.

EDMOND. Est-il possible?

OSCAR. De véritables députés, des députés qui votent; je ne dis pas qu'ils parlent, mais qu'importe!.. Il y en a tant d'autres qui ne font que ça... Sois tranquille; nous te ferons nommer. Présenté par moi à nos amis, ils deviendront les tiens... à charge de revanche; Dès qu'on est admis, on a du talent, de l'esprit, du génie; il le faut, c'est dans le règlement... tu les verras à l'œuvre!

EDMOND. Mais où, et quand?

OSCAR. Ce matin même. J'ai chez moi un déjeuner de garçons : voici mon adresse... Viendras-tu?

EDMOND, *regardant la carte, et hésitant.* Qu'est-ce que je risque?.. Autant cela que de se jeter à l'eau.

OSCAR. Eh bien! viendras-tu?

EDMOND. Ma foi, oui, j'irai.

OSCAR, *lui donnant la main.* A tantôt!

EDMOND. A tantôt. (*Edmond sort par le fond, Oscar entre dans l'appartement à gauche.*)

FIN DU PREMIER ACTE.

zoé. Et le salon ne tient que cent cinquante places. — Acte 1er, scène 1re.

ACTE DEUXIÈME.

Le théâtre représente un appartement de garçon très-élégant ; porte au fond, deux latérales ; sur le premier plan, à droite, une croisée, et une table avec ce qu'il faut pour écrire.

SCÈNE PREMIÈRE.

BERNARDET, OSCAR.

oscar, *à la cantonade.* Le déjeuner à deux heures !

bernardet. Le champagne à la glace, ainsi que le homard, pour qu'il se maintienne bien frais !.. Je tiens à ce que celui-là soit bon... j'en réponds !

oscar. Et vous vous y connaissez, docteur !

bernardet. Je l'ai choisi moi-même chez madame Chevet, avec qui nous autres médecins nous sommes tous liés par goût et par reconnaissance... C'est un établissement si utile que le sien !.. toutes les bonnes maladies sortent de là.

oscar. Et vous avez eu la complaisance, monsieur Bernardet, de commander vous-même le déjeuner...

bernardet. C'est un service que je rends souvent à des amis... Tous les bons morceaux sont chaque matin accaparés par moi... et à tous ceux qui arrivent après on répond : « C'est retenu par le docteur Bernardet, c'est réservé pour le docteur Bernardet! » et toujours le docteur Bernardet... c'est comme si je donnais mon nom et ma carte à ces étrangers qui se disent entre eux : « Diable! c'est donc un illustre! c'est donc un homme bien riche... » Et à Paris, voyez-vous, règle générale, il n'y a que les gens riches qui fassent fortune.

oscar. C'est pour cela que j'ai bon espoir.

bernardet. Je crois bien ! vous avez déjà un joli patrimoine... c'est là un mérite qu'on ne peut pas vous contester.

oscar. Et que je partage volontiers avec mes amis! les chevaux, les loges au spectacle, les dîners au Rocher de Cancale... c'est toujours moi qui paye, c'est mon bonheur!

bernardet. Chacun son genre !.. vous avez pris celui-là, mon gaillard, et ce n'est pas maladroit... ça vous donne une prééminence, une supériorité qui fait qu'on s'habitue peu à peu à vous regarder comme le point central, la clé de voûte et presque le président. Aujourd'hui, par exemple, on a à délibérer sur une importante affaire... c'est chez vous qu'on vient déjeuner... vous irez loin !

oscar. Vous croyez !

bernardet. Vous le savez bien, et nous aussi... Avec une tête comme celle-là... je me connais un peu en phrénologie... et vous avez la bosse de la sagacité... D'abord vous êtes docile... et sans vous amuser à raisonner **ou à comprendre**, vous allez droit au but. C'est ce qu'il **faut**.

oscar, *riant*. Que voulez-vous? je **crois** à la médecine et à vous, docteur.

bernardet. Quand je vous le **disais**! la bosse de la sagacité! Qui aurons-nous à notre **déjeuner**?

oscar. Beaucoup de nos amis **nous manqueront**, nos camarades fashionables!

bernardet. Où sont-ils?

oscar. Comme toujours, aux Italiens. Il y a ce matin répétition générale de l'opéra de Timballini.

bernardet. C'est juste ! un talent exotique qu'il faut faire mousser ! il nous rendra cela à l'étranger !

oscar. Mais nous aurons Dutillet, notre grand éditeur ! Desrouseaux, notre grand peintre!.. Saint-Estève, notre grand romancier!.. Montlucar, notre grand... je ne sais comment dire...

bernardet. Économiste!.. notre grand économiste!

oscar. Un écrivain bien profond, à ce que vous dites tous! mais c'est drôle... j'entends le latin, et lui je n'ai jamais pu l'entendre!

bernardet. Personne non plus!.. et c'est ce qui assure à jamais sa réputation. Quand quelqu'un de nous s'écrie intrépidement dans un salon : « Quel génie dans son livre!.. » tout le monde se dit : « Pauvre homme! il l'a donc lu!.. » et par commisération on le croit sur parole... qui diable irait vérifier?.. Qui aurons-nous encore?..

oscar. J'ai aussi invité mon cousin le pair de France, M. de Miremont, ainsi que sa femme, ma jolie cousine !

bernardet. Tant mieux ! j'ai à lui parler... M. de Miremont a-t-il accepté?

oscar. Avec grand plaisir.

bernardet. Bon ! il viendra.

oscar. Quoique ça eût l'air de ne pas convenir à sa femme, qui voulait aller ce matin à une solennité musicale du Conservatoire...

bernardet, *secouant la tête*. Alors il ne viendra pas.

oscar. Il me l'a promis, et si ça contrarie Césarine, tant pis! je n'irai pas me gêner avec elle qui est ma cousine... car c'est ma cousine, après tout... mon père, marchand de bois à Villeneuve-sur-Yonne, était frère de son père... avec cette différence que nous étions riches et qu'elle ne l'était pas, à telles enseignes qu'elle a été obligée d'entrer comme sous-maîtresse dans un pensionnat... je m'en souviens bien.

bernardet, *l'interrompant*. Il vaudrait mieux l'oublier.

oscar. Je lui en parlais encore l'autre jour.

bernardet, *froidement*. Écoutez-moi, mon cher; car vous, qui avez de la sagacité, vous me comprendrez tout de suite... lorsque pour vous ou pour vos amis vous voudrez obtenir quelque chose de M. de Miremont le pair de France, demandez-le d'abord à sa femme...

oscar, *avec étonnement*. Ah! bah!.. c'est le plus long !

bernardet, *froidement*. C'est le plus court. M. de Miremont est un homme de mérite, mais d'un mérite silencieux, qui dans la carrière des places et de l'ambition avance peu, mais ne recule jamais... nommé en 1804 membre du Sénat conservateur, il n'a jamais pensé depuis ce moment qu'à conserver ses places, et il y a réussi... il en a huit !..

oscar. Huit places !..

bernardet. Huit!.. et se trouve encore au Luxembourg, pair de France, maintenant comme sous la Restauration.

Ennemi des secousses et de tout ce qui pourrait entraîner un déplacement quelconque, il est partisan de ceux qui se maintiennent, fanatique de tout ce qui existe, mais sans se montrer et sans se compromettre... car vivant obscur dans son illustration, il craint de faire parler de lui, et se met au lit deux mois d'avance quand il doit y avoir quelque crise ou quelque procès politique... je le sais... c'est moi qui le traite; et nous n'entrons en convalescence qu'après le prononcé du jugement... Du reste, excellent homme, qui dans son intérieur se croit de l'autorité et s'est toujours laissé mener par quelqu'un... Dans ce moment, c'est par sa femme, qui, elle, ne se laisse mener par personne. Je vous le dis, faites-en votre profit... Et comme le caractère se peint aussi bien dans les petites choses que dans les grandes, je vous préviens d'avance que si ce déjeuner contrarie Césarine, son mari n'y viendra pas.

oscar. Ce n'est pas possible... il m'a donné sa promesse formelle hier soir...

bernardet. C'est égal!

oscar, *regardant du côté de la croisée*. Tenez. . tenez, entendez-vous une voiture qui entre dans la cour... c'est la sienne... il arrive le premier! Me croirez-vous, maintenant?

bernardet. Ma foi non!

oscar, *prêt à sortir*. Je cours le recevoir au pied de l'escalier. (*Revenant.*) Ah! mon Dieu... j'oubliais!.. un nouvel ami que je voulais vous recommander.

bernardet. Qu'est-ce que c'est?

oscar. Un avocat !

bernardet. A la bonne heure ! ça peut être utile, ça parle, ça fait du bruit... Est-il bon?

oscar. Il est très-instruit.

bernardet, *avec impatience*. Est-il bon?

oscar. Il a beaucoup de talent.

bernardet. Ce n'est pas là ce que je vous demande... est-il bon camarade? peut-il pousser les autres, les faire valoir, les élever, leur faire la courte-échelle?

oscar. Certainement! il se jetterait au feu pour ses amis.

bernardet. C'est ce qu'il nous faut!.. Nous le pousserons!.. nous le pousserons... en avant! d'abord!.. et quand nous le connaîtrons mieux...

oscar. Il déjeune avec nous.

bernardet. Ça suffit! en un instant je l'aurai jugé.

oscar, *se retournant*. Eh! c'est ma chère cousine !

—

SCÈNE II.

M. DE MIREMONT, CÉSARINE, OSCAR, BERNARDET.

oscar, *allant au-devant de M. de Miremont, à qui Césarine donne le bras*. Que c'est aimable à vous, monsieur le comte, de venir ainsi à un déjeuner de garçons !

bernardet. Et de si bonne heure encore ! ça ne m'étonne pas. L'exactitude est la politesse des... supériorités en tout genre... A ce titre, vous deviez arriver le premier.

m. de miremont, *à Oscar*. Oui, mon cher ami, j'ai voulu venir de bonne heure pour vous prévenir qu'à mon grand regret je ne pouvais pas déjeuner avec vous!

oscar. O ciel !

m. de miremont. Et vous faire moi-même mes excuses.

bernardet, *bas, à Oscar*. Que vous disais-je?..

m. de miremont. Nous avons ce matin, au Luxembourg, à la chambre des pairs, une séance où je suis indispensable.

oscar. Comment!.. vous ne pourriez pas y manquer?..

m. de miremont. C'est précisément ce que tout à l'heure me disait ma femme.

OSCAR, *naïvement.* En vérité?..

M. DE MIREMONT, *d'un air grave.* Parce que les femmes ne se doutent pas de l'importance des choses; elles voient une partie de plaisir qui les séduit, et voilà tout... mais nous autres!.. c'est différent !

BERNARDET. Je présume que monsieur le comte a souvent à combattre... et contre un redoutable adversaire?..

M. DE MIREMONT. Mais non, Césarine est vraiment fort raisonnable... Je lui cède volontiers, et même avec empressement, dans toutes les petites occasions qui peuvent lui être agréables; mais dès qu'il s'agit d'affaires graves, d'affaires d'État... elle sait bien qu'il est inutile de me prier... et elle ne l'essaie même pas.

CÉSARINE. Aussi ce matin, Monsieur, vous me rendrez la justice de dire que je n'ai pas insisté.

M. DE MIREMONT. C'est vrai.

CÉSARINE. Et cependant, si vous l'aviez bien voulu, vous auriez pu ne pas causer ce désappointement à ce pauvre Oscar, et donner congé à la chambre haute, qui devrait bien s'habituer à marcher sans vous... car, enfin, si vous étiez malade...

M. DE MIREMONT, *d'un air sévère.* Ma femme!..

CÉSARINE. Allons, ne vous fâchez pas, je me tais... je n'ai pas envie de me faire une querelle, et puisque vous le voulez absolument, que rien ne vous arrête... allez au Luxembourg; j'irai pendant ce temps-là à la séance du Conservatoire... si toutefois vous ne vous y opposez pas encore...

M. DE MIREMONT, *s'inclinant et lui prenant la main.* Ma chère amie...

CÉSARINE. J'ai dans la loge du ministre une place que sa femme m'a offerte, et qu'heureusement je n'avais pas refusée.

M. DE MIREMONT. A la bonne heure.

BERNARDET, *à part.* C'est là qu'elle voulait aller !

CÉSARINE, *gaîment, à Oscar.* Ce sera du moins un dédommagement qui ne me consolera pas de ce que je perds, mais qui m'empêchera d'y penser... (*A M. de Miremont.*) Partez vite; la voiture vous conduira d'abord au Luxembourg et viendra me rejoindre ici... où j'ai à parler à monsieur Bernardet.

BERNARDET. Trop heureux d'être à vos ordres!

CÉSARINE. Oscar, donnez donc le bras à votre cousin... jusqu'à la voiture...

M. DE MIREMONT. Comme vous voudrez, mais c'est inutile.

BERNARDET. Je le crois bien, monsieur le comte n'a pas besoin de bras; il a pour son âge une vivacité et une verdeur... Il est plus jeune que nous.

OSCAR, *d'un air malin.* Je m'en rapporte à ma cousine !

CÉSARINE. Vous êtes bête, Oscar.

OSCAR, *riant.* N'est-ce pas, je suis drôle!.. (*A part.*) Elle est un peu bégueule, ma cousine, mais elle est bien aimable... (*Offrant son bras à M. de Miremont.*) Je vous conduis jusqu'en bas... (*A Bernardet.*) Je donne les derniers ordres pour le déjeuner... (*A Césarine.*) et je reviens.

M. DE MIREMONT. Adieu, ma femme!.. ne sois pas fâchée contre moi, et surtout ne t'impatiente pas. Dans un quart d'heure je te renvoie la voiture. (*Il sort avec Oscar.*)

—

SCÈNE III.

BERNARDET, CÉSARINE, *allant s'asseoir sur un fauteuil, à droite.*

BERNARDET, *debout, près d'elle.* Vous aviez grande envie d'aller à ce concert?

CÉSARINE. Vous croyez?

BERNARDET. Quelque peu flatteur que ce soit pour nous... j'en suis persuadé...

CÉSARINE. A la bonne heure, au moins! il y a du plaisir avec les gens qui vous comprennent... Eh bien! oui, docteur... nous étions hier au soir chez le ministre; il est plus en faveur que jamais, aussi il y avait un monde à sa réception... impossible de l'avoir à soi un instant. A peine a-t-il eu le temps de me dire : « Allez-vous demain au concert? ma loge est à vos ordres. » Puis il a ajouté à demi-voix : « N'y manquez pas, j'ai à vous parler. »

BERNARDET. Et sur quoi?

CÉSARINE. Je l'ignore... probablement sur la loi que l'on doit voter demain.

BERNARDET. On dit qu'elle ne passera pas.

CÉSARINE. Il lui manque quatre voix... Il faut que nous les lui trouvions.

BERNARDET. Comment cela?

CÉSARINE. Nous verrons!.. Attendons d'abord que je lui aie parlé.

BERNARDET. Vous aurez le temps, le concert sera long... Il y aura bien du malheur si entre deux morceaux vous ne lui dites pas un mot pour moi.

CÉSARINE. Cette place à l'École de médecine?..

BERNARDET. Tout le monde m'y désigne, vous le savez ! et il est dans l'intérêt du pouvoir d'avoir là un professeur qui lui soit dévoué... qui prenne de l'influence sur cette jeunesse turbulente... c'est excellent les jours d'émeute... avec quelques phrases... « Jeunes gens, jeunes étudiants, mes jeunes « amis... » on se rend populaire... ils cassent les vitres aux cours de vos collègues et vous portent en triomphe, ce qui vous lance... et vous fait arriver de plain-pied... à tout ce qu'il y a de plus élevé... *Sic itur ad astra*... Pardon de vous parler latin... la force de l'habitude.

CÉSARINE, *souriant.* Je comprends très-bien, docteur; je connais votre génie et votre activité pour vos intérêts...

BERNARDET. Et ceux de mes amis... Je vous dois une belle clientèle... c'est vrai... vous m'avez mis en vogue par votre migraine et vos spasmes nerveux... ils ont fait ma fortune, j'en conviens, je ne suis pas ingrat. Mais vous conviendrez qu'à mon tour, gazette ambulante et bulletin à domicile, je ne parle dans mes ordonnances ou mes consultations que de vous, de vos soirées, de vos succès... et s'il est quelqu'un de ces secrets qu'on n'imprime pas, mais qu'on a besoin de faire connaître mystérieusement à tout Paris... ne suis-je pas là?.. en vingt-quatre heures le coup est porté, l'effet est produit et mes chevaux sont rendus... Voilà du dévouement...

CÉSARINE, *se levant et lui tendant la main.* Je le sais, docteur, et vous pouvez compter sur moi.

BERNARDET. Vous parlerez au ministre?

CÉSARINE. Ce matin même.

BERNARDET. C'est comme si j'étais nommé; un mot encore!.. mais celui-là dans votre intérêt... M. de Miremont, votre mari, est-il jaloux?

CÉSARINE. Cette question!..

BERNARDET. C'en est une comme une autre... Est-il jaloux?

CÉSARINE. Quelquefois... si je voulais... il aurait des idées de jalousie... dont je tire de temps en temps parti... mais seulement quand il y a absolue nécessité... Maintenant pourquoi cette demande?..

BERNARDET. On prétend que le ministre est charmant pour vous.

CÉSARINE. Mon mari est actionnaire d'un journal en crédit.

BERNARDET. J'entends bien !.. mais on assure que d'autres idées qui ne sont rien moins que politiques l'empêchent de vous rien refuser... dans l'espoir sans doute que votre cœur...

Un jour sera tenté
D'égaler Orosmane en générosité.

CÉSARINE. Qui a dit cela?

BERNARDET. C'est un bruit encore sans consistance... Faut-il le laisser errer au hasard ou le démentir sur-le-champ? je vais prendre vos ordres pour les transmettre à mes amis; commandez! que dirai-je?

CÉSARINE, *froidement*. Vous pouvez dire, docteur, que l'on perdra son temps.

BERNARDET. Je le savais d'avance! Je sais qu'entourée d'adorateurs, mais insensible à leurs hommages, vous n'aimez personne et n'avez jamais aimé!

CÉSARINE. Qu'en savez-vous?

BERNARDET. La Faculté s'y connaît!

CÉSARINE. La Faculté pourrait bien se tromper!.. (*Lentement.*) Il y a peut-être telle personne au monde pour qui j'aurais sacrifié autrefois la plus brillante position... (*Vivement.*) J'étais folle alors... je ne le serai plus! l'expérience arrive...

BERNARDET, *souriant*. Je devine! un premier amour!

CÉSARINE. C'est possible.

BERNARDET. Un beau jeune homme qui vous adorait...

CÉSARINE. Au contraire!.. et c'est là le plus piquant... je crois qu'il ne m'aimait pas... (*Vivement.*) Les inclinations sont libres; je l'ai oublié, je n'y pense plus... mais je lui en voudrai toute ma vie... et c'est là peut-être ce qui m'a donné ce besoin de distraction et d'activité, maintenant mon bonheur et ma seule passion; j'aime à me voir à la fois trois ou quatre affaires sérieuses ou futiles qui m'occupent et m'inquiètent. Ce sont des tourments si vous voulez, mais ce sont des émotions!.. c'est de l'espérance ou de la crainte; c'est vivre du moins!.. Voilà pourquoi vous me voyez souvent, si étourdie ou si audacieuse, brusquer la fortune que je pouvais attendre... changer d'idée au moment du succès, me lancer dans des périls que je connais... que je prévois... mais qui font battre le cœur... et rendent plus douce encore la joie du triomphe!

BERNARDET. Vous avez manqué votre vocation; vous étiez faite pour gouverner un empire!

CÉSARINE, *souriant*. On ne peut plus maintenant... ils se gouvernent tout seuls, et il ne nous reste plus à nous autres femmes que la diplomatie du ménage, la politique du salon... et les intrigues secondaires... C'est toujours cela... il faut se faire une raison et se contenter de ce qu'on a... faute de mieux!.. (*Gaiement.*) De quoi s'agit-il aujourd'hui?.. et pourquoi ce déjeuner?..

BERNARDET. Tous nos jeunes amis, qui vous sont dévoués et qui ne jurent que par vous, viennent ce matin (excepté votre cousin Oscar, qui ne sait pas encore de quoi il est question), viennent ce matin délibérer avec du champagne sur une affaire assez importante... Nous avons parmi nous de grands talents, de grands génies; nous n'avons pas de députés... et un député qui serait des nôtres... qui serait à nous... ça ferait bien.

CÉSARINE. Certainement!.. ou du moins si ça ne fait pas de bien... ça ne peut...

BERNARDET. N'est-ce pas?.. c'est ce que je dis... Or, la députation de Saint-Denis est vacante, et avant de travailler les électeurs... il faudrait savoir au juste quel est celui d'entre nous que nous porterons, que nous pousserons d'un commun accord.

CÉSARINE. C'est une élection préparatoire... et avez-vous quelques idées?..

BERNARDET. J'attends les vôtres.

CÉSARINE, *après un instant de silence*. Vous, par exemple!

BERNARDET, *après avoir réfléchi*. Non!.. j'aime mieux ce que je vous disais tout à l'heure .. (*Lentement.*) Je ne me

ferais député..... comme tout le monde..... que pour.....

CÉSARINE, *de même*. Pour avoir la place!..

BERNARDET, *de même*. Et si je l'ai tout de suite...

CÉSARINE. La députation est inutile.

BERNARDET. C'est toujours ça de sauvé!.. On perd aux affaires du pays un temps qu'on peut employer pour les siennes... Ah! je ne dis pas un jour... si d'autres idées... que vous ne pouvez deviner...

CÉSARINE, *souriant en le regardant*. Peut-être!.. en fait d'idées d'ambition ou de fortune, on devine toujours aisément... en allant au plus haut... c'est là que vous visez... et dans notre famille encore...

BERNARDET, *un peu troublé*. Moi... Madame!..

CÉSARINE. Si je me trompe, tant mieux... Revenons à la députation... qui prendrons-nous?

BERNARDET. Il y a quelqu'un qui en a bien envie... M. de Montlucar; mais, vu ses opinions... il demande avec instance... à être nommé malgré lui... C'est possible!

CÉSARINE. Oui, mais pas encore. Il se met en même temps sur les rangs pour l'Académie des Sciences morales et politiques: il faut que tout le monde arrive.

BERNARDET. C'est juste.

CÉSARINE. J'ai quelqu'un pour qui je voudrais vous voir, vous, mon cher Bernardet, mettre vos amis, employer toute votre influence; bien entendu qu'en même temps je vous seconderais du côté de mon mari et du ministère.

BERNARDET. Eh! qui donc?

CÉSARINE. Mon cousin Oscar Rigau..

BERNARDET. En vérité, vous avez déjà fait beaucoup pour lui, et après tout, ce ne sera jamais qu'un... un bien bon enfant, pas autre chose.

CÉSARINE. Je le connais mieux que vous, mais c'est mon parent, et je dois pousser ma famille... non pour elle, mais pour moi. Je ne veux pas qu'on dise: C'est la cousine d'un marchand de bois, mais c'est la cousine d'un député, d'un conseiller, que sais-je? c'est moi que j'élève et que j'honore en lui.

BERNARDET. Soit!.. mais il est bien heureux, car il n'est pas fort.

CÉSARINE. Tant mieux!.. ce sera un homme à nous; ce seront trois ou quatre emplois dont il aura le titre et que nous exercerons à sa place. C'est comme son père, qui ne peut pas rester à Villeneuve-sur-Yonne, où il est... c'est un imbécile, mais c'est mon oncle, et il faut absolument pour moi que nous le mettions quelque part.

BERNARDET. Que sait-il faire?

CÉSARINE. Il ne sait rien.

BERNARDET. Mettez-le dans l'instruction publique, une inspection, une sinécure.

CÉSARINE. Son fils est déjà maître des requêtes, et son unique occupation est de ne rien faire.

BERNARDET. Il aidera son fils.

CÉSARINE. J'y penserai; mais pour Oscar, c'est convenu, n'est-il pas vrai? Je compte sur vous et sur nos amis.

BERNARDET. Je les pousserai dans cette direction.

UN DOMESTIQUE, *entrant*. La voiture de Madame.

CÉSARINE. Ah! mon Dieu! le concert sera commencé et je n'entendrai pas la symphonie en *ré* mineur. Adieu, docteur, vous avez ma parole.

BERNARDET. Vous avez la mienne; et pour la réponse?

CÉSARINE. Chez moi, tantôt.

BERNARDET. Et à vous, toujours! attachement éternel. (*Il la reconduit jusqu'à la porte et la salue.*)

SCÈNE IV.

BERNARDET, *seul, s'inclinant encore, redescendant.* Oui,
morbleu! attachons-nous toujours au char de la fortune,
surtout quand il monte!.. quand il descend, c'est autre
chose! Mais, grâce au ciel, nous n'en sommes pas là, et
puisqu'elle le veut absolument, poussons M. Oscar, faisons-
en un honorable... Une fois dans la foule et mêlé avec les
autres, qui diable y fera attention? et pour moi ça se retrouvera plus tard, quoique la belle Césarine, qui m'a deviné, car elle devine tout, se trouve fort humiliée de mes
projets d'ambition. Il paraît qu'elle ne veut de beaux ma-
riages que pour elle seule, et qu'en fait d'alliances elle s'est
réservée le monopole exclusif des pairs de France... Patience!
elle y viendra! et à la première occasion importante où elle
aura besoin de moi, nous en reparlerons. (*Apercevant Oscar.*)
Eh bien! notre cher amphitryon...

—

SCÈNE V.

BERNARDET, OSCAR, EDMOND.

BERNARDET. Tout est-il ordonné et prévu?.. nous annon-
cera-t-on bientôt le déjeuner?

OSCAR. Je vous annonce d'abord un convive. (*Bas, à Edmond, lui montrant Bernardet.*) C'est un des nôtres... (*A
Bernardet, lui présentant Edmond.*) C'est un ami, un intime
que je vous présente... le camarade de collège dont je vous
ai parlé ce matin.

BERNARDET, *avec emphase.* Le jeune et brillant avocat dont
nous avons causé si longtemps?

OSCAR. Lui-même.

EDMOND, *passant près de Bernardet.* C'est bien de l'honneur pour moi, et je ne m'attendais pas...

BERNARDET. Avec un mérite comme le vôtre, Monsieur, on
doit s'attendre à tout.

EDMOND. Mon ami Oscar a donc daigné vous parler de moi?

BERNARDET. Il n'en avait pas besoin. Une réputation aussi
européenne que la vôtre... un nom aussi connu!.. (*Bas, à
Oscar.*) Dites-moi donc son nom... (*Se retournant, et voyant
Oscar, qu'il croyait à côté de lui, occupé à donner des ordres
à un domestique.*) C'est égal... il y a des phrases toutes faites
à l'usage du barreau!.. (*A Edmond.*) Vous avez réconcilié,
Monsieur, la manière moderne avec l'éloquence.

EDMOND. Monsieur...

BERNARDET. Et cette urbanité de diction, ce fashionable
de bonne plaisanterie, qui n'ôte rien à la force des raison-
nements et à la chaleur du style... et puis vous dites bien,
ce qui est rare; un très-bel organe... de la noblesse dans le
geste.

EDMOND. Vous m'avez entendu?..

BERNARDET. C'est avec un véritable intérêt que j'ai suivi
toutes vos causes...

OSCAR. En vérité? (*A Edmond.*) Tu vois qu'il te connaît,
et il ne me l'avait pas dit!

BERNARDET, *à part, haussant les épaules.* Quel parfait honnête homme!

EDMOND. Quoi! vous étiez à mon dernier plaidoyer?

BERNARDET. Je n'y étais pas à mon aise... car il y avait
foule; et j'ai sans doute beaucoup perdu; mais c'est égal;
je me suis dit: Voilà un homme dont je voudrais faire mon

ami; car je suis l'ami de tous les talents; et, grâce à notre
camarade Oscar, mon vœu se trouve réalisé.

EDMOND. Est-il possible!

OSCAR. Tu vois bien!.. qu'est-ce que je te disais?.. te voilà
admis. Et comme il est bon enfant! quelle amabilité! quelle
franchise!

EDMOND. C'est vrai.

OSCAR. Eh bien! mon ami, ils sont tous comme cela.

—

SCÈNE VI.

SAINT-ESTÈVE, DESROUSEAUX, OSCAR, DUTILLET, BERNARDET, EDMOND.

OSCAR. Arrivez, chers, arrivez donc!.. Vous êtes bien en
retard. Le déjeuner en souffrira!

DUTILLET. J'espère bien que non!

OSCAR. Je vais dire que l'on serve. Ici nous serons mieux!
c'est plus retiré : cela convient au banquet des sages.

DUTILLET. C'est ce cher docteur!.. (*Bas, à Oscar.*) Et quel
est ce jeune homme qui est avec lui?

OSCAR. Un nouvel ami. Bernardet, qui le connaît intimement, vous le présentera. Je vais faire ouvrir les huîtres...
Docteur, faites les honneurs... Messieurs, faites comme chez
vous; je reviens. (*Il sort en courant par la porte à gauche.*)

BERNARDET, *à part et remontant le théâtre.* Eh bien! cet
imbécile-là nous laisse!

DUTILLET, *à Edmond.* Un ami du docteur doit être le nôtre.

DESROUSEAUX. Car nous ne faisons qu'un...

SAINT-ESTÈVE. Nous sommes tous solidaires.

EDMOND. J'ai bien peu de titres, Messieurs, à un accueil
aussi flatteur.

BERNARDET, *passant au milieu.* Ne le croyez pas!.. Pure
modestie. Ici, mon cher, nous l'avons supprimée. Règle
première : chacun se rend justice, on sait ce qu'on vaut; et
vous-même, mon jeune Cicéron, vous le savez aussi. (*Aux
autres.*) Oui, Messieurs, avocat distingué,

Rien ne manque à sa gloire, il manquait à la nôtre.

DESROUSEAUX. Monsieur est avocat?..

DUTILLET. Depuis qu'Oscar s'est fait poëte, nous n'en avions
pas dans nos rangs.

BERNARDET. Aussi je savais bien ce que je faisais en vous
le présentant. (*A part.*) Et Oscar qui ne revient pas! (*Passant près d'Edmond, le prenant par la main, et lui montrant
Dutillet.*) Monsieur Dutillet le libraire, qui mène tous nos
amis à l'immortalité, en y marchant le premier.

DUTILLET. Mon cher Bernardet!..

BERNARDET. C'est tout naturel : celui qui conduit le char
arrive avant les autres... Inventeur des papiers satinés, des
marges de huit pouces et des affiches de quinze pieds carrés,
il en médite une de trente en ce moment. (*Passant près de
Desrouseaux.*) Notre Desrouseaux, notre grand peintre, qui
a inventé le paysage romantique; génie créateur, il ne s'est
pas abaissé comme les autres à imiter la nature; il en a inventé une qui n'existait pas, et que vous ne trouverez nulle
part. (*A part.*) Et Oscar qui n'arrive pas à mon aide! (*Passant près de Saint-Estève.*) Notre grand poëte!.. Notre grand
romancier! qui s'est placé dans la littérature comme l'obé-
lisque avec sa masse écrasante, ses hiéroglyphes... (*Se retournant et apercevant Oscar qui fait apporter la table.*) Eh!
venez donc, mon cher Oscar! venez m'aider à passer en
revue toutes nos illustrations.

OSCAR. Y pensez-vous? nous ne déjeunerions pas d'aujour-
d'hui. (*Riant.*) Hi! hi! hi!

BERNARDET. Ce diable d'Oscar met de l'esprit partout.

OSCAR. Et pourtant je suis encore à jeun. (*Remontant le théâtre et parlant aux domestiques.*) La table ici... Apportez le champagne glacé, et montez les huîtres, si toutefois on a achevé de les ouvrir. (*Descendant le théâtre et s'adressant à Desrouseaux qui donne la main à Edmond.*) Eh bien!.. qu'est-ce ? qu'y a-t-il ?.. Je vois que la connaissance est faite.

BERNARDET. Vous l'avez dit. Ces messieurs le connaissent maintenant aussi bien que moi. (*Oscar remonte un instant le théâtre avec Edmond.*)

DUTILLET, *bas, à Desrouseaux.* Sais-tu son nom?

DESROUSEAUX. Et toi?

DUTILLET. Pas davantage!.. Mais il paraît que c'est un fameux, et qu'il est connu : tout le monde le connaît.

DESROUSEAUX. Alors il peut nous être utile.

DUTILLET. Il plaidera *gratis* mes procès, moi qui en ai tous les jours avec les auteurs.

DESROUSEAUX, *à Edmond, qui redescend.* J'espère que Monsieur me permettra de faire sa lithographie; elle est attendue depuis longtemps avec impatience.

EDMOND. Y pensez-vous?

OSCAR, *redescendant.* Tu ne peux pas t'en dispenser. Nous sommes tous lithographiés... en chemise et sans cravate; c'est de rigueur... le déshabillé de l'enthousiasme... ça n'est pas cher, et ça fait bien ; c'est un moyen de se montrer partout.

SAINT-ESTÈVE. Notre nouvel ami me permettra de parler de lui dans mon premier roman... J'ai sur la profession d'avocat une tirade chaleureuse qui semble avoir été faite pour lui et où tout le monde le reconnaîtra...

EDMOND. C'est trop de bontés.

SAINT-ESTÈVE. Vous me rendrez cela dans votre premier plaidoyer.

DUTILLET. Que j'imprimerai à deux mille exemplaires.. Donnez-moi seulement vos improvisations la veille... et vous aurez des épreuves au sortir de l'audience... (*Dutillet, qui est à l'extrême droite, passe le premier à gauche.*)

SAINT-ESTÈVE. Des annonces dans tous les journaux.

BERNARDET, *redescendant le théâtre.* Des éloges dans tous les salons...

OSCAR. Tu l'entends, mon ami, ce sont des succès certains... comme je te le disais, des succès par assurance mutuelle.

EDMOND. C'est bien singulier !

BERNARDET. En quoi donc?.. nous sommes dans un siècle d'actionnaires ; tout se fait par entreprises et associations... pourquoi n'en serait-il pas de même des réputations?

DUTILLET. Il a raison !

BERNARDET. Seul, pour s'élever, on ne peut rien ; mais montés sur les épaules les uns des autres, le dernier, si petit qu'il soit, est un grand homme !

OSCAR. Il y a même de l'avantage à être le dernier... c'est celui-là qui arrive.

BERNARDET. Aujourd'hui, par exemple, nous avons à traiter en commun une importante affaire... dont nous pouvons toujours dire quelques mots avant le déjeuner, puisqu'il ne vient pas !

OSCAR. C'est que tout le monde n'est pas arrivé. (*Oscar sort un instant.*)

BERNARDET. Il s'agit, mes amis, de la députation de Saint-Denis...

EDMOND, *à part.* O ciel !... (*Haut, à Bernardet.*) Est-ce que vous croyez possible...

BERNARDET. Cela dépend de nous et de celui que nous choisirons. En nous entendant bien...

EDMOND, *avec émotion.* En vérité !

BERNARDET, *à Edmond.* C'est le secret de notre force ! amitié à toute épreuve, alliance offensive et défensive... Vos ennemis seront les nôtres...

SAINT-ESTÈVE. Nous les attaquerons en vers comme en prose.

BERNARDET. A charge de revanche; et si au Palais, dans quelque affaire d'éclat, n'importe par quelle manière, vous trouvez le moyen, par exemple, de tomber sur un de vos confrères à qui j'en veux...

EDMOND. Permettez... Monsieur... (*Desrouseaux en ce moment remonte le théâtre ; Oscar rentre, et vient se placer près d'Edmond.*)

BERNARDET. Un petit avocat... qui, dans une cause contre moi, s'est permis de m'attaquer et de me railler... un obscur... un inconnu... un nommé Edmond de Varennes...

EDMOND. Monsieur...

OSCAR, *bas, à Edmond.* Tais-toi ! je ne lui avais pas dit ton nom; mais à cela près, tu vois qu'il est bien disposé... Ah !.. (*Se retournant et apercevant M. de Montlucar.*) Voici encore un convive !

—

SCÈNE VII.

SAINT-ESTÈVE ET OSCAR, *allant au-devant de M. DE MONTLUCAR, restent avec lui un instant au fond du théâtre ;* LES PRÉCÉDENTS, *sur le devant.*

DUTILLET. Il est en retard, quand on s'occupe de ce qui le regarde... car ce cher ami m'avait déjà parlé en secret pour la députation.

DESROUSEAUX. Et à moi aussi.

BERNARDET. C'est comme à moi... Et il faut avant tout le présenter au nouveau venu ! (*Il l'amène en face d'Edmond qui le reconnaît.*)

EDMOND. M. de Montlucar !

M. DE MONTLUCAR, *reconnaissant Edmond.* O ciel !

BERNARDET, *à part.* En voilà un qui le connaît !.. ce n'est pas malheureux !

M. DE MONTLUCAR. Quoi, Monsieur, vous ici?

EDMOND. Je pourrais vous adresser la même question... vous qui ne voulez pas être député... vous qui n'allez solliciter les suffrages de personne...

M. DE MONTLUCAR. J'ai suivi votre exemple. (*A Desrouseaux qui est à côté de lui.*) C'est Monsieur qui est libéral et qui vient demander la voix d'un légitimiste.

EDMOND, *à Oscar qui est à côté de lui.* C'est Monsieur qui est légitimiste et qui demande la voix de tout le monde !

BERNARDET, *se jetant entre eux.* Eh ! Messieurs ! qu'importent les nuances? et à quoi bon ces discussions qui nous désunissent et nous font du tort ?.. Il n'y a ici que des camarades, des amis ! l'amitié n'a qu'une opinion... et elle en aurait deux et même plus, cela n'en vaudrait que mieux. On a appui et protection dans tous les partis ; on se soutient mutuellement et avec d'autant plus d'avantages que l'on a l'air de combattre dans les camps opposés. (*A Edmond.*) Vous êtes pour l'empire, (*A Montlucar.*) vous pour la royauté, mon ami Dutillet pour la république, et moi pour... Union admirable et d'autant plus solide qu'elle a pour base ce qu'il y a de plus respectable au monde... notre intérêt ! (*Prenant la main de Montlucar qui se laisse faire.*) Allons, votre main. (*A Edmond.*) La vôtre !..

EDMOND, *la retirant avec force.* Jamais! j'ignorais ce que je viens de voir et d'entendre ! j'ignorais que, pour être de vos amis, la première condition fût de mettre son opinion et sa conscience au service de vos intérêts... Non, je ne donne point de pareils gages, et n'accorde à personne le droit de m'en demander !

BERNARDET. Un traître parmi nous !

DUTILLET. Un traître à l'amitié!

EDMOND. Ah! n'outragez pas un pareil nom! l'amitié s'avoue et se proclame, elle ne se cache pas, elle ne conspire pas! elle ne rougit pas de se montrer! car la véritable amitié n'existe que pour de louables actions! Hors de là, il n'y a que complots, coteries et coupables manœuvres, que le succès peut couronner d'abord, mais dont le temps fera bientôt justice! Oui, qui s'est élevé par l'intrigue tombera par l'intrigue, car rien ne reste ici-bas que le talent; l'intrigue peut le retarder, mais non l'empêcher d'arriver; et quand viendra son jour, quand brillera sa lumière, dès longtemps vous serez rentrés dans l'obscurité natale qui vous attend et vous réclame. (Il sort.)

——

SCÈNE VIII.

SAINT-ESTÈVE, DESROUSEAUX, BERNARDET, OSCAR, DUTILLET, M. DE MONTLUCAR.

BERNARDET. Et qui donc est-il, lui qui parle ainsi?

M. DE MONTLUCAR. M. Edmond de Varennes.

OSCAR. Que vous connaissiez si bien et dont vous avez suivi toutes les causes.

BERNARDET. Mais aussi quelle mauvaise habitude a ce diable d'Oscar de nous présenter des amis intimes dont on ne sait pas le nom!

OSCAR, à Bernardet. Est-ce ma faute? aux éloges que vous lui donniez, j'ai cru que vous le connaissiez mieux que moi!

BERNARDET. Est-il bien enfant!

DUTILLET, donnant à Oscar une poignée de main. L'est-il!

M. DE MONTLUCAR. Mais vous sentez bien que cela ne se passera pas ainsi!

BERNARDET. Y pensez-vous, pour servir un ennemi malgré lui-même, pour lui donner de la réputation?.. il y en a dans ce monde qui se feraient tuer pour se faire connaître, et vous iriez lui offrir un pareil avantage!.. vous avez trop d'esprit pour cela, trop de profondeur, trop de portée! (Se retournant vers les autres.) Occupons-nous de choses plus graves maintenant... (Léonard, Savignac et Pontigni entrent en ce moment. Oscar leur donne une poignée de main et sort pour faire servir.) Maintenant que nous voilà tous réunis, parlons de notre grande affaire... traitons cela franchement et en famille.

LÉONARD. Il a raison!

BERNARDET. Il s'agit de faire nommer parmi nous un député... Qui a le plus de titres?.. (Ils font un geste.) Je vous entends... tous... nous en avons tous... je ne viens donc pas discuter le mérite, il est incontestable; nous pourrions tirer au sort et les yeux fermés, ce qui vaudrait peut-être mieux, certains, quoi qu'il arrivât, que le hasard serait juste; mais dans l'intérêt commun, dans l'avantage de l'association, il y a peut-être quelques considérations à observer qui ne vous échapperont pas.

SAVIGNAC. C'est juste; il faut avant tout un choix utile à nos amis.

M. DE MONTLUCAR. Un choix ascendant, ou plutôt ascensionnel; c'est-à-dire qui fasse monter le plus de monde possible.

BERNARDET. C'est cela même. Il a des expressions d'un bonheur! il a nettement rendu ma pensée.

DUTILLET, passant au milieu, à la place de Bernardet, qui se retire, et prend l'extrême droite. Il me semble alors, Messieurs, que par mes rapports immédiats et journaliers avec tout ce qui s'écrit, imprime et publie, je me trouve naturellement porté à tendre la main à tout le monde... et c'est pour

cela seulement que je me mets en avant, car, du reste, qu'importe qui l'on nommera: un peu plus tôt, un peu plus tard, nous y arriverons tous, l'essentiel est de poser un premier échelon et qu'il soit solide.

M. DE MONTLUCAR. C'est pour cela, Messieurs, que par ma position sociale, mes relations de famille, de naissance, de fortune; lancé comme je le suis dans le faubourg Saint-Germain, je pourrais peut-être, et mieux que mon honorable ami...

BERNARDET, à part. Ils se croient déjà à la Chambre.

M. DE MONTLUCAR. Vous tendre la main de plus haut, et vous offrir un plus ferme appui... Après cela, que j'arrive le premier ou le second, c'est indifférent, cela revient au même; nous ne faisons qu'un, et qu'un seul soit en pied, nous y sommes tous.

SAINT-ESTÈVE, passant entre Montlucar et Dutillet. Voilà pourquoi, Messieurs, il me semble qu'une réputation colossale et pyramidale jetée au milieu de la Chambre...

DUTILLET. Permettez...

SAINT-ESTÈVE. Laissez-moi achever...

DUTILLET. Je vous comprends...

SAINT-ESTÈVE. Vous me flattez...

DUTILLET. Je vous dis que je vous comprends... j'en ai l'habitude... et c'est pour cela que je demande... qu'on aille aux voix.

LÉONARD. Il n'y en aura qu'une!

PONTIGNI. C'est évident!

SAVIGNAC. Et nous serons tous d'accord!

TOUS. Aux voix!

BERNARDET. A quoi bon?

M. DE MONTLUCAR. C'est plus tôt fait... des carrés de papier... un seul nom... c'est l'affaire d'une seconde... (Ils se mettent tous à la table à droite à faire des bulletins; Oscar pendant ce temps a fait servir les huîtres et placer les chaises.)

OSCAR. L'autel est prêt... on nous attend!... Allons, Messieurs...

BERNARDET, sur le devant du théâtre, écrivant son bulletin. J'ai mis Oscar; arrivera ce qui pourra.

LÉONARD et PONTIGNI, écrivant sur la table du milieu, qui est servie. Eh! que diable!.. un instant.

M. DE MONTLUCAR, de même. Nous nous occupons là de choses sérieuses.

OSCAR. Je ne connais rien de plus sérieux qu'un déjeuner. Il faut avant tout être à ce qu'on fait. Ah! et le chablis que j'oubliais! (Il sort.)

DUTILLET, qui s'est assis à la table à droite, entouré de tous les camarades, dépouille les bulletins. Saint-Estève, un! Montlucar, un! Desrouseaux, un! Dutillet, un! Léonard, un!.. (Il dépouille tout bas.)

BERNARDET, regardant le résultat. C'est étonnant... tout le monde a un vote... pas davantage!

SAVIGNAC. Excepté vous, docteur.

BERNARDET. Comme vous le disiez... il n'y a qu'une voix... (A part.) J'aurais dû m'en douter! chacun s'est donné la sienne!

DUTILLET. C'est bien singulier... (A part.) Après ce qu'on m'avait promis.

M. DE MONTLUCAR. Oui, c'est assez extraordinaire., (A part.) Après ce qui avait été convenu.

BERNARDET. Il me semble alors qu'il y a lieu ou jamais au scrutin de ballottage.

PONTIGNI. Recommençons!

BERNARDET, bas, à Montlucar qui va écrire. La seconde députation sera pour vous... madame de Miremont vous le jure, si vous portez aujourd'hui Oscar, son cousin.

M. DE MONTLUCAR, de même. Je l'aime mieux que ce fat de Saint-Estève... ou ce républicain de Dutillet. (Il va écrire son bulletin à la table.)

CÉSARINE. Impossible de parvenir jusqu'au ministre. — Acte 5, scène 1re.

BERNARDET, *bas, à Dutillet.* Vous n'avez pas de chances cette fois, et madame de Miremont vous en promet pour la prochaine... si l'on nomme Oscar, son cousin.

DUTILLET. Cet imbécile-là... Ma foi! oui... je le préfère à ce jésuite de Montlucar. (*Ils écrivent des bulletins pendant que Bernardet va parler bas à plusieurs d'entre eux.*)

OSCAR, *entrant.* Si vous ne vous dépêchez pas, Messieurs, c'est un déjeuner manqué... tout cela demande instamment à être mangé chaud... Vous ferez vos écritures au dessert... ou après le café.

DUTILLET, *dépouillant les bulletins.* Oscar, un! Oscar, deux! Oscar, trois! Oscar... Il est nommé... nommé à une imposante majorité...

OSCAR, *étonné.* Quoi donc? qu'est-ce que c'est?

BERNARDET. Vous serez député!.. *Tu Marcellus eris!*

OSCAR. Moi!..

DUTILLET. Nous te portons tous à la députation de Saint-Denis...

OSCAR. Est-il possible?

M. DE MONTLUCAR. C'est décidé!

OSCAR. Moi qui n'y pensais seulement pas... On ne dira pas cette fois que j'ai intrigué... Eh bien! mon cher, c'est étonnant, mais voilà comme tout m'arrive!

M. DE MONTLUCAR. Ce que c'est que le mérite, mon cher!

BERNARDET. Il en a tant.... et du vin de Champagne donc... A table, Messieurs.

TOUS. A table! (*Ils s'asseyent autour de la table.*)

OSCAR, *s'asseyant.* C'est drôle... de faire un député à table!

M. DE MONTLUCAR, *de même.* C'est par là qu'on arrive...

BERNARDET. Et par là qu'on se maintient! (*Regardant tous les autres camarades.*) Nous jurons donc d'employer tout notre crédit...

DUTILLET ET LÉONARD. Toute notre influence...

M. DE MONTLUCAR, SAVIGNAC ET PONTIGNI. Tous nos amis...

BERNARDET. Pour faire proclamer notre camarade Oscar Rigaut député...

TOUS. Nous le jurons!

BERNARDET. A charge de revanche!

OSCAR, *se levant.* Je le jure!

BERNARDET, *se versant un verre de champagne.* Et sur ce, je bois à sa nomination.

OSCAR. A la vôtre, aux camarades, à l'amitié!

M. DE MIREMONT. Tu es bien sûre, ma chère amie. — Acte 4, scène 1re.

rous, *debout et choquant l'un contre l'autre leur verre rempli de champagne.* Amitié éternelle !

FIN DU DEUXIÈME ACTE.

ACTE TROISIÈME.

La scène se passe dans l'hôtel de M. de Miremont. Le théâtre représente un riche salon Portes au fond ; deux latérales.

SCÈNE PREMIÈRE.

AGATHE, *seule, sortant de la porte à droite.* Entendre de pareilles choses et être obligée de se modérer, et n'oser même parler... c'est plus fort que moi... je ne peux pas y tenir !.. je sors. Césarine est là dans le cabinet de mon père ;

depuis une heure elle lui fait un éloge d'Oscar, son cousin... Il est évident qu'elle veut le faire nommer député... c'est clair comme le jour. Eh bien ! elle s'est arrangée de manière que l'idée en est venue de mon père... c'est lui qui maintenant veut le porter de tout son pouvoir... et c'est sa femme qui fait des objections... et mon père répond que c'est son parent, son cousin ; qu'il se doit à lui-même de le présenter aux électeurs... Il va en parler au ministre... Et les courses, les visites, les journaux, les démarches de leurs amis, tout va être mis en usage pour élever un sot... un imbécile... Il sera élu, c'est sûr... Comment ce pauvre Edmond pourrait il résister? il n'a pour soutien que son mérite... (*Regardant autour d'elle.*) et moi .. peut-être... deux protecteurs qui gardent le silence... Il est venu me parler tout à l'heure... me parler pour mon procès... pour la signification de ce jugement .. que sais-je?.. Ce n'était pas cela qu'il voulait me dire, j'en suis certaine !.. et il avait un air si malheureux et si désespéré que malgré moi j'ai manqué de m'écrier : « Edmond, qu'avez-vous donc?.. » mais il y avait là du monde... Il y en a toujours ici ! Et il s'est retiré en m'adressant un regard qui était comme un dernier adieu !.. Oui j'en suis sûre... je ne le reverrai plus... Et il faut se taire... il faut renfermer là dans son cœur un chagrin... et un secret... que je n'ai jamais dit à personne... pas même à lui !.. O mon Dieu !.. qui viendra à mon aide ? (*Se retournant et apercevant madame de Montlucar qui entre.*) Zoé !..

—

SCÈNE II.

AGATHE, ZOÉ.

ZOÉ. Qu'as-tu donc ?

AGATHE. Ah ! je formais un vœu que le ciel a entendu... puisque te voilà !

ZOÉ. Eh ! oui, sans doute... je viens passer toute la journée avec toi...

AGATHE. Quel bonheur !

ZOÉ. Mon mari est en grande affaire ; il se rend à Saint-Denis pour cette élection, où la manufacture, dont il est un des principaux propriétaires, lui donne une grande influence.

AGATHE, *vivement*. Est-ce qu'il voudrait se faire nommer ?

ZOÉ. Je l'ai cru d'abord... mais je me trompais... Il porte, ainsi que ses amis, M. Oscar Rigaut.

AGATHE. Et eux aussi !.. Tout le monde est donc pour lui ?.. un homme qui est la nullité même !..

ZOÉ. C'est peut-être pour cela !.. personne ne le craint !

AGATHE. Et notre pauvre Edmond ?..

ZOÉ. Franchement, j'ai bien peur qu'il n'y ait plus de chances pour lui.

AGATHE. Ah ! que me dis-tu là ?.. voilà ce qui m'explique le désespoir que j'ai vu dans ses traits...

ZOÉ. Je le crois bien .. aigri comme il l'est par l'injustice et l'infortune... tu ne sais pas ce dont il est capable. Il me répétait souvent qu'il était voué au malheur, que personne ne s'intéressait à lui, que la vie lui était à charge... ce que disent maintenant tous les jeunes gens... c'est l'usage... c'est convenu... Cela ne m'effrayait pas... mais tout à l'heure, en rentrant un instant chez moi, où j'avais dit que je ne reviendrais pas de la journée, j'apprends qu'Edmond est venu en mon absence... sans doute en sortant de chez toi... et que ne me trouvant pas il a écrit à la hâte la lettre que voici... qui m'a indignée...

AGATHE. Qu'est-ce donc ?

ZOÉ. Ce n'est pas tant l'ingratitude, quoique déjà ce soit bien mal ; mais lui qui est si distingué... qui a de l'esprit... de bonnes manières... donner dans des idées pareilles... c'est si commun... si mauvais genre...

AGATHE, *lui arrachant la lettre*. Eh ! donne donc ! (*Lisant.*) « Tous mes efforts sont inutiles ; je vais échouer encore, et « le rival qui l'emporte sur moi... c'est Oscar... Je ne me « sens pas le courage de lutter plus longtemps. Adieu, vous « qui fûtes mon amie, et qui serez ma seule confidente... « Un amour sans espoir faisait le malheur de ma vie... et « ce soir, quand vous lirez cette lettre, ne me plaignez pas... « j'aurai cessé de souffrir... » (*Poussant un cri.*) Ah !

ZOÉ, *lui reprenant la lettre*. Qu'as-tu donc ?.. ne t'effraie pas... tu sens bien que j'ai envoyé chez lui... et il viendra ici tantôt pour que nous le sermonnions à nous deux... Car, en vérité, cela devient absurde ; si les amants malheureux n'ont pas de patience et commencent par se tuer, qu'est-ce que nous allons devenir ? Pauvre Edmond !.. moi, d'abord, je ne m'en consolerais jamais.

AGATHE. Et moi... j'en mourrais d'abord !

ZOÉ, *avec effroi*. O ciel ! que dis-tu ?

AGATHE. Ce que j'ai caché jusqu'ici à lui... à toi... ce que j'aurais voulu me cacher à moi-même... Eh bien ! oui, je

l'aime depuis mon enfance, depuis ces jours où il nous appelait ses sœurs... car alors il était pour nous deux un frère, un ami... ah ! pour moi, plus encore !.. J'admirais déjà sa franchise, sa rigide probité, son âme à la fois si aimante et si désintéressée, ce respect surtout qui lui faisait renfermer si avant dans son cœur un secret que j'avais deviné avant lui peut-être !.. Aussi, libre de ma main et de ma fortune, je lui dirais sur-le-champ et sans hésiter : « Soyez riche, car je le suis ; soyez heureux, car je vous aime...» Zoé, qu'as-tu donc ?

ZOÉ. Rien... continue.

AGATHE. Si, vraiment...

ZOÉ. Écoute donc, on n'est pas maîtresse de ça... et tu as bien fait de parler... c'est ce qu'on devrait toujours faire entre amies... non pas que je songe à lui, ne le crois pas !.. mais cette maudite lettre qui ne nommait... qui ne désignait personne... j'ai cru un instant, je l'avoue, que c'était pour moi qu'il voulait se... Cela effraie... mais cela flatte toujours... (*Gaiement.*) C'est fini... je n'y pense plus... Et puis j'ai mon mari... qui n'est pas aimable tous les jours... mais c'est égal ; pour lui et pour moi tout est pour le mieux. Ainsi, ma petite Agathe, n'aie pas peur, aime-moi toujours, et continue.

AGATHE. Ah ! que tu es généreuse !

ZOÉ, *lui prenant la main*. Les hommes, dit-on, sont cause que les femmes ne s'aiment pas : prouvons le contraire ; et, puisque tout le monde forme une ligue contre Edmond, formons-en une en sa faveur... Deux bonnes amies, deux camarades de pension qui conspirent en secret et sans intérêt pour un pauvre jeune homme... le motif est si louable... notre cause est si juste !.. le ciel sera pour nous !.. et les femmes aussi !

AGATHE. Bel appui !

ZOÉ. Pourquoi pas ?.. la camaraderie des femmes vaut bien celle des hommes... elle est plus franche... quand elle l'est.

AGATHE. Oui, mais elle n'a pas le même crédit. Pouvons-nous, par exemple, à nous deux, vaincre tous les obstacles qui s'opposent à son avancement ? pouvons-nous le faire nommer député ?

ZOÉ. Peut-être bien !.. sinon par nous-mêmes... au moins par les autres, ceux sur lesquels nous exerçons de l'influence... Mais, règle première, il ne faut rien dire à Edmond de ce que nous voulons faire pour lui ; il n'y verrait que de l'intrigue ; il refuserait ou gâterait tout.

AGATHE. Tu crois !

ZOÉ. Je le connais... Mais il est ici une personne influente qu'avec un peu d'amabilité tu pourrais gagner pour notre ami...

AGATHE. Qui donc ?

ZOÉ. Le docteur Bernardet, l'ami de la maison, le confident de ta belle-mère... Il est rempli de soins et d'attentions pour toi, a toujours peur que tu ne t'enrhumes, te fait croiser ton châle, et a toujours pour toi dans sa poche de la pâte pectorale.

AGATHE. Oui... je l'ai déjà remarqué... mais je te dirai en grande confidence que je crois qu'il me fait la cour.

ZOÉ. A toi ?

AGATHE. Non ! à ma dot.

ZOÉ. Alors ce n'est plus cela... et il n'aura garde de protéger un rival.

AGATHE. A qui alors nous adresser ?.. comment faire ? quel moyen employer ?..

ZOÉ, *sautant de joie*. Ah ! j'en ai un... j'en ai un qui renforce notre coalition... une femme de plus... Tout dépend de ta belle-mère... c'est elle ici qui mène tout !... qui dirige tout... il s'agit de la gagner ; et je serais sûre du succès si Edmond pouvait se décider à être pour elle... un peu aimable, un peu galant...

AGATHE. Fi donc !

ZOÉ. A lui faire un peu la cour !

AGATHE. Mauvais moyen... mauvais... il n'y consentirait jamais, car il ne peut la souffrir...

ZOÉ. Je le sais!

AGATHE. Et elle le iui rend bien!

ZOÉ. Peut-être... j'ai toujours eu des idées que tu ne partageais pas! Autrefois, quand elle était notre sous-maîtresse, j'observais... à la pension on n'a que cela à faire, et j'ai cru voir souvent mademoiselle Césarine Rigaut regarder M. Edmond d'une certaine manière... Je ne m'y connaissais pas alors... mais maintenant que j'ai quelques connaissances... et de la mémoire... il me semble bien que... Enfin sois tranquille, j'ai mon projet...

AGATHE. Que veux-tu faire?...

ZOÉ. Que t'importe? puisque ni toi ni Edmond n'y serez pour rien, et que seule je veux tenter une entreprise téméraire peut-être... car il n'est pas facile de jouter avec Césarine... mais elle marche tellement dans sa force et dans sa puissance... elle a tant d'esprit et m'en suppose si peu, qu'elle ne se méfiera pas de moi... D'ailleurs nous n'avons pas le choix des moyens; c'est par elle qu'il nous faut triompher ou succomber, et si j'échoue...

AGATHE. Tu t'en fais une ennemie!..

ZOÉ. C'est déjà fait... et si je réussis... j'assure la fortune d'un ami... son bonheur... le tien... et alors... (Lui tendant la main.) le mien aussi.

AGATHE. Ma bonne Zoé!

ZOÉ. Tais-toi!.. c'est ta belle-mère!.. quel air grave et soucieux!

AGATHE. Elle est presque toujours ainsi.

ZOÉ. Cela sied bien aux femmes qui sont hommes d'État!.. Rentre, il faut que nous soyons seules!

—

SCÈNE III.

ZOÉ, CÉSARINE.

CÉSARINE, *entrant en rêvant, et s'asseyant sur un fauteuil à droite.* Bernardet est nommé... il doit en avoir maintenant la nouvelle... mais le ministre l'a dit... quatre voix de plus et la loi passerait... et ces quatre voix, qui va les lui donner, je serais toute-puissante... on n'aurait rien à me refuser... mais où les trouver? impossible... même en convoquant le ban et l'arrière-ban de nos amis... si Oscar était nommé... c'en serait une, ce serait un zéro qui servirait à quelque chose... mais il sera trop tard.

ZOÉ, *à part.* Ma foi!.. et au risque d'interrompre l'homme d'État dans ses méditations... avançons!

CÉSARINE, *l'apercevant.* Madame de Montlucar...

ZOÉ. Ma chère Césarine...

CÉSARINE. Quel extraordinaire!.. M. de Montlucar nous honore souvent de ses visites... mais vous êtes moins aimable ou plus fière... car on ne vous voit jamais...

ZOÉ. Il est de fait que depuis la pension...

CÉSARINE, *à part.* Elle ne peut pas dire deux phrases sans en parler.

ZOÉ. Les temps sont bien changés!

CÉSARINE. En quoi donc?

ZOÉ, *d'un air railleur.* Cette pension où vous étiez notre supérieure...

CÉSARINE, *avec fierté.* Je ne vois pas qu'il y ait grand changement.

ZOÉ, *à part.* L'insolente!

CÉSARINE, *reprenant un ton plus aimable.* Je trouve seulement que depuis mes grandeurs... vous m'avez disgraciée, et c'est ce dont je me plains...

ZOÉ, *à part.* Elle fait la protectrice à présent!

CÉSARINE. Car je n'ai point oublié... moi, cette petite Zoé si espiègle et pourtant si naïve...

ZOÉ, *d'un air de bonhomie.* Vous voulez dire si simple, et vous avez raison... car maintenant comme alors, j'aurais grand besoin de vos leçons... par malheur vous n'en donnez plus... sans cela je viendrais profiter... Oui, vraiment, j'admire toujours ce tact prodigieux qui ne vous abandonne jamais, ce coup d'œil rapide et sûr qui vous guide et vous dirige sur-le-champ... Moi je n'ai ni inspiration, ni présence d'esprit... je ne sais jamais que le lendemain ce qu'il aurait fallu dire ou faire la veille... tandis que vous!.. vous êtes la femme du jour...

CÉSARINE, *souriant.* Tenez, ma chère Zoé, vous me flattez beaucoup... vous avez besoin de moi.

ZOÉ, *naïvement.* C'est vrai! voilà justement le coup d'œil dont je vous parlais.

CÉSARINE. Dites-moi alors ce que vous voulez... vous venez de la part de votre mari...

ZOÉ. Non vraiment... il ignore ma démarche..,

CÉSARINE. C'est donc pour vous!

ZOÉ. Encore moins!

CÉSARINE. Pour qui donc alors?

ZOÉ. Ah! voilà le difficile... et je ne sais plus maintenant si j'oserai... j'ai peut-être même eu tort de m'avancer autant... mais comme je vous le disais tout à l'heure... je ne sais jamais dans le moment le parti qu'il faut prendre... et je crois maintenant que j'ai choisi un mauvais moyen... Aussi, tout calculé... j'aime mieux ne pas vous en parler...

CÉSARINE. Quelle folie... puisque nous y sommes...

ZOÉ. Et si cela vous fâche... si ma démarche vous paraît absurde, inconvenante...

CÉSARINE. Entre nous!.. entre anciennes amies!..

ZOÉ. C'est que justement... il s'agit ici d'un ancien ami... il y va non pas de son bonheur ou de sa fortune... mais de ses jours qui sont en danger...

CÉSARINE. De qui parlez-vous?..

ZOÉ. D'Edmond de Varennes...

CÉSARINE, *troublée et cherchant à se remettre.* Edmond!..

ZOÉ, *à part, l'observant.* Je ne me trompais pas... elle l'a aimé...

CÉSARINE. Ses jours sont en danger!..

ZOÉ, *la regardant bien en face.* Je le sais, moi qui ne suis pour lui qu'une sœur et qu'une amie... et vous l'ignorez, vous qu'il aime et qu'il a toujours aimée...

CÉSARINE, *troublée.* Moi!

ZOÉ, *vivement, à part.* Elle l'aime encore...

CÉSARINE, *se remettant peu à peu de son émotion.* Vous n'y pensez pas; et vous me dites là, Zoé, des choses impossibles. Lui qui depuis un an semble m'éviter et me fuir, lui qui ne cache pas sa haine, lui qui, même en ma présence, ne peut s'empêcher de me témoigner par ses regards toute son aversion.

ZOÉ. Eh! mon Dieu! oui, tout cela est vrai! mais faut-il que ce soit moi, qui n'ai ni votre tact, ni votre esprit, qui vous apprenne ce que peuvent chez un jeune homme l'amour-propre blessé, la perte de toutes ses espérances, et le dépit et la jalousie auxquels, depuis un an, il est en proie... Oui, Madame, depuis un an, depuis votre mariage... et vous ne voulez pas qu'il vous évite, vous ne voulez pas qu'il vous déteste!.. Il vous aimait, et par raison, par ambition peut-être, vous vous donnez à un autre, ce qui était bien mal... Mais, pardon, lui, ce jeune homme que de lui qui, trop fier pour se plaindre, trop malheureux pour se consoler, n'a pris que moi pour confidente de ses chagrins, et qui, perdant enfin toute illusion et tout espoir, a résolu aujourd'hui de mettre fin à ses tourments et à ses jours. Tenez, vous connaissez son écriture : lisez!

CÉSARINE, *lisant la lettre que Zoé vient de lui donner.* O ciel !.. Ce n'est pas croyable !.. Comment ?.. il m'aimait sans me le dire ?

ZOÉ. Lui !.. il ne vous le dira jamais ; il mourra plutôt que de vous l'avouer. De ce côté-là, rassurez-vous.

CÉSARINE, *lui tendant la lettre.* N'importe ; je suis fâchée que vous m'ayez donné cette lettre.

ZOÉ, *la reprenant.* Que pouvais-je faire, cependant ? J'étais bien embarrassée. Fallait-il tenter une démarche qu'il ignore et qu'il ignorera toujours ? ou bien fallait-il le laisser mourir, ce pauvre garçon ?.. car c'est ce soir, il est décidé. Vous ne le connaissez pas.

CÉSARINE. Si, vraiment ; je connais depuis longtemps son caractère sombre, inquiet et malheureux ; mais quelque désir que j'aie de sauver ses jours, ce n'est guère en mon pouvoir. C'est à vous, Zoé, de le rappeler à la raison ; car moi je ne puis ni le voir ni lui parler.

ZOÉ. Cela va sans dire, et c'est bien ainsi que je l'entends ; je connais trop vos principes ; mais qu'au moins ce pauvre jeune homme ne soit plus accablé de votre haine ; car ce qui lui a porté le coup fatal, ce qui l'a réduit au désespoir, c'est la certitude que vous étiez son ennemie déclarée.

CÉSARINE. Moi ?

ZOÉ. Partout il vous trouve comme un obstacle à son avancement, à sa fortune. Est-ce là le prix et la récompense de tant de souffrances et de tant d'amour ? Est-ce juste ? est-ce loyal ? Si au contraire il avait la preuve que vous cessez de vous joindre à ses ennemis, que même une fois par hasard vous l'avez défendu, servi, protégé... ah ! cette idée seule le rattacherait à la vie, au bonheur, à toutes ses illusions ; et vous auriez sauvé ses jours sans qu'il en coûtât rien au devoir.

CÉSARINE. Vous croyez ?

ZOÉ, *vivement.* Aujourd'hui, par exemple, vous l'avez vu par cette lettre, il était sur les rangs pour être député ; tout son avenir d'ambition en dépendait ; et vous lui opposez un homme qui est votre parent, il est vrai, mais pour lequel vous n'avez ni amitié ni estime ; un homme qui se soutient par votre appui, et qui tomberait par son mérite ; et c'est un tel concurrent qui l'emporterait sur Edmond, grâce à vos soins, grâce à vous ! Ah ! il y aurait de quoi lui donner le coup de la mort, et vous ne le voudriez pas.

CÉSARINE. Non, non, Zoé ; vous avez raison, la justice avant tout.

ZOÉ. Même avant les cousins.

CÉSARINE. Et je vous réponds que s'il est encore temps, je verrai... je tâcherai ; je ne suis pas sûre que mon crédit puisse aller jusque-là, mais j'essaierai du moins.

ZOÉ. Et c'est tout ce que je demande.

UN DOMESTIQUE, *annonçant.* Monsieur le docteur Bernardet !

SCÈNE IV.

ZOÉ, BERNARDET, CÉSARINE.

BERNARDET, *à Césarine.* J'ai reçu ma nomination ; je suis professeur, grâce à vous, qui êtes mon bon ange. Mais en revanche, j'arrive de Saint-Denis avec Montlucar, (*A Zoé.*) votre mari, qui m'a ramené dans son tilbury.

ZOÉ ET CÉSARINE, *vivement.* Eh bien ?..

BERNARDET, *à Césarine.* Eh bien... (*Il regarde Zoé avec inquiétude.*)

CÉSARINE, *montrant Zoé.* On peut parler devant elle.

ZOÉ. Eh ! oui, docteur, je suis des vôtres.

BERNARDET, *se frottant les mains.* Eh bien ! Madame, tout va au mieux.

CÉSARINE. Comment cela ?

BERNARDET. Nous sortons de l'assemblée préparatoire du premier collège, où j'ai l'honneur d'être un des plus imposés. Oscar a parlé aux électeurs, et sa petite improvisation a produit le meilleur effet, sauf un ou deux endroits où il a manqué de mémoire. Mais le discours est fort bien ; c'est notre camarade Saint-Estève qui l'a composé, et nous le ferons paraître ce soir avec des notes et des réflexions impartiales du rédacteur, et, entre parenthèses : « Marques d'approbation générale. »

CÉSARINE. Toute l'assemblée était-donc pour lui ?

BERNARDET. Du tout : un tiers seulement, composé de nos amis, des chefs d'atelier de M. de Montlucar et de quelques badauds indécis qui étaient de notre opinion parce qu'ils s'étaient mis à côté de nous en entrant dans la salle. Le reste était contre, et semblait disposé à faire de l'opposition. Alors j'ai eu recours aux grands moyens. J'ai pris à partie notre candidat, et je l'ai, ma foi ! malmené... je l'ai attaqué violemment sur ses opinions.

CÉSARINE. Il n'en a jamais eu.

BERNARDET. Tant mieux ! on a de l'espace dans tous les sens. Je lui ai crié : « Monsieur ! je ne m'en cache pas, vous n'êtes pas mon candidat ; je vous repousse pour telle et telle raison. » Et je l'ai accablé ; mais Oscar a repris la parole, et a répondu alors...

CÉSARINE. Quoi donc ?

BERNARDET. Le second discours préparé pour sa réplique... Cette fois-là il ne s'est pas trompé ; il a eu de la chaleur, il a été beau, il a rétorqué tous mes arguments ; j'ai été obligé d'en convenir, et nos camarades se sont écriés : « Vous l'entendez ! ses ennemis eux-mêmes sont forcés de lui rendre justice ! » et ce dernier coup de théâtre, adroitement ménagé, a entraîné les innocents, les candides, les moutons de Panurge, ceux qui sans le savoir font toutes les majorités, et qui maintenant sont plus enragés que les autres :

Voilà, belle Émilie, à quel point nous en sommes.

ZOÉ, *à Césarine.* Ils nommeront Oscar !

BERNARDET. J'en réponds ! Je réponds du premier collège ; et c'est ce soir une affaire enlevée, pourvu que de son côté votre mari présente votre jeune cousin au second collège où sont vos métayers, vos fermiers, tous gens qui dépendent de lui ; c'est essentiel ; et vous y avez déjà songé, car je vois monsieur le comte tout habillé, et prêt à sortir.

SCÈNE V.

CÉSARINE, ZOÉ, M. DE MIREMONT, BERNARDET.

M. DE MIREMONT. Oui, docteur, je n'attends plus que M. Oscar pour me rendre à l'assemblée préparatoire.

ZOÉ, *bas, à Césarine.* Au nom du ciel, qu'il n'y aille pas !

CÉSARINE, *de même.* C'est moi qui l'ai engagé à y aller, et maintenant que faire ?

ZOÉ, *de même.* Tout ce que vous voudrez !.. Dites-lui du mal d'Oscar.

CÉSARINE, *de même.* Depuis ce matin je lui en fais l'éloge.

ZOÉ, *de même.* Qu'est-ce que cela fait ?

CÉSARINE. Elle a raison, le sujet prête, et je veux toujours... Impossible !.. le voilà !

SCÈNE VI.

BERNARDET, M. DE MIREMONT, OSCAR, CÉSARINE, ZOÉ.

zoé, *à part, et pendant qu'Oscar s'approche de M. de Miremont qu'il salue.* Arriver juste au moment où l'on va dire du mal de lui... il y a pour les sots des hasards qui ont de l'esprit!

oscar, *s'approchant ensuite de Césarine.* Je viens, ma chère cousine, vous faire part du succès que j'ai déjà obtenu.

césarine. Nous le savons par le docteur.

oscar. Qui s'est chaudement montré... ainsi que M. de Monthear et tous nos amis... (*A Bernardet.*) Et puis j'ai bien parlé, n'est-ce pas?.. j'ai parlé longtemps.

zoé. Le temps ne fait rien à l'affaire.

m. de miremont. Si, vraiment! cela empêche les autres!.. Nous en avons un ou deux comme ça à la chambre des pairs qui tiennent toute la séance... il n'y a jamais rien à leur répondre.

bernardet. C'est sans réplique.

oscar, *à Césarine.* Le premier collége est à nous; et d'après le petit mot que vous m'avez envoyé, ma belle cousine, je viens prendre monsieur le comte pour qu'il me présente aux électeurs du second.

m. de miremont. Je suis à vos ordres, mon cher Oscar.

zoé. Il fait bien froid... et ce voyage à Saint-Denis pourra vous faire du mal.

bernardet. Au contraire... de l'air, de l'exercice... c'est ce qu'il vous faut.

césarine. Certainement... un soleil superbe... (*Bas, à Zoé.*) Il n'ira pas, j'en réponds.

m. de miremont *sonne, un domestique paraît.* Que l'on mette les chevaux! (*Le domestique sort.*)

zoé, *à part.* Ma foi! si elle s'en tire... elle mérite d'être ministre.

césarine, *à M. de Miremont qui vient de s'asseoir sur le fauteuil à gauche.* Cela vous fera du bien de sortir... le docteur le dit... et quand même vous risqueriez un rhume ou un mal de gorge, c'est bien le moins pour un ami... pour un parent tel que lui... Quant à moi, s'il le fallait... et si cela était nécessaire, je m'exposerais à bien d'autres périls pour vous, Oscar... vous le savez...

oscar. Cette bonne cousine!

césarine. Ce n'est pas d'aujourd'hui que vous connaissez mon affection et mon dévouement... J'ai toujours eu l'idée que vous arriveriez par moi aux honneurs et à la fortune... Vous rappelez-vous, dans notre jeunesse... quand nous nous promenions au bord de l'Yonne, et qu'appuyée sur votre bras... je vous disais : Oscar!

oscar. Je ne me rappelle pas.

césarine. Je le crois bien, cela nous est arrivé tant de fois... et c'était si naturel, avec les projets que nos parents avaient sur nous.

oscar. Ça c'est vrai.

de miremont, *un peu inquiet.* Quoi donc?

césarine. Entre cousin et cousine, c'est toujours ainsi... des idées de mariage! Ces idées-là passent, mais l'amitié reste, le sentiment ne vieillit pas; et plus tard, quand on se retrouve... c'est une si douce chose d'être utile à l'ami de son enfance, de contribuer à son avancement... Vous le savez, Monsieur, c'est mon unique pensée.

bernardet, *à part, avec étonnement.* Qu'est-ce qu'elle a donc?

césarine. Il n'y a pas de jour que je ne vous parle de lui!

m. de miremont, *d'un air soupçonneux.* En effet.

oscar. Que de bontés!

césarine. Ce matin encore tout le bien que je vous en ai dit...

oscar, *à Zoé.* Cette chère Césarine!..

m. de miremont, *avec une jalousie plus marquée.* C'est vrai; vous y avez mis un redoublement de zèle et de chaleur.

césarine. Et savez-vous pourquoi?.. c'est une folie... un enfantillage... j'avais rêvé... (*D'un air tendre.*) Oui, Oscar, j'avais rêvé de vous... rêvé que nos soins étaient inutiles... qu'un autre l'emportait... que vous n'étiez pas nommé... j'étais désespérée... cela me faisait un chagrin que je ne puis vous rendre.

bernardet, *à M. de Miremont et cherchant à changer la conversation.* Je crois que voici l'heure.

m. de miremont, *se levant avec humeur.* Laissez-moi donc!

césarine. Mais, grâce au ciel! mes pressentiments ne se réaliseront pas.

m. de miremont, *d'un air préoccupé.* Peut-être bien!

césarine. Non, Monsieur! vous voulez en vain m'effrayer... nous avons déjà un premier succès, et, grâce à vous, nous allons en avoir un second!.. vous me le promettez!.. vous ne négligerez rien pour cela, n'est-il pas vrai?.. Tous ces gens-là dépendent de vous, et en leur parlant d'Oscar avec entraînement, avec chaleur, ils verront l'importance que vous y attachez; ils verront que vous vous y intéressez autant que moi!

le domestique, *entrant.* Les chevaux sont mis.

césarine, *tendrement.* Adieu, Oscar. (*A M. de Miremont.*) Allez, mon ami... partez vite!

m. de miremont. Non, Madame, je n'irai pas!

césarine, *affectant une grande surprise.* O ciel! et pourquoi donc?

m. de miremont. Pourquoi?.. vous me le demandez?

césarine, *naïvement.* Eh! oui, sans doute!

m. de miremont, *avec une colère concentrée.* J'y vois plus clair que vous ne croyez!.. On se trahit souvent sans le vouloir, Madame!

césarine, *feignant l'étonnement.* Qu'y a-t-il? que voulez-vous dire?

m. de miremont, *de même et à demi-voix.* Il est des choses que l'on voudrait en vain me cacher... il me suffit à moi d'un mot, d'un regard pour tout découvrir!

césarine, *jouant l'indignation.* Qu'est-ce que cela signifie?.. quelles pensées pouvez-vous avoir?.. Je vous prie de vous expliquer!

m. de miremont, *à voix basse et avec colère.* Non, Madame, je ne dirai rien... mais j'examinerai désormais! j'observerai! et si j'ai deviné juste... tremblez! (*Au domestique.*) Que l'on dételle... je resterai.

césarine, *serrant la main de Zoé et à demi-voix.* J'ai gagné!

zoé, *la regardant d'un air de raillerie et de triomphe.* C'est vrai!

m. de miremont, *à Oscar qui remonte près de lui.* Je ne vous empêche pas d'aller à Saint-Denis; mais ne comptez plus sur moi, Monsieur... (*A Césarine qui passe près de lui.*) Adieu, Madame. (*Il rentre par la porte à droite.*)

SCÈNE VII.

BERNARDET, CÉSARINE, OSCAR, ZOÉ.

bernardet. Je ne peux pas en revenir!

OSCAR. Ni moi non plus... et j'étais loin de me douter...
Comment, ma cousine, il serait vrai!..

CÉSARINE, *fièrement.* Vous perdez la tête !

OSCAR. Il y aurait de quoi... un bonheur pareil...

CÉSARINE, *avec hauteur.* En quoi donc?

OSCAR. Cet appui...cette protection... (*A Zoé, montrant Césarine.*) Son mari qui est en fureur...

CÉSARINE. Il n'y a qu'un moyen de tout réparer...

OSCAR. Oui, ma cousine.

CÉSARINE, *rapidement.* Courez seul à l'assemblée.

OSCAR, *de même.* Oui, ma cousine.

CÉSARINE. Montrez-vous... que les électeurs vous voient...

OSCAR. Oui, ma cousine.

CÉSARINE. Parlez beaucoup... parlez à tout le monde.

OSCAR. Oui, ma cousine.

BERNARDET, *vivement et voulant l'arrêter.* Un instant.

CÉSARINE, *lui prenant la main.* Silence, docteur... (*Se tournant vers Oscar.*) Allez donc, Monsieur, vous devriez déjà être parti.

OSCAR. Je m'en vais!.. comptez sur moi. (*Il sort en courant.*)

—

SCÈNE VIII.

BERNARDET, CÉSARINE, ZOÉ.

BERNARDET. Mais... s'il parle... il est perdu!..

CÉSARINE. J'y compte bien ! (*Regardant Zoé.*) C'est un homme fini !

ZOÉ. Je le crois comme vous.

BERNARDET. Et moi je n'y comprends rien ! Vous, Madame, si fine et si adroite... qui avez tant de tact et de convenances, laisser voir aussi clairement à votre mari l'intérêt que vous portez à votre cousin?... c'est d'une imprudence, d'une gaucherie...

CÉSARINE. Vous croyez!.. (*Riant d'un air dédaigneux.*) Vous êtes pourtant docteur en médecine.

BERNARDET. Oui, Madame.

CÉSARINE, *de même.* Vous venez d'être nommé professeur...

BERNARDET. Grâce à vous!..

CÉSARINE. Je vais presque m'en repentir, car vous n'en savez pas long !

BERNARDET, *piqué.* C'est possible!.. mais je sais que c'est perdre ce jeune homme... c'est l'empêcher d'être nommé...

CÉSARINE. Et... si telle était mon intention?..

BERNARDET, *vivement.* Hein!.. qu'est-ce que c'est?.. Un changement de front... un changement de manœuvres?..

ZOÉ. Eh oui!

CÉSARINE. Vous l'avez dit.

BERNARDET. Quelque habitué que j'y sois avec vous... encore faut-il prévenir les gens...

CÉSARINE. C'est ce que je vais faire... Écoutez-moi, docteur... J'ai quelque pouvoir... quelque crédit...

BERNARDET. Vous avez fait de moi un professeur...

CÉSARINE. Je peux peut-être plus encore ici... dans cette maison... où j'ai quelque influence, et où vous, docteur, vous avez des vues que j'ai cru deviner...

BERNARDET. Que voulez-vous dire ?

CÉSARINE. La Faculté ne déteste pas les belles dots... et soigne de prédilection les belles héritières...

ZOÉ. Il est donc riche !..

BERNARDET. Vous pourriez croire...

CÉSARINE, *vivement.* Que ce soient ou non vos idées, je ne les blâme pas... je ne m'y oppose pas... c'est beaucoup !

Peut-être même leur serai-je favorable... cela dépend de vous... et d'une condition...

BERNARDET. Laquelle?

CÉSARINE. C'est qu'aujourd'hui Edmond de Varennes sera nommé député.

ZOÉ, *avec joie.* Bien, cela !

BERNARDET. Et comment ferai-je?

CÉSARINE. Cela vous regarde ! je ne m'occupe pas des détails ; voyez nos amis, nos camarades; qu'ils agissent.

BERNARDET. Moi qui ai recommandé Oscar à leur amitié.

CÉSARINE. Vous leur recommanderez l'autre.

BERNARDET. Mais nous l'abhorrons tous... nous le détestons.

CÉSARINE. Qu'est-ce que cela fait? entre amis, entre camarades, il ne s'agit pas de faire du sentiment ni des phrases... il s'agit d'arriver.

BERNARDET. C'est juste! j'y cours! (*Revenant et se plaçant entre les deux femmes.*) Mais le ministre, à qui vous-même aviez déjà parlé en faveur d'Oscar?

CÉSARINE. A peine m'a-t-il écoutée, préoccupé qu'il était des quatre voix qui lui manquent, et qu'il lui faut à tout prix. Ah! si nous les avions, le ministre serait à nous, il nous seconderait, porterait notre candidat, la nomination serait sûre.

ZOÉ. Oui, mais comment avoir ces quatre voix? on a tant de peine à en avoir une!

CÉSARINE. Tout le monde se les arrache.

BERNARDET. Souvent la même sert à deux ou trois ministères successifs.

CÉSARINE, *vivement.* Je les aurai! je les aurai! j'en réponds! (*Elle se met à la table et écrit.*)

ZOÉ, *passant près d'elle.* Quel génie! quel talent! c'est admirable!

BERNARDET, *la regardant écrire.* Une tête bien organisée...

CÉSARINE, *écrivant.* Ces deux mots au ministre! « Je vous « promets ce matin ce que vous désirez; en « récompense, je vous supplie de porter, ce soir, comme « candidat ministériel, un homme que vingt fois je vous ai « entendu vanter vous-même... le jeune Edmond de Va- « rennes. » (*Elle cachette sa lettre, et se lève.*)

ZOÉ, *à part.* Rien qu'en la regardant, quels progrès on peut faire !

CÉSARINE. Tenez, docteur!..

BERNARDET. Mais ces quatre voix?

CÉSARINE. Je vous répète que d'ici à deux heures nous les aurons; mon plan est là : dites seulement à tous nos camarades qui se chargeront de la répandre, et dites vous-même partout où vous irez, que mon mari, M. de Miremont, est malade, très-malade.

BERNARDET. Moi! son médecin!

CÉSARINE. Vous n'en aurez que plus de mérite dans deux ou trois jours, quand il se portera bien, quand il sera guéri, grâce à vous.

BERNARDET. C'est juste! une cure merveilleuse que nous ferons mousser par nos amis, et dans la *Gazette médicale...* (*Il va pour sortir, et vient se placer entre les deux femmes.*) Mais je voudrais savoir...

CÉSARINE. C'est inutile... faites toujours!

BERNARDET. Je ne comprends pas.

ZOÉ. Ni moi non plus... mais qu'importe? faites ce qu'elle vous dit.

CÉSARINE. Et vous, Zoé, de la discrétion ! Pour vous comme pour tout le monde, mon mari est malade.

ZOÉ. Il ne passera pas la journée.

BERNARDET. Et si on le voit?

CÉSARINE. Il ne sortira pas! il gardera la chambre!

BERNARDET. Qui l'y décidera?

CÉSARINE. Moi.

BERNARDET. Qui l'y retiendra?

CÉSARINE. Moi.

ZOÉ. Elle!.. on vous dit... elle se charge de tout.

CÉSARINE. Cette lettre au ministre... il ne sera pas à son hôtel, c'est l'heure de la Chambre.

BERNARDET. J'y cours... je l'y trouverai ; et dans les bureaux, dans les couloirs, dans la salle des conférences...

CÉSARINE. Vous répandrez la nouvelle.

BERNARDET. C'est dit. *(Fausse sortie et revenant.)* Le mot d'ordre à nos camarades... des articles dans les journaux du soir... des annonces dans les salons... Ah ! de la paille dans la rue, sous les fenêtres de l'hôtel... et la permission du préfet de police... je la demanderai après.

CÉSARINE, *bas, à Zoé.* Vous le voyez ! le voilà lancé. . il obéit à l'impulsion.

ZOÉ, *à part, regardant Césarine.* Et elle, à la mienne.

CÉSARINE, *à Bernardet qui part.* Adieu !.. adieu ! Vous, Zoé, suivez-moi.

ZOÉ. Oui, Madame. *(A part.)* Edmond sera député ! *(Bernardet sort par le fond, Césarine et Zoé par la porte à droite.)*

FIN DU TROISIÈME ACTE.

———

ACTE QUATRIÈME.

Le cabinet-bibliothèque de M. de Miremont ; porte au fond ; deux latérales ; à droite, une cheminée ; à gauche, une table et un métier à tapisserie.

———

SCÈNE PREMIÈRE.

M. DE MIREMONT, *assis à gauche, en robe de chambre, dans un fauteuil ;* CÉSARINE, *debout, près de lui, reprenant une tasse où il vient de boire.*

M. DE MIREMONT. Et tu es bien sûre, ma chère amie, que ce procès politique s'ouvrira à la chambre des pairs la semaine prochaine ?..

CÉSARINE. Personne ne le sait encore ; mais la femme du ministre me l'a confié à moi en secret ; et vous qui n'êtes pas déjà bien portant... vous n'auriez qu'à tomber sérieusement malade au moment de l'ouverture... cela produirait le plus mauvais effet.

M. DE MIREMONT. C'est vrai !

CÉSARINE. Tandis qu'en vous soignant huit ou dix jours d'avance, ce ne sera rien, ou si cela devient plus grave, ce n'est pas votre faute... On sait depuis longtemps que vous êtes indisposé.

M. DE MIREMONT. C'est juste... je ne pouvais pas prévoir.

CÉSARINE. Mais pour cela il ne faut pas commettre d'imprudences ; il faut rester chez soi bien chaudement, ne voir personne.

M. DE MIREMONT. Oui, ma chère.

CÉSARINE. Et surtout ne pas sortir, comme vous vouliez le faire tout à l'heure.

M. DE MIREMONT. Sois donc tranquille... une fois que j'ai pris un parti... tu sais que j'y tiens... Et qu'est-ce que j'ai ? qu'est-ce que dit le docteur ?

CÉSARINE. Il dit que c'est une grande irritation de poitrine.

M. DE MIREMONT, *essayant de tousser.* C'est vrai ! je me sens là une chaleur...

CÉSARINE. Qui n'est rien en apparence, mais qui peut devenir très-grave, si vous continuez à suivre vos travaux

parlementaires. Vous avez voulu aller hier à la Chambre malgré mes avis...

M. DE MIREMONT. Je n'y ai pas parlé.

CÉSARINE. Qu'importe ?

M. DE MIREMONT. Il est vrai que j'ai écouté avec beaucoup d'action.

CÉSARINE. Vous voyez bien !

M. DE MIREMONT. Voilà ce qui nous fait mal... voilà ce qui nous tue, nous autres hommes de tribune... surtout ces maudits procès... J'aime mieux vingt discussions comme celle d'hier, quelque fatigantes qu'elles soient, que ces débats où, bon gré mal gré, on est obligé de se prononcer...

CÉSARINE. Restez chez vous, cela vaut mieux.

M. DE MIREMONT. D'autant que ça n'empêche pas d'avoir son avis.

CÉSARINE. Mais on ne le dit pas.

M. DE MIREMONT. Voilà tout... on y met de la discrétion.

CÉSARINE. Et puis, que vous le vouliez ou non, c'est convenu, vous m'avez promis de rester.

M. DE MIREMONT. Eh ! qu'est-ce que je fais donc ?.. Toi, de ton côté, tu m'as promis de ne plus me parler d'Oscar.

CÉSARINE. Je vous le jure encore !

M. DE MIREMONT. De ne plus t'intéresser à lui ?

CÉSARINE. Dès que cela vous déplaît... et quelque injustes que soient vos soupçons... mon devoir est d'y faire droit... je ne vous dirai plus un mot en sa faveur,.. et même si vous voulez que je cesse de le voir.., parlez.

M. DE MIREMONT. C'est trop, mille fois... et je n'en veux pas tant... mais puisque tu es dans ton jour de générosité, j'aurais une autre grâce à te demander.

CÉSARINE. Et laquelle ?

M. DE MIREMONT. Il est un nom que par hasard tu as prononcé tout à l'heure, et sans le vouloir tu m'as rappelé que j'avais dû autrefois ma fortune et ma vie à M. de Varennes le père, mon ancien ami, ce qui ne nous a pas empêchés depuis longtemps de négliger beaucoup son fils, M. Edmond, que j'aime infiniment et que tu ne peux pas souffrir.

CÉSARINE. C'est vrai ! je ne dis pas qu'il n'ait beaucoup de talent et de mérite... et vous qui parliez tout à l'heure de député... je conviendrai avec vous qu'il a autant et plus de droits qu'un autre ; mais que voulez-vous ? c'est une antipathie que je ne peux vaincre.

M. DE MIREMONT. Eh bien ! je te demande d'essayer, pour moi, pour me faire plaisir.

CÉSARINE. A coup sûr, ce n'est pas aujourd'hui, et dans l'état où vous êtes, que je voudrais vous contrarier. Mais pourtant... qui vient là ?

———

SCÈNE II.

CÉSARINE, M. DE MIREMONT, ZOÉ.

ZOÉ. Moi, qui viens savoir des nouvelles du malade. Comment va-t il ?

M. DE MIREMONT. Pas bien, pas bien du tout.

CÉSARINE. Et excepté vous, ma chère Zoé, la porte était défendue à tout le monde.

M. DE MIREMONT. Je vous demanderai même la permission de rentrer dans mon appartement, car je me sens très-faible.

UN DOMESTIQUE, *entrant et annonçant.* Monsieur Oscar Rigaut.

M. DE MIREMONT, *se levant avec force.* Oscar !.. Ce nom-là seul m'irrite tout le système nerveux.

CÉSARINE, *à d'mi-voix.* Calmez-vous...

LE DOMESTIQUE. Il demande à voir Monsieur.

CÉSARINE. Monsieur n'est pas visible.

LE DOMESTIQUE. Il voudrait alors parler à Madame.

CÉSARINE. Dites-lui que Madame ne reçoit pas. (*Le domestique sort, et Césarine dit à M. de Miremont:*) Êtes-vous content?

M. DE MIREMONT. Tu es un ange! et pour qu'aujourd'hui tu le sois jusqu'au bout, allons, promets-moi de te réconcilier avec Edmond.

ZOÉ, *étonnée.* Comment?

CÉSARINE, *à M. de Miremont, et baissant les yeux.* Vous l'exigez, je le promets.

M. DE MIREMONT, *lui baisant la main.* Ma chère Césarine! (*A Zoé, en s'en allant :*) Elle fait tout ce que je veux. (*Il sort par la porte de droite.*)

———

SCÈNE III.

ZOÉ, CÉSARINE.

ZOÉ, *faisant à Césarine une grande révérence.* Gloire à vous, Madame! c'est décourageant; j'aurai beau faire, je n'arriverai jamais à une perfection pareille.

CÉSARINE. Peut-être, Zoé; vous avez des dispositions, et avec quelques leçons...

ZOÉ. Oh! bien volontiers; je ne demande qu'à étudier, mais j'ai besoin, comme aux échecs, qu'on m'explique les grands coups... Et d'abord cette maladie improvisée, à quoi bon?..

CÉSARINE. Quoi! vous ne devinez pas un peu?

ZOÉ. Nullement.

CÉSARINE, *s'asseyant devant un métier à tapisserie.* Vous avez raison; vous n'êtes pas encore bien forte.

ZOÉ, *s'asseyant aussi.* Cela viendra peut-être.

CÉSARINE, *entendant parler en dehors.* C'est le docteur.

———

SCÈNE IV.

ZOÉ, CÉSARINE, BERNARDET.

BERNARDET, *à la cantonade.* Oui, Messieurs; on trouvera chez le concierge les bulletins d'heure en heure... (*D'un air sombre.*) Pardon si, dans l'inquiétude où je suis, je ne vous en dis pas davantage; on m'attend pour une consultation. (*Apercevant les deux dames.*) Ah! vous voilà.

CÉSARINE, *toujours assise à son métier.* Comment cela va-t-il?..

BERNARDET, *gaiement.* Cela prend la meilleure tournure; c'est étonnant avec quel bonheur les mauvaises nouvelles se répandent!

CÉSARINE. Et le ministre?

BERNARDET. Il a vu votre lettre. De là je suis passé dans la salle des conférences, où d'un air sombre j'ai fait circuler l'événement; et un instant après, je ne pouvais suffire à la foule des questionneurs; je n'ai répondu que par une physionomie sinistre et un silence qui laissait bien peu d'espoir... Aussi, quand le ministre a paru, chacun, persuadé de la nécessité de se hâter, a couru à lui, et tout le monde, avant la séance, avait deux mots à lui dire en particulier; c'est tout naturel. Il faut maintenant s'inscrire d'avance pour avoir une place. Or, comme votre mari en a huit à lui tout seul, vous jugez des demandeurs et des amis que cela fait au ministère. Peut-on refuser son vote à des gens qui vont avoir huit places à leur disposition? C'est impossible; et au lieu de quatre voix, il paraît qu'ils en auront vingt-cinq.

CÉSARINE, *avec joie.* A merveille.

ZOÉ. Je devine, enfin.

CÉSARINE. C'est bien heureux!

BERNARDET. La loi va passer séance tenante à une majorité très-agréable, grâce à la mauvaise nouvelle qui a produit un effet de revirement, non-seulement sur la Chambre, mais encore sur nos camarades, à qui je n'avais pas dit le mot de l'énigme, pour que les rôles se jouassent avec plus de naturel.

CÉSARINE. C'était bien.

BERNARDET. Et voilà que d'eux-mêmes, franchement et de bonne foi, ils tournent le dos à Oscar, le croyant déjà privé de son seul appui et de son seul mérite, son cousin le pair de France. Aussi je n'ai pas eu grand'peine à faire faire volte-face à leur amitié, et à la diriger dans le sens que vous désiriez.

ZOÉ. Bravo!

BERNARDET, *à Zoé.* Mais celui à qui je n'avais pas pensé, c'est votre mari; vous ne l'aviez donc pas prévenu?

ZOÉ. Non, vraiment, je n'ai rien dit à personne; je vous l'avais promis.

BERNARDET. Il s'est déjà mis en course pour remplacer M. de Miremont à l'Académie des Sciences morales et politiques; je l'ai rencontré chez un de mes clients, à qui il allait demander sa voix; il y avait là tant de monde que je n'ai pas pu le détromper, et il est remonté en cabriolet pour continuer ses visites.

ZOÉ. Ah! mon Dieu!

BERNARDET. Il n'y a pas de mal; cela servira pour la prochaine place vacante, quelle qu'elle soit; on les demande maintenant aux personnes elles-mêmes, et de leur vivant; plus tard il n'est plus temps; mais à présent que je vous ai servie, je demande à comprendre et à connaître la cause de la contre-révolution que je viens d'opérer.

CÉSARINE. Laquelle?

BERNARDET. Le changement en faveur d'Edmond, notre ennemi à tous?

CÉSARINE. Je vous le dirai.

BERNARDET. Il est essentiel que je le sache.

ZOÉ. A quoi bon? Lui-même l'ignore.

CÉSARINE, *à Bernardet.* C'est vrai; il est même nécessaire que je le voie.

ZOÉ, *à part.* J'espère bien que ce ne sera pas aujourd'hui.

———

SCÈNE V.

ZOÉ, CÉSARINE; AGATHE, ET UN DOMESTIQUE *qui entre après elle,* BERNARDET.

AGATHE. M. Edmond vient demander des nouvelles de mon père.

CÉSARINE ET ZOÉ. Edmond?

AGATHE, *à Bernardet.* Que faut-il lui répondre?

ZOÉ, *vivement, et passant près d'Agathe.* Que M. le comte n'est pas visible, et qu'on ne reçoit pas...

CÉSARINE. Les étrangers ou les indifférents; mais les amis de mon mari, les anciens amis de la maison...

AGATHE, *étonnée, et bas, à Zoé.* Qu'est-ce que cela veut dire?..

CÉSARINE, *d'un air aimable.* Qu'il entre; nous serons charmés de le voir... et puis nous avons à lui parler.

AGATHE, *bas, à Zoé.* Je n'en reviens pas!

OSCAR, Je ne le lui fais pas dire. — Acte 5, scène 10.

ZOÉ, *de même.* Tout est changé, mais je tremble.

AGATHE. Pourquoi donc?

ZOÉ. Silence! (*Agathe remonte la scène après l'entrée d'Edmond, et va se placer à l'extrême gauche.*)

—

SCÈNE VI.

AGATHE, CÉSARINE, EDMOND, ZOÉ, BERNARDET.

(*Césarine s'assied au milieu du théâtre, devant un métier à tapisserie; Agathe est assise à gauche, et brode; Zoé, près de la table, à droite, fait du filet; Bernardet, debout, le dos à la cheminée. Edmond salue les deux dames.*)

EDMOND, *à Césarine, d'un air froid.* C'est bien indiscret, sans doute, de me présenter ainsi chez vous, Madame. La nouvelle que je viens d'apprendre me servira d'excuse. Est-il vrai que M. de Miremont soit aussi mal qu'on le dit?

CÉSARINE. Mais il n'est pas bien; voici monsieur Bernardet qui le soigne...

EDMOND, *saluant a peine Bernardet, et se tournant du côté de Zoé.* Elle me fait trembler!

CÉSARINE. Et nous ne sommes pas sans espérances pour une santé qui, ainsi que nous, vous intéresse...

EDMOND. Plus que je ne peux vous dire, Madame. M. de Miremont fut l'ami de mon père, il fut le mien, et s'il a cessé de l'être, il ne m'est pas venu un seul instant l'idée de l'en accuser.

CÉSARINE. Et qui donc, Monsieur, en accuseriez-vous?

EDMOND. Ne me le demandez pas, Madame, car je suis la franchise même, et je vous le dirais.

CÉSARINE, *souriant.* Peut-être vous tromperiez-vous?

EDMOND, *avec colère.* Eh! Madame!

ZOÉ, *à part.* L'imprudent!

EDMOND. Pardon! j'oubliais que je suis chez vous. (*Césarine, d'un air aimable, fait signe à Edmond de s'asseoir; celui-ci va chercher une chaise au fond du théâtre, et vient s'asseoir entre Césarine et Zoé. Tout cela s'exécute pendant l'aparté qui suit.*)

BERNARDET, *près de Zoé.* Diable m'emporte si je sais pourquoi elle le protége! car il n'est pas aimable. (*A demi-voix.*) Et à moins qu'il n'y ait de l'amour sous jeu...

ZOÉ, *de même*. Peut-être bien.

BERNARDET. C'est différent, tout s'explique.

CÉSARINE, *toujours à travailler*. Ainsi, monsieur Edmond, et d'après votre aveu, vous venez ici exprès pour me chercher querelle; c'est bien.

EDMOND. Non, Madame; je ne croyais pas, je l'avoue, avoir le plaisir de vous rencontrer...

CÉSARINE. Ce qui veut dire que ce n'est pas pour moi que vous veniez.

EDMOND. Je m'en accuse, Madame.

ZOÉ, *à part*. Maladroit!

EDMOND. J'ignore pour quelle raison madame de Monthu-car m'avait écrit de venir la trouver ici.

CÉSARINE. Ah! Zoé vous avait écrit... d'elle-même... sans m'en prévenir?

ZOÉ, *vivement*. Oui, Madame.

CÉSARINE, *à part, avec satisfaction*. C'est bien; c'est de l'intelligence.

EDMOND. J'ai pensé que mademoiselle Agathe avait quelques ordres à me donner.

AGATHE. Moi! Monsieur?

ZOÉ, *laissant tomber à terre son peloton*. Aïe! ma soie! (*Edmond se baisse pour ramasser le peloton, qu'il lui rend.*)

ZOÉ, *à demi-voix, et rapidement*. Ne parlez pas à Agathe, ne la regardez pas tant que sa belle-mère sera là.

EDMOND, *de même*. Pourquoi?

ZOÉ, *de même*. Parce que!..

CÉSARINE, *toujours occupée à travailler*. On assure, monsieur de Varennes, que vous mettez sur les rangs pour la députation de Saint-Denis.

EDMOND. J'y ai renoncé, Madame.

CÉSARINE. Et pourquoi donc? vous auriez des amis...

EDMOND. J'en doute; je n'en connais pas un qui voulût me servir.

CÉSARINE. Pas un?.. voilà de l'exagération.

EDMOND. En effet, je me trompais... Il m'en est arrivé un que je ne connais pas, et que je n'ai vu qu'une fois en ma vie... hier, à un déjeuner chez M. Oscar. C'est, je crois, M. Dutillet qu'on le nomme... un libraire...

BERNARDET, *bas, à Zoé*. Un des nôtres que j'ai prévenu.

EDMOND. Je le rencontre tout à l'heure dans la rue; il vient à moi et me tend la main. « Quand j'ai des torts, me dit-il, je les reconnais. Je sais maintenant que de tous les candidats c'est vous qui avez le plus de titres, et vous aurez ma voix; car j'ai été éclairé sur votre compte par un ami. » Et cet ami, quel est-il?

BERNARDET, *s'avançant avec noblesse*. C'est moi, Monsieur.

EDMOND, *se levant*. Vous!

BERNARDET. Oui, jeune homme, j'ai parlé en votre faveur!

EDMOND. Après ce qui s'est passé entre nous!

BERNARDET. Cela n'y fait rien! Je ne vous aime pas, je suis trop franc pour dire le contraire... je ne vous aime pas,.. mais je vous estime. (*Montrant Césarine et Zoé.*) Ces deux dames vous diront que tout à l'heure encore je faisais votre éloge!

CÉSARINE ET ZOÉ. C'est vrai.

AGATHE, *étonnée*. Est-il possible!

EDMOND. Moi qui vous ai offensé?

BERNARDET. Cela vous prouvera que si je cherche à m'avancer dans le monde, parce que chacun pour soi et Dieu pour tous, comme dit le proverbe, cela ne m'empêche pas du moins de rendre justice au mérite quand par hasard il se rencontre... Oui, Monsieur, je vais de ce pas parler pour vous à tous nos amis, à tous les électeurs que je connais!.. et pour cela je ne vous demande rien, pas même de la reconnaissance... Adieu, Mesdames. (*Il sort.*)

SCÈNE VII.

AGATHE ET CÉSARINE, *assises*; EDMOND, *debout*; ZOÉ, *assise*.

EDMOND. Ah! le galant homme, et que j'ai été injuste envers lui!

CÉSARINE, *toujours travaillant*. Il n'est pas le seul?.. et il en est plus d'un autre encore que vous avez méconnu et outragé.

EDMOND. Que voulez-vous dire?

CÉSARINE. Que vous envisagez toujours les choses du mauvais côté, que vous voyez tout en noir, que votre caractère sombre et misanthrope vous montre partout des piéges, partout des ennemis.

ZOÉ. C'est assez juste!

EDMOND. Avais-je tort, quand, jusqu'ici, tout semblait se réunir pour m'accabler, lorsqu'au Palais, dans le monde, dans les journaux...

ZOÉ, *lisant un journal qu'elle vient de prendre sur la table*. « Un grand nombre d'électeurs de l'arrondissement de « Saint-Denis paraissent réunir leurs suffrages sur l'hono-« rable M. Edmond de Varennes. Si un talent éprouvé, si « un caractère irréprochable, si le plus ardent patriotisme « sont des titres que le pays demande dans un député, on « peut assurer d'avance que l'unanimité des votes est ac-« quise à M. de Varennes... »

EDMOND. Est-il possible? ce journal qui a toujours dit du mal de moi?

ZOÉ, *lisant*. « Tout le monde connaît, tout le monde a « admiré son magnifique plaidoyer dans l'affaire de Mire-« mont... où brillent au plus haut degré d'érudition, la cha-« leur, l'éloquence, » et cætera, et cætera Suivent deux colonnes d'éloges que j'épargne à votre modestie.

AGATHE. On lui rend donc justice!

EDMOND, *stupéfait*. Lui qui, hier encore, disait précisément le contraire!.. Qu'est-ce que cela signifie?

CÉSARINE, *travaillant*. Que les jours se suivent et ne se ressemblent pas.

AGATHE, *de même*. Que tôt ou tard on reconnaît le vrai mérite.

ZOÉ, *de même*. Qu'ainsi l'on a grand tort de perdre courage.

CÉSARINE. D'abandonner la partie.

ZOÉ. Et surtout de vouloir se tuer.

EDMOND, *à Zoé*. Taisez-vous donc!

ZOÉ. Non, Monsieur, non; je le dirai tout haut. C'est indigne de se défier ainsi du ciel et de ses amis.

EDMOND. Je ne puis en revenir encore... Est-ce un rêve? Moi qui me croyais abandonné de tous, qui désespérais de moi-même!

AGATHE, *se levant*. C'était là le mal!

EDMOND. Et votre père... M. de Miremont...

CÉSARINE, *se levant*. Vous est tout dévoué; il parlera, il écrira en votre faveur, et si sa santé le lui permettait, il sortirait pour vous présenter lui-même aux électeurs.

EDMOND. O ciel! qui donc a dissipé ses préventions? qui a daigné plaider ma cause auprès de lui? (*Regardant Agathe.*) Ah! je devine.

ZOÉ, *vivement, et passant près de Césarine*. Une personne que vous accusiez!.. sa femme!

EDMOND. Sa femme!

ZOÉ. Oui, Monsieur, j'en suis témoin; c'est Ma Dame dont l'appui généreux...

CÉSARINE. J'avais à me venger de vous, Monsieur; je l'ai fait.

AGATHE, *bas*. Je ne la reconnais plus!

ZOÉ, *de même*. Quand je me mêle de quelque chose...

CÉSARINE. Je suis seulement fâchée que l'indiscrétion de Zoé vous ait appris une démarche que vous deviez toujours ignorer. Je sais la manière dont vous me jugez...

EDMOND. Il est vrai que jusqu'ici... j'en conviens... je n'ai point caché auprès de certains amis...

ZOÉ. Auprès de moi.

EDMOND. Ma façon de penser, et j'ai eu tort. C'est avec vous, Madame, la loyauté m'en faisait un devoir, c'est avec vous que j'aurais dû m'expliquer.

ZOÉ, *effrayée*. Y pensez-vous?

CÉSARINE. Pourquoi donc? ce que j'estime le plus au monde, c'est la franchise.

EDMOND, *vivement*. Et je vous dirai tout, Madame; vous connaîtrez la vérité.

ZOÉ, *à part*. Il me fait trembler!

CÉSARINE. Parlez. (*On entend plusieurs coups de sonnette.*) C'est chez mon mari.

ZOÉ, *vivement*. Il peut recevoir; et si monsieur Edmond veut se présenter...

CÉSARINE. Un instant! Voyez, je vous prie, ma chère Agathe, ce que veut votre père; car j'ai besoin, pour cette élection, de m'entendre un instant avec monsieur Edmond.

AGATHE, *vivement*. Oh! volontiers; je vous laisse. (*Bas, à Edmond.*) Faites, Monsieur, tout ce qu'on vous dira; moi, de mon côté, je vais parler de vous à mon père. (*A part.*) Je n'y comprends rien; mais tout va bien. (*Elle sort par la porte à droite.*)

—

SCÈNE VIII.

ZOÉ, CÉSARINE, EDMOND.

ZOÉ, *à part*. Imprudente! elle s'en va! Ne les quittons pas, ou tout est perdu. (*Elle va s'asseoir près de la table et reprend son ouvrage.*)

CÉSARINE, *se retournant et apercevant Zoé*. Comment, elle travaille! moi qui lui supposais de l'esprit! (*Après un instant de silence, voyant Zoé qui travaille toujours sans lever les yeux.*) Ma chère Zoé...

ZOÉ. Madame...

CÉSARINE, *à demi-voix*. Il faut absolument que je lui parle sur cette députation et les chances qu'il peut avoir...

ZOÉ. Vous avez raison; parlons de lui.

CÉSARINE. Cela va bien vous ennuyer!

ZOÉ. Du tout; je n'ai rien à faire.

CÉSARINE, *à part*. Elle ne comprend donc pas!

ZOÉ. Vous m'avez promis des leçons, et j'apprends en vous écoutant.

UN DOMESTIQUE, *entrant*. Monsieur de Montlucar.

ZOÉ, *à part*. Qu'il soit le bienvenu!

CÉSARINE, *à part*. Allons... ce n'est pas assez de la femme, il faut encore le mari. (*Avec impatience.*) Je n'y suis pas! je ne puis pas recevoir!

LE DOMESTIQUE. Il ne veut dire qu'un mot à Madame.

CÉSARINE, *vivement, à Zoé*. C'est différent; voyez ce que veut votre mari; demandez-lui...

ZOÉ, *interdite*. Moi!...

CÉSARINE. C'est tout naturel. (*Au domestique.*) Conduisez Madame... Allez, ma chère amie, ne le faites pas attendre; c'est peut-être important.

ZOÉ, *troublée*. En vérité, je ne sais si je dois...

CÉSARINE. Et pourquoi donc?

ZOÉ, *montrant Edmond*. Je suis sûre qu'il va vous dire des choses si extravagantes que je ferais mieux de rester... dans votre intérêt...

CÉSARINE. Ne songez qu'à ceux de votre mari; vous êtes trop bonne. Allez donc... (*D'un ton impérieux.*) Je vous en prie.

ZOÉ, *à part*. Ah! je reviens sur-le-champ! (*Elle sort avec le domestique, et Césarine redescend à droite du théâtre.*)

—

SCÈNE IX.

EDMOND, CÉSARINE.

CÉSARINE, *à part*. Ce n'est pas sans peine! elle voulait rester... Les femmes sont si curieuses!

EDMOND. En vérité, Madame, j'ai peine à me persuader ce que je vois et ce que j'entends...

CÉSARINE. Oui, l'on a de la peine à s'avouer qu'on a été injuste.

EDMOND. Moi!

CÉSARINE. Vous m'avez promis de la franchise!

EDMOND. Et je tiendrai parole, au risque de me perdre... Eh bien! oui, j'étais persuadé que vous étiez mon ennemie, que vous aviez pour moi de l'aversion, de la haine; bien plus, car je n'ai jamais su feindre, il me semblait que vous ne négligiez pas une seule occasion de me nuire.

CÉSARINE. Je laisse à mes actions le soin de répondre.

EDMOND, *avec embarras*. Dans ce moment, il est vrai...

CÉSARINE. Remettez-vous; je ne veux pas abuser de mes avantages. Parlons d'abord de vous, de vos intérêts... je n'ai que ce moyen-là de me défendre. Cette nomination de député vous tient donc bien au cœur? c'est donc là l'objet de tous vos désirs, de toute votre ambition?

EDMOND. Non, Madame!

CÉSARINE. Comment, non?

EDMOND. Vous voyez que j'ai en vous plus de confiance que vous ne pensez; mais votre bonté, votre générosité m'encouragent tellement qu'à présent je croirais vous faire injure en ne vous ouvrant pas mon cœur tout entier.

CÉSARINE. Et vous avez raison!

EDMOND. Eh bien! Madame... je n'ai pas les idées que l'on me suppose; je désire la considération, non pour elle-même, mais parce qu'elle me rapprocherait d'une personne dont en ce moment je suis trop loin par malheur.

CÉSARINE. En vérité? c'est là le motif...

EDMOND. Je n'en ai pas d'autres, je vous le jure. Ce n'est pas l'ambition qui remplit mon cœur, c'est une autre passion que depuis longtemps je voudrais me cacher à moi-même et que je n'ai jamais avouée, pas même à celle qui en était l'objet.

CÉSARINE. Et pourquoi donc?

EDMOND. Parce que jusqu'à présent j'étais sans espoir.

CÉSARINE. Et maintenant vous en avez donc?

EDMOND. D'aujourd'hui seulement.

CÉSARINE. Comment cela?

EDMOND. Ah! je voudrais et n'ose vous le dire!

CÉSARINE. Pourquoi? Est-ce que je connais la personne?

EDMOND. Oui, Madame, beaucoup.

CÉSARINE, *souriant*. En vérité! parlez... si j'ai quelque pouvoir...

EDMOND, *vivement*. Un très-grand! Vous pouvez beaucoup

sur elle..... et s'il faut vous l'avouer, vous pouvez tout!

CÉSARINE, *jouant l'étonnement.* Que voulez-vous dire?

EDMOND. Que de vous seule dépend mon bonheur! Un mot de vous, et je n'ai plus rien à désirer! Oui, cette amitié que vous m'offrez si généreusement, j'y crois désormais, je l'implore, et si vous me secondez, si vous parlez pour moi, je suis sûr d'obtenir sa main.

CÉSARINE. Sa main... qui donc?

EDMOND. Agathe, votre belle-fille.

CÉSARINE. O ciel!

EDMOND. Oui, Madame.

SCÈNE X.

EDMOND, CÉSARINE; ZOÉ, *ouvrant vivement la porte.*

ZOÉ. Qu'est-ce? qu'y a-t-il?

CÉSARINE, *à Zoé.* Monsieur, qui me demande la main d'Agathe, ma belle-fille!

ZOÉ. Mon Dieu!

CÉSARINE, *regardant Zoé.* Qu'il aime... qu'il adore... depuis longtemps...

EDMOND. Oui, je n'ai jamais aimé qu'elle!

ZOÉ. Y pensez-vous? (*Elle veut passer près d'Edmond et Césarine la retient par la main.*)

EDMOND, *vivement.* Oh! je lui ai tout dit, tout avoué. Elle est si bonne, si généreuse! elle m'a promis son appui.

CÉSARINE. Certainement; trop heureuse de vous protéger, de vous servir... (*Elle va à la cheminée et sonne vivement.*)

ZOÉ. De vous servir... vous!

EDMOND, *à Zoé.* Eh! oui, vraiment... vous l'entendez!.. je n'ai maintenant que des amis.

CÉSARINE. Mes chevaux à l'instant! il faut que je sorte!

EDMOND, *passant près de Césarine.* Ah! Madame, que de reconnaissance!

CÉSARINE. Oui, oui, comptez sur moi tous les deux! je vous le promets, je vous le jure. A bientôt, Zoé; nous nous reverrons!

EDMOND. Je cours chez M. de Miremont.

CÉSARINE. Et moi, chez le ministre... il sera temps encore... je l'espère. (*Elle sort par la porte à gauche.*)

EDMOND, *entrant chez M. de Miremont, à droite.* Ah! je suis sauvé!

ZOÉ, *sortant par la porte du fond.* Il est perdu!

FIN DU QUATRIÈME ACTE.

ACTE CINQUIÈME.

Même décoration qu'au troisième acte.

SCÈNE PREMIÈRE.

CÉSARINE, *entrant par le fond et jetant sur un meuble son châle et son chapeau.* Impossible de parvenir jusqu'au ministre... il est à la Chambre, où dans ce moment la loi est en discussion... Sa présence est nécessaire; il n'a pu sortir ni venir me parler... « Après la séance, » a-t-il dit. Mais il sera trop tard. Tant que cette loi n'a pas passé... il a besoin de moi... il a quelque intérêt à me ménager... quelque avantage à être injuste; mais après... ce ne sera plus la faveur, c'est le mérite seul qui le décidera; et Edmond l'emportera... et je me serai laissé jouer à ce point par lui... Non par lui... il n'en savait rien... il ne s'en doutait même pas, et c'est plus humiliant encore... mais par cette petite Zoé... Je me vengerai sur elle... Et comment? . sur son mari?.. ça lui est égal... sur son amant?.. elle n'en a pas!.. C'est jouer de malheur!.. mais patience... et alors... Mais en attendant la loi va être adoptée... tous les députés qui veulent des places vont voter pour le ministère... et c'est mon mari qui en est la cause... c'est la première loi qu'il aura fait passer... et tout cela par cette maudite maladie que j'ai inventée... Si je le guérissais... si je le conduisais à la Chambre dans une tribune réservée... bien en face... Sa vue paralyserait les votes ministériels... Ah! le voici!

SCÈNE II.

CÉSARINE, M. DE MIREMONT.

CÉSARINE. Eh bien! mon ami, je vois avec plaisir que cela va mieux.

M. DE MIREMONT. Non, vraiment!

CÉSARINE. La figure est excellente!

M. DE MIREMONT. Oui, mais je sens là...

CÉSARINE. Quoi donc?

M. DE MIREMONT. Je ne peux pas dire... et c'est là ce qui m'effraie.

CÉSARINE. Savez-vous ce qui vous ferait un bien infini?.. ce serait de sortir un instant... en voiture...

M. DE MIREMONT. Du tout, je ne veux pas m'exposer au grand air.

CÉSARINE. Aussi nous irions dans un endroit bien clos, bien fermé... par exemple à la chambre des députés, où il y a, dit-on, aujourd'hui une séance des plus intéressantes.

M. DE MIREMONT. Je m'en garderai bien; le docteur Bernardet m'a défendu de sortir.

CÉSARINE. Mais, Monsieur...

M. DE MIREMONT. Il me l'a défendu!.. c'est très-dangereux!

CÉSARINE. Permettez!..

M. DE MIREMONT. Vous-même en êtes convenue! Vous savez que je suis souffrant, et vous me l'avez dit!

CÉSARINE, *à part, avec dépit.* Mais c'est qu'il me croit maintenant, et impossible de le dissuader! Ah! s'il m'arrive désormais de le rendre malade... j'y regarderai à deux fois !

M. DE MIREMONT, *s'asseyant.* Je suis, parbleu ! assez fâché de ne pouvoir sortir... j'aurais été aux élections de Saint-Denis, et je vais me contenter d'écrire aux électeurs les plus influents en faveur de M. Edmond qui vient aujourd'hui dîner avec nous.

CÉSARINE. Comment... il viendra !

M. DE MIREMONT. C'est vous qui ce matin m'avez conseillé de lui envoyer une invitation... un garçon de mérite qui pourrait bien devenir mon gendre, car ma fille le protége, elle m'en a parlé.

CÉSARINE, *cherchant à se modérer.* Agathe ! et c'est elle que vous croyez !

M. DE MIREMONT. Si elle était la seule... je ne dis pas ! mais vous aussi, vous-même, malgré votre antipathie, n'avez pu vous empêcher tantôt de lui rendre justice, de me parler en sa faveur !

CÉSARINE, *avec embarras.* Moi, je ne m'y connais pas, et j'ai pu me tromper ; tout le monde se trompe.

M. DE MIREMONT. Mais Bernardet qui s'y connaît, et en qui nous avons tous deux confiance ; Bernardet, son ennemi, qui n'a cessé de me le vanter, de me le recommander.

CÉSARINE, *à part.* O mon Dieu ! tout tourne contre moi !

M. DE MIREMONT. Et il est de fait, comme je l'ai dit à ma fille, que s'il est nommé député...

CÉSARINE, *vivement.* Il ne le sera pas..... il ne peut pas l'être.

M. DE MIREMONT. Et pourquoi pas ? comme tout le monde.

CÉSARINE. Parce qu'il n'a ni les protecteurs, ni le crédit, ni l'influence nécessaires...

—

SCÈNE III.

M. DE MIREMONT, EDMOND, CÉSARINE.

EDMOND, *entrant vivement.* Ah ! Madame ! que ne vous dois-je pas ? vous êtes ma fée protectrice, mon ange gardien ! De tous les côtés il m'arrive des amis... et ces amis ce sont les vôtres.

CÉSARINE, *à part.* Les sots ! ils se sont tous donné le mot ! il n'y a rien d'insupportable comme les cabales et les coteries ; et Bernardet qui ne vient pas... qui n'est pas là pour les prévenir !

EDMOND. Ce que je ne conçois pas, c'est qu'ils ont abandonné Oscar, que j'ai rencontré et qui est furieux... Ce n'est pas ma faute... il court après des voix qui de tous côtés lui échappent... il paraît qu'il a essuyé un échec au second arrondissement.

CÉSARINE, *à part.* Le malheureux ! il a parlé !

EDMOND. Et moi, des gens que je n'ai point sollicités... à qui je n'ai rien demandé, m'offrent leurs services.

M. DE MIREMONT. J'allais écrire pour vous aux principaux électeurs.

EDMOND. Est-il possible ? ah ! c'est trop de bontés, c'est trop de bonheurs ; ils m'arrivent tous à la fois... sans que je les aie mérités ni que je puisse les comprendre... et si cela continue ainsi, je vais presque croire au succès.

CÉSARINE. Pas encore !.. c'est l'appui du ministère qui peut tout décider... et si le ministère porte un autre candidat, la lutte est incertaine.

EDMOND, *effrayé.* Ah ! mon Dieu !

M. DE MIREMONT. Avez-vous quelque protection de ce côté-là ?

EDMOND. Eh ! mon Dieu ! non ; mais Madame m'avait promis de parler au ministre.

CÉSARINE. Oui... mais par malheur, je n'ai pu le voir, sans cela !..

EDMOND. Alors rien à espérer, car je ne connais personne dans les bureaux.

—

SCÈNE IV.

M. DE MIREMONT, BERNARDET, EDMOND, CÉSARINE.

BERNARDET. L'affaire a été chaude ; j'arrive de la Chambre.

CÉSARINE. Eh bien ?

BERNARDET. La loi a passé à trente-cinq voix de majorité.

CÉSARINE, *à part.* Trente-cinq voix !

M. DE MIREMONT, *d'un air capable.* Cela vous étonne ! je l'avais toujours prévu, et je l'annonçais encore hier à mes collègues... j'avais là-dessus des données certaines ! Mais ce n'est pas cela dont il s'agit. Vous qui savez tout, mon cher ami, savez-vous quel candidat le ministère porte aux élections ?

BERNARDET. Edmond de Varennes.

TOUS. Est-il possible !

BERNARDET, *passant près de Césarine.* Vous en verrez probablement la preuve dans ce billet que le ministre vous envoie.

CÉSARINE. Donnez donc ! (*Lisant à voix basse.*) « Vous avez tenu vos promesses et moi les miennes. » (*A part.*) Ah ! c'est comme un fait exprès ; on voudrait l'arrêter maintenant qu'on ne pourrait plus ! (*Haut, à Bernardet.*) Qui a apporté ce billet ?

BERNARDET. Un valet de pied du ministre, qui est encore là et qui attend votre réponse.

CÉSARINE. Je vais l'écrire. (*A part.*) Celle-là du moins lui parviendra ! (*Elle sort par la porte à gauche.*)

—

SCÈNE V.

M. DE MIREMONT, *allant se mettre à la table, à gauche ;* EDMOND, BERNARDET.

BERNARDET, *regardant sortir Césarine et se frottant les mains.* A merveille ! Tout ça marche... je suis sûr d'elle à présent... il faudra bien qu'elle serve mes amours, comme j'ai servi les siennes... Ainsi portons les derniers coups. (*Haut, à Edmond.*) Allons, mon jeune ami, il n'y a pas de temps à perdre... il faut, comme on dit, battre le fer pendant qu'il est chaud... Allez aux élections.

EDMOND. Moi ?

BERNARDET. Certainement. Il ne faut pas rester là pendant que votre sort se décide ; il faut vous montrer, il faut être député ; nous le voulons, nous y sommes intéressés.

EDMOND. Monsieur !.. un tel dévouement, une amitié aussi active...

BERNARDET. Voilà comme je suis !.. En servant mes amis, c'est moi-même que je sers. Partez vite.

EDMOND. Je n'oserai jamais, seul et inconnu, me présenter ainsi moi-même...

BERNARDET. C'est juste ; il vous faudrait un patronage élevé et honorable.

EDMOND. Monsieur de Miremont a la bonté d'écrire en ma faveur.

M. DE MIREMONT, *à la table.* Je commence la seconde lettre...

BERNARDET. Ce sera trop long ; il est déjà tard, et il vaut bien mieux que monsieur le comte ait la bonté de vous présenter lui-même aux électeurs. Il y a là des percepteurs, des notaires, des fermiers qui lui sont dévoués : l'affaire est sûre.

M. DE MIREMONT, *se levant.* Je ne demanderais pas mieux ; mais dans l'état de santé où je suis...

EDMOND, *vivement.* Vous avez raison ; je ne souffrirai pas que pour moi vous vous exposiez à vous rendre plus malade.

BERNARDET. Laissez donc !..

M. DE MIREMONT. Vous m'avez expressément défendu de sortir, et je crois, docteur, que vous avez bien fait ; car j'me sens là des chaleurs et des brûlements affreux.

EDMOND. Vous l'entendez !..

BERNARDET, *à demi-voix, à Edmond.* Soyez tranquille ; dans un instant il sera guéri. (*A part.*) Maintenant que la loi est passée, il n'y a pas de danger. (*Il passe près de M. de Miremont.*) — Haut, *à M. de Miremont.*) Voyons le pouls ... (*Il prend le bras de M. de Miremont, et cause tout en lui tâtant le pouls.*) Le ministre m'a demandé de vos nouvelles.

M. DE MIREMONT. Ah !

BERNARDET. Je lui ai dit que je vous conseillais le repos, l'air de la campagne. (*Lui tenant toujours le pouls.*) Ne bougez pas .. Et il m'a répondu : « Grâce au ciel, il aura le temps, car voilà notre procès politique remis à trois mois, à la prochaine session. »

M. DE MIREMONT. Comment ?

BERNARDET, *de même.* Le pouls est bon !

M. DE MIREMONT, *avec joie.* Le procès est remis ?

BERNARDET. C'est officiel... on vous le dira.

EDMOND. Oui, Monsieur.

M. DE MIREMONT. Et que me disait donc ma femme ?

BERNARDET, *froidement.* Elle se sera trompée... (*Tenant toujours le pouls.*) Pas de fréquence, pas d'agitation, pas de chaleur ; vous devez aller mieux.

M. DE MIREMONT. C'est vrai ; je ne dis pas non.

BERNARDET. Le pouls marche à merveille ; la fièvre a disparu, vous pouvez sortir.

M. DE MIREMONT. Vous croyez ?

BERNARDET. J'en réponds.

M. DE MIREMONT. Alors, vite, mes chevaux !

BERNARDET, *bas, à Edmond.* Qu'est-ce que je vous disais !

EDMOND, *stupéfait.* Je n'en reviens pas !

M. DE MIREMONT, *au domestique.* Mes chevaux à l'instant !

BERNARDET. C'est inutile ; les moments sont précieux, ma voiture est en bas, prenez-la.

EDMOND. Quoi ! vous voulez ?..

BERNARDET. Certainement ! Est-ce qu'on se gêne, entre amis ? (*Au domestique.*) Le chapeau de votre maître, sa douillette, ses gants ; allons, dépêchons !

EDMOND, *à Bernardet.* Ah ! mon cher ami, que ne vous devrai-je pas ?

BERNARDET, *riant.* Une place de député.

EDMOND. Plus encore !.. le bonheur de ma vie entière. Vous serez à mon mariage, vous serez mon témoin, je le veux.

BERNARDET, *étonné.* Comment ?

EDMOND. Eh ! oui ; mademoiselle Agathe, que j'épouse ; son père y consent ; c'est sa belle-mère qui a parlé pour moi, qui m'a protégé.

BERNARDET. Madame de Miremont !..

EDMOND. Tout est convenu... si je suis nommé.

BERNARDET, *à part.* O ciel !

M. DE MIREMONT, *qui a mis ses gants, sa douillette et son* chapeau, *venant prendre Edmond par le bras.* Allons, allons, partons vite ! et puisque le docteur le veut, prenons sa voiture ! (*Ils sortent.*)

—

SCÈNE VI.

BERNARDET, *seul, se promenant avec agitation.* L'ai-je bien entendu : c'est moi, moi Bernardet, que l'on a pris pour dupe, que l'on a fait servir de compère, que l'on a joué comme un enfant ! moi qui joue les autres ! non, morbleu !.. et j'apprendrai à madame de Miremont elle-même... La voilà...

—

SCÈNE VII.

CÉSARINE, BERNARDET.

CÉSARINE, *entrant vivement.* Tenez, tenez, docteur, voici une lettre détaillée que j'écris au ministre. Sonnez, qu'on la porte à l'instant même ; allez vite, et peut-être sera-t-il encore temps.

BERNARDET, *prenant la lettre et la déchirant en plusieurs morceaux.* Non, Madame, il n'est plus temps.

CÉSARINE. Que faites-vous ?. perdez-vous la tête ?

BERNARDET. Il n'est plus temps de m'abuser ; je sais tout.

CÉSARINE. Vous ne savez rien ! Et mon mari, où est-il ?

BERNARDET, *avec colère.* Parti avec Edmond, parti pour les élections, et c'est moi qui l'y ai décidé !

CÉSARINE. O ciel !

BERNARDET, *avec ironie.* Vous triomphez !

CÉSARINE, *désespérée.* Au contraire !.. Qu'avez-vous fait ?.. Vous nous perdez !

BERNARDET. A d'autres ; on ne me trompe pas deux fois !

CÉSARINE. Écoutez-moi...

BERNARDET. Mais grâce au ciel, je puis encore vous faire repentir de votre trahison ; je puis renverser M. de Varennes.

CÉSARINE, *avec joie.* Est-il vrai ?

BERNARDET. Je cours au collège électoral... je dévoilerai tout haut les manœuvres, les intrigues que l'on a fait jouer..., car il y en a eu... je le sais... j'en ai les preuves.

CÉSARINE. C'est bien !

BERNARDET. Je les donnerai même, s'il le faut.

CÉSARINE, *l'encourageant.* C'est bien... c'est ce que je veux..., c'est ce que je demande.

BERNARDET. Vous... je ne vous crois plus !

CÉSARINE. N'importe !.. allez... allez donc.., partez vite... je vous en prie... je vous en conjure.

BERNARDET. Et vous serez satisfaite, car j'y vais à l'instant.

SCÈNE VIII.

CÉSARINE, OSCAR, BERNARDET.

OSCAR, *paraissant à la porte du fond et retenant Bernardet qui va sortir.* Non, Monsieur, vous n'irez pas!

BERNARDET. A qui en a-t-celui-là?

OSCAR. A vous qui m'avez joué... qui m'avez trahi... Ce n'est pas moi que vous portez comme député; c'en est un autre.

BERNARDET. C'est faux!

OSCAR. Vous avez donné le mot à nos camarades, qui m'ont tous abandonné.

BERNARDET. Dans votre intérêt. Je vous expliquerai plus tard... Laissez-moi sortir!

OSCAR, *le retenant toujours par la main.* Non, vous ne sortirez pas... je ne vous quitte pas... Je suis un bon enfant... mais je n'aime pas qu'on se moque de moi.

BERNARDET. Écoutez-moi!

OSCAR. Je n'écoute rien!.. J'ai commandé un dîner de cent couverts et des bouquets aux dames de la halle... j'ai dit à tout le monde que je serais député... je le serai!

BERNARDET. Et c'est justement à cela que je vais travailler... et vous m'en empêchez, vous me retenez... chaque instant de retard peut faire nommer votre rival.

CÉSARINE. Eh oui! sans doute... (*A part.*) Et cette réponse que l'on attend... (*Haut.*) Laissez-le aller. (*Elle sort par la porte à gauche.*)

OSCAR. Quoi! vraiment! C'est bien différent; partez vite.

—

SCÈNE IX.

M. DE MONTLUCAR, BERNARDET, OSCAR.

M. DE MONTLUCAR, *retenant Bernardet qui fait un pas pour sortir.* Un instant, monsieur le docteur, cela ne se passera pas ainsi!

BERNARDET. Encore un autre à présent!

M. DE MONTLUCAR. Vous m'annoncez que M. de Miremont est malade, qu'il est à l'extrémité... (*A voix haute et regardant autour de lui.*) une nouvelle qui me désole... Vous me laissez faire des visites pour demander sa place à l'Académie... et qui est-ce que je rencontre à l'instant même? M. de Miremont en parfaite santé... se rendant aux élections avec Edmond, dans votre propre voiture!

OSCAR. Dans votre voiture... vous l'entendez!

BERNARDET, *criant.* Qu'est-ce que cela prouve?.. Cela empêche-t-il que je vous sois dévoué?.. que je ne l'aie toujours été? Ce n'est pas moi, c'est madame de Miremont qui vous a trahi!..

OSCAR. Quoi! ma cousine? Ce n'est pas possible!

—

SCÈNE X.

M. DE MONTLUCAR, DUTILLET, SAINT-ESTÈVE, DESROUSEAUX, BERNARDET, OSCAR, PLUSIEURS CAMARADES.

DUTILLET. Victoire! mon cher docteur. Vous pouvez dire à madame de Miremont que tout va à merveille... les affiches, les annonces, les journaux; il n'est plus question que de notre candidat, et tout fait espérer qu'Edmond sera nommé!

BERNARDET, *avec colère.* Edmond!..

DUTILLET. Et d'après vos instructions.

OSCAR, *à Bernardet, à demi-voix et lui serrant la main.* Je ne le lui fais pas dire... d'après vos instructions.

DUTILLET. Nous avons prévenu les jeunes gens de l'École de droit, de l'École de médecine; nous aurons un triomphe... des bouquets, de la musique...

BERNARDET. Permettez... j'avais commandé tout cela pour Oscar.

DESROUSEAUX. D'abord... mais il y a eu contre-ordre!

BERNARDET, *vivement.* Il y en a un nouveau.

SAINT-ESTÈVE. Est-ce qu'on peut le deviner?

BERNARDET. Vous êtes des maladroits!

DUTILLET. Et vous un brouillon!

SAINT-ESTÈVE. Une girouette!

M. DE MONTLUCAR. Un intrigant!

BERNARDET. Monsieur de Montlucar...

M. DE MONTLUCAR. Monsieur le docteur...

BERNARDET. Vous oubliez ce que vous nous devez...

M. DE MONTLUCAR. Et vous qui je suis... cela m'apprendra à m'encanailler!

TOUS, *criant.* S'encanailler... c'est trop fort!

OSCAR, *criant.* C'est le mot! (*Il passe auprès de Montlucar.*)

DESROUSEAUX, *de même.* Il est juste.

SAINT-ESTÈVE. Vous nous en rendrez raison!

M. DE MONTLUCAR. Quand vous voudrez.

TOUS. A l'instant même. (*Le désordre est au comble. Tous se disputent et se menacent; tous les camarades vont s'élancer l'un sur l'autre.*)

—

SCÈNE XI.

MONTLUCAR, DESROUSEAUX, OSCAR; M. DE MIREMONT, *entrant par le fond avec* CÉSARINE; BERNARDET, DUTILLET, SAINT-ESTÈVE.

M. DE MIREMONT, *paraissant à la porte du fond.* Quoi! chez moi! des camarades! des amis prêts à se battre!

M. DE MONTLUCAR, *stupéfait.* M. de Miremont!

DUTILLET, *de même.* Nous qui le croyions si malade! d'où venez-vous donc ainsi?

M. DE MIREMONT. Des élections... mais nous n'avons pas eu besoin d'aller jusque-là... car à moitié chemin... la nouvelle nous est arrivée.

TOUS. Et laquelle?

M. DE MIREMONT. Tenez, l'entendez-vous? (*On entend en dehors des acclamations.*)

—

SCÈNE XII.

MONTLUCAR, DESROUSEAUX, OSCAR, AGATHE; ED-
MOND, *entouré d'amis, de jeunes gens qui le félicitent;*
ZOÉ, CÉSARINE, M. DE MIREMONT, BERNARDET, DU-
TILLET, SAINT-ESTÈVE.

AGATHE. Il est nommé!

ZOÉ. Et des compliments, des bouquets!

EDMOND. Ah! mes amis... monsieur de Miremont... mon
cher docteur... (*A Césarine.*) Et vous, ma protectrice, que
ne vous dois-je pas?

ZOÉ, *à Césarine.* Il vous doit tout, d'abord!

CÉSARINE, *avec colère, et à demi-voix.* Zoé!..

EDMOND. Ce n'est que ma première leçon... je ferai peut-être
mieux à la seconde. (*Elle quitte Césarine et passe à gauche
près d'Oscar.*) Ah! que j'étais injuste! ce matin encore je
me plaignais des hommes et du sort... j'accusais mon siècle
de partialité, d'intrigues, de cabale... et je vois maintenant...
(*Regardant Césarine.*) qu'il y a encore amitié véritable.....
(*Regardant Bernardet.*) et désintéressée... (*Regardant les
autres camarades.*) qu'on peut parvenir sans coteries... sans
honteuses manœuvres.

ZOÉ, *le regardant avec compassion.* Pauvre jeune homme!

OSCAR, *à Zoé.* Eh bien! vous le voyez par lui, qui refusait
notre secours... on arrive quand on a des camarades.

ZOÉ. Oui, Monsieur... mais où reste-quand on a du talent!

FIN DE LA CAMARADERIE.

VIALAT ET C⁰⁰, IMPRIMEURS ET ÉDITEURS.

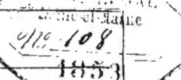

ᴀʙɪɢᴀɪʟ. Quoi, c'est la duchesse Marlborough.

LE VERRE D'EAU

ou

LES EFFETS ET LES CAUSES

COMÉDIE EN CINQ ACTES, EN PROSE

Représentée, pour la première fois, au Théâtre-Français, par les comédiens ordinaires du roi,
le 17 novembre 1840

PERSONNAGES.

LA REINE ANNE.
LA DUCHESSE DE MARLBOROUGH, sa favorite.
HENRI DE SAINT-JEAN, VICOMTE DE BOLINGBROKE.
MASHAM, enseigne au régiment des gardes.

ABIGAIL, cousine de la duchesse de Marlborough.
LE MARQUIS DE TORCY, envoyé de Louis XIV.
THOMPSON, huissier de la chambre de la reine.
UN MEMBRE DU PARLEMENT.

La scène se passe à Londres, au palais Saint-James. Les quatre premiers actes dans un salon de réception; le dernier dans la chambre de la reine.

ACTE PREMIER.

(Le théâtre représente un riche salon du palais Saint-James. Porte au fond. Deux portes latérales. A gauche du spectateur, une table et ce qu'il faut pour écrire ; à droite, un guéridon.)

SCÈNE PREMIÈRE.

LE MARQUIS DE TORCY, BOLINGBROKE, *entrant par la gauche du spectateur* ; MASHAM, *dormant sur un fauteuil, près de la porte à droite.*

ʙᴏʟɪɴɢʙʀᴏᴋᴇ. Oui, monsieur le marquis, cette lettre par-

viendra à la reine, j'en trouverai les moyens, je vous le jure, et elle sera reçue avec les égards dus à l'envoyé d'un grand roi.

ʟᴇ ᴍᴀʀQᴜɪs ᴅᴇ ᴛᴏʀᴄʏ. J'y compte, monsieur de Saint-Jean. Je confie mon honneur et celui de la France à votre loyauté, à votre amitié.

ʙᴏʟɪɴɢʙʀᴏᴋᴇ. Vous avez raison... Ils vous diront tous que Henri de Saint-Jean est un libertin et un dissipateur ; esprit brouillon et capricieux, écrivain passionné, orateur turbulent...je le veux bien... mais aucun d'eux ne vous dira que Henri de Saint-Jean ait jamais vendu sa plume, ou trahi un ami.

LE MARQUIS DE TORCY. Je le sais, et je mets en vous mon seul espoir! (*Il sort.*)

—

SCÈNE II.

BOLINGBROKE, MASHAM, *endormi*.

BOLINGBROKE. O chances de la guerre et destinée des rois conquérants! l'ambassadeur de Louis XIV ne pouvoir obtenir dans le palais Saint-James une audience de la reine Anne!.. et, pour lui faire parvenir une note diplomatique, employer autant d'adresse et de mystère que s'il s'agissait d'une galante missive... Pauvre marquis de Torcy... si sa négociation ne réussit pas... il en mourra!.. tant il aime son vieux souverain... qui se flatte encore d'une paix honorable et glorieuse... La vieillesse est l'âge des mécomptes...

MASHAM, *dormant*. Ah! qu'elle est belle!

BOLINGBROKE. Et la jeunesse... l'âge des illusions... Voilà un jeune officier à qui le bien vient en dormant!

MASHAM, *de même*. Oui, je t'aime... je t'aimerai toujours!

BOLINGBROKE. Il rêve, le pauvre jeune homme! Eh! mais c'est le petit Masham, et je me trouve ici en pays de connaissance...

MASHAM, *dormant toujours*. Quel bonheur!.. quelle brillante fortune!.. c'est trop pour moi!

BOLINGBROKE, *lui frappant sur l'épaule*. En ce cas, mon cher, partageons!

MASHAM, *se levant et se frottant les yeux*. Hein!.. qu'est-ce que c'est... monsieur de Saint-Jean qui m'éveille!

BOLINGBROKE, *riant*. Et qui je dois tout!..

MASHAM. Vous, à qui je dois tout!.. Pauvre écolier, pauvre gentilhomme de province, perdu dans la ville de Londres, je voulais, il y a deux ans, me jeter dans la Tamise, faute de vingt-cinq guinées, et vous m'en avez donné deux cents que je vous dois toujours!

BOLINGBROKE. Pardieu, mon cher, je voudrais bien être à votre place, et je changerais volontiers avec vous...

MASHAM. Pourquoi cela?

BOLINGBROKE. Parce que j'en dois cent fois davantage.

MASHAM. O ciel! vous êtes malheureux!

BOLINGBROKE. Non pas!.. je suis ruiné, voilà tout!.. mais jamais je n'ai été plus dispos, plus joyeux et plus libre... Pendant cinq années, les plus longues de ma vie, riche et ennuyé de plaisirs, j'ai rangé mon patrimoine... Il fallait bien s'occuper... A vingt-six ans... tout était fini!..

MASHAM. Est-il possible?

BOLINGBROKE. Je n'ai pas pu aller plus vite!.. Pour rétablir mes affaires, on m'avait marié à une femme charmante... Impossible de vivre avec elle... un million de dot... autant de défauts et de caprices... J'ai rendu la dot... j'y gagne encore!.. Ma femme brillait à la cour, elle était du parti des Marlborough, elle était whig... vous comprenez que je devais être tory; je me suis jeté dans l'opposition; je lui dois cela... je lui dois mon bonheur! car, depuis ce jour, mon instinct et ma vocation se sont révélés! c'était là l'aliment qu'il fallait à mon âme ardente et inactive! Dans nos tourmentes politiques, dans nos orages de tribune, je respire, je suis à l'aise, et comme le matelot anglais sur la mer, je suis chez moi, dans mon élément, dans mon empire... Le bonheur, c'est le mouvement!.. le malheur, c'est le repos!.. Vingt fois, dans ma jeunesse inoccupée, et surtout dans mon ménage, j'avais eu comme vous l'idée de me tuer.

MASHAM. Est-il possible?

BOLINGBROKE. Oui... les jours où il me fallait conduire ma femme au bal!.. Mais maintenant je tiens à rester! je serais désolé de partir!.. je n'en ai pas le temps... je n'ai pas un moment à moi... membre de la chambre des communes et grand seigneur journaliste... je parle le matin, et j'écris le

soir... En vain le ministère whig nous accable de ses triomphes, en vain il domine en ce moment l'Angleterre et l'Europe... seul avec quelques amis, je soutiens la lutte, et les vaincus ont souvent troublé le sommeil des vainqueurs... Lord Marlborough, à la tête de son armée, tremble devant un discours de Henri de Saint-Jean, ou un article de notre journal l'*Examinateur*. Il a pour lui le prince Eugène, la Hollande et cinq cent mille hommes... J'ai pour moi Swift, Prior et Atterbury... A lui l'épée, à nous la presse! nous verrons un jour à qui la victoire... L'illustre et avare maréchal veut la guerre qui épuise le trésor et qui remplit le sien... moi, je veux la paix et l'industrie, qui, mieux que les conquêtes, doivent assurer la prospérité de l'Angleterre. Voilà ce qu'il s'agit de faire comprendre à la reine, au parlement et au pays.

MASHAM. Ce n'est pas facile.

BOLINGBROKE. Non... car la force brutale et matérielle, les succès emportés à coups de canon étourdissent tellement le vulgaire, qu'il ne lui vient jamais à l'idée qu'un général vainqueur puisse être un sot, un tyran ou un fripon... et lord Marlborough en est un! je le prouverai... je le montrerai glissant furtivement sa main victorieuse dans les coffres de l'État.

MASHAM. Ah! vous ne direz pas cela...

BOLINGBROKE. Je l'ai écrit... je l'ai signé... l'article est là... il paraîtra aujourd'hui... je le répéterai demain, après-demain... tous les jours... et il y a une voix qui finit toujours par se faire entendre, une voix qui parle encore plus haut que les clairons et les tambours... celle de la vérité!.. Mais pardon... je me croyais au parlement, et je vous fais subir un cours de politique, à vous, mon jeune ami, qui avez bien d'autres rêves en tête.... des rêves de fortune et d'amour.

MASHAM. Qui vous l'a dit?

BOLINGBROKE. Vous-même!.. Je vous crois très-discret quand vous êtes éveillé, mais je vous préviens qu'en dormant vous ne l'êtes pas.

MASHAM. Est-il possible?

BOLINGBROKE. Je vous ai entendu vous féliciter en rêve de votre bonheur, de votre fortune, et vous pouvez me nommer sans crainte la grande dame à qui vous la devez.

MASHAM. Moi?

BOLINGBROKE. A moins que ce ne soit la mienne!.. auquel cas je ne vous demande rien!.. je comprendrai...

MASHAM. Vous êtes dans l'erreur! je ne connais pas de grande dame! Il est quelqu'un, j'en conviens, qui, sans se faire connaître, m'a servi de protecteur... un ami de mon père... vous peut-être?..

BOLINGBROKE. Non vraiment...

MASHAM. Vous êtes le seul cependant que je puisse soupçonner. Orphelin et sans fortune, mais fils d'un brave gentilhomme tué sur le champ de bataille, j'avais eu l'idée de demander une place dans la maison de la reine : la difficulté était d'arriver à Sa Majesté, de lui présenter ma pétition; et un jour d'ouverture du parlement, je me lançai intrépidement dans la foule qui entourait sa voiture; j'y touchais presque lorsqu'un grand monsieur, heurté par moi, se retourne et, croyant avoir affaire à un écolier, me donne sur le nez une chiquenaude.

BOLINGBROKE. Pas possible!

MASHAM. Oui, Monsieur... je vois encore son air insolent et ricaneur... je le vois, je le reconnaîtrais entre mille, et si jamais je le rencontre... Mais dans ce moment, la foule, en nous séparant, m'avait jeté contre la voiture de la reine, à qui je remis ma pétition... elle resta quinze jours sans réponse. Enfin je reçois une lettre d'audience de Sa Majesté!.. Vous jugez si je me hâtai de me rendre au palais, paré de mon mieux, et à pied, pour de bonnes raisons... J'étais près d'arriver, lorsqu'à deux pas de Saint-James, et vis-à-vis d'un balcon où se tenaient de belles dames de la cour, un équipage qui allait plus vite que moi m'éclabousse de la tête aux pieds, moi et mon pourpoint de satin, le seul dont je fusse propriétaire... et pour comble de fatalité, j'aperçois à la portière de la voiture... ce même individu, l'homme à la chiquenaude... qui riait encore... Ah! dans ma rage, je m'élançai vers lui, mais l'équipage avait disparu, et furieux, désespéré, je rentrai à mon modeste hôtel, ayant manqué mon audience.

BOLINGBROKE. Et votre fortune!

MASHAM. Au contraire! je reçus le lendemain, d'une personne inconnue, un riche habit de cour, et, quelques jours après, la place que je demandais dans la maison de la reine. J'y étais à peine depuis trois mois, que j'avais reçu ce que je désirais le plus au monde, un brevet d'enseigne dans le régiment des gardes.

BOLINGBROKE. En vérité! Et vous n'avez aucun soupçon sur ce protecteur mystérieux?

MASHAM. Aucun!.. il m'assure de sa constante faveur, si je continue à m'en rendre digne... Je ne demande pas mieux... ce qui me parait seulement gênant et ennuyeux... c'est qu'il me défend de me marier...

BOLINGBROKE. Ah! bah!

MASHAM. Craignant sans doute que cela ne nuise à mon avancement.

BOLINGBROKE, riant. C'est là la seule idée que cette défense ait fait naître en vous?

MASHAM. Oui, sans doute.

BOLINGBROKE, de même. Eh bien! mon cher ami, pour un ancien page de la reine et pour un nouvel officier dans les gardes, vous êtes d'une innocence biblique...

MASHAM. Comment cela?

BOLINGBROKE, de même. C'est que ce protecteur inconnu est une protectrice...

MASHAM. Quelle idée!

BOLINGBROKE. Quelque grande dame, qui vous porte intérêt...

MASHAM. Non, Monsieur... non, cela n'est pas possible!

BOLINGBROKE. Qu'y aurait-il d'étonnant?.. La reine Anne, notre charmante souveraine, est une personne fort respectable, et fort sage, qui s'ennuie royalement... je veux dire autant que possible!.. mais à sa cour, on s'amuse beaucoup!.. toutes nos ladys ont de petits protégés, de jeunes officiers fort aimables, qui, sans quitter le palais de Saint-James, arrivent à des grades supérieurs.

MASHAM. Monsieur!..

BOLINGBROKE. Fortune d'autant plus flatteuse qu'elle n'est due qu'au mérite personnel.

MASHAM. Ah! c'est une indignité... et si je savais...

BOLINGBROKE, allant s'asseoir près de la table, à gauche. Après cela... je peux me tromper, et si réellement c'est quelque grand seigneur ami de votre père... laissez venir les événements... laissez-vous faire! Ah! si on vous ordonnait de vous marier... je ne dis pas... mais on vous le défend... il est clair que ce n'est pas un ennemi... au contraire... et lui obéir n'est pas si difficile...

MASHAM, debout près du fauteuil où est assis Bolingbroke. Mais si vraiment... quand on aime quelqu'un... quand on est aimé...

BOLINGBROKE. J'y suis!.. l'objet de vos rêves! la personne à qui vous pensiez tout à l'heure en dormant?

MASHAM. Oui, Monsieur... la plus aimable, la plus jolie fille de Londres, qui n'a rien... ni moi non plus... et c'est pour elle que je désire les honneurs et la richesse... j'attends, pour l'épouser, que j'aie fait fortune.

BOLINGBROKE. Vous n'êtes pas encore très-avancé... et elle de son côté?

MASHAM. Bien moins encore!.. orpheline comme moi, de-

moiselle de boutique dans la Cité, chez un riche joaillier... maître Tomwood...

BOLINGBROKE. Ah! mon Dieu!

MASHAM. Qui vient de faire banqueroute... elle se trouve sans place et sans ressource.

BOLINGBROKE, se levant. C'est la petite Abigaïl...

MASHAM. Vous la connaissez?

BOLINGBROKE. Parbleu, du vivant de ma femme... je veux dire quand elle vivait près de moi... j'étais un abonné assidu des magasins de Tomwood... ma femme aimait beaucoup les diamants, et moi, la bijoutière... Vous aviez raison, Masham, une fille charmante, naïve, gracieuse, spirituelle...

MASHAM. Eh! mais, à la manière dont vous en parlez... est-ce que vous en auriez été amoureux?..

BOLINGBROKE. Pendant huit jours! et peut-être plus! si je n'avais pas vu que je perdais mon temps... et je n'en ai pas à perdre... maintenant surtout... Mais j'ai gardé à cette jeune fille... une amitié véritable, et voici la première fois que j'éprouve un regret... non d'avoir perdu ma fortune; mais de l'avoir si mal employée... je serais venu à votre aide... je vous aurais mariés... Mais pour le présent, des dettes, des créanciers qui sortent de dessous terre... et pour l'avenir pas même l'espérance... les biens de ma famille reviennent tous à Richard Bolingbroke, mon cousin, qui n'a pas envie de me les laisser... car, par malheur, il est jeune, et, comme tous les sots, il se porte à merveille... Mais nous pourrions peut-être à la cour... chercher pour Abigaïl...

MASHAM. C'est ce que je disais... une place de demoiselle de compagnie, près de quelque grande dame qui ne soit ni impérieuse, ni hautaine...

BOLINGBROKE, secouant la tête. Ce n'est pas aisé à trouver.

MASHAM. J'avais pensé à la vieille duchesse de Northumberland, qui, dit-on, cherche une lectrice.

BOLINGBROKE. Cela vaut mieux... elle n'est qu'ennuyeuse à périr.

MASHAM. Et j'avais conseillé à Abigaïl de se présenter chez elle ce matin; mais l'idée seule de venir au palais de la reine la rendait toute tremblante.

BOLINGBROKE. N'importe... l'espoir de vous y trouver, elle y viendra... et tenez... tenez... monsieur l'officier des gardes, que vous disais-je?.. la voici.

———

SCÈNE III.

BOLINGBROKE, ABIGAÏL, MASHAM.

ABIGAÏL. M. de Saint-Jean! (Elle se retourne vers Masham, à qui elle tend la main.)

BOLINGBROKE. Lui-même, ma chère enfant; et il faut que vous soyez née sous une heureuse étoile!.. la première fois que vous venez à la cour, y trouver deux amis!.. rencontre bien rare en ce pays!..

ABIGAÏL, gaiement. Oui, vous avez raison, j'ai du bonheur!.. surtout aujourd'hui...

MASHAM. Vous voilà donc décidée à vous présenter chez la duchesse de Northumberland?

ABIGAÏL. Vous ne savez pas! j'ai appris que la place était donnée...

MASHAM. Et vous êtes si joyeuse?

ABIGAÏL. C'est que j'en ai une autre!.. plus agréable, je crois... et que je dois...

MASHAM. A qui donc?

ABIGAÏL. Au hasard...

BOLINGBROKE. Cela vaut mieux!.. c'est le plus commode et le moins exigeant des protecteurs...

ABIGAÏL. Imaginez-vous que parmi les belles dames qui fréquentaient les magasins de M. Tomwood, il y en avait une fort aimable, fort gracieuse, qui s'adressait toujours à moi, pour acheter... or, en achetant des diamants..... on cause.

BOLINGBROKE. Et miss Abigaïl cause très-bien...

ABIGAÏL. Il me semblait que cette dame n'était pas très-heureuse dans son ménage... qu'elle était esclave dans son intérieur, car elle me répétait souvent avec un soupir... Ah! ma petite Abigaïl, que vous êtes heureuse ici! vous faites ce que vous voulez... Si on peut dire cela... moi qui, enchaînée à ce comptoir, ne pouvais le quitter... et ne voyais M. Masham que le dimanche après la messe, quand il n'était pas de service à la cour... Enfin, un jour... il y a près d'un mois, la belle dame eut la fantaisie d'une toute petite bonbonnière en or, d'un travail exquis... presque rien... trente guinées!.. Mais elle avait oublié sa bourse... et je dis : On enverra ce bijou à l'hôtel de milady... Mais milady, que cela semblait embarrasser, hésitait à nommer son hôtel, sans doute à cause de son mari... à qui elle ne voulait pas dire... il y a des grandes dames qui ne disent pas à leur mari... et je m'écriai : « Gardez, gardez, Milady, je prends tout sur moi. — Vous daignez donc être ma caution? » répondit-elle, avec un sourire charmant... C'est bien, je reviendrai!.. » — Mais pas du tout, c'est qu'elle ne revint pas...

BOLINGBROKE, riant. La grande dame était une fripponne.

ABIGAÏL. J'en eus bien peur... car un mois s'était écoulé... M. Tomwood était bien mal dans ses affaires, et les trente guinées dont j'avais besoin m'étaient à lui... ou à ses créanciers... C'était là ce qui me désolait, et dont, pour rien au monde, je n'aurais osé parler à personne... mais j'étais décidée à vendre tout ce que je possédais... mes plus belles robes, même celle-ci qui me va bien, à ce qu'on dit.

BOLINGBROKE. Très-bien.

MASHAM. Et qui vous rend encore plus jolie, si c'est possible.

ABIGAÏL. Voilà pourquoi j'avais tant de peine à me décider... Enfin, j'étais résolue... lorsque hier au soir, une voiture s'arrête à la porte, une dame en descend, c'était milady... « Bien des affaires trop urgentes à m'expliquer l'avaient retenue... et puis elle ne pouvait sortir de chez elle à sa volonté... et elle tenait cependant à venir elle-même s'acquitter... » Tout en parlant, elle avait remarqué que j'avais encore des larmes dans les yeux, quoique je me fusse hâtée de les essuyer à son arrivée. Il fallut bien alors lui raconter et ma détresse, et ma position, et l'embarras où je me trouvais... elle avait tant de bonté... et moi tant de chagrin!... Enfin, je lui parlai de tout, excepté de M. Masham... et quand elle sut que je voulais, ce matin, me présenter chez la duchesse de Northumberland... c'est elle qui me dit : « N'y allez pas, vous seriez trop malheureuse... d'ailleurs, la place est donnée... Mais moi, mon enfant, je tiens dans le monde et à la cour une maison assez considérable... où, par malheur, je ne suis pas toujours la maîtresse... n'importe, je vous y offre une place... voulez-vous l'accepter?.. » Et je me jetai dans ses bras en lui disant : « Disposez de moi et de ma vie... je ne vous quitterai plus, je partagerai vos peines et vos chagrins... — C'est bien, me dit-elle avec émotion; présentez-vous demain au palais, et demandez la dame dont on vous donne le nom. » — Elle écrivit alors sur le comptoir deux mots que j'ai pris, que j'ai là... et me voici.

MASHAM. C'est très-singulier...

BOLINGBROKE. Et ce papier, peut-on le voir?

ABIGAÏL, le lui donnant. Certainement!..

BOLINGBROKE, souriant. Ah! ah! rien qu'à sa bonté, je l'aurais devinée. (A Abigaïl.) Ce mot a été écrit devant vous, par votre nouvelle protectrice?..

ABIGAÏL. Oui vraiment... Est-ce que, par hasard, vous connaîtriez cette écriture?

BOLINGBROKE, froidement. Oui, mon enfant... c'est celle de la reine.

ABIGAÏL, avec joie. La reine!.. est-il possible?

MASHAM, de même. La reine vous donne une place auprès d'elle... et sa protection!.. et son amitié!.. voilà votre fortune assurée à jamais!

BOLINGBROKE, passant entre eux deux. Attendez, mes amis, attendez... ne vous réjouissez pas trop d'avance!

ABIGAÏL. C'est la reine qui l'a dit, et une reine est maîtresse chez elle!

BOLINGBROKE. Pas celle-là... Douce et bonne par caractère, mais faible et indécise, n'osant prendre un parti sans prendre l'avis de ceux qui l'entourent, elle devait nécessairement se laisser subjuguer par ses conseillers et ses favoris, et il s'est trouvé près d'elle une femme à l'esprit ferme, résolu et audacieux, au coup d'œil juste et prompt, qui vise toujours droit et haut!.. c'est lady Churchill, duchesse de Marlborough, plus grand général que son mari lui-même, plus adroite qu'il n'est vaillant, plus ambitieuse qu'il n'est avare, plus reine enfin que sa souveraine, qu'elle conduit et dirige par la main... la main qui tient le sceptre.

ABIGAÏL. La reine aime donc beaucoup cette duchesse?

BOLINGBROKE. Elle la déteste!.. en l'appelant sa meilleure amie!.. et sa meilleure amie le lui rend bien!

ABIGAÏL. Et pourquoi ne pas rompre avec elle?.. pourquoi ne pas se soustraire à une domination insupportable?

BOLINGBROKE. Cela, mon enfant, est plus difficile à vous expliquer... Dans notre pays... en Angleterre, Masham vous le dira, ce n'est pas la reine, c'est la majorité qui règne; et le parti whig, dont Marlborough est le chef, non-seulement pour lui l'armée, mais le parlement!.. La majorité leur est acquise; et la reine Anne, dont on vante le règne glorieux, est forcée de subir des ministres qui lui déplaisent, une favorite qui la tyrannise et des amis qui ne l'aiment pas. Bien plus... ses intérêts de cœur, ses désirs les plus chers l'obligent presque à faire la cour à l'altière duchesse, car son frère, le dernier des Stuarts, que la nation a banni, ne peut être rappelé en Angleterre que par un bill du parlement, et ce bill, c'est encore la majorité, c'est le parti Marlborough qui peut seul l'appuyer et le faire réussir... La duchesse l'a promis... aussi tout cède à son influence. Surintendante de la reine, elle ordonne, règle, décide, nomme à tous les emplois, et un choix fait sans son aveu excitera sa défiance, sa jalousie, son refus peut-être. Voilà pourquoi, mes amis, la reine me paraît aujourd'hui bien hardie, et la nomination d'Abigaïl bien douteuse encore!

ABIGAÏL. Ah! s'il en est ainsi... si cela dépend seulement de la duchesse, rassurez-vous... j'ai quelque espoir!

MASHAM. Et lequel?

ABIGAÏL. Je suis un peu sa parente.

BOLINGBROKE. Vous, Abigaïl?

ABIGAÏL. Eh! oui, vraiment... par mésalliance! un cousin à elle, un Churchill, s'était brouillé avec sa noble famille en épousant ma mère!

MASHAM. Est-il possible?.. parente de la duchesse.

ABIGAÏL. Parente bien éloignée... et jamais je ne m'étais présentée devant elle, parce qu'elle avait refusé autrefois de recevoir et de reconnaître ma mère... Mais moi... pauvre fille... qui ne lui demanderai rien, que de ne pas me nuire... que de ne pas s'opposer aux bontés de la reine.

BOLINGBROKE. Ce n'est pas une raison... vous ne la connaissez pas... Mais cette fois, du moins, je puis vous servir, et je le ferai... dussé-je m'attirer sa haine!

ABIGAÏL. Ah! que de bontés!

MASHAM. Comment les reconnaître jamais?

BOLINGBROKE. Par votre amitié.

ABIGAÏL. C'est bien peu!

BOLINGBROKE. C'est beaucoup!.. pour moi, homme d'état... qui n'y crois guère... (Vivement.) Je crois à la vôtre, et j'y compte!.. (Leur prenant la main.) Entre nous désormais... alliance offensive et défensive!

ABIGAÏL, *souriant*. Alliance redoutable!

BOLINGBROKE. Plus que vous ne croyez peut-être, et grâce au ciel, la journée sera bonne! deux succès à emporter!.. la place d'Abigaïl... et une autre affaire qui me tient au cœur... j'en attends et j'en cherche les moyens... Ah! si Abigaïl était nommée! si elle était reçue parmi les femmes de Sa Majesté, tous mes messages parviendraient en dépit de la duchesse.

MASHAM, *vivement*. N'est-ce que cela?.. je puis vous rendre ce service.

BOLINGBROKE. Est-il possible!

MASHAM. Tous les matins à dix heures, et les voici bientôt, je porte à Sa Majesté, pendant son déjeuner, (*Prenant le journal sur la table, à droite.*) la *Gazette du monde élégant et des gens à la mode*, qu'elle parcourt en prenant son thé; elle regarde les gravures, et parfois me dit de lui lire les articles de bals et de raouts.

BOLINGBROKE. A merveille!.. quel bonheur que la royauté lise le journal des modes... c'est le seul qu'on lui permette... (*Glissant une lettre sous la couverture du journal.*) La lettre du marquis au milieu des vertugadins et des falbalas. Et pendant que nous y sommes... (*Tirant un journal de sa poche.*)

ABIGAÏL. Que faites-vous?

BOLINGBROKE. Un numéro du journal l'*Examinateur* que je glisse sous la couverture. Sa Majesté verra comment l'on traite le duc et la duchesse de Marlborough... elle et toute sa cour en seront indignées... mais ça lui donnera quelques instants de plaisir... et elle en a si peu!.. Voilà dix heures, allez, Masham... allez!

MASHAM, *sortant par la porte à droite*. Comptez sur moi!

SCÈNE IV

ABIGAIL, BOLINGBROKE.

BOLINGBROKE. Vous le voyez! le traité de la triple alliance produit déjà ses effets... c'est Masham qui nous protège et nous sert!

ABIGAÏL. Lui! peut-être... mais moi qui suis si peu de chose!

BOLINGBROKE. Il ne faut pas mépriser les petites choses, c'est par elles qu'on arrive aux grandes!.. Vous croyez peut-être, comme tout le monde, que les catastrophes politiques, les révolutions, les chutes d'empire, viennent de causes graves, profondes, importantes... Erreur. Les États sont subjugués ou conduits par des héros, par de grands hommes; mais ces grands hommes sont menés eux-mêmes par leurs passions, leurs caprices, leurs vanités; c'est-à-dire par ce qu'il y a de plus petit et de plus misérable au monde. Vous ne savez pas qu'une fenêtre du château de Trianon, critiquée par Louis XIV et défendue par Louvois, a fait naître la guerre qui embrase l'Europe en ce moment! C'est à la vanité blessée d'un courtisan que le royaume a dû ses désastres; c'est à une cause plus futile encore qu'il devra peut-être son salut. Et sans aller plus loin... quand vous me parle, moi Henri de Saint-Jean, qui jusqu'à vingt-six ans fus regardé comme un élégant, un étourdi, un homme incapable d'occupations sérieuses... savez-vous comment tout d'un coup je devins un homme d'État, comment j'arrivai à la chambre, aux affaires, au ministère?

ABIGAÏL. Non vraiment.

BOLINGBROKE. Eh bien! ma chère enfant, je devins ministre parce que je savais danser la sarabande; et je perdis le pouvoir parce que j'étais enrhumé.

ABIGAÏL. Est-il possible!

BOLINGBROKE, *regardant du côté de l'appartement de la reine*. Je vous conterai cela un autre jour, quand nous au-

rons le temps. Et maintenant, sans me laisser abattre, je combats à mon poste, dans les rangs des vaincus!..

ABIGAÏL. Et que pouvez-vous faire?

BOLINGBROKE. Attendre et espérer.

ABIGAÏL. Quelque grande révolution?..

BOLINGBROKE. Non pas... mais un hasard... un caprice du sort... un grain de sable qui renverse le char du triomphateur.

ABIGAÏL. Ce grain de sable, vous ne pouvez le créer?

BOLINGBROKE. Non... mais si je le rencontre, je peux le pousser sous la roue... Le talent n'est pas d'aller sur les brisées de la Providence, et d'inventer des événements, mais d'en profiter. Plus ils sont futiles en apparence, plus, selon moi, ils ont de portée... les grands effets produits par de petites causes... c'est mon système... j'y ai confiance, vous en verrez les preuves.

ABIGAÏL, *voyant la porte s'ouvrir*. C'est Masham qui revient!

BOLINGBROKE. Non... c'est mieux encore; c'est la triomphante et superbe duchesse...

—

SCÈNE V.

ABIGAIL, BOLINGBROKE, LA DUCHESSE.

ABIGAÏL, *à demi-voix, et regardant du côté de la galerie, à droite, par laquelle la duchesse est censée s'avancer*. Quoi! c'est la duchesse de Marlborough?...

BOLINGBROKE, *de même*. Votre cousine... pas autre chose...

ABIGAÏL. Sans la connaître je l'avais déjà vue... au magasin. (*A part, et la regardant avec*) Eh oui... cette grande dame qui est venue dernièrement acheter des ferrets en diamants.

LA DUCHESSE, *qui s'est avancée en lisant un journal, lève les yeux et aperçoit Bolingbroke qu'elle salue*. Monsieur de Saint-Jean!

BOLINGBROKE. Lui-même, madame la duchesse, qui s'occupait de vous en ce moment.

LA DUCHESSE. Vous me faites souvent cet honneur, et vos continuelles attaques...

BOLINGBROKE. Je n'ai pas d'autre moyen de me rappeler à votre souvenir...

LA DUCHESSE, *montrant le journal qu'elle tient à la main*. Rassurez-vous, Monsieur, je vous promets de ne pas oublier votre numéro d'aujourd'hui.

BOLINGBROKE. Vous avez daigné lire...

LA DUCHESSE. Chez la reine, d'où je sors à l'instant.

BOLINGBROKE, *troublé*. Ah! c'est là...

LA DUCHESSE. Oui, Monsieur!.. l'officier des gardes de service venait d'apporter le *Journal des gens à la mode*...

BOLINGBROKE. Où je ne suis pour rien...

LA DUCHESSE, *avec ironie*. Je le sais! Depuis longtemps votre règne est passé! mais dans les feuilles de ce journal, et à côté du vôtre, était une lettre du marquis de Torcy...

BOLINGBROKE. Adressée à la reine...

LA DUCHESSE. C'est pour cela que je l'ai lue.

BOLINGBROKE, *avec indignation*. Madame!

LA DUCHESSE. C'est du devoir de ma charge! Surintendante de la maison de Sa Majesté, c'est par mes mains que doivent passer d'abord toutes les lettres. Vous voilà averti, Monsieur, et quand il y aura contre moi quelque épigramme, quelque bon mot que vous tiendrez à me faire connaître, vous n'aurez qu'à les adresser à la reine, c'est le seul moyen de me les faire lire!

BOLINGBROKE. Je me le rappellerai, Madame; mais du moins, et c'est ce que je voulais, Sa Majesté connaît les propositions du marquis?

LA DUCHESSE. C'est ce qui vous trompe... je les avais lues... cela suffisait... le feu en a fait justice.

BOLINGBROKE. Quoi! Madame...

LA DUCHESSE, *lui faisant la révérence et s'apprêtant à sortir, aperçoit Abigaïl qui est restée au fond du théâtre.* Quelle est cette belle enfant qui se tient là timide et à l'écart?.. quel est son nom?

ABIGAÏL, *s'avançant et faisant la révérence.* Abigaïl.

LA DUCHESSE, *avec hauteur.* Ah! la jolie bijoutière!... c'est vrai... je la reconnais... Elle n'est vraiment pas mal, cette petite... Et c'est là cette personne dont m'a parlé la reine?

ABIGAÏL, *vivement.* Ah! Sa Majesté a daigné vous parler.

LA DUCHESSE. Me laissant maîtresse d'admettre ou de refuser... Et, puisque cette nomination dépend de moi seule... je verrai... j'examinerai avec impartialité et justice.

BOLINGBROKE, *à part.* Nous sommes perdus!

LA DUCHESSE. Vous comprenez, Mademoiselle, qu'il faut des titres.

BOLINGBROKE, *s'avançant.* Elle en a.

LA DUCHESSE, *étonnée.* Ah! Monsieur s'intéresse à cette jeune personne?

BOLINGBROKE. A l'accueil affectueux que vous daignez lui faire, j'ai cru que vous l'aviez deviné.

LA DUCHESSE. Aussi je l'aurais admise avec plaisir; mais pour entrer au service de la reine, il faut tenir à une famille distinguée.

BOLINGBROKE. C'est par là qu'elle brille!..

LA DUCHESSE. C'est ce qu'il faudra voir... il y a tant de gens qui se disent nobles et qui ne le sont pas¹.

BOLINGBROKE. Aussi Mademoiselle, qui craint de se tromper, n'ose vous avouer qu'on l'appelle Abigaïl Churchill.

LA DUCHESSE, *à part.* O ciel!

BOLINGBROKE. Parente fort éloignée, sans doute... mais enfin, cousine de la duchesse de Marlborough, de la surintendante de la reine, qui, dans sa sévère impartialité, hésite et se demande si elle d'assez bonne maison pour approcher de Sa Majesté. Vous comprenez, Madame, que pour moi, qui suis un écrivain usé et passé de mode, il y aurait dans le récit de cette aventure de quoi me remettre en vogue auprès de mes lecteurs, et que le journal l'*Examinateur* aurait beau jeu dès demain à s'égayer sur la noble duchesse, cousine de la demoiselle de boutique... Mais rassurez-vous, Madame, votre amitié est trop nécessaire à votre jeune parente pour que je veuille la lui faire perdre; et à la condition qu'elle sera aujourd'hui admise par vous dans la maison de Sa Majesté, je m'engage sur l'honneur à n'avoir jamais rien su de cette anecdote, quelque piquante qu'elle soit... J'attends votre réponse.

LA DUCHESSE, *fièrement.* Je ne vous la ferai point attendre. Je devais présenter mon rapport à la reine sur l'admission de Mademoiselle, et qu'elle soit ou non ma parente, cela ne changera rien à ma décision; je la ferai connaître à Sa Majesté... à elle seule!... Quant à vous, Monsieur, il vous suffira de savoir que je n'ai jamais rien accordé à la menace, arme impuissante, du reste, que je dédaigne... et si j'y ai recours aujourd'hui, c'est que vous m'y aurez forcée... Quand on est publiciste, monsieur de Saint-Jean, et surtout quand on est de l'opposition, avant de vouloir mettre de l'ordre dans les affaires de l'État, il faut en mettre dans les siennes. C'est ce que vous n'avez pas fait... Vous avez des dettes énormes... près d'un million de France, que vos créanciers impatients et désespérés m'ont cédé pour un sixième payé comptant... J'ai tout racheté... moi si avide, si intéressée... Vous ne m'accuserez pas cette fois de vouloir m'enrichir... (*Souriant.*) car ces créances sont, dit-on, désastreuses... mais elles ont un avantage... celui d'emporter la contrainte par corps... avantage dont je n'ai pu profiter encore avec un membre de la chambre des communes... mais demain finit la session, et si la piquante anecdote dont vous parliez tout à l'heure paraît dans le journal du matin...

le journal du soir annoncera que son spirituel auteur, M. de Saint-Jean, compose en ce moment, à Newgate, un traité sur l'art de faire des dettes... Mais je ne crains rien, Monsieur, vous êtes trop nécessaire à vos amis et à l'opposition pour vouloir les priver de votre présence, et quelque pénible que soit le silence pour un orateur aussi éloquent, vous comprendrez mieux que moi la nécessité de vous taire. (*Elle fait la révérence.*)

—

SCÈNE VI.

ABIGAÏL, BOLINGBROKE.

ABIGAÏL. Eh bien! qu'en dites-vous?

BOLINGBROKE, *gaiement.* Bien joué, vrai Dieu!.. très-bien... c'est de bonne guerre... J'ai toujours dit que la duchesse était une femme de tête et surtout d'exécution. Elle ne menace pas; elle frappe... Et cette idée de me tenir sous sa dépendance en acquittant mes dettes... c'est admirable!... surtout de sa part... Ce que n'auraient pas fait mes meilleurs amis, elle l'a fait... elle a payé pour moi... il faut alors qu'elle ait une haine... qui excite mon émulation et mon courage... Allons, Abigaïl, du cœur!

ABIGAÏL. Non, non... je renonce à tout, il y va de votre liberté!

BOLINGBROKE, *gaiement.* C'est ce que nous verrons! et par tous les moyens possibles.. (*Regardant une pendule qui est sur un des panneaux, à droite.*) Ah! mon Dieu! voici l'heure de la chambre... je ne peux y manquer!.. je dois parler contre le duc de Marlborough qui demande des subsides... Je prouverai à la duchesse que je m'entends en économie... je ne voterai pas un schelling... Adieu! je compte sur Masham, sur vous, et sur notre alliance!... (*Il sort par la porte à gauche.*)

—

SCÈNE VII.

ABIGAÏL, puis MASHAM.

ABIGAÏL, *prête à partir.* Belle alliance!.. où tout va mal... excepté pour Arthur, cependant!..

MASHAM, *accourant pâle et effrayé par la porte du fond.* Ah! grâce au ciel, vous voilà!.. je vous cherchais.

ABIGAÏL. Qu'y a-t-il donc?

MASHAM. Je suis perdu!

ABIGAÏL. Et lui aussi!..

MASHAM. Dans le parc de Saint-James et au détour d'une allée solitaire... je viens tout à coup de me trouver face à face avec lui.

ABIGAÏL. Qui donc?

MASHAM. Mon mauvais génie, ma fatalité... vous savez... l'homme à la chiquenaude. Du premier coup d'œil, nous nous étions reconnus, et me regardant il riait... (*Avec rage.*) il riait encore!.. Et alors, sans lui dire un mot, sans même lui demander son nom... j'ai tiré mon épée... lui, la sienne... et... il ne rit plus.

ABIGAÏL. Il est mort?

MASHAM. Oh! non... non... je ne crois pas... mais je l'ai vu chanceler. J'ai entendu du monde qui accourait, et me rappelant ce que j'entendais dire l'autre jour... ces lois si sévères sur le duel...

ABIGAÏL. Peine de mort!

MASHAM. Si on veut... cela dépend des personnes.

ABIGAÏL. N'importe, il faut quitter Londres.

MASHAM. C'est ce que je ferai dès demain.

ABIGAÏL. Dès ce soir.

MASHAM. Mais vous... mais M. de Saint-Jean?..

ABIGAÏL. Il va être arrêté pour dettes, et je n'aurai pas ma place!.. mais c'est égal... Vous d'abord... vous avant tout... éloignez-vous!..

MASHAM. Oui; mais avant de partir, je voulais au moins vous dire que je n'aimerais jamais que vous... je voulais vous voir, vous embrasser...

ABIGAÏL, *vivement.* Alors dépêchez-vous donc!..

MASHAM, *se jetant dans ses bras.* Ah!

ABIGAÏL, *se dégageant.* Adieu!.. adieu!.. et si vous m'aimez, qu'on ne vous revoie plus! (*Tous deux se séparent et s'éloignent.*)

ACTE DEUXIÈME.

SCÈNE PREMIÈRE.

LA REINE, UN HUISSIER DU PALAIS.

LA REINE. Tu dis, Thompson, que ce sont des membres de la chambre des communes?

THOMPSON. Oui, Madame... qui demandaient audience à Votre Majesté.

LA REINE, *à part.* Encore des adresses et des discours... quand je suis seule, quand la duchesse est ce matin à Windsor... (*Haut.*) Tu as répondu que des affaires importantes... des dépêches arrivées à l'instant...

THOMPSON. Oui, Madame, c'est ce que je dis toujours.

LA REINE. Et que je ne recevais pas...

THOMPSON. Avant deux heures... Ils m'ont alors remis ce papier, en ajoutant qu'ils viendront à deux heures présenter leurs hommages et leurs réclamations à Votre Majesté.

LA REINE. La duchesse y sera... cela la regarde; c'est bien le moins qu'elle m'épargne ce soin-là... J'en ai tant d'autres... (*A Thompson.*) Sais-tu quels étaient ces honorables?

THOMPSON. Ils étaient quatre, et je n'en connais que deux, pour les avoir vus ici quand ils étaient ministres, et qu'à leur tour ils faisaient attendre les autres.

LA REINE, *vivement.* Qui donc?

THOMPSON. Sir Harley et M. de Saint-Jean.

LA REINE. Oh!.. et ils sont partis?

THOMPSON. Oui, Madame.

LA REINE. Tant pis... je suis fâchée de ne pas les avoir reçus... M. de Saint-Jean, surtout!.. Quand il était au pouvoir... tout allait au mieux... mes matinées étaient moins longues... je ne m'ennuyais pas tant... et aujourd'hui, en l'absence de la duchesse, cela se rencontrait à merveille... c'était comme un fait exprès... un bon hasard. J'aurais pu causer avec lui, et l'avoir renvoyé, c'est d'une maladresse...

THOMPSON. Madame la duchesse me l'avait tant recommandé... règle générale : toutes les fois que M. de Saint-Jean se présentera...

LA REINE. Oh!.. c'est la duchesse!.. c'est différent! Et M. de Saint-Jean n'a rien dit?

THOMPSON. C'est lui qui venait d'écrire, dans le salon d'attente, le papier que j'ai remis à Votre Majesté.

LA REINE, *prenant vivement le papier sur la table.* C'est bien. — Laissez-moi. (*Thompson sort.*)

LA REINE, *lisant :* « Madame, mes collègues et moi demandions audience à Votre Majesté! eux pour affaire d'État, « et moi, pour jouir de la vue de ma souveraine, qui de- « puis si longtemps m'est interdite. » Pauvre sir Henri! « Que la duchesse éloigne de vous ses ennemis politiques, « je le conçois; mais sa défiance va jusqu'à repousser une « pauvre enfant dont la tendresse et les soins eussent adouci « les ennuis dont on accable Votre Majesté. — On lui re- « fuse la place que vous vouliez lui donner près de vous, « en alléguant qu'elle est sans famille; et je vous préviens, « moi, qu'Abigaïl Churchill est cousine de la duchesse de « Marlborough. » (*S'arrêtant.*) Est-il possible!.. (*Lisant.*) « Ce seul fait vous donnera la mesure du reste... que Votre « Majesté en profite et veuille bien en garder le secret à son « fidèle serviteur et sujet, etc » Oui... oui, c'est la vérité. — Henri de Saint-Jean est un de mes fidèles serviteurs... mais ceux-là, je ne suis pas libre de les accueillir... lui, surtout... ancien ministre, je ne puis le voir sans exciter la défiance et les plaintes des nouveaux! Ah! quand ne serai-je plus reine pour être ma maîtresse! Dans le choix même de mes amis, demander avis et permission aux conseillers de la couronne, aux chambres, à la majorité... à tout le monde enfin... c'est à n'y pas tenir... c'est un esclavage odieux, insupportable, et ici, du moins, je ne veux plus obéir à personne, je serai libre chez moi, dans mon palais. — Oui, et quoi qu'il puisse arriver, j'y suis décidée. — (*Elle sonne, Thompson paraît.*) Thompson, rendez-vous à l'instant dans la Cité, chez maître Tomwood, le joaillier... Vous demanderez miss Abigaïl Churchill, et vous lui direz qu'elle vienne à l'instant même au palais. — Je le veux, je l'ordonne, moi la reine!.. allez!..

THOMPSON. Oui, Madame. (*Il sort.*)

LA REINE. L'on verra si quelqu'un ici a le droit d'avoir une autre volonté que la mienne, et d'abord la duchesse, dont l'amitié et les conseils continuels... commencent depuis longtemps à me fatiguer... Ah! c'est elle! (*Elle s'assied et serre dans son sein la lettre de Bolingbroke.*)

SCÈNE II.

LA REINE, LA DUCHESSE, *entrant par la porte du fond.*

LA DUCHESSE, *a remarqué ce mouvement et s'approche de la reine, qui reste assise et lui tourne le dos.* Oserai-je demander à Sa Majesté de ses nouvelles?

LA REINE, *sèchement.* Mauvaise... souffrante... indisposée...

LA DUCHESSE. Sa Majesté aurait eu quelques contrariétés...

LA REINE, *de même.* Beaucoup!

LA DUCHESSE. Mon absence peut-être...

LA REINE, *de même.* Oui, sans doute... je ne vois pas la nécessité d'aller ce matin à Windsor... quand je suis ici accablée d'affaires, obligée d'écouter des réclamations et des adresses du parlement.

LA DUCHESSE. Vous savez donc ce qui se passe?

LA REINE. Non vraiment...

LA DUCHESSE. Une affaire très-grave... très-fâcheuse.

LA REINE. Ah! mon Dieu!

LA DUCHESSE. Qui excite déjà dans la ville une certaine fermentation... Je ne serais pas étonnée qu'il y eût du bruit...

LA REINE. Mais c'est affreux... On ne peut donc pas être tranquille?.. Nous avions pour aujourd'hui, avec ces dames, une promenade sur la Tamise...

LA DUCHESSE. Que Votre Majesté se rassure... nous veillerons à tout... Nous avons fait arriver à Windsor un régiment de dragons, qui, au premier bruit, marcherait sur Londres. Je viens de m'entendre avec les chefs, tous dévoués à mon mari et à Votre Majesté.

LA REINE. Ah! c'est pour cela que vous étiez à Windsor?..

LA DUCHESSE. Oui, Madame... et vous m'accusiez...

LA REINE. Moi... duchesse...

LA DUCHESSE, *souriant.* Ah! vous m'avez fort mal accueillie... j'ai vu que j'étais en disgrâce.

LA REINE. Ne m'en veuillez pas, duchesse, j'ai aujourd'hui les nerfs dans un état d'agacement...

LA DUCHESSE. Dont je devine la cause... Votre Majesté aura reçu quelque fâcheuse nouvelle?..

LA REINE. Non vraiment...

LA DUCHESSE. Qu'elle veut me laisser ignorer de peur de m'affliger ou de m'inquiéter... Je connais sa bonté...

LA REINE. Vous êtes dans l'erreur.

LA DUCHESSE. Je l'ai vu... Car à mon arrivée, vous avez caché un papier avec un empressement... et une émotion tels... qu'il m'a été facile de deviner que cela me concernait... moi...

LA REINE Non, duchesse... je vous le jure... Il s'agit tout uniment d'une jeune fille... (*Tirant la lettre de son sein.*) qui m'est recommandée par cette lettre... une jeune fille que je veux... que je désire placer auprès de moi...

LA DUCHESSE, *souriant.* En vérité!.. rien de mieux alors... et si Votre Majesté veut permettre...

LA REINE, *serrant la lettre.* C'est inutile... je vous en ai déjà parlé... c'est la petite Abigaïl.

LA DUCHESSE, *à part.* O ciel!.. (*Haut.*) Et celui qui vous la recommande si vivement?..

LA REINE. Peu importe... j'ai promis de ne pas le nommer... et de ne pas montrer sa lettre.

LA DUCHESSE. A cela seul... je le devine!.. c'est M. de Saint-Jean.

LA REINE, *troublée.* Je ne dis pas que...

LA DUCHESSE, *vivement.* C'est lui, Madame, j'en suis sûre...

LA REINE. Eh bien! oui... c'est la vérité!

LA DUCHESSE, *avec une colère qu'elle s'efforce de contenir.* Ah! je comprends que nos ennemis l'emportent, puisque notre reine nous livre à eux, au moment où nous combattons pour elle... Oui, Madame, aujourd'hui même a été présenté au parlement le bill qui rappelle en Angleterre le prince Édouard, votre frère, et qui le déclare après vous l'héritier du trône. Ce bill, qui déjà soulève la répugnance de la nation et les murmures du peuple, c'est nous qui le soutenons contre Henri de Saint-Jean et le parti de l'opposition, au risque d'y perdre notre popularité, et plus tard notre pouvoir. Voilà ce que nous faisons pour notre souveraine; et elle, loin de nous seconder, entretient pendant ce temps des correspondances secrètes avec nos adversaires déclarés; et c'est pour eux enfin qu'elle nous abandonne et nous trahit...

LA REINE, *à part, avec impatience.* Encore une scène de plaintes et de jalousie... en voilà pour toute la journée. (*Haut.*) Eh! non, duchesse... tout cela n'existe que dans votre imagination, qui dénature et exagère tout. Cette correspondance n'a rien de politique, et ce qu'elle renferme est d'une nature telle...

LA DUCHESSE. Que Votre Majesté craint de me la montrer...

LA REINE, *avec impatience.* Par égard pour vous. (*La lui donnant.*) Car elle contient des faits que vous ne pouvez nier.

LA DUCHESSE, *parcourant la lettre.* N'est-ce que cela? l'attaque est peu redoutable.

LA REINE. Ne vous êtes-vous pas opposée à l'admission d'Abigaïl!

LA DUCHESSE. Et c'est ce que je ferai encore de tout mon crédit auprès de Votre Majesté.

LA REINE. Il n'est donc pas vrai, comme on l'assure, qu'elle est votre cousine?..

LA DUCHESSE. Si, Madame... j'en conviens, je l'avoue hautement; c'est pour cela même que je n'ai point voulu la placer auprès de vous. On m'accuse depuis si longtemps, moi surintendante de votre maison, de donner tous les emplois à mes amis, à mes parents, à mes créatures; de n'entourer Votre Majesté que de gens de ma famille ou de gens à ma dévotion; nommer Abigaïl serait donner contre moi un prétexte de plus à la calomnie; et Votre Majesté est trop juste et trop généreuse pour ne pas me comprendre.

LA REINE, *avec embarras et à moitié convaincue.* Oui certainement... je comprends bien... mais j'aurais voulu cependant que cette pauvre Abigaïl...

LA DUCHESSE. Ah! soyez tranquille sur son sort... je lui trouverai loin de vous, loin de Londres, une position brillante et honorable. C'est ma cousine, c'est ma parente.

LA REINE. A la bonne heure...

LA DUCHESSE. Et puis d'ailleurs, l'intérêt que Votre Majesté daigne lui porter... Je suis si heureuse quand je puis prévenir ou deviner ses intentions... C'est comme ce jeune homme... cet enseigne dans les gardes, que l'autre jour Votre Majesté avait eu l'air de me recommander.

LA REINE. Moi?.. qui donc?

LA DUCHESSE. Le petit Masham, dont elle m'avait fait l'éloge.

LA REINE, *avec un peu d'émotion.* Oui, c'est vrai, un jeune militaire, qui tous les matins me lit le journal des modes.

LA DUCHESSE. J'ai trouvé moyen de le faire passer officier aux gardes. Une occasion admirable, dont personne ne se doutait, pas même le maréchal... qui a signé presque sans le savoir... et ce matin le nouveau capitaine viendra remercier Votre Majesté.

LA REINE, *avec joie.* Ah! il viendra!

LA DUCHESSE. Je l'ai mis sur la liste d'audience.

LA REINE. C'est bien! je le recevrai. Mais si les journaux de l'opposition crient à l'injustice, à la faveur...

LA DUCHESSE. C'est le maréchal... ça le regarde... ce n'est plus un emploi dans votre maison.

LA REINE, *allant s'asseoir près de la table, à gauche.* C'est juste!

LA DUCHESSE. Vous voyez bien que quand cela est possible, je suis la première à vous seconder.

LA REINE, *assise, et se tournant vers elle.* Vous êtes si bonne!

LA DUCHESSE, *debout, près du fauteuil.* Mon Dieu non! au contraire... je le sens bien... mais j'aime tant Votre Majesté, je lui suis si dévouée...

LA REINE, *à part.* Après tout, c'est vrai!

LA DUCHESSE. Et les rois ont si peu d'amis véritables!.. d'amis qui ne craignent pas de les fâcher... de les heurter, de les contrarier... Que voulez-vous, je ne sais ni flatter... ni tromper... je ne sais qu'aimer...

LA REINE. Oui, vous avez raison, duchesse, l'amitié est une douce chose...

LA DUCHESSE. N'est-il pas vrai?.. Qu'importe le caractère? le cœur est tout... (*La reine lui tend la main que la duchesse porte à ses lèvres.*) Votre Majesté me promet qu'il ne sera plus question de cette affaire... elle a pensé me faire perdre vos bonnes grâces... elle m'a rendue si malheureuse...

LA REINE. Et moi aussi!

LA DUCHESSE. Le souvenir en serait trop pénible. Qu'elle soit à jamais oubliée!

LA REINE. Je vous le promets.

LA DUCHESSE. Ainsi, c'est convenu... vous ne reverrez plus cette petite Abigaïl?..

LA REINE. Certainement.

SCÈNE III.

LES PRÉCÉDENTS, THOMPSON, ABIGAIL.

THOMPSON. Miss Abigaïl Churchill!

LA DUCHESSE, *à part, et s'éloignant.* O ciel!

LA REINE, *avec embarras.* Au moment même où nous en parlions... c'est un singulier hasard.

ABIGAIL. Votre Majesté m'a ordonné de me rendre auprès d'elle...

LA REINE. C'est-à-dire... ordonné... j'ai dit que je désirais... J'ai dit : Voyez si cette jeune personne...

LA DUCHESSE. Soit. (*Elle lui tend la main que Bolingbroke porte à ses lèvres.*) — Acte 2, scène 10.

LA DUCHESSE. C'est juste... il faut bien que Votre Majesté la voie, pour lui annoncer que sa demande ne peut être admise...

ABIGAÏL. Ma demande... je n'aurais jamais osé... c'est Sa Majesté qui d'elle-même... et dans sa bonté... a daigné me proposer...

LA REINE. C'est vrai!.. mais des raisons majeures... des considérations politiques...

ABIGAÏL., *souriant.* Pour moi!..

LA REINE. M'obligent à regret... à renoncer à un rêve que j'aurais été heureuse... de réaliser... Ce n'est plus moi... c'est madame la duchesse, votre parente... qui désormais se charge de votre sort... Elle m'a promis pour vous... loin de Londres... une position honorable... (*Avec dignité, passant près de la duchesse et prenant le milieu du théâtre.*) et j'y compte.

ABIGAÏL, *à part.* O ciel!

LA DUCHESSE. Je m'en occuperai... dès aujourd'hui... (*A Abigaïl.*) Attendez-moi, je vous parlerai en sortant de chez la reine... à qui mon devoir est d'obéir en tout...

LA REINE, *à demi-voix, à Abigaïl.* Remerciez-la donc!.. (*Abigaïl reste immobile; mais pendant que la duchesse re-* monte le théâtre, elle baise vivement la main de la reine.*)

ABIGAÏL, *à part.* Pauvre femme! (*La reine s'éloigne avec la duchesse par la porte à droite.*)

———

SCÈNE IV.

ABIGAÏL, *seule, et regardant sortir la reine.* Ah! que je la plains!.. M. de Saint-Jean avait raison... il les connaît bien... ce n'est pas celle-là qui est reine... c'est l'autre!.. et je me laisserais protéger, c'est-à-dire tyranniser par elle... Plutôt mourir!.. Je refuserai... Et cependant maintenant plus que jamais nous aurions besoin d'amis et de protecteurs... car depuis hier... depuis le départ d'Arthur... je n'ai pas vu M. de Saint-Jean... Je ne sais ce qu'il devient... de sorte que j'ai peur toute seule... (*Avec effroi.*) C'est ici, dans le palais de la reine, dans les jardins de Saint-James... avec un grand seigneur, sans doute, qu'il s'est battu... Il n'y a pas de grâce à espérer... et s'il n'a pas déjà gagné le continent... c'en est fait de ses jours. Ah! je ne demande plus rien pour moi, mon Dieu!.. et j'avais tort de me plaindre... L'abandon, la misère, j'accepte tout sans murmurer. Qu'il soit sauvé, qu'il vive! et je renonce au bonheur... je renonce à mon mariage.

———

SCÈNE V.

BOLINGBROKE, ABIGAÏL.

BOLINGBROKE, *qui est entré avant la fin de la scène précédente.* Eh! pourquoi donc? palsambleu! moi, je ne renonce à rien...

ABIGAÏL. Ah! monsieur Henri, vous voilà... venez... venez... je suis bien malheureuse, tout est contre moi... tout m'abandonne.

BOLINGBROKE, *gaiement.* C'est dans ces moments-là que mes amis me voient arriver. Voyons, ma petite Abigaïl, qu'y a-t-il?

ABIGAÏL. Il y a que cette fortune que vous nous aviez promise...

BOLINGBROKE. Elle a tenu parole... elle est venue exacte au rendez-vous.

ABIGAÏL, *étonnée.* Comment cela?

BOLINGBROKE. Ne vous ai-je pas parlé du lord Richard Bolingbroke, mon cousin?

ABIGAÏL. Non vraiment.

BOLINGBROKE. Le plus impitoyable de mes créanciers, quoiqu'il fût comme moi de l'opposition! C'est lui qui avait vendu mes dettes à la duchesse de Marlborough. Du reste, l'être le plus nul, le plus incapable.

ABIGAÏL. Je ne croirai jamais qu'il fût de la famille.

BOLINGBROKE. Il en était le chef. A lui tous les biens... à lui l'immense fortune des Bolingbroke...

ABIGAÏL. Eh bien! ce cousin...

BOLINGBROKE, *riant.* Regardez-moi bien. N'ai-je pas l'air d'un héritier?

ABIGAÏL. Vous, monsieur de Saint-Jean?..

BOLINGBROKE. Moi-même... maintenant lord Henri de Saint-Jean, vicomte de Bolingbroke, seul et dernier membre de cette illustre famille, et possesseur d'un superbe héritage, pour lequel je viens demander justice à la reine.

ABIGAÏL. Comment cela?

BOLINGBROKE, *lui montrant la porte du fond qui s'ouvre.* Avec mes honorables collègues que voici... les principaux membres de l'opposition.

ABIGAÏL. Et pourquoi donc?

BOLINGBROKE, *à demi-voix.* Outre l'héritage, mon cousin laisse encore des espérances... celles d'une émeute dont sa mort sera peut-être la cause; c'est le premier service qu'il rend à notre parti... et jamais, à coup sûr, il n'aura fait autant de bruit de son vivant. Silence! c'est la reine.

———

SCÈNE VI.

ABIGAÏL, *à droite du spectateur,* PLUSIEURS SEIGNEURS ET DAMES DE LA COUR *viennent se placer près d'elle.* SIR HARLEY ET LES MEMBRES DE L'OPPOSITION, *à gauche, se groupent autour de* BOLINGBROKE, LA REINE, LA DUCHESSE DE MARLBOROUGH ET PLUSIEURS DAMES D'HONNEUR *sortent des appartements, à droite, et se placent au milieu du théâtre.*

BOLINGBROKE, *cherchant ses expressions, et s'efforçant de s'échauffer.* Madame, c'est un sincère ami de son pays, et de plus un parent désolé, qui accourt, au nom de la patrie en pleurs, demander justice et vengeance. Le défenseur de nos libertés, lord Richard, vicomte de Bolingbroke, mon noble cousin... hier, dans votre palais... et dans les jardins de Saint-James...

ABIGAÏL, *à part.* O ciel!..

BOLINGBROKE. A été frappé en duel... si l'on peut appeler duel... un combat sans témoins, où son adversaire, protégé dans sa fuite, a été soustrait à l'action des lois...

LA DUCHESSE. Permettez...

BOLINGBROKE. Et comment ne pas croire alors que ceux qui l'ont fait évader sont ceux qui avaient armé son bras... comment ne pas croire que le ministère... (*A la duchesse et aux seigneurs qui témoignent leur impatience et haussent les épaules.*) Oui, Madame, je l'accuse, et les cris du peuple irrité parlent encore plus haut que moi... j'accuse les ministres... j'accuse leurs partisans... leurs amis... je ne nomme personne, mais j'accuse tout le monde... d'avoir voulu se défaire, par trahison, d'un adversaire aussi redoutable que lord Richard Bolingbroke, et je viens déclarer à Sa Majesté, que si des troubles sérieux éclatent aujourd'hui dans sa capitale, ce n'est pas à nous, ses fidèles sujets, qu'elle doit s'en prendre... mais à ceux qui l'entourent, et dont l'opinion publique réclame depuis longtemps le renvoi!..

LA DUCHESSE, *froidement.* Avez-vous terminé?

BOLINGBROKE. Oui, Madame.

LA DUCHESSE. Maintenant voici la vérité... prouvée par les rapports authentiques que j'ai reçus ce matin.

ABIGAÏL, *à part.* Je meurs d'effroi.

LA DUCHESSE. Il est malheureusement trop vrai... qu'hier, dans une allée du parc de Saint-James... lord Richard s'est battu en duel...

BOLINGBROKE. Avec qui?

LA DUCHESSE. Avec un cavalier dont il ignorait lui-même le nom... et la demeure...

BOLINGBROKE. Je demande à Votre Majesté si cela est vraisemblable...

LA DUCHESSE. Cela est cependant... ce sont les dernières paroles de lord Richard entendues par le peu de personnes qui étaient là... des employés du palais... que vous pouvez voir et interroger...

BOLINGBROKE. Je ne doute point de leur réponse!.. les places honorables qu'ils occupent en sont un sûr garant. Mais enfin... si, comme madame la duchesse le prétend, le véritable coupable est échappé, sans qu'on l'aperçût, ce qui supposerait une grande connaissance des appartements et détours du palais, comment se fait-il qu'on n'ait pris aucune mesure pour le découvrir?

ABIGAÏL, *à part.* C'est fait de nous!

BOLINGBROKE. Comment se fait-il que nous soyons obligés de stimuler le zèle, d'ordinaire si actif, de madame la surintendante, qui, par sa charge, a l'entière surveillance et la haute main dans la maison de la reine... comment les ordres les plus sévères ne sont-ils pas déjà donnés?..

LA DUCHESSE. Ils le sont!

ABIGAÏL, *à part.* O ciel!

LA DUCHESSE. Sa Majesté vient de prescrire les mesures les plus rigoureuses dans cette ordonnance...

LA REINE. Dont nous confions l'exécution à madame la duchesse (*La remettant à Bolingbroke.*), et à vous, monsieur de Saint-Jean... je veux dire mylord Bolingbroke, à qui ce titre, et les liens du sang qui vous unissaient au défunt, imposent plus qu'à tout autre le devoir de poursuivre et de punir le coupable.

LA DUCHESSE. On ne dira plus, je l'espère, que nous le protégeons et que nous voulons le soustraire à votre vengeance.

LA REINE. Mylord et Messieurs, êtes-vous satisfaits?

BOLINGBROKE. Toujours, quand on a vu Votre Majesté et qu'on a pu s'en faire entendre. (*La reine salue de la main Bolingbroke et ses collègues qui s'inclinent profondément, et rentre avec la duchesse et ses femmes dans ses appartements, à droite. Le reste de la foule s'écoule par les portes du fond.)*

SCÈNE VII.

ABIGAIL, *suit un instant les membres de l'opposition qui se retirent par la porte du fond, puis elle redescend le théâtre, à gauche.* BOLINGBROKE.

BOLINGBROKE. A merveille!.. mais s'ils croient que c'est fini.. ils se trompent bien... grâce à cette ordonnance, j'arrêterai plutôt toute l'Angleterre... *(Se retournant vers Abigaïl qui, se soutenant à peine, s'appuie sur un fauteuil, à gauche.)* Ah! mon Dieu!.. qu'avez-vous donc?

ABIGAÏL. Ce que j'ai!.. vous venez de nous perdre.

BOLINGBROKE. Comment cela?

ABIGAÏL. Ce coupable que vous avez dénoncé à la vengeance du peuple et de la cour... celui que vous êtes chargé de poursuivre... d'arrêter... de faire condamner...

BOLINGBROKE. Eh bien?..

ABIGAÏL. Eh bien!.. c'est Arthur!

BOLINGBROKE. Quoi?.. ce duel... cette rencontre...

ABIGAÏL. C'était avec lord Bolingbroke, votre cousin, qu'il ne connaissait pas... mais qui depuis longtemps l'avait insulté.

BOLINGBROKE, *poussant un cri.* J'y suis!.. l'homme à la chiquenaude... Oui, ma chère, une véritable chiquenaude... c'est elle qui a été la cause de tout... d'un duel, d'une émeute... du superbe discours que je viens de prononcer... et plus encore, d'une ordonnance royale...

ABIGAÏL. Qui vous prescrit de l'arrêter?

BOLINGBROKE, *vivement.* L'arrêter!.. allons donc! Celui à qui je dois tout, un rang, un titre et des millions!.. non... non... je ne suis pas assez ingrat, assez grand seigneur pour cela. *(Prenant l'ordonnance qu'il veut déchirer.)* Et plutôt, morbleu... *(S'arrêtant.)* O ciel!.. et tout un parti qui compte sur moi... et l'opposition entière que j'ai déchaînée contre ce malheureux duel... et puis enfin, aux yeux de tous... c'est mon parent... c'est mon cousin...

ABIGAÏL. Que faire, mon Dieu!..

BOLINGBROKE, *gaiement.* Parbleu!.. je ne ferai rien... que du bruit... des articles et des discours, jusqu'à ce que vous ayez la certitude qu'il est en sûreté, et qu'il a quitté l'Angleterre... Je ne montre alors, et je le fais poursuivre dans tout le royaume avec une rage qui met à l'abri mes sentiments et ma responsabilité de cousin!

ABIGAÏL. Ah! que vous êtes bon!.. que vous êtes aimable... C'est bien, c'est à merveille... Et comme depuis hier qu'il nous a quittés il doit être loin maintenant... *(Poussant un cri en apercevant Masham.)* Ah!

SCÈNE VIII.

ABIGAIL, MASHAM, BOLINGBROKE.

BOLINGBROKE, *l'apercevant.* C'est fait de nous!.. Malheureux! qui vous ramène?.. pourquoi revenir sur vos pas?

MASHAM, *tranquillement.* Je ne suis jamais parti.

ABIGAÏL. Hier, cependant, vous m'avez fait vos adieux.

MASHAM. Je n'étais pas sorti de Londres, que j'ai entendu galoper sur mes traces... c'était un officier qui me poursuivait, et qui, mieux monté que moi, m'eut bientôt rattrapé. J'eus un instant l'idée de me défendre... mais déjà je venais de blesser un homme... et en tuer un second qui ne m'avait rien fait... vous comprenez... Je m'arrêtai et lui dis : *(Portant la main à son épée.)* « Mon officier, je suis à vos ordres. — Mes ordres, me dit-il, les voici, » et il me remit un paquet que j'ouvris en tremblant.

ABIGAÏL. Eh bien!

MASHAM. Eh bien!.. c'est à confondre!.. c'était ma nomination d'officier dans les gardes.

BOLINGBROKE. Est-il possible?

ABIGAÏL. Une pareille récompense!..

MASHAM. Après ce que je venais de faire!.. « Demain matin, continue mon jeune officier, vous remercierez la reine; mais aujourd'hui nous avons un repas de corps... tous nos camarades du régiment; je me charge de vous présenter... venez... je vous emmène!.. » Que répondre?.. Je ne pouvais pas prendre la fuite... c'était donner des soupçons, me trahir... m'avouer coupable...

ABIGAÏL. Et vous l'avez suivi?..

MASHAM. A ce repas, qui a duré une partie de la nuit.

ABIGAÏL. Malheureux!..

MASHAM. Et pourquoi cela?

BOLINGBROKE. Nous n'avons pas le temps de vous l'expliquer; qu'il vous suffise de savoir... que l'homme qui vous avait raillé et insulté était Richard Bolingbroke, mon parent.

MASHAM. Que dites-vous?

BOLINGBROKE. Que votre premier coup d'épée m'a valu soixante mille livres sterling de revenu; je désire que le second vous en rapporte autant... Mais, en attendant, c'est moi que l'on a chargé de vous arrêter.

MASHAM, *lui présentant son épée.* Je suis à vos ordres.

BOLINGBROKE. Eh! non... je n'ai pas de brevet d'officier à vous offrir... ni de repas de corps...

ABIGAÏL. Heureusement... car il vous suivrait.

BOLINGBROKE. Tout ce que je vous demande, c'est de ne pas vous trahir vous-même... Moi, d'abord, je vous chercherai très-peu, et si je vous trouve, ce sera votre faute et non la mienne.

ABIGAÏL. Jusqu'ici, grâce au ciel, on n'a encore aucun soupçon, aucun indice.

BOLINGBROKE. Évitez d'en faire naître; restez tranquille, restez chez vous, ne vous montrez pas.

MASHAM. Ce matin, il faut que j'aille chez la reine.

BOLINGBROKE. Tant pis!

MASHAM. De plus... voici une lettre qui m'ordonne justement tout le contraire de ce que vous me recommandez.

ABIGAÏL. Une lettre de qui?

MASHAM. De mon protecteur inconnu! celui sans doute à qui je dois mon nouveau grade... On vient de remettre chez moi ce billet et cette boîte...

L'HUISSIER, *paraissant à la porte des appartements de la reine.* Monsieur le capitaine Masham!

MASHAM. La reine qui m'attend... *(Remettant à Abigaïl la lettre et à Bolingbroke la boîte.)* Tenez.. et voyez... *(Il sort.)*

SCÈNE IX.

ABIGAIL, BOLINGBROKE.

ABIGAÏL. Qu'est-ce que cela signifie?

BOLINGBROKE. Lisons!

ABIGAÏL, *lisant la lettre.* « Vous êtes officier! j'ai tenu ma « parole... tenez la vôtre en continuant à m'obéir; tous les « matins, montrez-vous à la chapelle, et tous les soirs au « jeu de la reine. Bientôt viendra le moment où je me ferai « connaître... D'ici là, silence et obéissance à mes ordres, « sinon, malheur à vous!.. »

ABIGAÏL. Et quels ordres? je vous le demande.

BOLINGBROKE. Celui de ne pas se marier.

ABIGAÏL. Une protection à ce prix-là, c'est terrible.

BOLINGBROKE. Plus que vous ne croyez, peut-être!

ABIGAÏL. Et pourquoi?

BOLINGBROKE, *souriant.* C'est que ce protecteur mystérieux...

ABIGAÏL. Un ami de son père!.. un lord!

BOLINGBROKE, *de même.* Je parierais plutôt pour une lady.

ABIGAÏL. Allons donc! Lui! Arthur! un jeune homme si rangé, et surtout si fidèle!

BOLINGBROKE. Ce n'est pas sa faute, si on le protège malgré lui et incognito.

ABIGAÏL. Ah! ce n'est pas possible, et ce post-scriptum nous dira peut-être...

BOLINGBROKE, *gaiement.* Ah! il y a un post-scriptum.

ABIGAÏL, *lisant, avec émotion.* « J'envoie à M. le capitaine « Masham les insignes de son nouveau grade. »

BOLINGBROKE, *ouvrant la boîte qu'il tient.* Des ferrets en diamants, d'un goût et d'une magnificence... c'est bien cela.

ABIGAÏL, *les regardant.* O ciel!.. je sais qui! Ces diamants, je les reconnais! ils ont été achetés dans les magasins de maître Tomwood et vendus par moi la semaine dernière...

BOLINGBROKE. A qui?.. parlez?

ABIGAÏL. Oh! je ne le puis!.. je n'ose... A une bien grande dame, et je suis perdue si Arthur en est aimé.

BOLINGBROKE. Que vous importe! s'il ne l'aime point, s'il ne s'en doute même pas?

ABIGAÏL. Il le saura... je vais tout lui dire...

BOLINGBROKE, *la tenant par la main.* Non... si vous m'en croyez... il l'ignorera toujours!

ABIGAÏL. Pourquoi donc?

BOLINGBROKE. Ma pauvre enfant!... vous ne connaissez pas les hommes! Le plus modeste et le moins fat a tant de vanité! Il est si flatteur de se savoir aimé d'une grande dame!.. Et s'il est vrai que celle-là soit si redoutable...

ABIGAÏL. Plus que je ne peux vous le dire.

BOLINGBROKE. Et quelle est-elle donc?

ABIGAÏL, *montrant la duchesse qui entre par la galerie, à droite.* La voici!

BOLINGBROKE, *vivement, et lui prenant la lettre qu'elle tient.* La duchesse!.. (*A Abigaïl, qu'il renvoie.*) Laissez-nous..... laissez-nous.

ABIGAÏL. Elle m'avait dit de l'attendre...

BOLINGBROKE, *la poussant par la porte à gauche.* Eh bien! c'est moi qu'elle trouvera!.. (*A part.*) O fortune! tu me devais cette revanche...

SCÈNE X.

BOLINGBROKE, LA DUCHESSE. *Elle entre rêveuse. Bolingbroke s'approche et la salue respectueusement.*

LA DUCHESSE. Ah! c'est vous, Mylord... je cherchais cette jeune fille...

BOLINGBROKE. Oserais-je vous demander un moment d'audience?

LA DUCHESSE. Parlez... auriez-vous quelque indice, quelque renseignement sur le coupable que nous sommes chargés de poursuivre?

BOLINGBROKE. Aucun encore!.. et vous, Madame?

LA DUCHESSE. Pas davantage...

BOLINGBROKE, *à part.* Tant mieux.

LA DUCHESSE. Alors, que voulez-vous?

BOLINGBROKE. D'abord, m'acquitter de tout ce que je vous dois! la reconnaissance m'en faisait un devoir! Et devenu riche, par hasard, mon premier soin a été de faire remettre chez votre banquier un million de France, pour payer les deux cent mille livres, auxquelles vous aviez eu la confiance d'estimer mes dettes.

LA DUCHESSE. Monsieur...

BOLINGBROKE. C'était beaucoup!.. je n'en aurais pas donné cela, et pour bonnes raisons!.. Par l'événement, et malgré vous, il se trouve que vous y aurez gagné trois cents pour cent... j'en suis ravi... Vous voyez, comme vous me faisiez l'honneur de me le dire, que l'affaire n'est pas si désastreuse...

LA DUCHESSE, *souriant.* Mais si vraiment!.. pour vous!

BOLINGBROKE. Non, Madame : vous m'avez appris que pour parvenir, la première qualité de l'homme d'État était l'ordre qui mène à la fortune, laquelle conduit à la liberté et au pouvoir, car, grâce à elle, on n'a plus besoin de se vendre, et souvent on achète les autres...

Cette leçon vaut bien un million sans doute!

Je ne le regrette pas, et je mettrai désormais vos enseignements à profit.

LA DUCHESSE. Je comprends! n'ayant plus à craindre pour votre liberté... vous allez me faire une guerre plus violente encore.

BOLINGBROKE. Au contraire... je viens vous proposer la paix.

LA DUCHESSE. La paix entre nous!.. c'est difficile.

BOLINGBROKE. Eh bien! une trève... une trève de vingt-quatre heures!

LA DUCHESSE. A quoi bon?.. Vous pouvez, quand vous voudrez, commencer l'attaque dont vous m'avez menacée; j'ai dit moi-même à la reine et à toute la cour qu'Abigaïl était ma parente; mes bienfaits ont devancé vos calomnies, et je venais annoncer à cette jeune fille que je la plaçais à trente lieues de Londres, dans une maison royale, faveur recherchée par les plus nobles familles du royaume!

BOLINGBROKE. C'est fort généreux; mais je doute qu'elle accepte!

LA DUCHESSE. Pour quelle raison, s'il vous plaît?

BOLINGBROKE. Elle tient à rester à Londres.

LA DUCHESSE, *avec ironie.* A cause de vous peut-être?

BOLINGBROKE, *avec fatuité.* C'est possible!

LA DUCHESSE, *gaiement.* Eh mais!.. je commence à le croire! l'intérêt que vous lui portez... l'insistance, la chaleur que vous mettez à la défendre... (*Souriant.*) Là, vraiment, Mylord, est-ce que vous aimeriez cette petite?

BOLINGBROKE. Quand cela serait?..

LA DUCHESSE, *gaiement.* Je le voudrais!

BOLINGBROKE. Et pourquoi?

LA DUCHESSE, *de même.* Un homme d'État amoureux, il est perdu!.. il n'est plus à craindre!

BOLINGBROKE. Je ne vois pas cela!.. Je connais de hautes capacités politiques qui mènent de front les amours et les affaires... qui se délassent des préoccupations sérieuses par de plus douces pensées et sortent parfois des détours de la diplomatie pour entrer dans de piquantes et mystérieuses intrigues. Je connais entre autres une grande dame, que vous connaissez aussi, qui, charmée de la jeunesse et de la naïveté d'un petit gentilhomme de province, a trouvé bizarre et amusant (je ne lui suppose pas d'autre intention) de devenir sa protectrice invisible... sa providence terrestre, et sans jamais se nommer, sans apparaître à ses yeux, elle s'est chargée de son avancement et de sa fortune... (*Geste de la duchesse.*) C'est intéressant, n'est-ce pas, Madame?... Eh bien! ce n'est rien encore!.. Dernièrement, et par son mari qui est un grand général, elle a fait nommer son protégé officier dans les gardes, et, ce matin même, l'a prévenu mystérieusement de son nouveau grade, en lui en envoyant les insignes... des ferrets en diamants que l'on dit magnifiques...

LA DUCHESSE, *avec embarras.* Ce n'est guère vraisemblable... et à moins que vous ne soyez bien sûr...

BOLINGBROKE. Les voici!.. ainsi que la lettre qui les accompagnait. (*A demi-voix.*) Vous comprenez qu'à nous deux...

car nous deux seulement connaissons ce secret, nous pourrions perdre cette grande dame !.. Des places ainsi données sont sujettes au contrôle des chambres et de l'opposition... Vous me direz qu'il faut des preuves... mais ce riche présent acheté par elle... cette lettre dont l'écriture, quoique déguisée, pourrait aisément être reconnue, tout cela donnerait lieu à une effroyable publicité que cette grande dame pourrait peut-être braver; mais elle a un mari... ce général dont je parlais... un caractère violent et emporté, dont un pareil scandale exciterait la fureur.... car un grand homme, un héros tel que lui, devait penser que les lauriers préservaient de la foudre...

LA DUCHESSE, *avec colère*. Monsieur !..

BOLINGBROKE, *changeant de ton*. Madame la duchesse !.. parlons sans métaphore... Vous comprenez que ces preuves ne peuvent rester sous le contrôle de mes mains, et que mon intention est de les rendre à qui elles appartiennent...

LA DUCHESSE. Ah! s'il était vrai!

BOLINGBROKE. Entre nous point de promesses, ni de protestations... Des faits! Abigaïl sera admise aujourd'hui par vous dans la maison de la reine.... et tout ceci vous sera remis.

LA DUCHESSE. A l'instant...

BOLINGBROKE. Non... dès son entrée en fonctions... et il dépend de vous que ce soit dès demain... dès ce soir...

LA DUCHESSE. Ah! vous vous méfiez de moi et de ma parole!

BOLINGBROKE. Ai-je tort?

LA DUCHESSE. La haine vous aveugle.

BOLINGBROKE, *galamment*. Non !.. car je vous trouve charmante !.. et si au lieu d'être dans des camps opposés, le ciel nous eût réunis, nous aurions gouverné le monde !

LA DUCHESSE. Vous croyez...

BOLINGBROKE. Rien de plus vrai! Livré à moi-même, je suis toujours la franchise personnifiée !

LA DUCHESSE. Eh bien! donnez-m'en une preuve... une seule, et je consens.

BOLINGBROKE. Laquelle?

LA DUCHESSE. Comment avez-vous découvert ce secret?

BOLINGBROKE. Je ne puis l'avouer sans compromettre une personne...

LA DUCHESSE. Que je devine !.. Vous êtes riche maintenant, et comme vous me le disiez tout à l'heure... vous avez acheté à prix d'or... convenez-en, les aveux du vieux William, mon confident.

BOLINGBROKE, *souriant*. C'est possible.

LA DUCHESSE. Le seul de mes serviteurs en qui j'eusse confiance!

BOLINGBROKE. Mais, silence avec lui.

LA DUCHESSE. Avec tous!

BOLINGBROKE. Ce soir la nomination d'Abigaïl...

LA DUCHESSE. Ce soir cette lettre...

BOLINGBROKE. Je le promets; trêve loyale et franche pour aujourd'hui !..

LA DUCHESSE. Soit! (*Elle lui tend la main que Bolingbroke porte à ses lèvres; à part.*) Et demain la guerre... (*Elle sort par la porte à droite, et Bolingbroke par la porte à gauche.*)

ACTE TROISIÈME.

SCÈNE PREMIÈRE.

ABIGAIL, *tenant un livre*, LA REINE, *tenant à la main un ouvrage de tapisserie, entrent par la porte à droite.; Abigaïl se tient debout près de la reine, qui va s'asseoir à droite du spectateur, près du guéridon.*

ABIGAÏL. Je ne puis revenir de mon bonheur, et quoique depuis deux jours je ne quitte plus Votre Majesté, je ne puis croire encore qu'il me soit permis, à moi, la pauvre Abigaïl, de vous consacrer ma vie.

LA REINE. Ah! ce n'est pas sans peine !... Tu as dû penser, lorsque je t'ai si froidement accueillie, que tout était perdu. Mais, vois-tu bien, ma fille, on ne me connaît pas... J'ai l'air de céder... je cède même pendant quelque temps; mais je ne perds pas de vue mes projets, et, à la première occasion qui se présente de montrer du caractère... C'est ce qui est arrivé !

ABIGAÏL. Vous avez parlé à la duchesse en reine!

LA REINE, *naïvement*. Non, je ne lui ai rien dit; mais elle a bien vu à ma froideur que je n'étais pas satisfaite... et d'elle-même, quelques heures après, elle est venue, d'un air embarrassé, m'avouer, qu'après tout, et quels que fussent les obstacles qui s'opposaient à la nomination, elle devait faire céder les convenances à ma volonté... et, exprès pour la punir... j'ai encore hésité quelques instants... et puis j'ai dit que décidément... je voulais !

ABIGAÏL. Que de bontés ! (*Montrant le livre qu'elle tient à la main.*) Votre Majesté veut-elle?.. (*La reine lui fait signe qu'elle est prête à l'entendre. Abigaïl va chercher un tabouret, se place près de la reine, ouvre le livre et lit.*) Histoire du Parlement !..

LA REINE, *avec un geste d'ennui et posant la main sur le livre*. Sais-tu que j'avais bien raison de te désirer... car, depuis que tu es avec moi, ma vie n'est plus la même! Je ne m'ennuie plus, je pense tout haut... je suis libre... je ne suis plus reine...

ABIGAÏL, *toujours le livre à la main*. Les reines s'ennuient donc?

LA REINE, *lui prenant des mains le livre qu'elle jette sur le guéridon qui est près d'elle*. A périr !.. Moi surtout... S'occuper toute la journée de choses qui ne disent rien au cœur, ni à l'imagination. N'avoir affaire qu'à des gens si positifs, si égoïstes, si arides. Avec eux j'écoute... avec toi je cause : tu as des idées si jeunes et si riantes...

ABIGAÏL. Pas toujours !.. je suis si triste parfois...

LA REINE. Ah! il y a une tristesse qui ne me déplaît pas... comme hier, par exemple, quand nous parlions de mon pauvre frère qu'ils ont exilé... et que je ne puis revoir ni embrasser, moi, la reine... que par un bill du parlement que je n'obtiendrai peut-être pas!

ABIGAÏL. Ah! c'est affreux.

LA REINE. N'est-ce pas?.. Et, pendant que je parlais, je t'ai vue pleurer; et, depuis ce moment-là, toi qui as su me comprendre, je t'aime comme une compagne, comme une amie.

ABIGAÏL. Ah! qu'ils ont raison de vous appeler la bonne reine Anne !

LA REINE. Oui, je suis bonne. Ils le savent, et ils en abusent... Ils me tourmentent, ils m'accablent d'affaires et de demandes; il leur faut des places; ils en veulent tous! et tous la même... tous la plus belle !

ABIGAÏL. Eh bien! donnez-leur des honneurs et du pouvoir... moi, je ne veux que vos chagrins.

LA REINE, *se levant, et jetant son ouvrage sur le guéridon*. Ah! c'est ma vie entière que tu me demandes, et que je te donnerai. Tu me tiendras lieu de ceux que je regrette, car nous sommes tous exilés... eux en France, et moi sur le trône.

ABIGAÏL. Et pourquoi rester isolée et sans famille, vous qui êtes jeune... qui êtes libre?

LA REINE. Tais-toi... tais-toi !.. C'est ce qu'ils disent tous, et, à les en croire, il faudrait se donner un époux que je n'aurais pas choisi; n'écouter que la raison d'État, accepter un mariage imposé par le parlement et la nation... Non,

non... j'ai préféré ma liberté, j'ai préféré à l'esclavage la solitude et l'abandon.

ABIGAÏL. Je comprends... quand on est princesse, on ne peut donc pas choisir soi-même... ni aimer personne?

LA REINE. Non vraiment!

ABIGAÏL. Comment!.. en idée, en rêve, il n'est pas permis de penser à quelqu'un?

LA REINE, *souriant*. Le parlement le défend.

ABIGAÏL. Et vous n'oseriez le braver? Vous n'auriez pas ce courage... vous, la reine?

LA REINE. Qui sait! je suis peut-être plus brave que tu ne crois!

ABIGAÏL, *vivement*. A la bonne heure!

LA REINE. Je plaisante!.. C'est, comme tu le disais..... un rêve! une idée... un avenir mystérieux, des projets chimériques où l'imagination se complaît et s'arrête! des songes que l'on fait, éveillée, et qu'on ne voudrait peut-être pas réaliser... même quand ce serait possible. En un mot, un roman à moi seule que je compose... et qui ne sera jamais lu.

ABIGAÏL. Et pourquoi donc pas? une lecture à nous deux... à voix basse... que j'en connaisse seulement le héros.

LA REINE, *souriant*. Plus tard... je ne dis pas.

ABIGAÏL. C'est quelque beau seigneur, j'en suis sûre.

LA REINE. Peut-être! Tout ce que je sais, c'est que depuis deux ou trois mois, à peine lui ai-je adressé la parole... et lui, jamais!.. C'est tout simple... à la reine...

ABIGAÏL. C'est vrai... c'est gênant d'être reine! Mais, avec moi, vous m'avez promis de ne pas l'être!.. Alors, entre nous, à vos moments perdus, nous pourrons parler de l'inconnu... sans craindre le parlement!

LA REINE. Tu as raison!.. Ici, il n'y a pas de dangers! et ce qu'il y a de charmant, Abigaïl, ce que j'aime en toi, c'est que tu n'es pas comme eux tous, qui me parlent toujours d'affaires d'État!.. toi, jamais!..

ABIGAÏL. Ah! mon Dieu!..

LA REINE. Qu'as-tu donc?

ABIGAÏL. C'est que justement j'ai une demande à vous adresser, une demande très-importante, de la part...

LA REINE. De qui?..

ABIGAÏL. De lord Bolingbroke... Ah! que c'est mal!.. ses intérêts que j'oubliais!.. et qu'il venait de nous confier, à moi... et à M. Masham...

LA REINE, *avec émotion*. Masham!..

ABIGAÏL. L'officier qui est aujourd'hui de service au palais. — Imaginez-vous, Madame, qu'autrefois Bolingbroke avait rencontré, dans son voyage en France, un digne gentilhomme... un ami... qui lui avait rendu les plus grands services, et il voudrait, à son tour, obtenir pour cet ami...

LA REINE. Une place?.. un titre?..

ABIGAÏL. Non... une audience de Votre Majesté, ou du moins une invitation pour ce soir au cercle de la cour.

LA REINE. C'est la duchesse qui, en qualité de surintendante, est chargée des invitations, je vais donner son nom. *(Passant près de la table, à gauche, et s'asseyant pour écrire.)* Quel est-il?

ABIGAÏL. Le marquis de Torcy.

LA REINE, *vivement*. Tais-toi.

ABIGAÏL. Et pourquoi donc?

LA REINE, *toujours assise*. Un seigneur que j'estime, que j'honore!.. mais un envoyé de Louis XIV, et si l'on savait même que tu as parlé pour lui...

ABIGAÏL. Eh bien?

LA REINE. Eh bien!.. il n'en faudrait pas davantage pour exciter des soupçons, des jalousies, des exigences... c'est l'amitié la plus fatigante!.. et si je voyais le marquis...

ABIGAÏL. Mais lord Bolingbroke y compte... il y attache une importance... il prétend que tout est perdu, si vous refusez de le recevoir!

LA REINE. En vérité!

ABIGAÏL. Et vous, qui êtes la maîtresse, qui êtes la reine... vous le voudrez, n'est-ce pas?

LA REINE, *avec embarras*. Certainement... je le voudrais...

ABIGAÏL, *vivement*. Vous promettez?

LA REINE. Mais c'est que... silence!

—

SCÈNE II.

LA DUCHESSE, LA REINE, ABIGAIL.

LA DUCHESSE, *entrant par la porte du fond*. Voici, Madame, des dépêches du maréchal... et puis, malgré l'effet qu'a produit le discours de Bolingbroke... *(Elle s'arrête en apercevant Abigaïl.)*

LA REINE. Eh bien!.. achevez.

LA DUCHESSE, *montrant Abigaïl*. J'attends que Mademoiselle soit sortie.

ABIGAÏL, *s'adressant à la reine*. Votre Majesté m'ordonne-t-elle de m'éloigner?

LA REINE, *avec embarras*. Non... car j'ai tout à l'heure des ordres à vous donner..... *(Avec une sécheresse affectée.)* Prenez un livre. *(A la duchesse, d'un air gracieux.)* Eh bien! duchesse?..

LA DUCHESSE, *avec humeur*. Eh bien! malgré le discours de Bolingbroke, les subsides sont votés, et la majorité, jusqu'ici douteuse, se dessine pour nous, à la condition que la question sera nettement tranchée, et qu'on renoncera à toute négociation avec Louis XIV!

LA REINE. Certainement.

LA DUCHESSE. Voilà pourquoi l'arrivée à Londres et la présence du marquis de Torcy produisaient un si mauvais effet; et j'ai eu grandement raison, comme nous en étions convenus, de promettre, en votre nom, que vous ne le verriez pas, et qu'aujourd'hui même il recevrait ses passeports...

ABIGAÏL, *près du guéridon à droite, où elle est assise, et laissant tomber son livre*. O ciel!

LA DUCHESSE. Qu'avez-vous?

ABIGAÏL, *regardant la reine d'un air suppliant*. Ce livre... que j'ai laissé tomber!

LA REINE, *à la duchesse*. Il me semble, cependant... que, sans rien préjuger, on pourrait peut-être entendre le marquis...

LA DUCHESSE. L'entendre... le recevoir... pour que la majorité, incertaine et flottante, se tourne contre nous et donne gain de cause à Bolingbroke!

LA REINE. Vous croyez?

LA DUCHESSE. Mieux vaudrait cent fois retirer le bill, ne pas le présenter; et si Votre Majesté veut en prendre sur elle les conséquences, et s'exposer au bouleversement général qui en sera la suite...

LA REINE, *effrayée, et avec humeur*. Eh! non, mon Dieu! qu'on ne m'en parle plus... c'est trop déjà! *(Elle va s'asseoir près de la table, à gauche.)*

LA DUCHESSE. A la bonne heure!.. Je vais annoncer au maréchal ce qui se passe, et en même temps écrire, pour le marquis de Torcy, cette lettre que je soumettrai à l'approbation et à la signature de Votre Majesté...

LA REINE. C'est bien!

LA DUCHESSE. Ici... à trois heures, en venant la prendre pour aller à la chapelle!

LA REINE. A merveille... je vous remercie!..

LA DUCHESSE, *à part*. Enfin! *(Elle sort.)*

ABIGAÏL, *qui pendant ce temps est toujours restée assise près du guéridon*. Pauvre marquis de Torcy... nous voilà bien! *(Elle se lève et va replacer près de la porte du fond le tabouret qu'elle y avait pris.)*

LA REINE, *à gauche, et prenant les dépêches que la duchesse lui a remises.* Ah! quel ennui! Entendrai-je donc toujours parler de bill, de parlement, de discussions politiques?.. et ces dépêches du maréchal... qu'il me faut lire, comme si je comprenais quelque chose à ces termes de guerre! (*Elle parcourt le rapport.*)

—

SCÈNE III.

LA REINE, ABIGAÏL, MASHAM, *paraissant à la porte du fond, près d'Abigaïl.*

ABIGAÏL. Eh! mon Dieu, que voulez-vous?

MASHAM, *à voix basse.* Une lettre de notre ami!

ABIGAÏL. De Bolingbroke!.. (*Lisant vivement.*) « Ma chère « enfant... puisque la fortune vous sourit, je conseille à « vous et à Masham de parler au plus tôt de votre mariage « à la reine. Mais pendant que vous êtes en faveur... moi, « je suis perdu!.. Venez à mon aide!.. Je suis là... je vous « attends!.. il y va de notre salut à tous. » Ah! j'y cours. (*Elle sort par la porte du fond et Masham la suit.*)

—

SCÈNE IV.

LA REINE, MASHAM.

LA REINE, *toujours assise, se retournant au bruit de ses pas.* Qu'est-ce! (*Masham s'arrête.*) Ah! c'est l'officier de service. C'est vous, monsieur Masham!

MASHAM. Oui, Madame... (*A part.*) Si j'osais, comme Bolingbroke nous le conseille, lui parler de notre mariage...

LA REINE. Que voulez-vous?

MASHAM. Une grâce de Votre Majesté.

LA REINE. A la bonne heure!.. vous qui ne parlez jamais... qui ne demandez jamais rien!..

MASHAM. C'est vrai, Madame, je n'osais pas... mais aujourd'hui...

LA REINE. Qui vous rend plus hardi?

MASHAM. La position où je me trouve... et si Votre Majesté daigne m'accorder quelques instants d'audience...

LA REINE. Dans ce moment c'est difficile... des dépêches de la plus haute importance...

MASHAM, *respectueusement.* Je me retire!..

LA REINE. Non!.. je dois avant tout justice à mes sujets; je dois accueillir leurs réclamations et leurs demandes... et la vôtre a rapport sans doute à votre grade?

MASHAM. Non, Madame.

LA REINE. A votre avancement?..

MASHAM. Oh! non, Madame, je n'y pense pas!

LA REINE, *souriant.* Ah!.. et à quoi pensez-vous donc?

MASHAM. Pardon... Madame!.. je crains que ce ne soit manquer de respect à la reine que d'oser ainsi lui parler de mes secrets.

LA REINE, *gaiement.* Pourquoi donc? j'aime beaucoup les secrets! Continuez, je vous prie! (*Lui tendant la main.*) et comptez d'avance sur votre royale protection.

MASHAM, *portant la main à ses lèvres.* Ah! Madame!..

LA REINE, *retirant sa main, avec émotion.* Eh bien!

MASHAM. Eh bien! Madame... j'avais déjà, et sans m'en douter, un protecteur puissant.

LA REINE, *faisant un geste de surprise.* Ah! bah!

MASHAM. Cela vous étonne?..

LA REINE, *le regardant avec bienveillance.* Non!.. cela ne m'étonne pas...

MASHAM. Ce protecteur... qui jamais ne s'est fait connaître... me défend sous peine de sa colère...

LA REINE. Eh bien!.. vous défend...

MASHAM. De jamais me marier!

LA REINE, *riant.* Vous!.. vous avez raison!.. c'est une aventure!.. et des plus intéressantes... (*Avec curiosité.*) Achevez, achevez... (*Se tournant avec humeur vers Abigaïl qui rentre.*) Qu'est-ce donc?.. qui se permet d'entrer ainsi?..

—

SCÈNE V.

LES PRÉCÉDENTS, ABIGAÏL.

LA REINE. Ah! c'est toi, Abigaïl?.. plus tard je te parlerai.

ABIGAÏL. Eh! non, Madame, c'est sur-le-champ! Un ami qui vous est dévoué... et qui me demande avec instance de le faire arriver jusqu'à Votre Majesté!

LA REINE, *avec humeur.* Toujours interrompue et dérangée... pas un instant pour s'occuper d'affaires sérieuses!.. Que me veut-on?.. quelle est cette personne?

ABIGAÏL. Lord Bolingbroke.

LA REINE, *avec effroi et se levant.* Bolingbroke!..

ABIGAÏL. Il s'agit, dit-il, de la question la plus grave, la plus importante!

LA REINE, *à part, avec impatience.* Encore des réclamations, des plaintes, des discussions... (*Haut.*) C'est impossible... la duchesse va venir.

ABIGAÏL. Eh bien! avant qu'elle revienne!

LA REINE. Je t'ai dit que je ne voulais plus être tourmentée, ni entendre parler d'affaires d'État!.. D'ailleurs maintenant cette entrevue ne servirait à rien!

ABIGAÏL. Alors, voyez-le toujours, ne fût-ce que pour le congédier... car j'ai dit qu'on le laissât monter.

LA REINE. Et la duchesse que j'attends et qui va se rencontrer avec lui?.. Qu'avez-vous fait?

ABIGAÏL. Punissez-moi, Madame, car le voici!

LA REINE, *avec colère et traversant le théâtre.* Laissez-nous!

ABIGAÏL, *à Bolingbroke qu'elle rencontre au fond du théâtre, et à voix basse.* Elle est mal disposée!

MASHAM, *de même.* Et vous n'y pourrez rien!

BOLINGBROKE. Qui sait?.. le talent... ou le hasard! celui-là surtout!.. (*Abigaïl et Masham sortent.*)

—

SCÈNE VI.

BOLINGBROKE, LA REINE, *qui a été s'asseoir sur le fauteuil, à droite, près du guéridon.*

LA REINE, *à Bolingbroke qui s'approche d'elle et la salue respectueusement.* Dans tout autre moment, Bolingbroke, je vous recevrais avec plaisir, car, vous le savez, j'en ai toujours à vous voir... mais aujourd'hui et pour la première fois...

BOLINGBROKE. Je viens pourtant vous parler des plus chers intérêts de l'Angleterre... et le départ du marquis de Torcy...

LA REINE, *se levant.* Ah! je m'en doutais!.. et c'est justement là ce que je craignais... Je sais, Bolingbroke, tout ce que vous allez me dire... j'apprécie vos motifs et vous en remercie... Mais, voyez-vous, ce serait inutile; les passeports du marquis ne sont pas encore signés.

BOLINGBROKE. Ils ne le sont pas encore! et s'il part, c'est la guerre plus terrible que jamais, c'est une lutte qui n'aura pas de terme... et si vous daigniez seulement m'écouter...

LA REINE. Tout est arrangé et convenu... j'ai donné ma parole... s'il faut même vous le dire... j'attends la duchesse

LA REINE. Très-bien!.. je lirai, j'examinerai. — Acte 3, scène 7.

pour cette signature... elle va venir à trois heures, et si elle vous trouvait ici...

BOLINGBROKE. Je comprends...

LA REINE. Ce seraient de nouvelles scènes !.. de nouvelles discussions... que je ne serais pas en état de supporter... Et vous, Bolingbroke, dont je connais le dévouement... vous qui êtes, pour moi, un ami véritable...

BOLINGBROKE. Vous m'éloignez... vous me congédiez pour accueillir une ennemie... Pardon... Madame, je vais céder la place à la duchesse... mais l'heure où elle doit venir n'a pas encore sonné, accorderez-vous au moins à mon zèle et à ma franchise le peu de minutes qui nous restent ?.. Je ne vous imposerai pas la fatigue de me répondre... vous n'aurez que celle de m'écouter. (*La reine qui était près de son fauteuil, s'y laisse tomber et s'assied. — Regardant la pendule.*) Un quart d'heure, Madame, un quart d'heure !.. c'est tout ce qui m'est laissé pour vous peindre la misère de ce pays : son commerce anéanti, ses finances détruites, sa dette augmentant chaque jour, le présent dévorant l'avenir... Et tous ces maux provenant de la guerre... d'une guerre inutile à notre honneur et à nos intérêts. Ruiner l'Angleterre pour agrandir l'Autriche... payer des impôts pour que l'empereur soit puissant et le prince Eugène glorieux... continuant une alliance dont ils profitent seuls... Oui, Madame... si vous ne croyez pas à mes paroles, s'il vous faut des faits positifs, savez-vous que la prise de Bouchain, dont les alliés ont eu l'honneur, a coûté sept millions de livres sterling à l'Angleterre?

LA REINE. Permettez, Mylord !..

BOLINGBROKE, *continuant.* Savez-vous qu'à Malplaquet nous avons perdu trente mille combattants, et que dans leur glorieuse défaite, les vaincus n'en ont perdu que huit mille. Et si Louis XIV eût résisté à l'influence de madame de Maintenon, qui est sa duchesse de Marlborough à lui; si, au lieu de demander aux salons de Versailles un duc de Villeroi pour commander ses armées... Louis XIV eût interrogé les champs de bataille et choisi Vendôme ou Catinat... savez-vous ce qui serait arrivé à nous et à nos alliés?.. Seule contre tous, la France en armes tient tête à l'Europe, et bien commandée elle lui commande. Nous l'avons vu et peut-être le verrions-nous encore : ne l'y contraignons pas !

LA REINE. Oui, Bolingbroke, oui, vous qui voulez la paix... vous avez peut-être raison... Mais je ne suis qu'une faible femme, et pour arriver à ce que vous me proposez... il faut

LA REINE. Ah! vous êtes d'une maladresse. — Acte 4, scène 8.

un courage que je n'ai pas... Il faut se décider entre vous et des personnes qui, elles aussi, me sont dévouées...

BOLINGBROKE, *s'animant.* Qui vous trompent... je vous le jure... je vous le prouverai.

LA REINE. Non... non... laissez-moi l'ignorer!.. Il faudrait encore s'irriter... en vouloir à quelqu'un... je ne le puis.

BOLINGBROKE, *à part.* Oh! qu'attendre d'une reine qui ne sait pas même se mettre en colère? (*Haut.*) Quoi! Madame, s'il vous était démontré d'une manière évidente, irrécusable, qu'une partie de vos subsides entre dans les coffres du duc de Marlborough, et que c'est là le motif qui lui fait continuer la guerre...

LA REINE, *écoutant et croyant entendre la duchesse.* Silence... j'ai cru entendre... Partez, Bolingbroke... on vient...

BOLINGBROKE. Non, Madame... (*Continuant avec chaleur.*) Si j'ajoutais qu'un intérêt non moins vif et plus tendre fait redouter à la duchesse une paix fatale et gênante, qui ramènerait le duc à Londres et à la cour...

LA REINE. Voilà ce que je ne croirai jamais...

BOLINGBROKE. Voilà cependant la vérité!.. Et ce jeune officier qui tout à l'heure était ici... Arthur Masham, peut-être... pourrait vous donner de plus exacts renseignements.

LA REINE, *avec émotion.* Masham... que dites-vous?

BOLINGBROKE. Qu'il est aimé de la duchesse...

LA REINE, *tremblante.* Lui!.. Masham!..

BOLINGBROKE, *prêt à sortir.* Lui... ou tout autre, qu'importe?

LA REINE, *avec colère.* Ce qu'il m'importe, dites-vous?.. (*Se levant vivement.*) Si l'on m'abuse, si l'on me trompe!.. si l'on met en avant les intérêts de l'État, quand il s'agit de caprices, d'intrigues, ou d'intérêts particuliers... Non, non... il faut que tout s'explique! Restez, Milord, restez ; moi, la reine, je veux, je dois tout savoir! (*Elle va regarder du côté de la galerie, à droite, et revient.*)

BOLINGBROKE, *à part, pendant ce temps.* Est-ce que par hasard... le petit Masham?.. O destins de l'Angleterre, à quoi tenez-vous?

LA REINE, *avec émotion.* Eh bien! Bolingbroke, vous disiez donc que la duchesse...

BOLINGBROKE, *observant la reine.* Désire la continuation de la guerre...

LA REINE, *de même.* Pour tenir son mari éloigné de Londres.

BOLINGBROKE, *de même.* Oui, Madame...

LA REINE. Et par affection pour Masham...

BOLINGBROKE. J'ai quelques raisons de le croire.

LA REINE. Lesquelles?

BOLINGBROKE, *vivement.* D'abord c'est la duchesse qui l'a fait entrer à la cour dans la maison de Sa Majesté.

LA REINE. C'est vrai!

BOLINGBROKE, *de même.* C'est par elle qu'il a obtenu le brevet d'enseigne.

LA REINE. C'est vrai!

BOLINGBROKE. Par elle enfin que, depuis quelques jours, il a été nommé officier dans les gardes.

LA REINE. Oui, oui, vous avez raison, sous prétexte que moi-même, je le voulais... je le désirais... (*Vivement.*) Et j'y pense maintenant, ce protecteur inconnu... dont Masham me parlait...

BOLINGBROKE. Ou plutôt cette protectrice...

LA REINE. Qui lui défendait de se marier...

BOLINGBROKE, *près de la reine et presque à son oreille.* C'était elle... Aventure romanesque, qui souriait à sa vive imagination! C'est pour se livrer sans contrainte à de si doux plaisirs, que la noble duchesse retient son mari à la tête des armées et fait voter des subsides pour continuer la guerre!.. (*Avec intention.*) La guerre qui fait sa gloire, sa fortune... et son bonheur... bonheur d'autant plus grand qu'il est ignoré, et que, par un piquant hasard, dont elle rit au fond du cœur, les augustes personnes qui croient servir son ambition... servent en même temps ses amours! (*Voyant le geste de colère de la reine.*) Oui, Madame...

LA REINE. Silence!.. c'est elle!..

SCÈNE VII.

BOLINGBROKE, LA REINE, LA DUCHESSE.

LA DUCHESSE, *sortant de la porte à droite, s'avance fièrement. Elle aperçoit Bolingbroke près de la reine et reste stupéfaite.* Bolingbroke!.. (*Bolingbroke s'incline et salue.*)

LA REINE, *qui pendant cette scène cherche toujours à cacher sa colère, s'adressant froidement à la duchesse.* Qu'est-ce, Milady?.. que voulez-vous?

LA DUCHESSE, *lui tendant les papiers qu'elle tient à la main.* Les passeports du marquis de Torcy... et la lettre qui l'accompagne!

LA REINE, *sèchement.* C'est bien!.. (*Elle jette les papiers sur la table.*)

LA DUCHESSE. Je l'apporte à signer à Votre Majesté.

LA REINE, *de même, et allant s'asseoir à la table, à gauche.* Très-bien!.. Je lirai... j'examinerai.

LA DUCHESSE, *à part.* O ciel!.. (*Haut.*) Votre Majesté avait cependant décidé que ce serait aujourd'hui même... et ce matin...

LA REINE. Oui, sans doute... Mais d'autres considérations m'obligent à différer...

LA DUCHESSE, *avec colère, et regardant Bolingbroke.* Ah! je devine sans peine!.. et il m'est aisé de voir à quelle influence Votre Majesté cède en ce moment!

LA REINE, *cherchant à se contenir.* Que voulez-vous dire?.. et quelle influence? Je n'en connais aucune... je ne cède qu'à la voix de la raison, de la justice et du bien public.

BOLINGBROKE, *debout près de la table, et à droite de la reine.* Nous le savons tous!..

LA REINE. On peut empêcher la vérité d'arriver jusqu'à moi... mais dès qu'elle m'est connue... dès qu'il s'agit des intérêts de l'État... je n'hésite plus!

BOLINGBROKE. C'est parler en reine...

LA REINE, *s'animant.* Il est évident que la prise de Bou-

chain coûte sept millions de livres sterling à l'Angleterre....

LA DUCHESSE. Madame!..

LA REINE, *s'animant de plus en plus.* Tout calculé... il est constant qu'à la bataille de Hochstett, ou de Malplaquet, nous avons perdu trente mille combattants.

LA DUCHESSE. Mais, permettez...

LA REINE, *se levant.* Et vous voulez que je signe une lettre pareille, que je prenne une mesure aussi importante, aussi grave... avant de connaître au juste... et de savoir par moi-même?.. No..., m'elame la duchesse... je ne veux pas servir des desseins ambitieux... ou d'autres! et je ne leur sacrifierai pas les intérêts de l'État.

LA DUCHESSE. Un mot seulement...

LA REINE. Je ne puis... Voici l'heure de nous rendre à la chapelle... (*A Abigaïl, qui vient de sortir par la porte à droite.*) Viens, partons!

ABIGAÏL. Comme Votre Majesté est émue!

LA REINE, *à demi-voix, et l'amenant sur le bord du théâtre.* Ce n'est pas sans raison!... Il est un mystère que je veux pénétrer... et cette personne dont nous parlions tantôt, il faut absolument le voir, l'interroger...

ABIGAÏL, *gaiement.* Qui?... l'inconnu?

LA REINE. Oui... tu me l'amèneras, cela te regarde!

ABIGAÏL, *de même.* Pour cela, il faut le connaître!

LA REINE, *se retournant, et apercevant Masham qui vient d'entrer par la porte du fond, et lui présente ses gants et sa Bible, dit tout bas à Abigaïl :* Tiens, le voici!

ABIGAÏL, *immobile de surprise.* O ciel!

BOLINGBROKE, *qui est passé près d'elle.* La partie est superbe!

ABIGAÏL. Elle est perdue!..

BOLINGBROKE. Elle est gagnée! (*La reine, qui a pris des mains de Masham les gants et la Bible, fait signe à Abigaïl de la suivre. Toutes deux s'éloignent. La duchesse reprend avec colère les papiers qui sont sur la table, et sort; Bolingbroke la regarde d'un air de triomphe.*)

ACTE QUATRIÈME.

SCÈNE PREMIÈRE.

LA DUCHESSE DE MARLBOROUGH. C'est inouï!.. Pour la première fois de sa vie, elle avait une volonté!.. une volonté réelle! Faut-il l'attribuer aux talents de Bolingbroke?.. Ou serait-ce déjà l'ascendant de cette petite fille?.. (*D'un air de mépris.*) Allons donc! (*Après un instant de silence.*) Je le saurai!.. En attendant, et tout à l'heure, en sortant de la chapelle où, toutes deux, je crois, nous avons prié avec le même recueillement... elle était seule... Bolingbroke et Abigaïl n'étaient plus là... et elle a résisté encore!... et il a fallu employer les grands moyens!.. Ce bill pour le rappel des Stuarts... J'ai promis qu'il passerait aujourd'hui même à la chambre... si le marquis partait!.. et j'ai ses passeports... je les ai... pour demain seulement... Vingt-quatre heures de plus, peu importe?.. Mais, tout en signant, la reine, qui ne tient à rien... pas même à sa mauvaise humeur... a conservé avec moi un ton d'aigreur et de sécheresse qui ne lui est pas ordinaire... Il y avait de l'ironie, du dépit... une colère secrète et concentrée, qu'elle n'osait laisser éclater... (*En riant.*) Décidément elle déteste sa favorite!.. Je le sais, et c'est ce qui fait ma force!.. La faveur basée sur l'amour s'éteint bien vite!.. mais quand elle l'est sur la haine... cela ne fait qu'augmenter... et voilà le secret de mon crédit... Qui vient là?.. Ah! notre jeune officier

---

SCÈNE II.

MASHAM, LA DUCHESSE.

MASHAM. C'est la redoutable duchesse, dont Abigaïl m'a tant recommandé de me défier... J'ignore pourquoi... N'importe... ayons-en toujours peur... de confiance! (*Il la salue respectueusement.*)

LA DUCHESSE. N'est-ce pas monsieur Masham, le dernier officier aux gardes nommé par le duc de Marlborough?

MASHAM. Oui, Milady. (*A part.*) Ah! mon Dieu! elle va me faire destituer.

LA DUCHESSE. Quels titres aviez-vous à cette nomination?

MASHAM. Fort peu, si l'on considère mon mérite; autant que qui que ce soit, si l'on compte le zèle et le courage.

LA DUCHESSE. C'est bien!.. j'aime cette réponse, et je vois que milord a eu raison de vous nommer...

MASHAM. Je voudrais seulement qu'à cette faveur il en ajoutât une autre?

LA DUCHESSE. Il vous l'accordera; parlez.

MASHAM. Est-il possible?

LA DUCHESSE. Quelle est cette faveur?

MASHAM. C'est de m'offrir l'occasion de justifier son choix en m'appelant près de lui sous nos drapeaux.

LA DUCHESSE. Il le fera... croyez-en ma parole...

MASHAM. Ah! Madame... tant de bontés!.. vous qu'on m'avait représentée... comme une ennemie...

LA DUCHESSE. Eh! qui donc?

MASHAM. Des personnes qui ne vous connaissaient pas, et qui désormais partageront pour vous mon dévouement.

LA DUCHESSE. Ce dévouement, puis-je y compter... puis-je le réclamer?

MASHAM. Daignez me donner vos ordres.

LA DUCHESSE, *le regardant avec bienveillance.* C'est bien! Masham! je suis contente de vous. (*Lui faisant signe d'avancer.*) Approchez.

MASHAM, *à part.* Quels regards pleins de bonté! je n'en reviens pas.

LA DUCHESSE. Vous m'écoutez, n'est-ce pas?

MASHAM. Oui, Milady. (*A part.*) Que peut-elle me vouloir?

LA DUCHESSE. Il s'agit d'une mission importante, dont la reine m'a chargée, et pour laquelle j'ai jeté les yeux sur vous. Vous viendrez me rendre compte chaque jour du résultat de vos démarches, vous entendre avec moi et prendre mes ordres pour arriver à la découverte du coupable.

MASHAM. Un coupable?

LA DUCHESSE. Oui, un crime audacieux et qui ne mérite pas de grâce a été commis dans le palais même de Saint-James. Un membre de l'opposition, que, du reste, j'estimais fort peu, Richard Bolingbroke...

MASHAM, *à part.* O ciel!

LA DUCHESSE. A été assassiné!

MASHAM, *avec indignation.* Non, Madame, il a été tué loyalement et l'épée à la main, par un gentilhomme insulté dans son honneur!

LA DUCHESSE. Eh bien! si vous connaissez son meurtrier... il faut nous le livrer; vous me l'avez promis, et nous avons juré de le poursuivre.

MASHAM. Ne poursuivez personne, Madame, car c'est moi!..

LA DUCHESSE. Vous, Masham!

MASHAM. Moi-même.

LA DUCHESSE, *vivement, et lui mettant la main sur la bouche.* Taisez-vous!.. taisez-vous!.. que tout le monde l'ignore! Quelles clameurs ne s'élèveraient pas contre vous, attaché à la cour et à la maison de la reine!.. (*Vivement.*) Il n'y a rien à vous reprocher... rien, j'en suis sûre... Tout s'est passé loyalement... vous me l'avez dit : et qui vous voit, Masham, ne peut en douter... Mais la haine de nos ennemis, et votre nomination d'officier aux gardes le jour même de ce combat... dont elle semble la récompense...

MASHAM. C'est vrai!

LA DUCHESSE. Nous ne pourrions plus vous défendre.

MASHAM. Est-il possible!.. un pareil intérêt!..

LA DUCHESSE. Il n'y a qu'un moyen de vous sauver... Ce que vous désiriez tout à l'heure si ardemment; il faut partir pour l'armée.

MASHAM. Ah! que je vous remercie!

LA DUCHESSE, *avec émotion.* Pour peu de jours, Masham, le temps que cette affaire s'apaise et s'oublie... Vous partirez dès demain, et je vous donnerai, pour le maréchal, des dépêches que vous viendrez prendre chez moi.

MASHAM. A quelle heure?

LA DUCHESSE. Après le cercle de la reine... ce soir!.. Et de peur qu'on ne soupçonne votre départ, prenez garde que personne ne vous voie!

MASHAM. Je vous le jure! Mais je ne puis en revenir encore... vous que je craignais... vous que je redoutais... Ah! dans ma reconnaissance... je dois vous ouvrir mon âme tout entière...

LA DUCHESSE. Ce soir, vous me direz cela... Du silence! on vient.

—

SCÈNE III.

LES PRÉCÉDENTS, ABIGAIL, *entrant tout émue par la porte à droite.*

ABIGAÏL. Seul avec elle... un tête-à-tête!..

LA DUCHESSE, *à part.* Encore cette Abigaïl, que je rencontrerai sans cesse. (*Haut.*) Qui vous amène?.. Que voulez-vous?.. que demandez-vous?

ABIGAÏL, *troublée, et les regardant tous deux.* Rien... je ne sais pas... je craignais... (*Se rappelant ses idées.*) Ah!.. si, vraiment... je me rappelle... la reine veut vous parler, Madame.

LA DUCHESSE. C'est bien... je m'y rendrai plus tard...

ABIGAÏL. A l'instant même, Madame, car la reine vous attend.

LA DUCHESSE, *avec colère.* Eh bien! dites à votre maîtresse...

ABIGAÏL, *avec dignité.* Je n'ai rien à dire à personne... qu'à vous, madame la duchesse, à qui j'ai transmis les ordres de ma maîtresse et de la vôtre. (*La duchesse fait un geste de colère, puis elle se reprend, se contient et sort.*)

—

SCÈNE IV.

MASHAM, ABIGAIL.

MASHAM. Y pensez-vous, Abigaïl? lui parler ainsi?

ABIGAÏL. Pourquoi pas!.. j'en ai le droit. Et vous, Monsieur, qui vous a donné celui de prendre sa défense?

MASHAM. Tout ce qu'elle a fait pour nous... Vous qui me l'aviez représentée si impérieuse, si terrible...

ABIGAÏL. Si méchante!.. je l'ai dit, et je le dis encore.

MASHAM. Eh bien! vous êtes dans l'erreur... Vous ne savez pas tout ce que je dois à ses bontés... à sa protection.

ABIGAÏL. Sa protection!.. Comment! qui vous a dit!..

MASHAM. Personne... c'est moi, au contraire, qui viens de lui avouer mon duel avec Richard Bolingbroke, et dans sa générosité elle a promis de me défendre... de me protéger.

ABIGAÏL, *sèchement.* A quoi bon?.. M. de Saint-Jean n'est-il pas là ?.. Je ne vois pas alors qu'il y ait besoin de tant d'autres protections!

MASHAM, *étonné.* Abigaïl... je ne vous reconnais pas... d'où vient ce trouble... cette émotion...

ABIGAÏL. Je n'en ai pas... je suis venue... j'ai couru... tant j'étais pressée d'obéir à la reine... Il ne s'agit pas de moi... mais de la duchesse... Que vous a-t-elle dit?

MASHAM. Elle veut, pour me soustraire au danger, que je parte demain pour l'armée...

ABIGAÏL, *poussant un cri.* Vous faire tuer!.. pour vous soustraire au danger... Et vous croyez que cette femme-là vous aime... (*Se reprenant.*) Non... je veux dire... vous porte intérêt... vous protège!

MASHAM. Oui, sans doute... je lui ai dit que j'irais prendre ses dépêches pour le maréchal... ce soir, chez elle...

ABIGAÏL. Vous avez dit cela, malheureux!..

MASHAM. Où est le mal!

ABIGAÏL. Et vous irez?

MASHAM. Oui vraiment... Et elle était pour moi si affable, si gracieuse, que lorsque vous êtes venue j'allais lui parler de nos projets et de notre mariage...

ABIGAÏL, *avec joie.* En vérité!.. (*A part.*) Et moi qui le soupçonnais... (*Haut, et avec émotion.*) Pardon, Arthur... ce que vous me dites là est bien...

MASHAM. N'est-ce pas?... et ce soir chez elle... bien certainement je lui en parlerai.

ABIGAÏL. Non.... non, je vous en conjure... ne vous rendez pas à ses ordres... trouvez un prétexte...

MASHAM. Y pensez-vous?.. c'est l'offenser... c'est nous perdre!

ABIGAÏL. N'importe!.. cela vaut mieux...

MASHAM. Et pour quelle raison?..

ABIGAÏL, *avec embarras.* C'est que... ce soir et à peu près à la même heure... la reine m'a chargée de vous dire qu'elle voulait vous voir, vous parler, et qu'elle vous attendrait peut-être!.. ce n'est pas sûr!

MASHAM. Je comprends!.. et alors j'irai chez la reine...

ABIGAÏL. Non, vous n'irez pas non plus!

MASHAM. Et pourquoi donc?

ABIGAÏL. Je ne puis vous l'apprendre... Prenez pitié de moi! car je suis bien tourmentée, bien malheureuse...

MASHAM. Qu'est-ce que cela veut dire?

ABIGAÏL. Écoutez-moi, Arthur... m'aimez-vous, comme je vous aime?

MASHAM. Plus que ma vie...

ABIGAÏL. C'est ce que je voulais dire!.. Eh bien! quand même j'aurais l'air de nuire à votre avancement, ou à votre fortune, et quelque absurdes que vous semblent mes avis ou mes ordres, donnez-moi votre parole de les suivre sans m'en demander la raison.

MASHAM. Je vous le jure!

ABIGAÏL. Pour commencer, ne parlez jamais de notre mariage à la duchesse.

MASHAM. Vous avez raison, il vaut mieux en parler à la reine.

ABIGAÏL, *vivement.* Encore moins!..

MASHAM. C'est pour cela, cependant, que ce matin je lui ai demandé une audience... et je suis sûr qu'elle nous protégerait... car elle m'a accueilli avec un air si aimable et si bienveillant...

ABIGAÏL, *à part.* Il appelle cela de la bienveillance.

MASHAM. Et elle m'a tendu gracieusement sa belle main... que j'ai baisée. (*A Abigaïl.*) Qu'avez-vous, la vôtre est glacée?..

ABIGAÏL. Non... (*A part.*) Elle ne m'avait pas dit cela! (*Haut.*) Et moi aussi, Masham, je suis déjà en grande faveur auprès de la reine... je suis comblée de ses bontés, de son amitié; et cependant, pour notre bonheur à tous deux, mieux

eût valu rester pauvres et misérables et ne jamais venir ici à la cour, au milieu de tout ce beau monde, où tant de dangers, tant de séductions nous environnent.

MASHAM, *avec colère.* Ah! je comprends... quelques-uns de ces lords... de ces grands seigneurs. On veut nous séparer, nous désunir, vous ravir à mon amour...

ABIGAÏL. Oui, c'est à peu près cela. Silence, on frappe : c'est Bolingbroke, à qui j'ai écrit de venir! Lui seul peut me donner avis et conseil.

MASHAM. Vous croyez?

ABIGAÏL. Mais pour cela, il faut que vous nous laissiez!

MASHAM, *étonné.* Moi!..

ABIGAÏL. Ah! vous m'avez promis obéissance...

MASHAM. Et je tiendrai tous mes serments! (*Il lui baise la main et sort par la porte du fond.*)

SCÈNE V.

ABIGAÏL, *pendant qu'il s'éloigne, le regardant avec amour.* Ah! Arthur!.. que je t'aime!.. plus qu'autrefois... plus que jamais! peut-être aussi parce qu'elles veulent toutes me l'enlever... Oh! non, je l'aimerais sans cela! (*On frappe encore à la porte à gauche.*) Et milord que j'oubliais, je perds la tête... (*Elle va ouvrir la porte à gauche à Bolingbroke.*)

SCÈNE VI.

BOLINGBROKE, ABIGAÏL.

BOLINGBROKE, *entrant gaiement.* J'accours aux ordres de la nouvelle favorite, car vous le serez... je vous l'ai dit, et l'on en parle déjà...

ABIGAÏL, *sans l'écouter.* Oui... oui, la reine m'adore et ne peut plus se passer de moi! Mais venez, ou tout est perdu!

BOLINGBROKE. O ciel!.. est-ce que le marquis de Torcy?

ABIGAÏL, *se frappant la tête.* Ah! c'est vrai!.. je n'y pensais plus! la duchesse est venue dans le cabinet de la reine... celle-ci a signé!..

BOLINGBROKE, *avec effroi.* Le départ de l'ambassadeur!..

ABIGAÏL. Oh! ce n'est rien encore!.. imaginez-vous que Masham...

BOLINGBROKE. Le marquis s'éloigne de Londres...

ABIGAÏL, *sans l'écouter.* Dans vingt-quatre heures! (*Avec force.*) Mais si vous saviez...

BOLINGBROKE, *avec colère.* Et la duchesse...

ABIGAÏL, *vivement.* La duchesse n'est pas la plus à craindre! un autre obstacle plus redoutable encore...

BOLINGBROKE. Pour qui?

ABIGAÏL. Pour Masham!..

BOLINGBROKE, *avec impatience.* Traitez donc d'affaires d'État avec des amoureux... Je vous parle de la paix, de la guerre, de tous les intérêts de l'Europe...

ABIGAÏL. Et moi, je vous parle des miens! L'Europe peut aller toute seule, et moi, si vous m'abandonnez, je n'ai plus qu'à mourir!

BOLINGBROKE. Pardon, mon enfant, pardon... vous d'abord. C'est que, voyez-vous, l'ambition est égoïste et commence toujours par elle!

ABIGAÏL. Comme l'amour!

BOLINGBROKE. Eh bien! voyons! Vous dites donc que la reine a signé.

ABIGAÏL, *avec impatience.* Oui... à cause d'un bill qu'on doit présenter.

BOLINGBROKE. Je sais!.. et la voilà au mieux avec la duchesse!

ABIGAÏL, *de même.* Non... elle la déteste.. elle lui en veut... j'ignore pourquoi... et elle n'ose rompre...

BOLINGBROKE, *vivement.* Une explosion qui n'attend plus que l'étincelle... d'ici à vingt-quatre heures, c'est possible !.. Et vous ne lui avez pas représenté que le marquis s'éloignant demain, on ne s'engageait à rien en le recevant aujourd'hui ! que par égard pour un grand roi, et en bonne politique... la politique de l'avenir, il fallait accueillir avec faveur son envoyé... Lui avez-vous dit cela ?

ABIGAÏL, *d'un air distrait.* Je crois que oui... je n'en suis pas sûre !.. Un autre sujet m'occupait.

BOLINGBROKE. C'est juste... voyons cet autre sujet ?

ABIGAÏL. Ce matin, vous m'avez vue effrayée, désespérée, en apprenant que la duchesse avait des idées... de... protection sur Arthur... Eh bien ! ce n'était rien !.. une autre encore... une autre grande dame... (*Avec embarras.*) dont je ne puis dire le nom.

BOLINGBROKE, *à part.* Pauvre enfant !.. elle croit me l'apprendre. (*Haut.*) Comment le savez-vous ?

ABIGAÏL. C'est un secret que je ne puis trahir... ne me le demandez plus !

BOLINGBROKE, *avec intention.* J'approuve votre discrétion, et ne chercherai même pas à deviner... Et cette personne... duchesse ou marquise, aime aussi Masham ?

ABIGAÏL. C'est bien mal, n'est-ce pas ? c'est bien injuste ! Elles ont toutes des princes, des ducs, des grands seigneurs qui les aiment... moi, je n'avais que celui-là !.. Et comment le défendre, moi, pauvre fille? comment le disputer à deux grandes dames ?

BOLINGBROKE. Tant mieux! c'est moins redoutable qu'une seule...

ABIGAÏL, *étonnée.* Si vous pouvez me prouver cela ?

BOLINGBROKE. Très-facilement... Qu'un grand royaume veuille conquérir une petite province, il n'y a pas d'obstacles, elle est perdue ! Mais qu'un autre grand empire ait aussi le même projet, c'est une chance de salut : les deux hautes puissances s'observent, se déjouent, se neutralisent, et la province menacée échappe au danger, grâce au nombre de ses ennemis... Comprenez-vous ?

ABIGAÏL. A peu près... Mais le danger le voici ! la duchesse a donné rendez-vous à Masham ce soir, chez elle, après le cercle de la reine...

BOLINGBROKE. Très-bien...

ABIGAÏL, *avec impatience.* Eh ! non, Monsieur, c'est très-mal !

BOLINGBROKE. C'est ce que je voulais dire !

ABIGAÏL. Et en même temps, l'autre personne... l'autre grande dame, veut également le recevoir chez elle, à la même heure...

BOLINGBROKE. Que vous disais-je? Elles se nuisent réciproquement... Il ne peut pas aller aux deux rendez-vous ?

ABIGAÏL. A aucun, je l'espère !.. Heureusement cette grande dame ne sait pas encore, et ne saura que ce soir, au moment même... si elle sera libre, car elle ne l'est pas toujours... pour des raisons que je ne puis expliquer...

BOLINGBROKE, *froidement.* Son mari ?

ABIGAÏL, *vivement.* C'est cela même... et si elle peut réussir à lever tous les obstacles...

BOLINGBROKE. Elle y réussira, j'en suis sûr.

ABIGAÏL. Dans ce cas-là, pour prévenir, moi et Arthur, elle doit, ce soir, et devant tout le monde, se plaindre de la chaleur et demander négligemment un verre d'eau?

BOLINGBROKE. Ce qui voudra dire : Je vous attends, venez?

ABIGAÏL.. Mot pour mot.

BOLINGBROKE. C'est facile à comprendre.

ABIGAÏL. Que trop !.. Je n'ai rien dit de tout cela à Arthur... c'est inutile, n'est-ce pas?.. car je ne veux point

qu'il aille à ce rendez-vous... ni à l'autre ! plutôt mourir ! plutôt me perdre !

BOLINGBROKE. Y pensez-vous?

ABIGAÏL. Oh! pour moi, peu m'importe !.. mais pour lui !.. plus j'y réfléchis !.. Ai-je le droit de détruire son avenir, de l'exposer à des vengeances redoutables, à des haines puissantes, dans ce moment surtout, où, à cause de ce duel... il peut être découvert et arrêté... Que faut-il faire?.. Conseillez-moi... Je ne sais que devenir et je n'ai d'espoir qu'en vous !..

BOLINGBROKE, *qui, pendant ce temps, a réfléchi, lui prend vivement la main.* Et vous avez raison! oui, mon enfant... oui, ma petite Abigaïl, rassurez-vous! le marquis de Torcy aura ce soir son invitation, il parlera à la reine!

ABIGAÏL, *avec impatience.* Eh ! Monsieur...

BOLINGBROKE, *vivement.* Nous sommes sauvés! Masham aussi... et sans le compromettre, sans vous perdre, j'empêcherai ces deux rendez-vous!

ABIGAÏL. Ah ! Bolingbroke !.. si vous dites vrai... à vous mon dévouement, mon amitié, ma vie entière ! On ouvre chez la reine... partez ! si l'on vous voyait !..

BOLINGBROKE, *froidement, apercevant la duchesse.* Je puis rester, on m'a vu.

—

SCÈNE VII.

LES PRÉCÉDENTS; LA DUCHESSE, *sortant de l'appartement à droite.* — *La duchesse, apercevant Bolingbroke et Abigaïl, fait à celle-ci une révérence ironique.* — *Abigaïl la lui rend et sort. Bolingbroke est resté placé entre les deux dames.*

BOLINGBROKE, *avec ironie.* Grâce au ciel ! la voix du sang agit enfin ! et vous voilà à merveille avec votre parente !.. cela me donne de l'espoir pour moi !

LA DUCHESSE, *de même.* En effet, vous m'avez prédit qu'un jour nous finirions par nous aimer.

BOLINGBROKE, *galamment.* J'ai déjà commencé ! et vous, Madame ?

LA DUCHESSE. Je n'en suis encore qu'à l'admiration pour votre adresse et vos talents.

BOLINGBROKE. Vous pourriez ajouter pour ma loyauté... j'ai tenu fidèlement toutes mes promesses de l'autre jour !

LA DUCHESSE. Et moi, les miennes! J'ai nommé la personne avec qui vous étiez tout à l'heure en tête-à-tête, et la voilà placée, par vous, près de la reine, pour épier mes desseins et servir les vôtres.

BOLINGBROKE. Comment vous rien cacher? vous avez tant d'esprit !

LA DUCHESSE. J'ai du moins celui de déjouer vos tentatives, et miss Abigaïl, qui, d'après vos ordres, a voulu faire inviter ce soir le marquis de Torcy...

BOLINGBROKE. J'ai eu tort... ce n'était pas à elle... c'est à vous, Madame, que je devais m'adresser... et je le fais... (*S'approchant de la table et y prenant une lettre imprimée.*) Voici des lettres d'invitation, que vous, surintendante de la maison royale, avez seule le droit d'envoyer... et je suis persuadé que vous me rendrez ce service.

LA DUCHESSE, *riant.* Vraiment, Milord !.. un service.. à vous ?

BOLINGBROKE. Bien entendu qu'en échange je vous en rendrai un autre plus grand encore... c'est notre seule manière de traiter ensemble ! Tout l'avantage pour vous... deux cents pour cent de bénéfice... comme pour mes dettes.

LA DUCHESSE. Milord aurait-il encore intercepté ou acheté quelque billet. Je le préviens que j'ai pris des mesures génér..les et définitives con're le retour d'un pareil moyen. J'ai plusieurs lettres charmantes de milady vicomtesse de Bolingbroke votre femme... (*A demi-voix et en confidence.*) Je les ai obtenues de lord Evendale...

BOLINGBROKE, *de même et souriant.* Au prix coûtant, sans doute?

LA DUCHESSE, *avec colère.* Monsieur...

BOLINGBROKE. N'importe le moyen !.. vous les avez... et je ne prétends pas vous les ravir... ni vous menacer en aucune sorte!.. au contraire, quoique la trève soit expirée... je veux agir comme si elle durait encore, et vous donner, dans votre intérêt, un avis...

LA DUCHESSE, *avec ironie.* Qui me sera agréable?

BOLINGBROKE, *souriant.* Je ne le pense pas! et c'est peut-être pour cela que je vous le donne. (*A demi-voix.*) Vous avez une rivale!

LA DUCHESSE, *vivement.* Que voulez-vous dire?

BOLINGBROKE. Il y a une lady à la cour, une noble dame, qui a des vues sur le petit Masham. Les preuves, je les ai. Je sais l'heure, le moment, le signal du rendez-vous.

LA DUCHESSE, *tremblante de colère.* Vous me trompez...

BOLINGBROKE, *froidement.* Je dis vrai... aussi vrai que vous-même l'attendez ce soir chez vous, après le cercle de la reine...

LA DUCHESSE. O ciel!

BOLINGBROKE. C'est là, sans doute, ce que l'on veut empêcher... car on tient à vous le disputer... à l'emporter sur vous... Adieu, Madame. (*Il veut sortir par la porte à gauche.*)

LA DUCHESSE, *avec colère, et le suivant jusque près de la table qui est à gauche.* Ce que vous disiez tout à l'heure... le lieu... du rendez-vous?.. le signal?.. parlez!

BOLINGBROKE, *lui présentant la plume, qu'il prend sur la table.* Dès que vous aurez écrit cette invitation au marquis de Torcy; (*La duchesse se met vivement à la table.*) invitation de forme et de convenance... qui, en accordant au marquis les égards et les honneurs qui lui sont dus, vous permet de rejeter ses propositions et de continuer la guerre avec lui... comme avec moi... (*Voyant que la lettre est cachetée, il sonne. Un valet de pied paraît ; il lui donne la lettre.*) Ce billet au marquis de Torcy, hôtel de l'Ambassade... vis-à-vis le palais... (*Le valet de pied sort.*) Il l'aura dans cinq minutes.

LA DUCHESSE. Eh bien! Milord... cette personne...

BOLINGBROKE. Elle doit être ici ce soir, au cercle de la reine.

LA DUCHESSE. Lady Albemarle, ou lady Elworth... j'en suis sûre.

BOLINGBROKE, *avec intention.* J'ignore son nom; mais bientôt nous pourrons la connaître... car si elle peut échapper à ses surveillants, si elle est libre, si le rendez-vous avec Masham doit avoir lieu ce soir... voici le signal convenu entre eux...

LA DUCHESSE, *avec impatience.* Achevez... achevez, de grâce!

BOLINGBROKE. Cette personne demandera tout haut à Masham un verre d'eau.

LA DUCHESSE. Ici même... ce soir...

BOLINGBROKE. Oui vraiment... et vous pourrez voir par vous-même si mes renseignements sont exacts.

LA DUCHESSE, *avec colère.* Ah! malheur à eux... je ne ménagerai rien...

BOLINGBROKE, *à part.* J'y compte bien!

LA DUCHESSE. Et quand, devant toute la cour, je devrais les démasquer...

BOLINGBROKE. Modérez-vous... voici la reine et ces dames...

———

SCÈNE VII

LA REINE ET LES DAMES DE SA SUITE, *entrant par la porte à* droite; SEIGNEURS DE LA COUR ET MEMBRES DU PARLEMENT, *entrant par le fond. Les dames titrées vont se ranger en cercle, et s'asseoir à droite;* ABIGAIL ET QUELQUES DEMOISELLES D'HONNEUR *se tiennent debout derrière elles. A gauche, et sur le devant du théâtre,* BOLINGBROKE ET QUELQUES MEMBRES DU PARLEMENT. A droite, LA DUCHESSE *observe toutes les dames. Du même côté,* MASHAM ET QUELQUES OFFICIERS.

LA DUCHESSE, *à part, et regardant toutes les dames.* Laquelle?.. Je ne puis deviner... (*A la reine qui s'approche.*) Je vais faire préparer le jeu de la reine...

LA REINE, *cherchant des yeux Masham.* A merveille... (*A part.*) Je ne le vois pas.

LA DUCHESSE, *à voix haute.* Le tri de la reine! (*S'approchant de la reine, et à voix basse.*) Les réclamations devenaient si fortes, qu'il a fallu, pour la forme seulement, envoyer une invitation au marquis de Torcy.

LA REINE, *sans l'écouter, et cherchant toujours.* Très-bien!.. (*Apercevant Masham.*) C'est lui!..

LA DUCHESSE. Cela continuera l'opposition.

LA REINE, *regardant Masham.* Oui... et cela fera plaisir à Abigaïl...

LA DUCHESSE, *avec ironie.* Vraiment?.. (*La duchesse donne des ordres pour le jeu de la reine. Pendant ce temps, un membre du parlement s'est approché, à gauche, du groupe où se tient Bolingbroke.*)

LE MEMBRE DU PARLEMENT. Oui, Messieurs, je sais de bonne part que toutes les négociations sont rompues.

BOLINGBROKE. Vous croyez?..

LE MEMBRE DU PARLEMENT. Le crédit de la duchesse est tel, que l'ambassadeur n'a pas été admis.

BOLINGBROKE. C'est impossible!..

LE MEMBRE DU PARLEMENT. Et il part demain, sans avoir même pu voir la reine.

UN MAÎTRE DES CÉRÉMONIES, *annonçant.* Monsieur l'ambassadeur, marquis de Torcy! (*Étonnement général; tout le monde se lève et le salue.* Bolingbroke *va au-devant de lui, le prend par la main, et le présente à la reine.*)

LA REINE, *d'un air gracieux.* Monsieur l'ambassadeur, soyez le bienvenu; nous avons grand plaisir à vous recevoir.

LA DUCHESSE, *bas, à la reine.* Rien de plus... de grâce, prenez garde!

LA REINE, *se tournant vers Bolingbroke, qui est de l'autre côté, lui dit à demi-voix :* Je savais que cette invitation vous serait agréable, et vous voyez que quand je le peux...

BOLINGBROKE, *s'inclinant avec respect.* Ah! Madame... que de bontés!..

LE MARQUIS, *bas, à Bolingbroke.* Je reçois à l'instant une lettre à mon hôtel.

BOLINGBROKE, *de même.* Je le sais...

LE MARQUIS, *de même.* Cela va donc bien?

BOLINGBROKE, *de même.* Cela va mieux... mais bientôt, je l'espère...

LE MARQUIS, *de même.* Quelque grand changement survenu dans la politique de la reine?..

BOLINGBROKE, *de même.* Cela dépendra pour nous...

LE MARQUIS, *de même.* Du parlement ou des ministres?

BOLINGBROKE, *de même.* Non, d'un allié bien léger... et bien fragile... (*On vient d'apporter au milieu du théâtre une table de tri, et l'on a disposé un fauteuil et deux chaises.*)

LA DUCHESSE, *de l'autre côté, et s'adressant à la reine.* Quelles sont les personnes que Sa Majesté veut bien désigner pour ses partners?

LA REINE. Qui vous voudrez... choisissez vous-même.

LA DUCHESSE. Lady Abercrombie...

LA REINE. Non! (*Montrant une dame qui est près d'elle.*) Lady Albemarle!

LADY ALBEMARLE. Je remercie Votre Majesté!..

LA DUCHESSE, *à part.* Et moi aussi. (*Regardant lady Albemarle.*) Par ce moyen, elle ne lui parlera pas. (*Haut.*) Et pour la troisième personne?

LA REINE. La troisième? — Eh mais!.. (*Apercevant le marquis de Torcy, qui s'approche d'elle.*) monsieur l'ambassadeur... (*Mouvement général d'étonnement et de joie de Bolingbroke.*)

LA DUCHESSE, *bas, à la reine, avec reproche.* Un pareil choix... une pareille préférence...

LA REINE, *de même.* Qu'importe !

LA DUCHESSE, *de même.* Voyez l'effet que cela produit.

LA REINE, *de même.* Il fallait choisir vous-même.

LA DUCHESSE, *de même.* On va penser... on va croire...

LA REINE, *de même.* Tout ce qu'on voudra! (*Le marquis de Torcy, qui a remis son chapeau à un des gens de sa suite, présente sa main à la reine, qu'il conduit à la table du tri, et s'assied entre elle et lady Albemarle. La duchesse, toujours observant, s'éloigne de la table avec humeur, et passe du côté gauche.*)

BOLINGBROKE, *près d'elle, et à voix basse.* C'est trop généreux, duchesse... Vous faites trop bien les choses... le marquis, admis au jeu de la reine, le marquis faisant la partie de Sa Majesté; c'est plus que je ne demandais...

LA DUCHESSE, *avec dépit.* Et plus que je n'aurais voulu...

BOLINGBROKE. Ce qui ne m'empêche pas de vous en savoir le même gré! d'autant qu'il est homme à profiter de cette faveur... il a de l'esprit... Et tenez, il a l'air de causer d'une manière fort aimable... avec Sa Majesté.

LA DUCHESSE. En effet... (*Elle veut faire un pas.*)

BOLINGBROKE, *la retenant.* Mais, au lieu de les interrompre, nous ferons mieux d'observer et d'écouter... car voici, je crois, le moment.

LA DUCHESSE. Oui... mais aucune de ces dames...

LA REINE, *jouant toujours, et ayant l'air de répondre au marquis.* Vous avez raison, monsieur le marquis, il fait, dans ce salon... une chaleur étouffante... (*Avec émotion, et s'adressant à Masham.*) Monsieur Masham! (*Masham s'incline.*) je vous demanderai un verre d'eau!

LA DUCHESSE, *poussant un cri, et faisant un pas vers la reine.* O ciel!

LA REINE. Qu'avez-vous donc, duchesse?

LA DUCHESSE, *furieuse et cherchant à se contenir.* Ce que j'ai... ce que j'ai... quoi! Votre Majesté... il serait possible...

LA REINE, *toujours assise et se retournant.* Que voulez-vous dire, et d'où vient cet emportement?

LA DUCHESSE. Il serait possible que Votre Majesté oubliât à ce point...

BOLINGBROKE ET LE MARQUIS, *voulant la calmer.* Madame la duchesse!..

LADY ALBEMARLE. C'est manquer de respect à la reine.

LA REINE, *avec dignité.* Quoi donc, qu'ai-je oublié?

LA DUCHESSE, *troublée et cherchant à se remettre.* Les droits... l'étiquette... les prérogatives des différentes charges du palais... C'est à une de vos femmes qu'appartient le droit de présenter à Votre Majesté...

LA REINE, *étonnée.* Tant de bruit pour cela! (*Se retournant vers la table de jeu.*) Eh bien! duchesse, donnez-le-moi vous-même.

LA DUCHESSE, *stupéfaite.* Moi !

BOLINGBROKE, *à la duchesse, à qui Masham présente en ce moment le plateau.* J'en conviens, duchesse, qu'être obligée de présenter vous-même... là, devant eux... c'est encore plus piquant...

LA DUCHESSE, *se contenant à peine, et prenant le plateau que Masham lui présente.* Ah!

LA REINE, *avec impatience.* Eh bien, Madame... m'avez-vous entendue? ce droit réclamé avec tant d'instance...

(*La duchesse, d'une main tremblante de colère, lui présente le verre d'eau qui glisse sur le plateau et tombe sur la robe de la reine.*)

LA REINE, *se levant avec vivacité.* Ah! vous êtes d'une maladresse... (*Tout le monde se lève, et Abigaïl descend à droite, près de la reine.*)

LA DUCHESSE. C'est la première fois que Sa Majesté me parle ainsi.

LA REINE, *avec aigreur.* Cela prouve mon indulgence!

LA DUCHESSE, *de même.* Après les services que je lui ai rendus.

LA REINE, *de même.* Et que je suis lasse de m'entendre reprocher.

LA DUCHESSE. Je ne les impose point à Votre Majesté, et s'ils lui sont importuns.. je lui offre ma démission.

LA REINE, Je l'accepte!

LA DUCHESSE, *à part.* O ciel!..

LA REINE. Je ne vous retiens plus... Milords et Mesdames... vous pouvez vous retirer.

BOLINGBROKE, *bas, à la duchesse.* Duchesse, il faut céder!..

LA DUCHESSE, *à part, avec colère.* Jamais!.. Et Masham... et ce rendez-vous... non, il n'aura pas lieu! (*Haut, à la reine.*) Encore un mot, Madame!.. En remettant à Votre Majesté ma place de surintendante... je lui dois compte des derniers ordres dont elle m'avait chargée.

BOLINGBROKE, *à part.* Que veut-elle faire?

LA DUCHESSE, *montrant Bolingbroke.* Sur la plainte de Milord et de ses collègues de l'opposition, vous m'avez ordonné de découvrir l'adversaire de Richard Bolingbroke...

BOLINGBROKE, *à part.* O ciel!

LA DUCHESSE, *à Bolingbroke.* C'est vous maintenant qui en répondez, car je vous le livre. Arrêtez donc et sur-le-champ monsieur Masham, que voici!

LA REINE, *avec douleur...* Masham!.. il serait vrai!..

MASHAM, *baissant la tête.* Oui, Madame!..

LA DUCHESSE, *contemplant la douleur de la reine, et bas, à Bolingbroke.* Je suis vengée!..

BOLINGBROKE, *de même et avec joie.* Mais nous l'emportons!

LA DUCHESSE, *fièrement.* Pas encore, Messieurs! (*Sur un geste de la reine, Bolingbroke reçoit l'épée que Masham lui présente. — La reine, appuyée sur Abigaïl, rentre dans ses appartements et la duchesse sort par le fond. — La toile tombe.*)

ACTE CINQUIÈME.

Le théâtre représente le boudoir de la reine. — Deux portes au fond. — A gauche, une fenêtre avec un balcon. — A droite, la porte d'un cabinet conduisant aux petits appartements de la reine. — A gauche, une table et un canapé.

SCÈNE PREMIÈRE.

BOLINGBROKE, *entrant par la porte du fond, à gauche.* « Après la séance du parlement, dans le boudoir de la reine», m'a écrit Abigaïl... M'y voici! toutes les portes se sont ouvertes devant moi!.. Est-ce Sa Majesté elle-même... est-ce ma gentille alliée qui désire me parler?.. Peu importe... La duchesse et la reine sont furieuses l'une contre l'autre, l'explosion habilement préparée a enfin eu lieu... ce devait être. Ces deux augustes amies qui depuis si longtemps se détestaient, n'attendaient qu'une occasion pour se le dire... Et connaissant le caractère orgueilleux et emporté de la duchesse... je me doutais bien que dans son premier mouvement... Mais j'attendais mieux... je croyais qu'aux yeux de toute la cour, elle allait reprocher à la reine, et cette intrigue secrète... **et** ce rendez-vous... Elle m'a trompé... elle s'est arrêtée à temps!.. elle s'est modérée... mais les premiers coups sont portés... la duchesse en disgrâce, les whigs furieux, le bill rejeté; bouleversement général. Je disais bien que de ce verre d'eau dépendait le destin de l'État... (*Réfléchissant.*) Alors... et dès que je serai ministre...

—

SCÈNE II.

BOLINGBROKE, ABIGAIL, *sortant par la porte du fond, à droite.*

ABIGAÏL. Ah! Milord! vous voilà!

BOLINGBROKE... Oui... je m'occupais du ministère.

ABIGAÏL. Lequel?

BOLINGBROKE. Le mien... quand j'y serai... ce qui ne tardera pas.

ABIGAÏL. Au contraire!.. nous en sommes plus loin que jamais!

BOLINGBROKE. Que me dites-vous?

ABIGAÏL. Laissez-moi me rappeler... D'abord, pendant que j'étais dans le boudoir de la reine... à travailler avec elle et à parler de Masham... (*Vivement.*) qui ne risque rien... n'est-ce pas?

BOLINGBROKE. Prisonnier sur parole, chez moi, dans le plus bel appartement de l'hôtel.

ABIGAÏL. Et pour la suite...

BOLINGBROKE. Rien à craindre, si nous l'emportons...

ABIGAÏL, *naïvement.* Ah! vous me faites trembler!

BOLINGBROKE, *vivement.* Et moi aussi!.. Achevez donc!

ABIGAÏL. Eh bien! sont arrivés chez la reine... milady... milady... une grande dame qui est dévote...

BOLINGBROKE. Lady Abercrombie?

ABIGAÏL. C'est cela... avec lord Devonshire et Walpole.

BOLINGBROKE. Des amis de la duchesse...

ABIGAÏL. Qui venaient d'eux-mêmes...

BOLINGBROKE. C'est-à-dire envoyés par elle.

ABIGAÏL. Annoncer à la reine que la disgrâce de la surintendante produirait les plus fâcheux effets... que le parti whig était furieux... et qu'à la séance de ce soir le bill pour les Stuarts serait rejeté.

BOLINGBROKE. Et la reine, qu'a-t-elle répondu?

ABIGAÏL. Elle ne répondait rien... incertaine... indécise... cherchant autour d'elle un avis, et de temps en temps me regardant comme pour savoir le mien.

BOLINGBROKE. Qu'il fallait donner.

ABIGAÏL. Est-ce que je m'y connais?

BOLINGBROKE. Qu'importe?.. demandez à la moitié des conseillers de la couronne!.. Enfin, qu'est-il arrivé?

ABIGAÏL. La reine hésitait encore, lorsque lady Abercrombie lui a parlé à voix basse...

BOLINGBROKE. Qu'a-t-elle pu lui dire?

ABIGAÏL. Je l'ignore!.. J'étais bien près cependant... et je n'ai rien entendu qu'un nom... celui de lord Evendale... et celui de Masham!.. (*Vivement.*) Oh! celui-là, j'en suis sûre... Et la reine jusque-là froide et sévère, a dit, d'un air de bonté : N'en parlons plus, qu'elle vienne! je la reverrai.

BOLINGBROKE, *avec colère.* La duchesse! rentrer dans ce palais que je la croyais pour jamais bannie...

ABIGAÏL. Et dans mon trouble, tout ce qui m'est venu à l'idée a été de vous écrire sur-le-champ : « Venez! » pour vous apprendre ce qui se passait et ce qui a été convenu.

BOLINGBROKE. Avec qui?

ABIGAÏL. Entre la reine et ces messieurs, au sujet de cette réconciliation.

BOLINGBROKE, *avec impatience.* Eh bien!

ABIGAÏL. Eh bien!.. il a été convenu que la duchesse, qui a donné hier sa démission de surintendante, viendra aujourd'hui remettre à la reine sa clé des petits appartements. (*Montrant la porte à droite.*) Cette clé qui lui permettait d'entrer chez la reine à toute heure, et sans être vue!..

BOLINGBROKE, *avec impatience.* Je le sais.

ABIGAÏL. La reine refusera de la reprendre; la duchesse alors voudra tomber aux pieds de Sa Majesté, qui la relèvera, et elles s'embrasseront, et le bill passera, et le marquis de Torcy, aujourd'hui même...

BOLINGBROKE. O faiblesse de femme et de reine!.. et au moment où nous tenions la victoire.

ABIGAÏL. Y renoncer à jamais!

BOLINGBROKE. Non... non, la fortune et moi nous nous connaissons trop bien pour nous quitter ainsi! je l'ai narguée si souvent qu'elle me rend parfois... mais elle me revient toujours!.. Cette réconciliation... cette entrevue... à quel moment?

ABIGAÏL. Dans une demi-heure!

BOLINGBROKE. Il faut que je parle à la reine!..

ABIGAÏL. Elle est renfermée avec les ministres qui viennent d'arriver... C'est pour cela qu'on m'a renvoyée.

BOLINGBROKE, *se frappant la tête.* Mon Dieu!.. mon Dieu, que faire?.. Il faut pourtant que je la voie, que je sache comment s'est tout à coup éteinte cette haine attisée par moi, et qu'à tout prix je rallumerai! Mais pour tout cela une demi-heure!..

ABIGAÏL, *lui montrant la porte du fond, à gauche, qui s'ouvre.* Mais c'est la reine!

BOLINGBROKE, *respirant.* Je savais bien qu'entre la fortune et moi le dernier mot n'était pas dit... Laissez-nous, Abigaïl, laissez-nous... Veillez à l'arrivée de la duchesse, et quand elle paraîtra, venez nous avertir!..

ABIGAÏL. Oui, Milord!.. Que Dieu vous protége! (*Abigaïl sort par la porte du fond, à droite.*)

—

SCÈNE III.

LA REINE, BOLINGBROKE.

LA REINE, *à part.* Oui, pourvu qu'à ce prix j'achète le repos, j'y suis décidée... (*Levant les yeux, et gaiement.*) Ah! c'est vous, Bolingbroke, je suis heureuse de vous voir! je viens de passer la journée la plus ennuyeuse...

BOLINGBROKE, *souriant, avec ironie.* J'apprends le nouveau trait de clémence de Votre Majesté... c'est magnanime à elle d'oublier ainsi le scandale d'hier.

LA REINE. L'oublier, dites-vous?.. plût au ciel! Mais le moyen!.. il n'est question que de cela, et si vous saviez depuis ce matin... depuis hier... tout ce qui s'est passé au sujet de ce malheureux verre d'eau, tout ce qu'il m'a fallu entendre... J'en ai mal aux nerfs... mais je ne veux plus qu'on m'en parle.

BOLINGBROKE. Et l'on vous réconcilie?..

LA REINE. Bien malgré moi... mais il a fallu en finir... Vous qui êtes pour la paix... vous ne vous étonnerez pas des sacrifices que j'ai faits pour l'obtenir... Et puis cette pauvre duchesse... (*Geste d'étonnement de Bolingbroke.*) Mon Dieu... je ne la défends pas... m'en préserve le ciel! mais on l'accuse parfois si injustement... vous tout le premier! (*Étourdiment.*) Je ne parle pas des derniers subsides et de la prise de Bouchain... je n'ai pas eu le temps de vérifier... (*Gravement.*) Mais le petit Masham... ce que vous m'en aviez dit!

BOLINGBROKE. Eh bien!..

MASHAM. Moi Ma'ame, jamais! — Acte 5, scène 7.

LA REINE, *souriant, avec contentement.* Erreur complète!

BOLINGBROKE, *à part.* C'est donc cela!

LA REINE. Elle n'y pense seulement pas, au contraire.

BOLINGBROKE. Vous croyez!

LA REINE, *souriant.* J'ai pour cela d'excellentes raisons, des preuves évidentes qu'on ma données, et dont il ne faut pas parler!.. c'est qu'elle est au mieux avec lord Evendale!

BOLINGBROKE, *souriant.* Votre Majesté appelle cela une raison!..

LA REINE, *d'un ton sévère.* Certainement. (*Riant.*) Et puis, réfléchissez... raisonnez, Bolingbroke, car cette pauvre duchesse que j'ai accusée aussi... je ne sais pas comment cela ne m'était pas venu à la pensée... si elle avait aimé Masham, est-ce qu'hier elle l'aurait ainsi dénoncé devant toute la cour et fait arrêter par vous?

BOLINGBROKE, *à demi-voix.* Et si elle n'avait cédé alors qu'à un mouvement de colère et de jalousie... dont elle se repent maintenant?

LA REINE. Que voulez-vous dire?

BOLINGBROKE, *riant et toujours à demi-voix.* La duchesse avait soupçonné... ou cru deviner... qu'hier au soir, Masham devait avoir une entrevue mystérieuse...

LA REINE, *à part.* O ciel!

BOLINGBROKE. Avec qui?.. on l'ignore! il est même douteux que ce soit vrai... mais, si Votre Majesté le désire... je saurai... je découvrirai...

LA REINE, *vivement..* Non... non, c'est inutile...

BOLINGBROKE. Ce qu'il y a de certain, c'est qu'hier au soir, à la même heure, après le cercle de Votre Majesté, la duchesse devait avoir, chez elle, un rendez-vous avec Masham.

LA REINE. Un rendez-vous?

BOLINGBROKE, *vivement.* Oui, Madame!

LA REINE, *avec colère.* Hier!.. avec lui!.. Ils s'entendaient... ils étaient donc d'intelligence?

BOLINGBROKE, *vivement, et avec chaleur.* Et, jugez aujourd'hui de son désespoir et de son regret, d'avoir, dans un moment de dépit, renoncé à sa place de surintendante! Privée de son pouvoir et de son crédit, elle ne peut plus défendre Masham, qui est mon prisonnier; privée de ses entrées au palais et des moyens d'y pénétrer à toute heure, elle ne peut plus, comme autrefois, le voir ici sous vos yeux, sans danger et sans soupçons... voilà pourquoi elle tenait à cette réconciliation qu'elle vous a fait demander; voilà pourquoi une fois rentrée ici... à la cour...

LA REINE, *à part.* Jamais!

SCÈNE IV.

BOLINGBROKE, LA REINE; ABIGAÏL, *accourant par la porte au fond, à droite.*

ABIGAÏL, *tout émue, accourant près de Bolingbroke.* Milord! Milord!

LA REINE, *avec colère.* Qu'y a-t-il?

ABIGAÏL. Je venais annoncer que j'avais vu entrer dans la cour du palais la voiture de madame la duchesse!

LA REINE. La duchesse! (*Passant au milieu du théâtre.*) Eh! qui lui a donné l'audace de se présenter devant moi?

ABIGAÏL. Elle venait... offrir à Sa Majesté, au sujet de l'événement d'hier, des excuses...

LA REINE. Que je n'admets pas... Je peux pardonner les injures qui me sont personnelles; jamais celles dirigées contre la dignité de ma couronne... et hier, à dessein, et non par hasard, la duchesse a eu, dans son orgueil, l'intention de manquer à sa souveraine et de l'outrager.

BOLINGBROKE. Intention manifeste!

THOMPSON, *se présentant à la porte du fond.* Milady duchesse de Marlborough attend dans la salle de réception les ordres de Sa Majesté.

LA REINE. Abigaïl, allez les lui porter. Dites-lui que nous ne pouvons la recevoir; que nous avons disposé de la place qu'elle occupait auprès de nous!.. qu'elle ait dès demain à nous renvoyer son brevet de surintendante, et surtout les clés de nos appartements, qui désormais lui sont interdits, ainsi que notre présence... Allez...

ABIGAÏL, *stupéfaite.* Quoi, il serait possible...

BOLINGBROKE, *froidement.* Allez donc, miss Abigaïl, obéissez à la reine.

ABIGAÏL. Oui, Milord. (*A part.*) Ah! ce Bolingbroke est un démon! (*Abigaïl sort par la porte du fond, à gauche.*)

SCÈNE V.

BOLINGBROKE, LA REINE.

BOLINGBROKE, *s'approchant de la reine qui vient de se jeter dans son fauteuil, à droite du spectateur.* Bien, ma souveraine, très-bien!

LA REINE, *avec exaltation, et comme fière de son courage.* N'est-ce pas! Ils m'ont crue faible, et je ne le suis pas.

BOLINGBROKE. Nous le voyons bien!

LA REINE, *avec colère.* C'est aussi trop abuser de ma patience!

BOLINGBROKE. C'est un état de choses intolérable...

LA REINE. Et qui ne peut durer.

BOLINGBROKE, *vivement.* C'est ce que nous disons depuis longtemps!.. Parlez!.. mes amis et moi, sommes prêts à exécuter vos ordres!

LA REINE, *se levant.* Mes ordres... certainement!.. je vous les donnerai! et c'est à vous, Bolingbroke, à vous que je me confie... Mais, dites-moi... et Masham?..

BOLINGBROKE. Est toujours mon prisonnier, et nous nous occuperons de cette affaire dès que le nouveau ministère sera formé, la chambre dissoute, et le duc de Marlborough rappelé!

LA REINE, *avec agitation.* C'est bien!.. je vais donner l'ordre de le mettre en jugement.

BOLINGBROKE, *vivement.* Le maréchal?

LA REINE. Eh! non... Masham!..

BOLINGBROKE, *à part.* Toujours Masham!..

LA REINE, *de même.* Et sa punition... car je veux qu'il soit puni... condamné... je le veux!

BOLINGBROKE, *à part.* O ciel!

LA REINE. Il vous a privé d'un parent que vous aimiez... et puis la duchesse sera furieuse!

BOLINGBROKE, *vivement.* Au contraire..... elle sera enchantée!.. ils sont brouillés,.. une guerre à mort.

LA REINE, *dont la colère tombe tout à coup.* Ah!... (*D'un ton radouci.*) Vous ne me disiez pas cela!

BOLINGBROKE, *à demi-voix, et riant.* Elle a découvert à n'en pouvoir douter que Masham ne l'aimait pas, qu'il ne l'avait jamais aimée... qu'il en aimait une autre!

LA REINE, *vivement.* En êtes-vous sûr!.. qui vous l'a dit?

BOLINGBROKE, *de même.* Mon jeune prisonnier!.. qui me l'a avoué à moi! un amour mystérieux... une personne de la cour qu'il adore en secret, et sans le lui dire... je n'ai pu en savoir davantage.

LA REINE, *avec contentement.* Voilà qui est bien différent... (*Se reprenant.*) Je veux dire bien singulier... (*En riant.*) et il faudra que nous causions de tout cela.

BOLINGBROKE. Oui, Madame!.. (*Vivement.*) Dès ce soir, Votre Majesté aura la liste de mes nouveaux collègues, avec lesquels, dès longtemps, je me suis entendu!.. L'ordonnance de dissolution...

LA REINE. C'est bien!

BOLINGBROKE, *de même.* Les préliminaires pour les conférences à ouvrir avec le marquis de Torcy.

LA REINE, *de même.* A merveille.

BOLINGBROKE. Et dès que Votre Majesté aura donné sa signature...

LA REINE. Certainement!.. Mais, ne fût-ce que pour connaître et déjouer les projets de la duchesse, ne serait-il pas prudent d'interroger Masham?

BOLINGBROKE. Oui, vraiment... pourvu que ce soit en secret et sans que l'on puisse s'en douter!

LA REINE. Et pourquoi?

BOLINGBROKE. Parce que je réponds de lui!.. parce que je ne dois le laisser communiquer avec qui que ce soit, et surtout avec des personnes de la cour... mais ce soir... quand tout le monde sera retiré... quand il n'y aura plus de danger d'être vu...

LA REINE. Je comprends!

BOLINGBROKE, *remontant le théâtre, et s'approchant de la porte du fond.* Je délivrerai mon prisonnier que nous interrogerons... ou plutôt que Votre Majesté voudra bien interroger, car je n'en aurai pas le loisir...

LA REINE, *avec joie.* C'est bien!.. c'est bien... (*En ce moment la duchesse entr'ouvre un instant la porte à droite.*)

LA DUCHESSE, *apercevant Bolingbroke.* Dieu! Bolingbroke! (*Elle referme vivement la porte.*)

LA REINE, *s'arrêtant à ce bruit.* Silence!

BOLINGBROKE. Qu'est-ce donc?

LA REINE, *montrant le cabinet, à droite.* Rien... j'avais cru entendre de ce côté. (*Revenant à lui gaiement.*) Non... A ce soir!... à bientôt.

BOLINGBROKE, *s'éloignant.* Masham sera ici... avant onze heures. (*Bolingbroke est sorti par la porte du fond, à gauche.*)

SCÈNE VI.

LA REINE, *qui vient de le reconduire, aperçoit, en redescendant le théâtre,* ABIGAÏL, *qui entre par la porte du fond, à droite.*

LA REINE, *allant s'asseoir sur le canapé, à gauche.* Ah! te voilà, petite! eh bien!.. et la duchesse?

ABIGAÏL. Ah! si vous saviez!

LA REINE, *s'asseyant.* Viens ici près de moi! (*A Abigaïl*

qui hésite à s'asseoir près de la reine.) Viens donc! Qu'a-t-elle dit?

ABIGAÏL. Rien!.. mais la colère et l'orgueil contractaient tous ses traits!..

LA REINE, *souriant.* Je le crois sans peine! car le message dont je t'ai chargée près d'elle lui désignait d'avance celle qui désormais allait la remplacer.

ABIGAÏL, *étonnée.* Que dites-vous?

LA REINE. Oui, Abigaïl, oui, tu seras tout pour moi... ma confidente, mon amie. Oh! ce sera ainsi! car d'aujourd'hui je commande, je règne!... Achève ton récit... Tu crois donc que la duchesse est furieuse?

ABIGAÏL. J'en suis sûre! car en descendant le grand escalier, elle a dit à la duchesse de Norfolk qui lui donnait le bras... (C'est miss Price qui l'a entendue, et miss Price est une personne en qui l'on peut avoir confiance.) Elle a dit : « Quand je devrais me perdre, je déshonorerai la reine!.. »

LA REINE. O ciel!

ABIGAÏL. Et puis elle a ajouté : « Il vient de m'arriver « d'importantes nouvelles dont je profiterai...» Mais elles se sont éloignées, et miss Price n'a pu en entendre davantage!

LA REINE. De quelles nouvelles voulait-elle parler?

ABIGAÏL. De nouvelles importantes!

LA REINE. Qu'elle vient d'apprendre!..

ABIGAÏL. Peut-être des nouvelles politiques...

LA REINE. Ou plutôt cette entrevue que nous avions projetée pour hier au soir?

ABIGAÏL. Où est le mal?

LA REINE. A coup sûr!... car hier, si je désirais, et devant toi, interroger Masham... c'était pour une affaire grave et importante... pour savoir jusqu'à quel point on m'abusait... pour connaître enfin la vérité!

ABIGAÏL. Ce qui est bien permis! surtout à une reine!

LA REINE. Tu crois?

ABIGAÏL. C'est un devoir. *(Vivement.)* Et puis enfin qu'aurait-elle à dire?.. Vous ne l'avez pas vu, *(A part.)* grâce au ciel! *(Avec satisfaction.)* Et maintenant qu'il est prisonnier... c'est impossible!

LA REINE, *avec embarras.* Et si cela n'était pas!

ABIGAÏL, *effrayée.* Que voulez-vous dire?

LA REINE, *avec joie.* Tu ne sais pas, Abigaïl, il va venir, je l'attends!

ABIGAÏL, *vivement.* Vous, Madame?

LA REINE, *lui prenant la main.* Qu'as-tu donc?

ABIGAÏL, *avec émotion.* Je tremble!.. j'ai peur.

LA REINE, *avec reconnaissance, et se levant.* Pour moi!.. Rassure-toi!.. aucun danger...

ABIGAÏL. Et si la duchesse le savait dans le palais... dans votre appartement!.. à une pareille heure!.. Mais non, Votre Majesté l'espère en vain... Masham est confié à la garde de Bolingbroke, qui ne peut, sans s'exposer lui-même, lui rendre la liberté!.. c'est impossible...

LA REINE, *lui montrant la porte du fond, à gauche, qui vient de s'ouvrir.* Tais-toi!.. le voici!

ABIGAÏL, *voulant courir à Masham.* O ciel!

LA REINE, *la retenant.* Ne me quitte pas!

ABIGAÏL, *avec jalousie.* Oh! non, Madame, non certainement!

SCÈNE VII.

MASHAM, LA REINE, ABIGAÏL.

(Masham s'avance lentement, salue respectueusement la reine, qui, avec émotion et sans lui parler, lui fait signe de la main d'avancer.)

LA REINE, *baissant la voix.* Fermez ces portes... et reviens!..

(Abigaïl ferme la porte du cabinet, à droite, et celles du fond, et revient vivement se placer près de la reine.)

MASHAM. Lord Bolingbroke m'envoie présenter à Votre Majesté ces papiers, qu'il ne pouvait, dit-il, confier qu'à moi, et qui sont de la dernière importance!..

LA REINE, *avec bonté, et prenant les papiers.* C'est bien, je vous remercie!

MASHAM. Je dois les lui reporter avec la signature de Votre Majesté.

LA REINE. C'est vrai!.. j'oubliais!.. *(Elle passe près de la table, à gauche, et s'assied. Regardant les papiers.)* Ah! mon Dieu! comme en voilà!.. *(Elle ôte ses gants, prend une plume et signe vivement, et sans les lire, les diverses ordonnances. Pendant ce temps, Masham s'est approché d'Abigaïl, qui est de l'autre côté, à l'extrémité de droite.)*

MASHAM. Eh! mon Dieu! miss Abigaïl, comme vous voilà pâle!

ABIGAÏL, *à demi-voix, avec émotion.* Écoutez-moi, Arthur... j'ai le crédit... le pouvoir de la duchesse!

MASHAM, *avec joie.* Est-il possible?

ABIGAÏL, *de même.* La faveur de la reine! et je suis décidée à repousser tous ces biens... à y renoncer...

MASHAM, *étonné.* Eh! pourquoi?..

ABIGAÏL. Pour vous!.. Quelque fortune qui vous puisse arriver, en feriez-vous autant?

MASHAM, *vivement.* Pouvez-vous le demander?

ABIGAÏL, *tremblante.* Eh bien! Arthur, vous êtes aimé d'une grande dame... la première de ce royaume...

MASHAM. Que dites-vous?

ABIGAÏL. Silence!.. *(Lui montrant la reine qui a achevé de signer et qui s'avance vers lui.)* La reine vous parle.

LA REINE. Voici les ordonnances que Bolingbroke vous avait chargé d'apporter à notre signature...

MASHAM. Je remercie Votre Majesté, et vais annoncer à milord qu'il est ministre!

LA REINE. C'est généreux à vous, car le premier usage qu'il fera du pouvoir sera sans doute de poursuivre l'adversaire de Richard Bolingbroke, son cousin.

MASHAM. Je ne crains rien!.. il sait comment ce duel s'est passé!

LA REINE. Et puis, vous avez pour vous de hautes protections... la nôtre d'abord, et, bien mieux encore, celle de la duchesse! *(Elle va s'asseoir sur le canapé à gauche du spectateur. — Masham est debout devant elle, et Abigaïl debout derrière le canapé sur lequel elle s'appuie en regardant Masham.)* On m'a assuré, Masham, car vous n'en conviendrez pas, car vous êtes discret, on m'a assuré que vous l'aimez...

MASHAM. Moi, Madame... jamais!

LA REINE. Et pourquoi donc vous en défendre? la duchesse est fort belle, fort aimable, et le rang qu'elle occupe...

MASHAM. Ah! qu'importe le rang et la puissance... on y songe peu quand on aime. *(Regardant Abigaïl, qui est debout derrière la reine.)* Et j'aime ailleurs!.. *(Abigaïl fait un geste d'effroi.)*

LA REINE, *baissant les yeux.* Ah! c'est différent... Et celle que vous aimez est donc bien belle!

MASHAM, *avec amour et regardant Abigaïl.* Plus que je ne peux vous dire... *(Se reprenant.)* Je veux dire que je l'aime... que je suis heureux et fier de cet amour; et paraissez-moi, Madame, si même ici, devant vous et à vos pieds, j'ose l'avouer...

LA REINE, *se levant brusquement.* Taisez-vous!.. n'entendez-vous pas?..

ABIGAÏL, *montrant la porte du cabinet, à droite.* On frappe à cette porte!

MASHAM, *montrant les portes du fond.* Ainsi qu'à celles-ci!

ABIGAÏL. Et ce bruit au dehors!.. les appartements se remplissent de monde.

LA REINE. Comment fuir maintenant?.. (*A part, avec effroi.*) Et cette phrase de la duchesse! (*Haut.*) Et si on le voit ici...

ABIGAÏL. Là, sur ce balcon... (*Masham s'élance sur le balcon à gauche; Abigaïl referme la fenêtre.*)

LA REINE. C'est bien... va leur ouvrir.

ABIGAÏL. Oui, Madame... mais du calme... du sang-froid.

LA REINE. Oh! j'en mourrai!

—

SCÈNE VII.

LES PRÉCÉDENTS. *Abigaïl va ouvrir les portes du fond. — Paraissent* LA DUCHESSE DE MARLBOROUGH ET PLU- SIEURS SEIGNEURS DE LA COUR; BOLINGBROKE, *entre après eux. — Abigaïl va également ouvrir la porte à droite, d'où sortent* PLUSIEURS DEMOISELLES D'HONNEUR.

LA REINE. Qui ose ainsi, à cette heure... dans mes appar- tements... Ciel! la duchesse... Une pareille audace!..

LA DUCHESSE, *regardant autour d'elle dans l'appartement.* Me sera pardonnée par Votre Majesté... car il s'agit d'impor- tantes nouvelles... d'où dépend le salut de l'État!

LA REINE, *avec impatience.* Lesquelles?

LA DUCHESSE, *examinant toujours l'appartement.* Des nou- velles qui mettent en rumeur... et agitent toute la ville... (*A part, regardant le balcon.*) Il ne peut être que là. (*Haut.*) Lord Marlborough m'apprend que l'armée française vient d'attaquer à Denain les lignes du prince Eugène, et a rem- porté une victoire complète.

BOLINGBROKE, *froidement.* C'est vrai!

LA DUCHESSE, *courant à la fenêtre, Abigaïl fait quelques pas pour la retenir et se trouve ainsi placée entre la duchesse et la reine.* Tenez... entendez-vous les cris furieux de ce peuple?

BOLINGBROKE. Qui demande la paix!..

LA DUCHESSE, *qui vient d'ouvrir la fenêtre, et poussant un cri.* Ah!.. monsieur Masham... dans l'appartement de la reine!..

LA REINE, *à part, et voyant paraître Masham.* C'est fait de moi!

ABIGAÏL, *bas, à la reine.* Non!.. je l'espère!.. (*Tombant à genoux.*) Grâce, Madame!.. grâce!.. c'est moi qui, à votre insu... l'avais reçu cette nuit...

LA DUCHESSE, *avec colère.* Quelle audace!.. Vous osez sou- tenir...

ABIGAÏL, *baissant les yeux.* La vérité!

MASHAM, *s'inclinant.* Que Sa Majesté nous punisse tous deux!

LA REINE, *bas, à Bolingbroke.* Bolingbroke, sauvez-nous!

BOLINGBROKE, *s'avançant vers les seigneurs de la cour qui sont dans le fond, et prenant le milieu du théâtre.* Permet- tez?.. J'ai à vous dire...

LA DUCHESSE, *s'adressant à Bolingbroke.* Et moi... je de- manderai à Milord, comment un prisonnier confié à sa garde est libre en ce moment, et par quel motif?

BOLINGBROKE, *se tournant vers l'assemblée.* Un motif auquel vous auriez tous cédé comme moi, Milords! M. Masham m'a demandé, sur sa parole et sur son honneur de gentilhomme, la permission de faire ses adieux à Abigaïl Churchill! sa femme...

LA REINE ET LA DUCHESSE, *poussant un cri.* O ciel!..

LA REINE, *avec agitation.* Messieurs!.. Messieurs!.. (*Leur faisant signe de s'éloigner.*) Un instant... je vous prie!.. (*Ils s'éloignent tous de quelques pas; la reine reste seule sur le devant du théâtre avec Bolingbroke.*)

LA REINE, *à demi-voix.* Ah! qu'avez-vous fait?..

BOLINGBROKE, *de même.* Vous m'avez dit de vous sauver... (*A la reine qui ne peut cacher son émotion.*) Allons, ma sou- veraine... et puis, fallait-il laisser déshonorer cette jeune fille qui venait de se dévouer pour Votre Majesté?

LA REINE, *avec courage et comme ayant pris sa résolution.* Non!.. (*A demi-voix.*) dites-leur d'approcher. (*Bolingbroke fait un signe; Abigaïl et Masham, qui s'étaient tenus à l'écart, s'avancent timidement.*)

LA REINE, *avec émotion et à voix basse, à Abigaïl.* Abigaïl... ce que vous venez d'entendre... il faut que cela soit... ne le démentez pas... Encore cette preuve de dévouement... et ma reconnaissance, mon amitié vous sont à jamais acquises...

ABIGAÏL, *à la reine, avec épanchement.* Ah! Madame... si vous saviez...

BOLINGBROKE, *lui coupant la parole.* Silence!.. (*Il fait un signe à Masham, qui à son tour s'élance près de la reine.*)

LA REINE. Quant à vous, Masham...

BOLINGBROKE, *bas, à Masham.* Refusez!

LA REINE. Je sais que d'autres idées, peut-être... mais, par le dévouement que vous lui portez... votre reine vous le de- mande...

MASHAM. Moi, Madame...

LA REINE. Elle vous l'ordonne! (*Tous deux s'inclinent et passent à droite du théâtre. S'adressant aux personnes de la cour et prenant le milieu du théâtre :* Milords et Mes- sieurs, les graves événements que madame la duchesse vient de nous apprendre vont hâter des mesures que nous méditons depuis longtemps. Sir Harley, comte d'Oxford, et lord Bolingbroke, mes nouveaux ministres, vous explique- ront demain nos intentions. Nous rappelons milord duc de Marlborough dont le talent et les services deviennent dé- sormais inutiles, et décidée à une paix honorable, nous entendons que, dans le plus bref délai, les conférences s'ouvrent à Utrecht, entre nos plénipotentiaires et ceux de la France.

BOLINGBROKE, *qui est placé à droite entre Masham et Abi- gaïl; bas, à Abigaïl.* Eh bien! Abigaïl... mon système n'a-t- il pas raison? Lord Marlborough renversé... l'Europe pacifiée...

MASHAM, *lui remettant les papiers que la reine a signés.* Bo- lingbroke, ministre!...

BOLINGBROKE. Et tout cela grâce à un verre d'eau!

FIN DU VERRE D'EAU.

LE MENTEUR VÉRIDIQUE

COMÉDIE-VAUDEVILLE EN UN ACTE

Représentée, pour la première fois, à Paris, sur le théâtre du Gymnase dramatique, le 24 avril 1823

EN SOCIÉTÉ AVEC M. MÉLESVILLE.

Personnages.

LE COMTE DE SAINT-MARCEL.	LOLIVE, valet du comte.
FRANVAL, riche négociant.	ROSE, suivante de Lucie.
LUCIE, sa fille.	UN VALET A LIVRÉE.
ÉDOUARD DE SAINVILLE.	UN DOMESTIQUE DE L'HOTEL.

La scène se passe dans un hôtel garni.

Le théâtre représente un salon élégant, avec porte de fond et portes latérales. A gauche, une table et tout ce qu'il faut pour écrire.

SCÈNE PREMIÈRE.

LOLIVE, ROSE.

ROSE, *faisant entrer Lolive.* C'est toi, Lolive? Pour un valet de chambre de grand seigneur, comme tu es matinal! Peste! levé avant dix heures!

LOLIVE. J'ai su hier que vous deviez descendre à cet hôtel, et j'accours réclamer ta foi et le prix de onze mois de soupirs...

ROSE. Ah çà! tu m'as donc été d'une fidélité...

LOLIVE. Effroyable; cela me fait du tort dans les antichambres : ma constance est passée en proverbe, et l'on ne m'appelle plus que le *Céladon* de la livrée. Quant à toi, je ne te fais pas de questions sur ce chapitre-là.

AIR de *Julie.*

La confiance est la vertu première
Et d'un amant et d'un mari :
Tendre ou jaloux, infidèle ou sincère,
Rien n'empêche d'être trahi.
Et comment soulever le voile
Qui nous cache la vérité?
Qu'un autre croie à la fidélité,
Moi je ne crois qu'à mon étoile.

ROSE. Impertinent! tu pourrais supposer...

LOLIVE. Du tout; en province il faut bien être fidèle, on n'a que cela à faire. Que voulais-tu m'annoncer?

ROSE. Que M. Franval, mon maître, le plus honnête et le plus riche armateur de Bordeaux, vient à Paris marier sa fille; et que celle-ci, qui m'aime beaucoup, m'a promis une dot le jour où l'on signerait son contrat.

LOLIVE. Une dot! c'est à merveille. Je ne te demande pas quelle est la somme.

ROSE. Mille écus.

LOLIVE, *avec exaltation.* Peu m'importe; l'amour complet-il les billets de banque? (*Froidement.*) Est-ce comptant?

ROSE. Oui.

LOLIVE. Tant mieux, parce que premier valet de chambre d'un grand seigneur, de M. le comte de Saint-Marcel, tu sens que je ne pouvais former une alliance sans y trouver de quoi soutenir mon rang; tu as une dot, tout est dit, je t'accorde ma main.

ROSE, *soupirant.* Ah! Lolive, le mariage de ma maîtresse n'est pas encore fait.

LOLIVE. Qui pourrait l'empêcher?

ROSE. Je ne sais; pendant le voyage, j'ai cru remarquer quelque mésintelligence entre le père et la fille. Mademoiselle Lucie est triste, inquiète, et je crains qu'un obstacle...

LOLIVE, *vivement.* Un obstacle! il n'y en a pas, il ne peut pas y en avoir; ma tendresse, notre bonheur, mille écus comptant, il faut absolument que ce mariage se fasse. Rose, l'honneur, la délicatesse, tout vous fait un devoir de tromper le père s'il le faut; et si vous avez besoin de moi...

ROSE. Encore faut-il savoir de quoi il s'agit; justement mademoiselle Lucie va venir; je t'engagerais bien à rester, mais je crains que ton maître, M. de Saint-Marcel, ne t'attende.

LOLIVE. Mon maître! oh! je le forme.

AIR : *Un homme pour faire un tableau.*

Maint solliciteur chaque jour
Implore humblement sa présence;
Mais de mon cher maître à mon tour
J'exerce aussi la patience.
Si chez lui l'on attend, dit-on,
Il attend son valet de chambre,
Et c'est dans son propre salon
Que je lui fais faire antichambre.

D'ailleurs, aujourd'hui j'ai ma journée à moi; madame la comtesse est indisposée; une aventure hier au bal masqué... je te conterai cela. Voici notre belle affligée; de la fermeté, Rose, et songez qu'il y va pour vous d'une fortune et d'un mari.

SCÈNE II.

LUCIE, ROSE, LOLIVE.

LUCIE. Rose, Rose, je te cherchais; Édouard n'a pas encore paru?

ROSE. Non, Mademoiselle.

LUCIE. Quelle est cette personne avec qui tu causais?

LOLIVE, *bas, à Rose.* Présente-moi donc.

ROSE. Mademoiselle, c'est le jeune homme dont je vous ai parlé à Bordeaux.

LUCIE. Ah! j'entends, monsieur Lolive; je t'en fais compliment; mais si votre mariage doit se célébrer le même jour que le mien, je crains bien que vous n'attendiez encore.

ROSE. Et pour quelle raison?

LUCIE. Je suis au désespoir, mon père veut rompre avec Édouard.

LOLIVE, *bas, à Rose.* Ah! mon Dieu! et nos mille écus?

ROSE. Cela n'est pas possible; même famille, même fortune, c'est un mariage trop convenable, et monsieur votre père r.'oserait pas.

LUCIE. Aussi, ne vient-il à Paris que pour chercher un prétexte.

ROSE. Il n'en trouvera pas; M. Édouard est un jeune homme charmant.

AIR des *Maris ont tort.*

Plein de raison et d'imprudence,
Plein de folie et de bonté,
Souvent il donne à l'indigence
L'argent qu'il gagne à l'écarté.
Rendre service est sa méthode;
Enfin chez lui sont confondus
Les défauts qui sont à la mode
Et les vertus qui n'y sont plus.

LUCIE. Oui; mais puisque tu parles de ses défauts, il en est un que jusqu'ici j'avais su cacher à mon père, et auquel il ne pardonne pas; un négociant comme lui, qui a toute la droiture, et même la rudesse d'un ancien marin, estime avant tout la franchise, et M. Édouard est sans doute un fort aimable jeune homme; mais, soit étourderie, soit distraction, il a contracté l'habitude de ne jamais dire un mot de vérité.

LOLIVE. J'y suis; il a beaucoup voyagé.

ROSE. Non; mais d'abord il est de Bordeaux!

LOLIVE. Je comprends; l'influence du sol natal.

ROSE. Et puis, voilà six mois qu'il est à Paris.

LOLIVE. Et c'est là que tout se perfectionne.

LUCIE. Enfin, mon père m'a déclaré qu'au premier mensonge bien avéré, bien prouvé, tout serait rompu.

LOLIVE. Allons donc, on voit bien que monsieur votre père est aussi du pays, et son projet est une plaisanterie, une gasconnade; vouloir empêcher un jeune homme à la mode de mentir! autant vaudrait faire remonter la Garonne vers sa source.

LUCIE. C'est ce que vous ne ferez jamais comprendre à mon père, et je ne sais comment prévenir Edouard.

ROSE. Je vais l'attendre; il loge ici dessus dans le même hôtel; et avant qu'il entre chez monsieur votre père, je le préviendrai de prendre garde à lui, et de n'annoncer rien que d'officiel, si c'est possible.

LUCIE. Tais-toi donc! on parle dans la chambre de mon père, j'ai reconnu la voix d'Édouard.

ROSE. Il aura passé par l'autre escalier.

LUCIE. Tout est perdu! et s'il a causé avec mon père, je parie que déjà... Il y attache si peu d'importance qu'il ment par habitude et sans y penser.

ROSE. Alors le coup de maître serait d'empêcher M. Franval de s'apercevoir de ses petits écarts; qu'est-ce que cela nous fait qu'il mente, pourvu que votre père ne s'en doute pas?..

LOLIVE. Elle a raison; ceci est beaucoup plus facile : et si Mademoiselle veut me donner plein pouvoir sur lui...

LUCIE. Ah! si vous parvenez à cacher son défaut à mon père, ma reconnaissance... Vous pensez bien qu'une fois mariée, je suis sûre de le corriger; sans cela ...

LOLIVE. Cela va sans dire; il ne faut pas que M. Édouard me voie; mais si je pouvais l'entendre, et prendre une idée de son caractère...

ROSE, *montrant le cabinet, à droite.* Eh mais! ce cabinet...

Il a précisément un escalier dérobé sur la cour. On vient, entre vite.

LOLIVE.

AIR de la *Nouvelle télégraphique.*

Ne craignez rien,
Tout ira bien,
Et par mes soins j'espère
Le dégager,
Le protéger,
Au moment du danger.

ROSE.

D'après les termes du traité,
Nous servons votre père;
Un mensonge bien attesté
Vaut une vérité.

ENSEMBLE.

Ne craignons rien, etc.

(*Lolive sort par la droite.*)

SCÈNE III.

ROSE, LUCIE, FRANVAL, ÉDOUARD.

FRANVAL. Par exemple, celui-là est trop fort! cent mille écus de rente.

ÉDOUARD. C'est comme je vous le dis. Une Polonaise, une comtesse; car dans ce pays-là, on ne peut guère être moins que cela. La comtesse Valniska, et elle me faisait proposer sa main.

AIR de *Marianne.*

Mais pour accepter sa tendresse
(*Regardant Lucie.*)
J'aimais trop... et vous savez qui.

FRANVAL.

Et c'était bien une comtesse?

ÉDOUARD.

Qui descend de Sobiesky.

FRANVAL.

Mais cette belle,
Où donc est-elle?
Je veux la voir.

ÉDOUARD.

Êtes-vous malheureux!
Elle est partie
Pour Varsovie.

FRANVAL.

C'est très-fâcheux.

ROSE, *à part.*

Non pas, c'est très-heureux.

FRANVAL.

Ce trait sent un peu la Gascogne.

ROSE, *en montrant Franval.*

Je ne crains rien, car le voilà
Forcé de croire celui-là,
Ou d'aller en Pologne.

ÉDOUARD. Ma chère Lucie, que je suis heureux de vous voir; mais descendre hier dans cet hôtel, sans m'en faire prévenir... si je l'avais su, je n'aurais pas été au bal de l'Opéra, quoiqu'il m'y soit arrivé une aventure charmante. Une jeune dame que l'on allait enlever pour une autre, si je ne m'en étais mêlé... Il faut que je vous conte cette histoire-là.

LUCIE, *d'un air suppliant.* Mon cousin, ne la dites pas.

ÉDOUARD. Oh! ne craignez rien! elle peut se raconter, et puis je vous en donne ma parole d'honneur, celle-là est vraie.

FRANVAL. Comment! les autres ne l'étaient donc pas?

ÉDOUARD. Si vraiment, elles le sont toutes; mais celle-là encore plus que les autres. (A Lucie.) Imaginez-vous... Mais qu'avez-vous? d'où vient cette tristesse? vous ne savez donc pas que votre père consent à nous unir aujourd'hui même?

LUCIE. Il serait vrai?

ÉDOUARD. Oui, et il m'a promis que ce soir, après dîner, il signerait notre contrat, à une seule condition, qu'il n'a pas voulu me dire, mais que vous devez connaître, n'est-il pas vrai?

LUCIE. Oui, et je crains que déjà il ne soit plus en votre pouvoir de la remplir.

FRANVAL. Je crois du moins qu'il aura de la peine; mais je suis équitable, et je ne condamnerai pas sans preuves, bien persuadé, mon cher Édouard, que tu ne seras pas embarrassé de m'en fournir d'ici à ce soir.

ÉDOUARD. Il paraît qu'en province on parle par énigmes, car je n'y conçois rien; mais qu'importe? vous m'aimez, je vous aime; je suis si heureux de vous voir; depuis six mois que nous étions séparés...

FRANVAL. J'espère que tu as mis ce temps à profit, que tu t'es fait des amis, des protecteurs. Tu ne nous parlais pas dans tes lettres de M. le comte de Saint-Marcel, le meilleur ami de ton père : est-ce que, par hasard, tu ne le voyais plus?

ÉDOUARD. Si vraiment, tous les jours; une maison charmante, une femme fort aimable; l'autre jour encore, j'ai fait une chanson pour elle, dont je devais, aujourd'hui même, lui porter la musique.

ROSE, à Lucie. Ah! mon Dieu, j'ai bien peur; Lolive, qui est à son service, me l'aurait dit.

ÉDOUARD. Ce bon M. de Saint-Marcel, il m'a servi chaudement, il avait pour moi mille bontés; et la preuve, c'est que j'ai dans ce moment-ci deux ou trois places à ma disposition; on m'offre la recette de Strasbourg, celle de Marseille...

FRANVAL. Je préfère cette dernière, et je suis d'avis qu'aujourd'hui même nous allions...

ÉDOUARD. A peine arrivé, vous occuper déjà d'affaires; songeons un peu aux plaisirs de la capitale, j'en veux faire les honneurs à ma jolie cousine. Il y a une pièce nouvelle aux Français, j'ai fait retenir une loge, ensuite il y a bal masqué.

FRANVAL. Oh! d'abord, le bal de l'Opéra, nous n'irons pas, nous n'avons ni masques, ni dominos.

ÉDOUARD. Et Babin, le costumier qui demeure là en face, sur le palier. Est-ce qu'on est jamais embarrassé à Paris, au centre de la civilisation et de la rue de Richelieu? A propos, comment trouvez-vous l'appartement que je vous ai retenu? un peu petit, n'est-ce pas? mais, voyez-vous, je loge au-dessus; il y a un peu d'égoïsme dans mon fait.

FRANVAL. J'aurais préféré le boulevard.

ÉDOUARD. Ah! si j'avais su cela! ma maison qui est juste au coin des Italiens.

LUCIE. Votre maison!

FRANVAL. Tu as une maison à Paris, toi?

ÉDOUARD. Et qui ne m'a pas coûté cher, un billet de loterie... moi qui n'y mets jamais.

FRANVAL. Peste! c'est avoir la main heureuse.

ÉDOUARD. Une maison charmante, toute neuve, entre cour et jardin, dix mille francs de glaces seulement au premier, avec un billard, salle de bains; cela avait été bâti pour une danseuse qui l'a trouvée trop petite.

FRANVAL. Parbleu! moi qui ne suis pas si difficile que ces dames, j'irai y loger.

ÉDOUARD. Ah! que je suis donc fâché! je l'ai vendue avant-hier.

FRANVAL. Déjà?

ÉDOUARD. Soixante mille francs, ça n'est pas cher, mais il y avait des réparations à faire.

FRANVAL. Des réparations! une maison toute neuve!

ÉDOUARD. C'est-à-dire qu'il y avait un pavillon mal construit... Vous concevez....

AIR : De sommeiller encor, ma chère.

Des maçons l'on n'est jamais quitte.

FRANVAL.

A construire on est donc bien long?

ÉDOUARD.

Mais, au contraire, on va trop vite :
On improvise une maison.
En quinze jours elle est bâtie;
Mais les travaux doivent encor durer;
Car à peine est-elle finie,
Qu'on se met à la réparer.

Aussi, j'ai mieux aimé mes soixante mille francs, c'est plus sûr.

FRANVAL. Et ton acquéreur est-il solide?

ÉDOUARD. Oh! très-riche, un ancien marchand, M. Guillaume; il doit même m'apporter mon argent ce matin; oh! je n'en suis pas inquiet.

ROSE, à part. Ni moi non plus.

LUCIE. Ah! Rose, j'ai bien peur que ce n'en soit un.

ROSE. Et moi aussi. (Rose sort.)

SCÈNE IV.

LES PRÉCÉDENTS, UN VALET de l'hôtel.

LE VALET, donnant une lettre à Franval. Monsieur Franval, de Bordeaux.

FRANVAL. C'est bien... (Ouvrant la lettre.) Ah! ah! c'est pour ce paiement... (Le valet sort.) Voyons mes lettres de change. Pardon, mon cher Édouard, j'ai quelques papiers à mettre en ordre, cause avec ma fille. (Il tire son portefeuille et s'assied à gauche.)

LUCIE, à droite, à demi-voix, à Édouard. Vous êtes donc incorrigible!

ÉDOUARD. Est-ce de mon amour que vous parlez?

LUCIE. Non, mais de vos défauts qui nous perdent. Mon père a juré de rompre notre mariage, si d'ici à ce soir il s'aperçoit d'un seul mensonge.

ÉDOUARD. Dieu! qu'ai-je fait!

LUCIE. Quoi! Monsieur, tout ce que vous venez de lui dire...

ÉDOUARD. Est vrai, quant au fond; mais les détails... moi, ce n'est jamais avec mauvaise intention... mais la moitié du temps, à raconter les choses telles qu'elles sont, c'est si ennuyeux...

LUCIE. Que vous ne pouvez résister au désir de les embellir, et que pour déployer les richesses de votre imagination...

ÉDOUARD. Me voilà corrigé, et je vous jure que jamais...

LUCIE. Taisez-vous, mon père s'approche.

ÉDOUARD. Oh! je ne crains rien.

Air du vaudeville de Turenne.

Si j'obtiens cette main si chère,
Vrai modèle des bons maris,
Vous me verrez toujours sincère,
Toujours constant, toujours épris.

LUCIE.

Toujours... cessez donc ce langage.

LUCIE, accourant. Eh! mon Dieu! qu'y a-t-il don?? — Scène 10.

Si mon père vous entendait!
Toujours... ce mot seul suffirait
Pour rompre notre mariage.

FRANVAL, *tenant un papier*. Je n'aurai jamais assez de
fonds... Eh! parbleu! Édouard, tu peux me rendre ce
service.

ÉDOUARD, *sans se retourner*. Qu'est-ce que c'est, beau-
père?

FRANVAL. Une lettre de change de six mille francs à es-
compter!

ÉDOUARD, *riant*. Ma foi, cela se rencontre mal; je n'ai pas
le sou.

FRANVAL. Bah! et cet argent?

ÉDOUARD. Quel argent?

FRANVAL. Le prix de la maison.

ÉDOUARD. Ma maison... ah! oui, c'est juste... c'est que...
dans ce moment...

FRANVAL. En as-tu disposé?

ÉDOUARD. Non, non; c'est-à-dire dans un sens...

LUCIE, *bas, à Édouard*. Voyez-vous ce que c'est que de
mentir?

ÉDOUARD. Au fait, je ne vois pas pourquoi je ne vous avoue-
rais pas franchement la chose. (*A voix basse*.) J'avais
quelques dettes.

LUCIE, *sévèrement*. Encore un...

ÉDOUARD. Non, c'est la vérité; un jeune homme ne peut
guère vivre sans cela; et par un hasard assez drôle, il se
trouve que mon acquéreur, un monsieur..... *monsieur
Lenoir*...

FRANVAL. Tu m'as dit *M. Guillaume*.

ÉDOUARD. *M. Guillaume Lenoir*... un usurier...

FRANVAL. Tu m'avais dit un marchand.

ÉDOUARD. Marchand, parce qu'il fait l'usure en gros; bref,
cet honnête homme était celui qui m'avait prêté... si bien
qu'en achetant ma maison... il y a eu compensation.

FRANVAL. Et tu devais à ton acquéreur?

ÉDOUARD, *étourdiment*. Une quarantaine de mille francs.

FRANVAL. Mais puisque tu as vendu soixante, c'est vingt
mille francs qu'il te redoit.

ÉDOUARD, *embarrassé*. Vingt mille francs... c'est ce que
vous disais; mais... (*A part*.) Comment diable me tirer de là?

FRANVAL, *le regardant*. Est-ce que tu m'aurais fait un
conte? Est-ce que par hasard ton acquéreur n'existerait pas?

FRANVAL. Qu'est-ce que c'est? — Scène 14.

SCÈNE V.

LES PRÉCÉDENTS; LOLIVE, *déguisé en vieux marchand;*
ROSE.

ROSE, *annonçant. Monsieur Guillaume Lenoir!*
ÉDOUARD, *stupéfait.* Monsieur...
FRANVAL, *de même.* Comment?
LOLIVE, *courant à Édouard.* Mille pardons, mon cher monsieur Édouard, de vous poursuivre ainsi chez les autres; mais les affaires avant la politesse... On vient de me dire que vous étiez en famille, et je n'ai pas cru être indiscret; c'est sans doute monsieur votre père et mesdemoiselles vos sœurs que je me fais l'honneur de saluer? Désolé de vous interrompre... Deux mots, et je me sauve.
ÉDOUARD, *à part.* Qu'est-ce que cela veut dire?
LUCIE. Ces messieurs ont à causer d'affaires; mon père, permettez-moi de me retirer.
ÉDOUARD. Pourquoi donc? je n'ai de secrets pour personne, moi...
LOLIVE. Ah! ce n'est pas amusant, pour une jeune personne, d'entendre parler d'enregistrement, d'état de lieux...

si c'était un contrat de mariage, je ne dis pas; on prend patience, parce qu'on se dit : les affaires avant la politesse.
FRANVAL. Va, mon enfant, nous te rejoindrons bientôt.
LUCIE, *à Rose en s'en allant.* Ne les quittez pas, ma chère Rose. (*Elle sort.*)

SCÈNE VI.

LES PRÉCÉDENTS, *excepté* LUCIE.

LOLIVE. Ah çà! mon cher monsieur, je viens voir si vous voulez enfin terminer l'affaire de votre maison?
ÉDOUARD, *étonné.* De ma maison?
LOLIVE. Quand je dis votre maison, c'est-à-dire la mienne. J'ai acheté, vous m'avez vendu, il ne s'agit plus que de me mettre en possession. Du reste, mille choses aimables de la part de *madame Guillaume Lenoir,* mon épouse : je ne vous en parlais pas d'abord, parce que les affaires avant la politesse.
ÉDOUARD. Ah! vous veniez pour..... (*A Franval.*) Par

exempte, voilà bien l'aventure la plus extraordinaire...

FRANVAL.. Qu'est-ce que tu y trouves donc d'extraordinaire? tu as vendu ta maison.

ÉDOUARD. J'entends bien : ce n'est pas cela qui m'étonne; mais si vous saviez...

LOLIVE.

Air du vaudeville de l'Écu de six francs.

La minute n'est pas signée;
Mais tout est réglé comme il faut;
Et pendant la présente année
C'est vous seul qui payez l'impôt.

ÉDOUARD.

Quoi! je le paye, est-ce possible!
Il ne manquait plus que cela;
Et grâce à cette maison-là,
Je vais me trouver éligible.

C'est dommage de l'avoir vendue.

LOLIVE. Mais c'est fait, l'argent est prêt, et quand vous voudrez...

ÉDOUARD, à part. C'est une mystification; mais, parbleu! je vais bien l'attraper. (Haut.) Puisque mon argent est prêt, mon cher Guillaume, c'est une affaire faite; donnez-le-moi.

LOLIVE. Certainement, Monsieur; (Fouillant dans sa poche et tirant sa tabatière.) aussitôt que vous aurez signé le contrat, et que le délai pour purger les hypothèques sera écoulé.

FRANVAL. C'est juste.

LOLIVE. Du reste, vous savez nos conventions : il ne vous revient que vingt mille francs.

ÉDOUARD, à part. Je ne conçois pas que l'on puisse mentir avec ce front-là.

LOLIVE. Et je les ai déposés chez votre notaire.

ÉDOUARD. C'est fâcheux : j'aurais voulu savoir de quelle couleur est votre argent; et je vous avoue même qu'à cause de mon beau-père et pour d'autres considérations, si vous aviez pu me payer sur-le-champ, (A part.) la plaisanterie aurait été bien meilleure.

LOLIVE. Je conçois que, dans votre situation, vous devez avoir besoin d'argent, ne fût-ce que pour votre cautionnement.

ÉDOUARD. Mon cautionnement...

LOLIVE. Oui, pour votre recette de Marseille.

FRANVAL. Comment!! il serait vrai? ce que tu me disais de cette place...

LOLIVE. La nomination est publique, et c'est grâce au crédit de M. de Saint-Marcel.

Air du vaudeville de la Somnambule.

Je l'ai vu ce matin encore,
Il a pour vous beaucoup d'égards;
Madame surtout vous adore,
Même je dois vous gronder de sa part.
Donnez-lui donc la musique nouvelle,
Cette musique... oui, vous savez, mon cher,
De la chanson que vous fîtes pour elle,
Et qui ne peut aller sur aucun air.

ÉDOUARD, à part. Parbleu! celui-là est trop effronté. (Haut.) Ah çà! Monsieur...

LOLIVE. Adieu, monsieur le receveur... une place superbe, où, avec un peu d'esprit et de bons conseils, on peut faire son chemin : on criera après vous, on dira monsieur le receveur par-ci, monsieur le receveur par-là; moquez-vous de tout cela, faites toujours fortune, quand cela devrait les désobliger, parce que, les affaires avant la politesse. Sur ce, je vous baise bien les mains. Votre très-humble serviteur, de tout mon cœur. (Il sort.)

SCÈNE VII.

LES PRÉCÉDENTS, excepté LOLIVE.

ÉDOUARD, le regardant sortir. Voilà bien le plus hardi hâbleur.

FRANVAL. Mon cher Édouard, que j'ai d'excuses à te faire : crois-tu que j'avais suspecté ta bonne foi?

ÉDOUARD. Comment! vous auriez pu?..

FRANVAL.. Mais voici qui change bien la thèse : je veux qu'à l'instant même nous allions chez M. de Saint-Marcel, que tu me présentes à lui comme ton beau-père, et que je le remercie.

ROSE, à part. C'est fait de lui.

ÉDOUARD, embarrassé. C'est aujourd'hui lundi; il sera à sa petite maison de Saint-Ouen, un endroit délicieux, au bord de la Seine, vis-à-vis l'île de Cage. Nous y allons une ou deux fois par semaine. Imaginez-vous, beau-père, qu'il y a là un billard sur lequel l'autre jour j'ai fait un coup...

FRANVAL. Oui; mais M. de Saint-Marcel n'y jouera pas aujourd'hui; M. Guillaume nous a dit l'avoir vu ce matin à Paris; ainsi, comme je ne me soucie pas d'y aller sans toi, partons.

ÉDOUARD. Demain, si vous voulez; mais aujourd'hui cela m'est impossible.

FRANVAL. Et pour quelle raison?

ÉDOUARD. J'ai ce matin des amis que j'attends, et ils se faisaient même une fête de se trouver avec vous.

FRANVAL. Je ne peux... je déjeune en ville... chez Saint-Phar...

ÉDOUARD, vivement. Là! moi qui ai commandé un déjeuner magnifique.

Air : Dans ce castel de haut lignage.

J'ai dix flacons d'un champagne admirable,
Dinde truffée et vrai pâté d'Amiens.
Mon cœur d'avance en ce banquet aimable
A confondu vos amis et les miens.
Jeunes et vieux, dès le premier service,
Sont du même âge; et par un charme heureux,
A table il faut que chacun rajeunisse;
Là, le vin seul a le droit d'être vieux.

(Pendant ce couplet, Rose a l'air d'écouter attentivement les détails du repas.)

FRANVAL. A la bonne heure; mais il est dix heures, ton déjeuner sera, comme le mien, pour midi, et d'ici là nous aurons le temps de faire une visite. Ainsi, tu vas venir avec moi, je l'exige : qu'est-ce que c'est donc que cela?

ÉDOUARD, à part. Il n'en démordra pas.

ROSE, à part. Le pauvre jeune homme ne sait plus où donner de la tête.

FRANVAL. Eh bien! qu'as-tu donc? et d'où vient cet air embarrassé? tu ne peux pas t'absenter de chez toi pour une demi-heure?

ÉDOUARD. Eh bien! non, beau-père, puisqu'il faut vous le dire, puisque, malgré mes efforts, il est impossible de vous le cacher : je ne puis de toute la matinée m'absenter une seule minute. (A voix basse.) J'ai une affaire d'honneur; j'attends mon adversaire.

FRANVAL. Ah! mon Dieu!

ROSE. J'en étais sûre; voilà du nouveau.

FRANVAL. Et alors, ce déjeuner que tu me décrivais avec tant de facilité...

ÉDOUARD. Il est là, il est toujours là. Je comptais prier un de mes amis que j'attends de me servir de témoin.

FRANVAL. C'est cela, une mauvaise tête, un écervelé qui va tout gâter : c'est moi que cela regarde, je me charge d'arranger l'affaire.

ÉDOUARD. Mais non, beau-père, ne vous mêlez pas de cela, et laissez-nous faire; cela peut vous compromettre, tandis que nous autres jeunes gens...

FRANVAL. Du tout; je veux savoir de quoi il s'agit, et comment cela est arrivé, ou sinon point de mariage.

ÉDOUARD, *à part*. Quel diable d'homme! (*Haut.*) Mais votre déjeuner chez Saint-Phar?

FRANVAL. Est-ce que j'y pense maintenant! il m'attendra : quand il s'agit de ton honneur, de tes jours, toi, le fils de mon meilleur ami, mon propre fils; car maintenant je te regarde comme tel. Allons, parle, et raconte-moi tous les détails.

ÉDOUARD, *à part*. Au fait, c'est un brave homme. (*Haut.*) Écoutez donc, beau-père, vous prenez cela trop au tragique; c'est une aventure comme tant d'autres, un malentendu, une plaisanterie.

FRANVAL. Une plaisanterie! qui compromet votre existence, ou celle d'un compatriote.

ÉDOUARD. D'abord, c'est un Anglais.

FRANVAL. C'est égal. Mais pourquoi vas-tu t'exposer à des voies de fait?

ÉDOUARD. Je ne l'ai pas touché.

FRANVAL. Ou à des paroles.

ÉDOUARD. Je ne lui ai pas parlé.

FRANVAL. Mais alors.

ÉDOUARD. Voilà ce qui est arrivé : Je dînais hier dans une maison charmante; et vu la beauté de la journée, vraie journée d'été, toute la société prenait le café sur une petite terrasse qui donne sur le boulevard, une terrasse de la hauteur d'un entresol, et qui n'a pas même de balustrade; notez bien le fait.

ROSE, *à part*. Voilà une exposition qui me fait frémir.

ÉDOUARD, *comme un homme qui cherche toujours ce qu'il va dire*. La maîtresse de la maison... une femme fort aimable... jeune encore, des yeux noirs magnifiques... la maîtresse de la maison me versait un moka brûlant; et, occupé à la regarder et à lui adresser quelques compliments, je ne m'apercevais pas que le trop plein de ma tasse tombait perpendiculairement sur mon pied, qui n'était défendu que par un simple bas de soie. Un geste rétrograde que je fais pousse un monsieur qui était derrière moi, au bord de la terrasse, et ma foi...

FRANVAL ET ROSE. Ah! mon Dieu!

ÉDOUARD. Pas le moindre danger... cinq ou six pieds d'élévation; mais le malheur veut que, juste au même moment, passe un Anglais qui le reçoit sur ses épaules.

ROSE, *riant*. Ah! ah! je n'y tiens plus!

FRANVAL. Comment! Rose, cela te fait rire?

ROSE. Oui, Monsieur, je n'ai pu m'en empêcher.

ÉDOUARD. C'est ce que fit aussi toute la société. L'Anglais furieux s'en prend à moi, prétend que j'ai jeté exprès un homme sur lui. Je cherche à arranger l'affaire; je lui propose même sa revanche, en lui accordant un étage de plus, c'est-à-dire qu'on le jettera sur moi du premier. Il se refuse à toute espèce d'arrangement; nous échangeons nos adresses, et lord Cook Brook, mon adversaire, doit venir me prendre ce matin avec son épée.

FRANVAL, *secouant la tête*. Je l'avouerai que cette histoire-là me semble bien extraordinaire; mais n'importe, je ne te quitte pas, je serai ton témoin.

ÉDOUARD, *à part*. Est-il tenace! (*Haut.*)

Air du *Petit Courrier.*

Franchement je n'ai pas le droit
De vous faire attendre, beau-père;
Car enfin, si mon adversaire
Ne venait pas... cela se voit.
Il est des gens pleins de sagesse,
Craignant fort de s'aventurer,

Et qui demandent votre adresse,
Pour ne jamais vous rencontrer.

FRANVAL. Eh bien! s'il n'arrive pas, nous irons chez lui.

—

SCÈNE VIII.

LES PRÉCÉDENTS; LOLIVE en *Anglais*, UN VALET,

LE VALET, *annonçant*. Milord *Cook Brook*.

FRANVAL, *étonné*. Comment! il se pourrait!

ÉDOUARD, *stupéfait*. Encore! ce tour-là vaut l'autre.

ROSE, *à part*. A merveille! courons prévenir ma maîtresse, et prendre ses ordres. (*Elle sort.*)

—

SCÈNE IX.

LOLIVE, ÉDOUARD, FRANVAL.

LOLIVE, *baragouinant*. Je venais, Messié, prendre vous pour le petit boxage à l'épée.

ÉDOUARD, *à part*. A l'épée!

FRANVAL. Quoi, Milord, cette aventure d'hier!

LOLIVE. Elle était fort désagréable, et c'était pour en garder la colère que je avais gardé le *chapelier* comme il était hier. (*Montrant son chapeau tout défoncé.*) Voyez-vous, aussi je demandai réparation dans les formes.

ÉDOUARD. Je n'y suis plus, et je cherche à me rappeler si par hasard je n'aurais pas dit vrai.

LOLIVE. Yès, Messié, ce était une conduite incivile; je n'empêche point à vous de jeter un homme, s'il faisait plaisir; mais on devait auparavant crier par le fenêtre : *gare l'homme!* car enfin, je avais un parapluie que j'aurais pu ouvrir.

ÉDOUARD, *à part*. Parbleu! je saurai quel est le mauvais plaisant qui a juré de me mystifier ainsi. (*Haut.*) Eh bien! Monsieur, puisque vous êtes venu pour vous battre, nous nous battrons ici, à l'instant même.

FRANVAL, *les séparant*. Édouard, est-ce là la modération dont vous m'avez parlé?

—

SCÈNE X.

LES PRÉCÉDENTS, LUCIE.

LUCIE, *accourant*. Eh! mon Dieu, qu'y a-t-il donc?

LOLIVE, *bas, à Lucie*. Venez nous séparer. (*Haut, à Édouard.*) Je batterai pas moi.

ÉDOUARD. C'est ce que nous verrons.

FRANVAL. Et moi, je vous ordonne de m'écouter; qu'est-ce que c'est donc que cela? (*A part.*) Moi qui croyais d'abord que c'était une plaisanterie; je vois trop qu'il y va bon jeu bon argent. (*A Lolive.*) C'est vous, Monsieur, qui êtes l'offensé?

ÉDOUARD. Du tout, c'est moi.

FRANVAL. Lorsque vous avez manqué de le tuer, de le blesser!

ÉDOUARD. Ce n'est pas vrai.

LOLIVE. C'est vrai.

FRANVAL. Oui, Monsieur, c'est vrai, vos torts ne sont que trop réels.

ÉDOUARD. Puisque vous l'attestez, il faut bien que je le croie.

FRANVAL. A la bonne heure, il reconnaît ses torts, il revient à la raison ; de votre côté, Milord, j'espère que vous devez oublier votre ressentiment.

LOLIVE. Si Monsieur n'a pas eu l'intention...

FRANVAL. Il ne l'a pas eue.

ÉDOUARD. Je ne l'ai pas eue.

FRANVAL. Alors, que tout soit oublié ; et pour mieux sceller le raccommodement, Milord déjeunera avec nous.

LUCIE. A merveille. Je respire.

ÉDOUARD. Au fait, je n'ai pas trop à me plaindre, et je dois plutôt remercier l'original qui s'acharne ainsi à me rendre service. Holà ! Rose, Lafleur, quelqu'un ! Il faudrait faire préparer à la hâte...

FRANVAL. A quoi bon ?

ÉDOUARD. Puisque Monsieur déjeune avec nous.

FRANVAL. Eh bien ! ce superbe repas que tu as commandé ce matin, et qui est ici !

ÉDOUARD, regardant Lolive. Ah ! oui, certainement ; mais peut-être qu'un déjeuner à la française ne conviendra pas à Monsieur ?

LOLIVE. Pardon : en Français comme en Anglais je déjeunai toujours ; mon estomac il était cosmopolite.

ÉDOUARD. Allons, me voilà pris.

SCÈNE XI.

LES PRÉCÉDENTS, ROSE.

ROSE. Monsieur, le déjeuner est servi.

ÉDOUARD, étonné. Le déjeuner !

ROSE. Un coup d'œil magnifique : un pâté d'Amiens, et du vin de Champagne, au moins dix bouteilles.

ÉDOUARD, à part. Dix ! elles y sont ! C'est fini, je ne peux plus mentir ; aussi maintenant je ne risque rien ; et cela me donne une confiance.

AIR : *Amis, voici la riante semaine.*

Allons, Milord, déjeunons en famille ;
Le verre en main nous allons voir beau jeu ;
C'est dans le vin que la vérité brille.

ROSE, bas, à Édouard.

Prenez bien garde et buvez-en très-peu.

ÉDOUARD, à Lolive.

Oui, c'en est fait, abjurons la vengeance,
Et qu'en nos cœurs elle n'ait plus d'accès.

(Sur la ritournelle de l'air, il traverse le théâtre, et donne une poignée de main à Lolive.)

La haine expire où l'appétit commence,
Un déjeuner vaut un traité de paix.

TOUS ENSEMBLE.

La haine expire, etc.

(Édouard, Lolive, Lucie et Franval sortent par la porte à gauche.)

SCÈNE XII.

ROSE, seule. Pauvre jeune homme ! il n'en revient pas ; il n'est pas habitué à un pareil régime : condamné à la vérité pour vingt-quatre heures ! Aussi il nous donne une peine ; car il est d'une étourderie dans ses mensonges : il avait déjà oublié son déjeuner ; heureusement que nous y avions pensé ; et, grâce à l'argent de Mademoiselle et au voisinage de madame Chevet, on peut créer à Paris un déjeuner complet en cinq minutes.

AIR : *Qu'il est flatteur d'épouser celle.*

On pourra s'offenser peut-être
De voir que Lolive, un valet,
Se place à la table du maître...
La nécessité l'exigeait.
A ses talents je rends justice ;
Mais je crains, moi qui le connais,

Que l'appétit ne le trahisse...
Il est vrai qu'il fait un Anglais.

Alors il n'y a plus à craindre que cette visite de remercîment que son beau-père veut rendre à M. de Saint-Marcel. Comment l'en empêcher ? il n'y a qu'un moyen : en faisant venir ici M. de Saint-Marcel. Je vais prévenir Lolive, il faut qu'il expédie son déjeuner, et qu'il nous fasse encore ce personnage-là ; cela ne lui sera pas bien difficile, car son maître.. hein ! que veut ce monsieur ?

SCÈNE XIII.

ROSE, M. DE SAINT-MARCEL.

M. DE SAINT-MARCEL. M. Édouard de Sainville n'est-il pas ici ?

ROSE. Oui, Monsieur ; mais il est à déjeuner avec M. de Franval, son futur beau-père.

M. DE SAINT-MARCEL. Un déjeuner de famille, un déjeuner de noce ; me préserve le ciel de le déranger ! j'attendrai.

ROSE. Si Monsieur voulait dire son nom ?

M. DE SAINT-MARCEL. C'est inutile.

ROSE. Ce n'est pas pour savoir ; mais si on connaissait seulement pour quelle affaire...

M. DE SAINT-MARCEL. Je la lui expliquerai moi-même, à lui ou à son beau-père.

ROSE. Comme Monsieur voudra.

SCÈNE XIV.

LES PRÉCÉDENTS ; FRANVAL.

FRANVAL, la serviette à la main, à la cantonade. Je suis à vous, Milord ; je veux ratifier le traité d'alliance avec d'excellente liqueur de Bordeaux que j'ai rapportée moi-même.

ROSE, à M. de Saint-Marcel. Voici justement M. Franval.

FRANVAL. Qu'est-ce que c'est ?

ROSE. Un monsieur qui voulait dire deux mots, à vous ou à votre gendre. (A part.) Allons vite préparer Lolive au nouveau rôle qu'il doit jouer. (Elle sort.)

SCÈNE XV.

FRANVAL, M. DE SAINT-MARCEL.

M. DE SAINT-MARCEL. C'est à monsieur Franval que j'ai l'honneur de parler ? enchanté, Monsieur, de vous trouver à Paris ; je ne vous connaissais que de réputation, et d'après les récits de mon vieux camarade, M. de Sainville, qui, dans toutes ses lettres, me parlait de vous et de son fils Édouard.

FRANVAL. Vous êtes un ami de M. de Sainville ?

M. DE SAINT-MARCEL. Son plus ancien et son meilleur ami, M. de Saint-Marcel.

FRANVAL. Comment, monsieur le comte, vous vous donnez la peine de venir nous voir ; c'est moi qui aujourd'hui même voulais vous faire ma visite, pour vous remercier de toutes les bontés dont vous avez comblé mon gendre.

M. DE SAINT-MARCEL. Des bontés !.. il me semble que je n'ai encore rien fait pour lui ; mais c'est sa faute : j'apprends hier par ma femme, madame de Saint-Marcel, qu'il était à Paris : et comment l'a-t-elle su ? au bal de l'Opéra.

FRANVAL. Au bal de l'Opéra !

M. DE SAINT-MARCEL. Oui. Sans Édouard, qui pourtant ne la connaissait pas, la comtesse se trouvait compromise dans la plus sotte affaire...

FRANVAL. Qu'est-ce que vous dites là? comment! depuis trois mois...

M. DE SAINT-MARCEL. Je ne l'ai pas vu une seule fois; et j'ai reçu avant-hier de son père une lettre qui me paraissait une énigme : il se plaignait de ce que son fils n'avait pas encore obtenu une recette à Marseille. Que diable! quand on veut obtenir, on demande; moi, je ne pouvais pas deviner, et je venais exprès pour lui faire une querelle.

FRANVAL. Parbleu! j'en ai bien d'autres à lui faire. Comment! Monsieur, Édouard de Sainville ne va pas habituellement chez vous?

M. DE SAINT-MARCEL. Non, Monsieur.

FRANVAL. Je ne dis pas à Paris, mais à votre petite maison de campagne.

M. DE SAINT-MARCEL. Ma maison de campagne! je n'en ai pas.

FRANVAL. Soit; mais un pied-à-terre à Saint-Ouen, une vue magnifique... une salle de billard.

M. DE SAINT-MARCEL. Je suis très-maladroit, et je n'y joue jamais.

FRANVAL. J'aurais dû m'en douter. Imaginez-vous, Monsieur, un système de mensonges tellement compliqué, tellement combiné, que maintenant je ne peux pas m'y reconnaître. Mais, vous voilà, vous m'aiderez à le confondre; et bien certainement il n'aura pas ma fille.

M. DE SAINT-MARCEL. Y pensez-vous? moi qui me faisais une fête de lui offrir mon présent de noce.

FRANVAL. Il ne sera pas mon gendre.

M. DE SAINT-MARCEL. Mais votre parole?

FRANVAL. Je la retire, et il n'a pas droit de se plaindre. Je l'ai prévenu qu'au premier mensonge que je pourrais prouver, tout serait rompu. Je suis trop heureux de vous avoir rencontré, et nous allons voir comment il soutiendra votre présence. Le voici; je vous prie de ne pas vous nommer.

M. DE SAINT-MARCEL, à part. Et moi qui venais pour le remercier d'un service.

—

SCÈNE XVI.

LES PRÉCÉDENTS, ÉDOUARD, LUCIE, ROSE.

ÉDOUARD. Parbleu! vous êtes tous d'aimables convives; vous, beau-père, vous nous quittez au milieu du déjeuner, et un instant après, milord disparaît à la seconde bouteille de champagne.

ROSE. Quelqu'un le demandait.

ÉDOUARD. Ah! oui : peut-être quelque jeune homme qui dans l'embarras; car je suis forcé de convenir qu'il est fort obligeant; il rend service, et sans intérêt; c'est beau, dites donc, beau-père! Qu'est-ce que nous faisons ce matin?

FRANVAL. J'avais envie de sortir; mais voici une visite qui nous arrive : un ami de la famille.

ÉDOUARD, à M. de Saint-Marcel. Pardon; je n'avais pas eu le plaisir de voir Monsieur. Monsieur est de Bordeaux?

FRANVAL. Justement.

ÉDOUARD. Je l'aurais parié; nous autres gens du Midi, nous avons un air de loyauté, de franchise. Si Monsieur est pour quelque temps à Paris, je me ferai un plaisir de lui servir de guide, de conducteur. Je vous en prie, ne vous gênez pas avec moi; dès que vous êtes l'ami du beau-père...

M. DE SAINT-MARCEL, à Franval. Je vous fais compliment, Monsieur; votre gendre me paraît un aimable garçon.

FRANVAL, bas, à M. de Saint-Marcel. Attendez, attendez. (A Édouard.) Il faut te dire, mon ami, que Monsieur est ici pour solliciter, et aurait besoin de M. de Saint-Marcel.

ÉDOUARD. Tant mieux. On dit que c'est un homme juste et impartial, dont tout le monde s'accorde à faire l'éloge.

FRANVAL. Oui. Mais toi, qui le connais intimement, ne pourrais-tu, par ton crédit...

ÉDOUARD. Ah! certainement; et j'aurai l'honneur de lui présenter Monsieur. Vrai, vous en serez content... Un homme charmant, qui, sans me vanter, me veut du bien.

FRANVAL, riant. Hein!

M. DE SAINT-MARCEL, bas, à Franval, en riant. Eh mais! jusqu'à présent, je trouve qu'il dit vrai.

ÉDOUARD. Et d'une gaieté... Ce n'est pas lui qui m'aurait laissé seul à table, comme vous l'avez fait. Tenez, hier encore, nous avons déjeuné ensemble chez lui.

FRANVAL ET M. DE SAINT-MARCEL. Vous avez déjeuné...

ÉDOUARD. Oui; nous étions à côté l'un de l'autre.

FRANVAL. Il faut donc que depuis hier il soit bien changé.

ÉDOUARD. Pourquoi cela?

FRANVAL, montrant M. de Saint-Marcel. C'est que le voilà, et que tu ne l'as pas reconnu.

ÉDOUARD, surpris, M. de Saint-Marcel!

ROSE, à part. C'est fait de nous.

LUCIE, de même. Tout est perdu.

ÉDOUARD, se remettant sur-le-champ. Comment! c'est là M. de Saint-Marcel!.. Je suis désolé, mais je n'ai pas l'honneur de reconnaître...

FRANVAL. Je le crois bien; mais il n'en est pas moins vrai que c'est lui.

ÉDOUARD. Permettez donc, beau-père, je ne dis pas le contraire; mais ce n'est pas avec monsieur que j'ai déjeuné hier, voilà l'exacte vérité. Vous expliquer comment cela se fait, je l'ignore; mais à moins qu'il n'y ait dans Paris plusieurs Saint-Marcel...

M. DE SAINT-MARCEL. Je n'en connais pas d'autre que Théodore de Saint-Marcel, mon frère, qui est au ministère des affaires étrangères.

ÉDOUARD. Précisément; c'est chez lui sans doute que j'ai été présenté, et c'est avec lui probablement que j'aurai déjeuné hier.

M. DE SAINT-MARCEL. Je le croirais assez sans une petite difficulté, c'est que depuis trois mois il est en Angleterre.

ÉDOUARD, à part. Ah! diable! (Haut.) Il sera donc revenu secrètement; car hier il était à Paris.

FRANVAL. Il n'y était pas.

ÉDOUARD. Il y était.

FRANVAL. Eh bien! mon garçon, j'oublie tout, si tu peux me prouver celui-là.

—

SCÈNE XVII.

LES PRÉCÉDENTS; UN VALET, LOLIVE, en habit brodé, le chapeau à plumes sous le bras.

LE VALET, annonçant. M. de Saint-Marcel.

LOLIVE, d'un air d'aisance. Eh bien! qu'est-ce? qu'y a-t-il?

M. DE SAINT-MARCEL, à part. Que vois-je! c'est ce fripon de Lolive, mon valet de chambre.

LOLIVE. Nous voici bien du monde... Serviteur, Messieurs. Bonjour, mon cher Édouard.

ÉDOUARD. C'est vous, mon cher protecteur! J'avoue que cette fois je n'y comptais plus. Mon étoile avait pâli, et vous faites bien de venir à mon secours. Je vous présente à mon beau-père et à monsieur votre frère.

LOLIVE s'avance d'un air dégagé, et apercevant M. de Saint-Marcel. Dieu! mon maître!

M. DE SAINT-MARCEL, à part. Et avec mon habit brodé!

FRANVAL, étonné. Ils se reconnaissent. (Édouard, Franval, Lolive et Lucie restent tous immobiles de surprise.)

M. DE SAINT-MARCEL. Quel tableau! personne n'y est plus.

Venons à leur secours, car ils ne s'en tireraient jamais. (*Allant à Lolive.*) Eh bien! mon cher frère!

TOUS. Son frère!

M. DE SAINT-MARCEL. Pourquoi ce trouble, cet embarras? Vous vouliez donc me faire un mystère de votre arrivée?

ÉDOUARD. Comment! Monsieur, c'est votre frère, Théodore de Saint-Marcel, qui revient d'Angleterre?

M. DE SAINT-MARCEL. Eh oui! est-ce que cela ne vous arrange pas?

ÉDOUARD. Si vraiment; mais aujourd'hui, c'est comme un fait exprès, je n'invente que des vérités. Ce n'est pas ma faute, beau-père; mais en conscience, vous êtes obligé de me donner votre fille.

M. DE SAINT-MARCEL, *riant*. Oui, Monsieur; il faut consentir à cette union. Vous n'avez plus de mensonges à lui reprocher.

FRANVAL. Excepté celui de la recette de Marseille.

M. DE SAINT-MARCEL. La voici; c'est le présent de noce que je lui destinais.

LUCIE. Comment! il se pourrait....

ÉDOUARD. Ah! je parie que c'est vrai; tout est vrai aujourd'hui. Ainsi, beau-père, consentez, tout le monde vous en supplie.

FRANVAL. Je suis sûr qu'on me trompe.

LOLIVE. Et moi aussi.

M. DE SAINT-MARCEL. Et moi aussi; et cependant vous consentez...

FRANVAL. Il le faut bien, ne fût-ce que par curiosité, et pour avoir le mot de l'énigme.

LOLIVE, *jetant son chapeau. Vivat!* La parole de Monsieur vaut de l'or. Je reprends la livrée, et mets aux pieds de Rosette M. Guillaume Lenoir, milord Cook-Brook, et bien plus, le fidèle Lolive, valet de chambre de monsieur le comte.

ÉDOUARD. Comment, coquin, c'était toi?

FRANVAL. Fais donc l'étonné.

ÉDOUARD. Je vous jure que je n'en savais rien, et que je ne le connaissais pas.

FRANVAL. Encore! par exemple, c'est là le plus difficile à croire.

LUCIE. Et cependant, mon père, c'est la vérité; nous vous mettrons au fait de tout.

ÉDOUARD. Le ciel m'est témoin que, si j'en ai imposé aujourd'hui, c'était pour la dernière fois, et à mon corps défendant. Oui, Monsieur, oui, mon cher protecteur, je jure de me corriger, de ne plus retomber dans un défaut dont je vois trop les dangers. Lolive, je me souviendrai de ta leçon; je te promets une récompense.

LOLIVE. Bien sûr!

LUCIE, *lui donnant une bourse.* Et moi je te la donne.

LOLIVE. C'est encore mieux. (*Pesant la bourse.*)

Rien n'est beau que le vrai, le vrai seul est aimable.

VAUDEVILLE.

LUCIE.

De vérités trop redoutables
L'amour-propre peut s'offenser;
La Fontaine a su par des fables
Le corriger sans le blesser.
Dans un charme heureux il nous plonge
Par sa douce naïveté,
Et c'est à l'aide du mensonge
Qu'il fait passer la vérité.

FRANVAL.

Si les belles ont des caprices,
C'est afin qu'on les aime plus.
Si l'on est faux, c'est qu'on les vices
Rapportent plus que les vertus.
Si maint Crésus que l'ennui ronge
Par ses courtisans est flatté,
C'est qu'on gagne avec le mensonge
Bien plus qu'avec la vérité.

M. DE SAINT-MARCEL.

En tout temps loyal et sincère,
Du grand jour rechercher l'éclat,
Tel fut toujours le caractère
Du véritable homme d'État.
Pour que son crédit se prolonge,
Pour que son nom soit respecté,
Il n'a pas besoin du mensonge,
Et ne craint pas la vérité.

ROSE.

Vous qui ne contemplez les astres
Que pour nous prédire des maux;
Vous qui ne rêvez que désastres,
De grâce, Messieurs les journaux,
Pourquoi par de si tristes songes
Effrayer la crédulité?
Faites-nous de plus doux mensonges,
Ou dites-nous la vérité.

LOLIVE.

Cherchez la vérité! l'un prouve
Qu'on la rencontre dans le vin;
L'autre en un puits dit qu'on la trouve·
Ce fait me paraît plus certain.
Car à Paris où, plus j'y songe,
Bacchus est souvent frelaté,
C'est dans le vin qu'est le mensonge,
C'est dans l'eau qu'est la vérité.

ÉDOUARD, *au public.*

Ce matin, selon mon usage,
Lorsqu'à tout propos je mentais,
J'ai dit du bien de cet ouvrage,
J'ai même prédit un succès.
Daignez réaliser ce songe,
Et grâces à votre bonté!
Que pour moi ce dernier mensonge
Soit encore une vérité.

FIN
du
MENTEUR VÉRIDIQUE

LES GRISETTES

VAUDEVILLE EN UN ACTE

Représenté, pour la première fois, à Paris, sur le théâtre du Gymnase dramatique, le 8 août 1823.

EN SOCIÉTÉ AVEC M. DUPIN.

Personnages.

M. VAN-BERG, banquier hollandais.
MADAME VAN-BERG, sa femme.
JULIEN, commis de M. Van-Berg.
ANASTASE, clerc d'avoué, ami de Julien.
JOSÉPHINE, } couturières.
PAMÉLA, }

GEORGINA, }
MIMI, } couturières.
GOGO, }
ADRIENNE, } autres couturières,
et } ou
TOINETTE, } demoiselles du magasin.

Le théâtre représente un atelier de couturières. A gauche, une porte à deux battants, qui donne dans l'intérieur des appartements. A droite, au premier plan, la porte d'un cabinet. Sur le second plan, une croisée. Au fond, porte à deux battants.

SCÈNE PREMIÈRE.

Au lever du rideau, JOSÉPHINE, ADRIENNE, TOINETTE, GOGO ET GEORGINA sont autour d'une table, occupées à travailler; MIMI est à droite, près d'une table plus petite, et repasse une robe; PAMÉLA est assise seule à gauche, l'air triste et préoccupé; elle relit de temps en temps une lettre qu'elle serre dans la poche de son tablier.

TOUTES, *à Joséphine.*

CHŒUR.

Air de *Thibaut.*

Du silence,
Recommence
Ta romance;
Écoutons!
Rien n'égale (*bis.*)
La morale
En chansons.

JOSÉPHINE.

Brigitte, jeune ouvrière,
A Bastien pensant encor,
Dans sa chambre solitaire
Travaillait, quand un milord
Vint lui dire :
« Je soupire,
« Et j'admire
« Ta vertu :
« Sans attendre,
« Viens te rendre
« Au plus tendre:
« Me veux-tu? »
« — Nou, milord, suis enchaînée,
« J'ai juré constante ardeur... »
« — J'ai pourtant mainte guinée,
« Ton amant n'a que son cœur.
« Ma cassette,
« Joliette
« Bien rachète
« Ma laideur...
« L'amour cesse,
« La richesse
« Fait sans cesse
« Le bonheur. »
« — Milord, n'en suis point jalouse,
« L'amour sait vivre de peu,
« Dès demain Bastien m'épouse,
« Nous dansons au Cadran-Bleu,

« Là, Brigitte
« Vous invite,
« Gardez vite
« Votre bien :
« Je suis bonne,
« Peu friponne;
« Quand je donne,
« C'est pour rien. »

CHŒUR.

« Oui, Brigitte
« Vous invite,
« Etc., etc. »

MIMI, *toujours repassant.* Tiens, c'est drôle! de sorte qu'elle a refusé d'épouser le riche monsieur?

GEORGINA. Oui. Elle n'est pas mal cette histoire-là, mais elle est trop invraisemblable.

MIMI. Sans doute; l'autre a fait une bêtise.

PAMÉLA. Dieu! Mesdemoiselles, je ne sais pas comment vous pouvez penser ainsi; dès qu'elle en aimait un autre; il me semble qu'en pareil cas c'est pour la vie.

GEORGINA. Oui, parce que vous lisez tous les jours de mauvais romans de constance et de sympathie, qui vous donnent des idées fausses de la société, et cela, au lieu de travailler.

PAMÉLA. Oui, vous dites cela pour que Madame me renvoie; mais allez, cela m'est bien égal, pour ce que j'ai maintenant à rester ici.

GEORGINA. Qu'est-ce qu'elle a donc?

MIMI, *quittant la table où elle repasse, et allant parler aux autres, à voix basse.* Vous ne savez pas, Mesdemoiselles, Paméla m'a dit qu'elle voulait se périr!

TOUTES. Bah! et pourquoi donc?

MIMI.

AIR : *De sommeiller encor, ma chère.*

C'est que par le destin injuste
Ses plus tendres vœux sont déçus;
Enfin, c'est que monsieur Auguste
L'adorait... et ne l'aime plus;
Pour que la mort à ses maux la dérobe
Elle se doit tuer par sentiment,
Dès qu'elle aura fini la robe
Qu'elle commence en ce moment.

GEORGINA. Comment! Paméla, est-ce que ce serait vrai?

PAMÉLA. Oui, Mesdemoiselles; mais comme je ne veux pas que Madame soit dans l'embarras à cause de moi, j'attendrai qu'elle ait pris quelqu'un pour me remplacer, et alors...

GEORGINA. Il faut, ma chère, que vous ayez bien peu de judiciaire. Certainement Auguste est aimable, je ne dis pas non, mais quand je me tuerai pour lui... ce sont de ces inconséquences qui compromettent une jeune personne! se désespérer, à la bonne heure, parce que cela n'engage à rien.

GOGO. C'est vrai; et puis qui sait? elle peut l'oublier.

GEORGINA. Ah! oui, il y a encore cela.

PAMÉLA. Vous croyez que c'est possible?

GEORGINA. Dame! en pensant à autre chose. Si vous étiez venues avec moi avant-hier, à Tivoli... (*A voix basse.*) Vous ne savez pas, Mesdemoiselles, qu'il m'est arrivé une aventure romanesque et incidente.

TOUTES. Une aventure!

GEORGINA. Oui; mais vous n'en direz rien.

TOUTES. Cela va sans dire; va donc vite.

JOSÉPHINE, *qui pendant toute cette scène n'a pas cessé de travailler.* Ah! Mesdemoiselles, qui est-ce qui a pris mon coton?

GOGO. Il est devant toi.

JOSÉPHINE. Ce n'est pas le mien : celui-ci n'est qu'en trois.

TOUTES, *à Georgina.* Eh bien! Georgina, parle donc.

GEORGINA. Imaginez-vous que voilà trois ou quatre dimanches de suite que nous rencontrons un jeune négociant anglais, très-riche et très-aimable, qui m'a prise pour une comtesse.

PAMÉLA. Tiens! et comment cela?

GEORGINA. Ah! d'abord, parce que je le lui avais dit; et puis ensuite par la mise, qui était assez à effet.

AIR : *Un homme pour faire un tableau.*

Les dames s'écriaient souvent :
Grands dieux! que sa robe est bien faite!
Et les hommes en m'admirant
Disaient : Quelle taille parfaite!
Chacune aurait été, je crois,
Fière de ce double suffrage :
Car la taille était bien à moi,
Et la robe était mon ouvrage.

Mais ce qui a achevé de l'éblouir, c'est le fini de la conversation. Vous savez que j'ai été quelque temps demoiselle de compagnie; et il suffit de quelques phrases ambiguës pour faire préjuger de l'instruction préliminaire qu'on peut avoir acquise : vous sentez bien que le dimanche je ne parle pas comme dans la semaine; cela ferait deviner notre état. Enfin donc, de fil en aiguille, il a été question de mariage, d'établissement, et il attend ce soir la réponse de ses parents, parce que c'est aujourd'hui mardi, fête extraordinaire à Tivoli.

TOUTES. Dieux! est-elle heureuse!

GOGO. Parce qu'elle va comme cela à Tivoli, dans des bals bien composés; moi qui ne vais qu'à la Chaumière, cela ne m'arriverait jamais.

MIMI. Oui, c'est ennuyeux; on s'y amuse, et voilà tout.

JOSÉPHINE, *se levant.* Enfin mon ouvrage est terminé.

GEORGINA. Ah! mon Dieu, le mien qui n'est pas commencé, et la robe est promise pour ce soir; je ne pourrai pas sortir, et ça peut faire manquer mon mariage.

JOSÉPHINE. Donnez, je vais vous aider.

GEORGINA. Est-elle bonne cette petite Joséphine! Mais comment faites-vous, ma chère, pour avoir toujours fini votre ouvrage avant nous?

JOSÉPHINE. Dame, je travaille et ne cause avec personne.

MIMI. Excepté avec Julien, quand il vient.

JOSÉPHINE. C'est mon futur; il est commis chez M. Van-Berg, banquier hollandais, qui a une maison de commerce à Paris, et une à Amsterdam... Julien gagne dix-huit cents francs; et moi, de mon côté, par mon travail et mes économies, je me suis fait une petite fortune.

GEORGINA. Combien donc?

JOSÉPHINE. Cinq mille francs.

MIMI. Cinq mille francs!.. Quand tu nous feras accroire cela...

JOSÉPHINE. Oui, Mesdemoiselles : deux mille francs que j'ai mis de côté, et le reste...

PAMÉLA. Eh bien! le reste?

JOSÉPHINE. M'a été envoyé, il y a quelques années, je ne sais par qui : mais je présume que cela vient de ma famille.

MIMI. De sa famille! elle n'en a pas : elle est orpheline.

JOSÉPHINE. Oui, mais j'ai ma cousine Gabrielle, qui m'aimait tant, et dont je n'ai pas eu de nouvelles depuis huit ans : voyez-vous, ma cousine Gabrielle n'était qu'une simple couturière comme nous.

AIR du *Pot de fleurs.*

Mais elle avait tant d'attraits en partage,
Qu'à chaque instant devant le magasin
Se succédait maint brillant équipage;
Mais un jour, voilà que soudain...

MIMI.

J'y suis... c'est toujours de la sorte...
L'ambition de son cœur s'empara :
Comment aller à pied, lorsque l'on a
Tant de voitures à sa porte?

GOGO. Oui, oui, l'on sait ce que c'est : un enlèvement.

JOSÉPHINE. Non, Mademoiselle, ma cousine n'était pas fille à se laisser enlever; apprenez qu'elle avait des principes.

MIMI. Eh bien! on l'aura enlevée avec ses principes.

JOSÉPHINE. C'est très-vilain ce que vous dites là.

PAMÉLA. Joséphine a raison; vous êtes très-mauvaise langue. (*Toutes se lèvent.*)

GEORGINA. Eh bien! Mesdemoiselles, n'allez-vous pas vous quereller? Taisez-vous donc, voici quelqu'un.

JOSÉPHINE. Dieu! c'est Julien!

SCÈNE II.

LES PRÉCÉDENTES; JULIEN, *tenant à la main plusieurs billets.*

JULIEN. A Tivoli! à Tivoli! j'ai des billets pour ce soir; qui est-ce qui en veut? je les emmène.

TOUTES, *sautant de joie.* Ah! que c'est heureux!

MIMI. Dieux! que j'ai bien fait de repasser ma robe de perkale!

GOGO. Et moi donc! qui n'avais que celle-là. (*A Julien.*) Ce sont des billets gratis?

JULIEN. Eh! sans doute; on me les a donnés pour vous.

AIR du *Piége.*

L'entrepreneur, un de mes bons amis,
Prétend donner la fête la plus riche;
Tous les plaisirs y seront réunis,
Il l'a juré... voyez l'affiche...
Voulant étonner, éblouir,
Séduire l'œil, et toucher l'âme,
Il compte sur vous, pour tenir
Tout ce que promet le programme.

GOGO. Quel dommage que ce ne soit pas aujourd'hui jeudi!

MIMI. Et pourquoi cela?

GOGO. Ah! c'est que j'ai presque une inclination.

GEORGINA. Eh bien! par exemple, il serait assez prépondérant que vous vous permissiez à votre âge...

GOGO. Pourquoi pas? mais c'est un amoureux qui ne sort que le jeudi et le dimanche; car il est en pension, et je ne pourrai pas le rencontrer aujourd'hui, (*A Georgina.*) n'est-ce pas, Mademoiselle?

GEORGINA. Moi, d'abord, vous le savez, je ne veux pas y aller avec vous; j'ai des invitations plus personnelles, aux-

JOSÉPHINE. Ah! monsieur Julien, je suis bien malheureuse! — Scène 11.

quelles je suis obligée de correspondre... Par exemple, mes bonnes amies, si nous nous rencontrons, je vous prie de ne pas me reconnaître, parce que cela pourrait me faire du tort.

MIMI. Tiens, c'est tout naturel; entre nous, à charge de revanche. Nous y allons donc toutes?

GOGO. Moi, pour m'amuser.

GEORGINA. Moi, pour m'établir.

PAMÉLA, soupirant. Et moi, pour me distraire.

TOUTES. Tiens! Paméla qui y vient aussi!

JULIEN. Me voilà trop heureux : un seul cavalier pour six jolies demoiselles.

MIMI. Nous allons avoir l'air d'une pension.

JOSÉPHINE, bas, à Julien. Sans doute; et vous ne serez jamais avec moi.

JULIEN. Je vous demanderai à vous amener un ami, un jeune homme fort aimable.

PAMÉLA, soupirant. Un jeune homme aimable!

JULIEN. M. Anastase, un clerc d'avoué.

PAMÉLA. M. Anastase!

JULIEN. Vous le connaissez?

PAMÉLA. Je l'ai vu quelquefois dans des parties avec M. Auguste.

MIMI. Un clerc d'avoué... ah! tant mieux; nous voyons beaucoup de clercs d'avoués; ils sont tous si gais, si amusants! et puis c'est une bonne société.

GEORGINA. Vous avez raison : la bonne société avant tout : parce que souvent à Tivoli c'est bien mêlé, et il est si désagréable de se trouver confondue!

JULIEN. Ainsi, Mesdemoiselles, à ce soir, à huit heures; soyez prêtes, nous viendrons vous prendre.

JOSÉPHINE. Vous vous en allez déjà?

JULIEN. Il le faut bien : si mon banquier venait à rentrer.

MIMI. Il est donc bien sévère?

JULIEN. Oui, avec nous; ailleurs, c'est un galant, un amateur, mais à l'insu de sa femme, car si elle se doutait que son époux va ainsi en catimini...

GEORGINA. Ah! Julien, finissez... si vous allez faire des plaisanteries de mauvais ton... je n'aime pas cela.

MIMI. Est-elle bégueule!

JULIEN. Adieu, ma petite Joséphine, à ce soir. A propos, prenez garde à Derlange, ce négociant chez lequel vous avez déposé vos économies : on dit qu'il n'est pas très-solide; j'y passerai si vous voulez.

JOSÉPHINE. Pas aujourd'hui : vous avez trop de choses à

faire; mais demain, mon ami, ne l'oubliez pas. C'est le fruit de mon travail, c'est tout ce que nous possédons; je n'aurais plus rien à vous donner.

JULIEN, *lui serrant la main.* Si, vraiment; et tant que vous m'aimerez, nous ne manquerons de rien. Adieu, Mesdemoiselles; adieu, Joséphine.

TOUTES. Adieu, monsieur Julien.

SCÈNE III.

LES PRÉCÉDENTS, *excepté* JULIEN.

GEORGINA, *à Joséphine.* Ah! M. Julien doit demain retirer vos cinq mille francs; c'est à merveille! parce que quand je serai mariée avec ce jeune négociant anglais, nous pourrons nous établir ensemble.

TOUTES. Et vous nous prendrez pour demoiselles de comptoir.

GEORGINA. Je ne sais pas trop : vous êtes si négligentes, si paresseuses!

PAMÉLA. Tiens!.. cela lui va bien, elle qui ne travaille jamais.

MIMI, *regardant à la fenêtre.* Mesdemoiselles! Mesdemoiselles! une visite; un landau s'arrête à notre porte.

TOUTES, *courant du côté de la fenêtre.* Un landau!

MIMI. Un monsieur en descend, et fait signe au cocher d'attendre dans la rue à côté. Eh mais! c'est ce monsieur qui nous a commandé, il y a huit jours, deux ou trois robes, qui sont à peine commencées; Georgina s'en était chargée.

GEORGINA. Du tout : c'est vous et Paméla.

PAMÉLA. Moi? si on peut dire...

JOSÉPHINE. Eh! vite, Mesdemoiselles, à vos places.

SCÈNE IV.

LES PRÉCÉDENTES, *qui se sont toutes assises et qui ont l'air de travailler*; M. VAN-BERG.

M. VAN-BERG. Bonjour, mes petits anges; toujours à travailler : c'est exemplaire.

TOUTES. Bonjour, bonjour, Monsieur.

MIMI. Monsieur voudrait-il s'asseoir?

M. VAN-BERG. Merci, ma belle enfant... Elles sont vraiment charmantes! Ce que je vous ai demandé est-il prêt?

GEORGINA, *travaillant.* Vous le voyez, Monsieur, on s'en occupe; mais il y avait tant d'ouvrage!

MIMI. La robe de cachemire et le manteau de velours sont presque terminés; pour celles de tulle et de lévantine, qui sont moins importantes, on les enverra ce soir chez Monsieur...

M. VAN-BERG. Chez moi! gardez-vous-en bien... *(Se reprenant.)* c'est-à-dire, ce n'est pas la peine.

PAMÉLA. Si Monsieur veut laisser son adresse.

JOSÉPHINE, GEORGINA ET MIMI. Ah! oui, si Monsieur veut laisser son adresse.

M. VAN-BERG. Non, du tout; j'ai ma voiture en bas, j'attendrai que vous ayez fini : c'est une nièce, une filleule à moi, dont je fais le mariage; je me suis chargé de la corbeille; et comme je pars dans quelques jours pour la Hollande, vous sentez qu'il n'y a pas de temps à perdre.

AIR : *A soixante ans.*

Tâchez surtout qu'elle soit des plus belles,
Car, voyez-vous, le futur n'est pas beau;
Mais à présent, beaucoup de demoiselles
Ont sur l'hymen un système nouveau :
Oui, du collier, et des boucles d'oreille,
Du cachemire, et du satin broché
Leur tendre cœur, et séduit, et touché,
Avec ivresse accepte la corbeille,
Et le mari, par-dessus le marché.

MADAME VAN-BERG, *en dehors.* J'ai oublié le carton dans ma voiture, allez vite...

M. VAN-BERG, *à part.* Ah! mon Dieu! quelle est cette voix?

MADAME VAN-BERG, *en dehors.* Lapierre! Lapierre! pas le premier, le second; ou plutôt, vous allez tout déranger; j'aime mieux redescendre.

M. VAN-BERG, *à part.* Elle va entrer ici : c'est fait de moi!

MIMI. Eh mais! qu'avez-vous donc?

M. VAN-BERG. Rien; je viens d'entendre la voix d'une dame, d'une dame que je connais beaucoup; mais nous sommes brouillés : nous sommes en procès, nous ne nous voyons pas; et si elle me rencontre ici, ce sera fort désagréable.

GEORGINA. Eh bien! partez vite.

M. VAN-BERG. Je la rencontrerais sur le grand escalier; n'y aurait-il pas une autre sortie?

GEORGINA. Tenez, dans ce petit cabinet, une porte dérobée qui donne sur la rue.

M. VAN-BERG. C'est bien, c'est bien. Adieu, mes petits anges; tantôt je reviendrai; tâchez que tout soit prêt, et surtout ne parlez pas de moi devant cette dame. *(Il entre dans le cabinet.)*

GEORGINA. Nous en voilà débarrassées, c'est bien heureux!

MIMI. Ah! mon Dieu! je crois que la porte de sortie est fermée à double tour.

GEORGINA. Je te dis que non.

MIMI. Je te dis que si : puisque c'est moi...

PAMÉLA. Taisez-vous donc, on vient.

SCÈNE V.

LES PRÉCÉDENTS; M. VAN-BERG, *dans le cabinet,* MADAME VAN-BERG, *suivie d'un domestique en livrée qui porte un carton.*

MADAME VAN-BERG. Madame Vermond, Mesdemoiselles?

GEORGINA. C'est ici, Madame, mais elle est occupée à dessiner : elle fait un travail sur un nouveau corsage.

MADAME VAN-BERG. A Dieu ne plaise que je la dérange dans une occupation aussi importante... quelque nouveau chef-d'œuvre dont je priverais notre siècle. Je venais simplement la consulter sur quelques modèles de garnitures que j'ai là, et faire prendre mesure d'une robe.

JOSÉPHINE. Si Madame veut permettre, cela fait qu'elle n'attendra pas.

MADAME VAN-BERG. Comme vous voudrez. J'étais fort mécontente de ma couturière, et je ne savais laquelle prendre, lorsque ce matin j'ai trouvé, je ne sais comment, votre adresse dans le cabinet de mon mari, sur sa cheminée.

MIMI. C'est peut-être ce monsieur à qui, l'été dernier, nous avons fait une blouse.

MADAME VAN-BERG. Non, je ne le crois pas. *(Elles sont toutes groupées autour de madame Van-Berg; Georgina prend la mesure de la taille, Joséphine des manches, Paméla et Mimi du bas de la robe.)*

JOSÉPHINE. Si Madame voulait lever le bras.

MADAME VAN-BERG. Ne me faites pas la taille trop longue; ça n'a pas de grâce; tâchez qu'il n'y ait pas de plis sur les côtés, et surtout pas trop décolletée.

GEORGINA. Madame peut être tranquille : notre maison est connue pour la décence de la coupe, et la solidité des coutures.

PAMÉLA. Ferons-nous plusieurs robes à Madame?

MADAME VAN-BERG.

Air de l'*Homme vert.*

J'approuverais fort cette idée,
Car il m'en faudrait deux ou trois;
Mais j'aurais peur d'être grondée,

Cela m'arrive quelquefois.
Mon époux, qui toute sa vie,
Met du luxe dans ses budgets,
Aime beaucoup l'économie
Dans les dépenses que je fais.

MIMI. Il ne faut pas que cela gêne Madame ; si elle veut prendre à crédit, on trouvera toujours bien le moyen de faire payer Monsieur.

MADAME VAN-BERG. Merci, mes petites amies ; je vois que vous êtes d'une obligeance...

MIMI. On fait ce que l'on peut pour contenter les pratiques.

MADAME VAN-BERG. Et me feriez-vous payer bien cher ?

GEORGINA. Madame sait bien qu'une maison qui tient un peu à sa réputation ne peut pas faire autrement.

MADAME VAN-BERG. C'est assez juste ; maintenant je ne sais quelle couleur choisir.

GEORGINA. Nous avons là des échantillons ; voici, je crois, une nuance assez insidieuse.

MADAME VAN-BERG. Je ne sais pas si le rose...

GEORGINA. Le rose doit habiller Madame à ravir !

MADAME VAN-BERG. Ou bien le noir.

GEORGINA. Oh ! le noir, il n'y a pas de doute ; le noir convient à merveille à Madame... Mais j'entends du bruit chez madame de Vermond, sans doute le travail est fini ; Madame peut entrer. (Aux autres.) Sept heures ; eh ! vite, Mesdemoiselles, rangez l'atelier. (Toutes se lèvent et rangent leur ouvrage ; elles placent dans le fond du théâtre la table qui occupait le milieu.)

CHŒUR.

AIR : Anglaise de Leicester.

L'ouvrage est fini,
Et pour Tivoli,
Loin du magasin,
Partons soudain,
Lorsque le plaisir
A nous vient s'offrir,
Il faut savoir le saisir.

(Paméla, Mimi, sortent par le fond. Georgina entre avec madame Van-Berg et le domestique par la porte à gauche qui mène chez madame de Vermond.)

SCÈNE VI.

JOSÉPHINE, qui a rangé la robe dans le carton, et qui a pris son châle et son chapeau. Ma robe est achevée, et je vais la porter ; dépêchons-nous pour être plus vite revenue.

M. VAN-BERG, entr'ouvrant la porte du cabinet. Ces petites sottes qui ne me préviennent pas que la porte est fermée à double tour. Je n'entends plus personne, je crois que je puis sortir. (Au moment où il va pour sortir, il aperçoit Julien qui entre par la porte du fond.) Dieux ! Julien, mon commis !.. que vient-il faire ici ? (Il referme la porte du fond.)

SCÈNE VII.

JOSÉPHINE, JULIEN, ANASTASE.

JULIEN, à Anastase. Entre, mon ami ; on ne nous en voudra pas d'arriver avant l'heure. Eh bien ! Joséphine, où allez-vous ?

JOSÉPHINE. Porter cette robe chez une pratique ; je reviens après m'habiller, et nous partirons.

JULIEN. Je vais vous donner le bras.

JOSÉPHINE. Non ; je causerais, et cela me retarderait.

JULIEN. Laissez-nous au moins veiller sur vous, et vous suivre de loin.

JOSÉPHINE. Me suivre, c'est encore pire : ça a l'air mar-

chande de modes, et je tiens à ma réputation. Adieu, mon ami, adieu, monsieur Anastase ; à tout à l'heure. (Elle sort en courant.)

SCÈNE VIII.

JULIEN, ANASTASE, M. VAN-BERG, caché.

JULIEN, regardant sortir Joséphine. Charmante fille ! douce, aimable, sage ; eh bien ! mes grands parents sont furieux de ce que je veux l'épouser ; cependant je ne leur demande rien.

ANASTASE. Laisse-les dire : tu es trop heureux de faire un mariage d'inclination ; je voudrais bien être à ta place, moi qui vais contracter un hymen de raison.

JULIEN. Tu es fou.

ANASTASE. C'est comme je te le dis : j'ai fait une conquête en courant les fêtes champêtres ; une jeune dame qui n'a pas l'air très-distingué, mais qui parle comme un livre, un livre mal écrit ; du reste, elle a beaucoup de fortune, elle est comtesse.

Air du vaudeville de Voltaire chez Ninon

A ce mot j'ai dû redoubler
De soins, d'égards, de politesse ;
J'osais à peine lui parler,
Vu ce beau titre de comtesse.
JULIEN.
Cependant vous avez dansé.
ANASTASE.
Afin de faire connaissance.
JULIEN.
Ensuite vous avez valsé.
ANASTASE.
Oui, pour rapprocher la distance.

JULIEN. Y penses-tu ? l'épouser, toi, clerc d'avoué !

ANASTASE. Que veux-tu ? les charges sont si chères à présent, qu'il faut être millionnaire pour acheter une étude ; et si la comtesse n'a pas les quarante mille livres de rente qu'elle m'a laissé soupçonner, je ne l'épouse pas. Je devais aujourd'hui la conduire à Tivoli, mais je lui écrirai pour me dégager, parce que j'aime mieux y aller avec vous.

JULIEN. Sérieusement ?

ANASTASE. Il n'y a pas de comparaison : pour moi, les dames du monde ne valent pas les beautés de Tivoli ou du Colisée ; j'aime leur légèreté, leur gaieté, leur insouciance ; point de passé, pas d'avenir ; tout au présent : ce n'est que chez elles qu'on trouve le vrai bonheur.

AIR : Vivent les fillettes.

Vivent les grisettes !
Comme elles toujours
J'ai des amourettes,
Et jamais d'amours.

Exempt de nuage,
Chaque jour, vraiment,
Comme leur ouvrage,
S'achève en chantant :
Vivent les grisettes ! etc.

J'y tiens, et pour causes ;
Moi, dans le printemps,
J'aime mieux les roses
Que les diamants.

Vivent les grisettes !
Comme elles toujours
J'ai des amourettes,
Et jamais d'amours.

JULIEN. Eh mais ! te voilà comme M. Van-Berg, mon patron.

ANASTASE. Ton banquier est un amateur ; cela me raccommode avec lui.

JULIEN. Amateur suranné, qui fait rire à ses dépens. (Van-Berg entr'ouvre la porte du cabinet et écoute.) Dans sa jeunesse, il a fait, dit-on, des folies pour le beau sexe, et je crois qu'il en fait encore; mais comme il est homme de finance avant tout, il met du calcul dans ses désordres, et de l'ordre dans ses extravagances; ainsi, il est avare avec sa femme pour être généreux avec d'autres; il est bourru avec ses gens pour être aimable ailleurs; et je crois vraiment qu'il n'est bête et sot avec nous, que pour faire de l'esprit avec ces demoiselles.

ANASTASE. C'est un grand spéculateur, qui craint le double emploi... Et sa femme?

JULIEN. Une femme charmante! qui n'est pas dupe de la conduite de son mari, et qui, si elle le surprenait ainsi, pourrait bien... Mais occupons-nous de notre soirée : nous conduirons ces demoiselles.

ANASTASE. Nous les conduirons partout : à la salle du bal, au casse-cou, à la balançoire; et les vélocipèdes, l'oiseau égyptien, la flotte aérienne, tous les plaisirs de Tivoli, c'est moi qui paye. Dis donc, nous les conduirons aussi au magicien, pour leur faire dire leur bonne aventure; car il y a parmi ces demoiselles une petite Paméla, une beauté sentimentale qui me plaît beaucoup; si nous savions sur elle et ses compagnes quelques petites anecdotes que nous irions raconter au sorcier, pour qu'il devinât d'avance, ça nous amuserait.

JULIEN. C'est vrai, ce serait charmant! mais comment faire? je ne sais rien sur ces demoiselles, et elles ne me confieraient pas...

ANASTASE. Attends, attends! quelques instants avant leur départ elles se réuniront dans cette salle; si elles y sont, elles y causeront, et si je pouvais entendre sans être vu... (Van-Berg referme vivement la porte du cabinet.) Tiens, (Montrant la porte du cabinet, à gauche.) de cet appartement.

JULIEN. Il conduit chez madame Vermond.

ANASTASE, montrant le cabinet, à droite. Eh bien! ce cabinet.

JULIEN. A la bonne heure! justement la clé est après; et je crois que ces demoiselles viennent de ce côté.

ANASTASE, écoutant. Non, mon ami, non pas encore.

JULIEN. C'est égal, il vaut mieux tout y sois d'avance; entre toujours. (Cherchant à ouvrir.) La porte tenait joliment. (Il l'ouvre, et aperçoit M. Van-Berg.) O ciel! M. Van-Berg !

SCÈNE IX.

LES PRÉCÉDENTS, M. VAN-BERG.

AIR : Prenons d'abord l'air bien méchant.

M. VAN-BERG.
C'est moi, Monsieur!

ANASTASE ET JULIEN.
Il écoutait.

M. VAN-BERG.
Pour vous ma bonté fut trop grande.
Que faisiez-vous dans ces lieux?

ANASTASE.
Il allait
Vous faire la même demande.

M. VAN-BERG.
Je sais, en juge impartial,
Qui des deux mérite le blâme.

ANASTASE.
Nous récusons ce tribunal,
Et, si cela vous est égal,
Pour juge prenons votre femme.

M. VAN-BERG. Trêve de plaisanterie; vous n'êtes plus chez moi, et dès ce moment vous ne faites plus partie de ma maison. Je ne vous recommande rien, parce que j'espère que vous aurez la prudence d'être discret. Si cette aventure venait à s'ébruiter, vous savez que j'ai les moyens de vous en faire repentir. Adieu. (Il sort.)

SCÈNE X.

JULIEN, ANASTASE.

ANASTASE. Eh bien! que dit-il là?

JULIEN. La vérité, il a les moyens de me perdre : l'année dernière, ma mère avait besoin d'argent, et il m'a avancé, sur lettre de change, deux années d'appointements, que maintenant je ne puis lui rendre; et il vaut encore mieux être sans place que d'en avoir une à Sainte-Pélagie.

ANASTASE, se grattant l'oreille. Diable!.. tu as raison... eh bien! après tout, il n'y a pas de quoi se désespérer; je n'ai pas grand'chose, mais nous partagerons : je t'offre la moitié de mon appartement, la mansarde du maître clerc; ça n'est pas grand, mais on peut y tenir deux, je te le jure.

AIR du Ménage de garçon.

Je loge au quatrième étage,
Et là... dans mes six pieds carrés,
Je trouve au moins un avantage
Que n'ont pas les salons dorés :
Oui, dans un si petit espace,
Quand le plaisir vient demeurer,
Comme il y tient toute la place,
Les chagrins n'y peuvent entrer.

Ainsi, prends ton parti.

JULIEN. Ah! ce n'est pas pour moi, peu m'importe : mais cette pauvre Joséphine... la voilà, taisons-nous.

SCÈNE XI.

LES PRÉCÉDENTS, JOSÉPHINE.

JOSÉPHINE, serrant son mouchoir en entrant. Bonjour, Messieurs, vous voyez que je n'ai pas été longtemps.

JULIEN. Eh mais! Joséphine, qu'avez-vous donc? vous avez les yeux rouges.

JOSÉPHINE. Moi? du tout... je ne crois pas.

JULIEN. Et vous pleurez encore; ne craignez rien, parlez devant lui : c'est mon ami intime.

JOSÉPHINE, sanglotant. Ah! monsieur Julien, je suis bien malheureuse! je n'ai plus rien... je suis ruinée!

JULIEN. Que dites-vous?

JOSÉPHINE. Cette dame à qui je viens de porter une robe m'a appris la faillite de M. Derlange, dans laquelle elle est même compromise.

JULIEN. C'est ma faute : je devais y courir sur-le-champ.

JOSÉPHINE. C'eût été inutile, il était déjà trop tard!.. je voulais prendre mon parti, ne vous en rien dire, mais je n'en ai pas le courage.

ANASTASE. C'était donc bien considérable?

JOSÉPHINE. Si ce n'était que cela, je ne pleurerais pas : mais maintenant que je n'ai plus rien, je ne peux plus épouser Julien.

ANASTASE. Quoi! vous croyez?

JOSÉPHINE, pleurant. Non, Monsieur; c'est moi qui ne veux plus : je ne veux pas que ces demoiselles puissent dire que je lui dois ma fortune, et qu'il m'a fait un sort, je suis trop fière pour cela; ainsi, Monsieur, puisque vous êtes riche, puisque vous avez une place...

JULIEN. Mais du tout : c'est que je ne l'ai plus.

JOSÉPHINE. Comment! que dites-vous?

ANASTASE. Que son banquier l'a renvoyé; qu'il est comme vous, qu'il n'a rien : des deux côtés la dot est égale.

JOSÉPHINE, essuyant ses yeux. A la bonne heure! me voilà rassurée.

AIR de la Ville et du village.

S'il ne m'épouse pas, du moins
Il n'en épousera pas d'autres;
Sur l'avenir calmez vos soins,
Mêmes destins seront les nôtres :
Nous nous marierons quelques jours,
Mon cœur en garde l'espérance;
En attendant, aimons-nous toujours,
Cela fait prendre patience.

JULIEN. Je te le demande, comment veux-tu que je ne t'aime pas?

ANASTASE. Eh! parbleu! j'en ferais bien autant que toi.

JOSÉPHINE. Et puis tout n'est pas désespéré : Georgina, une de ces demoiselles, va faire un bon mariage; elle m'a dit tout à l'heure qu'elle me prendrait avec elle; nous nous établirons ensemble.

ANASTASE. A merveille! voilà une fortune qui recommence; moi, pendant ce temps, j'épouse ma comtesse, je touche la dot, je vous donne vingt-cinq à trente mille francs.

JOSÉPHINE. Et nous voilà plus riches que jamais.

ANASTASE. Tu le vois donc, tout est réparé; nous retrouvons tout : plaisir, fortune, et toi surtout, douce espérance, plus douce encore que le bonheur même... Qu'est-ce que je te disais ce matin? gaieté, philosophie, bien plus, amour véritable, vous n'existez qu'ici! Dieux! que tu es heureux!.. Je vais retrouver ma comtesse, ou plutôt lui adresser une épître.

AIR : *Amis, voici la riante semaine.*

Je vais écrire, en chevalier fidèle,
Que mes parents débarquent aujourd'hui;
Et que ce soir, je ne puis avec elle
En tête-à-tête aller à Tivoli.
Oui, sur l'hymen, qui déjà me réclame,
J'aime bien mieux avec vous m'étourdir;
J'aurai demain pour penser à ma femme,
Mais aujourd'hui ne pensons qu'au plaisir.

(Il sort par le fond.)

SCÈNE XII.

JULIEN, JOSÉPHINE, *puis* MADAME VAN-BERG, *sortant de la porte à droite.*

MADAME VAN-BERG. Tout ce que vous me montrez là est charmant! et s'il ne tenait qu'à moi, je prendrais toutes les étoffes de votre magasin; mais mon mari ne me ferait jamais un pareil cadeau. (*Au domestique.*) Portez toujours ces échantillons dans la voiture.

JULIEN, *saluant.* Madame Van-Berg!

JOSÉPHINE. Comment! c'est elle! il me semblait aussi que je l'avais déjà vue.

MADAME VAN-BERG, *apercevant Julien.* Monsieur Julien, vous n'êtes pas au bureau?

JULIEN. Non, Madame; je ne dois plus y reparaître : monsieur votre mari m'a congédié.

MADAME VAN-BERG. Que dites-vous là? ce n'est pas possible! et je vais à l'instant parler pour vous.

JULIEN. J'ai de fortes raisons de croire que vous ne réussirez pas; mais je vous en prie, Madame, daignez réserver votre protection et vos bontés (*Montrant Joséphine.*) pour une personne que j'allais épouser, sans l'accident qui me prive de ma place.

MADAME VAN-BERG. Eh! mon Dieu, de grand cœur! que pourrais-je faire pour elle?.. Qui êtes-vous, ma chère enfant, et quel est votre nom?

JOSÉPHINE. Joséphine Durand.

MADAME VAN-BERG, *avec émotion.* Joséphine Durand!.. Seriez-vous parente d'une ancienne lingère qui demeurait rue Saint-Martin?

JOSÉPHINE. Oui, Madame, je suis sa nièce.

MADAME VAN-BERG. Sa nièce.

JULIEN, *à madame Van-Berg.* Eh mais! Madame, qu'avez-vous donc?

MADAME VAN-BERG. Moi? rien; j'ai connu autrefois ses parents. N'aviez-vous pas une cousine?

JOSÉPHINE. Oui, Madame, une cousine germaine, que je n'ai pas vue depuis plus de dix ans.

MADAME VAN-BERG. Votre cousine Gabrielle; je l'ai vue en pays étranger, à Amsterdam.

JOSÉPHINE. Vous la connaissez? vous savez où elle est? Ah! dites-moi, Madame, est-elle heureuse?

MADAME VAN-BERG, *souriant.* Pas beaucoup. Elle a fait un grand mariage; elle a des gens, un hôtel, un équipage; et huit années de fortune l'ont tellement changée, que maintenant, j'en suis sûre, vous ne pourriez la reconnaître.

JOSÉPHINE. Vous croyez?

MADAME VAN-BERG. Oui; je crois qu'elle s'ennuie beaucoup de son état de grande dame; il ne tiendrait même qu'à elle de se croire malheureuse, si elle avait le temps de réfléchir, du moins elle me l'a dit.

JULIEN. Comment! Madame, il se pourrait?

MADAME VAN-BERG. Je suis son histoire qu'elle m'a souvent racontée. Il y a huit ans qu'un négociant étranger, désespéré de ses rigueurs, lui proposa de l'épouser, et l'emmena dans son pays, en lui défendant toute relation avec ses parents...

JULIEN. Je comprends alors pourquoi il ne l'a pas laissée venir à Paris.

MADAME VAN-BERG. Une seule fois, depuis son mariage, ce qui est fort désagréable, et c'est là le moindre de ses chagrins; car, vrai, elle en aurait beaucoup, si elle n'avait pas dans ses grandeurs conservé un peu de l'insouciance et de la philosophie de sa première condition. Éloignée de son pays, privée de ses amis, négligée par un époux qui la trompe, j'en suis sûre, et qui lui fait payer, par son indifférence ou ses reproches, la folie qu'il a faite autrefois en l'épousant, voilà son sort, vous fait-il envie?

JULIEN. Non, sans doute.

MADAME VAN-BERG, *vivement.* Vous avez raison : croyez-moi, mon enfant, ne l'imitez pas, restez toujours dans votre sphère, n'épousez que votre égal : les richesses ne sont pas le bonheur, et souvent, pour les acheter, il en coûte plus cher qu'on ne croit.

JOSÉPHINE. Ma pauvre cousine! que ne puis-je la voir!

MADAME VAN-BERG. Elle le désire autant que vous. Mais vous n'auriez pas dû, sans en prévenir, quitter la maison où vous étiez : elle aurait pu vous retrouver, vous protéger; et tenez, dans quelques jours je pars pour Amsterdam, et si vous voulez, je vous emmène avec moi, je vous conduis auprès d'elle.

JOSÉPHINE, *avec joie.* Dites-vous vrai?

MADAME VAN-BERG. Oui, sans doute.

AIR d'*Une heure de mariage.*

De son cœur le mien est garant,
Sur votre sort soyez tranquille;
Pour elle jusqu'à ce moment
La richesse était inutile :
Son argent va mieux se placer,
Et d'aujourd'hui, je le suppose,
Sa fortune va commencer
A lui rapporter quelque chose.

En attendant, je veux la représenter, et faire pour vous ce qu'elle ferait elle-même. Parlez, en quoi puis-je vous servir? Quel est votre sort?

JOSÉPHINE. Le plus heureux du monde, si j'épouse Julien! car je n'ai pas autre chose à désirer.

MADAME VAN-BERG. N'est-ce que cela? je m'en charge : des obstacles à vaincre, des amants à unir, c'est charmant! Je rentre chez moi, je parle à mon mari : s'il est sorti, je me mets à sa poursuite, j'obtiens de lui votre dot, la place de Julien.

JULIEN. Il refusera.

MADAME VAN-BERG. Oui, d'abord, par habitude; mais je sais le moyen de le déterminer. J'entends du monde. (*A Julien.*) Venez; donnez-moi la main. (*A Joséphine.*) Adieu; avant peu vous aurez de mes nouvelles. Ah! voilà une belle journée pour moi! (*Elle sort avec Julien.*)

JOSÉPHINE, *la regardant sortir.* Ah! l'excellente dame! quelle bonté! quelle générosité! je ne peux encore y croire!

SCÈNE XIII.

JOSÉPHINE, GEORGINA, PAMÉLA, MIMI, GOGO, ADRIENNE, TOINETTE.

TOUTES.

AIR : *Monsieur Champagne.*

Dieux! qu'ai-je appris, quelle triste nouvelle!
Eh quoi! Julien, nous dit-on aujourd'hui,
Perd sa fortune, et tu perds un mari. (*bis.*)

JOSÉPHINE.

Il est trop vrai, la nouvelle est fidèle.

TOUTES.

Ah! que je le plains de bon cœur!
Être si près de son bonheur,
Et se trouver sans épouseur!

GEORGINA. C'est d'autant plus malheureux, que maintenant nous ne pouvons plus nous associer ensemble.

JOSÉPHINE. Il me semble au contraire que c'est une raison de plus.

GEORGINA. Non. Je viens de recevoir une lettre de mon jeune négociant, qui maintenant est un milord ; il ne me l'avait pas dit par délicatesse ; par exemple, il ne peut pas me conduire ce soir à Tivoli, parce que sa famille doit arriver par le paquebot.

MIMI, *riant.* Par le paquebot. (*Pendant cette scène, elles achèvent leur toilette. Paméla met son chapeau, Mimi fait attacher sa ceinture par Joséphine, Gogo et les autres arrangent leur coiffure devant la psyché.*)

GEORGINA. Oui, Mesdemoiselles, et elle apporte le consentement à mon mariage ; ainsi, demain ou après, je peux me trouver milady.

MIMI. Si cela arrive, j'en mourrai de chagrin !

GEORGINA. Ne croyez pas pour cela que j'en sois plus fière ; vous pouvez être sûres, mes chères amies, que je ne vous oublierai pas, et quand je viendrai à Paris, c'est vous qui me ferez toutes mes robes ; par exemple, mademoiselle Mimi, je vous recommanderai de les coudre plus solidement que vous ne faites d'ordinaire.

MIMI. C'est à n'y pas tenir !

SCÈNE XIV.

LES PRÉCÉDENTES, ANASTASE.

ANASTASE. Eh bien ! Mesdemoiselles, sommes-nous prêtes ? partons. Voici la charmante Paméla !

PAMÉLA, *saluant.* C'est monsieur Anastase, l'ami d'Auguste.

GEORGINA, *s'avançant.* Dieux ! que vois-je ? mon milord !

ANASTASE. Ma comtesse en tablier noir !

PAMÉLA, *à Georgina, en montrant Anastase.* Quoi ! c'est là votre conquête?.. ah ! que je suis contente !

MIMI. Et ses robes qui étaient déjà commencées. Dieux ! allons-nous en découdre !

JOSÉPHINE. Mais tais-toi donc.

ANASTASE, *regardant Georgina.* Admirable ! eh bien ! ma foi, je l'aime autant. Je renvoie ma famille par le paquebot ; et si la main d'un maître clerc peut vous être agréable, je vous l'offre mais seulement pour danser ce soir à Tivoli.

GEORGINA. Laissez-moi, Monsieur.

AIR : *Du partage de la richesse.*

Ah ! c'est affreux, me tromper de la sorte !
ANASTASE.
Je suis pourtant très-généreux !
Voyez plutôt, à vous je m'en rapporte,
Lequel de nous est le plus malheureux?
De cette aventure piquante
Avec raison je me plaindrais :
J'y perds dix mille écus de rente,
Et vous n'y perdez qu'un Anglais.

Eh mais ! j'entends une voiture ; c'est sans doute Julien : il s'est chargé de prendre deux landaux sur la place ; (*Regardant.*) non, c'en est un qui n'est pas numéroté ; un monsieur en descend... eh mais ! je ne me trompe pas ! c'est le monsieur qui était caché dans ce cabinet, le banquier de Julien. Que revient-il faire ici ?

JOSÉPHINE. Monsieur Van-Berg ?

ANASTASE. Précisément.

MIMI. Et cette dame si bonne, si aimable, dont il redoutait la présence ?

JOSÉPHINE. C'était sa femme, rien que cela.

GEORGINA. Ah ! il s'est moqué de nous, il faut le lui rendre.

MIMI. Oui, oui, profitons de l'occasion.

ANASTASE. C'est bon, je le laisse entre vos mains, car nous ne sommes pas bien ensemble ; je vais voir pour nos équipages. Adieu, chère comtesse ; adieu, gentille Paméla, à ce soir ; je serai votre cavalier : n'oubliez pas, dans un quart d'heure. (*Il sort.*)

TOUTES. C'est bon, c'est bon, nous serons prêtes.

MIMI. C'est M. Van-Berg, Mesdemoiselles, point de pitié.

GEORGINA. Je vais me venger sur lui.

SCÈNE XV.

LES PRÉCÉDENTES, M. VAN-BERG.

M. VAN-BERG. C'est encore moi, mes petites amies.

AIR : *J'ai vu le Parnasse des dames.*

Je viens vous trouver, mes charmantes.
TOUTES, *se pressant autour de lui.*
Demandez ce que vous voulez
M. VAN-BERG.
Ce sont des choses importantes.
TOUTES.
C'est notre état, Monsieur, parlez.
Monsieur veut faire des emplettes?
M. VAN-BERG.
Non, c'est un point très-délicat ;
Il faut d'abord être discrètes...
TOUTES.
Ceci n'est plus de notre état.

M. VAN-BERG. Si vraiment ; c'est pour cette aventure de ce matin : si on venait par hasard s'informer, il faudrait dire que...

SCÈNE XVI.

LES PRÉCÉDENTS, MADAME VAN-BERG.

MADAME VAN-BERG. Que vois-je ? vous, Monsieur, dans ces lieux !

M. VAN-BERG. Dieux ! ma femme ! je ne l'échapperai pas ; je joue d'un malheur aujourd'hui...

MADAME VAN-BERG. Je ne vous ai point trouvé à l'hôtel, et j'allais vous chercher chez votre beau-frère, lorsque votre voiture, arrêtée à la porte, m'a donné des soupçons, qui, maintenant, ne sont que trop justifiés ; je n'en veux d'autre preuve que le trouble où je vous vois.

M. VAN-BERG. Moi... Madame... je vous jure que les idées que vous vous faites... d'abord... vous êtes dans l'erreur... parce que...

GEORGINA, *faisant à ses compagnes des signes d'intelligence.* Oui, Madame, si vous saviez pour quel motif Monsieur vient dans ces lieux... Il a appris que ce matin vous aviez envie d'une robe, et il voulait vous ménager une surprise.

M. VAN-BERG. Oui, oui, Madame, c'est pour cela. (*A part*) Dieux ! que c'est adroit ! Ces petites filles-là ont une présence d'esprit...

MADAME VAN-BERG. Vous êtes bien sûre que c'est là le motif ?

GEORGINA. Oui, Madame ; tout ce que Monsieur a commandé pour vous est là de côté, et l'on peut vous le faire voir ; d'abord :

AIR : *Le beau Lycas aimait Thém're.*

Une robe de cachemire
Qui vaut cent louis environ :
M. VAN-BERG.
Comment !.. et que voulez-vous dire ?
GEORGINA.
Nous ne comptons pas la façon ;
Vous verrez comme cela drape. (*bis.*)
MIMI.
Et deux autres d'un goût exquis.
M. VAN-BERG, *à part, montrant sa femme.*
Ce n'est plus elle qu'on attrape,
Et c'est moi, morbleu ! qui suis pris.
TOUTES.
C'est le mari qu'on attrape,
Ah ! c'est charmant, comme il est pris.

DEUXIÈME COUPLET.
GEORGINA.
Plus... deux robes de lévantine ;

Mais c'est pour mettre tous les jours.

M. VAN-BERG, *à part.*

Ah! c'en est trop, on m'assassine.

MIMI.

De plus un manteau de velours.

M. VAN-BERG.

Ouf! la patience m'échappe. (*bis.*)

MADAME VAN-BERG.

Ah! combien mon cœur est surpris,
O vous, le meilleur des maris!

M. VAN-BERG.

Ce n'est plus elle qu'on attrape,
Et c'est moi, morbleu! qui suis pris.

TOUTES.

C'est le mari que l'on attrape,
Ah! c'est charmant, comme il est pris.

GEORGINA. Enfin, Madame, un mémoire de six mille francs; voilà la surprise que Monsieur vous préparait.

MADAME VAN-BERG, *à part.* D'honneur, je ne sais qui je dois remercier! (*Haut.*) Mais je la trouve charmante pour vous, et pour moi...

GEORGINA. Je crois bien; un fameux article pour la maison. Eh mais! Mesdemoiselles, huit heures sonnent; ces messieurs vont arriver.

AIR : *Vif et léger* (de THILBY).

TOUTES.

Dépêchons-nous, Mesdemoiselles.
Il nous faut prendre sur-le-champ...
Et nos chapeaux et nos ombrelles,
A Tivoli l'on nous attend.

MIMI, *faisant la révérence.*

Monsieur ne veut pas, je suppose,
Quelques faveurs, quelques rubans?

GOGO, *faisant la révérence.*

Quand Monsieur voudra quelque chose...

M. VAN-BERG.

On rit encore à mes dépens.

TOUTES.

Dépêchons-nous, etc.

(*Elles sortent toutes en souriant.*)

—

SCÈNE XVII.

M. ET MADAME VAN-BERG.

M. VAN-BERG. Morbleu! si jamais on m'y rattrape.. (*Offrant la main à sa femme.*) Madame, voulez-vous me permettre de vous reconduire?

MADAME VAN-BERG. Pas encore, j'ai quelque chose, ici même, à vous demander; et vous êtes si généreux aujourd'hui, que vous n'hésiterez pas à me l'accorder.

M. VAN-BERG. Je ne sais pas pourquoi, Madame, vous me dites cela d'un air d'ironie...

MADAME VAN-BERG. Du tout, je parle sérieusement, et je le prouve : vous avez renvoyé Julien, j'ignore pour quel motif, il ne me l'a pas dit.

M. VAN-BERG. C'est bien heureux!

MADAME VAN-BERG. C'est un très-brave garçon, auquel je m'intéresse; et vous me ferez plaisir en le gardant.

M. VAN-BERG. Je le voudrais, Madame, mais c'est impossible, absolument impossible; je l'ai juré.

MADAME VAN-BERG. Vous avez eu tort.

M. VAN-BERG. Et pourquoi?

MADAME VAN-BERG. Parce qu'il restera.

M. VAN-BERG. Morbleu!

MADAME VAN-BERG. Attendez, vous n'y êtes pas encore; je vous ai prévenu qu'aujourd'hui j'étais en train de demander; il faut que je profite des moments où vous êtes bien disposé : vous allez donc garder Julien, et lui donner des appointements plus convenables, et de plus, une trentaine de mille francs.

M. VAN-BERG. Et pourquoi?

MADAME VAN-BERG. Pour qu'il puisse épouser Joséphine, qui était là tout à l'heure auprès de moi.

M. VAN-BERG. Qui? Joséphine?.. cette petite couturière?

MADAME VAN-BERG. Oui; ils s'aiment éperdument; cela vous fâche peut-être?

M. VAN-BERG. Moi, Madame? en aucune manière.

MADAME VAN-BERG. Tant mieux : car apprenez, Monsieur, que cette petite couturière est ma cousine, ma cousine germaine.

M. VAN-BERG, *effrayé.* Dieu! voulez-vous bien ne pas parler si haut!.. Qu'est-ce que vous me dites là?

MADAME VAN-BERG. L'exacte vérité; par exemple, c'est un secret que je possède seule; mais si vous me refusez, je la reconnais hautement pour ma cousine, ici à Paris, aux yeux de toute votre société : pour commencer, je cours l'embrasser.

M. VAN-BERG, *la retenant.* Madame, au nom du ciel! de quel ridicule allez-vous me couvrir! et que dira-t-on dans le monde?.. Moi, cousin d'une couturière!

MADAME VAN-BERG. On n'en saura rien.

M. VAN-BERG. N'importe, on jasera sur ce mariage.

MADAME VAN-BERG. Pourquoi cela? on n'a rien dit du vôtre.

M. VAN-BERG. Moi, Madame, c'était bien différent!

MADAME VAN-BERG. Prouvez-le-moi, si vous pouvez, ou plutôt hâtez-vous de vous décider, ou je vais trouver ma cousine : songez donc qu'à présent c'est ma seule parente.

M. VAN-BERG. Bien sûr, il n'y en a pas d'autre.

MADAME VAN-BERG. Raison de plus.

AIR des *Maris ont tort.*

Vous, chez qui la bonté domine,
Et qui savez bien calculer,
Vous doterez notre cousine,
Pour n'en plus entendre parler
Qu'ici votre tendresse brille;
Tant de gens, dans leur noble espoir,
Ont acheté de la famille,
Vous payez pour n'en point avoir.

M. VAN-BERG. Eh! Madame, il faut bien faire tout ce que vous voulez; mais j'espère au moins que le plus grand secret...

MADAME VAN-BERG. Je vous le promets, et vous savez si je tiens mes promesses; excepté Joséphine, à qui je me ferai connaître, et sur la discrétion de laquelle on peut compter, excepté elle, personne ne saura notre parenté; mais prenez garde, je vous préviens, que lorsque je ne serai pas contente de vous, il me prendra pour ma famille des accès de tendresse qui vous feront trembler.

M. VAN-BERG. Taisez-vous, les voici.

SCÈNE XVIII.

LES PRÉCÉDENTS, JULIEN, JOSÉPHINE, PAMÉLA, GEORGINA, MIMI, ADRIENNE, TOINETTE, GOGO, *avec leurs chapeaux et leurs ombrelles.*

JULIEN, *donnant la main à Joséphine.* Monsieur Van-Berg encore dans ces lieux!

MADAME VAN-BERG. Oui, mon cher Julien, il a voulu y rester pour vous annoncer lui-même qu'il vous garde dans ses bureaux avec deux mille francs d'appointements, et qu'en outre il vous donnait trente mille francs comptant pour épouser Joséphine.

JULIEN. Comment! il se pourrait!.. je ne peux croire encore...

JOSÉPHINE, *baisant la main à madame Van-Berg.* Ah! vous êtes la meilleure et la plus généreuse des femmes.

MADAME VAN-BERG, *lui fermant la bouche.* Tais-toi, petite, tais-toi; j'ai bien autre chose à t'apprendre. Fais tes adieux à ces demoiselles, et partons, car je t'emmène avec moi.

JOSÉPHINE. Demain, soit, mais aujourd'hui (A ses compagnes.) nous finirons la soirée ensemble... je n'oublierai jamais ces lieux où j'ai été si heureuse; et je reviendrai souvent vous revoir.

PAMÉLA, *essuyant ses yeux.* A la bonne heure, car je ne pourrais m'habituer à l'idée d'une telle séparation.

MIMI, *pleurant.* Ni moi non plus; cette chère Joséphine!.. Reçois nos compliments.

GEORGINA, *de même.* Oui, nos compliments et nos adieux. (*A part.*) Est-elle heureuse!.. cela ne m'arriverait pas à moi...

JOSÉPHINE, *les embrassant toutes l'une après l'autre.* Mes amies, mes bonnes amies!

MIMI, *à part, après l'avoir embrassée.* Encore une de parvenue.

PAMÉLA, *de même, et montrant madame Van-Berg.* Ce n'est pas étonnant, quand la vertu est protégée par des grandes dames.

MIMI, *regardant M. Van-Berg.* Et surtout par des banquiers.

SCÈNE XIX.

LES PRÉCÉDENTS, ANASTASE.

ANASTASE. Eh bien! tout le monde est prêt, partons-nous?

JULIEN. Ah! mon ami, tout est arrangé; je te conterai cela. Fais-moi tes compliments, j'épouse.

ANASTASE. Vrai? Eh bien fais-moi les tiens : je n'épouse pas.

M. VAN-BERG. Quand vous voudrez partir, Madame, votre landau est à la porte.

ANASTASE. Mesdemoiselles, votre fiacre est en bas. (*A Paméla, à qui il donne la main.*) Venez, venez; ce soir, en dansant, nous parlerons de ce perfide Auguste, qui ne vous méritait pas, et dont vous devriez bien vous venger...

PAMÉLA, *soupirant.* C'est ce que je me dis tous les jours.

GEORGINA, *aux autres.* Eh bien! elle me l'enlève! elle qui ce matin voulait se périr.

PAMÉLA, *à part, regardant Anastase en soupirant.* Pourvu que celui-là me soit fidèle!

M. VAN-BERG, *à sa femme qui, pendant ce temps, causait avec Joséphine.* Allons, allons, retournons à l'hôtel.

JOSÉPHINE. Et nous à Tivoli.

TOUTES, *sautant de joie.* A Tivoli! à Tivoli!

MADAME VAN-BERG, *donnant la main à son mari, et regardant Joséphine et ses compagnes.* Ah! qu'elles sont heureuses!

VAUDEVILLE.

AIR : *Ronde de Saint-Malo.*

JULIEN.

Des riches qui m'environnent
L'ennui ne m'a point tenté;
Vive la gaîté que donnent
L'amour et la pauvreté!
C'est bien, c'est bien,
Voilà le vrai bien;
On n'a peur de rien,
Quand on n'a rien.

CHOEUR.

C'est bien, etc.

JOSÉPHINE.

Un pauvre millionnaire
Pour ses biens à chaque instant
Craint quelque destin contraire,
Et nous disons en chantant :
C'est bien, c'est bien,
Pour nous tout va bien,
On n'a peur de rien,
Quand on n'a rien.

CHOEUR.

C'est bien, etc.

MIMI.

Ces robes où l'or s'étale
Au bal peuvent se froisser;
Mais en robe de percale
Sans crainte l'on peut danser.

C'est bien, c'est bien,
Pour nous tout va bien,
On n'a peur de rien,
Quand on n'a rien.

CHOEUR.

C'est bien, etc.

PAMELA.

Plus d'un séducteur perfide,
Dans ses amoureux projets,
A l'innocence timide
Croyait tendre ses filets :
C'est bien, c'est bien,
Ça se trouve bien,
On ne risque rien,
Quand on n'a rien.

CHOEUR.

C'est bien, etc.

M. VAN-BERG.

Tel qui n'a rien en partage,
A la bourse, en beau joueur,
Court acheter, et pour gage
Il vous donne son honneur;
C'est bien, c'est bien,
Pour lui tout va bien;
On ne risque rien,
Quand on n'a rien.

CHOEUR.

C'est bien, etc.

GEORGINA.

Quand l'hymen pour lui s'apprête,
Plus d'un jaloux furibond
Croit qu'il y va de sa tête
Et tout bas on lui répond :
C'est bien, c'est bien,
Pour vous tout va bien,
On ne risque rien,
Quand on n'a rien.

CHOEUR.

C'est bien, etc.

ANASTASE.

Plus d'un journal pâle et blême
Est aux abois, et l'on dit
Que le rédacteur lui-même
Risque d'en perdre l'esprit;
C'est bien, c'est bien,
Pour lui tout va bien,
On ne risque rien,
Quand on n'a rien.

CHOEUR.

C'est bien, etc.

MADAME VAN-BERG, *au public.*

Traitez-nous sans conséquence!..
De certain bruit aigre-doux,
Messieurs, faites abstinence;
En fait de sifflets, chez nous,
On le sait bien,
L'absence est un bien,
Pour nous tout va bien,
(*Faisant le geste de siffler.*)
Quand on n'a rien.

CHOEUR.

On le sait bien, etc.

FIN DES GRISETTES.

VIALAT ET Cⁱᵉ, IMPRIMEURS ET ÉDITEURS.

SENNEVILLE. Je ne peux plus te garder ; c'est là ce qui te cha_rine. — Scène 19.

LE VALET DE SON RIVAL

COMÉDIE EN UN ACTE ET EN PROSE

Représentée, pour la première fois, à Paris, sur le théâtre royal de l'Odéon, le 19 mars 1816.

Personnages.

M. DESTIVAL,	M. DE BEAUCLAIR.	GERMAIN.
LISE, sa fille.	M. DE SENNEVILLE.	UN EXEMPT.

La scène se passe à Strasbourg, chez M. d'Estival.

Le théâtre représente un salon ; deux portes latérales, une au fond qui laisse apercevoir un jardin.

SCÈNE PREMIÈRE.

GERMAIN, *seul, tenant un papier à la main.* Relisons la liste de mes commissions : porter des invitations chez le sous-préfet et le receveur des impositions indirectes, pour la signature du contrat ; retenir la musique du régiment pour le jour du bal ; commander à l'imprimeur des billets de part annonçant que mademoiselle Lise d'Estival épouse M. de Beauclair, officier d'artillerie, etc. Le beau-père est expéditif et n'aime pas à perdre de temps ; aussi tout est prêt, et il ne manque plus rien... que le prétendu. On l'attendait hier, on l'attend aujourd'hui. Un prétendu qu'on fait venir exprès de Paris, comme s'il en manquait à Strasbourg !..

SCÈNE II.

GERMAIN, LISE, *accourant.*

LISE. Eh bien ! Germain, vous n'entendez pas ? Une voiture vient de s'arrêter ; on a sonné à la grille du parc, et vous êtes là d'une tranquillité...

GERMAIN. J'y vais. Enfin, serait-ce M. de Beauclair, le prétendu ?

LISE. Ah ! M. de Beauclair ! lui... un autre... qui sait ?... une visite... (*Vivement.*) Mais allez donc. Quand ce serait lui, est-ce une raison pour le fa_re attendre un quart d'heure ?

GERMAIN. Je vais dire à Lafleur d'ouvrir. (*Il sort.*)

SCÈNE III.

LISE, *seule.* Oh ! oui, c'est lui, j'en suis sûre, et toute ma frayeur me reprend. Je ne le connais pas, je ne l'ai point vu, et combien je crains de le voir! Le cœur me bat. On dit qu'il est jeune et spirituel. Qui me dira s'il est doux, aimable, s'il m'aimera, si je pourrai lui plaire? Oh! non; ils sont si difficiles à Paris. Que je serais fâchée que ce fût lui! Je voudrais qu'il ne vînt pas, qu'il ne parût jamais! Encore s'il ressemblait à ce jeune officier!.. (*Allant près de la porte.*) Si l'on pouvait voir!.. Mon Dieu! mon père devrait bien faire élaguer ces tilleuls. Oh! le voilà; je l'entends. Je ne dois pas rester. (*Elle sort en retournant plusieurs fois la tête.*)

—

SCÈNE IV.

GERMAIN, M. DE SENNEVILLE, PLUSIEURS DOMESTIQUES *portant une valise et d'autres paquets.*

GERMAIN, *entrant le premier.* Voyons un peu ce M. de Beau-clair, qui se fait si longtemps attendre.

SENNEVILLE, *aux domestiques.* Grand merci, mes amis. (*Leur donnant de l'argent.*) Tenez, et buvez à ma santé. (*Les domestiques sortent.*)

GERMAIN, *à part.* Il s'annonce bien.

SENNEVILLE, *à Germain.* Voulez-vous prévenir M. d'Esti-val que M. de Beauclair, son gendre...

GERMAIN, *le regardant.* Comment! ne me trompé-je pas? Monsieur de Senneville!

SENNEVILLE, *vivement, et à voix basse.* Tais-toi, malheu-reux! Qui es-tu? D'où me connais-tu?

GERMAIN. Monsieur le colonel ne se rappelle pas mes traits. J'étais portier à Paris, rue du Helder, chez cette jeune com-tesse où monsieur le colonel allait si souvent, et d'où il sor-tait si tard.

SENNEVILLE. Ah! oui, Germain? (*Souriant.*) Un fripon.

GERMAIN. C'est cela, mon colonel. J'avais l'honneur de vous ouvrir la porte.

SENNEVILLE. Traître! tu ne l'ouvrais pas que pour moi; mais tu peux me servir, et j'oublie tout.

GERMAIN. Monsieur est bien généreux!

SENNEVILLE, *vivement, pendant toute cette scène.* J'ai vu Lise sa tante une fois à Paris, il y a trois mois, au bal de l'ambassadeur. Jolie, aimable, modeste, chacun s'em-pressait autour d'elle. Rien qu'en la voyant danser, je l'ado-rai. Dès que j'eus causé avec elle, je jurai qu'elle serait ma femme.

GERMAIN. Que ne parliez-vous? Vingt mille écus de rentes, colonel, et neveu du ministre...

SENNEVILLE. En rentrant chez moi, à quatre heures du ma-tin, je trouve des ordres de mon oncle : depuis trois mois j'ai parcouru toute la France: enfin, je suis envoyé en mis-sion à Strasbourg. J'arrive, et me voilà.

GERMAIN. Au fait, il n'y a pas de temps perdu.

SENNEVILLE. Mon hôte, grand bavard, m'apprend que ma-demoiselle d'Estival doit se marier à M. de Beauclair, jeune officier français; qu'on n'a jamais vu le futur; mais l'ami-tié, la parenté, les convenances, que sais-je enfin? que tout est d'accord, et qu'on n'attend plus que le prétendu. Je laisse notre hôte au milieu de son récit; je remonte en voi-ture, j'entre au château, je me dis Beauclair, tout m'est ou-vert; tu m'introduis, et je te dois la réussite de mon projet.

GERMAIN. Ma foi, Monsieur, je n'en ai pas vu de plus extra-vagant. A chaque instant notre époux peut arriver. On l'attendait hier.

SENNEVILLE. Tant mieux! c'est qu'un accident l'a retenu. A qui n'en arrive-t-il pas en voyage? Moi-même, l'avant-dernière nuit, quelle aventure! Ce serait une bonne fortune pour un faiseur de romans! A minuit, un temps affreux! Je dormais, lorsque ma voiture est renversée par celle d'un

voyageur qui se fâche encore contre mes postillons, dit qu'on l'a retardé, m'insulte moi-même, met l'épée à la main. J'en fais autant. La nuit était noire en diable; le pied me glisse; mon adversaire croit m'avoir tué, remonte en voiture, me laisse là, et court encore.

GERMAIN. Eh bien! vous n'avez pas pu courir après lui?

SENNEVILLE. Ah! il ne m'échappera pas. Ma chaise ren-versée, six heures d'avance, impossible de l'atteindre; mais, arrivé à la ville voisine, encore tout bouillant de colère, je donne, de la part du ministre, l'ordre de l'arrêter; et, dès que l'insolent sera saisi, j'irai lui demander satisfaction de son procédé.

GERMAIN. Savez-vous son nom? Avez-vous son signale-ment?..

SENNEVILLE. Non; mais un homme qui se rend à Stras-bourg, on ne le manquera pas.

GERMAIN. C'est bien. Que n'avez-vous aussi quelque bon ordre du ministre pour empêcher M. de Beauclair d'arri-ver! car enfin tout se découvrira.

SENNEVILLE. Qu'importe? je serai le premier venu; le pre-mier j'aurai dit à Lise que je ne puis vivre sans elle; que depuis trois mois je l'aime, je l'adore. Me croyant son futur, elle ne s'offensera pas d'un tel aveu. A moins que son cœur n'ait parlé pour un autre, une jeune personne est toujours disposée à voir favorablement celui que ses parents lui desti-nent; elle s'efforce de le trouver aimable; elle cherche à l'ai-mer, et songe si elle pouvait commencer à en prendre l'habi-tude. On me découvrira, je le sais; mais le coup sera porté, l'impression sera produite, et Beauclair arrivera trop tard.

GERMAIN. D'accord; excepté que cela finira par un coup d'épée, et que M. de Beauclair... Le connaissez-vous?

SENNEVILLE. Oui, j'ai connu dans mes campagnes un M. de Beauclair fort aimable; je me suis même trouvé avec lui dans une situation assez piquante. Nous étions rivaux sans le savoir, et, comme le chevalier de Grammont, il m'obligea de lui servir de domestique, et de garder son cheval pen-dant qu'il en courtait à ma belle.

GERMAIN. Je vous connais; vous vous êtes fâché?

SENNEVILLE. Point du tout; le tour m'a paru plaisant, et je lui renvoyai son cheval, en lui promettant de lui rendre la pareille si j'en trouvais l'occasion.

GERMAIN. Il ne saurait s'en présenter de plus belle, car voici mademoiselle Lise avec son père.

—

SCÈNE V.

LES PRÉCÉDENTS, D'ESTIVAL, *puis* LISE. (*Germain sort.*)

D'ESTIVAL, *entrant le premier.* Eh! que ne disiez-vous de suite! Ce cher Beauclair! qu'il me tarde de le voir, de l'em-brasser! Que je le regarde un peu! Oui, c'est lui; voilà l'idée que je m'en faisais, un beau et brave militaire. Ma foi, quoiqu'on vante le temps passé, nos enfants ne sont pas si mauvais, et notre siècle en vaut bien un autre. (*Prenant Lise, qui arrive les yeux baissés.*) Je te présente ma fille... Hem! qu'en dis-tu? Un peu timide; mais quand on ne se connaît pas!

LISE, *en levant les yeux, fait un geste de surprise.* Que vois-je?

D'ESTIVAL.. Comment! aurais-tu déjà vu Beauclair?

LISE, *troublée.* Oui, oui, mon père, beaucoup... une fois... il y a trois mois.

D'ESTIVAL. Ah! tu appelles cela beaucoup?

LISE, *ingénument.* Ah! c'est que c'était... au bal.

D'ESTIVAL. C'est juste. C'est bien différent. (*Gaiement.*) Serait-ce par hasard ce cavalier dont tu m'as tant parlé à ton retour de Paris?

SENNEVILLE, *vivement*. Quoi! Mademoiselle vous a parlé de moi?

D'ESTIVAL, *froidement*. Oui, un jeune homme qui n'était jamais à la contredanse, qui se trompait de figures. Comment! c'était toi? Je ne t'aurais pas cru si gauche. Qu'est-ce que m'écrivait donc ton père, que tu avais eu trois années de danse avant d'être auditeur? On t'a volé ton argent. Ah çà, puisque vous avez dansé ensemble, à demain la noce! Autrefois, pour faire connaissance avec sa femme, il fallait trois mois de visite à un parloir, et on ne la connaissait pas mieux. Aujourd'hui il suffit d'une contredanse.

LISE, *en souriant*. Mais c'est moins long, et beaucoup plus gai.

SENNEVILLE, *gaîment*. Oui vraiment. Comme vous le disiez, Monsieur, notre siècle en vaut bien un autre : grâce aux progrès des lumières, on ne renferme plus les demoiselles au couvent; mais on les mène au bal. Une mère a-t-elle le désir de pourvoir sa fille, c'est au bal qu'elle découvre le mari qui lui convient. Le militaire vient y faire briller son uniforme; nos graves magistrats, nos docteurs à la mode y figurent ensemble. Un jeune notaire cherche-t-il une cliente, s'il danse avec grâce, sa charge est payée. La gaieté, l'abandon, qui règnent dans ces fêtes brillantes, rendent l'amour moins timide et la surveillance moins attentive. Le nombre même des témoins ajoute à la liberté du tête-à-tête. Sa dame! (*Avec expression.*) Qu'on est heureux, qu'on est fier d'appeler ainsi celle dont votre choix vous a rendu le chevalier, hélas! pour un quart d'heure! Mais on la quitte ému, agité. Un nouveau monde s'ouvre devant vous, et souvent un regard, un mot a décidé du destin de la vie. (*Gaiement.*) Vous voyez bien, Monsieur, que le bal est le charme de la société, l'école des mœurs et le lien des familles.

LISE, *bas, à son père*. En vérité, il est fort aimable.

D'ESTIVAL. Oui, il a du bon; s'il danse mal, il raisonne fort bien. A demain donc la noce, et un grand bal, cela va sans dire... Mais, à propos, tu as donc changé d'idée?

SENNEVILLE, *étonné*. Comment?

D'ESTIVAL. Oui, fripon, ton déguisement. Nous savons tout. Je n'ai pas voulu en parler à ma fille; mais ton père m'a tout écrit. Il paraît que c'est un goût héréditaire dans la famille. Je me souviens d'une mascarade que nous fîmes ensemble.

SENNEVILLE. Quoi! mon père vous a écrit?

D'ESTIVAL. Tiens, voici sa lettre; non, celle-ci. Tu connais son écriture, j'espère. (*Mettant ses lunettes.*) Hum! hum!

« Mon vieux camarade, »

Ce cher Beauclair... « Mon fils doit se rendre très-pro« chainement à Strasbourg, pour épouser votre aimable « fille. Vous saurez qu'il a, comme moi, l'esprit vif et ori« ginal. Il ne tient point à se marier, mais il tient à être « aimé de sa femme; et je désespérais de l'établir. Il est « passionné pour les déguisements; et, comme il a vu « dernièrement *les Jeux de l'Amour et du Hasard*, il s'est « mis dans l'idée de se présenter chez vous sous l'habit de « son valet, afin de pouvoir étudier à loisir le caractère de « sa future épouse. J'ai cru devoir vous prévenir de cette « folie : vous ferez de cet avis l'usage qui vous paraîtra « convenable. »

Ah! ah! ah! Je croyais même que c'était là la cause de ton retard.

SENNEVILLE, *à part*. En voici bien d'une autre. Où me suis-je fourré?

LISE. Ah! Monsieur aime les épreuves.

SENNEVILLE. Mademoiselle ne doit pas les craindre.

LISE. Quoi qu'il en soit, je trouve plus prudent de ne pas m'y exposer, et je vous remercie d'avoir abandonné ce pro-

jet. Ce que j'estime avant tout, c'est la franchise, et je ne consentirai jamais à donner ma main à celui qui aurait employé le moindre déguisement pour l'obtenir.

—

SCÈNE VI.

LES PRÉCÉDENTS, GERMAIN.

GERMAIN. Monsieur, un domestique, que nous avons vu de loin descendre d'une chaise de poste, est là; il demande à vous parler.

SENNEVILLE, *à part*. Grands dieux!

D'ESTIVAL. Que nous veut-il? faites entrer.

GERMAIN, *à Beauclair*. Par ici, camarade. (*En s'en allant.*) Comme ces laquais de Paris ont un air fier!

—

SCÈNE VII.

LES PRÉCÉDENTS, M. DE BEAUCLAIR, *en livrée élégante*.

BEAUCLAIR. Monsieur, je précède mon maître, M. de Beauclair : il m'a chargé de vous annoncer que, retenu chez le baron de Forlis, il ne pourra arriver chez vous que dans quelques jours.

D'ESTIVAL. Hé! que dis-tu donc, mon garçon? il est ici.

BEAUCLAIR. Mon maître! M. de Beauclair?

LISE. Sans doute.

D'ESTIVAL. Le voilà. (*Beauclair traverse le théâtre, se trouve face à face avec Senneville, et s'arrête stupéfait.*)

SENNEVILLE, *prenant un ton de maître*. Eh bien, Jasmin, qu'y a-t-il donc?

BEAUCLAIR. Ah! c'est Monsieur qui... que... En vérité... Je ne m'attendais pas... (*A part.*) Ma foi, monsieur de Senneville, ce tour-ci vaut l'autre.

SENNEVILLE. Sans doute, vous ne m'attendiez pas ici; mais je n'ai point trouvé le baron de Forlis, et je suis arrivé ce matin. (*Avec intention.*) On peut bien quelquefois arriver avant vous.

BEAUCLAIR. C'est ce qui m'a surpris d'abord; mais j'espère que Monsieur ne me retrouvera plus en faute. (*Bas, à Senneville.*) Je vous remercie; mais je ne me tiens pas pour battu.

D'ESTIVAL. C'est bon... Je me charge d'arranger cette affaire. Ce garçon-là me revient assez. Il a de la tournure. Y a-t-il longtemps qu'il est à ton service?

SENNEVILLE. Non, il vient d'y entrer, et je ne serais pas fâché qu'il restât. Il se connaît parfaitement en chevaux. Il en donnerait à garder au plus habile. Du reste, adroit, intelligent; et je vous prie de le traiter avec quelques égards. Il n'a pas toujours été valet.

BEAUCLAIR. Ah! mon Dieu, non! je me suis trouvé domestique sans m'en douter.

D'ESTIVAL. Par quel hasard?

BEAUCLAIR. Il y a tant de valets qui deviennent maîtres sans savoir comment.

SENNEVILLE. Aussi je mets tous mes soins à lui faire oublier qu'il n'est pas à sa place.

D'ESTIVAL. Bien, mon gendre.

LISE. Comme il est bon avec ses domestiques! C'est qu'en effet ce pauvre garçon a une physionomie tout à fait intéressante.

BEAUCLAIR. Mademoiselle est bien bonne.

D'ESTIVAL, *à Senneville*. Allons, allons, donne la main à ma fille; allons faire un tour de jardin en attendant le déjeuner.

BEAUCLAIR. En effet, la route m'a donné un appétit assez vif.

D'ESTIVAL. Eh bien! mon garçon, ne te gêne pas, passe à l'office. (*Ils sortent.*)

SCÈNE VIII.

BEAUCLAIR, *seul.* Je ne m'attendais pas à entrer si vite en condition. A l'office! Allons, M. de Senneville prend sa revanche. Après tout, c'est ce que je désire. Je voulais une épreuve, je ne pouvais pas mieux rencontrer. Un rival redoutable, qui a tous les avantages, et qui sait en profiter. Quelle gloire si mon mérite pouvait percer à travers ma livrée! (*Gaiement.*) Chimère des âmes tendres, bonheur d'être aimé pour soi-même, je pourrai donc vous réaliser une fois; car, à coup sûr, si je triomphe, ce ne sera pas à mon habit que je le devrai. Mais cette dernière aventure m'inquiète. J'ai bien fait de prendre des circuits pour me rendre ici; j'ai cru remarquer qu'on était sur mes traces. En tout cas, ce déguisement me servirait encore. A la moindre nouvelle, je traverse le pont de Kehl et me trouve en pays étranger. En attendant, préparons-nous à servir mon nouveau maître avec tout le zèle d'un bon domestique.

SCÈNE IX.

BEAUCLAIR, D'ESTIVAL.

D'ESTIVAL, *à part.* Mon gendre avait envie d'épouser sa future; moi, je ne serais pas fâché de connaître un peu mon gendre. Si je faisais jaser son domestique! Mais le drôle me paraît ne pas manquer d'esprit : il faut s'y prendre avec adresse. (*Haut.*) Tu m'as l'air de te plaire au service de ton maître?

BEAUCLAIR. Peut-il en être autrement? Monsieur est si gai, si spirituel!.. D'ailleurs, moi, j'aime les jeunes gens.

D'ESTIVAL. C'est comme moi, j'ai toujours été du parti des fils contre les pères, et je compte bien qu'avec mon gendre nous ferons encore des tours de jeunesse. (*Riant et affectant une grande gaieté pendant toute cette scène.*) Ah! ah! ah! c'est que je m'en suis permis de fort plaisants. Ah! ah!..

BEAUCLAIR, *affectant de rire aussi.* Ah! ah!.. Je vois que Monsieur était un rusé compère.

D'ESTIVAL. Oui, et, quoi qu'il arrivât, je m'en tirais toujours de la façon la plus gaie. Ah! ah!

BEAUCLAIR. Et mon maître, donc!.. Il y a bien peu de temps que je suis à son service; mais j'en ai vu de belles! Je me rappelle une aventure de créanciers. Ah! ah!

D'ESTIVAL. Ah! ah! des créanciers .. J'aime beaucoup les scènes de créanciers; c'était mon fort. Ah çà, des créanciers! Il ne paie donc pas ses dettes?

BEAUCLAIR. Est-ce que vous prenez mon maître pour un homme sans éducation? comme si vous-même autrefois... Ah! ah!

D'ESTIVAL. C'est juste. Ah! ah! ah! J'en faisais bien d'autres, moi. Mais conte-moi son aventure.

BEAUCLAIR. M'y voilà... Il revenait du jeu; il avait perdu tout son argent. Non, non, attendez donc... Je me trompe, c'est un autre jour; ce jour-là il avait gagné.

D'ESTIVAL, *riant de mauvaise humeur.* Ah! il joue et il gagne. Ah! ah!

BEAUCLAIR. Pas souvent. Mais c'est bien plus drôle quand il perd; il faut entendre alors comme il jure .. C'est admirable. Mais ce jour-là donc il était en gain, à telles enseignes qu'il m'avait payé mes gages; je me le rappelle, parce que c'est la seule fois. Il faut vous dire, pour l'intelligence de l'histoire, que le matin il m'avait chargé de porter un billet chez la comtesse, et que, par erreur, je le remis à la baronne.

D'ESTIVAL. Comment donc! une comtesse? un : baronne?.. (*A part.*) Morbleu!

BEAUCLAIR. Ah! ah! Je gage que dans votre temps vous avez fait aussi plus d'une conquête.

D'ESTIVAL. Oui, oui, je me reconnais là; mais il est donc généralement aimé?

BEAUCLAIR. C'est une fureur, on se l'arrache. Les femmes le craignent, et les hommes ne peuvent pas le souffrir. C'est le jeune homme le plus à la mode de Paris. Eh! parbleu, j'ai là une lettre d'une femme à laquelle j'étais chargé de répondre; vous sentez qu'il ne peut pas suffire à tout. (*Lui donnant une lettre, et lui faisant lire l'adresse.*) A Monsieur de Beauclair... Quel feu! Vous verrez le délire de la passion! le vague du sentiment! ah! ah! vous connaissez cela?

D'ESTIVAL, *en riant.* Oui, oui, j'en ai reçu plus d'une.

BEAUCLAIR. Mais l'aventure qui a fait le plus de bruit, et qui va vous faire bien rire... C'est dernièrement... Je vous le dirai, parce que vous connaissez les acteurs. Ah! ah! Un de ses amis devait se marier. Il arrive à la place du futur qu'on ne connaissait pas, et séduit la fille en présence même du père... (*Cherchant.*) Un monsieur de... oh! vous le connaissez, un bon homme, un très-bon homme... J'ai là son nom, je le tiens...

SCÈNE X.

LES PRÉCÉDENTS, LISE.

LISE. Mon père, je venais vous dire que plusieurs visites...

BEAUCLAIR, *toujours à d'Estival.* Et le plus plaisant, c'est que le jour même... (*Feignant d'apercevoir Lise.*) Pardon! pardon! je n'oserais pas devant Mademoiselle.

D'ESTIVAL. Ah! ah! j'entends. Va m'attendre à deux pas. Ma fille ne doit pas savoir...

BEAUCLAIR. Oui, Monsieur, je vous suis... C'est que mon maître m'a donné quelques ordres. (*A part.*) Diable! j'aime mieux rester avec la fille.

D'ESTIVAL, *à part.* Quelle adresse à moi de l'avoir fait parler! Ah! ah! M. de Beauclair, qui jamais aurait dit?.... Allons, achevons de m'instruire. (*A Lise.*) Reste, reste, mon enfant! je reviens dans l'instant... (*A Beauclair.*) Ah! comme nous allons rire!

BEAUCLAIR. Oui, Monsieur, nous allons rire. (*D'Estival sort.*)

SCÈNE XI.

LISE, BEAUCLAIR.

BEAUCLAIR, *regardant d'Estival qui s'éloigne, et à part.* Bon! que Senneville s'en tire maintenant comme il pourra. (*A Lise, qui fait quelques pas pour sortir.*) Mademoiselle!

LISE. Que voulez-vous, Jasmin?

BEAUCLAIR. C'est bien de l'audace à moi de vous demander un moment d'entretien; mais je ne suis pas aussi indigne de cette faveur que je puis le paraître.

LISE. Oui, votre maître se loue beaucoup de vous.

BEAUCLAIR. Il a daigné vous dire du bien de moi! (*A part.*) C'est un maladroit; à sa place je ne l'aurais pas fait. (*Haut.*) L'estime de Madame est une consolation dans mes chagrins.

LISE. Des chagrins! Ah! j'entends. Il est sans doute survenu quelques différends avec votre maître, et vous avez besoin de ma médiation. Je crois M. de Beauclair trop bon pour me refuser votre grâce.

BEAUCLAIR. Ma grâce? Non, Madame. (*A part.*) Diable! nous sommes loin de nous entendre. (*Haut.*) Le hasard m'a placé dans une situation bien étrange! je n'étais pas né pour l'habit que je porte.

LISE, *à part.* Tous ces gens-là parlent de même; ils seraient tous grands seigneurs, s'ils n'étaient pas valets de chambre. (*Haut.*) Eh bien, Jasmin, vos malheurs? (*A part.*) Car il a sans doute quelque roman.

BEAUCLAIR. Ah! Mademoiselle, que vous dirais-je? et qu'allez-vous penser de moi ? En entrant dans ce château, j'ai vu une personne.

LISE, *le contrefaisant.* Une personne!.. Ah! mon Dieu! seriez-vous amoureux, par hasard?

BEAUCLAIR, *d'un ton pénétré.* Oui, Madame.

SCÈNE XII.

LES PRÉCÉDENTS, SENNEVILLE.

SENNEVILLE, *à part.* Un tête-à-tête! J'arrive à temps. (*Haut.*) Eh bien, Jasmin, que faites-vous donc? je vous cherchais.

LISE. Ah! laissez-le, de grâce. Un instant plus tard, et j'allais devenir sa confidente.

SENNEVILLE. Comment! il se serait permis?..

LISE. Je le défends d'abord. Il est amoureux, et l'amour ne regarde pas à l'étiquette.

SENNEVILLE, *inquiet.* Ah! il a parlé d'amour.

BEAUCLAIR. Oui, Monsieur, j'ai parlé d'amour.

SENNEVILLE. J'y suis : quelque passion d'antichambre! quelque Nérine! quelque Marton! (*Vivement.*) Votre femme de chambre, je parierais; elle est vraiment jolie.

LISE. Quoi! ce serait là cette personne qu'il a vue en entrant dans le château, et qui soudain...

SENNEVILLE. Justement; j'avais déjà cru remarquer!.. Mais pourquoi, Jasmin, ne m'avez-vous pas parlé? Aviez-vous quelques raisons secrètes de me cacher vos projets? Vous deviez être sûr de mon consentement.

BEAUCLAIR. Trop de bontés.

SENNEVILLE, *à Lise.* Sans doute il venait vous demander la main de celle qu'il aime; et j'espère que vous ne la lui refuserez pas.

LISE. Non, certainement; mais j'avoue qu'un amour aussi subit a lieu de m'étonner.

BEAUCLAIR. Ces amours-là doivent pourtant moins vous étonner que tout autre, Mademoiselle. Mais rassurez-vous, mon attachement pour Marton n'est pas aussi extraordinaire que Monsieur veut bien le croire.

SENNEVILLE. Comment? vous n'aimez que médiocrement et vous songez à épouser?

BEAUCLAIR. Mais je ne vois dans cet établissement qu'un moyen de rester auprès de Madame et de vous, Monsieur. D'ailleurs, comme vous me le disiez encore hier, l'hymen n'est plus un esclavage. Est-on las de vivre garçon, on fait une spéculation conjugale qui vous donne un état, une consistance dans le monde. Qu'on s'aime ou qu'on ne s'aime pas, que les humeurs se conviennent ou qu'elles soient incompatibles, c'est moins que rien; l'important est de trouver quelques rapports d'intérêts ou de fortune. On se contraint jusqu'à la signature du contrat; mais, le marché conclu, chacun reprend ses habitudes, chacun vit à sa manière, de son côté. Vous me le disiez : Monsieur court les sociétés, les spectacles, les bals; Madame en fait autant, et si le hasard veut que les deux époux se rencontrent, ils se connaissent à peine, leur entrevue a tout le piquant de la nouveauté. On s'aimerait presque, si ce n'était le décorum.

LISE, *à Senneville.* Comment, Monsieur?..

SENNEVILLE. Moi, Mademoiselle, que je meure si jamais j'ai eu cette pensée, et je veux qu'il vous avoue!..

BEAUCLAIR. Quoi! ne m'avez-vous pas répété cent fois, hier encore?.. (*Voyant Senneville qui le menace.*) Non, non, vous ne m'avez rien dit : Mademoiselle, il ne m'a rien dit; c'est moi qui ai tout inventé. Que je suis maladroit!

LISE, *à part.* Ah! comme je m'étais trompée!

SENNEVILLE. Non, Mademoiselle, gardez-vous de croire... (*Apercevant venir d'Estival.*)

SCÈNE XIII.

LES PRÉCÉDENTS, D'ESTIVAL, *une lettre à la main, qu'il serre en entrant.*

SENNEVILLE. Ah! monsieur le baron, venez m'aider à me défendre!

D'ESTIVAL. Moi, Monsieur! je m'en garderai bien; et c'est déjà beaucoup que je ne vous force pas à rendre compte de votre conduite.

SENNEVILLE. Monsieur...

LISE. Quoi! mon père, vous seriez instruit?..

D'ESTIVAL. Oui, mon enfant, heureusement pour toi. (*A Senneville.*) C'est en vain que vous m'avez d'abord abusé.

SENNEVILLE, *à part.* Serais-je découvert?

D'ESTIVAL. Je vous connais à présent; je connais vos intrigues, vos aventures de jeu, de créanciers...

SENNEVILLE, *étonné.* De créanciers!

D'ESTIVAL. Et vos comtesses et vos baronnes. J'ai là leurs déclarations, deux, trois, quatre intrigues à la fois.

LISE. Ah! mon Dieu!

SENNEVILLE, *vivement.* Qui m'a calomnié à ce point? Je vois que Jasmin ne m'a pas épargné...

LISE. Fort bien; vous êtes irrité qu'il ait révélé votre conduite à mon père.

SENNEVILLE. Eh! Mademoiselle, vous défendez ce domestique avec une chaleur...

LISE, *avec dignité.* Monsieur, vous ne faites pas attention à vos discours.

SENNEVILLE. Ah! pardon! croyez que je n'eus jamais l'intention de vous offenser.

LISE, *sèchement.* Vous êtes donc bien maladroit?

SENNEVILLE, *avec dépit.* Oui, oui, je le suis en effet; mais c'est d'avoir gardé auprès de moi certaines personnes...

BEAUCLAIR. Je ne vous ai pas forcé de me prendre.

SENNEVILLE. Eh bien! si je vous ai pris, je vous congédie; je vous renvoie, et ne veux plus de vos services.

BEAUCLAIR. Permettez, Monsieur! on donne au moins huit jours.

D'ESTIVAL. Sans doute; et, si ton maître te les refuse, je te garde chez moi.

LISE. C'est cela.

D'ESTIVAL. Et tu ne nous quitteras plus.

LISE. A la bonne heure!

SENNEVILLE. Nous ne nous séparerons pas ainsi, monsieur Jasmin; nous avons ensemble quelques comptes à régler.

BEAUCLAIR. Quand il vous voudrez, Monsieur; quoique je ne sois plus à votre service, je suis toujours à vos ordres.

D'ESTIVAL. Viens donc, Jasmin! (*D'Estival, Lise, Beauclair sortent.*)

SCÈNE XIV.

SENNEVILLE, *seul, avec emportement.* Allons, c'est lui qui reste! et c'est moi qu'on renvoie! Elle ne m'aime pas, elle ne m'a jamais aimé, et la manière dont elle vient de me traiter... Il faudrait que je fusse bien avec elle... C'est qu'aussi il y a quelque chose que je ne puis comprendre... Et moi qui, au lieu d'embarrasser, de déjouer mon rival... m'emporte... m'impatiente... moi, qui lui prends sa place, son nom, sa femme, et qui m'avise encore d'aller lui chercher querelle! Allons, je me suis enferré comme un sot! Un déguisement, un amant en valet, et valet de son rival. En voli plus qu'il n'en faut pour tourner une jeune tête. Mon projet était extravagant et pouvait plaire; le sien n'a pas le sens commun. On va l'adorer. (*Apercevant Germain.*) Ah! Germain.

SCÈNE XV.

SENNEVILLE, GERMAIN.

GERMAIN. Monsieur, je vous fais mon compliment; tout va fort bien, à ce qu'il me paraît?

SENNEVILLE. Oui, à merveille. Fais mettre les chevaux à ma voiture; non, seulement qu'on me selle un cheval, ce sera plus tôt fait.

GERMAIN. Quoi! Monsieur partirait?

SENNEVILLE. Non, je ne pars pas; je m'éloigne, je reviens. (*Avec colère.*) Ai-je des comptes à te rendre? Obéis.

GERMAIN. Allons, Monsieur, je m'en vais dire à votre domestique de seller un cheval.

SENNEVILLE. Eh non! garde-t'en bien; c'est toi, c'est toi-même...

GERMAIN. Mais quand on a un domestique...

SENNEVILLE. Je l'ai chassé.

GERMAIN. Ah! vous l'avez chassé; ma foi, tant mieux. Ce drôle-là avait une figure qui vous aurait joué quelque mauvais tour. (*En confidence.*) Je viens de le voir avec mademoiselle Lise. En conscience, on dirait qu'il lui fait la cour. Je vais seller le cheval. (*Il sort.*)

—

SCÈNE XVI.

SENNEVILLE, *seul.* Ah! il lui fait la cour. Il ne doute plus du succès; il me regarde déjà comme vaincu. Eh bien! morbleu! nous verrons... Non, certainement, je ne partirai pas; je vais trouver M. d'Estival, je lui découvre tout; je me nomme, je me propose. J'ai de la fortune, un nom dans le monde. Beauclair a de l'esprit, si l'on veut; allons, il en a, c'est vrai. Eh bien! moi, je suis neveu d'un ministre. Qu'a-t-il à dire? Eh quoi! devoir la préférence à de pareils moyens? Convenir aux yeux de Lise que j'ai été vaincu! Non, il vaut mieux partir, m'éloigner sans me faire connaître. Ah! Lise, je n'ai jamais mieux senti combien je vous aimais!

—

SCÈNE XVII.

SENNEVILLE, LISE.

LISE. Ah! mon Dieu! quel événement! Qui aurait pu s'attendre à cela?

SENNEVILLE. Allons, il faut partir.

LISE. Oui, sans doute, il le faut, c'est ce que vous pouvez faire de mieux. Mais, de grâce, ne tardez pas... Eh bien! pourquoi cet air étonné?

SENNEVILLE, *stupéfait.* Vous trouvez que je ne pars pas assez vite?

LISE, *tendrement.* Sans doute. Songez donc qu'un moment de retard peut vous perdre; que, dans un moment, on peut vous arrêter.

SENNEVILLE. M'arrêter?

LISE. Oui; mais je croyais que vous le saviez. Je me promenais seule près de la haie du parc; j'étais bien triste, et pour un rien j'aurais pleuré. Je pleurerais encore. Mais ce n'est pas cela que je veux vous dire. J'ai entendu plusieurs hommes causer en dehors. Oui, Beauclair, disait-on: on avait prononcé ce nom-là bien bas, et cependant je l'ai entendu sur-le-champ, et le cœur m'a battu comme si je me fusse douté qu'il s'agissait d'une mauvaise nouvelle; je voulais m'éloigner, et, sans savoir comment, je me trouvais prêter l'oreille tout près de la haie. On continuait: Oui, il se nomme Beauclair; il doit être dans cette maison. Restez là, vous ici; cernons le parc, et après nous entrerons.

SENNEVILLE, *à part.* M'arrêter pour Beauclair! Allons, il

ne manquait plus que cela! Comme il rirait, s'il savait.....

LISE. Je n'en ai pas entendu davantage: je suis accourue. Mais, au nom du ciel! partez; vous n'avez pas de temps à perdre.

SENNEVILLE. Moi, vous quitter, renoncer à votre main!

LISE. Il le faut bien, Monsieur; certainement, je n'épouserai jamais un mauvais sujet, un homme que l'on arrête par ordre du ministre; oui, Monsieur, je ne veux plus de mariage, plus de prétendu; quelque autre encore, doux, aimable, spirituel, qu'on estimera du premier coup d'œil et qu'ensuite on sera forcé de mépriser. Arrangez-vous, Monsieur; mais cela fait trop de peine, et je n'en veux plus, je vous en avertis.

SENNEVILLE, *enchanté.* Lise, serait-il vrai?

LISE, *douloureusement.* Quel dommage! un air si bon, si honnête! Envoyez donc les jeunes gens à Paris! Votre domestique le disait bien; voilà les suites de votre mauvaise conduite! C'est un bien honnête garçon que votre domestique, qui vous est bien attaché; et, si vous aviez suivi ses conseils...

SENNEVILLE. Lise, je ne veux suivre que les vôtres; je jure de vous consacrer ma vie, de vous obéir toujours.

LISE. Eh bien! partez, partez sur-le-champ. Faut-il vous en prier?

SENNEVILLE. Je pars, mais à une seule condition. Dites-moi que vous ne conservez pas la mauvaise opinion que vous aviez de moi.

LISE. Oui, je commence.

SENNEVILLE. Dites-moi que vous ne croyez plus que j'aie un méchant caractère.

LISE, *tendrement.* Je crois qu'il n'aurait tenu qu'à vous d'être parfait. (*Il fait un geste.*) Non, non, vous l'êtes en effet; vous n'avez plus aucun défaut; mais, de grâce, partez, ou bien je vais croire que vous avez celui d'être entêté.

SENNEVILLE. Eh! que m'importent la liberté, l'existence même, si je ne suis aimé de vous! Lise, un mot, un seul mot, et je pars!

LISE, *tremblante.* Eh bien! s'il le faut, s'il le faut absolument pour vous sauver, oui, Monsieur, oui, je crois que je vous aime; mais allez-vous-en, et qu'on ne vous revoie plus!

SENNEVILLE, *transporté.* Vous m'aimez; Lise, vous m'aimez?

LISE, *d'un ton suppliant.* Vous partez, n'est-ce pas?

SENNEVILLE. Moi partir! je ne veux quitter; je reste ici, je reste près de vous. Si vous saviez, si vous deviniez combien je suis heureux! Demain nous allons à Paris; je vous mène à la cour, je vous présente au ministre, à mon oncle.

LISE. La cour? le ministre? Paris? Ah! mon Dieu! la tête n'y est plus, la frayeur le fait déraisonner.

—

SCÈNE XVIII.

LES PRÉCÉDENTS, BEAUCLAIR.

LISE, *à Beauclair.* Ah! Jasmin! Jasmin! je vous rencontre à propos; il faut trouver un moyen d'éloigner votre maître...

BEAUCLAIR, *bas.* Quoi! vous voulez que je vous en débarrasse?

LISE, *bas.* Oui, il faut qu'il parte; je vous dirai mes raisons. Tenez, prenez ma bourse, et mettez-le dehors; c'est le plus grand service que vous puissiez me rendre.

BEAUCLAIR, *bas, en riant.* Dès que c'est vous qui m'en priez.....

LISE, *à part.* Et moi, je vais prévenir mon père, empêcher les gens de pénétrer dans le château. Il faut bien qu'on veille pour lui. Là, je vous demande, qui m'aurait dit... Ah! mon Dieu! le pauvre jeune homme! (*Elle sort.*)

—

SCÈNE XIX.

BEAUCLAIR, SENNEVILLE.

BEAUCLAIR, *à part*. Allons, le rival est éconduit, je m'y attendais ; mais il est assez plaisant que ce soit moi qui lui donne son congé. (*Il s'avance près de Senneville, qu'il salue très-respectueusement.*)

SENNEVILLE, *le regardant en riant*. Eh bien! mon ami, je ne peux plus te garder ; c'est là ce qui te chagrine.

BEAUCLAIR. Monsieur se trompe ; j'ai bien d'autres raisons d'être triste. C'est moi, Monsieur, moi qui ne peux plus garder mon maître ; je suis obligé de le congédier.

SENNEVILLE. Si ce n'est que cela, console-toi ; c'est moi qui te renvoie. (*Il ôte son chapeau et le salue.*) Je n'oublierai jamais, Monsieur, l'honneur que vous m'avez fait en entrant à mon service ; mais je ne veux point en abuser. Il faut être prince ou monarque, pour conserver des serviteurs tels que vous.

BEAUCLAIR. C'est s'en tirer en homme d'esprit, et je suis doublement enchanté d'une plaisanterie à laquelle, Monsieur, je dois de renouveler connaissance avec vous ; mais vous sentez qu'auprès de Lise il vous serait pénible de paraître vaincu. Aussi, croyez-moi, cédez la place.

SENNEVILLE, *souriant*. Mais je vous donnerai le même conseil.

BEAUCLAIR, *étonné*. Quoi! vous espérez encore rester?

SENNEVILLE. J'en suis sûr.

BEAUCLAIR. Malgré moi?

SENNEVILLE. Malgré vous. Songez donc que vous êtes forcé de m'obéir, et que, si je veux, je puis vous envoyer chercher le notaire.

BEAUCLAIR. Ah! vous prétendez conserver mon nom!

SENNEVILLE. Il est trop beau pour le quitter.

BEAUCLAIR. Il faudra bien y renoncer.

SENNEVILLE. Moins que jamais ; car je vous rends service en le gardant, et je vous forcerai bien à me le laisser.

BEAUCLAIR. Celui-là est trop fort.

SENNEVILLE, *froidement*. Consentez-vous que celui qui forcera l'autre à quitter la place renonce à tous ses droits?

BEAUCLAIR, *vivement*. Oui, sans doute, et je ne prétends plus vous ménager ; car songez que, pour vous faire congédier, je n'ai qu'un mot à dire.

SENNEVILLE. Oui ; mais vous ne le direz pas.

BEAUCLAIR. Et qui m'en empêchera?

SENNEVILLE. Moi.

BEAUCLAIR. Vous m'empêcherez de me nommer?

SENNEVILLE. Je vous en défie.

—

SCÈNE XX.

LES PRÉCÉDENTS, LISE.

LISE, *dans le fond, apercevant Senneville*. Ah! mon Dieu! il n'est pas encore parti.

BEAUCLAIR, *bas, à Senneville*. Nous allons voir si je ne me nomme pas.

LISE. Ils sont maintenant dans le jardin.

BEAUCLAIR. Eh! qui donc?

LISE. Ceux qui cherchent M. de Beauclair.

BEAUCLAIR. Que dites-vous?

SENNEVILLE, *bas, à Beauclair*. Eh bien! Monsieur, qu'attendez-vous pour vous nommer.

BEAUCLAIR, *de même*. Diable! cela change la thèse ; et, si je me nomme, je pars.

LISE, *qui s'est approchée du fond*. Ils viennent, ils sont au bout de l'allée. Ah! il me vient une idée... Jasmin, si vous aimez votre maître, M. de Beauclair ; si vous voulez le sau-

ver... Ils ne le connaissent pas, je le parierais à leurs questions. Alors, vous m'entendez...

BEAUCLAIR. Non, le diable m'emporte!

LISE, *vivement*. Dites que vous êtes M. de Beauclair, que vous étiez déguisé en domestique. L'on vous arrête pour lui, vous partez.

SENNEVILLE, *en riant*. Et je reste auprès de vous : l'invention est admirable.

LISE. N'est-ce pas? que je suis contente de l'avoir trouvée!

BEAUCLAIR. Un instant... Permettez donc...

LISE. Quoi! vous refusez? vous que je croyais attaché à votre maître?

BEAUCLAIR. Je ne dis pas cela ; mais...

—

SCÈNE XXI.

LES PRÉCÉDENTS, D'ESTIVAL, L'EXEMPT.

L'EXEMPT. Il est ici : que toutes les issues soient bien gardées, et que personne ne puisse sortir!

BEAUCLAIR. Morbleu!

L'EXEMPT. Il était temps de le joindre, sur la frontière et à deux pas du pont de Kehl.

D'ESTIVAL. Ah çà! Messieurs, que signifie?..

L'EXEMPT. Permettez-moi de procéder régulièrement. (*A Beauclair.*) Vous, d'abord, comment vous nommez-vous?

SENNEVILLE, *en raillant Beauclair*. Voilà une belle occasion de dire son nom.

LISE, *en le suppliant*. Dites donc votre nom!

L'EXEMPT, *impérieusement*. Votre nom : n'en avez-vous pas?

BEAUCLAIR, *avec dépit*. Plût au ciel! (*A part.*) Ma foi, arrivera ce qu'il pourra! (*Hardiment.*) Jasmin!

LISE, *s'éloignant avec indignation*. Attendez donc de la générosité d'un valet!

SENNEVILLE, *bas, à Beauclair*. J'ai gagné.

L'EXEMPT, *à Senneville*. Et vous, Monsieur?

BEAUCLAIR, *à part*. Que va-t-il dire?

SENNEVILLE. Le chevalier de Beauclair, officier de cavalerie. (*A l'exempt.*) Je suis prêt à vous suivre, mais j'ai une grâce à vous demander, quelques arrangements à prendre, et vous me permettrez d'envoyer chercher un notaire.

L'EXEMPT. A la bonne heure. Mais hâtons-nous.

SENNEVILLE, *à Beauclair*. Jasmin!

BEAUCLAIR, *embarrassé*. Monsieur!

SENNEVILLE. Vous le voyez, les moments sont précieux.

BEAUCLAIR, *à part*. Diable! il a raison ; si je sors, je suis sauvé.

SENNEVILLE. Eh bien, Jasmin! allez chercher le notaire.

BEAUCLAIR, *hésitant*. Oui, Monsieur ; oui, Monsieur, j'y vais. (*A part.*) J'ai perdu la partie. (*Il sort.*)

—

SCÈNE XXII.

LES PRÉCÉDENTS, hors BEAUCLAIR.

SENNEVILLE, *à l'exempt*. Combien je vous remercie, Monsieur, de ce léger service! Si vous pouviez encore m'en rendre un autre...; ce serait de m'apprendre pourquoi je suis arrêté?

L'EXEMPT. Vous le savez bien, monsieur de Beauclair.

SENNEVILLE. Sans doute, je le sais ; mais je suis bien aise que vous l'appreniez à Mademoiselle et à mon beau-père.

D'ESTIVAL, *en colère*. Comment, votre beau-père!

SENNEVILLE. Oui, Monsieur, je veux que vous voyez qu'il n'y a rien de honteux dans la cause de ma détention.

LISE, *à part*. Ah! j'en suis sûre d'avance.

L'EXEMPT. Eh bien, Monsieur, vous êtes arrêté d'après un ordre du ministre.

SENNEVILLE. Du ministre!

L'EXEMPT. C'est son neveu lui-même qui en a expédié l'ordre.

SENNEVILLE, *à part.* Quelle rencontre !.. Germain! (*Il lui parle à l'oreille.*) Va, cours... (*Germain sort.*) Vous permettez encore... N'est-ce pas un homme tué... blessé sur la grande route?.. Ah! que c'est heureux!.. (*A Lise et à son père.*) Quand je vous le disais, vous voyez bien que ce n'est rien.

D'ESTIVAL, *s'éloignant de lui.* Comment, ce n'est rien!

LISE, *de même.* Un homme tué!

SENNEVILLE. L'homme tué, c'est moi, c'est moi-même, rassurez-vous.

L'EXEMPT. Il a perdu la tête.

SENNEVILLE. Vous me voyez au comble de la joie : rien ne s'oppose plus à mon bonheur, et nous allons tous signer mon contrat.

D'ESTIVAL. Comment, vous croyez que je vous donnerai ma fille?

SENNEVILLE. Oui, sans doute.

L'EXEMPT. A M. de Beauclair, à un homme que je mène en prison?

SENNEVILLE. Non, vous ne l'y mènerez pas, je l'ai fait évader.

L'EXEMPT. Comment, M. de Beauclair...

SENNEVILLE. Pourrait bien avoir maintenant traversé le pont de Kehl.

L'EXEMPT. Et vous avez osé...

SENNEVILLE. Oh! rassur z-vous, je vous le ramène.

L'EXEMPT, *à Senneville.* Ah çà! et vous qui parlez, qui donc êtes-vous?

———

SCÉNE XXIII.

LES PRÉCÉDENTS, BEAUCLAIR, GERMAIN.

BEAUCLAIR. Monsieur de Senneville.

GERMAIN. Neveu du ministre.

SENNEVILLE, *à l'exempt, en lui donnant des papiers.* Lui-même qui prend tout sur lui et se charge de vous justifier.

BEAUCLAIR. Vous le voyez... je suis de parole! On vous aime; j'ai perdu et je vous amène le notaire; enchanté, Monsieur, que vous soyez l'homme que j'ai tué hier sur la route de Strasbourg. J'espère que cela ne mettra aucun obstacle à votre contrat de mariage, et je demande à signer le premier.

SENNEVILLE. C'est trop de générosité, et je vous pardonne ma mort, si elle me procure votre amitié. (*A d'Estival.*) Vous saurez tout, Monsieur.

D'ESTIVAL. Mais il en est temps.

SENNEVILLE. Si je n'ai plus les droits de Beauclair, au moins n'ai-je plus les torts qu'on lui reprochait, et peut-être pardonnerez-vous une supercherie que l'amour seul m'avait inspirée! C'est de vous que j'attends mon bonheur; vous seul pouvez confirmer l'aveu que Mademoiselle a daigné me faire, et que peut-être n'ai-je dû qu'à la pitié.

D'ESTIVAL. Comment! ma fille aurait avoué?....

LISE. Mon père, il était malheureux, ce n'était pas le moment de l'accabler.

D'ESTIVAL. Ah çà, décidément, quel est le véritable M. de Beauclair?

BEAUCLAIR, *le saluant.* Celui qui a été chercher le notaire.

FIN
de
LE VALET DE SON RIVAL

M. DURAND. Qu'est-ce qui veut se charger de cet enfant-là, et m'en débarrasser ? — Scène 19.

LE PARRAIN

COMÉDIE EN UN ACTE ET EN PROSE

Représentée, pour la première fois, à Paris, sur le théâtre du Gymnase dramatique, le 23 avril 1821.

EN SOCIÉTÉ AVEC MM. POIRSON ET MÉLESVILLE.

Personnages.

M. GODARD, marchand rubanier.
M. DURAND, rentier.
M. LE COMTE DE HOLDEN.
MADAME DE SAINT-ANGE, femme d'un banquier.

MADAME BENOIST, belle-mère de M. Godard.
MADAME PRUDENT, sage-femme.
MADAME RENARD, } voisines.
MADAME DUROZEAU, }

DUBOIS, chasseur de madame de Saint-Ange.
UN VALET du comte de Holden.
UNE FEMME DE CHAMBRE.

Le théâtre représente l'arrière-magasin de M. Godard. A travers les vitrages qui sont au fond, on aperçoit la boutique, et par suite la rue. Une porte à droite, une porte à gauche.

SCÈNE PREMIÈRE.

(Au lever du rideau, M. Godard est devant une table et écrit. Mesdames Benoist, Renard et Durozeau sont assises à gauche, et travaillent à la layette en causant.)

M. GODARD, écrivant. « M. Godard, marchand rubanier, « rue Saint-Denis, a l'honneur de vous faire part que ma« dame Godard, son épouse, vient d'accoucher heureuse« ment d'un garçon.
« La mère et l'enfant se portent bien. »
Voilà le cent soixante-treizième ; j'en ai la main fatiguée.
MADAME BENOIST. C'est comme je vous le dis, ma chère madame Renard, ce petit garçon-là me ressemble à s'y mé-

prendre. Ce n'est pas parce que je suis sa grand'mère; mais c'est tout mon portrait.

M. GODARD. Laissez donc, il a tout mon profil.

MADAME RENARD. C'est-à-dire celui de votre femme; ou plutôt, voulez-vous que je vous dise à qui il ressemble? à M. Durand, ce vieux garçon qui demeure ici dans la maison, au premier.

M. GODARD, *se levant.* Qu'est-ce que vous dites là, madame Renard? Point de pareilles plaisanteries, s'il vous plaît.

MADAME RENARD. Je le dis, parce que c'est frappant.

M. GODARD. C'est ce qui vous trompe, entendez-vous; mon fils me ressemble, et il doit me ressembler, parce qu'enfin... Je sais ce que je dis, et ce n'est pas après douze ans de mariage...

MADAME BENOIST. Allons, n'allez-vous pas vous fâcher, mon cher Godard?

M. GODARD. Non, c'est qu'on sait combien j'ai d'affaires aujourd'hui. Mes billets de faire part qui ne sont pas finis; le parrain de mon fils qui n'est pas encore trouvé; l'accouchée qui veut que je lui fasse un cadeau; une lettre de change à payer ce matin, et l'enfant qui ne tette pas. Et c'est au milieu de ces tracas de toute espèce qu'on vient me rompre la tête de M. Durand; M. Durand, que nous connaissons à peine, qui a quelquefois salué ma femme sur l'escalier, et qui n'a jamais fait que la regarder.

MADAME RENARD. Eh bien! c'est ce que je voulais dire, un regard.

TOUTES LES FEMMES. Sans doute, c'est un regard.

MADAME BENOIST. Eh! oui, mon gendre, cela se voit tous les jours. Il n'y a rien de plus raisonnable et de plus tranquillisant que les regards. Demandez à ces dames. Mais vous voilà toujours affairé, toujours effrayé du moindre embarras, et vous donnant toujours beaucoup de mal sur place, sans faire un pas pour en sortir. Voyons le plus pressé. Vous occupez-vous du parrain.

M. GODARD. Eh non, puisque voilà trois de mes parents et amis intimes qui ont refusé tout net. Vous ne pouvez pas vous imaginer combien cet enfant-là me donne de peine. Un enfant frais et vermeil qui est tout mon portrait.

MADAME BENOIST. Eh! il s'agit bien de cela. Quant à la marraine, elle ne sera pas difficile à trouver. On sait que pour le premier enfant c'est toujours la grand'mère, c'est de droit.

M. GODARD. Du tout, du tout; le choix est déjà fixé, la proposition a été faite et acceptée.

MADAME BENOIST. Voilà, par exemple, ce que je ne souffrirai point; n'est-il pas vrai, Mesdames?

M. GODARD. Allons, n'allez-vous pas encore me mettre un nouvel embarras sur les bras? Vouloir que je fasse un affront à madame de Saint-Ange, la femme d'un banquier! un banquier de la rue du Mont-Blanc! ma meilleure pratique! Certainement, Mesdames, quand la Chaussée-d'Antin est assez bonne pour venir rue Saint-Denis, on doit s'estimer trop heureux.

MADAME BENOIST. Oui, une femme à équipage qui sera marraine de votre fils! Et Dieu sait comme on va jaser! parce que vous sentez bien que les grandes dames... Si je vous racontais à ce sujet l'histoire que nous a dite hier madame Prudent, la sage-femme...

TOUTES LES FEMMES, *se levant et écoutant.* Une histoire!

SCÈNE II.

LES PRÉCÉDENTS, MADAME PRUDENT.

MADAME PRUDENT. Monsieur Godard! monsieur Godard!

MADAME BENOIST. Eh! tenez, voilà madame Prudent qui va vous la raconter elle-même.

MADAME PRUDENT. Ah! mon histoire du beau jeune homme inconnu; je vous la dirai tout à l'heure. Mais je viens avant tout annoncer une bonne nouvelle à M. Godard : son fils sera baptisé.

M. GODARD. Comment, madame Prudent, vous auriez trouvé un parrain?

MADAME PRUDENT. Où en seriez-vous sans moi? mais quand j'entreprends quelque chose... Ah! Mesdames, quel état que celui de sage-femme! Un état continuel de silence et de discrétion, la consolation de l'humanité, l'espoir des familles et la providence des nourrices?

M. GODARD. Vous dites donc que vous avez...

MADAME PRUDENT. Un parrain magnifique, un garçon riche, aimable, galant, et que vous avez sous la main; car il demeure dans la maison, au premier; en un mot, c'est M. Durand.

TOUS. Comment! M. Durand.

MADAME PRUDENT. Oui; je viens d'arranger cela avec sa gouvernante, mademoiselle Babet, que je connais de longue main, et qui s'est chargée de la négociation. C'est une affaire faite, parce qu'un vieux garçon ne peut pas avoir d'autre avis que celui de sa gouvernante.

M. GODARD. Hum! hum! je vous avouerai que M. Durand...

MADAME PRUDENT. Vous ne pouvez pas mieux choisir. Un homme seul, tranquille, qui n'a ni enfant ni famille, et qui peut un jour adopter votre fils, ou le coucher sur son testament : avec les gens riches il y a toujours de la ressource; c'est comme mon bel inconnu dont je vous parlais tout à l'heure. Croiriez-vous qu'il m'a donné vingt-cinq louis pour être venu me réveiller avant-hier à minuit, et m'avoir mené dans une belle voiture, dans un bel hôtel, où une jeune dame venait de mettre au monde une petite fille charmante? Je vous raconterai tout cela en détail; et quoique M. Durand n'ait ni équipage, ni bel hôtel, savez-vous qu'il a douze mille livres de rentes?

TOUT LE MONDE. Douze mille livres de rentes!

M. GODARD. Oui; mais ce que disait tout à l'heure madame Renard, ça peut faire jaser.

MADAME BENOIST. On ressemble à qui on peut. S'il fallait s'inquiéter de cela!

M. GODARD. Vous croyez? Il me semble alors qu'en qualité de père de l'enfant, je dois me présenter moi-même au parrain, et lui faire une visite.

TOUTES. Mais il n'y a pas de doute.

M. GODARD. Encore une chose à faire. Je vous dis que j'en perdrai la tête. Eh vite, madame Prudent, mes gants; et puis il faudra envoyer quelqu'un chez madame de Saint-Ange, la marraine, rue du Mont-Blanc, pour la prévenir des noms et du choix du parrain. (*S'impatientant.*) Eh bien, madame Prudent, mes gants, mon chapeau. Il est sûr que M. Durand s'attend à ma visite.

MADAME PRUDENT. Eh! tenez, le voici lui-même qui vient vous déclarer qu'il accepte.

M. GODARD, *aux femmes.* Ah! mon Dieu! ôtez donc ces langes et ces brassières qui sont sur tous les fauteuils; ça n'est pas décent.

SCÈNE III.

LES PRÉCÉDENTS, M. DURAND.

M. GODARD. Mon cher voisin, je me rendais chez vous pour vous remercier de l'honneur que vous nous faites.

MADAME BENOIST. C'est un bonheur pour toute la famille.

M. DURAND. Monsieur, Madame, certainement, je suis bien sensible à votre politesse; aussi, je suis descendu moi-même, afin de vous dire...

M. GODARD, *l'interrompant vivement, ainsi que dans tout le reste de la scène.* C'est ce que je ne me pardonnerai jamais. C'était à moi de vous prévenir; mais un jour comme celui-ci on a tant d'embarras, mon bon, mon cher Durand... Combien (*Lui prenant la main.*) je suis heureux qu'une pareille cérémonie resserre encore les liaisons de voisinage et d'amitié qui nous unissaient déjà !

M. DURAND. Mais comme c'est la première fois que nous nous parlons..

M. GODARD. C'est égal, vous êtes de la famille.

M. DURAND. Mille fois trop de bontés; mais comme je venais pour vous dire...

MADAME PRUDENT. J'espère que vous m'en remercierez. C'est moi qui ai arrangé tout cela avec mademoiselle Babet; et jugez donc quel bonheur, quel avantage, vous qui n'avez jamais eu d'enfants, d'en trouver un qui ne vous coûte rien, qui vous apportera un bouquet à votre fête !

MADAME BENOIST. Et un compliment au jour de l'an

M. GODARD. Et les petites étrennes; c'est charmant. Vous aurez tous les avantages de la paternité, et vous n'en aurez point comme nous les soins, les soucis, les tracas. Ah çà, mon cher, point de gêne, point de façons, point de désormais commun entre nous. Voilà comme je suis; et surtout, je vous en prie, point de folie. Pour la marraine, vous ferez ce que vous voudrez.

M. DURAND, *impatienté.* Mais, Monsieur...

M. GODARD. Mais pour ma femme, rien, je vous en prie, que les bonbons, les bagatelles d'usage.

M. DURAND. Mais daignez m'écouter, Monsieur, je vous déclare que je ne veux pas...

M. GODARD. Et moi je le veux, ou sans cela nous nous fâcherons.

M. DURAND. Mais encore une fois...

M. GODARD. C'est arrangé comme cela, n'en parlons plus. Eh vite, ma belle-mère, Mesdames, voyez si l'on peut faire une visite à ma femme, à madame Godard. (*Elles sortent.*) Oh! vous allez embrasser l'accouchée, et votre filleul donc! Madame Prudent, voyez si le petit est présentable. Ah! mon Dieu! et moi qui oubliais... voilà la clé de l'armoire pour prendre le pot de gelée de groseilles que ma femme a demandé. Pardon, mon cher compère; mais j'ai tant de choses dans la tête! Quant à votre commère, je ne vous en parle pas, parce que je veux vous surprendre. La plus jolie marraine... Mais je vous devais ça pour la bonté, la grâce avec laquelle vous avez daigné accepter. Adieu, mon cher ami, mon cher compère. Je cours à ma toilette. (*L'embrassant.*) Madame Prudent avait raison, notre parrain est un homme charmant.

—

SCÈNE IV.

M. DURAND, *seul.* C'est décidé, c'est une conspiration. Impossible de leur faire entendre que je refuse. De quoi diable aussi va se mêler madame Prudent, la sage-femme? Vouloir que je sois parrain, moi qui ne l'ai été de ma vie, qui tremble à l'idée du moindre embarras. Je n'ai jamais demandé de places de peur des occupations, ce qui fait que je ne suis rien ; je n'ai jamais acheté de propriété de peur de procès, ce qui fait que je suis rentier. Je n'ai jamais pris de femme de peur des inconvénients, ce qui fait que je suis célibataire. J'ai douze mille livres de rentes en portefeuille ou sur le grand livre. Je vais chez tout le monde sans que personne vienne chez moi, parce qu'un garçon n'est pas obligé de recevoir. Du reste, je suis bon citoyen. Je paye mon impôt de portes et fenêtres; je monte ma garde ou je la fais monter, ce qui revient au même; et je n'ai pas manqué une seule souscription volontaire, toutes les fois que j'y ai été forcé : ce n'est pas que je sois avare, il s'en faut; je mange

généreusement mon revenu, mais je me ferais un scrupule de dépenser un liard pour toute autre satisfaction que la mienne. Je loge seul, je dîne seul, je dors seul, et c'est en moi seul que j'ai concentré mes plus chères affections. On dira que c'est de l'égoïsme. Du tout, c'est de la reconnaissance; et jusqu'à ce que j'aie rencontré quelqu'un qui ait pour moi l'amitié que je me porte, on me permettra de me donner la préférence. Ainsi je m'en vais écrire à tous les Godards, puisqu'avec eux il n'y a pas moyen de s'expliquer. C'est qu'ils sont capables de me relancer encore, et j'aurais peut-être aussitôt fait d'accepter. J'en serai quitte pour quelques cornets de bonbons. Ma foi, non ; la peine d'aller à l'église, mon filleul à tenir, madame Godard à embrasser; en outre, des fiacres à payer; qu'est-ce qui m'en reviendrait? Avec cela j'ai des courses à faire ce matin; ces trente mille francs que je voudrais placer avantageusement.

—

SCÈNE V.

M. DURAND, MADAME DE SAINT-ANGE; DEUX DOMES-TIQUES EN LIVRÉE.

MADAME DE SAINT-ANGE. C'est bien; attendez, ainsi que la voiture : j'aurai besoin de vous. (*Elle donne quelques ordres à l'un de ses valets.*)

M. DURAND. Eh mais! je ne me trompe pas, c'est madame de Saint-Ange, la femme de ce fameux banquier qui s'est chargé du nouvel emprunt. Belle opération! S'il voulait me céder quelques actions, ce serait bien mon affaire.

MADAME DE SAINT-ANGE, *achevant de donner ses ordres.* Tâchez de parler à M. le comte de Holden lui-même, s'il n'est pas encore parti. Dites-lui que nous savons tout, et que mon mari et moi lui offrons nos services et notre médiation, et revenez sur-le-champ, vous entendez. (*Redescendant le théâtre et apercevant M. Durand qui la salue.*) Et le voilà, ce cher monsieur Durand! Je m'attendais bien à le trouver ici. Mais, en parrain galant, vous deviez me donner la main pour descendre de voiture.

M. DURAND. Comment, Madame, vous seriez?..

MADAME DE SAINT-ANGE. Eh! oui, j'avais promis à Godard, mon marchand, d'être la marraine de son enfant. Ce n'est pas que j'eusse grande envie de tenir ma parole; mais on vient de m'écrire que vous deviez être de la partie, et cela m'a décidée.

M. DURAND. Madame, je suis mille fois trop heureux. (*Apart.*) Ne négligeons pas cette bonne occasion (*Haut.*). Oserai-je vous demander comment se porte M. de Saint-Ange?

MADAME DE SAINT-ANGE. Mais je ne sais pas trop; je ne le vois plus ; il ne sort pas de ses bureaux.

M. DURAND. Je conçois. Ce nouvel emprunt l'occupe beaucoup; une belle affaire qu'il a faite là! Je comptais incessamment lui rendre ma visite, ainsi qu'à vous, Madame.

MADAME DE SAINT-ANGE. Voilà une idée admirable. Mais il faut dîner avec nous, c'est le seul moyen de trouver mon mari; et tenez, aujourd'hui même, après la cérémonie, je vous emmène. Oh! il faut vous résigner. Vous voilà mon chevalier pour toute la journée.

M. DURAND. Je n'ai garde de refuser une pareille bonne fortune.

MADAME DE SAINT-ANGE. Parlons un peu de notre baptême. Connaissez-vous la famille Godard? Non, vous ne vous en souciez pas beaucoup, ni moi non plus; mais je suis folle des baptêmes; j'aime cette pompe bourgeoise, l'importance du bedeau, l'empressement du mari, la gravité de la nourrice, l'air de fête répandu sur toutes les physionomies : c'est bien plus gai qu'un mariage. D'abord l'acteur principal n'a aucune inquiétude sur le rôle qu'il va remplir, et si le père ou quelque parent s'avise de penser pour lui à l'avenir, il se le représente toujours paré des plus riantes couleurs. Cet enfant là sera peut-être un jour un poëte ; un héros ; qui sait même ? un notaire, un agent de change. Qu'est-ce que cela coûte ? il n'y a pas de charge à payer. Tandis qu'un jour de noces, on n'a que deux chances à prévoir : sera-t-on heureux ? ne le sera-t-on pas ? et bien souvent on peut parier à coup sûr. Oh ! je préfère les baptêmes ; et, pour ma part, j'aime mieux être marraine dix fois que mariée une seule.

M. DURAND. C'est exactement comme moi.

MADAME DE SAINT-ANGE. Oh ! mais vous, je vous devine ; vous allez faire des extravagances. Les vieux garçons d'abord sont toujours trop généreux ; vous surtout qui êtes riche : mais je viens exprès vous empêcher de faire des folies.

M. DURAND. Rassurez-vous ! ce n'est nullement mon intention ; mais je vous avoue que, n'ayant jamais été parrain, j'ignore totalement les usages.

MADAME DE SAINT-ANGE. C'est bien ; ne vous mêlez pas de cela, vous feriez tout de travers. Je me charge de vous guider. (*Ouvrant un riche agenda.*) J'ai déjà fait une petite note des choses indispensables.

M. DURAND. Que de bontés !

MADAME DE SAINT-ANGE. D'abord rien pour moi, je vous en prie ; ce n'est qu'à cette condition-là que je consens à être marraine. Oh ! non, je vous le déclare, je ne veux absolument rien que ce qui est de rigueur, la petite corbeille, le sultan. N'allez pas surtout vous aviser d'en prendre un de mille francs, c'est une duperie, ceux de cinq cents produisent autant d'effet et vous feront autant d'honneur ; car vous sentez que c'est pour vous.

M. DURAND. Qu'est-ce que vous me dites là ?

MADAME DE SAINT-ANGE, *froidement.* Oh ! vous pouvez vous en rapporter à moi. Ainsi, nous mettons cinq cents francs. Quant à l'accouchée, c'est différent ; avec elle vous ne pouvez vous dispenser de faire un cadeau.

M. DURAND. Oui, la petite timbale...

MADAME DE SAINT-ANGE. En vermeil. Les six tasses pareilles, la cafetière, la crémière, la théière, le sucrier ; cela fera un fort joli déjeuner, et nous trouverons cela presque pour rien chez Mellério, à la Couronne de fer.

M. DURAND. Ah ! mon Dieu !

MADAME DE SAINT-ANGE. Nous prendrons les bonbons rue Vivienne, les gants chez madame Irlande, et les flacons chez Laurençot, Palais-Royal. Je n'ai pas mis dans mon budget les étrennes à la garde, à la nourrice, aux domestiques de la maison, au bedeau, au sacristain et au sonneur, des pièces de vingt francs, parce que tout cela est de rigueur, et que cela va sans dire.

M. DURAND, *à part.* Miséricorde ! (*Haut.*) Certainement, Madame, tout cela me paraît fort convenable.

MADAME DE SAINT-ANGE, *d'un air de satisfaction.* Oui, n'est-ce pas ? ce sera bien.

M. DURAND. J'approuverais très-volontiers votre petit budget, comme vous dites, si le baptême se faisait demain ; mais c'est pour aujourd'hui, dans une heure, et il est impossible que tout cela puisse être prêt.

MADAME DE SAINT-ANGE. N'est-ce que cela ? Soyez tranquille. (*Appelant.*) Dubois !

DUBOIS, *entrant,* Madame, M. le comte de Holden n'est plus à Paris, on assure qu'il est parti pour la Belgique.

MADAME DE SAINT-ANGE. J'en suis désolée ; (*A Durand.*) un ami à nous qui est engagé dans une fort mauvaise affaire, et à qui j'aurais voulu rendre service ; mais il n'est plus temps. Tenez, prenez cette liste, montez dans ma voiture qui est restée à la porte, et faites les différents achats qui sont indiqués ; rue Vivienne, Palais-Royal, rue Saint-Honoré ; tout cela est dans le même quartier. A Paris, c'est charmant ; en moins d'une heure, on a tout ce qu'on veut ; on paie un peu cher, et voilà tout... Ah ! Dubois, vous por-

terez les mémoires chez Monsieur, justement il loge dans la maison. (*Dubois sort.*)

M. DURAND. Oui, cela se rencontre à merveille. (*A part.*) Ah ! mon Dieu, il y va.

MADAME DE SAINT-ANGE. Eh bien ! qu'avez-vous donc ?

M. DURAND. Rien ; c'est qu'il me semble que M. Godard tarde bien, et vous croyez que le... je veux dire le... montant des mémoires. .

MADAME DE SAINT-ANGE. Ah ! le petit total ? ça ne passera pas mille écus, c'est tout ce qu'il y a de plus modeste. Baptême de seconde classe.

M. DURAND, *à part.* Où me suis-je fourré ? trois mois de mon revenu pour la famille Godard ! maudite sage-femme !

———

SCÈNE VI.

LES PRÉCÉDENTS, M. GODARD.

M. GODARD. Je vois le parrain et la marraine qui sont réunis. Me sera-t-il permis, Madame, de vous présenter mes respects ?

MADAME DE SAINT-ANGE. Bonjour, mon cher Godard, comment va votre femme ?

M. GODARD. Elle attend, Madame, l'honneur de votre visite.

MADAME DE SAINT-ANGE. C'est bien ! (*A Durand.*) Pour quelle heure avez-vous commandé les voitures ?

M. DURAND, *étonné.* Comment, Madame, les voitures ?

MADAME DE SAINT-ANGE. Eh ! oui, ne savez-vous pas qu'il en faut ? vous aviez raison, vous ne vous doutez pas des usages, et vous êtes bien heureux de m'avoir. (*Appelant.*) Holà ! quelqu'un.

M. GODARD. Gervais ! Gervais ! c'est mon garçon de boutique, un gaillard fort intelligent.

MADAME DE SAINT-ANGE. Il faut à l'instant même courir chez le premier loueur de voitures, et demander six remises, entendez-vous ? six grandes berlines. Vous les prendrez à la journée, et que dans un instant elles soient à la porte.

M. DURAND. Mais permettez donc ; il me semble que l'église étant à deux pas, nos équipages seront tout à fait inutiles.

MADAME DE SAINT-ANGE. D'accord, on ne s'en servira pas, mais il faut qu'on les voie dans la rue ; c'est de rigueur.

M. DURAND. Ah ! c'est de rigueur. (*A part.*) Six berlines ! Moi qui vais toujours à pied. Ah ! la maudite sage-femme ; elle me le paiera.

M. GODARD, *se frottant les mains.* Six voitures dans la rue, quel bonheur ! Ça ira jusqu'à la boutique du bonnetier, qui ne peut pas me souffrir.

MADAME DE SAINT-ANGE. Oh ! M. Durand fait bien les choses ; mais ce n'est rien encore, vous verrez son cadeau à l'accouchée. (*Bas, à Godard.*) Un superbe déjeuner en vermeil. Oh ! à votre place je ne serais pas tranquille. (*A Durand.*) Allons, donnez-moi la main, et venez voir cette pauvre petite femme. (*Bas.*) Nous allons trouver la nourrice, la garde, les grands parents, un monde et une chaleur ; c'est affreux ! je ne peux pas souffrir les chambres d'accouchées.

M. GODARD. Mille pardons si je ne vous conduis pas ; quelques affaires indispensables, cette robe de baptême , la toilette de l'enfant... Je suis à vous, Madame. (*Durand et madame de Saint-Ange entrent dans la chambre voisine.*)

———

SCÈNE VII.

M. GODARD, *seul.* Je ne sais pas, moi, ce monsieur Durand ne m'a plus l'air si aimable ; je lui trouve une physionomie sournoise et mystérieuse ; et puis ce superbe déjeuner en vermeil, que du reste il est impossible de refuser ; tout cela me... Il ne manquerait plus que cela, être jaloux un jour où j'ai tant d'occupations.

SCÈNE VIII.

M. GODARD, LE COMTE DE HOLDEN.

LE COMTE. N'est-ce point ici M. Godard, négociant?

M. GODARD. Moi-même, Monsieur.

LE COMTE. C'est un effet de quatre mille francs, payable au porteur.

M. GODARD, *à part.* Ah! mon Dieu! monsieur Vanberg, le négociant hollandais, qui m'avait promis de ne point le mettre en circulation et d'attendre à demain. (*Haut.*) Monsieur, certainement vous serez payé, j'ai les fonds, mais dans ce moment cela me gênerait beaucoup, et si vous pouviez attendre seulement à demain matin.

LE COMTE. C'est avec un grand plaisir que j'accéderais à votre demande; mais je suis obligé de partir dans deux heures pour la Belgique, et cet argent m'est nécessaire pour mon voyage.

M. GODARD, *à part, dans le plus grand embarras.* Comment faire, et à qui s'adresser? Eh parbleu! j'ai là le parrain de mon fils; en le tenant sur les fonts baptismaux il contracte l'obligation de le défendre, de le protéger; c'est un second père, et mes intérêts deviennent les siens. (*Au comte.*) Monsieur, donnez-vous la peine de vous asseoir! (*A part.*) Il est riche, il est à son aise, et quand je le prierai de m'avancer cette somme-là pour quelques heures, il ne peut pas me refuser sans manquer à la délicatesse, après tout ce que nous faisons pour lui. (*Au comte.*) Je suis à vous, et avant un quart d'heure vous aurez votre argent, (*Il sort.*)

SCÈNE IX.

LE COMTE, *seul.* Ce pauvre homme, cela le gêne, je le vois; mais s'il savait dans quel embarras je me trouve. Obligé de partir dans deux heures, et ne savoir à qui laisser mon enfant, en quelles mains le confier. J'ai couru chez cette madame Prudent qui m'avait déjà servi; c'est comme un fait exprès: disparue depuis deux jours, on ne l'avait pas vue chez elle.

SCÈNE X.

LE COMTE, MADAME PRUDENT, *sortant de l'appartement à gauche, et ayant l'air de parler à un enfant.*

MADAME PRUDENT. Pauvre petit, comme il dort bien! (*Se retournant et apercevant le comte.*) Ah! mon Dieu! c'est mon jeune homme, mon bel inconnu!

LE COMTE. Madame Prudent! c'est le ciel qui me l'envoie.

MADAME PRUDENT. Qui vous amène ici?

LE COMTE. Vous le saurez plus tard. J'ai besoin de vos services, et je puis, je crois, compter sur votre discrétion.

MADAME PRUDENT. Comment donc, Monsieur, vous pouvez être sûr... Est-ce que cette jeune et jolie dame serait indisposée? elle avait l'air bien souffrant, mais on ne peut pas tout avoir, la richesse et la santé.

LE COMTE. Elle se porte très-bien; mais les moments sont précieux. Qu'il vous suffise de savoir que je suis étranger; je suis Belge. Un mariage secret contracté avec une jeune personne que j'adorais a irrité contre moi une famille puissante. On m'accuse de séduction, de rapt, et je cours risque d'être arrêté.

MADAME PRUDENT. Serait-il possible!

LE COMTE. Dans deux heures je pars pour la Belgique; je vais tout avouer à mon père le comte de Holden, qui peut seul arranger cette affaire et apaiser les parents de ma femme. Mais je ne peux pas emmener avec moi un enfant de trois jours, et c'est à vous que je veux le confier.

MADAME PRUDENT. A moi, Monsieur!

LE COMTE. Oui, ma chère madame Prudent, jusqu'à mon retour; c'est pour une semaine tout au plus, (*Lui donnant une bourse.*) et croyez que vous recevrez encore d'autres marques de ma reconnaissance; mais il n'y a pas de temps à perdre, ma petite fille est avec un domestique de confiance, ici à deux pas dans ma voiture. Vous allez la prendre.

MADAME PRUDENT. J'y vais à l'instant. (*Montrant la droite.*) Il y a de ce côté une porte qui donne sur la rue, je fais entrer l'enfant par là, je le place dans cet appartement où personne n'a d'affaire, et dans une heure je l'emporte chez moi, où vous le trouverez à votre retour.

LE COMTE. A merveille. Ah! encore un mot. La mère désire que son enfant soit baptisé le plus promptement possible; ainsi chargez-vous de tous ces soins-là. Choisissez-moi un parrain; qui vous voudrez, pourvu que ce soit un honnête homme, et que la chose se fasse promptement et sans bruit.

MADAME PRUDENT. Soyez tranquille, j'ai quelqu'un qui demeure ici près, et que je vais prévenir en descendant, le commis de M. Godard, un excellent garçon qui vous rendra ce service-là et dont vous serez content, parce que, moi, quand je réponds de quelqu'un... et du reste vous pouvez compter que le zèle et la discrétion... (*A part, en s'en allant.*) Dieu! quelle journée! Un mariage secret, un enfant que l'on me confie, deux baptêmes, deux parrains et du mystère, voilà-t-il de quoi jaser! (*Elle sort en courant.*)

SCÈNE XI.

LE COMTE, *seul.* Allons, je respire un peu, me voilà plus tranquille. (*Apercevant une plume et de l'encre.*) Prévenons ma chère Hippolyte de ce que je viens de faire; je crois que j'ai le temps, car on ne se presse pas beaucoup de m'apporter le montant de ma lettre de change. (*Il se met à la table et écrit.*)

SCÈNE XII.

LE COMTE, M. DURAND, *sortant de la chambre de madame Godard, un bouquet à la main.*

M. DURAND. Je dis que quand une fois on est embourbé, tous les efforts que l'on fait pour sortir d'un mauvais pas ne font que vous y enfoncer encore davantage. Ce Godard, qui s'avise de m'emprunter de l'argent, et madame de Saint-Ange: « Comment donc, c'est trop naturel! C'est au parrain « et à la marraine, cela nous regarde tous les deux, n'est-« ce pas, mon cher Durand? » Qu'elle parle pour elle, son mari est banquier, il est riche; mais, moi! Malheureusement je ne pouvais pas objecter que je n'avais pas d'argent comptant, puisqu'un instant auparavant je lui avais touché un mot de ces trente mille francs, que je ne sais comment placer. (*Contrefaisant une voix de femme.*) « Quel plus bel « usage pouvez-vous faire de vos capitaux? » Un joli placement, quatre mille francs à fonds perdus sur la tête du petit Godard, mon filleul. Je sais bien que cela me rentrera; mais c'est toujours très-désagréable, et je n'ai pas été fâché de venir payer moi-même, afin d'avoir le titre entre les mains. (*Regardant autour de lui.*) Il me semble que ce doit être ce monsieur qui écrit. (*Au comte.*) Monsieur, n'êtes-vous pas le porteur d'une lettre de change?

LE COMTE. De quatre mille francs acceptée par M. Godard; la voici. (*Il remet la lettre de change à Durand, qui la regarde et la met soigneusement dans son portefeuille.*)

LE COMTE. Monsieur, je le vois, est le caissier de M. Godard?

M. DURAND, *de mauvaise humeur.* Mais à peu près. (*Lui donnant des billets de banque.*) Vous voyez que c'est tout comme, ou plutôt j'ignore ce que je suis ou ce que je ne suis pas dans la maison, car, Dieu merci, c'est sur moi que tout retombe. Tel que vous me voyez, Monsieur, je suis parrain, et malgré moi encore...

LE COMTE, *souriant.* Quoi! Monsieur, vous êtes parrain?

M. DURAND. Eh! oui; c'est madame Prudent, une maudite sage-femme, qui est cause de tout cela.

LE COMTE. Ah! la sage-femme : elle n'a pas perdu de temps. (*Prenant la main de Durand.*) Je suis enchanté que ce soit vous.

M. DURAND. Qu'est-ce qu'il a donc, à présent?

LE COMTE. J'ose dire que vous ne vous en repentirez pas; nous nous reverrons un jour, et quoique je n'aie pas l'honneur de vous connaître, je prends la liberté de vous demander une grâce qui vous paraîtra de peu d'importance, et qui en a beaucoup pour moi. Quel nom comptez-vous donner à l'enfant?

M. DURAND. Quel nom? Ma foi ça m'est bien égal, qu'on l'appelle comme on voudra.

LE COMTE. A merveille. Eh bien! Monsieur, puisque cela ne vous fait rien, je vous prie de vouloir bien l'appeler Rose-Ernestine-Hippolyte.

M. DURAND. Rose-Ernestine? Y pensez-vous? c'est un garçon.

LE COMTE. Du tout, Monsieur, on ne vous aura pas dit, ou l'on se sera trompé; mais qu'importe, fille ou garçon, je vous prie de l'appeler Rose-Ernestine-Hippolyte.

M. DURAND. Ah çà! Monsieur, quel diable d'intérêt prenez-vous à tout cela, et qu'est-ce que ça vous fait?

LE COMTE. J'ai des raisons pour tenir à ces noms-là, des raisons particulières que vous êtes trop galant homme pour me demander.

M. DURAND, *à haute voix.* Quel soupçon! Comment, il serait possible?

LE COMTE. Chut! chut! je vous en conjure, j'ai le plus grand intérêt à ce que l'on ne se doute de rien.

M. DURAND. Quoi! Monsieur, vous seriez?..

LE COMTE. Silence. (*A voix basse.*) Eh bien! oui, Monsieur, c'est la vérité, cet enfant me touche de très-près; mais puisque madame Prudent s'est adressée à vous, je suppose que vous êtes homme d'honneur, et surtout discret. J'ai de la naissance, quelque crédit, de la fortune, j'aurai peut-être un jour le pouvoir de reconnaître un service, et vous verrez, Monsieur, que vous n'avez point obligé un ingrat. (*Il sort en courant.*)

SCÈNE XIII.

M. DURAND, *seul.* Qu'est-ce que je viens d'apprendre? Quoi! madame Godard, une simple bourgeoise, qui donne dans les grandes manières. Le mari qui ne se doute de rien, la sage-femme qui est confidente, et moi qui me trouve mêlé dans tout cela, moi, qui ai toujours fui le bruit et le scandale. Comment en sortir à présent? Il est de fait que ce jeune homme a un air très-distingué; mais s'il est aussi riche qu'il dit, pourquoi ne paie-t-il pas les lettres de change du mari? Il me semble que ça le regarde plus que moi; et ensuite pourquoi n'est-il pas le parrain? Il ne connaît donc pas l'usage.

SCÈNE XIV.

M. DURAND, M. GODARD, MADAME DE SAINT-ANGE, MADAME BENOIST, MADAME RENARD, MADAME DUROZEAU, PARENTS ET PARENTES.

M. GODARD, *à la cantonade.* Oui, ma bonne amie, oui, dès qu'il sera baptisé, nous te le rapporterons; mais tiens-toi bien chaudement, je t'en prie.

M. DURAND, *à part.* Ce pauvre Godard! il me fait peine. Ce calme, cette tranquillité. Mariez-vous donc! (*Haut, lui donnant une poignée de main.*) Eh bien! mon pauvre ami!

M. GODARD. Eh bien! mon cher, tout va bien! J'espère que vous êtes content. Un beau filleul gros et bien portant.

M. DURAND. C'est donc décidément un garçon?

M. GODARD. Eh! parbleu, qui est-ce qui en doute?

M. DURAND, *à part.* Alors, arrangez-vous. L'un dit une fille, l'autre un garçon. Ces deux messieurs devraient s'entendre.

M. GODARD. Allons, partons, toutes les voitures sont à la porte.

MADAME BENOIST. Oh, mon Dieu! et le nom de l'enfant?

M. GODARD, *se frappant le front.* Le nom de l'enfant; c'est pourtant vrai, nous n'y pensions pas. Comment l'appellerons-nous?

MADAME DE SAINT-ANGE. Moi, je n'ai pas d'avis, cela regarde la famille.

MADAME DUROZEAU. Voulez-vous un joli nom? Théophile, cela n'est pas commun.

M. GODARD. Du tout; je connais quelqu'un qui porte ce nom-là et qui est borgne. Moi, c'est peut-être une idée, je me suis toujours promis que si j'avais un fils, il s'appellerait Barnabé.

TOUTES. Oh! Barnabé! quel vilain nom!

M. GODARD. Comment, un vilain nom! apprenez que c'est le mien, et que décidément mon fils s'appellera Barnabé.

MADAME BENOIST. Du tout, du tout, j'ai ce qu'il vous faut; le plus joli nom de l'almanach, un nom admirable et sonore, Théodore, et cela ira très-bien, parce que voyez-vous, on dira : Où est Théodore? qu'est devenu Théodore? qu'on donne le fouet à Théodore.

M. GODARD. Eh bien! on dira : Où est Barnabé? qu'est devenu Barnabé? qu'on donne le fouet à Barnabé.

MADAME BENOIST. Jamais mon petit-fils ne s'appellera Barnabé.

M. GODARD. Et jamais mon fils ne s'appellera Théodore; j'aimerais mieux qu'il ne fût pas baptisé.

MADAME BENOIST. Et moi, qu'il n'eût jamais de nom!

M. GODARD, *furieux.* C'est cela, un enfant anonyme! quelle tournure cela aurait-il dans le quartier?

M. DURAND. Eh bien! mais, calmez-vous; n'y aurait-il pas moyen d'arranger cela, et d'en choisir un tout autre?

M. GODARD. Au fait, nous n'y pensions pas; combien je vous demande de pardons! c'est Monsieur qui est le parrain, et c'est à lui de le nommer.

TOUT LE MONDE. C'est trop juste.

M. DURAND. Eh bien! pour mettre d'accord tous les intéressés et ayants cause, car il paraît que dans cette affaire-ci il y en a plus qu'on ne croit, si nous appelions l'enfant Hippolyte?

MADAME BENOIST, *avec approbation.* Hippolyte, voilà! j'allais le proposer.

M. GODARD. Au fait, Hippolyte, c'est justement ce qu'il nous faut. Ça n'est pas trop... et en même temps, c'est court assez... Parbleu! quand on l'aurait fait exprès... et puis j'ai idée que ma femme m'en parlait l'autre jour. Va donc pour Hippolyte.

MADAME DE SAINT-ANGE. Enfin, voilà la discussion terminée, ce n'est pas sans peine. (*A Durand.*) Allons, mon cher compère, ouvrons la marche et partons.

M. DURAND, *mettant ses gants.* Oui, oui, partons vite, et revenons de même pour en être plus tôt débarrassé. (*Il se dispose à sortir par la gauche.*) Hein! quel est ce bruit, et que nous veut-on?

———

SCÈNE XV.

LES PRÉCÉDENTS, MADAME RENARD.

MADAME RENARD, *arrivant tout essoufflée.* Ah! si vous saviez quel spectacle! les dames de la halle qui sont sous la porte cochère avec des bouquets, et qui attendent le parrain.

M. DURAND, *à part.* Allons, encore des pièces de vingt francs. (*Haut, à Godard.*) Mon ami, je vous avoue que je n'entends rien au cérémonial usité en pareil cas, et que si je peux esquiver l'ambassade...

M. GODARD, *lui montrant le fond.* Eh bien! passons par la boutique.

MADAME DE SAINT-ANGE. A la bonne heure. (*Ils vont pour sortir par le fond, on entend un roulement de tambours et un bruit de clarinettes.*)

M. GODARD. Entendez-vous? ce sont les tambours de la garde nationale; comme vous en faites partie...

M. DURAND. Du tout, je ne monte plus ma garde; qu'ils s'adressent au mercier du coin qui la monte pour moi. (*Regardant à travers les carreaux en reboutonnant son habit comme pour garantir son gousset.*) C'est un guet-apens.

MADAME BENOIST. Attendez, attendez; (*Montrant l'appartement à droite.*) il y a ici une sortie qui donne sur la rue, presque en face de l'église. (*Elle ouvre l'appartement.*)

MADAME DE SAINT-ANGE. A merveille, allons, donnez-moi la main et partons. Eh bien! où sont donc la garde et l'enfant?..

M. GODARD. Ah! mon Dieu! oui. Où est donc l'enfant? où est donc madame Prudent? Comment, au moment de partir pour l'église! Ces malheurs-là n'arrivent qu'à moi. Madame Prudent! madame Prudent! Que diable est-elle allée faire, et où a-t-elle mis l'enfant? (*Grand désordre dans la famille.*)

MADAME BENOIST, *qui est près de la porte à droite, et qui écoute.* J'entends crier; oui, il est là. (*Elle entre dans le cabinet.*)

MADAME DE SAINT-ANGE. Eh bien! c'est bon, nous allons le prendre en passant; vite, dépêchons-nous. Je passe la première. (*Tout le monde sort par la porte à droite.*)

M. GODARD. Enfin, voilà le baptême qui est en marche.

MADAME DUROZEAU. Comment, monsieur Godard, vous ne venez pas?

M. GODARD. Est-ce que je le puis? Qui est-ce qui restera près de l'accouchée? Est-ce que je n'ai pas toujours affaire?

———

SCÈNE XVI.

M. GODARD, *seul.* Ouf! les voilà partis, ce n'est pas sans peine; que de mal à un père de famille! (*Il arrange en parlant du vin et du sucre dans une timbale, et l'avale.*) Hein! qui est-ce qui vient là?

———

SCÈNE XVII.

M. GODARD; UN VALET EN LIVRÉE ÉTRANGÈRE.

M. GODARD, *au valet qui le regarde d'un air incertain.* Que voulez-vous, l'ami? que demandez-vous?

LE VALET. Monsieur, je voudrais parler à une dame qui doit être ici.

M. GODARD. Une dame!

LE VALET. Oui, madame Prudent, une sage-femme.

M. GODARD. Elle n'y est pas; elle est sortie; et Dieu sait où elle est allée. Eh bien! pourquoi cet air étonné? Qu'est-ce qu'il a donc ce garçon-là?

LE VALET. C'est que je ne sais plus comment faire. Madame Prudent devait m'indiquer un monsieur pour qui j'ai une lettre, un monsieur dont je ne sais pas le nom, mais qui demeure dans la maison, et qui aujourd'hui doit être parrain.

M. GODARD. Encore ce Durand! Et savez-vous ce qu'on lui veut?

LE VALET, *mystérieusement.* C'est de la part du père de l'enfant.

M. GODARD. Hein!

LE VALET. Oui, Monsieur est en bas dans la voiture qui l'attend pour l'emporter.

M. GODARD, *à part.* L'emporter, quelle trame abominable! C'est bon, mon ami, c'est bon; dites à votre maître d'attendre, je vais remettre la lettre à M. Durand dès qu'il sera revenu de l'église. (*Le valet sort.*) Quel coup de politique d'avoir intercepté ce billet! Voyons vite : (*Lisant.*)

« Mon cher monsieur, et vous, madame Prudent, je suis « plus heureux que je n'aurais osé l'espérer; tout est par-« donné. Envoyez-moi vite notre cher enfant dès qu'il sera « baptisé, son autre famille l'attend avec impatience pour « le voir et l'embrasser, et je veux leur présenter moi-même « mon aimable Hippolyte. » Son Hippolyte! c'est bien cela. Quel complot infernal! ma tête s'y perd; impossible d'y rien comprendre, sinon qu'il y a un autre père, une autre famille... que madame Godard, M. Durand, la sage-femme, s'entendent tous contre moi pour me tromper et m'enlever mon fils, ou plutôt quand je dis mon fils, c'est-à-dire notre fils, car cette parenté-là devient si compliquée... Mais il faut absolument que j'aie une explication avec madame Godard. (*Il va pour entrer chez elle et s'arrête.*) Voyons, conservons notre sang-froid, s'il est possible, et n'oublions pas que ma femme a sa fièvre de lait. Il faut d'abord que madame Godard m'explique pourquoi mon fils ressemble à M. Durand, parce qu'une fois que nous nous serons entendus là-dessus, nous saurons à quoi nous en tenir sur le déjeuner en vermeil, les déclarations; mais les voici : morbleu, nous allons voir! (*A travers les carreaux du fond on voit passer le baptême, qui vient de la droite et entre à gauche.*)

———

SCÈNE XVIII.

M. GODARD, MADAME DE SAINT-ANGE, M. DURAND, GENS DU BAPTÊME.

MADAME DE SAINT-ANGE. On vient de porter le petit Hippolyte dans la chambre de l'accouchée, et tout s'est passé à merveille. La cérémonie était superbe; on aurait dit d'un cortége.

M. DURAND. Oui, il ne manquait plus que cela. Traverser toute l'église! les femmes montaient sur les chaises, les curieux se pressaient autour de nous. Voilà le parrain, voilà le parrain! On aurait dit d'une bête curieuse. Et le suisse qui pour faire faire place me donnait des coups de sa hallebarde dans les jambes; et les petites filles qui se jettent au-devant de vous pour vous offrir des bouquets; les mendiants déguenillés qui vous arrêtent par votre habit : « Et moi, Mon-« sieur, et moi. Lui, il a déjà reçu : c'est un mauvais « pauvre. » Et dans la rue, pendant qu'on attend les voitures ou qu'on ouvre la portière, la foule qui vous pousse, vous coudoie, vous pietine ou vous éclabousse. (*Montrant ses bas qui sont tout noirs.*) Payez donc six berlines pour revenir dans cet état-là.

MADAME DE SAINT-ANGE. Oui ; mais vous ne comptez pas le plaisir que vous avez eu à tenir votre filleul sur les fonts baptismaux.

M. DURAND. J'en suis rompu. Le sacristain qui voulait que je répétasse mon *Credo* en latin, moi qui ne le sais qu'en français. Ils m'ont laissé pendant une heure les bras tendus ; enfin n'en parlons plus ; c'est fini.

MADAME DE SAINT-ANGE. C'est fini ! du tout ; c'est maintenant que vous allez recueillir le prix de tous les soins que vous vous êtes donnés ; vous le trouverez dans l'attachement, dans l'amitié d'une famille respectable et reconnaissante. (*Bas, à Godard.*) Allons donc, Godard, remerciez le cher parrain.

M. GODARD, *allant à Durand, d'un ton concentré.* Ce n'est point ici que nous nous expliquerons, Monsieur ; mais je sais tout, oui, tout. Vous devez m'entendre, et je vous prie de ne plus remettre les pieds chez moi, ou nous verrons.

MADAME DE SAINT-ANGE ET DURAND. Qu'est-ce que cela signifie ?

SCÈNE XIX.

LES PRÉCÉDENTS; MADAME BENOIST, MADAME DUROZEAU, ET PLUSIEURS PERSONNES.

MADAME BENOIST. Ah, mon Dieu ! quel scandale ! quel éclat ! Votre fils... Si vous saviez ce qui vient d'arriver... votre fils...

M. GODARD. Est-ce qu'il serait enlevé ?

MADAME BENOIST. Pire que cela.

M. GODARD. Il est malade ?

MADAME BENOIST. Ce ne serait rien. Apprenez que votre fils... votre fils...

M. GODARD. Eh bien ?

MADAME BENOIST. Est une fille.

MADAME DE SAINT-ANGE. Une fille !

M. DURAND, *à part.* J'en étais sûr. C'est l'autre qui avait raison.

M. GODARD, *prenant l'enfant.* Qu'est-ce que tout cela veut dire ? qu'on me rende mon fils. Je ne veux pas de cet enfant-là. (*Le donnant à madame Durozeau.*)

MADAME DUROZEAU. Ni moi n n plus, je n'en veux pas. (*Le donnant à madame Benoist, qui le donne à madame Renard.*) Sans doute, il n'est pas de la famille.

MADAME RENARD, *le mettant sur les bras de M. Durand.* Que Monsieur s'en charge, puisqu'il l'a baptisé.

M. DURAND, *ayant toujours l'enfant sur les bras.* Messieurs, Mesdames, qu'est-ce que ça signifie ? Eh bien ! on me laisse. Hé !.. ah ça, voyons, ne plaisantons pas. Qu'est-ce qui veut se charger de cet enfant-là, et m'en débarrasser ?

SCÈNE XX.

LES PRÉCÉDENTS ; LE COMTE, *qui est entré avant ces derniers mots.*

LE COMTE. C'est moi, Monsieur, qui depuis un quart d'heure l'attend dans ma voiture (*Il fait un signe à une femme de chambre qui prend l'enfant et l'emporte.*) ; mais qui ne vous en remercie pas moins pour toutes les peines que vous avez daigné prendre.

MADAME DE SAINT-ANGE, *l'apercevant.* Que vois-je ! Monsieur le comte de Holden !

M. GODARD. L'homme à la lettre de change.

LE COMTE, *à madame de Saint-Ange.* Lui-même, qui est le plus heureux des hommes. Mon mariage est reconnu, mon beau-père a pardonné, et je reste à Paris...

M. GODARD. Ah ça, Monsieur, daignez me dire...

TOUT LE MONDE, *vivement.* Oui, daignez nous expliquer.

SCÈNE XXI.

LES PRÉCÉDENTS ; MADAME PRUDENT *sortant de la chambre de M. Godard.*

MADAME PRUDENT. Eh ! silence, silence donc ! Vous faites un bruit à fendre la tête de l'accouchée.

M. GODARD. Ah ! vous voilà, madame Prudent ; on vous trouve donc enfin ?

MADAME PRUDENT. Oui, je n'ai pu assister au baptême. (*Montrant le comte.*) Monsieur sait bien pourquoi. (*Bas, montrant la porte à droite.*) Votre enfant est là dedans, et j'ai couru sur-le-champ chercher la marraine et le parrain, et ce n'est pas sans peine.

LE COMTE. C'était inutile ; car voilà Monsieur (*Montrant Durand.*) qui, pendant ce temps, a daigné faire les choses de la meilleure grâce du monde.

M. GODARD, *à Durand.* Comment ! c'est décidément l'enfant de Monsieur que vous avez tenu ? La, qu'est-ce que je disais ? Mon fils qui n'est pas baptisé, après tout le mal que nous nous sommes donné.

MADAME DE SAINT-ANGE. Il faut avouer que c'est jouer de malheur.

M. GODARD, *à Durand.* Je reconnais, mon cher Durand, l'injustice de mes soupçons. Aussi, vous sentez bien que tout cela ne compte pas, et que demain c'est à recommencer.

M. DURAND. J'en ai assez comme cela, et si jamais l'on m'y rattrape...

M. GODARD. Encore un parrain qui renonce. Je dis qu'il est impossible que mon fils Godard puisse jamais...

LE COMTE. C'est ce qui vous trompe, et je me propose pour demain, si toutefois madame de Saint-Ange veut m'accepter pour...

M. GODARD. Acceptez, Madame, acceptez, il ne faut pas que ça vous décourage ; nous finirons peut-être par en venir à bout.

M. DURAND, *à part, regardant le comte en soupirant.* Le malheureux, il ne sait pas à quoi il s'expose. Mais ce maudit Godard... (*Haut.*) Allons, décidément il faut que je me marie ; car je commence à voir que les enfants des autres nous coûtent plus cher que les nôtres.

M. GODARD. Comment, mon cher voisin, vous vous mariez ?

M. DURAND, *avec un regard de colère.* Oui, mon cher Godard, je me marie, et vous serez parrain de mon premier.

FIN DU PARRAIN.

VIALAT ET Cie, IMPRIMEURS ET ÉDITEURS.

RIALTO. Sortez d'ici tous deux. — Acte 4, scène 6.

DIX ANS DE LA VIE D'UNE FEMME

ou

LES MAUVAIS CONSEILS

DRAME EN CINQ ACTES ET NEUF TABLEAUX

Représenté, pour la première fois, à Paris, sur le théâtre de la Porte-Saint-Martin, le 17 mars 1852.

EN SOCIÉTÉ AVEC M. TERRIER.

Personnages.

DARCEY, riche propriétaire.
VALDÉJA, son ami.
RODOLPHE, fashionable.
ÉVRARD, négociant, père de madame Darcey.
DUSSEUIL, magistrat, beau-frère d'Évrard.
ALBERT MELLEVILLE, neveu d'Évrard.
HIPPOLYTE GONZOLI.

RIALTO, banquier étranger.
LÉOPOLD.
ACHILLE GROSBOIS, jeune docteur fashionable.
MOURAVIEF, Kalmouck au service de Valdéja.
LAURENT, domestique d'Adèle.
UN HOMME DE JUSTICE.

UN DOMESTIQUE d'hôtel garni.
ADÈLE ÉVRARD, femme de Darcey.
CLARISSE ÉVRARD, sa sœur.
SOPHIE MARINI, ses amies de
AMÉLIE DE LAFERRIER, pension.
CRÉPONNE, jardinière, puis femme de chambre d'Adèle.
MADAME DUSSEUIL, sœur d'Évrard.

La scène se passe, au premier acte, à Viroflay, et aux autres à Paris.

ACTE PREMIER.

Le théâtre représente un parc.

—

SCÈNE PREMIÈRE.

CLARISSE, ADÈLE, *assises sur un banc.*

ADÈLE Oui, je suis la plus malheureuse des femmes !

CLARISSE. Y pen es-tu, ma sœur? toi, mariée depuis deux ans à un homme excellent, jeune encore, immensément riche, et dont le seul désir est de prévenir tous tes tiens! Que te manque-t-il donc?

ADÈLE. Je ne sais... l'ennui m'obsède; des idées vagues et indociles s'emparent de mon imagination qu'elles fatiguent, et quoi que je fasse, je ne puis m'y soustraire.

CLARISSE. Aurais-tu des chagrins?

ADÈLE. Plût au ciel! cela me distrairait.

CLARISSE, *souriant*. Il me semble qu'en fait de distraction tu peux aisément en trouver qui ne te coûtent pas aussi cher. Mais il y a quelques mois encore tu étais si heureuse !.. tu n'avais pas de pareilles idées !.. Qui donc a pu te les donner?

ADÈLE. Toutes les jeunes femmes que je vois, qui ont su autrement arranger leur existence et se rendre maîtresses de leur avenir... Amélie de Laferrier, Sophie Marini, mes amies intimes, qui me sont dévouées.

CLARISSE. Cependant nous autres femmes, combien en ménage nous sommes mieux partagées que les hommes !.. les embarras de l'avenir, les soins de la fortune, notre rang et notre considération dans la société, ce n'est pas nous que cela regardé... c'est eux..... Ils sont responsables de notre sort, de notre bonheur, et nous n'avons rien à faire qu'à nous laisser être heureuses.

ADÈLE. Ah ! voilà bien ces idées de jeunes filles que jamais tu ne pourras réaliser.

CLARISSE. Pourquoi donc? il me semble à moi que cela est possible .. et même que déjà cela commence...

ADÈLE. Serait-il vrai ?

CLARISSE. Oui... je peux te le dire, à toi ma meilleure amie... Tu sais bien quand M. Darcey, ton mari, venait il y a trois ans chez mon père pour te faire la cour, il était souvent accompagné d'un de ses amis.

ADÈLE. Oui, je me rappelle, M. Valdéja... un Espagnol.

CLARISSE. Son père était Espagnol... mais lui est né en France!

ADÈLE. On ne s'en serait pas douté... toujours sombre, rêveur, misanthrope.

CLARISSE. Il avait eu tant de malheurs... tant de chagrins de toute espèce... Mais à travers l'ironie amère qui dictait tous ses discours, que de nobles et généreux sentiments lui échappaient comme malgré lui et semblaient le trahir !...

ADÈLE. Eh! mon Dieu, ma chère amie, quel enthousiasme!

CLARISSE. Il était si malheureux ! et puis, lui qui détestait tout le monde, il semblait m'avoir prise en amitié.

ADÈLE. Ce qui flattait ton amour-propre.

CLARISSE. Non... je n'ai jamais pensé à en être fière... mais j'en étais contente.

ADÈLE. Je comprends, et ce qu'on disait de lui était donc vrai; il aura tout employé pour te séduire.

CLARISSE. Lui!.. il ne m'a jamais dit qu'il m'aimait... ni moi non plus... Je crois cependant que nous nous sommes compris; car il y a plus de deux ans, au moment où il allait partir pour la Russie, il me dit seulement : Attendez-moi, et si dans trois ans je ne reviens pas digne de vous, oubliez un malheureux.

ADÈLE. Et depuis as-tu reçu de ses nouvelles ?

CLARISSE. Mais oui..... sans en demander, j'en avais de temps en temps par ton mari qui est son meilleur ami, et à qui il écrivait souvent. Je sais qu'il a fait un chemin rapide... une belle fortune... qu'il est secrétaire d'ambassade... et hier est arrivée chez mon père une grande lettre timbrée de Saint-Pétersbourg, dont on ne m'a pas encore parlé ; mais je suis sûre que c'est une demande en mariage.

ADÈLE. Tu le crois?

CLARISSE. Sans doute... Voilà bientôt les trois ans écoulés, il ne s'en faut plus que de six mois.

ADÈLE. Et tu accepterais ?.... tu deviendrais la femme de M. Valdéja?

CLARISSE. De grand cœur...

ADÈLE. Le ciel t'en préserve! et si tu savais comme moi ce que c'est que le mariage... Tais-toi, c'est M. Darcey... c'est mon mari... tu vois si on peut être seule et libre un instant dans la journée.

SCÈNE II.

LES PRÉCÉDENTES, DARCEY.

DARCEY. Vous voilà, ma chère belle-sœur ! que vous êtes aimable de vous être rendue à notre invitation et de venir passer quelques jours avec ma femme !.. Bonjour, Adèle... es-tu encore fâchée contre moi?.. (*A Clarisse.*) Nous avons eu une petite discussion ce matin.

CLARISSE. Je m'en doutais, et j'espère que cela se passera.

ADÈLE. Jamais.

DARCEY. Ce serait bien long... Mon seul crime, autant que j'ai pu le comprendre, est de t'avoir amenée à trois lieues de Paris... à la campagne... comme tu le désirais...

ADÈLE. Je désirais y être, mais non pas seule...

DARCEY. Et moi.. ne suis-je rien pour toi ?

ADÈLE, *avec dépit*. Oh! beaucoup, sans contredit .... Un mari et une femme ne font qu'un; mais, comme je vous l'ai dit, je m'ennuie quand je suis seule.

DARCEY. Langage de femme conseillée, dont je ne tiendrai nul compte.

ADÈLE. Exigences de mari auxquelles je ne me soumettrai pas.

DARCEY. Des rigueurs... Un seul ait et je me rends!

ADÈLE. Mille, s'il le fallait !

DARCEY. Encore?..

ADÈLE. Vous n'avez jamais été du même avis que moi. Au moindre de mes désirs vous avez toujours eu une objection à faire.

DARCEY. Tout ceci n'est que vague ; tu ne précises rien, et je te demande des faits.

ADÈLE. Des faits! des faits! (*Pleurant.*) Dieu ! que je suis malheureuse !

DARCEY. A la bonne heure, voilà du positif ; et puisque tu crains de m'accuser, je me charge moi-même de ce soin... Je veux avouer tous mes torts devant ta sœur... Depuis quelque temps tu reçois chez toi une foule de jeunes coquettes dont la vie n'est qu'une déplorable erreur ; tu n'aimes que leur société... tu ne suis que leurs conseils, et c'est n'est jamais par elle-même qu'une femme se perd, c'est par ses amies intimes ; c'est par celles qui l'entourent. Les mauvais exemples commencent notre ruine en la décourageant, en la dégoûtant de ce qui est bien ; puis viennent les mauvais conseils qui la conduisent à ce qui est mal.. Déjà elles ont détruit chez toi le bonheur intérieur... Tu jettes un regard d'envie sur leur folle existence..... Tu voudrais les imiter..... Tu brûles de briller et de t'afficher comme elles ; et moi qui suis ton ami, moi qui suis chargé de veiller sur ton honneur, qui m'appartient, qui est le mien, je dois d'une main sévère t'arrêter au bord de l'abîme et t'empêcher d'y tomber..... Voilà mes torts, n'est-il pas vrai? ceux que tu n'osais me reprocher devant Clarisse.

CLARISSE. Mon frère !

DARCEY. Après cela qu'elle m'en veuille, qu'elle soit fâchée contre moi... je trouve cela tout naturel..... Pour être raisonnable il faut du courage. (*A Adèle.*) Mais crois-tu qu'il ne m'en faut pas à moi pour t'affliger... pour te causer du chagrin?.. et cependant j'y suis décidé.

ADÈLE. Vous, Monsieur !

DARCEY, *froidement*. Tu sais qu'avec moi une décision prise est toujours exécutée, et voici ce que j'avais à te dire : je vais à Paris pour mes affaires, j'y vais même aujourd'hui, toute la journée, et je voudrais qu'en mon absence ces dames, tu sais de qui je veux parler, ne vinssent ici qu'invitées par moi..

ADÈLE. Vous ne les inviterez jamais.

DARCEY. Si, vraiment. Il en est quelques unes qui ne sont que folles et étourdies, celles-là sont peu dangereuses... mais il en est d'autres que je redoute... madame de Laferrier, par exemple...

ADÈLE. Mais son mari est un riche banquier en relation d'affaires avec vous.

DARCEY. Oui, un fort honnête homme, que je verrai le matin dans son cabinet ou dans le mien; mais tu m'obligeras de ne plus voir sa femme... je t'en prie. Quant à madame Marini, ton autre intime, elle a fait, dit-on, la fortune de son mari par son crédit auprès des ministres, et celui-ci par reconnaissance croit devoir fermer les yeux sur la conduite de sa femme; moi qui n'ai pas les mêmes motifs d'indulgence, je le défends de voir madame Marini.

ADÈLE. Me le défendre!

DARCEY, avec tendresse. Oui, mon amie, et tu m'en remercieras un jour. Après cela, crois que mon amour te tiendra compte d'un pareil sacrifice.

ADÈLE, sèchement. Je ne demande rien, Monsieur.

DARCEY, avec douceur. Je le vois, et tu m'obéiras sans cela... (Avec fermeté.) car tu sais que si j'ai de l'indulgence pour des caprices, je suis inexorable pour des fautes. Adieu, je pars. Mais auparavant, ma chère Clarisse, je voudrais vous parler un instant.

CLARISSE. Très-volontiers.

ADÈLE. Encore quelques complots contre moi?

DARCEY. Probablement... mais le complice que je choisis doit vous rassurer. (Il veut lui baiser la main, qu'elle retire avec humeur. Darcey sort avec Clarisse qui fait signe à sa sœur de se modérer.)

SCÈNE III.

ADÈLE, seule. Et je souffrirais une pareille tyrannie!.. j'obéirais à mon mari quand toutes les femmes que je vois commandent aux leurs!.. Oh! non, cela n'est pas possible! je ne pourrais jamais vivre ainsi, il faut que cela finisse.

SCÈNE IV.

LES PRÉCÉDENTS, AMÉLIE DE LAFERRIER, ACHILLE GROSBOIS.

AMÉLIE, à Achille. Ne l'avais-je pas dit, que nous la trouverions en méditation?

ADÈLE. Dieu!.. madame de Laferrier!

AMÉLIE. Bonjour, ermite.

ADÈLE, s'efforçant de rire. C'est bien aimable à toi de ne pas m'abandonner; à toi aussi, monsieur Grosbois.

ACHILLE. Nous causons de vous à chaque instant du jour, Madame.

AMÉLIE. Puisque tu ne viens pas, il faut bien que je fasse la route. J'ai amené le docteur avec moi, ne sachant pas voyager seule. Eh! mais, qu'as-tu donc? est-ce que tu aurais pleuré, par hasard?

ADÈLE. Ah! ma bonne Amélie, j'ai bien du chagrin.

AMÉLIE. Et quelle en est la cause?

ADÈLE. Tu me le demandes?

AMÉLIE. Ton mari... c'est juste: j'aurais dû le deviner.

ADÈLE. J'ai besoin que tu diriges le cours de mes idées... Je voudrais... je n'ose... ou plutôt, je ne sais ce que je voudrais, ni à quel parti m'arrêter. Conseille-moi, de grâce!

AMÉLIE. Adèle, tu connais mes principes là-dessus; je n'empêche personne de me regarder faire; mais pour des conseils, je n'en donne jamais.

ADÈLE. Cependant...

AMÉLIE. Ma chère amie, c'est comme cela; et puis, parler raison à un enfant, à quoi bon?

ADÈLE, piquée. Comment, à un enfant?

AMÉLIE. Oui, à un enfant. Je puis bien le dire devant lui, (Montrant Achille.) il est discret. Tu es encore ce que tu étais chez madame Destournelles, notre maîtresse de pension.

ADÈLE. Tu veux rire?

AMÉLIE. Non, ma chère, petite fille de la tête aux pieds, à cela près de la gaieté perdue, du nom changé, du professeur aussi, lequel, au lieu de l'apprendre, comme l'autre, de l'histoire et de la grammaire, t'enseigne l'art de périr d'ennui entre quatre murs.

ACHILLE. Dommage! vraiment dommage!

AMÉLIE. Tu es sous le joug.

ADÈLE. Et comment m'y soustraire, puisque pour le rendre plus pesant encore il veut me séparer de celles qui m'aidaient à le supporter! de mes meilleures amies!

AMÉLIE, riant. C'est une plaisanterie, je pense?

ADÈLE. Non vraiment... il m'a priée de ne plus te voir, et m'a défendu de recevoir Sophie Marini.

AMÉLIE. Ah! moi, je suis seulement priée... Comment donc! mais il y a là une nuance très-délicate dont je lui sais un gré infini. Tu lui as ri au nez, j'espère?

ADÈLE, timidement et baissant les yeux. Non vraiment... je n'ai pas osé.

AMÉLIE, riant. Elle n'a pas osé... c'est délicieux!.. alors, à ce compte-là, il faut donc que nous nous en allions.

ADÈLE, avec crainte. Tu vas m'en vouloir de ma faiblesse!

AMÉLIE, gaiement. Moi, du tout; je trouve l'aventure charmante... et je la raconterai partout... c'est une bonne fortune.

ADÈLE, effrayée. Y penses-tu?

AMÉLIE. Oui, sans doute... car c'est bien plus gai encore que tu ne crois... Imagine-toi que Sophie Marini, sachant par moi que je devais, ce matin, te faire une visite à la campagne... doit venir aussi.

ADÈLE. Ah! mon Dieu!

AMÉLIE. Avec M. Rodolphe.

ACHILLE. M. Rodolphe!.. il me semble que je connais cela et que je l'ai vu.

AMÉLIE. Oh! sans doute... à Tortoni.

ACHILLE. Qu'est-ce qu'il est?

AMÉLIE. Il va à Tortoni.

ACHILLE. J'entends bien... mais qu'est-ce qu'il fait?

AMÉLIE. Il déjeune chez Tortoni le matin... et le soir, nous le trouvons en gants jaunes aux balcons de tous nos théâtres. Du reste, il est garçon, a vingt mille livres de rente... et c'est un adorateur d'Adèle...

ADÈLE. De moi?

AMÉLIE. Il te poursuit partout sans pouvoir t'atteindre, et en désespoir de cause nous adore, Sophie et moi, parce que nous sommes tes meilleures amies.

ADÈLE. M. Rodolphe! mais je ne veux ni ne dois le recevoir... et maintenant surtout que je connais ses sentiments... c'est un parti que je prends de moi-même.

AMÉLIE. De toi-même? Non pas... c'est un détour indirect pour obéir à ton mari.

ADÈLE. En aucune façon.

AMÉLIE. Et moi, j'en suis sûre. Je te connais trop bien... Et voici le moment de développer toutes tes vertus conjugales, à commencer par la soumission; car j'aperçois Sophie et M. Rodolphe.

SCÈNE V.

Les précédents, SOPHIE MARINI, RODOLPHE.

sophie. Charmant! délicieux! Quel séjour admirable!
n'est-il pas vrai?

rodolphe. Moi, je n'admire jamais! (*Apercevant Adèle
qu'il salue.*) et il ne faut pas moins que la vue de Madame
pour me faire déroger à mes principes.

amélie, *bas, à Adèle, qui baisse les yeux avec embarras.*
Ne crains rien... tu peux lui faire la révérence... ton mari
n'est pas là.

sophie, *passant près d'Adèle.* Que dis-tu, chère amie, de
notre visite impromptue? J'adore les parties de campagne.

rodolphe. Et celle-ci a rendu à Madame toute sa bonne
humeur.

adèle. Est-ce que tu avais quelque chagrin... quelque
contrariété?

rodolphe. Une très-grande! Quand je suis arrivé chez
Madame, elle venait de voir dans le journal une place importante donnée à quelqu'un qu'elle ne peut souffrir.

achille. Il y a de quoi avoir une migraine!

rodolphe. Un M. Valdéja...

adèle. M. Valdéja... le secrétaire d'ambassade à Saint-
Pétersbourg?

sophie. Tu le connais?

adèle. Fort peu!.. Mais il a pour ma sœur une passion
romanesque qui la flatte infiniment. Je vous le dis en confidence et entre amies.

amélie. Sois tranquille, ce n'est pas par moi que M. Valdéja en sera instruit, car je ne le connais pas.

rodolphe, *montrant Sophie.* Madame ne peut pas en dire
autant.

sophie. Rodolphe! c'en est assez...

rodolphe. Et pourquoi donc? Moi je ne cache jamais ni
ma haine, (*En regardant Adèle.*) ni mon amour. J'aime à
vous croire la même franchise, et vous pouvez bien avouer
que M. Valdéja est votre ennemi déclaré.

amélie. Vraiment?

rodolphe. Et d'honneur je le plains; car Madame n'a jamais pardonné aux gens qu'elle n'aime pas... ou qu'elle
n'aime plus. Il n'y a qu'elle pour ces noirceurs délicieuses
qui rappellent les roueries de la régence : c'est un genre qui
n'était plus de notre siècle et que vous nous avez rendu.

sophie. Vous voulez me fâcher.

rodolphe. Vous auriez bien tort... c'est le moyen de se
distinguer et d'avoir une physionomie dans le monde. Il y
a tant de gens qui n'en ont pas! (*A Achille.*) N'est-il pas
vrai, docteur?

achille. Oui, Monsieur. (*A part.*) Eh bien! par exemple...
pourquoi me demande-t-il cela à moi?

adèle. Silence, voici ma sœur.

SCÈNE VI.

Les précédents, CLARISSE.

clarisse. Ma sœur! ma sœur! viens donc vite! Est-ce que
tu n'as pas entendu une voiture qui entrait dans la cour?

adèle, *avec effroi.* Quoi! déjà mon mari?

clarisse. Mon Dieu non! pas encore!.. (*Apercevant Amélie et madame Marini.* O ciel! (*Elle leur fait la révérence et

dit bas à sa sœur.*) Y penses-tu?.. quand ce matin encore
M. Darcey vient de te défendre...

adèle, *l'interrompant.* Il suffit!.. Je sais ce que j'ai à faire.
Que venais-tu m'annoncer?

clarisse. Une galanterie charmante de ton mari. C'est
aujourd'hui ta fête, tu ne le savais pas?

amélie et sophie. Ni nous non plus.

clarisse. Et il avait commandé pour toi un coupé délicieux qui vient d'arriver.

adèle, *avec joie.* Est-il possible?

clarisse. Et deux chevaux gris magnifiques! Oh! le bel
attelage!

adèle, *avec satisfaction.* J'avoue que je ne m'y attendais
pas.

sophie, *sèchement.* Il me semble cependant que c'était de
droit?

amélie. Comment! tu n'avais pas encore de coupé? Mais
c'était une indignité!.. Moi j'en ai un depuis trois ans, et
cependant mon mari n'est pas si riche que le tien, il s'en
faut beaucoup.

adèle, *froidement.* C'est vrai.

sophie. Et s'il te le donne c'est pour ne pas rougir.

amélie. C'est par respect humain.

clarisse. Non, Mesdames; c'est par affection, par amitié
pour elle; car tu ne te doutes pas de ce qui vient d'arriver
dans ce bel équipage?

adèle. Eh! qui donc?

clarisse. Mon père, qui attend avec impatience que tu
ailles l'embrasser.

adèle. Je le voudrais... mais ces dames, que je ne puis
abandonner.

clarisse. Je me chargerai de leur tenir compagnie et de
leur faire les honneurs... Va vite.

adèle. A la bonne heure... Adieu, mes amies, je reviens
dans l'instant...

amélie. Et moi je ne te quitte pas; je veux voir tes chevaux, et puis nous avons ensemble une conversation à achever. (*Adèle et Amélie sortent.*)

SCÈNE VII.

Les précédents, *excepté* ADÈLE ET AMÉLIE.

(*Achille examine les jardins. Rodolphe s'est étendu sur trois
chaises, et bâille en jouant avec sa canne.*)

rodolphe, *regardant Clarisse.* Elle est jolie, la petite sœur!
et je l'aimerais autant que l'autre! Moi je ne tiens pas au
droit d'aînesse.

sophie, *à Clarisse.* Je suis bien heureuse de vous voir,
ma chère Clarisse, j'ai à vous remercier de ce que vous
m'avez envoyé lors de ma dernière quête.

clarisse. C'était si peu de chose!.. mes économies de demoiselle; et l'on doit rendre grâce à celles qui, comme
vous, Madame, veulent bien se dévouer pour remplir un devoir si pieux.

sophie. Cette fois du moins, et c'est assez rare, l'argent
de cette collecte aura été bien placé. Une pauvre jeune
fille, une orpheline, que l'inexpérience et la misère avaient
livrée à la séduction...

rodolphe, *toujours étendu sur sa chaise.* Voilà qui est
horrible...

sophie. D'autant plus que son séducteur l'a indignement
abandonnée... Je ne vous le nommerai pas; quoique je le

connaisse... mais ce serait inutile, il n'est plus en France... il est très-loin... à l'étranger... en Russie...

CLARISSE, *vivement*. En Russie?

SOPHIE. Où il occupe une fort belle place; et certainement ce Valdéja aurait bien pu...

CLARISSE. Valdéja!

SOPHIE. Est-ce que je l'ai nommé?.. Pardon, c'est sous le sceau du secret... parce que cette jeune personne est vraiment d'une fort bonne famille... vous la verrez, vous l'entendrez.

CLARISSE. Non, Madame... c'est inutile.

SOPHIE. Et puis, qui sait?.. il peut revenir en France et l'épouser; c'est peut-être son dessein, et il ne faut désespérer de rien... Eh! mais, qu'avez-vous donc?

CLARISSE. Rien, Madame, rien... il fait froid dans ce jardin, et je ne me sens pas bien. (*Elle s'appuie sur une chaise, à gauche ; et, pendant ce temps, Rodolphe qui s'est levé s'approche de Sophie.*)

RODOLPHE, *froidement, et à demi-voix*. Je ferais un pari.

SOPHIE. Et lequel?

RODOLPHE. C'est que dans ce que vous venez de lui raconter, il n'y a pas un mot de vrai.

SOPHIE. Et qui vous le fait croire?

RODOLPHE, *souriant*. D'abord, c'est que vous l'avez dit; mais vrai ou non, c'est bien trouvé; bonne perfidie pour perdre Valdéja dans l'esprit de sa maîtresse. Mais prenez garde, si jamais j'ai à me plaindre de vous, je le justifie.

SOPHIE. Quelle idée!

RODOLPHE. Je ferai leur bonheur par vengeance.

SOPHIE. C'est-à-dire que vous me menacez!

RODOLPHE. Du tout; mais avec vous il faut toujours être sur le pied de guerre, on ne peut jamais désarmer. Voici madame Darcey, la belle des belles. (*Il va au-devant d'Adèle qui entre pensive.*)

—

SCÈNE VIII.

LES PRÉCÉDENTS, ADÈLE.

ADÈLE, *entrant et rêvant*. Oui, certainement... Amélie a raison... je montrerai du caractère et nous verrons... (*Levant les yeux et apercevant Rodolphe*) Pardon, Monsieur : (*A Sophie.*) pardon, ma chère Sophie, de vous avoir laissés aussi longtemps... je viens de faire préparer pour vous, dans le petit pavillon, quelques rafraîchissements dont vous devez avoir besoin.

ACHILLE. A la campagne, et par cette chaleur napolitaine, cela ne fait pas de mal.

ADÈLE, *à Sophie*. Et puis, vous me resterez tous à dîner...

SOPHIE. Nous y comptions bien.

ACHILLE. C'était notre intention.

RODOLPHE. Je n'osais l'espérer.

ADÈLE. Pourquoi donc, Monsieur? Présenté par ces dames...

RODOLPHE, *lui présentant la main*. Oserai-je vous offrir la main?

ADÈLE. Je reste ici... j'ai des ordres à donner... des détails de ménage... mais voici ma sœur qui voudra bien continuer à me remplacer... Clarisse, Clarisse, tu ne m'entends pas?

CLARISSE, *se levant brusquement*. Si, ma sœur. (*A part.*) Ah! pourquoi m'a-t-elle rappelée à moi?.. j'espérais mourir.

RODOLPHE, *lui donnant la main*. Pauvre jeune fille!.. elle me fait de la peine, je vais la consoler. (*Haut, à Achille, et*

entraînant Clarisse.) Monsieur Achille, nous vous montrerons le chemin. (*Achille et madame Marini le suivent.*)

—

SCÈNE IX.

ADÈLE, *seule*. Oui, oui, le sort en est jeté... je suivrai ses conseils... je ferai comme elle... je serai maîtresse chez moi... je recevrai mes amies, et pour commencer je les garde aujourd'hui à dîner, et une fois que le pli en sera pris, mon mari fera comme les autres maris, il obéira .. je ne vois pas pourquoi il y aurait exception pour lui. Holà! quelqu'un... Eh! Créponne! la jardinière!

—

SCÈNE X.

ADÈLE, CRÉPONNE.

ADÈLE. Viens vite ici... où est ton mari?

CRÉPONNE. Là-bas, près des melons.., où il travaille; je vais l'appeler.

ADÈLE. C'est inutile, j'ai du monde à dîner.

CRÉPONNE. Beaucoup?

ADÈLE. Neuf ou dix personnes... il me faut un dessert de choix ; va cueillir dans le verger ce qu'il y a de mieux...... ces pêches du coin à droite.

CRÉPONNE. Je vais le demander à mon mari.

ADÈLE. A quoi bon?

CRÉPONNE. Parce que, excepté lui, il a défendu que personne y touche.

ADÈLE. Quand c'est moi qui te le dis, ne dois-tu pas m'obéir?

CRÉPONNE. Oui, Madame, car je suis votre sœur de lait et je vous aime bien ; mais il faut aussi obéir à son mari, et surtout au mien, sans cela il me battrait.

ADÈLE. C'est ce que nous verrons.

CRÉPONNE. C'est pas vous qui le verriez, c'est moi.

ADÈLE. S'il avait cette audace...

CRÉPONNE. Il l'aura.

ADÈLE. N'importe, fais ce que je te dis.

CRÉPONNE. Mais, Madame...

—

SCÈNE XI.

LES PRÉCÉDENTS, DARCEY, *qui est entré vers la fin de la scène précédente*.

DARCEY. Eh! oui sans doute, Créponne, fais ce que t'ordonne ta maîtresse.

ADÈLE. Quoi! Monsieur, vous étiez là? Vous voilà de retour?

DARCEY. Oui, ma chère amie, j'ai bien vite expédié mes affaires, car il me tardait, surtout aujourd'hui, de revenir près de toi... (*A Créponne.*) Va vite, Créponne

CRÉPONNE. Ça ne sera pas long, car il ne s'agit que de cueillir des pêches... mais si Monsieur voulait seulement me permettre d'en demander la permission à mon mari...

DARCEY. Certainement, la permission d'un mari, ça ne peut jamais faire de mal.

CRÉPONNE. C'est que, voyez-vous, ce sont nos plus belles... et il paraît qu'il en faudra beaucoup, car Madame a dit que vous seriez une dizaine de personnes.

DARCEY, *regardant Adèle.* Ah! nous serons dix?

ADÈLE, *cherchant à s'enhardir.* Oui, Monsieur.

DARCEY. C'est bien, ma chère amie. (*A Créponne.*) Je l'ai déjà priée de nous laisser.

CRÉPONNE, *s'en allant.* Oui, Monsieur.

SCÈNE XII.

ADÈLE, DARCEY.

DARCEY. Je croyais que nous ne dînerions qu'en famille; mais je vois que de ton côté tu m'as ménagé aussi une surprise... sans doute quelques amis communs que tu as invités pour le jour de ta fête?

ADÈLE, *avec émotion.* Oui, Monsieur, des amis.

DARCEY. Et lesquels?.. à moins que ce ne soit un secret, et alors je n'insiste plus... je ferai même l'étonné, si tu le désires.

ADÈLE, *avec crainte.* Peut-être le serez-vous en effet?

DARCEY. Et pourquoi donc, ma chère amie?

ADÈLE. Pourquoi?.. (*A part.*) Allons, et comme Amélie me l'a conseillé, tâchons de vaincre cette sotte timidité.

DARCEY. Achève!

ADÈLE, *avec embarras.* C'est que... je ne sais comment vous l'avouer; mais franchement je n'ai pu m'en défendre... elles sont venues me demander à dîner.

DARCEY. Et qui donc?

ADÈLE. Madame de Laferrier et madame Marini.

DARCEY. Tu ne parles pas sérieusement?

ADÈLE, *avec vivacité.* Si, Monsieur; je les ai invitées, et maintenant il n'y a plus à s'en dédire. (*A part.*) Grâce au ciel! j'ai tout dit... m'en voilà quitte!

DARCEY, *avec une colère concentrée.* Adèle!.. Adèle!.. ton intention n'a pas été de me braver?.. tu avais oublié ma défense, dis-le-moi.

ADÈLE. Non, Monsieur... mais cette défense était injuste et injurieuse pour moi, et ce serait m'humilier à mes propres yeux et aux vôtres que de renvoyer mes meilleures amies.

DARCEY, *avec chaleur.* Vos meilleures amies! Rien au monde ne m'est plus pénible que de vous entendre les appeler ainsi, mais j'espère que bientôt vous connaîtrez ceux qui vous aiment véritablement.

ADÈLE. Ce sont ceux qui me plaignent, ceux qui cherchent à calmer mes souffrances; à mon tour, je dois les défendre quand on les calomnie et les préférer à ceux qui ne veulent que m'affliger et me tyranniser... Le trouvez-vous surprenant?

DARCEY, *avec douleur.* Surprenant! non, Adèle; depuis longtemps il n'y a plus rien qui me surprenne; et l'ingratitude d'une femme ne saurait y faire exception.

ADÈLE, *avec fierté.* Monsieur!

DARCEY. Pardon... j'ai tort de vous laisser voir ce que je souffre.

ADÈLE. Des reproches! ai-je trahi mes devoirs?

DARCEY, *avec douleur.* Je lui parle de tendresse, elle me parle de devoirs.

ADÈLE, *froidement.* Et que voulez-vous de plus? Le reste dépend-il de ma volonté?

DARCEY, *s'éloignant d'elle.* Ah!.. qu'il n'en soit plus question! cette épreuve est la dernière. Désormais je ne vous demanderai plus que des devoirs, Madame, nous verrons comment vous saurez les remplir. Le premier de tous était la soumission à mes volontés; et si vous avez pensé que dans un jour comme celui-ci j'oublierais de vous le rappeler, vous avez eu tort... Un jour, une heure de faiblesse compromettrait toutes les heures de ma vie, et je ne transige jamais avec ce que je crois raisonnable et nécessaire; je vais vous le prouver.

ADÈLE. Dieu! ce sont mes amies!

SCÈNE XIII.

LES PRÉCÉDENTS, AMÉLIE, SOPHIE, ACHILLE.

AMÉLIE. Nous voici revenus au point d'où nous étions partis... Il est charmant, ce parc... mais c'est un véritable labyrinthe.

SOPHIE. Heureusement nous n'y avons pas rencontré le Minotaure.

ACHILLE, *riant.* Il est à Paris.

DARCEY, *qui jusque-là s'est tenu à l'écart, s'avance près d'Achille.* Non, Monsieur. (*Exclamation générale.*)

ACHILLE. Ma foi, Monsieur, qui se serait douté que vous étiez là m'écouter? Rien n'est plus désobligeant que d'être écouté... Vous excuserez la plaisanterie, j'espère.

DARCEY. Monsieur!..

ACHILLE. L'air de la campagne pousse singulièrement aux bons mots; et, sans examiner s'ils sont exacts, la langue s'en débarrasse.

DARCEY. Je comprends cela à merveille, mais...

ACHILLE. Trop bon, en vérité.

DARCEY. Mais j'ai un grand travers d'esprit, je n'aime pas l s fats...

ACHILLE. Ah! vous n'aimez pas...

DARCEY. Non, je ne les aime pas; et quand ils s'introduisent chez moi, (*Regardant les deux dames.*) dans quelque compagnie qu'ils se trouvent, je les chasse sans balancer.

ACHILLE, *sur les épines.* Fort bien... fort bien... je disais tout à l'heure...

DARCEY, *élevant la voix.* Monsieur, vous m'avez compris...

SOPHIE, *à Amélie.* Il n'y a pas moyen d'y tenir... sortons, ma chère. (*Elle sort en donnant la main à Achille.*)

DARCEY. Je serais désolé de vous retenir.

AMÉLIE. Monsieur... un pareil outrage...

DARCEY. Madame de Laferrier me permettra-t-elle de la reconduire jusqu'à sa voiture?.. (*Il sort en donnant la main à Amélie.*)

SCÈNE XIV.

ADÈLE, *seule,* puis RODOLPHE.

ADÈLE. Quelle horreur!.. quelle indignité!.. pouvais-je jamais m'attendre à un affront aussi sanglant!.. je m'en vengerai.

RODOLPHE, *un bouquet à la main.* Eh bien!.. où sont donc ces dames?

ADÈLE. Dieu! Monsieur Rodolphe!.. partez... éloignez-vous...

RODOLPHE. Et pourquoi donc?

ADÈLE. Mon mari est de retour.

RODOLPHE. Et que m'importe?

ADÈLE. Il vient de nous faire une scène affreuse.

RODOLPHE, *gaiement.* C'est comme cela que je les aime, les maris!

ADÈLE. Mais pour moi, Monsieur, pour moi, de grâce, partez.

RODOLPHE. Pour vous, c'est différent, il n'y a rien que je ne fasse... mais mon respect, ma soumission, me priveront-ils de votre présence? dois-je renoncer désormais à ce bonheur?

ADÈLE. Il le faut, je ne puis plus vous voir.

RODOLPHE. Chez vous... je le comprends... mais dans le monde, mais chez vos amies...,

ADÈLE, avec crainte. Monsieur, vous me faites mourir.

RODOLPHE. Un mot de consentement... un seul mot, et je pars... sinon, je reste.

ADÈLE. Partez!.. partez!.. je vous en supplie...

RODOLPHE, lui baisant la main. Ah! que je vous remercie! (Il s'enfuit par le fond du jardin.)

—

SCÈNE XV.

ADÈLE, puis DARCEY.

ADÈLE. Mais du tout... que peut-il supposer?.. que peut-il croire? (Apercevant Darcey.) Dieu!

DARCEY. Leur voiture est sur la route de Paris. Maintenant voulez-vous que nous passions au salon?

ADÈLE. Monsieur, est-ce là le commencement du rôle de mari?

DARCEY. Oui, Madame.

ADÈLE, sortant. Alors, malheur à celui qui ose s'en charger!

DARCEY, la suivant des yeux et sortant après elle. Malheur à toi si tu écoutes d'autres conseils que ceux de la raison!

FIN DU PREMIER ACTE.

—

ACTE DEUXIÈME.

PREMIÈRE PARTIE.

Le théâtre représente un appartement chez Darcey.

—

SCÈNE PREMIÈRE.

DARCEY, seul d'abord, occupé à arranger sa bibliothèque; puis VALDÉJA ET MOURAVIEF.

DARCEY, à Valdéja. Déjà éveillé, mon ami! es-tu un peu remis des fatigues de ton long voyage?

VALDÉJA. Je commence à croire que les membres me tiennent au corps, et j'en doutais hier soir quand je suis arrivé. (A Mouravief.) Tiens, Mouravief, ces papiers au ministère des relations extérieures... on t'en donnera un reçu, et tu reviendras, car j'ai d'autres commissions à te donner. (Mouravief porte la main à son chapeau et sort.) Un joli sujet, n'est-il pas vrai? un pur Kalmouck que j'ai pris à mon service et ramené avec moi.

DARCEY. Enfin, te voilà de retour de ta maudite Russie. Depuis six mois que tu ne m'écrivais plus, j'ai cru que quelque belle Moscovite avait gelé tes souvenirs.

VALDÉJA. Ils ne couraient aucun risque... tu étais là pour les réchauffer. Mais, vois-tu, si je ne t'ai pas écrit, c'est que je souffrais trop. Maintenant je ne souffre plus; je suis heureux, mon cœur s'est endurci, il n'aime plus rien... que toi, que toi, mon ami.

DARCEY, lui tenant les mains. Et moi, j'espère que nous ne nous quitterons plus. D'abord, est-il vrai que tu abandonnes cette place brillante que tu avais obtenue il y a six mois, que tu renonces à la diplomatie?

VALDÉJA. Oui. Ces honneurs, ces emplois, ce n'est pas pour moi que je les désirais; et maintenant... je n'en ai plus besoin.

DARCEY. Tu as assez de fortune sans cela; car, ainsi que je te l'ai écrit, grâce à un concours d'heureuses circonstances, ce capital que tu avais laissé entre mes mains s'est accru considérablement.

VALDÉJA, le regardant. Tu me trompes. C'est aux dépens de ta fortune que tu veux m'enrichir.

DARCEY. A quoi bon? Ma fortune est la tienne... je n'ai pas besoin de te tromper.

VALDÉJA, froidement. Tu as raison... Alors peu importe... garde-la... je n'en ai que faire.

DARCEY. A la bonne heure; et si tu t'établis, si tu te maries. .

VALDÉJA. Jamais, et maudit soit le moment où une pareille idée s'est offerte à mon esprit! maudit soit le jour où j'ai voulu faire dépendre d'une femme ma vie, mon bonheur et mon avenir! Ne les connaissais-je pas déjà? ne savais-je pas qu'il n'y a en elles que ruse et trahison? N'est-ce pas une femme qui dénonça mon père et m'a forcé à fuir de la terre natale dans nos temps de discorde? Et quand, jeune encore, mon cœur s'ouvrait à toutes les impressions de l'amour et de l'amitié, n'est-ce pas une femme qui a armé mon bras contre un ami d'enfance, qui l'a fait rouler sanglant à mes pieds? Plus tard enfin, n'est-ce pas encore une d'elles qui a manqué de compromettre mon avenir, mon bonheur?.. et si tu n'avais pas été là, toi, mon seul ami! toi qui, plus âgé que moi, n'as jamais cessé de me protéger...

DARCEY. Dis de t'aimer, et voilà tout.

VALDÉJA. Tu es tout pour moi; et quant au reste du monde, je lui avais juré, tu le sais, raillerie et dédain, lorsque s'offre à mes yeux une jeune fille candide, ingénue, qui sans me rien promettre me persuade de son amour. Celle-là, me disais-je, est à part de son sexe; c'est une exception, elle ne saurait tromper! Et je croyais en elle... comme en toi.

DARCEY. Et elle t'a trahi?

VALDÉJA. Je devais m'y attendre; je l'aimais trop!.. et lorsqu'au bout de deux ans et demi d'exil et de travaux je touchais enfin au but de mes espérances, lorsqu'une place honorable me permettait d'aspirer à sa main, j'écris à son père, il y a six mois, je la demande en mariage; et cette réponse que j'attendais avec tant d'impatience... elle arrive enfin, et m'apprend que ce n'est pas lui, que c'est sa fille qui me refuse; qu'elle ne saurait m'aimer; que du reste ils garderont sur ma demande et sur son refus le plus profond silence.

DARCEY. Écoute, Valdéja, et dussé-je te fâcher, le père a agi en galant homme; et quant à sa fille... tu ne peux lui reprocher que sa franchise; une autre n'eût rien dit... et t'aurait trompé.

VALDÉJA. Tu me juges mal; et si je lui en veux, ce n'est point de m'avoir dédaigné; c'est au contraire de m'avoir laissé croire à son amour. Et je lui pardonnerais mes illusions détruites, mon existence désenchantée et mon avenir désert! Non, non; grâce au ciel, cette haine qu'elle m'a rendue pour tout son sexe sera désormais mon seul bonheur, mon occupation, mon existence. Je ne vivrai que pour la poursuivre, le démasquer; et toujours sur ses traces, je lui tiendrai lieu du remords qu'il n'a pas.

DARCEY, avec tendresse. Mon ami, mon ami!..

VALDÉJA. Pardon de corrompre par ces idées la joie du retour; ne me parle pas d'elle; ne m'en parle jamais... Ne songeons qu'à l'amitié, qui console de tout et fait tout oublier. Toi, es-tu heureux? réponds.

DARCEY. Depuis trois ans, tu sais que j'ai pris femme...

VALDÉJA. J'entends. C'est un *non* positif.

DARCEY. Tu te trompes, je suis aussi heureux... que je puis l'être.

VALDÉJA, *le regardant attentivement.* Ce n'est pas vrai.

DARCEY. Parbleu! voilà qui est fort, quand je te dis...

VALDÉJA. Je ne m'étais pas assis chez toi, que je savais à quoi m'en tenir; et ta confiance n'est pas verbeuse, elle n'est pas comme la mienne.

DARCEY. Que veux-tu? la main qui touche à nos blessures nous fait mal... même quand c'est celle d'un ami. Tu as deviné juste, je suis malheureux, car j'ai choisi une femme froidement égoïste, qui n'a que de la vanité dans le cœur.

VALDÉJA. Une pareille femme à toi!

DARCEY. Ce sont les plus nombreuses, mon ami.

VALDÉJA. Et bravement tu as été choisir dans la foule?

DARCEY. Tu la connaissais; car souvent, avant ton départ, nous allions ensemble dans la maison de son père, monsieur Évrard, négociant.

VALDÉJA, *avec émotion.* M. Évrard! oui... c'est vrai.

DARCEY. Tu m'as souvent fait remarquer sa beauté et celle de sa sœur Clarisse. Tu te la rappelles aussi?

VALDÉJA, *avec une émotion qu'il cherche à maîtriser.* Clarisse?.. non! je ne me la rappelle pas.

DARCEY. Adèle était si jolie, si pure, si enivrante! et puis ses quinze ans, sans fortune, comment les abandonner aux prétentions du premier venu? Il y avait dans cette pensée une image accablante pour moi.

VALDÉJA. Anéantir sa vie pour une fleur sans parfum! (*A part.*) Voilà comme Clarisse aurait été.

DARCEY. Longtemps j'ai eu à combattre et à souffrir; mais enfin, et depuis six mois, depuis que j'ai chassé deux ou trois femmes dangereuses qui formaient son conseil, la paix est revenue!

VALDÉJA. Et le bonheur?

DARCEY. Il ne faut plus y penser... le charme est détruit. Je vois Adèle aujourd'hui telle qu'elle est, et j'ai cessé de l'aimer.

SCÈNE II.

LES PRÉCÉDENTS, CRÉPONNE, *en costume de femme de chambre.*

CRÉPONNE. Monsieur, je viens voir si vous êtes visible.

DARCEY. Oui, Créponne, je suis visible. Pourquoi cette question?

CRÉPONNE. Parce que Madame désire vous dire bonjour, ainsi qu'à monsieur votre ami, avant de sortir; c'est naturel, simple, de bon ton et de bon ménage.

DARCEY. Puisque vous le jugez tel, Créponne, il ne me reste rien à dire; prévenez madame Darcey que nous l'attendons.

CRÉPONNE. Ça lui fera grand plaisir, certainement.

SCÈNE III.

DARCEY, VALDÉJA.

VALDÉJA. Voilà une maîtresse soubrette.

DARCEY. Y penses-tu? c'est la femme de Fleury, mon jardinier. Adèle, dont elle est la sœur de lait, l'a prise en affection, et l'a retirée de ma campagne pour en faire sa femme de chambre à Paris.

VALDÉJA. Tant pis! Moi, vois-tu bien, je ne crois pas aux vertus de campagne.

DARCEY. Tu ne crois à rien!

VALDÉJA. Seul moyen de ne pas être trompé.

DARCEY. Voici ma femme!

SCÈNE IV.

DARCEY, VALDÉJA, ADÈLE.

ADÈLE, *avec amabilité.* Mon ami, je n'ai pas voulu sortir sans te faire une petite visite.

DARCEY, *la baisant au front.* Bonjour, Adèle.

ADÈLE. Comment monsieur Valdéja se trouve-t-il ce matin?

VALDÉJA. Je vous rends grâce, Madame; dans les meilleures dispositions du monde.

ADÈLE. Et toujours sans regret d'avoir quitté la Russie?

VALDÉJA. Oui, Madame, sans regret... surtout depuis que je suis ici.

ADÈLE. Ferdinand, je vais aller chez mon père.

DARCEY. Quelle nécessité t'y oblige?

ADÈLE. Le désir de le voir. Depuis huit jours je n'ai pas entendu parler de lui et je suis dans une inquiétude mortelle.

DARCEY. J'aurais bien désiré que cette inquiétude te prît un autre jour, et que tu nous restasses aujourd'hui.

ADÈLE. Je pense que monsieur Valdéja sera assez indulgent pour m'excuser en faveur du motif? D'ailleurs je serai rentrée pour le dîner.

DARCEY. Vraiment? Il est neuf heures, nous dînons à six, et tu seras rentrée!

ADÈLE. A moins que l'on ne me retienne. Ce pauvre père, il est si bon!

DARCEY. Il me semble qu'en envoyant Créponne ou Baptiste s'informer de l'état de sa santé...

ADÈLE, *avec véhémence.* Oh! ce serait d'une indifférence... et puis, Clarisse, ma jeune sœur, m'a écrit, elle désire me voir... Sans doute au sujet du mariage dont il est question pour elle... tu sais?

VALDÉJA, *vivement.* Ah! mademoiselle votre sœur va se marier?

DARCEY. Oui, avec un fort honnête homme, un de nos cousins, M. Melleville, qui a une place aux finances.

ADÈLE. Et pour sa parure, pour la corbeille... il faut que je voie ma sœur... il est indispensable que je sorte... Au surplus, si tu l'exiges, je resterai. Je n'ai d'autre volonté que la tienne, tu sais; d'autre désir que de ne pas te contrarier... Dis ce que tu veux que je fasse, mon cher Ferdinand.

DARCEY. Mais, je te l'ai dit, rester avec nous. Valdéja penserait que tu fuis la maison parce qu'il y est arrivé.

ADÈLE. Je suis convaincue que monsieur Valdéja lèvera l'obstacle en ce qui le concerne.

VALDÉJA. Moi, Madame, vous m'embarrassez beaucoup; car si je consens à ce sacrifice, vous allez m'accuser de manquer de galanterie.

DARCEY, *avec impatience.* Eh oui! sans doute! Envoie chez ton père, comme je te l'ai dit.. En voilà beaucoup trop pour une chose si simple.

ADÈLE, *ôtant son chapeau.* N'en parlons plus. Je ferai compagnie à Monsieur, puisqu'il le faut absolument; mais papa ne recevra pas un semblable message, ce serait inouï!

DARCEY. En lui en disant le pourquoi...

ADÈLE. Il se refuserait à croire qu'un ami puisse causer une semblable gêne dans la maison de son ami.

VALDÉJA, *vivement.* Ferdinand, tu me desservirais beaucoup si tu contraignais Madame à rester davantage.

LÉOPOLD. Allons! une lettre à la Sévigné, ce cher Hippolyte. — Acte 5, scène 5.

DARCEY, *avec impatience.* Eh bien donc! qu'elle sorte, qu'elle s'en aille! elle est la maîtresse.

ADÈLE, *remettant son chapeau.* C'est parce que vous me l'ordonnez, Monsieur; sans cela je resterais, j'y étais bien décidée; mais je n'oublierai pas que si vous m'avez cédé, ce n'est pas pour moi, c'est pour monsieur Valdèja, c'est pour lui complaire... et je lui en garderai la reconnaissance que je lui dois. Adieu. (*A Valdèja, en lui faisant la révérence froidement.*) Adieu, Monsieur.

VALDÈJA, *de même.* Adieu, Madame. (*Adèle sort.*)

—

SCÈNE V.

DARCEY, VALDÈJA.

VALDÈJA. Adieu; je sors aussi, j'ai des visites à rendre, des lettres à remettre. Connais-tu ce monde-là?

DARCEY, *parcourant les adresses.* Oui, sans doute. On t'indiquera ici où tout cela demeure. (*Lisant les adresses.*) Ma-

dame de Laferrier... tu as une lettre pour madame Laferrier?

VALDÈJA. Oui, c'est un prince russe qui se rappelle à son souvenir.

DARCEY. Il fait bien, car depuis lui bien des nations se sont succédé : c'est une beauté européenne... Eh! mais, qui vient là?

—

SCÈNE VI.

LES PRÉCÉDENTS, CRÉPONNE.

CRÉPONNE. Monsieur, c'est mademoiselle votre belle-sœur qui vient d'arriver seule avec une femme de chambre, et qui demande à vous parler.

DARCEY. Comment, Clarisse est là?

VALDÈJA, *voulant s'éloigner.* Clarisse!

DARCEY, *le retenant.* Eh bien! où vas-tu donc? Est-ce qu'une jeune fille te fait peur?

VALDÈJA, *froidement.* Moi?.. non.

DARCEY. Reste alors, que je te présente à elle; vous renouerez connaissance. (*A Créponne.*) Mais j'y pense maintenant, ma femme qui allait chez son père... dis à madame Darcey que Clarisse est ici, et qu'elle vienne.

CRÉPONNE. Madame est sortie.

DARCEY. C'est étonnant! je n'ai pas entendu sa voiture, et il y a trop loin pour qu'elle aille à pied.

CRÉPONNE. Madame avait envoyé Baptiste à la place voisine pour faire avancer un fiacre.

DARCEY. Un fiacre! c'est singulier... elle qui était si pressée... peu importe, j'oublie que cette pauvre Clarisse est là à attendre; dis-lui vite d'entrer.

CRÉPONNE. Oui, Monsieur. (*A part.*) Je crois que Madame a eu tort d'y aller ce matin; elle ne veut jamais m'écouter. (*Elle sort.*)

SCÉNE VII.

DARCEY, VALDÉJA, *puis* CLARISSE.

DARCEY. Je vous demande quelle idée de sortir seule en voiture de place quand elle a dans son écurie six chevaux qui ne font rien! (*Apercevant Clarisse.*) Ah! vous voilà, ma chère belle-sœur! qui me procure de si bon matin une si jolie visite? N'est-ce pas à ma femme que vous vouliez parler?

CLARISSE. Non, Monsieur, à vous, à vous seul. (*Apercevant Valdéja.*) Dieu!.. (*Valdéja salue froidement.*)

DARCEY, *riant.* J'étais bien sûr qu'il y aurait une reconnaissance pathétique... un ancien ami de la maison que depuis trois ans vous n'aviez pas vu; mais quel motif vous amène?

CLARISSE. Ah! Monsieur... ah! mon cher beau-frère, nous sommes tous au désespoir.

DARCEY. Qu'y a-t-il? parlez.

CLARISSE. C'est à vous seul que je devrais confier un pareil secret; mais je sais que monsieur Valdéja est un autre vous-même, et que vous n'avez rien de caché pour lui; et à quoi bon du reste faire un mystère de ce qui demain ne sera que trop public?

DARCEY. Achevez, de grâce.

CLARISSE. Mon père est perdu, déshonoré; de nombreuses faillites lui ont enlevé toutes ses ressources, et demain il est obligé de déclarer sa honte. Il n'y survivra pas. Son existence, à lui, c'était l'honneur, la considération, et les perdre c'est perdre la vie; je lui disais: Pourquoi ne pas en parler à votre gendre, qui est riche, qui vous estime et vous aime?

DARCEY. Eh! oui, sans doute.

CLARISSE. Jamais, m'a-t-il dit; et il m'a défendu, sous peine de toute sa colère, de m'adresser à vous.

VALDÉJA. Et pourquoi donc?

CLARISSE. M. Darcey, a-t-il ajouté, a pris ta sœur aînée sans dot aucune, et de plus il m'a déclaré qu'il te donnerait cent mille francs le jour de ton mariage. Cette nouvelle m'a rendu le courage..... je suis venue vous trouver pour vous prier de reprendre vos bienfaits, d'en disposer en faveur de mon père. (*Vivement.*) Oui, Monsieur, ne pensez plus à moi, ne pensez qu'à lui, sauvez son honneur, je ne me marierai pas, je resterai dans la maison paternelle, et en voyant le bonheur que vous y aurez ramené, je ne passerai pas un jour sans vous remercier et vous bénir.

DARCEY, *la serrant contre son cœur.* Ma chère Clarisse!

VALDÉJA, *avec amertume.* Ne pas vous marier! quelle folie! est-ce que c'est possible?

CLARISSE, *étonnée.* Et pourquoi, Monsieur?

VALDÉJA, *de même.* Quelle somme faut-il à votre père?

CLARISSE. Cent mille écus, aujourd'hui même.

VALDÉJA, *brusquement.* Vous voyez bien que votre dot ne suffirait pas. (*A Darcey.*) C'est moi, moi ton meilleur ami, qui compléterai cette somme.

CLARISSE, *avec angoisse.* O mon Dieu!.. recevoir de lui!.. jamais! et cependant mon pauvre père...

DARCEY. Enfant que vous êtes, est-ce que cela se peut! Est-ce que je laisserais payer à un étranger les dettes de ma famille?

VALDÉJA, *avec amertume.* A un étranger!..

DARCEY. Pour elle, du moins.

VALDÉJA, *froidement.* Oui, tu as raison... un étranger..... pas autre chose.

DARCEY, *à Clarisse.* C'est moi que cela regarde! Rassurez-vous, Clarisse; l'amitié qui m'unit à votre père... tout s'arrangera.

CLARISSE, *lui sautant au cou et l'embrassant.* Ah! quelle bonté! quelle générosité!

DARCEY. Il faut, avant tout, consoler M. Évrard, lui rendre le calme; et je suis content maintenant que ma femme soit allée le voir.

CLARISSE. Ah! Adèle est près de lui? tant mieux.

DARCEY. Vous le savez bien, puisque vous lui avez écrit hier de venir.

CLARISSE. Non vraiment, je ne lui ai pas écrit, et j'aurais dû le faire.

DARCEY. Comment! votre père malade et souffrant ne l'attendait pas ce matin?

CLARISSE. Non, Monsieur.

DARCEY, *à part.* Et cet empressement à sortir... de si bonne heure... seule... en voiture de place! (*Se rapprochant de Valdéja et à demi-voix.*) Que dis-tu de cela?

VALDÉJA, *de même et froidement.* Rien! pourrais-tu soupçonner...?

DARCEY. N'importe... je saurai.

CLARISSE, *s'approchant de Darcey.* Eh mais! qu'avez-vous donc?

DARCEY. Rien, rien... Venez, je vais passer chez mon banquier, et vous porterez vous-même à votre père la somme dont il a besoin. C'est à vous, Clarisse, qu'il devra sa joie et son honneur... Venez, venez avec moi. (*Il sort avec Clarisse.*)

SCÉNE VIII.

VALDÉJA, *seul, puis* MOURAVIEF.

VALDÉJA. Et c'est dans un pareil moment qu'il les sauve tous de leur ruine... qu'il préserve de la honte cette famille à laquelle peut-être il doit la sienne!.. car cette Adèle..,.. cette sortie mystérieuse... ce mensonge... Il y a ici trahison, j'en suis sûr... et je le souffrirais!.. non... l'amitié n'est qu'un vain nom, ou je saurai bien l'empêcher. Ah! je sens mes idées de vengeance qui se réveillent. Encore une femme perfide à poursuivre.., à démasquer. (*Voyant Mouravief qui entre.*) Ah! le voilà!.. madame Darcey est sortie... il y a une heure... en fiacre?..

MOURAVIEF. Oui, Excellence... j'étais à la porte quand elle y est montée.

VALDÉJA. Où a-t-elle commandé qu'on la menât?

MOURAVIEF. Elle a dit tout haut, chez M. Évrard, rue Saint-Louis au Marais.

VALDÉJA, *à part.* Oui, c'était là son premier mot. . elle aura donné contre-ordre en route. (*Haut.*) As-tu remarqué le numéro de ce fiacre?

MOURAVIEF. Non, Excellence.

VALDÉJA. Comment était-il?

MOURAVIEF. Brun.

VALDÉJA. Ils le sont tous! et les chevaux?

MOURAVIEF. Un noir et un blanc.

VALDÉJA. C'est différent... voilà des indices. Ce fiacre a été pris sur la place voisine... il est probable qu'il y reviendra dans la journée. Va donc, jusqu'à ce soir, te mettre en faction.

MOURAVIEF. Oui, Excellence.

VALDÉJA. Sans en bouger!

MOURAVIEF. Oui, Excellence.

VALDÉJA. Et, si tu le vois paraître, tu proposeras au cocher de boire avec toi.

MOURAVIEF. Oui, Excellence.

VALDÉJA. Tant qu'il pourra, et tâche de savoir de lui la rue et le numéro de la maison où il aura conduit ce matin madame Darcey.

MOURAVIEF. Oui, Excellence.

VALDÉJA. En avant! marche! retourne à ton poste..... et songe que je t'attends. (*Ils sortent chacun d'un côté différent. — Le théâtre change.*)

───

DEUXIÈME PARTIE.

Un boudoir élégant chez madame de Laferrier.

───

SCÈNE PREMIÈRE.

ADÈLE, RODOLPHE.

ADÈLE, *assise, à Rodolphe qui entre.* C'est aimable, arriver si tard!.. moi qui risque tout pour vous voir.

RODOLPHE. Des risques!.. chez madame de Laferrier... il n'y en a aucun... et puis, nos entrevues sont si rares, surtout depuis quelque temps.

ADÈLE. Et c'est pour cela que vous arrivez le dernier?

RODOLPHE. Pardon, chère Adèle, j'étais au bois de Boulogne et mes chevaux n'ont pas mis vingt minutes pour me conduire ici... Je crains même qu'Élisabeth ne s'en trouve pas très-bien, j'en serais désolé.

ADÈLE. Qu'est-ce que c'est qu'Élisabeth?

RODOLPHE. Ma jument anglaise que j'ai achetée hier quatre mille francs chez Crémieux.

ADÈLE. Il s'agit bien de cela! il s'agit de moi, Monsieur, que vous avez presque fait attendre.

RODOLPHE. J'ai failli attendre!.... c'est parler comme Louis XIV, et je trouve en effet entre vous et le grand roi beaucoup de ressemblance : la même fierté, le même absolutisme, et surtout la même ardeur de conquêtes.

ADÈLE. Moi, Monsieur?..

RODOLPHE. Hier, encore, aux Italiens... lord Kinsdale et M. d'Alzonne, qui ont passé toute la soirée dans votre loge, et dont les hommages étaient assez évidents... Le plaisant, c'est que vous vouliez que chacun des deux se crût le préféré, et vous aviez un mal à tenir l'équilibre entre les deux puissances!..

ADÈLE. Ainsi, Monsieur me fait l'honneur de m'observer, de m'épier?

RODOLPHE, *nonchalamment.* Par hasard... j'étais dans une baignoire.

ADÈLE, *vivement.* Et avec qui?

RODOLPHE. Eh! mais, seul apparemment...

Les amants malheureux cherchent la solitude.

Et je vous dirai, Adèle, pour parler sérieusement, que je ne suis pas content de vous.

ADÈLE. Quel est ce ton et de quel droit?..

RODOLPHE. Du droit que vous avez bien voulu me donner.

ADÈLE. Vous n'en avez aucun.

RODOLPHE. Si vraiment, et il faut bien nous entendre...... Je vois depuis quelque temps, à votre froideur, à vos reproches, que cet amour que j'ai cru éternel aura bien de la peine... (*Adèle fait un geste.*) Je ne vous accuse pas... je n'accuse que moi dont la constance est inamovible, ce qui a amené pour vous l'uniformité, l'ennui, la satiété... C'est un malheur, je m'y résigne, et il faut bien s'habituer à l'abandon et au désespoir; mais ce à quoi je ne m'habituerai jamais, c'est au ridicule, et il n'y a rien de ridicule comme un amant délaissé; ça l'est bien plus qu'un mari.

ADÈLE. Monsieur!..

RODOLPHE. Oui, Madame, un mari c'est son état, il ne peut pas le changer, c'est une fatalité à subir; mais pour l'autre, c'est un affront gratuit auquel il n'était pas obligé par la loi... et si je suis délaissé par vous pour M. d'Alzonne, je lui brûle la cervelle.

ADÈLE. Quelle horreur!

RODOLPHE. Par peur du ridicule, voilà tout : parce que, quand le pistolet a porté juste, on ne rit plus au café Tortoni.

ADÈLE. A merveille, Monsieur, et je vois clairement que c'est vous qui désirez cette rupture.

RODOLPHE, *vivement.* Non, ma parole d'honneur! jamais, Adèle, vous ne m'avez paru plus jolie, plus séduisante; il n'est question que de vous dans le monde; on vous cite, on vous recherche, on vous adore... Plus que jamais je tiens à vous.

ADÈLE. Par amour-propre... c'est très-flatteur! mais moi, Monsieur, je tiens à être aimée autrement... Un mouvement de vanité et de coquetterie m'avait seul portée à recevoir vos hommages; j'avais eu tort... très-grand tort...

RODOLPHE, *souriant.* Ce tort-là, je vous le pardonne.

ADÈLE, *froidement.* Vous êtes bien généreux!.. moi, Monsieur, je ne me le pardonnerai jamais; mais je puis du moins le réparer, j'en cherchais les moyens et ne les trouvais pas... C'est vous qui avez eu la bonté de me les offrir, et je vous prie d'en recevoir tous mes remercîments.

RODOLPHE. Que voulez-vous dire?..

ADÈLE. Que vous m'avez demandé de la franchise, et que vous devez me comprendre.

RODOLPHE. O ciel! vous ne m'aimez plus?..

ADÈLE. Je n'ai pas de compte à vous rendre... mais vous m'avez dit, Monsieur, que vous désiriez être prévenu, et maintenant vous n'avez plus rien à désirer.

RODOLPHE. C'est trop fort, et l'on n'a jamais vu...

───

SCÈNE II.

LES PRÉCÉDENTS, AMÉLIE.

AMÉLIE. Eh! mais... quel bruit chez moi?

ADÈLE. Une scène affreuse que me fait Monsieur.

AMÉLIE. Une querelle? tant mieux, c'est le premier acte d'un raccommodement.

RODOLPHE. J'aime à le croire... n'est-il pas vrai, chère Adèle?.. et s'il ne faut que se reconnaître coupable et te demander pardon...

ADÈLE. Ce serait inutile, Monsieur, tout est fini... et je vous prie de ne plus me tutoyer.

RODOLPHE. Soit! mais au moins l'on ne se brouille pas sans motif.

ADÈLE. Il me semble que je n'en manque pas, et que votre fatuité, votre légèreté, vos défauts...

RODOLPHE. Mes défauts! ce n'est pas là une raison, je les avais tous quand vous m'avez aimé.

ADÈLE. Votre oubli de toutes les convenances... Avant-hier, par exemple, quand vous me donniez le bras, oser saluer sur le boulevard mademoiselle Anastase, une figurante de l'Opéra!

RODOLPHE. Du chapeau seulement... sans mains, sans grâce, comme on salue tout le monde.

ADÈLE. Je l'avais vue une fois sortir de chez vous.

RODOLPHE. C'est ma locataire; j'aime les arts, moi! De grâce, point de suppositions jalouses... moi, qui vous aime, qui n'aime que vous, et qui depuis six mois suis d'une fidélité...

ADÈLE. Dont je vous dégage. Je vous prie de me rendre mes lettres et mon portrait.

RODOLPHE, à Amélie. Vous l'entendez! vous le voyez!

AMÉLIE. Je vois que votre cause est perdue, car malheureusement, mon cher Rodolphe, elle n'est pas du tout en colère.

RODOLPHE. C'est une trahison de sang-froid; elle s'éloigne de moi par un entraînement réfléchi et combiné. (A Adèle.) Dès demain, mon valet de chambre Silvestre vous rapportera vos lettres; et quant à votre portrait, à ce médaillon que j'avais fait faire, et qui ne me quittait jamais... le voici, Madame.

ADÈLE, prenant le médaillon. C'est bien! le voilà donc revenu dans mes mains... (L'ouvrant pour le regarder.) Dieu! que vois-je! et quelle indignité... le portrait de mademoiselle Anastase!

AMÉLIE. La figurante de l'Opéra?

RODOLPHE, riant. Est-il possible! c'est délicieux! je me serai trompé en le prenant ce matin.

ADÈLE. Comment! Monsieur, cette fidélité dont vous vous vantiez...

RODOLPHE. Avait deviné la vôtre. Vous voyez qu'entre nous il y avait décidément sympathie.... même en nous trahissant nous nous entendions encore... Il ne vous servirait à rien... (Adèle le jette à terre, il le ramasse.) Je le reprends; demain, je vous le promets, vous aurez le véritable, et je le regarderai avant, de peur de méprise... Adieu, cruelle. (A Amélie.) Adieu, Madame. (Lui baisant la main.) Je n'oublierai jamais vos bontés. (Il sort.)

—

SCÈNE III.

AMÉLIE, ADÈLE.

AMÉLIE. Ce pauvre Rodolphe, un charmant cavalier, es-tu folle de rompre avec lui?

ADÈLE. J'ai mes raisons.

AMÉLIE. Je ne cherche pas à les pénétrer; mais je les devine peut-être.

ADÈLE. Depuis quelque temps il s'était arrogé des airs de domination exclusive, il devenait mari, et cela pouvait finir par me compromettre, dans ce moment surtout... où il me faut redoubler de prudence et de précaution.

AMÉLIE. Et pourquoi cela?

ADÈLE. Cet ami de mon mari... ce Valdéja, est arrivé hier.

AMÉLIE. Valdéja! l'ennemi mortel de Sophie Marini!

ADÈLE. Lui-même.

AMÉLIE. Elle m'en a dit tant de mal, que j'aurais bien envie de le voir! Comment est-il?

ADÈLE. Effrayant.

AMÉLIE. Marini le disait joli garçon.

ADÈLE. Elle peut avoir raison, il est fort bien; mais c'est égal, il est effrayant. Il y a en lui quelque chose... Sais-tu ce que Sophie Marini a contre lui?

AMÉLIE. Elle ne me l'a jamais confié... Mais on prétend qu'autrefois... elle l'a aimé... Puis il a découvert qu'il avait des rivaux, et il s'en est vengé d'une manière indigne.

ADÈLE. Comment cela?

AMÉLIE. En la faisant trouver à un dîner où il avait invité tous ceux qu'elle avait préférés... On ne dit pas combien il y avait de couverts.

ADÈLE. Voilà qui est affreux!.. Dieu! c'est Créponne! qui peut l'amener?

—

SCÈNE IV.

LES PRÉCÉDENTS, CRÉPONNE.

CRÉPONNE. Ah! Madame... Madame! voilà six heures que je vous cherche... J'ai été chez M. Rodolphe, chez madame Marini.

ADÈLE. Et pourquoi donc? qu'est-il arrivé?

CRÉPONNE. Mademoiselle Clarisse, votre sœur, est venue à la maison dix minutes après votre départ.

ADÈLE. Ah! mon Dieu!

CRÉPONNE. Je ne sais pas ce qu'elle a dit à votre mari, mais tous les deux sont partis en voiture, et Guillaume, le cocher, les a conduits chez monsieur votre père où ils comptent vous trouver.

AMÉLIE. Je n'y comprends rien.

CRÉPONNE. Et Madame avait dit qu'elle passerait la journée chez son père, qu'elle y dînerait peut-être. C'est sous ce prétexte-là qu'elle est sortie.

ADÈLE. Eh! mon Dieu, oui!

CRÉPONNE. Sans moi vous étiez prise, vous auriez dit, en rentrant, que vous en veniez.

ADÈLE. Je m'en garderai bien... Amélie, que faut-il faire?

AMÉLIE. Rentrer au plus vite.

ADÈLE. Mais où aurai-je été ce matin, toute la journée?

AMÉLIE. Cela t'embarrasse?

ADÈLE. Certainement.

AMÉLIE. Y a-t-il longtemps que vous n'êtes allés, toi et ton mari, chez madame Longpré, dont tu me parles souvent?

ADÈLE. Quinze jours environ.

AMÉLIE. Assieds-toi là et écris-lui.

ADÈLE. Que veux-tu que je lui écrive?

AMÉLIE. Assieds-toi toujours.

ADÈLE, en s'asseyant. Voyons.

AMÉLIE, dictant. « Si avant de m'avoir vue, le hasard vous « mettait en rapport avec mon père et mon mari, n'ou-« bliez pas que je suis arrivée chez vous aujourd'hui dans « un état affreux, que j'y suis restée très-longtemps, et que « j'en suis repartie en fiacre. » (Parlant.) A la ligne. (Dictant.) « Je vous envoie mon chapeau et mon mouchoir, « vous me les renverrez demain par votre femme de « chambre. N'y manquez pas. » (Parlant.) Date et signe... commences tu à comprendre?

ADÈLE. Oui, mon bon ange.

AMÉLIE. En arrivant chez toi, tu te trouveras mal, et je réponds du reste.

ADÈLE. Dieu! que c'est simple et bien!

CRÉPONNE. Oh! oui, c'est joliment bien! une femme de

chambre elle-même n'aurait pas mieux trouvé... Allons, Madame, partons; une voiture est en bas qui nous attend.

AMÉLIE. Non, non... il ne faut pas qu'on vous voie rentrer ensemble.

CRÉPONNE. C'est juste! je l'oubliais... Madame pense à tout. (*Elle sort par le fond.*)

—

SCÈNE V.

AMÉLIE, ADÈLE, UN DOMESTIQUE, *entrant par la porte à gauche.*

LE DOMESTIQUE, *à Amélie.* Madame, un monsieur demande à vous parler.

AMÉLIE. Il prend bien son temps, qu'il s'en aille.

LE DOMESTIQUE. Il prétend qu'il n'est que pour un jour à Paris, et qu'il apporte à Madame des lettres et des nouvelles du prince Krimikoff.

AMÉLIE. Ce pauvre prince! il pense encore à moi. Dis à ce monsieur d'attendre, là, dans la pièce qui touche à ce boudoir... Dans un instant je suis à lui... je le recevrai.

LE DOMESTIQUE. Oui, Madame. (*Il sort par la porte à gauche.*)

—

SCÈNE VI.

AMÉLIE, ADÈLE.

ADÈLE. Une seule chose m'inquiète maintenant... Ce sont ces lettres... ce portrait que Rodolphe a entre les mains.

AMÉLIE. C'est ta faute. Je t'ai dit vingt fois de ne pas écrire. Tu en veux toujours faire à ta tête.

ADÈLE. Il n'en a que trois, et il m'a bien promis devant toi de me les renvoyer demain par son valet de chambre...

AMÉLIE. Espérons-le... Allons, va-t'en vite...

ADÈLE, *montrant la porte à gauche.* De ce côté?..

AMÉLIE. Eh! non... Tu serais vue par cet étranger...

ADÈLE. Eh! mais, j'y pense maintenant. Nous sommes là à parler tout haut, et l'on entend de ton petit salon tout ce qui se dit ici.

AMÉLIE. Qu'importe!.. Cet étranger ne sait peut-être pas le français... (*Lui montrant la porte opposée.*) Passe ici à droite, par cet escalier dérobé.

ADÈLE. Adieu encore... (*Elle l'embrasse.*) N'oublie pas d'envoyer mon chapeau, mon mouchoir et ma lettre à madame Longpré...

AMÉLIE. Sois tranquille. Attends donc, je descends avec toi... La porte du bas de l'escalier est fermée, j'en ai la clé... (*Elle prend la clé dans le tiroir de la toilette et sonne; le domestique paraît sortant de la porte à gauche.*) Dites à ce monsieur d'entrer et d'attendre ici, je remonte à l'instant. (*Elle sort par la porte à droite.*)

—

SCÈNE VII.

LE DOMESTIQUE, *puis* VALDÉJA.

LE DOMESTIQUE, *parlant près de la porte à gauche.* Monsieur, Madame dit que vous seriez mieux ici.

VALDÉJA. Je te remercie. (*Le domestique sort.*) Mais je n'étais pas déjà si mal où j'étais! et dès qu'à travers cette lé-

gère cloison j'ai eu reconnu la voix de madame Darcey, j'aurais mérité de ne plus rien entendre de ma vie, si j'avais perdu un mot de leur conversation. Mouravief m'avait bien guidé; ce n'est pas chez son père, c'est ici que l'attelage blanc et noir l'avait conduite. Mais ce Rodolphe dont elles parlaient... quel est-il?.. je le saurai. Et ce chapeau... ce mouchoir... cette lettre à madame Longpré... Rien de clair encore, sinon qu'il y a ici mensonge... trahison... adultère... Mais en ce moment ce sont des preuves qu'il me faut... et en voici qui m'arrivent.

—

SCÈNE VIII.

VALDÉJA, AMÉLIE, *rentrant par la porte à droite, et tenant le chapeau et le mouchoir d'Adèle.*

AMÉLIE. Elle est partie, mettons de ce côté son chapeau. Ah! sa lettre, j'allais l'oublier. (*Elle la tire de sa ceinture.*) Là, dans le coin de ce mouchoir pour qu'elle ne s'égare pas.

VALDÉJA, *à part.* Cette lettre passera par mes mains. (*Il salue Amélie qui lui rend une révérence.*)

AMÉLIE. Mille pardons, Monsieur, de vous avoir fait attendre...

VALDÉJA. C'est moi qui suis indiscret, sans doute... mais j'arrive de Saint-Pétersbourg, et chargé par le prince Krimikoff d'une lettre...

AMÉLIE. Pour moi?

VALDÉJA. Non, pour M. de Laferrier, votre mari.

AMÉLIE. C'est donc une lettre d'affaires?

VALDÉJA. Je le présume.

AMÉLIE. Mon mari est absent en ce moment; mais voici l'heure du dîner, et il ne peut tarder à rentrer.

VALDÉJA, *à part.* Ah! diable... alors dépêchons-nous... (*Après avoir réfléchi.*) Ah! bien.

AMÉLIE. Veuillez prendre la peine de vous asseoir.

VALDÉJA. Je vous suis obligé. (*Ils s'asseyent. Valdéja cherche la lettre dans son portefeuille.*)

AMÉLIE, *à part, le regardant.* Celui-là, par exemple, a bien l'air moscovite... (*Voyant les lettres qu'il tire de son portefeuille.*) Ah! mon Dieu! que de lettres!

VALDÉJA. Je suis chargé de les remettre ici, à Paris, commission d'autant plus difficile, que j'ai quelques noms sans adresse. M. Laffitte, banquier, tout uniment.

AMÉLIE. Tout le monde vous l'enseignera.

VALDÉJA, *prenant une autre lettre.* M. Lavareune, pas d'autre renseignement.

AMÉLIE. Je ne le connais pas.

VALDÉJA, *montrant une troisième lettre.* M. Rodolphe...

AMÉLIE. M. Rodolphe!.. j'en connais un... rue de Provence, n. 71.

VALDÉJA, *à part.* Je le tiens! (*Haut et négligemment.*) Un peintre en voitures?

AMÉLIE, *riant.* Non, vraiment, un propriétaire, un jeune homme qui est fort bien.

VALDÉJA. Alors ce n'est pas cela; mais n'importe, Madame, je vous remercie de votre bonté, que je ne sais comment reconnaître...

AMÉLIE. En me donnant des nouvelles de M. Krimikoff. Dans quel état l'avez-vous laissé?

VALDÉJA. Fort triste et fort maussade.

AMÉLIE. Changé à ce point! Je l'ai vu ici il y a six ans... il était charmant.

VALDÉJA. Je sais cela; il m'a dit que vous l'aviez trouvé charmant.

AMÉLIE. Il vous a dit...

VALDÉJA. Chut! (*A demi-voix.*) Parce que je sais vos heures intimes avec lui, ce n'est pas une raison pour aller les publier.

AMÉLIE. Monsieur, M. Krimikoff est un fat; je nie positivement...

VALDÉJA. A quoi bon! Parce qu'on arrive du fond de la Russie, nous croyez-vous en dehors de la civilisation? là-bas comme ici, la vie bien entendue n'est qu'un joyeux festin; et de quel droit M. Krimikoff se réserverait-il le privilége d'une ivresse exclusive?

AMÉLIE, *souriant.* Eh! mais, Monsieur, permettez-moi de vous le dire, voilà d'affreux principes.

VALDÉJA. Affreux à avouer, doux à mettre en pratique.

AMÉLIE. Monsieur...

VALDÉJA. Ne le niez pas... je sais tout... car cette lettre que j'ai là... cette lettre n'est point pour votre mari, comme je vous l'ai dit : elle est pour vous, Madame.

AMÉLIE. Vraiment?

VALDÉJA. Mais à votre seul aspect, je me suis repenti de m'en être chargé. Il me semblait cruel de vous apporter de la part d'un autre... des hommages que j'étais tenté de vous rendre, et de vous voir lire devant moi ce que je n'osais vous dire.

AMÉLIE. Y pensez-vous?

VALDÉJA. Voici cette lettre, Madame, la voici; mais par grâce, par pitié, attendez pour l'ouvrir que je me sois éloigné, et que mon absence vous ait livrée tout entière à mon heureux rival.

AMÉLIE, *jetant la lettre sur la table.* Un rival!.. Permettez... Je ne vous cacherai pas que les brillantes qualités de M. Krimikoff m'avaient frappée. Cependant, et sans le piége qu'il m'a tendu, je serais, je l'atteste, restée toujours irréprochable.

VALDÉJA, *avec chaleur.* Irréprochable, dites-vous? Eh bon Dieu! de quel mot vous servez-vous là? qu'est-ce que c'est que vertueuse? et par opposition, qu'est-ce que c'est que coupable? (*Riant.*) Ah! ah! sur mon âme, voilà d'étroites idées, d'anciennes façons bien pauvres, et je croyais la France moins arriérée! Vous arrêter un instant à de pareilles distinctions! Ah! Madame! j'avais d'abord conçu une meilleure idée de vous.

AMÉLIE, *rayonnante.* Mais, Monsieur...

VALDÉJA. Quand on adopte un régime, il faut tâcher qu'il soit bon, et je ne connais qu'un enseignement respectable, c'est celui de nos passions; la nature y est pour tout, la société pour rien... Plaisir, ivresse, délire, voilà des mots auxquels nos cœurs répondent. Vous le savez, vous qui ne pouvez, même en ce moment, contenir vos pensées qui s'allument, (*Il lui prend la main.*) vous dont le pouls s'active, dont l'œil est humide, et qui riez là en silence de tous ces aphorismes de vertu...

AMÉLIE. Monsieur... Monsieur...

VALDÉJA, *serrant son débit.* A quoi bon ces vains scrupules? je vous comprends, je vous suis, je vous devance peut-être.

AMÉLIE. Parlons d'autre chose, je vous prie.

VALDÉJA. Voyez! votre mémoire vous domine, vos souvenirs sont dans votre sang, vous vous rappelez tout ce que vaut dans la vie un instant d'illusion...

AMÉLIE. Laissez-moi!

VALDÉJA. Ce que peut un bras qui serre...

AMÉLIE. Laissez-moi!

VALDÉJA. Un souffle qui renverse...

AMÉLIE. Oh! grâce! grâce!

VALDÉJA, *la prenant par la taille.* Venez!

AMÉLIE, *se dégageant de ses bras.* Écoutez!.. c'est mon mari, voilà sa voiture qui rentre!

VALDÉJA. Et vous quitter ainsi, sans un gage, sans un sou-

venir!.. (*Apercevant le mouchoir qui est resté sur la table.*) Ah! ce mouchoir qui est le vôtre...

AMÉLIE, *voulant le reprendre.* Monsieur...

VALDÉJA, *pressant le mouchoir sur son cœur.* Là, là, sur mon cœur. Il y restera comme votre image.

AMÉLIE. Monsieur, rendez-moi mon mouchoir.

VALDÉJA. Jamais! Adieu, adieu, Madame! (*Il sort.*)

AMÉLIE, *le poursuivant.* Monsieur, mon mouchoir!

FIN DU DEUXIEME ACTE.

———

ACTE TROISIÈME.

PREMIÈRE PARTIE.

Chez Valdéja, dans un hôtel garni.

———

SCÈNE PREMIÈRE.

VALDÉJA, *seul, assis à une table, tenant à la main le mouchoir qu'il a pris chez madame de Laferrer.* Déjà ces preuves!.. Mouravief ne tardera pas à m'en apporter d'autres. Malheureux Ferdinand! que faire?.. quel parti prendre?

———

SCÈNE II.

VALDÉJA, MOURAVIEF.

MOURAVIEF, *entrant.* Excellence...

VALDÉJA. Eh bien! quelle nouvelle?

MOURAVIEF. J'ai réussi.

VALDÉJA. Le portrait et les lettres?

MOURAVIEF. Les voici...

VALDÉJA. C'est bien. Voilà dix louis... Tu t'y es donc pris avec adresse?

MOURAVIEF. Oui, Excellence. Ce matin, à sept heures, j'étais rue de Provence, n° 71. J'ai demandé M. Rodolphe. C'était là.

VALDÉJA, *à part.* Madame de Laferrier avait dit vrai; pour la première fois peut-être. (*Haut.*) A qui as-tu parlé?

MOURAVIEF. A M. Silvestre, son valet de chambre, qui était chez le portier à lire les journaux avant les locataires. Il m'a dit que son maître n'était pas encore levé. J'ai dit : Je repasserai; et, sûr de connaître et sa demeure et son valet de chambre, je me suis établi dans la rue, en face de la porte cochère; j'ai attendu deux heures.

VALDÉJA. C'est bien.

MOURAVIEF. Oui, Excellence, il gelait très-fort.

VALDÉJA. Tu t'es cru à Saint-Pétersbourg; ça t'a fait plaisir.

MOURAVIEF. Non, Excellence, ça m'a fait froid. Enfin est sorti M. Silvestre un mouchoir sur le nez et un paquet à la main; je l'ai suivi.

VALDÉJA. A merveille!

MOURAVIEF. Il s'est dirigé vers la rue du Faubourg-Saint-Honoré, je le suivais toujours.

VALDÉJA. Après?

MOURAVIEF. Il approchait de la maison de M. Darcey lorsque j'ai passé près de lui en le heurtant. Nous nous sommes reconnus, je lui ai dit : Où allez-vous? Ici près, m'a-t-il répondu, porter ce petit paquet; alors j'ai glissé doucement ma jambe entre les siennes, puis la retirant avec force, je l'ai fait tomber tout de son long sur la glace ; dans la chute le paquet lui est échappé, je l'ai ramassé et me suis sauvé.

VALDÉJA. Belle invention ! je te dis d'employer un moyen adroit, et tu emploies un moyen cosaque... on t'a reconnu ?

MOURAVIEF. Oui, Excellence, mais ça m'est égal.

VALDÉJA. Et à moi aussi... laisse-moi. (*Mouravief sort.*)

—

SCÈNE III.

VALDÉJA, *seul, puis* MOURAVIEF.

VALDÉJA. Parcourons maintenant toutes ces lettres. (*Il brise le cachet de l'enveloppe contenant les lettres d'Adèle.*) Le billet de rupture sans doute. (*Il lit.*) « Je vous renvoie « vos lettres ; mais je garderai le silence. Adieu, Rodolphe.» (*Parlant.*) C'est court et d'un homme qui en a assez. Aux épîtres de Madame maintenant. (*Lisant.*) « Mon ami, sans « doute rien n'est plus doux..... » (*Parlant.*) Les fadaises obligées du premier moment. Passons. (*Prenant une seconde lettre.* « On m'a empêchée de sortir, nous ne pourrons nous « voir... » (*Parlant.*) Déclin de la passion. (*Prenant la troi-sième lettre. Lisant.*) « En cédant à tous vos désirs j'aurais « dû prévoir que je serais malheureuse, et que pour prix « de toutes mes faiblesses un jour vous me paieriez d'in-« différence. » (*Parlant.*) Dénoûment obligé ; des lieux communs, rien de plus. Cette femme est bien pauvre ; elle n'a pas même un style à elle, une manière en propre d'être vicieuse. Et voilà celle à qui Darcey est lié pour jamais ; et quand je sais que mon meilleur ami est lâchement trahi..... je ne peux ni ne dois l'avertir de sa trahison ! (*Réfléchissant.*) Oui, il faut malheureusement qu'il ignore à jamais et l'af-front et la vengeance... n'importe, vengeons-le toujours, nous verrons après. Allons trouver ce Rodolphe. (*S'arrêtant.*) Mais si je succombe... si je suis tué..... Darcey continuera donc à être la dupe d'une perfidie que sa loyauté même l'empêche de soupçonner ! Son nom et son honneur seront le jouet du monde ! Non, non ! Moi, mourant, je peux tout dire, je peux lui léguer la vérité ; c'est le dernier devoir d'un ami. (*Il se met à la table et fait un paquet des lettres et du portrait.*) Holà ! Mouravief ! (*Mouravief entre.*) Approche, et écoute bien : si dans deux heures je n'étais pas de retour, tu porterais ce paquet ici à côté chez M. Darcey..... Dans deux heures, tu entends bien ? Pas avant.

MOURAVIEF. Oui, Excellence.

VALDÉJA. Laisse-moi. (*Mouravief sort.*) Me voilà plus tranquille. Maintenant occupons-nous de M. Rodolphe. (*Il ouvre une malle et en tire deux épées et une boîte à pistolets.*) C'est n° 71, a dit madame de Laferrier ; il ne s'attend pas à ma visite, ce cher monsieur.

—

SCÈNE IV.

VALDÉJA, LE DOMESTIQUE *de l'hôtel,* RODOLPHE.

LE DOMESTIQUE, *annonçant.* Monsieur Rodolphe !

VALDÉJA, *à part.* Rodolphe ! pour le coup, c'est d'une force d'impromptu... (*Rodolphe entre, équipé de la même manière que Valdéja; deux épées sous le bras gauche, son chapeau sur sa tête, une boîte a pistolets à la main droite ; Valdéja et lui se trouvent face à face près de la porte et s'examinent long-temps.*)

VALDÉJA. Monsieur, j'allais chez vous.

RODOLPHE. Vous êtes bien honnête ; si je l'avais su, je vous y aurais attendu.

VALDÉJA. Le motif de votre visite, Monsieur ?

RODOLPHE. Le motif de la vôtre ?

VALDÉJA, *lui montrant toutes ses armes.* Ces préparatifs-là l'annoncent suffisamment.

RODOLPHE, *de même.* Et ceux-là donc, qu'en dites-vous ?

VALDÉJA. Je dis que je les vois sans les comprendre.

RODOLPHE. Alors je vais vous conter cela. (*Il dépose ses armes sur la table.*) Allons, faites comme moi, débarrassez-vous du fardeau. (*Valdéja l'imite.*) Vous dites donc que vous ne comprenez pas ?

VALDÉJA. C'est à ce point que je doute si vous êtes vrai-ment le Rodolphe que j'allais chercher.

RODOLPHE. Eh bien ! moi, je suis plus avancé que vous ; je suis convaincu que vous êtes le Valdéja auquel je veux avoir affaire.

VALDÉJA, *étonné.* Ah !

RODOLPHE. Il n'y a rien de surprenant là dedans. Mon do-mestique, qui a vu entrer le vôtre dans cet hôtel, s'est in-formé à qui appartenait ce brutal de Moscovite ; on vous a nommé, et je viens demander au maître raison de l'outrage de son valet. Oui, Monsieur, il s'agit d'abord de me rendre, à l'instant même, le portrait et les lettres enlevés par vio-lence, et de m'accompagner ensuite sur un terrain de votre choix.

VALDÉJA. Les lettres n'existent plus, je ne saurais vous les rendre ; pour le portrait, je le garde, et quant à vous ac-compagner sur un terrain, vous avez pu juger que c'était mon seul désir.

RODOLPHE. A votre tour, m'en direz-vous le pourquoi ?

VALDÉJA. C'est chose juste et facile. Je suis amoureux de madame Darcey, vous avez été son amant, il faut que je vous tue.

RODOLPHE. Comment dites-vous cela ?

VALDÉJA. Je dis qu'il faut que je vous tue, parce que vous avez été son amant ; êtes-vous sourd ?

RODOLPHE. Non, pardieu ! je vous écoute ; vous pouvez vous flatter d'être un peu étonnant, mon cher monsieur.

VALDÉJA. Vous trouvez ?

RODOLPHE. Ah ! vous voulez me tuer parce que... ah ! ça, bien ; mais, et les autres ?

VALDÉJA. Quels autres ?

RODOLPHE. Les autres, les tuerez-vous aussi ?

VALDÉJA. Sans nul doute... si je puis les connaître.

RODOLPHE. Ah ! ça devient une Saint-Barthélemy ! Mais comme il ne me conviendrait en aucune façon qu'on me tournât en ridicule ou qu'on se moquât de moi au café Tortoni, nous allons dresser au préalable un petit protocole énonçant clairement les causes de notre conflit ; car je ne me bats pas pour les femmes, moi.

VALDÉJA. Il me semble cependant...

RODOLPHE. Je vous demande bien pardon ; mettez à la place du portrait et des lettres que vous m'avez subtilisés tout autre objet à moi appartenant, vous me verriez exactement dans les mêmes dispositions, parce que, quand j'en fût le motif, l'insulte aurait été la même. Règle générale, voyez-vous : c'est toujours pour moi que je me bats.

VALDÉJA. Très-bien ! Tenez, il faut que je vous le dise, je regrette de ne pas vous avoir connu dans d'autres circon-stances.

RODOLPHE. Ah !

VALDÉJA. Nous nous serions entendus.

RODOLPHE. Peut-être bien... car, quoique ce soit la pre-mière fois que je vous voie, monsieur Valdéja, je vous con-

A. DEVOUT.   Pauquet

ADÈLE. Vous pouvez dire à M. Darcey, votre ami... — Acte 4, scène 8.

naissais de réputation; madame Darcey n'est pas la seule personne de la famille que vous ayez adorée..... et sa sœur Clarisse...

VALDÉJA, *avec colère.* Monsieur !

RODOLPHE. Il paraît que vous les aimez toutes; moi je n'en aime aucune, ce qui revient exactement au même, et c'est en ce point-là que nous nous ressemblons. Je pourrais donc, au sujet de Clarisse, vous confier un secret...

VALDÉJA, *impérieusement.* Et moi, je vous conseille de ne pas prononcer ce nom devant moi, et de vous taire.

RODOLPHE. Ce serait une raison pour me faire parler; mais comme en parlant je vous rendrais service, je m'en garderai bien, du moins en ce moment. Vous voudriez peut-être, par reconnaissance, différer le combat, et c'est ce que je n'entends pas.

VALDÉJA. Ni moi non plus.... partons.

RODOLPHE, *se mettant à la table.* Un instant; il faut auparavant que je rédige le petit protocole.

VALDÉJA, *avec impatience.* Eh ! Monsieur...

RODOLPHE. Je ne me bats pas sans cela. (*Écrivant.*) « Afin « d'éviter toute interprétation fâcheuse, il est bien entendu

« de la part... » (*Parlant.*) Voulez-vous en être, oui ou non, avant que je passe outre?

VALDÉJA. J'ai mes causes de combat; elles ne sauraient changer, surtout maintenant.

RODOLPHE. Comme il vous plaira. (*Écrivant.*) « De la part « du sieur Rodolphe, que les motifs qui l'ont porté à pro- « voquer en duel le sieur Valdéja ne sont autres qu'une « belle et bonne injure personnelle reçue de ce dernier di- « rectement; qu'en conséquence les femmes n'y sont pour « rien. » (*Parlant.*) Signez-moi cela et approuvez l'écriture.

VALDÉJA, *avec ironie.* Du moins, Monsieur, et pour qu'on vous croie, mettez en tête que ce n'est pas une plaisanterie.

RODOLPHE. La rédaction l'indique suffisamment; mon caractère bien connu fera le reste.

VALDÉJA, *riant.* Ah ! ah !... (*Il signe.*) Tenez...

RODOLPHE. Maintenant, marchons.

VALDÉJA. Marchons...

RODOLPHE, *en montrant les épées.* Emportons-nous toute cette ferraille?

VALDÉJA. Comment nous battrons-nous?

RODOLPHE, *avec insouciance.* Comme il vous plaira.

ADÈLE. C'est bien aimable à toi de ne pas m'abandonner. — Acte 1er, scène 4.

VALDÉJA. A la rigueur, j'aurais le choix des armes, je vous le laisse.

RODOLPHE. J'ai un faible pour le pistolet... Je suis plus fort à l'épée, cependant; mais au pistolet la besogne est moins fatigante.

VALDÉJA. Le pistolet, soit.

RODOLPHE. Chacun les nôtres?

VALDÉJA. J'y consens.

RODOLPHE, *lui et Valdéja ont pris chacun leur boîte.* Dites-moi donc, nous avons l'air de bijoutiers courant la pratique.

VALDÉJA. Pourquoi non? La mort est un chaland tout comme un autre, et nos âmes, dit-on, sont des joyaux divins.

RODOLPHE. Vieilles idées sans base et sans soutien.

VALDÉJA. Pour l'un des deux, Rodolphe, le doute aura cessé d'exister aujourd'hui!

RODOLPHE. Va comme il est dit! (*Ils sortent.*)

—————

DEUXIÈME PARTIE

Un salon dans la maison d'Évrard.

—

SCÈNE PREMIÈRE.

ÉVRARD, CLARISSE, ALBERT MELVILLE.

CLARISSE, *à Évrard.* Eh bien! mon père, vous voyez qu'il n'y a plus d'inquiétude à avoir. Voilà votre crédit plus solide que jamais, et l'estime publique n'a pas cessé un instant de vous environner.

ÉVRARD. A qui le dois-je? au meilleur des hommes; à mon gendre, à mon fils... car un fils n'aurait pas fait davantage. Vous saurez (et cela vous regarde, mon cher Melville), qu'il n'a voulu rien diminuer de la dot de Clarisse. Elle aura toujours cent mille francs en mariage.

ALBERT. Je vous prie de croire, mon cher oncle, que ma cousine, n'eût-elle rien, je la préférerais encore à toute autre femme; car je ne l'ai pas quittée depuis son enfance. Je sais quel trésor de sagesse et de vertu je trouverai en elle. Et alors peu importe sa dot; ma place et mon travail suffiront toujours à nous faire vivre honorablement. Mais c'est dans un mois à peu près que ce mariage doit avoir lieu ; et, avant d'en fixer le jour, il est une chose dont je voudrais vous parler.

ÉVRARD. Qu'est-ce donc?

ALBERT. Je n'ose pas, tant que Clarisse est là.

CLARISSE. Moi, mon cousin?

ALBERT. Et cependant, je le sens, c'est devant elle que je dois vous avouer ce qui cause mes craintes et trouble mon bonheur.

CLARISSE. Eh! mon Dieu, Albert, qu'y a-t-il?

ALBERT. Je le dirai franchement : je vous aime, ma cousine, je vous aime d'amour, je n'ai jamais aimé que vous; et il me semble que cette tendresse, si vive et si brûlante, n'est pas partagée.

ÉVRARD. Y penses-tu?

ALBERT, vivement, à Évrard. Je connais sa bonté, sa douceur, son amitié... Elle est parfaite avec moi comme avec tout le monde; cela ne peut pas être autrement... Mais enfin, elle ne m'aime pas comme je l'aime; je le crains, du moins.

ÉVRARD. Et c'est là ce qui t'inquiète?

ALBERT. Oui, mon oncle.

ÉVRARD. Eh bien! tu te trompes, et tu n'as pas le sens commun.

ALBERT. Qu'elle le dise, et je la croirai. Oui, Clarisse, je m'en rapporte à vous maintenant comme toujours; j'en appelle à votre cœur, à votre franchise... m'aimez-vous?

CLARISSE. Mais oui... mon cousin.

ALBERT. M'aimez-vous d'amour?

CLARISSE. Non, mon cousin.

ALBERT, à Évrard. Quand je vous le disais!

ÉVRARD. Et comment veux-tu qu'une jeune fille te réponde autrement?

CLARISSE. Vous m'avez demandé de la franchise, Albert, et au risque de vous faire de la peine, je ne devais pas vous tromper. Je vous aime comme mon ami, comme mon frère, comme l'homme que j'estime le plus au monde, et à qui je confierai sans crainte mon avenir et mon bonheur... Ce que vous me demandez viendra sans doute, je le désire, je l'espère; je n'en veux pour garants que vos bonnes qualités et votre amour... Mais, quoi qu'il arrive, vous aurez en moi une amie sincère, une épouse dévouée... et une honnête femme. Cela peut-il vous suffire? voilà ma main. Je vous la donne devant mon père et devant Dieu, qui entend mes serments.

ALBERT, lui prenant la main. Ah! je suis trop heureux encore! j'étais un fou, un insensé...

ÉVRARD. Non, tu étais amoureux, ce qui revient exactement au même. Ne parlons plus de cela, et ne songeons qu'à notre réunion d'aujourd'hui, dont je me fais une fête... une petite soirée de famille. Il y a si longtemps que nous ne nous étions trouvés tous ensemble. M. et madame Dusseuil viendront.

CLARISSE. Nous aurons mon oncle et ma tante! Tant mieux!

ÉVRARD. Et puis ma fille Adèle que je ne vois presque jamais. Elle me néglige...

CLARISSE. Non, mon père, car la voilà.

SCÈNE II.

LES PRÉCÉDENTS, ADÈLE, puis M. ET MADAME
DUSSEUIL.

ADÈLE. Bonjour, mon père.

ÉVRARD, l'embrassant. Bonjour, mon enfant... Et ton mari, où est-il donc?

ADÈLE. M. Darcey? je n'en sais rien, mais il viendra probablement.

ÉVRARD. Est-ce qu'il ne te l'a pas promis?

ADÈLE. Il ne m'a rien promis... Je ne l'ai pas vu depuis ce matin. (A madame Dusseuil, qui entre avec son mari.) Bonjour, ma tante... Vous avez un chapeau qui vous va à merveille... Vous n'avez que vingt ans.. Ce que c'est que d'avoir pris ma marchande de modes.

MADAME DUSSEUIL. Je t'en remercie tous les jours, ma chère enfant.

ADÈLE. N'est-il pas vrai! Je vous donnerai aussi ma lingère, madame Payan, rue Montmartre. Tout ce qu'elle fait est délicieux; c'est aérien. On a du génie maintenant.

M. DUSSEUIL. Oui, mais le génie coûte cher.

ADÈLE. Pour vous, mon oncle, un grave magistrat... Mais qu'est-ce qui coûte bon marché maintenant? rien! pas même la justice... quoique vous la donniez gratis.

ÉVRARD. Tu seras donc toujours futile et légère?

MADAME DUSSEUIL. Elle a raison, c'est de son âge.

ADÈLE. C'est ce qui vous trompe; je deviens la raison même. On se forme en trois ans de ménage; et dès que ma sœur sera mariée, je me charge de lui donner des conseils... dont elle se trouvera bien, et son mari aussi... Vous verrez, mon cher cousin.

ALBERT. Je tâcherai, ma cousine, qu'elle ait un aussi bon mari que le vôtre, si toutefois cela est possible.

ÉVRARD. Non, sans doute! car après ce qu'il a fait pour nous...

ADÈLE. Et quoi donc?

ÉVRARD. Comment! tu l'ignores?

ADÈLE. A moins de deviner...

ÉVRARD. Il nous a sauvés tous de la ruine et du déshonneur.

ADÈLE, froidement. Vraiment? c'est très-bien à lui.

ÉVRARD. Et tu reçois ainsi une pareille nouvelle?

CLARISSE. Tu ne le bénis pas?

ALBERT. Vous n'êtes pas fière de lui et de porter son nom?

ADÈLE. Eh! mon Dieu, quel feu! quel enthousiasme! Croyez-vous donc que je ne sois pas de votre avis? J'ai commencé par vous dire que c'était très-bien... que je l'approuvais; mais, après tout, c'est tout naturel. Darcey n'est-il pas votre gendre? A qui donc appartient-il de secourir un beau-père, si ce n'est à un gendre?

ÉVRARD. A un gendre heureux, rien de mieux; mais...

ADÈLE. C'est aussi ce que je pense; et ce qu'il a fait pour vous prouve qu'il s'estime heureux dans son ménage, et c'est ce bonheur-là dont il vous remercie.

ÉVRARD. Lui, du bonheur!.. avec toi?

ADÈLE. Mon Dieu! j'entends chaque jour des hommages et des regrets qui l'attestent hautement; et si j'étais comme ma sœur, si j'étais demoiselle, vous recevriez vingt demandes pour une. Je m'en rapporte à mon mari lui-même; s'il était ici, il ne défendrait contre les injustices de ma famille.

CLARISSE. Tiens, le voici...

MADAME DUSSEUIL. Tu n'as qu'à désirer, tout t'arrive à souhait.

—

SCÈNE III.

LES PRÉCÉDENTS, DARCEY, pâle et contraint.

(Clarisse et Albert ont été au-devant de lui.)

ALBERT, l'amenant par la main. Venez, Monsieur, venez, vous êtes pour moi plus qu'un homme.

DUSSEUIL. Mon ami, votre conduite est un bel exemple. Je suis fier d'avoir un neveu comme vous.

MADAME DUSSEUIL. Vous êtes un ange, monsieur Darcey, vous êtes un ange!

CLARISSE. Mon bon frère!

ÉVRARD. A son bienfaiteur, une famille reconnaissante.

ADÈLE. C'est moi qui suis la plus endettée de tous, mon cher Ferdinand; des paroles peindraient mal ce que j'éprouve.

DARCEY. Tu me réserves des faits?

ADÈLE. Ils prouvent mieux.

DARCEY. Bonne Adèle!

CLARISSE. Le thé est servi.

ÉVRARD. Veuillez vous approcher de la table.

ADÈLE. Mais qu'es-tu devenu toute la journée, mon ami? je t'ai à peine entrevu. Sais-tu que c'est fort mal.

DARCEY. Une affaire importante qui m'occupe...

ADÈLE, s'asseyant. Oublie-la dans ce moment, je te le conseille. (Ils sont tous assis.)

ÉVRARD. Nous voilà donc réunis! et quel plaisir j'éprouve à vous voir tous autour de moi! (A Darcey.) Et votre ami Valdéja, vous m'aviez promis de nous l'amener.

DARCEY. Je suis passé chez lui pour le prendre: il n'y était pas... mais il m'a écrit.

ADÈLE. C'est très-heureux; grâce à son absence, tu auras du moins un jour de congé; car il ne te quitte pas plus que tes pensées, et lorsqu'il n'est pas là, il te domine encore; il est facile de s'en apercevoir à ton air rêveur.

ALBERT. Serait-il vrai?

DARCEY. Du tout, c'est un autre ami que lui qui m'occupe en ce moment.

ADÈLE. C'est là cette affaire si importante dont tu nous parlais?

DARCEY. Oui, je médite sur la position de cet ami, afin de lui donner un conseil.

MADAME DUSSEUIL. Quelle est donc sa position?

DARCEY. Celle d'un mari trompé.

TOUS, excepté Adèle et Darcey. Ah!

DARCEY. Et puisque nous voilà tous réunis, je vais consulter à ce sujet les membres de la famille; leur avis sera le mien. Je ne saurais mieux faire.

ADÈLE. C'est insupportable! et devant ma sœur...

MADAME DUSSEUIL. Nous écoutons, Ferdinand.

DARCEY. Il y aura du scandale, peut-être!

MADAME DUSSEUIL. Ah! ah!

DUSSEUIL. Du scandale?

DARCEY. Mais avec le scandale on fait justice du vice.

ADÈLE. Moi j'ai presque envie de m'en aller.

DARCEY. Te voilà devenue bien susceptible.

ADÈLE. Je ne comprends pas qu'on s'occupe...

DARCEY. Laisse-moi continuer, tu comprendras après. Cet ami avait épousé sa femme de passion; elle était loin d'y répondre, il le sentait: ce fut une cruelle déception pour lui, et bien lui prit d'avoir reçu de la nature une âme forte, car il aurait succombé.

ADÈLE. C'est M. de Nelles, je parie.

DARCEY. Quoi qu'il en soit, il ne se découragea pas. Elle était jeune; il espérait que le temps et ses soins modifieraient un semblable état de choses. Il ne se trompa point; il se fit effectivement de grands changements dans les manières de sa femme: jusque-là elle avait été sage et querelleuse, de ce jour elle devint aimable et criminelle.

TOUS. Ah!

DARCEY. Un si constant amour n'a produit que d'infâmes trahisons.

ADÈLE. Je sais qui; c'est madame de Servières.

DARCEY. Il en eut les preuves.

ALBERT, avec feu. Alors que fit-il?

DARCEY. Rien, il ne devint pas fou.

MADAME DUSSEUIL. Mais les noms? Vous ne nous avez pas dit les noms.

DUSSEUIL. Cela me paraît parfaitement inutile, madame Dusseuil, à moins que le mari n'ait l'intention d'intenter à sa femme une action judiciaire.

ADÈLE. Ce récit est vraiment pénible.

DARCEY. Ce qui l'arrête, c'est l'inflexibilité de son caractère. Lorsqu'il aura pris une détermination, elle sera éternelle; et il craint d'en finir, car mille idées fougueuses se disputent sa tête, car il est indigné.

ÉVRARD. On le serait à moins.

DARCEY. Je crois donc qu'on ne saurait trop peser les choses. Je vais recueillir les avis. Les plus jeunes d'abord et les sages ensuite. Voyons, Clarisse, si vous étiez à sa place, que feriez-vous?

CLARISSE. Je pardonnerais, mon frère, dans l'espoir d'obtenir, par le repentir, ce qu'un autre sentiment n'aurait pas eu assez de force pour faire naître.

DARCEY. Et vous, Albert?

ALBERT. Moi? je la tuerais.

M. ET MADAME DUSSEUIL. Ah!

ADÈLE. C'est affreux!

DUSSEUIL. Doucement, mon ami, la loi te punirait.

DARCEY. Et vous, mon père?

CLARISSE, l'interrompant. Mais, mon frère, c'est au tour de ma sœur.

ADÈLE. Pour rien au monde je ne voudrais me mêler d'une aussi sotte affaire.

DARCEY, à Évrard. Vous dites?..

ÉVRARD. Aïe! aïe! ma foi, à sa place, je la mènerais à ses parents; je les ferais juges entre elle et moi; je leur dirais: La voilà. Le mauvais germe a étouffé le bon; il a porté ses fruits: ils sont mûrs, récoltez. Et je la leur laisserais.

DARCEY, se levant. Eh bien! c'est vous qui l'avez jugée! (Tous se lèvent.)

ADÈLE, avec anxiété. Mais qui donc?

DARCEY, avec chaleur. Je ne la tuerai pas, je ne la traînerai pas sur les bancs d'un tribunal; mais je vous la rendrai, mon père, car cet homme, c'est moi; cette femme, c'est votre fille.

ADÈLE. Ah!

ÉVRARD. Adèle!

ALBERT. Ma sœur!

ADÈLE. Ce n'est pas vrai.

ÉVRARD. Adèle vous a trahi?

ADÈLE. Je ne suis pas coupable.

MADAME DUSSEUIL, à Darcey. Mon cher ami, êtes-vous certain de ce que vous avancez là?

DARCEY. Oui, ma tante.

ADÈLE. Il ne m'aime plus; c'est un prétexte...

DARCEY. Et Rodolphe, l'avez-vous oublié depuis hier!

ADÈLE. Qui, Rodolphe!

DARCEY. Rodolphe, votre amant?

ADÈLE. Je... ne connais point de Rodolphe.

DARCEY. Vous ne connaissez pas de Rodolphe?

ADÈLE. Non.

DARCEY, lui mettant ses lettres sous le nez. Lisez donc, lisez. (A Évrard.) Voilà les pièces au procès; ces lettres, ce sont les siennes! (Adèle pousse un cri et tombe sur un fauteuil.)

CLARISSE. Mon frère, vous avez eu tant de pitié de nous, serez-vous inexorable pour elle seule?

DARCEY. Clarisse, vous avez seize ans! Adieu! justice est faite... Maintenant je vais me venger, car il y a sur terre un homme de trop dans le monde, et il faut que lui ou moi...

SCÈNE IV.

LES PRÉCÉDENTS, VALDÉJA.

VALDÉJA, *arrêtant Darcey.* Où vas-tu ?

DARCEY. Trouver Rodolphe.

VALDÉJA. Auparavant, un mot... un seul mot... (*A Clarisse.*) Mademoiselle Clarisse connaissait-elle ce Rodolphe ?

CLARISSE, *vivement, étonnée.* Moi, Monsieur ?

ALBERT, *avec chaleur.* Une telle question...

VALDÉJA. C'est que tout à l'heure il m'a dit en me serrant la main : Apprenez un danger... une trahison... dont Clarisse serait victime...

ALBERT. Achevez...

VALDÉJA. Il n'a pu en dire davantage.

ALBERT. Et pourquoi ?

VALDÉJA, *d'un air sombre.* Il était mort !

TOUS. Ah !

DARCEY. Mort !.. qui l'a frappé ?

VALDÉJA. Moi.

DARCEY. Ton zèle t'emporte loin quelquefois, Valdéja.

VALDÉJA. Zèle, destin ou devoir, n'importe... Maintenant partons.

DARCEY. Oui, je te suis.

TOUS, *cherchant à le retenir.*

Mon ami,
Mon neveu, } grâce, grâce pour elle !
Mon frère,

DARCEY, *avec force et dignité.* Jamais !.. A compter de ce jour je ne la connais plus !

FIN DU TROISIÈME ACTE.

ACTE QUATRIÈME.

PREMIÈRE PARTIE.

Chez Adèle : intérieur modeste.

SCÈNE PREMIÈRE.

ADÈLE, *seule, essayant de faire une lettre.* Écrire à mon mari ! Affreuse nécessité ! Ah ! qui me paiera toutes ces humiliations ! moi en être réduite à implorer... Oh ! non... non... cela ne se peut pas. (*Elle jette sa plume, et puis regardant son ameublement.*) Après ceci cependant ce sera la misère !.. la misère !.. allons, allons, écrivons.

SCÈNE II.

ADÈLE, AMÉLIE ET SOPHIE.

ADÈLE, *les voyant entrer.* Sophie !.. Amélie !..

AMÉLIE. Eh ! oui... tu vois que tout le monde ne t'abandonne pas.

SOPHIE. Et que nous te sommes fidèles dans le malheur... il y a si longtemps que je veux venir te voir... mais j'ai eu trois bals cette semaine.

AMÉLIE. Et moi donc ? du monde tous les jours.

ADÈLE. Vous recevez... vous allez au bal... vous êtes bien heureuses.

SOPHIE. Mais toi, pourquoi cet air plus soucieux encore qu'à l'ordinaire ?

ADÈLE. On le serait à moins : ma sœur me quitte à l'instant, elle veut que j'écrive à mon mari.

AMÉLIE. A ton mari ?

SOPHIE. Tu deviens absurde !

ADÈLE. Pourquoi donc ?

SOPHIE. Comment, pourquoi ? mais ne vois-tu pas que Clarisse n'est venue ici que de sa part ; c'est ton mari lui-même qui l'envoie : il est plus impatient que toi de te revoir, car il t'aime et tu ne l'aimes pas.

AMÉLIE. Il est désolé de l'éclat qu'il a fait.

SOPHIE. Et ne demande qu'un prétexte pour se raccommoder.

ADÈLE. Oui ! oui !.. c'est possible... Si cependant vous alliez vous tromper, que deviendrais-je? car enfin vous en parlez bien à votre aise toutes deux ; vos maris sont riches et ne voient rien que vos mémoires qu'ils ont la bonté d'acquitter; mais moi, à qui il ne reste rien de mes splendeurs passées... rien que le goût de dépenses... ces habitudes de luxe auxquelles on ne peut renoncer, et qui sont devenues pour moi comme une seconde nature... que ferais-je ?

AMÉLIE. Es-tu bonne de t'inquiéter ainsi, et de penser à l'avenir !.. Tu n'as que de beaux jours à espérer, que des plaisirs, du bonheur en perspective...

ADÈLE. Et comment cela ?

SCÈNE III.

LES PRÉCÉDENTS, CRÉPONNE.

CRÉPONNE. Madame ! c'est le domestique de ce banquier, qui apporte une lettre.

ADÈLE. M. Rialto ?.. mais c'est une persécution !

AMÉLIE. M. Rialto ! ce capitaliste étranger ?

SOPHIE. Dont les écus ont une réputation d'esprit européenne ?

ADÈLE, *riant.* Lui-même.

AMÉLIE. Et tu lui fais faire antichambre ?

ADÈLE. Il est affreux !.. et il m'ennuie à périr.

AMÉLIE. Tu fais bien alors de ne pas le recevoir.

SOPHIE. Mais du moins tu peux le lire... cela nous amusera.

ADÈLE. Je ne demande pas mieux... et sous ce rapport-là son épître arrive à point. (*Lisant.*) « Ma belle dame... je ne « dirai pas que je vous aime ; ce serait répéter ce que tout « le monde dit, et j'aurais l'air d'un écho... » (*Parlant.*) C'est joli !

AMÉLIE. Très-joli.

SOPHIE. Mais oui, pas mal pour un madrigal à la financière.

ADÈLE, *lisant.* « J'aurais l'air d'un écho, et ce n'est pas « avec des phrases que je voudrais payer le mien. » (*S'arrêtant.*) Payer le sien ?

AMÉLIE, *riant.* Son écot.

SOPHIE, *riant.* Celui-là est admirable !.. continue, de grâce.

ADÈLE, *lisant.* « Ce n'est pas avec des phrases que je vou- « drais payer le mien... c'est par des attentions et des ser- « vices réels. J'apprends à l'instant que M. Albert Melville, « votre cousin, qui était sur le point d'épouser votre sœur, « vient de perdre sa place au ministère des finances, ce qui « va, dit-on, faire manquer son mariage... »

SOPHIE, *vivement.* Manquer son mariage! y pense-t-il? Que deviendrait notre vengeance? que deviendrait Valdéja? Il faut que ce mariage s'achève pour qu'il sache... oui..... alors seulement je lui dirai tout.

AMÉLIE ET ADÈLE. Explique-toi...

SOPHIE. Plus tard... Achève ce billet.

ADÈLE, *continuant.* « Vous saurez qu'au ministère des fi- « nances on n'aura rien à me refuser tant qu'il y aura des

« emprunts à faire, et que j'aurai de l'argent à donner. Eh
« bien! ma belle dame, dans une demi-heure votre cousin
« sera réintégré dans sa place, et dans une heure son ma-
« riage aura lieu. Pour cela je ne vous demande qu'un mot,
« un seul mot, qui me permette d'espérer et me donne le
« droit de mettre à vos pieds mes hommages et ma fortune.
« Pour mon cœur, vous savez qu'il y est et depuis longtemps.
« *Signé* RIALTO. » (*Parlant.*) Quelle extravagance !

AMÉLIE. Une extravagance?

ADÈLE. Eh! oui, sans doute, à laquelle il n'y a pas même
de réponse à faire.

SOPHIE. Tu aurais donc un bien mauvais cœur? quand il
y a du bonheur de ta sœur, de son mariage?

AMÉLIE. De la fortune et de l'avenir d'Albert, ton cousin.

SOPHIE. Et mieux encore, de la réussite de nos projets, de
la certitude de notre vengeance contre ce Valdéja.

AMÉLIE. Et tu pourrais hésiter?

ADÈLE. Permettez donc... vous n'avez pas lu...

AMÉLIE. Qu'il t'offre ses hommages? où est le mal? tu
n'es pas la première à qui il les ait adressés!

SOPHIE. Bien d'autres grandes dames te les envieraient et
te les disputeraient.

AMÉLIE. Et cependant ne seraient pas dans la même position que toi, car c'est à la fois une bonne affaire.

SOPHIE. Une vengeance...

AMÉLIE. Et une bonne action.

SOPHIE. Donne, donne.

ADÈLE. Que veux-tu faire?

SOPHIE. Deux mots seulement. (*Elle va écrire.*)

ADÈLE. Je m'y oppose.

SOPHIE. Aussi, ce n'est pas toi qui écris, c'est moi. Tiens,
Créponne, porte cette lettre au domestique; qu'elle soit remise à l'instant, il n'y a pas de temps à perdre.

ADÈLE. Mais, encore une fois, je veux savoir... Dieu! que
vois-je?

—

SCÈNE IV.

LES PRÉCÉDENTS, VALDÉJA, *paraissant à la porte du fond.*

(*Les trois femmes s'arrêtent étonnées.*)

TOUTES TROIS. Valdéja!

VALDÉJA *s'incline et salue, puis les regarde attentivement.*
D'où vient donc, Mesdames, le trouble où vous jette ma
présence? Aurais-je, par hasard, dérangé quelques combinaisons nouvelles?

SOPHIE. Non, Monsieur, rassurez-vous.

VALDÉJA. En effet, à votre joie mal déguisée, à votre physionomie radieuse, je vois que je n'ai rien empêché.

SOPHIE, *ironiquement.* Pourquoi ne supposez-vous pas
que cette joie nous vient de votre présence, Monsieur?

AMÉLIE, *avec ironie.* Et du plaisir que nous avons à vous
voir?

VALDÉJA, *froidement.* J'en doute, on n'aime guère l'aspect
d'un ennemi et d'un ennemi vainqueur.

ADÈLE, *avec fierté.* Est-ce pour me braver, Monsieur, que
vous êtes venu chez moi?

VALDÉJA. Non, Madame, un tout autre motif m'y amène,
et c'est au nom de M. Darcey que je viens vous parler.

ADÈLE. Au nom de mon mari!

AMÉLIE, *bas, et avec joie.* (Quand je le disais!)

ADÈLE. Que me veut-il?

VALDÉJA. C'est à vous seule que je puis le dire.

AMÉLIE. Nous renvoyer de chez toi; le souffriras-tu?

VALDÉJA. Je viens pour éloigner le mal.

SOPHIE. Et vous restez avec elle?

AMÉLIE, *riant.* Ah! Monsieur croit se venger en nous pri-
vant de l'entendre; mais cette vengeance-là ressemble à une
grâce.

SOPHIE. Moi... je serai moins généreuse et bientôt, je l'espère, il nous entendra; je l'y forcerai bien.

VALDÉJA. Quand donc?

SOPHIE. Le jour, et il n'est pas éloigné, où je vous apporterai des paroles qui vous frapperont à mort.

VALDÉJA, *lui tendant la main.* Soit. Touchez là, et maintenant que c'est une affaire convenue et que nous sommes gens
à nous tenir parole...

SOPHIE. Sans adieu! sans adieu! (*Elle sort avec Amélie.*)

—

SCÈNE V.

VALDÉJA, ADÈLE.

ADÈLE. Qu'avez-vous à me dire, Monsieur, et quelles sont
les propositions de M. Darcey?

VALDÉJA. Ces propositions, si vous voulez bien leur donner
ce nom, sont tout ce qu'il y a de plus simple au monde.

ADÈLE. Mon mari se repent donc enfin du traitement affreux qu'il m'a fait endurer?

VALDÉJA. Pas précisément, Madame, (*Adèle le regarde.*)
pas précisément.

ADÈLE. Monsieur, j'ai des droits que la volonté de M. Darcey ne suffit pas seule pour détruire.

VALDÉJA. Des droits! vous n'en avez aucun. Il vous a épou-
sée sans dot; votre contrat de mariage ne vous assurait rien
qu'après sa mort. Et grâce au ciel, quels que soient vos désirs à cet égard, vous n'avez rien encore à réclamer. Cependant, au milieu de l'oubli où il est pour vous, une
femme, c'était votre sœur, est venue tout à l'heure prononcer votre nom. Elle a prié, elle a supplié, elle a peint
avec les traits de son âme les angoisses de votre abandon.
Une démarche de vous, et peut-être... vous ne l'avez pas
faite. Néanmoins Ferdinand s'est ému, son cœur a parlé.

ADÈLE, *vivement.* Son cœur a parlé?

VALDÉJA. Son cœur, ouvert à toutes les infortunes, même
aux infortunes méritées, n'a pu résister aux instances de
celle qui plaidait pour vous. Il vous a fait une pension, en
voici le contrat.

ADÈLE, *avec dédain.* Une pension?

VALDÉJA. Tout autre que moi aurait été chargé de vous en
remettre le titre, mais il était essentiel que vous ne vous
méprissiez pas sur les motifs de la générosité de Ferdinand.
Sachez-le bien, ce n'est pas à Adèle Évrard, ce n'est pas à
madame Darcey, c'est à un être souffrant, inconnu, qu'il
tend la main.

ADÈLE. Inconnu!

VALDÉJA. Prenez-vous le contrat?

ADÈLE, *avec angoisse.* Mais, Monsieur, la manière dont il
m'est offert... (*Valdéja dépose le contrat sur la table.*)

—

SCÈNE VI.

LES PRÉCÉDENTS, SOPHIE.

SOPHIE, *à demi-voix, en entrant.* Il y a de bonnes nouvelles
qui nous arrivent pour le mariage de ta sœur; ne termine
rien avant de les connaître.

ADÈLE. Pardon, Monsieur, daignez-vous attendre un instant ma réponse?

VALDÉJA. Je n'en vois pas la nécessité; j'attendrai néanmoins.

SOPHIE. Et pour payer Monsieur de sa complaisance, c'est moi qui me chargerai de lui tenir compagnie. (*Bas, à Adèle.*) Va vite et reviens.

SCÈNE VII.

VALDÉJA, SOPHIE.

SOPHIE. Eh bien! Monsieur, vous ne me remerciez pas du tête-à-tête que je vous ai ménagé.

VALDÉJA. C'est un bonheur que personne ne révoquera en doute, car trop de gens ont été à même de l'apprécier.

SOPHIE. J'ai vu un temps où vous eussiez été fier de l'obtenir. (*Riant.*) Il est vrai qu'alors je connaissais le chemin de votre cœur.

VALDÉJA. Vous l'avez bien perdu.

SOPHIE. Oh! si je voulais, je saurais bien le retrouver.

VALDÉJA. Vraiment!

SOPHIE. Je n'aurais pour cela qu'un mot à prononcer.

VALDÉJA, *souriant.* Ce serait donc un mot bien terrible!

SOPHIE. Mais non, ce serait tout uniment le nom d'une jeune fille, douce, naïve, charmante; et si je vous disais, Clarisse. (*Valdéja fait un geste.*) Ah! vous le voyez, déjà il me semble que ce nom vous ait fait mal.

VALDÉJA. Oui, dans votre bouche, car du reste, ce nom-là ou tout autre ne saurait m'émouvoir.

SOPHIE, *froidement.* C'est ce que nous verrons, et pour cela je continue. Vous l'avez aimée, et beaucoup; et malgré l'éloignement et l'absence, vous n'avez rêvé pendant trois ans qu'au bonheur de l'épouser. Oh! je sais tout, mes renseignements sont de la dernière exactitude. On s'informe avec tant d'intérêt de tout ce qui concerne un ami!

VALDÉJA. Si c'est à cela que se borne votre science,

SOPHIE. Attendez donc! Ce que personne ne sait, et ce que vous voudriez peut-être ignorer vous-même, c'est que vous l'aimez toujours.

VALDÉJA. Moi!

SOPHIE. Oui, vous ne pouvez la voir sans émotion, vous craignez sa présence; on ne vous rencontre jamais chez son père; et cependant, quoique vous pensiez avoir à vous plaindre d'elle, c'est la seule femme que votre critique sanglante veuille bien épargner. Souvent même, et sans le savoir, vous la défendez, vous dites partout...

VALDÉJA. Qu'elle ne vous ressemble pas, c'est vrai! Si vous appelez cela un éloge...

SOPHIE. Ce matin, quand vous avez appris que son mariage n'aurait pas lieu aujourd'hui, vous n'avez pu retenir votre joie. Dans ce moment encore, elle perce dans tous vos traits et vous rend indifférent à toutes mes attaques; mais patience, j'ai déjà trouvé un endroit sans défense, et j'en trouverai bientôt un autre plus vulnérable encore; car cette femme que vous aimez malgré vous est celle qui a refusé votre main, qui vous a dédaigné, et n'a pas voulu de vous pour mari! Et savez-vous pourquoi?

VALDÉJA. Que m'importe! parce qu'elle ne m'a pas jugé digne d'elle! sans doute, parce qu'elle ne m'aimait pas.

SOPHIE. C'est ce qui vous trompe, elle vous aimait; elle vous aime peut-être même encore.

VALDÉJA, *avec chaleur.* Pourquoi donc, alors?

SOPHIE. Pourquoi? il n'y avait que deux personnes au monde qui auraient pu vous l'apprendre : l'une était Rodolphe, et vous l'avez tué; l'autre personne, c'est moi.

VALDÉJA. Vous! au nom du ciel, parlez!

SOPHIE. Ah! je savais bien que je vous forcerais à m'entendre. Écoutez; entendez-vous le bruit de ces cloches?

VALDÉJA. Quelque cérémonie funèbre, peut-être.

SOPHIE. Oui, vous dites vrai; ils viennent de l'église qui est ici en face. Ces sons religieux m'ont calmée, m'ont adouci; il me semble dans ce moment que je vous hais moins, que mon âme est satisfaite, et quels que soient mes sujets de ressentiment contre vous, je veux bien parler et tout vous dire.

VALDÉJA, *avec joie.* Est-il possible? parlez; mais parlez donc!

SOPHIE. Clarisse vous aimait, et pendant votre absence ne rêvait qu'à vous, ne désirait que votre retour; en un mot, ne voulait que vous pour époux. Vous auriez été trop heureux; ce n'était pas mon compte, et j'ai entrepris de vous brouiller. Je lui ai dit du mal de vous, j'en ai imaginé, et c'est en cela que j'ai eu tort, car il n'y avait pas besoin d'en inventer.

VALDÉJA. Et elle a pu croire vos calomnies!

SOPHIE. Je m'étais arrangée pour cela : dans notre quartier une jeune fille, coupable, égarée, avait été recommandée à ma pitié; une fille du peuple qui ne savait rien, pas même le nom de son séducteur, dont elle se souciait fort peu; je l'assurai de ma protection, à la seule condition de débiter la leçon que je lui avais faite; et lorsque Clarisse, à qui j'en avais parlé, vint lui porter des secours et l'interroger en secret, elle lui raconta que celui qui l'avait trompée et abandonnée était parti pour la Russie, à la suite de l'ambassade, que c'était un nommé Valdéja...

VALDÉJA, *avec fureur.* Misérable!

SOPHIE. Vous le connaissez, et vous devinez maintenant comment dans le cœur de Clarisse le mépris a succédé à l'estime, comment a refusé sa main, et comment en l'aimant toujours elle en épouse un autre.

VALDÉJA. C'est ce que nous verrons, et dès aujourd'hui même, détrompée par moi...

SOPHIE. Rassurez-vous, il n'est plus temps : sans cela croyez-vous que je vous eusse dit la vérité! on ne la dit qu'à ses amis, vous le savez bien. (*Les cloches recommencent à sonner.*) Et tenez, entendez-vous dans la rue ce bruit, ces équipages?

VALDÉJA. Qu'est-ce que cela veut dire?

SCÈNE VIII.

LES PRÉCÉDENTS, AMÉLIE ET ADÈLE.

ADÈLE ET AMÉLIE, *courant à la fenêtre du fond.* Ils sont mariés.

VALDÉJA. Et qui donc?

ADÈLE. Albert Melville et ma sœur qui dans ce moment sortent de l'église.

VALDÉJA. Ah! priez le ciel d'avoir menti.

SOPHIE. Albert avait perdu sa place; elle lui a été rendue par le crédit de M. Rialto, et le mariage a eu lieu aujourd'hui.

VALDÉJA, *à part, la tête dans ses mains.* Clarisse!.. Clarisse appartient à un autre! et quand je pense par quelle trahison!..

ADÈLE, *prenant le contrat sur la table. A Valdéja.* Vous pouvez dire à M. Darcey, votre ami, que je repousse ses offres, (*Déchirant le papier.*) et que voilà le cas que j'en fais. Monsieur Valdéja, vous m'avez enlevé mon mari, moi je vous enlève votre maîtresse; je suis vengée, nous sommes quittes.

VALDÉJA. Non pas, nous ne le serons jamais. Adieu, Adèle, ne vous démentez pas, bientôt vous parviendrez au terme; ce seront alors vos vices eux-mêmes qui me vengeront. (*A madame Marini.*) Et vous, Sophie, (*A Amélie.*) vous, Madame, Dieu vous pardonnera peut-être, mais moi jamais; et entre nous désormais, entre nous ce sera sans merci!

ADÈLE, SOPHIE ET AMÉLIE, *étendant les mains en prêtant serment.* Accepté.

DEUXIÈME PARTIE.

Le théâtre représente un joli jardin; à gauche, un pavillon.

SCÈNE PREMIÈRE.

ADÈLE, *seule, assise et lisant,* puis CRÉPONNE.

ADÈLE. Quel insipide roman!

CRÉPONNE, *entrant en courant.* Madame, Madame! bonne nouvelle! M. Samson, notre propriétaire, a refusé à M. Rialto de lui renouveler le bail de votre appartement, parce qu'il est en marché pour vendre sa maison.

ADÈLE. Vraiment? es-tu bien certaine de ce que tu me dis là?

CRÉPONNE. Très-certaine, je le tiens de la portière. Ma dame, il faudrait tâcher de décider M. Rialto à vous acheter cette maison, parce que s'il venait à mourir ou à changer de manière de voir, elle vous resterait toujours.

ADÈLE. Il y a trois ans qu'il me promet qu'il en sera ainsi.

CRÉPONNE. Il promet beaucoup, M. Rialto; c'est comme ce nouvel équipage...

ADÈLE. Ne m'en parle pas; tous les gens qui ont amassé leur argent à la Bourse sont faits ainsi, ma chère.

CRÉPONNE. Vieux jaloux!

ADÈLE. Ah! pour jaloux, il l'est à en mourir sur la place. Doit-il venir aujourd'hui?

CRÉPONNE. Il m'a dit qu'il viendrait dîner, et s'il découvrait les assiduités de M. Hippolyte. Accueillir ainsi chez vous un tout jeune homme, sans raison, sans expérience... (*Hippolyte entre.*) Ah! le voici; comme il a l'air rêveur.

SCÈNE II.

LES PRÉCÉDENTS, HIPPOLYTE.

HIPPOLYTE, *tenant un bouquet.* Bonjour, ma chère Adèle.

ADÈLE. Ah! arrivez donc, Monsieur, je m'entretenais de vous.

HIPPOLYTE, *en lui remettant le bouquet.* Et moi je pensais à vous; vous le voyez, ma chère Adèle, des fleurs, votre image.

ADÈLE. Mon Dieu! que vous avez l'air grave! on voit bien que d'aujourd'hui vous êtes majeur.

HIPPOLYTE. Créponne, laissez-nous.

CRÉPONNE. Madame, je vais aller jusque chez ma couturière.

ADÈLE. Ne sois pas longtemps dehors.

CRÉPONNE. Il est midi, je serai rentrée dans une heure.

ADÈLE, *avec signes.* Dis à Laurent de se tenir sous le vestibule.

CRÉPONNE. Oui, Madame. (*Elle sort.*)

SCÈNE III.

ADÈLE, HIPPOLYTE.

ADÈLE. Voyons, qu'est-ce qui pèse si fort sur ta gaîté aujourd'hui?

HIPPOLYTE. J'ai quelque chose de si important à te dire.

ADÈLE. Quoi donc?

HIPPOLYTE. Ma chère Adèle, depuis trois mois je suis aimé de toi. Depuis six semaines j'ai formé le projet de devenir ton mari; et je viens te l'annoncer.

ADÈLE, *éclatant de rire.* Ah! ah! ah! ah!

HIPPOLYTE. Et qu'y a-t-il donc là de si risible?

ADÈLE. Je ris, parce que... ah! ah! ah! ah! mais c'est une plaisanterie!

HIPPOLYTE. Une plaisanterie! rien n'est plus sérieux.

ADÈLE, *à part.* A cet âge-là on épouse toujours. (*Haut.*) Ne te fâche pas.

HIPPOLYTE. Je veux t'épouser, vois-tu, parce que je ne vis pas quand je suis loin de toi, et que je ne conçois pas qu'on restreigne volontairement son bonheur à quelques heures craintives et dérobées, alors qu'on peut être réunis et pour toujours!

ADÈLE. Les heures craintives, dis-tu, c'est ce qui fait le charme de notre position.

HIPPOLYTE. Au diable le charme qui fait battre le cœur à coups redoublés! Qu'est-ce que c'est que de te voir une heure en secret, de me faire un masque qui cache à tous les yeux ce que je voudrais que tous les yeux vissent clairement; et puis, ces tourments de l'absence, ces craintes qu'elle fait naître! Je suis jaloux, Adèle, et sans t'offenser je puis bien supposer que d'autres ainsi que moi brûlent du désir de résigner leur liberté entre tes mains; du moins, quand je serai ton mari, ils seront avertis que le cœur auquel ils s'adressent n'est pas libre, et s'ils venaient à élever la voix, je serais là pour les faire taire.

ADÈLE. Mon ami, c'est impossible.

HIPPOLYTE. Impossible! quoi donc, impossible?

ADÈLE. Que nous nous mariions.

HIPPOLYTE. Et pourquoi donc? n'es-tu pas veuve? qui peut nous en empêcher?

ADÈLE. Mille considérations. Tu es trop jeune, tu n'as pas vu le monde.

HIPPOLYTE. Le monde? j'en ai vu ce que j'en voulais voir puisque je t'y ai rencontrée. Et cet âge dont tu fais tant de bruit, je voudrais pouvoir en retrancher une partie afin d'avoir à t'aimer plus longtemps.

ADÈLE. D'accord; mais mon père ne veut pas que je me remarie; irai-je lutter contre sa volonté? et puis d'autres considérations, ta famille à toi... Qu'est-ce que c'est donc que cette rage de mariage?

HIPPOLYTE. D'aujourd'hui je suis majeur; jusqu'ici je dépendais d'un tuteur, d'un brave et honnête homme qui m'a servi de père, et à qui j'étais obligé d'obéir.

ADÈLE, *impatientée.* Ce que vous pouvez faire de mieux, c'est de suivre ses avis.

HIPPOLYTE. Aussi je lui ai confié ce matin mes idées de mariage; grande colère de sa part. Mon ami, lui ai-je dit, vous ne connaissez pas celle que j'aime, voyez-la, consentez à voir madame Demouy, et si après cela vous avez une seule objection à faire, je renonce à mon projet. Il a accepté.

ADÈLE. Est-il possible!

HIPPOLYTE. Et je vous le présenterai aujourd'hui; c'est M. Valdéja.

ADÈLE, *avec saisissement.* Valdéja!

HIPPOLYTE. J'étais bien sûr que vous en aviez entendu parler;

c'est un homme du plus grand mérite; avec ses talents il serait arrivé à tout; mais depuis trois ans il est si triste, si malheureux! je ne sais quelle douleur secrète le tourmente, et c'est grand dommage; car pour ceux qui le connaissent, c'est un bien excellent homme; n'est-il pas vrai?

ADÈLE, *qui a fait tous ses efforts pour se contenir.* Certainement; mais je ne veux ni ne peux le recevoir, et vous allez à l'instant même vous rendre chez lui pour l'empêcher de venir.

HIPPOLYTE. C'est impossible.

ADÈLE. Je le veux.

HIPPOLYTE. Mais, ma chère amie, pense donc...

———

SCÈNE IV.

LES PRÉCÉDENTS, LAURENT.

LAURENT. Madame, Madame, M. Rialto descend de voiture en ce moment.

ADÈLE, *avec effroi.* M. Rialto!.. vous dites, M. Rialto?

LAURENT. Oui, Madame.

ADÈLE. C'est bien, Laurent. *(Il sort.)*

HIPPOLYTE. C'est votre père!

ADÈLE, *hors d'elle-même.* Oui, mon ami. *(A part.)* Mon Dieu, mon Dieu, qui l'aurait attendu ce matin? *(Haut.)* Il faut partir à l'instant; par ici, par la porte de ce pavillon.

HIPPOLYTE, *froidement.* Pourquoi donc?

ADÈLE. Il ne faut pas qu'il vous voie, ou tout serait perdu; éloignez-vous, de grâce.

HIPPOLYTE, *s'asseyant.* Du tout; je veux voir monsieur votre père, moi, j'ai à lui parler.

ADÈLE. Et que lui dire, malheureux?

HIPPOLYTE, *toujours assis.* Cela me regarde; je sais ce que j'ai à faire et je l'attends.

ADÈLE. C'est fait de moi!.. le voici!

HIPPOLYTE. Je vous prie alors de me présenter, et de lui dire qui je suis.

———

SCÈNE V.

LES PRÉCÉDENTS, RIALTO.

RIALTO. Ah! bonjour, bonjour, petite! Je viens te chercher, ma belle; il fait beau temps, il n'y a pas de Bourse aujourd'hui, nous allons faire un tour au bois... *(Apercevant Hippolyte.)* Qu'est-ce que c'est que celui-là?

ADÈLE, *à demi-voix.* Je vais vous le dire. C'est un jeune homme que j'ai vu chez madame de Laferrier, qui vous a rencontré quelquefois avec moi, et pour ma réputation, je lui ai dit, comme nous en sommes convenus, que vous étiez mon père.

RIALTO, *de même.* C'est bien, c'est bien! cela donne une couleur, une nuance... Mais qu'est-ce qu'il vient faire ici?

ADÈLE, *avec embarras.* Je l'ignore, c'est à vous qu'il désire parler.

RIALTO. C'est différent, alors il aurait pu passer à la caisse; je ne m'occupe pas ici de commerce. *(Haut, à Hippolyte.)* Qu'y a-t-il pour votre service, mon cher Monsieur?

HIPPOLYTE. Monsieur, je viens pour un motif qui vous paraîtra fort extraordinaire et qui est pourtant bien simple; j'ai vu plusieurs fois chez madame de Laferrier madame Demouy, votre fille.

RIALTO, *à part.* Nous y voilà!

HIPPOLYTE. Et je viens vous la demander en mariage.

RIALTO, *avec colère.* Eh bien! par exemple...

ADÈLE, *bas, à Rialto.* Modérez-vous, de grâce, je vous jure que j'ignorais... et sa démarche même en est la preuve.

RIALTO. Elle a raison, et le plus court est de s'en amuser, cela m'arrive si rarement! *(Bas, à Adèle.)* Et nous allons rire. Quelle est, Monsieur, votre profession?

HIPPOLYTE. Je n'en ai pas.

RIALTO, *riant aux éclats.* Et vous voulez vous marier afin d'en avoir une, n'est-il pas vrai?

HIPPOLYTE. Oui, Monsieur. *(A part.)* Quelle sotte gaieté! et quelle antipathie j'éprouve pour cet homme! Heureusement, ce n'est pas lui que j'épouse.

RIALTO. Eh bien! mon cher, je vous dirai, comme dans je ne sais quelle comédie des Variétés: touchez là, ma fille n'est pas pour vous.

HIPPOLYTE. Et pour quelle raison, Monsieur?

RIALTO. Pour quelle raison?.. celle-là est jolie!.. il faudrait que de moi-même, et de mon consentement...

ADÈLE. Ménagez-le, au nom du ciel! *(A part.)* Je suis sur les épines.

HIPPOLYTE. A qui puis-je le demander, si ce n'est à vous? c'est vous que cela regarde puisque vous êtes le père.

RIALTO. Si je vous accordais ce que vous me demandez, je ne serais plus son père.

HIPPOLYTE. Si c'est la crainte de vous séparer de votre fille, je ne prétends pas vous en priver.

RIALTO. Vous êtes bien bon.

HIPPOLYTE. Nous demeurerons près de vous, nous habiterons tous ensemble; et si, comme je le crains, des considérations de fortune pouvaient vous arrêter, je vous déclare, Monsieur, que je ne demande rien, que je ne veux rien que sa main et son cœur; j'ai, grâce au ciel, une fortune indépendante. Six mille livres de rente, c'est bien peu sans doute; mais j'en suis maître, je puis en disposer, vous en parlerez avec mon tuteur qui va arriver.

ADÈLE. Grand Dieu!

RIALTO. Il ne manquait plus que cela.

HIPPOLYTE. Il vous dira que je suis Hippolyte Gonzoli, d'une famille honorable et estimée; mon père était militaire, il est mort au champ d'honneur, me recommandant aux soins de M. Valdéja, son ami.

RIALTO. Est-il bavard!

HIPPOLYTE. Et maintenant que vous savez tout, mon bonheur est dans vos mains, et ne me refusez pas, car vous ne savez pas de quoi je suis capable si vous me réduisez au désespoir.

RIALTO. Permettez, cela devient trop fort...

ADÈLE, *effrayée.* Au nom du ciel!

HIPPOLYTE. Prononcez, Monsieur, prononcez!

RIALTO. Écoutez-moi, jeune homme: la Bourse ne me laisse mes après-midi libres que le dimanche ordinairement; vous me permettrez donc de ne pas perdre un temps précieux à écouter vos déclarations... Adèle, va chercher ton chapeau.

HIPPOLYTE. Monsieur, c'est beaucoup plus grave que vous ne pensez.

RIALTO. C'est possible; mais si vous êtes malade du cerveau, je ne suis pas médecin.

ADÈLE. Mon Dieu! laissons là cet entretien.

HIPPOLYTE. Non, Madame, et je forcerai bien monsieur votre père à ne plus me refuser.

RIALTO. C'est ce que nous verrons.

HIPPOLYTE. Un mot suffira; et puisqu'il n'y a pas d'autre moyen, daignez me répondre. Connaissez-vous l'honneur?

RIALTO. Eh bien! oui, je le connais, qu'est-ce que vous en voulez dire?

HIPPOLYTE. Tenez-vous au vôtre, à celui de votre famille?

RIALTO. Sans doute que j'y tiens.

ADÈLE, *à part.* Est-ce qu'il dirait?..

CLARISSE, *se mettant à genoux près d'Adèle.* Ma sœur, ma sœur ! reviens à toi ! — Acte 5, scène 4.

HIPPOLYTE, *emporté.* Arrangez-vous donc alors pour qu'il ne souffre pas des atteintes que je lui ai portées, et tâchez de réparer avec le mari le dommage que l'amant lui a fait.

ADÈLE. Ah !

RIALTO. L'amant ?

ADÈLE. Ne l'écoutez pas.

HIPPOLYTE. L'amant. Depuis trois mois madame Demouy m'appartient !

RIALTO. Ah ! ah ! qu'est-ce que vous me dites là ?

HIPPOLYTE. Ce qui est !

ADÈLE. C'est une horreur.

HIPPOLYTE. La terreur t'égare, ma chère Adèle ; tu es à moi, à moi pour la vie.

ADÈLE. Ce n'est pas vrai !

RIALTO, *avec fureur.* Adèle !

HIPPOLYTE. Et si vous avez un cœur de père...

RIALTO. Eh ! Monsieur, je ne suis pas son père.

HIPPOLYTE. Vous n'êtes pas son père ?

RIALTO. Ni son père, ni son frère, ni son oncle, ni son mari ; comprenez-vous maintenant ?

HIPPOLYTE, *stupéfié.* Ah ! ce n'est pas possible !

RIALTO. Aïe ! aïe ! belle dame, vous m'en faisiez donc en cachette, et mes billets de mille francs comptaient pour deux, à ce qu'il paraît.

ADÈLE. Il n'en est rien, je vous jure.

RIALTO. Ah ! ah ! Et vous, mon brave, vous voulez épouser des femmes qui vivent séparées de leurs maris et que des protecteurs consolent ?

HIPPOLYTE. Oh ! mes rêves !

RIALTO. Sortez d'ici tous les deux !

HIPPOLYTE, *avec fierté et d'un air menaçant.* Est-ce à moi que vous parlez ?

RIALTO, *se ravisant.* Non, Monsieur, non ; vous êtes excusable, vous ; c'est à Madame. (*A Adèle.*) Sortez de chez moi, vous dis-je !

HIPPOLYTE, *avec frénésie.* Mais tu n'étais donc qu'une infâme ! (*Apercevant Valdéja, qui entre.*) Ah ! mon ami, venez à mon secours.

SCÈNE VI.

LES PRÉCÉDENTS, VALDÉJA.

ADÈLE, *se cachant la tête dans ses mains.* Valdéja!

VALDÉJA, *à Hippolyte.* Qu'y a-t-il donc?

HIPPOLYTE. Une trahison, une perfidie.

VALDÉJA, *froidement.* Cela t'étonne?

RIALTO, *à Adèle, avec menace.* Sortez, sortez! Je ne me connais plus!

VALDÉJA, *lui saisissant le bras.* Arrêtez!.. (*Dans ce moment ses yeux rencontrent ceux d'Adèle, il la reconnaît.*) Dieu! Adèle!.. Je vous l'avais bien dit, que vos vices me vengeraient. (*A Hippolyte.*) Viens, mon ami, viens, cela vaut vingt ans d'expérience.

RIALTO. Sortez, Madame, sortez.

ADÈLE, *sortant et jetant un dernier regard de rage sur Valdéja.* Chassée! et devant lui encore!

FIN DU QUATRIÈME ACTE.

ACTE CINQUIÈME.

PREMIÈRE PARTIE.

Une salle basse et de triste apparence; porte au fond, deux latérales.

SCÈNE PREMIÈRE.

SOPHIE, puis ADÈLE.

SOPHIE, *à la cantonade.* Puisqu'elle ne peut pas tarder à rentrer, je l'attendrai... mais ce n'est pas trop beau chez elle. (*Regardant l'appartement.*) Cela ne vaut ni son riche appartement de la rue Saint-Honoré, ni la petite maison de M. Rialto.

ADÈLE, *entrant et parlant à la cantonade.* Il y a quelqu'un qui m'attend, dites-vous? Dieu! si c'était... (*Elle s'avance vers Sophie qu'elle reconnaît, et dit froidement:*) Ah! c'est toi, Sophie!

SOPHIE. Tu me reconnais, toi, c'est heureux; pour moi, je l'avoue, j'aurais eu quelque peine...

ADÈLE. Je suis donc bien changée!

SOPHIE. Tu as l'air souffrant.

ADÈLE. Et toi, depuis trois ans que tu as quitté Paris?..

SOPHIE. J'étais allée en Belgique avec mon mari lorsqu'il est parti pour ce pays-là sans le dire à ses créanciers; car les fournisseurs en sont tous là... se ruiner en entreprises, en spéculations, quand il y a tant d'autres moyens...

ADÈLE. Et il ne lui est rien resté?

SOPHIE. Rien que des dettes; mais moi j'avais encore des espérances: un oncle paralytique, M. de Saint-Brice, qui, veuf et sans enfants, avait une immense fortune; et je suis revenue en France, à Paris, où j'avais appris que, grâce au ciel, il venait de mourir; mais vois l'horreur, j'étais déshéritée.

ADÈLE. Et comment cela?

SOPHIE. Tu ne le devines pas? M. de Saint-Brice, longtemps attaché aux relations étrangères, était lié avec ce Valdéja...

ADÈLE. Je comprends.

SOPHIE. Qui lui a débité sur mon compte je ne sais quelles calomnies, quelles horreurs, et qui a si bien fait qu'il a déterminé M. de Saint-Brice à laisser toute sa fortune à un parent éloigné de sa femme, à M. Albert Melville.

ADÈLE. Mon beau-frère!.. son rival! (*Avec ironie.*) quelle générosité!

SOPHIE. Dis plutôt quelle rage de nuire; car enfin je ne lui avais enlevé que sa maîtresse... on en retrouve toujours! tandis qu'une fortune comme celle-là... Et maintenant, ne sachant quoi devenir, je sollicite un bureau de timbre. Ne pourrais-tu pas m'y aider?

ADÈLE. Je n'ai moi-même nulle protection; mais vois Amélie, madame de Laferrier.

SOPHIE. Elle n'a pas voulu me recevoir.

ADÈLE. Quelle indignité! c'est aussi là que j'en suis; nous ne nous voyons plus depuis ma rupture avec M. Rialto.

SOPHIE. Une rupture! et comment cela?

ADÈLE. Une imprudence à moi! je te raconterai cela. J'ai été bien malheureuse depuis ce temps-là; enfin, parmi ceux qui me faisaient la cour, j'avais daigné remarquer M. Léopold, le fils d'un riche commerçant en vins, qui venait de recueillir la succession de son père.

SOPHIE. Une succession? il est bien heureux, celui-là.

ADÈLE. Elle ne lui a pas duré longtemps; toujours entouré de mauvais sujets tels que lui, il l'a dissipée en moins d'un an, et depuis ce temps, je ne peux te dire à quels projets, à quelle conduite, à quels excès il s'est livré, lui et ses dignes compagnons.

SOPHIE. Et tu ne l'as pas abandonné?

ADÈLE. Je le voudrais... je n'ose pas... il est si violent! il me tuerait. Et puis, sans le vouloir et sans qu'il s'en doute, j'ai découvert des secrets qui me font trembler, et que je n'oserais dire!

SOPHIE. Tu fais bien; mais à moi, ta meilleure amie...

ADÈLE, *baissant la voix.* Dans cette maison où il donne à jouer, des jeunes gens imprudents et sans expérience ont été attirés; ils ont été trompés, dépouillés... Oh! j'en suis certaine, Léopold est capable de tout; et si quelque ami bienfaisant ne vient pas à mon aide, c'est fait de moi; je n'ai plus que ma sœur, je lui ai écrit... mais me répondra-t-elle?..

SCÈNE II.

LES PRÉCÉDENTS, CRÉPONNE.

CRÉPONNE. Madame, Madame, une lettre pour vous.

ADÈLE. Est-il possible?

CRÉPONNE. Et, par bonheur, M. Léopold n'était pas là quand on me l'a remise.

ADÈLE. C'est son écriture!.. c'est de Clarisse. O ma bonne sœur! j'ai toujours dit qu'il n'y avait que toi...

CRÉPONNE. Nous envoie-t-elle de l'argent?

ADÈLE, *qui a décacheté la lettre.* Non... mais c'est égal. Va voir si l'on ne vient pas nous surprendre. (*Créponne sort. A Sophie.*) Tiens, tu... moi, ma main tremble et je ne vois pas, tant je suis émue.

SOPHIE, *lisant.* « Ma chère sœur, en recevant ta lettre, « j'aurais voulu sur-le-champ courir auprès de toi; mais je « ne suis pas maîtresse, je ne suis pas libre d'écouter tous « les mouvements de mon cœur... j'ai un mari...

ADÈLE. Pauvre femme!

SOPHIE. Encore une de malheureuse; mais si elle veut nous écouter et suivre nos conseils...

ADÈLE. Achève donc.

SOPHIE, *lisant.* « J'ai un mari que j'aime, que j'estime, « auquel je dois obéissance... et, je te l'avoue avec la plus « grande peine, il m'a formellement défendu de te voir, toi « et madame de Laferrier, et surtout madame Marini, et « toutes ces horribles femmes qui t'ont perdue!..» (*Parlant.*) Quelle indignité!..

ADÈLE, *voulant reprendre la lettre.* Sophie, de grâce!..

SOPHIE. Non, non, il faut voir jusqu'au bout. (*Lisant.*)

« Cependant, et quels que soient ses ordres, quand ma
« sœur est malheureuse, quand elle souffre... je n'ai ni le
« courage, ni la force d'obéir... » (Parlant.) Allons donc!..
(Lisant.) « J'ai tort peut-être, mais que la faute en retombe
« sur moi. Aujourd'hui, à deux heures, enveloppée de mon
« manteau et sans être vue, je sortirai de chez moi et j'irai
« te voir. Arrange-toi pour être seule. »

ADÈLE. Elle va venir!.. quel bonheur!..

SOPHIE. Tu feras comme tu voudras; mais si j'étais toi, je
ne la recevrais pas.

ADÈLE. Y penses-tu?.. quand c'est mon seul espoir...

SOPHIE. A la bonne heure, si tu préfères ta sœur à tes
amies. (A part.) Mais pour moi, je ne l'en tiens pas quitte, et
j'apprendrai à cette petite prude-là les égards qu'on se doit
entre femmes. (Haut.) Adieu, Adèle, si j'ai quelque chose
de nouveau, je viendrai te revoir.

ADÈLE. Je crains que Léopold ne se fâche, et que cela ne
lui déplaise.

SOPHIE. Eh bien! par exemple...

ADÈLE. Pour plus de sûreté, quand tu auras à me parler,
ne monte pas par le grand escalier, où l'on pourrait te voir,
mais (Montrant la porte à droite.) par celle-ci, dont voici la
clé. Il donne sur une allée obscure, et de là dans une petite
rue détournée où il ne passe presque personne.

SOPHIE, prenant la clé. C'est bien... je m'en vais... car nous
disons que ta sœur viendra aujourd'hui... ici... seule et déguisée... à deux heures?

ADÈLE. Nous avons le temps. (Elle va serrer la lettre de
Clarisse dans son secrétaire.)

SOPHIE, à part. Non! non... il n'y en a pas à perdre... et
Clarisse, et son mari, et ce Valdéja!.. je me vengerai d'eux
tous... d'un seul coup, et de l'un par l'autre. (A Adèle.) Un
mot encore... tu n'aurais pas quelque argent à me prêter?

ADÈLE. J'en ai si peu!

SOPHIE. Et moi, je n'en ai pas du tout. Je te rendrai cela
dès que j'aurai obtenu ce que je sollicite.

ADÈLE. Bien sûr?

SOPHIE. Je te le promets.

ADÈLE. A la bonne heure; car, sans cela... (Lui remettant
quelques pièces de monnaie.) Tiens!..

—

SCÈNE III.

LES PRÉCÉDENTS, LÉOPOLD.

(Il entre par la porte du fond, passe entre les deux femmes
et saisit l'argent qu'Adèle présente à Sophie.)

LÉOPOLD. Je vous y prends donc!

ADÈLE. O ciel!

SOPHIE. Mais, Monsieur...

LÉOPOLD, mettant l'argent dans sa poche. Confisqué par
mesure de police, et maintenant, Madame, de quoi s'agit-il
et qu'y a-t-il pour votre service?

SOPHIE. Je suis une ancienne amie d'Adèle.

LÉOPOLD. Je n'aime pas les anciennes amies, et encore
moins les nouvelles.

ADÈLE. Mais madame Marini, dont je vous ai parlé quelquefois, était une femme du monde, du grand monde...

LÉOPOLD. Raison de plus; elle vient ici vous faire des
phrases, vous parler de morale, de vertu, enfin, vous donner de mauvais conseils.

ADÈLE. Vous vous trompez, Monsieur.

LÉOPOLD. Mais pas cela.

ADÈLE. Mais encore!..

LÉOPOLD. Assez; elle me fera plaisir de rester chez elle, et
vous ici, c'est plus facile pour la sûreté des communications.
Maintenant, je ne vous renvoie pas, mais j'ai à lui parler.

SOPHIE. Il suffit, Monsieur, je me retire. Adieu, chère
amie, je te reverrai dans un autre moment. (A part.) Dieu!
quelle horreur d'homme!

LÉOPOLD. Je vous prie d'agréer mes respectueux hommages.
(Au moment où elle est près de la porte du fond.) Mes excuses,
si je ne vous reconduis pas. (Sophie sort.)

—

SCÈNE IV.

ADÈLE, LÉOPOLD.

LÉOPOLD. A nous deux, maintenant, puisque vous avez de
l'argent de trop, il faut m'en donner.

ADÈLE. Y pensez-vous?

LÉOPOLD. Tant que j'en ai eu, je ne vous l'ai pas épargné.
La succession de mon père y a passé. Pauvre brave homme!
le plus riche marchand de vin de la Rapée!

ADÈLE. Vous n'avez pas voulu m'écouter.

LÉOPOLD. Courte et bonne! c'est ma devise; j'avais, je n'ai
plus. Maintenant c'est à ceux qui ont à me donner; et s'ils
font des façons, je les forcerai bien à me rendre ma part;
car j'ai mes idées là-dessus.

ADÈLE. Et quel est votre dessein?

LÉOPOLD. De quitter cette maison, qui commence à être
mal notée, les abonnés se dispersent, le jeu languit, rien ne
va plus. Nous voulons voyager dans les départements, ou à
l'étranger, si faire se peut. Mais pour cela il faut de l'argent.

ADÈLE. Je n'ai rien, vous le savez.

LÉOPOLD. Vous avez conservé des relations dans le monde,
de belles connaissances, de hautes protections; il faut les
employer, faire un appel à leurs sentiments, à leur délicatesse, et leur demander de l'argent pour moi, ou pour vous,
cela revient au même.

ADÈLE. Je ne connais plus personne.

LÉOPOLD. Vous avez une famille, un père, une tante.

ADÈLE. Vous savez bien qu'ils sont morts de chagrin!

LÉOPOLD. Oui, à ce qu'ils disent; mais votre sœur, votre
beau-frère, on peut les mettre à contribution.

ADÈLE. Ils ne veulent plus me voir.

LÉOPOLD. Et M. Rialto?

ADÈLE. Jamais.

LÉOPOLD. D'autres enfin; M. Hippolyte; d'après ce que
vous m'avez dit, c'est un jeune homme à grands sentiments,
qui depuis trois ans a, dit-on, réussi dans le monde, et qui
ne refusera pas à une ancienne passion un souvenir utile.
Moi à sa place je n'hésiterais pas, parce que nous autres
jeunes gens du monde nous sommes tous comme ça.

ADÈLE. Plutôt mourir que d'avoir recours à lui!

LÉOPOLD, haussant la voix. Il le faut cependant, car je le
veux, et vous ne me connaissez pas quand on me résiste!

ADÈLE. Léopold! Léopold! vous m'effrayez! (A part.) O
mon Dieu! qui m'arrachera de ses mains?

LÉOPOLD. Là, à ce secrétaire; voilà ce qu'il faut pour
écrire. (Pendant qu'il dispose le papier, la plume et l'encre, etc.,
entre Créponne.)

—

SCÈNE V.

LES PRÉCÉDENTS, CRÉPONNE.

CRÉPONNE, bas, à Adèle. Une dame enveloppée d'un manteau est là dans votre chambre.

ADÈLE, de même. C'est ma sœur, c'est Clarisse. (Elle se
dispose à passer dans la pièce à gauche.)

LÉOPOLD, l'arrêtant par le bras. Où vas-tu? tu ne sortiras
pas d'ici que tu n'aies écrit.

ADÈLE. O mon Dieu!

LÉOPOLD, *la faisant asseoir au secrétaire.* Allons, une lettre à la Sévigné, et pour cela je vais dicter. « Cher Hippolyte...

ADÈLE. Je ne mettrai jamais cela.

LÉOPOLD. Hippolyte tout court.

ADÈLE, *écrivant.* « Monsieur.

LÉOPOLD. A la bonne heure, je n'y tiens pas. (*Dictant.*) « Monsieur, une ancienne amie bien malheureuse...

CRÉPONNE. C'est bien vrai.

LÉOPOLD. Je ne mens jamais. (*Dictant.*) « est menacée d'un « affreux danger dont vous seul pouvez la sauver... »

ADÈLE. Mais c'est le tromper.

LÉOPOLD. Qu'en savez-vous ? Je ne mens jamais. (*Dictant.*) « Si tout souvenir, si toute humanité n'est pas éteinte dans « votre cœur, venez à son secours, elle vous attendra au-« jourd'hui, rue... » Mets notre nom et notre adresse. « Prenez avec vous de l'or, beaucoup d'or. Vous saurez « pourquoi... »

ADÈLE, *indignée.* Je n'écrirai jamais cela !

LÉOPOLD, *dictant d'un ton impératif.* « Vous saurez pour-« quoi, et j'ose croire que vous m'en remercierez. » (*Lui prenant la main.*) Allons, écris ! je le veux !

ADÈLE. Mais que voulez-vous donc faire ? le forcer à jouer, le dépouiller ?..

LÉOPOLD. Cela me regarde, signe... et maintenant je ne vous demande plus rien que le silence. (*Prenant la lettre.*) Je me charge d'envoyer la lettre, et, pour le départ de de-main, si je suis content de vous, j'aurai des égards ; je ne vous emmènerai pas. Adieu. (*Il sort.*)

ADÈLE, *à Créponne.* Cours vite chez Hippolyte, et dis-lui que s'il reçoit une lettre de moi il n'en tienne nul compte, qu'il ne sorte pas de chez lui. Il y va de sa sûreté, de ses jours peut-être. Ils sont capables de tout !

CRÉPONNE. Oui, Madame, oui, je mets mon châle et j'y vais.

ADÈLE, *pleurant.* Et ma sœur ! ma sœur qui m'attend ; ah ! c'est mon seul espoir de salut ! (*Elle entre par la porte à gauche.*)

CRÉPONNE, *seule, mettant son châle.* Ah ! quelle horrible maison ! quand donc en serons-nous dehors ? Où est le temps où j'étais femme de chambre honnête d'une honnête femme ! Ah ! tout calculé, la vertu donne plus d'agrément, sans compter le profit ; mais ma pauvre maîtresse, comment l'abandonner, quand elle n'a plus que moi au monde, que moi, dans cet infernal logis habité par des démons ! (*Apercevant la porte du fond qui s'ouvre lentement.*) Encore un qui arrive, il en sort donc ici de tous les côtés ! (*Elle sort, en courant, par le fond.*)

SCÈNE VI.

ALBERT, *seul, enveloppé dans un manteau et sortant de la porte à droite.* Je n'ai pu y résister ; c'était plus fort que moi. Cette lettre maudite qui me l'a envoyée ! Ah ! relisons-la pour affermir mon courage ! (*Lisant.*) « Votre femme « vous trahit, croyez-en un ami fidèle, et, si vous en dou-« tez, n'en croyez que vos yeux ; aujourd'hui, un peu avant « deux heures, seule et enveloppée d'un manteau, elle se « rendra en voiture de place dans une maison suspecte, « pour y attendre M. Valdéja, qu'elle aimait et dont elle « était aimée avant son mariage. La clé jointe à cette lettre « vous donnera les moyens d'entrer en secret dans la mai-« son ; et dès que vos yeux vous auront convaincu de la « vérité, vous pourrez fuir par cette allée obscure sans être « vu de personne. » (*Parlant.*) J'ai repoussé d'abord cet avis infâme ; sûr de l'amour et de la vertu de Clarisse, j'aurais regardé comme un crime l'apparence même d'un soupçon ;

et prêt à détruire, à brûler cette œuvre, non de l'amitié, mais de la haine, je ne sais quelle voix secrète me disait d'y ajouter foi. Pouvoir infernal d'un écrit anonyme ! je n'y croyais pas, je le méprisais, et pourtant je suis sorti, j'ai épié ; non, je ne peux le croire encore ; et cependant c'était elle ! c'était Clarisse ; je l'ai vue sortir du logis d'un pied fur-tif, et jetant autour d'elle un regard de crainte. Ah ! Cla-risse ! Clarisse ! (*Résolu.*) Et maintenant dussé-je l'immoler et son complice, et moi-même avec elle, j'irai jusqu'au bout, je saurai tout. On vient, rentrons. (*Apercevant Valdéja dans la coulisse.*) Dieu ! c'est lui, c'est Valdéja ! notre arrêt à tous est prononcé, qu'il s'accomplisse ! (*Il referme la porte du cabinet et disparaît.*)

SCÈNE VII.

VALDÉJA, *qui pendant ces derniers mots est entré par le fond.* Je ne puis, je n'ose croire à un pareil message ; Cla-risse a besoin de moi, de mon amitié ; il y va, dit-elle, du repos, du bonheur de sa vie ; c'est dans ce lieu qu'elle m'at-tend pour me confier un secret ; aurait-elle enfin découvert la trahison qui nous a désunis, ou quelque nouveau danger pourrait-il la menacer ? N'importe, il n'y a pas à examiner, à réfléchir : Clarisse a besoin de moi, cela suffit ; je n'ai vu que ce mot, et me voilà ; mais où suis-je ? (*Apercevant Cla-risse qui sort par la porte de gauche accompagnée d'Adèle.*) Dieu ! c'est elle !

SCÈNE VIII.

VALDÉJA, CLARISSE, ADÈLE.

CLARISSE, *mystérieusement.* Conduis-moi, il faut que je te quitte ; mais maintenant que je sais tout, sois tranquille, calme-toi.

ADÈLE. Me calmer, ma sœur, quand le désespoir et la crainte m'assiègent, quand il y a un génie infernal, un pou-voir vengeur qui me poursuit sans cesse, et que je rencontre partout !.... (*Elle aperçoit Valdéja droit et immobile devant elle ; elle pousse un cri et s'enfuit.*)

CLARISSE. C'est vous qui causez sa terreur... vous, monsieur Valdéja, dans ces lieux !

VALDÉJA. Comment cela pourrait-il vous étonner, Madame ? prompt à me rendre à vos ordres, je viens...

CLARISSE. A mes ordres ?

VALDÉJA. Sans doute ; ne m'attendiez-vous pas ?

CLARISSE. Non, Monsieur...

VALDÉJA. Vous ne m'attendiez pas ? et ce mot de vous que j'ai reçu...

CLARISSE. Je n'ai point écrit.

VALDÉJA. Est-il possible ! tremblez alors, tremblez ; quel-que sort perfide que l'on a pu deviner, nous menace tous deux ; votre sœur est ici, et ses amies, ses dignes conseils, ne doivent pas être loin ; c'en est assez pour justifier mes alarmes ; de grâce, venez, sortons, permettez-moi de veiller sur vous.

CLARISSE. Je vous remercie, je suis venue seule, je désire sortir de même.

VALDÉJA. Ah ! ce coup est le plus cruel de tous ceux que j'ai reçus ; vous vous défiez de moi, Clarisse ! de moi qui depuis six ans ai fait pour vous le plus grand et le plus cruel des sacrifices ; j'ai renoncé à votre présence, à votre amitié, et, plus que tout encore, à votre estime ; j'ai consenti à être méprisé de vous, quand d'un mot je pouvais vous dé-tromper, et j'y ai consenti pour ne pas troubler votre repos.

CLARISSE. Que voulez-vous dire?

VALDÉJA. Que je n'ai point mérité les affreuses calomnies dont on m'a noirci à vos yeux; que toujours digne de vous... laissez-moi achever, Clarisse; ce moment est peut-être le seul de ma vie où je pourrai vous dire la vérité; oui, je vous aimais, j'étais aimé.

CLARISSE. Monsieur...

VALDÉJA. Ah! vous ne m'interdirez pas ce souvenir, c'est le seul bien qui me reste. Une trame infernale nous a séparés. Cette jeune fille, cette séduction, calomnie, infâme calomnie! comme tout ce qui sortait du cœur de la femme qui avait juré ma perte; les preuves aujourd'hui me seraient faciles à vous donner, mais d'autres nœuds vous enchaînent; et c'est le jour même de votre mariage, que j'ai appris, pour mon éternel tourment, la perfidie qui vous jetait dans les bras d'un autre : je voulais courir, réclamer mon bien, vous avouer la vérité, me justifier du moins; il n'était plus temps, vous sortiez de l'église et portiez pour jamais le nom de mon heureux rival. Clarisse, alors j'ai gardé le silence, je me suis interdit votre vue, mais non le droit de veiller sur vous, sur votre avenir, sur votre fortune; j'y ai réussi, Madame; et maintenant, si un mot de vous m'apprend que j'ai recouvré votre estime, quel que soit mon sort, je n'aurai plus la force de me plaindre, et je croirai encore au bonheur.

CLARISSE. Que m'avez-vous dit! et qu'ai-je appris! Écoutez, Valdéja, ce n'est pas avec vous que je veux feindre; et vos souffrances... les miennes peut-être, me donnent le droit de parler sans que personne s'en offense; oui, j'ai été malheureuse de vous retirer mon estime; et malgré moi et lorsqu'un autre hymen allait m'enchaîner, le mépris même que je croyais vous devoir n'avait peut-être pas encore éteint toute ma tendresse; je me le reprochais, et cette faute involontaire, je jurais de l'expier! Grâce au ciel, j'y ai réussi. Oui! j'ai pour mari un honnête homme qui mérite tout mon amour, toute ma confiance; je l'aime, je n'aime que lui, et, je vous le dis à vous, j'aimerais mieux mourir que d'oublier un instant ou mes devoirs, ou ce que je dois à son honneur; après un tel aveu, et pour qu'il n'y ait pas dans mon cœur une seule pensée qu'il ne puisse connaître, je demanderai sans crainte à votre amitié un dernier service; vous voyez que vous ne vous étiez pas trompé et que vous aviez deviné que j'aurais besoin de vous. Eh bien! mon ami, et ce nom vous le méritez, continuez votre noble et généreuse conduite; évitez de me voir, évitez les lieux où vous pourriez me rencontrer, je vous en saurai gré, et un jour viendra où mon cœur vous tiendra compte de tout, même de votre absence.

VALDÉJA. J'obéirai, Clarisse, trop heureux d'avoir à vous obéir; ce soir, dans une heure, j'aurai quitté Paris.

CLARISSE, se reculant. Adieu donc!

VALDÉJA. Adieu! (Il fait un mouvement pour lui baiser la main.)

CLARISSE. Pas un mot de plus; adieu!

VALDÉJA, lui prenant la main et la lui serrant affectueusement.) Adieu! (Il se dispose à sortir.)

—

SCÈNE IX.

LES PRÉCÉDENTS, SOPHIE.

SOPHIE, à Clarisse. Ah! Madame, c'est de la part d'Adèle, de votre sœur, que je vous viens vous prévenir; vous êtes épiée poursuivie; votre mari est sur vos traces.

CLARISSE. Mon mari?

SOPHIE. Et s'il vous trouvait en ces lieux, seule avec Monsieur... (A Valdéja.) Fuyez, emmenez-la.

CLARISSE. Fuir? jamais! qu'il vienne, je lui dirai tout : c'est pour ma sœur, c'est pour la voir et la secourir, que je lui ai désobéi; c'est ma première faute, je n'en commettrai pas une seconde en lui cachant la vérité, en prenant un autre guide, un autre conseil que lui.

SOPHIE. Y pensez-vous!

VALDÉJA, à Clarisse. Bien! bien! votre raison vous a dit vrai. Dès qu'elle donne un conseil, il ne peut y avoir que malheur et trahison. Partez sans moi, partez, courez près d'Albert.

SOPHIE. Qu'elle le rejoigne donc si elle veut, il est trop tard maintenant; elle ne sortira point de cette maison sans être vue, car il y a ici du monde, des gens qui la connaissent, qui publieront partout qu'elle était ici avec vous en tête-à-tête.

CLARISSE. O mon Dieu! elle dit vrai! je suis perdue, déshonorée! Qui pourrait me secourir, me protéger?

—

SCÈNE X.

LES PRÉCÉDENTS, ALBERT, sortant du cabinet à droite.

ALBERT. Moi! Clarisse.

SOPHIE ET VALDÉJA. Que vois-je!

ALBERT. Son mari! qui était ici avec elle; qui ne l'a pas quittée! (A Valdéja.) J'ai tout entendu, Monsieur; je vous reconnais pour un homme d'honneur, pour un galant homme, que j'estime et que je plains; car je sais mieux que personne le prix du trésor que vous avez perdu.

VALDÉJA. Je le laisse, du moins, en des mains dignes de l'apprécier. Adieu, Madame; dans une heure, je vous l'ai dit, j'aurai quitté Paris; adieu, éloignez-vous au plus tôt de cette maison, qui n'aurait jamais dû vous recevoir. Pour moi, je vais en sortir par le grand salon, par la grande porte, avec Madame. Nous ne craignons rien, n'est-il pas vrai?

SOPHIE. Sans doute, votre réputation est au-dessus d'une telle atteinte.

VALDÉJA. Et la vôtre au-dessous. Venez. (Il lui prend la main et sort par le fond avec elle. La nuit se fait.)

—

SCÈNE XI.

ALBERT, CLARISSE.

CLARISSE. O mon ami! me pardonneras-tu?

ALBERT. N'en parlons plus, la nuit est venue, prends ce manteau, et descendons par cet escalier dérobé, dont j'ai la clé.

CLARISSE. Et comment cela?

ALBERT. Tu le sauras.

CLARISSE. Et ma sœur?

ALBERT, tirant une bourse de sa poche. Il ne lui faut que de l'or, en voilà. (Pendant ce temps Léopold, qui est entré par la porte du fond, aperçoit Albert.)

LÉOPOLD. C'est le bel Hippolyte. Allons l'attendre... (Il sort par la porte à droite et disparaît.)

ALBERT. Allons, dépêche-toi. (Apercevant Adèle qui entre.) Tenez, Adèle, (En lui remettant la bourse.) tenez...

ADÈLE. Albert!

ALBERT. J'avais accompagné ma femme, et vous apportais

ce qu'elle vous a promis sans doute. Prenez, et dorénavant ne vous adressez plus à elle, mais à moi.

CLARISSE, *lui donnant sa chaîne et l'embrassant.* Adieu, ma sœur!

ALBERT, *à Clarisse.* Viens, l'air qu'on respire ici me fait mal. (*Albert entraîne Clarisse et tous deux sortent par la porte à droite.*)

—

SCÈNE XII.

ADÈLE, *seule. Elle jette la bourse sur le secrétaire et couvre de baisers la chaîne que sa sœur vient de lui donner.* O ma sœur! ma sœur! (*On entend du bruit en dehors, puis un coup de pistolet et des cris de : Au secours! au meurtre!*)

ADÈLE, *poussant un cri.* Ah! qu'est-ce que cela signifie? (*Elle s'élance vers l'escalier à droite et la toile tombe.*)

—◦◦◦—

DEUXIÈME PARTIE.

Chez Adèle. — Le grabat.

—

SCÈNE PREMIÈRE.

ADÈLE, *seule, assise dans un vieux fauteuil ; sa respiration est oppressée.* O mon Dieu, que je souffre ! (*Elle tousse.*) Quel état! Je me sens mourir. A vingt-neuf ans, mourir! Seule, sans avoir une main qui vous soutienne... N'avoir pour toute consolation que l'espoir de ne plus souffrir; demain peut-être. O mon Dieu!.. (*Elle tousse.*)

—

SCÈNE II.

ADÈLE, CRÉPONNE.

ADÈLE. Te voilà, Créponne ?

CRÉPONNE. Oui, bonne maîtresse. Ai-je été longtemps?

ADÈLE. Non. Qu'a dit le docteur?

CRÉPONNE. Qu'il fallait vous ménager ; ne pas vous exposer au grand air. Cela vous tuera.

ADÈLE, *d'un air morne.* Que veux-tu? il faut vivre. Dis-moi, as-tu entendu parler de quelque chose? Fait-on toujours des recherches ?

CRÉPONNE. Depuis huit mois les poursuites se sont ralenties.

ADÈLE. Je tremble toujours de voir arriver les gens de justice... Et cependant, tu le sais, je ne suis pas coupable ; j'ignore encore comment mon beau-frère a été attiré dans cette horrible maison. Et quand il a été frappé, je courais à ses cris et à son aide, je te le jure.

CRÉPONNE. Je le sais bien!

ADÈLE. Et quoique dangereusement blessé, il en reviendra, n'est-il pas vrai? il n'en mourra pas? Mais moi, la honte, la misère... O mon Dieu! mon Dieu! quel chemin depuis dix ans! Quand j'y pense à ce que j'étais, et à ce que je suis maintenant. C'est un rêve, un rêve affreux que je tremble de voir finir, car je crains le réveil!.. (*Elle tousse.*) Puisque tu es sortie, as-tu vu les numéros? notre terne l'avons-nous gagné?

CRÉPONNE, *éludant.* Madame...

ADÈLE, *avec insistance.* Avons-nous gagné?

CRÉPONNE. Mais...

ADÈLE. Réponds-moi donc! avons-nous gagné? (*Créponne baisse la tête.*) Non! je le vois. (*Elle se met à pleurer.*)

CRÉPONNE. Faut pas vous chagriner, Madame; ça augmenterait votre mal.

ADÈLE. Au surplus, je le savais, je l'avais vu dans les cartes. Mais Sophie Marini prétend que les numéros sortiront ce mois-ci.

CRÉPONNE. Oui, croyez celle-là et ses conseils!

ADÈLE. Elle doit s'y connaître, elle y met si souvent! Et mes derniers bijoux, cette chaîne que ma sœur m'a donnée le dernier jour où je l'ai vue.

CRÉPONNE. Eh bien! cette chaîne?

ADÈLE. Elle m'a conseillé de la vendre pour suivre nos numéros, et je l'ai priée de s'en charger.

CRÉPONNE. Il est donc dit qu'avec ses conseils elle vous perdra jusqu'au bout.

ADÈLE. Le moyen de faire autrement! quand on n'a plus rien, ni amis, ni famille; car le monde entier doit ignorer maintenant ce qu'est madame Laurencin. (*Elle se cache la tête dans les mains.*)

CRÉPONNE. J'ai cependant adressé votre demande à la mairie, et on doit la transmettre à toutes les dames de charité.

ADÈLE, *avec ironie.* Et monsieur le maire, qu'on dit si bienfaisant!..

CRÉPONNE. J'y ai été ce matin. Ce n'est pas loin, car notre maison touche à la mairie.

ADÈLE. L'as-tu vu?

CRÉPONNE. On m'a répondu qu'il était avec un de ses amis qui arrivait à l'instant même de voyage, et qu'il ne recevait personne.

ADÈLE. Toi seule m'es restée fidèle, ma brave Créponne, toi seule!

CRÉPONNE. Et je ne vous abandonnerai jamais.

ADÈLE. Dans peu de temps tu seras libre de tout souci! Mais je ne veux pas que, jusque-là, le désespoir m'approche; je ne le veux pas! je ne le veux pas! Allons, ne pleure pas... Voyons! tu sais bien que ça me fait mal.

CRÉPONNE, *essuyant ses larmes.* Ah! mon Dieu! qui vient là?

—

SCÈNE III.

LES PRÉCÉDENTS, SOPHIE.

SOPHIE. N'ayez pas peur, c'est moi!

ADÈLE. Et toi aussi tu ne m'as pas abandonnée!

CRÉPONNE, *à part.* Malheureusement !..

SOPHIE. Ma chère, cela va mal. Tu sais, cette chaîne que tu tenais de ta sœur?

ADÈLE. Eh bien!

SOPHIE. J'ai été la vendre chez le joaillier notre voisin... un vieux qui l'a regardée bien attentivement, puis il m'a dit : De qui tenez-vous cette chaîne? — D'une dame de mes amies. — Qui est-ce là ? — Que vous importe? — C'est que, a-t-il ajouté en feuilletant un registre, cette chaîne, à ce qu'il me semble, est au nombre des objets qui, lors de l'affaire Léopold, nous ont été signalés par la police.

ADÈLE. Ah! mon Dieu!

SOPHIE. Alors, que te dirais-je? J'ai perdu la tête; et craignant les explications, je me suis enfuie de sa boutique en lui laissant la chaîne.

ADÈLE. Quelle imprudence!

SOPHIE. Je le sais bien! car il a appelé ses garçons; et si l'on m'a suivie de loin et vue entrer ici...

ADÈLE. On ne sait pas qui tu es?

SOPHIE. Peut-être! Car j'ai rencontré en montant ta propriétaire.

CRÉPONNE. Que nous ne connaissons pas.

ADÈLE. Il y a à peine quelques jours que son mari a acheté cette maison.

SOPHIE. Et sais-tu quelle est cette femme? C'est notre ancienne amie.

ADÈLE. Amélie de Laferrier?

SOPHIE. Elle-même, dont le mari a continué à faire fortune.

CRÉPONNE. Et qui est toujours restée au pinacle!..

SOPHIE. Tandis que nous... (On frappe en dehors. Mouvement d'effroi.)

CRÉPONNE, après un long silence. On a frappé.

ADÈLE, avec terreur. N'ouvre pas!

SOPHIE. Seraient-ce déjà les gens de justice qui seraient sur tes traces?

ADÈLE. Je n'ai pas une goutte de sang dans les veines.

CRÉPONNE, à part. Et le médecin qui a dit que la moindre émotion la tuerait! (Haut.) Qui va là?

UNE VOIX D'HOMME, en dehors. Est-ce ici madame Laurencin?

CRÉPONNE. Oui.

LA MÊME VOIX. Ouvrez!

CRÉPONNE. Pourquoi?

LA MÊME VOIX. C'est une dame de charité qui voudrait la voir.

ADÈLE. Ah! quel bonheur! (Créponne ouvre la porte.)

—

SCÈNE IV.

LES PRÉCÉDENTS, CLARISSE, en costume de veuve et suivie de deux domestiques en livrée.

CLARISSE. Où est madame Laurencin?

CRÉPONNE, d'un air confus, lui montrant Adèle. Là, Madame.

ADÈLE, poussant un cri. Dieu! Clarisse! (Elle s'évanouit.)

CLARISSE, la reconnaissant et se jetant dans ses bras. Adèle! ma sœur! c'est elle que je retrouve ainsi! O Dieu vengeur! vous l'avez trop punie. (Courant à l'un des domestiques et prenant un flacon.) Donnez. (Se mettant à genoux près d'Adèle.) Ma sœur, ma sœur! reviens à toi; c'est moi qui suis près de toi, c'est moi qui t'appelle!

ADÈLE, revenant à elle. Où suis-je?

CLARISSE. Dans les bras de ta sœur.

ADÈLE, pleurant. Clarisse! Dieu a donc pitié de moi; je ne suis donc pas tout à fait une maudite, une réprouvée, puisqu'il m'envoie un de ses anges! (Regardant Clarisse en noir.) Eh mon Dieu! cette robe... Albert!..

CLARISSE. Il n'est plus.

ADÈLE, se levant avec effort. Je ne suis pas coupable, je te le jure; que son sang retombe sur moi si jamais j'ai eu la pensée... (Elle retombe sur son siège.)

CLARISSE. Je te crois, je te crois; Albert lui-même t'a pardonné.

ADÈLE. Et toi, ma sœur, depuis ce temps qu'as-tu fait?

CLARISSE. J'ai prié pour toi.

ADÈLE. Ah! je n'en suis pas digne; si je n'avais écouté que ta voix, si j'avais repoussé loin de moi les indignes conseils qui m'ont perdue... (Bruit au dehors.) Ah! qui vient là?.. l'on monte l'escalier.

SOPHIE, qui a remonté la scène, la redescend en ce moment. À part. Dieu! Amélie!

—

SCÈNE X.

LES PRÉCÉDENTS, AMÉLIE, plusieurs gens de justice.

AMÉLIE. Entrez, entrez, Messieurs, je ne m'oppose point au cours de la justice, et comme propriétaire de cette maison...

ADÈLE, serrant Clarisse dans ses bras. Les voilà! Ma sœur, sauve-moi, protége-moi.

AMÉLIE. Je ne connais point madame Laurencin; mais si c'est elle que vous cherchez... (Reconnaissant Adèle.) Dieu! Adèle! (Elle se retourne, se trouve en face de Sophie et jette un cri.)

SOPHIE, lui saisissant la main. Oui, il ne te manquait plus que de la livrer.

CLARISSE, aux gens de justice. C'est ma sœur, Messieurs, c'est ma sœur; elle n'est point coupable; et de quel droit ose-t-on violer son domicile?

UN DES AGENTS. Pardon, Madame, il est une personne dont nous devons nous assurer; nous ignorons encore si c'est Madame; mais afin de procéder légalement, nous avons requis la présence du premier magistrat de cet arrondissement, et c'est devant lui...

CRÉPONNE. Qu'il vienne! qu'il vienne nous protéger!

CLARISSE, avec effroi. Oh! non, non! qu'il n'entre pas!

—

SCÈNE VI.

LES PRÉCÉDENTS, DARCEY ET VALDÉJA.

AMÉLIE ET SOPHIE, à part. Monsieur Darcey!

DARCEY. Qu'y a-t-il, Messieurs? quelle est cette femme que l'on parle d'arrêter?

CRÉPONNE, d'un ton suppliant et à demi-voix. C'est la vôtre, Monsieur, votre pauvre femme qui se meurt.

DARCEY, avec indignation et repoussant ce mot. Ma femme!

ADÈLE. Qui parle donc?

CLARISSE. C'est ton mari.

ADÈLE, épouvantée. Mon mari! sauvez-moi, sauvez-moi!

DARCEY. Cette femme est Adèle?

ADÈLE, dans le délire. Non, non, ce n'est pas elle, ne le croyez pas.

CLARISSE, à Darcey. Mon frère! mon frère! ne l'accablez pas.

DARCEY, avec calme et dignité. N'ayez nulle crainte, elle est oubliée depuis longtemps.

CLARISSE. Oh! vous lui pardonnerez...

ADÈLE. Darcey, ne me dis rien, je vais mourir.

CLARISSE. Un mot, un mot qui la console...

ADÈLE *se lève soutenue par Créponne et se dirige vers Dar-cey.* Darcey, j'ai été bien coupable ; mais aussi j'ai bien souffert. Pardonne, pardonne-moi ! Au nom de mon pauvre père, ne me maudis pas, Darcey, grâce ! grâce !

DARCEY. Jamais ! (*Adèle jette un cri et tombe sur son fauteuil.*)

CLARISSE. Mais moi, je te pardonne, je t'aime ; ma sœur, que ces derniers mots frappent ton oreille, que la main d'une amie ferme tes yeux. (*A Darcey.*) Mon frère, quelle rigueur ! Oh ! venez, venez...

DARCEY, *se laissant entraîner, dit à Valdéja qui le pousse vers Adèle.* Tu le veux ? eh bien !.. (*En ce moment Adèle rend le dernier soupir.*) Dieu ! il n'est plus temps.

VALDÉJA. Elle expire ! (*A Amélie et à Sophie.*) Eh bien ! femmes, prenez ce cadavre ; prenez-le donc, il est à vous. Vos œuvres méritaient un salaire, le voilà ! Honte à vous et à toutes vos semblables ! (*A Darcey.*) A toi, la liberté !

DARCEY, *lui montrant Clarisse.* Et à toi, je l'espère, bientôt le bonheur !

FIN DE DIX ANS DE LA VIE D'UNE FEMME.

VIALAT ET Cⁱᵉ, IMPRIMEURS ET ÉDITEURS.

VALÉRIE. Parle, parle encore, j'ai besoin de l'entendre.

VALÉRIE

COMÉDIE EN TROIS ACTES ET EN PROSE

Représentée pour la première fois, à Paris, sur le Théâtre-Français, le 21 décembre 1822.

EN SOCIÉTÉ AVEC M. MÉLESVILLE.

Personnages.

CAROLINE DE BLUMFELD, jeune veuve.
VALÉRIE, son amie.
ERNEST, comte de Halzbourg.

HENRI MILNER, conseiller.
AMBROISE, domestique de Caroline.

La scène se passe dans une petite ville d'Allemagne.

Le théâtre représente un salon donnant sur des jardins ; porte et croisées au fond, et deux portes latérales.

ACTE PREMIER.

SCÈNE PREMIÈRE.

CAROLINE, HENRI.

CAROLINE. Quel bon hasard vous amène, mon cher Henri ? Je croyais que les affaires de la chancellerie prenaient toute votre matinée.

HENRI. Il est vrai, Madame ; mais dans la journée vous faites des visites, le soir vous avez toujours du monde. Le moyen de vous parler ?

CAROLINE. Hier cependant nous étions seuls, ou c'est tout comme. Je n'avais avec moi que ma cousine ; et une personne qui n'y voit pas ne doit pas vous effrayer beaucoup.

HENRI. N'importe, je n'ai pas osé. L'affaire dont je veux vous entretenir est si difficile à aborder...

CAROLINE. Je vous devine. Vous allez me parler de l'état de ma fortune. Je connais, mon cher Henri, votre raison, l'étendue de vos lumières, la tendre amitié qui nous unit dès l'enfance. Je déclare d'avance que tous vos conseils sont excellents ; mais je n'en suivrai pas un seul.

HENRI. Du tout, Madame; ce n'est pas là le sujet qui m'amène. Je ne viens pas pour vous parler raison.

CAROLINE. Ah! que vous êtes aimable! C'est peut-être une confidence que vous aviez à me faire?

HENRI. Justement!

CAROLINE. Avez-vous du temps? êtes-vous pressé? C'est que j'ai aussi un secret; et à qui pourrais-je le confier, si ce n'est à mon meilleur ami? Vous ne le savez pas, je vais me marier.

HENRI. Ah! mon Dieu! Depuis quand avez-vous pris cette résolution?

CAROLINE. Depuis ce matin, je crois.

HENRI, à part. Allons, j'ai eu tort de ne pas me déclarer plus tôt. (Haut.) Après un secret comme celui-là, le mien n'aurait plus rien d'intéressant. Nous en causerons une autre fois.

CAROLINE. Eh! mais, qu'avez-vous donc?

HENRI. Rien; je vous écoute. Parlons de vous, de votre bonheur.

CAROLINE. Vous savez que je suis veuve, et que M. Blumfeld, mon mari, m'avait laissé six mille florins de rente; ce qui était fort bien à lui, sans un maudit procès qui s'est élevé au sujet de sa succession.

HENRI. Un procès détestable, que vous ne pouvez manquer de perdre, et qui doit vous ruiner.

CAROLINE. Vous croyez?

HENRI. Oui, Madame.

CAROLINE. C'est ce qu'ils disent tous, et pourtant il n'aurait tenu qu'à moi de le gagner. Ce vieux conseiller, le plus obstiné des hommes, contre lequel je plaidais, et qui voulait absolument m'épouser...

HENRI. Heureusement qu'il est mort.

CAROLINE. C'est égal; il n'y a pas idée d'un entêtement pareil. Imaginez-vous qu'il a un neveu, le jeune comte de Halzbourg, dont vous avez entendu parler.

HENRI. Je ne crois pas.

CAROLINE. Il était le cadet d'une famille nombreuse, et comme il n'avait pas de fortune à espérer, on voulait le faire entrer dans les ordres; vous vous rappelez, maintenant. C'est lui qui, il y a trois ans, disparut subitement sans que l'on pût savoir ce qu'il était devenu.

HENRI. Oui; j'ai de tout cela quelque idée confuse.

CAROLINE. Eh bien, Monsieur, pendant cet espace de temps, il a successivement perdu deux frères, et je ne sais combien de cousins; de sorte qu'il est maintenant riche à millions; et, en outre, c'est encore à lui que revient, dans ce moment, toute la succession de mon vieux conseiller, à la charge par lui... écoutez bien cette clause du testament, à la charge par lui de terminer ce procès en m'épousant. C'est ce que m'a appris ce matin mon homme d'affaires, et c'est là-dessus que je voulais vous consulter. Quel parti me conseillez-vous de prendre?

HENRI. Eh mais! d'après les premiers mots de votre conversation, il me semble que vous êtes décidée.

CAROLINE. Jusqu'à un certain point. On dit beaucoup de bien du comte de Halzbourg; mais peut-être n'est-il pas le mari qui me conviendrait. Je connais très-bien tous mes défauts: je suis vive, impatiente, étourdie; c'est pour cela qu'il me faudrait pour époux quelqu'un de calme, de raisonnable; enfin, cela vous fera rire, quelqu'un de votre caractère... si vous m'aimiez, bien entendu.

HENRI. Comment, Madame, il serait possible?

CAROLINE. Après cela, il se peut que le comte de Halzbourg réunisse ces qualités; et bien décidément je l'épouserai peut-être, non pas pour moi, mais pour ceux qui m'entourent, et dont il me serait si doux de faire le bonheur! Ma cousine, surtout, cette chère Valérie, si aimable, si intéressante! Pauvres toutes les deux, il faudra nous séparer! Riche, je ne la quitterai plus; je l'entourerai de tous les soins que son état réclame. Il est si triste d'être privée de la

vue! Se voir au milieu du monde, morte à tous les plaisirs, chercher sans cesse son amie, et même auprès d'elle vivre dans l'absence: autant mourir tout à fait! Moi, d'abord, je ne pourrais pas exister ainsi.

HENRI. Vous, sans doute! Mais Valérie, qui depuis l'âge de trois ou quatre ans est privée de la lumière, ne peut regretter des plaisirs dont elle n'a aucune idée, et bien certainement...

—

SCÈNE II.

LES PRÉCÉDENTS, AMBROISE.

AMBROISE. Madame, c'est une lettre qu'un beau chasseur vient d'apporter pour vous.

CAROLINE, prenant la lettre. C'est bien.

AMBROISE. Je l'ai prié bien poliment d'attendre; il avait un bel habit vert, galonné sur toutes les coutures.

CAROLINE, qui a ouvert la lettre. C'est du comte de Halzbourg. Il est à quelques lieues d'ici, et me demande la permission de se présenter chez moi... sans doute pour me parler de la clause du testament de son oncle. Une lettre très-honnête et très-respectueuse; quel est votre avis?

HENRI. Je n'en ai pas à donner: il ne s'accorderait probablement pas avec le vôtre, et je me mettrais peut-être très-mal avec vous en vous conseillant de ne pas le recevoir.

CAROLINE. D'abord ce ne serait pas convenable, dans la situation où nous sommes. Je ne peux pas me dispenser...

HENRI. Ne cherchez pas de prétexte; dites plutôt que vous le désirez.

CAROLINE. Oui, par curiosité, voilà tout. Cela n'engage à rien. Toi, Ambroise, préviens Valérie que M. Henri Milner est ici, au salon, et qu'il est seul. (A Henri.) Elle vous tiendra compagnie en mon absence. Je vais écrire ma réponse. (Elle sort avec Ambroise.)

—

SCÈNE III.

HENRI, seul. Oui, j'ai bien fait de ne pas me déclarer hier, ç'aurait été pour elle un triomphe de plus. Et le jurera toujours qu'elle m'aimait. Quelle légèreté! quelle étourderie! Que n'a-t-elle les sentiments et le cœur de Valérie! Ah! Valérie! ma seule amie, venez à mon secours!

—

SCÈNE IV.

HENRI, VALÉRIE, conduite par AMBROISE.

VALÉRIE. Henri, êtes-vous là?

HENRI. Oui, sans doute; et je désirais bien vous voir.

VALÉRIE. Eh! vite, Ambroise, conduis-moi de ce côté! (Lui tendant la main.) Bonjour, mon ami, je vous ai fait attendre, ce n'est pas ma faute; je ne vais pas aussi vite que je le voudrais!

AMBROISE. Oh! vous allez encore un bon pas, surtout pour moi! Qui m'aurait jamais dit qu'à soixante-six ans je serais le conducteur d'une jeune et jolie fille telle que vous?

VALÉRIE, gaiement. Comme ma cousine me le disait l'autre jour dans cet opéra français de Richard, tu es mon Antonio.

AMBROISE. Oui, un Antonio caduc.

VALÉRIE. Tant mieux. Ta vieillesse me permet de m'acquitter envers toi. Tu me guides, et je te soutiens.

AMBROISE. Si vous vouliez bien, vous pourriez un jour vous guider vous-même. Vous avez beau dire, je n'ai pas perdu tout espoir.

VALÉRIE. Mon bon Ambroise, ne parlons pas de cela, je t'en prie; tu sais bien que les gens les plus habiles de ce pays ont déclaré que c'était impossible.

AMBROISE. D'accord; mais un habile homme d'Allemagne peut être un ignorant dans un autre pays. En France, par exemple, si je vous racontais ce qui m'est arrivé, à moi.

HENRI, *bas, à Valérie*. Valérie, j'ai besoin de vous parler. Renvoyez-le.

VALÉRIE. Laissez-lui achever son histoire; ce vieux serviteur aime à raconter; je suis pauvre, je n'ai rien. Je le paye en écoutant. (*A Ambroise.*) Eh bien?

AMBROISE. Depuis longtemps j'étais comme vous privé de la vue, et l'année dernière, lors de la mort de M. Blumfeld, mon ancien maître et le mari de Madame, je me trouvais avec lui à Paris.

HENRI. Oui, je sais que tu l'avais accompagné dans ce voyage.

AMBROISE. Il n'était question alors que d'un savant docteur, le plus célèbre de toute l'Europe, qui faisait, disait-on, des cures merveilleuses. J'y allai par curiosité. Un grand hôtel, des voitures dans la cour, à ce qu'on me dit du moins, une antichambre immense, où l'on me fait attendre deux heures un quart : enfin on se serait cru chez un ministre !

HENRI. Eh bien, voyons. Ce docteur t'a guéri.

AMBROISE. Du tout, Monsieur! j'étais pauvre; il ne voulut seulement pas m'écouter; et je me retirais, lorsqu'un jeune homme, qu'à ses discours je pris pour son élève, m'arrête, et, croyant me reconnaître à mon accent, me demande si par hasard je ne suis pas Allemand.

VALÉRIE. Eh bien, qu'est-ce que tu as répondu?

AMBROISE. J'ai répondu *ia mein herr!* il n'y avait pas de meilleure réponse. — De quelle province? — Souabe. — Connaissez-vous Olbruk? — J'y suis né. — Quoi! vous êtes d'Olbruk? combien je suis heureux! Et moi, jugez comme j'étais fier de trouver à Paris quelqu'un qui connût notre endroit.

HENRI, *vivement*. Enfin, c'est lui qui t'a rendu la vue?

AMBROISE. Oui, Monsieur. Quel beau jeune homme! un air noble, distingué; et quel talent! comme il m'écoutait parler, celui-là; et avec tous les développements convenables!

HENRI, *souriant*. J'entends; mais avec ce beau jeune homme et cette physionomie si distinguée, combien cela t'a-t-il coûté?

AMBROISE. Je ne vous dirai pas au juste, vu qu'après l'opération il m'a mis vingt-cinq louis dans la main, en me souhaitant un bon voyage!

VALÉRIE. Comment! il serait possible!

HENRI. Je ne puis le croire encore !

VALÉRIE. Oui, Ambroise! ton histoire est en effet très-singulière! malheureusement nous ne sommes pas à Paris, et l'on ne fait pas chez nous de pareils miracles!

AMBROISE. Vous croyez peut-être que j'en impose?

VALÉRIE. Non, certainement; mais que je ne te retienne pas, Ambroise; je n'ai pas besoin de toi.

AMBROISE. Merci, Mademoiselle; car on vient de nous donner des ordres pour le comte de Halzbourg qu'on attend, ce seigneur qui vient, dit-on, pour épouser Madame, et c'est tout au plus si j'aurai le temps nécessaire. (*Il sort.*)

—

SCÈNE V.

VALÉRIE, HENRI.

HENRI. Enfin, il est parti !

VALÉRIE. Eh bien! que me voulez-vous?

HENRI. Vous venez de l'apprendre; on attend ce comte de Halzbourg, l'un des plus grands seigneurs de l'Allemagne, un millionnaire; et moi qui n'ai d'autre fortune qu'une modeste place...

VALÉRIE. Eh bien, qu'importe?

HENRI. Qu'importe! il veut plaire à Caroline, il vient pour l'épouser, et vous ne savez pas que je l'aime, que je l'adore, que personne ne s'en est encore aperçu?

VALÉRIE. Excepté moi.

HENRI. Comment, il serait possible?

VALÉRIE. Oui. Depuis quelques jours vous êtes triste, silencieux; aucun plaisir ne paraît vous toucher : alors j'ai réfléchi, je me suis rappelé... (*Elle a l'air de tomber dans une profonde rêverie.*)

HENRI. Eh bien! avez-vous jamais connu quelqu'un de plus malheureux que moi? Si du moins Caroline savait mon amour! J'aurais presque le droit de la défendre, de disputer son cœur. Je serais trop heureux de l'arrivée de ce comte de Halzbourg; mais en ce moment, comment aller le défier? comment lui contester le titre d'époux, moi qui n'ai pas même celui d'amant? Il faudra donc être témoin d'un bonheur auquel je n'ai pas le droit de m'opposer. Non. Je veux oublier Caroline, je veux la fuir et m'éloigner à jamais.

VALÉRIE. Vous éloigner! croyez-moi, mon ami, c'est un mauvais moyen; l'absence ne fait rien sur un amour véritable. Vous ne l'oublierez pas, et vous serez plus malheureux!

HENRI. Que dites-vous, Valérie? vous parlez de ces tourments comme si vous les aviez éprouvés. Quelqu'un que vous aimez serait-il loin de vous?

VALÉRIE, *avec émotion*. Il n'est pas question de cela. C'est de vous qu'il s'agit.

HENRI. D'où vient donc ce trouble, cette émotion? Mon récit vous a rappelé quelques souvenirs douloureux! Oui, vous avez des peines et vous craignez de me les confier. Caroline a-t-elle seule le droit de les connaître?

VALÉRIE. Caroline ne sait rien; elle qui n'a pas su deviner vos chagrins, aurait-elle pu comprendre les miens?

HENRI. Moi, du moins, je suis digne de les partager. Cet espoir seul peut me retenir en ces lieux; mais si vous me refusez votre amitié, votre confiance, je pars à l'instant même.

VALÉRIE. Vous partez! faut-il vous perdre aussi? vous qui êtes maintenant mon seul ami, vous partez si je ne vous confie mes chagrins! Que me demandez-vous? le cours de mon existence offre si peu d'intérêt! Ignorant toujours ce qui se passe autour de moi, je ne puis dire ce que j'éprouve, et l'histoire de ma vie est celle de mes sensations, de mes sentiments. Est-ce là ce que vous voulez connaître?

HENRI. Oui, sans doute.

VALÉRIE. Eh bien donc, orpheline dès mon bas âge, j'ai gardé de mon enfance un souvenir confus et extraordinaire. Il me semble qu'il y a bien longtemps j'habitais un autre monde dont mon esprit n'a conservé aucune idée fixe, si ce n'est que nous étions plusieurs, et que tout à coup je me suis trouvée seule! Depuis, jamais rien de pareil ne s'est offert à moi! J'étais élevée à Olbruk, au château de la comtesse de Rinsberg, avec Émilie, sa fille, qui était à peu près de mon âge. Les premiers mots qui fixèrent mon attention furent ceux-ci, que j'entendais souvent répéter : Pauvre enfant! quel dommage! ce qui me fit supposer que je devais être malheureuse, car jusque-là je ne demandais rien, je ne désirais rien! Je ne pensais pas! Nous avions quinze ou seize ans, lorsqu'à une fête publique qui avait lieu à Olbruk, je me trouvai avec la comtesse Émilie, séparée du reste de notre société et entourée de jeunes gens qui ne craignirent pas de nous insulter. Émilie s'évanouit et je me sentais mourir d'effroi, lorsqu'un jeune homme s'élance auprès de nous et prend notre défense! Ah! que sa voix fut douce à mon oreille, tandis qu'il cherchait à nous rassurer! Qu'elle me parut fière et menaçante lorsqu'il ordonna à nos adversaires de nous livrer un passage. J'entendis des injures, un défi; et tout à coup se fit un grand silence; il était interrompu par un bruit sinistre et inconnu; une espèce de cliquetis qui me glaçait de frayeur. En ce moment un instinct secret semblait m'avertir qu'un grand danger menaçait notre défenseur! je m'élançai au-devant de lui, en lui tendant les bras; j'éprouvai une douleur aiguë qui me fit froid, et puis je ne sentis plus rien.

HENRI. O ciel! vous étiez blessée!

VALÉRIE. Dangereusement, à ce que j'ai su depuis! Hélas! c'était lui qui, sans le vouloir... Mais jugez de mon bonheur! cet événement avait mis fin au combat, et peut-être sauvé ses jours. Quelques semaines après, quand je revins à la vie, Ernest, (Se tournant vers Henri.) il se nomme Ernest, était installé au château; il donnait à la comtesse Émilie des leçons de français et d'italien dont je profitais aussi. Avec quel enthousiasme il nous parlait des beaux-arts et de l'amour de la science! Le feu de ses discours, sa brillante imagination, ouvrirent un monde nouveau devant moi. Alors j'existai. Ces objets inconnus dont il me retraçait l'image étaient tous vivants, animés. Oui, ce beau ciel, ces ruisseaux écumants, ces tapis de verdure, dont il me parlait, je les ai vus! je voyais quand il était là.

HENRI. Eh bien! qu'est-il devenu?

VALÉRIE. Depuis trois ans il était mon guide, mon ami! Tandis que ses nobles récits développaient mon esprit, élevaient mon âme, son amitié attentive veillait sans cesse autour de moi. — J'aurais reconnu sa démarche, le bruit de ses pas. Dans le salon où il entrait, je devinais sa présence. On s'effraya sans doute d'un si tendre attachement, car la comtesse de Rinsberg et sa fille ne me quittèrent plus d'un seul instant! nous ne pouvions plus nous entendre!.. Chaque matin seulement, en signe de son amitié, il me donnait un bouquet que je lui rendais le soir après l'avoir porté toute la journée; c'était là notre seul entretien! Enfin un jour il me dit: Valérie, je quitte ce château, l'honneur le veut; mais je reviendrai, ma vie est avec toi! Alors je crus mourir! je sentis avec désespoir la nuit éternelle qui couvrait mes yeux! Il partait, il ne me laissait rien, pas même son image!

HENRI. Pauvre Valérie!

VALÉRIE. J'errais en vain dans ces allées que nous avions parcourues ensemble, sous ces ombrages, près de ces ruisseaux. Hélas! je ne voyais plus! A cette époque, mon aimable cousine, madame Blumfeld, vint au château de Rinsberg, fut touchée de mon amitié, m'accorda la sienne et m'amena avec elle dans ces lieux où je croyais trouver la tranquillité, et où je n'ai rencontré que des souvenirs, des regrets. Croyez-moi, mon ami; le malheur, c'est l'absence.

HENRI. Et depuis qu'il est parti, il ne vous a pas écrit une seule lettre?

VALÉRIE. Je n'aurais pas pu la lire! (Se tournant vers la gauche.) Mais, écoutez... on vient!

HENRI. Ah mon Dieu! serait-ce Caroline?

VALÉRIE. Eh bien! ne tremblez donc pas ainsi. Allons, voilà le moment. Faites votre déclaration.

HENRI. Je le sens, je n'oserai jamais.

VALÉRIE. Eh bien! je la ferai pour vous, et je trouverai moyen d'éloigner le comte de Halzbourg; car d'après ce que vous m'avez dit, je le hais déjà, et sans le connaître, je le déteste sur parole.

HENRI. Ah! que vous êtes bonne!

VALÉRIE. Vous ne partez plus?

HENRI. Non, non, je reste.

VALÉRIE. Ne vous semble-t-il pas plaisant qu'il y ait ici une intrigue, et que ce soit moi qui la dirige? J'entends ma cousine. Laissez-nous! (Henri sort.)

SCÈNE VI.

VALÉRIE, CAROLINE.

CAROLINE, à la cantonade. Qu'on mette des fleurs dans le salon, et qu'avant tout on débarrasse la première cour. Dans l'état où elle est, il est impossible qu'une voiture puisse y entrer.

VALÉRIE. Eh mon Dieu, cousine! tu attends donc des gens à équipage?

CAROLINE. Oui, la personne avec qui je plaide.

VALÉRIE. Et quel est le but de cette visite?

CAROLINE. Un arrangement à l'amiable! Et que sait-on? Il a le bon droit de son côté; mais je suis jeune, jolie...

VALÉRIE. Jolie! Dis-moi, cousine, qu'est-ce que c'est que d'être jolie?

CAROLINE. Mais c'est... de plaire.

VALÉRIE. Et moi, suis-je jolie?

CAROLINE. Ordinairement, entre femmes, on n'en convient pas; mais avec toi c'est sans conséquence, et je puis te l'accorder.

VALÉRIE, avec satisfaction. Tant mieux. — J'ignore pourquoi, mais ce que tu me dis là me fait plaisir. Eh bien donc, continue.

CAROLINE. Il est même déjà question de mariage. Je n'en serais pas éloignée! Moi, je ne m'en cache pas, j'ai un faible pour la richesse, peut-être parce que tout le monde en médit, et que ma générosité naturelle me porte à me ranger du parti des opprimés. Enfin je l'aime d'inclination, non pour elle-même, mais pour la considération, et surtout pour les envieux qu'elle me procure. — Je ne peux pas souffrir qu'on me plaigne; et quand j'entends dire tous les jours avec une pitié maligne: Cette pauvre madame Blumfeld, se trouver sans protecteur, sans fortune, quel dommage! Quand j'y pense, je deviendrais millionnaire... ne fût-ce que par dépit!

VALÉRIE. Et c'est pour de pareils motifs que tu veux vendre ton bonheur?

CAROLINE. Non; mais je veux assurer le tien. Si j'épouse le comte de Halzbourg, Valérie, nul événement ne pourra plus nous séparer; rien au monde ne m'empêchera de passer ma vie avec toi. Tu vois donc bien que, quoi qu'il arrive, je suis certaine d'être heureuse.

VALÉRIE. Chère Caroline, combien je te remercie! Mais tu es dans l'erreur, et ce serait au contraire si tu épousais le comte de Halzbourg qu'il faudrait nous quitter à l'instant même.

CAROLINE. Et pourquoi donc?

VALÉRIE. Si je m'étais chargée de défendre un ami, un ami qui t'aime réellement, serait-il convenable que je devinsse la première cause de son malheur?

CAROLINE. Eh mon Dieu? quelle est donc la personne à qui tu t'intéresses si vivement? J'y suis: le colonel Saldorf?

VALÉRIE. Du tout.

CAROLINE. L'intendant Kelmann?

VALÉRIE. Encore moins. Faut-il que ce soit moi qui te l'apprenne?

CAROLINE. Écoute donc, je vois tant de monde!

VALÉRIE. Je suis donc bien heureuse de ne pas voir, car j'ai découvert sur-le-champ le seul de tous ceux-là qui t'aimât sincèrement; et quel autre serait-ce que le bon, l'aimable Henri Milner?

CAROLINE. Ah! le pauvre jeune homme! C'est justement lui que j'ai pris pour confident, et à qui tout à l'heure encore j'ai demandé conseil; j'ai toujours eu tant d'amitié pour lui!

VALÉRIE. Il t'en aurait bien dispensée dans ce moment-là.

CAROLINE. Comment deviner qu'il m'aimait? Il ne m'en

parlait jamais, ne me flattait pas, me grondait toujours. C'était moins un ami qu'un gouverneur sévère. .

VALÉRIE. Oui, c'est cela; un maître, un guide, un ami; moi, je l'aurais reconnu! Voilà celui qu'il t'est permis d'aimer et d'épouser. C'est auprès de vous que je serais heureuse de passer mes jours. Qu'ai-je besoin d'opulence, de trésors, de riches parures? Pour moi, c'est inutile. Ce qu'il me faut, c'est ton amitié, c'est la sienne. J'ai besoin d'être entourée de gens heureux qui veuillent bien m'admettre dans leur bonheur; ce partage-là n'appauvrit pas. Et si tu savais comme il t'aime! si tu avais été témoin de sa tristesse, de son désespoir!

CAROLINE. Comment, il se pourrait!

VALÉRIE. Tu ne t'aperçois donc de rien? Moi, je ne pouvais le voir; (*Lui prenant la main.*); mais sans qu'il parlât, je l'entendais; je sentais sa main trembler dans la mienne. O ciel! comme toi dans ce moment; tu es émue, agitée. Oh! que j'ai bien fait de lui promettre!.. N'est-ce pas, Caroline, tu l'aimes, tu vas te rendre, et je cours lui dire que j'ai gagné sa cause?

CAROLINE, *la retenant.* Mais un instant. (*A part.*) Avec elle, c'est terrible, on se croit en sûreté, et l'on se laisse surprendre. (*Haut.*) J'avoue qu'un tel hommage a droit de me flatter. Peut-être me fait-il découvrir en mon cœur des sentiments que j'étais loin d'y soupçonner; et je crois qu'un jour...

VALÉRIE. Cela ne me suffit pas. Il faut l'aimer, et sur-le-champ.

CAROLINE. Eh mais, cousine, un instant. Je l'aimerais d'abord que je n'en conviendrais pas, et... (*S'arrêtant.*) Quel est ce bruit?

VALÉRIE, *écoutant.* C'est une voiture. Elle entre dans la cour.

CAROLINE, *regardant par la fenêtre.* Oh! le magnifique équipage! Quels beaux chevaux! Quelle livrée élégante! Eh mais vraiment, c'est un landau!

VALÉRIE. Un landau?

CAROLINE, *regardant toujours.* Oui. Ah! que je te plains!

———

SCÈNE VII.

LES PRÉCÉDENTS, AMBROISE.

AMBROISE. Monsieur le comte de Halzbourg monte les degrés du perron.

VALÉRIE. Le comte de Halzbourg! J'aurais dû m'en douter.

CAROLINE. Eh mon Dieu! je ne l'attendais pas sitôt. En causant avec toi je l'avais oublié. Je ne peux pourtant pas me montrer ainsi; il faut que j'ajoute quelque chose à ma toilette.

VALÉRIE. Puisque tu veux le congédier...

CAROLINE. C'est égal; ce n'est pas une raison pour lui faire peur. Tu vas le recevoir, n'est-ce pas?

VALÉRIE. Moi! je n'ai que faire ici, et ne reviendrai qu'après son départ.

CAROLINE, *à Ambroise.* Priez-le d'attendre dans le petit salon. Je suis à lui dans un instant. Il n'y a rien de plus terrible au monde qu'une visite de cérémonie qui vous arrive à l'improviste.

VALÉRIE. Ambroise! es-tu là? Conduis-moi dans mon appartement. (*A part.*) Ah! le maudit landau! il vient de renverser tout ce que j'avais fait. (*Elle sort, conduite par Ambroise qui l'accompagne jusqu'à la porte de son appartement, et qui après sort par le fond.*)

———

ACTE DEUXIÈME.

—

SCÈNE PREMIÈRE.

LE COMTE DE HALZBOURG, CAROLINE, *en grande parure.*

CAROLINE. Que de pardons j'ai à vous demander, monsieur le comte! Vous avez attendu.

LE COMTE. C'est moi, Madame, qui ai des excuses à vous faire. Oser me présenter ainsi en habit de voyage! J'ai couru toute la nuit, tant j'avais hâte d'arriver.

CAROLINE. Eh! mon Dieu! Vous devez être horriblement fatigué!

LE COMTE. Oui, d'abord; mais depuis quelques lieues, je ne m'en aperçois plus.. Un beau pays! des chemins superbes!

CAROLINE. Que dites-vous? Des routes affreuses! des précipices, des fondrières! Tous les jours il arrive des accidents.

LE COMTE. Vraiment, vous m'effrayez, et je vais vous prier de faire des vœux pour moi, qui suis obligé de continuer mon voyage.

CAROLINE. Comment, Monsieur, vous repartez?

LE COMTE. Oui, Madame; des affaires indispensables... Il faut que je sois ce soir à Olbruk; mais, avant, je vous ai fait demander un instant d'entretien pour vous parler au sujet de ce testament...

CAROLINE. Voilà justement ce que je ne souffrirai pas. Quand on a passé une nuit en voiture, il faut d'abord songer à se reposer; et je vais donner des ordres pour vous faire préparer un appartement.

LE COMTE, *la retenant.* Mais, Madame, j'ai eu l'honneur de vous dire...

CAROLINE. J'ai très-bien compris. L'idée la plus déraisonnable! Vous irez demain à Olbruk, et aujourd'hui vous dinerez avec nous; sans cela, je ne parle point d'affaires; vous en serez réduit à traiter avec mon procureur; et si vous êtes pressé, je vous plains; car il n'a jamais pu finir un procès.

LE COMTE. Voilà une perspective beaucoup plus effrayante que les précipices et les fondrières dont vous me menaciez tout à l'heure; car c'est avec vous seule, Madame, qu'il me serait doux de m'entendre. C'est vous seule que je veux prendre pour juge. — Daignez donc, je vous prie, m'accorder dix minutes d'audience. — Vous savez qu'il s'agit...

CAROLINE. De plaider ou de m'épouser. Tel est l'état de la question; si vous tenez à mon avis, je vous ai déjà déclaré que d'aujourd'hui vous n'auriez pas de moi un seul mot sur ce chapitre. Quant à vos intentions à vous, Monsieur, il est un moyen très-simple de me les faire connaître. Si vous consentez à rester, je regarderai cette démarche comme les préliminaires d'un traité de paix. Mais si, malgré mes instances, vous voulez absolument partir pour Olbruk, je croirai, Monsieur, que vous aimez les procès, et je regarderai votre départ comme une déclaration de guerre. (*Elle lui fait la révérence et sort.*)

———

SCÈNE II.

LE COMTE, *seul.* Eh mais, voilà un ultimatum très-aimable et très-embarrassant. C'est une charmante femme que madame Blumfeld, et je ne voudrais pas, comme elle le dit, commencer les hostilités. Cependant rien au monde ne me ferait retarder d'une heure mon arrivée à Olbruk. A mesure que j'approche d i but de mon voyage, j'éprouve une émoti n, une impatience .. C'est fini, je pars, je risque la déclaration de guerre. (*Appelant.*) Holà! quelqu'un! — Demain, après-demain, je reviendrai , et je tâcherai de faire ma paix. — Eh bien! viendra-t-on?

—

SCÈNE III.

LE COMTE, AMBROISE.

AMBROISE. Voilà, voilà. Ces grands seigneurs ont la parole haute. Mais le prétendu a bonne tournure. (*Haut.*) L'appartement de monsieur le comte est préparé.

LE COMTE. Je te remercie, je n'en profiterai pas! Dis à mes gens que je repars à l'instant.

AMBROISE, *à part.* C'é ait bien la peine, après tout le mal que je me suis donné ce matin. (*Haut.*) Je vais dire de faire avancer la voiture de Monseigneur.

LE COMTE. Oui, c'est cela!

AMBROISE, *prêt à s'en aller.* C'est agréabl: de recevoir des personnages importants, des gens à équipage. Voilà notre cour encombré de tous les mendiants des environs.

LE COMTE, *avec un peu d'impatience.* Eh bien! qu'on les renvoie.

AMBROISE. C'est bien aisé à dire. Il y a là surtout un aveugle qui fait un bruit...

LE COMTE, *vivement.* Un aveugle, dis-tu? Tiens, donne ma bourse à celui-là.

AMBROISE, *étonné, et regardant la bourse.* Qu'est-ce que cela signifie? (*S'avançant et regardant le comte.*) Ah! mon Dieu! voilà une ressemblance... et si vous n'étiez pas monseigneur, je croirais que vous êtes ce brave jeune homme... qui l'année dernière... à Paris... chez le docteur Forzino...

LE COMTE, *avec dignité.* Hein? qu'y a-t-il?

AMBROISE. Pardon, Monseigneur, je me trompe sans doute. Il me semblait au premier coup d'œil... Mais quelle différence! ce bel équipage! ces grands laquais! Monseigneur est bien mieux. (*A part.*) L'air plus noble d'abord.

LE COMTE. Qu'avez-vous donc? que voulez-vous dire?

AMBROISE. Rien, Monseigneur, je croyais reconnaitre les traits... (*Le regardant.*) Allons, au fait, il y a quelque chose. (*Haut.*) Les traits d'un jeune homme que j'avais vu à Paris, et qui m'avait parlé d'Olbrük, ma patrie.

LE COMTE. Ah! ah! tu es d'Olbruk! tu connais le château de Rinsberg?

AMBROISE. Si je le connais! Ces quatre grandes tourelles...

LE COMTE. Je veux parler de ses habitants. Peux-tu me donner des nouvelles de la comtesse de Rinsberg, de sa fille Émilie, et de cette jeune personne qui était chez elle, Valérie?

AMBROISE. Mademoiselle Valérie! elle est ici, chez madame Blumfeld, son amie.

LE COMTE, *vivement.* Elle est ici! (*Se remettant.*) Eh bien, mon ami, je reste; c'est bien. Dis à madame Blumfeld que j'accepte l'appartement qu'elle a eu la bonté de m'offrir. Il faut aussi que je lui parle... mais auparavant, écoute, y a-t-il ici un homme d'affaires, un notaire?

AMBROISE. Pas précisément. Il n'y en a qu'un pour cette résidence et les trois villages voisins; de manière que quand il se trouve le même jour un mariage et un testament...

LE COMTE. C'est bien. Envoie-le-chercher à l'instant, qu'il vienne me parler ici, en secret; en secret, entends-tu bien? et surtout n'en dis rien à personne.

AMBROISE. J'en ends; cette fois ci, ce ne sera pas pour un testament. (*Pesant la bourse.*) Allons, puisque notre jeune maitre a une prédilection pour les aveugles, je vais toujours donner cela à mon ancien confrère, (*A part.*) et un peu aux autres, parce que ce n'est pas leur faute s'ils n jouissent pas des mêmes avantages personnels. (*Il sort.*)

—

SCÈNE IV.

LE COMTE, *seul.* C'est maintenant que je suis le plus heureux des hommes, et que je crains de ne pouvoir supporter l'excès de ma joie. (*Regardant par la gauche.*) On vient de ce côté. C'est elle! c'est Valérie!

—

SCÈNE V.

LE COMTE, VALÉRIE.

VALÉRIE, *sortant de son appartement.* Ambroise! Ambroise! Je voudrais bien savoir si le comte est parti. Ambroise avait promis de venir me reprendre; et moi, quand on m'oublie... (*Entendant le comte qui a fait quelques pas vers elle.*) Ah! te voilà! Viens; donne-moi la main. (*Le comte s'avance et saisit sa main.*) Eh mais, ce n'est pas la main d'Ambroise! (*Avec une émotion marquée.*) O ciel! est-il possible! (*Mettant son autre main sur son cœur.*) Voilà ce que j'éprouvais autrefois. (*Au comte.*) Qui que vous soyez, si vous n'êtes pas lui, ne me répondez pas, et laissez-moi mon erreur. Ernest, est-ce toi?

LE COMTE. Valérie!

VALÉRIE. Dieux! Il ne m'a donc pas oubliée!

LE COMTE. Oui, c'est Ernest qui, fidèle à sa promesse, revient te défendre, te protéger. Veux-tu me rendre mes droits, me permettre d'être encore ton guide, ton ami? Valérie, le veux-tu?

VALÉRIE, *écoutant toujours.* Parle, parle encore, j'ai besoin de t'entendre; il y a si longtemps que ta voix n'a retenti à mon oreille!

LE COMTE. J'allais te chercher à Olbruk, au château de Rinsberg, dans ces lieux qui me rappelaient tant de souvenirs.

VALÉRIE. Que vous est-il arrivé? qu'êtes-vous devenu? que de choses vous aurez à me raconter! Vos peines, vos chagrins, vos dangers, songez, mon ami, que je veux tout savoir.

LE COMTE. Et vous. Valérie, pendant ces trois années d'absence, que faisiez-vous?

VALÉRIE. J'attendais. Et si vous saviez, Ernest, combien pour moi les instan s s'écoulent lentement! Vous, du moins, vous pouvez les compter; mais moi! j'ignore ce que vous appelez des jours, des semaines, des mois; depuis votre absence, ce n'était qu'une nuit, mais qu'elle fut longue! Enfin, n'en parlons plus; il me semble qu'elle est finie, et que je m'éveille. Vous voilà!

LE COMTE, *souriant.* Oui; vous avez raison, c'est le jour qui revient; je l'espère du moins.

VALÉRIE. Et c'est pour moi que vous retourniez à Olbruk?

LE COMTE. Oui, Valérie, j'y allais pour vous épouser.

VALÉRIE. Que dites-vous? Moi, Ernest; moi, votre femme!

LE COMTE. Je suis libre et maître de mon sort. Quel qu'il soit, voulez-vous le partager?

VALÉRIE. Ah! si je n'écoutais que mon cœur, je serais peut être assez égoïste pour accepter; mais il est bien temps qu'à mon tour je pense à votre bonheur. (*Le cherchant de la main.*) Mon ami, où êtes-vous? écoutez-moi. Quand vous m'avez quittée, j'ignorais les idées, les opinions d'un monde qui m'était étranger. Depuis, ce que j'ai entendu, ce que j'ai cru comprendre m'a fait réfléchir sur vous, sur moi-même, et dans l'état où je suis, je ne consentirai jamais à unir votre sort au mien.

LE COMTE. Valérie!

VALÉRIE. Je ne rougis point de mon manque de fortune, vous êtes assez généreux pour me le pardonner. Mais je ne vous porterai point en dot le malheur qui m'accable; je ne condamnerai pas celui que j'aime à des soins, à des égards continuels qui ne coûteraient rien... à vous, je le sais, mais à celle qui les reçoit! Oui, Ernest, soyez encore mon guide, mon ami; ne m'abandonnez pas, car je ne pourrais y survivre; mais qu'une autre que moi soit votre femme, votre compagne; j'en aurai la force, le courage. Plus qu'une autre je puis supporter cette idée, car je saurai votre bonheur, et du moins, je ne le verrai pas.

LE COMTE. Ah! Valérie! si vous m'aimiez, auriez-vous le courage de me parler ainsi?

VALÉRIE. Eh! c'est parce que je vous aime que je vous refuse! Ernest, je ne veux pas vous affliger; mais nous ne serions pas heureux; tout ne serait pas commun entre nous; vous auriez des plaisirs que je ne pourrais partager, et songez, Monsieur, si je devenais jalouse! cela peut arriver, je le sens, et très-aisément, j'en mourrais d'abord! Vous voyez donc bien que, pour notre bonheur à tous deux, il faut que je sois toujours votre sœur et votre amie?

LE COMTE. C'est là votre résolution?

VALÉRIE. Oui, inébranlable comme l'amour que j'ai pour vous.

LE COMTE. Et si par hasard vous veniez à recouvrer la vue?

VALÉRIE, souriant. Pour cela, mon ami, vous savez bien que c'est impossible.

LE COMTE. Mais enfin, si l'on vous proposait d'essayer?

VALÉRIE. Je crois que je refuserais.

LE COMTE. Et pourquoi?

VALÉRIE. Parce qu'une pareille tentative me donnerait des idées... un espoir qui, s'il était déçu, me rendrait l'existence insupportable, tandis que, telle que je suis, je ne désire rien, je me trouve heureuse... du moins depuis quelques instants.

LE COMTE, la regardant. Ah! que vous le seriez davantage, si vous connaissiez comme moi le bonheur de voir ce qu'on aime!

VALÉRIE. Je suis moins à plaindre que vous ne croyez. Tenez, mon ami, je vous vois.

LE COMTE. Vous, Valérie!

VALÉRIE. Oui, tous vos traits sont là, mon imagination me les représente, et je suis sûre qu'elle est fidèle.

LE COMTE. Quoi! vous croyez que si la vue vous était rendue, vous pourriez me reconnaître?

VALÉRIE. Sur-le-champ; et jugez donc quel avantage j'ai sur vous. Je vous ai entendu parler de la vieillesse, des ravages du temps. Pour moi, ils seront insensibles; vous serez toujours le même; je n'aurai pas le chagrin de voir vos traits s'altérer, se flétrir. Ils seront comme mon amitié; ils ne vieilliront pas!

LE COMTE. Et ces merveilles qui vous environnent et que vous ignorez; ce beau ciel dont l'aspect est si consolant; ce spectacle imposant dont vous semblez exclue, et qui doublerait de prix si je pouvais l'admirer avec vous; et ce bonheur plus doux encore de s'entendre d'un regard, de lire dans les yeux d'un ami, de pouvoir tracer ces caractères chéris qui rapprochent et les temps et les lieux... En s'écrivant, Valérie, il n'y a plus d'absence.

VALÉRIE. Ah! voilà ce que je craignais. Pourquoi me tenter ainsi? Pourquoi me donner l'idée d'un bonheur dont je ne pourrai jamais jouir?

LE COMTE. Et si rien n'était plus facile? Si ce miracle ne dépendait que de vous, de votre courage?

VALÉRIE. De moi! Parlez. J'exposerais ma vie pour être digne de partager la vôtre!

LE COMTE. Eh bien, j'ai un ami qui vous est dévoué; et si le ciel ne trompe point mes espérances, il saura vous rendre à la lumière. Daignez vous confier à ses soins, à son zèle, et dès ce soir je vous mène auprès de lui. Quoi! vous hésitez?

VALÉRIE. Non; mais l'idée seule me rend toute tremblante. Songez bien, Ernest, à ce que je vous ai dit! Rien ne pourra changer ma résolution, et si ce projet ne réussit pas, il faut renoncer à jamais à l'espoir d'être à vous!

LE COMTE. N'achevez pas; ne m'offrez pas une pareille idée. Dites-moi seulement que vous acceptez.

VALÉRIE. Mon ami, ayez pitié de moi; laissez-moi quelques instants, jusqu'à ce soir.

LE COMTE. Eh bien! à ce soir. Valérie, vous rappelez-vous le château de Rinsberg, et me donnerez-vous encore votre bouquet?

VALÉRIE. Quoi! vous n'avez point oublié notre ancien gage d'amitié?

LE COMTE. Aujourd'hui, si je le reçois, je le regarderai comme un gage d'amour, comme un consentement à notre union. Mais on vient. Adieu, adieu, Valérie.

VALÉRIE. Vous me quittez?

LE COMTE. Pour quelques instants. Je vais tout préparer; à ce soir. Vous consentirez, n'est-ce pas? (Il sort en saluant Henri, qui vient d'entrer par le fond.)

——

SCÈNE VI.

VALÉRIE, HENRI, qui regarde sortir le comte.

HENRI, à part. Il nous laisse, c'est fort heureux. (Haut.) Ah! Valérie, je vous cherchais; rien n'égale la fatalité qui me poursuit.

VALÉRIE. Quel dommage! je suis si heureuse, je voudrais que tout le monde le fût. Dites-moi vite votre chagrin.

HENRI. J'ai vu Caroline; je lui ai parlé, et après avoir bien hésité, je lui ai déclaré mon amour.

VALÉRIE, souriant. La belle avance! Je le lui avais déjà dit.

HENRI. Je le sais; mais c'est égal, j'ai eu le courage de le lui répéter.

VALÉRIE. Eh bien?

HENRI. Elle a ri d'abord; mais elle paraissait émue. Je sollicitais un aveu; je voulais savoir si j'étais aimé. Enfin, elle m'a promis de me le dire après le départ de M. de Halzbourg.

VALÉRIE. Il me semble que c'est déjà quelque chose.

HENRI. Mais c'est que le comte ne part pas; il ne partira jamais. Il aime madame de Blumfeld; il veut l'épouser! Elle convient elle-même qu'en restant dans ces lieux il lui a déclaré formellement. Et le plus terrible, c'est qu'il est fort aimable, du moins à ce qu'elle prétend.

VALÉRIE. Vraiment.

HENRI. Mais vous devez le savoir aussi bien qu'elle.

VALÉRIE. Non, je ne lui ai pas parlé.

HENRI. Il vous quitte dans l'instant. Ce jeune seigneur que j'ai vu sortir d'ici...

VALÉRIE, avec joie. Vous ne savez pas? C'est Ernest!

HENRI. C'est le comte de Halzbourg.

VALÉRIE. Que dites-vous?

HENRI. Je n'en saurais douter; j'étais présent à son arrivée.

VALÉRIE. Lui! vous vous trompez, il n'a point de titres, de richesses; il me l'aurait dit.

HENRI. Qu'il vous l'ait dit ou non; c'est le comte de Halzbourg; et c'est là celui que vous aimiez.

VALÉRIE. Oui, et quel qu'il soit, il est digne de ma tendresse : c'est le plus noble, le plus généreux des hommes!

Si vous saviez quel motif te ramène ici! C'est pour moi, pour moi seule qu'il revenait...

HENRI. Plût au ciel! Mais malheureusement je suis certain que c'est pour madame de Blumfeld; car vous, Valérie, il ignorait que vous fussiez en ces lieux, et il devait toujours vous croire à Olbruk.

VALÉRIE. Il connaissait Caroline, et il ne m'en a pas parlé! Et cet amour, ce mariage... Cela n'est pas possible, puisque tout à l'heure encore il m'offrait sa main.

HENRI. Je ne vous comprends pas; vous doutez de tout. Vous ne savez donc pas, Valérie, quels desseins peut concevoir un homme riche qui se croit sûr de l'impunité! Pourquoi vous cacher et son nom et son rang, quand il ne laisse point ignorer à madame de Blumfeld? Il est donc certain que j'ai raison, et que c'est elle qu'il a l'intention d'épouser.

VALÉRIE. Eh! de grâce, dispensez-vous de m'en donner tant de preuves!

HENRI. Pardon! Mais c'est que vous n'êtes pas, comme moi, à même de tout observer. On dit qu'il est fort bien, fort agréable. D'abord, il n'a pas produit sur moi cet effet-là. Il ne m'a pas paru bien du tout; mais ce qu'il y a de certain, c'est qu'il y a dans sa physionomie un air de fausseté et de mystère; et vous seriez de mon avis, si vous pouviez en juger...

VALÉRIE. Attendez. Au moment de me quitter, il a hésité. Je me rappelle qu'il tremblait. Oui, j'en suis sûre, il était troublé. Mais comment soupçonner sa perfidie? Sa voix était toujours la même; j'avais toujours le même plaisir à l'entendre... Non, mon ami; rassurez-vous, il ne voudrait pas me tromper. Ce serait trop facile.

SCÈNE VII.

LES PRÉCÉDENTS, AMBROISE.

HENRI. Que demande Ambroise?

AMBROISE. M. le comte de Halzbourg n'est pas ici?

HENRI. Que lui veux-tu?

AMBROISE. C'est que le notaire qu'il a envoyé chercher en grande hâte vient d'arriver. Il est là...

VALÉRIE. Un notaire! et pourquoi?

AMBROISE. Vous ne le devinez pas? Ce n'est déjà plus un secret dans notre petite ville. C'est tout naturel, un si beau parti!

HENRI. C'est cela même. Déjà le contrat de mariage! Il ne doute de rien, et veut terminer à l'instant.

VALÉRIE, à Ambroise. Quoi! c'est pour cette raison qu'il a fait demander un notaire?

AMBROISE. Ah! mon Dieu! il m'avait défendu d'en parler. Mais à vous deux qui êtes les amis de la maison, on peut tout dire, il n'y a pas de risque. Et M. le notaire qui attend. (Il sort.)

HENRI. C'est évident. Ils s'entendaient ensemble. Madame de Blumfeld elle-même ne cherchait qu'un prétexte pour m'abuser, pour m'éloigner. Mais je ne le souffrirai pas. Je cours trouver le comte de Halzbourg.

VALÉRIE. O ciel! perdre Caroline! la compromettre! Henri, en avez-vous le droit?

HENRI. Non. — Aussi, ce n'est pas pour elle, — mais pour vous dont je dois être l'appui, le défenseur; je me reprocherais toute ma vie de vous avoir laissé outrager ainsi, et bien certainement je ne le souffrirai pas.

VALÉRIE. Ah! peu m'importe à présent! Qu'ils me laissent tous deux! qu'ils s'éloignent! Je n'aime plus rien au monde; rien que la nuit qui m'environne et qui me sépare d'eux tous. Moi, recouvrer la lumière! Jamais, jamais! Ve-

nez, venez, Henri! vous, du moins, ne m'abandonnez pas! (Ils sortent.)

ACTE TROISIÈME.

—

SCÈNE PREMIÈRE.

CAROLINE, VALÉRIE.

CAROLINE, tenant Valérie par la main. Eh mais, où étais-tu donc? Qu'es-tu devenue? Je te cherchais partout. J'ai tant de choses à te dire!

VALÉRIE. Caroline, est-il encore ici?

CAROLINE. Qui donc?

VALÉRIE. Votre visite, M. le comte de Halzbourg.

CAROLINE. Sans doute, et je me trouve, ma chère, dans un grand embarras.

VALÉRIE. Il vous aime donc beaucoup?

CAROLINE. Jusqu'ici tout me le prouve. (Regardant Valérie.) Eh! mon Dieu! qu'as-tu donc?

VALÉRIE. Rien. (A part.) Je sens auprès d'elle une défiance dont je ne puis me rendre compte. Ah! voilà des tourments que je ne connaissais pas! (Haut.) Il vous aime; il vous l'a dit?

CAROLINE. Pas positivement, mais...

VALÉRIE. Eh bien donc, achève; qu'y a t-il qui te désole? et d'où peut venir ce chagrin?

CAROLINE. C'est que ton protégé, M. Henri Milner, s'est enfin déclaré.

VALÉRIE. Je le sais.

CAROLINE. Et que, touchée de son amour, émue de ses prières... j'ignore comment cela s'est fait... mais enfin j'ai senti que c'était lui que j'aimais.

SCÈNE II.

LES PRÉCÉDENTS, HENRI, qui s'avance lentement du fond.

CAROLINE. Lorsqu'un instant après je rencontre au jardin le comte de Halzbourg; il causait avec le notaire. Il m'aperçoit, s'interrompt, et s'approchant de moi avec un air, une expression que je ne puis te rendre, il me supplie de lui accorder, dans un instant, un entretien particulier ici, dans ce salon.

HENRI, s'avançant. Comment? un tête-à-tête!

CAROLINE, souriant en l'apercevant. Ah! vous étiez là?

HENRI. Oui, Madame; j'arrivais, et j'ai entendu «dans ce salon.» Est-ce pour cela que vous venez de vous y rendre?

CAROLINE. Eh mais, sans doute.

VALÉRIE. Quoi, vous avez consenti?..

CAROLINE. Il faut bien l'entendre pour savoir ce qu'il veut.

HENRI, très-ému. Je le saurai avant vous, Madame, car c'est moi qui me charge de le recevoir.

CAROLINE. Eh mon Dieu oui, faire une scène! Je déclare, Monsieur, que s'il y a entre vous la moindre explication, je me rétracte, je n'ai rien promis...

HENRI. Mais enfin, Madame, c'est un rendez-vous...

CAROLINE. Oui, Monsieur, que je lui ai accordé... pour le congédier; car je ne sais comment moi, qui suis la moins coquette des femmes, je me trouve ainsi entre deux adorateurs. (Remontant le théâtre à droite.) N'est-ce pas lui? (Elle regarde avec crainte par la porte du fond.)

HENRI, à voix basse, s'approchant de Valérie. Eh bien?

VALÉRIE. O mon Dieu! je te rends grâce. — Acte 3, scène 9.

VALÉRIE, *de même*. Je ne puis le croire encore, et à moins que je ne l'entende lui-même... Dites-moi, Henri, est-ce mal que d'écouter?

HENRI, *vivement*. En pareil cas, c'est l'action la plus louable, la plus légitime.

CAROLINE, *à Valérie et à Henri*. Il vient; laissez-nous.

VALÉRIE, *bas*. Conduisez-moi vers ce cabinet qui doit être... là à gauche. (*Arrivée près du cabinet, elle s'arrête, et dit à Henri.*) Venez-vous?

HENRI. Qui, moi? (*Montrant Caroline.*) La confiance... le respect... Mais écoutez pour nous deux, et ne perdez pas un mot. (*Valérie sort par le cabinet à droite du spectateur, Henri par le fond.*)

—

SCÈNE III.

CAROLINE, *seule*. C'est terrible une audience de congé; et quoique certainement j'y sois bien décidée, c'est toujours très-désagréable. Allons, cherchons du moins les phrases les plus aimables, les plus obligeantes. Qu'il nous quitte, c'est bien : mais encore faut-il qu'il ait des regrets.

SCÈNE IV.

CAROLINE, LE COMTE.

CAROLINE. Vous allez penser, Monsieur, que je tiens peu à mes résolutions; car je m'étais bien promis que d'aujourd'hui il ne serait pas question d'affaires entre nous. Eh bien! Monsieur, que me voulez-vous, et qu'avez-vous décidé?

LE COMTE. Je n'oserais vous le dire, Madame; mais daignez m'entendre, et après ce que je vais vous confier, j'espère que c'est vous-même qui prononcerez.

CAROLINE, *à part*. Eh! mon Dieu, que veut-il dire? je n'y suis plus.

LE COMTE. Vous n'ignorez pas que, dernier héritier d'une famille très-nombreuse, je ne devais jamais espérer le titre et les richesses dont je jouis aujourd'hui. Mon refus d'entrer dans les ordres m'avait brouillé avec mes parents; mais j'avais fait de brillantes études, j'étais plein de courage, d'enthousiasme; et, comme tous les jeunes gens de mon âge, dans mes rêves d'indépendance, j'espérais ne devoir ma fortune qu'à moi-même. Je partis, sans prévenir personne pour commencer mon tour d'Europe ; il ne fut pas long ; je n'avais pas fait vingt lieues que déjà j'étais amoureux.

CAROLINE, *souriant*. Je vois que votre philosophie n'était pas à l'abri de deux beaux yeux. Et celle que vous aimiez..

LE COMTE. Vous vous trompez, Madame ; elle était aveugle !

CAROLINE, *à part*. Grand Dieu ! quel rapprochement !

LE COMTE. C'était aux dépens de sa vie qu'elle avait sauvé la mienne. Je la lui consacrai ! je n'existai plus que pour l'aimer ! La seule idée qui m'occupât était de lui rendre la lumière, de lui faire partager les douceurs de ce jour dont je ne jouissais que par elle. Que n'avais-je alors les trésors que je possède aujourd'hui ! j'aurais tout donné ! j'aurais cru trop peu payer encore un aussi grand bienfait. Mais j'ignorais même si un pareil miracle était possible à la science ! Je n'avais rien, je ne possédais rien, et à qui m'adresser ? Je ne comptai que sur moi et je partis. — Je traversai à pied l'Allemagne, la France, j'arrivai à Paris, séjour des sciences et des talents. Je cherchai le plus habile, le plus savant ; je me présentai chez lui, je lui offris mon temps, mes soins, ma peine ; je ne lui demandai rien que de m'initier dans son art, et je devins, non pas son élève, mais son apprenti, son serviteur, son valet !

CAROLINE. Vous, monsieur le comte ?

LE COMTE. Oui ! trop heureux encore si celui dont je m'étais rendu volontairement l'esclave eût payé mes services du prix que j'y avais mis ! Mais bien différent de ces savants généreux qui croiraient trahir la cause de l'humanité en cachant une découverte utile, mon maître spéculait sur ses talents ! il ne voyait que la fortune, les trésors ; et avare de la science qui les lui procurait, il aurait cru s'appauvrir en la partageant avec moi ! Eh bien ! cette science, je la lui dérobai ! La nuit j'étudiais furtivement ses livres, ses manuscrits ! Le jour, témoin assidu des prodiges de son art, je suivais sa main habile, et malgré lui je surprenais ses secrets ! Ni ses mauvais traitements, ni le joug humiliant de sa tyrannie, rien ne me rebuta. Enfin, au bout de deux ans de ruses et de travaux continuels, j'étais sûr de moi ! Un vieillard se présente : un de vos serviteurs, Madame, un Allemand, un compatriote ; il était trop indigent pour que mon maître daignât le secourir.

CAROLINE. Comment ! ce serait vous ?..

LE COMTE. Combien j'étais ému ! mon cœur palpitait et ma main était tremblante. Enfin, Madame, je réussis. Depuis, mille épreuves nouvelles, toutes couronnées du succès, m'avaient attesté mes talents. Je partis plein de confiance et d'espoir, et c'est en rentrant en Allemagne que j'appris les titres, les dignités et le riche héritage qui m'attendaient. Je pouvais alors faire venir mon maître et le récompenser dignement. Mais j'avais l'orgueil de croire en moi ! Et vous le dirai-je, Madame, j'aurais été jaloux que celle que j'aime reçût d'une autre main que de la mienne un pareil bienfait. Il me semblait que ce prix m'était dû !

CAROLINE, *vivement*. Oui, sans doute, vous le méritiez.

LE COMTE. Eh bien ! Madame, l'objet de tant d'amour, celle en qui réside et ma vie et mon bonheur, elle est ici, je l'ai vue, c'est Valérie !

CAROLINE. Que dites-vous ? O ciel !

LE COMTE. Prononcez maintenant. Suis-je libre ? et m'est-il permis de vous épouser ?

CAROLINE, *lui tendant la main*. Avez-vous besoin de ma réponse ?

LE COMTE. Non, je le lis dans vos yeux ; et quant au procès d'où dépend votre fortune, je crois pouvoir l'abandonner sans manquer à la mémoire de mon oncle. Je viens de faire dresser par un notaire des environs ma renonciation en bonne forme à des droits au moins très-douteux.

CAROLINE. Non, monsieur le comte, ils ne le sont pas.

LE COMTE, *souriant*. J'entends, Madame ; vous voulez que ma prudence ait le mérite d'un sacrifice. Eh bien, soit ; imitez-moi, faites aussi le sacrifice de votre fierté ; acceptez mes offres et accordez-moi votre amitié.

CAROLINE. Ne l'avez-vous pas déjà ?

LE COMTE. Eh bien, Madame, je la réclame en ce moment. Il faut que vous m'aidiez à déterminer Valérie ; elle hésite encore ; je lui ai parlé d'un ami à qui je devais la conduire.

CAROLINE. Quoi ! ne lui avez-vous pas dit ?..

LE COMTE. Gardez-vous-en bien ! il n'y aurait plus d'espoir si elle savait que c'est moi ! Un pareil moment exige la tranquillité, le calme le plus absolu ; la moindre émotion peut nous perdre, et elle n'aurait jamais le courage...

—

SCÈNE V.

LES PRÉCÉDENTS, VALÉRIE.

VALÉRIE, *à part, sortant du cabinet à gauche*. Je n'y tiens plus ! tant d'amour, de générosité... ah ! que j'étais coupable ! (*Haut.*) Ernest, n'êtes-vous pas là ?

CAROLINE, *pendant qu'Ernest s'approche*. Oui, le voici près de toi !

VALÉRIE. Oh ! je le savais. (*A Ernest.*) Eh bien, mon ami, j'ai changé d'idée, je suis décidée : partons ; allons trouver votre ami.

LE COMTE, *à part*. Qu'entends-je ?

CAROLINE, *à part*. Quel bonheur ! elle y consent !

LE COMTE. Notre départ ne sera pas nécessaire ; car il est venu me trouver, il est ici.

VALÉRIE, *souriant*. Voilà alors qui est à merveille ; mais, voyez comme cela se rencontre.

LE COMTE. En vérité, j'admire votre courage.

CAROLINE. Quoi ! tu n'as pas peur ?

VALÉRIE. Non, je suis tranquille, (*Lui prenant la main*) tout à fait calme, voyez plutôt ; et puis vous serez près de moi, n'est-il pas vrai ?

LE COMTE. Oui, sans doute. (*Appelant.*) Ambroise ! (*Bas, à Caroline.*) Je l'ai prévenu. (*Haut, à Valérie.*) Ambroise va vous conduire dans le petit salon.

VALÉRIE. C'est bien. (*A Ernest, avec un sourire.*) Vous venez, n'est-ce pas ?

LE COMTE. Oui, oui, je vous suis. (*Valérie sort, conduite par Ambroise.*)

—

SCÈNE VI.

LE COMTE, CAROLINE.

CAROLINE. Eh mais, qu'avez-vous donc ?

LE COMTE, *très-ému*. Je ne puis vous dire ce que j'éprouve ! Arrivé à ce moment que j'ai tant désiré ; je ne me reconnais plus ! toute ma résolution m'abandonne ; je tremble.

CAROLINE. Allons, mon ami, allons, remettez-vous.

LE COMTE. Jamais je n'aurai la force...

CAROLINE. Ernest, mon ami, du courage ! revenez à vous. Songez à notre amitié. — Songez à Valérie !

LE COMTE. Valérie ! Oui, vous avez raison, vous me rendez à moi-même ! Je vous réponds de moi, ma généreuse amie. (*Il lui baise la main et sort.*)

—

SCÈNE VII.

CAROLINE, HENRI, *qui est entré un peu avant la fin de la scène précédente, et qui a vu le comte baiser la main de Caroline.*

HENRI. A merveille !

CAROLINE. Ah ! vous voilà, mon cher Henri !

HENRI. Oui, Madame ; je reviens trop tôt sans doute ! Ah ! Caroline ! est-ce avec moi, est-ce avec votre ami que vous devriez avoir recours aux ruses de la coquetterie ?

CAROLINE, *regardant à gauche, et de la main faisant signe à Henri de se taire.* Silence. Taisez-vous.

HENRI, *continuant.* Quel mérite avez-vous à me tromper ? Ma confiance, mon respect n'éga'aient-ils pas mon amour ? (*Caroline faisant le même geste.*) Caroline, vous ne m'écoutez même pas ! D'autres pensées vous occupent ; et votre âme tout entière est loin de moi !

CAROLINE, *regardant toujours du côté par où le comte est sorti.* Je l'avoue, je suis d'une inquiétude...

HENRI. Pour lui ?

CAROLINE. Oui ; l'événement est si incertain !

HENRI. Apprenez donc... dussé-je redoubler encore le trouble et l'émotion où je vous vois... apprenez que le comte de Halzbourg vous abuse, qu'il aime Valérie.

CAROLINE, *froidement.* Oui, il en est amoureux fou, je le sais.

HENRI. Quoi ! vous le savez, et vous l'aimez encore !

CAROLINE, *le regardant avec tendresse.* Presque autant que vous. Et prenez garde, car je n'ai qu'un mot à dire pour que vous partagiez l'affection que j'ai pour lui.

HENRI. Pour celui-là, c'est autre chose.

CAROLINE. Eh bien, Monsieur, apprenez donc, avant tout, qu'il n'a jamais aimé que Valérie, et qu'il ne venait ici que pour l'épouser.

HENRI. Comment ! il serait vrai ? Ah ! l'honnête homme ! Je cours le remercier. (*Revenant.*) Vous êtes bien sûre au moins qu'il l'épousera ?

CAROLINE. Pourrait-elle le refuser ? C'est à ses soins généreux que, dans ce moment, peut-être elle doit la lumière.

HENRI. Que dites-vous ?

CAROLINE. Le voici.

SCÈNE VIII.

LES PRÉCÉDENTS, LE COMTE.

CAROLINE, *allant à lui.* Eh bien, mon ami, qu'avez-vous à m'annoncer ? Parlez, de grâce !

LE COMTE. Je ne puis vous répondre ; j'ignore moi-même...

CAROLINE. Qu'est-il donc arrivé ?

LE COMTE. Un instant je me suis flatté du succès.

HENRI. Eh bien ?

LE COMTE. Au cri qu'elle a jeté, j'ai fui épouvanté...

SCÈNE IX.

LES PRÉCÉDENTS, VALÉRIE, *qu'*AMBROISE *suit de loin.*

VALÉRIE. *Elle s'élance rapidement de la porte de côté.* Laissez-moi, laissez-moi ; je vois ! je vois ! (*Elle fait quelques pas au milieu du théâtre ; elle s'arrête en chancelant et comme éblouie du rayon de lumière qui la frappe.*) Qui m'a touchée ? qui m'a arrêtée ? (*Ouvrant de nouveau les yeux et étendant la main comme pour saisir l'air et la lumière.*) Où suis-je ? quel est ce mond : nouveau ? ces objets inconnus qui m'environnent, qui me touchent et que je ne puis saisir ? (*Se regardant et regardant autour d'elle.*) Dieux ! je ne suis pas seule ! O merveille que je ne puis comprendre ! ô spectacle éblouissant qui confond ma raison ! Oui, c'est là le jour, c'est la lumière, c'est la vie ! (*Croisant ses mains et tombant à genoux.*) O mon Dieu ! je te rends grâce, je sors de ma prison, j'existe !

CAROLINE, *allant à elle.* Valérie, mon amie !

VALÉRIE. Dieux, quelle voix ! c'est toi, Caroline ; laisse-moi te connaître, que je te regarde ! Que tu es belle ! autant que tu étais bonne... (*Elle se retourne, aperçoit Henri et le comte qui sont l'un à côté de l'autre.*) Ah ! (*Elle les regarde, hésite un instant, et va droit à Ernest. Arrivée près de lui, elle s'arrête, détache son bouquet et le lui présente.*) Tiens, Ernest !

LE COMTE, *se jetant à ses genoux.* Ah ! je suis trop récompensé.

AMBROISE, *à Valérie, lui présentant un bandeau noir.* Allons, Mademoiselle, encore pendant quelques jours ; c'est par ordonnance du docteur.

VALÉRIE. Quoi ! déjà redevenir aveugle !

LE COMTE. Ce matin, Valérie, vous trouviez que c'était un état si agréable ?

VALÉRIE, *le regardant.* Ah ! je n'avais pas vu !

FIN DE VALÉRIE.

LES INDÉPENDANTS

COMÉDIE EN TROIS ACTES ET EN PROSE

Représentée, pour la première fois, à Paris, sur le Théâtre-Français, le 20 novembre 1837.

Personnages.

M DHENNEBON, employé.
ÉMILIE, sa femme
ESTHER, sœur d'Émilie.
M. DE ROUVRAY, député.

EDGARD DE SAINT-RAMBERT, son neveu, o ficier.
MADAME GESLIN, femme de chambre d'Esther
Un Notaire
Un Valet.

La scène se passe à Paris.

ACTE PREMIER.

Le théâtre représente le salon de M. Dhennebon. Porte au fond; deux portes latérales.

SCÈNE PREMIÈRE.

DHENNEBON, *habillé et prêt à sortir*; ÉMILIE.

ÉMILIE. Va donc à ton bureau!

DHENNEBON. Oui, ma femme...

ÉMILIE Tu arriveras trop tard!

DHENNEBON. Aussi je pars!.. Quel horrible esclavage! et quand donc serai-je libre!..

ÉMILIE, *souriant*. Joug bien pesant! despotisme insupportable en effet! Partir de chez soi après un bon déjeuner, arriver à son ministère à onze heures, se chauffer, lire les journaux, causer politique ou théâtre, et travailler quand il vous reste du temps...

DHENNEBON. Ma femme!..

ÉMILIE. Sortir à quatre heures, même avant; et que la rente soit montée ou descendue; que la grêle ait détruit les vignes de la Bourgogne, ou les blés de la Beauce; sans souci de la veille, et sans inquiétude du lendemain, la tête libre, le cœur content, le pied léger, revenir le long des boulevards en lisant les affiches, ou admirant les gravures... rentrer au logis, dîner, et se reposer près de sa femme! voilà la vie de l'employé... Et pour tant de travail, pour tant de fatigues, six mille francs de traitement. (*Voyant qu'il veut parler.*) Tais-toi! et résigne-toi à ton bonheur... car tu es le plus heureux des hommes!

DHENNEBON. D'accord; mais je ne suis pas mon maître, je ne suis pas indépendant, et la liberté est le premier des biens!

ÉMILIE. Je n'ai pas le temps de discuter avec toi, tu devrais être parti! dépêche-toi pour revenir de bonne heure.

DHENNEBON, *vivement*. Sois tranquille!.. Mais j'ai les pieds gelés, et avant de partir... (*Il s'approche de la cheminée.*)

ÉMILIE. Nous dînons à Passy... chez ton chef de division...

DHENNEBON. Quel assujettissement!..

ÉMILIE. Un excellent homme! qui nous accable de politesses, et nous a envoyé pour aujourd'hui, à sa campagne, une invitation qu'il n'est pas possible de refuser...

DHENNEBON. C'est justement ce qui m'ennuie! Être obligé d'accepter, craindre de le fâcher, lui qui est mon supérieur,

c'est honteux!.. c'est humiliant! Moi, toute espèce d'obligation ou de chaîne m'est insupportable!..

ÉMILIE. Et vous dites cela à votre femme?

DHENNEBON, *vivement*. Excepté celle-là!.. tu sais bien que tu commandes!

ÉMILIE. Non, Monsieur, c'est vous, et ce doit être ainsi.

DHENNEBON. C'est vrai; mais je commande toujours ce que tu veux.

ÉMILIE. Ce doit encore être ainsi dans les bons ménages... voilà pourquoi le nôtre est excellent?.. tout nous réussit... Une belle place! chef de bureau à trente-deux ans! une petite fille charmante! et pour comble de bonheur... ma sœur, ma bonne Esther! que je n'ai pas vue depuis cinq ans, et qui nous arrive aujourd'hui!

DHENNEBON. Il est donc décidé qu'elle habitera avec nous?

ÉMILIE. C'est toi qui l'as voulu!

DHENNEBON. Parce que tu me l'as conseillé; car si tu veux que je te le dise, je n'aime pas beaucoup ta sœur!

ÉMILIE. Laissez donc !.. Quand vous vîntes, il y a cinq ans, chez ma tante, ce fut d'abord à elle que vous eûtes envie d'adresser vos vœux!

DHENNEBON. Moi!..

ÉMILIE. Elle est l'aînée, d'abord, c'est tout naturel!.. et puis elle est charmante!

DHENNEBON. Quand tu n'es pas là; car toi, ma femme, tu es si bonne, si gentille, qu'on aime à t'aimer... on se trouve ton ami sans le vouloir, et sans y penser!.. ce qui m'a souvent effrayé pour les autres!.. Mais ta sœur, malgré son esprit et ses talents, plus je la voyais, et moins elle me plaisait!

ÉMILIE. Et pourquoi cela?

DHENNEBON. Elle est trop indépendante; elle ne veut faire que sa volonté, ne se soumettre à aucun lien.

ÉMILIE. Cela aurait dû te séduire... toi qui es justement comme elle.

DHENNEBON. Quelle différence!.. Il est bien qu'un homme soit le maître... mais une femme!..

ÉMILIE. A merveille!.. tu es de ces gens qui ne comprennent la liberté que pour eux seuls!. Ma sœur chérit le célibat, par goût et par système; presque sans fortune, elle a refusé de riches partis, de jeunes gens aimables, séduisants, qui l'adoraient!.. Trop fière pour se donner un maître, trop franche pour être coquette, elle leur a déclaré qu'elle ne se marierait jamais; et pour mieux le prouver, pour ôter toute espérance, elle s'était retirée en Bretagne, près de sa marraine, qui vient de mourir.

DHENNEBON. Une vieille fille qui partageait ses principes...

ÉMILIE. Et qu'elle n'a point quittée depuis cinq ans...

DHENNEBON. Elle a dû bien s'amuser...

ÉMILIE. J'en doute... Mais toi qui parles... tu t'amuses trop, et tu arriveras trop tard à ton bureau.

DHENNEBON. C'est ta faute!.. je t'écoute, et tu ne sais pas, ma femme, que tu es très-aimable!

ÉMILIE. Prétexte pour rester, et gagner du temps... Allons, ton chapeau... ton parapluie... as-tu tes socques?

DHENNEBON. Non... je prendrai l'omnibus... le tilbury des employés!..

ÉMILIE. A la bonne heure... mais pars!

DHENNEBON. Et ma fille que je n'ai pas embrassée!.. elle me ferait une querelle!.. (*Se retournant et apercevant M. de Rouvray.*)

—

SCÈNE II.

M. DE ROUVRAY, DHENNEBON, ÉMILIE.

DHENNEBON, *courant à lui, et l'embrassant.* Eh!.. mon ami Gaspard!..

M. DE ROUVRAY. On m'avait bien dit que tu n'étais pas encore sorti!..

DHENNEBON. Grâce au ciel! car j'aurais manqué ta visite!.. Ma femme, madame Dhennebon, que je te présente!.. (*A sa femme.*) M. de Rouvray... mon camarade à l'École de Droit, quand il faisait mon droit... pour être avocat!.. état superbe que j'ai abandonné pour les chaînes de l'administration... Il a été mieux avisé... il est resté son maître!.. avocat distingué, il ne parle jamais qu'à la tribune... car il est député... il l'était du moins quand la Chambre a été dissoute.

M. DE ROUVRAY. Et je le suis encore!.. je viens d'être réélu!...

DHENNEBON. Je t'en fais compliment!.. et tu es arrivé à Paris...

M. DE ROUVRAY. Hier soir...

DHENNEBON. Pour la nouvelle session?

M. DE ROUVRAY. Comme tu dis, et ma première visite est pour toi.

DHENNEBON, *posant son chapeau sur une table.* Ce cher ami!.. assieds-toi donc, de grâce!..

ÉMILIE, *bas, à son mari.* Et ton bureau?

DHENNEBON, *de même.* Bah! une demi-heure plus tôt ou plus tard, on n'y regarde pas de si près!

ÉMILIE, *de même.* Et la tyrannie du ministre?

DHENNEBON, *de même.* Est-ce qu'il s'informe de ça?.. D'ailleurs, je lui dirais que je causais avec un député... un député qui est mon ami, et il ne m'en voudrait plus... au contraire... c'est capable de me faire avancer!..

M. DE ROUVRAY. Qu'est-ce que c'est?

DHENNEBON. Rien, mon ami!..

ÉMILIE, *à Dhennebon, et regardant M. de Rouvray.* Tu es le maître, et c'est à toi de faire ce que tu jugeras convenable; je retourne près de ma fille. (*Elle fait la révérence à M. de Rouvray, et sort.*)

—

SCÈNE III.

M. DE ROUVRAY, DHENNEBON.

DHENNEBON, *d'un air d'importance à sa femme qui sort.* C'est bien... c'est bien, ma bonne. (*A M. de Rouvray.*) Excellente femme!.. et si tu te maries jamais, je t'en souhaite une pareille!

M. DE ROUVRAY. Moi!.. me marier!.. Il se peut que pour des raisons de convenance ou d'intérêt cela m'arrive un jour!.. mais jusqu'à présent, grâce au ciel, je suis resté célibataire!

DHENNEBON. Cela m'étonne!.. toi qui as toujours adoré les femmes!

M. DE ROUVRAY. Raison de plus! parce qu'un garçon, vois-tu bien..

DHENNEBON. Je comprends!.. des passions!.. des conquêtes!

M. DE ROUVRAY. Plus que je ne veux!

DHENNEBON. Est-il heureux!.. voilà une existence d'homme! Moi, si je n'avais pas enchaîné ma liberté, j'aurais voulu comme toi être homme à bonnes fortunes!.. c'est un bel état!..

M. DE ROUVRAY. Mais oui! malgré la concurrence... je te le dis sans vanité, parce que ces succès-là... ce n'est pas à moi que je les dois... c'est à ma fortune... à ma position politique... Je me suis fait quelque réputation à la tribune! Je suis de l'opposition, je suis avocat, je parle... quoi qu'il arrive, je parle toujours contre... je suis indépendant!

DHENNEBON. Est-il heureux!

M. DE ROUVRAY. Voilà comment nos amis m'ont fait nommer à cent lieues d'ici dans un département. .

DHENNEBON. Où tu es connu!

M. DE ROUVRAY. Je n'y avais jamais mis le pied!..

DHENNEBON. Au lieu de se donner la peine de choisir quelqu'un de leur endroit!..

M. DE ROUVRAY. Que veux-tu? Ils avaient cet automne leurs vignes et leurs vendanges, ils ne pouvaient pas s'occuper de leur opinion... il leur en faut une toute faite! Dans la province, d'ailleurs, c'est l'usage, on fait tout venir de la capitale! et un mandataire qu'on leur envoie de Paris leur paraît bien plus beau qu'un député du crû... quelque bon propriétaire, qui s'occuperait de leurs affaires... mais qui ne parlerait pas! Tu ne peux t'imaginer quel effet cela produit quand le journal arrive, et qu'ils se disent : « Notre député a parlé! »

DHENNEBON. Même quand il ne parle pas d'eux!

M. DE ROUVRAY. C'est égal!.. c'est un grand bonheur pour le département! et puis, ils ont un avantage avec moi; je heurte tout le monde, je ne pense jamais comme les autres, et quand on est de mon avis, je n'en suis plus! l'indépendance avant tout!

DHENNEBON. Tu as raison! voilà l'homme libre! il n'est soumis à rien... tandis que moi, obligé par ma place de répondre au public, d'obéir au chef de division, au ministre, au conseil d'État, à tout le monde! tremblant de ne pouvoir! enchaîné comme un forçat, à un bureau impitoyable! (*Tirant sa montre.*) Deux heures dans l'instant!.. j'aurai aussitôt fait de ne pas y aller aujourd'hui! (*Reprenant.*) Enfin, mon ami, l'esclavage administratif est une tyrannie de tous les moments; tandis que toi!..

M. DE ROUVRAY. Je brave tout!.. je suis au-dessus de tout! je n'ai besoin de personne!

DHENNEBON. Ce cher ami!

M. DE ROUVRAY. Et comme j'avais un service à te demander...

DHENNEBON. Parle, mon ami!

M. DE ROUVRAY. Je n'ai pas voulu, comme je te l'ai dit, m'exposer aux chances du mariage et à tous les tracas qui en sont la suite! grâce au ciel, un garçon n'a pas d'enfants, n'a pas d'héritier direct... mais... mais... il a quelquefois par ci... par là... des filleuls!..

DHENNEBON. Et tu as des filleuls?

M. DE ROUVRAY. J'en ai un dont je ne conviens pas, excepté avec toi: un joli garçon, je m'en flatte, que j'ai élevé, d'après mon système, dans les idées jeune-France... des idées de progrès.

DHENNEBON. Et en fait-il?

M. DE ROUVRAY. Du tout... D'abord... il n'a pas voulu rester au collège, où je l'avais mis, parce qu'il trouvait humiliant d'obéir à ses maitres; de même chez le notaire, chez l'avoué, dans toutes les professions que je lui ai données... il ne veut être rien... que libre ..

DHENNEBON. C'est un bel état!

M. DE ROUVRAY. Oui, mais très-cher, pour moi du moins! et pour m'en débarrasser, j'ai pensé à la carrière des places. Peux-tu, pour commencer, le faire entrer surnuméraire dans ton bureau?

DHENNEBON. J'en dirai deux mots à notre chef de division que je vois aujourd'hui à Passy; et dès qu'il saura que c'est pour toi...

M. DE ROUVRAY. Garde-t'en bien!.. je ne dois pas paraître; parce que, dans ma position... si je demandais quelque chose au pouvoir... moi, député indépendant, tous mes amis politiques me tomberaient sur le corps!

DHENNEBON. Tu n'es donc pas libre de faire ce que tu veux?

M. DE ROUVRAY Non, mon ami! voilà pourquoi je me confie à ton obligeance et à ta discrétion; de mon côté, si je puis te rendre quelque service, te donner une position indépendante!..

DHENNEBON. Voilà!.. il n'y a que cela qui manque à mon bonheur! les six mille francs du gouvernement sont là comme un poids que je voudrais augmenter!.. parce que six mille francs, avec femme et enfant, ce n'est pas vivre!

M. DE ROUVRAY. Je t'en ferai avoir douze, quinze, plus encore, si tu veux; et, pour commencer, prends d'abord de nos chemins de fer... je suis un des administrateurs... cinquante pour cent de bénéfice, et si tu veux vingt-cinq actions, je n'ai qu'un mot à dire à mon neveu l'agent de change!

DHENNEBON. Ah! ton neveu est agent de change?

M. DE ROUVRAY. Oui, l'aîné, Léon de Saint-Rambert; et son frère, Edgard, est dans le militaire... officier supérieur, aide-de-camp du prince, il est fort bien en cour... un garçon charmant que je loge chez moi, à Paris.

DHENNEBON. Malgré tes opinions et tes amis politiques?..

M. DE ROUVRAY. Cela a fait d'abord quelques difficultés... mais ils me permettent d'être oncle!..

DHENNEBON. Ce n'est pas un emploi salarié!..

M. DE ROUVRAY. Au contraire!.. et à propos de cela, mon neveu Edgard avait quelque chose à demander au ministère de la guerre... je lui ai conseillé de s'adresser à toi, et il a dû aller à ton bureau...

DHENNEBON. Aujourd'hui!.. il a été à mon bureau!..

M. DE ROUVRAY. Oui, mon ami.

DHENNEBON. Eh bien! il est plus habile que moi... qui n'ai pas pu y mettre les pieds! le pauvre garçon aura fait une course inutile!

EDGARD, en dehors. Ah! M. Dhennebon est encore ici!

M. DE ROUVRAY. Tiens!.. c'est lui!.. qui ne te trouvant pas au ministère, sera venu te réclamer jusque chez toi!

SCÈNE IV.

LES PRÉCÉDENTS, EDGARD.

DHENNEBON, allant à lui. Qu'il soit le bienvenu?.. Entrez, monsieur Edgard, vous êtes ici en pays de connaissance!

EDGARD. Je vois, Monsieur, que mon oncle avait eu la bonté de m'annoncer, et de vous prévenir de ma visite.

M. DE ROUVRAY. Oui, mon ami, et je te laisse avec Dhennebon, mon ancien camarade, qui t'accordera tout ce que tu voudras... Je vais, moi, m'occuper de ses intérêts auprès de ton frère Léon; il n'est pas encore trois heures, et la Bourse ne sera pas encore fermée.

DHENNEBON. Que de bontés!

M. DE ROUVRAY. Sois tranquille, tu auras tantôt tes coupons d'actions.

DHENNEBON. Et de l'argent?

M. DE ROUVRAY. Est-ce qu'on s'en sert jamais! tu achètes pour vendre!.. et tu vends pour acheter!.. ne t'inquiète de rien... j'arrangerai cela comme pour moi. (Il sort.)

SCÈNE V.

DHENNEBON, EDGARD.

DHENNEBON. Voilà un véritable ami!.. et je suis trop heureux d'être utile à lui, ou aux siens!

EDGARD. Je suis bien indiscret, sans doute, de venir ainsi vous déranger de vos travaux et de vos importantes occupations.

DHENNEBON. Nous sommes, il est vrai, tellement assujettis!.. je n'ai pas encore pu, de la matinée, sortir de chez moi! tandis que vous, Monsieur, un militaire!.. un jeune officier!.. quelle noble et belle profession!.. et point de soucis, point de chaînes!.. libre comme l'air!

EDGARD. Je ne vois pas cela : nous dépendons de tout le monde au contraire, et ma démarche en est la preuve. Depuis longtemps, mon oncle, mon frère, tous mes amis me pressent de m'établir; je sens qu'ils ont raison... et pourtant c'est presque malgré moi que j'ai cédé à leurs instances... mais un militaire ne peut se marier sans permission... je me suis adressé au roi, qui m'a dit : Cela ne dépend pas de moi!..

DHENNEBON. Ah! le roi ne peut pas!

EDGARD. Non, Monsieur... il m'a dit : Voyez le ministre! et le ministre m'a dit : Cela regarde M. Dhennebon, le chef de bureau; qu'il me fasse son rapport!

DHENNEBON. C'est juste... c'est moi qui délivre ces permissions, et je vous promets de ne pas vous faire attendre...

EDGARD. Vous êtes trop aimable!

SCÈNE VI.

EDGARD, DHENNEBON, ÉMILIE.

ÉMILIE, apercevant Dhennebon, et souriant. Comment, mon ami! est-ce que tu serais déjà de retour de ton bureau?..

DHENNEBON, embarrassé. Oui... oui, ma chère amie! (Pour changer la conversation, s'adressant à Edgard.) Permettez que je vous présente ma femme, que vous ne connaissez pas.

EDGARD, se retournant pour saluer madame Dhennebon. O ciel!..

DHENNEBON. Comme le voilà troublé!.. (A Émilie.) C'est singulier, n'est-ce pas?..

ÉMILIE, balbutiant. Oui... mon ami!

DHENNEBON. Eh bien! et toi aussi!.. Qu'est-ce que cela veut dire?

ÉMILIE. Qu'il y a près de cinq ans que je n'ai vu Monsieur, mais que nous nous connaissons beaucoup.

DHENNEBON. Comment, cinq ans!.. c'est-à-dire avant mon mariage!

ÉMILIE. Précisément!.. Monsieur venait très-assidûment chez ma tante!

DHENNEBON. Avec des intentions...

EDGARD, souriant. Très-légitimes!

DHENNEBON, à Émilie. Pour vous?..

ÉMILIE. Non, pour ma sœur.

EDGARD. Ah!.. ne me rappelez pas ce temps-là!.. j'ai tout oublié, excepté votre généreux appui, et l'intérêt que vous m'avez alors témoigné!.. Mais il était écrit que je ne pouvais réussir; puisque votre protection même n'a pu faire triompher mon peu de mérite!..

DHENNEBON. Ma belle-sœur vous aurait refusé!..

EDGARD. Oui, Monsieur! et très nettement!!

DHENNEBON. Elle n'en fait jamais d'autres!.. c'est une bé-gueule!.. Et si j'avais épousé une femme pareille...

ÉMILIE. Tu oublies qu'elle ne veut pas se marier.

DHENNEBON. Et elle fait bien!..

ÉMILIE. Alors de quoi la blâmes-tu?..

DHENNEBON, *embarrassé.* Je ne la blâme pas!.. je dis seulement que... je... (*A Edgard.*) Je m'en vais faire mon rapport, et si vous voulez prendre la peine de m'envoyer au plus tôt les noms, prénoms de la future...

EDGARD. Je vous les apporterai moi-même, si vous voulez le permettre. (*Dhennebon sort par la porte à gauche.*)

—

SCÈNE VII.

EDGARD, ÉMILIE.

EDGARD. Vous deviez, Madame, m'accuser d'ingratitude de vous avoir ainsi négligée!.. mais j'avais quitté la France! Une mission éloignée que j'avais sollicitée m'a tenu plusieurs années absent, et à mon retour, le désir de vous revoir était combattu par la crainte de rencontrer ici votre sœur.

ÉMILIE. Elle m'avait quittée... elle habitait la Bretagne.

EDGARD. Ah!.. si je l'avais su!

ÉMILIE. Mais je dois vous dire que je l'attends aujourd'hui.

EDGARD, *faisant quelques pas.* Adieu, Madame, adieu!

ÉMILIE. Craindre à ce point sa présence! c'est bien flatteur pour elle!..

EDGARD. C'est faire trop d'honneur à ma constance!.. je ne voulais que lui éviter une vue peu agréable!.. car moi, je suis revenu à la raison!.. je suis guéri!.. et la preuve, c'est que je peux sans peine vous parler d'elle, et de ce que j'ai souffert!.. Maintenant ce n'est plus qu'un souvenir!.... Vous savez si je l'ai aimée!.. sa beauté, son esprit, l'élévation de son caractère, l'amitié même qu'elle me témoignait, tout ne justifiait-il pas trop mon amour!.. et puis j'étais riche!.. elle ne l'était pas... et la fortune alors devient un si grand bonheur!.. si vous m'aviez vu ivre de joie et d'espérance, jeter à ses pieds ma vie, mon avenir! Ah! quel désenchantement! quel froid glacial se glissa jusqu'à mon cœur, lorsque j'entendis cette femme, que je supposais aimante et sensible, calculer devant moi, avec une raison désespérante, toutes les chances probables du mariage!.. me démontrer que pour mon bonheur, comme pour le sien, il fallait rester libre! que c'était là son seul vœu!.. quand le mien était de lui obéir!.. quand fortune et liberté, je lui aurais tout donné!.. Et le plus terrible encore, c'est qu'il n'y avait pas d'autre obstacle!.. c'était là seul!.. Ah! si elle avait aimé quelqu'un, si j'avais eu un rival! j'aurais été trop heureux!.. je l'aurais tué, ou il m'aurait délivré de mes tourments! Mais non, tout venait se briser contre sa volonté, contre un système égoïste, où son esprit et son sang-froid lui donnaient l'avantage; j'avais trop d'amour pour avoir raison, et à tous ses sophismes je ne répondais que par un mot : Je vous aime!.. Vain effort! inutile argument! qui ne persuade que ceux dont on est aimé!.. Tenez!.. tenez!.. ne parlons plus de ce moment, car il réveillerait peut-être quelques idées de haine et de colère dans un cœur qui ne veut désormais connaître que deux sentiments : oubli, et amitié!

ÉMILIE. Pauvre Edgard!

EDGARD. Non, Madame! non, je ne suis plus à plaindre!.. car je vois clair maintenant! je lui rends justice... je pense comme elle!.. avec un pareil caractère nous n'aurions pas été heureux ensemble!.. puissions-nous l'être séparément!.. elle, du moins! car le dépit a pu me rendre injuste, mais non indifférent!.. Et que fait-elle?.. que devient-elle?.. quel est son sort?

ÉMILIE. Fort tranquille, je le suppose; elle soutient fièrement la gageure!.. elle a voulu être vieille fille, et cela commence! Vingt-cinq ans!.. la grande majorité!.. limite redoutée, qui pour une demoiselle sépare la jeunesse de l'âge raisonnable!

EDGARD. Et depuis longtemps elle habitait la province?..

ÉMILIE. Près de sa marraine, une femme de mérite, dont vous aurez sans doute entendu parler!.. une baronne immensément riche qui, comme elle, n'a jamais voulu se marier... et qui s'était réfugiée dans ses terres, pour s'y livrer aux arts et à la littérature : mademoiselle Palmire de Vaucresson!

EDGARD. Un bas-bleu! une femme poëte!

ÉMILIE. Qui fait des vers charmants!

EDGARD. Ah! mon Dieu! vous me faites peur!.. cette maladie-là se gagne!.. est-ce que votre sœur...

ÉMILIE. Non, vraiment!

EDGARD. Je respire!.. j'aurais été trop vengé!.. Et qui la ramène à Paris?

ÉMILIE. Elle a perdu son amie!.. la baronne vient de mourir, et Esther, ma sœur, se trouvant seule dans le monde, a enfin cédé à mes instances... elle vient habiter avec moi.. dans cette maison.

EDGARD. Je ne puis que l'en féliciter! Vous, Madame, si judicieuse et si sage, parviendrez sans doute, par votre influence, et plus encore par votre exemple, à vaincre ses préjugés!.. à la ramener à la raison!..

ÉMILIE, *souriant.* La raison, dites-vous?.. sais-je de quel côté elle est? il ne m'appartient pas de décider la grave question du mariage et du célibat.

EDGARD. Mais vous, Madame!

ÉMILIE. Moi!.. je me trouve la plus heureuse des femmes! J'ai un mari excellent! un enfant que j'adore! une fortune comme je la désire; car en m'ordonnant l'ordre et l'économie, elle me permet d'apporter ma part dans le bien-être dont nous jouissons : paix intérieure, douce gaieté, plaisirs modestes... quelques amis... dont le nombre, j'espère, vient de s'augmenter! voilà ma vie!.. Le mariage est-il toujours ainsi, ou suis-je une exception?.. je l'ignore, et n'en veux rien conclure, sinon que dans ce dernier cas je dois bénir ma position, et me dire plus que jamais : Mon Dieu! que je suis heureuse!

EDGARD. Et vous méritez de l'être!.. et plus heureux encore celui qui a su apprécier et deviner tant de bonté, tant de raison!..

ÉMILIE. Ah! mon nouveau... ou plutôt mon ancien ami!.. vous êtes trop indulgent, ou trop galant!.. ce n'est pas là ce que j'attends de vous!.. c'est de la franchise, et surtout votre confiance!.. oui, Monsieur, ne croyez pas que je veuille vous rendre vos compliments; mais vous êtes si bon!.. vous feriez un si bon mari! et l'espèce, dit-on, en est si rare!.. comment n'êtes-vous pas marié?..

EDGARD. Il est question pour moi, dans ce moment, d'une alliance assez belle... peu de fortune, il est vrai... mais un grand nom... une grande famille!..

ÉMILIE. A la bonne heure!

EDGARD. J'ai longtemps hésité..... et au moment de conclure... il me semble que je ne suis plus décidé..

ÉMILIE. Et pourquoi?.. est-ce que la personne n'est pas bien?

EDGARD. Si, vraiment!.. mais le passé... (*La regardant.*) et surtout le présent, me rendent très-difficile.

DRENNEBON. Encore la promener ! — Acte 2, scène 7.

ÉMILIE, *prétant l'oreille.* Écoutez !.... une voiture !.. oui, c'est ma sœur !.. c'est elle !..

EDGARD. Je vous laisse !

ÉMILIE. Et pourquoi donc ?..

EDGARD, *troublé.* Après une aussi longue absence, elle doit désirer être seule avec vous, et je sacrifie le plaisir de la voir à la crainte d'être indiscret ! (*Il la salue, et sort par la porte du fond.*)

———

SCÈNE VIII.

ÉMILIE; ESTHER ET MADAME GESLIN, *entrant par la porte à droite.*

ESTHER, *courant à Émilie qu'elle embrasse.* Ma bonne sœur !

MADAME GESLIN, *pendant que les deux sœurs sont dans les bras l'une de l'autre.* Si Mademoiselle voulait seulement m'écou' r..:

ESTHER. Cela suffit, madame Geslin !.. Allez-vous recom-

mencer cette discussion ? il n'y a personne au monde d'aussi obstinée que vous !

MADAME GESLIN. Peut-être ! (*Lui présentant un papier.*) Voici le bulletin des Messageries, et la preuve que nos effets ont été enregistrés; si, après cela, votre malle et votre boîte à chapeau ont été changées au bureau... ce n'est pas ma faute ! deux femmes seules dans une diligence !

ESTHER. C'est bien !

MADAME GESLIN. Est-ce qu'on peut se faire obéir ?.. est-ce que le conducteur vous écoute seulement ?.. Mademoiselle ne veut jamais de cavalier avec nous !

ESTHER. C'est mon idée.

MADAME GESLIN. Si c'est pour qu'on ne nous en conte pas en route, nous n'y gag..ons guère !.. car au lieu d'un, nous en avons cinq ou six ! il n'y a pas de commis-voyageur qui ne se croie le droit de faire le galant !

ÉMILIE, *riant.* Il serait vrai ?

ESTHER. Non, ma sœur !.. madame Geslin, ma femme de chambre, s'effraye de tout !

MADAME GESLIN. Ah ! je m'effraye de tout ! et les bons mots, et les récits de ces messieurs !.. passe pour moi... je puis

ESTHER, *portant la main sur son cœur.* Ah! je ne m'étais pas trompée. — Acte 3, scène 11.

entendre... mais j'ai été obligée de leur imposer silence, et de leur dire : « Messieurs! ma maîtresse n'est pas mariée, elle est demoiselle ! »

ESTHER, *avec impatience.* Madame Geslin!..

MADAME GESLIN. Il était temps !.. depuis ce moment, du moins, la conversation a été convenable; et sauf quelques plaisanteries à double entente sur les ingénues qui sont majeures, sur le boston, la province, et le caractère acariâtre des vieilles filles, plaisanteries que j'ai eu l'air de ne pas entendre...

ESTHER. Il suffit !.. je vous ordonne de vous taire !

MADAME GESLIN. Je me tais, Mademoiselle; mais ce n'est pas moins très-désagréable !.. et si seulement feu mon mari avait été avec nous!..

ÉMILIE. Madame a été mariée?

MADAME GESLIN. Trois fois, Madame!

ÉMILIE, *gaiement.* Voilà une puissante alliée !.. un argument vivant qui prouve pour le mariage!..

ESTHER. Ou pour la soumission de madame Geslin; il y a des gens qui aiment à obéir.

MADAME GESLIN. Eh! mon Dieu! Mademoiselle, je n'ai ja-

mais été plus libre que sous mes trois maîtres! je veux dire mes trois maris! je faisais tout ce que je voulais; mais, depuis mon dernier veuvage, depuis que je suis entrée chez mademoiselle de Vaucresson, votre marraine...

ÉMILIE, *bas, à Esther.* Ah! c'est de là qu'elle vient?

ESTHER. Oui; ma marraine, qui y tenait beaucoup, me l'a laissée, me l'a léguée!..

ÉMILIE, *à demi-voix.* Ce serait le cas de renoncer à la succession.

ESTHER, *à madame Geslin.* Voyez la chambre que ma sœur me destine... mettez tout en ordre; et tantôt nous sortirons.

MADAME GESLIN. Une belle idée! Après un aussi long voyage, et fatiguée comme vous l'êtes! ce qu'il y a de mieux est de se reposer.

ESTHER. Sans doute; mais j'ai affaire, et comme je ne puis sortir seule...

MADAME GESLIN. Si vous ne songez pas à votre santé, c'est à moi de m'en occuper. Oui, Mademoiselle!.. vous direz ce que vous voudrez, je ne vous laisserai pas être malade! demain il sera assez tôt! d'autant plus qu'à cette heure vous ne trouverez plus les gens d'affaires que vous voulez voir.

ESTHER, *impatientée*. C'est bon !.. c'est bon !.. en voici beaucoup trop sur ce sujet !

MADAME GESLIN, *à part*. Et elle est de mauvaise humeur encore !.. Les maîtres sont si difficiles et si ingrats ! surtout les vieilles filles !.. (*Elle sort.*)

SCÈNE IX.

ÉMILIE, ESTHER.

ÉMILIE. Ma bonne sœur ! que j'avais envie de t'embrasser et de me trouver seule avec toi !.. J'ai cru qu'elle ne nous laisserait pas !

ESTHER. Ma marraine, qui était trop bonne, lui avait laissé prendre une autorité !..

ÉMILIE. Qui continue sous ton règne ! car c'est elle qui commande... et qui est la maîtresse !

ESTHER. Dans des misères !.. dans les petites choses !

ÉMILIE. La vie intérieure en est faite, elle ne se compose que de cela ; et tout calculé, je trouve qu'il vaut autant être menée par son mari que par sa femme de chambre !.. Mais elle parlait d'hommes d'affaires... Comment en as-tu besoin ?

ESTHER. C'est que ma fortune est un peu en désordre ; ce que je possède est si mal placé !

ÉMILIE. C'est toi qui as voulu t'en charger !

ESTHER. Oui, sans doute ! pour ne dépendre de personne !.. Mais je n'entends rien aux notaires et aux avoués... Comment fais-tu ?

ÉMILIE. C'est mon mari que cela regarde... Il a fait son droit, il connaît les affaires... Moi je ne m'en mêle pas... Un mari... c'est un intendant.

ESTHER. Ah !

ÉMILIE. Du reste, je t'indiquerai son notaire.

ESTHER. Tu y viendras avec moi ?

ÉMILIE. Pourquoi donc ?

ESTHER. C'est gênant d'être seule en tête-à-tête, même avec un notaire... Avec cela ils sont tous jeunes... et l'année dernière, pour une circonstance pareille et fort indifférente, on a tenu des propos qui m'ont été désagréables !

ÉMILIE. Je n'en reviens pas ! car moi, qui suis plus jeune que toi, j'irais seule chez tout ce monde-là, qu'on n'en dirait rien.

ESTHER. C'est bien différent ! toi, tu es mariée !

ÉMILIE. Je sors quand j'en ai envie, je rentre quand il me plaît, j'accepte le bras qui me convient.

ESTHER, *avec impatience*. Toi !.. tu es mariée !

ÉMILIE. C'est singulier !.. moi, esclave, je fais tout ce que je veux ! et toi, libre et indépendante...

ESTHER. Maintenant !.. mais dans quelques années, j'aurai les mêmes droits !

ÉMILIE. Oui, quand tu seras tout à fait vieille !.. beau privilège qui coûte trop cher à acquérir !

ESTHER. En attendant... j'aurai ta fille, ma petite nièce !

ÉMILIE. Elle a quatre ans !

ESTHER. N'importe !.. je la prendrai... je sortirai avec elle... C'est un maintien, une sauvegarde...

ÉMILIE. Ma pauvre sœur ! tu voulais te passer de tout le monde, et tu dépends de tous... même d'une enfant !

ESTHER. Quelle idée ! C'est parce que je le veux bien, car je n'ai besoin de personne.

ÉMILIE. A la condition de vivre dans l'isolement !

ESTHER, *avec dépit*. Et souvent je le préférerais ! La position qu'on nous fait dans le monde est si fausse, si injuste, si absurde ! Une femme mariée, eût-elle seize à dix-sept ans, a le droit de parler, elle a le droit de tout dire, et j'ai à

peine celui d'entendre ! A la moindre plaisanterie banale que vient de hasarder un sot, je vois se diriger vers moi des regards curieux et malins qui s'étonnent de me voir troublée, et me feraient un crime de ne pas rougir ! et si, perdant enfin patience, un regard de mépris ou un mot piquant les déconcerte ou les réduit au silence, il me semble les entendre, entre eux, me traiter de prude ou de revêche ; épithètes qui nous reviennent de droit, attribut obligé du célibat !.. Alors cette idée-là vous irrite, vous fâche, vous aigrit le caractère ; on devient réellement méchante, railleuse, satirique, et grâce à eux-mêmes, leur calomnie se trouve une réalité !.. Témoin ma pauvre marraine, avec qui je viens de passer les années les plus pénibles et les plus tristes.

ÉMILIE. Vous, amies intimes !

ESTHER. Nous nous aimions toujours, mais nous nous disputions sans cesse ! La vie serait si longue sans cela !

ÉMILIE. Et si quelqu'un cependant pouvait se passer de famille et d'intérieur, c'était elle !.. avec ses goûts et son existence d'artiste !

ESTHER. Sans doute !.. noblesse de sentiments, esprit élevé, talents remarquables, elle avait tout réuni ! mais son isolement l'accablait ; elle ne savait que faire, et cherchait dans son imagination ce qu'elle ne pouvait trouver en son cœur ! j'écoutais ses vers, qui étaient fort beaux ; mais je les connaissais tant !.. Et puis toujours dans les cieux ! toujours de la poésie, c'est ne pas vivre ! on n'existe qu'en prose !.. et fatiguée d'esprit, j'étais heureuse de me délasser avec madame Geslin : c'était mon seul plaisir ! et je périssais d'ennui !.. Mais quand j'ai vu ma pauvre marraine malade et souffrante, tout a été oublié ! et dans ses derniers moments, émue des soins que je lui prodiguais, touchée peut-être de mon amitié et de ma douleur, ce cœur que je croyais insensible et égoïste m'a montré tant de tendresse et de reconnaissance, que je m'en veux maintenant de l'avoir mal jugé, ou plutôt de ne l'avoir pas deviné !

ÉMILIE. Et riche comme elle l'est, sans parents, sans héritier connu, je ne doute pas qu'elle n'ait fait quelque disposition en ta faveur.

ESTHER. A quoi bon ?.. je n'ai besoin de rien ; j'aurai toujours assez pour vivre seule.

ÉMILIE, *souriant*. Seule !.. il est heureux alors que tu ne te sois pas trouvée ici tout à l'heure avec notre ancien ami Edgard de Saint-Rambert ; vos discussions auraient recommencé.

ESTHER. Ah !.. M. Edgard était ici tout à l'heure ?..

ÉMILIE. Il est parti au moment où l'on annonçait ton arrivée.

ESTHER. Fidèle à ses principes, je ne doute pas qu'en mon absence il ne les ait mis en action, et qu'il ne se soit marié !

ÉMILIE. Pas encore...

ESTHER. Ah !.. pas encore !

ÉMILIE. Mais cela ne tardera pas... il est question pour lui d'un mariage important qui bientôt va avoir lieu.

ESTHER. Je lui en ferai compliment, et à celle qu'il a choisie !

ÉMILIE. N'est-ce pas ? surtout si elle a su l'apprécier ; car c'est un si galant homme !.. (*Se retournant.*) Eh !.. c'est monsieur mon mari que je te présente !

SCÈNE X.

DHENNEBON, ÉMILIE, ESTHER.

ESTHER, *allant à lui*. Mon cher beau-frère !

DHENNEBON. Ma chère belle-sœur ! y a-t-il longtemps que l'on ne vous a vue ? (*Bas, à sa femme.*) Dieu ! comme je la trouve vieillie !..

ÉMILIE. Veux-tu te taire !

DHENNEBON, *de même*. Les demoiselles à cet âge-là se fanent tout de suite !.. tandis que toi... quelle différence !

ESTHER. Que dit-il ?

ÉMILIE. Rien... il me parle de ton appartement, et nous allons arranger cela ensemble pour que tu sois comme chez toi, et tout à fait libre. (*Elles causent à voix basse toutes les deux.*)

DHENNEBON, *à part*. Ce diable de Rouvray vient de m'envoyer ses coupons de chemin de fer !.. et pour la première chose que j'ai faite sans consulter ma femme... ça m'inquiète horriblement ! (*S'approchant.*) Chère amie, je voudrais bien te parler.

ÉMILIE. Plus tard !.. Je suis là avec ma sœur !..

DHENNEBON. C'est juste !.. Tu ne veux pas que nous sortions ensemble tout à l'heure ?

ÉMILIE. Pourquoi ?..

DHENNEBON. Pour nous promener.

ÉMILIE. Du tout !

DHENNEBON. Alors, je reste... c'est que, tu ne sais pas, M. de Rouvray était ici tout à l'heure.

ESTHER. M. de Rouvray !.. je connais ce nom... le comte de Rouvray ?

DHENNEBON. Précisément.

ESTHER. Un parent éloigné... un arrière-cousin de mademoiselle de Vaucresson, ma marraine !

ÉMILIE. Et de plus, l'oncle d'Edgard.

ESTHER, *à Dhennebon*. Eh bien ?

DHENNEBON, *à sa femme, avec embarras*. Eh bien ! il me parlait tout à l'heure des chemins de fer et de leurs actions, qui sont très-avantageuses...

ÉMILIE. Qu'est-ce que ça nous fait ?

DHENNEBON, *hésitant*. Si nous en prenions quelques-unes ? qu'est-ce que tu en dis ?

ÉMILIE. Que ça ne convient pas à un employé qui ne s'y entend pas.

DHENNEBON. Mais les autres n'y comprennent rien non plus !

ÉMILIE. C'est pour cela qu'ils en prennent.

DHENNEBON, *avec embarras*. C'est qu'il m'avait proposé...

ÉMILIE. Tu refuseras !

DHENNEBON, *de même*. Et sous quel prétexte ?

ÉMILIE. Tu diras : Ma femme ne veut pas !

DHENNEBON. C'est vrai ! Et s'il demande pourquoi ?

ÉMILIE. Parce que je ne veux pas !

DHENNEBON. C'est juste !.. ça répond à tout !..

ÉMILIE, *à Esther qu'elle emmène*. Viens, chère amie !

ESTHER, *bas, à sa sœur, en s'en allant*. C'est inconcevable ! une soumission pareille dans un mari !

ÉMILIE, *souriant*. Tu le vois !.. voilà comme nous sommes, nous autres esclaves ! (*Elles sortent toutes les deux par la porte à droite.*)

SCÈNE XI.

DHENNEBON, puis M. DE ROUVRAY.

DHENNEBON. Au fait !.. dès que ma femme n'en veut pas, il faudra bien que Rouvray les reprenne : (*Le voyant entrer.*) Ah ! c'est toi ! quel bon hasard t'amène ?

M. DE ROUVRAY. Je suis bien aise de te trouver encore. J'ai des renseignements à te demander sur quelqu'un que tu dois connaître : une demoiselle de province, fille majeure, mademoiselle Esther Delaroche...

DHENNEBON. Oui, vraiment !

M. DE ROUVRAY. Parente ou alliée, vient-on de me dire, de M. Dhennebon, chef de bureau à la guerre.

DHENNEBON. C'est ma belle-sœur... la sœur de ma femme.

M. DE ROUVRAY. Très-bien. Dis-moi où je pourrai lui écrire ?

DHENNEBON. Elle est ici, à Paris... et demeure chez nous.

M. DE ROUVRAY. Encore mieux !.. Je viens de recevoir pour elle, de Bretagne, des papiers que j'allais lui adresser... et que j'aime mieux lui remettre à elle-même... si tu veux bien le permettre.

DHENNEBON, *l'arrêtant*. Un instant !.. je voulais te parler de nos actions !..

M. DE ROUVRAY. Ah ! tu en as reçu les coupons ?

DHENNEBON. Oui, mon ami.

M. DE ROUVRAY. Bonne affaire pour nous... mon neveu nous en a acheté à un cours excellent !.. et avant la fin de la Bourse ça avait déjà monté !

DHENNEBON. J'en suis enchanté ! parce que je voulais te prier de les reprendre.

M. DE ROUVRAY. Pourquoi cela ? as-tu peur !

DHENNEBON. Non, mon ami !..

M. DE ROUVRAY. Eh bien ! alors, pourquoi ?

DHENNEBON, *avec embarras*. C'est que... c'est que... ma femme ne veut pas !

M. DE ROUVRAY, *riant de pitié*. Ta femme ne veut pas !.. ah çà ! tu n'es donc pas le maître ?

DHENNEBON, *vivement*. Si, vraiment !

M. DE ROUVRAY. C'est donc ta femme qui commande ?

DHENNEBON. Non, mon ami !.. c'est seulement son avis qu'elle m'a exprimé avec crainte et respect !

M. DE ROUVRAY. Est-ce qu'elle s'y connaît ? est-ce qu'elle peut s'y connaître ? et toi qui es homme, qui as du caractère, qui es le chef de la communauté... tu aurais besoin de son approbation pour une affaire excellente !

DHENNEBON, *hésitant*. Au fait, je suis le chef...

M. DE ROUVRAY. Une affaire qui peut t'enrichir, et qui commence déjà !.. cinq ou six cents francs de bénéfice !.. en une heure !

DHENNEBON. C'est plus que mes gratifications de toute l'année ! et si cela continue ainsi...

M. DE ROUVRAY. Te voilà riche !

DHENNEBON. Mieux encore... me voilà mon maître !.. je n'irai plus au bureau... ou j'irai en voiture...

M. DE ROUVRAY. Cela dépend de toi... voilà l'occasion ; et à moins que tu ne sois pas libre...

DHENNEBON, *avec fierté*. Je le suis !.. je le serai toujours !

M. DE ROUVRAY. Eh bien ! alors, garde tes actions !.. nous avons justement aujourd'hui un petit dîner avec les deux ou trois principaux actionnaires... un dîner de garçons... quoiqu'ils soient tous mariés !.. veux-tu en être ?.. je te régale !

DHENNEBON. Moi !..

M. DE ROUVRAY. Une partie fine ! au Rocher de Cancale !.. nous nous amuserons !

DHENNEBON. Dame !.. mon ami !..

M. DE ROUVRAY. Il faut s'amuser quand on est jeune !.. et puis nous avons ce soir une loge à l'Opéra ! une avant-scène !

DHENNEBON. Partie complète !

M. DE ROUVRAY. Oui, vraiment !

SCÈNE XII.

LES PRÉCÉDENTS, MADAME GESLIN.

MADAME GESLIN. Madame fait demander à Monsieur à quelle heure il faudra la voiture pour Passy.

DHENNEBON. Passy !.. ah ! mon Dieu !.. je n'y pensais plus ! je dîne aujourd'hui avec ma femme et ma fille...

M. DE ROUVRAY. Tu y dînes tous les jours !

DHENNEBON. Oui ! mais c'est à Passy, chez mon chef de division !.. un homme à ménager !

M. DE ROUVRAY. Est-ce toi que j'entends ?.. un homme libre ! un homme qui a de la fierté dans le cœur ! tu préférerais le dîner du pouvoir à celui de l'amitié ?

DHENNEBON. Non, sans doute !

M. DE ROUVRAY. Un dîner aussi humiliant! un dîner qui est presque ministériel, excepté qu'il ne sera pas aussi bon!..

DHENNEBON. Ce n'est pas le dîner... c'est ma femme!

M. DE ROUVRAY. Ta femme!.. mais alors tu es donc esclave?.. tu ne peux pas aller au Rocher de Cancale sans sa permission?

DHENNEBON, *à demi-voix*. Mon ami, tu veux me débaucher!.. tu veux que je devienne mauvais sujet!

M. DE ROUVRAY. Je veux... que tu deviennes le maître! et il n'y a pour cela que le premier pas qui coûte!

MADAME GESLIN, *qui s'est tenue à l'écart, s'avançant en ce moment*. Eh bien! Monsieur... que dirai-je à Madame?..

M. DE ROUVRAY. Qu'il n'ira pas à Passy! qu'il ne veut pas!

DHENNEBON, *fièrement*. Oui! (*D'une voix plus douce.*) Je ne veux pas!.. une obligation, une affaire imprévue que je lui dirai... (*A part.*) J'en inventerai une... (*A M. de Rouvray.*) Eh bien! mon ami, tout à toi!

M. DE ROUVRAY. A la bonne heure!

DHENNEBON. Je suis libre!

M. DE ROUVRAY. Allons donc !.... Je me présente chez ta belle-sœur... et ici, tantôt, rendez-vous à six heures! .

DHENNEBON. A six heures!.. (*Voyant madame Geslin qui sort par le fond, il poursuit à voix haute.*) car, décidément, je n'irai pas à Passy!

M. DE ROUVRAY. Bravo!.. le gant est jeté! c'est la déclaration d'indépendance des États-Unis! (*Il entre par la porte à droite chez Esther, Dhennebon sort par la porte à gauche.*)

ACTE DEUXIÈME.

Même décoration.

SCÈNE PREMIÈRE.

M. DE ROUVRAY, *puis* EDGARD.

M. DE ROUVRAY, *sortant de la porte à droite, et parlant encore*. Adieu, Mademoiselle; j'attendrai vos ordres, et vous pouvez compter sur tout mon dévouement!.. (*La porte se referme.*) Elle est vraiment fort bien! et de l'esprit, du jugement; une femme supérieure! (*Apercevant Edgard qui entre par la porte du fond.*) Eh!.. c'est mon cher neveu!

EDGARD. Qui vous remercie, mon cher oncle, de votre recommandation auprès de votre ami. M. Dhennebon est un fort galant homme!.. très-obligeant... et je lui apporte les papiers qu'il m'a demandés.

M. DE ROUVRAY. Pour ton mariage avec mademoiselle de Néris?

EDGARD. Oui, mon oncle, j'y suis tout à fait décidé, et je vous prie de vouloir bien faire la demande dès aujourd'hui.

M. DE ROUVRAY. Diable !.. tu es donc bien amoureux?

EDGARD. Non, mon oncle, un mariage de raison!

M. DE ROUVRAY. S'il en est ainsi, il fallait qu'il fût *plus raisonnable*... qu'il fût plus riche!.. Quand on prend de la raison, on n'en saurait trop... et elle n'a presque rien!

EDGARD. Qu'importe!.. Le caractère... la famille, tout est convenable... et puis... (*D'un air rêveur.*) d'autres raisons!.. (*Se reprenant.*) Le roi daigne s'intéresser à ce mariage.

M. DE ROUVRAY. Je comprends!.. et vous serez admis à toutes les fêtes... aux présentations... aux bals de la cour!..

EDGARD. Pourquoi pas? Il y a là aussi bonne compagnie qu'ailleurs!.. et c'est du reste, fort agréable!

M. DE ROUVRAY. Et moi, je te l'avoue, je ne conçois pas qu'un jeune homme de sens, et qui a de la fierté dans le cœur, consente volontairement à enchaîner son indépendance, et à être, comme autrefois, gentilhomme à la suite.

Et qu'est-ce qui lui en revient? de se montrer couvert d'un brillant uniforme, au camp ou au château; escorte indispensable, accompagnement obligé de toutes les revues et entrées solennelles; tapisserie permanente des fêtes royales où il se trouve honoré d'être debout dans la foule, quand il pourrait rester chez lui, libre, indépendant... et assis!.. Attendre son bonheur d'un sourire, sa fortune d'une parole, et son opinion... de celle du maître!.. Je ne dis pas cela pour toi, mon neveu; mais voilà le courtisan du prince!

EDGARD. Et moi, mon oncle, je ne conçois pas qu'un homme libre, riche, qui n'a besoin de personne, et qui a quelque dignité dans l'âme, s'établisse volontairement le complaisant de la multitude, et aille chercher au-dessous de lui des maîtres pour caresser leurs exigences; je ne conçois pas que, pour se faire populaire, il se fasse esclave; qu'il mendie l'aumône de la faveur publique, et sacrifie tout au désir de la conserver ou à la crainte de la perdre; défenseur du contribuable, ennemi des impôts, et n'osant se soustraire à celui des souscriptions! prêchant la liberté, et n'osant manquer une ovation libérale, ou un banquet patriotique!.. humble et respectueux avec le journaliste dont il paie les éloges! ami du moindre industriel, et lui touchant dans la main... quand il est électeur!.. Dénigrer ce qui est en haut, exalter ce qui est en bas, suivre le torrent qui passe, sans l'arrêter ni le braver; se mettre aux gages de tous, et faire antichambre dans la rue!.. Je ne dis pas ça pour vous, mon cher oncle; mais voilà le courtisan du peuple!

M. DE ROUVRAY, *riant*. C'est beau!.. mais c'est fier!..

EDGARD. Chacun l'est à sa manière; et tenez, mon oncle, il vaudrait mieux, peut-être ne dépendre de personne; mais comme ici-bas il paraît que c'est difficile... je préfère, tout calculé, obéir au moins de maîtres possible.

M. DE ROUVRAY. Je n'obéis à personne; je n'appartiens qu'à moi et à mes amis.

EDGARD. Oui, mais vous en avez tant!.... En tout cas, je suis du nombre, je l'espère; et malgré nos discussions, il est un chapitre sur lequel nous nous entendrons toujours.

M. DE ROUVRAY, *lui tendant la main*. Tu dis vrai!..

EDGARD. J'y compte bien!..

M. DE ROUVRAY. Et, puisque tu le veux, puisque cela te fait plaisir, j'irai dès aujourd'hui chez M. de Néris faire ta demande.

EDGARD. Ce n'est pas tout; et, pendant que j'y suis, j'ai encore un service à vous demander.

M. DE ROUVRAY. Parle.

EDGARD. Il me faut de l'argent!

M. DE ROUVRAY. Pour ta corbeille?..

EDGARD, *secouant la tête*. Non, pour autre chose!.. Il m'en faut beaucoup.

M. DE ROUVRAY. Permets donc!.. je suis libéral, c'est connu; mais tu abuses de l'expression!.... j'ai donné pas mal le mois dernier.

EDGARD. Ce n'est pas pour moi, vous le savez, c'est pour mon frère l'agent de change.

M. DE ROUVRAY. Passe pour lui donner des affaires! mais de l'argent!.. ça devient une mauvaise spéculation!

EDGARD. Non, mon oncle, c'en est une bonne! vous savez un honnête homme, victime de désastres et de faillites qu'il ne pouvait prévoir! grâce au ciel on n'a rien su! tout est réparé!.. Son honneur... le nôtre est intact; venez encore ce mois-ci à son aide, et un bel avenir s'offre à lui!.. C'est une trentaine de mille francs qu'il lui faut.

M. DE ROUVRAY. Trente mille francs!

EDGARD. Je m'engagerai pour lui... je signerai... J'ai fait ce que j'ai pu... vous le savez! sans cela...

M. DE ROUVRAY. Oui... oui... je sais que tu es un brave jeune homme, et un bon frère!.. mais trente mille francs!.. diable!.. trente mille francs!

EDGARD. Qu'est-ce que c'est que ça, pour vous qui êtes garçon?

M. DE ROUVRAY. Garçon!.. garçon!.. ils n'ont que ce mot-là!.. tous ceux qui me demandent, me disent : « Vous êtes garçon... » La belle avance! et le beau profit!.. On ne se marie pas pour n'avoir ni dépense de ménage, ni embarras de famille... et voilà les neveux, les parents, les filleuls!..

EDGARD. Ah! vous avez été parrain!.. c'est de droit!.. c'est le revenu habituel des célibataires.

M. DE ROUVRAY. Eh! non... tu sais bien... ce que je t'ai dit dans le temps...

EDGARD. Ah! oui, mon petit cousin Télémaque!

M. DE ROUVRAY. Eh bien! oui!.. Télémaque!.. Télémaque n'est pas sage.

EDGARD. C'est peut-être la faute de Mentor?

M. DE ROUVRAY. Eh! non; je l'ai élevé comme un prince!.. et ce gaillard-là est devenu républicain!.. il ne veut obéir à personne... il s'étonne de ce que je suis riche et de ce qu'il ne l'est pas!.. et il voulait me prouver dernièrement que nous devions partager.

EDGARD. C'est de l'égalité.

M. DE ROUVRAY. Pas pour moi!.. sans compter d'autres ennuis, d'anciennes passions dont on ne sait comment se défaire, des exigences féminines!

EDGARD. Oui... oui... mademoiselle Clorinde ou mademoiselle Amanda, dont j'ai entendu parler hier soir au foyer de l'Opéra..

M. DE ROUVRAY. Du tout... du tout... mais elles ou d'autres... tourmenté ainsi de tous les côtés, je ne sais souvent ou donner de la tête.

EDGARD. Faites comme moi, mariez-vous.

M. DE ROUVRAY. J'en ai eu quelquefois l'idée, comme ces remèdes violents auxquels on se décide tout à coup; et puis j'y voyais une foule d'obstacles : toi, d'abord.. dont je n'ai jamais eu qu'à me louer, et que je ne veux pas priver de mon héritage.

EDGARD. N'est-ce cela, mon cher oncle? je n'y ai jamais compté, et je vous ai toujours aimé *gratis*. Je mourrai probablement avant vous, car je parviendrai ou je me ferai tuer; dernièrement ça a bien manqué... Vous voyez bien que, de toutes les manières, je n'aurai besoin de personne. Ainsi, que ça ne vous inquiète pas; mariez-vous quand il en est temps et que vous êtes jeune encore : quarante ans, c'est le bel âge!

M. DE ROUVRAY. C'est ce que me disent toutes les veuves, et même quelques mamans qui ont encore des filles à marier...

EDGARD. N'attendez pas davantage; songez à votre vieillesse. Sans appui et sans consolation, voyez en perspective les rhumatismes, la goutte, dernière compagne du vieux garçon... et la seule souvent qui lui demeure fidèle! Songez aux collatéraux, aux filleuls même, qui peut-être déjà calculent l'instant du partage!

M. DE ROUVRAY. Tais-toi!.. tais-toi!.. tu me fais peur!

EDGARD. C'est ce qu'il faut!.. La seule difficulté c'est de trouver quelque chose qui vous convienne... car vous n'êtes pas aisé à marier.

M. DE ROUVRAY. Je le sais bien... mais j'ai depuis quelques moments une idée... c'est d'abord d'épouser une femme très-riche... c'est nécessaire pour réparer quelques brèches déjà faites, et d'autres qui se préparent : témoin tes trente mille francs.

EDGARD. Très-bien raisonné!

M. DE ROUVRAY. Ensuite, d'épouser non pas une jeune personne de seize à dix-sept ans, mais une femme de vingt-six à trente, fraîche et jolie encore... commençant sa seconde jeunesse... enfin les premiers beaux jours d'automne, ce que nous appelons l'été de la Saint-Martin.

EDGARD. C'est très-convenable.

M. DE ROUVRAY. N'est-ce pas? Bien entendu qu'elle gardera sa liberté, comme moi la mienne; elle fera ce qu'elle voudra et moi aussi; ça ne changera ni mes habitudes ni les siennes; et nous nous trouverons placés sur un territoire neutre, qui ne sera ni le mariage ni le célibat.

EDGARD, *riant*. Un plan superbe! Mais où diable trouverez-vous une femme pareille?

M. DE ROUVRAY. Elle est trouvée! ici même, dans cette maison... je viens de la voir... la belle-sœur de mon ami Dhennebon.

EDGARD, *avec émotion*. Mademoiselle Esther!

M. DE ROUVRAY. Précisément! et j'espère que je te donne là une jolie tante!

EDGARD. Je vous en remercie bien! mais vous oubliez le premier article de votre programme : une femme riche! et mademoiselle Esther n'a rien!.. elle est sans fortune!

M. DE ROUVRAY. C'est ce qui te trompe. Mon notaire de Bretagne m'a envoyé pour elle des papiers que nous venons de lire ensemble; une arrière-cousine à nous, cousine au dixième degré, une vieille fille, mademoiselle Palmire de Vaucresson, me nomme son exécuteur testamentaire, et institue pour sa légataire universelle mademoiselle Esther Delaroche, sa seule amie!..

EDGARD. Ah! c'est elle!..

M. DE ROUVRAY. A qui je viens d'apporter cette bonne nouvelle, quarante-cinq à cinquante mille livres de rente en terres, ce qui en vaut le double en cinq pour cent.

EDGARD. Et vous vous êtes proposé sur-le-champ?

M. DE ROUVRAY. Du tout!.. ce n'était qu'une idée, car je n'étais pas encore déterminé!.. mais je le suis maintenant, grâce à ton exemple et à tes conseils! Seulement, comme il n'est ni convenable ni agréable de se proposer soi-même, je compte sur ton amitié.

EDGARD, *troublé*. Moi!..

M. DE ROUVRAY. Tu peux bien faire pour moi ce que je vais faire pour toi?

EDGARD. Certainement!.. mais vous me chargez là d'une mission où je cours grand risque d'échouer!.. j'ai entendu dire que mademoiselle Esther avait à ce sujet des idées très-arrêtées.

M. DE ROUVRAY. Comme moi.

EDGARD. Chérissant avant tout son indépendance!

M. DE ROUVRAY. Comme moi!

EDGARD. Et qu'elle avait juré de ne jamais se marier!

M. DE ROUVRAY. Comme moi!.. Tu vois que nous convenons à merveille.... que nous sommes faits l'un pour l'autre... et pour la décider, tu lui diras...

EDGARD. Quoi?

M. DE ROUVRAY. Ce que tu m'as dit!

EDGARD. Je ne demanderais pas mieux! mais pour traiter un semblable sujet... je connais peu mademoiselle Esther!

M. DE ROUVRAY. Je croyais, au contraire, que tu avais été lié autrefois avec ces dames?

EDGARD. Avec sa sœur, madame Dhennebon, qui a toujours eu beaucoup d'amitié pour moi.

M. DE ROUVRAY. Eh bien! tu es ici chez elle... c'est une question de famille, cela se traite avec les grands parents; présente-lui ma demande; je vais m'occuper de ces trente mille francs que je tâcherai de t'avoir pour aujourd'hui ou demain.

EDGARD. C'est trop de bonté!.. et un pareil service!..

M. DE ROUVRAY. N'est rien!.. à charge de revanche. (*Apercevant Émilie qui entre par la porte à gauche.*) La voici! j'attends chez moi de tes nouvelles, et la permission de me présenter. (*Il sort par le fond.*)

———

SCÈNE II.

EDGARD, *à droite et rêvant;* ÉMILIE.

ÉMILIE, *à part.* Mon pauvre mari!.. ne pouvoir venir avec nous à Passy, et pour un motif comme celui-là!.... *(Apercevant Edgard.)* Ah! monsieur Edgard!..

EDGARD. Je venais ici, Madame, pour une affaire où votre mari veut bien s'employer pour moi, et je ne croyais pas avoir également un service à vous demander.

ÉMILIE. A moi?.. parlez, de grâce!

EDGARD. Un service qui vous étonnera peut-être beaucoup!.. et je suis moi-même fort embarrassé pour aborder la question...

ÉMILIE. Est-ce de moi qu'il s'agit?

EDGARD. Presque... c'est-à-dire... c'est tout comme... car c'est de mademoiselle votre sœur... *(Voyant Esther, qui entre vivement en tenant un papier à la main, il s'arrête avec émotion.)* C'est elle!..

ESTHER, *en l'apercevant, fait un geste de surprise.* Edgard!.. *(Puis elle se reprend, et lui fait respectueusement la révérence.)*

ÉMILIE, *à Edgard.* Eh bien! Monsieur, vous disiez...

EDGARD, *à Émilie.* J'entre chez monsieur votre mari qui m'attend; et après cela, Madame, si vous êtes seule, si je ne vous gêne point... je viendrai réclamer de votre bonté quelques moments d'entretien. *(Il salue, et sort par la porte à gauche.)*

———

SCÈNE III.

ÉMILIE, ESTHER.

ÉMILIE, *allant à Esther, et lui prenant les mains.* Qu'as-tu donc? comme tu es émue!

ESTHER. Ah! juge toi-même si c'est sans raisons... lis cette lettre... les dernières volontés de ma marraine... si bonne, si généreuse...

ÉMILIE, *qui a parcouru la lettre.* Elle te laisse toute sa fortune!

ESTHER. A moi, ingrate, qui osais l'accuser...

ÉMILIE, *lisant toujours.* A la condition expresse de te marier!

ESTHER. Oui!..

ÉMILIE. Ce n'est pas possible!.. elle qui détestait le mariage, et qui avait refusé tous les partis... elle qui a voulu vivre et mourir dans le célibat!

ESTHER, *rêvant.* Elle me défend de suivre son exemple, et je connais enfin la cause de cette douleur sombre et cruelle qu'elle n'a jamais osé m'avouer, et qui l'a conduite au tombeau!.. tout est expliqué dans ces derniers vers qu'elle a écrits pour moi, et qui accompagnent sa lettre... *(Prenant le papier.)* Écoute, ma sœur... écoute bien!.. *(Lisant.)*

> A toi mes vœux, ma dernière pensée,
> Et le secret qui desséchait mon cœur!

> A toi ces vers que, d'une main glacée,
> Je trace encor pour toi!.. pour ton bonheur!
> J'ai quarante ans, je suis seule sur terre;
> Et j'ai passé la saison des amours!
> J'ai quarante ans! le bonheur d'être mère
> Ne viendra pas consoler mes vieux jours!
> Le temps ne peut adoucir ma souffrance,
> Et, je le sens, je n'ai plus qu'à mourir!
> Car, à mon âge, on n'a plus l'espérance!
> Et je n'ai pas même le souvenir!...

ÉMILIE. Elle a raison!.. vivre et mourir seule!.. mourir sans avoir rien aimé!.. elle a dû être bien malheureuse!.. n'est-ce pas, ma sœur?

ESTHER. Oui, c'est ce que je me dis depuis que j'ai lu sa lettre.

ÉMILIE. Et ce qu'il y a de plus généreux encore... elle a voulu te soustraire au sort dont elle avait fait l'expérience!.. elle a voulu t'obliger, te contraindre à te marier!.. et que tu le veuilles ou non...

ESTHER. C'est là le terrible!.. c'est l'obligation de se décider, et de faire un choix!.. Car, moi, je n'ai jamais distingué personne... et ne pense à personne.

ÉMILIE. C'est fâcheux!.. car si tu avais préféré quelqu'un, ça nous aurait bien aidées.

ESTHER. J'ai beau chercher... je ne vois pas!.. et je ne peux cependant pas faire imprimer le testament, en annonçant qu'il y aura concours.

ÉMILIE. Cela se répandra de soi-même!.. dès que l'on saura qu'il y a ici une riche héritière, tous les prétendus arriveront, à commencer par les jeunes gens qui ont des charges à payer!..

ESTHER. Je n'aime pas les jeunes gens.

ÉMILIE. Aimes-tu mieux les gens raisonnables?

ESTHER. Encore moins! c'est si ennuyeux!

ÉMILIE. Qui voudrais-tu donc?

ESTHER, *hésitant.* Quelqu'un... qui fût...

ÉMILIE, *vivement.* Entre les deux!

ESTHER. Peut-être!..

ÉMILIE, *vivement.* Tu as donc une idée?

ESTHER. A laquelle je ne m'arrêterai même pas!.. quelqu'un qui va se marier.

ÉMILIE. Raison de plus pour se hâter!.. et M. Edgard?...

ESTHER, *vivement.* Est-ce que je l'ai nommé?

ÉMILIE, *froidement.* Depuis une heure.

ESTHER. Lui que j'ai dédaigné, refusé!.. est-ce que je peux revenir?.. est-ce que je peux l'inviter comme pour une contredanse, et lui dire: « Monsieur, voulez-vous bien me faire l'honneur... »

ÉMILIE. Du tout!.. tu ne paraîtras en rien là dedans, ce sera moi.

ESTHER. C'est la même chose!.. Toi! ma sœur... tu irais me proposer! . tu irais à lui!.. jamais!

ÉMILIE. Et si c'était lui qui vînt à nous!.. si cet entretien qu'il m'a demandé tout à l'heure, en ta présence, était pour me parler de toi?..

ESTHER. En vérité!..

ÉMILIE. Après cela... vois toi-même s'il faut le recevoir ou le renvoyer.

ESTHER. Moi, cela ne me regarde pas!.. je n'y suis pour rien!.. Mais il me semble qu'on peut toujours...

ÉMILIE. Essayer de l'écouter?

ESTHER. Essayons!.. (*Avec émotion.*) C'est lui!..

ÉMILIE, *après un instant de silence, et à voix basse.* Alors!.. il faut nous laisser.

ESTHER. J'allais te le proposer... (*Lui serrant la main.*) Adieu!.. (*Elle fait à Edgard, qui entre, une grande révérence, et sort par le cabinet à droite.*)

—

SCÈNE IV.

EDGARD, ÉMILIE.

ÉMILIE. Vous voyez, Monsieur, que je me suis conformée à vos intentions, et que nous sommes seuls.

EDGARD, *lentement et froidement.* Je vous en remercie, Madame...

ÉMILIE, *à part.* Dieu!.. quel air solennel!.. c'est bien cela!.. (*Haut.*) Je vous écoute, Monsieur.

EDGARD. Mademoiselle votre sœur est riche à présent!....

ÉMILIE. Elle vient de l'apprendre.

EDGARD. Je lui en adresse mes félicitations!.. J'ignore si ce changement de fortune a changé ses opinions sur le mariage...

ÉMILIE. Elle les a, du moins, beaucoup modifiées... car une clause du testament lui ordonne expressément de se marier... Et quelles que soient ses idées à cet égard, elle ne peut que se soumettre aux volontés de sa bienfaitrice!.. (*Regardant Edgard, qui fait un mouvement de surprise.*) Il est ému...

EDGARD, *froidement.* J'en suis ravi... et je peux alors avec quelques chances de succès vous demander officiellement la main de votre sœur... pour mon oncle, M. de Rouvray.

ÉMILIE. Votre oncle!.. ô ciel! y pensez-vous?..

EDGARD. Pourquoi pas?.. mon oncle a quarante ans, il est vrai; mais il est jeune par ses goûts, qui sont ceux de votre sœur : même caractère, même amour de la liberté, une fortune presque égale; et de plus, une belle position politique!.. La prochaine session peut le porter au pouvoir!..

ÉMILIE. Votre oncle, Monsieur! et qui lui a donné une pareille idée?

EDGARD. Moi, Madame; je ne pouvais lui conseiller un meilleur choix.

ÉMILIE. Il me semble qu'autrefois vous auriez été moins généreux!.. Et à moins que ce mariage, dont vous me parliez ce matin... ne puisse plus se rompre... (*Regardant Edgard qui se tait.*) et je le vois... c'est possible encore... je pense que vous ne devez pas à votre oncle une telle preuve de générosité... un si grand dévouement!..

EDGARD. Non!.. le mien n'irait pas jusque-là!..

ÉMILIE. Il y a donc d'autres motifs?

EDGARD. Oui, Madame, des motifs que je puis seul apprécier, un obstacle invincible qu'il ne m'est pas permis de vous dire.

ÉMILIE, *à demi-voix, et lui prenant la main.* Écoutez-moi, Edgard! vous connaissez mon amitié!.. parlez-moi avec franchise : est-ce le souvenir d'un premier refus, est-ce l'amour-propre blessé qui vous empêche de songer aujourd'hui à un parti superbe?

EDGARD. Ah! ce n'est pas là ce qui m'eût déterminé!

ÉMILIE. Je le sais!.. je le sais!.. je connais votre caractère noble et désintéressé, et, grâce au ciel, votre fortune personnelle, votre position indépendante, vous mettent à l'abri

d'un pareil soupçon!.. Il n'est donc qu'un motif, un seul qui pourrait vous faire hésiter!.. (*L'entraînant à l'autre bout du théâtre, et à voix basse.*) Eh bien! Monsieur... eh bien!.. c'est peut-être mal ce que je vais vous dire... mais enfin, si moi, sa sœur... j'avais cru voir... si j'étais sûre qu'on vous aimât!..

EDGARD *pousse un cri de joie.* O ciel!.. (*Puis il s'arrête, se reprend, et dit froidement à Émilie.*) Je ne puis...

ÉMILIE, *poussant un cri d'indignation.* Ah!.. (*Vivement.*) Je n'ai rien dit, Monsieur! je n'ai rien dit!

EDGARD. Et moi... je ne sais rien!.. je vous le jure!.. mais mon honneur, ma conscience me disent que je dois agir ainsi!.. et vous-même en d'autres temps me rendrez justice peut-être!.. Daignez faire part à mademoiselle votre sœur des intentions de M. de Rouvray; je vais le retrouver chez lui où il m'a donné rendez-vous, le prier de faire désormais valoir ses droits lui-même, et de venir chercher ici la réponse qu'il attend. (*Il la salue respectueusement, et sort.*)

—

SCÈNE V.

ÉMILIE *va ouvrir la porte à droite, et trouve sur le seuil* ESTHER, *pâle et tremblante.*

ESTHER, *entrant, et affectant de sourire.* Eh bien!.. eh bien! qu'y a-t-il?

ÉMILIE, *d'un air dégagé.* Rien encore... j'ai à peine abordé la question... je n'ai parlé que très vaguement...

ESTHER. Oh! non!.. non!.. il m'a refusée!.. refusée!..

ÉMILIE. Quelle expression!.. ce n'est pas cela qu'il a dit!

ESTHER, *avec douleur.* Je l'ai entendu, ma sœur!

ÉMILIE. Eh bien! oui... il voulait autrefois... il ne veut plus maintenant... je n'y comprends rien!.. les hommes sont capricieux... comme les femmes! Et moi qui t'en faisais l'éloge, moi qui avais de l'amitié pour lui! je n'en ai plus!.. je suis indignée!.. et toi aussi... je le vois!.. Allons, ma sœur! allons! de la fierté, du courage!.. n'y pensons plus!

ESTHER, *les yeux baissés et douloureusement.* Oui!.. n'y pensons plus!

ÉMILIE, *gaiement.* Ce sera bien vite oublié!.. tu es riche, tu es belle!.. moi je te trouve charmante! et, j'en suis sûre, tous les hommes auront mes yeux!.. aussi, sois tranquille... dès que tu vas paraître, tous les hommages vont t'entourer, c'est à qui te fera la cour!.. et des cavaliers empressés, des adorateurs, des amants, il n'en manquera pas!.. dans le monde, il y en a bien d'autres!..

ESTHER. Non!.. il n'y en a pas d'autre!

ÉMILIE. Qu'est-ce que tu me dis là?..

ESTHER. Ah! tu vas me haïr!.. tu vas me mépriser!.. mais à qui avouer mes chagrins et ma honte, si ce n'est à toi, ma sœur et mon amie? Eh bien! oui, depuis longtemps je l'aimais!..

ÉMILIE. Je le savais mieux que toi.

ESTHER. Mais depuis qu'il m'a dédaignée!.. repoussée!..

ÉMILIE. Eh bien?..

ESTHER, *pleurant.* Eh bien!.. je crois que je l'aime encore plus!

ÉMILIE. Voilà ce que c'est!.. on dit que c'est toujours

ainsi !.. je ne voulais pas le croire !.. mais alors, insensée que tu es, pourquoi autrefois l'avoir refusé?..

ESTHER. Mon Dieu ! si tu savais de quoi dépend notre destinée!.. Est-ce ma faute à moi si je n'ai écouté alors que ma tête? un faux enthousiasme, une vanité puisée dans les hommages mêmes qui m'entouraient, et qui me persuadaient que je pouvais me passer de tout le monde! . Et puis, s'il faut te l'avouer... quoique déjà je le préférasse à tous les autres... ce n'était qu'une préférence, ce n'était pas tout à fait de l'amour! et lui m'aimait tant!.. m'était si dévoué!.. que je me disais : Je peux voir... je peux attendre... il m'aimera toujours !.. on est là-dessus si disposé à se persuader !.. Et plus tard, quand nous avons été éloignés... quand j'ai senti le froid de l'abandon, de l'isolement, mes regrets ont commencé!.. et quand, regardant autour de moi, je l'ai comparé à tous ceux que je voyais, ah ! alors je me suis accusée, je me suis repentie! alors je l'ai aimé de toutes les forces de mon âme! mais je n'osais plus le dire... pas même à toi! et puis l'espoir me restait, je savais qu'il ne se mariait pas, que maître de former d'autres nœuds il conservait sa liberté... il pensait donc encore à moi!.. il m'attendait peut-être! ma vanité me défendait de faire les premiers pas... mais ma coquetterie me disait : Qu'importe? quand je changerai d'idée... quand je le voudrai... il reviendra !.. Ah ! je l'ai mérité, ma sœur! j'ai mérité d'être punie... car je suis bien coupable!

ÉMILIE. Oui! bien coupable de jouer ainsi ton bonheur contre de vains caprices, contre des idées fausses; voilà cinq années de liberté bien employées!.. Par bonheur il est temps encore... il faut oublier le passé, se résigner, prendre son parti, et réparer le temps perdu !

ESTHER. Oui, mon parti est pris, et maintenant plus que jamais je renonce au mariage... je resterai fille.

ÉMILIE. Encore la même faute !

ESTHER. C'est mon seul désir.

ÉMILIE. Maintenant, soit... mais si dans cinq années tu te repens encore, ce sera, comme aujourd'hui, cinq années de perdues... ou plutôt de gagnées... car le temps va vite; et dès qu'on a trente ans... on est si près d'en avoir quarante!.. Songe à ta marraine !.. il faut la croire, ma sœur... il faut se faire une raison... et se marier... Il y a encore de bons maris... on ne les adore pas; mais qu'importe ?

ESTHER. Laisse-moi, je t'en prie!

ÉMILIE. Non, vraiment, je ne te laisserai pas; et puisque tu détestes les jeunes gens... voilà un autre parti qui se présente... M. de Rouvray.

ESTHER. Lui !

ÉMILIE. Tu le connais à peine; mais il faut le voir, l'accueillir.

ESTHER, qui ne l'a pas écoutée. Tu crois donc qu'il ne m'aimera jamais?

ÉMILIE. M. de Rouvray?

ESTHER. Eh ! non... Edgard !

ÉMILIE. Tu y penses encore?

ESTHER. Toujours... car tout à l'heure, pendant qu'il te parlait... à cette froideur affectée que souvent trahissait l'émotion de sa voix .. il me semblait... tu vas m'appeler insensée... il me semblait qu'il m'aimait encore!..

ÉMILIE. Ma pauvre sœur !

ESTHER. Oui, ce n'était pas là le son de voix d'un indifférent... et, j'en suis sûre, il était troublé... il était pâle !

ÉMILIE. Je n'ai pas regardé.

ESTHER, avec impatience. O mon Dieu ! à quoi donc pensais-tu ?

ÉMILIE. A ses paroles qui, plus que ses traits, m'exprimaient franchement la vérité... Il est engagé... il épouse... il aime une autre personne.

ESTHER. Oh ! non... ne me dis pas cela ! Qu'il m'abhorre... qu'il me déteste... mais qu'il n'en aime pas d'autre ! Dis-moi plutôt qu'il est blessé de mes défauts, de ma vanité, de mon orgueil, de mes idées de domination... oui, oui, c'est cela : il ne veut pas fléchir sous un pareil joug... il pense que je le rendrai malheureux... il ne croit pas possible que je me corrige... voilà pourquoi il s'éloigne.

ÉMILIE. Que puis-je te dire?

ESTHER. Mais il reviendra... Moi je l'aime tant !.. il reviendra... tout me le dit. Tais-toi !.. tais-toi !.. c'est une voiture... c'est lui !

ÉMILIE. Quelle idée !

ESTHER. J'en suis certaine !.. mes pressentiments ne me trompent jamais... C'est lui, te dis-je !

UN DOMESTIQUE, annonçant. M. de Rouvray, mon maître, demande si ces dames peuvent le recevoir.

ESTHER, bas, à Émilie Ah ! je ne veux pas!..

ÉMILIE, de même. Ce n'est pas possible; et même, pour le refuser, il faut l'écouter : on doit des égards aux gens qu'on n'aime pas... ils n'ont que cela à attendre... (Au domestique.) Faites entrer. (A Esther.) C'est dans les convenances ; tu ne voudras pas y manquer... et puis, c'est l'oncle d'Edgard...

ESTHER. Ah ! c'est vrai !.. mais quel ennui !

ÉMILIE, à demi-voix. Toutes les demoiselles à marier en sont là... et c'est bien pis pour moi, la sœur cadette, qui fais la mère, et suis obligée d'assister à l'entrevue !

SCÈNE VI.

M. DE ROUVRAY, ESTHER, ÉMILIE, UN DOMESTIQUE.

M. DE ROUVRAY, au domestique. Retourne à l'hôtel et reviens avec la voiture. (Le domestique sort. — Aux dames.) C'est une bien terrible chose que les avocats et les gens d'affaires, n'est-il pas vrai, Mesdames? on ne peut se soustraire à leurs visites!.. et malheureusement pour vous, Mademoiselle, mes fonctions d'exécuteur testamentaire vous forceront souvent de me voir !

ÉMILIE, voyant qu'Esther garde le silence. Ma sœur ne s'en plaint pas, Monsieur.

M. DE ROUVRAY. Et moi, je m'en félicite, ainsi que de la fortune qui vous arrive.

ÉMILIE. Vous à qui elle revenait !.. c'est être bien généreux !

M. DE ROUVRAY, à Esther. Je vais peut-être cesser de le paraître, si j'aborde la question qui fait l'objet de ma visite... Vous rougissez! je vois que madame votre sœur vous a prévenue, et quoique avocat, j'aurais probablement gagné à lui laisser plaider ma cause.

ESTHER. Elle m'a fait part de l'honneur que vous vouliez bien me faire... et de vos intentions...

M. DE ROUVRAY. Que mon empressement, peut-être, vous a rendues suspectes... cela doit être... avouez-le franchement!.. quand on adresse ses hommages à une riche héri-

ESTHER. C'est bon, en voilà assez sur ce sujet. — Scène 7.

tière, elle doit supposer dans ceux qui se présentent des vues intéressées!.. Heureusement je puis répondre d'une manière victorieuse à l'objection... j'avais un fort beau patrimoine... soixante mille livres de rente, que j'ai un peu entamées, parce que j'ai eu, comme tout le monde, des passions... des fantaisies... et des neveux... ce dernier article-là surtout est très-cher à Paris!

ESTHER, avec émotion. Ah! vous avez des neveux?..

M. DE ROUVRAY. Deux... malgré cela, il me reste encore quarante mille livres de rente!.. et voilà pourquoi...

ESTHER, l'interrompant. Je croyais qu'ils avaient aussi de la fortune?

M. DE ROUVRAY. C'est selon... l'un est agent de change... état brillant qui fait envie à tout le monde, et peur aux familles, surtout aux oncles célibataires! voilà pourquoi je désire ne plus l'être! Ainsi donc, comme je vous disais...

ESTHER, l'interrompant. Et votre autre neveu, Monsieur?..

ÉMILIE, à voix basse. Prends donc garde !..

M. DE ROUVRAY. Celui-là n'est pas dans la finance... au contraire... c'est un grand seigneur! si toutefois il y en a en-core aujourd'hui... il est bien en cour, et finira par quelque bel établissement!..

ESTHER. Je... croyais que c'était déjà fait?

M. DE ROUVRAY. Non, Mademoiselle.

ESTHER, vivement. Et pourquoi donc?

M. DE ROUVRAY. Il ne s'agit pas de mon neveu, mais de moi... Je vous disais que pour la fortune...

ESTHER. Elle est fort belle, je le sais, ce n'est pas là seule-ment ce qui me touche; je tiens surtout aux liens de pa-renté, aux rapports de famille...

M. DE ROUVRAY, à part. Ah! diable! est-ce qu'on lui aurait parlé de Télémaque?

ESTHER. Et vous disiez que votre neveu allait contracter une alliance?..

M. DE ROUVRAY. Je n'ai pas dit cela... Edgard m'avait prié, ce matin, de faire positivement sa demande, et tout à l'heure, en venant chez moi me prévenir que vous m'attendiez... il m'a prié de n'en rien faire; il y renonce.

ESTHER, à part. O ciel! (Haut.) Et pour quel motif?

M. DE ROUVRAY. Il ne me l'a pas dit.

ESTHER, *bas, à Émilie.* Ah! c'est pour moi, j'en suis sûre!

ÉMILIE, *à part.* J'en doute encore...

M. DE ROUVRAY, *se rapprochant des dames dont il s'est éloigné un instant.* Qu'avez-vous donc?

ESTHER. Rien... je vous remercie, Monsieur, de votre loyauté, de votre franchise... des renseignements que vous voulez bien me donner, et dont je suis enchantée...

ÉMILIE, *à demi-voix.* Y penses-tu?..

M. DE ROUVRAY. Je m'en doutais!..

ESTHER, *se reprenant.* C'est-à-dire, enchantée...

M. DE ROUVRAY. Pour ma position politique .. elle est connue... d'un instant à l'autre le pouvoir peut nous arriver... il y a assez longtemps que nous l'attendons; et chacun son tour.. Quant aux qualités personnelles, au caractère...

ESTHER. Il est excellent... je le sais.

M. DE ROUVRAY. Alors, grâce au ciel, je vois peu d'obstacles...

ESTHER. Peut-être... en est-il...

M. DE ROUVRAY. Et lesquels?

ESTHER. Je ne puis les dire encore... je n'en suis pas malheureusement assez sûre!..

M. DE ROUVRAY. Comment cela?

ESTHER, *vivement.* Quoique j'espère.. quoique j'aie bonne idée.. je vous demande le temps d'examiner, de réfléchir... surtout de consulter ma sœur; et demain... après-demain, vous aurez ma réponse...

M. DE ROUVRAY. Vous me le promettez?

ESTHER. Oui, Monsieur. (*A sa sœur.*) Viens!.. Ah! que je suis heureuse!

ÉMILIE, *s'en allant.* Et si nous nous abusions!..

ESTHER, *sortant avec elle.* Ah!.... j'en mourrais! (*Elles sortent toutes deux.*)

——

SCÈNE VII.

M. DE ROUVRAY, *puis* DHENNEBON.

M. DE ROUVRAY, *seul.* Pour une première entrevue, ce n'est pas mal... on ne m'a même pas laissé achever ma cause, preuve qu'elle est gagnée!.. C'est du moins comme cela au palais... (*Apercevant Dhennebon qui entre avec son chapeau sur la tête, l'habit boutonné, la badine à la main; tenue de jeune homme.*) Eh! te voilà, mon cher Dhennebon!

DHENNEBON, *riant et se frottant les mains.* Oui, mon ami! libre comme l'air! ma femme va partir avec sa sœur... à toi pour toute la soirée... une soirée de garçon!.. ça ne m'est pas arrivé depuis mon mariage.

M. DE ROUVRAY. Tu as eu de la peine à te dégager?

DHENNEBON. Du tout!

M. DE ROUVRAY. Quand je te le disais!.. il ne s'agit que de se prononcer.

DHENNEBON. Je lui ai dit que nous passions la soirée ensemble, que tu avais absolument besoin de moi pour les affaires de ma belle-sœur... c'était une idée...

M. DE ROUVRAY. Ah! c'est ainsi que tu as parlé?

DHENNEBON. Oui, mon ami! ainsi on va pas me démentir!

M. DE ROUVRAY. Sois tranquille... Et ta femme n'a pas fait de difficultés?

DHENNEBON. Pas la moindre!.. au contraire, elle me plaignait : « Mon pauvre mari, passer une soirée ennuyeuse, avec des gens d'affaires!.. » C'est inconcevable! comme il est aisé de tromper les femmes!

M. DE ROUVRAY, *riant.* N'est-il pas vrai? La voiture est en

bas, nous allons partir... ces messieurs ne peuvent pas venir, et nous ne serons que nous deux.

DHENNEBON. Tant mieux!

M. DE ROUVRAY. J'ai fait retenir un petit salon au Rocher de Cancale... et tu me diras des nouvelles du dîner!

DHENNEBON. Et puis le soir à l'Opéra?..

M. DE ROUVRAY. Et dans l'entr'acte, je te mènerai sur le théâtre!..

DHENNEBON. Quel bonheur!.. ma femme n'en saura rien... n'est-ce pas?..

M. DE ROUVRAY. N'aie donc pas peur! ni la mienne non plus!.. car je vais aussi me marier!.. je te raconterai cela! Allons, partons!

UN DOMESTIQUE, *apportant trois lettres.* Des lettres pressées qui étaient chez Monsieur.

DHENNEBON. Vois... vois, mon cher. (*Il s'assied.*) Allons-nous en dire!.. Quel bonheur d'être son maître, et de faire ce qu'on veut!.. je sens un air plus libre qui circule dans ma poitrine!.. dans ma poitrine d'homme! et il me monte un tas d'idées à la tête!

M. DE ROUVRAY, *qui pendant que Dhennebon parle a décacheté la première lettre et la parcourt.* Ah! mon Dieu!.. c'est insupportable! c'est comme un fait exprès...

DHENNEBON. Qu'est-ce donc?

M. DE ROUVRAY, *avec humeur.* Une passion à moi... la petite Clorinde, qui est malade, souffrante, et m'attend chez elle à dîner!

DHENNEBON, *riant.* Ah! bien oui! elle prend bien son temps!..

M. DE ROUVRAY. Elle a un instinct pour me contrarier! (*Parcourant l'autre lettre et lisant la signature.*) Amanda!..

DHENNEBON. Encore une lettre de femme! est-il heureux!..

M. DE ROUVRAY. Mademoiselle Amanda qui ne danse pas ce soir, et qui veut absolument que je la mène dîner chez Véry!.. elles se sont donné le mot!..

DHENNEBON. Envoie-les promener!

Vous ne dansez pas, j'en suis fort aise!..
Eh bien! chantez maintenant!

M. DE ROUVRAY. Tu crois que cela s'arrange ainsi?..

DHENNEBON. Parbleu!.. quand on est homme, et qu'on a un peu de fermeté... ça ne m'inquiéterait pas un moment!

M. DE ROUVRAY. Et si je refuse ou cherche des prétextes... ce sont des disputes... des querelles!.. c'est à n'y pas tenir! on est capable de me suivre!.. de venir faire une scène chez moi! chez ma prétendue! et avec mes idées de mariage... Je ne peux pas, mon ami! je ne peux pas dîner avec toi!.. c'est impossible!..

DHENNEBON. Eh bien! par exemple!.. peut-on être esclave à ce point-là!.. ne pas oser dîner avec un ami!

M. DE ROUVRAY. Ne vas-tu pas te fâcher? nous passerons la soirée ensemble... que diable, entre nous... c'est sans gêne, sans façon!

DHENNEBON. Comme tu voudras... mais si j'étais à ta place, je ne me laisserais pas mener ainsi, et par deux femmes encore!.. Moi je n'en ai qu'une!

M. DE ROUVRAY, *qui a ouvert la dernière lettre, s'écrie avec colère.* A merveille!..

DHENNEBON. Une troisième!

M. DE ROUVRAY. C'est pis encore!.. c'est bien autrement ennuyeux!.. une réunion de députés pour ce soir!.. tous les députés de notre parti qui se rassemblent chez un collègue...

pour savoir au juste quelle opinion nous aurons à la session prochaine.

DHENNEBON, *avec colère.* Et tu iras?..

M. DE ROUVRAY, *de même.* Et le moyen de s'y soustraire?.. Que ne dirait-on pas de mon absence?.. on ne me la pardonnerait jamais!.. car tu n'as pas idée d'un assujettissement, d'une tyrannie pareille!..

DHENNEBON, *avec bonhomie.* C'est bien étonnant!.. moi qui suis lié et garrotté, je fais ce que je veux!.. et toi, et toi, l'homme indépendant, tu ne peux pas même disposer d'une soirée!

M. DE ROUVRAY, *avec humeur.* Je le peux!.. si je le veux!

DHENNEBON. Eh bien! alors...

M. DE ROUVRAY. Mais je ne le veux pas!..

DHENNEBON. C'est comme si tu ne le pouvais pas.

M. DE ROUVRAY. Tu n'entends rien à cela!.. et je t'expliquerai, dans un autre moment... car voilà six heures, et je ne sais où donner de la tête!

DHENNEBON. Tu ne peux cependant pas dîner aux deux endroits en même temps?

M. DE ROUVRAY. Je verrai!.. je tâcherai!.. Je dînerai avec l'une, et je souperai avec l'autre!.. Pardon, mon ami, de te manquer ainsi de parole... Demain... après-demain... une autre fois... je prendrai ma revanche! (*Au domestique.*) Allons, partons! (*Il sort en courant par la porte du fond.*)

———

SCÈNE VIII.

DHENNEBON, *seul.* Une autre fois... je ne pourrai peut-être pas!.. Je ne suis pas, comme lui, libre tous les jours!.. mais aujourd'hui, du moins, je le suis!.. et puisqu'il me laisse seul... je me passerai de lui!.. Je profiterai de mon indépendance... car pour la première fois de ma vie, me voilà sans surveillant... sans contrôle, et maître de faire tout ce que je voudrai!.. Qu'est-ce que je m'en vais faire?.. D'abord, aller dîner chez le meilleur restaurateur... mais tout seul!.. sans avoir à qui parler!.. et pour toute compagnie, obligé de lire le journal!.. ce n'est pas amusant!.. Si ma femme était là... nous irions ensemble!.. (*Se reprenant.*) Qu'est-ce que je dis donc? autant me faire faire à dîner ici... et j'irai après cela au spectacle... un bon spectacle... si j'en trouve!.. Cela me fait penser que j'avais promis à ma petite fille de l'y mener!.. et si je l'avais avec moi... ça serait gentil!.. mais elle n'y est pas!.. (*Appelant.*) Joséphine!.. Madame Geslin!.. personne ne répond! et cette maison est si grande!.. on n'y entend rien... c'est comme un tombeau!.. Au moins quand ma femme et ma fille sont là... il y a du bruit... il y a de la vie... de l'existence... Pauvre femme! je l'ai trompée!.. elle croit que je travaille... elle pense à moi... elle me plaint!.. elle a raison!.. car je suis ici tout seul à m'ennuyer avec ma liberté, dont je ne sais que faire... quand j'aurais pu dîner gaiement à Passy, à la campagne, chez des amis... en famille... avec ma femme... et mon enfant!.. Il me semble qu'il y a si longtemps que je ne les ai vus!.. Ah!.. je suis seul!.. je suis mon maître!.. on dira ce qu'on voudra : Je vais à Passy ! (*Il prend son chapeau, et sort par la porte du fond.*)

———

ACTE TROISIÈME.

Un salon élégant chez M. de Rouvray. Porte au fond ; deux portes latérales.

———

SCÈNE PREMIÈRE.

M. DE ROUVRAY, *assis à la droite, et rêvant* ; DHENNEBON, *paraissant à la porte du fond, et se disputant avec le domestique.*

LE DOMESTIQUE, *empêchant M. Dhennebon d'entrer.* M. de Rouvray n'y est pas!.. il n'est pas chez lui.

DHENNEBON. Mais je l'aperçois.

LE DOMESTIQUE. C'est égal... Monsieur ne reçoit pas.

M. DE ROUVRAY. Qu'est-ce donc?.. Eh! mon ami Dhennebon!.. de si grand matin! (*Il fait un signe au domestique, qui se retire.*)

DHENNEBON. A la bonne heure, au moins!.. Que diable te prend-il de faire ainsi défendre ta porte?.. et qu'y a-t-il donc de nouveau ?

M. DE ROUVRAY. Bien des événements depuis hier, et j'ai eu raison d'aller à notre réunion de députés... il s'y est passé de grandes choses.

DHENNEBON, *d'un air étonné.* Ah!.. bah!..

M. DE ROUVRAY. Il y a des pourparlers, des concessions... des arrangements ; nous faisons nos conditions... c'est tout naturel! on fait un pas vers nous... nous en faisons deux, et il se peut très-bien qu'aujourd'hui je sois ministre.

DHENNEBON. Toi! (*Montrant la porte qu'on lui refusait.*) C'est donc ça que tu commençais déjà...

M. DE ROUVRAY, *sans l'écouter, et avec joie.* Oui, mon ami, ministre !

DHENNEBON. Et comment cela s'arrange-t-il avec ta position et tes opinions?

M. DE ROUVRAY. Très-aisément... Par ma naissance et ma fortune, je suis d'une certaine nuance de la Chambre... par mes principes, je suis d'une autre tout à fait opposée..... mais les extrêmes se touchent, et les deux nuances n'en font qu'une qui, dans ce moment, sont occupées à se fondre dans une troisième... et voilà comment, de nuance en nuance, on change de couleur sans que personne s'en aperçoive.

DHENNEBON. Je comprends... Qu'est-ce que tu serais là-dedans?

M. DE ROUVRAY. Presque rien... Pour commencer, j'irais au commerce ou à l'instruction publique.

DHENNEBON. Il me semble que tu n'es guère savant.

M. DE ROUVRAY. Une occasion fera le devenir!.. ce n'est pas là ce qui m'inquiète... ce sont les ennemis, les pamphlets, les attaques de tout genre... Je ne sais pas comment ils ont eu vent de notre combinaison, mais avant qu'elle soit formée... on l'abîme déjà ; et si cela prend cette tournure, il faudra y renoncer, car je ne sais pas trop comment arranger ma puissance et ma popularité...

DHENNEBON. Encore des nuances... qu'il s'agit de fondre!.. et tu feras comme hier avec Clorinde et Amanda ; tu dîneras avec l'une, et tu souperas...

M. DE ROUVRAY, *avec humeur.* Laisse-moi donc tranquille! il s'agit bien de cela aujourd'hui!.. quand je ne sais quel parti prendre... quand j'ai la fièvre d'inquiétude et de tourment!

DHENNEBON. Tu n'es pas le seul! et c'est pour ça que j'arrive chez toi de grand matin!

M. DE ROUVRAY. Qu'y a-t-il donc?

DHENNEBON. Imagine-toi qu'hier, à Passy... où je suis arrivé à la fin du dîner...

M. DE ROUVRAY, *étonné.* Comment!.. tu y es donc allé?....

DHENNEBON. Certainement!..... (*Avec fierté.*) mais de moi-même!

M. DE ROUVRAY. Quelle faiblesse!

DHENNEBON. Cela te va bien! toi qui m'as abandonné!

M. DE ROUVRAY. Enfin!.. qu'y a-t-il?

DHENNEBON. Un événement affreux!.. qu'on nous a raconté au dessert : un employé des finances venait de se blesser sur notre chemin de fer!

M. DE ROUVRAY. Quelqu'un que tu connais?

DHENNEBON. Pas le moins du monde!

M. DE ROUVRAY. Eh bien! alors, qu'est-ce que cela te fait?

DHENNEBON. Ça me fait!.. que ça fera baisser nos actions!.. tout le monde le disait!

M. DE ROUVRAY. Laisse donc!

DHENNEBON. Ça m'a troublé à un point!.. d'autant que je n'osais rien demander, parce que ma femme était là!.. mais moi qui dors si bien d'ordinaire, je n'ai pas fermé l'œil de la nuit!.. moi qui ne pense jamais à rien le matin, qu'à mon déjeuner et à mon bureau, je suis sorti de chez moi sans rien prendre et sans rien dire à ma femme; je me suis arrêté au café Tortoni...

M. DE ROUVRAY. Pour déjeuner?

DHENNEBON. Non... pour écouter!.... pour interroger..... pour savoir des nouvelles... Mon ami, elles sont désastreuses! ils prédisent tous pour aujourd'hui une baisse effroyable!

M. DE ROUVRAY. Nous verrons bien!

DHENNEBON. Mais non!.. je ne veux pas le voir! il y va de ma fortune! je tiens à la conserver, et j'ai écrit à ton neveu de vendre aujourd'hui même si ça baissait.

M. DE ROUVRAY. Mais au contraire... il ne faut vendre que quand cela monte.

DHENNEBON. Que veux-tu? je n'y entends rien!

M. DE ROUVRAY. Allons!.. allons!.. calme-toi!.. cela me regarde encore plus que toi! reste ici à déjeuner; nous passerons ensemble à la Bourse, à deux heures.

DHENNEBON. Je n'irai donc pas encore à mon bureau!.... c'est le second jour.

M. DE ROUVRAY. Puisque ça t'ennuie tant! puisque ça t'est insupportable, à ce que tu me disais!

DHENNEBON. C'est vrai; mais quand je n'y suis pas, il me manque quelque chose... les matinées n'en finissent pas.... je ne sais que faire. C'est comme quand ma femme n'est pas là; ma femme et mon bureau, je ne peux pas m'en passer, ma femme surtout... Si tu savais combien ça me tourmente d'avoir acheté ces actions sans sa permission! non... sans son consentement... Si c'était elle qui l'eût fait..... ça me serait égal... elle ne pourrait pas me gronder; aussi tu sens bien qu'il ne faut pas qu'elle soupçonne...

M. DE ROUVRAY. Sois donc tranquille... tu as peur de tout.

SCÈNE II.

M. DE ROUVRAY, DHENNEBON, UN DOMESTIQUE.

LE DOMESTIQUE. Deux dames demandent à voir Monsieur.

M. DE ROUVRAY. Ah! mon Dieu!

DHENNEBON, *à demi-voix.* Si c'étaient Clorinde et mademoiselle Amanda?

LE DOMESTIQUE. Un homme en noir les accompagne.

DHENNEBON. Ce n'est plus ça.

M. DE ROUVRAY. Le nom de tout ce monde-là?

LE DOMESTIQUE. M. de Verceuil.

DHENNEBON. Mon notaire!

LE DOMESTIQUE, *continuant.* Madame Dhennebon.

DHENNEBON, *à part.* Juste ciel!.. ma femme!...

LE DOMESTIQUE. Et mademoiselle sa sœur.

M. DE ROUVRAY. Est-il possible! Qu'elles entrent. (*Le domestique sort.*)

DHENNEBON. Y penses-tu?... Et si ma femme me voit?

M. DE ROUVRAY. Qu'est-ce que cela te fait? Je ne peux pas faire attendre ces dames.

SCÈNE III.

DHENNEBON, M. DE ROUVRAY, ÉMILIE, ESTHER, LE NOTAIRE.

M. DE ROUVRAY. Quel honneur pour moi! Quoi! vous daignez, Mesdames, me faire une visite?

ÉMILIE. M. de Verceuil, notre notaire et celui de ma sœur, est venu lui faire part de quelques difficultés qu'elle n'a pas voulu résoudre sans vous consulter... vous qui êtes l'exécuteur testamentaire.

M. DE ROUVRAY, *à Esther.* Mademoiselle sait que je lui suis tout dévoué.

ÉMILIE, *levant les yeux et apercevant Dhennebon qui lui tourne le dos, et se cache.* Eh mais!.. c'est mon mari!

DHENNEBON, *embarrassé.* Oui, ma chère amie!

ÉMILIE. Moi qui depuis longtemps te croyais à ton bureau!

DHENNEBON, *à part.* Voilà ce que je craignais!

ÉMILIE. Et que viens-tu faire ici?

DHENNEBON. Je viens... je viens... faire mes compliments à mon ami de Rouvray, qui est presque ministre.

ESTHER. En vérité, Monsieur?

LE NOTAIRE, *s'inclinant.* Ah! Monsieur est ministre?

DHENNEBON. Je l'avais appris ce matin... ça se répand..... c'est connu... et pour mieux causer de tout cela, il m'avait retenu à déjeuner.

M. DE ROUVRAY. Et maintenant, j'espère bien que ces dames nous tiendront compagnie?

ESTHER, *hésitant.* Eh! mais...

ÉMILIE, *souriant.* Moi, je le peux... j'ai mon mari... mais toi... prends garde!.. Une demoiselle accepter un déjeuner de garçon!

ESTHER. Tu te moques de moi!..

M. DE ROUVRAY. En famille, il n'y a rien à dire!.... Et si, avant de nous mettre à table, vous voulez que nous causions (*Montrant le notaire.*) avec Monsieur des réclamations qui se présentent.

ESTHER. C'est très-nécessaire... car je n'y entends rien.

M. DE ROUVRAY. Avec moi, je l'espère, vous n'aurez pas peur des procès!..

DHENNEBON. Je crois bien, avocat et ministre!.. deux personnes à qui l'on n'oserait en faire... tant l'on serait sûr de perdre!.. (*M. de Rouvray a offert sa main à Esther, et entre avec elle et le notaire dans l'appartement à droite.*)

SCÈNE IV.

DHENNEBON, ÉMILIE.

DHENNEBON. Tu ne les suis point?..

ÉMILIE, *souriant*. On peut se passer de moi... ma sœur est majeure. . et hors de tutelle... D'ailleurs, j'avais à te parler.

DHENNEBON, *à part*. Nous y voilà!..

ÉMILIE. Il y a quelque chose que tu me caches... tu as depuis hier un air inquiet!.. ce n'est pas un chagrin ou un malheur?

DHENNEBON, *avec embarras*. Non, ma femme.

ÉMILIE. Tu me les aurais dits, n'est-ce pas?.... car ils m'appartiennent aussi!.. et tu ne voudrais pas garder pour toi seul ce qui est à nous deux?

DHENNEBON, *avec embarras*. Non, certainement!..

ÉMILIE. Alors, c'est quelque idée qui te tourmente... une de ces idées que tu as depuis quelque temps!

DHENNEBON. Eh bien! oui .. c'est cela!.. (*A part*.) Si je pouvais l'amener à consentir... (*Haut*.) Je pense toujours à ces actions que tu n'as pas voulu me laisser acheter!.. tu ne serais pas d'avis, aujourd'hui, d'essayer un peu?

ÉMILIE. Pourquoi?

DHENNEBON. Dame!.. ça peut nous enrichir!

ÉMILIE. A quoi bon?..

DHENNEBON. A beaucoup de choses!.. et d'abord à se passer de tout le monde, parce que je vois maintenant qu'il n'y a de véritable indépendance que dans la fortune.

ÉMILIE. Pas plus là qu'ailleurs!.. elle impose aussi des obligations, des devoirs, et mille tracas dont tu ne te doutes point!.. ma sœur, qui est riche depuis hier, a déjà des discussions et des procès!.. c'est inévitable! et l'on dépend alors des hommes d'affaires, des avoués, des avocats, des juges!.. on a toujours besoin de quelqu'un, et l'indépendance dont tu parles est une chimère qui n'existe nulle part.

DHENNEBON. Tu avoueras cependant que mon ami de Rouvray, s'il est nommé ministre...

ÉMILIE. Ton ami le ministre dépendra du roi... et le roi ne peut rien sans les Chambres; et les Chambres dépendent de la nation; et la nation, c'est toi, c'est nous, c'est tout le monde! tu vois donc bien que nous dépendons tous les uns des autres!.. la société est ainsi faite, et tout n'en va que mieux!

DHENNEBON. Oui, ma femme!.. mais cependant en achetant des actions, en spéculant à la Bourse, on ne dépend de personne!..

ÉMILIE. On dépend de tout le monde!.. d'un accident, d'une guerre, d'une bataille!.. on dépend de tous les souverains de l'Europe!.. Va, crois-moi, reste comme tu es!.. le plus riche est celui qui a le moins de désirs!.. Et qu'as-tu à désirer?.. qu'est-ce qui te manque?.. n'as-tu pas ta femme et ton enfant pour t'aimer?.. n'as-tu pas le bonheur intérieur?.. n'as-tu pas la santé, et une bonne conscience?.. et tu n'es pas content de ton sort?.. C'est mal, Henri!.. c'est être ingrat envers la Providence! c'est mériter qu'elle nous retire ce qu'elle nous a donné!.. Pour moi, je ne lui demande rien que ce que j'ai!.. et mon sort est si heureux, que je la bénis chaque jour de n'y rien changer!

DHENNEBON, *se jetant dans ses bras*. Ah! tu as raison!.. et avec toi, ma femme, je suis plus riche qu'eux tous!

SCÈNE V.

DHENNEBON, ÉMILIE; M. DE ROUVRAY, *sortant de la porte à droite*.

ÉMILIE, *à demi-voix, à son mari*. Monsieur de Rouvray!.. prends donc garde!.. un mari! si l'on te voyait! je dirai comme Henri IV : on va croire que je te pardonne! (*A M. de Rouvray*.) Eh bien! Monsieur, la conférence est terminée?

M. DE ROUVRAY, *préoccupé*. A peu près... Mais je suis obligé de m'absenter pour quelques moments... Une affaire imprévue qui réclame ma présence... (*A Edgard, qui entre par la porte du fond*.) Eh bien!.. quelles nouvelles?..

EDGARD. Je vous en apportais...Je sors de chez mon frère...

DHENNEBON. Votre frère, l'agent de change?

EDGARD. Oui, Monsieur.

M. DE ROUVRAY. Ah!.. ces nouvelles-là... peu importe... Tu ne sais rien du côté de nos amis?

EDGARD. Non, mon oncle.

M. DE ROUVRAY. On me prie de passer chez eux... Tiens compagnie à ces dames... je reviens à l'instant. Il paraît que notre combinaison rencontre des obstacles... il y en a plusieurs sur jeu!.. on a appelé d'autres personnes aux Tuileries!.. (*A Émilie*.) Peu m'importe à moi, comme vous le sentez bien... mais on tient à savoir... ne fût-ce que par curiosité!.. Pardon!.. (*Bas, à Dhennebon*.) Je sèche d'impatience et d'inquiétude! (*Il sort par la porte du fond*.)

SCÈNE VI.

LES PRÉCÉDENTS, *excepté* M. DE ROUVRAY.

DHENNEBON. Et moi aussi!

ÉMILIE. Pourquoi donc?

DHENNEBON. Pour lui!

ÉMILIE. C'est d'un bon ami.

DHENNEBON, *à Edgard*. Monsieur sort de chez un agent de change... Qu'y a-t-il de nouveau?.. Et les fonds publics?

EDGARD. Eh! mon Dieu... qu'est-ce que cela vous fait, à vous, monsieur Dhennebon?

DHENNEBON. Rien!.. c'est seulement comme votre oncle, par curiosité! . les chemins de fer surtout!.. nous avions envie d'en prendre ma femme et moi... Et le cours d'aujourd'hui?..

EDGARD. Les chemins de fer!.. dégringolade complète!

DHENNEBON, *effrayé*. Ah! mon Dieu!..

ÉMILIE, *riant*. La!.. qu'est-ce que je te disais?.. Tu vois bien comme tu as raison de ne pas suivre tes idées, et de t'en rapporter aux miennes?

DHENNEBON, *troublé*. Oui... oui, ma femme!.. (*A part, et pendant qu'Émilie parcourt le papier que lui a remis Edgard*.) Et moi qui ai dit de vendre!.. Une baisse semblable sur vingt-cinq actions!.. c'est peut-être un an ou deux de mes appointements! A qui m'adresser maintenant pour que ma femme ne se doute de rien?..

ÉMILIE. Où vas-tu donc?

DHENNEBON, *embarrassé*. Je vais... je vais dire à mon bureau que je déjeune ici!..

ÉMILIE. Tu peux bien écrire!..

DHENNEBON. Oui... oui... je vais écrire '.. (*A part*.) O mon pauvre bureau! quand te reverrai-je?.. (*Haut.*) Ah! mon Dieu! une affaire d'administration que j'oubliais... J'oublie tout! (*A Edgard.*) Cette permission que vous m'avez demandée hier, et qui a été expédiée ce matin!..

EDGARD, *prenant le papier.* Merci, Monsieur, de votre obligeance, qui aujourd'hui me devient inutile... mon mariage n'a plus lieu!..

ÉMILIE, *avec joie, à part.* Il est donc vrai!.. (*Haut.*) Votre oncle me l'avait dit, et je ne voulais pas le croire!..

EDGARD. Non, Madame, je ne me marie plus!.. je pars.

ÉMILIE, *à part.* O ciel!.. (*Haut.*) Adieu, Monsieur... (*A part.*) Ah! ma pauvre sœur!.. (*Elle sort par la porte à droite.*)

SCÈNE VII.

DHENNEBON, *écrivant, à la table à gauche;* EDGARD, *à droite, suivant des yeux Émilie qui s'éloigne, et restant quelque temps plongé dans ses réflexions.*

DHENNEBON, *à la table.* J'écris là à quelques amis qui, j'en suis sûr, n'auront pas de fonds disponibles!.. les jours d'emprunt, l'amitié est toujours comme ça .. C'est égal!.. écrivons...

EDGARD, *prêt à partir, et s'arrêtant près de Dhennebon.* Je ne partirai pas du moins, Monsieur, sans vous exprimer ma reconnaissance pour toutes vos bontés!.. je n'oublierai jamais ce que je dois à votre obligeance et à l'amitié de votre femme... fasse le ciel que je trouve l'occasion de m'acquitter! et si je suis jamais assez heureux pour rendre quelque service à elle ou à vous, Monsieur...

DHENNEBON, *se levant de la table.* En vérité!.. cela se trouve à merveille...

EDGARD. Parlez et croyez que ma vie, que mon sang...

DHENNEBON, *avec émotion et lui serrant la main.* Vous êtes un brave jeune homme... un ami véritable!.. et cependant c'est étonnant combien ça me coûte à vous dire.

EDGARD. Qu'est-ce donc?

DHENNEBON. Après cela, ce n'est pas pour moi, c'est pour ma femme qui me pardonnerait, mais qui me gronderait!.. et c'est pour lui éviter ce chagrin que je m'adresse à vous...

EDGARD. Eh bien! de grâce!..

DHENNEBON. Eh bien! mon cher ami, ça m'ennuyait d'être commis et de dépendre de tout le monde... vous comprenez... Alors j'ai voulu devenir riche pour devenir mon maître et n'avoir plus besoin de rien... ce qui fait que j'ai recours à vous.

EDGARD. O ciel!..

DHENNEBON. J'ai fait des spéculations malheureuses... je suis en déficit... un déficit momentané... et comme vous êtes garçon et très-riche...

EDGARD. Ah! Monsieur, qu'allez-vous penser de moi?..

DHENNEBON, *à part.* Déjà un qui n'a pas de fonds disponibles...

EDGARD. Après ce que je vous ai dit... après mes offres de services... vous allez croire peut-être... non... et quoi qu'il m'en coûte à mon tour, quoique ce ne soit pas mon secret, mais celui d'un autre... vous saurez tout... apprenez que je n'ai rien!.. que je ne possède plus rien!

DHENNEBON. Une si belle fortune!

EDGARD. Je l'ai engagée pour mon frère.

DHENNEBON. L'agent de change!

EDGARD. Un honnête homme... que des désastres, des faillites imprévues allaient pousser à sa ruine et au désespoir... j'ai fait... ce que vous auriez fait, Monsieur, je suis venu à son secours, je lui ai tendu la main... tout mon patrimoine... mais j'ai sauvé son honneur, celui de la famille! et comme mes ressources mêmes étaient insuffisantes, mon oncle est venu à notre aide... Ce matin encore, une somme considérable...

DHENNEBON. Est-il possible?

EDGARD. Oui, Monsieur... maintenant mon frère est sauvé; sa réputation, son crédit, sont intacts!.. il s'acquittera envers nous, j'en suis sûr... mais dussé-je tout perdre, ce n'est pas ma fortune que je regretterais le plus, mais le plaisir dont je suis privé et ne pouvant aujourd'hui obliger un ami!

DHENNEBON. Je comprends... je comprends.

EDGARD. Adieu!.. adieu, Monsieur!.. c'est pour vous seul au moins!.. gardez bien mon secret! (*Il sort par la porte à gauche.*)

SCÈNE VIII.

DHENNEBON, *seul.* Pas de fonds disponibles!.. je le plains... et moi aussi!.. A qui m'adresser maintenant?.. à mon ami de Rouvray!.. qui déjà a prêté ce matin à ses neveux... et puis il perd encore plus que moi! Non, non, ça ne se doit pas! il vaut mieux me confier à mes confrères du bureau, qui peut-être sur leurs économies... (*S'arrêtant.*) leurs économies!.. est-ce que j'y pense?.. des employés!.. Il n'y a que notre chef de division, chez qui je dînais hier... Mais lui avouer que j'ai joué à la Bourse... moi Dhennebon!.. un chef de bureau!.. Si c'était un ministre... je ne dis pas; mais moi, ça peut me faire du tort... nuire à mon avancement... Et puis comment me recevra-t-il?.. comment seulement entamer ce chapitre-là?.. Je sens les gouttes d'eau qui me tombent du front... Ah! c'est quand on a des dettes qu'on dépend de tout le monde!.. Moi qui n'avais besoin de personne! qui pouvais me passer d'eux tous!.. j'étais si tranquille!.. si heureux!.. si libre!.. (*Voyant entrer Esther.*) Ah!.. ma belle-sœur, à laquelle je ne pensais pas!.. Il est vrai que je ne l'aime pas beaucoup, et ne suis guère à mon aise avec elle... Mais enfin elle est riche, elle est ma belle-sœur, cela lui revient de droit... ça regarde la famille.

SCÈNE IX.

DHENNEBON; ESTHER, *qui est entrée en rêvant, et s'assied sur un fauteuil à droite.*

ESTHER, *à part.* Il part!.. Oui, ma sœur a raison, il n'y a plus d'espoir... il ne m'aime plus!

DHENNEBON, *à part.* Demander de nouveau... et recommencer les mêmes phrases... Dieu! quel ennui!.. (*S'approchant d'Esther.*) Ma chère belle-sœur!

ESTHER. Ah! c'est vous, Dhennebon!..

DHENNEBON, *avec embarras.* Oui, j'aurais un service, ou plutôt un conseil à vous demander.

ESTHER. Lequel?

DHENNEBON, *à part.* Elle va me refuser... (*Hésitant.*) C'est au sujet de ces chemins de fer, dont j'ai pris des actions sans en parler à ma femme.

ESTHER. Je le savais par M. de Rouvray, qui prétend même qu'elles sont en perte dans ce moment.

DHENNEBON. Il vous l'a dit!.. tant mieux. (*A part.*) C'est toujours ça de moins.

ESTHER, *à part.* Et, grâce au ciel, je me suis déjà arrangée pour que ma sœur ne s'en aperçût pas... (*Regardant Dhennebon.*) ni lui non plus.

DHENNEBON, *toujours avec embarras.* Il est de fait qu'elles perdent beaucoup... ça remontera... c'est évident... (*A part.*) Elle ne m'aide pas du tout... (*Haut.*) Il s'agit seulement d'attendre... mais un pauvre employé n'a pas de temps..: et quelquefois même il n'a pas... ses capitaux ne dorment guère... et souvent il est comme ses capitaux... quand il a de l'inquiétude... et j'en ai!..

ESTHER. En vérité!

DHENNEBON. Oui, ma belle-sœur!.. Après ça, croyez bien que si je vous importune d'une pareille confidence... que j'aurais voulu vous épargner, c'est que je ne peux pas faire autrement... je me suis adressé à des amis... à M. Edgard...

ESTHER, *avec indignation.* Qui vous a refusé?..

DHENNEBON. Du tout!.. du tout!.. le pauvre garçon ne demandait pas mieux; mais quand on ne peut pas!.. quand on n'a rien!.. quand on est ruiné!

ESTHER, *vivement.* Lui! est-il possible?..

DHENNEBON, *de même.* Non, il ne l'est pas!.. c'est un secret!..

ESTHER, *de même.* Et je le garderai!.. je vous le jure! achevez... expliquez-vous! ruiné!..

DHENNEBON. Pour un motif honorable... son frère! et c'est pour cela même qu'il faut se taire!

ESTHER. Je me tairai!.. (*A part.*) Ah! s'il était vrai!.. Edgard si noble! si généreux!.. Oui! oui!.. c'est cela même... il n'avait plus rien, et moi riche, il n'aura pas voulu me devoir...,

DHENNEBON, *à part.* Elle se consulte!

ESTHER, *allant à lui.* Mon cher beau-frère!.. mon ami! si vous saviez combien je suis heureuse!..

DHENNEBON. Vous ne m'en voulez donc pas?

ESTHER. Au contraire!..

DHENNEBON, *à part.* Elle va me prêter!

ESTHER. Mais vous en êtes bien sûr au moins?.. vous ne vous trompez pas?

DHENNEBON. Un peu plus... un peu moins... c'est à peu près dix mille francs qu'il me faut!..

ESTHER, *voyant entrer Edgard.* C'est lui!.. ah! je saurai la vérité!

DHENNEBON. Et si vous pouvez me les avancer sans que ma femme en sache rien...

—

SCÈNE X.

EDGARD, *qui est entré par la porte à gauche*; DHENNEBON, ESTHER.

ESTHER, *feignant de ne pas voir Edgard.* Vous ne doutez pas, mon cher beau-frère, que pour vous et pour ma sœur... je n'eusse grand plaisir à employer ma fortune!.. si elle existait!.. Mais hélas!.. cette fortune n'était qu'un rêve!

EDGARD, *s'avançant vivement.* Comment?.. quand j'ai vu dans les mains de mon oncle ce testament!..

ESTHER. Qu'un autre, d'une date plus récente, vient d'annuler! (*A Dhennebon.*) C'est ce que m'a annoncé tout à l'heure M. de Verneuil, votre notaire, (*A Edgard.*) et ce que vous attestera M. de Rouvray, votre oncle!..

EDGARD, *avec joie.* Ah! plus de doute!..

DHENNEBON. C'est indigne!.. et cette joie que vous m'avez témoignée tout à l'heure.

ESTHER. C'est d'être débarrassée enfin des soins et des soucis qui m'accablaient déjà!.. un surtout!..

DHENNEBON. C'est comme un fait exprès, tous mes amis sont ruinés!.. il semble que je leur porte malheur... N'importe, je vais voir, me remettre en course... demander encore... et tout ça pour ces dix mille francs que je déteste! j'en donnerais vingt pour ne pas les devoir!.. (*Il sort par la porte du fond.*)

—

SCÈNE XI.

EDGARD; ESTHER, *assise.*

EDGARD, *s'approchant d'elle.* Si vous saviez, Mademoiselle, combien je prends part à la perte de vos espérances!..

ESTHER. Une fortune d'un jour laisse peu de regrets!.. on n'a pas eu le temps de s'y habituer!.. Il est d'autres malheurs plus difficiles à supporter, et qui ne sauraient vous atteindre! la perte d'un ami!.. Vous en avez tant, Monsieur! mais moi!.. seule au monde!..

EDGARD, *à demi-voix et avec émotion.* Et si l'ami que vous accusez était toujours le même... si le temps, si l'éloignement, si votre indifférence même n'avaient pu changer son cœur!.. Oui, Esther, je vous ai trop aimée, j'ai trop souffert de mon amour pour que le souvenir puisse s'en effacer ainsi! la raison et l'honneur peut-être me conseillaient ce départ!.. Mais vous êtes seule au monde! sans amis, sans fortune!.. Ah! l'honneur maintenant m'ordonne de rester! Je bénis votre malheur qui me permet de vous aimer, et surtout de vous le dire!.. Mais maintenant, hélas! moins heureux qu'autrefois, je n'ai plus de richesses à vous offrir.

ESTHER, *à part, et portant la main sur son cœur.* Ah!.. je ne m'étais pas trompée!..

EDGARD. Et pour partager mon sort... il faut m'aimer aujourd'hui... autant que je vous aime!..

ESTHER. Est-ce vous que j'entends? vous, Edgard, qui, hier encore, m'avez dédaignée?

EDGARD. Moi!..

ESTHER. Oui, vous avez refusé ma main que ma sœur..... ou plutôt... que moi, Monsieur, je vous offrais!..

EDGARD. Eh bien! oui!.. je le devais alors, et je le ferais encore!..

ESTHER, *à part.* O ciel!..

EDGARD. Être homme!.. et tenir d'une femme sa fortune et son existence! tout lui devoir!.. et sous peine d'être ingrat se mettre éternellement dans sa dépendance..... non, cela ne se doit pas! ce serait renoncer à sa propre estime, et s'avilir aux yeux même de celle qui vous enrichit!

ESTHER. Quand on ne l'aime pas!.. mais quand on l'aime!..

EDGARD, *avec embarras.* Ah! n'importe!

ESTHER. Dites plutôt, ce que votre générosité n'ose m'avouer, que devant toute autre votre fierté eût fléchi peut-être!.. mais que devant moi... ces folles idées de ma jeunesse, ces idées de liberté ou de domination... me nuisaient encore à vos yeux, et vous empêchaient de rien devoir à celle même que vous aimiez!..

EDGARD. Peut-être!

ESTHER. Ah! vous n'eussiez pas eu une pareille pensée, si vous aviez pu lire en mon cœur, si vous aviez vu comment

le temps et la raison ont peu à peu dissipé les rêves insen-
sés qui avaient fait votre malheur... et le mien peut-être!..
mais maintenant, grâce au ciel, j'ai un guide, un ami, un
maître!.. je puis lui dire : A vous tous mes droits!.. à vous
ma liberté!.. à vous ce pouvoir que je suis heureuse d'ab-
diquer!..

EDGARD. Esther!..

ESTHER. Mais vous, Edgard, à présent que je vous ai tout
avoué et que je suis à vous!.. quelque changement qui sur-
vienne en mon sort... ou dans le vôtre... quelque malheur
qui m'arrive ou me menace... vous ne me quitterez plus!..
vous ne m'abandonnerez pas?

EDGARD. Ah! quelle idée!..

ESTHER. Vous me le jurez!..

EDGARD, *voyant Emilie qui entre par la porte à droite, et
M. de Rouvray par la porte du fond.* Oui! devant votre
sœur, devant mon oncle, je jure d'être à vous!.. toujours à
vous!..

M. DE ROUVRAY, *étonné.* Que dit-il?

EDGARD, *vivement.* Vous allez me blâmer... m'accuser de
folie..... vous, mon oncle, qui connaissez ma position.....
mais, que voulez-vous?.. je n'ai pas d'ambition... on n'en a
plus quand on aime; et le peu de bien que nous possédons
nous suffira.

M. DE ROUVRAY. Je le crois parbleu bien! et tu n'es pas difficile!.. quarante-cinq à cinquante mille livres de...

ESTHER, *courant à lui, et lui mettant la main devant la
bouche.* Taisez-vous!.. taisez-vous!

EDGARD, *se retournant et l'apercevant.* Ah!.... l'on m'a
trompé!..

ESTHER, *vivement.* J'ai votre parole!.. A moi! toujours à
moi!.. quelque malheur qui m'arrive... et si la fortune en
est un à vos yeux...

EDGARD, *voulant l'interrompre.* Permettez!..

ESTHER, *de même.* Si c'est là le seul obstacle, il ne sera
pas de longue durée... bientôt je serai digne de vous! bientôt je n'aurai plus rien... dès demain, je fais comme mon
beau-frère : je prends des chemins de fer, des canaux!

ÉMILIE, *vivement.* Qu'est-ce que c'est?

ESTHER, *se reprenant.* Dieu! qu'ai-je dit!..

SCÈNE XII.

M. DE ROUVRAY, ESTHER, EDGARD, ÉMILIE; DHEN-
NEBON, *entrant par le fond.*

DHENNEBON, *pâle, en désordre, et sautant au cou d'Émilie.*
Ma femme!.. ma femme! embrasse-moi! j'en suis dehors...
j'en suis quitte... je suis le plus heureux des hommes!

ÉMILIE. Qu'as-tu donc?

DHENNEBON. Mon agent de change, (*A Edgard.*) votre frère,
a revendu pour moi!..

M. DE ROUVRAY. Sans me consulter... à une perte énorme!..

DHENNEBON. Du tout; je ne perds ni ne gagne : il a saisi
adroitement un moment de hausse.

M. DE ROUVRAY. Il est bien habile... il n'y en a pas eu.....
au contraire!..

ESTHER, *à demi-voix, et lui serrant la main.* Taisez-vous
donc!

M. DE ROUVRAY, *vivement.* Ah! oui...oui, je comprends!..
des nouvelles d'Espagne..... une victoire qui cinq minutes
après s'est trouvée une retraite... C'est toujours comme
ça... ça monte et ça descend...

DHENNEBON. Et tu n'as pas, comme moi, profité de la
bonne veine?

M. DE ROUVRAY. Non, mon ami.

DHENNEBON. Lui qui pourtant a l'habitude de la Bourse!
ça prouve comme c'est difficile d'y bien jouer!

ÉMILIE. Raison de plus pour s'en abstenir!

DHENNEBON. C'est fini, ma femme, c'est fini!.. j'ai manqué
en faire une maladie... j'étais un insensé qui ne connaissait
pas son bonheur..... un aveugle qui a voulu marcher sans
son guide, et qui le reprend.

M. DE ROUVRAY, *qui s'est approché de Dhennebon, et lui a
frappé sur l'épaule.* Va! tu seras mené toute ta vie!..

DHENNEBON. Ça m'est égal, pourvu qu'on me mène bien.
Et toi qui parles!..

M. DE ROUVRAY. Moi, mon ami, je reste garçon; parce que
l'homme d'État doit être libre de toute chaîne... je renonce
à toute concession, à tous les avantages qu'on pouvait m'offrir; parce que le tribun, le mandataire du peuple, doit se
tenir en dehors du pouvoir.

DHENNEBON, *à demi-voix.* La combinaison a donc manqué?

M. DE ROUVRAY. Grâce au ciel! je le préfère, je suis mon
maître, je n'appartiens plus qu'à moi!.. nous allons déjeuner en famille, sans que rien nous dérange...

UN DOMESTIQUE, *entrant.* On demande Monsieur aux Tuileries...

M. DE ROUVRAY. Aux Tuileries?.. J'y vais! (*Il sort.*)

DHENNEBON. Encore un indépendant qui se croit libre!....

ÉMILIE. Et qui ne l'est pas plus que nous! (*A son mari.*)
Car tu vois bien maintenant qu'en cette vie on est toujours
dépendant de quelqu'un!.. et à défaut des autres, on a pour
tyrans ses propres passions..... le tout est de les choisir
bonnes.

EDGARD, *à Esther.* Mon choix est fait!

DHENNEBON, *à sa femme.* Le mien aussi!

FIN DES INDÉPENDANTS.

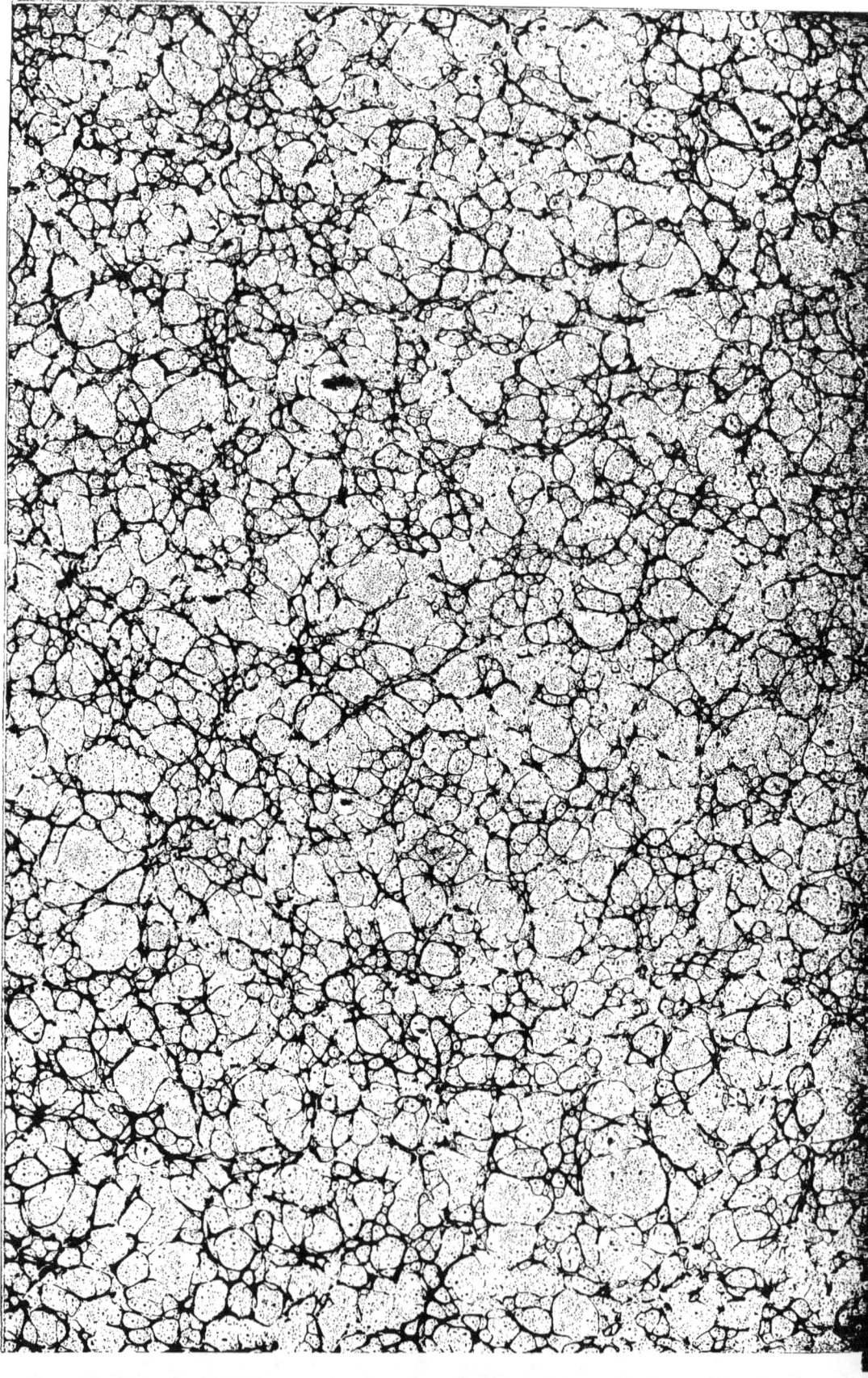

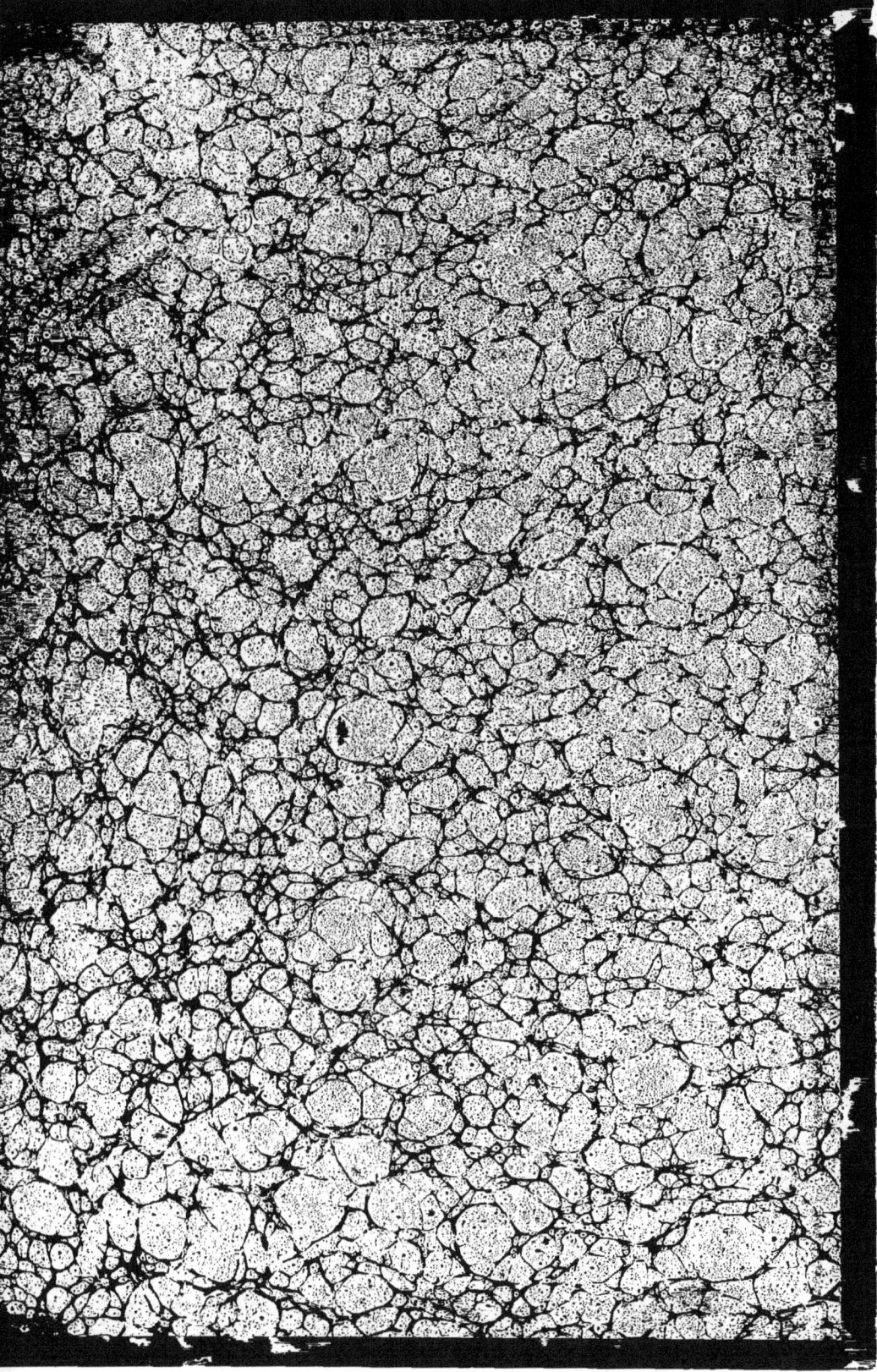

www.ingramcontent.com/pod-product-compliance
Lightning Source LLC
Chambersburg PA
CBHW050157030726
47505CB00005B/1411